LES CONTES

DE

L'ATELIER

PAR

MICHEL MASSON.

———⊰⊚⊱———

Cependant j'ai la modestie d'avouer qu'il se trouve dans mon livre quelques passages inté- ressans.....................................
Quelquefois, il est vrai. je cours les champs et les grands chemins sans d'autres projets que celui de jouir des bienfaits de l'air et de la liberté; mais un objet de pitié se présente-t-il à moi, je l'offre aussitôt à la pitié publique.

STERNE. — *Mémoires.*

DANIEL LE LAPIDAIRE.

Vieil enfant.

Quand je le vis pour la première fois, sa main tremblait déjà, mais il travaillait encore. Ce n'était pas un de ces ouvriers aux bras robustes comme il en faut pour ronger la pierre dure, arrondir les angles de la calcédoine qui se polit sous les grains de fer, de l'agathe qui s'irrite au mouvement de rotation que la manivelle imprime au moulin ; il n'avait pas non plus une de ces puissantes voix d'atelier qui dominent le bruit des hachures et permettent de saisir quelques lambeaux de la romance du carrefour, quand la roue de cuivre, lancée à tour de bras dans sa plus grande volée, nous assourdit de son cri glapissant en cédant quelques parcelles de son métal à la lame d'acier qui la déchire.

Daniel n'avait jamais été ouvrier habile; mais on aimait, dans les ate- liers, sa candeur, son ingénuité, et quelquefois aussi sa malice de jeune fille. Il n'était pas paresseux notre Daniel ; cependant l'ouvrage n'avançait pas dans ses mains. Dame! il causait tant, et prenait un si grand plaisir à s'écouter parler ! Et puis quand le samedi soir était venu, le bourgeois lui disait : — Nous n'avons pas une lourde semaine à emporter, père Daniel. — Que voulez-vous, monsieur, reprenait-il en soulevant sa petite per- ruque rouge pour saluer le maître, ne me payez que ce que j'ai gagné,

LES CONTES

DE

L'ATELIER

PAR

MICHEL MASSON.

—◦◦◦◦◦—

Cependant j'ai la modestie d'avouer qu'il se
trouve dans mon livre quelques passages intéressans......................................
Quelquefois, il est vrai. je cours les champs et les
grands chemins sans d'autres projets que celui de
jouir des bienfaits de l'air et de la liberté ; mais
un objet de pitié se présente-t-il à moi, je l'offre
aussitôt à la pitié publique.
                    STERNE. — *Mémoires.*

DANIEL LE LAPIDAIRE.

Vieil enfant.

Quand je le vis pour la première fois, sa main tremblait déjà, mais il
travaillait encore. Ce n'était pas un de ces ouvriers aux bras robustes
comme il en faut pour ronger la pierre dure, arrondir les angles de la
calcédoine qui se polit sous les grains de fer, de l'agathe qui s'irrite au
mouvement de rotation que la manivelle imprime au moulin ; il n'avait
pas non plus une de ces puissantes voix d'atelier qui dominent le bruit
des hachures et permettent de saisir quelques lambeaux de la romance
du carrefour, quand la roue de cuivre, lancée à tour de bras dans sa plus
grande volée, nous assourdit de son cri glapissant en cédant quelques
parcelles de son métal à la lame d'acier qui la déchire.

Daniel n'avait jamais été ouvrier habile ; mais on aimait, dans les ateliers, sa candeur, son ingénuité, et quelquefois aussi sa malice de jeune
fille. Il n'était pas paresseux notre Daniel ; cependant l'ouvrage n'avançait
pas dans ses mains. Dame! il causait tant, et prenait un si grand plaisir
à s'écouter parler ! Et puis quand le samedi soir était venu, le bourgeois
lui disait : — Nous n'avons pas une lourde semaine à emporter, père Daniel.
— Que voulez-vous, monsieur, reprenait-il en soulevant sa petite perruque rouge pour saluer le maître, ne me payez que ce que j'ai gagné,

ce sera toujours ça ; les petits ruisseaux font les grandes rivières, comme on dit. Malheureusement le filet d'eau était si mince, qu'avant la fin de la semaine suivante le ruisseau était à sec ; il fallait remonter à la source pour l'alimenter. — C'est la dernière fois que je vous fais une avance, père Daniel, murmurait le maître ; — si vous causiez moins, vous pourriez trvailler davantage. — Eh ! bien, c'est ce qui vous trompe, répondait Daniel avec sa voix d'enfant ; si je causais moins, je ne travaillerais plus du tout ; il n'y a que mes petits contes qui me donnent de l'activité dans les bras ; dès que je cesse de parler, je ne peux plus rien faire.

C'était toutes les semaines même conversation entre le maître et l'ou-vrier ; il n'y avait pas moyen de se fâcher contre le père Daniel, car il finissait toujours par dire avec un ton de résignation évangélique : — Si monsieur veut me diminuer mes journées, il est le maître ; je ferai des économies... Pauvre homme ! il gagnait vingt-cinq sous par jour !

Si Daniel travaillait peu, en revanche, il nous donnait du courage ; les journées paraissaient moins longues, et pourtant elles étaient mieux rem-plies quand il était là : il parlait en nous regardant abattre l'ouvrage ; nous l'écoutions sans cesser de travailler : était-ce mémoire, était-ce ima-gination ? il avait toujours une histoire à placer sur un mot ; il ne répon-dait aux questions les plus simples que par des anecdotes qui n'arrivaient pas toujours à leur dénouement quand la veillée finissait. — A demain la suite, messieurs, disait-il en quittant l'établi. Car il disait monsieur même à l'apprenti, et se serait bien gardé de donner le nom de camarade aux autres ouvriers de l'atelier ; il les appelait mes chers collègues. A l'ex-ception de ce léger ridicule, et de l'expression orgueilleuse de son re-gard quand il s'agissait de la dignité du métier, je l'ai dit, il était doux, ingénu et conteur amusant ; mais si quelqu'un devant lui se permettait de déprécier l'art qu'il croyait exercer, sa voix s'enflait, ses yeux brillaient du feu d'un noble courroux ; sa taille gagnait six pouces ; il bondissait sur son tabouret, et disait à l'insolent : — Apprenez, monsieur, que sous nos anciens rois les lapidaires portaient l'épée !

Souvent il lui arrivait de dire, en commençant la journée : — Ne me faites pas jaser aujourd'hui, messieurs ; je veux polir ma douzaine de cornalines d'ici à ce soir. — C'est bien, père Daniel, de s'imposer un de-voir et de le remplir.

Là-dessus il répondait qu'on pouvait, en faisant son devoir, mériter le mépris des hommes, et laisser après soi la réputation d'un misérable ; et Daniel se mettait à conter l'histoire de celui qui n'a jamais fait que son devoir. D'abord, c'était un jeune homme amoureux d'une jeune fille con-fiante qui s'était livrée à lui ; il l'avait épousée : c'était son devoir ; mais chaque jour il lui reprochait une faute dont il était complice : — Je pou-vais vous abandonner, lui disait-il, ou bien : si je n'avais pas été votre amant, j'aurais pu faire un plus riche mariage ; c'est votre faiblesse qui est venue m'arrêter dans ma carrière. La femme mourut de chagrin. Il avait un vieux père, que des malheurs venaient de ruiner, au moment même où lui-même s'enrichissait dans une spéculation importante. Le vieux père vint un jour chercher asile chez son fils ; l'homme qui ne con-naissait que son devoir, lui dit : — Adressez-vous au tribunal, je paierai la pension qu'il vous allouera. Il paya la pension pendant six mois, mais n'eut pas besoin d'acquitter un second semestre, le vieux père était mort, désespéré d'avoir donné le jour à un scélérat. Dans un besoin d'argent, il s'était adressé à l'un de ses amis ; celui-ci lui avait prêté une somme considérable. L'homme au devoir avait fait un billet à son ami ; la veille de l'échéance le prêteur vint lui dire : — Comme je me trouve aujour-d'hui dans le plus grand embarras, je viens te rapporter ton billet, rends-moi mon argent ; je te le demande pour une dette qu'il faut que j'acquitte aujourd'hui même, il y va de mon honneur. — C'est impossible, répon-dit l'autre, le billet n'échoit que demain. Et le lendemain, la veuve de l'ami vint en pleurant recevoir son argent. L'ami s'était brûlé la cervelle pour ne pas survivre au déshonneur. Un jour de bataille aux portes de Paris, l'homme qui ne faisait que son devoir fut sollicité par ses voisins de suivre leur exemple : ils allaient défendre l'entrée de la ville aux ennemis ; mais l'homme au devoir leur prouva, son congé à la main, qu'il ne devait plus rien à son pays : il l'avait servi huit ans. L'homme qui faisait son devoir avait deux enfans ; il leur donna un métier, puis, refusa de les recevoir chez lui ; et quand il se vit près de sa fin, il disposa de son bien en faveur de sa gouvernante. Le testament fut cassé, et ses fils, pour honorer la mémoire de leur père, firent graver sur sa pierre : *Ci-gît un homme qui a toujours fait son devoir !* Et cependant, ajoutaient tout bas ceux qui l'avaient connu, un homme qui ne fut ni bon fils, ni bon mari, ni bon père, ni bon ami, ni bon citoyen.

J'ai pris un exemple sur mille de la manie de conter qui possédait notre ami Daniel. Les cornalines, comme on le pense bien, n'étaient pas terminées ; mais tous les compagnons de l'atelier s'entendaient pour finir son ouvrage sans le lui dire, et Daniel, qui ne s'apercevait pas qu'on venait de l'aider, se prenait à dire naïvement : — Vous le voyez, messieurs, quand je le veux, je travaille autant que vous ; si je ne vous avais pas fait un conte, je ne serais pas aussi avancé.

Cependant la vue de Daniel s'affaiblissait chaque jour ; on avait parlé dans le cabinet du maître de remplacer à l'établi le vieux conteur ; mais quand on essaya de lui faire comprendre qu'il ne pouvait plus travailler, il répéta son refrain ordinaire : — Que monsieur me diminue ma journée, je ferai des économies. Pouvait-on le renvoyer ? Des années se sont passées depuis le jour où il fut question de lui donner son congé, et tous les matins il revient à l'atelier, se place devant l'établi, tourne la manivelle, et trouve sans cesse une histoire nouvelle à raconter. Il ne se doute pas, le bon vieux lapidaire, que la paie qu'il reçoit tous les samedis n'est autre chose qu'une aumône de son maître ; comme il conte encore, Daniel s'imagine qu'il travaille toujours.

Pendant les mauvais jours où l'ouvrage n'allait pas, je me suis amusé à mettre au net quelques unes des historiettes rapportées par Daniel le lapidaire. Si mes lecteurs accueillent favorablement la première livraison de ces contes, écrits par un ouvrier sous la dictée d'un autre ouvrier, je retournerai plus d'une fois écouter aux portes de l'atelier les récits naïfs de mon vieux camarade Daniel.

LA FEMME DU RÉFRACTAIRE.

I

Un Coin du Tableau.

> Montagnard ou berger
> Votre sort peut changer :
> Avec moi, dans la garde,
> Il faut vous engager.
> . . . .
> Vous aurez la cocarde
> Et l'habit galonné.
>   SCRIBE. — *La Fiancée.*
>
> Il y avait un' fois cinq six gendarmes.
>   ODRY.

L'empire, mes amis, c'était là le bon temps ! l'empire ! avec ses bruits de tambours qui nous réveillaient, ses bulletins de la grande armée qui faisaient si violemment battre nos cœurs, ses heureux conscrits qui parcouraient nos rues en chantant le mépris de la vie et les joies du meurtre et du pillage. Qu'ils étaient beaux à voir passer, nos jeunes soldats ! musique en tête, drapeau flottant, armés de bâtons, et tout couverts de rubans tachés de vin et de boue ; et puis, dominant la voix des crieurs , les roulemens du tambour et le chant de guerre des conscrits, nous avions le canon des Invalides qui tonnait la victoire. Alors, c'était un délire ; devant le comptoir des cabaretiers, sur les places publiques , dans les ateliers, partout enfin retentissait le cri de *vive l'Empereur !* et que cet enthousiasme était bien justifié !... Les bulletins nous apprenaient toujours que, grâce à sa savante tactique, les pertes du grand capitaine ne s'élevaient qu'au tiers de celles de l'ennemi.

Et pourtant, le croiriez-vous? il y avait encore des esprits chagrins sur qui le passage des conscrits et la nouvelle d'une victoire ne produisaient que des sensations pénibles ; c'étaient pour la plupart de jeunes filles qui regrettaient l'absence d'un amant ; des mères qui n'avaient plus qu'à pleurer leurs fils, et des épouses qui prenaient le deuil. Dans leur désespoir, elles accusaient le héros qui dépeuplait le pays pour agrandir l'empire ; comme si l'on pouvait gagner des batailles sans qu'il y eût beaucoup d'amoureux, beaucoup de fils de moins, et quelques veuves de plus...

« Paris vaut bien une messe. » disait le huguenot avec sa naïveté irréligieuse ; un *Te Deum* ne vaut-il pas bien le sacrifice de quelques milliers de soldats. et nos musées enrichis de chefs-d'œuvre, et le plaisir d'avoir aidé à établir les frères d'un grand homme ? car nous autres pauvres diables, on ne se le rappelle pas assez, mais c'est nous qui donnons des trônes. N'est-ce pas une consolation bien douce pour nous, que de pouvoir nous raconter au cabaret, en nous cotisant pour boire bouteille, comme quoi nous avons participé à l'aumône d'un royaume ? Ne nous suffit-il pas de nous dire que nous avons logé Joseph , Jérôme, Louis, Joachim, et bien d'autres encore, dans de beaux palais, pour oublier que nous sommes dans la morte saison, et que, le 8 prochain, il faudra déménager si nous n'avons pas payé notre terme ?

Oui, mes amis, c'était un bon temps que celui de l'empire, surtout pour les habitans des grandes villes ; l'autorité, toujours attentive à flatter notre amour-propre national, avait grand soin, quand il faisait beau, de promener sur nos boulevarts les prisonniers russes, allemands, espagnols et prussiens. Quant aux déserteurs liés à la queue d'un cheval de gendarme, quant aux réfractaires arrachés à leur retraite et conduits à coups de plat de sabre de prison en prison jusque sous le feu des canons ennemis, ils n'entraient pas dans les villes, leurs conducteurs évitaient même les bourgs trop populeux ; c'était en passant à travers champs ou dans les pauvres hameaux qu'ils regagnaient leur étape, c'est-à-dire un cachot. Sans doute, le gouvernement impérial était bien assez fort pour ne pas craindre un soulèvement en faveur de quelques misérables ; d'ailleurs, les paysans savaient trop bien calculer pour risquer une ferme, dont le rapport était certain, contre le succès douteux d'une révolte. C'était donc par humanité seulement, et pour offrir à moins d'yeux possibles le spectacle affligeant de ces jeunes conscrits traînés à la gloire, que la police militaire leur faisait prendre des routes détournées.

Les paysans qui se trouvaient sur le chemin des réfractaires s'arrêtaient pour les regarder passer : ils saluaient le brigadier, retournaient aux champs et tout était dit. Cependant l'aspect de ces jeunes gens, souffrans, en proie à un sombre désespoir, réveillait parfois des sympathies dans l'âme des curieux attirés sur leur passage ; un père qui avait, comme on dit, son enfant au service, courait à sa huche et revenait offrir au déserteur un morceau de pain noir que le gendarme lui permettait presque toujours d'accepter ; souvent même le conducteur à cheval poussait l'obligeance jusqu'à donner à son prisonnier le temps de chausser la paire de souliers qu'une jeune fille ou une vieille mère venait lui apporter, tant elle avait éprouvé de pitié en voyant ses pieds nus, gonflés par la marche et meurtris par les cailloux.

Je vous l'ai dit, ces *involontaires* n'arrivaient pas tous à leur destination ; il y avait souvent un déficit pour l'escorte, quand elle donnait, après une halte de nuit, le signal du départ ; quelques uns de ces conscrits restaient étendus sur la paille de leur prison, jusqu'à ce qu'on vînt les emporter pour les jeter dans la fosse commune du prochain cimetière. Alors le brigadier se faisait donner un reçu du cadavre, et, muni de cette sûreté, il continuait sa route. Arrivé au dépôt, on lui demandait : —Combien d'hommes ? — Tant. — Combien de malades ? — Tant. — Combien de morts ? — Tant. Et à quelques fractions près, le gouvernement trouvait toujours son compte ; il savait, terme moyen, ce que la gendarmerie lui rendait annuellement de déserteurs et de réfractaires.

Quelquefois, aussi, l'escorte qui conduisait les conscrits n'allait pas tout entière rendre compte de ses pertes. Un plan de révolte concerté pendant la veillée du cachot se mûrissait avec les fatigues de la marche ; il suffisait, pour le faire éclater, d'une menace brutale vociférée par un des gendarmes contre le traînard qui se plaignait de ne plus pouvoir suivre le pas du cheval. L'homme de résolution, le chef du complot, qui avait exagéré l'attitude tremblante et découragée de ses camarades, faisait entendre alors le cri de la vengeance ; l'énergie du troupeau se réveillait ; le plat du sabre ne suffisait plus pour faire marcher les prisonniers indociles ; on frappait avec le tranchant ; la vue du sang allumait la soif du meurtre ; les liens étaient brisés : le plus mince échalas, la plus petite pierre devenaient des armes terribles dans les mains du désespoir ; et quand le bonheur voulait qu'un couteau, caché dans la doublure de la veste du réfractaire, eût échappé à l'inspection du brigadier, un cavalier ne tardait pas à être démonté, et l'on voyait bientôt le fusil du gendarme faire feu sur celui qui l'avait chargé.

Fuir ou se faire tuer sur la place, les révoltés n'avaient pas d'autre alternative ; ils savaient que se soumettre après avoir frappé, c'était vouloir expier leur rébellion par des tortures. L'escorte qui parvenait à les dompter se trouvait maîtresse absolue de leur vie ; elle pouvait les piquer de la pointe du sabre, les rouler sur la terre de toute la rapidité du galop de ses chevaux, les déchirer en passant à travers les haies et les taillis, et terminer le drame par un coup de pistolet : la révolte justifiait tout. Les gendarmes avaient eu à se défendre, ils n'étaient plus obligés, pour remplir rigoureusement leur devoir, qu'à prouver l'agression et à livrer des morts.

Le 8 mars 1808, vers six heures du soir, les botteleurs qui travaillaient dans la forêt de Bondy, entendirent plusieurs coups de feu se répondre sur la lisière du bois ; puis des cris, puis le piétinement des chevaux qui broyaient les cailloux sous leurs fers. Les paysans accoururent, mais trop tard, pour rappeler à la vie un gendarme jeté à terre, et dont les blessures ensanglantaient la poussière de la route. Ils durent apercevoir au loin son camarade désarmé, qui galopait vers le plus prochain village pour chercher du secours.

Deux jeunes gens presque nus, blessés aussi, fuyaient sur le chemin de Paris. Après quelques minutes d'une course rapide, ils s'arrêtèrent, haletans, sur le bord d'un fossé ; ils regardèrent en frémissant derrière eux : tout était calme, l'horizon s'enveloppait de son voile de nuit, pas une étoile au ciel, pas une lumière au fond de cette longue avenue d'arbres dont les lignes parallèles allaient se perdre dans les ténèbres de la perspective, et partout du silence.

Les regards des fugitifs se rencontrèrent ; et aussitôt les deux conscrits se jetèrent simultanément dans les bras l'un de l'autre ; ils se tinrent embrassés pendant quelques momens sans se dire un seul mot. Le plus jeune des deux, que la joie suffoquait, laissa enfin échapper ces paroles entrecoupées par des sanglots : — Ma pauvre mère ! ma bonne Thérèse ! vous ne pleurerez plus !

— Ah ça ! répliqua l'autre, il ne faut pas rester ici... séparons-nous... prenons chacun notre chemin dans les côtés opposés de la forêt, et faisons des vœux pour nous rencontrer dans un temps meilleur... A propos, comment vous nommez-vous ?

— Philippe Hersant.

— Vous demeurez ?

— Au village de Guermandes.

— Je ne l'oublierai pas... Mais partons, je crois entendre du bruit ; si l'on arrivait jusqu'à nous, ce serait à recommencer ; il faudrait encore tuer ou mourir.

— Je mourrais, répondit Philippe, c'est trop d'un homme assassiné pour notre délivrance.

— Taisez-vous, malheureux ! interrompit son camarade. Il se pencha vers la terre, retint son haleine, prêta une oreille attentive ; mais après avoir interrogé pendant plusieurs secondes les deux côtés de la route et les profondeurs de la forêt, il se releva et dit : — Je m'étais trompé, on n'est pas encore sur nos traces.

— Avant de nous quitter, reprit Philippe, donnons-nous au moins un gage de souvenir qui nous rappelle nos dangers communs, et nous fasse reconnaître l'un de l'autre, si nous nous retrouvons un jour.

Les conscrits se fouillèrent, ils n'avaient rien qu'un couteau, et le bout de corde teint de leur sang qui avait commencé leur intimité en les liant tous les deux.

— Partageons cette corde, dit vivement Philippe, quel souvenir plus précieux pourrions-nous garder de cette journée ?

Le chanvre rougi fut rompu avec le couteau qui leur restait. Philippe Hersant demanda à presser encore une fois son ami dans ses bras, ils se dirent un adieu qui pouvait être éternel, et ils se séparèrent.

Vous connaissez déjà le nom de l'un des réfractaires ; quant à l'autre, c'était votre serviteur.

C'est l'histoire de Philippe que je vais raconter ; la mienne ne mérite pas d'être connue. Caché pendant cinq ans dans un atelier, je sortis de ma

retraite le 31 mars 1814, et c'est alors seulement que j'appris les événemens qui suivirent notre séparation.

II

La Chaumière.

Cette femme, les voyant tous si jolis, se mit à
pleurer, et leur dit : — Hélas! mes pauvres enfans,
où êtes-vous venus? Savez-vous bien que c'est
ici la maison d'un ogre qui mange les petits enfans?

CH. PERRAULT. — *Le Petit Poucet.*

Les masses d'ombre qui se répandaient dans les sinuosités de la forêt
rendaient difficile la marche de Philippe Hersant au milieu des broussailles :
tantôt il se heurtait contre les arbres et s'embarrassait les jambes dans
les branches qui balayaient la terre ; tantôt il se trouvait arrêté par un
tertre qui s'éboulait sous ses pas dès qu'il essayait de le franchir ; souvent aussi il s'enfonçait dans la cavité terraqueuse d'un ru desséché.
Ignorant le chemin qu'il devait suivre, découragé par les obstacles qu'il
rencontrait à chaque instant, le jeune conscrit prit enfin la résolution
d'attendre les premiers rayons du jour pour continuer sa route. La nuit
fraîchissait, une pluie fine criblait la terre que la feuillée, jeune et trop
claire à cette époque de la végétation, ne pouvait encore protéger. Le
pauvre diable tremblait sous ses habits en lambeaux ; sa blessure saignait
toujours ; il noua son mouchoir autour de son bras, et, grelottant, il s'é-
tendit sur la terre pour dormir. A peine venait-il de fermer les yeux que
la détonation d'un fusil qu'on déchargeait à quelques pas de lui éclata à
son oreille et glaça son cœur. Cette nouvelle commotion venait de tuer
toutes ses espérances, d'anéantir toutes ses facultés. Il ne bougea pas, ne
pensa plus ; on pouvait venir le prendre ; il était résigné ; si l'on peut
appeler résignation l'apathie du condamné qui se laisse tranquillement
conduire à l'échafaud, parce qu'il a perdu l'idée du supplice. Il entendit,
avec indifférence, le bruit des pas de plusieurs chevaux qui galopaient
autour du fourré d'arbrisseaux où il s'était réfugié ; mais quand il vit
les ombres plus prononcées des cavaliers s'éloigner et se fondre dans
les ténèbres lointaines où perçait son regard fixe, alors il reprit peu à
peu le sentiment de l'existence, les douleurs que sa blessure lui faisait
éprouver revinrent avec l'amour de la vie ; ses dents claquèrent, il chercha à se soutenir ; ses jambes tremblotaient sous le poids de son corps.

— Mon Dieu, s'écria-t-il, je te remercie ; ce n'est pas à moi qu'on en
veut. Philippe Hersant oublia un moment qu'il y avait dans cette forêt
un malheureux réfractaire échappé comme lui aux gendarmes, que celui-ci
venait peut-être de traverser imprudemment la route, et de s'exposer
aux coups de fusil pour chercher à le rencontrer, afin de le prévenir
qu'on était à leur poursuite. Mais si sa première pensée fut pour lui, il
m'accorda la seconde ; j'y avais quelques droits : c'était sur moi que
les soldats de la police impériale venaient de tirer ; ils me manquèrent.
Comme j'avais sur eux l'avantage d'un terrain encore moins favorable aux
charges de cavalerie qu'à la course à pied, leurs chevaux ne m'atteignirent
pas plus que leurs balles.

Philippe Hersant, revenu de sa stupeur, s'aventura de nouveau dans les
profondeurs du bois ; il avait ressaisi toute son énergie. — Ils ne m'auront pas, se dit-il, avant que j'aie revu ma mère et ma femme. Et mar-

chant avec fermeté au milieu de l'obscurité, il écartait avec la main les branchages qui se croisaient sur sa route, posait un pied confiant sur la terre détrempée par une averse de plusieurs heures. Au risque de passer au milieu de ceux qui devaient le chercher encore, il franchit la lisière du bois, et continua à marcher sur la grande route. Onze heures du soir sonnaient à l'église paroissiale d'Aulnay-les-Bondy, quand il arriva dans ce village. Philippe, fatigué d'avoir tourné si long-temps au hasard dans la forêt, sentit la nécessité de prendre un peu de repos ; il laissa derrière lui l'auberge unique de la commune ; il n'aurait pu payer son gîte ; mais à l'aspect d'une maisonnette isolée, par quelques jardins, des autres habitations du pays, il s'arrêta, frappa hardiment à la porte. — Qui va là ? lui cria-t-on de l'intérieur ; il répondit : — Ami !... La même voix répliqua : Ami, passe ton chemin, car ton nom ne veut rien dire. — Philippe, mécontent, mais non découragé par cette réponse, frappa de nouveau. — Ecoutez-moi, dit-il, avant de vous refuser à m'ouvrir votre porte... je suis un pauvre diable égaré dans le pays... prenez des armes, tout ce qu'il vous plaira, pour me recevoir ; mais, au nom du ciel, ne me laissez pas sur la route : j'ai faim... j'ai froid, et il pleut. — Attends, nous allons voir si tu ne mens pas. Et les rideaux glissèrent sur leurs tringles de fer. Philippe surprit à travers les fentes de la porte les sons tremblés d'une voix de femme qui disait : — Etienne, je t'en prie, mon ami, n'ouvre pas... tu n'as que ton sabre ici... il peut avoir des pistolets.

Etienne parut réfléchir un moment ; puis il reprit d'un ton brusque, comme pour imposer à l'importun qui le réveillait : — Sois tranquille, ma femme, si c'est un malfaiteur il n'a qu'à bien se tenir... Allons, debout, Turc... viens voir qui c'est, mon garçon, et sois prêt, entends-tu ? Un grognement prolongé répondit à cette injonction de maître Etienne ; déjà le jeune conscrit voyait briller la lumière dans l'intérieur de la maison ; il entendait les frôlemens de Turc contre le mur, et les aspirations successives de son museau qui cherchait à se glisser sous le bas mal joint de la porte. Philippe enfin se réjouissait d'avoir trouvé un asile, quand deux mains larges et vigoureuses vinrent se placer sur sa bouche ; il voulut se défendre, deux autres mains tombèrent sur le collet de sa veste. Etourdi par cette surprise, il ne put que se laisser entraîner dans une chaumière située à quelques pas de la maison d'Etienne.

Dans la salle basse où le conscrit fut conduit, une jeune fille et sa mère, assises devant une table, travaillaient à la lueur d'une vacillante lampe de terre. La jeune paysanne se leva vivement dès que le réfractaire fut entré, et referma avec soin la porte de la chaumière sur Philippe et sur ceux qui l'avaient saisi si brutalement... Il allait demander l'explication de son enlèvement, quand les deux femmes, le doigt sur la bouche, l'engagèrent à se taire. — Ne parle pas, lui dit à l'oreille un des paysans ; ne parle pas, ou tu es empoigné, et nous sommes victimes. — Le voilà qui vient, interrompt l'autre paysan qui s'était tenu l'oreille collée au volet de la fenêtre. Soudain la vieille mère prend la lampe, la cache sous le manteau de la cheminée ; on recommande un silence général ; à peine la lumière a-t-elle disparu, que l'on frappe rudement à la porte.

— Eh bien ! qu'est-ce qu'il y a, que voulez-vous ? dit la jeune fille imitant la surprise de quelqu'un qu'on éveille subitement.

— C'est moi, mamselle Annette, votre voisin Etienne. J'vas vous dire, c'est qu'on vient de frapper à ma porte tout à l'heure, et comme je me doute que c'est une farce qu'on a voulu me faire, j'étais bien aise de vous demander si Antoine, votre futur, est encore là ?

— Il vient de sortir il y a un quart d'heure, répond Annette en regardant le plus jeune des deux paysans, qui a mis la main sur sa bouche pour ne pas laisser échapper un éclat de rire.

— Alors c'est donc lui... comme je le disais à ma femme qui ne voulait pas reconnaître sa voix... Tant mieux, s'il est l'auteur de la plaisanterie... car si c'était un autre, je lui apprendrais à rire avec les agens de l'autorité ; mais un ami qui se marie demain, c'est différent.... A propos de votre mariage, je me suis fait remplacer pour ma garde, et j'ai un uniforme neuf de gendarme à votre intention, mamselle Annette.

— Il ne s'en ira pas, murmura la mère ; renvoie-le donc, Annette. Et la jeune fille reprit : — Il a l'air de faire bien mauvais temps, monsieur Etienne ; si vous voulez causer, j'éveillerai mon père pour qu'il vous ouvre la porte.

La mère tirait Annette par sa jupe, son père lui montrait un poing menaçant, Antoine frappait du pied avec impatience, et Philippe, pâle, tremblant, écoutait avec anxiété la fin de cette scène. Etienne la termina brusquement en disant : — Bonsoir, Annette... je suis content de savoir que j'ai eu affaire à ce farceur d'Antoine ; il ne risque rien pour demain, je lui ferai payer ça en litres de vin.

La malicieuse fiancée ajouta d'un air hypocrite : — Vraiment, vous ne voulez donc pas jaser un peu avec mon père?

— Par exemple! et la bourgeoise qui m'attend; elle me battrait.

Après cette plaisanterie de gendarme, Etienne s'éloigna. Antoine ouvrit la porte de la chaumière, et vit son voisin rentrer chez lui en répétant : — Ah! farceur d'Antoine, il faudra que tu m'en verses demain!

La lumière fut replacée sur la table; le jeune conscrit comprit alors à quel danger il venait d'échapper.

— Eh bien! garçon, dit le vieux paysan à Philippe, vois-tu où tu allais te fourrer?... C'est donc toi qui t'avises de tuer les gendarmes, et qui prends ensuite leur maison pour une auberge?... Allons, viens te chauffer là. Et il le fit asseoir devant la cheminée, où pétillait la bourrée de sarment.

Philippe ne savait comment exprimer sa reconnaissance envers ces bonnes gens, qui s'exposaient pour lui à toute la sévérité des lois de l'empire, contre les recéleurs de réfractaires. En ce temps-là, vous le savez, il valait mieux cacher de l'argenterie volée que d'essayer de soustraire un enfant au gouffre de la conscription qui le réclamait. Cette rigueur de la loi, que l'on a cru devoir blâmer, est, suivant moi, dans l'ordre ordinaire des choses; afin d'établir une juste balance dans la pénalité, le code doit châtier plus sévèrement les délits contre les gouvernemens que les crimes contre les personnes : les premiers ne déshonorent pas.

Le conscrit, voulant prouver à ses libérateurs qu'il sentait le prix de leur bienfait, dit à l'honnête père d'Annette: — Je suis de la campagne aussi, moi, et si par hasard vous aviez un fils, et qu'il eût besoin de mon bien, de ma vie, qu'il vienne frapper chez nous demain, dans dix ans, n'importe en quel temps, Philippe Hersant, de Guermandes, sa mère, sa femme, ne lui refuseront jamais les secours que vous m'accordez si généreusement aujourd'hui.

— Dieu veuille que mon Jacques n'en ait pas besoin, reprit la mère ; mais non, c'est un soldat dans l'âme, lui ; il se ferait tuer cent fois, si ça se pouvait, plutôt que de quitter le régiment.

— Mais comment avez-vous su que j'étais un réfractaire? demanda Philippe après s'être réchauffé à la flamme éblouissante qui montait en se jouant autour de la crémaillère.

— Voilà ce que c'est, répondit le père d'Annette ; on ne démonte pas un gendarme, sur la route de Bondy, sans que la nouvelle n'en arrive bien vite à Aulnay. Nous savions que deux garnemens, excusez le mot, avaient couché par terre François Desroche, dit l'Appétit; c'est le nom du pauvre diable qui n'aura plus ni faim ni soif.

Philippe l'interrompit en frémissant. — Il est donc mort?... dit-il.

— On ne peut pas plus mort, répliqua Antoine.

Mon jeune ami ne put retenir ses larmes; les sanglots étouffaient sa voix; le vieux paysan versa à boire pour le calmer, et continua:

— Ne pleure donc pas, garçon ; du moment que c'est un cas de légitime défense, tu n'as rien à te reprocher... Je reviens à mon dire : nous savions à sept heures que c'était fini de rire pour l'Appétit... Voilà que ce soir, pendant que ma fille met des fanfioles à sa robe de noces, et que ma femme repasse ses bonnets, moi et Antoine nous avons jasé sur vous : « Les malheureux, que nous nous disions, ne sont peut-être pas du pays, ils vont s'égarer dans la forêt, ils tomberont dans la gueule du loup : ce serait une belle action que d'aller faire une battue en leur intention.»

— Faut être juste, père Urbain, c'est Annette qui a dit ça la première, reprit Antoine ; même elle a ajouté que si nous pouvions en sauver un, ça porterait, bien sûr, bonheur à notre mariage.

Le père Urbain haussa les épaules en regardant Annette avec cet air de pitié d'un esprit fort qui ne veut pas se donner la peine de combattre un préjugé religieux.

— Eh bien ! oui, je l'ai dit, ajouta la jeune fille , c'est une idée que j'ai comme ça, que le bien qu'on fait vous est toujours compté là-haut.

— Au moins, continua Philippe, ce ne seront pas mes prières qui vous manqueront, ni celles de ma Thérèse.

— C'est ça, dit Annette, puisque vous avez une Thérèse, recommandez-lui de prier pour nous ; j'aime mieux ça, les femmes ont plus de mémoire que vous autres.

— Allons, en voilà assez avec vos prières, objecta le vieux paysan ; vous me coupez le fil de mon discours... Où en étais-je ? Ah ! que nous allions partir pour la forêt, lorsqu'en sortant d'ici, Antoine et moi, nous vous avons aperçu à la porte de notre voisin le gendarme... Ça doit être un des déserteurs, que m'a dit mon gendre ; alors nous sommes tombés sur vous pour vous préserver, et voilà toute l'histoire.

La nuit était trop avancée pour que Philippe se mît dans le lit qu'on lui avait préparé. Les futurs époux se trouvaient trop heureux de ce qu'un événement inattendu leur permettrait de ne pas se quitter une dernière fois avant la bénédiction nuptiale. Philippe s'endormit sur sa chaise ; sa blessure avait été pansée, et Antoine était allé jusque chez lui chercher une chemise, un pantalon et une veste pour le pauvre réfractaire. Vers quatre heures du matin, le père d'Annette, qui avait dormi afin d'amasser des forces pour boire et danser aux noces de sa fille, se leva ; il réveilla Philippe... — Allons, mon bonhomme, il est l'heure de jouer des jambes, passons ces habits-là et mettons-nous en route. Le réfractaire obéit, remercia mille fois ses sauveurs, pressa dans sa main la main du gendre et du beau-père qui lui secouèrent rudement le bras ; il embrassa la vieille mère qui pleurait, la jeune fille qui regardait Antoine avec une expression bien plus tendre encore que la veille ; le marié aussi avait un air heureux et fier : était-ce sa bonne action seulement qui lui donnait cet air-là ?

Annette, en disant un dernier adieu à Philippe, se pencha vers lui comme pour se laisser embrasser encore une fois, et lui glissa une pièce d'argent dans la main. — Chut ! fit-elle, n'oubliez pas ce que vous m'avez promis ; que votre Thérèse prie pour Antoine et pour moi... j'y compte.

Philippe partit, il ne faisait pas jour encore ; mais on lui avait trop bien indiqué son chemin pour qu'il pût s'égarer de nouveau. Il gagna Villemonble, arriva par un détour à Neuilly-sur-Marne, traversa Chelles, Lagny, sans avoir couru aucun danger. Il prit alors le sentier qui serpente au milieu des belles plaines de Saint-Laurent, et qui devait le conduire au village de Guermandes.

III

L'Occupation Militaire.

> Tenez, monseigneur, voilà tout ce que nous
> possédons ; nos poulets, nos œufs, notre argent,
> nous n'en avons pas davantage... Puisque vous
> voulez bien nous donner quelque chose de notre
> bien, je le demande en grâce, laissez-moi le ber-
> ceau de mon nourrisson.
>
> BERQUIN. — *L'Honnête Fermier.*

Il faut avoir parcouru nos campagnes quelques mois après la chute de
l'empire, pour comprendre à quel excès de malheur le paysan peut
atteindre. Il suffit d'avoir visité en 1814 les chaumières occupées militairement, pour remercier le sort de ce qu'il nous ait fait vivre dans les villes,
où les officiers étrangers, sans doute pour donner une haute idée de leur
civilisation, faisaient peser sur leurs soldats une discipline de fer.

Qui ne se rappelle ces jolis colonels russes au regard doux, aux cheveux
blonds ; pâles, frêles, étranglés dans leurs habits verts comme de petites-
maîtresses qui vont au bal ? Pour un mot mal compris, un regard peu
respectueux, ils donnaient à leurs Cosaques, avec leurs mains blanches,
mignonnes, potelées et parfumées, de ces soufflets qui brisent les dents ou
font jaillir les yeux. Jaloux de prouver leur respect pour la propriété, ils
condamnaient, de leur voix d'enfant, au grand knout qui fait mourir, le
pauvre diable de Baskir qui s'était cru autorisé par la victoire à lever
l'impôt d'une pomme ou d'un verre d'eau-de-vie sur les habitans d'un
pays que son empereur frappait d'une contribution de plusieurs millions.

C'était surtout auprès des dames que ces jeunes officiers savaient se
montrer aimables, prévenans et courtois. J'ai vu un capitaine de la garde
impériale d'Alexandre pousser la galanterie jusqu'à faire sauter d'un coup
de pistolet la cervelle d'un grenadier qui s'était permis de dérober brutalement la rose qu'une jolie femme tenait à la main.

Mais si c'était plaisir pour les habitans de Paris de savoir leur fortune et
leur vie placées sous la sauvegarde de leurs scrupuleux vainqueurs, le sort
du paysan était affreux. Déjà pauvre, et souvent chargé d'une nombreuse
famille, il se voyait encore forcé de loger, de nourrir des ennemis d'autant
plus exigeans que les plaintes de celui qui les hébergeait ne pouvaient
arriver jusqu'aux chefs de l'armée. Ce n'étaient pas le pain noir et la piquette du cultivateur qu'il leur fallait, ils avaient vaincu pour manger du
pain blanc, pour boire de l'eau-de-vie... ils avaient couché pendant six
mois sur la terre froide pour se reposer plus tard dans de bons lits. Quant
à leurs hôtes, la paille de l'étable leur suffisait ; ils devaient travailler et
jeûner pour leur procurer les douceurs promises à ceux qui entrent en pays
conquis ; le paysan travaillait, il jeûnait, détruisait sa santé à fatiguer la
terre ; et le soir, après une journée laborieuse, il fallait encore qu'il vînt
servir des maîtres dont il ne comprenait pas toujours les ordres, mais qui
avaient le plat de leurs sabres pour se faire entendre. Cet état intolérable
de la faim qui nourrit, de la misère qui donne l'abondance, du désespoir
qui procure des joies, c'était le résultat prévu d'une défaite, la peine du
talion appliquée à un peuple qui n'avait pas toujours été juste ni généreux
dans ses conquêtes.

A la place de ces étrangers qui ruinent le paysan, l'accablent de vexa-
tions, le chassent de sa table, couchent dans son lit, et lui disent impi-

toyablement : « Il nous en faut encore! » quand il est venu en pleurant leur apporter son dernier sou et son dernier morceau de pain. A la place des Russes, des Prussiens, des vainqueurs enfin qui usent du droit de la guerre, mettez des gendarmes, les garnissaires de la police armée de l'empire, plus exigeans encore que les ennemis; car ceux-ci ne demandaient pas qu'une mère vînt leur livrer son enfant. Changez la date, les uniformes, et vous aurez le tableau des misères d'un village qui essayait de soustraire un conscrit à la moisson d'hommes que l'on consommait tous les ans.

Le châtiment administratif ne frappait pas seulement le père coupable d'un excès de tendresse pour son fils : tous ses voisins le subissaient aussi. La population entière du pays devait répondre du soldat réfractaire. La famille qui avait déjà fait pour son propre compte le sacrifice d'un enfant qu'elle aimait, n'était pas plus que les autres à l'abri d'une invasion de gendarmes. On voulait que la peur et l'intérêt personnel poussassent à la délation, et, lorsqu'il était bien prouvé que les voisins étaient innocens du rapt d'un conscrit, on faisait vendre leurs hardes, leur mobilier, tout ce qu'ils possédaient enfin, jusqu'à la concurrence de la somme qu'ils devaient aux garnisaires pour le temps que ceux-ci avaient passé chez eux : la taxe était, je crois, trois francs par jour pour un homme; il y avait rarement moins de deux gendarmes par chaumière; ils restaient quelquefois plusieurs semaines chez le paysan.

Quant aux parens du réfractaire, s'ils s'obstinaient à taire sa retraite, l'état tolérait leur silence moyennant une somme de quinze cents francs; c'était alors le prix d'un homme. On pouvait supposer qu'ils allaient devenir rares; ils coûtaient cher.

Le village de Guermandes était occupé militairement par les agens de l'autorité quand Philippe y arriva. A la vue des gendarmes qui fumaient et devisaient porte à porte sur le seuil des chaumières, le jeune conscrit n'osa pas aller plus loin. Il attendit qu'une personne du pays vînt à passer pour s'informer auprès d'elle du motif de ce déploiement de forces dans un hameau qui comptait à peine deux cents habitans, et dont les mœurs paisibles n'avaient jamais provoqué un réquisitoire du procureur impérial, ni même une ordonnance du sous-préfet. Oublié sur la carte topographique du département, Guermandes n'est guère connu que du percepteur des contributions et de l'employé chargé de dresser le tableau des naissances, à l'époque du recrutement.

Philippe attendit vainement. Tous les habitans du pays étaient réunis sur la place de l'église à écouter, non un sermon sur la patience et la charité, comme en fait de si beaux faisait le curé de l'endroit; ils assistaient à la criée des meubles de la veuve Hersant, la mère de Philippe. Comme en ce temps-là on n'emprisonnait pas les femmes qui cachaient leurs fils, on ruinait leurs mères. Ce n'était plus un dédommagement utile, c'était une vengeance.

Le réfractaire, fatigué de guetter le passage d'un voisin, qui n'arrivait pas, et craignant aussi d'être aperçu par quelques uns de ces gendarmes qui continuaient à causer en se soufflant des bouffées de fumée, prit le parti de retourner sur ses pas jusqu'au village de Gouverne. — J'y ai des amis, se dit-il, on me donnera des nouvelles de ma mère et de Thérèse.

Un petit garçon qui jouait au bord de la Marne le reconnut et s'écria : — Voilà Philippe Hersant. Un paysan sortit de sa maison, donna un soufflet à l'enfant en lui disant : —Si tu t'avises de parler de Philippe, je t'assomme, et, si tu n'en dis rien, tu auras des noix. Après cette recommandation paternelle, il prit le réfractaire par les épaules et le poussa jusque chez lui. Avant d'entrer avec Philippe dans la maison du père Maurice, je dois vous dire, à la gloire du petit bonhomme, qu'il fut discret : il savait que son père avait l'habitude de tenir religieusement toutes ses promesses, et puis à son âge on aime tant les noix !

Le père Maurice, après avoir fait asseoir Philippe, commença ainsi :

— Pourquoi n'es-tu pas resté caché à Paris ?... Que viens-tu faire chez nous ?

— L'ami qui me donnait un asile , répondit le jeune homme , a été forcé de retourner à son pays. J'ai vécu un mois chez un plâtrier qui me demandait tous les soirs mon livret d'ouvrier ; comme je ne pouvais pas le lui donner , et que je le lui promettais toujours, il a eu peur à la fin de se compromettre, et je revenais dans Paris pour chercher de l'ouvrage chez un jardinier de la Pépinière dont on m'avait parlé , quand j'ai été pris et mis en prison.

— Nous savions tout ça , tu l'avais marqué à ta mère et à ta femme.

— Ce que vous ne saviez pas , c'est que je serais aussitôt libre. Un réfractaire , arrêté le même jour que moi et que je trouvai dans la prison, me dit : — Camarade, si tu es un bon enfant , nous aurons bon marché des deux gendarmes qui doivent nous conduire ; avant d'être arrivés à la première étape, je te réponds que nous pourrons aller coucher chez nous. Il ne mentait pas : après quelques heures de marche , la corde qui nous attachait fut usée avec nos dents ; nous feignîmes de tomber aux pieds des chevaux de nos conducteurs , et pendant que l'un d'eux se baissait pour nous relever par le collet de nos vestes, je saisis le revers de son habit ; il tombe à terre , je tire son sabre ; il veut s'élancer sur nous ; mon compagnon de voyage le reçoit sur la pointe d'un couteau qu'il était parvenu à dérober à toutes les recherches. L'autre gendarme, apercevant son camarade blessé, foulé aux pieds de son propre cheval, n'ose long-temps hasarder sa vie contre deux hommes encouragés par un premier succès et qui sont résolus à mourir. Il décharge ses pistolets sur nous ; mais le danger lui avait fait perdre la tête. Voyant qu'il nous a manqués, et que nous sommes prêts à le frapper, il crie grâce , jette ses armes et donne un vigoureux coup d'éperon à son cheval qui part comme un trait.

Ici Philippe raconta notre séparation dans la forêt, l'aventure d'Aulnay-les-Bondy, que vous connaissez déjà , et termina par ces mots : —J'étais libre ; ma mère et ma femme devaient pleurer sur moi ; jugez si j'étais pressé de revenir auprès d'elles.

— Quant à ta femme, reprit Maurice. tu ne la trouveras pas à Guermaudes, attendu qu'elle est en service à Paris.

— En service! dit Philippe avec étonnement.

— Parbleu ! sans doute, il fallait bien qu'elle pût trouver le moyen de nourrir ta pauvre mère qui est sans ressources à présent... et à cause de toi, encore... Quand tu me regarderas avec tes yeux à faire trembler... ce que je te dis est la vérité. Tout ça c'est la faute de défunt ton père... Le cousin Hersant s'imaginait , parce qu'il avait une bonne ferme, qu'elle durerait toujours... Il ne comptait pas sur les incendies , et j'espère que vous en avez eu un terrible, et qu'est arrivé encore au moment où tous les grains étaient rentrés... Le cousin disait , il y a deux ans , à M. le maire : — Mariez toujours mon garçon , puisqu'il aime Thérèse Gerbier ; eh bien ! quand son tour viendra de tirer à la conscription , je lui achèterai un homme. M. le maire l'a écouté , le désastre qui vous a ruinés est arrivé... tu as tiré un mauvais numéro... et depuis huit mois que tu te caches, ton père est mort de chagrin ; enfin voilà quinze jours que les garnisaires grugent tout le pauvre monde dans le village , et tout ça parce que ta mère ou les voisins ne peuvent pas dénoncer ta retraite à la gendarmerie.

— Alors j'aime autant me livrer , dit brusquement Philippe en se levant ; ne me retenez pas , père Maurice, j'y vais à l'instant.

— C'est ça , à présent que tout le mal est fait, que ta mère n'a plus rien ; laisse-lui au moins la consolation de savoir que tu es vivant. Sais-tu si maintenant il n'y va pas pour toi d'une condamnation à mort , après ta révolte contre les gendarmes ? Philippe retomba sur sa chaise.

Maurice continua : — Et ta pauvre Thérèse, donc, ne veux-tu pas aussi
en faire une veuve?... Allons, Philippe, faut être raisonnable ; écoute-
moi... Je conduis demain la mère Hersant à Paris ; elle entre aussi en
service.

— Ma mère! à soixante ans ?

— Elle y sera mieux que chez elle... c'est dans la maison de
madame Orbelin, ta sœur de lait, quoi !... qui la prend avec elle ainsi
que ta femme... elles seront ensemble...

— Cette bonne Pauline, dit Philippe, si je n'avais pas craint d'abuser
de son amitié pour nous, c'est chez elle que je me serais caché.

— Eh bien ! oui, Philippe ; mais moi qui porte des provisions dans
sa maison, je te dirai que ce ne serait pas sûr pour toi; il y va trop
de monde... des officiers... des hommes d'affaires. Mais Thérèse, qui
a de la prudence, pourra parler de toi à M. Orbelin, le mari de Pauline : c'est bien le plus brave homme de notaire que je connaisse; il
m'a parlé pendant deux heures, l'autre jour, sur un procès que j'ai
avec Grandjean, et il ne m'a rien pris pour cela.

— Mais... où logerai-je jusque-là ?

— Ici, pour aujourd'hui ; demain matin, de bonne heure, tu iras
m'attendre avant le jour à la sortie de Ferrière: tu auras une blouse,
un fouet, et tu seras charretier avec moi jusqu'à Paris. Après ça,
nous verrons ce que nous aurons à faire... A propos, tu n'as peut-être
pas le sou ?

Philippe tira la pièce de cinq francs qu'Annette lui avait donnée.

— C'est bien, reprit le père Maurice ; alors tu vas payer quelque
chose... dis ce que tu veux dépenser, j'irai le chercher.

— Prenez tout ce qui vous fera plaisir.

Maurice prit deux bouteilles vides ; les rapporta pleines. Comme on
était au samedi, l'aubergiste de l'endroit, qui se préparait à recevoir
ses pratiques du lendemain, lui fit réchauffer un plat de gibelotte,
derniers restes du dimanche passé. Cette consommation extraordinaire
n'étonna pas le Vefour de Gouverne ; Maurice avait une réputation
méritée de gourmandise et d'ivrognerie ; on trouva naturel qu'il eût
profité de l'absence de sa femme pour se dédommager de l'austère sobriété que madame Maurice lui imposait.

Le lendemain, Philippe se leva de bonne heure, se couvrit d'une
blouse de charretier, évita le village de Guermandes, passa dans Ferrière, et attendit son cousin de Gouverne sur la route de Paris. Il ne
fut pas long-temps sans voir arriver une lourde charrette qui cahotait
quelques ustensiles de ménage. Une vieille femme suivait à pied :
c'était la mère du conscrit ; elle n'avait pas voulu monter dans la
voiture de Maurice, afin d'être plus tôt dans les bras de son enfant.
Elle le pressa sur son cœur, le baigna de ses larmes, l'embrassa enfin
comme peut embrasser une mère après huit mois d'angoisses ; elle se
trouvait riche, heureuse, tranquille : son fils était là, et, cependant,
elle était ruinée ! A soixante ans, elle allait se mettre aux gages d'un
maître ; et Philippe n'était pas encore sauvé. Maurice, qui n'avait pas
bu de la matinée, et qui ne pouvait pas être comme eux ivre de plaisir, laissa échapper un gros juron pour mettre fin aux caresses maternelles. La bonne vieille comprit qu'il y allait de la sûreté de son
enfant ; elle se détacha de ses bras, monta dans la charrette, et sur la
recommandation expresse du voiturier, on marcha silencieusement
jusqu'à Paris.

IV

La Sœur de Lait.

> Ce que nous appelons ordinairement amitiés,
> ne sont qu'accointances et familiarités nouées par
> quelque occasion ou commodité, par le moyen de
> laquelle nos âmes s'entretiennent.
>
> MONTAIGNE.

Laborieux artisans, mes bons amis, vous tous qui habitez comme moi d'étroites mansardes où tombent les premiers rayons du jour, où l'espace manque souvent aux jeux de nos enfans; mais où nous trouvons toujours assez de place pour loger notre pauvreté, nos fatigues et nos chagrins, vous allez pour un moment oublier les cages lambrissées du sixième étage; je veux vous faire descendre dans le salon d'une petite-maîtresse de l'empire.

Il est galant, riant, coquet; le bleu tendre de sa boiserie fait ressortir les moulures brillantes des portes et l'acanthe dorée de la corniche; une élégante draperie de linon et de soie orne ses deux fenêtres, et garantit en même temps son frais décor de l'ardeur dévorante du soleil, comme le voile de nos jeunes filles ajoute à leur beauté, tout en les protégeant contre le hâle. Sur le parquet s'étend un tapis de roses et de verdure où des amours se cachent dans le casque de Mars, dans le nectaire des fleurs; sur les riches porcelaines que réflète la glace de la cheminée, l'art du peintre s'est épuisé à marier les plus vives couleurs, par désespoir sans doute de n'avoir pu donner la vie et le mouvement à ces nymphes désarmant l'Amour, à ces Grâces qui l'enchaînent; sur les cuivres des consoles, au milieu de ces nuages qu'un gracieux pinceau a suspendus au plafond, sur les bronzes des meubles, sous cette table de marbre, d'où s'élève une immense corbeille de mousse et de tulipes, partout l'Amour: mais l'Amour joufflu, rosé, avec ses poses raides, ses contours bien lisses, bien arrondis, bien proprets; l'Amour, modèle d'académie enfin, menace, prie, commande, obéit, triomphe ou succombe. Pauvres et froides allégories d'une ivresse qui donne le délire, d'un tourment qui cause la mort; voluptueuses figures de géométrie, passion mesurée entre les branches d'un compas, poésie de la ligne droite et de l'hypothénuse, il faut que le sentiment que vous essayez de reproduire soit bien vivace pour qu'il ait pu résister à la triple conjuration du burin, du ciseau et de la palette.

Pardon, mes amis, je vais conter:

Cette jeune femme, petite, pâle et blonde, enveloppée d'une douillette de lévantine gris-de-perle, du collet de laquelle s'échappe une ample garniture de dentelle, c'est Pauline, la sœur de lait de Philippe Hersant; madame Orbelin, nonchalamment couchée sur l'ottomane de damas bleu du salon, relève sous ses doigts les tuyaux de tulle et de satin d'une robe de bal qu'elle a quittée au point du jour. Thérèse, sa femme de chambre, debout devant elle, soutient le corsage de la robe, et baisse la tête pour cacher des larmes qui tombent sur son tablier blanc; elle écoute les remontrances sévères de celle qui l'appelait encore, il y a un an, son amie de campagne, sa petite sœur de Guermandes.

Les deux jeunes femmes ont été, pour ainsi dire, élevées ensemble; la ferme de la mère Hersant, la nourrice de Pauline, touchait à la maison du père de Thérèse. Madame Orbelin et sa petite compagne étaient à peu près du même âge... Elles se partagèrent leurs premiers joujoux. C'est pour

aller l'une vers l'autre qu'elles firent leurs premiers pas. Plus tard, elles
s'entendaient entre elles pour tyranniser le bon gros pataud de Philippe,
qu'on voyait quelquefois revenir en pleurant auprès de sa mère, pour lui
raconter qu'il avait été battu par ses deux femmes.

Pauline devint une belle demoiselle, on la mit en pension à Paris; mais
tous les ans, au temps des vacances, elle revenait passer quelques jours à
Guermandes. Là, elle oubliait ses riches et fières camarades de classe; elle
mettait de côté sa robe de percale blanche, son joli chapeau de paille, qui
rendaient Thérèse honteuse avec elle. La jolie pensionnaire échangeait sa
toilette de Paris contre un déshabillé d'indienne et le bonnet rond du
village, afin que sa petite sœur ne craignît pas de la tutoyer. Thérèse se
maria; sans doute elle aimait bien son bon Philippe, mais sa noce n'eût
pas été belle sans la présence de sa sœur Pauline : celle-ci fut la première
demoiselle d'honneur. Les deux amies avaient la même parure; et sans la
couronne de roses blanches qui remplaçait, sur la tête de la riche demoiselle de Paris, le chapeau de fleurs d'oranger, il eût été difficile de reconnaître la mariée. Ce n'est pas Philippe qui l'eût fait deviner, son empressement était le même auprès de Pauline et de sa fiancée. Heureux de se
trouver entre elles, il embrassait l'une et l'autre avec autant de joie et
d'amour : Thérèse n'était pas jalouse. Quelques mois après ce mariage,
Pauline épousa M. Orbelin, le notaire de sa famille et son tuteur : les jeunes
mariés de Guermandes ne furent point invités à la noce de leur sœur. La
mère Hersant se montra sensible à cet oubli; Philippe dit : — Je n'aurais
jamais cru cela de Pauline. Thérèse pleura un peu de dépit, bouda long-
temps, parce que son cœur était encore plus blessé que son amour-propre.
Mais, huit jours après, on reçut à Guermandes une si jolie lettre de Pauline, il y avait tant d'amitié au bout de la plume de madame Orbelin, qu'on
n'eut pas le courage de lui garder rancune. Elle promettait de venir passer
à Guermandes la belle saison prochaine; son mari devait l'accompagner.

« Monsieur Orbelin, leur mandait-elle, n'est pas un jeune homme, il a
même déjà beaucoup de cheveux blancs; mais cela me rappelle papa
Hersant, et voilà pourquoi je l'aime. Nous ne nous ennuyons pas dans
notre ménage; il vient tant de monde chez nous. Notre table est garnie
tous les jours comme celle de la ferme à l'époque de la moisson, ou bien,
comme au temps des vendanges, quand on revient des pressorailles. Tu
sais, ma bonne petite sœur, combien nous trouvions beaux les militaires
qui venaient dans le village, et comme nous aimions à passer nos doigts
dans les brillantes épaulettes des officiers qui nous prenaient sur leurs
genoux. Eh bien! figure-toi mon bonheur, j'ai maintenant un cousin qui
est colonel, et je reçois, à dîner, des généraux qui me font la galanterie de
venir chez moi en grand uniforme. Tu n'as peut-être jamais vu de généraux? Rappelle-toi les tambours-majors que nous admirions ensemble;
c'est au moins aussi beau. Mon cousin, Gustave Renou, sera bientôt général; car l'empereur, qui l'aime beaucoup, lui a dit en lui prenant la
main : — Faites-vous encore blesser comme la dernière fois, mon brave,
et si vous n'en mourez pas, je vous donne une division à commander. Tu
vois que Sa Majesté lui veut du bien... Mon mari, qui a trop d'occupation
à son étude pour vous prouver, par un mot de sa main, que je lui ai fait
partager l'amitié que j'ai pour vous, me charge de vous dire mille choses
aimables. Nous nous verrons bientôt, mes bons amis; écrivez-moi, dites-
moi que vous êtes heureux, cela me consolera de ce que je ne peux vous
presser sur mon cœur.

» Votre amie et toujours bonne petite sœur,

» PAULINE ORBELIN. »

Qu'on juge de la joie qu'éprouva la famille Hersant en recevant cette
lettre; Thérèse et Philippe voulaient aller à Paris pour embrasser leur
sœur; le père nourricier eut beaucoup de peine à leur faire comprendre
qu'elle ne les invitait pas à venir la voir, et qu'alors il fallait se contenter

de répondre à ses bonnes amitiés par une lettre rédigée en conseil de famille. A la belle saison, Pauline ne vint pas, quoiqu'elle l'eût promis de nouveau. Quand le tirage de la conscription eut lieu dans le pays, le père Hersant écrivit à madame Orbelin ; mais elle était aux eaux, et son mari n'ouvrait jamais les lettres qui ne lui étaient pas adressées personnellement. Lors du désastre qui ruina la famille Hersant, on se hasarda à demander des secours à Pauline ; bien qu'elle n'écrivît plus depuis long-temps à ses amis de Guermandes, cette lettre resta encore sans réponse ; mais le père Maurice, le voiturier de Gouverne, qui allait souvent pour affaire dans la maison du notaire Orbelin, apprit que la sœur de lait de Philippe voyageait en Espagne, où Joseph venait d'être couronné roi. On ne voulut pas s'adresser au notaire ; Pauline, dans une de ses dernières lettres, avait beaucoup rabattu des éloges qu'elle donnait d'abord à son mari ; il était devenu un tyran pour elle, prenait plaisir à refuser de satisfaire à ses moindres désirs ; et, sans des consolations qu'elle avait su trouver dans l'amitié d'un parent, elle eût été la plus malheureuse des femmes. Enfin, madame Orbelin revint de son voyage, mais le père Hersant était mort, mais Philippe se dérobait aux poursuites de la police, qui le réclamait comme conscrit ; mais les garnisaires avaient envahi le village de Guermandes.

Maurice, qui conduisait toujours sa charrette à Paris, fut instruit du retour de Pauline ; il eut le courage de parler à M. Orbelin de la misère et des malheurs de la famille Hersant. Le notaire, ce tyran de sa femme, fut sensible au récit du voiturier ; il fit venir Pauline à son chevet, car depuis trois mois il était malade ; il lui commanda, mais avec douceur ; il lui ordonna, comme on prie, de prendre auprès d'elle la jeune épouse du réfractaire, ainsi que la vieille mère de Philippe. Pauline venait de chasser sa femme de chambre. — Thérèse la remplacera, dit-elle ; et, quant à la mère Hersant, nous pourrons lui donner la porte de notre maison de la rue de Courcelles, que nous n'habitons jamais. M. Orbelin approuva ces arrangemens, qui furent acceptés avec joie par la sœur et la nourrice de Pauline. Comme vous le savez déjà, Thérèse est depuis quelques jours dans la maison du notaire, et la mère Hersant va bientôt y arriver, conduite par Maurice et par le jeune conscrit.

La femme du réfractaire essaie en vain de cacher ses larmes. Madame Orbelin, qui a levé les yeux vers Thérèse, voit les larmes qui perlent sur ses joues : — Que vous êtes singulière, ma bonne amie, on ne peut rien vous faire comprendre ; cependant ce que je vous dis est très important. Allons, laissez cette robe, asseyez-vous là à côté de moi, et causons de bonne amitié.

— De l'amitié ! vous savez bien qu'entre nous cela n'est plus possible.

— Vous êtes une folle ! je veux que vous m'entendiez. Pauline attire sa femme de chambre sur l'ottomane ; elle y tombe en pleurant.

—Thérèse, ma petite, écoutez-moi sans pleurer, lui dit madame Orbelin, vous avez de l'amitié pour moi... je le sais ; mais moi-même, croyez-vous que je ne vous aime pas ?... pouvez-vous penser que j'oublie jamais nos jeux d'enfans... le temps où l'on nous couchait dans le même berceau, où nous partagions les fruits dérobés à votre père, où nous n'avions ni secret l'une pour l'autre, ni plaisirs quand nous n'étions pas ensemble ? tout cela est présent à ma mémoire, et n'en sortira jamais.

— A la bonne heure, donc, reprit vivement Thérèse en se jetant dans les bras de madame Orbelin ; je retrouve ma sœur... tu es ma Pauline d'autrefois.

— Enfant, tu vois bien... voilà que tu recommences à me tutoyer, je te l'ai dit cependant, il faut absolument perdre cette habitude-là... Mon cousin Gustave en a rougi pour moi hier, et pourtant il comprend ce que c'est que l'amitié... Mais les autres, Thérèse, s'ils t'entendaient me parler ainsi, ils se moqueraient de toi, et me mépriseraient.

Thérèse fit un mouvement comme pour dénouer les cordons de son tablier de servante ; Pauline la retint et continua : — Que voulez-vous faire ? sortir de chez moi !... Si j'étais assez riche pour vous procurer quelque aisance avec mes économies, je n'aurais pas eu la pensée de vous prendre à mon service ; mais je ne suis pas la maîtresse de disposer du bien de M. Orbelin ; mon mari me permet de vous donner des gages ; il s'opposerait, sans doute, à ce que je fisse des aumônes.

A ces mots, Thérèse releva fièrement la tête, et dit : — Je n'accepterais que d'une sœur l'argent que je n'aurais pas gagné ; il vous suffisait de me faire sentir que vous n'étiez pas la mienne pour que je refusasse vos bienfaits.

— Eh ! qui te dit, mauvaise tête, que je ne suis plus ta petite sœur ? Quand nous serons seules, je ne te défendrai pas de me parler familièrement comme à une amie... je t'en prierais même, si tu avais assez de prudence pour ne pas t'oublier devant le monde... Tu vois bien que je me contrains moi-même pour prendre avec toi un ton de maîtresse... mais je me fais une raison... je sais qu'aux yeux de la société une ancienne amitié ne peut faire excuser le langage irrespectueux d'un serviteur envers son maître. Nos rapports d'autrefois ne justifieraient pas notre intimité d'aujourd'hui : on ne verra jamais en toi que ma femme de chambre... Voyons, Thérèse, voulez-vous que je me donne un ridicule, que je me fâche avec mon mari, que je désoblige mon cousin, que je renvoie les personnes qui viennent chez moi ?... Je m'exposerais pourtant à tout cela, si je n'avais pas la force de vous apprendre votre devoir.

— Je ne suis pas venue ici pour troubler votre ménage, ni pour vous brouiller avec vos parens, reprend Thérèse... je sens bien qu'il ne vous est pas possible de mettre tout le monde dans la confidence de notre amitié d'enfance ; mais enfin il ne fallait pas me gronder si durement, parce que j'ignorais que vous appeler ma sœur, comme autrefois, c'était vous faire honte maintenant... Vous me l'avez appris... Je me tiendrai à ma place.

— Je te le répète, Thérèse, il m'en coûte autant qu'à toi... plus, peut-être, de renoncer à cette familiarité qui faisait notre joie et notre bonheur... Mais je me dois au monde ; il ne pardonne pas à celle qui ne sait pas respecter ses préjugés les plus ridicules... Pourtant, je te le promets, nous les retrouverons quelquefois, ces doux momens de notre première intimité... L'été, à ma maison de campagne, quand je ne recevrai pas, nous mettrons encore nos petits bonnets ronds qui nous allaient si bien... nous courrons les champs ensemble ; alors je redeviendrai ta sœur Pauline. Tu vois bien que c'est la société, et non mon cœur, qui se met contre toi.

— Je n'en doute pas ; mais si tu étais à ma place, tu sentirais combien je dois souffrir.

— C'est bien entendu... continua Pauline, en s'efforçant d'adoucir, par un sourire bienveillant, ce que sa recommandation avait de pénible pour Thérèse ; tu feras bien attention à ne pas me manquer de respect quand je serai avec quelqu'un... Il ne faut, pour cela, qu'un peu de bonne volonté de ta part, et surtout de la mémoire.

— Au contraire, dit Thérèse, il faut oublier. Soyez tranquille, madame, je tâcherai... et, dame, si c'est plus fort que moi, alors je vous le dirai ; et je compte assez sur votre bonté pour que vous cherchiez à me placer dans une autre maison où je n'aurai aimé personne ; ce ne sera pas difficile à trouver, car je n'eus jamais qu'une sœur Pauline.

— Tu ne me quitteras pas, ma chère amie... je suis trop contente de t'avoir près de moi.

— Et, ma belle-mère, ajouta timidement Thérèse, faudra-t-il lui dire aussi qu'elle cesse de vous tutoyer ? c'est que ça lui sera bien plus difficile qu'à moi, elle qui vous a nourrie de son lait.

— Non pas, reprit vivement madame Orbelin, je serai toujours sa fille...

dans toutes les maisons les nourrices ont le privilége des mères.... c'est l'usage.

— Tant mieux, car la pauvre femme n'aurait pas pu s'y faire... et moi, au moins je souffrirai seule.

— Ah ça ! Thérèse, tu sauras bien faire entendre à ta mère pourquoi j'exige que tu me parles avec respect ; tu lui diras que c'est mon mari, mon cousin, le monde enfin, qui le commandent. Elle te comprendra ; mais il m'en coûterait trop de recommencer avec elle la scène que nous venons d'avoir ensemble... Ah ! mon Dieu ! n'as-tu pas entendu rouler une voiture ? C'est lui, et je ne suis pas habillée !...

En effet, une calèche s'arrêta dans la cour de la maison, et quelques secondes après on annonça M. Gustave Renou ; c'est le cousin de Pauline, le jeune colonel qui s'est fait blesser de nouveau en Allemagne, et qui vient à Paris attendre l'empereur pour recevoir, à son retour, le brevet de général. Il entre assez cavalièrement, jette son chapeau sur l'ottomane, et dit :

— Comment, ma cousine, il est midi, et vous n'êtes pas prête ! nous ne partirons que dans deux heures.

— Je suis à vous dans l'instant. Thérèse, dépêchez-vous un peu. Les deux femmes vont passer dans le cabinet de toilette, quand le domestique entre une seconde fois, et dit : Maurice, le voiturier, est arrivé avec madame Hersant ; ils demandent tous deux mademoiselle Thérèse. Celle-ci regarde sa maîtresse d'un air suppliant.

— Voulez-vous me permettre d'aller au devant de ma mère ?

— Encore un retard ! murmure tout bas le colonel.

— Allez-y, répond Pauline impatientée ; car maintenant vous ne sauriez plus ce que vous feriez si je vous retenais ici plus long-temps.

Thérèse s'empresse de profiter de la permission qu'elle vient de recevoir ; elle quitte le salon. Arrivée sur le palier, elle se dispose à descendre : mais le valet l'arrête. — Où allez-vous ? — Au devant d'eux. — C'est en face, chez monsieur, que vous les trouverez. Et Thérèse entra dans l'appartement du notaire.

V

L'Asile.

> — Belle amie, dit-il à la fillette, ne pleurez pas, je vais vous mener à Palluel, où ma femme vous recevra bien ; nous avons un lit à vous donner dans une chambre à côté de la nôtre, et demain, si matin que vous voudrez, vous trouverez votre farine toute prête.
>
> ENGUERRAND D'OISI. — Le Meunier
> d'Aleus, fabliau.

Pauline avait raison quand elle écrivait à ses amis de Guermandes que M. Orbelin n'était plus de la première jeunesse ; il doit avoir au moins cinquante ans. Son teint est blafard, des cheveux gris et rares descendent en boucles sur son front sillonné de rides profondes ; ses yeux bleus ne promènent que des regards tristes et doux sur ceux qui l'entourent ; sa voix est en même temps grave et pénétrante ; les sons qu'elle rend vont au cœur. Il est souffrant, et l'on est d'autant plus disposé à le plaindre, que c'est toujours avec un ton de résignation qui brise l'âme que le vieux notaire répond aux personnes qui l'interrogent sur ses douleurs. On sent qu'il y a en lui une peine de mort bien autrement cuisante que les maux physiques qui le retiennent au lit ; mais personne n'a le secret du tour-

ment qui le mine. Une fois, son médecin l'a vu pleurer : c'était un soir ;
madame Orbelin ne pouvait être auprès de son mari, il y avait bal à la
Malmaison. Le docteur voulut profiter de cette circonstance pour arracher un aveu qui importait à la santé de son malade.

— Monsieur Pelletan, lui répondit Orbelin, je n'ai pas de confidence à
vous faire... puisque vous avez surpris mes larmes, je ne nierai pas ma
faiblesse ; j'ai pleuré comme un enfant qui s'ennuie d'être au lit... Je suis
chagrin, parce qu'il y a long-temps que je souffre : voilà tout ce que
je peux vous dire. Le savant docteur n'en demanda pas davantage ; il
jugea, à l'altération des traits du notaire pendant ses paroles, qu'il y
avait chez lui une résolution bien arrêtée de ne pas avouer la cause de
son mal... C'était faire, inutilement, souffrir le malade : pourquoi fouiller dans une blessure, quand on n'a plus l'espoir d'en extraire la balle
qui a frappé mortellement ?

Depuis cette soirée, M. Pelletan désespéra de rendre à la santé le mari
de Pauline ; mais il ne continua pas moins de lui donner des soins qui
adoucirent ses souffrances.

Au moment où la mère Hersant arrive chez Orbelin, celui-ci se prépare à se lever ; la bonne vieille s'assied auprès de son lit et demande sa
Pauline, qu'elle a hâte d'embrasser. — Parlez-moi de vos chagrins, lui
dit-il en soupirant ; nous avons le temps de causer ensemble, il ne fait
pas encore jour chez ma femme ; sans cela elle serait déjà venue savoir
de mes nouvelles... à moins pourtant qu'elle ne m'oublie encore aujourd'hui.

— Vous oublier ! oh ! mon cher monsieur, ça n'est pas possible !...
vous qui avez l'air si bon !... si respectable !...

— Ah ! vous ne me connaissez pas, je suis un grondeur quand je m'y
mets... je suis un tyran, n'est-ce pas Maurice? Le voiturier, à qui on a
lu la lettre où Pauline se plaignait de M. Orbelin, a sans doute fait un
rapport indiscret au notaire, car il sourit d'un air d'intelligence. ⇒ Et
quand même on aurait quelque castille en ménage, ce n'est pas une raison pour oublier son mari, reprend la mère Hersant.

— Pauline est une jeune tête, ma bonne... il faut bien lui pardonner
quelque chose ; d'ailleurs, le spectacle d'un vieillard qui souffre n'a rien
de bien attrayant. Comme je sais que ma femme est très impressionnable, je ne puis pas lui en vouloir de ce qu'elle ménage sa sensibilité. Il
règne une dérision si poignante dans les excuses que le malade sait trouver à la négligence de Pauline, que le véritable sens de ses paroles n'é-
chappe pas, même à la grossière intelligence de Maurice.—Nom d'un !...
s'écrie-t-il, ce n'est pas madame Maurice qui s'aviserait de dormir jusqu'à des onze heures, midi, quand je suis sur le flanc pour maladie quel-
conque ; et pourtant on ne peut pas dire qu'elle me goberge, celle-là !
Le vieux notaire sort avec peine du lit son bras faible et décharné, et
l'étend vers le voiturier, en lui faisant signe de la main de modérer sa
colère. Maurice se pince les lèvres, et se tait.

— Au moins, mon bon monsieur, dites-moi où je pourrai trouver cette
pauvre Thérèse, ajoute la mère Hersant ; j'ai de si bonnes nouvelles à lui
annoncer.

— Vous allez la voir. Orbelin sonne ; un domestique entre : — Savez-
vous où est Thérèse ? — Chez madame. — Ma femme est donc éveillée ?
— Oui, monsieur. Il paraît même qu'elle reçoit ce matin, car j'ai vu entrer la calèche de M. Gustave. — C'est bon, André, interrompt-il ; je ne
vous demande pas que vous me rapportiez ce qui se passe chez madame :
si vous croyez vous faire bien venir de moi en l'espionnant, vous vous
trompez, mon ami. Qu'il ne vous arrive plus de me raconter ce que je
ne m'inquiète pas de savoir, ou nous serons forcés de nous séparer...
Allez chercher Thérèse.

Orbelin s'efforce de paraître calme, après s'être livré à ce mouvement d'humeur ; mais on comprend, à sa voix émue, à ses paroles qui s'échappent péniblement de sa bouche, qu'un poids énorme pèse sur sa poitrine. — Ces malheureux domestiques, continue-t-il, on dirait qu'ils ont besoin de se venger sur notre repos du sort qui les a condamnés à nous servir... Cet André, il prend plaisir à me tourmenter... ma femme a toujours tort avec lui... parce qu'il ne sait pas qu'elle me confie à l'avance ce qu'elle veut faire... le nom des personnes qui doivent venir la voir... Il s'imagine que dans mon ménage on se cache de moi. Je ne peux pourtant pas l'admettre en tiers dans les confidences que Pauline me fait tous les jours... Avez-vous vu son rire malin quand il m'a dit que madame allait recevoir une visite, indifférente pourtant ? Parce qu'il y a des étrangers ici, il serait bien aise que l'on pût croire que je suis malheureux en ménage... Je le chasserai... il y a vingt ans qu'il me sert... N'importe, je le chasserai !...

La mère de Philippe éprouve un serrement de cœur en l'écoutant parler ainsi. Maurice, les bras croisés, la bouche béante, le regarde se donner toutes les peines du monde pour leur persuader qu'il est le plus heureux des époux. Mais quand il voit que M. Orbelin a le projet de renvoyer André, il prend vivement la parole : — On dit pourtant que c'est un bien brave homme que monsieur votre valet de chambre... vous pourriez tomber plus mal... Cependant, si vous tenez à le renvoyer, je pourrai vous procurer mon frère : c'est un homme qui a de l'usage ; il a servi sous l'ancien gouvernement, si l'on peut appeler Gohier un gouvernement, lui qui n'avait qu'un domestique pour faire sa chambre et conduire son cabriolet : ce n'était pas majestueux du tout. Maurice est interrompu dans son bavardage par l'arrivée de Thérèse ; elle court embrasser sa mère. — Vous permettez, n'est-ce pas, mon bon monsieur ? dit la vieille en serrant sa fille dans ses bras. Orbelin fait, de la tête, un signe affirmatif. — Tu as pleuré, mon enfant ? ajoute la mère Hersant en regardant les paupières humides et les yeux rouges de Thérèse. Celle-ci reste un moment embarrassée, puis répond : — C'est bien naturel, vous n'arriviez pas.

— Dame ! on ne va pas vite dans nos charrettes. Mais console-toi, ma fille, tu vas être tout à l'heure plus heureuse que tu ne pouvais l'espérer.

— Heureuse ! répète Thérèse en soupirant. Dites donc que je serai tranquille sur votre sort ; mais celui de Philippe !... mais mon pauvre mari !...

— Soyez donc tranquille, il se porte bien, réplique Maurice avec un faux air malin.

— Comment savez-vous cela ? demande vivement la jeune femme.

— Je l'avons vu, mamselle Thérèse.

— Vraiment !

— Et tu vas le voir aussi, mon enfant, ajoute la mère.

Thérèse reste un moment comme anéantie par l'excès de la joie ; puis elle court vers la porte en s'écriant : — Où est-il ? où est-il ? Elle pleure, suffoque, se débat entre les mains de ceux qui veulent la retenir.—Vous allez faire une sottise, crie Maurice.

— Malheureuse enfant ! veux-tu bien rester là, dit la vieille, qui comprend l'excès de son délire, mais qui tremble qu'une imprudence ne les perde tous. Orbelin s'est levé sur son séant ; il a recueilli toutes ses forces pour dominer de la voix les sanglots et les cris. Thérèse parvient enfin à se calmer ; mais elle répète toujours : — Où est Philippe ? Pour Dieu ! dites-moi où il est ?

— Vous le saurez quand vous serez raisonnable, ma chère amie.

— Monsieur, vous le voyez, je suis tranquille à présent, dit Thérèse en piétinant d'impatience ; mais c'est mon mari !... c'est ce que j'aime le plus au monde... Je le croyais perdu pour moi... Je l'ai tant pleuré !... C'est pitié de me faire languir comme cela ; je veux le voir... ou je croi-

rai que vous voulez me tromper... que vous voulez me faire mourir...
Je vous le demande à genoux ; que je le voie... Je vous promets, s'il le
faut, de ne pas lui parler... de retenir mes cris... mes larmes... Mais,
encore une fois, ne me faites pas tant de mal !... laissez-le-moi voir.

— Il faut la contenter, dit le notaire... à condition, cependant, qu'elle
ne dira plus un mot qui puisse nous compromettre ; car nous sommes
entourés d'espions... Il suffirait d'une imprudence pour détruire tout ce
que je veux faire pour vous. Thérèse se précipite sur la main de son
maître qu'elle mouille de ses pleurs. — Je vous jure de me taire, ajoute-
t-elle d'une voix étranglée par l'émotion. Maurice conduit la jeune
femme vers la fenêtre ; elle parcourt d'un œil inquiet l'étendue de la
rue, et se retourne avec une expression de douleur vers le voiturier :
Eh bien ! je ne le vois pas ! — Là, en face, assis sur le limonier de la
charrette... Ce paysan, c'est lui. — Lui ? Philippe !... Des éclairs de joie
brillent dans les yeux de Thérèse ; elle fixe un regard d'amour sur le
paysan qu'on vient de lui montrer ; puis elle reprend tristement. — Mon
Dieu ! pourquoi baisse-t-il donc la tête ?... Vous avez raison, ce doit être
lui... mon cœur me le dit. Mais qu'il regarde donc par ici... Vous ne
l'avez donc pas prévenu que je viendrais là ?... Chut !... je crois qu'il va
se retourner de ce côté... Ah ! il a regardé, s'écrie-t-elle. Et elle se retient
avec force à l'espagnolette de la croisée, car elle a senti ses genoux plier,
son cœur défaillir. Maurice la soutient. — Il faut quitter cette fenêtre et
m'écouter, dit M. Orbelin, qui vient de passer sa robe de chambre et de
se jeter dans son grand fauteuil.

— Je vous entendrai bien d'ici, monsieur, répond Thérèse, sans
détacher ses regards de la fenêtre... Soyez sûr que je vous écouterai...
Mais laissez-moi là... j'y suis si bien. Et elle essuie avec sa main la
vitre que son souffle a terni.

— Allons, je vous le permets, ma petite... mais vous ignorez, Thérèse, qu'il y a plus que jamais du danger, pour votre mari, à être reconnu et arrêté. Tout l'or du monde maintenant ne le sauverait pas ; il
faut donc agir avec beaucoup de prudence, si vous voulez le conserver.

— Je ferai tout ce que vous ordonnerez, monsieur ; vous pouvez
compter sur moi.

— Ce que je vous recommanderai, surtout, c'est le silence. Malgré
l'amitié que ma femme vous témoigne, il faut vous garder de lui apprendre que vous avez revu Philippe.... non pas que je méconnaisse
assez le cœur de Pauline pour croire qu'elle ne partagerait pas
votre joie... mais elle est légère, inconsidérée... Un mot indiscret
échappé dans un moment d'inattention peut faire le plus grand tort à
notre réfractaire... Vous savez qu'il vient ici des personnes, ajouta-t-il
avec un soupir... des personnes auprès desquelles il pourrait ne pas
être prudent de parler de Philippe. Il est donc bien convenu entre nous
que madame ne saura rien. Maurice approuva, et les deux femmes promirent. Orbelin reprit : — Rien ne sera changé à nos premiers arrangemens ; vous, Thérèse, vous resterez auprès de Pauline, et votre
mère ira habiter ma petite propriété de la rue de Courcelles... Elle n'y
sera pas seule ; Philippe, qui va aujourd'hui y conduire quelques meubles,
ne sortira plus de la maison, que je ne louerai pas, comme j'en avais le
projet.

— Et pourrai-je aller voir ma mère ? demanda Thérèse.

— Oui, rarement d'abord, car il ne faut éveiller aucun soupçon ;
mais quand votre mari sera un peu plus oublié, vous pourrez aller le
visiter plus souvent. Dans sa retraite, il s'occupera de quelques légers
ouvrages de menuiserie, puisqu'il connaît un peu ce métier-là. Comme
il ne me sera pas possible, avant un an peut-être, de conduire ma
femme au bal, de l'accompagner dans les soirées, j'irai quelquefois au
milieu de vous jouir de l'aspect d'un ménage heureux... Ce sera une

consolation pour moi. Voilà qui est bien arrêté. Thérèse, n'oubliez pas que le sort de votre mari dépend de votre discrétion. Elle jura de nouveau que personne ne connaîtrait jamais par elle la retraite de son époux.

Comme le notaire terminait sa recommandation, la calèche du colonel Gustave, qui sortait de la porte cochère, roula dans la rue et s'éloigna. Orbelin parut éprouver une secousse douloureuse. — N'est-ce pas madame qui sort? demanda-t-il en balbutiant : — Je crois que c'est elle... Mais oui, je reconnais son chapeau rose. Le mari de Pauline pencha son front sur sa main ; mais, comme il craignait que son mouvement ne fût surpris, il releva la tête, et ajouta : — C'est juste, elle m'avait dit hier soir qu'elle sortirait vers midi... Vous l'avez habillée de bonne heure, Thérèse? — Monsieur, dit-elle naïvement, je n'ai pas habillé madame aujourd'hui. — Au fait, c'est possible, elle sait si bien s'habiller elle-même, dit le notaire. Ces dernières paroles furent prononcées avec un calme forcé. Des yeux plus clairvoyants, des esprits moins préoccupés que ne l'étaient ceux de Thérèse et de sa mère, auraient su comprendre à ce regard morne, aux muscles de ce visage si fortement contractés, à ces poings qui se fermaient convulsivement, qu'un violent combat se livrait dans l'âme du vieux notaire, et que la force de sa raison avait peine à triompher de la colère et de l'indignation.

Il se leva de son fauteuil : — Mes amis, reprit-il, comme il ne serait pas plus prudent de faire monter le réfractaire dans cette maison que de l'exposer plus long-temps aux regards des passans, vous allez vous disposer à partir pour la rue de Courcelles... Thérèse, vous resterez ici. Je sais qu'il est cruel pour vous de voir partir votre mari sans avoir pu lui parler, mais sa sûreté exige encore ce sacrifice... Mère Hersant, vous monterez dans ma voiture ; je me sens la force de me faire conduire jusqu'à votre nouveau domicile. Maurice, descendez à votre charrette, partez avant nous, afin que nous arrivions en même temps.

Ce fut par des larmes de reconnaissance que la bonne vieille et sa bru répondirent aux bontés de M. Orbelin. Il leur prit la main à toutes deux d'un air attendri... — N'est-ce pas que je ne suis pas un méchant homme, dit-il, et que ceux qui ne m'aiment pas ont bien tort? Maurice lui-même était ému par ces paroles. — Sacré dieu oui... on a bien tort... car vous êtes ce qu'on appelle un bon enfant ; et quand vous ne m'auriez pas promis vingt francs pour mon voyage, je l'aurais fait avec le même plaisir.

— C'est juste, il faut que je vous paie, ajouta le notaire, et il mit une pièce d'or dans la main du voiturier.

— Ce n'est pas pour vous demander mon argent, ce que j'en ai dit, monsieur Orbelin... mais du moment que ça vous fait plaisir de me le donner tout de suite, je ne me permettrai pas de le refuser....

Orbelin sonna André pour que celui-ci vînt l'habiller, et fit mettre les chevaux à sa voiture. Maurice et les deux femmes descendirent. Thérèse se mourait d'envie de revoir son mari, ne fût-ce qu'une minute... de lui dire un mot, d'entendre sa voix. — Ce serait, disait-elle, du bonheur pour huit jours ; on ne peut pas me le refuser, je l'ai acheté par assez de soupirs et de larmes. Maurice chercha un moment dans sa tête comment on pourrait ménager aux jeunes époux cette entrevue d'un instant. — M. Orbelin, dit-il, ne veut pas que votre mari entre ici.... Encore si vous aviez quelque chose à porter dans ma charrette... j'irais avant vous pour avertir Philippe, et il se tiendrait sur ses gardes, afin de ne pas faire trop de folies en vous voyant... Thérèse réfléchit pendant quelques secondes, et reprit : — Mais si je vous apportais deux ou trois cravates pour vous, une robe que madame vient de me donner, et dont je disposerais pour votre femme ?...

— Eh bien ! mais voilà tout ce qu'il faudrait ; je ne voulais qu'un prétexte comme celui-là, cousine Thérèse, pour arranger votre rencontre avec ce pauvre garçon... C'est dit, je vas l'avertir.

Tandis que la mère Hersant attendait dans l'antichambre que le notaire fût habillé, Thérèse monta à sa mansarde, fit un petit paquet de cravates et de la robe promise au voiturier ; celui-ci était retourné auprès de sa charrette.

La femme du réfractaire pouvait à peine se soutenir en redescendant l'escalier ; tout son corps frissonnait de joie, les battemens précipités de son cœur coupaient sa respiration, et ses jambes tremblantes avaient peine à la porter : elle allait voir son mari... ce pauvre conscrit, voué à la mort depuis huit mois, et qui n'était réfractaire que parce qu'elle lui avait dit : — Si tu m'aimes, cache-toi ; si tu veux que je meure, sois soldat ; je ne survivrai pas au jour où j'apprendrai qu'on t'a conduit à ton régiment. Thérèse fut plus d'une fois obligée de s'arrêter sur les marches avant de pouvoir gagner la rue. Enfin, elle fit un effort sur elle-même... composa son visage, assura ses pas, et alla droit à la voiture de Maurice.

— Voilà, dit-elle d'une voix presque éteinte, un paquet que vous avez oublié, cousin. Et elle s'approcha de Philippe, qui n'était pas moins ému qu'elle. Leurs mains se rencontrèrent ; ils tressaillirent tous deux. Bien qu'étrangers, isolés, au milieu de cette foule d'individus qui passait, indifférente, auprès du réfractaire et de sa femme, il leur semblait que tous les regards s'arrêtaient sur eux, qu'on devinait leur embarras, et que chaque bras allait se lever pour saisir le coupable. Ils craignaient de s'adresser une parole, un coup d'œil. Cependant Thérèse profita du moment où la rue lui parut à peu près déserte, pour dire à son mari : — Pauvre ami !... je le vois bien, tu as souffert... mais pas plus que moi. — Bonne Thérèse... je suis heureux maintenant, puisque j'ai pu te revoir. — Allons, il n'y a personne aux fenêtres ni dans les environs, reprit Maurice, embrasse ta femme, Philippe, et en route. Les jeunes époux ne se le firent pas dire deux fois ; ce fut une étreinte violente comme une convulsion, un baiser rapide comme la foudre ; leurs âmes se confondirent un moment, puis les deux époux se séparèrent, et la charrette se mit en marche.

Quelques instans après le départ de Philippe et du voiturier, M. Orbelin monta en voiture avec la mère Hersant. Jusqu'au retour du notaire, Thérèse éprouva une inquiétude mortelle ; mais lorsque son maître revint, et qu'il lui apprit que le réfractaire était arrivé sans accident à la maison de la rue de Courcelles, quand elle fut bien certaine qu'il ne courait plus aucun danger, elle oublia tous ses chagrins passés, la scène pénible du matin avec madame Orbelin, pour se livrer à toutes les pensées riantes que faisait naître en elle l'espoir de sa prochaine réunion avec Philippe.

VI

Les deux Bals.

« On ne me rendra pas jaloux pour me dire que
ma femme est belle, qu'elle se pare, qu'elle chante
et joue, qu'elle aime la danse, la société, la joie :
où règne la vertu, tous ces plaisirs sont vertueux ;
et même je ne prétends pas concevoir, sur mon
peu de mérite, la moindre alarme, le plus léger
soupçon de son infidélité : elle avait des yeux, et
elle m'a choisi. »

SHAKESPEARE.— *Othello.*

Je t'aime, souri misérable !
Je t'aime, malheureuse fleur !
D'autant plus que tu m'es semblable
Et en constance et en malheur.

GILLES DEVAUT.

Pauline n'était pas rentrée ; M. Orbelin, qui se sentait mieux portant,
résolut de l'attendre ; il trouvait un soulagement à ses peines dans la
joie de Thérèse. Assis à côté d'elle, il lui parlait de ses projets d'aller
quelquefois le dimanche visiter le reclus de la rue de Courcelles ; et comme
la jeune femme ne pouvait se défendre d'un sentiment de crainte pour
l'avenir de son mari, le bon notaire essayait de la rassurer, en lui faisant
entrevoir les probabilités d'une amnistie prochaine en faveur des déserteurs et des réfractaires.— Alors, disait-il, vous repartiriez avec lui pour
votre pays ; je ferais l'acquisition d'une ferme, d'une maisonnette ; Philippe exploiterait mes terres ; j'irais vous voir souvent ; le spectacle de
votre amour me ferait du bien, je le sens... Ce qui manque à mon rétablissement, ce sont des émotions douces... l'aspect du bonheur... un air
pur surtout, ajouta-t-il vivement, car il craignait d'en avoir trop dit.
— C'est ce que me répétait madame, répondit ingénument Thérèse :
« Monsieur devrait aller à la campagne passer la belle saison ; il y serait
bien mieux qu'ici ; et peut-être même que, s'il voulait se décider à voyager,
sa santé reviendrait plus vite... Une absence de quelques mois suffirait
sans doute, disait encore ma maîtresse, et je consentirais volontiers à le
voir partir... en songeant qu'il doit revenir tout à fait rétabli. »
— C'est pourtant quelque chose de pénible qu'une absence de plusieurs
mois ; vous devez savoir cela, Thérèse, car vous avez eu bien du chagrin
au moment du départ de Philippe. Vous me disiez, hier encore, qu'il ne
s'était pas écoulé un seul jour sans larmes pour vous, depuis que votre
mari avait été forcé de vous quitter.
— C'est vrai, monsieur ; mais madame disait bien aussi que ce serait
un sacrifice qu'elle ferait à votre santé : ça lui fait tant de peine de vous
voir souffrir !
— Elle vous parle donc quelquefois de son mari avec un peu d'intérêt ?
— Mais tout le monde s'intéresse à monsieur, et c'est bien naturel.
Tenez, votre cousin le colonel, M. Gustave, il n'entre pas chez madame
sans lui demander de vos nouvelles, et cependant il vient ici deux ou trois
fois par jour.
— Oui, je sais que le colonel a beaucoup d'amitié pour moi, répliqua
Orbelin avec un sourire pénible. Il y eut un moment de silence ; puis il
reprit : — Parlons de vous, Thérèse, de nos projets que nous venon'
d'oublier, et qui m'empêchaient de songer à mes souffrances. Nous dision'

donc qu'aussitôt après l'amnistie vous quitteriez cette maison pour retourner à Guermandes, et que j'y achèterais quelques propriétés... Dites-moi, avez-vous en vue une bonne terre dont je pourrais faire l'acquisition ?

— Certainement, monsieur, Guermandes est un pays très riche en fermes de bon rapport. Et voilà qu'elle se met à détailler toutes les richesses territoriales de la commune. Comme deux enfans qui se construisent des palais sur le sol fantastique de leur folle imagination ; comme nous autres pauvres diables, quand nous nous créons un brillant avenir à l'aspect de l'affiche qui réclame des billets de banque perdus, et que nous ne trouverons pas, Thérèse et le notaire fondent toutes leurs espérances de richesse et de bonheur sur l'amnistie qu'ils viennent de rêver.

Leur plan d'existence fut débattu, corrigé, arrêté comme s'il devait se réaliser le lendemain. A huit heures du soir, ils s'abandonnaient encore à toutes leurs illusions, quand la voix de Pauline les fit retomber dans la réalité. Madame Orbelin rentrait avec le colonel ; tous deux furent assez étonnés de trouver là le vieux notaire. Cependant Pauline cacha l'émotion que lui causait cette surprise, et dit à son mari : — Nous venons de passer chez toi, mon ami ; André nous a fait bien plaisir en nous apprenant que tu étais levé... Tu te sens donc mieux ? — Oui, beaucoup mieux, répondit-il froidement. Le colonel fut aimable avec M. Orbelin ; il lui apprit qu'il était allé avec sa cousine visiter quelques maisons de campagne aux environs de Paris. Madame Orbelin, n'attribuant la répugnance de son mari à quitter la capitale qu'à son peu de goût pour leur pied-à-terre de Villarceau, avait résolu de louer, pour lui, dans les environs du bois de Boulogne, soit à Passy, soit à Auteuil. Orbelin parut satisfait du compte qu'on lui rendait de l'emploi de la journée ; mais comme le colonel s'asseyait familièrement auprès du feu, et qu'il paraissait se disposer à se fixer dans le salon de Pauline pour le reste de la soirée, le notaire lui dit avec un sourire glacial : — Mon ami, il est tard, ma femme a l'air fatiguée ; moi-même, je ne serais pas fâché de me reposer... ainsi, je reçois vos adieux pour ce soir.

Gustave n'insista pas, il se leva ; mais sans paraître troublé du ton de réserve de son cousin, et, d'un air dégagé, il prit congé des deux époux. — A demain, lui dit Pauline. Il répondit : — A demain, et sortit.

Madame Orbelin passa dans son cabinet de toilette avec Thérèse pour se déshabiller, et bientôt après revint auprès de son mari. Le notaire avait l'air triste, soucieux ; elle comprit qu'il méditait un projet qui la faisait trembler déjà, bien qu'elle ne le connût pas encore ; aussi sentit-elle un serrement de cœur quand il dit à Thérèse : — Vous pouvez monter chez vous, mon enfant, j'ai à causer avec madame. La femme de chambre obéit, et les deux époux restèrent seuls.

Ce fut d'abord un silence morne entre Orbelin et sa femme ; elle avait peur de l'interroger. Lui semblait craindre d'entamer une conversation qui devait amener des reproches pénibles, et peut-être des révélations dont la pensée seule le faisait frémir : il cherchait ses paroles, qui ne se présentaient pas douces et attendrissantes comme il eût voulu en trouver, et il forçait à mourir sur ses lèvres les expressions brûlantes de colère qui s'élevaient de son cœur violemment agité. Pendant ce combat intérieur, il avait invité, du geste, Pauline à s'asseoir près de lui. Elle avança un fauteuil, se plaça à ses côtés ; Orbelin murmura quelques mots. — Je ne t'entends pas, mon ami, lui dit-elle en appuyant sa main sur celle de son mari. Cette réponse de la jeune femme fut faite d'une voix si douce, qu'elle pénétra comme un baume dans les blessures du vieil époux. Il tourna vers Pauline des regards bons et chagrins, et, retenant la main qu'elle venait de lui abandonner, il lui dit : — Pourquoi me négliges-tu ?... Pourquoi veux-tu qu'on sache que tu me rends malheureux ?... Au moins, si je ne peux le cacher à moi-même, aide-moi donc à le cacher aux autres.

Ce n'est pas de l'amour que je te demande, ce sont des égards ; tu ne peux me les refuser.

Pauline fut attérée par ces mots empreints de tant de sensibilité ; elle s'était armée de courage pour répondre à des reproches durs et humilians ; elle se trouva sans défense contre la bonté de son mari. — Tu me crois donc bien coupable ? répondit-elle après quelques minutes de recueillement.

— Non, Pauline ; mais je te connais légère, inconsidérée... Si tu savais que les apparences nuisent autant à la réputation d'une femme que les fautes qu'elle pourrait commettre. Tu dois tenir à ta réputation ; car c'est aussi la mienne... On ne peut l'attaquer sans blesser mon honneur... Les soupçons que ta conduite envers moi peut faire concevoir me flétrissent autant que toi... Est-ce bien récompenser la tendresse que je te témoigne, que de verser la honte sur mon nom et le désespoir dans mon cœur ?

— Mon ami, pourquoi me parler ainsi... je n'ai pas, je te le jure, à me reprocher une seule faute ; je ne t'ai pas trompé... tu peux me croire. Et, tout en disant ces mots, les lèvres de Pauline bleuissent et se choquent en tremblant.

— Moi ! t'accuser d'une infamie !... Non, Pauline, non, ma femme, ce n'était pas là ma pensée... Je crois que tu es imprudente... que tu as peu d'attachement pour moi... mais que tu sois dépravée !... ah ! tu ne devais pas t'en défendre.

Ces dernières paroles semblèrent rassurer la jeune femme ; elle reprit : — Eh bien ! oui, je le sens, j'ai des torts, sans doute... mais je suis si jeune... le monde que tu m'as fait connaître offre tant de distractions... de plaisirs, qui séduisent une tête folle comme la mienne : c'est comme un vertige, on se laisse entraîner sans avoir la force de résister au torrent. Encore aujourd'hui, cette partie à Bagatelle était si attrayante !

— Ce n'est donc pas, ajouta vivement Orbelin, pour louer une maison de campagne que vous êtes sortie avec le colonel ?

Pauline rougit, son regard timide rencontra le regard sombre de son mari ; elle voulut répondre, Orbelin l'arrêta.—Vous allez mentir, Pauline ; c'est inutile, je veux vous épargner ce nouveau tort ; c'est bien assez pour vous d'avoir à rougir de l'abandon où vous laissez un mari souffrant... Vous me tuerez, malheureuse enfant, à force de chagrins !... Mais on dira : « Il a succombé à la maladie ; » et personne ne vous reprochera ma mort.

Il ne put en dire davantage, ses forces étaient épuisées. Il sonna, le domestique vint. Prenez ce flambeau, dit Orbelin, et soutenez-moi pour me conduire jusqu'à ma chambre à coucher. Pauline s'avança vers son mari pour lui offrir le secours de son bras. Il eut d'abord la pensée de la repousser avec indignation ; mais André était là, il se contenta de l'éloigner de la main, en lui disant avec un sourire bienveillant : — Ne prends pas cette peine, ma bonne amie ; il faut te reposer, tu as tant couru pour moi aujourd'hui ; et il sortit.

Le notaire venait d'éprouver une commotion trop douloureuse pour dormir aussitôt d'un profond sommeil ; il rêva quelque temps à cette bonne Thérèse, qui n'avait cessé de lui parler de son Philippe ; il la comparait à Pauline, et son chagrin augmentait encore en songeant à toutes les vertus que possédait la femme du réfractaire, et qu'il ne pouvait accorder à la sienne. Cependant la nature l'emporta sur les peines du cœur : Orbelin s'endormit. Il reposait depuis long-temps quand le bruit d'un meuble qu'on remuait auprès de son lit le réveilla. Une femme veillait à côté de lui : c'était Pauline.

Accablée sous le poids des dernières paroles de son mari, la jeune femme resta long-temps clouée à la même place. Orbelin avait dit : « Les chagrins que tu me causes me tueront ! » et cette affreuse prédiction se représentait sans cesse à l'imagination de Pauline ; elle frémissait, et le repentir se glissait dans son cœur. La seule pensée qu'elle pût concevoir, c'était de rendre le repos au vieillard qui l'adorait, à celui qu'elle devait au moins aimer comme un père. Une volonté de fer ne pesait pas en ce moment sur ses bonnes résolutions pour les détruire ; l'ivresse des sens ne faisait plus taire ses remords ; Gustave n'était pas là. —Si je veillais à son chevet toute la nuit, se dit-elle, à son réveil, il serait heureux de me trouver près de lui. Cette idée calma son agitation , rafraîchit son sang ; elle l'accueillit comme une pensée qui venait du ciel... c'était presque l'expiation de ses fautes. —Oui, toutes les nuits, continua-t-elle , je les passerai ainsi, et il me pardonnera.

Pressée d'obéir à ce mouvement de son cœur, elle sortit de son appartement, entra doucement dans celui d'Orbelin : il était plus de minuit. André, qui avait vu son maître plus faible que la veille, ne s'était pas couché ; il sommeillait dans l'antichambre. —Allez vous reposer, mon ami, lui dit Pauline en l'éveillant avec précaution, si mes soins ne suffisent pas à monsieur, j'irai vous appeler... je vous le promets. André partit, et madame Orbelin alla s'asseoir auprès du lit de son mari.

Le vieux serviteur rentra dans sa chambre, fort intrigué de cet excès de tendresse à laquelle Pauline n'avait pas , jusqu'à présent, accoutumé son mari. —Est-ce que monsieur aurait raison de dire que sa femme est vraiment bonne pour lui ? se demanda-t-il... Si c'était vrai , je serais alors une bien mauvaise langue... Il faudra que je m'en assure... Après ça, je dirai à tout le monde que madame aime monsieur, afin de réparer mes sottises.

Ce n'était pas sans éprouver une sensation déchirante que Pauline voyait se soulever la poitrine oppressée du bon notaire, qu'elle contemplait son sommeil pénible. La tête penchée vers Orbelin, elle semblait lui demander pardon de tout le mal qu'il ressentait ; elle crut un moment qu'il l'avait entendue : elle se retira précipitamment : son mouvement fit reculer avec bruit le fauteuil qui se trouvait derrière elle ; Orbelin ouvrit les yeux et reconnut sa femme.

— Vous, ici ?... lui dit-il ; que faites-vous là ?

—Mon devoir, répliqua-t-elle ; désormais ce sera ma place : je suis la cause de tes douleurs, c'est à ma tendresse, à mes soins de les soulager ; il n'est pas en mon pouvoir de t'en délivrer pour toujours. Il y avait tant de sincérité dans le son de voix de Pauline , que le vieux notaire se sentit ému jusqu'aux larmes ; il lui demanda sa main, et la pressa avec amour.

— Non, répondit-il ; non, ma bonne amie, je n'exigerai pas que tu te fatigues à me veiller ainsi... Il me suffit de savoir que tu n'as pas repoussé cette idée, quand elle t'est venue, pour me faire oublier tes torts envers moi... Ta présence ici, cette nuit, les a tous effacés.

Ce fut entre les deux époux un doux échange de paroles d'amitié : Pauline voulait renoncer aux plaisirs qui l'attendaient dans le monde , aux bals qui l'enivraient, aux parures qui faisaient admirer sa beauté ; elle était résolue à ne plus quitter la chambre du malade, à le suivre à la campagne pendant sa convalescence : elle parlait de tous ces sacrifices aux vanités de la société avec autant de joie que s'il eût été question pour elle d'aller commander les hommages de tout un cercle d'adorateurs, ou de se montrer brillante à l'Opéra. Orbelin combattait ces projets qui, cependant, souriaient à son cœur ; mais il n'y avait pas d'egoïsme dans son amour pour sa femme, il voulait qu'elle fût heureuse ; et le bonheur, pour elle , c'était de plaire, c'était d'être enviée, de paraître belle et de se l'entendre dire. Aussi lui répétait-il qu'il se trouverait content, si elle voulait chaque jour lui faire le sacrifice de quelques uns de ses instans ; il ne lui demandait que l'intervalle des fêtes et un souvenir, quand elle ne serait plus près de lui. La jeune femme prétendait que son mari lui laissait trop de liberté ; elle s'obstinait à promettre plus qu'il n'exigeait d'elle. Et pourtant, le lendemain, elle ne trouva qu'une heure à lui donner ; un jour après, elle ne put lui faire que le sacrifice d'un moment ; le troisième jour, elle demanda de ses nouvelles à André, et le reste de la semaine s'écoula sans que le notaire entendît parler de sa femme.

La saison des bals touchait à sa fin. Fouché, alors ministre de l'intérieur, invita à une grande fête tout ce que Paris renfermait en ce moment d'hommes marquans et de jolies femmes. Pauline ne pouvait se dispenser d'y paraître : Gustave le voulait ainsi. Tandis que les grands-officiers de l'empire, couverts d'or et de rubans, tournoyaient en se coudoyant dans les vastes salons d'Otrante, leurs domestiques donnaient bal aussi dans l'appartement de l'un des premiers fonctionnaires de l'état. Les billets d'invitation du ministre à la valetaille titrée s'étaient croisés avec ceux que l'on adressait à la valetaille sans titres ; un de ces derniers tomba entre les mains de madame Orbelin ; elle voulut que Thérèse en profitât ; Thérèse, à qui le notaire n'avait pas encore permis de revoir son mari, et qui cherchait un prétexte pour passer quelques instans avec lui. —Voilà, lui dit sa maîtresse, une occasion de te distraire un peu de tes peines ; tu mettras une de mes robes, elles te vont bien ; je te permets de ne revenir que demain matin. La jeune femme de chambre remercia sa maîtresse avec reconnaissance ; elle était ivre de joie ; mais ce n'était pas l'espoir d'une nuit passée au bal qui causait son émotion. Dès les premiers mots de Pauline, elle avait conçu le projet de se rendre à la rue de Courcelles. Aussi, tandis que madame Orbelin lui détaillait tous les plaisirs qui l'attendaient à cette réunion de domestiques parés des habits de leurs maîtres, elle pensait à la surprise de Philippe, au bonheur de se trouver avec lui pendant douze heures, après une séparation de près d'un an.

Pauline se fit habiller de bonne heure ; elle voulait présider elle-même à la toilette de sa femme de chambre. Thérèse se laissa orner de bijoux, coiffer du chapeau de madame Orbelin, parer avec un de ses cachemires. On lui dit que cela se faisait ainsi ; que tous les ans le bal des domestiques avait lieu à Paris dans la grande livrée. Cependant elle eût désiré que sa toilette lui prît moins de temps ; elle n'avait pas besoin de parure pour être heureuse. A neuf heures du soir, la femme de chambre et la maîtresse furent prêtes à partir. Pauline monta dans la voiture de Gustave ; le petit garçon de la portière alla chercher un fiacre pour Thérèse. —Amusez-vous bien, mon enfant, lui dit madame Orbelin en sortant. — Oh ! oui, madame, vous pouvez être certaine que j'emploierai bien le temps que vous me donnez.

Dès que Pauline fut partie, Thérèse entra toute parée chez le vieux notaire.

— Il est donc vrai, Thérèse, que vous allez aussi au bal ? lui dit-il.

— Non, monsieur... je n'en ai pas eu la pensée un seul instant ; je vais trouver mon mari.

— C'est bien, mon enfant ; mais demain on vous fera des questions sur cette fête, vous serez embarrassée pour y répondre... Il faut passer un moment à ce bal, entendez-vous ?...

— Encore perdre du temps !

— C'est indispensable à la sûreté de Philippe, et même à votre réputation ; si vous ne pouvez rendre compte de l'emploi de votre nuit, que pensera-t-on de vous ?

— Oui, vous avez raison ; j'y passerai, puisque c'est nécessaire. Je suis bien aise, à présent, de vous avoir consulté ; sans cela, j'aurais fait une imprudence... Dame ! vous sentez que ça aurait été bien naturel... j'ai tant besoin de le revoir.

Orbelin serra la main de Thérèse pour lui prouver qu'il la comprenait.

— Le fiacre est en bas, cria le petit garçon. La femme de chambre sortit. Tout les domestiques de la maison étaient rangés sur l'escalier pour la voir passer avec sa robe de soie et son riche collier de perles : on ricana, on haussa les épaules, on murmura même quelques paroles désobligeantes à son oreille. Thérèse ne vit rien, n'entendit rien ; sa pensée l'avait déjà transportée dans la retraite du réfractaire.

VII

La Partie de Plaisir, le Moment de Bonheur.

> Quel bonheur de bondir, éperdue en la foule,
> De sentir par le bal ses sens multipliés,
> Et de ne pas savoir si dans la nue on roule,
> Si l'on chasse en fuyant la terre, ou si l'on foule
> Un flot tournoyant sous ses pieds.
>
> VICTOR HUGO. — *Les Fantômes.*

> Le spectacle de son épée sanglante arrachée
> du sein de mon époux... Mon époux! quel nom
> j'ai prononcé...
>
> BEAUMARCHAIS. — *Eugénie,*
> acte 5, scène 3.

Que pourrais-je vous dire, mes amis, du bal d'un ministre ?

Vous le savez, aux jours de fêtes, les pauvres ouvriers comme nous ne vont guère dans les hôtels de ce que l'on appelle les grands, que lorsqu'il y a des tentures à poser, des guirlandes à suspendre et des tapis à fixer sur le parquet. On ne tolère la veste qu'au moment du travail ; mais quand l'ouvrage est fini, alors que les cristaux des lustres commencent à scintiller sous le feu des bougies, de grands laquais, zébrés de galons, parcourent les appartemens et nous poursuivent de salle en salle, jusqu'à ce que nous ayons cédé la place aux privilégiés du plaisir.

Je ne vous dirai donc rien de ces femmes qui promènent fièrement des plumes, des diamans, de la soie et des fleurs, en suivant la mesure du flageolet ou du hautbois ; de ces hommes dont la servitude fut récompensée par tous les ordres du mérite militaire et civil, et qui font sauter avec gravité les rubans qui les attachent au pouvoir. Comme il ne nous est pas donné à nous, gens de rien, de pénétrer dans cette atmosphère de musique, de lumière et de corruption polie, comme aurait dit Paul-Louis, le vigneron de la Chavonnière, je vous ferai grâce d'une description, ce qui abrégera d'autant mon récit et votre ennui.

Ce que je sais du bal donné par le duc d'Otrante, c'est que, vers une heure du matin, au moment où les cavaliers offraient la main aux dames pour les conduire dans la salle du banquet, un cri de femme s'éleva du milieu de la foule ; une rumeur sourde circula dans les salons ; on se pressa autour d'un jeune colonel en grand uniforme qui parlait avec chaleur à un vieillard pâle, maigre et dont les yeux lançaient des éclairs de colère sur son jeune interlocuteur. Le brillant officier, c'était Gustave Renou ; le vieillard était son cousin, le notaire Orbelin.

— Non, monsieur, disait le mari de Pauline ; non, je n'accepte pas vos excuses ; parce que vous avez cru que madame était sans défense, vous l'avez insultée... Sans doute vous ne m'attendiez pas si tôt dans cet hôtel ; mais c'en est assez pour ce soir, ne troublons pas plus long-temps la fête de Son Excellence ; il suffit à ma vengeance d'avoir pu vous faire convenir que vous vous êtes conduit lâchement aujourd'hui. Si vous tenez à faire oublier votre manque de courage en montrant un peu plus de cœur demain... je serai à vos ordres. Viens, ma bonne amie, ajouta-t-il en se tournant vers sa femme qui osait à peine lever les yeux ; ne tremble pas ainsi... ne pleure pas, tu es vengée de l'offense que monsieur t'a faite... je devais bien cette protection à tes vertus. Après avoir dit, Oberlin emmena sa femme.

Gustave pleurait de rage, et cependant il s'accusait. Quand le duc, qui n'avait pas été présent à cette scène, vint pour l'interroger, on ne put savoir au juste quelle était cette offense qui venait d'indigner si fort le vieux notaire. On parla d'une calomnie dite à l'oreille d'un des convives et entendue par le mari ; on prétendit aussi que c'était une expression impolie échappée à Gustave. Les uns voulaient que ce fût un geste offensant ; les autres, une proposition coupable faite à Pauline, qui l'aurait repoussée avec mépris. Le colonel avouait qu'il avait eu tort, que les reproches de M. Oberlin étaient justes, et qu'il méritait toute sa colère. Quant au véritable motif de la querelle, on l'ignora toujours ; ni l'offenseur ni l'offensé ne voulurent éclaircir les doutes.

Quelques instans avant de monter en voiture pour retourner chez lui, Orbelin sentit combien il était coupable de n'avoir pas respecté l'hôtel du ministre ; il devait s'excuser de son emportement au milieu d'un cercle nombreux ; il écrivit au duc :

« Monseigneur, Votre Excellence pardonnera, je l'espère, à un mari qui a senti, trop vivement peut-être, l'injure grossière faite à sa femme. Les précieuses qualités, l'amour de Pauline pour ses devoirs, justifieront à vos yeux l'inconvenance de ma conduite. Votre Excellence se connaît trop bien en fait d'honneur, pour ne pas comprendre ce que je devais à la réputation d'une épouse outragée. Ce n'est pas chez l'un des premiers dignitaires de l'état, dans l'hôtel d'un ministre qui met sa gloire à imiter les vertus sublimes de notre illustre empereur, que l'impudence d'un fat devait espérer l'impunité. En le flétrissant publiquement, j'avais autant en vue de venger ma propre offense que de rappeler à M. Gustave Renou combien il était indigne de l'honneur que Votre Excellence lui avait fait en l'accueillant chez elle. Je vous réitère mes excuses, monseigneur, et suis de Votre Excellence, le respectueux et dévoué serviteur. »

Le colonel, après avoir entendu le contenu de cette lettre, que le duc lut à toute l'assemblée, ne put rester plus long-temps dans l'hôtel du ministre. Cette nuit même il fit remettre sa carte chez Orbelin avec ces mots écrits au crayon sur le revers : « Demain, à six heures du matin, devant le château de Vincennes. »

Les hôtes de Fouché s'entretinrent pendant le reste de la nuit de cet événement. Par respect pour l'excellence, on blâmait hautement Gustave Renou ; car le ministre avait dit : — L'empereur sera fort mécontent du colonel. Mais tout bas les hommes censuraient le rigorisme d'Orbelin, et les femmes accusaient Pauline de bégueulisme.

Comment le notaire, que nous avons laissé chez lui après le départ de Thérèse, s'était-il trouvé au bal du ministre ? Quel événement avait pu amener un tel éclat ? C'est ce que nous allons savoir.

Thérèse était montée en voiture, André venait de descendre chez la portière pour médire avec elle de la femme de chambre, qui, à l'imitation de sa maîtresse, oubliait, pour les joies du bal, un mari malheureux, malade aussi peut-être ; car on ne croyait pas qu'elle fût instruite du sort de Philippe Hersant. Les domestiques avaient refermé leurs portes ; Orbelin se trouvait absolument seul. Dans ces momens de solitude, son imagination, déjà vivement affectée de l'indifférence de sa femme, concevait les soupçons les plus pénibles ; il avait beau essayer de les combattre, ils revenaient toujours plus puissans que sa raison, plus forts que sa volonté. Malgré les peines qu'il se donnait pour chercher dans la jeunesse et la légèreté de Pauline des excuses à sa conduite passée, il ne pouvait s'empêcher de voir un homme continuellement placé entre sa femme et lui. L'image de Gustave surgissait toujours dans la pensée du notaire comme l'écueil du ménage, la barrière où venaient se briser les sages résolutions de Pauline, et les projets de bonheur qu'il osait encore former pour l'avenir. Madame Orbelin n'avait menti qu'une fois à son mari, et, dans ce mensonge, elle était complice du colonel. Il y avait donc eu entre eux un complot contre Orbelin. — Ils sont déjà liés par le mensonge, ils ne peuvent tarder à l'être par le crime, se disait le vieux notaire ; pourquoi donc se pressait-elle, il y a quelques jours, de se défendre d'une infamie dont je ne l'accusais pas ? Sa pensée a été trop loin pour que je ne la considère pas actuellement comme le cri de la conscience, l'aveu involontaire d'une faute. Et ses promesses de l'autre nuit ! elles étaient sincères ! et pourtant comme elles les a tenues... Pauline obéit à une puissance dont je dois la délivrer ; s'il est trop tard maintenant pour que la paix rentre jamais dans mon âme, j'espère qu'il est temps encore de sauver, au moins en apparence, l'honneur de mon nom.

Trop agité pour espérer du repos chez lui, Orbelin forma le projet d'aller retrouver sa femme au bal. Sans avoir consulté ses forces, il s'habilla seul, descendit sans bruit, prit une voiture de place et se fit conduire à l'hôtel du ministre.

On annonça le notaire ; mais un nom obscur, comme celui d'Orbelin, devait passer inaperçu au milieu des noms célèbres de toutes les illustrations de l'empire, dont l'huissier avait fait résonner les titres. Personne ne fit attention au son monotone que rendait en ce moment l'automate en livrée chargé de garder la porte. Le notaire se retira dans une embrasure de fenêtre ; il vit sa femme passer, à chaque quadrille nouveau, des mains d'un sénateur dans celles d'une excellence. Gustave papillonnait auprès de toutes les femmes ; il avait la délicatesse d'afficher la même effronterie avec chacune d'elles, afin qu'on ne pût soupçonner qu'il n'en avait déshonoré qu'une. Cependant, après une contredanse, le colonel sortit du salon ; il disparut dans le jardin de l'hôtel. Bientôt après Pauline le suivit ; une seule personne remarqua ce manége : c'était Orbelin ; il marcha sur les traces de sa femme, et arriva au moment où le jeune cousin, impatienté d'avoir attendu, accueillit par ces mots la tardive Pauline : — Pourquoi avez-vous été si long-temps à me rejoindre ? Vous savez bien, ma chère, que je n'aime pas à attendre. — Mon ami, répondit la jeune femme, ne te fâche pas, je devais éviter que quelqu'un ne vînt à remarquer notre absence. — Vous n'avez pas encore pris assez de précautions, s'écria le notaire, qui ne pouvait plus douter de son malheur. Madame Orbelin se crut frappée de mort en reconnaissant cette voix ; Gustave fit bonne contenance. — Monsieur a sans doute quelque chose à me dire, reprit-il, après quelques minutes de silence ; retirez-vous. madame, vous êtes de trop dans une explication de ce genre. Madame Orbelin voulait tomber aux genoux de son mari pour lui demander grâce ; il la releva avec douceur, et lui dit froidement : — Vous avez entendu l'ordre de monsieur le colonel, il faut lui obéir, madame ; c'est votre devoir, puisque vous lui appartenez. Ce coup brisa l'âme de la jeune femme, elle se jeta entre les deux cousins qui se mesuraient de l'œil. — Ce que vous faites est inutile, continua le notaire ; nous n'avons rien à faire ici qu'à nous parler ; soyez plus calme, votre robe de bal pourrait souffrir de ces mouvemens brusques ; veuillez nous attendre au perron du jardin, nous irons bientôt vous y retrouver. Pauline essayait encore, par ses larmes et ses prières, de s'opposer à une explication dont les résultats devaient être sanglans. Orbelin, fatigué des pleurs et des soupirs de sa femme, mais toujours calme, s'adressa à Gustave : — Puisque madame ne tient pas compte de mes prières, colonel, ayez donc la bonté d'user des droits que vous avez sur elle pour l'éloigner d'ici.— Et pourquoi ne nous éloignons-nous pas nous-mêmes, monsieur ? répondit Gustave. — C'est juste ; votre bras, ayons l'air de causer de bonne amitié. Ils tournèrent une allée du jardin. Quand ils se virent absolument seuls, Orbelin s'arrêta, prit la main du colonel, et lui dit d'une voix sombre : — Vous êtes un grand misérable, mon cousin. — Monsieur d'Orbelin, j'ai mérité votre colère, mais non pas votre mépris, car je suis prêt à vous donner toutes les satisfactions que vous pourrez exiger. — C'est un combat à mort entre nous. — Soit! je l'accepte. — Maintenant il faut que vous me juriez sur l'honneur que votre détestable intrigue n'a pas de confidens. — Je vous jure que personne ne connaît mon amour pour votre femme; bien plus, je vous promets que si j'ai le malheur de survivre à ce malheureux combat, on ignorera toujours le motif de notre querelle. — C'est bien, Gustave, je ne vous pardonne pas de m'avoir trompé; mais je garde encore quelque estime pour vous.— Maintenant je crois qu'il faut rentrer ; si l'on venait à rencontrer Pauline... son trouble, ses larmes pourraient faire deviner le sujet de notre entretien. — J'approuve cette discrétion de votre part; cependant il faut qu'aux yeux du monde notre duel ait un motif raisonnable... — Eh bien ! je vois un moyen, insultez-moi dans le salon, répliqua Gustave, cela suffira.— Non, reprit Orbelin en réfléchissant, j'aime mieux que l'injure vienne de vous... c'est plus naturel ; vous êtes jeune... impudent... vous m'outragerez en présence de vingt personnes, je vous demanderai raison de l'offense... vous m'offrirez des excuses, je les refuserai, et du moins les apparences seront sauvées.— C'est convenu, répondit le colonel en serrant la main du notaire. Ils revinrent sur leurs pas ; Pauline était restée à la même place. — Votre bras, madame, lui dit son mari. Elle cherchait à l'interroger des yeux ; mais il avait conservé trop de sang-froid pour qu'elle pût deviner le résultat de sa conversation avec Gustave. Ils étaient rentrés tous trois dans les appartemens du ministre; le colonel ne se hâtait pas de tenir sa promesse. Orbelin, craignant que la pâleur de sa femme ne fût remarquée, poussa rudement Gustave: celui-ci balbutia quelques mots, Pauline jeta un cri d'effroi; c'est alors que le notaire, toujours maître de lui-même, s'écria en désignant Pauline :

— Colonel, vous venez d'insulter madame, je n'accepte pas vos excuses, et la scène continua, comme je vous l'ai dit plus haut.

Si cette nuit de bal fut cruelle pour Pauline, elle fut bien douce pour Thérèse. Afin d'obéir à son maître, la femme de chambre n'avait fait que passer dans cette réunion de valets où madame Orbelin l'avait envoyée. — J'en ai bien assez vu, se dit-elle après deux ou trois minutes, et elle partit pour la rue de Courcelles. Il est tard, à dix heures du soir, dans le quartier de Mouceaux : aussi Thérèse eut-elle quelque peine à se faire ouvrir la porte ; mais quand la mère Hersant eut reconnu la voix de sa fille, elle se hâta de tirer le cordon. — Mon mari est-il là? ce furent les premières paroles de la jeune femme. Elle refusa de répondre d'abord aux questions que sa mère lui adressait sur sa singulière toilette. Philippe dormait déjà ; Thérèse ne voulut rien voir, rien entendre avant d'avoir embrassé son mari. La mère Hersant, qui voyait bien que c'était un parti pris pour sa fille de ne pas lui parler d'autre chose que du réfractaire, la conduisit dans la mansarde qu'il occupait. Je n'ai pas besoin de vous dire si Philippe fut joyeux à son réveil ; c'étaient des rires, des larmes, des baisers, un délire enfin qui ne saurait être décrit. Pour la première fois, depuis huit mois, les deux époux se revoyaient sans témoins ; ils pouvaient se parler en liberté. Cette soirée était plus belle pour eux que celle de leurs noces, car alors ils ignoraient tout ce qu'il peut y avoir d'amour dans le cœur de deux êtres qui ont souffert l'un pour l'autre. Le jour de leur union ils étaient heureux, sans doute ; mais en ce moment leur sort était bien plus doux, ils cessaient d'être malheureux. Le captif dont on a brisé la chaîne, le proscrit qui foule la terre de la patrie après vingt ans d'exil, comprendront à peine l'ivresse de Philippe; car il y a quelque chose de plus doux que l'air de la liberté, que l'aspect du pays natal, c'est le souffle de la femme qu'on aime, ce sont les battemens de ce cœur qui s'est donné à vous, et qui frémit d'amour sous le contact de votre main.

Après vingt questions qui se croisaient et mille caresses qui ne restaient pas sans réponse, la mère Hersant, qui tenait à savoir ce que signifiait la parure de Thérèse, fut enfin satisfaite. — N'est-ce pas, disait Thérèse, que je suis gentille comme une mariée? — Bien sûr que tu n'étais pas plus jolie le jour où je t'ai épousée. Ce costume de bal fut le prétexte de cent folies. Thérèse n'a que dix-neuf ans, et c'est à peine si Philippe en compte vingt. On devine tout ce qu'ils pouvaient se dire. La mère Hersant les interrompit pour demander à Thérèse si elle avait soupé. — Est-ce que j'ai pris le temps de dîner, seulement, dit-elle; je n'ai pas eu faim aujourd'hui, ma mère.

La bonne vieille, tout en grondant, pour se conformer aux habitudes de son âge, qui veut qu'on choisisse souvent de dures expressions pour rendre les meilleures pensées, proposa de dresser un petit couvert dans la chambre de Philippe; sa proposition fut si bien reçue, qu'elle se hâta d'aller chercher des provisions dans le buffet de sa loge.

À son retour, Thérèse n'avait plus ni cachemire ni collier, sa robe de soie était pliée avec soin sur une chaise; un petit fichu de linon, un jupon blanc, c'était tout ce qui lui restait de sa toilette de bal. Quant à Philippe, il s'était levé, la table fut bientôt mise. Durant le souper, le réfractaire fit encore une fois le récit de ses malheurs; Thérèse, en l'écoutant, ne mangeait plus; il fallait que son mari lui répétât qu'il se trouvait maintenant heureux, tranquille, que tous ses dangers étaient passés, pour que la jeune femme consentît à faire honneur au repas improvisé par leur mère. Enfin la lumière commençait à baisser, l'église du Roule sonnait une heure du matin, les deux époux dirent bonsoir à la bonne vieille, et, quelques instans après le départ de celle-ci, un rayon de la lune, qui glissait à travers les vitres de l'étroite fenêtre, éclairait seul la mansarde de Philippe.

Il était sept heures du matin quand la mère Hersant vint frapper à la porte; Thérèse et son mari dormaient encore. Si la joie de se revoir la veille avait été vive, le chagrin de se séparer le lendemain fut bien violent. — Vous êtes toujours sûrs de vous retrouver, disait la mère; ce n'est pas raisonnable de pleurer comme ça. — Maman, il n'y a de bal que tous les ans chez les domestiques, répondait la jeune femme en reprenant ses perles, son cachemire et son chapeau. Philippe n'était pas plus raisonnable. Enfin la mère promit de trouver le moyen de ménager une prochaine entrevue à ses deux enfans, elle prit l'engagement d'en parler à M. Orbelin; c'est alors seulement que Thérèse consentit à partir, bien que l'heure avancée à laquelle elle rentrait pût lui attirer des reproches de sa maîtresse.

Elle fut bien étonnée d'apprendre, en arrivant chez le notaire, que madame Orbelin n'avait pas passé toute la nuit au bal, et qu'on l'avait vue revenir avec monsieur vers deux heures du matin. —Comme je vais être grondée! se disait-elle en entrant chez Pauline. Elle ne reçut pas un reproche; sa maîtresse paraissait en proie à de pénibles réflexions; le bruit de chaque voiture, qui entrait dans la cour, la faisait frissonner; elle respirait à tout moment un flacon de sels, et portait la main à son front comme pour indiquer qu'il était le siège d'une douleur violente. Thérèse reprit sa place dans l'antichambre, où elle travaillait ordinairement; madame Orbelin allait, venait avec un air d'inquiétude que la femme de chambre ne pouvait s'expliquer. Vers midi, un fiacre roula sous la porte cochère. Pauline tomba sur une chaise en étouffant un cri d'effroi. Deux minutes après, André entra en disant: —Voilà monsieur. En effet, Orbelin le suivait. À sa vue, la jeune femme succomba à son émotion et perdit connaissance; les soins de Thérèse et du vieux domestique ne tardèrent pas à la ramener à la vie.

Dès qu'elle eut repris ses sens, le notaire s'approcha d'elle, et lui dit:
— Votre réputation est sauvée, madame; mais mon repos est à jamais
détruit. Si le colonel ne survit pas à sa blessure, les héritiers de Gustave ne sauront jamais rien; j'ai sur moi toutes vos lettres.

VIII

Le Lit de Misère.

> Voyez, amis, cette barque légère
> Qui de la vie essaie encor les flots;
> Elle contient gentille passagère:
> Ah! soyons-en les premiers matelots.
> > BÉRANGER. — *Le commencement*
> > *du Voyage.*

> Au païs de la Bœoce la coustume est, que le
> jour des nopces, quand on met le voile nuptial à
> l'espousée, on luy met aussi sur la teste un cha-
> peau du ramaize d'asperge sauvage, pource que
> celle plante d'une très poignante espine produit un
> très doulx fruict.
> > PLUTARQUE, version d'Amyot.

Neuf mois se sont passés depuis cette nuit de bal, où le notaire apprit, aux dépens de tout le bonheur de sa vie, que l'indifférence d'une
jeune épouse pour son mari est toujours la preuve certaine de son
attachement pour un autre : la nature veille à ce que le cœur d'une
femme ne reste jamais sans amour.

Le colonel n'est pas mort des suites de ses blessures: mais il a dû
souffrir l'amputation du bras droit. Sa carrière militaire est finie. L'empereur, qui rend après chaque campagne tant de corps mutilés à la
France, ne pardonne pas à l'officier qui se permet de risquer sa vie
pour venger sa propre injure; tout le sang qui n'est pas versé sur le
champ de bataille est un vol qu'on lui fait. Gustave, qui connaît la
sévérité du grand capitaine, n'a plus osé reparaître à la cour.

Pauline ignore ou du moins paraît ignorer le sort de son cousin.
Jamais, depuis le jour où elle vit revenir Orbelin après la rencontre
funeste au bois de Vincennes, jamais, dis-je, elle n'a prononcé le nom
de Gustave devant son mari. Orbelin lui savait gré de cette réserve.
Une fois seulement elle s'est hasardée à l'interroger des yeux, mais le
regard du notaire a produit sur elle une impression si pénible, qu'elle
ne s'est plus senti le courage de le regarder une seconde fois avec cet
air suppliant auquel il n'avait répondu que par un sourire amer capable
de briser l'âme.

Sans se le dire par un seul mot, il y a eu entre le notaire et sa femme
le projet arrêté d'une séparation éternelle; mais personne n'est dans le
secret de ce divorce tacite. Jamais Orbelin n'a montré plus d'amour,
d'estime, de respect pour Pauline, que depuis l'événement qui a rompu
le lien le plus puissant du ménage : la confiance. Étrangers l'un à
l'autre dans leur intérieur, ils sont pour le monde des modèles d'amour
et de vertu conjugale. Le vieux André n'a pas été peu surpris lorsqu'un
jour il a vu venir le maçon et le menuisier, et que son maître leur a
ordonné de percer et de poser une porte de communication entre les
appartemens de monsieur et de madame. Orbelin présidait gaîment au
travail des ouvriers, et il disait en souriant à sa femme : — C'est pour-

tant à toi, ma bonne amie, que je dois cette idée-là... Je me repro-
cherai toujours d'avoir été prévenu par toi, lorsqu'il s'agissait de nous
donner mutuellement une preuve de tendresse. Le notaire s'opposa à ce
que l'ouvrier mît un verrou de chaque côté de la porte comme il en avait
le projet; c'était bien assez d'une serrure. André ne savait pas comment
réparer la faute qu'il avait commise en répétant à tous les domestiques
de la maison que madame n'avait aucune amitié pour son mari, et que
son maître se repentait tous les jours de l'avoir épousée. Le pauvre
André se donna toutes les peines du monde pour réhabiliter le ménage
d'Orbelin dans l'esprit des bavards du quartier; il en dit tant de bien
qu'on finit par en penser un peu moins de mal. Pour Thérèse, elle
concevait bien tout l'amour que pouvait avoir Pauline pour un mari
toujours soigneux de lui plaire, et qui l'entourait des égards les plus
affectueux. Une seule chose lui parut extraordinaire dans le nouveau
projet de sa maîtresse, c'était qu'elle n'eût pas pensé plus tôt à faire
percer ce mur qui la séparait de son époux. Ce fut une belle journée
pour les gens et les amis de la famille Orbelin, que celle où l'on ouvrit
ce passage entre les deux logemens du notaire. Les ouvriers furent généreusement récompensés. Jamais le dîner n'avait été si gai. Convives
et domestiques se retirèrent avec la pensée qu'il n'y avait pas à Paris
de ménage plus heureux que celui de Pauline. Mais quand tout le monde
fut parti, la scène changea son air triste, la jeune femme reprit son air triste,
Orbelin devint sombre et soucieux; il regarda cette porte en soupirant:
— Cela vous effraie, madame, dit-il à Pauline; mais, après l'aveu que
vous m'avez fait hier, il le fallait bien. Tromper maintenant, pour m'é-
pargner le ridicule et à vous le mépris, c'est ma seule ressource... Cependant n'ayez pas peur, cette porte ne s'ouvrira jamais. Il rentra chez
lui, fit couler doucement le pêne dans la serrure, ouvrit sa fenêtre,
et profita du moment où personne ne passait pour lancer la clé dans
la rue.

Deux mois après Orbelin donna un grand dîner. Pendant toute la matinée Pauline avait eu l'air souffrant; son mari, au contraire, affectait une
gaîté plus vive encore que celle qu'il s'était plu à faire remarquer le jour
où on avait ouvert la porte de communication. Thérèse et André ne conce-
vaient rien à ce redoublement de bonne humeur; ce dernier, surtout, était
fort intrigué; car, au déjeûner, il avait surpris ces mots dits sévèrement à
Pauline: — Je l'exige, madame, il faut tout déclarer aujourd'hui même.

Jusqu'à l'heure du dîner, André se cassa la tête pour trouver l'explication de cette phrase de M. Orbelin; il la demanda à Thérèse, à la porière,
à tous les domestiques qui avaient accompagné leurs maîtres chez le notaire. Ce n'est qu'à sept heures du soir, au moment où l'on venait de servir le café, qu'il put avoir le mot de l'énigme.

Tous les valets étaient réunis à l'office; on attendait André pour dîner.
Celui-ci arriva chargé de deux paniers de vin, ses yeux rayonnaient de
plaisir: — C'est du bordeaux, dit-il en entrant; monsieur nous le donne
pour que nous buvions à l'heureuse délivrance de madame... elle est enceinte! La proclamation d'André fut accueillie par des éclats de rire et
des vivat! Un moqueur de l'assemblée, en buvant à la progéniture du
vieux notaire, se permit un sarcasme sur l'âge de monsieur et son habitude de vivre séparé de sa femme.—Et la porte de communication, répétait
André; il n'y avait rien de surprenant à ce que monsieur ait un enfant...
je l'ai vu faire. L'amphibologie du vieux valet fut un nouveau coup de
fouet donné à l'hilarité des convives, que la vue des deux paniers de vin
avait déjà singulièrement excité. On ne s'aperçut pas, au milieu de l'i-
vresse générale, que Thérèse avait pâli en apprenant la grossesse de Pauline; cette nouvelle lui avait cependant causé une vive émotion, car Thérèse aussi se taisait depuis plusieurs mois sur les résultats que la nuit du
bal devait avoir pour elle. Que de fois la pauvre enfant avait frémi en son-

geant que dans quelques mois il ne lui resterait plus que l'alternative de perdre son mari ou de laisser flétrir sa réputation. Elle n'avait pas osé jusqu'à ce jour mettre le réfractaire dans la confidence de son malheur : c'eût été trop pour Thérèse d'avoir à souffrir et pour elle et pour lui. Epouse légitime, elle se voyait à la veille de mettre au monde un enfant sans nom, ou qui ne pourrait en acheter un qu'au prix du sang de son père. Dans les visites qu'elle rendait furtivement à Philippe, comme une femme coupable qui se cache pour tromper son mari, souvent elle avait senti l'aveu de sa grossesse errer sur ses lèvres ; mais la prudence retenait toujours ses paroles. Les mères comprendront le supplice qu'elle éprouvait à se taire : c'est de son premier enfant qu'elle eût voulu parler.

La nouvelle qu'André venait d'apprendre aux valets assemblés renouvela les tristes images qui s'offraient à la jeune femme, lorsque, seule avec ses pensées, son imagination la transportait au moment de sa délivrance.

André se plaisait à peindre l'air heureux de son maître, et la joie d'Orbelin augmentait la tristesse de Thérèse. — Philippe aussi devrait être heureux, pensait-elle ; je devrais jouir de son bonheur ; lui aussi m'aimerait encore plus s'il savait que bientôt je dois être mère ; et il faut que je me taise. Non, reprit-elle en elle-même... une femme ne peut pas garder un pareil secret envers son mari... Je lui dirai que j'ai tout prévu pour le moment où je lui donnerai cet enfant... Qu'il n'y a rien à craindre, que M. d'Orbelin nous protégera alors comme il nous a protégés jusqu'ici... Mais il faut que je lui parle... Pauline n'a pas seule le droit de se sentir fière d'être mère. Après avoir réfléchi, la jeune femme de chambre prétexta une indisposition, sortit, se jeta dans un fiacre qui la conduisit jusqu'au faubourg du Roule, d'où elle gagna à pied la maison de la rue de Courcelles.

Thérèse embrassa sa mère, lui apprit en deux mots la grossesse de Pauline, puis monta chez son mari. Quand elle se vit seule avec Philippe, qui travaillait dans sa petite chambre, elle lui prit la main : —Mon ami, lui dit-elle, te rappelles-tu ce que tu me disais il y a deux ans : Une seule chose, Thérèse manque au bonheur de notre ménage ? — Oui, ma petite femme, je m'en souviens, c'était un fils que je demandais... Dame ! c'est que dans ce temps-là nous avions une bonne ferme ; je n'étais pas réfractaire, et puis nos voisins paraissaient si heureux d'avoir des enfans, que ça me rendait jaloux. — Eh bien ! maintenant, tu n'as plus à leur envier ce bonheur... Chut ! mon ami, n'en dis rien à maman, qui se fâcherait, se tourmenterait pour nous, je vais être mère !

Philippe prit sa femme dans ses bras, la serra contre son cœur avec ivresse, et Thérèse, qui partageait en ce moment toute la joie de son mari, répétait : — Oui, mon ami... mère d'un enfant qui te ressemblera, qui t'aimera comme je t'aime. Au lieu de m'embrasser comme tu fais, gronde-moi bien plutôt de ce que j'ai pu te le cacher jusqu'à présent... Ah ! je ne me doutais pas que je pourrais être heureuse en te le disant. Ils s'abandonnèrent pendant quelques instans à la joie la plus vive ; mais bientôt après le front du jeune époux se rembrunit, il pensa à tous les dangers que sa femme pourrait courir, s'il restait plus long-temps dans sa retraite. Thérèse avait prévu toutes ses objections, elle le rassura comme elle se l'était promis en partant ; il fut convenu qu'on ne parlerait de tout cela à la mère Hersant qu'au moment même de l'accouchement. La soirée s'avançait, Thérèse craignait qu'on ne s'aperçût de son absence, elle partit ; Philippe voulait la reconduire pour parler encore de son enfant. — Reste, dit la jeune femme, il faut plus que jamais que tu songes à ta sûreté ; bientôt nous serons deux qui aurons besoin que tu vives... Tu ne t'appartiens plus, je compte sur ta prudence ; il faut que tu veilles bien sur toi, pour moi d'abord, et puis pour ce pauvre petit. — En le quittant, elle lui parla de la grossesse de madame Orbelin, qui n'était que le prétexte de sa visite, et il s'éloigna rapidement. — Il paraît que ça va mieux ? lui dit-on quand elle redescendit à l'office. — Oui, j'ai dormi un peu, et cela m'a fait

du bien. Vous appelez ça un peu dormir, reprit André : il y a deux heures que je suis monté à votre chambre pour savoir comment vous vous
trouviez, et vous n'avez pas plus répondu qu'une poutre. — Deux heures !
répondit Thérèse, comme le temps passe. — Quand on dort, — ajouta malignement le farceur du banquet. Cette naïveté remit chacun en bonne
humeur. A minuit la société du notaire se retira, les domestiques suivirent leurs maîtres. André alla déshabiller M. Orbelin, et Thérèse, rentrée
dans sa chambre, se mit à genoux et pria pour Philippe et pour son
enfant.

Depuis la déclaration publique, faite par Orbelin, de la grossesse de sa
femme, il avait encore redoublé de soins et d'attentions aimables pour elle.
Lui, qu'on voyait avant si rarement dans le monde, se faisait un devoir de
la conduire partout où elle pouvait espérer de trouver du plaisir. Le colonel Gustave, qui ne s'était plus présenté chez le notaire, rencontra plus
d'une fois les deux époux. Pauline tressaillit souvent sous le bras
de son mari en apercevant de loin son cousin ; mais Orbelin ne parut jamais avoir vu le colonel, ni senti le mouvement d'effroi de sa femme.
Tandis qu'elle allait offrant à tous les regards le spectacle de sa grossesse,
Thérèse écrasait la sienne sous la pression de son corset ; chaque jour elle
prenait une attitude plus gênée pour cacher son état, et dévorait d'affreuses douleurs afin de n'éveiller aucun soupçon. Cependant elle avait
senti sous sa main son enfant remuer dans ses entrailles ; le terme approchait où elle allait lui donner le jour, et rien encore n'était décidé dans
son esprit pour éviter la honte et le malheur d'un accouchement public.
Thérèse ne voulait prendre conseil de personne, pas même de sa mère.

Le jour arriva enfin où madame Orbelin éprouva les premières douleurs de l'enfantement. Toute la maison était sur pied, médecin, garde-
malade, valets, nourrice, allaient, venaient autour de la jeune femme du
notaire ; on plaignait ses souffrances, on l'encourageait par les plus douces paroles ; André, lui-même, le vieux serviteur d'Orbelin, perdait la tête
à force de sensibilité ; il allait jusqu'à presser la main de son maître pour
lui donner bon espoir, parce qu'il le voyait pâle, abattu. — Je vous l'avais toujours dit, monsieur, c'est un moment cruel à passer quand on est
bon mari comme vous l'êtes, comme je l'ai été ; mais après ça on est bien
récompensé ; il est si doux de se voir père !... de dire : — Cette petite
créature-là qui crie, qui pleure, qui existe enfin, c'est à moi qu'elle doit
la vie. — Orbelin répondait quelquefois un peu brusquement aux consolations de son valet de chambre ; mais ce mouvement de mauvaise humeur
ne décourageait pas André. — Je conçois ça, continua-t-il, je le conçois
très bien... quand on voit souffrir et qu'on en est cause, ça fait toujours mal.

Au moment où les cris de Pauline redoublaient, Thérèse, qui se tenait
à côté d'elle, éprouva un tel saisissement, qu'elle tomba sans connaissance
sur un fauteuil ; mais on était trop empressé à secourir la maîtresse pour
faire attention à la faiblesse de la femme de chambre. Quand elle reprit ses
sens, il y avait dans la vie un être de plus : l'enfant reposait dans les
bras de sa nourrice ; Pauline, mollement couchée, était accablée de prévenances ; les visites se succédaient dans son antichambre ; le bruit des voitures qui entraient et sortaient incessamment était assourdi par le lit de
paille dont on avait jonché la rue. Quelques amies privilégiées étaient
seules admises dans la chambre de l'accouchée ; on ne lui parlait pas,
mais on la regardait avec intérêt, on formait autour d'elle un cercle silencieux, attentif à ses moindres gestes, et toujours prêt à la servir. Orbelin,
qui avait eu le courage de rester près de Pauline pendant sa délivrance,
de donner un sourire à l'enfant et de l'embrasser la mère, était retourné dans
son appartement ; là son cœur oppressé par une contrainte de plusieurs
heures se débarrassait des larmes qu'il avait amassées.

Le médecin, en partant, avait recommandé le plus grand silence auprès de l'accouchée. — Il faudrait, disait-il, que les visiteurs fussent assez discrets pour se retirer de bonne heure. Aussi, dès que les amis intimes de la maison furent partis, André se montra inflexible, il ne voulut recevoir personne : le bruit de la porte qu'on ouvrait pouvait fatiguer madame ou réveiller le petit garçon.

A neuf heures du soir tout était calme dans la maison. Orbelin, lui-même, par respect pour les ordres du docteur, c'est du moins ce que disait André, se dispensa de paraître chez sa femme. Il était tristement accoudé sur une table, pensant à cet enfant qu'il devait feindre d'aimer aussi, comme il feignait depuis long-temps d'aimer encore cette Pauline, qui l'avait si cruellement trompé. Il se demandait comment il habituerait sa bouche à donner le nom de fils au fruit de l'adultère : c'était un supplice de plus, mais il se résignait ; car, pour lui, le plus grand malheur n'était pas de souffrir, mais bien de faire connaître son déshonneur, il craignait moins les tourmens que le ridicule.

Le notaire s'abreuvait de ces pénibles réflexions quand Thérèse, pâle, les yeux mornes, le visage contracté par la douleur, entra dans sa chambre. — Mon Dieu, mon enfant, qu'avez-vous? lui dit-il avec effroi. — Monsieur, reprit-elle, je vais mourir si vous ne venez à mon secours. — Expliquez-vous... Cette pâleur ne vient donc pas seulement du chagrin d'avoir vu souffrir madame? — Si fait, monsieur, d'abord... mais cette révolution a hâté, je le sens bien, le moment où je devais être mère à mon tour ; je souffre horriblement... Il n'y a que vous à qui je puisse confier mon secret... Monsieur, ayez pitié de moi. Thérèse sanglota ; elle tomba aux genoux de son maître, les embrassa en disant : — J'en mourrai, et Philippe n'est pas là! — Pauvre enfant ! répondit Orbelin ; certainement que je vous sauverai ; on vous doit bien des secours, à vous qui êtes si pure, si chaste... — Ah! monsieur, il faut que j'aie bien souffert pour venir jusqu'à vous : mais regardez mes mains, et jugez de ce que j'endure en silence depuis deux heures... Et elle montra ses doigts déchirés par les morsures et coupés sous les dents. La malheureuse n'avait eu que ce moyen pour étouffer ses cris.

Orbelin, après s'être bien assuré que personne ne se tenait sur l'escalier, aida Thérèse à monter jusqu'à sa mansarde ; il lui recommanda de prendre courage, en lui promettant que bientôt le médecin serait auprès d'elle. Il se rendit à l'instant chez le docteur, qui demeurait dans le voisinage. M. Pelletan n'était pas chez lui ; il fallut l'attendre ! et pendant ce temps, Thérèse, pouvant à peine se soutenir, réunissait toutes ses forces, afin de ne pas succomber au mal... elle ne voulait pas mourir avant d'avoir vu son enfant. La sueur perlait sur son front, ses dents déchiraient le mouchoir qu'elle avait mis sur sa bouche pour qu'on ne l'entendît pas souffrir. Parfois un bruit de pas retentissait dans le long corridor où logeaient les domestiques : son cœur battait d'espoir lorsqu'on venait à marcher du côté de sa chambre ; mais c'était tantôt une servante qui rentrait chez elle, tantôt un palefrenier qui passait en sifflant devant sa porte. L'agonie de Thérèse dura plus d'une heure ; se croyant oubliée par son maître, elle dressa par terre ce lit dont le nom ne put être révélé que dans un cri de douleur, et que l'angoisse baptisa du titre de misère. Ce dernier effort avait épuisé son courage ; elle se jeta sur le matelas, et se résigna à mourir sans secours : ses yeux ne voyaient plus, un bruissement sourd roulait dans ses oreilles, les mouvemens convulsifs des muscles de son visage comptaient ses douleurs qui se succédaient plus rapidement ; une arriva cruelle, déchirante, qu'aucun mot ne peut peindre, dans laquelle la nature semble avoir concentré toute sa puissance pour arracher la vie du fond des entrailles. Malgré son épuisement, Thérèse sentait bien que le soin qu'elle avait pris de ne rien laisser entendre serait perdu, si elle ne pouvait résister à cette nouvelle souffrance. Elle étendit les bras, fit descendre un oreiller sur sa tête, le retint avec force, et attendit la douleur : c'était la dernière.

Elle était comme évanouie sur le lit de misère quand un faible cri d'enfant fit courir dans toutes ses veines un frémissement de joie ; elle ouvrit les yeux, souleva la tête et chercha d'un regard d'amour la petite créature qui demandait déjà les soins d'une mère. C'est à peine si Thérèse osait bouger : elle redoutait qu'un mouvement ne privât son enfant de la vie qu'elle venait de lui donner au prix de tant de maux. — Il doit avoir bien froid, dit-elle ; ah ! si l'on ne vient pas, c'est lui qui mourra à présent... Pauvre ami ! je ne crains plus le mépris ni la honte, pourvu que quelqu'un vienne à ton secours ! Dussé-je ne jamais dire quel est ton père, je souffrirai tout pour te conserver. Elle appela... mais sa voix était sans force : on ne l'entendit pas. Alors elle détacha le fichu qui couvrait sa poitrine, et l'étendit avec précaution sur ce corps frêle qui tremblottait déjà au contact de l'air.

Enfin le docteur arriva : Thérèse l'accueillit comme une providence. — Songez d'abord à mon enfant, lui dit-elle. En quelques secondes le médecin a secouru l'accouchée et emmailloté le nouveau-né. — C'est une fille, dit-il. Thérèse, en apprenant le sexe de l'enfant qu'elle vient de mettre au monde, n'a qu'une pensée : — Au moins, dit-elle, la conscription ne me l'enlèvera pas ! Grâce aux bons soins et à l'activité de M. Pelletan, la jeune mère est couchée dans son lit, elle tient sa fille dans ses bras. — C'est fini, ma chère amie, dit le docteur, je peux me retirer. Thérèse le rappelle : — Monsieur, dit-elle d'un air suppliant, vous me jurez bien, n'est-ce pas... que personne ne saura que vous êtes venu ici pour moi ? — Parbleu ! cela va sans dire ; la discrétion n'est-elle pas une vertu de notre état ? Mais, dites-moi, que voulez-vous faire de cette petite ? — L'élever, monsieur. — C'est fort bien, j'estime les mères qui n'abandonnent pas leurs enfans : c'est comme cela que l'on doit réparer une faute. — Une faute ! répond Thérèse ; je n'en ai pas à me reprocher, je vous l'assure. — Ça ne me regarde pas, ma belle... je n'ai pas besoin de rien savoir ; vous voilà sauvée, c'est tout ce que je demandais... Beaucoup de prudence, pas de contrariétés surtout, et cela ira bien. En rendant visite à madame Orbelin, je monterai chez vous. Allons, bonne nuit, voilà du feu, de l'eau sucrée, c'est tout ce qu'il vous faut. Il salua et sortit. Orbelin attendait le docteur sur le palier de son appartement. — Entrez, lui dit-il à voix basse. Quand M. Pelletan fut dans le cabinet du notaire, celui-ci s'empressa de lui demander des nouvelles de Thérèse. — Rassurez-vous, la mère et l'enfant se portent à merveille. — Pauvre femme ! continua Orbelin, si vertueuse, et forcée de dévorer ses douleurs ! — Mon cher monsieur Orbelin, je ne vous demande pas votre secret ; mais vous n'espérez pas me faire croire que cette fille... — Elle est la vertu même, docteur ; si vous connaissiez le motif de son silence, vous auriez pour elle tout le respect qu'elle m'inspire... Mais, je vous en prie, pas un mot à ma femme sur ce qui s'est passé. — Cette recommandation m'a déjà été faite par la jeune personne... et d'après cela je pouvais penser qu'elle n'était pas un modèle de sagesse, comme il vous a plu de me le dire. — Sur l'honneur, c'est la plus malheureuse et la plus pure de toutes les femmes. — Je le veux bien ; mais au revoir, je vais passer un moment chez madame ; de cette façon, ma visite ne donnera lieu à aucun soupçon. Il sortit, et bientôt après le notaire monta dans la chambre de Thérèse.

— Vous ne dormez pas, mon enfant, lui dit Orbelin ; il faudrait pourtant prendre un peu de repos.

— Oh ! monsieur, je me sens bien à présent... seulement j'ai du chagrin.

— Eh ! pourquoi ?

— Philippe ne sait rien ; il s'inquiète peut-être, car la dernière fois que je l'ai vu, il se doutait bien que mon terme approchait... Si je savais écrire, je le rendrais bien vite heureux... mais, malheureusement, il faut que j'attende long-temps avant de lui apprendre qu'il est père... à moins pourtant que monsieur...

— Oui, je vous entends... Eh bien! soyez tranquille, je vais lui écrire dès ce soir, et demain matin il saura tout.

— Si monsieur, qui a tant de bonté pour moi, voulait me permettre de dicter cette lettre... Je sais, reprit-elle, que vous avez bien plus de talent que moi pour écrire... mais ce serait vous alors qui lui donneriez de vos nouvelles, et je voudrais tant être la première à lui parler de sa chère petite fille! En achevant ces mots, elle embrassa son enfant et pleura.

— Ne vous chagrinez pas, ma chère Thérèse, je consens à écrire sous votre dictée... demain vous aurez la tête plus libre.

— Non, je vous en prie, écrivez ce soir, j'ai besoin de lui dire tout ce que j'éprouve; si j'attendais encore, je ne dormirais pas tranquille.

L'état dans lequel se trouvait Thérèse inspirait trop d'intérêt à M. Orbelin pour qu'il ne se rendît pas sur-le-champ à sa prière; il s'éloigna pendant quelques minutes pour aller chercher dans son cabinet de l'encre, du papier et des plumes. Durant son absence, Thérèse prit sa fille dans ses bras pour lui donner le sein; il y eut du délire dans sa joie quand elle sentit le souffle léger de la bouche de l'enfant effleurer sa poitrine, et son haleine chercher à aspirer le lait maternel.. Le notaire revint bientôt, il avança une petite table près du lit de Thérèse; elle dicta:

« Mon bon Philippe, je suis mère!... Si tu savais combien j'ai souffert... si tu avais vu comme je supportais les douleurs avec courage, tu m'aurais embrassée de bon cœur... Si je ne t'ai pas nommé tout haut dans ce moment-là... c'est que je m'étais promis de ne pas parler; mais j'ai bien pensé à toi... rien qu'à toi... Voilà une heure seulement que je pense à deux personnes; tu as une petite fille, mais si gentille que je ne peux pas te le dire assez... On prétend que les petits enfans ne voient pas le jour avant six semaines; mais moi, je suis bien sûre que ma fille vient de me regarder... Elle est là, à côté de moi... Comme je la baiserais, si je ne craignais pas de la blesser... mais elle est si petite, si mignonne! Tu as raison, mon Philippe, de bien aimer ta mère; tu ne pourras jamais te faire une idée du mal qu'on endure pour donner le jour à ses enfans. Ce que je te dis, ce n'est pas pour te chagriner, entends-tu? Je me sens très bien à présent, je ne veux pas que ma lettre te rende malheureux; au contraire, il faut que tu sois bien gai, bien content, comme je le suis enfin... Songe donc que nous avons un enfant... un enfant à nous... qui t'appellera papa... tu dois, à présent, faire plus attention que jamais à ce qu'on ne te découvre pas; si un pareil malheur arrivait, je mourrais, et ton autre Thérèse aussi! Tu peux dire à notre mère, maintenant, que je serais bien heureuse de la voir; j'ai besoin de ses conseils, car je veux élever ma fille. Personne n'en saura rien, ma chambre est éloignée de celles des autres domestiques. Toutes les fois que madame me laissera un moment à moi, je monterai près de mon enfant, je la nourrirai de mon lait. Déjà, tout à l'heure, j'ai essayé... c'était trop tôt, je l'ai bien vu; mais c'est égal, ça l'habitue, et moi je ne saurais te dire ce que j'ai éprouvé de plaisir dans ce moment-là. Encore une fois, mon Philippe, ne t'expose pas, ne viens pas me voir, sois tranquille pour que je me trouve tout à fait heureuse; tiens, j'embrasse ta fille pour toi; pense à ta pauvre petite femme qui t'aime tant; plains-la un peu de ce qu'elle ne t'avait pas là près d'elle, lorsqu'elle sentait que tu lui étais si nécessaire!... car je me trouvais seule; oui, mon ami, absolument seule! et sans l'humanité de M. Orbelin, peut-être bien que je serais morte... Mais, je te le répète, à présent je me sens tout à fait rétablie... Prends patience; à ma première sortie j'irai remercier le bon Dieu. Priez-le aussi pour la fille, pour moi et pour M. Orbelin, qui ne m'a pas abandonnée. Lui aussi est père, depuis quelques heures... » — Il est inutile de mettre cela, dit le notaire. —Et pourquoi pas, monsieur? maman serait bien aise de savoir... — Au fait, vous avez raison, reprit-il, ce sera un prétexte pour la faire venir plus souvent ici. — Thérèse pria M. Orbelin de lui conduire la main pour qu'elle pût signer; elle traça son nom en tremblant, puis remercia le bon notaire, qui lui promit que la lettre arriverait le lendemain matin de bonne heure à la rue de Courcelles.

Plus courageuse que prudente, Thérèse se leva dès le lendemain; Pauline, voyant l'état de faiblesse de sa femme de chambre, l'engagea à prendre du repos : grâce à cette permission, elle se remit un peu des fatigues de l'accouchement. Malgré les conseils de sa mère, qui venait la voir tous les jours, elle voulut garder son enfant près d'elle. Le notaire, ne pouvant vaincre sa résolution, la fit loger dans un corps de logis séparé du reste de la maison, et d'où les cris de la petite fille ne pouvaient être entendus. Madame Orbelin, que l'on accablait de soins, se rétablit beaucoup plus lentement que sa femme de chambre; Pauline plaça son enfant chez une nourrice du quartier d'Enfer. Comme son mari, après une ou deux visites, cessa tout à coup d'accompagner sa femme à la maison de la nourrice, madame Orbelin se décida à mettre à exécution le projet qu'elle avait formé de revoir le père de son fils; elle écrivit au colonel :

« Je suis lasse de vivre avec un homme qui ne peut ni m'estimer ni aimer mon enfant : c'est à peine si j'ose parler d'un fils que je chéris de toutes les forces de mon âme; il faut que je vous voie, Gustave, que je prenne conseil de vous. Si vous ne m'avez pas oubliée, si vous conservez encore quelque amitié pour celle qui vous sacrifia ses devoirs, venez me trouver demain, à neuf heures du soir, dans l'église de Notre-Dame; M. Orbelin ne rentrera pas avant minuit, nous pourrons nous concerter sur le moyen de me faire sortir de la position affreuse où je me trouve depuis ce malheureux bal du ministre. Songez-y bien, si vous me refusez vos conseils, j'en demanderai au désespoir. »

Le lendemain, vers huit heures du soir, Pauline, couverte de sa robe la plus simple, et coiffée d'un grand chapeau de paille, sortit de chez elle sans avoir été aperçue.

IX

La Découverte.

> Mon fils est entre nous comme une muraille.
> ADOLPHE MULNER. — L'Expiation.

> Dans ce désordre, à mes yeux se présente
> Un jeune enfant.....
> RACINE. — Athalie, acte 2, scène 5.

L'intérieur de Notre-Dame, vu à neuf heures du soir, est d'un aspect assez triste; sur les bas-côtés du vaisseau, l'ombre, qui se prolonge de la poupe à la proue, est déchirée d'espace en espace par quelques pâles rayons de la lune qui s'allongent sur les dalles en glissant à travers les vitraux des ogives; une lampe, suspendue au dessus de la grille du chœur, et que la fabrique alimente suivant un respectable système d'économie, jette au milieu d'un nuage de fumée une lumière perfide qui noircit le badigeonnage des arceaux de la voûte, sans éclairer la mosaïque du parvis ; au fond de la nef, le prêtre en robe noire adresse aux fidèles agenouillés les instructions du soir : c'est presque toujours devant une demi-douzaine de vieilles femmes que le semainier de la métropole débite ces dernières prières ; les pieuses habituées du saint lieu tiennent d'une main le livre de cantiques, et de l'autre le bout de bougie que le bedeau a enlevé du luminaire après vêpres, pour le revendre le soir à celle même, peut-être, qui l'avait allumé le matin, afin d'obtenir de son patron la guérison d'une personne bien chère, ou la sortie au prochain tirage de la loterie des numéros qu'elle nourrit depuis long-temps.

C'est au milieu de ces ténèbres que Gustave pénétra pour retrouver Pauline ; elle était prosternée devant l'image de la Vierge, et priait à peu près comme les bonnes femmes écoutaient le sermon ; mais avoir l'air d'écouter, c'est tout ce que l'amour-propre de l'orateur chrétien peut exiger ; avoir l'air de prier, c'est aussi tout ce que demande le bedeau, chargé de faire observer le respect dû au saint lieu.

Au craquement d'une botte qui s'appuyait légèrement sur le pavé, Pauline tourna la tête du côté du portique ; Gustave plongea son regard dans l'obscurité, il vit une teinte plus sombre se dessiner dans le clair-obscur de la chapelle. — C'est elle ! dit le colonel. — Il avança, et tandis que le substitut de monseigneur l'archevêque débitait ses remontrances au milieu des bougies qui s'éteignaient et des auditeurs qui bâillaient en dedans, madame Orbelin et son cousin se parlaient ainsi :

— C'est donc vous, Gustave ?... je désespérais de vous revoir jamais... Cruel ! vous n'avez pas fait une seule démarche pour vous rapprocher de moi depuis notre séparation.

— Ma conduite, Pauline, a été celle d'un honnête homme ; M. Orbelin savait tout, je ne pouvais plus me représenter chez vous.

— Eh ! que m'importe ! si l'abandon d'une femme qu'on aime est une preuve de loyauté, d'honneur aux yeux de la société... il fallait essayer de tromper les espions dont mon mari m'avait sans doute entourée... il fallait venir me voir à tout prix, enfin... mais non, vous restez loin de moi quand je souffre pour vous, quand je suis devenue par vous la plus malheureuse des créatures... Vous me fuyez comme si vous aviez peur... et moi, pourtant, je n'ai pas craint de vous faire le sacrifice de ma réputation, de mon repos, de ma vie !

— Vous m'aviez écrit, Pauline, pour me demander des conseils, et ce sont des reproches que vous m'adressez. Oubliez-vous donc que moi aussi j'ai sacrifié quelque chose pour cet amour dont vous ne me croyez plus digne ?... N'est-ce rien que de perdre l'espoir d'une brillante carrière, la faveur de Sa Majesté, et ce bras mutilé qui devait un jour peut-être porter le bâton de maréchal ?... Je ne me plains pas d'avoir payé trop cher un instant de bonheur, mais ne me faites pas un crime de ce que j'ai respecté la tranquillité de votre ménage. Votre époux, me disait-on, avait pour vous tant de soins, tant d'amour.

— Des soins ! de l'amour ! on voit bien que vous ne savez rien de ce qui se passait entre nous. Ses prévenances, ses bontés, c'était une vengeance plus affreuse mille fois que le déshonneur public. En me conduisant dans le monde, mon mari me forçait à paraître heureuse quand j'avais le désespoir dans le cœur ; il me condamnait au supplice de l'aimer, de répondre à sa fausse tendresse par un sourire, et cependant je sentais des larmes dans mes yeux ; mais il m'était défendu de pleurer ; et quand je revenais chez moi... que je me trouvais seule, sans consolation, sans conseil, croyez-vous que la pensée de finir une existence aussi misérable ne me soit pas souvent venue ?... Si je n'avais pas senti que je devais bientôt être mère, je serais morte, Gustave, morte, sans vous avoir revu !

— Allons, calmez-vous... si l'on vous entendait!... Dites-moi ce que maintenant vous prétendez faire.

— Il faut que vous trouviez le moyen de faire cesser mon supplice... J'ai pu le supporter tant que j'étais seule à souffrir ; mais à présent que j'ai un fils, je ne dois pas l'exposer au malheur d'être haï par celui qu'il nommera son père... J'ai besoin de parler de mon enfant à quelqu'un qui comprenne mon amour pour lui... Chez moi, il faut que je retienne mes paroles, que je taise mes craintes, que je cache mes larmes ou ma joie... Cette contrainte est au dessus de mon courage ; je ne peux pas vivre plus long-temps ainsi... Enfin il faut que je divorce ! Gustave réfléchit un moment. — Je crois, dit-il, qu'une séparation à l'amiable vaudrait mieux.

— M. Orbelin n'y consentira jamais.

— Mais songez donc que les juges demandent de graves motifs pour séparer deux époux.

— Eh bien ! alors, je prendrai un parti violent... je quitterai la maison de mon mari... Vous allez, d'ici à deux jours, me trouver un logement aux environs de Paris... j'y élèverai notre fils. Si votre devoir vous retient ici, au moins vous viendrez me voir souvent... Et puis, ne pourrons-nous pas quitter la France... voyager ensemble ? Voyons, Gustave, vous ne me répondez pas... Vous le savez, si vous me refusez vos conseils, je peux faire un malheur... Dites que vous allez vous occuper de mon sort, que vous m'écrirez sous deux jours... C'est convenu, n'est-ce pas ?

— Sans doute, vous pouvez y compter ; mais comment vous ferai-je parvenir une lettre ?

— C'est juste, il faudrait encore imaginer un moyen. J'y suis... rien n'est plus facile, j'irai moi-même la chercher au bureau ; vous l'adresserez à madame Pauline Renou, poste restante, à Paris.

En ce moment, le prêtre, qui finissait son oraison, dit : *Amen.* Les dévotes se levèrent, il y eut un murmure de voix, un bruit de chaises qui se heurtaient ; les portes crièrent sur leurs gonds ; Pauline et le colonel profitèrent du tumulte pour sortir. La jeune femme fit encore promettre à Gustave de lui donner de ses nouvelles dans deux jours, et les amans se séparèrent. Si madame Orbelin était satisfaite du résultat de sa démarche auprès du colonel, elle ne pouvait se dissimuler l'air froid, le ton de réserve du père de son enfant ; il ne lui avait pas dit un seul mot qui pût faire soupçonner leur ancienne intelligence ; il n'avait pas paru désirer voir son fils. N'allait-elle échapper au mépris de l'époux que pour se livrer au mépris de l'amant ? c'est le sort de tous les adultères. Mais, dût-elle être condamnée à ce dernier malheur, Pauline s'estimerait heureuse encore de pouvoir se dérober à la tendresse cruelle que le notaire lui fait subir depuis si long-temps.

Deux jours après, elle alla chercher à la poste la lettre de Gustave ; elle tremblait que le colonel ne l'eût oubliée. Pauline se trompait, il avait écrit ; mais, au lieu de lui apprendre qu'il venait de découvrir une retraite sûre et commode pour elle et son enfant, il l'engageait à supporter avec patience ses chagrins domestiques, à mériter son pardon à force de confiance et d'amitié envers son époux. « Monsieur Orbelin ne demandait qu'à être aimé, disait-il ; c'est un honnête homme, qui ne fera pas retomber sur un innocent la faute de sa mère. » Enfin, le colonel engageait madame Orbelin à renoncer à son projet de séparation, qui ne pouvait que devenir funeste à son enfant. Il lui parlait de leur liaison passée comme d'un malheur que, pour leur repos commun, il fallait oublier ; il se reprochait de ne pas lui avoir dit tout cela le jour de leur rendez-vous à Notre-Dame ; mais il avait craint son emportement dans un lieu public. Gustave sentait bien que Pauline allait d'abord l'accuser de lâcheté, de trahison. « Je laisse au temps, continuait-il, le soin de calmer ce mouvement de colère ; plus tard, vous me remercierez des conseils que je vous donne aujourd'hui. Si je connaissais un autre moyen de vous prouver ma sincère amitié, croyez. ma bonne Pauline, que je l'emploierais. Mais je ne veux pas, après avoir compromis la paix de votre intérieur, détruire votre réputation qui me sera toujours chère. Tant que la loi ne vous aura pas séparée de M. Orbelin, je croirais manquer à mon devoir d'honnête homme si j'encourageais le dessein que vous avez formé de quitter votre ménage. Il m'en coûte beaucoup, sans doute, de renoncer à l'espoir de vivre près de vous ; mais je ne balancerai jamais lorsqu'il s'agira de sacrifier mes propres affections à votre bonheur. »

Le billet de Gustave n'était pas signé.

Pauline, après avoir lu, resta comme anéantie ; le colonel venait de détruire sa dernière espérance en répondant par les conseils d'une froide raison à la preuve d'amour qu'elle lui demandait. De sinistres projets roulaient dans la tête brûlante de madame Orbelin ; elle ne voyait plus de refuge à ses maux que dans le suicide. qui se présentait à son imagination sous toutes les formes que le désespoir lui donna. Mais à l'idée de la civière de l'hôpital. du lit de pierre de la Morgue, et des regards curieux qui devaient interroger la mort sur ses traits livides. sur ses membres roidis par les dernières convulsions ; à ces horribles pensées. dis-je. l'instinct de la vie rentrait dans son cœur. Elle était riche, enviée ; elle n'avait que vingt-deux ans, M. Orbelin en comptait près de soixante ; ce n'était pas Pauline qui devait mourir la première.

Revenue du dessein de se suicider. elle ne songea plus qu'au moyen de rendre son existence supportable : le plus simple est toujours celui qui se présente le dernier. Après avoir débattu mille projets dans son esprit. elle prit la résolution d'aller habiter sa maison de Villarceau avec Thérèse et son fils. — M. Orbelin ne pourra me refuser, se dit-elle ; c'est à table, devant vingt personnes, que je lui demanderai la permission de vivre à la campagne ; je préviendrai le docteur. il dira que cela est nécessaire à ma santé, et dès demain je partirai.

Satisfaite de s'être arrêtée à ce dernier parti. madame Orbelin rentra chez elle. Pendant le dîner, elle amena la conversation sur les plaisirs de la campagne, vanta l'influence d'un air pur sur la santé, parla de la faiblesse de la sienne, et enfin arriva adroitement à son désir de quitter Paris. Thérèse, qui servait à table, changea de couleur lorsque Pauline dit que sa femme de chambre la suivrait à Villarceau. L'émotion de Thérèse ne fut remarquée que par le notaire ; mais il comprit bien tout l'embarras de cette mère, qui se voyait forcée d'abandonner l'enfant qu'elle élevait secrètement. Thérèse regarda son maître d'un air suppliant : le notaire lui fit signe de se rassurer. opposa plusieurs objections à la résolution de sa femme ; et comme Pauline insistait encore, il termina le débat en disant : — Eh bien ! non, ma chère amie, vous ne quitterez pas cette maison. Comme il ne m'est pas possible de vous accompagner à Villarceau. et que je ne saurais vivre heureux sans vous avoir près de moi, je m'oppose formellement à votre départ. C'était la première fois que M. Orbelin osait, publiquement. parler en maître à sa femme. Thérèse respira plus facilement quand elle eut entendu la réponse du notaire. Pauline, interdite un moment par ce ton sévère, crut comprendre que son mari s'était enfin déterminé à rompre avec une contrainte qui les fatiguait tous deux. Ce premier acte d'une volonté ferme, accompli devant plus de vingt personnes, devenait, suivant elle, le signal d'une guerre franche ; c'était l'essai d'une tyrannie de ménage que les convenances sociales ne devaient plus arrêter. Madame Orbelin se promit aussitôt de se soustraire à ce nouveau malheur ; elle reprit un maintien aisé, sourit assez naturellement. et dit avec un ton de légèreté : — Vous avez raison. mon ami... je dois rester ici... c'était un caprice, une folie qui me passait par la tête... N'en parlons pas davantage. Il ne fut plus question de ce départ entre les deux époux. Cependant, le lendemain matin, Pau-

line, qui persistait dans son projet de fuir la maison conjugale, monta à
la mansarde de Thérèse, afin de prévenir secrètement celle-ci qu'elle
partirait dès le soir même. Elle frappa doucement à la porte ; on ne répondit pas. Impatientée d'attendre, elle heurta plus fort. Les cris d'un
enfant qui s'éveillait au bruit retentirent à son oreille. Pauline, étonnée,
glissa un regard curieux à travers la serrure, et parcourut d'un coup
d'œil la petite chambre de Thérèse : la jeune mère n'était pas chez elle.
Madame Orbelin aperçut près de la fenêtre le berceau d'osier où reposait
la fille du réfractaire ; elle resta long-temps à le considérer. La présence
de cet enfant chez Thérèse, le mystère dont on s'entourait pour l'élever,
firent naître mille conjectures dans l'esprit de la femme du notaire. Elle
interrogea ses souvenirs ; ils la conduisirent bientôt à des soupçons qu'elle
accueillit avec un sentiment de joie : c'était son mari qui avait fait déménager Thérèse de sa première mansarde pour la loger dans ce corps de bâtiment, d'où les cris de son enfant ne pourraient être entendus des habitans de la maison. Elle se rappela que, souvent, on avait vu le notaire se
diriger le soir vers le nouveau logement de Thérèse ; enfin, en rapprochant mille circonstances, Pauline finit par se persuader qu'elle était sur
la voie d'une intrigue scandaleuse qui suffirait pour briser une chaîne
dont le poids lui était devenu insupportable. Elle rentra chez elle, appela
tour à tour le portier et ses domestiques, acheta chèrement leur discrétion, et se fit rendre compte de toutes les actions de sa femme de chambre ; on lui apprit les sorties matinales de celle-ci, les soirées passées
dans la mansarde avec M. Orbelin quand madame n'était pas à l'hôtel. Le
cocher, séduit par l'appât d'un généreux pour-boire, déclara qu'il recevait
deux ou trois fois par semaine l'ordre de conduire son maître à la maison
de Courcelles, et que, plus d'une fois, il avait cru voir de loin mademoiselle Thérèse qui l'attendait sur la porte. Pauline, bien certaine qu'aucun
homme étranger à la maison ne s'était jamais présenté pour demander
sa femme de chambre, congédia ses espions ; ils s'engagèrent à l'informer
de la première sortie suspecte de Thérèse et du notaire. Madame Orbelin renouvela la promesse de les récompenser encore ; elle leur recommanda le silence, et s'empressa, dès qu'ils furent sortis, d'écrire à Gustave :

« L'obstacle qui s'opposait à ce que nous pussions nous réunir n'existe
plus ; ce divorce, qui vous paraissait impossible à demander à la justice,
sera prononcé. Si votre honneur vous a contraint à m'abandonner au
plus affreux désespoir quand j'avais tant besoin de votre secours, il vous
ordonne, aujourd'hui que je me vois dégagée de mes sermens envers
mon mari, à devenir le soutien de mon enfant, le protecteur de sa mère.
Ne craignez rien pour ma réputation qui, m'avez-vous dit, vous est si
chère ; elle ne sera pas compromise par l'éclat que ma séparation doit
produire dans le monde : c'est moi qui serai l'accusateur, c'est moi qui
demanderai aux lois justice contre l'adultère. Tenez-vous prêt à partir
après le prononcé du jugement ; je vous suivrai partout où vous voudrez
aller faire légitimer un amour à qui nous avons dû assez long-temps le
tourment de notre vie. »

Elle fit partir ce billet, et attendit plusieurs jours avant de frapper le
coup terrible qu'elle préméditait depuis la découverte de l'enfant.

Un soir que plusieurs parens et quelques étrangers se trouvaient réunis dans le salon de Pauline, on vint, d'après ses ordres, la prévenir que
le notaire était sorti quelques minutes après Thérèse. Le cocher avait
encore pris, cette fois, le chemin de la rue de Courcelles. Après cette
confidence, madame Orbelin se recueillit un moment, puis elle ordonna
à haute voix au domestique d'aller chercher un serrurier ; il partit, et,
pendant que l'on chuchottait tout bas sur la singulière commission
qu'elle venait de donner au valet, Pauline pesait toutes les conséquences
de l'éclat qu'elle allait faire ; elle se décida enfin à dénoncer publique-

ment les intelligences du maître et de la servante. — Mes bons amis,
dit-elle à ceux qui l'entouraient, jusqu'à présent vous avez pu croire
que j'étais la plus heureuse des femmes; il était de mon devoir de souffrir en silence tant que je ne faisais que soupçonner mon malheur ; mais
comme aujourd'hui il ne me reste plus de preuve à chercher, je dois
compter sur toute votre amitié pour m'aider à demander au tribunal une
séparation devenue nécessaire à mon repos. Ces paroles causèrent la plus
grande surprise : le cercle se rapprocha de Pauline : on l'interrogea avec
intérêt, elle reprit : — Thérèse, cette fille que par pitié j'ai bien voulu
prendre à mon service, depuis quelques jours elle est mère !... Sans respect pour moi, elle a fait de ma maison l'asile de la débauche, car tout
à l'heure vous allez voir l'enfant qu'elle élève ici en secret... Il n'y eut
qu'un cri d'indignation contre la femme de chambre ; chacun fut d'avis
que Pauline devait la chasser honteusement : mais un silence de stupéfaction succéda au murmure général, lorsqu'elle ajouta : — Quant au
complice de Thérèse, vous le connaissez tous... c'est M. Orbelin... c'est
mon mari !

D'un mot, Pauline venait de flétrir cinquante ans de vertus. Son accusation, cependant, fut d'abord accueillie avec quelque défiance ; on douta
pendant un quart d'heure ; il y en eut même qui attendirent au lendemain pour croire à l'inconduite du vieux notaire. Repousser la calomnie
pendant quelques heures, c'est là le plus beau privilége, l'unique récompense d'une réputation d'honnête homme, et elle s'acquiert par des luttes
pénibles avec les passions, quelquefois au prix du bonheur de toute la
vie : on sacrifie pour cela sa fortune, ou bien on meurt de faim auprès
d'un dépôt d'argent ; et puis une dénonciation perfide arrive, vos amis
combattent le soupçon... bientôt les demandent des preuves ; et si l'apparence vous accuse, ils finissent toujours par vous condamner. Et quand
le malheureux s'écrie dans son désespoir : « Quel est donc le fruit de la
vertu ? » le moraliste ou le bourreau lui répondent froidement : « Le
contentement de soi-même. »

Le serrurier arriva pour ouvrir la porte de Thérèse.

X

L'Éclat.

> Vous nous outragez ainsi, parce que nous som-
> mes pauvres et sans protection. Vous ne rougissez
> pas d'augmenter le sentiment de notre infortune
> par le mépris que vous faites de nous... Vous ne
> daignez pas nous supposer des vertus.
> MERCIER. — L'Indigent.

Toute la société ne suivit pas madame Orbelin dans la chambre de
Thérèse. Un vieux parent de Pauline, sincèrement indigné de la conduite
scandaleuse du notaire, et quelques amis intimes qui donnaient pour un
vif intérêt à son malheur ce qui n'était que l'empressement de la curiosité,
consentirent seuls à l'accompagner jusqu'à la mansarde. Quant aux indifférens, quant à ces convives hebdomadaires que l'on voit à jour fixe col-
porter de table en table une amitié de quelques heures, et dont les sentimens affectueux disparaissent avec le couvert, comme on avait fini de
dîner depuis long-temps, ils profitèrent de l'absence de la maîtresse de la
maison pour s'éloigner successivement.

Il n'y avait plus personne dans le salon quand Pauline y rentra avec ceux qui lui étaient fidèles. On déposa dans l'embrasure d'une fenêtre le berceau de l'enfant du réfractaire. Cet enlèvement avait été imaginé par M. Duresnel, le vieux parent de madame Orbelin.— Si Thérèse n'est pas la mère de cette petite, dit-il, elle ne craindra pas de montrer son inquiétude, et nous expliquera sans hésitation comment ce berceau s'est trouvé chez elle. Si, au contraire, l'enfant lui appartient, elle se taira, et nous devinerons bien à son trouble, à sa pâleur, les tourmens qu'elle éprouvera, ou bien l'amour maternel se trahira par des cris ; de toute façon Thérèse n'aura pas le temps de se préparer à une explication qui, pour être franche, a besoin d'être brusquée. Un des assistans fit bien observer qu'il n'en fallait pas davantage pour causer une révolution mortelle à la jeune femme de chambre ; mais comme Pauline n'avait pas trouvé de moyen plus ingénieux pour obtenir à l'instant un aveu qui lui était nécessaire, elle ne tint aucun compte de cette observation ; le berceau fut enlevé, on ferma la porte de Thérèse, et les curieux, que la visite domiciliaire avait attirés sur le carré, furent priés de se taire. Pour les engager à garder le silence, madame Orbelin leur promit de les appeler bientôt en témoignage devant la justice. L'espoir de jouer un rôle dans ce procès scandaleux suffit pour les rendre tous discrets. Les plus bavards d'entre eux, pour satisfaire à la démangeaison de parler, se réunirent, et jasèrent ensemble jusqu'au retour du notaire. Thérèse arriva un instant après son maître ; alors le conciliabule cessa, on se tint aux aguets devant la porte de la maison, dans la cour, sur l'escalier ; les valets établirent une ligne de correspondance, une chaîne de curiosité qui descendait de l'antichambre du notaire à la loge du portier.

M. Orbelin, en entrant chez sa femme, ne fut pas surpris de la trouver entourée de quelques amis ; Pauline avait l'habitude de recevoir tous les jours. Il s'aperçut seulement que son arrivée venait d'interrompre une conversation fort animée. — Que je ne vous gêne pas, dit-il, je venais seulement pour vous dire bonsoir ; il est tard... je rentre chez moi.

— Que dites-vous ?... nous gêner... mais, au contraire, mon ami, reprit Pauline d'un air aimable, nous vous attendions avec impatience.

— Oui, ajouta le vieux parent, et pendant votre absence nous causions de choses indifférentes... Nous en étions, je crois, continua-t-il d'un air malin, sur le compte de la servante de votre femme... cette Thérèse qui, depuis quelque temps, est pâle... malade... vraiment elle dépérit, la pauvre fille.

— Elle a éprouvé tant de chagrins depuis le départ de son mari, répliqua Pauline.

— Mais je crois qu'elle va mieux, maintenant, ajouta le notaire. Sa femme se pinça les lèvres, fit un geste d'intelligence à son parent, et toutes les personnes de la société échangèrent des regards que M. Orbelin ne remarqua pas. M. Duresnel continua :

— Ainsi, Thérèse ne sait donc pas où le réfractaire a pu trouver un asile ?

— Je crois qu'elle ignore absolument ce qu'il est devenu ; sans cela elle l'eût dit à ma femme.

— Certainement, dit Pauline, car chaque fois que j'ai voulu lui parler de son mari, elle m'a répondu que, depuis dix-huit mois, elle n'en avait reçu aucune nouvelle.

— Depuis dix-huit mois, répéta le vieux parent en appuyant fortement sur la date de la disparition de Philippe, c'est bien long ; après cela, je sais fort bien que les créatures de cette espèce-là ne sont pas embarrassées pour trouver des consolations...

— Monsieur Duresnel, reprit Orbelin avec chaleur, on voit bien que vous ne connaissez pas, comme moi, cette excellente fille... je défie quelqu'un de me prouver qu'elle ait une seule intrigue dans cette maison.

— Ici, c'est possible ; mais au dehors ? reprit Duresnel.

— Je connais le motif de toutes ses démarches, et je pourrais, au besoin, rendre compte de sa moindre sortie.

— Vous êtes plus heureux que moi, interrompit Pauline, car j'ignore où elle est en ce moment ; mais j'espère que bientôt nous allons tout savoir ; et malheur à elle si mes soupçons se confirment !

Ce ne fut pas sans avoir hésité pendant quelques minutes que madame Orbelin se décida à entamer violemment une explication qui menaçait d'être terrible. Le notaire regarda sévèrement sa femme pour lui imposer silence ; mais le nuage avait crevé, il n'était plus possible d'arrêter l'orage.

— Oui, continua Pauline, elle va nous dire ici, tout à l'heure, ce que signifient ses absences de tous les jours ; à moins que vous ne préfériez nous les expliquer vous-même, puisque vous êtes si bien instruit.

Orbelin, étourdi par ces paroles, ne put que répondre :

— Ah ! Pauline, ce n'était pas à vous d'accuser la pauvre Thérèse.

— Cette fille aura aussi à vous donner des explications sur un autre sujet, ajouta Duresnel. Oui, mon ami, elle vous trompe, et vous ne pouvez pas garder dans votre maison une servante qui a des amourettes ; par respect pour votre femme, il faut la jeter à la porte sur-le-champ.

Tous les assistans appuyèrent la proposition de Duresnel. Orbelin, fatigué de protester en vain de l'innocence de Thérèse, et outré de voir sa femme répondre à ces éloges par des ricanemens et des sarcasmes, reprit d'un ton calme, mais ferme :

— Mes chers amis, je vous laisse à tous le droit d'agir chez vous comme il vous convient de le faire ; mais je crois être libre aussi de garder les serviteurs qui me plaisent. Si Pauline, par un caprice inconcevable, a décidé que Thérèse devait sortir d'ici, moi, je déclare que je ne renverrai pas de chez moi une pauvre fille qui n'a dans le monde aucune ressource. Ma femme entendra raison. Il me suffit, je pense, de vous dire que je suis certain de la sagesse de cette enfant, pour que vous cessiez de former des soupçons contre elle. Vous en croirez au surplus ce qu'il vous plaira, mais je garde Thérèse ; c'est arrêté, et rien ne me fera changer de résolution.

— C'est bien, murmura le vieux parent ; vous nous chassez d'ici pour une misérable servante ; nous espérions, par nos conseils, apaiser un scandale ; on refuse de nous entendre ; nous ne nous reverrons plus, monsieur Orbelin, que devant le tribunal.

— Le tribunal ! répéta Orbelin étonné, que voulez-vous dire ?

— Vous allez le savoir, ajouta Pauline, car voilà Thérèse.

Elle arriva en effet. Le visage baigné de larmes, la voix étouffée par les sanglots, les cheveux en désordre, elle passa précipitamment à travers les groupes de domestiques qui s'étaient formés sur l'escalier, et tombant à genoux au milieu du salon, s'écria les mains jointes : « Ma fille !... rendez-moi ma fille !... » Pauline et le vieux parent triomphaient ; Orbelin était pâle et tremblant. Quant aux autres spectateurs de cette scène, ils avaient pitié de la malheureuse mère.

— Vous ne saurez où est votre enfant dit Pauline, que lorsque vous nous aurez nommé son père.

Thérèse resta interdite.

— Je devine tout, reprit Orbelin après quelques instans de silence... C'est un soupçon infâme ; mais, n'importe, je vous défends, Thérèse, de dire le nom du père de votre enfant.

— Nous n'avons pas besoin de le demander, dit M. Duresnel ; ce ne peut être que celui qui, depuis un an, va passer toutes les soirées dans la mansarde de la femme de chambre, ou qui la reçoit dans son appartement... c'est celui qui la suit presque tous les jours dans la maison de la rue de Courcelles, et qui, ce soir encore, vient de l'y accompagner...

C'est vous enfin , mon cousin, qui voulez contraindre votre femme à souffrir chez elle la maîtresse de son mari !

— Oh ! monsieur , laissez-moi parler, reprit vivement Thérèse ; qu'on me rende ma fille , et j'avouerai tout.

— Non , Thérèse, répondit le notaire, votre devoir vous oblige à supporter cette humiliation ; il y va de la vie de quelqu'un ; quant à moi , je rougirais de me justifier devant un pareil accusateur. — En achevant ces mots, Orbelin jeta un regard d'indignation sur Pauline. — Je ne trahirai pas votre confiance , reprit-il ; ma femme veut le divorce, je le vois ; elle peut le demander, je ne plaiderai pas pour la retenir ; mais ce n'était pas d'elle que cette demande devait venir.

Pauline, malgré le succès de la ruse qu'elle venait d'employer pour amener une rupture publique avec son mari, n'était pas sans éprouver une émotion pénible en voyant la jeune femme protester avec l'énergie du désespoir contre l'accusation qu'on faisait peser sur elle. Tous, excepté Duresnel, étaient presque convaincus de l'innocence de Thérèse. Le vieux parent, seul, persistait dans sa colère. — On ne suit pas les servantes dans une petite maison , murmurait-il, quand on n'a qu'à leur donner des ordres pour le service... on ne leur permet pas d'élever secrètement un enfant , quand on n'est pas intéressé à ce mystère ; on ne se fait pas le confident des vices d'une domestique de vingt ans, quand on ne veut pas en profiter pour soi-même.

— Vous oubliez que vous êtes chez moi, dit Orbelin, en saisissant Duresnel par le bras comme pour le jeter à la porte.

— Je n'oublie rien , mon cher cousin ; j'ai assez bonne mémoire pour me rappeler toutes les circonstances de cette intrigue, et je sais aussi que je dois protection contre son mari, à cette bonne et vertueuse Pauline, dont je suis aujourd'hui le plus proche parent.

M. Orbelin, que la réflexion avait calmé, se contenta de dire à sa femme : — Vous pourrez soulever contre moi autant de témoins que vous le voudrez, je ne répondrai rien pour ma justification ; vous ne méritez pas que je daigne me disculper.

Cette scène violente venait de réveiller l'enfant ; au premier cri de sa fille, Thérèse avait couru vers le berceau. La jeune mère, restée muette, se reprochait de laisser accuser le vieux notaire : mais il y allait de la vie de son époux, et la pensée de le dénoncer suffisait pour retenir les paroles prêtes à lui échapper.

Orbelin allait se retirer ; Thérèse avait reçu l'ordre de quitter la maison au point du jour ; elle emportait le lit de sa fille, lorsque André, haletant, couvert de sueur, entra dans l'appartement : — Pardon... pardon ; dit-il à son maître, d'avoir agi sans vos ordres ; mais quand j'ai entendu ce qu'on disait de vous, je suis parti en courant pour la rue de Courcelles, et j'ai tout raconté... Voici le père de l'enfant !

En ce moment Philippe, qui marchait sur les pas d'André, se précipita dans le salon ; Thérèse poussa un cri et se jeta dans ses bras.

— Imprudent ! s'écria Orbelin.

Pauline retomba sur sa chaise en disant : — Malheureuse que je suis !... C'est lui !... c'est Philippe Hersant, le mari de Thérèse !

— Le réfractaire? répétèrent tous les assistans.

— Eh bien ! oui, c'est moi, reprit Philippe, moi, qui ai su, heureusement à temps, qu'on accusait ma Thérèse... J'ai deviné qu'elle mourrait plutôt que de découvrir ma retraite... Mais, aussi, je savais ce qui me restait à faire... Oui, ma femme, du moment qu'on a pu t'accuser, j'ai dû, au risque de me perdre, venir prouver ton innocence. Maintenant qu'on me prenne, qu'on me juge, que l'on condamne, tout m'est égal, pourvu que l'on sache bien que tu es la plus vertueuse des femmes... Et vous, monsieur Orbelin, vous qui m'avez donné asile, vous qui veniez si souvent au milieu de notre petit ménage, vous pouvez dire si Thérèse n'est pas ce qu'il y a de meilleur, ce qu'il y a de plus honnête au monde... Elle a bien assez souffert pour moi ; il est temps que je prenne ma revanche ; quand on devrait venir me saisir ici... à l'instant, je me trouverais encore heureux si vous êtes tous bien certains que cet enfant est à moi, et que jamais ma Thérèse n'a manqué à son devoir. Après avoir parlé ainsi, le réfractaire couvrit sa femme de baisers, jeta un regard d'amour vers le berceau de sa fille, et reprit : — Pauvre petite, que le bon Dieu te préserve des souffrances que ta mère endure pour nous depuis un an !

On ne pouvait s'empêcher d'être ému jusqu'aux larmes à l'aspect de ces deux êtres intéressans qui s'adressaient de tendres reproches sur leur dévoûment mutuel. — J'aurais tout souffert pour toi, disait Thérèse ; mais tu ne devais pas venir ici.

— Du tout, il fallait tout avouer, reprenait Philippe ; crois-tu donc que je voudrais de la vie au prix de ton déshonneur? tu serais morte de honte, Thérèse, et puis après ton enfant n'aurait plus eu de mère.

Pauline n'avait pas le cœur méchant, aussi demandait-elle pardon à son mari, aux deux époux, de sa conduite cruelle envers eux. Quant à Duresnel, il s'excusait de son mieux auprès du notaire. Celui-ci, voyant les regrets de sa femme, ne voulut pas profiter de son triomphe pour l'accabler ; il se contenta de lui dire : — Tu vois où la jalousie peut conduire ; mais puis-je t'en vouloir? c'est encore une preuve d'amour. Minuit sonnait, les étrangers se retirèrent en promettant bien de ne pas parler de la découverte du réfractaire. Quand tout le monde fut parti, Orbelin dit à sa femme d'aller prendre un peu de repos ; à cinq heures du matin il devait la réveiller.

— Et pourquoi?

— Vous sentez qu'après cet éclat il ne nous est plus possible de vivre à Paris, pas même en France. Nos amis ont promis de se taire sur l'événement qui vient d'amener Philippe dans cette maison ; mais ils ne sont pas les seuls instruits de la retraite du réfractaire, les domestiques qui écoutaient aux portes ne manqueront pas de répandre ce secret important à la sûreté du mari de Thérèse. Je vais, pendant le reste de la nuit, écrire à mes amis pour qu'ils m'envoient nos passeports à Strasbourg ; de là nous passerons en Allemagne : l'empereur vient de signer la paix à Schœnbrunn. André, Philippe et Thérèse s'occuperont des premiers préparatifs de ce voyage ; on nous enverra le reste de nos effets quand nous serons arrivés là-bas. Je reviendrai dans quelques mois vendre mon étude et mes propriétés... Voilà mon plan, vous convient-il, madame?...

Pauline n'osa faire aucune objection ; elle avait encore écrit à Gustave, et la réponse du colonel ne lui était pas parvenue. Thérèse, son mari et le vieux domestique passèrent la nuit à faire les malles ; dès cinq heures du matin les chevaux étaient à la voiture du notaire. Madame Orbelin, qui ne voulait pas partir sans son fils, promit à son mari de le rejoindre bientôt ; André restait pour l'accompagner dans son voyage.

Philippe, caché sous la livrée d'un domestique, prit encore une fois congé de sa femme, mais leur séparation ne devait pas être de longue durée. En effet, quelques jours après Thérèse arriva à Strasbourg avec sa fille et sa belle-mère ; pour madame Orbelin, elle écrivait à son mari : « La santé de mon fils ne me permet pas de l'exposer aux dangers d'un long voyage ; ne croyez pas que ce soit un prétexte pour échapper à votre surveillance. J'ai près de moi un témoin bien moins indulgent que vous qui surveille toutes mes actions. André ne me quitte pas d'un instant ; c'est à Villarceau, chez la nourrice d'Eugène, que je veux attendre la convalescence de mon fils. S'il vous reste encore quelque soupçon, un billet que je joins à ma lettre suffira pour vous rassurer. Puissiez-vous croire ensuite au sincère repentir de celle qui implore de loin son pardon, et qui s'efforcera, à l'avenir, de le mériter à force de tendresse!

» PAULINE ORBELIN. »

Le billet renfermé dans la lettre de Pauline était imprimé; le notaire lut :

« Monsieur,

» Madame veuve Renou a l'honneur de vous faire part du mariage de M. Gustave Renou, colonel de cavalerie, avec mademoiselle Estelle Dereneville, qui sera célébré le 27 octobre 1809, en l'église paroissiale de Saint-Germain-des-Prés. »

Des passeports pour l'Allemagne étaient renfermés dans le paquet envoyé par Pauline. Orbelin et la famille Hersant partirent aussitôt pour Stuttgard, où ils devaient se fixer. Pauline écrivait régulièrement tous les huit jours à son mari; André, de son côté, tenait le vieux notaire au courant de la conduite de sa femme; elle ne méritait que les éloges du vieux domestique. Pour Philippe, il avait demandé de l'ouvrage au premier maître menuisier de la résidence; il avait acquis en un an tant d'habileté dans son état, que M. Orbelin s'était décidé à lui fournir les moyens de commencer un petit établissement.

Quand Pauline arriva à Stuttgard, Thérèse, sa sœur de lait, la reçut dans l'atelier de Philippe qui prospérait chaque jour davantage. Quatre ans s'étaient passés depuis qu'ils habitaient cette retraite, et déjà deux fois ils avaient pris le deuil : d'abord pour la mère Hersant, qui avait eu la satisfaction de voir en mourant tous ses enfans heureux; M. Orbelin ne survécut que de quelques mois à la nourrice de sa femme. Pauline prodigua les soins les plus tendres à son époux malade; elle effaça tous ses torts par un dévoûment sans bornes pendant le cours de la maladie, et par son désespoir au moment où elle perdit le vieux notaire. Il mourut aimé; sa fin au moins fut calme.

XI

La Cartouche.

— Ah! ils sont trop! s'écria un vieux grenadier
en rendant le dernier soupir.
P.-F. TISSOT. — *Siége de Paris.*

Les événemens de 1813 arrivèrent; Philippe, ainsi que tous les sujets de l'empire français, reçut l'ordre de revenir dans sa patrie; la défection de l'Autriche força la grande armée à rétrograder pour défendre pied à pied le sol qui avait donné tant de conquérans à l'Europe. Le 30 mars 1814, Hersant était à Paris avec sa femme et sa fille.

Moncey soutenait le feu de l'ennemi à la barrière de Clichy; quelques gardes nationaux venaient de sortir en tirailleurs. Repoussés par l'ennemi, nous battions en retraite vers la capitale, quand j'aperçus un pauvre diable gisant au bord d'un fossé du boulevart extérieur; les Cosaques étaient sur nos pas, ils allaient achever le malheureux déjà grièvement blessé. Au risque de nous faire tuer, nous nous arrêtâmes pour lui porter secours : il était temps; à peine avions-nous franchi la barrière en emportant ce précieux fardeau, qu'une décharge de mousqueterie ronfla à nos oreilles.

— Gredins! répétait le blessé.

— Vous leur en voulez donc bien à ces Cosaques? lui demandai-je.

— Non pas, dit-il, c'est aux Français que j'en veux.

— Y pensez-vous?... Songez donc que tous vos compatriotes s'exposent comme vous à mourir.

— Camarades, il y a des traîtres, dit-il, fouillez dans ma poche, et vous verrez.

Nous trouvâmes une cartouche, elle était composée de cendre et de son.

— On m'en a donné dix comme cela à la mairie, ajouta-t-il.

Le sang du patriote coulait abondamment de sa blessure, il perdit connaissance en répétant : — Gredins!

Après quelques soins le blessé revint à lui, je lui demandai où il voulait se faire conduire?

— Rue du Harlai, n° 30.

— Votre nom?

— Philippe Hersant.

Ce nom me frappa, il réveillait en moi de tristes souvenirs; je n'avais pas oublié mon compagnon d'infortune de la forêt de Bondy; nous étions destinés à ne nous rencontrer que lorsque tous deux nous nous trouvions en danger de perdre la vie. Je résolus de ne plus le quitter que lorsqu'il serait hors de danger; j'avais été blessé légèrement en poussant une reconnaissance jusqu'au cabaret du *Père Latuile*; je donnai à un camarade des armes qui ne pouvaient plus me servir, et je conduisis Philippe jusque chez lui. Là, je vis Thérèse qui attendait son mari avec la plus vive inquiétude. Je ne vous dirai pas si sa douleur fut violente lorsqu'elle le vit arriver tout sanglant. Au bout de quelques jours sa blessure fut guérie. Il reconnut avec joie dans son sauveur celui qui, jadis, avait partagé ses dangers dans la forêt de Bondy. Aussi m'engagea-t-il à venir souvent le visiter. Durant les soirées que je passais avec lui, nous parlions de nos terreurs passées, du bonheur que nous avions eu d'échapper à toutes les recherches; et toutes les fois que nous abordions ce sujet, Philippe se révoltait contre le mépris qu'on avait essayé d'attacher au nom de réfractaire.

— Mon cher ami! me dit-il un jour, on nous traitait de lâches sous l'empire, parce que nous cherchions à nous soustraire à la conscription; mais je n'appelle pas courage l'imbécillité du mouton qui se laisse conduire à la boucherie pour faire égorger. Le courage, c'est l'action de la louve qui fuit vers sa tanière quand on la poursuit, et se défend jusqu'à la dernière extrémité lorsqu'on attaque sa demeure et qu'on menace ses petits. On ne doit pas flétrir d'un nom infamant celui qui refuse de servir l'ambition d'un homme; il n'y a de lâches que ceux qui vendent leur pays à l'ennemi, et qui donnent des cartouches de cendres pour faire massacrer leurs concitoyens. Que de réfractaires, cachés comme nous pendant les guerres d'invasion, se sont trouvés prêts pour mourir aux portes de Paris assiégé!

Après quelques mois de convalescence, Philippe repartit avec sa femme pour Stuttgard, où il avait laissé son établissement de menuiserie. Nous n'avons pas cessé d'entretenir une correspondance qui durera, je l'espère, encore long-temps. Au moment où je vous parle, le mari de Thérèse doit être à table en train de célébrer gaîment le mariage de sa fille avec le fils de Pauline Orbelin; celle-ci vient seulement de quitter son deuil.

FIN DE LA FEMME DU RÉFRACTAIRE.

UNE MÈRE.

I

La petite Ville dans Paris.

> — Terre! cria la vigie; elle signala une potence
> sur la plage; nous vîmes que c'était un pays
> civilisé.
>
> *Journal d'un Brick.*

Qu'est devenu mon vieux cloître Saint-Jacques-l'Hôpital avec sa grande
porte massive qu'on avait grand soin de fermer tous les soirs, de peur
que les voleurs ne pénétrassent dans son enceinte, tandis que trois passages assez bien éclairés restaient ouverts pendant la nuit?

Qu'est devenu ce bel hôtel du nom de Jésus, élevé en regard des
restes de la triste Abbaye, et où, à défaut de l'hospitalité du couvent, la
cuisine monacale s'était réfugiée? C'est là qu'aux jours de jeûne, tempéré
par les mandemens de monseigneur l'archevêque de Paris, la friandise
dévote venait en partie fine manger les œufs préparés d'après les lois du
rite latin, ou savourer le poisson orthodoxe assaisonné suivant le goût du
dernier conclave.

Il y avait là toute une grande ville, moins le luxe de ses boutiques et
le bruit de ses rues ; mais avec ses vices polis, ses turpitudes grossières,
ses richesses qui disposent à l'égoïsme, et ses misères qui rendent injustes et méchans. C'était enfin le rire de la joie se mêlant aux sanglots
de la douleur, la chanson de l'ouvrier matinal troublant le sommeil du
paresseux qui se renfonçait sous sa couverture en grondant, ou le repos du
débauché qui essayait de réparer la perte de ses forces après une orgie
nocturne.

On trouvait là un Mont-de-Piété où l'on volait sur gages, un bureau
de loterie pour se ruiner, un cabaret pour s'abrutir, et des haines de
voisinage, alimentées par la calomnie, et retrempées souvent dans des
rixes sanglantes : on eût dit une chambre noire où Paris venait se refléter.

Une centaine de ménages composait la population de cette petite ville,
et tout cela s'agitait, jouait, hurlait, riait dans un carré de quelques
toises, dont la garde était confiée à un petit monstre de quatre pieds,
bègue et tortu ; le vieux portier du cloître se nommait père Fau ; être
apathique, accroupi tout le jour sur un escabeau boiteux comme lui, il
semblait dépossédé du sentiment de l'existence, tant qu'aucun bruit du
dehors ne venait le tirer de sa léthargie ; mais dès qu'il entendait les
jappemens d'un chien, la prière d'un mendiant, ou le rire des écoliers,
soudain une expression de plaisir venait enlaidir sa figure, ses yeux brillaient ; il recouvrait, comme par enchantement, le mouvement et la vie
pour courir sus, armé de son fouet à triple lanière.

Père Fau, si tu grondes toujours, c'est-à-dire si tu existes encore, tu
dois te rappeler, en frémissant, les cordes tendues sous tes pas par les
enfans du cloître, et les éclats bruyans de notre gaîté, lorsque, tombant
enchevêtré dans le piége, tu agitais en l'air tes jambes grêles et torses.
Pour moi, je n'oublierai jamais le cri aigu de ta joie qui nous faisait frissonner jusque dans les bras de nos mères, quand il arrivait qu'un de nous,

à genoux devant toi, et te demandant grâce en vain, payait sur ses épaules les bosses au front et les accrocs faits à ta veste brune.

Mais toi, excellente mère Fau! partout où tu seras, même au ciel, où s'en vont, dit-on, les bonnes âmes, reçois, au nom de mes camarades d'école, le gage de souvenir que je te donne ici. Nous t'en devions bien un à toi qui, indulgente pour tous, consolais les enfans que tu n'avais pu dérober à la justice de ton mari, et pansais les blessures de l'idiot qui te battait.

On cherche maintenant la place des murs de l'Abbaye gothique, de la porte massive, des trois passages et de l'enceinte du cloître; la faux du spéculateur a tout rasé, et de nouvelles constructions se sont élevées sur les fondations des masures. Là où serpentait le père Fau, en faisant sa ronde du soir, est une double avenue d'édifices modernes. Ces bâtimens neufs ont renversé sur leur route la maison où je vais vous conduire.

Elle occupait le juste milieu de l'une des longues lignes du parallélogramme que formait la cour du cloître Saint-Jacques-l'Hôpital; noire et lézardée, elle regardait en face la grande porte de la rue Mauconseil : c'est là que, durant un demi-siècle, père Fau eut sa tanière. Si ce conte est destiné à tomber entre les mains d'un vieil enfant du quartier, il se rappellera sans doute qu'un savant chirurgien demeura aussi trente ans dans cette maison; il était grand, maigre, d'un aspect sévère; il avait peu de paroles consolantes pour le malade qui venait le consulter : mais il savait oublier sa bourse sur la cheminée du pauvre qui l'appelait à son secours.

Un caveau, ménagé dans le fond de la cour obscure, a long-temps servi de magasin aux outils du menuisier qui occupe le rez-de-chaussée de la maison ; mais, au renouvellement du bail, le propriétaire ayant exigé un prix plus élevé de son loyer, le menuisier a badigeonné son caveau, et pratiqué dans la muraille une fenêtre qui a le droit d'éclairer l'intérieur du chenil. Ces embellissemens terminés, il a fait écrire en gros caractères par son fils, âgé de huit ans : — Chambre de garçon fraîchement décorée, à louer présentement. — L'affiche a été placardée sur tous les murs du cloître. Bien des visiteurs, attirés par l'écriteau, ont dû rire au nez de l'industriel, qui ne demandait pas moins de quarante francs par an pour céder la jouissance de ce nid à rats : il serait aujourd'hui loué cinquante écus.

Dans cette fourmilière que l'on nomme Paris, il y a toujours quelques milliers d'individus chassés de leurs trous par l'amour du déplacement, l'exigence des propriétaires, le désir de s'élever, ou la nécessité de descendre. Quelques uns vont se caser dans les vastes appartemens d'un hôtel ; le plus grand nombre grimpe aux mansardes ; ceux-ci vont réclamer un lit à l'hôpital ; ceux-là viennent se presser sur les dalles de la Morgue. Aussi, qu'importe si le chiffre de la population s'élève tous les ans, il y a toujours place pour tout le monde.

C'est par une de ces migrations trimestrielles qu'arriva dans le caveau recrépi, et soi-disant éclairé, le ménage du ferblantier Caillot. Comme le spectacle de l'explicateur forain, son mobilier pouvait être porté à dos d'homme : deux chaises, un berceau d'enfant, une malle, quelques livres de bourre dans la toile d'un matelas, un sac rempli de paille, un lit de sangle, une planche et deux tréteaux pour figurer une table, composaient le matériel du ménage ; quant au personnel, c'était d'abord un individu haut de taille, avec de larges épaules et des bras vigoureux, et puis de gros yeux hébétés, des sourcils noirs et d'épais favoris qui décrivaient une courbe pour venir s'arrêter aux deux coins d'une large bouche, dont les lèvres, teintes d'un violet pâle, dénonçaient un penchant aux jouissances brutales de l'ivrognerie.

Après François Caillot venait Madelaine, la femme du ferblantier, créature chétive ; elle paraissait marcher avec peine ; elle était jeune encore, et cependant son teint était flétri, son front ridé. On lisait sur son vi-

sage jaune et maigre, et dans les cavités où s'enfonçaient ses yeux : —
Douleurs morales, fatigues et privations. Mère Fau, qui se tenait sur la
porte pour écrire dans sa mémoire le signalement des nouveaux locataires, n'avait pas vu l'anneau de mariage au doigt de Madelaine. — Encore
une malheureuse, se disait tout bas la portière ; mais du moins celle-ci
ne l'est que parce qu'elle le veut bien.

Pourquoi Madelaine lui aurait-elle confié que la chaîne d'or qu'elle tenait de sa mère ne lui avait pas suffi pour s'acquitter avec son dernier propriétaire ? Il fallait bien qu'elle emportât son lit et celui de son enfant.

Cet enfant, c'était une petite fille de six ans, vive, gaie, qui riait en
marchant pieds nus, et se redressait avec la gravité comique de son âge,
parce que sa mère lui avait jeté un lambeau de châle noir sur le cou pour
qu'elle eût moins froid. Elle se croyait bien mise, elle était heureuse ;
heureuse jusqu'au moment où elle venait à son père , en lui disant : —
J'ai faim, donne-moi du pain, — et que celui-ci lui répondait en la ru-
doyant : — Dis à ta mère qu'elle en gagne.— Alors la petite Fanchette se
prenait à pleurer, et elle murmurait tout bas en hochant la tête : — Méchant papa, on ne peut pas avoir faim devant lui.

Que l'habitant des campagnes demande à Dieu des enfans, je le comprends ; la terre est généreuse, elle fournit aux besoins de tous ; et si le
moissonneur laisse rarement tomber. par humanité, les épis sur sa route,
du moins ne refuse-t-il jamais un morceau de son pain noir. Il y a dans
les champs des travaux pour toutes les forces, et puis un air pur qui
donne la santé ; mais un enfant chez le pauvre ouvrier de Paris, c'est le
complément du malheur : c'est la souffrance morale ajoutée à la misère.
Né pour éprouver toutes les privations, élevé dans les cloaques étroits où
l'air suffit à peine à sa respiration, il grandit sous les coups ; déjà épuisé
par le besoin, il est livré au travail qui le tue ; ou, si la nature est la plus
forte, il cherche dans des défauts honteux et des plaisirs grossiers un dédommagement aux maux qui le poursuivent depuis sa naissance ; et cependant on ose souhaiter d'avoir des enfans pour leur léguer cet héritage de
larmes, de peines et de vices !

Mais s'il faut à l'ouvrier malheureux plus de vertus qu'aux autres
hommes pour ne pas rompre avec la misère par un crime, à la femme
du peuple il faut bien plus de vertus encore !

Le surlendemain de l'emménagement du ferblantier, on entendit des cris
de femme, des pleurs d'enfant, et d'affreux juremens partir du fond de
l'obscur caveau. Le jour suivant, Caillot sortit pour ne plus revenir
chez lui, et bien des mois se passèrent sans que l'on pût savoir ce qu'il
était devenu. Madelaine, grâce au secours d'une obligeante voisine, avait
trouvé à gagner sa vie en s'occupant de travaux d'aiguille. Pour Fanchette,
elle n'était plus à la charge de sa mère ; par sa gentillesse et sa vivacité,
elle avait su se faire des protecteurs dans toutes les maisons du voisinage ;
on la nommait la petite commissionnaire du cloître. C'était elle, en effet,
qui était chargée d'alimenter les ménages de vin, de beurre et de charbon.
Toujours courant, la pauvre enfant ramassait un morceau de pain d'un
côté, des fruits d'un autre ; quelquefois c'était avec un sou que l'on payait
sa peine ; alors elle revenait joyeuse montrer sa petite fortune à sa mère.
— Ce sera pour m'acheter des sabots , afin que je sois belle le dimanche ,
disait-elle. — Bientôt elle eut des sabots tous les jours, et une paire de
souliers d'occasion aux fêtes carillonnées.

D'abord employée à d'innocentes commissions , l'intelligence de Fanchette se développa si rapidement, que l'on crut pouvoir, sans danger, lui
confier de plus importans messages. Une jeune fille, qui voulait répondre
à une déclaration d'amour glissée dans son sac à ouvrage par un vieux
garçon qui habitait une maison voisine, chargea Fanchette de porter sa réponse. Elle s'acquitta si adroitement de cette mission, elle donna si bien
le change à la mère de la jeune personne qui voulait savoir où sa fille avait

pu envoyer Fanchette, qu'elle devint en peu de temps le facteur ordinaire de toutes celles qui avaient des intrigues galantes dans le quartier. Habile à retenir la leçon qui lui était faite, Fanchette apprit sans peine à mentir. Chargée aussi de guetter le retour des parens et d'avertir les amans qui profitaient de l'absence d'un père pour se rendre auprès de leurs maîtresses, la petite fille se fit une habitude de l'espionnage. Afin d'encourager ses heureuses dispositions, quelquefois, le soir, on la menait au mélodrame voir M. Frenoy, qui lui faisait peur ; et souvent aussi, le dimanche, elle était en tiers dans une partie fine à la guinguette.

— Où vas-tu aujourd'hui? disait une mère à sa fille, qui sortait de sa commode sa plus belle robe et son plus riche bonnet.

— Faire un tour de boulevart avec Fanchette ; je l'ai promis à cette enfant. Vous voyez bien, maman que je ne fais pas de mal ; et puis si j'allais autre part, elle saurait bien vous le dire. — La mère, qui croyait à la franchise d'une petite fille de six ans, donnait la permission de sortir : on parait Fanchette, qui se trouvait trop contente de se voir si jolie, pour trahir le secret de celle qui lui mettait des papillotes , et lui prêtait un sautoir de soie. Si le monsieur que l'on rencontrait, toujours par hasard, au premier détour de la rue, gênait un peu le babil de Fanchette en s'emparant de la conversation, du moins avait-il beaucoup d'égards pour l'enfant ; cette rencontre valait toujours à la petite des biscuits et des bonbons. A table, elle avait son petit couvert ; on s'informait de son goût pour le satisfaire, et tandis que par des soins empressés on éveillait chez elle le défaut de la gourmandise , d'imprudentes caresses échangées devant elle, et des propos qu'elle ne comprenait pas encore , mais qui l'intriguaient singulièrement, dépravaient sa jeune imagination.

C'est ainsi que le penchant au mensonge et que tous les autres défauts se glissent dans le cœur des enfans du peuple. A peu d'exceptions près, l'âge de l'innocence n'existe pas pour eux ; ils ont l'expérience de tous les vices, avant même d'en savoir les noms. En voyant ces mauvais exemples qu'on s'attache à mettre sous leurs yeux, on dirait d'un complot formé par des générations flétries , pour détruire le germe des bonnes qualités que pourrait renfermer la génération qui s'élève. Je suis loin de penser qu'au sein même de cette immoralité générale, on ne rencontre pas des modèles de sagesse dignes de tous nos respects ; mais cette sagesse, on la doit à une raison supérieure, à une vertu sublime, et non à cette heureuse ignorance qui fut , dit-on, le partage de nos premiers parens , et qu'on aimait à croire réfugiée chez l'enfance , comme un souvenir de cet âge d'or qui ne doit plus revenir.

Ce fut un grand chagrin pour Fanchette, lorsqu'après trois années de beaux dimanches elle se vit forcée de rester pendant quinze jours auprès de sa mère, qu'une fièvre violente lui enleva bientôt. Madelaine mourut en recommandant sa fille à mademoiselle Claire Pallu, sa bonne voisine, qui n'avait pas quitté le chevet de la malade pendant ses derniers momens. La petite fille se trouvait orpheline à neuf ans ; son père, François, avait été tué, il y avait environ six mois, dans une rixe d'ouvriers. Pendant une semaine Fanchette pleura sa mère ; la pauvre enfant refusa de manger ; elle ne voulait plus se mêler aux jeux des petites filles de son âge ; elle dédaignait les biscuits et les bonbons qu'on lui donnait quand elle passait dans le cloître. Mais un jour mademoiselle Pallu lui apporta une robe neuve, un bonnet neuf et un petit fichu noir à pois blancs ; elle ordonna à Fanchette de mettre son costume de deuil ; il lui allait si bien. Quand la petite se vit si gentille, sa gaîté revint ; elle voulut aussitôt se montrer à tous les enfans qui n'étaient pas aussi bien mis qu'elle ; enfin le deuil lui fit oublier celle qu'elle avait perdue. Mais ne la blâmons pas de son ingratitude ; avons-nous jamais aimé nos parens comme nous aimons ceux qui nous doivent le jour? Nous ne devons pas nous plaindre de ce qu'ils n'ont pas pour nous la tendresse que nous éprouvons pour eux ; il y a dans le cœur de l'homme des trésors d'amour qu'il garde intacts pour ses enfans.

Mademoiselle Pallu, après avoir fait cinq ou six métiers, tels que brodeuse, frangière, polisseuse, fleuriste, avait fini par ne plus rien faire du tout ; il est vrai que son temps était bien employé à recevoir des visites et à les rendre. Trois personnes surtout venaient chaque jour chez elle à heure fixe : le matin, c'était un commissionnaire au Mont-de-Piété, qui, dit-on, était son beau-frère, bien qu'on ne lui connût pas de sœur ; à midi, elle recevait un officier de gendarmerie qui passait pour être son neveu, et ce n'était certainement pas l'enfant de ce beau-frère, car il aurait eu environ dix-huit mois de plus que son père. Le troisième ne venait que vers le soir ; c'était un employé de la loterie, son tuteur soi-disant, pour lequel elle conservait beaucoup de reconnaissance, attendu le compte fidèle qu'il lui avait rendu des biens de sa mère, qui, disait-on encore, n'avait jamais possédé aucun patrimoine. Fanchette était pour mademoiselle Pallu un sujet précieux ; exercée de bonne heure aux ruses de jeune fille, elle savait congédier le beau-frère quand le neveu avait été forcé de devancer l'heure de sa visite accoutumée ; et plus d'une fois elle empêcha que le tuteur ne vînt à se rencontrer avec l'un ou l'autre parent ; ce qui eût fort affligé mademoiselle Pallu, car elle avait dit à Fanchette : — Ils ne peuvent pas se voir.

Malgré son active surveillance, un jour Fanchette se laissa surprendre par le beau-frère et le neveu ; elle avait oublié de monter la pendule. Une explication assez vive aurait suffi pour éclairer Fanchette sur les rapports de ces messieurs avec sa bienfaitrice, si déjà elle n'avait su deviner la nature de leur intimité. Mademoiselle Pallu avait eu bien raison de dire qu'ils ne pouvaient pas se voir ; car dès qu'ils se trouvèrent face à face, ils devinrent furieux. Le prêteur sur gages, qui arriva sur ces entrefaites, laissa tomber deux dents sous le poing de l'officier ; il s'empressa de venger sa mâchoire sur les côtes du buraliste, qui descendit tout un étage de la maison sans poser le pied sur les marches. Mademoiselle Pallu, échevelée, reçut pour toute réponse à ses larmes un coup de cravache qui lui bleuit les deux joues. Après cette correction, tuteur, neveu et beau-frère sortirent de la maison pour n'y plus remettre les pieds.

— Petite sotte, disait mademoiselle Pallu en s'adressant à Fanchette, qui cherchait à s'excuser de sa négligence, vous étiez plus adroite à six ans qu'à quatorze ; mais vous en serez la plus punie, car maintenant, mon enfant, je vous retire mes bienfaits.

— Vous me chassez donc, mademoiselle ?

— Non, mais je pars dès aujourd'hui avec quelqu'un qui veut me faire un sort. Je ne cherchais qu'un prétexte pour me débarrasser de ces messieurs, continuait-elle en tâtant sa joue, en voilà un de trouvé... Allez me chercher un tapissier. — Fanchette obéit ; le marchand de meubles donna deux cents francs du mobilier qui en avait bien coûté mille aux trois parens. Mademoiselle Pallu paya le terme qui allait commencer à courir ; elle donna vingt francs à Fanchette, l'embrassa, car elle n'avait pas de rancune, et lui dit : — Adieu, mon enfant, tâchez de veiller un peu mieux à vos intérêts que vous n'avez su veiller aux miens, et rappelez-vous surtout que le plus grand tort d'une femme, ce n'est pas d'avoir deux amans, mais c'est d'oublier de monter sa pendule.

Fanchette, restée avec ses vingt francs et le bon conseil de mademoiselle Pallu, ne savait où tourner ses pas, quand elle se rappela que dans la maison voisine habitait un honnête rentier qui, plus d'une fois, l'avait arrêtée au passage en lui disant : — Pauvre petite, être si jolie et si exposée auprès d'une demoiselle Pallu... Si vous vouliez écouter mes conseils, je vous ferais donner un état ; du moins vous ne seriez plus à charge à personne, et bientôt sans doute vous pourriez trouver un bon et honnête homme qui s'estimerait heureux de vous donner son nom.

Les paroles du respectable M. Asseline étaient souvent venues retentir à l'oreille de Fanchette, lorsqu'elle se trouvait seule après une de ces scènes pénibles renouvelées si souvent chez les femmes qui se sont vouées au supplice de tromper deux amans. Elle regarda ce souvenir comme un avertissement du ciel ; et, bien qu'elle n'eût pas un plan de vertu parfaitement arrêté, elle se laissa conduire jusqu'à la porte de M. Asseline par cette voix secrète qui lui disait : — C'est là qu'il faut frapper.

II

Le Protecteur.

> Une jeune Napolitaine tend la main à un voyageur qui vient de poser imprudemment le pied sur le bord d'un précipice. Elle semble réunir toutes ses forces pour le retirer de l'abîme où il allait s'engloutir. A quelques pas de là on aperçoit, caché derrière un arbre, un brigand napolitain qui aiguise son poignard sur un large caillou.
>
> LIVRET DU MUSÉE, nº 715. — *Le Serpent des Abruzzes.*

Fanchette, traînant après elle la petite cassette où ses hardes sont renfermées, a pris le chemin de la maison de M. Asseline. Le cœur de la jeune fille bat fort, car elle ne sait pas encore si le vieux rentier voudra bien la recevoir chez lui. Plus d'un an s'est passé depuis qu'il lui a proposé de se charger de son sort et de la mettre en apprentissage ; c'est à peine, alors, si Fanchette a eu l'air de l'entendre : les intentions de M. Asseline peuvent être changées. Aussi, arrivée à sa porte, elle s'arrête, incertaine de ce qu'elle doit faire ; tantôt elle regarde le cordon de la sonnette et n'ose l'agiter, et tantôt se penche sur la rampe pour s'assurer qu'elle peut redescendre les deux étages sans être aperçue par les curieux du voisinage. Pendant le petit combat que lui livre la honte, si naturelle chez un enfant de quatorze ans, sa main s'est involontairement portée sur l'anneau de cuivre qui pend au fil d'archal. Comme elle se décide à chercher d'autres protecteurs, ses doigts éprouvent un mouvement nerveux, la sonnette retentit. Fanchette, effrayée du bruit qu'elle vient de faire, se prépare à se sauver ; mais une petite voix douce se fait entendre dans l'appartement : cette voix est celle de M. Asseline, qui demande la permission de passer sa robe de chambre avant d'ouvrir la porte. Il n'y a plus à reculer, il faut que Fanchette s'arme de courage et lui confie l'abandon auquel le départ de mademoiselle Pallu vient de la livrer. Elle parvient enfin à se donner une contenance moins gênée. — Au fait, dit-elle, il ne me mangera pas ; s'il craint de m'obliger à présent, j'ai d'autres connaissances dans le cloître qui ne me refuseront pas leur secours ; et puis, il me reste vingt francs !

Un vieillard d'environ cinquante-cinq ans, de petite taille, qui a des joues blafardes et ridées, des yeux vifs et gris, dont le corps sec, mais droit, s'appuie sur des jambes frêles, vient ouvrir à Fanchette. — Essuyez bien vos pieds sur le paillasson, dit-il tout bas à la jeune fille, vous pourriez crotter le carreau de mon appartement. Fanchette, après avoir poussé sa malle dans le corridor qui sert d'antichambre, s'empresse d'obéir à l'ordre de M. Asseline. Celui-ci chasse avec le pied un duvet léger que le vent a fait rouler du carré dans son antichambre, et ferme doucement sa porte. La petite fille ose à peine marcher ou parler chez le vieux rentier.

qui paraît craindre et le bruit des voix et les taches sur son parque ciré.

M. Asseline fait passer Fanchette par trois pièces, dont il ferme successivement les portes avec la même précaution ; partout règne un ordre sévère, une propreté minutieuse auxquels mademoiselle Pallu n'a point accoutumé sa jeune femme de chambre. Elle entre enfin dans le cabinet de son nouveau protecteur. Là sont rangés avec symétrie tous les ustensiles de toilette, tout l'arsenal d'une petite-maîtresse, tables à miroir, papillotes, pinces épilatoires, flacons d'huile à la rose, pots d'opiat et brosses pour les dents, poudres pour blanchir les mains, eaux merveilleuses pour teindre les cheveux, crèmes d'Asie pour faire disparaître les taches de rousseur ; enfin on trouve, dans ce sanctuaire, tout ce qui sert à flétrir la beauté naturelle d'une femme, à rendre une coquette ridicule, et à faire d'un vieillard un objet de mépris. M. Asseline s'assied devant sa table de toilette, et tandis qu'il s'imprègne tour à tour la tête, le visage et les mains des précieux cosmétiques dont il est entouré, il entame avec Fanchette la conversation suivante :

— Eh bien ! mon enfant, il y a donc du nouveau chez vous ?... Voyons, contez-moi vos petits chagrins ; car, je le vois bien, ces jolis yeux-là ont pleuré.

— C'est bien naturel, monsieur, quand on a vécu pendant six ans avec une personne, et qu'on se voit forcée de la quitter, ça fait toujours un peu de peine.

— Ah ! ah ! mademoiselle Pallu vous renvoie ?

— Non, monsieur ; mais elle part pour les pays étrangers : elle se fait enlever ; et le jeune homme qui veut bien se charger d'elle l'a obligée, avant de partir, de se débarrasser de moi.

— C'est un maladroit ce jeune homme-là ; à sa place, ce n'est pas de vous que j'aurais voulu me débarrasser, ma belle amie... Eh ! eh ! vous pouvez être fort utile dans un ménage.

— Voilà justement ce que je voulais dire à mademoiselle ; il lui faudra bien quelqu'un pour la servir, et je ne crois pas qu'elle trouve mieux que moi...

— Sans doute ! sans doute ! vous êtes fort bien, mon enfant !... Asseyez-vous donc, vous allez fatiguer ces petites jambes qui ont besoin de repos... Dites-moi un peu, que prétendez-vous faire à présent que vous voilà sans place ?

— Je ferai tout ce qu'on voudra, monsieur, reprend Fanchette en baissant la tête, et en roulant sous ses doigts un coin de son tablier de soie noire ; si quelqu'un voulait être assez bon pour prendre intérêt à moi, je lui en serais bien reconnaissante.

Asseline, qui est occupé à épiler ses sourcils, à grand renfort de laides grimaces arrachées par la souffrance, pose sa table, tourne son fauteuil du côté de Fanchette, et dit en lui prenant la main :

— J'entends ! vous avez pensé à moi... c'est-à-dire que vous ne seriez pas fâchée d'entrer en service chez moi ?

— Ou si monsieur voulait me placer chez une de ses connaissances, comme il me l'avait proposé autrefois ?

— Du tout ! J'aime mieux savoir par moi-même ce que vous êtes capable de faire... et puis vous ne trouveriez peut-être pas chez les autres l'indulgence que j'aurai pour votre âge, pour vos petits défauts ; car vous êtes si jolie que, vraiment, je me sens tout plein d'amitié pour vous.

— Que vous êtes bon, monsieur ! En vérité, sans votre protection, je ne saurais que devenir ?

Le vieux garçon détourne la tête pour laisser échapper un sourire ; il glisse à la dérobée un regard sur la jeune fille, qui vient ingénument se livrer à lui. — Quatorze ans et demi, murmure-t-il entre ses dents, c'est bien jeune ! Il réfléchit un moment, puis reprend d'un air paterne :

— Vraiment! vous n'avez donc plus aucun parent qui puisse veiller sur vous... vous défendre au besoin ?

— Je n'ai personne au monde.

— C'est à merveille; soyez sans inquiétude, ma petite, je m'engage à vous tenir lieu de tout; mais, pour cela, il faut être bien sage avec les autres, et toujours gentille pour moi... Vous concevez que c'est un grand embarras que je me donne... une jeune fille de quatorze ans et demi à former !... Enfin, avec de la patience et un peu de bonne volonté de votre part, nous en viendrons à bout... Ma femme de ménage se fait vieille, elle a besoin de repos, je lui conserverai ses quinze francs par mois; mais c'est vous maintenant qui serez ma bonne; cela vous convient-il ?

— Oh ! tant que vous le voudrez, monsieur.

— C'est une affaire arrangée, vous restez avec moi. Je ne vous donnerai pas de gages d'abord; mais, dans six mois, lorsque vous aurez quinze ans, je ferai quelque chose de plus pour vous; cela dépendra de votre conduite avec moi... Songez bien que vous serez ici comme au couvent... jamais vous ne sortirez de chez moi... personne ne viendra vous voir ; ma portière montera tous les matins prendre mes ordres ; elle ira aux provisions ; vous aurez soin du linge... vous travaillerez, vous lirez ; je vous donnerai des leçons d'écriture... enfin, vous serez comme mon enfant... J'exige, par exemple, que vous ne négligiez pas votre personne. Oh ! j'aime l'ordre, moi ! la toilette même... Tenez, vos mains sont rouges, il faut que vous vous appliquiez à les blanchir comme les miennes... Vous voyez comme elles sont douces. En parlant ainsi, Asseline passe la main sous le menton de Fanchette, qui sourit.— Vous avez de très beaux cheveux, ma chère petite; mais... ils pourraient être mieux soignés... Voyons ces petites dents... ce sont de véritables perles ; mais... elles devraient avoir plus d'éclat... Ah ! c'est que je suis sévère, moi ; mais j'espère que nous finirons par nous entendre.

— Je l'espère bien aussi, monsieur, car je ferai tout mon possible pour vous satisfaire.

— De la docilité... c'est très bien ; voilà ce que j'exige avant tout... Allons, ma belle enfant, il faut que j'achève de m'habiller ; pendant ce temps-là vous pourrez porter votre malle dans le petit cabinet qui est près de la cuisine ; c'est là que vous logerez.

Fanchette ne se sent pas de joie; elle va servir un maître dont chacun vante la douceur. Elle a été sur le point de sauter au cou de M. Asseline, quand elle a entendu le respectable vieillard prendre l'engagement de la garder auprès de lui. Elle s'empresse de traîner sa cassette dans le cabinet qu'on lui a désigné, et de ranger ses fichus et ses robes dans les tiroirs vides d'une petite commode en noyer. C'est pour elle une espèce de prise de possession ; il lui semble que son nouveau maître ne pourra plus revenir sur sa parole, dès qu'elle aura commencé à s'établir chez lui.

Son cabinet est un vrai Louvre auprès de l'alcôve noire où mademoiselle Pallu l'a logée pendant six ans : il y a des chaises, une table, un lit en bois peint, et une glace surtout où Fanchette pourra se mirer, même lorsqu'elle sera couchée. Des cadres dorés qui renferment de jolies gravures sont suspendus aux murs de sa petite chambre ; la croisée est étroite, mais, malgré deux gros barreaux de fer dont elle est garnie, Fanchette peut encore, en montant sur une chaise, apercevoir la cime des arbres qui s'élèvent d'un petit jardin ménagé dans l'arrière-cour. Pendant que la jeune fille s'amuse à considérer le petit palais dont elle doit être la souveraine, le vieux rentier finit de s'habiller, il vient enfin trouver Fanchette dans son cabinet.

— Je vais sortir, ma bonne amie ; si vous avez besoin de quelque chose, vous trouverez tout ce qu'il vous faudra dans la cuisine... Ne vous étonnez pas si je ferme la porte d'entrée quand je ne suis pas chez

moi, je ne veux pas qu'on y reçoive personne; amusez-vous, voilà de
l'ouvrage, des livres... et bonne nuit, mon enfant, nous ne verrons que demain. Il embrasse Fanchette au front; et elle entend successivement toutes les portes se fermer à double tour. Au bruit des clés
qui tournent dans les serrures, la jeune fille éprouve un serrement de
cœur, des larmes roulent dans ses yeux; elle se rappelle le temps où
elle courait librement dans le cloître, et ces beaux dimanches où elle
allait danser dans les guinguettes de Belleville et des prés Saint-Ger-
vais. Elle regrette presque d'être venue réclamer la protection de M. Asseline. Pour dissiper le sombre de ses idées, elle prend une aiguille;
mais le travail l'ennuie; un moment après elle quitte son ouvrage,
pour aller ouvrir un livre qui se trouve sous sa main, et la lecture
ne l'amuse pas plus que le travail. Alors elle se met à fouiller dans le
tiroir d'une petite table placée près de la fenêtre; il renferme, comme
la toilette de M. Asseline, des essences et des crêmes inventées par les
charlatans pour ajouter, soi-disant, à la beauté. Fanchette, heureuse
de cette découverte, s'assied devant la glace et y passe le reste de la
journée. Au milieu des pots et des flacons dont le tiroir est rempli, la
petite coquette trouve une bourse de soie verte; elle fait glisser l'anneau
d'acier qui sert à la fermer: dans cette bourse sont des boucles d'oreilles,
un collier en corail, et un papier rose plié avec soin. Ce n'est qu'après
avoir essayé le collier et suspendu avec un fil les anneaux d'or à ses
oreilles, que Fanchette pense à lire le contenu du billet rose; il n'a
pas moins de six ans de date, et porte pour titre:

CONSEILS A CÉSARINE.

« Vous allez entrer dans le monde, ma chère enfant, gardez-vous
bien d'y porter cette sévérité de principes que l'éducation a dû vous
donner; car vous vous trouveriez tous les jours en contradiction avec les
usages de la société.

» On vous a dit que la vertu était le seul moyen d'obtenir la considération et l'estime, c'est un mensonge; ce qu'on estime, avant tout,
c'est la fortune; une jolie femme qui sait s'y prendre assez adroitement
pour la fixer, est toujours sûre de la considération: tout s'achète à
Paris; l'argent est donc ce qu'il y a de plus utile dans ce monde.
Rappelez-vous bien qu'il existe pour une femme mille moyens d'en acquérir; il n'y en a pas de mauvais; la maladresse seule est réputée
crime.

» Les haillons que donne souvent la vertu seront toujours des objets
de mépris; les respects du peuple ne sont que pour les brillantes parures et pour les carrosses qui les éclaboussent en passant; le contentement de soi-même est un rêve dont on berce le pauvre pour l'étourdir sur ses misères; on ne se trouve jamais content de soi que lorsqu'on
est envié, et c'est à la richesse seulement que le monde porte envie.

» C'est encore un préjugé ridicule de croire que la réputation d'une
femme peut se perdre; elle s'égare bien quelquefois, mais on est toujours sûre de la retrouver, lorsqu'après une jeunesse bien employée,
on couvre avec le voile du mariage ses folies passées; il suffit d'une
dot pour porter un beau nom: les inscriptions de rentes sur le grand
livre de la dette publique font plus de mariages que les certificats de
sagesse.

» L'écueil d'une jeune fille est dans le choix d'un amant; son avenir
est perdu si elle se contente d'écouter un premier caprice; quand l'arithmétique n'est pas d'accord avec l'amour, il faut bien vite combattre
une passion qui peut devenir funeste; céder au calcul de l'intérêt, ce
n'est pas fermer son cœur aux tendres sentimens; l'amant qu'on aime
le mieux, c'est celui à qui l'on doit davantage.

» Entre deux amans d'un âge différent, la raison dit toujours de

pencher pour le moins jeune; les vieillards sont à la fois plus généreux et moins exigeans; ils savent que la reconnaissance, encore plus
que l'amour, attache à eux un jeune cœur; et, comme ils ont besoin
d'être aimés, ils paient avec des soins et des sacrifices cet amour
que les jeunes gens ne récompensent souvent que par l'oubli et la
trahison.

» Réclamer un bienfait d'un jeune amant, c'est vouloir éteindre sa
passion ; en exiger d'un vieillard, c'est augmenter sa tendresse : on
aime celle qu'on enrichit. »

Ces considérations philosophiques sur la conduite qu'une jolie femme
doit tenir dans le monde se trouvaient tout à fait à la hauteur de l'éducation et des principes que Fanchette avait puisés auprès de mademoiselle Pallu. Aussi se promit-elle bien de prendre pour elle les conseils
adressés à cette Césarine, dont nous n'aurons pas occasion de reparler
par la suite. La nuit était venue, Fanchette détacha son collier et ses
boucles d'oreilles ; et après avoir souri dans la glace à sa petite mine
espiègle, elle se coucha et s'endormit.

En s'éveillant, le lendemain, Fanchette resta quelque temps avant
de se reconnaître au milieu de cette chambre qu'elle habitait pour la
première fois ; enfin ses souvenirs revinrent peu à peu ; elle se rappela
et la scène des trois amans de son ancienne maîtresse, et le généreux protecteur qui avait bien voulu lui donner un asile. Elle finissait à
peine de s'habiller quand M. Asseline vint frapper doucement à sa porte ;
Fanchette ouvrit. Cette fois son maître l'embrassa sur la joue, lui demanda compte de l'emploi de son temps. Elle lui dit tout ce qu'elle
avait fait ; mais elle eut soin cependant de lui taire la découverte du
papier rose qui l'avait fait rêver une partie de la nuit. Asseline gronda
un peu la paresseuse qui avait abandonné si vite le travail, et rit beaucoup de la coquette qui s'était parée du collier et des boucles d'oreilles
oubliées dans le tiroir de la table ; mais quand Fanchette voulut lui
rendre les bijoux, le vieillard les refusa en lui disant : — Ils sont à
vous, mon enfant, puisque vous avez eu l'esprit de les trouver.

Ainsi que cela était convenu la veille, la portière vint demander les
ordres du vieux garçon, et apporta les provisions nécessaires au ménage de M. Asseline. Fanchette, après avoir apprêté le déjeûner de son
maître, se disposait, non sans chagrin, à retourner à la cuisine ; mais
Asseline l'arrêta, lui dit de mettre deux couverts, et ils déjeûnèrent
ensemble. Il commença, dès le jour même, à lui donner une leçon
d'écriture. La journée se passa assez gaîment ; mais, à quatre heures,
Asseline renvoya Fanchette dans sa chambre, et sortit après avoir eu
soin, comme la veille, de fermer toutes les portes à double tour.

Six mois se passèrent ainsi. La petite bonne avait fait de rapides progrès
dans l'écriture, son maître récompensait sa docilité par mille petits cadeaux ; c'était tantôt un joli châle, tantôt un bonnet élégant ou une
ceinture de la couleur qu'elle aimait le mieux ; mais, malgré ces nombreux présens, Fanchette n'était pas heureuse ; elle ne se parait que
pour son maître et pour son miroir ; tous deux lui disaient bien qu'elle
était jolie, mais personne ne pouvait la voir, et elle tenait à être ad-
mirée ! Un jour pourtant elle se décida à demander la permission de
sortir. Asseline, qui s'était toujours montré doux et complaisant pour
elle, se fâcha. — Non, lui dit-il, tu ne sortiras pas avant un mois;
jusque-là, si tu te conduis bien avec moi, si tu te montres docile à
toutes mes volontés, alors ce sera moi qui te prierai de m'accompagner
partout.

— Mais que faut-il donc que je fasse pour cela ?

— Tu le sauras demain... pour ce soir, contente-toi de te faire jolie et
de t'amuser à regarder les images qui sont dans ce petit livre ; cela te
fera passer le temps.

C'est au moment de partir pour sa promenade habituelle que M. Asseline parlait ainsi à Fanchette. Aussitôt qu'elle se vit seule, la prisonnière du cloître se mit à pleurer ; elle jeta par terre le livre et les bijoux ; elle eût voulu sauter par la fenêtre de sa petite chambre, mais les barreaux de fer s'opposaient à son projet. Sa colère d'enfant se calma à l'aspect de cette glace qui réfléchit son visage enlaidi par le courroux ; elle s'apaisa, tourna machinalement les feuillets du livre, et bientôt son attention fut entièrement absorbée par les images qui se déroulaient sous ses yeux ; son regard brillait d'un feu inaccoutumé ; son sang courait plus rapide dans ses veines ; elle éprouvait un frémissement inconnu jusque alors ; le sourire errait sur ses lèvres brûlantes ; parfois elle s'arrêtait pensive après avoir contemplé long-temps la même gravure ; elle semblait interroger ses souvenirs ; mais son active imagination n'avait jamais pu aller aussi loin que ces dangereuses images qui portaient un trouble nouveau dans ses sens. Elle recommença dix fois à parcourir le livre que M. Asseline avait mis dans ses mains. A force de tourner les feuillets, un papier, qui jusque alors avait échappé à ses recherches, se détacha du volume ; elle reconnut sans peine l'écriture : c'était celle de son maître. Fanchette ramassa vivement le papier, et lut ce qui suit :

« Ma petite amie, tu viens d'entrer dans ta seizième année, il est temps de commencer la fortune à laquelle je te crois destinée ; tu es jolie, tu es coquette, c'est tout ce qu'il faut pour parvenir. Tu as lu, je le sais, ce papier rose où sont consignés les avis que je me plaisais à donner à une jeune personne beaucoup moins favorisée que toi par la nature ; cependant Césarine est aujourd'hui l'une des femmes qu'on se plaît à citer pour ses conquêtes et ses richesses. Grâce à mes précautions, tu n'as point encore connu l'amour ; c'est à moi seul qu'il appartient de guider tes premiers pas dans l'heureuse carrière que tu es appelée à parcourir avec succès. Je t'offre et mes bienfaits pendant ma vie, et la part la plus considérable de ma succession ; tu es trop de bon sens pour ne pas accepter. Demain tu ne verras plus en moi ton maître, mais bien l'amant le plus soumis et le plus attentif à te plaire ; commande, belle Fanchette, dicte toi-même les articles du contrat, je ratifierai tout à tes pieds. »

Ainsi s'expliquèrent pour Fanchette ces regards dévorans que M. Asseline lançait quelquefois sur elle, et qui l'effrayaient toujours ; elle comprit le véritable sens de ces baisers paternels dont il l'accablait souvent après une leçon ; elle était aimée, aimée par un vieillard ! et ce mot lui faisait peur. En dépit du livre dangereux et des exemples perfides qu'elle avait reçus depuis son enfance, sa pudeur de jeune fille se révolta à l'idée de céder à un amour qu'elle regardait comme une flétrissure. Fanchette, résolue à fuir plutôt que de se soumettre aux volontés de son maître, prépara, dès le soir même, sa malle, et retrouva avec joie la pièce de vingt francs qu'elle tenait de mademoiselle Pallu. — Avec cela, dit-elle, j'aurai le temps d'attendre une autre place. Elle tira le verrou de sa porte, et se coucha tout habillée pour se trouver prête à répondre aussitôt que M. Asseline viendrait la réveiller.

Elle était sur pieds au point du jour. Sans doute la pauvre enfant éprouvait bien quelques regrets en quittant pour toujours sa jolie petite chambre ; il fallait laisser là son collier, ses boucles d'oreilles et tous les autres dons du vieux rentier. Elle dit adieu à son miroir, à tout ce qui avait fait son bonheur depuis six mois, essuya quelques larmes, et chercha une consolation dans l'idée qu'elle allait enfin être libre. M. Asseline frappa ; Fanchette trembla de tous ses membres au son de la voix de ce protecteur, si cruellement intéressé. Le vieux garçon n'était pas sans éprouver, de son côté, une espèce de crainte : Fanchette connaissait son projet, comment allait-il être accueilli ? Il ne fut pas surpris en voyant la malle préparée pour le départ de Fanchette ; il sourit, poussa la porte du cabinet derrière lui, et, après avoir pris une chaise, il s'assit de façon à barrer le passage à la jeune fille, dans le cas où elle voudrait sortir avant de l'avoir entendu.

— Il paraît, ma chère amie, que vous avez lu mon billet, et que mes propositions n'ont pas le bonheur de vous plaire ?

— Vous voyez ma réponse, reprit Fanchette en montrant sa malle ; je n'ai rien de plus à vous dire, monsieur.

— C'est très bien, mon enfant, je ne vous en veux pas... Vous êtes ingrate envers moi ; c'est tout naturel, je devais m'y attendre... Après ce que j'ai fait pour vous, il est juste que vous me quittiez ; je n'ai que ce que je mérite.

— Si vous ne m'aviez demandé que de la reconnaissance, monsieur, vous n'auriez pas à vous plaindre de mon ingratitude.

— J'en suis persuadé... Mais comme il ne serait pas nécessaire que l'on sût ce que je vous écrivais hier, faites-moi le plaisir de me rendre ma lettre et ce billet rose que vous avez dû trouver dans ce tiroir. Fanchette lui rendit en tremblant les deux papiers. Aussitôt que M. Asseline eut les écrits dans sa main, il les déchira et mit soigneusement les morceaux dans sa poche ; après quoi il se leva, et dit : — Maintenant vous êtes libre de me quitter ; mais, songez-y, Fanchette, vous vous en repentirez bientôt ; alors il ne sera plus temps.

— Vous savez bien, monsieur, qu'après ce qui s'est passé, je ne peux plus rester ici... Autrement, on ne voudrait plus me recevoir nulle part... je serais méprisée par tout le monde ; il faut donc que je parte à l'instant même.

— Folle que vous êtes ! Et qu'est-ce que c'est donc que l'estime de ce monde qui ne vous connaît pas, et qui se moquerait de vous s'il vous connaissait, à côté du sort que je veux vous faire ? Croyez-vous donc que si le monde est bien décidé à vous mépriser, il n'a pas assez des six mois que vous venez de passer dans cette maison pour vous perdre de réputation ?

— Comment ! monsieur, reprend Fanchette ; vous croyez qu'on ne rendra pas justice à ma sagesse, quand on saura que je sors de chez vous comme j'y suis entrée ; car, vous le voyez, je ne garde rien de tout ce que vous m'avez donné ?...

— C'est possible, ma petite ; mais si, pour me venger de tes dédains, je m'avisais de t'accuser d'un abus de confiance, tu aurais beau dire... on me croirait plus que toi.

— Que dites-vous là ? Ce n'est pas vrai, monsieur, je n'ai rien à vous : voilà la chaîne d'or, le collier de corail, les boucles d'oreilles et tous vos présens.

— Je le sais bien, reprit Asseline en jetant sur elle des regards où se peignait toute sa passion ; je sais que tu es innocente, mais il faut que tu m'appartiennes, ou je te dénonce... Choisis !

— Ah ! monsieur Asseline, vous ne pourriez pas agir ainsi avec une pauvre fille qui ne vous a jamais fait de mal... Vous voulez m'effrayer, et voilà tout : car vous savez bien que je n'ai que vous sur la terre pour me protéger ; si vous m'accusez, personne ne voudra me défendre.

— Voilà justement pourquoi j'exige que tu te soumettes à mes volontés ; tu as beau me supplier à genoux, tes prières, tes larmes, ne me feront pas renoncer à mon projet ; tu n'es pas la première que j'aurai perdue ainsi. Je veux bien te laisser encore deux jours de réflexion ; mais réfléchis à ce qui te reste à faire. Si tu persistes dans la résolution de me quitter, souviens-toi que tu ne sortiras d'ici que pour entrer en prison ; tu voudras te justifier, mais on traitera de calomnie tout ce que tu pourras dire sur mon compte ; car, ne l'oublie pas, un homme qui jouit de l'estime du procureur impérial a toujours le moyen de faire condamner une petite misérable élevée par la charité publique.

Après avoir parlé ainsi, M. Asseline sortit du cabinet de Fanchette ; la pauvre enfant, pâle et interdite, ne savait ce qu'elle devait faire pour éviter l'amour ou la vengeance de son maître. Le premier projet qui lui vint à l'esprit, quand elle se vit seule, fut de s'enfermer et de se laisser mourir de faim ; elle ne parut pas de toute la journée dans l'appartement de M. Asseline ; elle l'entendit sortir à son heure accoutumée, et ne bougea pas de place ; cependant la faim commençait à se faire violemment sentir, elle se décida enfin à ouvrir la porte ; mais toutes ses peines furent inutiles, son maître l'avait enfermée. — Il faut donc que je meure ! se dit-elle en pleurant ; que je meure à quinze ans, quand je pourrais être heureuse !… Allons, c'est fini, continua-t-elle, demain je n'existerai plus.

Le lendemain matin elle vivait encore ; seulement elle avait un peu plus faim que la veille. Fanchette chercha de nouveau à sortir de chez elle ; cette fois la porte céda à son premier effort : Asseline sourit en la voyant venir prendre sa place à table ; cependant il ne lui dit pas un mot de son amour. Le surlendemain, la jeune fille fut plus gaie, des étoffes de soie étaient étendues sur un fauteuil. — Cela ferait une jolie robe, dit-elle. — C'est aussi pour te faire faire une robe que je viens d'acheter ces étoffes. Huit jours après la robe était faite ; et quatre mois s'étaient à peine passés, depuis la scène qui devait se terminer si tragiquement pour Fanchette, qu'on la rencontrait partout vive, rieuse et parée, donnant le bras à M. Asseline, et laissant deviner, malgré l'ampleur de sa belle robe de lévantine, qu'elle n'avait pas été long-temps cruelle envers son respectable protecteur.

III

Le Legs.

En même temps Sancho fit quelques efforts pour se relever ; mais il était si moulu, qu'à peine pouvait-il se remuer d'un côté sur l'autre. — Me voilà par terre, mon maître, et la terre me redemande : il vaut autant me mettre ici qu'ailleurs.

DON QUICHOTTE, 3e partie, liv. I, chap. XII.

« Abraham se leva donc dès le point du jour ; il prit du pain, un vaisseau plein d'eau, qu'il donna à Agar, et qu'il lui mit sur les épaules : il lui donna son fils et la renvoya. Elle, étant sortie, errait dans la solitude de Bersabée. »

GENÈSE, chap. XX.

De geolier insensible aux larmes, aux prières, Asseline était devenu esclave stupide, dévoué aux moindres caprices de sa jeune maîtresse : c'est le sort d'un sexagénaire amoureux. Dans le commerce du cœur, il y a toujours une partie de la chaîne qui pèse davantage sur l'un des deux amans ; entre jeunes gens du même âge, c'est souvent à la femme qu'est départi le poids le plus lourd : mais la jeune fille en accable celui qui s'avise d'aimer à soixante ans : ces faveurs, qui donnent tant de droits à un jeune amant, ne font qu'imposer des devoirs à un vieillard. Attentif à lui plaire, Asseline ne refusait plus rien à Fanchette ; voulait-elle sortir, il la conduisait aux bals, aux spectacles, et toujours elle attirait, par son élégante toilette et ses charmes naturels, les complimens des hommes qui l'entouraient ; on la suivait : elle était heureuse. Le vieux rentier éprouvait bien un sentiment de colère quand il la voyait sourire aux agaceries des jeunes gens qui se trouvaient sur son passage ; mais elle le menaçait de le bouder huit jours, ou de sortir sans lui, et il fallait bien que le vieil amant prît la résolution de se contraindre. Fanchette était paresseuse comme une jolie femme qui ne sait être que jolie ; les soins du ménage lui paraissaient indignes de sa nouvelle position sociale ; elle trouva, avec raison, qu'il était fort ridicule de commander à un amant et de le servir ; Fanchette voulut avoir une bonne ; Asseline s'empressa d'en prendre une à ses gages. Bien qu'il parût fort doux à Fanchette d'avoir quelqu'un qui fût soumis à ses ordres, sa vanité ne se trouvait pas entièrement satisfaite. C'est beaucoup pour une fille de quinze ans de mener à son gré un vieillard, et de pouvoir gronder ou renvoyer sa servante selon la bonne ou la mauvaise humeur que l'on a en se levant ; mais on ne jouit vraiment de cette petite tyrannie du ménage que lorsqu'on peut l'exercer devant témoins. M. Asseline ne recevait personne. Fanchette voulut voir du monde, faire des invitations ; et le bonhomme, qui n'avait pas le courage de résister aux désirs de sa jeune maîtresse, recommença à entretenir des liaisons avec quelques parens dont il se souciait fort peu, mais qui pensaient beaucoup à lui, attendu qu'il avait plus de soixante ans, une douzaine de mille livres de rentes, et des symptômes apoplectiques.

La famille de M. Asseline se composait de cousins au second et troisième degrés ; c'était, par exemple, une vieille fille qui tenait une pension de demoiselles dans le faubourg du Roule : la maison de mademoiselle Normandier était citée pour la sévérité des mœurs et le caractère acariâtre de la maîtresse de pension. Il y avait encore monsieur et madame Denisart, tristes, longs et pâles époux ; monsieur était pharmacien et marguillier de l'église paroissiale de Saint-Etienne-du-Mont ; sa femme avait été nommée dame de charité de la même paroisse ; elle était bénie par tous les pauvres de l'arrondissement, parce qu'elle avait la délicatesse de ne se réserver jamais qu'un pot au feu par semaine et deux voies de bois pour l'hiver, sur le bœuf et les fagots que l'administration des hospices la chargeait de distribuer aux malheureux. Enfin venaient les époux Berthelot, riches passementiers de la rue de la Ferronnerie ; ceux-ci n'attendaient, pour donner une dot à leur fille, que la part d'héritage qui devait leur revenir dans la succession de M. Asseline. Tous ces visages que l'intérêt faisait grimacer, qui se disaient en face les mots les plus doucereux, quitte à se dédommager après d'un moment de contrainte par de bonnes médisances ; tous ces honnêtes parens, enfin, ne formaient pas une société fort amusante pour une enfant de quinze ans ; mais ils avaient tant d'attention et de prévenances pour Fanchette, ils riaient de si bon cœur de ses folies, souffraient si patiemment ses impertinences, et lui donnaient si promptement raison chaque fois que le cousin Asseline voulait hasarder une remontrance, qu'il était impossible que Fanchette ne prît pas quelque plaisir à les voir. C'est surtout au moment où la maîtresse du vieux rentier donna une fille à son amant, que les parens se disputèrent le privilége de veiller au chevet de l'accouchée. La dame de charité oublia ses pauvres, qui se passèrent cette fois de la distribution accoutumée. Comme on ne répara pas plus tard cet oubli, en doublant les dons ordinaires du bureau de charité, il y eut, cette semaine-là, de grandes économies dans les dépenses journalières du ménage de M. le marguillier. La maîtresse de pension, malgré la rigidité de ses principes, réclama la faveur de tenir sur les fonds de baptême l'intéressante créature qui devait le jour à son bien-aimé parent. Les passementiers, jaloux de cette préférence, intriguèrent pour que leur fille fût marraine de l'enfant chéri ; c'était une excellente occasion pour présenter à l'accouchée le futur de mademoiselle Eulalie Berthelot. Tous ces courtisans des vices d'un vieillard étaient cependant d'honnêtes créatures, auxquelles on ne pouvait reprocher que quelques ridicules. Denisart et sa femme avaient toujours été des modèles de sagesse pour leur quartier ; les passementiers tenaient encore plus à leur réputation de probité, à la vertu de leur enfant, qu'à cette fortune qu'ils avaient péniblement amassée. Pour mademoiselle Normandier, on se rappelait encore que, forcée par une famille puissante de renoncer dans sa jeunesse à des projets de mariage, elle avait préféré devenir vieille fille, c'est-à-dire être en butte aux sarcasmes des hommes et à la pitié des jeunes personnes, plutôt que de manquer au serment qu'elle avait fait de rester fidèle à celui qui n'avait pu être son époux. Eh bien! tant de vertus domestiques disparaissaient à la porte du vieux rentier; il n'entrait chez lui que des parens intéressés qui oubliaient ce qu'ils devaient à leur propre estime, pour venir complimenter, servir la femme qu'ils méprisaient, et caresser l'enfant dont la naissance les eût fait mourir de désespoir, si elle eût été le fruit d'un amour coupable de leur sœur ou de leur fille.

Quant à Fanchette, elle éprouvait une joie, une ivresse qu'elle n'avait pu soupçonner jusque alors. Toujours folle et rieuse, elle ne pouvait se lasser de regarder son enfant; elle pleurait quand M. Asseline parlait d'envoyer la petite fille en nourrice: elle était si heureuse de pouvoir l'habiller, de la tenir dans ses bras et de l'endormir à ses côtés! Au moindre cri de son enfant, il fallait que tout le monde accourût auprès d'elle, et cependant elle voulait seule la bercer et apaiser ses jeunes douleurs; souvent aussi elle craignait de la toucher, tant sa fille lui paraissait petite et faible. Le nouveau-né ne voyait pas encore; mais sa mère soutenait qu'il l'avait regardée, et l'on était forcé de convenir avec elle que la petite connaissait déjà Fanchette. Souvent celle-ci prenait une grimace de son enfant pour un sourire, et l'on se voyait encore obligé de dire avec la mère que mademoiselle Asseline aurait le caractère très gai. Enfin chacun se plaisait à entretenir les illusions de l'accouchée; on se faisait une étude de flatter ses idées les plus déraisonnables.

Comme il n'avait pas été possible de séparer la mère de son enfant, M. Asseline, aidé du pharmacien Denisart, s'était décidé à parcourir les environs de Paris pour trouver une bonne nourrice; le cousin allait de ferme en ferme, tâtant le pouls de toutes les paysannes de bonne mine qu'il rencontrait sur sa route. Il goûtait leur lait, l'analysait, comme un gourmet juge de la qualité du vin en faisant claquer sa langue sur son palais. Enfin le nourrisson eut une seconde mère.

Un sentiment nouveau se développait dans l'âme de Fanchette; assez long-temps elle avait souffert l'amour de M. Asseline; mais depuis qu'elle le voyait tendre et empressé pour sa fille, la jeune mère commençait à l'aimer véritablement: un enfant est un lien plus puissant pour attacher deux cœurs; il n'a souvent manqué qu'un fils à des époux fatigués de vivre ensemble, pour que leur ménage devînt un exemple éternel d'amour et de fidélité.

La petite Baptistine, c'est le nom que mademoiselle Eulalie Berthelot avait donné à sa filleule, comptait déjà six mois; il avait été question plus d'une fois, entre Fanchette et son amant, de légitimer leur enfant par un mariage. Les parens, qui s'étaient disputé l'avantage de lui donner un patron au ciel, s'effrayèrent lorsqu'on leur apprit que leur petite protégée allait avoir un père ici-bas; cependant ils eurent le bon esprit de cacher leurs craintes, et firent si bien, qu'ils déterminèrent Asseline et Fanchette à reculer leur union jusqu'à la belle saison prochaine. On était à peine à la fin de l'automne, et tant d'événemens pouvaient se passer avant le retour de mai, qu'ils se rassurèrent. Habiles à taire les sentimens qui les agitaient, les cousins du rentier continuaient à rendre des visites journalières à Fanchette; ils l'appelaient, par anticipation, leur petite cousine; et la jeune fille, fière du nom de madame dont on la saluait à chaque instant, et plus heureuse encore du titre de mère, faisait avec ses bonnes cousines des projets sur l'avenir de sa Baptistine. — Elle sera riche un jour, disait-elle à madame Denisart; c'est bien dommage que vous n'ayez jamais eu d'enfant... un fils, par exemple ; nous l'aurions marié à Baptistine, et le bien de M. Asseline ne serait pas sorti de la famille... Parlez-en donc à votre mari, ma cousine.

— Que voulez-vous que je lui dise, ma chère Fanchette ? M. Denisart prétend que je n'aime pas les enfans.

— Cependant vous chérissez le mien... C'est bien naturel, elle est si intéressante cette pauvre petite Baptistine. Ah! madame Deni-art, vous ne pouvez pas vous figurer ce que c'est que d'être mère !

— Si fait, ma cousine, je m'en fais une idée ; car une fois je me crus enceinte, il y a quinze ans, ce n'était qu'une fausse joie que mon mari m'avait donnée, et je me rappelle bien le plaisir que j'éprouvais en pensant à ma layette... j'ai même eu la folie de faire des petits bonnets... Hélas! ils n'ont servi qu'à notre petite cousine Eulalie. C'était bien la peine d'épouser un pharmacien, qui connaît, dit-on, tous les secrets de la nature !

— Alors, ma cousine, vous ne pouvez pas vous imaginer tout mon bonheur !... Tenez, j'aime bien les plaisirs, les bals, et pourtant il me semble que, pour mon enfant, je donnerais tout, mes parures, mes belles robes... Oui, depuis que j'ai ma petite fille, je ne suis plus la même ; c'est une nouvelle existence que je recommence ; il y a un an je ne vivais que pour les fêtes ; à présent je ne vis que pour elle, je ne pense plus qu'à elle ; enfin, s'il fallait perdre le sort qui m'est assuré par mon prochain mariage, ou quitter mon enfant, je ne balancerais pas à choisir le travail et la peine, pourvu qu'on voulût bien me laisser ma Baptistine... Mais heureusement que cela n'en viendra pas là... ce pauvre petit amour aura de la fortune, et je n'aurai pas besoin de travailler pour ça.

C'était tous les jours une conversation semblable sur sa fille ; soit que Fanchette fût seule avec la nourrice de la petite, soit que ses excellens parens vinssent la visiter, elle ne parlait que de Baptistine et du mariage qui allait la rendre héritière de tous les biens de son père.

Dans la scène terrible, qu'on n'a pas dû oublier, où M. Asseline, pour vaincre la vertueuse résolution de Fanchette, la menaçait de l'accuser d'un crime, des mots affreux avaient été prononcés : le vieux rentier avait dit : « Tu ne seras pas la première que j'aurai perdue. » En effet, quelques mois avant le départ de mademoiselle Pallu, une jeune fille jolie, mais sage, avait su attirer l'attention d'Asseline. Servante dans une maison où il était reçu, il la poursuivait de ses aveux de tendresse, de ses promesses de fortune, et toujours la jolie fille le repoussait avec mépris. Menacé par elle de voir ses projets de séduction dénoncés aux maîtres de la maison, Asseline jura dans sa fureur de prévenir l'effet des plaintes de la servante ; il imagina une fable assez adroitement combinée pour que la pauvre enfant fût chassée honteusement. C'est en vain qu'elle chercha à se placer de nouveau à Paris ; il répandit tant de calomnies sur son compte, qu'elle fut obligée de retourner dans sa province ; la vengeance du vieux libertin aurait peut-être fini par atteindre la jeune fille jusqu'au sein même de sa famille ; mais Fanchette, qui vint alors réclamer la protection du vieillard, mit un terme à cette persécution que la servante ne devait qu'à sa vertu. Heureusement pour Asseline, le frère de la jolie servante était alors au régiment ; mais il obtint un congé, revint chez ses parens, apprit par sa sœur de quelle infamie le vieux rentier s'était rendu coupable. Dès ce moment il n'eut plus qu'un but, qu'un désir, ce fut de venger l'honneur de sa famille ; les tribunaux ne pouvaient lui accorder la réparation qu'il se croyait en droit d'exiger ; la loi était impuissante pour condamner l'auteur d'un tel crime. Il prit la route de Paris, et, muni de l'adresse d'Asseline, il vint lui demander raison de son offense. Le vieux rentier pâlit en lisant le billet dans lequel le frère, outragé, lui donnait un rendez-vous pour le lendemain ; mais comme il craignait qu'un propos imprudent ne fît éprouver une révolution dangereuse à Fanchette. Asseline se tut, et écrivit au jeune soldat : « Peut-être me suis-je trompé en accusant votre sœur ; si j'ai nui, sans le vouloir, à l'établissement d'une personne qui doit être vertueuse, puisque vous répondez de sa vertu, je crois lui accorder une réparation satisfaisante, en vous envoyant pour elle ces quatre billets de mille francs. Dans le cas où vous persisteriez à me provoquer, monsieur, je dois vous prévenir, que votre second cartel sera envoyé sur-le-champ à M. le procureur impérial, et que je m'entendrai avec mon ami, le secrétaire particulier de monseigneur le ministre de la guerre, pour vous demander compte de votre séjour à Paris. »

Le lendemain Asseline reçut ses billets de banque ; mais ils n'étaient pas accompagnés d'une nouvelle provocation. « Le jeune soldat, pensait-il, a été effrayé de ma menace, et il est reparti pour son pays. » Huit jours se passèrent sans qu'il entendît parler du frère de la servante. Un soir, comme l'amant de Fanchette rentrait dans le cloître par l'étroit passage de la rue du Cygne, il aperçut un jeune homme, armé d'une énorme canne, et qui paraissait guetter quelqu'un ; alors le souvenir du cartel revint à l'esprit d'Asseline, il recula avec effroi, et se disposait à appeler à son secours quand le jeune homme, le saisissant d'un bras robuste, lui dit à voix basse, mais avec l'accent de la colère :

— Ne crie pas, ou je t'assomme !

— Vous vous trompez, mon ami, reprit Asseline en essayant à se remettre ; je ne suis pas celui que vous cherchez.

— Ah ! tu n'es pas Asseline... tu n'es pas le scélérat qui a calomnié ma sœur..... Ce n'est pas toi qui, aussi lâche que méchant, as refusé de me rendre raison ; tu as beau dire... je te connais... il faut que je me venge... ne tremble pas ainsi, misérable ! je ne veux pas t'assassiner.... Tiens, voilà un pistolet, j'en ai un second, choisis... car il faut que nous battions ; et malheur à toi si tu cherches à te sauver, ou si tu appelles, je te coupe la parole avec ma balle, et je t'étends mort sur le pavé.

Le vieillard, pressé par le bras vigoureux du soldat, avait à peine conservé l'usage de la parole... ses jambes fléchissaient... ses yeux ne voyaient plus... il laissa conduire sa main sur un des pistolets qu'il prit machinalement, et ses lèvres murmurèrent en tremblant :

— Ma fortune !... je vous donne ma fortune !... mais laissez-moi... par pitié pour ma fille !

— Non, c'est ta vie qu'il faut jouer ici ; allons, va te mettre à quinze pas, si tu ne veux pas que je tire à bout portant.

Exaspéré par l'aspect d'une mort prochaine, Asseline recouvre enfin toutes ses forces, il se jette sur son adversaire, lui applique le canon du pistolet sur la poitrine, et lâche la détente ; mais le jeune soldat a prévenu le coup, et détournant l'arme qui devait le frapper mortellement, il ajuste le calomniateur, en lui disant : « Tiens, voilà comme on punit les assassins. » Asseline tombe mort.

Au bruit retentissant de la décharge de deux pistolets, tous les habitants du cloître viennent d'accourir dans le passage ; on entoure le soldat, qui ne cherche pas à se défendre ; le corps du vieillard est porté chez lui, et, malgré toutes les précautions que l'on prend pour cacher cet événement à Fanchette, la jeune mère est bientôt instruite de son malheur ; elle passe une nuit affreuse auprès du lit de son corrupteur ; et, le jour suivant, lorsqu'elle croit trouver des consolations dans l'amitié de ces parens qui l'accablent depuis un an de tant de marques d'affection, elle ne rencontre que des visages sévères et des sourires moqueurs ; c'est à peine si ceux qui viennent s'établir chez elle, pour pleurer le défunt, dont la mort était si impatiemment attendue par eux, lui parlent de son enfant, que ce funeste duel vient de rendre orpheline. Quand Fanchette parle en pleurant de son deuil, on hausse les épaules ; et lorsqu'elle veut commander, la vieille cousine Normandier lui dit qu'elle n'est plus rien dans la maison, et que si on ne l'a pas déjà mise à la porte, c'est par respect pour le défunt qui voulait quelque bien à la petite. Mais dès que le corps d'Asseline eut été rendu à la terre, les héritiers firent apposer les scellés, et Fanchette reçut l'ordre de quitter la maison ; elle implora en vain la pitié de ceux qu'elle avait vus si souvent soumis à toutes ses volontés. « Si mon cousin, lui dit la dame de charité, avait fait un testament en votre faveur, nous respecterions ses volontés... il n'existe aucun papier qui vous donne les droits que vous réclamez sur sa fortune... Vous êtes entrée comme servante chez lui, la mort vous prive d'une place avantageuse, sans doute ; mais vous êtes jeune, vous trouverez d'autres maîtres à servir... Cherchez, nous ne vous refuserons pas un certificat. »

On voulut visiter sa malle lorsqu'elle se décida à s'éloigner avec son enfant ; ses hardes étaient encore rangées comme le jour où la jeune fille avait essayé de se soustraire, par la fuite, aux séductions de son maître. Madame Berthelot, la passementière, eut pitié du chagrin de Fanchette, quand elle vit celle-ci remettre en pleurant dans la petite bourse de soie verte le collier et les boucles d'oreilles de corail, premier don de son maître ; on lui permit de les emporter.

Elle, qui avait été un moment maîtresse absolue des revenus d'Asseline, fut trop heureuse de retrouver la pièce d'or qu'elle tenait de mademoiselle Pallu. Les vingt francs servirent à payer le premier mois de nourrice de son enfant, qu'une jeune ouvrière du voisinage voulut bien se charger d'allaiter. Avec quelques sous qui lui restaient, elle loua pour un jour une chambre garnie ; mais le lendemain, quand elle se vit sans moyen d'existence pour passer seulement le reste de la journée, elle se mit à pleurer... Allait-elle mendier, elle qui avait vécu dans l'abondance?... Pouvait-elle demander de l'ouvrage, elle qui n'avait appris qu'à se parer?... Se mettrait-elle aux gages des autres, quand elle venait d'avoir une servante à ses ordres ? Tous ces souvenirs de sa propérité de la veille ne servaient qu'à lui faire trouver plus affreuse encore la position où elle était réduite. Mille projets sinistres roulaient dans sa tête ; mais elle pensait à son enfant, et se disait : « Il faut que je vive pour ma fille, il faut que je vive à tout prix. » Elle pensa aux bijoux qu'elle devait à la pitié de la passementière. « Si je les vendais, ce serait au moins pour une semaine ; je penserai, après, au moyen de passer l'autre. » Fanchette ne voyait pas loin dans l'avenir ; mais elle n'avait pas seize ans, et l'on se rappelle quelle éducation elle a reçue !

La jeune mère sortit de sa maison garnie pour aller offrir à quelque joaillier son trésor, sa dernière ressource. Au moment d'entrer dans une boutique, elle se sentit arrêtée par une légère tape sur l'épaule ; Fanchette se retourna et reconnut mademoiselle Pallu.

— Eh ! c'est toi, ma chère amie ! eh bien ! que fais-tu par ici ?

— Ah ! mademoiselle, si vous saviez combien je suis malheureuse !

— Pas plus que moi, mon enfant ; figure-toi qu'après m'avoir emmenée à deux cents lieues d'ici, ce scélérat d'Achille m'a jouée au billard avec des mauvais sujets de sa connaissance. J'ai été gagnée par un commis-voyageur qui a bien voulu me reconduire ici ; mais comme il ne pouvait pas s'embarrasser de moi dans son nouveau voyage, je suis restée avec six francs sur le pavé de Paris... comme c'est régalant.

— Mais vous aviez un état, au moins?

— Bah ! j'ai perdu l'habitude de travailler ; mais quand on sait bien s'y prendre, on ne manque jamais de ressources, ma petite.

— Vous pourrez donc m'enseigner des moyens d'existence pour moi, pour mon enfant?...

— Pour ton enfant?... tu as fait des sottises, Fanchette !... N'importe, je veux être ton bon ange... allons, viens avec moi. Et l'obligeante maîtresse de Fanchette entraîna la jeune mère.

IV

Un Atelier rue Neuve-Saint-Gilles.

La jeune fille se couronne
De fleurs qui vivent un matin ;
La jeune fille s'abandonne
A son destin :
Un souvenir, une espérance
Des jeux passés, des jeux présens,
L'insouciance,
Et puis quinze ans !

Feu DOVALLE.

— Ton cœur, dis-je au jeune homme, a besoin
d'une compagne; allons chercher celle qui te convient; nous ne la trouverons pas aisément, peut-
être, le vrai mérite est toujours rare; mais ne
nous pressons ni ne nous rebutons point. Sans
doute il en est une, et nous la trouverons à la fin,
ou du moins celle qui en approchera le plus.

J.-J. ROUSSEAU. — *Émile*, liv. IV.

Je vous ai dit un souvenir du temps passé; ce que je vais conter maintenant est une histoire d'hier.

Elles sont là six jeunes filles , assises autour d'une longue table couverte d'étoffes, de tulles et de rubans. Sous les doigts industrieux des
petites ouvrières, les corsages à la vierge se découpent , les manches à
gigot s'arrondissent, les jupes se forment gracieuses et ornées d'élégantes
et riches garnitures ; on n'entend dans l'atelier que le bruit des bobines
qui roulent sur leurs broches de fer à chaque aiguillée de fil qui vient
d'être employée; toutes les jeunes couturières, la tête baissée sur leur
ouvrage, joutent d'habileté, songent à leurs plaisirs du dimanche passé, à
ceux qui les attendent le dimanche prochain, ou murmurent intérieurement l'air nouveau qu'un joueur d'orgue accompagne en passant dans la
rue. Le silence et l'activité qui règnent en ce lieu sont, de temps en temps,
interrompus par l'éclat de rire à demi étouffé d'une apprentie de douze
ans qui agace à la dérobée un caniche couché sous l'établi. Alors toutes les
têtes se redressent : on abandonne un instant son ouvrage pour s'interroger des yeux ; mais madame Huberdeau, la maîtresse couturière , lance
un coup d'œil sévère sur l'enfant, qui rougit, et le travail est repris aussitôt avec une nouvelle ardeur.

Ce n'est pas que madame Huberdeau se montre jamais bien terrible pour
le jeune troupeau confié à ses soins ; loin d'être un objet d'effroi pour ses
ouvrières, souvent la bonne maîtresse devient la compagne de leurs jeux ;
mais c'est seulement quand la journée est terminée, et que tout est rangé
dans l'atelier, qu'elle veut bien mêler sa gaîté de quarante ans à leur
joie folle et bruyante. On a vu, par l'empressement que les jeunes filles
ont mis à reprendre leur ouvrage, que cette familiarité n'a point affaibli
le respect qu'elles doivent à madame Huberdeau ; ce ne sont point des reproches durs qu'elles redoutent de sa part, elles ont peur de lui avoir
déplu, comme on craint de déplaire à une mère chérie.

En effet, la couturière de la rue Neuve-Saint-Gilles est une mère véritable pour ses petites ouvrières ; elle ne croirait remplir son devoir qu'à
demi, si, en leur apprenant un métier qui doit les faire vivre, elle ne leur

enseignait en même temps des vertus qui embellissent la vie, consolent dans le chagrin et ajoutent au bonheur. C'est encore par un calcul de sa tendre sollicitude pour ces jeunes personnes. qu'on la voit tous les soirs partager leurs jeux ; elles ne chercheront pas en secret des plaisirs que son indulgence ne leur refuse pas. Plus sage que bien des mères de famille, elle n'a pas oublié le temps où elle , au-si , était jeune et folâtre ; elle sait que se montrer sévère pour une franche espièglerie d'enfant ; c'est la forcer à devenir dissimulée. C'est folie que de croire qu'on réprimera par des menaces la fougue de la jeunesse ; il faut que la raison s'en empare avec adresse pour la diriger à son gré.

Comme on la sait indulgente, on ne craint pas de lui confier ces petits mystères de jeunes filles qui , renfermés trop long-temps dans un cœur de seize ans, peuvent devenir de terribles secrets. Enfin, madame Huberdeau est à la fois la maîtresse, la mère et la confidente de ses ouvrières ; celles-ci ne puisent auprès d'elle que des exemples d'économie, de vertu et d'amour du travail. Il y a bien chez la bonne couturière une légère teinte de dévotion qui ferait hausser les épaules aux superbes incrédules; mais, pour moi, j'avoue que j'ai un faible pour ceux qui croient ; je ne pense pas qu'une idée consolante de plus soit un tort fait à l'humanité. Si le bigotisme a pu rendre des hommes injustes et méchans. la piété a su faire tant de bons cœurs, qu'on pourrait, sans danger, la tolérer parmi nous. Et puis, n'est-ce pas elle qui tient toujours en réserve le trésor du pauvre : l'espérance? Votre amie ou votre enfant va rendre le dernier soupir . le médecin l'a condamné, si vous ne croyez pas à une puissance au dessus des efforts de l'art, c'en est fait, le désespoir brise vos cœurs ; mais le préjugé religieux qui appelle de la condamnation et qui ne demande qu'une bougie d'un sou brûlée devant l'image d'un saint pour rendre l'espérance à l'affligé, n'est-il pas sublime?... Et cette idée : —Là-haut !...— Madame Huberdeau est donc un peu dévote ; cependant ses pratiques ne souffrent pas de sa confiance en Dieu ; jamais. pour courir à l'office , on ne la vit quitter la robe de bal qu'on attendait. Lorsque l'heure de la messe vient à sonner avant qu'elle ait fini son ouvrage , l'appel de la cloche ne la fait pas bouger de place ; elle dit à ses ouvrières : — Continuons notre besogne, mesdemoiselles ; travailler , c'est prier.

Voilà quinze ans que madame Huberdeau habite la tranquille et même un peu triste maison de la rue Neuve–Saint–Gilles, et depuis quinze ans son atelier n'est pas moins renommé pour l'habileté des ouvrières en couture que pour les mœurs douces et aimables de leur maîtresse. Aussi les mères du quartier n'ont-elles jamais craint de lui confier leurs filles ; c'est même mériter des droits à la considération, que de pouvoir dire :— Je suis élève de madame Huberdeau. — Jeune fille, on aime à travailler sous sa direction ; mariée, on vient revoir avec plaisir son ancienne maîtresse : la couturière a su conserver l'amitié de toutes ses apprenties ; et souvent, le dimanche, celles qui ne sont plus de la maison viennent en partie de plaisir former autour de leur maîtresse une nombreuse famille dont elle est également chérie.

Il faut que la réputation de madame Huberdeau se soit étendue plus loin que ses vertus modestes ne pouvaient le lui faire espérer ; car un jour, il y a dix ans, une jeune dame qui habitait Lyon est venue à Paris lui confier l'éducation et l'apprentissage de sa fille, âgée de sept à huit ans. L'air décent de cette mère, la gentillesse de son enfant ont prévenu favorablement pour elle la maîtresse couturière. Le prix de la pension a été arrêté à l'instant. Madame Caillot, c'est le nom de la mère, avertit alors madame Huberdeau qu'elle ne pourrait venir voir sa fille qu'une fois par an. Après le malheur, lui dit-elle encore, qui l'avait privée de son mari, officier, tué dans l'une de nos dernières campagnes. elle fut forcée d'accepter une place de dame de compagnie chez la veuve d'un vieux gentilhomme qui vivait retirée dans sa province : cette noble douairière n'aimait pas les enfans. Madame Caillot, qui avait laissé jusqu'à présent sa fille chez sa nourrice, pauvre ouvrière de Paris, voulait au moins la mettre dans une maison convenable aux projets d'éducation qu'elle avait formés. La couturière promit à madame Caillot de lui envoyer, tous les six mois, des nouvelles de la petite, à Lyon, poste restante. La première année de la pension fut payée. La jeune Baptistine, élevée par les soins de madame Huberdeau, s'instruisit, grandit sous sa tutelle, et devint, à seize ans, sa première ouvrière.

Fidèle à sa promesse, madame Caillot vint exactement tous les ans apporter le montant de la pension et passer un jour auprès de sa fille bien-aimée. Les jeunes personnes de l'atelier enviaient à Baptistine cette tendre mère, qui ne parlait jamais que de projets de bonheur et d'établissement pour son enfant.

A l'époque de la première communion de sa fille, madame Caillot est venue à Paris. Son costume noir contrastait singulièrement avec les robes blanches et les voiles de mousseline des jeunes communiantes de Saint-Paul. Interrogée par sa fille, elle a plus d'une fois répondu à ses questions : — Que ce triste habit était le seul qu'elle dût porter. — Madame Huberdeau a compris qu'après la perte de son mari, madame Caillot s'était imposé un deuil éternel. Lors de sa dernière visite, la mère de Baptistine prit à part la couturière et sa fille, et après avoir consulté ses souvenirs, elle dit à l'enfant : — Dans un mois, ma fille, tu auras quinze ans ; je ne sais pas ce que le ciel te réserve, mais rappelle-toi bien que tu as un guide dans lequel tu dois mettre toute ta confiance ; il n'y a pour toi que des chagrins à attendre dans ce monde, si tu t'avises jamais de cacher un secret à ta seconde mère ; madame Huberdeau sera toujours indulgente et bonne pour toi ; il faut donc, dès que ton cœur éprouvera une peine, un désir, en instruire bien vite cette excellente amie ; elle connaît toutes mes intentions sur toi : tu peux espérer d'être heureuse, ne fais donc pas volontairement ton malheur... Quant à vous, madame, ajouta-t-elle en s'adressant à la maîtresse de Baptistine, n'oubliez pas que si ma position me défend de voir plus souvent ma fille, au moins elle me permet de faire beaucoup pour elle ; ainsi agissez en mère qui craint les dangers pour son enfant, et qui s'empresse de lui assurer un sort, afin qu'elle ne manque jamais de protecteur. — Après avoir parlé ainsi, madame Caillot se leva, embrassa tendrement sa fille, baissa son voile, et partit pour ne plus revenir qu'un an après.

Une singularité qui échappait à l'observation de madame Huberdeau, mais que les jeunes ouvrières avaient souvent remarquée, c'était le soin que prenait la mère de Baptistine de baisser son voile et de garder le silence le plus absolu aussitôt qu'un étranger arrivait dans l'atelier. Souvent aussi elle se levait brusquement et passait dans une chambre voisine, quand le nouveau venu paraissait attacher sur elle des regards curieux ; on voyait enfin que son intention était d'échapper à tous les yeux. Plus d'une fois encore madame Huberdeau l'avait engagée, dans ses visites d'un jour, à sortir avec Baptistine ; celle-ci eût été bien joyeuse de faire une partie de plaisir avec sa mère ; mais madame Caillot refusait obstinément de quitter la chambre. — Cela ne se peut pas, répétait-elle à sa fille. Baptistine pleurait un peu ; sa mère se sentait émue de regrets...—Pour un moment que je passe avec toi, mon enfant, je voudrais bien n'avoir rien à te refuser, et cependant je me vois forcée de te le dire, cela ne se peut pas.

Depuis les dernières recommandations de madame Caillot à Baptistine, près de huit mois se sont passés, la jeune fille a bien souvent réfléchi sur ces paroles de sa mère : — Dès que ton cœur éprouvera une peine ou un désir, viens aussitôt l'apprendre à ton excellente amie. — Longtemps elle a eu beau consulter son cœur, il n'avait rien éprouvé encore. Quand elle avait bien travaillé pendant six jours, et qu'un dimanche de plaisir la récompensait de ses fatigues, elle ne pensait qu'à recommencer gaîment une autre semaine qui devait amener encore un heureux jour de repos. Mais depuis quelque temps elle se sent moins tranquille, sa gaîté n'est plus aussi vive, et la joyeuse enfant, qu'on voyait, la première, profiter de l'absence de madame Huberdeau pour jeter au visage d'une de ses compagnes d'atelier la pelote de fil qu'on se renvoyait alors de main en main en faisant sauter les robes, les canezous, les coupons d'étoffes, et même quelquefois les tabourets et les chaises; Baptistine, enfin, qui donnait toujours le signal d'une partie de jeu improvisée, est devenue depuis trois jours rêveuse et impatiente; elle ne veut pas qu'on rie autour d'elle, le bruit l'incommode, il trouble ses pensées; aussi sait-elle gré à madame Huberdeau de ce qu'elle vient d'imposer silence à la jeune apprentie. La maîtresse n'a pas été sans s'apercevoir de ce changement dans l'esprit de sa première ouvrière; mais elle ne veut pas la contraindre. — Baptistine, s'est-elle dit, n'a jamais eu de secret pour moi; elle viendra tôt ou tard me confier celui qui l'occupe, mais toujours assez à temps pour que je puisse lui donner mes conseils. — Elle ne s'est pas trompée, car si la jeune fille n'a rien dit à sa maîtresse, c'est qu'elle ne comprend pas encore bien le trouble qui l'agite; elle veut, avant de parler, se rendre tout à fait compte de ses nouvelles sensations pour les avouer à madame Huberdeau. Enfin, quand le soir est venu, que les jeux auxquels Baptistine a pris encore moins de part que la veille, ont cessé; quand les pensionnaires ont été se coucher, et que celles qui n'habitent pas la maison sont parties chez leurs parens; alors la jeune fille vient se jeter dans les bras de sa bonne amie, et lui dit en cachant sa tête sur son sein: — Maman Huberdeau, j'aime quelqu'un! — La couturière, qui ne s'attend pas à un pareil aveu, la traite de folle, d'enfant, qui ne sait ce qu'elle dit.

— Si fait, maman, que je le sais bien! voilà trois jours que je m'interroge; c'est bien vrai, j'aime de tout mon cœur!

— Et qui donc à ton âge peux-tu aimer, si ce n'est notre perroquet ou tes robes des dimanches?

— C'est un jeune homme, répond l'enfant en baissant les yeux; un jeune homme que vous connaissez.

Madame Huberdeau, voyant alors qu'il s'agit d'une chose sérieuse, de l'affaire la plus importante pour l'avenir d'une jeune fille, le développement d'une première inclination, fait asseoir Baptiste, s'assied à côté d'elle, et, lui prenant les mains, lui dit avec bonté : — Voyons, conte-moi cela, ma fille; c'est une folie, sans doute, mais encore faut-il que je sois instruite de tout... ne me cache rien, entends-tu ?

— Vous voyez bien que je ne peux pas vous cacher quelque chose; voilà bien peu de temps que je le sais, et je ne balance pas à vous l'apprendre... Mais, je vous en prie, ne me dites pas que c'est une folie... car ça me rendrait honteuse et je ne pourrais plus parler.

— Avant de recevoir ta confidence, ma fille, répond d'un ton pénétrant la bonne madame Huberdeau, il faut que je t'avertisse qu'il t'en coûtera peut-être quelques chagrins; je ne veux pas, quand tu me donnes ta confiance, que tu puisses, un jour, regretter de m'avoir ouvert ton cœur; c'est donc pourquoi je te préviens d'avance que si celui que tu crois aimer... — Baptistine fait un mouvement, — oui, que tu crois aimer; car à ton âge on ne peut pas être bien sûre de la force d'un sentiment qu'on éprouve pour la première fois; si celui-là, dis-je, n'est pas digne de ton affection, alors, mon enfant, j'emploierai tout mon pouvoir pour que tu ne le revoies jamais... Peut-être ne devrais-je pas te dire cela d'abord; mais je te connais sage et docile, et il n'est pas dans mes habitudes de surprendre les secrets pour en abuser; ainsi tu es libre encore de me cacher son nom, à moins que tu me promettes de suivre en tous points mes conseils.

— Oui, maman Huberdeau, je vous le promets; quelque chose que vous ordonniez, je me soumettrai à votre volonté, mais il faut que vous sachiez tout.

La jeune fille se recueillit un moment, sa maîtresse l'embrassa pour l'encourager; il y avait des larmes dans les yeux de Baptistine; un sourire perça à travers les pleurs. L'enfant essuya ses yeux, et reprit la parole :

— Vous savez, maman, qu'il y a un mois, un jeune homme apporta ici une robe de lévantine à faire pour sa sœur; c'était, nous dit-il, un cadeau pour sa fête; mais comme il voulait qu'elle n'en sût rien, c'est à moi que l'on prit mesure pour tailler la robe... Le soir il revint pour faire changer la garniture... le lendemain il revint encore pour s'assurer de la forme du corsage; c'était toujours afin que la robe fût au goût de sa sœur... Vous le croyiez comme nous... Eh bien! non, maman, il n'a pas de sœur, et il ne venait ici que pour me voir.

— Vraiment! ma fille! mais c'est très mal; celui qui n'a que des intentions estimables sur une jeune personne ne se sert pas d'un pareil prétexte pour se rapprocher d'elle; on parle à ses parens, ou du moins à celle qui lui sert de mère.

— Mais, maman, il ne pouvait vous parler avant de savoir si je n'avais pas un engagement.

— Enfin, il t'a donc appris ses projets?... Que veut-il?... qu'espère-t-il?...

— Il espère m'épouser... c'est ce qu'il m'a dit avant-hier à Saint-Paul, où je l'ai rencontré... Savez-vous qu'il a pris partout des informations sur vous... sur moi... il est même resté des journées entières chez le portier pour me voir passer!... et il a été si heureux en me retrouvant à l'église!... Ce n'est pas l'embarras... j'étais bien contente aussi; je ne croyais plus le revoir.

— Ainsi, tu l'aimais donc avant même de connaître ses projets de mariage?

— Oui, maman, reprit ingénument Baptistine, il a l'air si doux! si honnête! Ce n'est pas comme ces commis marchands qui viennent quelquefois à la maison, et qui nous regardent jusque sous le nez; lui, au contraire, nous parlait avec politesse, il ne nous faisait pas rire de sa gaucherie, ou ne nous forçait pas à rougir de sa hardiesse; enfin il m'a plu tout de suite; et l'autre jour, quand j'ai entendu sa voix à Saint-Paul, j'ai bien tremblé un peu, mais je n'avais pas peur.

— Enfin il a dû te dire son nom, te parler de sa famille?

— Certainement! c'est un jeune médecin; il se nomme Abel Favelet; son père est un ancien négociant qui ne veut pas gêner ses inclinations.
— C'est la première fois, m'a-t-il dit, que j'aime quelqu'un; je me suis toujours promis d'épouser celle que j'aimerais, si elle était digne de mon estime; et dès que je vous ai connue, mon choix a été fixé... Vous sentez, maman, combien j'étais joyeuse, moi qui l'avais vu venir ici avec tant de plaisir, et qui, involontairement, pensais toujours à lui depuis qu'il n'y venait plus.

— N'importe, interrompit madame Huberdeau, la ruse qu'il a employée pour entrer chez moi est une action coupable... et qui suffirait pour donner mauvaise opinion d'un jeune homme.

— Oh! maman, il se repent bien de ne pas avoir agi plus franchement avec vous; il m'en demandait pardon l'autre jour; mais, je vous le répète, il ne savait pas si mon cœur était libre.

— Et depuis tu lui as donc appris que tu recevais avec plaisir l'aveu de son amour?

— Non, je vous le jure, il ne sait rien, à moins qu'il n'ait deviné quelque chose dans mes yeux... C'est possible, car il ne m'a pas fait une seule question là-dessus... Seulement il m'a dit en me quittant : — Ne m'en veuillez pas, mademoiselle, si je vous ai suivie jusqu'ici ; c'est pour la dernière fois que j'essaie de vous voir sans la permission de votre maîtresse. Jeudi prochain, c'est demain, j'irai présenter mes respects à madame Huberdeau ; c'est de sa bouche seule que je dois apprendre si je dois continuer mes assiduités, ou cesser de vous voir ; je n'ose vous dire que de votre réponse dépendra le bonheur ou le tourment de ma vie. — Ici Baptistine s'arrêta, elle regarda timidement sa maîtresse, qui lui dit avec bonté : — Eh bien ! mon enfant, que faudra-t-il répondre ?

— Ce que vous voudrez, ma bonne mère ; mais je ne voudrais pas qu'il fût malheureux !

Madame Huberdeau ne put s'empêcher de sourire et d'embrasser la naïve enfant, qui venait si franchement lui faire une confidence que la sévérité maternelle repousse trop souvent.

Quelle nuit agitée pour Baptistine ! quels battemens de cœur elle ressentit quand le jeune Favelet se présenta le lendemain pour connaître la réponse de celle qu'il aimait ? La couturière l'accueillit avec une politesse aimable ; il augura bien de cette réception, et après avoir jeté un coup d'œil à travers le vitrage de l'atelier où Baptistine feignait de travailler, car alors la pauvre enfant n'avait plus la tête à elle, il passa dans le salon avec madame Huberdeau.

Avant d'y suivre l'amant et la mère adoptive de Baptistine, je dois vous faire connaître plus particulièrement M. Abel Favelet : vous savez déjà qu'il est médecin, qu'il est amoureux, et, qui mieux vaut contre aimé. C'est un jeune homme de vingt-cinq ans ; il a reçu chez son père, l'un des premiers négocians du Havre, cette éducation sévère et profonde qui fait de notre jeune France une génération d'hommes graves et de penseurs, et qui donne un démenti formel à ce préjugé de légèreté et d'insouciance dont les étrangers flétrissent encore le caractère français. Ferme dans ses plans comme la sagesse, mais défiant comme elle, le jeune Favelet s'est tracé le portrait de la femme qu'il doit lier à son sort ; et toutes les fois qu'il a cru la rencontrer, il a défendu son cœur contre les dangers d'une passion trop prompte ; avant tout, il veut être sûr que cette femme est digne de lui. Abel, logé à la place Royale, n'a pas tardé à entendre parler de madame Huberdeau, de son active surveillance auprès de ses jeunes ouvrières et surtout de la beauté et des qualités de cette petite Baptistine, élevée par la bonne et vertueuse couturière de la rue Neuve-Saint-Gilles. Quelquefois, le dimanche, il a vu les jeunes filles courir dans le jardin de la place Royale ; des enfans étaient seuls admis dans ces jeux que partageait toujours madame Huberdeau. Les cheveux blonds, la taille élégante, et surtout l'air franc et joyeux de la jolie Baptistine, attiraient ses regards ; il aimait à les reposer sur cette image riante de l'innocence et du bonheur. — Celle-là ne peut pas tromper, se dit-il un jour ; et depuis ce jour-là il se répéta : — Je voulais une femme qui n'eût jamais appris à feindre : c'est Baptistine que j'épouserai. C'est alors qu'il se présenta pour la première fois chez la couturière, chargé d'une pièce d'étoffe qui l'embarrassait fort. Quand il eut trouvé son mensonge, quand la robe fut terminée, et qu'il n'y eut plus aucun prétexte pour reparaître dans la maison, il vint tous les soirs se mettre en faction devant la porte, examinant la physionomie de tous les hommes qui entraient et sortaient, et, moyennant une généreuse récompense, il apprenait du portier tout ce qu'il voulait savoir sur le compte de la maîtresse de Baptistine. Enfin, bien certain qu'il était d'aimer véritablement la jeune fille, il écrivit à son père : « Tu m'as laissé libre de choisir pour femme celle qui me plairait, je l'ai trouvée. J'ignore encore si je suis aimé ; mais comme elle mérite toute mon estime, et que je craindrais de troubler son repos si je me déclarais avant de connaître tes intentions, apprends-moi si la fille d'un militaire, qui n'a de fortune que son état, peut te convenir pour bru ? Sa mère, veuve du capitaine Caillot, habite le Lyonnais ; les malheurs qui ont poursuivi cette honnête famille la rendent encore plus intéressante à mes yeux. Je ne te dirai pas que Baptistine est jolie ; ses attraits seuls n'auraient pas décidé mon choix ; mais elle a tant de vertus, que tu ne pourrais t'empêcher de lui donner ta tendresse si tu la connaissais. »

Quelques jours après Abel Favelet reçut la réponse de son père. « Épouse, mon ami, écrivait-il, celle qui a fait une si vive impression sur ton cœur ; la femme que tu aimes doit être digne de toi : je ne tiens pas à la fortune, tu le sais ; le nom même, s'il est obscur, ne sera pas un obstacle à mes yeux, pourvu qu'il soit honorable ; une seule chose au monde causerait mon désespoir éternel, ce serait d'avoir à rougir d'une alliance : tu sais si je te souhaite du bonheur dans celle que tu vas former ! »

Ce n'est que lorsque le jeune médecin eut reçu ce consentement, qu'il essaya de rencontrer Baptistine à l'église Saint-Paul. Toujours délicat avec celle qu'il regardait déjà comme sa femme, il ne voulut pas l'embarrasser par une question indiscrète sur l'état de son cœur ; il la conjura d'avouer bien franchement à madame Huberdeau si elle n'éprouverait pas quelque répugnance à recevoir ses soins. On sait déjà combien la gentille Baptistine a mis d'ingénuité dans son aveu.

Admis dans le salon de la couturière, Abel Favelet a tiré de son portefeuille le brouillon de la lettre qu'il écrivit à son père, et la réponse de celui-ci ; madame Huberdeau, après avoir lu, dit en lui remettant les deux écrits : — Je ne doute pas, monsieur, de la pureté de vos vues sur mon élève, mais je ne suis pas sa mère ; ce n'est que lorsque madame Caillot m'aura autorisée à vous recevoir chez moi, que je pourrai vous prier d'y revenir. Je vous en veux un peu d'avoir pu donner à une recherche qui n'a rien que d'honorable pour cette enfant, toutes les apparences d'une intrigue ; jusqu'à présent elle ignorait que l'on pût tromper, même pour cacher de bonnes intentions, et c'est vous qui le lui avez appris. L'amant de Baptistine s'excusa du mieux qu'il put ; il écrivit, sous les yeux de la couturière, la lettre qu'il devait adresser à la mère de la jeune fille, et partit en faisant des vœux pour que la réponse fût prompte et favorable.

La pauvre enfant avait hâte de le savoir parti. Madame Huberdeau lui montra la lettre d'Abel ; elle lui avec attendrissement ce qu'il écrivait à sa mère. Le bien qu'il disait de Baptistine touchait moins celle-ci que les termes pressans de sa lettre pour l'accomplissement de leur mariage. Elle demanda à sa bonne maîtresse la permission d'ajouter un mot au dessous de la signature. La couturière ne s'y refusa pas, et Baptistine écrivit : « Chère maman ! si tu savais combien je l'aime ! »

V

Débauche.

Remplissez jusqu'aux bords! A la bonne heure...
c'est ici qu'est mon vrai royaume, au milieu de ces
yeux brillans et de ces visages aussi heureux qu'aimables... Convives, faites-moi raison.

LORD BYRON. — *Sardanapale*,
acte 3, scène 1re.

— Je dis, répliqua l'aubergiste en élevant la voix
et en mettant le poing sur la hanche, je dis que
vous avez tout cassé dans ma maison, et je prétends
que vous me payiez jusqu'au dernier sou.

MÉRIMÉE. — *Chronique du temps
de Charles IX.*

— Oui, mes amis, je me marie dans quelques semaines, dit Abel Favelet en entrant un matin chez un de ses camarades de l'Ecole, où il savait trouver plusieurs élèves réunis.

A ces mots, les jeunes compagnons d'études et de plaisirs s'entreregardèrent en riant ; le plus moqueur prit un air grave, se leva, ouvrit une armoire qui lui servait de bibliothèque, en sortit un livre écorné et poudreux, et, pour toute réponse, lut ce qui suit : « Le mariage est un mal qui ne s'emporte jamais qu'en emportant la pièce, et qui n'a autre composition qui vaille, que la fuyte ou la souffrance, quoy que toutes les deux très difficiles. Celuy-là s'y entendoit, ce me semble, qui dict : Qu'un bon mariage se dressoit d'une femme aveugle avecques un mari sourd. »

— Eh bien! en dépit de Montaigne, reprit vivement Abel, je veux que ma femme conserve ses yeux ; et, quant à moi, dussé-je être condamné à entendre bien des sottises dans ma vie, je tiens à ne pas devenir sourd ; je serais privé de la jolie voix de ma Baptistine.

— Respect au mariage, messieurs, ajouta Eugène Verneuil, le plus âgé de la bande joyeuse ; il vaut mieux dire à notre ami ce que Plutarque disait à Pollianus : « Je prie aux Muses qu'elles veuillent assister et accompagner en votre endroit la déesse Vénus, pource que ce n'est pas moins leur office de mettre bon accord et bonne consonnance en un mariage par le moyen du discours de la raison et l'harmonie de la philosophie, que de bien accorder une cithre ou une lyre. »

— Et le moyen de ne pas vivre d'accord avec Baptistine? ajouta Abel ; si vous la connaissiez, et vous la connaîtrez bientôt, car je vous invite tous à ma noce, vous verriez qu'il est impossible d'avoir plus de bonheur que moi... car c'est la plus aimable... la plus heureuse innocente enfin. Vous le savez, je ne suis pas enthousiaste ; mais vous comprendrez ma joie quand vous saurez que toutes les vertus que j'exigeais dans la femme qui devait porter mon nom, je les ai rencontrées.

— Vraiment! et où ce trésor était-il caché ?

— Où vous n'auriez jamais été le chercher... dans un atelier de couturières.

Ici les amis d'Abel eurent de la peine à étouffer un éclat de rire ; Eugène le regarda d'un air chagrin, et dit en se penchant vers son voisin : — Le pauvre garçon est devenu fou !

— Riez, messieurs, continua le jeune Favelet ; je conçois bien votre gaîté, et je sens qu'à votre place, si l'un de vous était venu m'annoncer un pareil mariage, je l'aurais traité d'insensé.

— Cela vient justement d'être dit pour ton compte, interrompit Eugène ; puisque tu es assez franc pour nous avouer qu'une pareille alliance te paraîtrait une folie de notre part, je peux te dire que nous te verrions tous avec regret épouser une femme qui ne saurait convenir ni à ton état, ni à ta fortune. On peut aimer les couturières, mais on ne les épouse pas... ce n'est pas l'usage ; et, avant tout, un homme d'esprit se conforme aux usages de son pays.

— Oui, mais un homme sage, c'est-à-dire celui qui veut être heureux, se moque des usages qui s'opposent à sa félicité, et prend son bonheur où il le trouve.

— Voilà une maxime dont l'application pourrait être très dangereuse pour les mœurs, objecta un plaisant de la société.

— J'admets, répliqua vivement Abel Favelet, que ce soit un sage qui agisse ainsi ; car il ne mettra jamais son bonheur que dans la vertu... Mais, au fait, mes bons amis, je suis venu ici pour vous inviter à ma noce, et non pour vous demander des conseils sur mon mariage. Je vous assure, continua-t-il en riant, que ma future me convient beaucoup ; que je pourrais presque jurer qu'elle me rendra le plus heureux des hommes ; c'est, je crois, tout ce qui doit intéresser votre amitié pour moi... Je refuse vos conseils, acceptez-vous mon invitation ?

— Sans doute, sans doute, répétèrent-ils tous ; nous acceptons... A quand la noce ?

— Voilà un mois qu'on a écrit à la mère de la jeune personne, elle a répondu qu'elle serait à Paris le 18 juin : c'est demain. Tout est à peu près réglé entre nous ; dimanche prochain nous ferons publier le premier ban... ainsi je pourrai me marier dans quinze jours.

— Ah ça ! dit un des jeunes gens, entre nous qui sommes des philosophes, c'est très bien de nous avoir fait connaître la profession de ta future ; une jolie femme, quelle que soit sa conduite, est toujours une jolie femme à nos yeux : mais, sois tranquille, mon ami, nous ne trahirons pas ton secret, et l'on ne saura jamais que c'est chez une couturière que tu as été chercher une épouse... Tu peux compter sur ma parole.

— Et sur la nôtre, ajoutèrent tous les amis ; nous serions au désespoir de te donner un ridicule.

Pendant ces assurances de discrétion que lui donnaient ses camarades, Abel ne pouvait s'empêcher de sourire. Quand ils eurent fini de lui jurer qu'ils se tairaient mutuellement sur la condition de Baptistine, Abel reprit avec gaîté : — Et pourquoi donc, mes amis, vous empresser de me faire un serment que je ne vous demande pas ?... Loin de là, je vous prie, au contraire, d'apprendre à nos connaissances que c'est une ouvrière que je vais épouser. Depuis le peu de temps que je vais dans le monde, je crois être parvenu à obtenir l'estime de tous ceux qui ont pu me connaître ; on se dira : — Si M. Favelet l'a choisie, c'est qu'elle le méritait. Et cela encouragera peut-être un honnête homme à aller demander à cette classe trop dédaignée, l'épouse vertueuse, la bonne mère de famille, qu'il n'est pas toujours sûr de trouver dans ce qu'on appelle la haute société.

— C'est trop fort, murmura Eugène ; voilà le raisonneur qui tombe dans l'absurde ; il veut nous faire croire qu'il n'y a de vertu que chez le peuple.

— Elle est partout, mes amis ; seulement on ne la rencontre que par hasard ; le tout est de la chercher. Mais c'est assez de sentences entre nous ; il vous suffit de savoir que je ne rougirai jamais de l'état de ma femme ; ne soyez donc pas plus scrupuleux que moi.

Les étudians, voyant bien que c'était un parti pris chez Abel Favelet d'être heureux à son goût, et non pas à celui de ses amis, n'insistèrent plus. Comme on apportait le déjeûner des jeunes gens, l'amant de Baptistine se mit sans façon à table avec eux. Le repas fut gai, Abel l'anima par le récit de son amour et celui du moyen qu'il avait employé pour s'introduire chez madame Huberdeau ; il ouvrait carrière aux railleries de ses camarades, en se représentant à leurs yeux chargé de la robe de lévantine dont il ne savait que faire, et qu'il avait été sur le point de laisser sur l'escalier de la couturière lorsqu'il sortit de chez elle. C'est surtout dans la rue que son embarras augmenta ; plus d'une fois il s'approcha d'une jeune fille qui passait, et, tendant la robe vers elle, il allait lui dire : — En voulez-vous ? Mais la crainte de passer pour un fou retenait ses paroles. — Enfin, termina-t-il, je rentrai chez moi avec précaution pour que mon portier ne s'aperçût pas que j'avais une robe sous le bras... Il sait que je n'ai pas de sœur, et je crains ses conjectures.

Le déjeûner se termina encore plus gaîment qu'il n'avait commencé, on ne voulut pas se quitter. — Il faut, une fois avant ton mariage, que tu fasses avec nous la vie de garçon, dit un des étudians au futur époux de la couturière. Abel voulut se défendre contre les sollicitations de l'amitié ; mais la proposition ayant été accueillie par les vivat de l'assemblée, il ne lui fut pas possible de résister plus long-temps. — Vous me rendrez la liberté ce soir à neuf heures, dit-il, car c'est l'heure de mon rendez-vous avec elle. — Oui, à neuf heures, tu pourras nous quitter, lui répondit-on ; mais jusque-là tu nous appartiens. Abel accepta, et tous les amis se mirent en route.

Ce ne fut pas avec un rire moqueur que les jeunes ouvrières accueillirent Baptistine, lorsque celle-ci, rayonnante de joie, entra un jour dans l'atelier en tenant à la main la réponse de sa mère : elle autorisait madame Huberdeau à recevoir chez elle M. Abel Favelet. La prudente maîtresse avait fait promettre à Baptistine de se taire jusqu'à ce jour sur des projets de mariage qui ne pouvaient s'accomplir sans le consentement de madame Caillot. La pauvre enfant se montrait discrète envers ses jeunes amies ; mais ce n'était qu'à grand'peine qu'elle parvenait à réprimer les mouvemens de joie que lui faisait éprouver le bonheur d'être aimée, et le sentiment de crainte qui venait l'assaillir lorsqu'elle songeait qu'un mot de sa mère suffirait pour détruire à jamais son espoir. Aussi une espèce de délire s'empara d'elle quand on lui remit une lettre timbrée de Lyon. Le cachet ne se brisait pas assez vite sous ses doigts impatiens ; elle craignait aussi, en le déchirant, d'enlever avec lui le mot : — Je consens ! Mais quand la lettre fut décachetée, le cœur de Baptistine battit si fort, qu'elle resta quelques minutes avant d'oser jeter les yeux sur le papier déplié.

— Du courage, ma chère amie, lui dit madame Huberdeau ; si tu n'as pas la force de lire... eh bien ! donne-moi cette lettre, nous apprendrons ensemble quelle est la volonté de ta mère.

— Non, maman Huberdeau... j'aime mieux voir par moi-même... Laissez-moi lire d'abord... je me ferai une raison... si c'est une mauvaise nouvelle... oui, mais si c'est du bonheur, au moins, je le saurai plus vite.

A mesure que ses yeux parcouraient le papier, la physionomie de Baptistine prenait une nouvelle expression de plaisir ; ses joues, un peu pâlies par l'inquiétude, redevenaient roses et animées. La première partie de la lettre renfermait quelques uns de ces conseils que la crainte dicte toujours à une bonne mère.. Madame Caillot ne pouvait se défendre d'un certain effroi alors qu'elle allait livrer à l'amour incertain d'un inconnu les destinées de son enfant chéri. Baptistine passa rapidement sur les sages avis de sa mère ; ce que ses regards cherchaient avidement, c'était le consentement à son mariage. Enfin ils rencon-

trèrent cette phrase , objet des désirs de la jeune fille : « Si tu l'aimes...
s'il peut te rendre heureuse... sois à lui , Baptistine ; ta mère n'a jamais
formé qu'un vœu , c'était de voir ton inexpérience de seize ans préser-
vée de tout danger par une union durable et fortunée. » A ces mots, Baptistine, ivre de joie , sauta au cou de sa mère adoptive , et se précipita
dans l'atelier en s'écriant : — Je me marie!... mes bonnes amies, je vais
me marier. Alors elle apprit en même temps à ses jeunes compagnes
l'amour d'Abel Favelet, sa demande à madame Huberdeau, et la réponse qu'elle venait de recevoir de sa mère.. Toutes les petites ouvrières
la regardèrent d'un œil d'envie ; on la complimenta , mais on lui en
voulut d'être aimée ; il semble que l'amour qu'inspire une jeune fille est
un vol qu'elle fait à chacune de ses compagnes. On se rappela fort bien,
dans l'atelier de la rue Neuve-Saint-Gilles, le joli jeune homme de vingt-
quatre ans qui vint un jour commander une robe de lévantine pour sa
sœur. On n'avait pas oublié qu'il parlait bien... que sa tournure était
agréable , son sourire spirituel; aussi les jalouses se répétaient-elles à
part : — Que Baptistine est heureuse !

Pourquoi le mot de mariage, qui emporte toujours avec lui l'idée de
puissance pour les hommes et d'obéissance pour la femme, inspire-t-il
si souvent un sentiment de pitié aux premiers, et n'est-il jamais qu'un
objet d'envie pour celle-ci ? C'est parce qu'il est déraisonnable de préférer le sort de l'esclave à celui du maître, et que le monde est plein de
déraison.

Baptistine reçut avec joie les félicitations de ses amies, elle pria
madame Huberdeau de faire savoir à Abel Favelet la réponse de madame Caillot. Dans sa folie , la jeune fille eût voulu écrire elle-même à
son amant ; elle tourmentait sa bonne mère pour savoir en quels termes
celle-ci allait lui mander cette bonne nouvelle. Tel mot lui paraissait
trop froid , tel autre pas assez clair ; elle fit tant d'observations, qu'à
la fin la couturière se décida à envoyer la lettre de la mère de Baptistine. Le soir même, le jeune docteur Favelet revint dans la maison ;
Baptistine reprit toute sa gaîté d'enfant ; son futur époux fut admis aux
jeux du soir. Sans avoir formé le projet de lui enlever son amant, les
compagnes d'atelier de Baptistine essayaient bien , par de légères agaceries et de doux regards, à inquiéter l'âme aimante de la jeune fille ;
mais Abel , aimable et poli auprès de toutes ces demoiselles , n'était
tendre et empressé que pour celle qu'il voulait nommer sa femme ; il
fut même , plus d'une fois, près de reprocher aux petites ouvrières le
manége de leur coquetterie. Mais quand il s'avisait de lancer un mot
piquant, le trait glissait sans les blesser; car ce n'était pas de leur part
une conjuration contre le bonheur de Baptistine, c'était une vengeance
involontaire de la préférence qu'on ne leur accordait pas; c'était un
cœur de femme qui obéissait naïvement à son instinct.

Malgré la surveillance sévère que madame Huberdeau exerçait dans
son atelier, comme elle avait bien jugé du respect de Favelet pour sa
maison, elle ne craignait pas de le laisser pendant quelques momens
seul avec Baptistine ; et puis la jeune fille ne racontait-elle pas tout à
sa maîtresse quand son amant était parti ?

— Savez-vous, monsieur Favelet, lui dit un jour Baptistine dans un
de ces innocens tête-à-tête, que j'ai fait un projet charmant ; il ne tiendra qu'à vous de le réaliser ; et comme vous voulez me rendre heureuse,
je suis bien sûre que vous ne vous y opposerez pas?

— Sans doute , si cela ne tient qu'à moi , et si c'est raisonnable
surtout.

— Eh bien ! est-ce que je suis une enfant? reprit-elle en faisant une
petite moue qui la rendait encore plus jolie... je ne vous demanderai
jamais que des choses possibles.

— C'est juste , pardonnez-moi , et dites-moi vite ce que c'est, afin que je répare le chagrin que je viens de vous causer; je vous promets de ne rien vous refuser.

— En m'épousant, vous allez sans doute exiger que je quitte madame Huberdeau?

— Il me semble que c'est assez naturel; je ne peux pas me mettre avec vous en pension chez votre maîtresse : il me faut un salon pour recevoir les malades qui viendront me visiter, et il n'est pas d'usage que les cliens d'un médecin passent par un atelier de couturières pour arriver à son cabinet.

— J'ai pensé à tout cela; aussi je me suis dit : — Tant que M. Favelet sera près de moi, je crois que je ne m'ennuierai pas... On doit avoir toujours quelque chose à se dire en ménage... je le présume du moins, sans quoi ça serait bien triste.

— Oui, ma chère petite, interrompit Abel en souriant; il faut espérer que le mariage n'attristera pas votre aimable caractère... il m'a trop séduit pour que je cherche jamais à détruire son heureux enjouement.

— Tant mieux, car je crois que l'ennui me ferait mourir; mais j'arrive à mon projet : ma bonne mère, vous le savez, doit venir ici dans quinze jours pour vous voir et s'entendre avec vous sur la publication de nos bans... Si nous la retenions auprès de nous... ça serait si gentil? Quand vous seriez sorti... j'aurais toujours avec moi quelqu'un à aimer... il y a si long-temps que je désire vivre auprès d'elle... C'est à peine si, depuis dix ans, j'ai pu la voir et lui parler deux jours de suite; à peine arrivée à Paris, elle repartait aussitôt... Hein! qu'en dites-vous? nous lui proposerons de ne plus nous quitter... elle sera là, entre ses deux enfans... elle jouira de notre bonheur... elle partagera notre petite fortune; n'est-ce pas que j'ai une bonne idée?

— Excellente, Baptistine; je l'approuve, et je vous promets de joindre mes prières aux vôtres, pour que votre mère ne retourne plus à Lyon... J'ai bon espoir... elle y consentira.

— Au fait, elle sera toujours mieux chez nous que chez sa vieille comtesse lyonnaise; car une femme qui s'oppose à ce qu'elle reçoive son enfant, ne peut être qu'une méchante femme... Elle sert là-bas... ici elle sera sa maîtresse; mais vous me promettez de l'aimer?

— Autant que vous pouvez l'aimer vous-même.

Encore un jour, et la mère de Baptistine allait arriver à Paris; déjà la jeune fille avait fait choix de sa demoiselle d'honneur parmi ses amies d'atelier. Il y avait eu conseil chez la couturière au sujet de la robe de noce et du voile de la mariée; Abel s'était prononcé en faveur de ce qu'on pourrait trouver de plus beau et de plus élégant; mais sa voix n'était pas comptée; madame Huberdeau devait décider la question. — Le jour de mon mariage, dit-elle, Baptistine sera encore mon enfant d'adoption; je ne veux pas qu'en me quittant elle emporte des idées de coquetterie que je n'aurais jamais voulu lui donner... elle sera mise avec la simplicité qui lui sied si bien; pourvu que son mari la trouve à son goût, elle pourra se croire assez jolie... Le lendemain, ajouta-t-elle, comme ma fille ne m'appartiendra plus, elle se mettra avec recherche si son mari l'exige. Mais, je ne le cache pas, il me semblera pénible de voir que mes leçons de dix ans peuvent être aussi vite oubliées.

— Non, maman Huberdeau, soyez sans crainte; je n'oublierai rien des sages avis que j'ai reçus de vous, répliqua Baptistine, et toujours je vous demanderai des conseils.

— Si ton mari le permet, répondit la bonne maîtresse; car, songes-y bien, la femme n'est au monde que pour la dépendance : le seul moyen d'être heureuse, c'est de te montrer confiante et soumise envers ton mari comme tu l'as été envers moi.

Abel Favelet ne pouvait s'empêcher d'être touché des paroles de madame Huberdeau; il ne demandait à trouver dans la mère de Baptistine que les vertus modestes, mais solides, qu'il admirait dans la couturière de la rue Neuve-Saint-Gilles.

On était, dis-je, à la veille de l'arrivée de madame Caillot, et le futur époux n'avait pas encore songé à prévenir de son prochain mariage ses plus intimes amis ; cependant il voulait les avoir tous pour témoins de son bonheur. Persuadé qu'il pouvait maintenant donner de la publicité à ses projets d'union, il prévint Baptistine, en la quittant le soir, qu'elle ne le verrait pas le lendemain. En effet, à son réveil, il prit le chemin du quartier Saint-Jacques, et arriva, comme nous l'avons vu au commencement de ce chapitre, chez les jeunes étudians qui reçurent si gaîment l'heureuse nouvelle qu'il venait leur annoncer.

— Tu es à nous pour aujourd'hui, lui avaient-ils dit, et c'est fatigué des jouissances du célibat, que nous te rendrons à tes chastes amours.

— Donnons donc cette journée à l'amitié, puisqu'on l'exige, répétait tout bas Abel en se laissant entraîner par ses compagnons d'études ; on veut que je fasse mes adieux à la vie de garçon par une bonne débauche, ce serait le moyen de me faire persister dans ma résolution de me marier, si je pouvais encore regretter ma liberté... En voyant les folies de mes amis, je chérirai davantage ma raison... Pauvres jeunes gens! que je les remercie de toutes les peines qu'ils vont se donner afin d'augmenter mon dégoût et ma pitié pour des plaisirs que je ne leur envierai jamais!... Voilà une preuve de tendresse! ils se condamnent à jouer, pour moi, le rôle de ces ilotes qu'on enivrait lorsqu'on voulait inspirer aux enfans l'horreur du vin et l'amour de la sobriété.

Dix parties de billard, qui n'ont que médiocrement diverti Abel Favelet, viennent de conduire les amis jusqu'à l'heure du dîner ; il est temps de se mettre à table, car ils ont besoin de dissiper à coups de champagne l'orage qui s'est élevé entre eux pendant une discussion à propos de billes. Sans l'intervention du héros de la fête, les queues de billard allaient devenir, entre les mains des joueurs, des armes meurtrières ; mais Abel a dit : — Finissons, messieurs, j'ai faim... nous nous expliquerons à table ; celui qui a tort paiera le punch. Et cette sentence, approuvée par tous, a ramené la bonne humeur sur tous les fronts. — Chez Véfour! répète-t-on avec Favelet. Une voiture, qui s'arrête à la porte, entraîne bientôt les amis au café de Chartres.

On ne s'attend pas à ce que je détaille ici le menu de ce dîner de garçons, à ce que je compte le nombre des bouteilles qui se sont succédé dans les seaux de glace où se frappe le vin d'Epernay ; cependant il faut que ce nombre soit considérable, car, au dessert, Abel n'a pas la parole moins haute, les yeux moins brillans, les propos moins joyeux que ses camarades d'école. C'est en parlant raison que la sagesse vient de succomber ; en discutant les moyens de maintenir l'équilibre de l'Europe, les profonds politiques ont perdu leur aplomb ; bien des idées jeunes et généreuses se sont élancées de leurs cerveaux enflammés, à mesure que les bouchons, libres des entraves du fil d'archal, volaient au plafond. On a bu à la délivrance des peuples ; on a menacé de la fourchette les tyrans qui pèsent encore sur les trônes du monde ; des couplets patriotiques ont excité l'enthousiasme en faveur des victimes qui se forgent des sabres avec leurs chaînes. Le vin, qui donne tant de douces illusions, leur a fait rêver la liberté de l'univers ; et, dans cette ivresse du patriotisme, cette confusion de toasts, les étudians n'ont pas eu de peine à oublier la querelle de billard. Pour Abel Favelet, il ne songe plus à rien de ce qui l'occupait le matin ; le nom de Baptistine, qu'il trouvait toujours sur ses lèvres, ne se présente que la sage pensée... C'est l'heure des jeux du soir dans l'atelier de madame Huberdeau ; voilà, depuis un mois, la première fois qu'il manque à ce rendez-vous ; mais peut-il songer à quitter des amis qui l'accablent de caresses, et lui décernent la couronne du civisme?... c'est lui qui vient de se montrer le plus ardent défenseur des droits de toutes les nations... c'est lui qui a chanté l'hymne de Riego, que toutes les voix viennent de répéter en chœur. Son chant patriotique a même trouvé un écho dans le cabinet voisin ; car deux vieux officiers, séparés de la bande joyeuse par une légère cloison, ont fait chorus avec elle, au refrain de cette autre *Marseillaise*.

— Est-ce pour se moquer de notre libéralisme, ou par sympathie, que l'on chante avec nous? dit Etienne, dont la tête est brûlante. Malgré les efforts de ses camarades, il quitte le petit salon et va frapper à la porte du cabinet, bien décidé à jeter à la tête des mauvais plaisans le verre de vin de Champagne qu'il tient à la main, ou à trinquer avec ses voisins, s'il trouve en eux de bons enfans.

On le reçoit à bras ouverts ; les vieux soldats lui prennent la main en accueillant, par un juron approbatif, l'offre qu'Eugène leur fait de terminer en famille un dîner commencé en tête-à-tête. Les officiers suivent le jeune homme dans le salon ; on se serre un peu pour faire place aux vétérans de Lutzen et de Montmirail ; la sonnette est violemment agitée. — Allons, garçon, du vin ! De nouvelles bouteilles sont placées sur la table, et les toasts libéraux recommencent avec une nouvelle fureur. Il ne s'agit pas moins, dans le petit comité, que de lever des troupes, d'organiser une armée, et d'aller demander compte aux potentats de certains griefs dont la politique française ne songe pas à se venger... Il serait si facile de reprendre notre rang parmi les nations avec une victoire!... Comme les fous ont leurs momens lucides, il y a aussi des éclairs de raison dans toutes les discussions politiques, fussent-elles même animées par le vin de Champagne. L'un des militaires parvient à faire comprendre aux écervelés qu'ils auront quelques difficultés à établir un mode de recrutement dans un pays où le roi seul a le droit de déclarer la guerre et de faire les traités de paix ; on pourrait aussi arrêter leur ardeur belliqueuse, en les envoyant devant quelque tribunal, comme prévenus d'embauchage. — Partons seuls, dit-il, notre exemple ne sera peut-être pas perdu ; et quand on saura que huit Français, huit gaillards comme nous, ont été se ranger sous le drapeau des cortès, ça donnera sans doute à d'autres l'idée de nous suivre.

— Et si la France s'en mêle, alors Ferdinand et ses moines sont perdus.

— Qui sait, dit Etienne, si on n'attend pas que nous nous mettions en route pour marcher sur nos pas?

— Nous aurons la gloire d'être partis les premiers! ajoute un autre camarade d'Abel.

— L'univers aura les yeux sur nous! réplique celui-ci.

— Et la postérité recueillera nos noms! continue Etienne.

— Quelle gloire!... quel bonheur pour nos parens !... comme nos maîtresses nous aimeront!... répètent en même temps tous les jeunes étudians. A ce mot de maîtresse, Abel Favelet vient de se rappeler Baptistine... il pense à l'inquiétude qu'elle doit éprouver en ne le voyant pas arriver ce soir. Sans la présence de deux étrangers, il se lèverait de table et partirait... mais ne pourrait-on pas l'accuser de manquer de courage?... La honte le retient, quand le remords le presse de partir... Une santé que l'on propose fait taire sa conscience : il boit à son heureux voyage en Espagne, car nous sommes en 1820, et l'île de Léon vient de se soumettre aux constitutionnels. Le plus âgé des deux officiers doit s'occuper cette nuit de régler leur itinéraire, et de calculer combien d'argent ils devront emporter. — A propos d'argent, reprend l'officier, qui a déjà obtenu le commandement des jeunes volontaires, dans un moment comme celui-ci, on ne saurait s'en procurer trop ; aussi ai-je bien envie d'essayer un coup immanquable qu'un de mes amis m'indiquait hier, et au moyen duquel on ferait sauter la banque d'une roulette... Je ne veux pas, mes chers compagnons d'armes, vous exposer à perdre quelque chose ; mais puis-

que nous sommes au Palais-Royal, vous m'accompagnerez au 129. Si
la chance est favorable, eh bien ! les bénéfices seront en commun ; dans
le cas contraire, les pertes ne regarderont que moi. On applaudit à cet
excès de générosité ; mais chacun veut participer à la première mise :
c'est une expérience qui ne coûtera que vingt francs par tête ; si elle
manque, on ne la renouvellera pas... Les cent vingt francs des étudians
sont dans la poche de leur général, et chacun des dîneurs, incertain sur
ses jambes, sort du café pour monter au tripot.

Dans ces tristes salles, où la voix du croupier retentit comme le glas
qui frappe de stupeur tous les habitans d'une ville en proie aux horreurs
de la peste ; autour de ces longues tables où le râteau se promène en emportant souvent l'espoir du souper d'une famille, l'honneur d'un garçon
de caisse, et jusqu'à la dernière pièce d'argent qui pouvait lui servir à
louer un pistolet pour se brûler la cervelle ; partout enfin, Abel et ses
joyeux compagnons promènent des regards étonnés ; car ils voient là de
ces figures extraordinaires, dont l'expression ne peut se rendre, et qui
manquent dans le monde de point de comparaison, quand on n'est entré
qu'une fois dans une maison de jeu. Il faut retourner à la roulette pour
les retrouver ; mais, fût-ce dans vingt ans, fût-ce à mille lieues, elles y
seront encore avec leur expression indéfinissable et leurs alternatives hi-
deuses de joie et de désespoir. Ce ne seront pas sans doute les mêmes
individus, mais vous reconnaîtrez cet air de famille, cette affreuse ressemblance qu'imprime une passion sombre et violente : c'est sur le front
du joueur que Dieu a mis le signe de Caïn.

Tandis que les jeunes amis se promènent dans les intervalles que forment les tables de jeu, les deux officiers vont se placer près du banquier.
Après une première mise de vingt francs, l'un des militaires accourt gaîment
raconter aux étudians le succès de la première épreuve ; bientôt après
une nouvelle, plus heureuse encore, leur donne l'espoir de voir centu-
pler leur petite fortune ; mais une heure se passe sans que l'aide-de-camp
du général revienne auprès des volontaires. Etrangers en ces lieux, Abel
et ses camarades, qui craignent de se perdre, se donnent rendez-vous à la
sortie de la maison, et les voilà cherchant autour des tapis verts le chef
de leur expédition militaire : ils ne le trouvent plus ; découragés, ils s'in-
forment au garçon, on leur apprend que les deux messieurs décorés, qui
les accompagnaient en entrant, sont sortis après avoir perdu quarante
francs. Déjà échauffés par le vin et furieux d'avoir été pris pour dupes
par de soi-disant généraux de l'ancienne armée, Etienne, Abel et les
quatre jeunes gens veulent faire du bruit et forcer les valets de l'établissement à courir après les fripons. — Nous avons bien assez à veiller sur
les personnes qui sont ici, dit-on aux tapageurs ; retirez-vous, c'est ce
qui vous reste de mieux à faire. Il veulent répliquer ; mais le chapeau
d'un gendarme, qui se dresse du fond de la salle d'entrée, achève de les
convaincre ; ils se rendent enfin aux raisonnemens du monsieur de la
chambre.

— Ainsi nous sommes six imbéciles que deux fripons ont joués avec
des faux semblans de libéralisme, se disent-ils en descendant.

— C'est dans l'ordre, reprend Eugène : on se masque suivant l'esprit d'une époque. Tartufe s'est affublé de la soutane du prêtre sous
Louis XIV ; maintenant il se pare des épaulettes du soldat ; c'est toujours en prenant l'habit le plus respecté que l'on parvient à faire des dupes.

— Ah ça ! interrompt Abel dont la tête commence à s'alléger, voilà
onze heures qui sonnent, le tambour chasse les promeneurs du jardin, il
est temps de rentrer chez nous.

— Par exemple ! nous quitter si tôt ! finir la journée avec une mystification sur le cœur ! je ne l'entends pas ainsi ; tu es à nous jusqu'à minuit. Je veux, en nous séparant, que nous n'ayons pas à regretter la
journée.

— Où veux-tu nous conduire encore ? demande Abel.

— C'est mon secret, répond Etienne ; puis il parle bas à ses amis, qui approuvent en riant son projet ; et, sans vouloir l'expliquer au jeune Favelet, ils sortent du Palais-Royal, montent en voiture, et disent au cocher : — Rue de Cléry... numéro... Le numéro m'échappe, ce sera pour la dixième édition.

C'est une maison de pauvre apparence, une allée longue et noire, un escalier faiblement éclairé ; on risque, en montant, de se rompre vingt fois le cou ; à chaque marche raboteuse on est tenté de ne pas aller plus loin : c'est comme s'il y avait là le bon génie du *Conte Bleu* placé à la porte de l'ogre pour dire aux voyageurs : — On n'entre pas ici. Mais écoute-t-on son bon génie ?... on veut poursuivre l'aventure, et vraiment on est tenté de s'applaudir de sa persévérance, lorsqu'après la montée périlleuse on se trouve dans un élégant salon où une douzaine de jeunes femmes, brillantes de fraîcheur et légèrement parées, vous accueillent avec le plus gracieux sourire. Ce n'est plus, comme au café de Chartres, l'ivresse du vin de Champagne qui vous alourdit la tête... c'est un délire plus doux, des nuages roses et bleus qui troublent votre vue, et le cœur qui vous bat !... Comme s'il y avait de l'innocence dans les plaisirs qu'on vient demander à ces jeunes filles voluptueuses et parfumées ; comme s'il y avait de la passion dans leurs caresses. Je dis : on éprouve tout cela quand, pour la première fois, on ose mettre le pied dans une maison consacrée aux amours faciles ; la curiosité peut y attirer un instant, l'illusion vous abuser jusqu'au moment du départ ; mais il faut avoir de la corruption dans le cœur, pour passer une seconde fois le seuil de la porte sans en éprouver un sentiment de dégoût. Pur, mais non pas inaccessible aux séductions, Abel a pâli et jeté un regard furieux sur ses amis, lorsqu'il a compris en quel lieu ils venaient de l'entraîner. Cependant les éclats de rire des jeunes gens, les agaceries adroites de ces femmes qui l'entourent, ces tailles charmantes qui se balancent mollement, ces formes séduisantes que dessinent des robes diaphanes, tous ces trésors du sérail, avec l'obéissance des odalisques, et le pouvoir illimité du sultan, ont enflammé les sens du sage de vingt ans ; le désir a bientôt dicté son choix ; mais un sentiment de pudeur le retient... — Non, murmure-t-il, celui que Baptistine a choisi ne se flétrira pas volontairement. Amans, soyez heureux, dit-il à ses camarades : pour moi, je veux du punch. — Du punch et des baisers, répète celle qui vient de s'attacher à lui ; tu n'as qu'à commander, on donne ici tout ce qui peut enivrer. Le bol de punch est apporté ; les verres se choquent ; bien qu'Abel boive seul dans le sien, il a, comme ses amis, une femme rieuse et à demi vêtue sur ses genoux. Les heures se passent au milieu des chants et des propos les plus gais. Souvent sollicités par Abel, les étudians parlent enfin de se retirer ; mais une journée de débauche ne peut pas finir ainsi. La querelle du billard, trop vite étouffée, a dû laisser une arrière-pensée dans l'âme d'Eugène ; il ne cherche pas un prétexte pour reprendre la discussion, mais qu'il s'en présente un, il soulagera son cœur. L'adversaire d'Eugène, dans un moment d'ivresse, vient d'effleurer de ses lèvres le cou de la belle qui repose nonchalamment sur les genoux de son partenaire. Eugène se lève, et le menaçant de son verre, lui dit : — Cette femme est à moi... dans une heure... demain... quand je ne serai plus ici, elle t'appartiendra si tu veux la payer ; mais jusque-là je te défends d'y prétendre... sinon...

— Que ferais-tu ? répond l'autre...

— Je t'enverrais ce verre à la tête.

— Viens donc m'attaquer... si tu n'es pas un lâche ?

A ce mot de lâche, le verre vole à la tête de l'imprudent qui a osé défier un homme dont le vin a ranimé la colère ; mais il esquive le coup, et une glace, qui se trouve derrière lui, est frappée et tombe avec les éclats en cristal brisé. Alors, ce sont des femmes qui crient en fuyant échevelées, des servantes qui accourent pour constater le dégât; la table est renversée sous les pieds des deux furieux qui cherchent à s'approcher pour se frapper mutuellement, tandis qu'Abel et les autres jeunes gens les retiennent avec force éloignés l'un de l'autre. Ces mots terribles : — A la garde ! ont retenti dans le salon. Les joyeuses filles, qui provoquaient les caresses des étudians, demandent toutes à courir au poste le plus voisin, pour qu'on entraîne en prison ceux qui viennent leur causer tant de frayeur; mais la maîtresse de la maison a entendu les cris de ses pensionnaires; elle brave le bruit, les injures, et vient à travers les combattans pour les inviter à se retirer : sa voix est douce, sa tenue décente. — Monsieur, dit-elle à Abel Favelet, qui s'efforce de jeter des paroles de paix au milieu du défi que se renvoient les adversaires; monsieur, je ne viens pas ici juger le différend de vos amis, j'aime à croire qu'ils finiront par s'entendre; mais si vous avez quelque empire sur eux, tâchez de les emmener hors de cette maison. Nous ne sommes pas habituées au bruit ici; jamais la force armée n'a été appelée en ces lieux ; je regretterais que des jeunes gens, qui me paraissent seulement avoir la tête échauffée par le punch, me forçassent à employer contre eux des moyens de rigueur... Pour moi, pour leur famille, qu'ils sortent d'ici... La glace brisée est un malheur, sans doute; mais si j'ai affaire, comme je le crois, à des personnes honnêtes, elles voudront bien m'en faire remettre le prix lorsqu'elles le pourront... Elle a coûté, je crois, deux cents francs.

— Nous allons vous la payer, votre glace, dit Eugène, toujours furieux, et cherchant à se débarrasser de ceux qui le retiennent.

— J'ai confiance en vous, répond la maîtresse; mais dussé-je perdre le prix de cette glace, je préférerais encore cette perte au scandale que causerait votre arrestation... Sortez donc, messieurs, je vous en prie... Je suis ici sans défense contre votre obstination ; mais il est impossible que des jeunes gens qui doivent tenir, avant tout, à ne pas causer de chagrins à leurs parens, n'entendent pas la voix de la raison.

Le ton ferme, et en même temps l'accent pénétrant de cette voix, ont suffi pour apaiser la furie des deux adversaires. Pour Abel, il reste stupéfait en écoutant cette femme, que sa profession a vouée au mépris, et qui commande presque le respect par son maintien et sa douceur; il la remercie des sages avis qu'elle leur donne, de la confiance qu'elle veut bien avoir en eux ; et, après avoir obligé ses deux amis à se réconcilier devant elle, il sort de la maison, en se promettant bien de ne jamais y remettre les pieds.

VI

La Mère.

Une action qui arrache la rose de l'innocence du
front de l'Amour, et y imprime un ulcère!... et cela
pour vivre dans les plaisirs impurs d'un lit inces-
tueux, prostituée dans le sein de la corruption, et
goûter les douceurs de l'amour au sein d'une hi-
deuse débauche!

SHAKESPEARE. — *Hamlet*, acte 3, scène IV.

Voyez combien de douleurs et misères
Donnent toujours les enfans à leurs mères.

ÉVENUS, traduction d'Amyot.

Que les heures coulèrent lentement pour Baptistine pendant cette soirée
d'orgie où Abel Favelet dit un dernier adieu à la vie de garçon! Tandis
qu'il passait de la table au jeu, du jeu dans les bras d'une prostituée, la
jeune fille soupirait et pleurait en secret. — S'il faut que je reste souvent
sans le voir de toute une journée, se disait-elle à part soi, j'en mourrai
de chagrin; il faudra que maman mette bien dans ses conditions qu'une
fois marié, M. Abel ne me quittera plus ainsi. — La naïve enfant se consolait ensuite en songeant que son futur époux pensait à elle, parlait
d'elle à ses amis. — Je conçois, reprenait-elle, qu'il ne s'aperçoive pas
combien il se fait tard; quand je parle de lui à ces demoiselles, le temps
me paraît durer si peu, il me semble que le soir vient plus vite ces jours-
là. En s'affligeant et se rassurant tour à tour, Baptistine entendit sonner
dix heures. — C'est fini, je ne le verrai pas ce soir, dit-elle à sa maîtresse... il peut être bien sûr que je le gronderai demain... à moins cependant qu'il ne lui soit arrivé quelque chose... Oh! mon Dieu! maman
Huberdeau, un malheur vient si vite! Tenez, laissez-moi envoyer Jacques,
notre portier, on lui dira si M. Favelet est sorti. La couturière, prenant
pitié de l'inquiétude de Baptistine, consentit à envoyer le portier chez
Abel. Il revint bientôt en disant : — Qu'on ne l'avait pas revu depuis la
matinée; depuis douze heures il était sorti de chez lui. Cette réponse fut
loin de calmer la jeune fille. Malgré les vives sollicitations de madame Huberdeau, elle voulut veiller; un secret pressentiment lui disait qu'Abel,
instruit de la démarche du portier, chercherait en revenant un moyen de
faire savoir à Baptistine qu'il rentrait sain et sauf chez lui. Elle pria donc
sa maîtresse de lui permettre de travailler jusqu'à ce qu'elle eût envie de
dormir, c'est-à-dire jusqu'à ce qu'elle fût rassurée sur la santé de son
amant.

Dès qu'elle se vit seule dans l'atelier, Baptistine ouvrit la fenêtre qui
donnait sur la rue, et se mit à travailler; mais aussitôt qu'elle entendait
le bruit des pas résonner dans la solitude de son quartier désert, elle se
levait et provoquait par une toux légère l'attention du passant; personne
ne s'arrêtait. Minuit sonna à Saint-Paul; Baptistine poussa un profond
soupir : — Ah! dit-elle, il est malade ou blessé! et je ne suis pas là pour
le soigner!... Mon Dieu, si j'avais le droit de courir après lui! si j'étais sa
femme, je saurais bien le découvrir; mais une jeune fille comme moi!...
Non, je ne dois pas sortir, et pourtant j'en ai bien envie! Ses yeux, perçant à travers l'obscurité de la rue, cherchaient à reconnaître son amant
jusque dans ces ombres fantastiques que l'imagination dessine pendant une
nuit obscure. Une heure encore se passa dans ces angoisses. A mesure

que la nuit avançait, l'inquiétude de Baptistine devenait plus affreuse, mille idées sinistres se croisaient dans sa tête brûlante... — S'il est mort, ce sera fini de moi aussi !... ma pauvre mère ne viendra que pour recevoir mon dernier soupir... Sans lui, je n'ai pas besoin de vivre. Ainsi cette jeune fille, qui n'a encore connu que les joies de la vie, parle froidement de la quitter, plutôt que de survivre à l'objet de son amour : la pensée du suicide n'est donc pas un crime, puisque Baptistine, avec son éducation religieuse et l'innocence de son âme, peut sans frémir la concevoir comme l'unique ressource pour échapper au malheur, le seul moyen de se réunir à celui qu'elle a choisi pour époux.

Cependant, du fond de la large rue des Minimes, des pas se sont fait entendre ; Baptistine se penche à mi-corps sur les barreaux de la croisée ; elle voudrait aller au devant de celui qui vient vers elle, car elle croit avoir reconnu Abel Favelat, bien qu'elle ne puisse distinguer personne, tant la nuit est noire ; mais ce qui échappe à nos yeux et à nos oreilles, le cœur intelligent d'une femme le voit et l'entend ; on dirait que l'amour lui donne deux sens de plus qu'à nous autres hommes. La jeune fille ne s'est pas trompée ; celui qui approche si précipitamment de la maison de madame Huberdeau, c'est lui, c'est Abel ; il sait qu'on est venu le demander de la part de la couturière, et il accourt, au risque de ne parler à personne, essayer d'instruire Baptistine de son retour.

— Est-ce vous ? dit la jeune fille, tremblant à la fois de crainte et d'espérance.

Une voix qui la fait tressaillir de joie répond timidement : — Oui, c'est moi ; ne m'en veuillez pas... j'ai bien pensé à vous. Il ment ; mais ces mots-là sont nécessaires au repos de Baptistine. — Adieu, bonsoir, reprend-elle ; il est bien tard, méchant. Elle entend comme le bruit d'un baiser qu'Abel lui envoie, et elle le recueille avec ivresse, car elle n'a pas besoin de rougir ; il ne peut lire dans ses yeux le bonheur qu'elle éprouve. Abel lui dit encore une fois adieu, et retourne sur ses pas... Quand il est bien loin, trop loin pour entendre Baptistine, elle lui renvoie son baiser en souriant et ferme la fenêtre. — J'ai eu bien froid, dit-elle en rentrant ; mais je suis si heureuse, que je ne regrette plus ces trois heures d'attente ! Baptistine se couche en remerciant Dieu pour son amant, en l'invoquant pour sa mère qui doit arriver le lendemain, et s'endort paisiblement.

Malgré les fatigues d'une débauche de douze heures, Abel ne pouvait prendre aucun repos ; il se promenait dans sa chambre en se reprochant sa faiblesse... — Moi, murmurait-il ; moi me laisser entraîner au désir de connaître cette vie de garçon que j'avais appris à mépriser. Dans un seul jour on m'a vu ivre, joueur, et prêt à être arraché par des soldats d'une maison de prostitution !... Et, pendant ces douze heures de folie, pas un moment de plaisir vrai !... je rentre mécontent de moi-même quand elle m'attendait... quand j'aurais été si heureux auprès d'elle !... Et maintenant me voilà méprisable à mes propres yeux... Que de chagrins je lui causerais, si elle savait !... Et dire que demain je serai présenté à sa mère !... à sa mère, qui lui ordonnerait de m'oublier, de me fuir, si ma conduite d'aujourd'hui pouvait être connue ! Il faudra que je m'excuse, que je trouve un mensonge... Mentir à Baptistine, c'est affreux ; je ne croyais pas que je m'exposerais jamais à ce malheur-là !... Et tout cela est arrivé, parce qu'il est reçu dans le monde qu'on ne peut se donner à une honnête femme qu'après avoir passé par des vices qui détruisent la santé, qui flétrissent le cœur... par la vie de garçon enfin !... Comme si un mariage ne pouvait être heureux, parce que l'époux ne s'est pas déshonoré avec des femmes perdues ? c'est de l'expérience, disent-ils, qu'on apporte en ménage ; ce ne sont que des regrets, et quelquefois l'habitude de la débauche... Et dire qu'il y a des familles où l'on regarde les vices passés comme la meilleure garantie des vertus à venir !... sottise, préjugé que les jeunes libertins se gardent bien de laisser détruire... Mes amis sont des misérables... je mentirai pour cacher leur infamie et la mienne ; mais je ne les verrai plus ! — C'est au milieu de semblables réflexions que le sommeil vint surprendre le coupable ; le jour commençait à paraître quand il se décida à se mettre au lit ; mais la nature, qui ne perd jamais ses droits, se vengea de sa débauche et de sa veillée trop prolongées, en l'obligeant à dormir jusqu'à onze heures du matin.

Abel s'éveilla en sursaut, sa femme de ménage frappait durement à sa porte. —Monsieur, c'est une lettre pour vous ! criait la vieille madame Clément ; c'est très pressé, ça vient de chez madame Huberdeau. — Au nom de la couturière, Abel se leva, ouvrit sa porte, gronda la femme de ménage de ce qu'elle l'avait laissé dormir si tard. — Dame ! on m'a dit que monsieur était rentré à plus d'une heure du matin ; je n'ai pas voulu troubler son repos... Voilà ce que c'est que de faire la vie de garçon, ajouta-t-elle en riant. — La vie de garçon, reprit Abel avec humeur, et qui vous a dit ?... — On sait bien qu'il faut que les jeunes gens s'amusent... c'est dans l'ordre... Je n'ai qu'une fille, mais je ne voudrais pas la donner à un homme qui ne se serait pas amusé, il la rendrait trop malheureuse... il faut que jeunesse se passe tôt ou tard. — Vous êtes une sotte, interrompt Abel, en décachetant la lettre que madame Clément vient de lui apporter ; une fois qu'on a l'habitude de la débauche, on la perd difficilement. — Ça plaît à dire à monsieur : car je suis bien sûre qu'il sera un bon mari. — Pourquoi me prenez-vous toujours pour point de comparaison ? est-ce que j'ai quelque chose d'extraordinaire ? — Sous votre respect, je vois bien que monsieur s'est échauffé la tête hier... ça n'est pas un crime, quand cela arrive rarement. — Et à quoi devinez-vous cela ? répond Abel, déconcerté de la perspicacité de gouvernante. —Je le vois à votre figure renversée, à la pâleur de vos joues, à vos yeux rouges... à vos lèvres noires. Ce n'est pas quand on a comme moi un homme ivrogne de naissance, qu'on peut se tromper là-dessus. — C'est bon ; faites ma chambre, — dit Abel, et ils s'empresse de lire le billet qu'on vient de lui remettre ; il est de la mère de Baptistine, qui, depuis deux heures, est descendue de diligence ; elle veut, avant leur entrevue, lui confier un secret qui, lui mande-t-elle, doit mourir entre eux, s'il ne se sent pas le courage, après cet aveu, de devenir l'époux de la jeune fille. Baptistine n'est point, comme elle l'a dit à madame Huberdeau, le fruit d'une union légitime ; c'est un enfant naturel, dont le père a cessé d'exister depuis long-temps : « Si monsieur Favelet soupçonnait qu'il pût jamais reprocher à sa femme le malheur de sa naissance, madame Caillot le croit assez honnête homme pour cesser dès aujourd'hui de voir Baptistine, dans le cas où l'obstacle viendrait de la famille Favelet : la mère de la jeune personne prie encore monsieur Abel de ne pas exposer la pauvre enfant à rougir devant ses nouveaux parens. Le mariage n'est pas assez avancé pour qu'il ne puisse être rompu à l'amiable, et sans que le véritable motif de la rupture soit divulgué. Madame Caillot invite donc son gendre futur à bien réfléchir sur l'engagement qu'il va prendre, en se présentant ce matin chez madame Huberdeau. Elle attend ou une réponse qui lui apprendra que l'hymen projeté ne peut se conclure, ou monsieur Favelet lui-même : sa présence seule prouvera à sa belle-mère qu'il persiste dans l'intention d'épouser Baptistine. »

Bien qu'il soit exempt de préjugés, ce titre de fille naturelle l'afflige. Abel pense à son père, dont les principes sévères repoussent toute idée d'alliance avec une bâtarde. Le négociant Favelet considère ce commerce illégitime comme une flétrissure que des parens impriment sur le front de leur enfant ; mais Baptistine rachète son malheur par tant de vertus, qu'il ne saurait avoir le courage de la punir et de se punir lui-même d'une faute dont ils sont innocens tous deux. Malgré l'espèce de chagrin qu'il éprouve en songeant qu'il suffirait que ce secret fût connu au Havre pour que sa famille fît rompre son mariage, il n'est pas fâché cependant d'avoir quel-

que chose à pardonner à Baptistine ; lui-même a tant besoin d'indulgence !
— Jamais, dit-il, mon père ne le saura... ma femme sera toujours, à ses
yeux, la fille du capitaine Caillot, et moi je ne me verrai pas forcé de
renoncer au bonheur. — Bien résolu à se taire auprès de sa famille, Abel
s'empresse de s'habiller, afin de se rendre promptement chez madame
Huberdeau.

Baptistine, assise dans le petit salon de la couturière, entre sa mère et
sa bonne maîtresse, attend avec impatience l'arrivée de son amant ; déjà
elle a commencé à parler du désir que son mari a manifesté de conserver
madame Caillot auprès d'eux, et celle-ci sourit à cette idée qui séduit son
cœur.

— N'est-ce pas, maman, qu'il ne tiendra qu'à toi de quitter ta vieille
comtesse lyonnaise pour venir avec nous? tu veilleras sur notre petit ménage ; et puis, si j'ai une fille à mon tour, continue-t-elle en rougissant,
tu m'apprendras à l'élever, à m'aimer comme je t'aime... Tu seras si heureuse et nous aussi !

— Oui, mon enfant ; oui, tout cela s'arrangera, répond la mère, inquiète encore, car elle attend la réponse d'Abel ; mais, avant que je puisse
rester à Paris, il me faudra encore retourner à Lyon... J'ai des comptes à
rendre... des adieux à faire.

— Au moins, tu nous resteras jusqu'à mon mariage... tu ne peux pas
t'en dispenser.... une mère qui abandonnerait sa fille dans ce moment-là,
ce ne serait pas bien.

— Mais si j'étais forcée de repartir plus tôt que je ne voudrais moi-
même, n'as-tu pas une autre mère ici qui saurait bien me remplacer?

— J'aime mieux vous avoir toutes deux à la fois, interrompt la jeune
fille, les embrassant tour à tour avec sa joie enfantine et sa naïve effusion
de cœur ; il me faut deux mamans.

— Elle a raison, reprend madame Huberdeau ; Baptistine, en vous
prouvant sa tendresse, profite de mes conseils... Elle me doit bien un peu
d'amitié, car je l'aime autant que si elle était ma fille ; mais il y a quelqu'un qu'elle doit aimer plus que moi... c'est sa véritable mère.

— Vous êtes une femme bien estimable, dit la mère en serrant la main
de la couturière ; jamais nous ne pourrons vous payer de tous vos soins.

— Je le suis assez, puisque Baptistine a pu trouver un bon mari.

— Tenez, justement le voilà ! ajoute la jeune fille en se levant précipitamment pour ouvrir la porte du salon à son futur, dont elle a reconnu
la voix.

— Comment, c'est lui? demande madame Caillot, et son visage prend
une expression de plaisir, car elle voit que son secret est tombé dans le sein
d'un honnête homme, qui ne croit pas devoir trouver dans la naissance
de sa fille un motif pour la dédaigner.

C'est avec un petit air triomphant que Baptistine conduit son amant vers
sa mère, qui s'est levée ; Abel la salue respectueusement ; mais à peine
son regard a-t-il rencontré celui de madame Caillot, qu'il se trouble, pâlit
et s'écrie : — Vous, madame ! vous, sa mère ! — Celle-ci n'a pas éprouvé
une commotion moins violente ; car elle pâlit, chancelle, se laisse tomber sur un siège en disant : — Malheureuse ! pourquoi suis-je venue ici !

Tandis que madame Huberdeau s'empresse de porter secours à la mère
évanouie, Baptistine, frappée de stupeur, interroge des yeux Abel ; il ne
paraî pas la comprendre. Muet et tremblant, il contemple avec un regard
de désespoir cette femme, qui, la veille, était si calme au milieu du bruit,
et qui forçait, par la puissance de ses paroles, des ennemis à se réconcilier, celle qui donna, pour ainsi dire, une leçon de morale dans un lieu
de débauche ; c'est elle-même : c'est la maîtresse de cette maison de la rue
de Cléry qui est là devant lui, et Baptistine est sa fille !

Enfin, madame Caillot, ou, si l'on veut, Fanchette, a repris connaissance ;
la couturière veut connaître le motif de cet évanouissement et du trouble

qu'éprouve encore Abel Favelet. La mère de Baptistine jette un coup d'œil suppliant sur le jeune homme pour l'engager à ne rien dire encore, et répond aux questions de madame Huberdeau par la prière de la laisser seule un instant avec M. Favelet.— Après notre entretien, il pourra tout vous dire. Abel n'ose refuser d'écouter Fanchette; il ne saurait comment expliquer sa conduite sans trahir le secret de cette mère, qui a eu, du moins, la prudence de cacher à sa fille l'odieuse profession qu'elle exerce. La couturière a consenti à se retirer avec Baptistine, et pendant qu'elle essaie de consoler la pauvre enfant, qui se perd en conjectures, Abel et Fanchette, un peu remis de leur émotion, se regardent un moment avant d'oser prendre la parole. La mère fait signe à l'amant de Baptistine de s'asseoir; elle prend un siége et commence :

— Je ne chercherai pas, monsieur, à justifier une conduite que des malheurs passés ne pourraient excuser à vos yeux... Je ne vous dirai pas comment on peut être victime d'une séduction... et combien l'amour maternel a de puissance pour imposer silence à d'honnêtes sentimens !... Le voile est déchiré... rien ne pourra renouer une alliance que ma présence seule devait rompre...

— Oui, madame, vous l'avez dit, cette union est rompue pour toujours ; jamais le nom de mon père ne pourra être confondu avec celui...

— Ménagez-moi, monsieur, interrompt Fanchette, je vous en conjure ; on peut nous entendre ici, et vous seul avez mon secret... ce n'est pas pour moi que je vous prie, mais pour ma fille.

— Pauvre Baptistine ! reprit Abel ; elle méritait d'avoir une autre mère !

— Oui, une plus heureuse, je vous crois : mais une meilleure, je puis le dire avec orgueil, car c'est ma seule vertu... une meilleure? non, monsieur, ce n'était pas possible !

— Enfin, madame, qu'exigez-vous de moi ?... Il suffit que vous invoquiez le nom de Baptistine pour que je sois prêt à vous sacrifier tout, excepté mon nom, que je dois transmettre à mes enfans, aussi pur que mon père me l'a donné.

— Ce que je vous demande à genoux, c'est que ma fille n'apprenne jamais qu'elle a le droit de rougir de celle qui lui a donné le jour... de celle qui s'est avilie pour l'élever... Est-ce exiger trop de votre amour pour elle, que de vous conjurer de ne pas la faire mourir de honte à mes yeux ?

— Je me tairai, madame... je vous le jure ; mais comment justifier auprès d'elle le refus irrévocable que je fais de sa main ? car rien au monde ne pourra changer ma résolution.

— Ce refus, je l'expliquerai, si vous me promettez encore de ne pas me démentir.

— Oh! pourquoi n'avez-vous pas quitté cet affreux métier ?... j'ignorerais tout, et vous ne livreriez pas au désespoir deux êtres qui ne pourront peut-être pas vivre l'un sans l'autre.

— Si vous saviez, monsieur, qu'il y a des conseils funestes qui vous poussent dans une carrière et un lien terrible ; l'habitude! qui vous y attache malgré vous. Que me servirait, hélas ! de vous dire que vingt fois j'ai voulu renoncer à cette profession dont je rougis moi-même... mais quand je me voyais repoussée par le monde, forcée d'aller me réfugier dans une province lointaine, et de mourir sans avoir embrassé ma fille chérie, sans savoir quel serait son sort, je ne pouvais me décider à partir... Ici, du moins, je reçois de ses nouvelles ; et, dans le long intervalle de mes soi-disant voyages, je puis quelquefois venir en secret dans sa rue, m'arrêter à sa porte pour la voir passer, ou me cacher dans un coin de l'église pour avoir le bonheur d'entendre sa voix. Bien souvent, dans ces entrevues qu'elle ne soupçonne pas, j'ai cru en la contemplant que j'allais me trahir, et quand je la voyais courir radieuse de joie, je me sentais, malgré moi, emportée vers elle, prête à voler dans ses bras pour la presser contre mon cœur... mais il fallait taire mon émotion, maîtriser les mouvemens de mon âme, dérober mon bonheur à tous les regards ; Baptistine me croyait à plus de cent lieues d'ici.

— Il y en a mille de la maison de madame Huberdeau à celle de la rue de Cléry.

— Et tenez, monsieur, toute méprisable que je paraisse être à vos yeux, quand je voyais mon enfant innocente, heureuse et digne de l'amour d'un honnête homme ; quand je me disais, c'est au sacrifice de ma vertu qu'elle doit peut-être toutes les siennes, alors je me trouvais moins coupable... C'est aujourd'hui seulement que j'ai pu comprendre toute l'horreur que je dois vous inspirer... mais j'ai votre parole, Baptistine ignorera toujours son malheur : pour préserver ma fille de la misère, j'ai pu braver le mépris des autres ; mais supporter le sien, ce serait au dessus de mes forces.

Abel renouvela le serment qu'il avait fait de ne jamais révéler à Baptistine le motif de leur rupture ; mais trop agité pour pouvoir prendre congé de celle qu'il aimait, il tourna ses regards vers la chambre où madame Huberdeau l'avait entraînée... soupira, essuya une larme, envoya un dernier adieu à la jeune fille, qu'il ne devait plus revoir, et sortit en disant à Fanchette : — Ah ! madame, pourquoi votre enfant n'est-elle pas orpheline !

VII

Transaction.

Si l'humble bananier accueillit ta venue,
Si tu m'aimas jamais, ne me repousse pas.
Ne t'en va pas sans moi dans ton île inconnue,
De peur que ma jeune âme, errante dans la nue,
N'aille seule suivre tes pas.
          VICTOR HUGO. — *La Fille d'O-Taïti.*

Hélas ! dit-elle, je voulais rester ici toute la vie ;
on ne l'a pas voulu, on m'a dit que la volonté de
Dieu était que je partisse ; que la vie était une
épreuve... Oh ! c'est une épreuve bien dure !
          BERNARDIN DE SAINT-PIERRE. — *Paul
          et Virginie.*

Abel était déjà loin que ce reproche terrible : « Pourquoi votre enfant n'est-elle pas orpheline ! » retentissait encore à l'oreille de Fanchette et déchirait son cœur. Ce n'était pas assez pour elle d'avoir supporté la honte, afin d'élever cette enfant, de s'être condamnée à l'infamie pour l'arracher à la misère... on ne lui tenait compte ni des remords poignans qui étaient venus si souvent l'assaillir au milieu des joies de la débauche, ni des vertus que Baptistine ne devait peut-être qu'à l'affreux dévoûment de sa mère. Il aurait fallu mourir pour que sa fille pût être digne de l'amour d'un honnête homme !... Mourir !... et quand les héritiers du séducteur de Fanchette la chassèrent, elle avait à peine seize ans... Depuis son enfance, on avait pris à tâche d'étouffer dans son cœur tous les germes de vertu : d'abord on lui avait enseigné le mensonge... puis la coquetterie... puis elle était devenue la complice des intrigues de mademoiselle Pallu, et enfin un vieillard libertin l'avait placée entre une accusation de vol ou le malheur de subir son amour : Fanchette céda ; elle avait peur de la prison où l'on a froid l'hiver, où l'on couche sur un lit de paille; car dans le caveau du cloître Saint-Jacques elle avait passé plus d'un hiver sans feu, et c'est sur la paille qu'elle couchait auprès de sa mère. Et quand elle se trouva sans protecteur, quand celle qui l'avait perdue, par l'exemple de sa conduite, la rencontra à la porte du joaillier à qui elle allait offrir sa dernière ressource... ses boucles d'oreilles et son collier de corail, lorsque cette fille lui dit : — Viens avec moi, je t'empêcherai de mourir de faim... tu pourras donner une nourriture à ton enfant. Alors Fanchette regarda mademoiselle Pallu comme une fée bienfaisante dont la baguette magique changeait sa destinée; elle s'attacha à ses pas, la suivit dans la route du vice, et cela sans rougir d'abord, car on ne lui avait pas dit qu'à seize ans on dût rougir d'échapper au besoin par la prostitution; elle ne savait rien de ce qu'on apprend à nos jeunes filles pour qu'elles deviennent un jour l'orgueil et la joie de leurs parens; elle ne savait ni la modestie, ni la pudeur, mais elle savait être bonne mère, parce que cela ne s'apprend pas.

C'est quand Baptistine eut six ans, et que sa mère vit se développer en elle ces grâces enfantines, cette jeune intelligence, qui avaient fait aimer la petite commissionnaire du cloître, que Fanchette comprit tout l'odieux de sa profession et qu'elle en rougit pour sa fille; ainsi, c'est à l'amour maternel qu'elle dut un premier mouvement de pudeur. Dès lors la jeune mère résolut de cacher à son enfant le secret de sa vie : trop engagée dans la carrière pour revenir sur ses pas, elle voulut du moins que son infamie servît au bonheur de sa fille. Le hasard lui fit découvrir la demeure de madame Huberdeau. — Baptistine aura un état, se dit-elle; et le besoin de payer la pension de son enfant lui inspira l'amour de l'ordre et de l'économie. On sait avec quelles précautions Fanchette venait visiter tous les ans l'atelier de la rue Neuve-Saint-Gilles; comme elle était modeste dans sa tenue, réservée dans ses paroles; il lui avait fallu bien des études pour en arriver là, mais rien ne lui coûtait pour justifier le mensonge qu'elle avait fait à madame Huberdeau. A mesure qu'elle réformait une habitude vicieuse, un bon sentiment se glissait dans son cœur. Sa position à la fin lui devint intolérable; elle voulut fuir la maison où mademoiselle Pallu l'avait conduite. — Sotte, lui dit madame Edmon (c'était le nom de la maîtresse de maison de la rue de Cléry), et comment gagneras-tu de quoi payer la couturière? — Madame, répondit Fanchette, je ne veux plus de ces fleurs, je ne veux plus de ces parures... je ne veux plus qu'un homme puisse me dire comme hier : « Je ne te paie pas pour pleurer. » — C'est dommage, répondit la maîtresse, car, malgré tes vingt-cinq ans, tu es encore fraîche et gentille : mais c'est égal, j'ai trop bon cœur pour te laisser partir de chez moi; tu ne me quitteras pas, Fanchette; j'ai besoin de quelqu'un pour tenir mes livres de dépense et de recette... et si tu te sens capable de le faire... — J'apprendrai, madame. — C'est bien : écoute, j'ai fait mettre mon amant à Bicêtre... il me volait... toi, je te connais, tu es une honnête créature, tu ne me voleras pas... Je fournirai à ton existence et à celle de ta petite; nous en aurons bien soin, et, quand elle sera en âge de se marier, je te promets, si tu te conduis bien, que la demoiselle aura une bonne dot. A partir de ce jour, Fanchette vécut retirée dans la maison dont elle administrait les finances... car l'aurait-on reçue ailleurs?... et quelles rencontres ne devait-elle pas craindre dans le monde?... Enfin, qui donc aurait assez pris intérêt à sa fille pour s'engager à lui assurer une dot?

A chacun de ses soi-disant voyages à Paris, Fanchette jouissait délicieusement des éloges que l'on donnait à la petite ouvrière; elle était fière des qualités qu'on se plaisait à reconnaître dans sa fille; il lui semblait que ses fautes passées se perdaient dans les douces vertus de Baptistine; elles étaient comme autant de liens qui la rattachaient à l'estime publique.

Après cinq ans d'emprisonnement, l'amant de madame Edmon sortit de

Bicêtre : il vint effrontément réclamer sa place de teneur de livres, que Fanchette occupait toujours. Sa maîtresse le repoussa rudement : il se vengea en l'étendant à demi-morte sur le parquet du salon ; la police s'empara du misérable, et tandis qu'il partait avec la chaîne pour aller finir ses jours au bagne de Rochefort, sa victime terminait les siens en instituant Fanchette sa légataire universelle. C'est environ quinze jours après cet événement, qu'Abel Favelet et ses jeunes amis firent ce dîner de garçons, dont les suites devaient être si funestes au mariage des deux amans.

Baptistine et madame Huberdeau attendaient encore l'issue de l'entrevue de la belle-mère et du gendre futur, et depuis long-temps Abel était parti. Le son des voix n'arrivant plus jusqu'à elles, la bonne maîtresse et son élève se décidèrent à rentrer dans le salon. Madame Caillot était seule, les yeux rouges de larmes, le visage pâle ; elle s'était accoudée sur le coin d'un meuble pour cacher sa tête dans ses mains. La jeune fille éprouva un saisissement en ne voyant plus là celui qu'elle avait attendu si tard la veille. Elle s'approcha timidement de sa mère, se pencha vers son oreille, et lui dit tout bas : — Eh bien ! maman, qu'est-ce que tout cela veut dire?... — Pauvre enfant ! répondit la mère en promenant sur elle de tristes regards, auras-tu bien le courage de l'oublier ? — L'oublier ! reprit madame Huberdeau, il est donc parti ?... Baptistine frémit. — Oui, parti pour toujours ! ajouta Fanchette. — Ah ! ma mère ! ma mère !... vous me faites mourir ! s'écria Baptistine ; mais qu'avez-vous donc fait ? Un torrent de pleurs s'échappa de ses yeux. Fanchette prenait les mains de sa fille, les baisait avec une espèce de délire, les mettait sur son cœur et répétait : — Mon enfant !... ma Baptistine !... ne me maudis pas ; j'ai besoin de ta tendresse... j'en ai besoin pour exister... La bonne couturière, pendant cette scène déchirante, n'osait demander des éclaircissemens, et son imagination si pure était loin de pouvoir deviner la plus petite partie du secret de Fanchette.

Quand cette première crise fut calmée, grâce aux exhortations de madame Huberdeau, Baptistine supplia sa mère de lui apprendre le motif de cette cruelle rupture. L'embarras de Fanchette était affreux ; elle, qui venait de se mettre aux genoux d'Abel, afin qu'il ne dévoilât pas le mystère de leur première rencontre, elle devait expliquer l'exclamation qui lui était échappée à l'entrée du jeune homme. — Malheureuse ! avait-elle dit en joignant les mains, pourquoi suis-je venue ici ! Pressée par sa fille et par la couturière, Fanchette sentit qu'elle devait au moins livrer une moitié de son secret pour sauver l'autre, et bien que son cœur souffrît horriblement de perdre quelque chose de l'estime de son enfant, elle fit asseoir Baptistine sur ses genoux, pria madame Huberdeau de l'écouter, et commença : — Tu ne pourras peut-être pas bien me comprendre, ma chère amie, toi qui as été élevée dans l'amour du travail et des vertus ; toi qui n'as jamais quitté l'excellent guide que le sort a permis que tu rencontrasses... Tu ne sais pas qu'il y a dans le monde de pauvres orphelines qui n'ont de ressources que dans la charité publique... telle était ta mère à dix ans. — Vous ! et comment cela ? — Je me trouvai sans appui sur la terre quand je perdis les auteurs de mes jours... On rencontre bien par hasard des âmes désintéressées qui vous obligent dans le seul but d'obliger ; mais le ciel me refusa ce bonheur. — Pauvre mère ! — Te dire à quel prix j'achetai souvent, toute petite, le pain de l'aumône, ce serait inutilement affliger ton cœur ; tu as bien assez aujourd'hui de tes propres chagrins... Je grandis ainsi dans la misère, et j'avais ton âge à peu près lorsque je connus celui qui devait être ton père. — Alors vous fûtes plus heureuse... car, vous l'avez dit cent fois, c'était un honnête homme. — C'est ici, Baptistine, qu'il faut me promettre de ne pas m'aimer moins... de ne pas regretter de me devoir la vie. — Peux-tu le penser ! il faudrait que je fusse bien ingrate. — De grâce... qu'allez-

vous dire à cette enfant? reprit vivement madame Huberdeau, que le
discours de Fanchette intriguait singulièrement... prenez garde! — Je
lui dois la vérité... Ton père ne s'appelait pas Caillot... ce nom est celui
de mes parents... et quand tu naquis il n'était pas mon mari. — Il n'était
pas ton mari! répéta Baptistine avec étonnement, et elle regarda la couturière qui croisa les mains et baissa la tête en fronçant les sourcils. —
Au moins, madame, demanda-t-elle après un moment de silence, votre
enfant fut légitimée plus tard par le mariage? — Jamais je n'épousai
celui qui m'avait séduite... — Et vous avez abusé à ce point de ma confiance? dit la maîtresse de Baptistine en regardant Fanchette d'un air de
reproche... Et cette pauvre enfant n'est que le fruit... — Je vous en supplie, madame, reprit aussitôt la mère, n'apprenez pas à ma fille à me
haïr... Non, Baptistine... non, ma bonne amie, tu ne dois pas avoir pour
moi moins de tendresse que tu n'en avais avant de connaître le secret de
ta naissance: ai-je été pour toi moins bonne mère? Ce n'est pas toi qui
peux avoir quelque chose à me reprocher; le ciel m'est témoin que, depuis que tu existes, je ne vis que pour toi, que toutes mes pensées ne
sont que pour ton bonheur... ce n'est pas ma faute, à moi, si j'ai perdu
ma mère; remercie plutôt le ciel de ce qu'il a daigné te conserver la
tienne. Et Fanchette, en parlant ainsi, regardait sa fille avec tant d'amour,
que celle-ci se précipita dans ses bras, oublia, ou du moins parut oublier
ses propres chagrins pour rassurer sa mère: — Oui, disait Baptistine,
toujours tu me seras chère!... Tu as été malheureuse et non pas coupable; je le sens bien, tu ne peux pas l'être... à mes yeux surtout...
Crois-le bien, maman, plus je te trouve à plaindre, et plus je sens qu'il
est de mon devoir de t'aimer, de te respecter; sans toi, je n'aurais jamais été l'élève de madame Huberdeau; sans toi, qui sait ce que je serais
devenue? Ce mot fit frémir Fanchette; elle serra sa fille dans ses bras
avec angoisse, et dit: — Oh! toujours, toujours je te préserverai du malheur! c'est bien assez de l'avoir souffert moi-même. — Mais, dis-moi
donc, maman, pourquoi M. Abel me quitte-t-il ainsi? — Hélas! mon enfant, le ciel a voulu que nous nous voyions ici pour la seconde fois... La
première. — C'était chez le père de Baptistine peut-être? interrompit la
couturière. Fanchette répondit: — Oui; mais si bas, que l'on devina
seulement au mouvement de ses lèvres ce qu'elle venait de dire. — Et
c'est pour cela, reprit Baptistine, qu'il rompt notre mariage? — Je conçois cela, murmura madame Huberdeau; si j'avais un fils... — Vous ne
le donneriez pas à ma Baptistine, à cet ange... à votre élève, enfin! répliqua Fanchette avec une espèce d'orgueil. — Si fait, j'ai tort, reprit la
bonne couturière. Oui, mon enfant, certainement que je serais heureuse
de lui donner une femme comme toi... Mais tenez, madame Caillot, ma
tête est malade, mon cœur est blessé, c'est la première fois que je me
trouve mêlée à une pareille intrigue: je sais bien que j'ai manqué d'indulgence... mais c'est que j'étais loin de penser... Pardonnez-moi ce que
j'ai pu vous dire de pénible... — Vous êtes bien la meilleure et la plus
vertueuse de toutes les femmes. — Non, je m'en veux: vous affliger!...
affliger ma pauvre Baptistine, quand elle est déjà si à plaindre!... C'est
mal de ma part; mais Dieu m'excusera; on ne peut pas être toujours
préparée à recevoir de tels coups; tiens, embrasse-moi, mon enfant. Elle
baisa Baptistine au front et tendit la main à sa mère en lui disant: —
Sans rancune, n'est-ce pas? Fanchette, émue, porta respectueusement la
main à ses lèvres.

Depuis un moment, Baptistine était devenue pensive, elle ne parlait
pas; ses deux mères la regardaient sans vouloir l'interroger, car elles
soupçonnaient bien tout ce qui pouvait se passer dans le cœur de la jeune
fille. Elle soupira, essuya deux grosses larmes qui venaient de s'échapper
de ses yeux, et dit avec une espèce de fermeté: — Voulez-vous que je
vous fasse part d'une pensée qui me vient?... — Oui, parle, répondit

Fanchette. — Eh bien! je crois que M. Favelet ne m'aime pas, et même qu'il ne m'a jamais aimée. Madame Huberdeau regarda la mère en lui faisant un signe de tête ; Fanchette comprit et s'empressa de reprendre la parole : — Sans doute, Baptistine, il faut qu'il ait bien peu de tendresse pour toi, puisqu'il te quitte sans demander à te parler, à te faire ses adieux. — N'est-ce pas, maman?... je serais bien bonne de me faire de la peine pour lui... Il ne sera pas malheureux... pourquoi donc me rendrais-je malheureuse?... Est-ce donc ma faute si je n'ai pas de père?... Et, comme si elle eût craint de blesser Fanchette, elle ajouta vivement : — Au moins j'ai une bonne mère qui me tiendra lieu de tout, auprès de qui je serai tranquille, je serai sûre d'être aimée... Maman, il faut m'emmener d'ici, loin, bien loin, que je n'entende plus parler de lui... que je ne sois pas exposée à le rencontrer... Nous serons si tranquilles toutes les deux. Cependant à mesure qu'elle parlait sa poitrine s'oppressait, sa voix devenait tremblante... sa langue s'embarrassait, ses derniers mots furent prononcés d'une manière à peu près inintelligible, elle s'arrêta court, fit un effort comme pour se débarrasser d'un poids douloureux qui pesait sur son cœur, elle s'écria : — Mon Dieu, je l'aimais tant! et cette exclamation ouvrit un passage à ses larmes.

Le reste de la journée s'écoula pour Baptistine dans ces alternatives de consolations et de désespoir. Madame Huberdeau, obligée de veiller sur ses ouvrières, laissa ensemble la mère et la fille qui pleuraient toutes deux en cherchant à s'armer de courage contre leur commun malheur. Mais à neuf heures du soir, quand la journée fut passée, le portier d'Abel Favelet apporta une lettre que son locataire adressait à la jeune fille ; elle eut une lueur d'espérance en reconnaissant l'écriture. Fanchette trembla en pensant que dans son chagrin l'amant de Baptistine pouvait ne pas avoir la force de garder le secret sur leur rencontre de la veille : elle se trompait, la lettre d'Abel ne contenait que ces mots : « Chère et adorée Baptistine, il n'y avait que mon respect pour mon père qui pût balancer mon amour pour vous. En m'envoyant son consentement, il me disait : « Je mourrais de chagrin si mon fils contractait une alliance dont je dusse rougir. » J'ai cru devoir préférer mourir moi-même de douleur en vous perdant, que d'exposer les jours de mon père. Adieu. Celui qui vous aimera jusqu'à son dernier soupir.

» Abel Favelet. »

— Maman, nous partirons demain, dit Baptistine après avoir lu. — Oui, ma fille ; demain, je te le promets. — Mais, dit le portier, je ne sais pas s'il faut que j'attende une réponse? — Répétez à M. Favelet ce que vous m'avez entendu dire à ma mère, reprit la jeune fille qui se soutenait à peine, et le portier sortit.

Dès qu'il eut refermé la porte sur lui, Fanchette et madame Huberdeau prièrent Baptistine de leur montrer la lettre d'Abel ; il y avait une phrase qui devait faire trop de mal à sa mère ; elle la déchira et lui donna le papier. En vain on avait voulu s'opposer à son dessein, la phrase disparut pour toujours ; il ne resta que ces mots : Celui qui vous aimera toute sa vie, et la signature... — Voilà tout ce que je dois garder, dit-elle; le reste, je l'ai oublié. Elle avait repris ce ton calme, précurseur d'une nouvelle crise violente ; madame Huberdeau s'en aperçut, elle pria son élève d'aller prendre du repos ; la jeune fille obéit. La mère et la maîtresse restèrent ensemble pour régler le compte de la pension ; il fut convenu que le lendemain matin, madame Caillot viendrait chercher sa fille pour la conduire à la campagne.

Fanchette, en quittant madame Huberdeau, courut chez son homme d'affaires pour le charger de liquider la succession de la maîtresse défunte. Elle lui remit tous ses pouvoirs, reçut de lui une somme assez considérable pour le voyage qu'elle devait commencer le lendemain. En son absence, la maison de la rue de Cléry devait être vendue, car Fanchette avait juré de n'y rentrer jamais. Elle loua une chambre dans un hôtel garni, y passa la nuit, écrivit à celle de ses filles qui avait sa confiance, pour la prévenir de son départ et des pouvoirs qu'elle venait de donner à l'homme d'affaires. Au point du jour elle envoya, rue de Cléry, chercher ses malles. La fille, à qui elle adressait le commissionnaire, eut bientôt arrangé les paquets de voyage; et neuf heures venaient à peine de sonner, que Fanchette descendit de voiture à la porte de la couturière. — Eh bien! Baptistine est-elle toujours décidée à partir? demande-t-elle en entrant. — Votre fille a passé une nuit affreuse, lui répond madame Huberdeau : la fièvre la dévore, sa pauvre tête est brûlante et ses esprits sont égarés... Venez la voir, madame, c'est tout au plus si elle vous reconnaîtra; car plus d'une fois, cette nuit, elle a refusé de me reconnaître. Fanchette suit la couturière, en tremblant, dans la chambre de la jeune malade. Baptistine est assez calme, mais ses yeux fixes et secs, son teint animé, le mouvement nerveux de ses lèvres, annoncent assez qu'elle a subi de violentes commotions pendant la nuit. — Ma chère amie! mon enfant! dit Fanchette en se penchant vers sa fille. Baptistine tourne ses regards du côté de sa mère... elle cherche pendant une minute à rappeler ses souvenirs; puis elle répond d'une voix faible : — J'ai un peu souffert depuis ton départ... mais je suis mieux à présent... nous partirons demain, n'est-ce pas? — Sans doute; car, pour aujourd'hui, ce serait impossible. — Aujourd'hui!... nous devions partir aujourd'hui, maman?... Mon Dieu, oui, je m'en souviens maintenant... Oh! ma tête!... ma tête!... Tu vois que je ne peux pas sortir d'ici... que je souffre... que je n'aurais pas la force de marcher... Tiens, laisse-moi reposer, maman... Ne me parle pas... ça me fait mal. Et la jeune fille laisse retomber sa tête sur l'oreiller. — Il faut envoyer chercher un médecin, dit Fanchette. — J'irai moi-même, réplique madame Huberdeau. — A propos, payez le cocher, qu'il parte, et qu'on monte nos malles ici : je ne quitte plus cette chambre que ma fille ne soit sauvée. La couturière s'éloigne. Pendant un quart d'heure le silence le plus absolu règne chez la malade; sa mère, assise à côté de son lit, tient dans ses mains une des mains de la pauvre enfant, et paraît compter ses pulsations avec effroi; on croirait que Baptistine repose, pourtant sa voix faible balbutie quelques mots; Fanchette se rapproche : — Tu me parles, ma bonne amie? — Maman, je demande à Dieu que le méchant qui cause mes douleurs ne souffre jamais autant que moi... ce n'est pas lui qui en mourra.... c'est moi. Après un moment elle reprend : — Il reviendra, n'est-ce pas? — Il faut l'espérer, répond la mère, qui veut au moins flatter l'égarement de son imagination. — S'il savait ce que j'éprouve, il reviendrait tout de suite!... Mais il ne peut savoir... maman, reprend-elle avec fermeté, je veux qu'on le lui dise... laissez-moi lui écrire un mot... ce n'est pas pour le revoir... mais c'est pour lui donner des remords; il mérite bien d'en avoir. — Sois raisonnable, Baptistine... tâche de reposer un peu. — Non, maman... je veux écrire, je t'en supplie; je serais bien aise de savoir ce qu'il pourra me répondre... Donne-moi des plumes... du papier... ou je croirai que toi, non plus, tu ne m'aimes pas... Ça me fera du bien, je le sens. Fanchette n'ose pas contrarier la pauvre malade; elle lui apporte tout ce qu'elle demande pour écrire; mais quand Baptistine tient la plume et essaie de la poser sur le papier, sa main tremblante se refuse à former un seul caractère. — Je ne peux pas! s'écrie-t-elle avec désespoir. L'arrivée du médecin met fin à cette scène pénible. Le vieux docteur, après les questions d'usage, écrit quelques mots et dit à Baptistine : — Cela ne sera rien, mon enfant; et tout bas à la mère : — Il faut à votre fille des distractions agréables, un air pur, une température douce. — Et je la sauverai, monsieur? — Oui, surtout si elle a la satisfaction du cœur, la sérénité parfaite de l'âme. — Mais vous ignorez, monsieur, ce qui cause son mal? — C'est ce qui vous trompe; elle vient d'éprouver une violente commotion, dont le contre-coup peut être très funeste à sa santé, à sa vie même. Il s'agit d'un mariage, m'a-t-on dit; il faut voir à arranger cette affaire-là. Si l'obstacle vient de vous, tâchez de ne pas y mettre trop d'obstination..... si c'est de la part de l'autre famille, faites des sacrifices... Je n'ai pas votre secret... je ne vous le demande pas; mais, en bon médecin, je dois vous ordonner tout ce qui peut guérir la malade. Après cela, vous êtes libre de suivre mon ordonnance, ou, comme cela arrive quelquefois, de vous en moquer; mais je vous préviens qu'on s'en repent presque toujours. Après avoir dit, le vieux docteur salue Fanchette et sort.

Malgré les soins empressés de sa mère, qui ne la quittait pas un instant, et de madame Huberdeau, qui venait auprès d'elle dès que son ouvrage le lui permettait, la malade ne se rétablissait pas. A de nombreux accès de fièvre avait succédé un affaiblissement qui inquiétait à la fois la mère, la maîtresse et le médecin : celui-ci appelait à lui toutes les ressources de son art pour soulager Baptistine; mais après chaque ordonnance il répétait toujours : — Il faut à cette enfant des distractions agréables et la satisfaction du cœur. Depuis quinze jours l'état de la jeune fille avait empiré; elle ne parlait plus, n'adressait plus à sa mère de ces regards affectueux qui prouvaient à Fanchette que Baptistine était sensible à ses soins. Au moindre bruit, elle faisait un geste d'impatience, et semblait vouloir renvoyer tous ceux qui l'entouraient; elle ne souffrait pas qu'on lui fît une question sur ses douleurs; chaque parole qu'on lui adressait la gênait horriblement. Le docteur attendait une crise qui devait emporter Baptistine, ou du moins décider une aliénation mentale : l'alternative était entre la folie et la mort. Quant à Fanchette, privée depuis quinze jours de sommeil et presque de nourriture, aucune exhortation de madame Huberdeau ne pouvait l'engager à quitter le chevet de sa fille : on était donc au dernier période de la maladie. On ignorait si Baptistine reconnaissait encore sa mère et sa maîtresse; pas un mot d'elle qui pût le faire soupçonner. Un soir cependant, le son d'une voix qui se faisait entendre dans le salon, ramena pour un moment la rougeur sur son visage pâle et maigre; Baptistine essaya de se lever sur son séant; sa mère devina un sourire sur ses lèvres crispées; la jeune fille étendit le bras, et dit d'une voix bien faible : — Entr'ouvre la porte... que j'entende. — Je veux la voir, disait Abel : car c'était lui, Baptistine l'avait bien reconnu. — Monsieur, répondait la couturière, vous ne savez donc pas que votre présence hâtera sa fin; je ne puis vous permettre de pénétrer dans sa chambre. — Eh bien! madame, c'est vous qui répondrez devant Dieu de la mort de cet ange. Vous l'ignorez, son médecin l'abandonne... je viens de voir le docteur... il m'a bien dit que moi seul je pouvais la rendre à la vie, et le ciel est témoin que je veux épuiser toute ma science, faire tous les sacrifices pour la sauver; dussé-je, pour y parvenir, mériter le courroux de mon père. — Qu'il vienne !... qu'il vienne ! s'écria Baptistine en réunissant toutes ses forces pour appeler son amant... — Ah! maman! maman! je ne mourrai pas, j'en suis sûre à présent. Cet effort l'accabla, elle retomba évanouie sur son lit.

Bien qu'Abel Favelet ne se fût pas présenté chez la couturière depuis la rupture du mariage, il n'avait pas laissé passer un seul jour sans avoir des nouvelles de Baptistine. Le médecin appelé auprès de la jeune malade se trouvait être justement un des anciens professeurs d'Abel. L'élève n'eut pas de peine à se faire recevoir chez son maître; il venait l'attendre après chaque visite que celui-ci faisait à l'atelier de madame Huberdeau. Ce n'était pas sans frémir qu'il apprenait quels symptômes alarmans présentait chaque jour l'état de celle qu'il aimait plus encore; car c'est à son abandon seul que la petite ouvrière devait toutes ses souffrances. Un jour le vieux professeur dit à Abel : — Il n'y a que vous, mon ami, qui puissiez la rappeler à la vie; son sort est en vos mains...

consultez votre conscience. Pour moi, je ne retournerai plus dans cette maison, car mes soins sont désormais inutiles. La résolution d'Abel fut bientôt prise. — Qu'elle vive ! se dit-il ; et il arriva , comme nous l'avons vu , chez la couturière, qui se refusait à le recevoir. Aux cris de Baptistine , Abel s'est précipité dans la chambre ; il soulève la tête de la malade, lui fait respirer des sels. En revenant à la vie, la jeune fille rencontre les regards de son amant , et quelques larmes de joie s'échappent de ses yeux... — Oui, pleurez, Baptistine... pleurons ensemble, cela nous fera du bien à tous deux... Maintenant les peines, les plaisirs, nous partagerons tout... je vous le promets. — Vous ne me quitterez donc plus ? dit Baptistine avec un sentiment d'inquiétude. — Jamais, mon amie ! jamais ! Je m'établis auprès de vous jusqu'au jour de votre rétablissement ; et quand le danger sera passé, si vous ne m'en voulez pas trop... je vous demanderai cette main que dans un moment d'erreur j'osai refuser... Vous me l'accorderez, n'est-ce pas ? — Oui , méchant, répondit-elle faiblement. Elle allait continuer à parler. — Chut! fit Abel, il faut être raisonnable et ne pas trop parler : c'est assez pour ce soir. Baptistine reposa sa tête sur son oreiller, mais elle eut soin de tourner son visage du côté d'Abel, qui venait de s'asseoir au pied de son lit. Fanchette et madame Huberdeau n'avaient pas eu le courage d'interrompre cette scène qui paraissait faire tant de bien à la jeune malade. Abel ne dit pas un mot jusqu'au moment où la couturière partit pour se mettre au lit : mais quand elle ne fut plus là , et qu'il vit bien que Baptistine était profondément endormie, il s'éloigna du lit, fit signe à Fanchette de l'écouter , et dit : — La démarche que je fais aujourd'hui, madame, vous prouve si j'aimais véritablement votre fille... J'ai gardé votre secret, je le garderai toute la vie; la crainte d'affliger mon père ne me retient plus, dût-il apprendre un jour à quelle famille je me suis allié !... Il ne m'est pas possible, je le sens, de supporter l'idée que celle qui m'est si chère peut mourir, et mourir pour moi , quand il dépend de ma volonté de racheter ses jours. — Monsieur Abel, vous êtes un honnête homme. — Je fais mon devoir, voilà tout, madame ; mais il faut aussi que vous remplissiez le vôtre. — Parlez, aucun sacrifice ne me coûtera pour conserver mon enfant. — Celui que je vous demanderai va peut-être vous paraître au dessus de vos forces ; mais, songez-y bien, il faut absolument que vous vous y soumettiez. — J'obéirai, je vous le jure, pourvu que Baptistine soit heureuse, c'est tout ce que je demande au ciel. — Mon amour, ses vertus vous répondent de son bonheur... Revenons à ce sacrifice que vous lui devez. — Je vous l'ai dit, vos conditions seront une loi contre laquelle je ne réclamerai pas. — Eh bien! madame, il faut partir !... il faut renoncer pour toujours au plaisir de voir votre enfant !... — Partir! quand elle souffre encore! elle a trop besoin de moi pour que je consente à m'éloigner. — Non, vous resterez ici jusqu'à la veille de notre mariage... alors vous quitterez Paris... Nous chercherons un prétexte pour justifier votre départ ; mais, je vous le répète , jamais vous ne mettrez les pieds dans notre ménage. Fanchette pâlit , regarda Abel d'un air suppliant ; il répéta : — Jamais ! — Ah ! monsieur, dit-elle, c'est un ordre bien cruel ! — C'est une preuve de tendresse que je vous demande pour votre enfant ; ne lui sacrifierez-vous rien , quand je fais peut-être le sacrifice du repos de mon père ? — Voulez-vous que mes amis aillent lui dire : « Savez-vous ce que c'est que la mère de votre bru? nous la connaissons... c'est au milieu d'une orgie... parmi des femmes perdues qu'elle nous est apparue pour la première fois... Enfin, c'est... » Pardon, madame, je ne suis pas votre juge... je ne prétends pas vous faire rougir devant moi... mais, vous le voyez, pour Baptistine... pour mes parents... pour vous-même , il est impossible que vous restiez auprès de nous. — Et si je n'ai pas le courage de partir, vous allez donc abandonner ma fille, la laisser périr après avoir ramené l'espoir dans son cœur ? —

Non, madame, non, je tiendrai ma promesse; mais quand je préserverais Baptistine de la mort qui la menace en ce moment, je ne répondrais pas qu'un jour la honte... — Arrêtez, monsieur!... pas un mot de plus... ma fille s'éveille... En effet, Baptistine ouvrait les yeux. — Que dites-vous tous les deux? demanda-t-elle en souriant à son amant. Fanchette était trop émue pour lui répondre; Abel vit l'embarras de la mère; il vint se rasseoir auprès de Baptistine, prit la main qu'elle tenait hors du lit, et lui dit : —Nous parlions des préparatifs de notre mariage; il aura lieu bientôt, car, je le vois, il y a du mieux... Allons, Baptistine, essayez de dormir encore. — J'aurais tant de plaisir à parler de tout cela avec vous! reprit la jeune malade; mais puisqu'on me le défend, au moins causez tout haut, j'entendrai, et cela me fera du bien. Abel et Fanchette ne reprirent pas absolument la conversation que le réveil de Baptistine venait d'interrompre; mais ils parlèrent de la prochaine publication des bans, de la robe de mariée, du bonheur de vivre tous trois en famille : car la jeune fille voulait qu'on en parlât : ainsi s'écoula cette première nuit de convalescence. Vers le matin, comme la malade reposait, Abel s'approcha de Fanchette, et lui dit : — Eh bien! madame j'attends votre réponse... quel est votre projet? — Puisque mon départ est nécessaire au bonheur de mon enfant, dit Fanchette, rassurez-vous, monsieur, je partirai, je vous le jure. Abel la remercia du regard, elle détourna la tête pour cacher ses larmes.

Les jours suivans amenèrent un entier rétablissement; et, à sa première sortie, Baptistine, que madame Huberdeau conduisit à Saint-Paul, eut le plaisir d'entendre publier son premier ban. Le jour des noces approchait : l'homme d'affaires de Fanchette venait de terminer la liquidation de l'héritage de la défunte; la maison de la rue de Cléry était vendue. Fanchette voulut richement doter sa fille; elle ne se réserva qu'une légère pension pour vivre retirée dans une province éloignée de Paris. Baptistine, rendue à la vie, se flattait toujours de l'espoir de conserver sa mère auprès d'elle; mais quand on fut à la veille du mariage, Fanchette feignit d'avoir reçu de Lyon des nouvelles qui l'obligeaient à ne pas différer son départ d'un seul jour. En vain sa fille la supplia de rester au moins pour la conduire à l'autel; elle dut résister à toutes les prières, Abel lui avait rappelé son serment. — N'as-tu pas une bonne mère? dit Fanchette en désignant madame Huberdeau; elle me remplacera auprès de toi comme elle m'a toujours si bien remplacée. Elle embrassa sa fille comme on embrasse ceux qu'on aime en les quittant pour toujours. — Tu reviendras bientôt, maman. — Oui, bientôt. — Soyez heureux, écrivez-moi souvent... j'aurai besoin de recevoir de vos nouvelles. Baptistine se désolait; madame Huberdeau cherchait à comprendre comment on pouvait quitter son enfant dans un pareil moment; elle fit à la mère mille objections, mais rien ne pouvait la retenir. Lorsque Fanchette fut dans la voiture qui devait la conduire à la diligence de Lyon, elle appela son gendre; il avait les larmes aux yeux : — Êtes-vous content? lui dit-elle. — Ah! madame, mon cœur est brisé!... mais il le faut. — Qu'au moins l'avenir de ma Baptistine me récompense du sacrifice que je fais aujourd'hui; vous ne pouvez pas soupçonner tout ce que j'éprouve; il faut avoir l'âme d'une mère pour le sentir... c'est la plus cruelle épreuve de ma vie. Abel ne put qu'imprimer avec respect ses lèvres sur la main que Fanchette lui tendait : — N'est-ce pas que mes fautes sont toutes expiées? Je le crois, car s'il fallait un autre supplice pour les racheter, je ne pourrais pas le supporter.— Vous êtes la meilleure des mères! — Oui, j'ai l'orgueil de le croire... mais vous, soyez bon époux. — Fanchette n'eut pas la force d'en dire davantage : elle fit signe à Abel d'aller rejoindre Baptistine, que madame Huberdeau venait d'emmener, de peur qu'en prolongeant les adieux, la jeune fille n'éprouvât une rechute dangereuse.

La voiture de Fanchette tourna le coin de la rue, mais n'alla pas,

comme la mère l'avait dit, au bureau de la diligence de Lyon ; c'est chez
son homme d'affaires qu'elle se fit conduire ; elle y resta jusqu'au lendemain. Quand l'heure approcha où les deux époux devaient faire bénir
leur union, Fanchette, couverte d'un ample manteau, et la tête cachée
sous un large chapeau de paille, s'achemina à pied du côté de l'église
Saint-Paul. Il n'y avait encore personne quand elle y entra. Elle s'agenouilla devant la grille de la chapelle ; quelques minutes après le suisse
annonça les époux : la mère jeta un coup d'œil sur eux : madame Huberdeau donnait la main à Baptistine, qui laissait percer à travers sa joie
un sentiment de mélancolie. La tristesse de la jeune mariée fut douce à
son cœur ; elle l'attribua au chagrin que causait son absence. Fanchette
reconnut dans les témoins d'Abel les deux jeunes gens qui s'étaient menacés dans la maison de la rue de Cléry ; elle baissa rapidement la tête :
— Oui, Abel avait raison, il fallait bien que je partisse... je ne pouvais
paraître à la noce de ma fille, dit-elle en soupirant. Elle entendit le prêtre
appeler les bénédictions du ciel sur le nouveau ménage, et mêla de fer-
ventes prières à celles des assistans ; mais quand tout le monde se fut
retiré, quand elle eut senti contre ses vêtemens le frôlement de la robe de
sa fille, qui passait auprès d'elle sans la reconnaître, Fanchette se leva et
suivit quelque temps des yeux la noce qui retournait à la rue Neuve-
Saint-Gilles ; puis elle sortit de l'église, dit un dernier adieu à tout ce
qui lui était cher, et, bientôt après, roula en diligence sur la route de
Lyon.

VIII

L'Arrêt de Mort.

> Après cela ils prirent la robe de Joseph, et là
> trempèrent dans le sang d'un chevreau qu'ils
> avaient tué.
> Puis ils envoyèrent à leur père cette robe de
> diverses couleurs. Le père, l'ayant reconnue, dit :
> — C'est la robe de mon fils, une bête cruelle l'a
> dévoré ; Joseph a été certainement mis en pièces.
> Cependant les Madianites vendirent Joseph en
> Égypte.
>
> GENÈSE, chap. XXXVII.

Aux plaisirs bruyans d'un jour de noces avait succédé pour les amans
le bonheur plus calme du ménage ; depuis deux mois Abel et Baptistine
étaient époux. Déjà une demi-douzaine de lettres avait été envoyée à Lyon ;
la jeune femme ne se lassait pas d'écrire à sa mère, elle était fière de lui
faire part des bonnes qualités qu'elle découvrait chaque jour dans son
mari. Abel, tendre, empressé, complaisant, se faisait une étude de prévenir les désirs de Baptistine ; et quand, touchée des soins dont elle était
incessamment l'objet, celle-ci lui parlait de sa reconnaissance, Abel répondait : — Mais n'est-ce pas un devoir sacré que je remplis envers toi ?
En te rappelant à la vie, j'ai pris l'engagement d'embellir ces jours que tu
me sacrifiais... Ne me remercie pas, ma bonne amie, je suis heureux du
bonheur que je te donne, et je sens que mon plus grand chagrin, maintenant, serait d'avoir quelque chose à refuser à ton amour.

M. Favelet père, que l'intérêt de son commerce retenait au Havre, souhaitait ardemment de connaître sa belle-fille. Abel n'osait exprimer devant
Baptistine le désir qu'il avait de partir avec elle. — Comment exiger de

ma femme, se disait-il, qu'elle consente à faire soixante lieues pour voir
mon père, quand je viens de la priver pour toujours de sa mère? Il faut
absolument que l'idée de ce voyage vienne d'elle; je ne dois pas être le
premier à lui en parler. Comme si Baptistine eût compris l'embarras de
son mari, elle interrompit ainsi la réflexion qu'il faisait, en achevant de
lire une lettre de son père. — Puisque M. Favelet ne peut pas venir à
Paris, si nous allions le voir, mon ami?... Il me semble que c'est notre
devoir... rien ne nous retient ici... Voyons, qu'en penses-tu?... Tu souris,
je crois que cela ne te ferait pas de peine? — Ni à toi non plus, Baptistine?
— Moi! bien au contraire, j'aurai beaucoup de plaisir à voir ton père; je
me sens tout plein de tendresse pour lui... C'est naturel, il t'aime tant!
— Je lui écrirai donc que nous allons arriver bientôt au Havre? — Mais à
quoi bon écrire... il vaut bien mieux le surprendre... ce sera plus amusant
pour nous... et puis je crois qu'il préférera cette réponse à toutes celles
que tu pourrais lui faire. Abel embrassa sa femme. — Nous nous entendons bien, n'est-ce pas? lui dit-elle. Ah ça! nous allons partir tout de
suite? — Oui, dès demain, Baptistine, si nous trouvons des places à la
diligence. La jeune femme, à ces mots, fit une petite moue et prit un air
chagrin.— Qu'as-tu donc, ma bonne amie? lui demanda Abel avec intérêt.
— Ce n'est rien... je suis une folle... Vois-tu, je pensais à la diligence,
et je me disais qu'il était bien gênant quelquefois de voyager avec des
étrangers... je n'oserai jamais t'aimer devant eux... Tandis que si nous
avions... Mais non, tu ne voudras pas .. — C'est égal, parle toujours.
— Si nous avions, reprit-elle d'un air caressant, une voiture pour nous
deux seulement... nous sommes assez riches pour cela... Songes-tu
comme ça serait gentil, rien ne nous empêcherait de causer... nous pourrions nous arrêter en route si c'était notre désir; enfin notre voyage ne
serait qu'une partie de plaisir : au lieu qu'en diligence, ce sera un continuel état de gêne. Il y avait trop d'amour pour son mari dans les désirs
de Baptistine, pour qu'Abel ne consentît pas à les satisfaire. Il fut convenu
entre les époux qu'on emploierait le reste de la journée à faire l'acquisition
d'une chaise de poste, à aller chercher les passeports et retenir les chevaux pour le lendemain matin. Baptistine alla prendre congé de la bonne
madame Huberdeau. De retour chez elle, la jeune femme se mit à écrire
à sa mère en attendant son mari. — Tiens, lui dit-elle quand il fut rentré,
je crois que tu approuveras ce que je dis à maman dans ma lettre. Elle
lut : « Chère maman, tu nous mandes dans ta dernière que tes affaires
sont sur le point de se terminer à Lyon; ainsi tu pourras donc être
bientôt près de nous; c'est notre plus cher désir. Demain, nous partons
pour le Havre; nous passerons quelques jours dans ma nouvelle famille;
ensuite, au lieu de revenir tout droit ici, nous prendrons la route de Lyon,
et nous te ramènerons à Paris; alors je serai tout à fait heureuse, car tu
ne nous quitteras plus. » Baptistine, après avoir lu, regarda son mari en
souriant; lui, muet, la tête baissée, paraissait plongé dans de profondes
réflexions; il n'avait pas prévu ce nouveau projet de sa femme, et ne savait
comment le combattre. La mère avait pu obéir une fois aux ordres de son
gendre, mais résisterait-elle aux prières de sa fille? Et quelle raison donner
à celle-ci pour rendre éternelle la séparation de Fanchette et de Baptistine?
— Eh bien! tu ne me réponds rien, mon Abel, dit la jeune femme; m'en
voudrais-tu, parce que j'ai écrit cela sans te consulter? — Moi! peux-tu
le penser? — Oh! si cela te fait de la peine, je vais déchirer ma lettre;
je ne veux pas te causer le moindre chagrin. — Non, ma chère amie! tu
peux l'envoyer si tu y tiens réellement. — Comment, si j'y tiens?... mais
c'est bien naturel. Est-ce que cela ne te semblerait pas agréable d'avoir
auprès de nous une bonne mère, qui nous paierait de nos soins par la
plus tendre amitié? — Sans doute... nous avons déjà parlé de cela...
autrefois. — Oui, avant cette malheureuse scène qui m'a fait tant de mal!
— Oublions-la, Baptistine. — Mais pourquoi as-tu l'air d'hésiter, de

réfléchir, quand je parle de prendre maman avec nous?... Je n'ai pas fait
une seule observation quand il a été question d'aller au Havre pour voir
ton père... Au contraire, j'ai pressé notre départ. — Ah ! tu me fais un
reproche, et cependant je n'ai pas dit que je me refusais à te conduire à
Lyon. — Comme tu me réponds tristement, Abel ! tu as une arrière-
pensée, je le vois bien... Est-ce que tu rougirais encore de ta femme? ce
serait bien affreux. — Quelle idée !... je t'en supplie, éloigne-la... éloigne-
la bien vite... chaque jour j'apprends à t'aimer davantage, et, si j'étais
libre encore, c'est toi que je choisirais. — A la bonne heure, monsieur ;
vous me rassurez, et vous avez bien raison, car je souffrirais trop si je
savais qu'il pût vous rester un regret de m'avoir épousée.

Abel, forcé de se contraindre devant Baptistine, reprit un air plus gai,
l'embrassa tendrement, imagina une fable pour expliquer son humeur
sombre d'un moment ; il fit si bien, enfin, que la jeune femme fut per-
suadée qu'il n'avait pas moins de désir qu'elle de ramener leur mère à
Paris. La lettre, approuvée et cachetée, fut envoyée aussitôt à la poste ;
le reste de la nuit devait se passer en préparatifs de voyage ; mais Baptistine, après avoir lutté contre le sommeil ; céda aux instances de son
mari ; elle alla se reposer. Dès qu'Abel se vit seul, il s'empressa de mettre
à exécution le projet qu'il avait formé, à part lui, tout en essayant de
repousser les soupçons de sa femme. — Non, se dit-il, une pareille scène
ne doit pas se renouveler entre nous... la paix de notre ménage serait à
jamais détruite... Pour mon repos, Baptistine ne reverra jamais sa mère ;
mais, pour son bonheur, il faut qu'elle ignore toujours que l'obstacle a pu
venir de moi.

Abel prit une plume, et il écrivit :

« Madame,

» Le sacrifice pénible que j'exigeai de vous, votre amour maternel l'ac-
complit avec courage ; je me disais : Il doit suffire à notre repos commun !
Mais une nouvelle résolution de Baptistine vient de renverser nos
projets. Elle veut, et j'ai juré de satisfaire à tous ses désirs, elle veut,
dis-je, que vous reveniez auprès de nous... le pouvez-vous ? Je n'aurai
pas la cruauté de vous fermer la porte... vous serez reçue comme une
bonne mère doit l'être chez ses enfans ; mais réfléchissez bien aux conséquences de votre présence dans ma maison. Votre retour, je ne dois pas
vous le cacher, sera pour moi un affreux supplice ; je ne pourrai vous voir
sortir avec votre fille sans penser que des hommes auront le droit de vous
dire en passant : — Je te reconnais, tu t'es donnée à moi... — et des pros-
tituées pourront impunément vous accoster avec familiarité et vous rappeler que vous fûtes autrefois leur compagne. Et chez moi, quand un étranger entrera dans le salon, et que je lui présenterai ma mère, n'aurai-je
pas à craindre que cet étranger ne soit un accusateur? Ne vous abusez pas,
madame, tôt ou tard le voile qui couvre votre vie passée sera déchiré, Baptistine apprendra que vous l'avez trompée ; alors la honte retombera sur
nous tous ; ce ne sera plus seulement à vous de fuir Paris, il faudra que
nous nous exilions ensemble.

» Réfléchissez, madame ; exposerez-vous votre fille aux insultes ? voulez-
vous apporter le désespoir dans ma famille ?... détruire l'avenir heureux
que nous promettait notre ménage, faire peser le déshonneur jusque sur les
enfans que le ciel nous destine? Pour accomplir tout cela, il suffit de vous
rendre aux prières de Baptistine. — Quel parti me reste-t-il donc à prendre ?
me direz-vous... Fuir plus loin !... Je ne saurais refuser à ma femme de
vous rappeler auprès de nous, d'aller vous chercher même, si vous résistiez
à nos vœux ; car il ne faut pas qu'elle soupçonne que je suis la cause de
votre séparation... Je ne connais qu'un seul moyen capable de nous
tirer de l'embarras où nous sommes ! ce moyen est affreux ! mon cœur
se révolte quand j'ose vous le proposer ; mais, je vous le répète, notre avenir y est intéressé : mon amour pour Baptistine fait taire en ce moment le

cri de ma conscience, et je n'hésite pas à vous le dire : Par votre présence à Paris vous tuez votre fille : il faut qu'un obstacle éternel s'oppose à ce retour, qui nous serait si funeste ! enfin, madame, il faut que votre enfant croie que vous avez cessé de vivre ! M'entendez-vous ? il faut mourir pour elle. Maintenant notre sort est entre vos mains... Je ne vous dicte pas votre devoir : quelque parti que vous preniez, je m'y soumettrai ; mais n'oubliez pas que Baptistine exigera votre retour, que je me verrai forcé de mêler mes prières aux siennes, car il n'y aura rien au monde que je puisse refuser à sa tendresse, à ses vertus : ou vous mourrez pour elle, ou nous mourrons par vous. »

Le jour commençait à paraître quand Abel termina sa lettre ; il était pâle et agité : Baptistine s'éveillait, il s'empressa d'ajouter ces mots : «Bonne et tendre mère, si votre cœur vous dictait encore ce nouveau sacrifice, comptez sur moi pour vous faire parvenir des nouvelles de votre enfant dans l'asile que vous auriez choisi. » Abel cacheta sa lettre et la serra avec soin. Sa jeune femme l'interrogea sur l'accablement qu'il paraissait éprouver. —Tu as travaillé? cela devait te faire mal, je le savais bien. Il se remit, calma l'inquiétude qu'elle avait sur sa santé : on déjeûna ; les chevaux arrivèrent. Baptistine monta gaîment en voiture. Abel prétexta l'oubli d'un paquet pour faire arrêter la voiture de voyage ; il revint sur ses pas et mit à la poste la lettre qu'il adressait à Fanchette. La route fut gaie pour Baptistine : elle ne tarissait pas sur le bonheur de parcourir les grands chemins, de visiter des pays qu'elle ne connaissait pas encore, de jouir de tous les plaisirs du déplacement, enfin, sans cesser d'être auprès de son mari.

La jeune femme fut reçue par sa nouvelle famille avec les démonstrations de la plus vive tendresse. Les premiers huit jours qu'elle passa au Havre ne furent pour elle que des jours de fêtes, et quand l'habitude de se voir eût calmé ce premier transport de la famille Favelet, Baptistine trouva encore dans ses parens de bons et sincères amis, qui continuèrent à l'accueillir avec la plus franche cordialité. Depuis un mois les époux habitaient le Havre ; Baptistine avait déjà reparlé à son mari de leur voyage à Lyon, et Abel retardait toujours le départ, espérant qu'une réponse mettrait fin aux angoisses qu'il éprouvait depuis le jour où il avait fait à Fanchette l'affreuse proposition de ne plus exister pour sa fille. Enfin, une lettre arriva : l'écriture était de la mère, mais l'écriture paraissait tremblée ; Abel l'ouvrit avec un sentiment de terreur. Baptistine, toujours joyeuse et la tête appuyée sur l'épaule de son mari, parcourait des yeux les lignes qu'il lisait en hésitant. « Mes enfans, mandait la mère, une révolution affreuse que j'ai éprouvée il y a quelques jours, m'a forcée d'appeler un médecin auprès de moi ; il me flatte, je le sens, en me rassurant sur mon état. Je suis bien mal, je n'espère pas vous revoir jamais ! Si je dois mourir, ma Baptistine, je t'en prie, n'oublie pas une bonne mère, qui ne voulait vivre que pour toi. Reçois ma bénédiction, mon enfant : puisse le bonheur que je n'ai jamais connu, te rester fidèle ! j'ai bien assez souffert pour nous deux. Adieu, ma fille, adieu Baptistine ; aime-moi quand je ne serai plus comme je t'aimerai jusqu'à mon dernier soupir.» — Abel lisait encore d'une voix émue que Baptistine ne l'entendait plus ; la commotion violente qu'elle venait d'éprouver dès les premiers mots de la lettre lui avait ravi l'usage de ses sens ; elle s'était laissé tomber sur un fauteuil et avait perdu connaissance. Abel s'empressa de la rappeler à la vie ; mais les larmes, les sanglots l'empêchaient de parler. Quand elle fut un peu calmée, elle dit à son mari : —Partons !... partons à l'instant ! Abel frémit ; la nature lui disait : — Tu dois te rendre à son désir : car on ne peut s'opposer à ce qu'un enfant aille recueillir le dernier soupir de sa mère. Mais, heureusement, Baptistine était si faible ! et puis Abel implora si bien le secours de ses parens, que ceux-ci l'obligèrent à rester au Havre au moins deux ou trois jours encore. On la retint malgré ses cris de désespoir.

La position d'Abel était horrible ! c'est lui qui avait conduit ce coup qui pouvait être funeste à la santé de Baptistine ; il était obligé de tromper la femme qu'il adorait ; chacun des sanglots de celle-ci était un coup de poignard pour son cœur. Souvent vaincu par la douleur de Baptistine, il s'était vu au moment de tout avouer : c'eût été passer aux yeux de sa femme pour un monstre d'hypocrisie, car déjà il avait pleuré avec elle. Cependant le jour fixé par la famille pour le départ des époux arrivait : Baptistine ne voulait plus entendre parler de retard ; elle avait dit à Abel : — Si tu refuses de me conduire à Lyon, eh bien, je m'échapperai d'ici, j'irai seule, je veux voir ma mère : morte ou vivante, je veux la voir ! — Demain, avait-il répondu, nous partirons ensemble : et il voyait approcher le moment où sa ruse épouvantable pour éloigner Fanchette n'allait plus être un secret. Avec cette découverte disparaissait à jamais la confiance de Baptistine pour son mari… plus de bonheur pour le ménage, car ce n'est jamais impunément qu'une femme apprend que son époux a pu la tromper. Abel, ne trouvant aucun parti à prendre pour se soustraire au malheur qui se préparait, repoussant l'idée de confier son embarras à son père, allait s'abandonner à sa destinée quand le courrier de Lyon apporta un nouveau message. Cette dernière lettre, fermée d'un cachet noir, était d'une main inconnue ; la personne qui écrivait se donnait le titre de médecin, sa signature était indéchiffrable : on annonçait à Abel la mort récente de madame Caillot qui, en expirant, avait encore nommé sa fille : le médecin invitait Abel à venir passer un jour à Lyon pour connaître les dernières volontés de sa belle-mère.

Baptistine était couchée quand on reçut la lettre. M. Favelet père comprit qu'Abel ne pouvait pas emmener sa femme pour assister au triste spectacle d'une levée de scellés : il fut convenu qu'on apprendrait à Baptistine, avec tous les ménagemens possibles, qu'elle ne devait plus espérer de voir sa mère. Abel fit mettre les chevaux à sa voiture et partit pour Lyon.

Fanchette l'attendait : ce n'est qu'en tremblant qu'il osa se présenter devant sa belle-mère ; c'est à peine s'il la reconnut, tant elle était maigrie et changée : son front s'était ridé, ses cheveux avaient blanchi. — Ah ! vous vous voilà ! lui dit-elle, j'avais besoin de vous voir un moment. Eh bien ! monsieur, vous devez être satisfait ? j'espère maintenant que vous n'aurez plus de sacrifices à m'imposer, à moins cependant que ma mort véritable ne soit aussi nécessaire à votre repos ? — Ah ! madame, qu'osez-vous dire !… si vous saviez comme mon cœur est déchiré ! — Pas plus que le mien ; car enfin tout est fini entre ma fille et moi, et si je ne suis pas morte réellement, c'est que j'ai besoin de la savoir heureuse… Pensez-y bien ! en me condamnant à ne plus vivre à ses yeux, vous avez pris l'engagement d'être auprès de Baptistine le meilleur, le plus tendre des époux ; c'est à force d'amour pour elle que vous pourrez vous acquitter envers moi. — Soyez certaine que toute ma vie sera employée à faire son bonheur. — Je vous crois… car si vous manquiez à votre devoir… je ferais le mien… et rappelez-vous que je pourrais venir réclamer une dette sacrée… Je n'abandonne pas le droit que je tiens de la nature, je veillerai sur ma fille. — Que voulez-vous dire, madame ? — Tant que mon éloignement fut indispensable, j'ai pu consentir à mettre cent lieues entre Baptistine et moi ; mais à présent que je n'existe plus pour elle, je veux me rapprocher de vous… afin de savoir comment vous la récompenserez du sacrifice de ma vie. — Et où prétendez-vous donc vous fixer ? — A Saint-Mandé. — Y pensez-vous ? aux portes de Paris ! — Ne craignez rien, ne suis-je pas morte ? et je vous jure que ce ne sera jamais une imprudence de ma part qui lui apprendra que je suis si près d'elle… Mais je veux recevoir de ses nouvelles souvent, tous les jours ; quand vous le pourrez, vous viendrez vous-même m'en apporter… J'ai bien aussi le droit de dicter quelques condictions ; je me suis soumise à toutes les vôtres. Abel ne pouvait s'oppo-

ser au projet de Fanchette ; il sentait que toute objection de sa part semblerait cruelle à cette mère qui venait de renoncer, avec tant de courage
au bonheur d'embrasser jamais son enfant. Il passa une journée entière
auprès de Fanchette ; elle lui renouvela ses recommandations pour l'avenir
de Baptistine ; elle exigea d'Abel qu'il fît le serment de parler souvent à sa
femme de la bonne mère qui n'était plus. — Apprenez à vos enfans à m'aimer, lui dit-elle ; que je sache qu'on ne m'oublie pas, car l'idée de ne pas
vivre dans le souvenir de ma fille empoisonnerait des jours qu'elle croit
finis pour moi, et me rendrait ma véritable mort bien affreuse. — Abel la
rassura ; et comme il allait lui demander pardon à genoux de la ruse pénible dont il la rendait complice, Fanchette le reçut dans ses bras... — Mon
fils, lui dit-elle, je suis bien à plaindre... je le suis par vous... mais je ne
vous en veux pas ; je n'aurais pas connu le malheur si un honnête homme
m'avait tendu la main quand j'entrai dans la route du vice... Soyez bon
père ; et si jamais vous avez une fille, donnez-lui un état qui la mettre à
l'abri de la misère. Après de tristes adieux, Fanchette remit à son gendre
un anneau pour Baptistine, et elle se disposa à monter en voiture pour
prendre la route de Paris, tandis qu'Abel s'éloignait sur celle du Havre.

IX

La Tante Cécile.

> La couronne des vieillards, dit l'Écriture, sont
> les enfans de leurs enfans.
>> L'abbé FLEURY. — Mœurs des
>> Israélites, titre XIV.

> Quelque honte que nous ayons méritée, il est
> presque toujours en notre pouvoir de rétablir notre
> réputation.
>> LA ROCHEFOUCAULD.

Cette jeune fille, qu'un désespoir d'amour poussa vers le tombeau,
qui ne dut la vie qu'au retour inespéré de son amant, devait sentir vivement la perte de sa mère ; cependant sa douleur violente fut calmée après
quelques jours ; les soins de la famille Favelet et les caresses de son époux
parvinrent bientôt à sécher ses pleurs ; il ne lui resta plus, au fond du
cœur, qu'un sentiment pénible et doux : il se trahissait de temps en temps
par un soupir involontaire ou une larme qui venait mouiller sa paupière.
Baptistine revint à Paris en habit de deuil ; elle alla pleurer deux ou trois
fois avec madame Huberdeau. Au bout d'un an, enfin, sa sérénité était
tout à fait revenue ; il est vrai qu'alors un nouveau sentiment s'était emparé de son âme, et lui avait fait oublier le passé en lui offrant, dans un
avenir prochain, la plus douce des jouissances qu'il soit permis à une
femme d'éprouver, la naissance de son premier enfant. Baptistine, dans
six mois, devait être mère ; Fanchette ne l'ignorait pas, car Abel avait
eu soin de la prévenir. De loin elle dirigeait la conduite de sa fille par les
recommandations qu'elle faisait à son gendre. Abel, d'après le conseil de
sa belle-mère, alla prier madame Huberdeau de venir donner des soins à
Baptistine, et de tenir son enfant sur les fonts de baptême. La couturière
ne s'y refusa pas. Madame Favelet accoucha d'une fille ; et, malgré la
volonté du parrain, qui voulait que sa filleule portât un joli nom, la petite demoiselle fut placée sous l'invocation de sainte Fanchette, qui n'existe

pas dans le calendrier. Cédant aux désirs de sa femme, Abel avait fait
appeler une nourrice dans sa maison ; cet arrangement renversa les projets de Fanchette ; elle avait espéré que l'enfant serait mis en nourrice à
Saint-Mandé ou aux environs ; qu'elle pourrait au moins voir sa petite-
fille ; mais cette consolation lui fut encore refusée. Elle ne put accuser
Abel, qui n'avait fait qu'obéir aux volontés de sa femme. Mais, fidèle à
sa promesse, le mari de Baptistine écrivait souvent à sa belle-mère ; elle
sut tous les soins que l'on prodiguait à sa petite-fille ; elle apprit le prompt
rétablissement de l'accouchée ; enfin les moindres détails lui furent scru-
puleusement racontés, et la lecture de ses lettres, les fréquentes visites
d'Abel accoutumèrent la bonne mère à ce pénible genre de vie auquel le
sort l'avait condamnée. Si je pouvais seulement une fois voir ma petite-fille !
disait-elle un jour à son gendre, il me semble que je reviendrais avec plus
de courage encore dans ma retraite. Abel convint avec Fanchette que le surlendemain il sortirait avec la bonne et l'enfant, qui comptait déjà près de
trois ans. — Nous irons aux Tuileries, dans l'allée des Orangers : vous
verrez ma fille. — Je l'embrasserai ! — Oui, nous resterons une heure ;
j'aurai eu soin de retenir Baptistine à la maison ; rien ne pourra nous
gêner.

Fanchette, ivre de joie, attend avec impatience le moment où elle pourra
soulager son cœur en accablant de ses caresses l'enfant de Baptistine. Et
quand le jour est venu, quand elle quitte Saint-Mandé pour aller aux
Tuileries, c'est pour elle comme un rendez-vous d'amour. Arrivée dans
la grande allée, elle cherche d'un regard inquiet l'enfant et sa bonne ; elle
s'approche de toutes les femmes qui tiennent dans leurs bras une petite
fille à peu près de l'âge de la sienne ; son cœur bondit de joie quand elle
se dit : « C'est peut-être celle-là ! » Mais la seule personne qui puisse lui
faire reconnaître son enfant ne paraît pas ; elle attend tout le jour ; et
quand, le soir, le roulement du tambour et la ronde des gardes l'obligent
à sortir du jardin, elle s'éloigne tristement. — Il m'a trompée ! dit-elle.
Autant Fanchette a mis d'empressement à venir au rendez-vous, autant
elle met de lenteur à reprendre la route de Saint-Mandé : elle craint de
n'avoir pas bien compris. « Il me cherche peut-être, » pense-t-elle. Et la
voilà qui se place à la porte de la grille principale pour voir sortir les re-
tardataires ; mais la nuit est venue, on n'exposerait pas un si jeune enfant
à la fraîcheur du soir. Enfin elle se décide à retourner chez elle, non
sans pleurer beaucoup de se voir oubliée. Comme elle rentre dans la maison, le portier lui remet une lettre : elle est d'Abel Favelet ; il s'excuse
auprès de Fanchette ; mais ce n'est que le matin qu'on était venu lui apprendre que son père, dangereusement malade, le demandait à Nantes ; il
se hâtait d'écrire à sa belle-mère avant de monter en voiture, et lui promettait qu'à son retour il s'empresserait de réaliser le projet qu'il avait
formé pour aujourd'hui, et qu'un obstacle imprévu avait fait manquer.
— Ainsi, dit Fanchette après avoir lu, je ne recevrai plus de nouvelles ;
il faudra peut-être attendre long-temps avant de voir ma petite-fille ; elle
pourra être malade, mourir peut-être, sans que j'en sache rien. Non, je
ne saurais vivre ainsi ; autant vaudrait être morte pour tout le monde,
comme je le suis pour Baptistine. Fanchette, durant quinze jours, forma
et repoussa mille projets ; enfin, trop inquiète sur le sort de ses enfans
pour attendre le retour d'Abel, elle prit la résolution de retourner à Paris, et de prendre adroitement chez le portier de sa fille quelques informations sur ce qu'elle voulait savoir. On lui apprit que le père d'Abel,
toujours grièvement malade, retiendrait son fils au Havre pendant plusieurs mois ; quant à madame Favelet et à son enfant, ils jouissaient de
la meilleure santé. Cependant la jeune mère avait bien du chagrin en ce
moment, attendu que madame Huberdeau venait de céder son atelier à
l'une de ses ouvrières, et était partie peu de jours après Abel, avec le projet
de se fixer dans sa province. Ainsi madame Favelet se trouvait absolu-

ment seule à Paris. Fanchette récompensa généreusement le bavardage de la portière. — Faut-il dire à madame qu'une personne est venue prendre tous ces renseignemens? — Gardez-vous en bien, répondit Fanchette; avant peu madame Favelet aura de mes nouvelles. Et elle sortit.

Fanchette venait d'éprouver une secrète joie en apprenant le départ de madame Huberdeau; c'était, après Abel, la seule personne qui la connût pour la mère de Baptistine. Elle avait conçu, pendant le rapport de la portière, un projet hardi pour se rapprocher de ses enfans, et quand, plus tard, elle se représenta Baptistine privée des soins d'un mari, des conseils d'une amie, sa résolution s'affermit. Elle ne pensa plus qu'au moyen d'exécuter sa ruse sans que Baptistine pût jamais la soupçonner; elle fut encore plusieurs jours à réfléchir, et s'arrêta décidément à ce dernier projet : « Près de six ans passés loin de Baptistine et des chagrins m'ont bien changée; ma fille est convaincue que depuis long-temps j'ai cessé d'exister... j'ai fait à mon gendre le serment que jamais elle ne saurait par moi que nous nous unissions pour la tromper; mais je peux avoir une parente qui me ressemble... une sœur peut-être. Alors il n'y aurait rien d'étonnant à ce que je veuille voir ma nièce; Baptistine ne serait plus mon enfant, mais elle m'appartiendrait toujours par un lien de famille, et c'est tout ce que je demande aujourd'hui... un prétexte pour lui prodiguer mes soins, pour voir ma petite-fille s'élever, pour lui apprendre à me connaître, à m'aimer. Non, Abel ne me repoussera pas quand je serai établie chez lui; il faut donc tenter de m'y faire recevoir. » Heureuse de cette idée, elle essaya de déguiser son écriture, déchira dix feuilles de papier avant d'avoir pu parvenir à donner à ses lettres un caractère méconnaissable. A force de travail, elle parvint à son but, et le lendemain Baptistine reçut une lettre conçue en ces termes :

    « Chère nièce,

» A mon dernier voyage en France, j'eus le bonheur de retrouver, en passant par Lyon, une sœur dont j'étais séparée depuis bien des années; c'est par elle seulement que j'appris que j'avais une nièce établie à Paris. J'eus alors le plus grand désir de vous voir; mais il fallait que je repartisse sur-le-champ pour l'Italie. Nous avions formé, ma sœur et moi, le projet de finir nos jours ensemble, et je revenais à Lyon dans cette douce espérance, quand j'appris la mort de la pauvre Fanchette; je me dis aussitôt : Puisque ma nièce a eu le malheur de perdre une bonne mère, c'est moi qui dois la remplacer. Si mon amitié vous est agréable, si vous trouvez quelque plaisir à voir près de vous une parente qui vous rappellera beaucoup la mère que vous devez regretter, répondez-moi à Saint-Mandé, où je suis logée pour le moment, et croyez à l'amitié bien sincère de votre tante.

          » CÉCILE CAILLOT. »

Baptistine ne s'étonna pas trop de l'existence de cette tante dont elle n'avait cependant jamais entendu parler; sa mère se taisait toujours sur sa famille. La jeune femme eût bien voulu, sans doute, prendre conseil de son mari, mais il ne devait pas revenir avant un mois ou deux; comme on lui écrivait au nom de la mère qu'elle avait tant aimée, elle n'hésita pas à accepter la proposition de la tante Cécile. Le surlendemain, une voiture, qui s'arrêta à sa porte, la fit tressaillir de joie; on annonça la parente de madame, Baptistine courut se jeter dans ses bras en s'écriant :
— Oui, c'est vous désormais qui serez ma mère!

On essaierait vainement de peindre l'émotion qu'éprouvait Fanchette en revoyant sa fille. Baptistine fut frappée de l'extrême ressemblance qui existait entre les deux sœurs; mais elle vit bien que sa tante était de beaucoup plus âgée que ne pourrait l'être sa mère. Ces traits, qui lui rappelaient celle qu'elle ne devait plus revoir, renouvelèrent pour un moment toutes ses douleurs; Fanchette aussi pleura, mais c'était d'i-

vresse. Les regrets qu'elle inspirait à Baptistine faisaient délicieusement
battre son cœur : une larme la payait de toutes ses souffrances, la récompensait de tous ses sacrifices. La petite-fille ne fut pas oubliée dans les
caresses de la tante Cécile : elle la contempla long-temps avec amour.
On sait la tendresse des grand'mères pour leurs petits-enfans : ce sont
comme des anneaux qui les rattachent à la chaîne de la vie : c'est
la transmigration des âmes, le gage le plus sûr qu'on ne doit pas finir
tout entier. La tendresse de Baptistine pour sa tante augmentait chaque
jour, car chaque jour celle-ci semblait prendre plus d'intérêt à son enfant.
—Ma mère ne nous aurait pas plus aimées, disait quelquefois la jeune
femme. Voilà comme ma mère aurait fait... voilà ce qu'elle aurait dit,
répétait-elle. Et heureuse d'une illusion qui la charmait sans l'étonner,
elle embrassait Fanchette et lui demandait la permission de la nommer
sa mère... Ce nom lui semblait plus doux ; elle voyait bien que sa tante
Cécile le méritait.

Abel allait revenir à Paris ; son père, après une longue convalescence,
s'était entièrement rétabli. Baptistine, comme on se l'imagine, avait fait
part à son mari de l'arrivée de la tante et du projet que les deux femmes
avaient conçu de vivre toujours sous le même toit. Les remarques de Baptistine sur la ressemblance des deux sœurs, sur la tendresse de Cécile pour
la petite Fanchette, suffirent pour éclairer Abel Favelet ; il devina la vérité, et trembla un moment que sa belle-mère ne se trahît ; mais une
seconde lettre, dans laquelle Baptistine exprimait le désir que sa tante
plût autant à son mari qu'elle lui plaisait à elle-même, le rassura : Baptistine ne savait rien. Cependant il se hâta de revenir ; sa jeune femme
lui présenta la fausse Cécile. Le gendre et Fanchette s'abordèrent comme
s'ils ne s'étaient jamais vus : celle-ci eut même le soin de renouveler
devant lui tous les mensonges de sa lettre, pour qu'il ne pût pas lui
soupçonner la pensée de désabuser jamais Baptistine. Abel voulut pourtant avoir une explication avec sa belle-mère. Le lendemain, comme
Baptistine et la bonne venaient de sortir avec la petite fille, il resta seul
avec Fanchette. — Aurez-vous le courage de me renvoyer? lui dit-elle.
— Jamais, répondit Abel ; mais, vous-même, vous sentez-vous celui de
garder toujours notre terrible secret? — Il est mort avec Fanchette. Que
voulais-je? voir ma fille, être auprès de ma petite Fanchette! Vous ne
devez pas craindre qu'on vienne à me reconnaître, le malheur m'a plus
tôt défigurée que l'âge n'aurait pu le faire ; oubliez vous-même que je
fus cette Fanchette dont le nom vous faisait rougir! et ne voyez en moi
qu'une étrangère qui appellera sur vous toutes les bénédictions du ciel,
si vous la laissez mourir auprès de ses enfans. Abel, ému jusqu'aux
larmes, promit d'avoir pour Fanchette le respect et l'amour d'un fils ;
il fut fidèle à sa parole. La grand'mère soutint les premiers pas de sa
petite-fille ; elle partagea avec Baptistine toutes les fatigues et tous les
plaisirs de la maternité. Le vœu le plus cher de Fanchette eût été de
voir sa petite-fille grandir sous ses yeux ; former une union où l'amour
et la fortune fussent d'accord : mais le ciel lui refusa ce bonheur. Après
trois ans, la tante Cécile ferma pour toujours les yeux, entourée de
parens qui la chérissaient. Elle emporta son secret dans le cercueil.
Quelques minutes avant d'expirer, elle dit seulement à ses enfans, qui
pleuraient auprès de son lit de mort : — N'est-ce pas que j'eus pour
vous toute la tendresse d'un cœur maternel? Eh bien! mes enfans, pour
que ma fin soit douce, promettez-moi de ne pas mettre d'autre épitaphe
que celle-ci sur ma tombe : *Ici repose une bonne mère!*

FIN D'UNE MÈRE.

LA COMPLAINTE.

I

Le Libraire.

C'est là un moyen de gagner un intérêt; et Jacob
fut béni du ciel; car le gain est une bénédiction,
pourvu qu'on ne le vole pas.
SHAKSPEARE. — *Le Marchand
de Venise.*

— Une douzaine d'opales brutes à tailler! et vous voulez l'attendre?
dis-je au vieux commis-marchand; mais ce sera l'affaire de deux heures
au moins.

— N'importe, me répondit-il, j'ai le temps; et puisque vous aimez les
historiettes, je profiterai de cette circonstance pour vous en conter une
qui, j'espère, trouvera sa place dans votre recueil, et surtout ne le dé-
parera pas.

Il aspira une prise de mon tabac de Virginie haut-goût, fit jouer entre
ses doigts le pivot d'une meule de cuivre, comme pour aider ses souvenirs, et pendant qu'il cherchait à se remémorer les divers incidens
du récit qui va suivre, je donnai quelques instructions à mon apprenti,
afin de ne pas interrompre, par la suite, le conteur: car je ne voulais
rien perdre du récit intéressant qu'il venait de me promettre.

— Faites bien attention, François, à ce que je vais vous dire: Quand
on vous confie des opales, adoucissez bien votre meule de plomb, écra-
sez avec soin l'émeri sous la lame d'acier; car il suffirait d'une parcelle
de fer pour briser la pierre en mille morceaux; rendez la main, appuyez
légèrement, et surtout arrêtez-vous à temps; un tour de moulin de trop
peut ronger entièrement l'opale. Ne soyez pas inquiet si vous la voyez
devenir transparente comme une goutte d'eau et perdre tous ses feux;
c'est à cette métamorphose que l'on reconnaît que cette pierre vient du
Brésil; celle du Pérou est beaucoup plus estimée parce qu'elle ne change
jamais. Je vous le répète, que cela ne vous embarrasse pas; une douce
chaleur suffit pour rendre à l'opale du Brésil son opacité laiteuse et
ses iris.

— Puis-je commencer? demanda le commis-marchand. Je fis un signe
de tête affirmatif; il s'accouda sur la planchette de l'établi, et reprit la
parole.

C'était en... je ne vous dirai pas au juste en quelle année, je sais
seulement qu'on venait de me mettre à la demi-solde, et qu'un grand
événement occupait depuis deux jours tout Paris : l'ours Martin était
mort. Ne vous y trompez pas, la popularité dont il jouissait n'était point
usurpée; il ne la devait pas seulement aux grâces enfantines qu'il déployait pour mendier un gâteau, à l'agilité qu'il mettait à monter à
l'arbre, afin de l'obtenir des curieux dont il était entouré. Un vétéran
englouti dans son vaste estomac, un bambin échappé des bras d'une
bonne imprudente, et que Martin avait brisé sous ses dents en présence

de mille spectateurs, expliquaient assez sa célébrité. Vivant, on éprouvait, à son aspect, un sentiment d'effroi; mort, il rappelait des souvenirs de carnage : n'est-ce pas là tout le secret de l'immortalité de bien des héros?

On parlait de Martin dans les salons, dans les ateliers; on en parlait même dans le magasin de librairie du Normand Riter, où j'étais, depuis deux heures, occupé à corriger les épreuves de mon *Art d'obtenir des Grades* : c'était une petite vengeance que je me permettais contre mon colonel. Riter devait me la payer cinquante écus sitôt que la première édition serait épuisée. Malheureusement pour moi, il commença par la seconde, et, malgré les annonces du *Constitutionnel*, nous ne pûmes jamais arriver à la seconde.

— Parbleu, disait un habitué, il ne serait pas maladroit de profiter de cette circonstance pour remuer un peu l'esprit public; ce serait un coup de fortune pour vous, Riter, si vous pouviez obtenir du duc de... sa complainte manuscrite, sur les derniers momens de Martin; elle a été chantée hier chez le banquier A..., et un valet de chambre de mes amis, qui servait à table, m'a dit qu'elle avait produit un effet prodigieux. Il paraît que c'est une satire très piquante contre le gouvernement; vous comprenez, les adieux de Martin à tous les animaux du Jardin des Plantes.

— Je l'aurai, dit vivement Riter, et il serra la main de l'habitué en signe de reconnaissance. — Soyez sûr que je ne serai pas ingrat envers vous, reprit-il : je vous en ferai tirer un exemplaire sur vé in pour votre bibliothèque, et je vous abandonnerai un droit de commission sur chaque douzaine que vous placerez chez vos amis et connaissances.

Riter, après s'être livré à ce premier mouvement de générosité, calcula sur ses doigts ce que lui coûterait l'impression de la complainte; et se contentant d'un bénéfice de quatre-vingt-quinze pour cent, il ordonna à son commis d'afficher à la porte du magasin l'annonce suivante :

« Sous presse, pour paraître après-demain : *La véritable Complainte de* » *l'Ours Martin*, ou *les Coups de Patte, en forme d'adieux, aux Ani-* » *maux du Jardin des Plantes*, pot-pourri satirique sur les choses et » les hommes du moment ; par M. le duc de ***. Prix : un franc. »

— N'est-ce pas vendre la peau de l'ours avant de l'avoir mis par terre? objecta l'habitué, en regardant du coin de l'œil les curieux qui se pressaient déjà devant l'affiche; vous n'avez pas encore le manuscrit de monsieur le duc, et s'il vous refuse?

— Eh bien ! je ferai faire la complainte par un autre; le public sera trompé, mais tant pis pour le public.

— Alors il faudra changer l'annonce; car vous qualifiez l'auteur d'un titre !...

— Je ne nomme personne, le mot duc ne veut rien dire; et si l'on m'inquiète pour cela, je répondrai que c'est un pseudonyme tiré des volatiles : un duc peut bien écrire ce qu'un ours a chanté.

Le titre piquant de la complainte produisit une sensation assez vive sur les promeneurs qui se coudoyaient dans les galeries de bois du Palais-Royal; car c'est sous cette longue et triste avenue de planches enfumées que Riter avait son magasin de librairie. Tandis qu'il feuilletait l'*Alma-nach des vingt-cinq mille Adresses* pour trouver celle de son duc, homme d'esprit, ce qui lui occasionnait d'assez longues recherches, plusieurs particuliers, attirés par l'annonce, étaient venus se faire inscrire pour retenir des exemplaires de la brochure séditieuse. Riter en avait vendu plus d'un cent, en espérance, avant même d'avoir pu trouver la rue et le numéro de l'auteur.

— Peste, dit-il, cela ira comme une brochure de M. de Châteaubriant! Et, stimulé par l'appât d'un bénéfice considérable, il se décida à braver le double danger que lui faisait entrevoir l'habitué; le libraire s'exposait à être jeté par la fenêtre de la main même du noble satirique, ou reconduit à coups de bâton par les valets de monseigneur.

Riter lustra avec le coude son chapeau crasseux, passa un pinceau huileux sur ses souliers à longues oreilles de cuir, s'empressa de faire ressortir sous la brosse les coutures blanches de son habit carré et râpé, et quand sa toilette fut achevée, il s'achemina vers l'hôtel de son auteur.

L'habitué n'avait pas deviné juste; le duc s'était contenté de rire au nez du libraire, et de l'inviter à prendre des informations avant de se fourvoyer chez un noble personnage que le roi venait d'appeler à l'honneur de siéger à la première chambre. — Si vous savez lire... avait dit le nouveau pair de France. — Monsieur, je suis libraire. — Ce n'est pas une raison... Si vous savez lire, consultez le *Moniteur* de ce matin, partie officielle, et vous comprendrez, je pense, qu'on ne désigne pas pour discuter les lois ceux qui font des chansons contre l'état... Tâchez de découvrir l'auteur, procurez-vous sa complainte, et envoyez-m'en une cinquantaine d'exemplaires dès que vous l'aurez imprimée.

« J'entends, se dit Riter en sortant de chez le duc; il a fait peur au gouvernement, on lui a donné un titre pour qu'il se taise, et maintenant il ne veut plus avoir fait la complainte... Cependant il ne serait pas fâché de savoir qu'on va la publier; mais, pour l'imprimer, il faut que je m'en procure une copie; eh parbleu! j'irai chez le banquier R***; c'est un philanthrope, je parlerai au nom de l'intérêt de mon commerce; c'est un libéral, j'appuierai sur les intérêts du pays, et je ne manquerai pas la vente. » Le raisonnement du libraire était bon, et sans l'impossibilité d'approcher du banquier, il eût sans doute rapporté chez lui la précieuse copie; mais une barricade de valets l'empêcha de pénétrer au delà de l'antichambre; ses paroles cauteleuses glissèrent sur la morgue dont ces messieurs étaient cuirassés, sans arriver jusqu'à leur cœur; l'offre d'un écu indigna l'amour-propre des gens du financier, il s'esquiva chapeau bas, le dos tendu, et tremblant de recevoir chez le banquier philanthrope la volée de coups de bâton qui lui avait été prophétisée lorsqu'il était parti pour se rendre à l'hôtel du chansonnier titré.

A sa petite mine refrognée, à ses sourcils rouges et clairs qui se rapprochaient et se séparaient alternativement, nous vîmes bien que le pauvre libraire n'avait pas réussi dans sa démarche. — C'est égal, disait-il, quand je devrais la faire moi-même, la complainte paraîtra. Mon commis sait l'orthographe, il écrira sous ma dictée. C'était le cri du désespoir; une de ces violentes menaces que la colère arrache quelquefois, mais qu'on n'exécute jamais; Riter entendait trop bien ses intérêts pour se mêler d'écrire les livres qu'il éditait.

Son trouble, sa préoccupation ne lui avaient pas permis de reconnaître, en entrant dans sa boutique, un jeune homme d'environ vingt-cinq ans, maigre, pâle, à l'air souffrant, et qui laissait deviner, par son costume brossé avec soin, la misère qui se cache sous la propreté: depuis une heure ce jeune homme attendait le libraire; il avait paru éprouver une commotion pénible en apprenant d'abord que Riter n'était pas chez lui; j'avais lu l'anxiété dans ses regards quand il avait demandé si le libraire serait long-temps dehors. Le commis ne pouvant lui répondre affirmativement, il avait écrit quelques mots; puis, déchirant sa lettre, le jeune homme s'était décidé à s'asseoir silencieusement dans le coin le plus obscur du magasin. J'entendis distinctement un soupir qu'il essaya sans doute en vain d'étouffer; et du comptoir où j'étais assis pour corriger mes épreuves, je le vis plus d'une fois porter la main à ses yeux comme pour essuyer des larmes. Il y avait du malheur dans cette physionomie qui m'avait frappé, et bien que je fusse au chapitre le plus important de mon *Art d'obtenir des Grades*, celui de la *Confession*, je ne pouvais me défendre du désir de relever souvent la tête pour chercher, du regard, celui de ce jeune homme qui produisait toujours sur moi une impression pénible : je n'étais pas heureux, il me semblait à plaindre, voilà tout le mystère de la puissance attractive qu'il exerçait sur moi. Quand Riter eut exhalé sa colère contre un auteur qui lui demandait cinquante exemplaires imprimés d'un manuscrit qu'il ne voulait pas livrer à l'impression, et contre les formes aristocratiques des valets d'un banquier libéral, il jeta les yeux sur la personne qui l'attendait. — C'est toi, Paul! dit-il en reconnaissant le jeune homme; eh! que diable viens-tu faire ici? je te croyais mort, car voilà plus de deux ans que nous ne nous sommes vus : ce n'est pas l'embarras, pour ce que nous avons besoin l'un de l'autre, nous pouvons bien rester chacun chez nous. — Mon cousin, répondit le jeune homme, il faut absolument que je vous parle en secret. Et il attira le libraire dans le fond de son magasin ; Riter se laissa entraîner moitié de gré, moitié de force; il y avait sur ses lèvres un sourire stupide et de la méfiance dans ses yeux. D'abord je n'entendis rien, le jeune homme parlait bas à Riter, qui de temps en temps secouait la tête, se grattait le front et reprenait son attitude ordinaire, qui consistait à se croiser les mains et à faire passer ses pouces l'un sur l'autre, comme font les vieilles femmes en dormant au soleil. Après quelques paroles, restées sans réponse, celui que Riter avait nommé Paul, s'échauffant peu à peu, finit par élever assez la voix pour que je pusse saisir au passage ces mots sans suite : « Notre dernière ressource... pitié... mon désespoir... elle est mourante... » Il attendit quelques secondes l'effet de cette dernière prière; son cousin parut réfléchir, et j'entendis un *non* ! bien sec et fort distinct sortir de la bouche du libraire : Paul tomba comme anéanti sur sa chaise.

Riter paraissait se disposer à tourner le dos à son cousin, quand il revint précipitamment vers lui : à sa parole traînante, au ton mielleux qu'il avait pris, je voyais bien, cette fois, que c'était le libraire qui avait quelque chose à demander au jeune homme : celui-ci l'écouta un moment avec attention ; mais, dès qu'il eut compris, ce fut au tour de Paul à répondre *non* ! Il le prononça avec l'accent de la colère : — Il faut être bien misérable pour me faire une pareille proposition dans un tel moment ! disait-il; dois-je vous répéter qu'elle se meurt? — Songez donc, reprenait Riter, que c'est un moyen de vous acquitter envers moi. — Mais, malheureux, je suis au désespoir ! — Et moi aussi ; ne voyez-vous pas qu'on vient encore me demander des exemplaires de cette diable de *Complainte*... Mes confrères sont jaloux, ils vont remuer ciel et terre pour s'en procurer une copie, s'ils apprennent que je ne l'imprime pas... Parbleu ! si vous êtes malheureux, je le suis autant que vous. — Ce n'est pas votre cœur au moins qui souffre. — Mon cœur ! il est navré quand je vois que c'est un autre qui va faire le bénéfice et que je n'aurai que la remise... Allons, Paul, un peu de courage. — Refusez-moi, mais ne m'insultez pas. — Au diable l'orgueilleux ! ajouta Riter en lui tournant décidément les talons. — Au diable les mauvais parents! répondit Paul : il prit son chapeau et sortit. Il se dirigeait à grands pas vers le jardin quand le libraire le rappela. — Encore un mot... je vous donne la préférence, lui cria-t-il. L'épithète d'infâme se croisa avec la dernière parole de Riter ; Paul continua sa route, et son cousin rentra dans la boutique.

Mes épreuves étaient corrigées, j'allais sortir de chez mon éditeur, non sans regretter beaucoup de ne pas connaître le sujet de cette discussion entre les deux cousins ; je n'osais interroger Riter, quand celui-ci prit la parole pour se justifier, car il me croyait plus instruit que je ne l'étais réellement.

— Je suis sûr qu'il m'accuse d'être sans entrailles, et cependant vous êtes témoin que je ne lui ai pas refusé les vingt écus qu'il me demande; seulement je ne veux pas recevoir d'intérêts pour mon argent. — C'est là le sujet de votre querelle? — Il n'y en a pas d'autre; je ne suis point un usurier, moi ; quand j'oblige, ce n'est pas pour en tirer un bénéfice, et voilà pourquoi je voulais lui faire gagner l'argent dont il a besoin. — Mais

je ne vois pas ce que vous pouviez lui proposer? — Parbleu! de me faire
ma *Complainte*. Tel que vous le voyez, Paul Christian est un garçon
d'esprit; bien qu'il soit ouvrier mécanicien, il y a trois ou quatre ans ses
couplets faisaient fureur dans les sociétés chantantes; on les répète même
encore dans les ateliers et sur l'orgue de Barbarie; j'en ai même publié
un recueil qui m'a fait gagner un millier de francs. Nous nous sommes
fâchés dans les temps, parce qu'il prétendait qu'un auteur, même lorsqu'il commence, doit profiter des bénéfices que son libraire fait avec
lui... Que diable! je pouvais n'en pas faire, et puis j'ai commencé sa réputation; ce n'est pas ma faute si le but ne l'a pas encouragé... Bref, nous
avons cessé de nous voir; il revient aujourd'hui chez moi pour m'emprunter mon argent, je lui demande la valeur de la somme en travail;
j'espère qu'on ne peut pas avoir moins de rancune que moi.

Le nom de Paul Christian m'avait frappé; il me rappelait l'auteur de
quelques chansons patriotiques que je chantais au régiment, et qui entretenaient à la caserne le souvenir de notre vieille gloire militaire... c'était
une consolation, faute de gloire nouvelle : on est toujours porté à aimer
ceux qui nous consolent; aussi pris-je beaucoup d'intérêt au récit de mon
libraire. — Mais, lui dis-je, il m'a semblé l'entendre parler d'une personne
mourante? — Oui, c'est sa femme. — Sa femme! il s'est donc marié bien
jeune? — Il ne s'est pas marié du tout, reprit le libraire avec son rire
niais; c'est une pitié que de voir un garçon de bon sens s'attacher à une
créature, parce qu'elle se donne à lui, et la garder malade pendant un an
au moins : personne ne l'oblige à cela; mais parlez-lui raison, il va vous
répondre comme à moi que vous êtes un misérable, un infâme; heureusement que tout cela ne me touche pas; je voudrais m'en entendre dire
davantage et que le commerce de la librairie fût meilleur, je me conso-
lerais aisément en comptant ma recette du soir. — Mais revenons à votre
cousin; son état ne lui rapporte donc pas suffisamment pour vivre? — Il
paraît que la mécanique a aussi ses banqueroutes... Que sais-je! il m'a
conté que depuis plusieurs jours ils étaient tous deux sans pain... c'est un
malheur... mais il l'a voulu. Encore une fois, pourquoi garde-t-il une
femme malade, quand cette femme n'est pas la sienne? c'est bien assez de
se tourmenter pour celle qu'on épouse... Faites comme moi, ajouta-t-il
en ricanant, ne vous mariez jamais; c'est trop de deux personnes à nourrir dans un ménage; on est si bien seul! La gaîté de Riter me fit peur,
et, pour la première fois, j'éprouvai le désir de me marier. Je dis adieu
à mon libraire, et je me disposais à m'éloigner quand celui-ci m'arrêta :
— Paul, me dit-il, se repent sans doute à présent de m'avoir refusé, et
quant à moi je ne vois pas trop où je me ferai faire la *Complainte de
l'Ours*; c'est comme un sort, depuis ce matin chacun vient me la demander. Si vous étiez assez complaisant pour passer chez mon cousin, vous lui
diriez que je ne lui en veux pas, et que je lui offre dix francs de plus s'il
veut composer la chanson; vous pourriez même les lui donner d'avance,
ça l'obligerait, ce garçon. — Et cela vous rendrait service? — Eh bien! pourquoi donc ne penserais-je pas à moi? — C'est juste, monsieur Riter. —
Vous me remettrez donc dix francs de ma part, mais s'il consent à me
livrer le manuscrit demain matin. Quand vous m'apporterez sa réponse,
je vous rembourserai cette petite avance; surtout ne la faites qu'après
avoir reçu sa promesse, autrement ce serait autant de perdu.

Je désirais trop faire plus ample connaissance avec Paul Christian,
pour relever l'injure que me faisait Riter, en ne me confiant pas les dix
francs que je devais donner à son cousin; je me contentai de lui dire : —
Faudra-t-il demander un reçu? — Ça ne serait pas si maladroit pour éviter toute contestation; je vous y autorise, entendez-vous. Le Normand se
remit à son comptoir, et je partis pour la rue des Arcis, en murmurant
tout bas un de ces refrains militaires que j'avais appris dans le recueil de
Paul Christian.

II

Amour.

Ici, sauf ce que ma mémoire, infidèle sans doute
sur quelques légers détails, a dû suppléer involontairement à ce récit, j'ai cherché à rendre fidèlement ses paroles; j'ai cru, j'ai peut-être eu tort,
que cette histoire valait la peine d'être conservée.
                    AUGUSTE DRUCKER. — *La Lanterne
                    de Juillet.*

Les temps vont vite quand la mauvaise fortune
s'en mêle.
                    LE MÊME.

Si vous êtes curieux de connaître la maison où demeurait alors l'artisan-
chansonnier, descendez la rue Saint-Martin, du côté de la Seine : arrêtez-
vous devant la troisième allée à main gauche, après la rue de la Verrerie,
vous serez au n° 54, c'est là; maison de M. Dericquebourg, batteur d'or,
au troisième sur le devant : deux petites fenêtres à coulisses qu'entourent, en rampant sur un mur lézardé, de légers *cobeas*, grandis au milieu
d'une masse de vapeurs délétères qui s'échappe péniblement des forges
environnantes.
   Je ne restai pas long-temps en observation dans cette rue où le bruit
des marteaux vous saisit aux oreilles, où une atmosphère de plomb vous
étouffe ; tandis que le bourdonnement des voix, le roulement des voitures
qui se croisent, vous donnent des vertiges : — C'est à en devenir fou, si
on en réchappe, disait un paysan qui cherchait à se frayer un chemin
au milieu de la foule arrêtée par un embarras de charrettes. — Camarade,
lui répondit un ouvrier, voilà quarante ans que j'habite le quartier, c'est
tous les jours la même chose, et pourtant je ne m'en porte pas plus mal ;
le tout est de s'y faire. Il dit et glissa si rapidement entre les hommes,
les chevaux et les roues, qu'il était déjà de l'autre côté de la rue quand
j'achevais à peine de lui crier : — N'avancez pas, vous allez être écrasé !
Son audace m'effraya, mais ne m'étonna pas ; c'est une joie pour l'homme
de narguer la mort. J'attendis cependant que la rue fût un peu plus libre
pour la traverser. Je montai au troisième étage, je tirai à moi le bout
de corde passé dans un trou de la porte d'entrée ; le pêne céda et je me
trouvai chez Paul Christian.
   C'était d'abord un corridor noir avec une porte au milieu, et au fond
l'atelier du mécanicien. Paul sortit de la première chambre et vint à moi
en me disant à voix basse : — Chut! il y a là un malade qui repose ; passez
au fond, et surtout ne faites pas de bruit. Je marchai avec précaution :
Paul, qui me suivait, ferma doucement sur lui la porte vitrée de son
atelier : — Maintenant, me dit-il, vous pouvez parler sans crainte ; le mur
est épais, elle n'entendra rien : seulement permettez-moi de baisser la
fenêtre ; si elle se réveillait, je ne voudrais pas la laisser sonner long-temps
sans lui répondre. Je jetai un coup d'œil rapide sur tout ce qui m'entourait. Les étaux et le tour du mécanicien brillaient de propreté ; pas une
parcelle de cuivre ou de fer sur le carreau ; aux râteliers, les outils étaient
rangés avec cette symétrie qu'on ne remarque guère dans nos ateliers que
durant les jours de fête, et cependant ce n'était pas fête chez Paul Christian. — Me reconnaissez-vous? lui dis-je aussitôt qu'il se fut assis près de
moi. — Non, monsieur, me répondit-il en me regardant fixement ; je ne

me rappelle pas avoir travaillé pour vous, mais n'importe, soyez le bienvenu : j'ai tant besoin d'ouvrage, depuis deux mois que je ne fais rien ! — Et que votre femme est malade, n'est-ce pas ? — Ah ! monsieur, je ne compterais pas les fatigues et les privations, si j'avais l'espoir de la sauver de cette affreuse maladie ! Mais non ! il faut y renoncer ! Sa mère, sa sœur y ont succombé à peu près au même âge... Mourir à vingt-un ans... c'est affreux ! — Mais qu'a-t-elle donc ? demandai-je avec intérêt. — Elle est poitrinaire ! me répondit-il d'une voix étouffée ; je ne dois pas m'abuser, il ne faut qu'une crise pour me l'enlever... Pardon, reprit-il, pardon, monsieur, si je pleure devant vous... je sais bien que je ne devrais pas vous affliger par le spectacle de ma douleur... chacun a bien assez de ses propres chagrins... mais j'ai le cœur brisé... des larmes plein les yeux, et quand je voudrais les retenir, je ne le pourrais pas. Je saisis la main qu'il allait porter à son front pour me dérober quelques pleurs ; je la serrai avec force : j'étais vivement ému ; il me sut gré de mon attendrissement, car je sentis sa main répondre à la pression de la mienne. — Vous êtes un homme au moins, vous... je vois que vous me comprenez, reprit-il ; ce n'est pas comme... Il n'acheva pas sa phrase, mais je devinai aisément le nom qui expirait sur ses lèvres, et je repris : — Comme votre cousin Riter ? c'est cependant de sa part que je viens ici. — De sa part ! répéta-t-il avec étonnement ; mais, en effet, ce n'est pas la première fois d'aujourd'hui que nous nous voyons ; vous étiez chez lui ce matin : quelle âme sèche, monsieur ; il n'y a rien dans ce cœur-là... rien que le froid calcul de son commerce... c'est un homme bien malheureux ! Il réfléchit un moment et reprit bientôt après : — Que peut-il me vouloir à présent ?... Ce n'est pas, j'espère, pour me renouveler son infâme proposition ?... me faire chanter, moi ! devant cette vie qui s'éteint, quand je pourrais compter le nombre de battemens qui reste encore à ce cœur qui m'a tant aimé ! quand je guette avec anxiété le dernier soupir de la mourante !... Mais c'est une dérision cruelle !... une injure à faire bouillonner tout le sang d'un homme... c'est une profanation !... un sacrilége ! — Il m'avait pourtant chargé de vous demander si vous persistiez dans votre refus ? — Si je persiste !... Mais, quand je voudrais gagner son argent à ce prix, croyez-vous que je le pourrais ? où donc trouverai-je une inspiration ?... un seul mot même !... Quand la mort est là, qu'elle s'empare peu à peu de ma pauvre Francine ! car ce n'est point une hallucination de mon esprit, je la vois, cette mort ; je suis tous ses progrès, ils sont épouvantables ! elle joue avec sa conquête, l'abandonne un moment pour la ressaisir après, et lorsqu'elle revient s'emparer de la malade, elle a fait un pas de plus... Dieu sait combien de pas il lui reste encore à faire ! Il se tut pendant quelques secondes, comme effrayé de l'image d'une destruction prochaine ; puis, me regardant avec un sourire amer : — Il fallait avoir bien du courage, me dit-il, pour se charger de la mission que vous remplissez auprès de moi. — Ce n'est pas pour vous décider à gagner l'argent de votre cousin que je suis venu ici, mais pour vous offrir le mien, interrompis-je vivement ; si mes offres de service peuvent vous être agréables, parlez sans crainte ; vous trouverez en moi un homme qui a le plus grand désir de vous obliger. — Cependant vous ne me connaissez pas, vous ignorez si je pourrai jamais m'acquitter avec vous ? — Je sais que vous êtes Paul Christian. — Oui, un pauvre ouvrier mécanicien. — Un homme d'esprit, qui nous a fait souvent oublier l'ennui de la caserne par ses chansons. On chante au régiment, mais ce sont surtout vos couplets... Nous nous disions bien souvent : — Tonnerre ! il y aurait du plaisir à boire avec celui qui parle si bien de Friedland et de Marengo ; ça doit être un bon enfant, car il n'est pas pour ceux-ci ; vous entendez bien ce que parler veut dire ? Enfin, moi qui désirais tant faire connaissance avec vous, je vous ai connu, et connu malheureux ! mais il ne sera pas dit que notre chansonnier, notre ami Paul Christian, aura eu besoin de moi, et que je ne me

serai pas empressé de faire tout ce qui était en mon pouvoir pour le tirer
d'un mauvais pas. L'idée de devoir un ami à ses ouvrages parut faire du
bien à ce bon Paul; son visage se colora d'une vive rougeur; c'était
l'amour-propre d'auteur qui se trahissait; je compris parfaitement cela.
j'allais publier un livre. — Avant d'accepter vos bienfaits... oui, vos
bienfaits, reprit-il, car j'ignore quand je pourrai vous rendre ce que vous
venez m'offrir si généreusement; avant d'accepter, dis-je, il faut au moins
que vous sachiez ce que je suis... comment j'ai pu arriver à la misère...
On blâme l'amour qui m'attache à Francine... on prétend que j'ai mérité
mon malheur; mais si je ne l'avais pas aimée, jamais je n'aurais su ce
que c'était que d'être heureux; et puis je l'aimais. il n'y a rien à répondre
à cela : ce n'est pas parce que je savais qu'elle serait bonne et fidèle, c'est
parce que c'était Francine et que j'étais Paul, qu'il y avait entre nous je
ne sais quel aimant... qu'une puissance plus forte que ma volonté m'entraînait vers elle. Expliquez, si vous l'osez, l'amour par l'attrait de la
beauté ou des qualités du cœur; mais cent mille liaisons, que l'esprit ne
saurait comprendre, viendront réfuter votre raisonnement; elle, moi,
voilà tout l'amour; il est là, et non pas dans l'estime, dont vous ne ferez
jamais une passion. Je regardais Paul sans oser lui demander l'explication
précise d'une phrase dont je n'étais pas bien sûr d'avoir deviné le sens;
il prévint une question délicate en me répondant : — Eh bien! non, je
ne fus pas le premier amant de Francine, je savais qu'elle avait appartenu
à un autre avant d'être à moi, et cependant je ne l'en aimai pas moins...
Et même aujourd'hui, quand ma première illusion devrait être détruite...
c'est encore le même amour, ou plutôt il semble augmenter depuis que je
la vois souffrir : je suis heureux de veiller à son chevet... de la servir,
de m'imposer des privations pour satisfaire à ses caprices, car tous les
mourans en ont... Un serrement de main... un regard d'amour, un mot
de reconnaissance paient si bien tout cela!.. Mais, écoutez! ne vient-elle
pas de sonner?... Nous restâmes muets... aucun bruit ne se faisait entendre : le jeune homme pâlit... trembla... — Mon Dieu, murmura-t-il,
que ce silence est effrayant! Il se leva, ouvrit avec précaution la porte
vitrée de l'atelier et celle de la malade : son exclamation m'avait fait
froid; je me hasardai à le suivre en marchant bien doucement; arrivé au
milieu du corridor, je glissai un regard curieux dans la chambre où il
était entré. Je le vis, l'oreille penchée vers la bouche d'une jeune femme
qui reposait étendue sur son lit; Paul semblait écouter le souffle léger de
Francine; il resta un instant dans cette attitude : — Elle dort, dit-il à
voix basse. Il souleva la main de la malade qui pesait sur sa poitrine, y
porta les lèvres et replaça cette main sur le lit. Il m'aperçut, je me sentais
honteux d'avoir été surpris à cette porte : — Entrez, me dit-il du bout
des lèvres; je le devinai plutôt que je ne l'entendis; — la voilà! continua-t-il, toujours en baissant la voix; vous ne pouvez vous imaginer,
en la voyant aujourd'hui, combien cette physionomie était douce et touchante! ce n'est plus que pour moi que Francine est encore elle; sa mère
même ne la reconnaîtrait pas.

En effet, la pauvre malade n'avait rien alors qui me parût justifier la passion de mon nouvel ami. Une teinte terreuse était répandue sur son visage
et sur ses mains longues et décharnées; sa bouche grimaçait; son nez crispé
donnait à ses traits une expression de sourire qui faisait mal à voir; et
Paul, cependant, la regardait avec amour. —C'est un spectacle bien affreux
n'est-ce pas? me dit-il... pour vous surtout qui ne l'avez pas connue quand
elle brillait encore de fraîcheur et de santé; vous ne pouvez guère voir en
elle qu'un cadavre... mais moi... je me complais à recomposer ce corps
qui n'appartient presque plus à la vie. Quand je le regarde long-temps,
il me semble le voir reprendre ses formes si pures et si gracieuses; le
squelette disparaît sous des chairs légèrement colorées par un sang
généreux; ce bras, effrayant de maigreur, et que recouvre une peau flétrie,

s'arrondit sous mes regards, et ses veines bleues en font encore ressortir la blancheur ; enfin, c'est une illusion délicieuse, ma vue est fascinée, ma tête s'exalte, je ne vois plus ce qui est, mais ce que je voudrais voir, la vie dans ses yeux, sur cette bouche ; la vie, jeune, riante, avec ses longs jours d'espoir et cet amour satisfait qui l'embellissait de tant de charmes. Je reste des heures entières sous la puissance de cette féerie, et puis une main froide touche mon front ; mon sang s'arrête glacé; mes yeux, troublés un moment par le jeu de mon imagination, s'éclaircissent enfin ; alors je retombe dans la réalité... et la réalité, vous le savez... c'est la mort!... Tenez, sortons de cette chambre; sortons, je vous en prie ; j'étais trop heureux il n'y a qu'un instant... Je crains qu'elle ne s'éveille... je dois lui épargner le spectacle de mon désespoir; je ne veux pas qu'elle m'entende pleurer ; sortons. Paul, en achevant ces mots, m'entraîna de nouveau dans son atelier.

Je laissai un moment le pauvre diable se remettre de son émotion; j'avais le cœur trop serré moi-même pour rompre le silence. Paul passa une ou deux fois la main sur ses yeux, fit un soupir de résignation, me regarda comme s'il avait une prière à m'adresser. — Je vous ennuierais bien, me dit-il, si je vous parlais encore d'elle!... et pourtant j'ai besoin d'épancher le trop plein de mon cœur dans un cœur capable de me comprendre. — Par exemple! mon ami, ne craignez pas de me confier vos peines ; l'intérêt que vous m'inspirez est trop vif pour que je refuse jamais de vous entendre... Je voulais, au contraire, vous demander le plus de détails possibles sur elle... sur votre existence ; mais je me disais : le camarade Paul va me trouver indiscret, et voilà pourquoi je n'osais vous exprimer mon désir; mais du moment que ça vous fait plaisir de parler, ne vous gênez pas, vous trouverez en moi un homme heureux, et, j'ose vous le dire, digne de recevoir votre confidence. Paul me remercia du regard ; je lui serrai la main une seconde fois en ajoutant : —Voyons, dites-moi tout, pour que nous nous connaissions bien après cela. Ces derniers mots l'encouragèrent, il reprit la parole :

—J'avais douze ans quand on me mit en apprentissage ; je savais lire et écrire ; un vieux caissier, qui demeurait sur le même carré que mes parens, m'avait même donné quelques leçons de grammaire et de dessin : il disait quelquefois à ma famille, que c'était un meurtre de m'envoyer végéter dans les ateliers, quand je pouvais devenir un savant. Mon père répondait à cela que sa fortune ne lui permettait pas de me donner des maîtres et de me payer une pension ; j'étais fils d'ouvrier, je devais être ouvrier, comme mes parens. —Tant mieux ! ajoutait-il, si mon garçon en sait plus qu'un autre compagnon ; il n'est pas dit que la science ne doit être le partage que des fainéans ; j'ai vu des ouvriers plus instruits que lui qui n'en étaient pas pour cela moins habiles dans leur état ; ils retiraient un double avantage de leur savoir; on les estimait plus que leurs camarades, et pendant les jours de repos, ils avaient d'autres ressources que celle du cabaret pour se désennuyer. Je fus donc placé chez un mécanicien. J'arrivai dans cette maison, le cœur un peu gros de quitter de bons parens ; mais on me reçut avec tant de démonstrations de tendresse, que bientôt je sentis mes larmes sécher dans mes yeux. La maîtresse, avec une voix pleine de douceur, me parla des parties de plaisir que nous ferions le dimanche ; me frappa doucement sur la joue en me disant :—Si je suis content de Paul, il ne s'en repentira pas; il aura toutes les semaines sa pièce de douze sous, et quand il commencera à travailler, nous doublerons la somme. Il faudra piocher, petit, pour gagner ça ; je n'aime pas les paresseux ; mais les apprentis qui se donnent la peine d'apprendre, sont bien récompensés ; je ne regarde pas à une dizaine d'écus pour mettre une jolie montre dans leur gousset. Ainsi c'était avec des promesses de plaisirs et de récompenses qu'on voulait m'inspirer l'amour du travail : j'avais hâte de prouver mon zèle à ces excellens maîtres qui m'accueillaient avec tant d'amitié. Ce n'était pas là le tableau que ma mère m'avait fait quelquefois de la condition d'un enfant chez des étrangers ; mais ceux-ci avaient un air de bonhomie et de franchise qui me rassura si bien que je ne pleurai pas quand mes parens sortirent, après m'avoir confié aux bons soins du mécanicien et de sa femme. Pour la première fois, je devais être huit jours sans voir ma mère ; mais le plaisir si vif du changement, la certitude que je serais au moins aussi bien traité par mes maîtres que je l'avais été jusqu'à ce jour dans la maison paternelle, m'empêchèrent d'éprouver le moindre regret d'une absence que j'envisageais la veille comme le plus grand malheur qui pût m'arriver.

C'était l'heure du dîner, les ouvriers venaient de quitter le travail ; mon maître voulait me faire mettre à table auprès de lui, je n'avais pas faim ; il me fit prendre de force un verre de vin, et m'accorda la permission d'aller visiter l'atelier dans lequel je n'étais pas encore entré. Avant de me laisser sortir de la salle à manger, il fourra dans ma poche deux grosses poignées de cerises, en me disant : —Allons, Paul, il ne faut pas être honteux avec nous ; tu dois nous regarder comme tes père et mère ; les enfans ne manquent de rien ici, entends-tu ? J'aurais embrassé de bon cœur l'excellent maître. Heureux de ma nouvelle condition, j'allai en chantonnant fureter partout dans l'atelier ; je faisais jouer les mâchoires des étaux, j'appuyais sur la pédale des tours ; tout était nouveau, tout était beau pour moi. Depuis un quart d'heure j'examinais, avec la curiosité d'un enfant, les outils et les pièces de cuivre dont j'étais entouré, quand je vis s'agiter deux grands rideaux bleus qui fermaient un coin obscur de l'atelier ; je m'avançai pour m'assurer de ce que ce pouvait être ; une tête de petite fille se glissa entre les deux rideaux ; elle me regarda avec étonnement. De mon côté, j'eus un peu peur de cette apparition ; mais ce premier mouvement de frayeur passé, j'allai vers la petite fille, qui me faisait signe d'approcher et de me taire. Ses premiers mots furent : — Petit, donne-moi de tes cerises ? — Tout en fouillant dans la poche de ma veste, j'examinai la petite fille ; ses yeux étaient rouges, et je remarquai des traces de larmes sur ses joues. — Tu as donc bien du chagrin ? lui dis-je. — Pardine, je suis l'apprentie de madame ; elle est presque aussi colère que son mari : c'est te dire que j'ai été bien battue. —Tiens ! on bat donc ici ? — Je crois bien, il ne se passe pas de semaine que je ne reçoive des coups ; vois plutôt !... — Elle retroussa les manches de sa robe brune, ses bras étaient marqués de raies bleues et de meurtrissures. — Tu as donc été bien méchante ? — Dame ! quand on a peur on tremble, et quand on tremble les poêlons vous échappent et se cassent ; voilà comment j'ai toujours la main si malheureuse !... Mais tu verras, puisque tu es pour entrer ici !... car j'ai tout entendu à travers la porte ; tu verras si tu es plus adroit que moi quand monsieur t'aura bien étourdi avec ses juremens et ses menaces... Mais, voyons, donne-moi donc des cerises ? — Je lui donnai tout ce que j'avais sur moi.... —Et du pain ? reprit-elle. —Eh bien ! va en demander à madame.—Est-ce que j'oserais ? —Veux-tu que j'aille en demander pour toi ? — Non, ça ne se peut pas non plus, puisque je suis en pénitence et que je ne dois pas dîner aujourd'hui. — Bah ! il y a donc des jours où les apprentis ne dînent pas, ici ? — Ça m'arrive assez souvent ; ils sont si méchans les maîtres ! —C'est drôle ! Ils m'ont fait toutes sortes d'amitiés. — Oui, parce que c'est ton premier jour... Et à moi aussi on m'avait dit que je serais bien heureuse ici, et puis tu vois comme on m'arrange. — Mais si ta mère savait cela ? —Ma mère est morte, mon père aussi ; je n'ai plus que ma grande sœur, encore est-elle bien souffrante. — Pauvre petite ! tu dois te trouver malheureuse ; mais sois tranquille, quand on te mettra en pénitence, je te donnerai la moitié de mon dîner. — Eh bien, oui ; mais les jours où tu ne dîneras pas non plus, comment feras-tu ? — Son objection me fit frémir ; j'aurais voulu être bien loin de cette maison ; cependant je n'avais pas encore à me plaindre de mes maîtres. — Com-

ment te nommes-tu ? reprit la petite apprentie après avoir remis dans ma
poche les noyaux de cerises qui auraient pu la trahir. —Paul, répliquai-je.
— Eh bien ! moi, je m'appelle Francine ; — car voilà comme je la connus ;
elle avait alors huit ou neuf ans. Il me semble la voir encore avec sa petite robe de toile rapiécée de couleurs mal assorties, son fichu noir roulé
en turban sur la tête, et le grand tablier de cuisine qu'elle attachait sous
ses bras, et qui descendait au dessous de ses talons. Avec tout cela elle
était vive, joyeuse, quand sa maîtresse n'était pas là, et même lorsqu'il n'y
allait pas d'un dîner par cœur ; on voyait la petite apprentie rire sous les
coups, tant l'habitude d'être frappée l'avait rendue insensible au châtiment.
Pour moi, j'éprouvais un mouvement de rébellion chaque fois que je voyais
la pauvre Francine en butte à la colère de sa maîtresse. Le mécanicien
n'était pas plus doux que sa femme ; mais à sa première menace, j'avais
été me plaindre à ma mère ; et comme on m'accordait assez d'intelligence
dans mon état, mon maître se contentait de me priver de ma pièce
de douze sous le dimanche, lorsque je lui avais donné un motif de
mécontentement dans la semaine. Je ne vous parlerai pas de mes petits chagrins d'apprentissage, ceux de Francine m'occupaient seuls ; elle
devait rester jusqu'à l'âge de dix-huit ans dans la maison du mécanicien ; mais elle en avait quatorze au plus, lorsqu'un jour, après une punition rigoureuse qu'elle n'avait pas méritée, et contre laquelle j'avais eu le
courage de réclamer, Francine disparut pour ne plus revenir. La maîtresse
cria bien haut contre l'ingratitude des enfans. — Nous sommes trop bons
avec ces mauvais sujets-là, dit-elle à son mari ; et celui-ci, par un système de compensation assez subtil, supprima la haute-paie d'apprenti à
laquelle j'avais droit : c'était un singulier moyen de punir Francine ; mais
enfin c'en était un, car si la pauvre petite avait pu se douter que j'étais
victime de sa fuite, elle eût été inconsolable ; on savait que nous avions
beaucoup d'amitié l'un pour l'autre, on comptait peut-être sur l'injustice
dont on me frappait pour la ramener. Mais elle ne sut rien... j'ignorais
sa retraite, et j'achevai mon apprentissage sans entendre parler d'elle.

Je vous l'ai déjà dit, j'étais trop utile à mon maître pour craindre ses
mauvais traitemens ; mais, si j'avais vaincu sa brutalité à force de progrès dans mon état, j'étais en butte à une espèce de tyrannie qui me
causa plus d'une fois des accès de désespoir. Avec un désir brûlant de
m'instruire, je dévorais tous les livres qui pouvaient me tomber sous
la main ; je ne faisais pas toujours d'excellentes lectures, mais je lisais,
et j'étais heureux. Obligé de me livrer exclusivement au travail de l'atelier pendant la journée, c'est quand la nuit était venue, que les ouvriers
étaient partis, et que j'avais étendu mon matelas entre l'enclume et
l'établi, que je tirais de ma cassette le précieux volume qu'une voisine
obligeante, ou le libraire qui demeurait au bas de notre maison, avait
bien voulu me prêter. J'attendais que tout le monde fût couché pour
parcourir des pages souvent insignifiantes, quelquefois dangereuses, mais
qui n'étaient jamais sans charmes pour moi. Alors je rallumais la lampe
éteinte depuis la fin de la journée, et quelquefois les premières lueurs du
jour me trouvaient encore éveillé. Mais le matin mon maître, qui calculait souvent ce qu'on avait consumé d'huile la veille, me disait en fronçant le sourcil : — Paul, tu as lu, tu as brûlé mon huile ! Alors il se
mettait à fureter dans tous les coins de l'atelier, flairant le livre comme
une brute qui cherche sa proie ; et dès qu'il avait découvert ma cachette,
le volume, quel qu'il fût, tombait en lambeaux dans la rue ; il ne pouvait pas comprendre qu'on pût à la fois aimer son état et la lecture : il
était bon ouvrier, et ne savait pas lire. Cette persécution de l'ignorance
grossière contre ma volonté si ferme d'apprendre, dura jusqu'à la fin
de mon apprentissage ; j'avais dix-neuf ans quand je sortis de chez
lui. L'avant-veille de ma réception dans le compagnonage, mon maître
avait encore brûlé un volume qui ne m'appartenait pas. Ce qui me ré-

voltait surtout, c'était l'ironie dont il accompagnait ses sacriléges : on eût dit qu'il accomplissait un acte de vengeance. Telle dut être la joie de Stilicon quand il réduisit en cendres les livres sacrés de Sibylles. Mais c'est trop vous parler de moi lorsqu'elle est là souffrante ; revenons à elle, que je vous dise comment je la retrouvai, pour ne plus la quitter qu'à son dernier jour.

J'étais assis au parterre d'un théâtre des boulevarts ; on attendait le dénoûment d'une féerie qui n'avait encore été accueillie que par des murmures improbateurs ; mais au dernier tableau, lorsque je vis apparaître, au milieu des flammes roses et bleues, la bonne fée, étincelante d'or et de lumière, qui venait, avec sa baguette enchantée, changer la destinée des amans malheureux, je me sentis pris d'un tremblement extraordinaire ; je ne pus même retenir une exclamation de joie, je trépignai de plaisir ; le chef des cabaleurs soutint habilement mon enthousiasme, et d'innombrables applaudissemens assurèrent le succès de la pièce. Ce n'était pas, cependant, à l'ouvrage que mes bravos étaient adressés ; je ne devais mon émotion qu'à l'apparition de cette fée, dont les traits, embellis par l'éclat du costume, me rappelaient ma petite compagne d'esclavage. C'était Francine que je revoyais, entourée de femmes brillantes de jeunesse et de beauté ; mais plus brillante qu'elles encore par l'aigrette lumineuse qui tremblait sur sa tête, les pierreries qui ruisselaient sur son cou, et les lames d'argent qu'on voyait scintiller sur sa tunique de gaze. Jusqu'au moment où je pus sortir de la salle, je crus être le jouet d'une illusion ; car ce n'était pas sur un théâtre que j'espérais jamais rencontrer la petite apprentie. Mais quand je fus dehors, et qu'à la lueur mourante des réverbères je parvins à deviner le nom de Francine parmi ceux des acteurs de la pièce nouvelle, j'éprouvai un sentiment de bonheur et de tristesse. —La voilà ! me dis-je ; mais ne l'ai-je revue que pour acquérir la certitude que je ne pourrai jamais me rapprocher d'elle ?... Femme de théâtre ! elle méprisera l'ouvrier ; c'est une revanche du mépris qu'on a pour ses pareilles dans les ateliers. Cependant il faut que je la voie encore, que je lui parle. Je rentrai chez moi, décidé à tenter tous les moyens pour parvenir jusqu'à elle. Le projet le plus fou fut celui qui me sourit davantage ; l'amour de la lecture m'avait conduit à la passion d'écrire ; depuis deux ou trois ans je rimais tous les couplets de fêtes et de noces pour la famille de mon maître ; car bien qu'il fût ennemi de toute occupation littéraire, il n'était pas tout à fait insensible à mes chansons de table ; elles l'attendrissaient même quelquefois jusqu'aux larmes : il est vrai qu'on ne les chantait jamais qu'au dessert, c'est-à-dire au moment où mon maître était ivre, et il avait le vin très sentimental.

J'obéis à une idée déraisonnable, mais qui devait me réussir ; je traçai le plan d'un vaudeville ; dans la nuit la pièce et les couplets furent écrits ; je perdis ma journée du lendemain, mais j'eus le bonheur de monter sur le théâtre. Le secrétaire de l'administration reçut mon ouvrage en me faisant entendre que je ne devais pas espérer les honneurs de la représentation, si je ne m'adjoignais un collaborateur en pied. — Il faut choisir l'appui d'un homme d'esprit, me dit-il. Je lui demandai le sien ; il fit quelques façons pour accepter... — Je ne tiens pas, lui dis-je, à la rétribution qu'on paie ordinairement aux auteurs. — Moi, reprit-il, je ne tiens pas à l'honneur d'être nommé sur l'affiche, vous aurez toute la gloire. — Et mes entrées ? ajoutai-je. — Dès aujourd'hui, bien que ce ne soit pas l'usage de les accorder avant la réception officielle de la pièce ; mais je me charge de tout auprès de la direction. J'avais atteint mon but, je me moquais du reste. Le soir même, je vis Francine dans les coulisses ; elle sourit en me reconnaissant, mais ne me parla pas ; bien plus, elle tourna les talons quand je voulus approcher d'elle : un jeune homme ne la quittait pas lorsqu'elle était sortie de scène. Je vis bien qu'il n'y avait pas moyen de l'aborder au théâtre ; mais je demandai son adresse. — Paul, me dit-elle, tu es un imprudent de venir chez moi ; ta présence ici peut me faire du tort ; s'il arrivait !... J'avoue que cette réception me fit mal ; en qu ttant Francine, j'avais des larmes dans les yeux et la rage dans le cœur ; elle me rappela. — Ah ! me dit-elle, tu me boudes ; tu crois donc que je ne te revois pas avec plaisir ? Tu te trompes, mon ami ; bien que je ne sois plus une pauvre petite fille sans appui dans le monde, je ne suis pas ingrate envers celui qui m'épargna quelquefois les bonnes danses que me donnait journellement ma maîtresse ; j'ai toujours de l'amitié pour toi ; mais il est jaloux ! et j'ai besoin de lui : ainsi ne reviens plus ici... J'irai te voir, entends-tu ? demain, pas plus tard. Je la quittai, persuadé qu'elle ne m'avait fait une promesse que pour se débarrasser de moi. Le lendemain, à sept heures du matin, elle frappait à ma porte. Que vous dirai-je ? tous nos souvenirs d'amitié revinrent à notre pensée ; j'oubliai encore, ce jour-là, de me rendre à mon atelier. Francine, en regardant ma mansarde me dit : —C'est bien dommage ! Je la compris. —Mais je peux travailler chez moi, répliquai-je, avoir un joli logement ; nous serions si bien ensemble ! Elle sourit en hochant la tête comme pour me dire : — Voilà une belle existence que tu me proposes là ! Je sentis mon amour-propre piqué, je lui fis entrevoir ce que la sienne avait de pénible ; elle pleura. — Que veux-tu ? me dit-elle ; j'étais si jeune ! si lasse d'être battue ! et je n'avais pas d'autre ressource. Bref, elle me quitta sans que j'aie pu, ce jour-là, la décider à me faire le sacrifice de son protecteur. Elle revint plusieurs fois à la maison ; je la voyais tous les soirs au théâtre. Son amant s'aperçut de notre liaison ; il lui dit un jour : —Je tiens à vous, mais je ne veux pas être trompé plus long-temps, choisissez entre nous. J'étais là ; elle me regarda en hésitant. — Viens, si tu le veux, répondis-je. Francine s'attacha à mon bras, et je l'emmenai, triomphant, dans ma mansarde. Vous pensez sans doute que je ne devais pas être fier de cette conquête facile ; eh bien ! j'étais aussi heureux que l'époux qui conduit une vierge aimée dans la chambre nuptiale : elle m'avait préféré.

Au bout de quelques jours je louai ce logement, Francine cessa de retourner au théâtre ; on joua ma pièce, je ne m'en occupai plus ; j'avais obtenu sur mon rival un succès trop flatteur pour être sensible à celui de mon vaudeville. Francine me rendit père, il y a un an ; c'est à la suite de son accouchement que se déclara cette affreuse maladie qui la mine. Depuis ce temps aucun travail ne m'a coûté pour satisfaire ses désirs ; car je veux qu'en mourant elle puisse au moins se dire : — Je fus heureuse avec lui ! Mais voilà quinze jours qu'une banqueroute m'a enlevé le produit de plusieurs mois de travail ; depuis ce malheur je suis privé d'ouvrage ; Francine ignore à quelle misère nous nous trouvons réduits. Une seule pensée l'occupe, car elle prévoit sa fin ; elle veut que notre enfant soit légitimé ; elle veut porter mon nom avant de mourir ; et cet argent que je réclamais de l'obligeance de mon cousin, c'était le prix de la robe de noce qu'elle a ce matin impérieusement exigée.

Paul s'arrêta ici ; car, cette fois, Francine venait réellement de sonner... — Venez avec moi, me dit-il, je vais vous présenter à elle comme un ancien ami. — Je suis le vôtre à la vie, à la mort, monsieur Christian, lui répondis-je ; et, pour la seconde fois, nous entrâmes dans la chambre de la malade.

III.

La Robe de Noces et l'Article 63 du Code civil.

Cette belle et jeune femme, à moitié soulevée sur le coude, se montrait pâle et échevelée ; les gouttes d'une sueur pénible brillaient sur son front ; ses regards, à demi éteints, cherchaient encore à exprimer son amour, et sa bouche essayait de sourire.

CHATEAUBRIANT. — *Attala.*

Dans le royaume d'Ava, quand un jeune homme a proposé le mariage à une jeune fille, et que l'offre de sa main est acceptée, on prépare un grand festin, les deux époux mangent du même plat, et la cérémonie est terminée.

SAINT-EDME. — *Dictionnaire de la Pénalité.*

— Mon Dieu! Paul, comme tu me fais attendre, dit Francine avec un mouvement de mauvaise humeur. Paul s'était hâté pourtant de répondre au premier coup de sonnette. — Ne t'impatiente pas, ma bonne amie, reprit-il, je causais avec monsieur ; c'est un ami que je te présente. Elle tourna ses regards vers moi. je vis qu'elle interrogeait sa mémoire pour se rappeler mes traits ; je m'empressai de lui dire que c'était d'aujourd'hui seulement que j'avais le plaisir de connaître Paul Christian ; mais que depuis long-temps je me sentais de l'amitié pour lui. — Vous avez bien raison, me dit-elle, c'est un excellent cœur ; il n'est pas toujours raisonnable, mon Paul ; il s'afflige quelquefois pour un rien ; souvent, même, je pourrais être tentée de me croire plus malade que je ne le suis réellement, si je ne sentais pas que ma santé revient tous les jours... Tenez, en ce moment, regardez-le comme il est triste ; ne dirait-on pas qu'il va pleurer ? et pourtant je ne me suis jamais si bien portée. Je jetai un regard furtif sur le pauvre jeune homme, et je vis qu'en effet il détournait la tête pour cacher une vive émotion. — Allons donc, monsieur, ne voulez-vous pas me faire peur lorsque je me crois tout à fait hors de danger?... Voyez... comme je suis gaie... il me semble que mes couleurs reviennent... je n'ai plus la voix si faible... je me sens appétit... je veux me lever... faites-moi le plaisir de passer dans la pièce voisine, tout à l'heure j'irai vous y retrouver. — Un moment, Francine ! tu ne sais pas qu'une imprudence peut te faire beaucoup de mal ; il faut attendre la visite du médecin. — Ah bien ! oui, ton médecin, je ne veux plus l'écouter... Puisque me voilà convalescente... qu'est-ce qu'il me faut maintenant ? une bonne nourriture et l'air de la campagne ; je partirai aussitôt que nous aurons terminé ce que tu sais bien. — Oui, répondit Paul ; tu veux parler de notre mariage. Ne te gêne pas devant monsieur, ajouta-t-il en me désignant, je lui ai tout dit.— Eh bien ! continua-t-elle, n'ai-je pas raison de le presser?... Si j'étais morte, notre pauvre enfant n'aurait pas eu de famille ; je ne veux pas tarder plus long-temps à lui donner un nom. Voyons, montre-moi l'étoffe de cette jolie robe de noces que tu devais aller me chercher ce matin, ça me rendra heureuse pour toute la journée. Je vis l'embarras de Paul ; la malade le regardait avec des yeux brillans de plaisir ; je craignais l'effet de la réponse de mon nouvel ami ; aussi m'empressai-je de prendre la parole : — Bientôt, madame, vous verrez votre robe ; je dois aller la chercher dans une heure chez le marchand. — Comment ! depuis deux jours que je la demande, dit-elle à Paul d'un ton de reproche, tu ne l'as pas encore apportée !... tu sais pourtant bien qu'il me la faut... tout de suite... à la minute... je veux l'avoir... Tu es quelquefois d'une négligence !... — Calme-toi, Francine, puisque tu l'auras dans une heure. — Plus tôt que cela, interrompis-je, car je sais l'adresse du magasin ; quelques minutes me suffiront pour faire la course. — Ce n'est donc pas loin d'ici ? demanda-t-elle. Je répondis au hasard : — C'est rue Vivienne. — Ah ! oui, dit-elle ; ça doit être très bien dans ces magasins-là !... Cher ami !... rien ne lui aura semblé trop beau pour moi !... Tu m'en veux peut-être de ce que je viens de te gronder ?... il faut me pardonner ; quand on souffre on a tant d'impatience !... et puis je serai si contente d'être tout à fait ta femme !... Après cela, il arrivera ce qui plaira à Dieu... — Il arrivera que nous rirons, que nous danserons à votre noce, et que nous viendrons tous les ans fêter l'anniversaire de votre rétablissement, interrompis-je gaîment. Votre mari nous fera de jolies chansons pour ce jour-là. Ces paroles rassurantes firent sourire Francine. — A la bonne heure, vous me dites quelque chose d'aimable, vous ! ce n'est pas comme lui : ne croirait-on pas qu'il me boude ? — Tu ne le crois pas, Francine ? reprit Christian, qu'une pénible oppression avait jusque alors empêché de parler. Pendant que tu causes, moi je réfléchis au moyen de presser ce mariage, que je désire au moins autant que toi. — Vrai ! alors donne-moi ta main. Paul lui tendit une main tremblante, Francine y imprima un baiser, et continua : — Je ne rougis pas de lui prouver ma reconnaissance devant vous, puisque vous savez combien il a soin de moi... Il n'y en a pas deux comme lui dans le monde... c'est mon Paul, à moi, pour la vie... pourvu que ce soit pour long-temps... ajouta-t-elle en soupirant.

Ces alternatives de joie et de pensées affligeantes, cette impatience qu'elle exprimait par des paroles brèves, annonçaient une révolution prochaine dans la maladie de Francine. J'examinai tour à tour Paul et sa maîtresse, et j'avoue que je ne pouvais me défendre d'un sentiment pénible en voyant tant d'espérances de vie, d'illusions sur l'avenir, accueillies par un sombre regard, ou un sourire étudié qui laissait deviner, malgré les efforts de Paul pour se contraindre, les pensées sinistres dont son âme était assaillie. Le doute affreux que fit entendre Francine en achevant de parler, le fit frissonner ; il s'approcha du lit de la malade, comme s'il eût voulu retenir un dernier souffle prêt à s'échapper ; mais Francine, qui avait aussitôt repris toute sa gaîté, lui dit : — Enfant ! tu ne vois pas que je veux rire, puisque je te dis que je me sens bien maintenant. Tiens, si tu ne veux pas me croire, interroge le médecin qui monte ici... j'entends le bruit de ses pas... Au fait, il y a assez long-temps qu'il vient chez nous pour que je le reconnaisse rien qu'à la manière dont il marche.

Francine ne s'était pas trompée, c'était le médecin ; sa visite ne fut pas longue ; il examina le pouls de la malade, fit deux ou trois questions. — N'est-ce pas, monsieur, dit-elle, que je pourrai bientôt sortir ? — Oui, ma chère amie, avant peu de jours vous sortirez. — Alors, reprit-elle gaîment, je vous invite à ma noce. — A votre noce ! dit-il avec surprise ; la figure du docteur avait pris une singulière expression en répétant ces mots. — Eh bien ! oui, continua Francine ; votre ordonnance ne me défend pas de me marier ? — Non, mon enfant, dit-il en se remettant un peu ; je vous le permets... mariez-vous... j'assisterai à la cérémonie, vous pouvez y compter, et il sortit. — Vous ne me prescrivez rien aujourd'hui ? — Rien, répondit-il en revenant vers elle, vous êtes dans l'état où j'espérais vous trouver. — Tu le vois bien, Paul, me voilà absolument rétablie, et le docteur s'est trompé dans ses calculs, quand il prétendait avant-hier que ce serait peut-être encore bien long. — C'est

vrai, dit-il encore, cela a été plus vite que je ne l'avais pensé d'abord...
Tâchez de reposer : à demain. Quand il fut à la porte, Paul, qui le reconduisait, lui demanda à voix basse ce qu'il pensait sincèrement de la
situation de Francine. — Monsieur Paul, dit le médecin, mes soins ne
sont plus utiles ici... donnez-lui tout ce qu'elle vous demandera. Et il
ajouta en élevant la voix : Cela va très bien ; je vous dis que votre femme
est sauvée.

Paul fut quelques momens avant de rentrer dans la chambre de la malade ; je voyais un sentiment d'inquiétude se manifester dans les regards
de Francine. — Ouvrez donc la porte, me dit-elle, que j'entende ce qu'ils
peuvent se dire. Je sortis avec bruit pour prévenir mon jeune ami ; je
le trouvai la tête appuyée sur la rampe de l'escalier ; il n'osait plus retourner près de Francine. — Allons, du courage, lui dis-je ; voulez-vous
la faire mourir avant son temps ? — Ah ! monsieur, reprit-il, je vous ai
connu dans un bien triste moment ! — C'est dans ceux-là, répliquai-je,
qu'on apprend ce que c'est qu'un ami... Voyons, revenez près d'elle, sans
quoi elle va se douter de quelque chose. Je rentrai le premier pour
rassurer Francine par un mensonge : — Il y a une heure que le médecin
est parti, lui dis-je ; votre mari cause avec une voisine. — Ah ! je sais,
me répondit-elle, la femme qui loge au dessus de nous... je la déteste...
une bavarde... il en a pour dix ans s'il veut répondre à toutes ses questions. — En ce cas, profitons de ce temps-là pour parler de votre mariage. — Nous disions que vous vous chargiez d'aller chercher la robe
de noce ? — Bien plus, si vous le voulez, j'irai prévenir le maire, le curé.
— Ah ! oui, monsieur, je vous en prie. Paul est si fatigué de me veiller !
je crains que tant de courses ne le fassent tomber malade à son tour. —
Je les ferai toutes pour lui, qu'il ne s'occupe de rien ; vous pouvez compter sur moi. Francine me tendit la main pour me remercier ; j'éprouvai
un nouveau serrement de cœur en pressant doucement cette main décharnée. Paul revint ; il était parvenu à se composer un visage plus
calme : je pris congé des deux amans. — Avant ce soir vous me reverrez,
leur dis-je ; et tout en donnant une poignée de main à mon ami, je lui
glissai les deux dernières pièces de cinq francs dont je pouvais disposer.

Il n'était pas aisé, pour un soldat comme moi, de choisir parmi les
étoffes nouvelles celle qui pouvait convenir à une robe de noce ; ce n'était pas cependant ce qui m'embarrassait le plus : j'avais promis de payer,
et je me voyais à peu près sans le sou ; il me fallait plus de temps que
je n'en avais devant moi pour trouver des amis obligeans ; je tenais à remplir fidèlement ma promesse, et je ne voyais pas d'autre ressource que
d'engager ma montre d'or ; plus d'une fois, elle m'avait rendu le service
de me tirer d'une position difficile ; je la portai sur-le-champ au Montde-Piété dont je connaissais assez bien la route : on ne rougit pas de
m'offrir cinquante francs d'un objet qui m'avait coûté cent écus ; cela ne
faisait pas mon compte, je devais prêter soixante-dix francs à Paul ; je
bataillai avec le buraliste. — Mon voisin est encore moins juste que moi,
me dit-il ; je lui laissai ma montre, et je courus chez moi compléter le
reste de la somme. J'entrai chez un marchand de nouveautés de la rue
Vivienne, je demandai à voir ce qu'il avait de plus beau pour robe de
noce, et il se trouva que l'étoffe la moins chère était encore au dessus du
prix que je pouvais y mettre. Je voyais les élégans commis rire en dessous et chuchoter pendant que j'examinais, d'un air un peu confus, les
pièces de mousselines et de soieries qu'ils étalaient sur leurs brillans
comptoirs ; je cherchais une occasion pour sortir du magasin, sans vouloir y laisser la réputation d'un sot. Leurs ricanemens me fournirent le
prétexte que je cherchais : honteux de ma mésaventure, je pris un des
paquets qu'on se préparait encore à déplier devant moi, je le lançai à la
figure de celui qui riait le plus haut, le traitai d'insolent et partis, tandis
que ses camarades intimidés balbutiaient des excuses. Je ne vous dirai

pas tout ce qui me passa de coupons de robes dans les mains avant d'avoir pu trouver à placer mes cinquante francs. Je rencontrai enfin un marchand qui voulut bien les échanger contre sa marchandise. J'envoyai l'étoffe à Francine, et je me rendis chez le curé de sa paroisse ; le bedeau était seul à la sacristie ; je lui contai l'état de la malade et la nécessité de bénir promptement le mariage.—Ah ! monsieur, me dit l'honnête bedeau, nous ne sommes plus au temps où les bénédictions du ciel suffisaient pour légitimer un mariage : maintenant le principal n'est plus qu'un accessoire, et c'est beaucoup encore quand on ne se passe pas tout à fait de nous ; mais aussi nous ne sommes pas responsables devant Dieu des mauvais ménages qui se multiplient d'une manière effrayante ; et comment pourrait-il en être autrement, puisque nous avons un état civil qui marie tout ? juif et catholique romain, chrétiens à la manière de Calvin, et circoncis de Mahomet ; c'est un amalgame épouvantable, qui doit nous conduire tout droit à la fin du monde ; car il naît de tout cela des générations de métis qui ne sont d'aucune religion. — Ainsi vous ne pouvez pas marier mon ami Paul Chistian et sa maîtresse ? — Si fait, dès que vous nous apporterez l'autorisation signée de M. le maire. — Mais cela entraînera une grande perte de temps. — Avant la révolution, mon cher monsieur, c'était fait tout de suite, on achetait tout, bans et billets de confession, et les époux n'avaient plus qu'à entendre la messe. — En ce cas, je vais à la mairie, et je vous apporterai le papier qui vous est nécessaire pour faire ce mariage. — Monsieur sera content de la fabrique, j'espère, me dit le bedeau en me reconduisant ; nous avons des messes de mariage à tout prix, depuis six francs, avec les chandeliers de bois très propres, jusqu'à cent écus ; c'est tout ce qu'il y a de plus beau : on a les cloches et M. le curé, une messe chantée, un discours fait exprès ; tout est en velours neuf. J'avais peu de chemin à faire pour me rendre à la mairie ; j'y arrivai quelques minutes avant la fermeture des bureaux. Un commis, qui marmottait entre ses dents une romance nouvelle, en inscrivant tour à tour une naissance et une déclaration de décès, me demanda sans me regarder ce que je venais demander : — Je viens pour un mariage. — Les actes de naissance du jeune homme et de la demoiselle, le consentement des pères et mères, et leurs actes de mariage, s'ils ne sont pas présens ; l'extrait mortuaire du défunt, s'il y a un veuf ou une veuve, ou de tous les deux, si les parens n'existent plus. Il me récita cette phrase avec une telle volubilité que j'eus peine à suivre le sens de ses paroles. — Je n'ai rien de tout cela. — Alors retirez-vous et passons à un autre. — Je voulais vous demander combien il fallait attendre de temps avant de pouvoir se marier ? — Onze jours au moins pour la publication des bans. — Onze jours ! Pourrai-je parler à M. le maire ? — Dites à un garçon de bureau de vous conduire ; et le commis continua de chanter en écrivant la déclaration d'une sage-femme qui venait établir dans ses droits de citoyen français un mioche âgé de vingt-quatre heures. Moyennant une pièce de dix sous que je donnai à mon guide, je parvins, au milieu d'un dédale de bureaux, jusqu'à l'appartement du maire ; je fis antichambre pendant une heure, après quoi on m'introduisit.

— Que désirez-vous ? me dit l'officier public. — Je voudrais faire marier le plus promptement possible une pauvre jeune fille qui se meurt. — Les bans sont donc publiés ? — Pas encore, et l'on m'a dit qu'il faudrait onze jours au moins. — C'est la loi ; article 63 du Code civil : « Avant la célébration du mariage, l'officier de l'état civil fera deux publications à huit jours d'intervalle, un jour de dimanche, devant la porte de la maison commune. Ces publications et l'acte qui en sera dressé énonceront les prénoms, noms, professions et domiciles des futurs époux, leur qualité de majeurs ou de mineurs, et les prénoms, noms, professions et domiciles de leurs pères et mères. Cet acte énoncera, en outre, les jours, lieux et heures où les publications auront été faites, etc. » — Je vous remercie beaucoup, monsieur le maire, de m'avoir dit tout cela ; mais est-ce qu'il ne serait pas possible, en payant, d'avancer un peu le mariage ? Il me regarda en souriant : — Non, mon cher ami, cela ne se peut pas ; comme toutes les bonnes choses, les lois ont leurs gênes ; mais ce qui vous paraît un obstacle à vos projets, qui, j'aime à le croire, sont désintéressés, est en même temps un obstacle à ces mariages par captation, qui pourraient dépouiller d'honnêtes familles de leur patrimoine, tandis qu'ils enrichiraient d'avides étrangers, dont l'unique métier serait d'épouser des moribonds. Le législateur a dû prévoir qu'il y aurait des fripons habiles à profiter de ses moindres distractions ; il a dû serrer le fil de sa trame, afin que l'astuce ne pût se glisser entre les réseaux, et le Code ayant été conçu dans un but d'intérêt général, vous devez trouver naturel qu'il blesse quelques intérêts particuliers : ce qui est commode pour tout le monde, doit nécessairement être incommode pour quelques uns ; ainsi que vos futurs attendent donc les onze jours que la loi réclame. — Mais la demoiselle n'a peut-être pas quarante-huit heures à vivre. — Alors c'est d'un enterrement qu'elle a besoin, et non pas d'une noce. — Mais elle tient à être mariée avant de mourir. — Vous sentez bien que pour satisfaire à un caprice de malade, on ne peut pas changer la législation du royaume. — Je dois vous dire aussi, monsieur le maire, que la pauvre enfant à quelques remords... voilà deux ans qu'elle est la maîtresse de mon ami... ce serait une consolation pour elle de voir celui qu'elle a tant aimé, légitimer une liaison que le monde appelle coupable. — Ses remords regardent son confesseur, si elle en a un. Quant à cette consolation qu'elle demande, si la jeune personne est raisonnable, elle doit se contenter du désir que son amant a manifesté de l'épouser : l'intention est réputée pour le fait. — Oui, mais l'intention ne suffit pas pour donner un nom à son enfant. — Eh bien ! que craint-elle ? de laisser dans le monde un bâtard ?... mais ils ne sont déjà pas si malheureux pour qu'on les plaigne ; les bâtards font assez bien leur chemin en France ; nous en avons de très célèbres dans notre histoire : Guillaume-le-Conquérant était un bâtard, et le beau Dunois donc !... enfin la glorieuse branche des Vendôme n'avait pas d'autre origine ; et sans aller chercher si loin, mon agent de change, qui vient de se retirer des affaires avec un demi-million de fortune, n'est pas autre chose qu'un bâtard : quand le commerce s'honore d'en posséder, que les beaux-arts et la littérature leur doivent peut-être les plus beaux fleurons de leurs couronnes, je ne vois pas pourquoi les parens se désoleraient de mettre au monde des enfans sans nom ; ils finissent toujours par s'en faire un. En terminant ainsi, le maire se leva, fit quelques pas vers la porte ; je vis bien qu'il n'y avait pas moyen de marier mon ami Paul avec sa Francine, à moins que la maladie ne voulût bien leur accorder un sursis de quinze jours.

Il y avait déjà quatre ou cinq heures que j'étais sorti de chez Paul quand j'y retournai, après ma visite inutile chez le curé de sa paroisse et le maire de son arrondissement. Un mouvement extraordinaire régnait dans l'escalier du jeune mécanicien ; on montait, on descendait avec empressement ; les voisins formaient des groupes sur les divers carrés : j'eus le pressentiment d'un malheur. Je m'informai en tremblant auprès des causeurs que je rencontrai. — C'est, me répondit-on, M. Paul Christian qui vient de crier : — Au secours ! On est accouru chez lui ; il paraît qu'après avoir appelé, le pauvre garçon s'est trouvé mal.—Et sa femme, et Francine ? demandai-je. — Nous ne savons rien de positif : les uns disent qu'elle respire encore, d'autres nous ont assuré que c'était fini. — Ce serait bien heureux pour cet estimable jeune homme, ajouta une charitable voisine, il y a assez long-temps qu'il a soin d'elle ; puisqu'il faut qu'elle en finisse, autant que ce soit aujourd'hui que demain. Je ne répondis rien à cette singulière marque d'intérêt ; je continuai à monter ; mais, bien que j'eusse le désir de connaître toute la vérité, je ne pouvais

me décider à entrer dans la chambre de la malade. Une femme en sortit :
— Eh bien ! lui dis-je, quoi de nouveau ? — Rien encore ; M. Paul a repris connaissance, et sa femme n'est pas plus mal que tout à l'heure : il
a cru un moment que la pauvre créature venait de passer, et voilà ce
qui a causé son évanouissement... Vous pouvez entrer, elle reconnaît encore tout le monde... Tenez, écoutez plutôt, elle parle... elle parle, et
très distinctement même. Je reconnus la voix de Francine et celle de
Paul ; mais les accens de ce dernier passaient coupés par des sanglots.
Grâce à la certitude que je venais d'acquérir sur l'existence de la malade,
mon sang, qui s'était arrêté, glacé dans mes veines, recommença à circuler ; je recouvrai la respiration, étouffée un moment par une subite et
profonde émotion, et je me hasardai à revoir, pour la dernière fois sans
doute, la maîtresse de mon jeune ami.

Un tableau poignant m'attendait dans cette chambre. Paul, à genoux
devant le lit, paraissait céder au plus affreux abattement ; la tête baissée,
les mains jointes, il appelait Francine avec un sentiment d'angoisse, et
ce nom, à peu près perdu dans les larmes de sa voix, n'arrivait aux oreilles de la malade que comme un cri de désespoir. Pour elle, étendue sur
le lit, à demi habillée et couverte avec l'étoffe de la robe de noce, elle
essayait en vain de soulever sa tête, qui retombait à tous momens sur
l'oreiller ; elle cherchait des yeux et de la main à saisir le bras de son
amant pour le forcer à se relever, et disait en pleurant : — Paul !... mon
ami... écoute-moi... je suis toujours là... je t'entends... tu me fais mourir... je suis donc bien mal ? Et m'apercevant, elle ajouta : — Monsieur,
faites donc qu'il me regarde... qu'il me parle... nous avons tant de choses
à nous dire, et si peu de temps à rester ensemble ! J'affectai un calme
que je n'éprouvais pas, et je dis, en forçant ma voix pour qu'on ne s'a-
perçût pas de mon émotion : — Allons donc, Paul, levez-vous ; qu'est-ce
que cela signifie de pleurer ainsi... quand j'arrive pour vous parler de
votre noce ?... Parce que madame vient d'éprouver une faiblesse, est-ce
une raison pour mettre tout sens dessus dessous ? ne deviez-vous pas
prévoir que votre femme se trouverait mal si elle restait trop long-temps
levée ?... Voyons, de la gaîté ici ; on va vous marier quand vous le voudrez... que diable ! nous ne sommes pas des enfans... Je ne savais en
vérité que lui dire : l'inquiétude de mes regards devait démentir le calme
de mes paroles ; on fait difficilement passer dans l'âme d'un affligé l'espérance qu'on ne partage pas soi-même ; je vis bien que mes consolations ne produisaient pas l'effet que j'en attendais ; car Paul, en se relevant, fit un mouvement de tête qui me prouvait que toute l'éloquence de
la terre ne pourrait plus le rassurer. — Par exemple, continuai-je, est-ce
que vous lisez dans l'avenir à présent ?... est-ce quand madame a été
beaucoup mieux qu'on doit se désoler ainsi ?... Vous savez bien que ce
matin elle était presque rétablie. — Oui, ajouta Francine, j'étais rétablie
comme ma mère et ma sœur, qui donnaient tant d'espérances le matin ;
elles ne virent pas la fin de la journée. — Vous le voyez bien, reprit
Paul, son imagination est frappée, il n'y a pas moyen de la dissuader
maintenant ; elle ne croit plus à la vie. — Non, mon ami, je ne peux plus
y croire, quand même ma vue n'aurait pas été affectée si vivement à
l'aspect de ce crucifix d'argent que notre voisine était venue placer sur
mon lit, tandis que tu avais perdu connaissance. Quand bien même tu
m'épargnerais le spectacle de ton désespoir, je ne sentirais pas moins que
l'existence se retire de moi peu à peu et va bientôt m'abandonner... Tu
le vois bien, Paul... je me fais une raison... imite-moi et causons, mon
ami... J'aurais voulu embrasser notre enfant, mais il est loin d'ici !... Tu
lui diras, quand il pourra te comprendre, qu'il avait une mère qui l'aurait bien aimé... n'est-ce pas, tu me le promets ?... — Francine, ne parlons pas de tout cela... — Au contraire, nous devons en parler, puisque
nous allons nous quitter... Ah ! il faut que tu me promettes encore une

chose... oh! mais que tu me jures là... sur ton honneur... je mourrais trop malheureuse sans cela?... — Commande, ma chérie... quelles que soient tes volontés, je ne vivrai que pour les remplir... — Bien ; donne-moi ta main... C'est singulier, il me semble que j'y vois moins... Je faiblis, Paul... soutiens-moi! Nous courûmes tous deux vers le lit ; mais Francine, qui pouvait à peine parler, me repoussa de la main en murmurant sourdement : — Non, lui! rien que lui! — Dieu! Dieu! elle va passer! s'écria Paul ; mon amie!... ma femme!... Francine!... m'entends-tu encore? Elle fit un signe de tête, porta sa main à sa poitrine comme pour en arracher une douleur ; une sueur froide et abondante couvrait son front, ruisselait sur ses tempes, et inondait sa poitrine. Paul l'essuya légèrement ; il passa la main dans ses cheveux, ils étaient humides. Un soupir profond s'échappa du sein oppressé de la jeune malade, nous crûmes un moment que ce soupir était le dernier ; mais bientôt après Francine rouvrit les yeux :—Reste là, dit-elle à son amant, ce n'est pas la mort, elle doit faire plus de mal que cela... Pauvre ami, je te donne bien du tourment... mais, sois tranquille, cela sera bientôt fini... Paul, pour détourner cette pénible conversation, lui rappela qu'elle avait une recommandation à lui faire : — Attends, dit-elle, que je tâche de m'en souvenir... Ah! bien... j'y suis, c'était au sujet de celui que je vais laisser orphelin... Mon Paul! je t'en conjure, ne lui donne jamais une belle-mère! — Jamais! dit-il en pressant avec une espèce de frénésie des mains déjà glacées. — Cher ami, continua la malade, dont la voix s'affaiblissait de moment en moment, j'aurais tant voulu porter ton nom avant de mourir! qu'au moins aucune femme ne puisse être plus heureuse que ta Francine... Et ma belle robe de noce, reprit-elle avec l'accent du regret, je ne la mettrai donc pas... quel dommage! je l'ai reçue avec tant de plaisir!... elle ne servira à personne, entends-tu?... Ah! mon Dieu!... il faut y renoncer ; cependant, Paul... si tu le voulais... je n'aurais pas d'autre linceul... Voyons, ne gémis pas comme cela... écoute-moi, il faut bien parler de toutes ces choses-là, puisque le moment est venu... tu ne vois donc pas que j'ai encore moins de force que je n'en avais tout à l'heure?... Approche... plus près encore... je crois que ma voix se perd... tu ne peux pas m'entendre? Il se pencha vers elle. Comme je m'étais tenu assez éloigné du lit de la malade depuis qu'elle m'avait repoussé, je m'avançai pour recueillir ses dernières paroles. — Encore une prière, mon ami, disait-elle, j'ai peur du corbillard des pauvres! et puis si je n'avais personne pour m'accompagner là-bas... et pas une place à moi... à moi seule, où mon enfant apprenne du moins que sa mère est là... un convoi... une pierre! tu ne me le refuseras pas?... Hein! réponds-moi, Paul? une place, n'est-ce pas, et la tienne à côté? — Oui, oui, murmurait Paul en proie à la plus vive agitation ; tu auras tout, Francine, et bientôt je te rejoindrai.—Oh! non, mon ami... non... et notre enfant! notre Ernest!... Ernest! répéta-t-elle, puis je n'entendis plus rien. Paul resta un moment comme frappé de stupeur ; sa bouche pressait les lèvres violettes de son amie ; ses yeux étaient fixes comme ceux de Francine ; enfin un sanglot déchira sa poitrine : — Ah! s'écria-t-il, j'ai reçu son dernier souffle! et il tomba à genoux près du cadavre de la poitrinaire.

J'ai vu bien des agonisans dans ma vie, je ne dirai pas sur les champs de bataille, on n'a pas le temps de voir mourir ; mais en route, après une marche forcée, ou dans les hôpitaux militaires ; j'ai serré plus d'une fois la main d'un camarade qui me disait un dernier adieu ; alors, le spectacle de la destruction ne me faisait éprouver qu'un sentiment d'horreur et de dégoût ; j'ignorais cette impression plus profonde de mélancolie et de désespoir dont on se sent saisi à l'aspect d'une jeune femme qui meurt aimée, dont les dernières paroles sont des paroles d'amour. Les soldats meurent en jurant et en demandant de l'eau-de-vie ; mais

Francine, à peine à vingt ans, quittant la vie sans colère, mais avec de touchans regrets, réclamant de la tendresse de son amant une robe de noce pour linceul, un convoi pour l'accompagner à sa dernière demeure, une pierre où son enfant pourra venir la pleurer, tout cela m'inspirait un sentiment religieux dont je ne cherchais pas à me rendre compte. J'obéis au mouvement qui agitait mon âme; je ne sais si Paul s'était agenouillé pour prier, ou s'il ne cédait pas plutôt à un abattement bien naturel, après moi, je me surpris rassemblant dans ma mémoire quelques phrases sans suite d'une prière d'enfant que ma mère m'avait apprise autrefois.

Plus d'une heure se passa sans que Paul pût trouver une seule parole à m'adresser; il allait et venait de sa chambre à l'atelier, s'arrêtait près du lit de la morte, s'asseyait devant une table, prenait une plume, essayait de tracer quelques chiffres... Mais, comme si sa tête embarrassée se fût refusée à toute espèce de calcul, il jetait la plume en soupirant; je le regardais faire sans oser rompre le silence; il me fournit à la fin l'occasion de parler; je l'avais entendu dire tout bas : — Mes outils !... quelques misérables livres de fer et de cuivre !... non, ce n'est pas assez !... et j'ai promis !... — Eh quoi ! mon ami, c'est le prix du convoi et celui de la pierre qui vous embarrassent?... mais je remuerai le ciel et la terre pour vous rendre ce dernier service. — Je vous dois déjà tant ! me répondit-il. — Ne vous inquiétez de rien, j'ai des camarades à Paris. — Mais c'est pour demain, vous le savez ? — Aujourd'hui même je vous trouverai cela, repris-je ; il est six heures du soir, je sais dans quel café je rencontrerai mes anciens amis du régiment. Attendez-moi, je ne tarderai pas à revenir. Et je me remis en route une seconde fois pour procurer à Paul l'argent nécessaire aux dernières volontés de sa maîtresse. Je jouai de malheur, j'avais compté sur mes compagnons d'armes, ceux qui pouvaient avoir de l'argent n'étaient pas au rendez-vous ordinaire. Je n'y trouvai que les plus pauvres : ceux-là faisaient, à crédit, une poule au billard. Je frappai à d'autres portes, et j'emportai de chez tous mes amis la même expression de regret qu'ils éprouvaient de ne pouvoir m'obliger. C'est à peine si j'osais revenir chez Paul les mains vides; cependant il fallut bien me résoudre à lui faire part du mauvais succès de mes démarches. — Eh bien ? me dit-il avec inquiétude. — Rien, mon pauvre ami ! répliquai-je tristement. — Et le médecin des morts qui sort d'ici ! le corps doit être enlevé demain à deux heures... Ah ! Francine ! Francine ! faudra-t-il donc que je manque à la dernière promesse que je t'ai faite?... J'aurais à me reprocher de n'avoir pas accompli ton dernier vœu ! Oh ! non, cela n'est pas possible ! cette idée-là me tuerait. Il pencha son front sur ses mains en répétant : — Et pas une ressource !... pas une seule ! même en vendant mes outils ! Il resta absorbé dans de sombres réflexions, pendant que je cherchais de mon côté, si je ne trouverais pas le moyen de réaliser la somme qui devait s'élever au moins à cent francs, et aucun expédient ne se présentait à mon esprit. Paul, après quelques minutes de silence, releva la tête. — Mon ami, me dit-il d'un air triomphant, je suis sauvé ! je sais où me procurer l'argent qui m'est nécessaire. Restez ici... dans une demi-heure je serai de retour. Il se dirigea vers le lit, ouvrit les rideaux, j'entendis le bruit d'un baiser qu'il osait encore imprimer sur les joues livides de Francine ; après quoi il prit son chapeau, et, sans vouloir m'expliquer sa pensée, il sortit précipitamment.

Quelques minutes après son départ une voisine entra; elle tenait d'une main un pot de ferblanc où trempait une branche de buis, et de l'autre deux immenses chandeliers de cuivre. — Mon mari, me dit-elle, qui est tourneur en cuivre, veut bien prêter cela à monsieur Christian. Dame ! entre voisins, il faut bien s'obliger. Elle posa les chandeliers devant le lit, alluma deux chandelles qui jouaient dans le cylindre des flambeaux; le pot de ferblanc, rempli d'eau bénite, fut placé au pied du crucifix qui

reposait sur le lit. J'aidai la voisine à faire ses préparatifs pour la veillée
des morts; elle parlait même de s'établir auprès du corps de Francine
jusqu'au lendemain matin; mais Paul, qui rentra, la remercia de son
offre obligeante. — C'est inutile de vous fatiguer, dit-elle à Paul, vous
avez eu bien assez de secousses aujourd'hui, mon pauvre voisin; laissez-
moi prier auprès de votre femme, et allez vous reposer. — Non, reprit-il,
j'ai à écrire, je ne me coucherai pas de toute la nuit; encore une fois,
merci, ma voisine. — Alors à demain; je veux que vous m'appeliez pour
l'ensevelir, afin qu'il soit dit que j'aurai rendu un dernier service à cette
malheureuse jeunesse. — Eh bien! oui, à demain, reprit-il d'un ton
pénétré. Et la bonne voisine sortit après avoir fait tomber quelques gouttes
d'eau bénite sur la robe de noce qui dessinait les formes du cadavre.

IV

La Veillée des Morts.

Chante, chante, troubadour, chante.
ROMAGNÉSI.

Vous ne pouvez vous figurer combien est longue
et triste la nuit qu'un malheureux passe tout entière sans fermer l'œil, l'esprit fixé sur une situation
affreuse et sur un avenir sans espoir.
XAVIER DE MAISTRE. — Le Lépreux
de la cité d'Aoste.

— Avez-vous réussi? demandai-je vivement à Paul dès que la voisine
se fut retirée. — Hélas! oui, me répondit-il en jetant avec rage un rou-
leau de papier sur la table... demain, à dix heures, j'aurai mon argent.
Mais si vous saviez ce qu'il va m'en coûter pour remplir un devoir sacré?...
Non, l'enfer n'inventerait pas de supplice plus affreux que celui auquel
je me suis condamné pour cette nuit. — Mais qu'allez-vous donc faire,
mon ami? répliquai-je avec inquiétude. Il me regarda fixement; un sourire amer glissa sur ses lèvres avec ces paroles qui m'épouvantèrent : —
Ce que je ferai?... je vais chanter! oui, chanter! reprit-il avec une espèce
de délire; là!... près du corps de ma femme expirée... je demanderai à
la mort des inspirations... et... j'en trouverai! car il faut que le désir de
Francine s'accomplisse; elle a reçu ma parole, et je ne crains plus d'y
manquer : Riter me donne cent francs!... Je restai stupéfait. — Eh
quoi! lui dis-je, ce que vous ne vous sentiez pas le courage d'exécuter ce
matin, quand vous pouviez encore espérer de la conserver, vous allez
l'entreprendre, maintenant que votre cœur est brisé par la douleur? —
Vous l'avez dit : j'espérais, j'avais le temps, l'espace devant moi, je me
jetais dans l'avenir... voilà ce qui me faisait méconnaître mes forces.
Mais, à présent, il n'y a plus d'avenir pour moi; c'est demain qu'on vient
me l'enlever; c'est demain que je dois tenir ma promesse... et je la tiendrai; car moi aussi j'ai peur du corbillard des pauvres! Il s'approcha du
lit où reposait Francine, et, comme si elle eût pu l'entendre encore, il
dit : — Tu seras satisfaite, ma Francine!... On me demande du talent...
de l'esprit... de la gaîté!... j'en aurai, je te le promets... le désespoir
m'en donnera... je les ferai rire, et tu auras un convoi. L'état d'exaltation
dans lequel je voyais mon pauvre ami, m'effrayait trop pour que je con-
sentisse à le laisser seul passer la nuit auprès de la morte; aussi, quand

il m'engagea à le quitter, je m'y refusai obstinément. — Nous veillerons
ensemble, lui dis-je ; vous ne voudrez pas me priver de ce triste plaisir?
Ne croyez pas que j'aie l'intention de vous détourner de la tâche pénible
que vous allez accomplir... j'aurais voulu vous l'épargner ; mais puisque
l'événement a trompé le désir que j'avais de vous être utile, eh bien ! par
ma présence, je soutiendrai votre courage... nous parlerons d'elle. —
Restez donc, puisque vous le voulez bien, reprit-il ; peut-être avez-vous
raison ; après tant d'émotions et de fatigues, la nature pourrait être plus
forte que ma volonté ; et si je cédais au sommeil !... si je ne me réveillais
que demain ! Mais vous allez passer une bien mauvaise nuit ! — Eh ! mon
ami, la vôtre sera-t-elle meilleure ? Paul fit un soupir de résignation, et
prépara silencieusement tout ce qui lui était nécessaire pour écrire. Il
allait s'établir devant sa petite table quand je l'arrêtai par ces mots : —
Un moment, lui dis-je, peut-être n'avez-vous rien pris de la journée ? il
vous faut des forces pour veiller encore jusqu'à demain. — Merci,
me répondit il, je n'ai pas faim, je ne pourrais pas manger. — Au moins, vous
boirez un coup avec moi, Paul ; vous ne devez pas me refuser cela. — Ce
sera comme vous voudrez... je n'y tiens pas... je n'ai besoin de rien. —
N'importe, je vais toujours aller chercher une bouteille, vous verrez que
cela vous fera du bien. Je sortis, et bientôt après j'étais de retour, rapportant un morceau de pain, un litre de vin, et des verres que je posai
sur la cheminée. — Allons, dis-je à Paul en lui présentant un verre plein,
à votre bon courage ! — Au repos de son âme ! me répondit-il ; nous trin-
quâmes. — Eh bien ! continuai-je, quand Paul eut replacé son verre auprès
du mien, avouez que vous aviez besoin de cela ? — C'est vrai, je me sens
plus animé... je crois que mon travail sera bon. — En ce cas-là, à la
besogne, car il se fait tard. — Chut ! me dit-il, je tiens une idée. En effet,
son teint s'anima, ses yeux brillèrent, et il commença à se promener à
grands pas dans la chambre. Pour moi, je me jetai sur un fauteuil placé
près du lit de Francine, et je me préparai à commencer une nuit plus
remplie d'émotions pénibles qu'il n'est souvent donné à l'homme d'en
éprouver durant une longue carrière.

　　Paul écrivit, sa plume courait sur le papier ; un tremblement nerveux
faisait de temps en temps frissonner tout son corps, et sa bouche murmurait un air de contredanse dont les phrases légères et sautillantes étaient
interrompues par de profonds soupirs. Après un quart d'heure de travail,
le jeune poëte se leva ; il y avait du désordre dans ses yeux, la sueur
couvrait son front. — Enfin, dit-il, voilà mon premier couplet terminé...
je le crois assez bien tourné... je suis en verve... mais c'est égal je ne
continuerai pas, ce que je fais là est trop épouvantable... c'est au dessus
des forces de l'homme ! Il jeta sa plume avec colère et recommença à
marcher dans la chambre. — Paul ! lui criai-je, Paul, c'est demain à deux
heures qu'on enlève le corps de Francine ! et vous vous laissez abattre...
Voyons, buvez encore un coup. Il repoussa le verre que je lui tendais.
— Mais il faut gagner l'argent de Riter. — Sans doute, c'est ce que je
fais : ne voyez-vous donc pas à mes souffrances que je travaille pour cela?
croyez-vous que l'on compose avec calme... surtout devant un pareil
spectacle ? et il entr'ouvrit les rideaux ; son agitation était affreuse ; je
crus un moment que ses esprits étaient égarés, car plusieurs fois il appela
Francine ; mais bientôt le calme revint, Paul retourna s'asseoir devant la
table ; je surpris un sourire sur sa bouche : il chanta. Je ne vous dirai ni
sa complainte ni les efforts surhumains qu'il fit pour composer ses douze
couplets. A huit heures du matin le manuscrit était prêt ; mais, pour en
arriver là, que d'angoisses, que de stations auprès du corps de Francine ;
il faut avoir entendu ses paroles de désespoir, coupées par des chants
burlesques, pour concevoir ce qu'un pareil mélange peut causer de sensations déchirantes, et cela au milieu de la nuit, quand le bruit a cessé
dans les rues, et que deux flambeaux lugubres veillent tristement auprès

d'un lit de mort. Plus d'une fois je le vis au moment d'abandonner sa
tâche, et je ne me sentais plus le cruel courage de la lui faire reprendre :
il souffrait tant ! Je le voyais tomber, accablé, sur sa chaise ; il pleurait de
rage, je pleurais avec lui ; alors il me regardait tristement. — Ce n'est
plus demain, me disait-il, c'est aujourd'hui... dans quelques heures qu'on
doit venir la chercher ; et j'aurai manqué à ma promesse, quand il dépend
de moi de la tenir !... Je ne suis donc qu'un enfant pour me décourager
ainsi ?... Chante, malheureux ! chante, il lui faut une place au cimetière !
Et soudain il reprenait la plume et recommençait à fredonner son joyeux
refrain. Mais quand il eut fini son horrible travail, Paul resta comme
anéanti sur son siége, ses bras tombèrent sans force à ses côtés, sa tête
se courba sur sa poitrine, ses yeux se fermèrent à demi : c'était l'épuisement d'un malheureux qui vient de succomber à une attaque d'épilepsie.
Enfin, mon pauvre ami eut le bonheur de s'endormir. Son sommeil durait
depuis une heure, quand un violent coup de sonnette le réveilla ; il se
leva, tout surpris d'avoir cédé au besoin de repos. — C'est Riter, sans
doute, me dit-il ; ah ! si vous n'aviez pas été près de moi, rien ne serait
fait ; voilà comme j'aurais dormi ; excellent ami ! c'est à vous que je dois
mon travail ; jamais je ne l'oublierai... pourvu que mon libraire soit
content, ajouta-t-il avec un sentiment de crainte. C'était Riter, en effet,
qui venait chercher la complainte ; il entrait inquiet sur la promesse de
son auteur. — C'est fait, lui dit Paul ; mais découvrez-vous... chapeau
bas ; il y a une morte ici. Le libraire pâlit, ôta respectueusement son
chapeau, s'avança vers le vase qui renfermait l'eau bénite. — Vous permettez, mon cousin ? dit-il, et il aspergea de loin avec la branche de buis
le corps de la défunte. — Maintenant, à notre affaire, reprit Riter en
jetant un regard furtif sur les papiers qui couvraient la petite table. Paul
prit le manuscrit et lut sa complainte ; à chaque trait plaisant il regardait
en souriant son libraire, et cherchait à deviner sur ses traits stupides une
expression de plaisir ; mais rien ne pouvait émouvoir Riter ; déjà Paul
commençait à se troubler ; je voyais ses jambes trembler sous lui ; sa voix
faiblissait ; j'eus pitié de son état. — Mais riez donc, dis-je au libraire,
votre fortune est là-dedans... c'est admirable ! — Ce n'est pas la peine de
se fâcher pour ça, reprit-il froidement ; si vous ne m'avez pas vu rire,
c'est que je n'écoutais pas... je pensais à mettre les exemplaires à trente
sous. A ces mots, Paul roula son manuscrit, le mit sous le bras de Riter.
— Et mes cent francs ? demanda-t-il. Le libraire tira lentement vingt
pièces de cent sous de la poche de son gilet ; il les compta plusieurs fois,
poussa un soupir. — C'est bien de l'argent, dit-il ; mais je vous ferai faire
autre chose pour me rattraper avec vous. Il sortit.

Aussitôt que Paul eut dans ses mains le prix de son supplice de la nuit,
il me chargea d'aller commander le convoi de sa maîtresse. La voisine
descendit, comme elle l'avait promis la veille, pour ensevelir Francine ;
mais il était déjà trop tard ; à peine mon ami s'était-il trouvé seul avec le
cadavre, qu'il s'était empressé de le couvrir de son linceul. La robe de noce
fut son dernier vêtement. Paul trouva encore assez de forces pour accompagner au cimetière le corps de Francine. J'avais réuni un grand nombre
d'amis, qui suivirent avec moi le char funèbre. L'emploi de la veillée des
morts satisfit tout le monde ; la complainte eut un succès fou ; Paul remplit
religieusement une promesse sacrée ; Riter fit d'énormes bénéfices, et
Francine eut une pierre.

Voilà l'histoire de cette complainte à laquelle je dus un ami.

— Et voilà vos opales, répondis-je, encore tout ému de ce que je venais
d'entendre ; peut-être trouverez-vous que les ovales sont peu réguliers, et
que les cabochons ne forment pas assez bien la goutte de suif ; mais il faut
s'en prendre d'abord aux parties terreuses qui se rencontrent dans la
pierre, et peut-être bien aussi à l'attention que j'ai donnée à votre histoire.

Ce récit m'a paru si intéressant, que j'ai cru devoir le placer dans mon recueil sans y rien changer. Puisse le lecteur y trouver quelque plaisir ! c'est le vœu que je forme en écrivant ici :

FIN DE LA COMPLAINTE.

———

LA MAITRISE.

I

Monsieur de Saint-Hubert.

> N'est-ce pas une chose qui m'est tout à fait ho-
> norable, que l'on voie venir chez moi si souvent
> une personne de cette qualité, qui m'appelle son
> cher ami, et me traite comme si j'étais son égal ?
>
> MOLIÈRE.— Le Bourgeois gentilhomme,
> acte III, scène III.

> « Ah ! laisse à tant d'amour un peu de jalousie!
> Non pas pour les mortels, car j'ose m'assurer
> Que tu n'aimes que moi.
> — Tu le peux bien jurer!
> — Mais je me sens jaloux de tout ce qui te touche.»
> THÉOPHILE. — Pyrame et Thisbé,
> acte IV, scène Ire.

Huit jours de pluie venaient d'interrompre ces conciliabules des commères qui, durant la belle saison, se forment le soir devant la porte des
maisons de la capitale. La journée du 25 mai 1787 avait fait espérer qu'on
reprendrait enfin le cours de médisance si brillamment professé, dans la
rue des Prêtres-Saint-Germain-l'Auxerrois, par une douzaine d'honorables mères de famille, parmi lesquelles les anciens du quartier citent
encore avec respect madame Pingenet, revendeuse à la toilette.

La soirée était superbe ; les boutiquières, assises devant le magasin de
madame Pingenet, écoutaient celle-ci qui pérorait au milieu d'un cercle
composé des plus huppés du voisinage. Quant aux maris des élues du
club, ils jouaient au petit palet à la porte de l'épicier du coin. Le récit
des intrigues galantes qui, l'année dernière, remplissait suffisamment les
plus longues soirées d'été, n'était plus maintenant pour ces dames qu'un
hors-d'œuvre, une transition apéritive qui les faisait passer insensible-
ment à la pièce de résistance, au mets à la mode, la politique. La revendeuse était une véritable providence pour les nouvellistes du quartier
Saint-Germain-l'Auxerrois; grâce à sa profession, qui lui donnait ses
grandes entrées chez les plus célèbres demoiselles de l'Opéra, elle vivait
dans une espèce d'intimité avec les chefs de la police et les princes du
clergé français.

Depuis quelques jours on parlait, dans Paris, de la disparition du
libraire Blaizot ; madame Pingenet s'était engagée auprès d'une voisine,

parente du marchand de livres, à découvrir sa retraite, et, le soir du 25 mai, elle devait apprendre à sa voisine le résultat de ses recherches : aussi la conversation était-elle vive et animée.

Comme M. Blaizot n'est point appelé à l'honneur de figurer dans cette histoire, je m'empresserai d'en finir avec un personnage qui ne doit plus reparaître.

Louis XVI, long-temps trompé par ses hommes de cour, sur la véritable situation de son royaume, avait enfin découvert une de ces brochures dans lesquelles de courageux citoyens exposaient, sans déguisement, les misères de la France et les vœux du peuple pour le renvoi des indignes conseillers de la couronne. C'était au patriotisme et à l'adroite conduite du libraire Blaizot que le roi devait d'avoir pu lire l'un des cent mille pamphlets que le ministère cachait avec tant de soin à la connaissance du monarque. Louis XVI, curieux de savoir quelles plaintes la nation pouvait former contre des ministres qui se vantaient, à Versailles, de jouir de l'estime publique, indiqua au libraire un lieu secret où il devait venir, tous les matins, déposer les pamphlets que l'on imprimait à Paris dans les greniers et dans les caves. Fidèle à sa promesse, Blaizot tenait, depuis deux mois, le prince au courant de toutes les brochures clandestines dont la capitale était alors inondée ; mais le but de ses voyages à Versailles fut enfin découvert par des individus intéressés à ce que le roi ne communiquât même pas par la pensée avec son peuple. « Il faut, écrivait le baron de Breteuil au lieutenant-général de la police du royaume, que le libraire Blaizot soit convaincu de se livrer au commerce des livres prohibés, et, pour punition de ce délit, vous le ferez saisir et conduire à la Bastille, où M. Delaunay le retiendra jusqu'à nouvel ordre. »

M. Thiroux de Crosnes, jaloux de se montrer digne de la confiance du ministre favori, répondit à son message par une prompte exécution ; car il régnait en ce temps-là un admirable accord dans l'administration des affaires publiques, et le plus délicat échange de bons procédés entre la police et la noblesse du royaume.

Un jour le magasin de maître Blaizot est investi par une nuée d'agens du lieutenant-général : un commissaire vient rapporter au libraire un livre obscène que celui-ci prétend n'avoir jamais vendu. On fouille toute la boutique, et sur des rayons élevés où Blaizot soutient qu'on ne doit trouver que le *Spectacle du Ciel*, de l'abbé Pluche, les *Essais de Nicolle* et les *Confessions de saint Augustin*, les mouchards découvrent plusieurs douzaines d'exemplaires du livre infâme que le commissaire tient en ce moment à la main. Blaizot ne peut comprendre comment de pareils ouvrages sont entrés chez lui ; mais il est bien forcé de convenir qu'ils y étaient, puisque les preuves tombent des mains des agens de M. Thiroux de Crosnes. C'en fut assez pour justifier la rigueur du magistrat. On fit fermer la boutique, et Blaizot fut enlevé.

Madame Pingenet apprit donc à sa voisine que le libraire était embastillé : grâce à cette nouvelle, la parente sollicita la mise en liberté de M. Blaizot. C'est par une pétition qu'elle adressa au roi, et qui eut le bonheur de lui arriver directement, que Louis XVI sut enfin pourquoi il ne trouvait plus de brochures dans sa cachette. L'ordre de faire sortir le libraire de prison fut expédié de Versailles ; Blaizot reprit son commerce, vendit au peuple des livres contre le ministère, mais se garda bien d'en prêter au roi, qui, dès lors, ne lut plus que ce que son censeur royal voulut bien approuver, d'après l'ordre de monseigneur le chancelier.

Le récit de la revendeuse, qui tenait éveillés les gros bonnets des environs, avait fait plus d'une fois bâiller une grande et maigre jeune personne, au teint pâle, au regard mourant ; aussi s'empressa-t-elle de demander à madame Pingenet, sa chère mère, la permission de quitter le cercle, dès que de ses yeux bleus et languissans elle aperçut un joli jeune homme qui venait vers elle en souriant.

Le petit monsieur salua l'assemblée d'un air rayonnant; il pirouetta pour faire admirer la coupe gracieuse de son habit cannelle; il ôta son chapeau, moins pour saluer que pour découvrir sa perruque à nœuds, prit une prise, afin d'avoir l'occasion de secouer les grains de tabac tombés sur sa veste rouge brodée d'or. Content de l'effet que venait de produire sa toilette, il présenta sa main blanche à mademoiselle Geneviève; la jeune fille baissa les yeux, pinça les lèvres, et posa timidement un doigt noir et criblé de piqûres d'aiguilles dans la main qu'on lui offrait.

Madame Pingenet la suivit des yeux jusqu'à la porte de l'allée voisine, où Geneviève s'arrêta avec son cavalier. Pendant le coup d'œil que commandait la surveillance maternelle, les commères s'entre-regardèrent; quelques unes se donnèrent un léger coup de coude avec une intention maligne, les plus franches haussèrent les épaules, puis la conversation se ranima de nouveau.

Comme nous ne pourrions rien recueillir d'utile ou d'agréable en écoutant de bonnes mères de famille qui déraisonnent sur l'amour, auquel elles ne comprennent plus rien, et sur la politique, à laquelle elles ne pourront jamais rien comprendre, laissons-les tuer le temps, et se venger de lui à force de médisance; mais tâchons de ne pas perdre un mot de l'entretien de la grande et pâle Geneviève avec le petit monsieur encore tout pimpant, mais qui, déjà, ne rit plus.

— Ainsi, mademoiselle, vous avez montré ma lettre à madame Pingenet? — Oui, monsieur; et ma chère mère, qui ne veut pas gêner mes inclinations, m'a laissé la liberté de vous répondre. — C'est-à-dire que je pourrais plaire à madame votre mère? — Comme un autre, monsieur, et à moi aussi. — Parbleu! je le savais bien... — Vous ne me laissez pas finir; je vous disais donc que vous pourriez me plaire, si je n'avais pas déjà promis d'épouser M. Jean Leblanc, qui, depuis long-temps, me parle pour le mariage. — Voilà la première fois qu'il m'arrive d'être sacrifié à un homme de rien; cela m'apprendra une autre fois à n'avoir que des vues honnêtes. — Ne vous fâchez pas, monsieur de Saint-Hubert, dit d'une voix tremblante la pauvre Geneviève, qui cherchait, en roulant les plis de son tablier de soie noire, à excuser honnêtement son indifférence pour le joli monsieur; ce n'est pas ma faute si M. Jean Leblanc m'a aimée depuis plus long-temps que vous; pourquoi n'êtes-vous pas venu le premier? — Il fallait me dire cela plus tôt, mademoiselle... Voilà trois semaines que vous me promenez... j'aurais pu trouver mieux, ou du moins je ne me serais pas amusé à chercher des pratiques nouvelles pour madame votre mère. Qu'est-ce que cela m'a rapporté? rien, qu'une mortification... C'est ma bonté qui me vaut cela; car si j'avais voulu vous séduire... il ne tenait qu'à moi.

A cette réplique impertinente du prétendant désappointé, une rougeur subite colora le front de Geneviève; ses yeux, presque éteints, s'animèrent d'un éclat qui ne leur était pas naturel; l'indignation semblait devoir lui prêter une de ces réponses énergiques que les femmes savent si bien trouver pour déconcerter celui qui les insulte. Elle ouvrit la bouche pour foudroyer l'insolent, et ne riposta que par une niaiserie. — On ne séduit que celles qui le veulent bien, dit-elle. Puis, après ce grand effort de courroux, elle redevint pâle, son regard s'éteignit, et elle recommença à rouler les plis de son tablier de taffetas noir.

— Bon! reprit en persiflant M. de Saint-Hubert, pourquoi les petites bourgeoises se montreraient-elles si sévères, quand les dames de la cour... Mais je ne venais pas pour vous entretenir de mes conquêtes, je voulais savoir si vous vous sentiriez du goût pour devenir quelque chose, alors je me serais fait connaître; car, jusqu'à présent, j'ai caché à madame votre mère mon véritable état... je ne voulais être aimé que pour moi-même. — Ah! monsieur, je suis bien reconnaissante de l'honneur que vous vouliez faire à notre famille; mais j'aime tant mon prétendu, qu'il faut bien que je refuse la fortune que vous aviez la bonté de me destiner. — Je ne veux pas vous tromper, Geneviève, malgré la mystification que vous me faites éprouver : je ne vous dirai pas que je suis un prince du sang, ni même un gentilhomme de la chambre ; je vous connais, vous seriez capable de le croire, et si l'ambition parvenait à vous décider en ma faveur... — Je n'ai pas besoin de savoir qui vous êtes, puisque je veux tenir la parole que j'ai donnée à M. Jean Leblanc, depuis que ma chère mère m'a permis de penser à lui. — Il vous fera un beau sort, M. Jean Leblanc! — C'est un bon ouvrier.— Mais qui ne sera jamais maître : il n'a ni assez de protection ni assez d'argent pour obtenir la maîtrise ; ces gens-là n'ont qu'une journée bornée au prix que les syndics du métier veulent bien y mettre. — Oui, quand l'ouvrier n'a pas de courage il végète ; mais lorsqu'il est laborieux comme mon futur... — C'est juste, alors il a la ressource de travailler en fraude, dit M. de Saint-Hubert en portant un regard malin sur Geneviève ; mais il faut bien aimer le travail pour s'exposer à perdre ses outils et ses fournitures ; car les maîtres jurés font tout saisir quand ils viennent à s'apercevoir qu'on exerce un état sans jurande. Cependant si M. Jean Leblanc, continue le petit monsieur en appuyant fortement sur ses dernières paroles, si votre prétendu brave, pour vous obtenir, la sévérité des syndics, et si, après ses journées, il se livre en secret à son état, alors... Geneviève regarde autour d'elle comme si elle pouvait craindre d'être entendue ; puis elle dit à voix basse : — S'il se livre à son état en secret ! mais souvent il y passe les nuits. — En ce cas, je ne m'étonne plus si vous payez son courage par un peu d'amour. — C'est bien naturel, n'est-ce pas, monsieur de Saint-Hubert? — Certainement, et je n'ai plus de reproches à vous faire ; seulement il fallait me dire cela tout de suite, je ne me serais pas donné la peine de vous faire la cour.

La conversation finissait, quand un grand jeune homme d'environ vingt-cinq ans, en costume d'ouvrier, coiffé d'un bonnet de laine et portant un tablier de toile verte roulé autour des reins, passa rapidement entre les deux causeurs et disparut au fond de l'allée. Geneviève se retourna pour lui parler, elle vit briller dans l'obscurité une paire d'yeux étincelans. — Quel est cet impertinent? — dit en se retenant à la muraille M. Saint-Hubert que Jean Leblanc avait fait trébucher en passant. — C'est lui ! répondit Geneviève; excusez-le. — C'est une sottise de sa part, répliqua le petit monsieur ; et puisqu'il est vrai, — continua-t-il avec une intention très marquée et un sourire dont l'expression ne fut pas comprise par Geneviève, — et puisqu'il est vrai que votre amant exerce chez lui son métier, je veux que nous fassions connaissance ensemble, je viendrai le visiter avec quelques uns de mes amis qui lui fourniront de la besogne ; vous nous conduirez vous-même à son atelier ; mais ne lui parlez de rien, c'est une surprise agréable que je lui ménage... Vous voyez bien que je n'ai pas de rancune. Geneviève remercia M. de Saint-Hubert ; il la salua avec cet air de familiarité qui convenait si bien à de nobles seigneurs, lorsque ceux-ci faisaient à nos filles l'honneur de les déshonorer, rien qu'en les regardant. Geneviève retourna auprès de sa mère, qui tenait encore courageusement le dé de la conversation. Deux voisines, restées seules avec la revendeuse, attendaient en vain un moment favorable pour placer un mot ; quant aux autres commères, elles avaient cédé de guerre lasse, et venaient de rentrer chez elles.

Madame Pingenet se retira enfin dans sa boutique avec sa fille ; celle-ci, après avoir raconté tout au long son entretien avec M. de Saint-Hubert, souleva l'oreiller, prit le poêlon de terre où le morceau de bœuf, nageant dans le bouillon, se tenait chaud pour le souper de Jean Leblanc.

— C'est bien heureux, dit l'ouvrier, je croyais qu'on ne pensait plus à moi. — Je n'ai pas pu monter plus vite, répondit Geneviève, qui avait peine à reprendre haleine. — Il ne fallait pas causer si long-temps avec ce beau monsieur, murmura Jean sans lever les yeux sur sa future. Elle tourna niaisement les épaules, s'assit, et dit en pleurant : — Vous serez donc toujours méchant ?

C'était un bon garçon que Jean Leblanc : aussi, dès qu'il entendit des soupirs entrecoupés de larmes, il se leva, quitta l'établi devant lequel il s'était placé en arrivant, et après avoir posé sur la table le charbon ardent et la lampe de terre qui lui servaient à souder ses bijoux, il courut vers Geneviève, lui prit la main, et lui dit : —Voyons, pourquoi pleurer ; est-ce toi qui devrais m'en vouloir ? est-ce que je suis jaloux quand un camarade veut rire avec toi, et qu'il ne se cache pas pour dire que tu es gentille ? Ça ne me fait rien, parce qu'entre ouvriers ce n'est que manière de plaisanter ; mais, avec un monsieur, je ne peux pas voir cela de sang-froid ; ils ne peuvent jamais avoir que de mauvais desseins, ces gens-là !—Celui-là n'en a que de bons pour nous. —De bons ? reprit Jean Leblanc avec un mouvement de colère. — Là, voilà qu'il ne veut pas me croire, continua Geneviève en pleurant plus fort. — Eh bien ! si, je te crois, ajouta le jeune bijoutier ; mais, n'importe, ça me déplaît ; et, je te le répète, ça me déplaît, parce que c'est un monsieur, un seigneur... Je ne peux pas les souffrir les seigneurs ; c'est pour eux qu'est tout le bonheur, tout l'argent ; le pauvre ouvrier n'a que la peine ; on le méprise, on lui vole ses journées, et il faut encore qu'il se taise, car les plus riches font la loi... Tiens, Geneviève, on dit que ça ne durera pas... Je n'en sais rien ; mais, tout pauvre diable que je suis, je donnerais ce qu'on me doit ; je donnerais... tout ce que j'ai d'or là, quitte à souffrir la faim pendant dix ans, pour qu'il vienne un bon bouleversement qui rabatte le caquet à ces tas de paresseux qui vont à Versailles s'engraisser du pain blanc que le peuple leur gagne... Il n'a qu'à bien se tenir, le galant que j'ai voulu valser ce soir dans la rue ; car s'il s'avisait de revenir autour de toi, je ne le manquerais pas, foi de Jean Leblanc ! — Il ne reviendra plus... pour m'épouser au moins, dit Geneviève, puisque je lui ai donné son congé ce soir. —C'est bien vrai, ça, ma petite future ? —Certainement ; ma chère mère m'avait dit : « Choisis ; » alors je t'ai préféré. —En ce cas-là, pardonne-moi, je suis fâché de t'avoir fait de la peine ; mais j'avais peur... Dame ! Ils ont d'autres manières que nous, ces grands du beau monde ! — Est-ce que je suis une fille à me laisser prendre aux façons ? — Ne te fâche plus, je suis tranquille, je peux souper maintenant. — Et il se mit à table. Geneviève le servit, et lorsqu'elle s'approchait de lui, Jean Leblanc lui prenait les mains ou la taille.— C'est des bêtises, je ne monterai plus , — disait-elle en tournant vers lui ses yeux languissans. Ceux du jeune bijoutier étaient brillans d'amour ; et à chaque instant la grande fille était forcée de lui répéter : — Mangez donc, monsieur. — Malgré de nombreuses interruptions, le souper fut bientôt terminé ; le désir de se mettre à l'ouvrage, et surtout un vigoureux appétit, avaient fait expédier promptement la soupe et un morceau de bœuf bouilli. —Comment, vous allez encore travailler ? dit Geneviève, qui voyait Jean Leblanc retourner à son établi. — Il le faut bien, je ne veux pas me marier avec rien ; et quand on n'a que deux mains pour vivre !... encore n'est-on pas libre de les employer autant qu'on le voudrait... Si on se doutait seulement que je fais de la besogne ici, on me prendrait tout... on veut que nous allions au cabaret... et je ne l'aime pas le cabaret , moi ! je ne veux être ni un ivrogne ni un mendiant... C'est encore les riches et les seigneurs qui nous forcent à nous cacher quand nous aimons l'ouvrage. — Voyons, interrompit Geneviève, pensons à quelque chose de plus gai, à notre ménage, par exemple ! — Oui, et puis aux enfans que nous aurons, et qui seront obligés de fabriquer en fraude comme leur père, si je ne gagne pas assez pour leur acheter une maîtrise. —Oh ! que si tu gagneras ; et puis, vois-tu, je travaillerai ; ma mère me cédera son fonds, je ferai comme elle de belles connaissances qui nous donneront des protections. —Faut espérer que ça arrivera comme tu le dis, ou que ça changera. — Mais de quel

changement veux-tu donc parler? Est-ce tout ce que nous voyons aujour-
d'hui n'a pas toujours été de même, des gens qui ont tout, et d'autres qui
n'ont rien? —Tu as raison, c'est bien comme ça que nous l'entendons ; seulement on changerait de place. —Ah ! tu en veux trop, répondit Geneviève
d'un air niais. — Alors qu'on me laisse travailler. — Et puis que je t'aime
toujours ! objecta la jeune fille. — Cela va sans dire. — Mais, dame ! je
n'en réponds pas, si tu me fais toujours pleurer comme aujourd'hui ! —Je
te promets que cela ne m'arrivera plus ; j'ai eu tort. —Comme vous l'avez
toujours, monsieur. — C'est vrai, tu vaux mieux que moi, Geneviève ;
aussi il faut excuser mes défauts. — Je ne demande pas mieux. — Alors,
tu vas te laisser embrasser. — Du tout, monsieur Jean ; vous savez bien
que ma chère mère me le défend ; et puis je serais obligée d'en parler à mon
confesseur, et il est très sévère sur l'article des baisers. — Eh bien ! tu diras
un *ave* de plus pour celui-là, répondit Jean Leblanc en attirant Geneviève
sur ses genoux ; et le bruit d'un baiser, pris à la volée, retentit dans la
mansarde du jeune ouvrier.

Pour la seconde fois de la soirée, la pauvre Geneviève rougit bien fort.
A peine remise du désordre que la liberté de M. Jean Leblanc venait de
porter dans ses sens, mademoiselle Pingenet se disposait à gronder le té-
méraire, quand plusieurs petits coups, frappés à la porte, lui fermèrent la
bouche. Elle rajusta son fichu et son bonnet légèrement fripés par son
fiancé ; celui-ci s'empressa de ranger ses bijoux dans un tiroir de sa table,
repoussa ses outils dans un coin et cacha sa lampe, car il craignait d'être
surpris par les agens des syndics.

Geneviève ouvrit la porte.

II

La Sœur.

> Ce peuple de rois se joue des hommes : aux
> champs nous sommes des bêtes de charge, des
> esclaves à la ville, et des soldats dans leurs que-
> relles ; car c'est par nos mains qu'ils les décident,
> et dans notre sang qu'ils lavent leurs offenses.
> BERNARDIN DE SAINT-PIERRE. — *Le
> Vieux Paysan polonais.*

> Le peuple n'a pas de pain. — Qu'il mange de la
> croûte de pâté, répondit la petite princesse.
> *Dictionnaire d'Anecdotes,*
> de LACOMBE.

— Bonjour, mon frère, dit en sautant au cou de Jean Leblanc une
grosse brune de vingt ans. — Eh ! c'est toi, ma petite Henriette, répondit-il avec la plus franche expression de plaisir, puis il lui rendit sur
ses joues fortement colorées un vigoureux baiser fraternel.

Geneviève était occupée à enlever le couvert de l'ouvrier. Au nom
d'Henriette, elle posa à terre la bouteille et l'assiette qu'elle tenait à la
main, et jeta un coup d'œil rapide sur celle qui devait être sa belle-
sœur. Cet examen fut d'autant plus facile, qu'Henriette, après la première
accolade, venait de se laisser tomber sur une chaise, en demandant à son
frère la permission de s'asseoir avant de répondre aux vingt questions
que celui-ci lui adressait sur sa santé, sur celle de leur grand'mère, sur
les amis du pays. Tandis que sa sœur reprenait haleine, Jean Leblanc,

debout devant elle, lui tenait les deux mains, les serrait tendrement.
— Bonne sœur, disait-il, que je suis donc content de te voir! Et il la regardait avec amour.

Pour Geneviève, elle détaillait la physionomie d'Henriette, trouvait
ses yeux noirs trop vifs, sa jupe de laine trop lourde; les barbes de son
bonnet rond lui semblaient trop blanches pour le front hâlé de la vil-
lageoise; ce qui lui paraissait surtout fort ridicule, c'était de voir de
gros souliers d'homme, à boucles d'argent, aux pieds d'une femme;
pourtant il y avait de la dignité sur ce front bruni par le soleil; l'esprit
pétillait dans ces yeux noirs, et malgré la rudesse campagnarde qui accompagnait la plupart des mouvemens d'Henriette, on voyait que sa taille
ne manquait ni de grâce ni de noblesse; elle portait avec aisance un costume grossier; enfin, sous son bas de laine et son large soulier, on devinait une jambe fine et un petit pied.

Après quelques minutes de repos, la paysanne se leva et dit : — Me
voilà remise à présent, causons, frère. — Avant tout, reprit Jean Leblanc, il faut que tu fasses connaissance avec ta future belle-sœur : allons, mademoiselle Geneviève, embrassez ma petite Henriette; dites-vous
quelque chose. Geneviève s'approcha nonchalamment, présenta sa joue à
Henriette, qui l'embrassa affectueusement. — Eh bien! vous ne me rendez pas mon baiser! dit brusquement Henriette en tendant la joue à son
tour. — Je ne demande pas mieux, répondit Geneviève toute honteuse,
et elle l'effleura légèrement du bout de ses lèvres. Jean Leblanc regardait avec joie ces deux femmes qu'il aimait également. — C'est ça, disait-il, vous serez bonnes amies, je vous en réponds. D'abord toi, ma
sœur, je t'avertis qu'il ne faut pas te fâcher si ma petite future n'a pas
l'air d'y aller de si bon cœur que toi; à Paris, vois-tu, les demoiselles
sont élevées dans la crainte des nouveaux visages... Vous, ma bonne Geneviève, je vous préviens qu'il ne faut pas vous effaroucher, parce que
ma sœur vient de but en blanc vous sauter au cou; c'est comme ça chez
nous, à la bonne flanquette; on se donne une poignée de main entre
hommes, une embrassade entre femmes, et puis voilà la connaissance
faite... Vous êtes bonnes filles toutes les deux, vous ne pourrez pas manquer de vous entendre. — Pardine, je l'aime déjà tout plein la grande
pâlotte, dit Henriette. — Et moi je suis décidée à être bonne amie avec
vous, si vous voulez être bonne amie avec moi, répondit Geneviève avec
son sourire plus qu'ingénu. La conversation en resta là, car on entendit,
du bas de l'escalier, madame Pingenet appeler sa fille. Geneviève ramassa précipitamment la vaisselle qui avait servi au souper du jeune bijoutier, et elle descendit, non sans se laisser prendre un nouveau baiser
par Jean Leblanc.

— Tu vois mon petit ménage, dit Jean à sa sœur dès que Geneviève
eut tiré la porte sur elle; un matelas sur un lit de sangle dans un coin,
un drap plié en deux, une vieille valise en guise de traversin, et sur tout
cela une courte-pointe de taffetas que madame Pingenet m'a fait faire
avec des doublures de robes : voilà pour mon coucher. Quand il y aura
un dossier à cette chaise-là, et un pied de plus à ma table, ça me fera
deux beaux meubles dans mon colombier... Mais vois-tu? j'ai une montre
d'argent... j'ai du linge aussi, et, en disant cela, Jean Leblanc ouvrait les
portes d'un buffet peint en noir et garni d'ornemens de cuivre ternis et
bronzés par le temps. Sur l'une des planches du buffet, on voyait rangées
quatre chemises d'homme, dont la toile bise ressortait d'autant plus que
le col et les bouts de manche étaient d'une éclatante blancheur; une paire
de draps, quelques cravates de toile peinte, et une demi-douzaine de
mouchoirs bleus bordés d'une large raie rouge, composaient la lingerie de
M. Jean Leblanc. Une culotte de nankin à jarretières, un gilet blanc et
un habit gris de fer, formaient sa garderobe du dimanche. Henriette examinait tout cela avec intérêt, et se retournait vers son frère pour lui dire :

— Sais-tu que tu dois être brave avec ça les jours de fête? — Oh! j'en aurais bien plus si je n'avais pas placé mon argent. — Tu as de l'argent placé? — Oui, et qui me rapporte de fameux intérêts encore! et pour mettre fin aux questions d'Henriette, Jean Leblanc ouvrit son tiroir et lui montra les outils de son état, et l'ouvrage que ses pratiques lui confiaient. Sa sœur éprouvait une satisfaction véritable, elle lui prenait les joues, lui donnait de légères tapes, en disant : — Cher frère, pourquoi mon Marcelin n'est-il pas si bon sujet que toi? — Eh bien! est-ce que tu aurais à te plaindre de ton mari, ma sœur? — Oh! beaucoup... va, je suis bien malheureuse; c'est de sa faute si tu me vois à Paris aujourd'hui. — Tu es fâchée d'être venue me voir? — Oui, dans un moment comme celui-là, je ne viens pas pour mon plaisir, Jean; il faut que notre grand'mère soit bien à plaindre pour que j'ose demander de l'argent à un jeune homme qui n'en a pas de trop pour lui. — Je ne te comprends pas trop, Henriette... Voyons, conte-moi ça clairement pendant que je vais me remettre à la besogne. Jean Leblanc reprit sa place à l'établi; il ôta du tiroir de la table ses bijoux et ses outils. Henriette vint s'asseoir près de lui, et commença :

— Si l'année a été mauvaise à Paris, elle a encore été bien autrement dure dans la campagne : aussi les pauvres gens ont-ils mangé de la bouillie de fèves et de pois secs au lieu de pain; cependant il a fallu, malgré ça, trouver de l'argent pour monsieur le receveur des tailles, qui, du coin de son feu et devant sa bonne table, envoyait sans pitié des garnisaires chez le paysan qui mourait de faim et de froid. Il y a eu bien de nos amis ruinés, bien des guenilles vendues sur la grande place du village, mon pauvre Jean, et puis encore des pères de famille en prison; ceux-là étaient les plus heureux, on leur fournissait du pain, qu'ils pouvaient partager avec leurs enfans. — Tu me fais mal en me parlant comme ça, Henriette; et dire qu'il y a des seigneurs qui ont tout! — Enfin, c'était une désolation dans le pays. Nous ne t'en faisions rien savoir, parce que nous pensions bien que tu ne pourrais pas nous aider. — Est-ce que vous avez été aussi ruinés vous autres? — Non, pas moi, Marcelin a de l'argent, mais notre pauvre grand'mère... — Eh bien! dis-moi tout, Henriette. — Demain on vend ses meubles pour cent misérables écus: conçois-tu ça? une femme de soixante-quinze ans mise à la porte de sa maison! — Et tu me disais tout à l'heure que ton mari avait de l'argent? — Beaucoup; mais il me tuerait si je disposais d'un sou pour notre mère. Il est bien changé, va, depuis qu'il s'est trouvé compromis dans une affaire de braconnage; après deux mois de prison, Marcelin n'était plus reconnaissable. Autrefois, on sait bien qu'il était un peu intéressé; mais, à présent, il est devenu tout à fait avare, dur pour tout le monde, méchant avec moi. Il ne m'a amenée à Paris que pour que j'obtienne de toi, pauvre ouvrier, les secours qu'il refuse à notre grand'mère. — Sois tranquille, Henriette, la mère Chenu ne couchera pas à la porte; j'ai là plus de cent francs de côté; en livrant cet ouvrage, qui peut être fait cette nuit, on me donnera cinquante écus : le reste, je le compléterai chez le bourgeois, qui me doit une quinzaine. — Mais, tout cela, c'était pour ton mariage? — Mon mariage se fera un peu plus tard... Ah ça! voilà mon lit; si tu es fatiguée, tu te coucheras. — Eh bien! et toi? — C'est demain fête, je me reposerai. — Alors, je veux veiller avec toi, dit sa sœur; nous causerons, tu t'ennuieras moins. Elle s'établit auprès de lui; mais après une heure d'une causerie assez animée, la conversation prit un caractère plus sombre; sans le vouloir, Henriette revenait sur la mauvaise conduite de Marcelin et la misère du pays; Jean Leblanc paraissait profondément affligé. — Bah! dit-elle en faisant un effort sur elle-même, ne parlons plus de cela. — Comme tu voudras. — Que ferai-je, alors? — Tiens, si tu n'as pas encore envie de dormir, reprit son frère, j'ai là un livre, lis-moi quelque chose, ça me donnera du courage. Il se leva pour aller chercher un volume dans la valise qui lui servait de traversin, puis il vint reprendre son ouvrage, et sa sœur se disposa à commencer sa lecture.

À cette époque, il était assez rare de trouver une fille de la campagne qui sût assembler les lettres de l'alphabet; mais Henriette, élevée pendant ses premières années avec la fille du baron de Preval, avait reçu, en même temps que la noble demoiselle, les premiers élémens de l'instruction. Cette remarque, que nous consignons ici, Jean Leblanc la fit, à part lui, regrettant que sa Geneviève n'en sût pas autant. — Je lui apprendrai à lire, se dit-il tout bas; je veux aussi l'apprendre à mes enfans, car il n'est pas dit que l'ouvrier sera toujours placé entre l'hôpital et le cabaret; et peut-être bien que dans ces livres, qu'on ne veut pas que nous puissions déchiffrer, il y a pour le peuple une source de richesse et de bonheur. Après cette réflexion, il écouta sa sœur, qui lut : *Extrait d'un Mémoire pour l'entière abolition de la servitude en France*, par M. de Voltaire.

III

La Visite domiciliaire.

> Toutes les injustices ont été mises en lois.
> LANJUINAIS.

> Nous vous avons demandé la permission de vivre, nous vous demandons la permission de travailler.
> VOLTAIRE. — *Requête à tous les Magistrats du royaume.*

À sept heures du matin, Jean Leblanc travaillait encore. Henriette n'avait pu veiller que jusqu'à trois heures; elle était plongée dans le plus profond sommeil quand madame Pingenet entra. — Eh bien! c'est beau! dit-elle en riant; loger une femme chez soi pendant la nuit, surtout lorsqu'on demeure chez sa future belle-mère. Jean apprit à madame Pingenet le motif du voyage de sa sœur à Paris; il fit part à la revendeuse du projet qu'il avait formé de réunir ses épargnes, et d'y joindre le produit du travail qu'il allait livrer pour secourir sa grand'mère. — Mais, dit madame Pingenet, voilà qui est bien affligeant! pour votre bonne-maman d'abord, et puis après pour moi. — C'est vrai, vous prenez tant de part aux chagrins que je peux éprouver! — Sans doute! et puis voilà le mariage retardé. Si vous allez vous défaire de votre argent, Geneviève n'aura pas de robe de soie, et je veux qu'elle en ait une... gorge de pigeon... Vous savez... j'ai annoncé à tout le voisinage que vous deviez la fournir; vous sentez bien que si je la donnais, ça ne serait plus la même chose. — Nous attendrons, madame Pingenet; car, avant tout, il faut que ma grand'mère ait un gîte. — C'est très bien penser, mon garçon, et je vous en estime davantage. Cependant lorsqu'une noce est annoncée, et qu'on la retarde, ça fait jaser; si l'on venait à savoir que c'est faute d'argent que ma fille ne se marie pas, on en dirait de belles : « Madame Pingenet!... une femme établie qui donne son enfant à un ouvrier! » — Cependant quand cet ouvrier est un honnête homme. — Eh! mon Dieu! ce n'est pas pour vous que je dis ça; vous sentez bien que si je ne veux rien donner à Geneviève en mariage, ce n'est pas une

raison pour que je gêne jamais son inclination : je veux faire son bonheur, à cette enfant ! lui laisser un bon fonds de commerce, et c'est pour
ça que je lui refuse une dot. — Mais je ne vous en demanderai jamais !
— Encore plutôt ! avec mon argent, j'aurais choisi moi-même mon
gendre ! il s'en est présenté de plus... — Ah ça ! madame Pingenet, que
voulez-vous me dire par là ? — Vous vous fâchez, mon garçon ? Je vous
le répète, vous avez tort de prendre cela pour vous... seulement, vous
me permettrez de vous dire qu'il faut au moins deux louis pour la robe
en pièce, et puis la façon et les fournitures qui monteront encore à dix
livres quinze sous ; j'ai tout calculé. Comme je ne vends que de l'occasion, et que ma fille doit être en neuf le jour de son mariage, il faut
donc remettre la cérémonie, et c'est fort désagréable, surtout quand on
a refusé la veille un si bon parti. L'ouvrier rougit de colère ; mais il
sentit qu'il devait dévorer cet affront, car madame Pingenet ne cherchait
peut-être qu'un prétexte de querelle pour rompre leurs projets d'alliance.
Il se contenta de répondre par ces mots, aux jérémiades de la revendeuse : — Ma sœur dort, elle a besoin de repos, prenez garde de la réveiller. La mère de Geneviève comprit qu'elle devait mettre fin à des
plaintes désobligeantes ; et, changeant de conversation, elle dit, avec une
espèce d'intérêt : — Il faut la faire déjeûner, cette chère petite femme;
je vais dire à Geneviève de prendre un peu plus de lait, afin qu'il y ait
du café pour trois. Jean Leblanc la remercia. — Vous voyez bien, reprit-
elle en sortant, que je suis une bonne femme... Si j'ai un peu de mauvaise humeur ce matin, c'est que j'aime mon enfant ; tout ce qui peut
retarder son bonheur me contrarie ; avec ça, ajouta-t-elle confidentielle-
ment, que notre respectable curé est bien malade; si nous avions le
malheur de le perdre, peut-être bien que son successeur ne consentirait
pas à nous donner gratis le chœur, les chandeliers d'argent et les coussins à franges d'or pour la cérémonie. Vous sentez que c'est un grand
avantage que de ne pas se marier comme les gens du commun... J'y
tiens, parce que ça fera enrager la femme du vitrier, qui n'a pu avoir
que la chapelle de la Vierge pour sa fille... mais il nous faut d'abord
une robe de soie. Après avoir parlé ainsi, elle tira la porte, et descendit
les six étages du bijoutier.

A peine madame Pingenet était-elle partie qu'Henriette s'éveilla; elle
étendit ses membres froids et engourdis, arrangea ses vêtemens fripés,
sauta à bas du lit, et vint embrasser son frère ; celui-ci lui montra son
travail de la nuit. — Encore une heure, dit-il, et tout sera fini ; tu
m'attendras ici pendant que j'irai livrer mon ouvrage et demander ma
quinzaine au bourgeois. — Il le faudra bien, répondit Henriette, puisque
mon mari doit venir me prendre chez toi pour retourner au pays. —
Comment ! il ose paraître devant moi après la conduite qu'il mène
avec ma sœur ? — Ne lui dis rien, mon petit Jean, reprit Henriette; il
me ferait payer cher mes plaintes... je serais encore plus malheureuse.—
Allons, je me tairai; mais je ne l'appellerai certainement pas mon frère.
— Agis avec lui comme si tu ne savais rien. — Tu le crains donc beaucoup? —Non, ce n'est pas de lui que j'ai peur, mais des mauvaises langues; une femme qui vit mal avec son mari, c'est toujours de sa
faute, dit-on ; aussi cette pensée-là me donne de la force pour supporter
les peines qu'il me fait endurer, et ce courage-là m'est bien plus facile,
à présent que je ne l'aime plus.

Henriette cessait de parler quand Geneviève entra avec précipitation.
— Le voilà, dit-elle à Jean Leblanc. — Qui cela ? reprit le bijoutier. —
Eh bien ! lui, M. de Saint-Hubert; il est avec plusieurs messieurs. —
Et que vient-il faire ici? je ne veux pas le recevoir. — Oh ! n'ayez pas
peur, je l'attendais, moi ; il m'avait bien dit, hier, qu'il ne tarderait pas
à vous procurer de la besogne. Jean Leblanc allait répliquer, lorsque le
petit monsieur de la veille parut sur la porte de la mansarde ; il était

suivi de quatre ou cinq individus d'une tournure et d'une physionomie
équivoques. Il eût été difficile à tant de monde de tenir, sans étouffer,
dans ce grenier, où le ménage du bijoutier n'était pas déjà fort à l'aise;
mais, sur un signe de l'un des nouveau-venus, deux de ces messieurs
restèrent à la porte. Henriette paraissait décontenancée à la vue de visages
inconnus; un violent sentiment de crainte se lisait sur les traits de Jean
Leblanc; Geneviève souriait avec un air de satisfaction au petit monsieur, qui se pinçait les lèvres pour ne pas rire. Parmi ceux que Jean
Leblanc salue, impatient de savoir ce qu'on désire de lui, est un
homme d'une quarantaine d'années, tout habillé de noir, et coiffé d'une
large perruque; il marche avec gravité vers le frère d'Henriette, et lui
dit : — Vous êtes bijoutier? — Oui, monsieur... ouvrier bijoutier,
s'entend. —Vous travaillez? —Chez M. Durand, rue Beaubourg, n° 19.
— On nous a dit que vous exerciez aussi votre profession chez vous?—
Oui... par hasard; quand mon maître est pressé, j'emporte de l'ouvrage
chez moi, balbutia Jean. — Et puis ce jeune homme travaille aussi pour
des particuliers; il fabrique à son compte... —Taisez-vous, Hubert, dit le
grave personnage en regardant sévèrement le petit monsieur. A ce nom
d'Hubert désanobli, Geneviève devient tremblante; Henriette éprouve
un sentiment d'effroi, car elle voit son frère changer de couleur. Hubert
veut répliquer. —Tais-toi donc, Hubert, reprend un de ses camarades,
puisque M. le commissaire vient de te l'ordonner.

— Monsieur le commissaire! répète l'ouvrier en frémissant; et, se
tournant vers Geneviève, qui n'ose plus lever les yeux, il s'écrie avec
l'accent de la plus vive douleur : — Malheureuse enfant!... elle m'a
vendu!

Le petit monsieur ne peut retenir un ricanement; mais l'officier public
lui lance un coup d'œil si sévère, que l'ex-monsieur de Saint-Hubert ré-
prime aussitôt ce mouvement de gaîté, s'incline, et va respectueusement attendre, sur la porte, le résultat de la visite domiciliaire.

— Messieurs du bureau d'essai et de garantie, dit le commissaire en
s'adressant à deux hommes qui sont entrés avec lui dans la mansarde,
faites vos recherches. En une minute, les meubles sont bouleversés, le
buffet vidé, le lit renversé, le matelas ouvert, la laine fouillée, tirée
de la toile et éparpillée sur le carreau. — Que cherchez-vous? dit enfin
Jean Leblanc, qui vient, après une minute de suffocation, de recouvrer
la parole. — Les bijoux que vous fabriquez, mon ami, répond le commissaire sans s'émouvoir. —Donne-les, donne-les, mon frère, je t'en
prie! ça fait trop souffrir de voir un pauvre ménage arrangé comme cela!
— Moi! donner mon pauvre ouvrage pour le voir briser devant mes
yeux, quand j'ai tant veillé! oh! que non, qu'ils ne l'auront pas! Et en
disant ces mots, il prend un rapide élan, fait pirouetter le commissaire
et se précipite vers la porte; mais quatre bras vigoureux le retiennent
et le forcent à rentrer. — Monsieur Jean Leblanc, dit le commissaire,
quand celui-ci est un peu remis de son étourdissement, ne nous forcez
pas d'employer contre vous des moyens rigoureux, vous êtes dans votre
tort; nous savons que votre conduite est celle d'un honnête homme,
mais nous devons exercer notre ministère, tout pénible qu'il soit, quitte
après à vous prouver notre estime, en ne vous poursuivant pas juri-
diquement pour votre rébellion... Il faut donc nous livrer vos bijoux,
vos outils, et vous contenter de travailler chez vos maîtres, qui ont payé
assez cher le privilége d'exercer et de vendre. Jean Leblanc, humilié par
le mauvais résultat de son projet d'évasion, pose sur son établi les bijoux qu'il avait cachés dans son bonnet de laine au moment où Geneviève était venue annoncer l'arrivée de M. de Saint-Hubert.

Armés de marteaux, les délégués du contrôle frappaient, à coups re-
doublés, sur les chaînes, les bagues et les pendants d'oreilles fabriqués par
Jean Leblanc; chacun des coups qui brisaient son ouvrage, retentissait dou-

loureusement dans le cœur du jeune bijoutier, et il murmurait sourdement : — Chère besogne, va !... j'avais eu tant de courage à te faire !... Cette nuit encore, je veillais avec tant de plaisir ! Puis, comme si l'indignation amassée dans son cœur eût trouvé un passage, il interpellait ainsi le commissaire : — Mais savez-vous que c'est une infamie, ce que vous ordonnez là... monsieur le commissaire ? Vous ignorez que je comptais sur l'argent de mon travail pour sauver la vie à une pauvre vieille femme qui va se trouver demain sans pain et sans lit. — Je n'ignore pas que vous ne faites qu'un bon usage de votre argent, mon ami ; mais il faut que justice se fasse. — Justice ! Tenez, croyez-moi, prenez garde, le peuple se lassera d'une justice qui ne lui rapporte que de la misère et des humiliations ; et s'il se fait jamais justice, vous paierez cher nos souffrances ! — Paix ! interrompit le commissaire, ou je serai forcé de vous envoyer crier au Châtelet. — En prison ! s'écria Henriette. Tais-toi, mon frère. Et Jean Leblanc, les larmes aux yeux, recommençait à murmurer : Mon pauvre ouvrage ! — Eh quoi ! c'est vous, mamselle Geneviève, qui l'avez dénoncé ? reprenait Henriette ; c'est affreux ! — Est-ce que je savais que monsieur de Saint-Hubert était un mouchard ? disait la jeune fille en pleurant. Enfin le bris des bijoux de Jean Leblanc fut bientôt terminé. — A présent, dit monsieur Hubert, il s'agit de fouiller tout le monde pour s'assurer qu'on n'a rien caché. A cette injonction du mouchard, Jean Leblanc retrouva sa première énergie, et saisissant un villebrequin, armé encore de sa pointe d'acier, il s'écria : — Malheur au premier qui approche de ma sœur ou de ma femme ! Vous avez tout ; voulez-vous encore ma vie ? eh ! bien, qu'on touche à l'une ou à l'autre, et nous verrons si vous savez défendre votre peau. — Calmez-vous, jeune homme ; calmez-vous, reprit le commissaire. Et il rétracta l'ordre que l'espion venait de donner. — Merci, monsieur le commissaire, dit alors Jean Leblanc ; merci, car vous alliez faire une victime, et peut-être davantage. — Allons, tranquillisez-vous ; il ne vous en arrivera pas davantage, à moins qu'on ne vous surprenne encore à travailler en fraude. — C'est donc un crime, cela ? — Non, mais c'est un délit que nos réglemens punissent ; du moment qu'il y a des priviléges, des maîtrises enfin, il faut bien que la possession en soit garantie à ceux qui les ont obtenus. — Et pourquoi des priviléges ?... monsieur le commissaire ?... il y a donc des gens qu'on destine à mourir de faim ? — La colère vous fait perdre la tête, mon cher ami ; les réglemens ne sont pas assez absurdes pour vous défendre de travailler en ville. — Mais que voulez-vous que je fasse à présent... sans outils ?... Après m'avoir puni comme trop laborieux, vous voulez donc encore me punir comme fainéant et voleur ? — Mon ami, dans votre intérêt, je vous conseille de ne pas répéter de pareilles maximes : elles pourraient vous compromettre. — Et l'or qu'on m'a confié, comment le rendrai-je ? — Celui à qui il appartient pourra venir le réclamer à mon bureau, en justifiant de son titre de propriétaire. L'impassible commissaire tourna les talons après avoir dit. Jean Leblanc voulut s'élancer sur l'escalier. Geneviève et Henriette l'arrêtèrent ; et, ramené par elles devant son établi, il tomba sur une chaise en murmurant : — Ça ne durera pas, ça ne peut pas durer comme ça !

Le malheur rend injuste ; Jean Leblanc maudissait celui qui venait d'ordonner sa ruine, et cependant on a dû remarquer combien le subalterne de M. Thiroux de Crosne prenait de peine pour adoucir l'odieux de ses fonctions. Il était de ce petit nombre d'hommes en place qui commençaient à sentir le besoin d'une réforme, de ces sages qui étudiaient la marche lente, mais continue, des esprits vers un autre ordre de choses : aussi était-ce autant par humanité pour ses administrés que par un sentiment de crainte personnel, qu'il s'efforçait de diminuer la somme de haines particulières que devaient amasser sur lui les missions pénibles dont on le chargeait. Il tremblait, enfin, en pensant qu'on approchait incessamment de ce jour où le peuple devait régler le compte de chacun des tyrans qui pesaient depuis si long-temps sur lui, et le bâillonnaient pour étouffer ses cris de douleur. Je ne sais si la robe noire a trouvé grâce, dans les jours de représailles, devant les terribles juges en carmagnole ; mais on peut l'espérer, puisqu'à l'époque où la révolution fit une guerre à mort à tous les dépositaires de l'ancien pouvoir, le commissaire Blondel n'était plus en place. Quelques mois après sa visite à Jean Leblanc, ses propres espions, croyant leurs intérêts compromis par un fonctionnaire qui reculait devant une arrestation arbitraire, s'entendirent pour le dénoncer. Le lieutenant-général de police écouta leurs plaintes, fit venir chez lui l'officier public, lui reprocha sa tolérance pour les réunions de familles qui avaient lieu dans son quartier. Blondel répondit respectueusement à ce valet des ministres : « Qu'il croyait remplir utilement son emploi en faisant haïr le moins possible le gouvernement du roi. » M. de Crosne, pour toute réponse, lui montra la lettre du ministre Breteuil, datée du 19 août 1787, et conçue en ces termes : « L'intention du roi est de faire cesser tous les *clubs* et *salons*, je vous prie de prendre sur-le-champ des mesures nécessaires pour cette suppression ; si vous avez besoin, à cet égard, de *lettres de cachet*, j'expédierai toutes celles que vous me proposerez. » Après avoir lu cette lettre, Blondel s'inclina, offrit sa démission que le lieutenant-général de police accepta sur-le-champ, tout en faisant sonner bien haut la clémence dont il usait envers un subalterne indocile, puisqu'il ne sollicitait pas contre lui-même une de ces lettres de cachet que M. le baron de Breteuil offrait avec une si généreuse profusion.

IV

Le Mari.

> L'avare n'aime ni sa patrie, ni ses enfans, ni ceux qui lui ont donné le jour ; il ne connaît d'autre parenté que la fortune.
>
> DION CHRISOSTOME.

Geneviève était assise sur une chaise, pleurant à chaudes larmes sur le malheur dont elle était cause, et demandant pardon à Jean Leblanc. Si l'ouvrier regrettait en ce moment ce qu'il avait perdu, c'est qu'il ne se voyait plus le moyen de secourir sa grand'mère. Henriette réparait le désordre de la chambre, quand madame Pingenet, effrayée de la visite du commissaire, monta auprès de son gendre futur pour lui offrir toutes les consolations qu'il était en son pouvoir de lui donner. Elle était très compatissante au malheur d'autrui, cette brave madame Pingenet ; elle pleurait avec les affligés, souffrait des blessures que les autres avaient reçues, plaignait tous les malheureux : et si elle eût jamais pu se décider à ouvrir sa bourse aux nécessiteux, c'eût été la plus charitable de toutes les femmes.

— C'est ma dinde de fille qui a fait tout le mal, disait-elle à Jean Leblanc ; mais vous la connaissez, elle est si simple ! c'est plutôt bêtise que méchanceté de sa part ; ainsi ne lui en veuillez pas, elle en sera la première punie ; car, pour ne pas retarder votre mariage... je fournirai la robe ; vous vouliez la lui donner tout battant neuf, je lui en prêterai une d'occasion : c'est tout ce que je peux faire, et ça lui apprendra une autre fois à retenir sa langue. Geneviève fondait en larmes à cette menace, et Jean Leblanc, pour la consoler, lui disait : —Vous me rendez bien malheureux aujourd'hui ! mais c'est égal, Geneviève, je vous aime tout de même. — Vous êtes trop bon, répétait la grande blonde en sanglotant ; certainement vous êtes trop bon : mais enfin le mal que je vous fais, croyez-moi, je l'ai fait pour un bien. — Taisez-vous ! vous êtes une sotte, interrompait sa mère. Ah ! mon Dieu ! quand donc serai-je débarrassée de cette enfant-là ?

Madame Pingenet fut interrompue par le bruit d'un pas lourd et d'un soulier ferré qui retentit sur les montées. — Voilà mon mari ! dit la sœur de Jean Leblanc avec une expression d'effroi ; puis elle ajouta plus bas : — Il va falloir retourner au pays... et rien !... pas un sou à porter à ma grand'mère ! Malgré le penchant invincible qui la portait à se mettre en tiers dans les secrets de famille, la revendeuse, prévoyant qu'il allait être question d'un emprunt d'argent pour tirer la grand'mère d'embarras, commanda à sa fille de se lever, dès qu'elle jugea que le mari d'Henriette arrivait au dernier étage. Geneviève tourna vers Jean Leblanc ses yeux mourans, gros de larmes et bordés de rouge ; le jeune ouvrier prit la main de la pauvre enfant. — Vous ne m'en voulez donc pas ? dit Geneviève. —Vous avez trop de chagrin, vous-même, pour que je puisse vous garder rancune. Madame Pingenet attira sa fille à elle pour sortir ; Marcelin ouvrait la porte, elle le salua ; Geneviève, en passant devant lui, fit une révérence, et Marcelin ôta gauchement son chapeau.

Marcelin n'était ni beau, ni jeune, ni bien tourné ; et, nous le savons déjà par Henriette, ses qualités morales n'étaient pas de nature à faire oublier ce que son physique avait de désavantageux. Une démarche pesante, des mouvemens brusques, un sourire perfide qui faisait remonter vers ses oreilles deux légères touffes de favoris rouges ; des sourcils clairs, et de la même couleur que ses favoris, couronnaient un œil bleu, terne et voilé ; son chapeau, posé en arrière, ne cachait qu'à demi ses cheveux lisses qui venaient s'aplatir sur son front ; un nez long et pointu, des lèvres minces, la voix dolente d'un pauvre qui mendie : tel était l'époux dont Henriette avait à se plaindre. Quant à son costume, c'était celui d'un riche fermier des environs de Paris ; les larges pans d'une veste blanche descendaient jusqu'aux hanches sur une culotte à brayette de velours d'Utrecht rouge ; sa chemise, de grosse toile, était fermée par une épingle d'argent à large tête, formant le cercle ; un mouchoir à carreaux bleus et blancs était roulé autour de son cou, en guise de cravate ; sur ses souliers épais et carrés brillaient de grosses boucles d'argent à pointes de diamant ; deux chaînes de montre pendaient à son gousset ; c'était, enfin, un contraste étrange : pauvreté dans la physionomie et richesse dans les vêtemens.

— Votre serviteur, frère ; eh ! bien, il vous est donc arrivé malheur ? dit Marcelin d'une voix traînante et mielleuse. — Serviteur, frère ; vous savez déjà ?... — Pardine ! tout se sait dans ce monde ; c'est une grande croix que le bon Dieu nous envoie là. Puis se tournant du côté d'Henriette, il lui dit : — Pourquoi que tes yeux sont rouges, femme, tu as donc pleuré ? — Croyez-vous que l'on puisse voir les pauvres effets d'un si bon sujet mis au pillage, sans que ça vous crève le cœur ? — C'est juste, allez, cher frère ! et vous pouvez être certain que je sens bien toute votre peine. — Ma peine ! reprit brusquement Jean Leblanc, ne serait rien si cette pauvre mère Chenu était tirée des mains des collecteurs. — Voilà encore une grande affliction pour la famille, continua Marcelin sur le même ton ; et pour nous tous, comme pour elle, il vaudrait mieux que le Seigneur l'eût appelée à lui ; car, depuis soixante-quinze ans qu'elle est de ce monde, la pauvre femme a bien subi assez d'épreuves pour mériter le ciel. Le jeune bijoutier, qui ne se trompait pas sur le véritable sens des paroles de Marcelin, l'interrompit brusquement par ces mots : — D'où vous vient,

frère, votre désir de la voir sortir si tôt des peines de la vie? elle n'a pas
d'héritage à nous laisser. — Plût au ciel qu'elle eût quelque chose! parce
qu'alors on n'aurait pas la douleur de voir souffrir cette bonne chère dame
sans pouvoir la soulager. — Dites donc sans le vouloir, reprit Henriette
avec amertume. Elle croyait avoir parlé assez bas pour que son mari ne
l'entendît pas; mais à peine cette réplique eut-elle échappé à la sœur de
Jean Leblanc, que Marcelin se retourna vers elle, et dit sans s'émouvoir:
— On dépense tant d'argent dans un ménage, surtout quand c'est l'homme
seul qui travaille, qu'on ne peut pas faire tout le bien qu'on voudrait...
— Mais enfin, dit Henriette, poussée à bout par cette répartie, faut-il au
moins essayer de s'entendre entre enfans pour être utile à sa mère. —
Je viens ici justement pour cela, ajouta Marcelin. — Allons donc, voilà
enfin une bonne parole, reprit Jean Leblanc... Vous savez le malheur qui
m'arrive; mais si je peux trouver un moyen de remplacer promptement
l'argent qu'on m'a fait perdre, et que je voulais envoyer à la mère Chenu...
— Alors touchez là, frère, et je vous promets une bonne affaire; mais,
croyez-moi, il faut se garder de jeter son bien à la tête des autres... parce
que si on a le malheur de vivre soixante-quinze ans, et qu'on ait eu le
soin d'économiser son pauvre avoir, il vous reste au moins un morceau
de pain sur la planche; on n'est à charge à personne.

Henriette, qui s'était rapprochée de son mari, lorsqu'il avait parlé d'être
de moitié dans les secours qu'on pourrait accorder à la grand'mère, ne
put s'empêcher de dire, avec un geste d'impatience: — Elle ne vous a
jamais rien demandé, notre bonne-maman? — Non... mais ça devait venir
un jour... je m'en doutais, et nous y sommes à ce jour-là. — Voyons,
reprit Jean Leblanc, en avançant son tabouret près du siége de Marcelin,
comment pourrions-nous faire pour la soulager? D'abord il faudrait payer
les collecteurs. — Oh! mon Dieu, oui, interrompit Marcelin avec un soupir;
il faudrait payer. — Mais votre moyen, frère? — Voilà ce que c'est: on
aurait besoin d'un garçon d'esprit, et vous en avez, je le sais. — Frère,
dit Jean Leblanc, en repoussant son tabouret, je ne veux être employé
que dans une affaire où il faille être honnête homme. — Oh! c'est bien
ce que j'entends aussi, et, si on accepte vos services, c'est que l'on
comptera sur votre probité; cette fois. Jean se rapprocha de son beau-frère.
— Oui, continua Marcelin, on y comptera, attendu que si vous n'y met-
tiez pas de fidélité, vous pourriez faire beaucoup de tort à des personnes...
qui... des gens de la plus haute volée enfin. — Je ne suis pas du tout à
ce que vous voulez me dire. Marcelin tourna lentement la tête vers Henriette, il fit un signe à Jean Leblanc. — Ma sœur n'est pas de trop, j'espère;
je ne ferai jamais un métier qu'il faudrait cacher à quelqu'un. — Et
cependant vous vous cachez pour travailler en fraude, reprit le mari
d'Henriette en souriant avec malice. — Au fait, ou je ne vous écoute plus,
reprit vivement l'ouvrier. — Alors, je vous dirai franchement qu'il s'agit
de savoir... ce que fait une personne... on a des soupçons, et l'on donnerait beaucoup d'argent à celui... qui, adroitement, pourrait découvrir...
— Je n'en veux pas savoir davantage, frère; c'est de l'espionnage que
vous me proposez là. Après avoir dit ces mots, le jeune bijoutier se leva
en montrant la porte à Marcelin, interdit. — Sauf le respect que je dois
à ma sœur, ajouta-t-il, je vous dirais de sortir de chez moi; mais je vous
défends d'y jamais remettre les pieds, si vous avez encore de pareilles
propositions à me faire; tenez-vous pour averti. — L'envie de revenir ici
ne me prendra guère, dit aigrement cette fois le doucereux Marcelin. Il
se leva à son tour, et ajouta: — Rappelez-vous que ce n'est plus moi qui
ne veux rien faire pour la mère Chenu... Allons, viens, femme. Henriette
regardait avec douleur son frère qui murmurait: — C'est pour toi, sœur,
que je me retiens!... Le paysan réitéra sèchement à sa femme l'ordre
de sortir. — Adieu, Jean Leblanc, lui dit Henriette; si tu ne viens pas
bientôt au pays, tu ne trouveras plus la pauvre grand'mère! Appelée une

troisième fois par son mari, elle ferma la porte sur elle, en répétant ce dernier adieu à son frère.

Durant quelques minutes, Jean Leblanc se promena de long en large dans sa chambre ; après avoir exhalé sa colère par des mots entrecoupés, des phrases décousues, il réfléchit profondément, accueillit, repoussa vingt projets : enfin, comme s'il venait d'être débarrassé d'un poids qui l'étouffait, sa respiration devint plus libre, un rayon de joie brilla dans ses yeux : il prit son bonnet, ôta son tablier, tira la porte de sa mansarde et descendit rapidement ses six étages. Le magasin de la revendeuse avait entrée particulière dans l'allée ; Jean, arrivé au bas de l'escalier, prit un élan pour passer rapidement devant cette porte : il ne voulait pas revoir Geneviève avant d'accomplir le dessein qu'il avait formé ; mais la jeune fille, qui gardait la boutique, tandis que sa mère visitait ses pratiques, était restée le visage collé contre le vitrage de la porte de communication ; elle attendait le passage du jeune bijoutier. Il eut beau presser sa marche, Geneviève l'aperçut, l'appela ; il courut quelques secondes encore dans la rue, mais elle l'appela de nouveau, et si fort, qu'il lui fut impossible de ne pas se retourner. Il revint sur ses pas. Geneviève le fit entrer dans le magasin, et le menaça de pleurer, s'il ne lui disait pas où il courait si fort, et pourquoi il avait évité de lui parler en passant. Jean Leblanc, pressé de quitter Geneviève, répondit brusquement : — Où je vais ? vous le saurez demain pourquoi je courais si fort ; c'est que, si je réfléchissais plus long-temps, je n'aurais peut-être pas le courage de faire ce que je dois. — Mais encore, dites-moi ? — Non, je me le suis promis, personne ne saura mon projet ; ainsi vous pourriez pleurer plus fort que je ne me manquerais pas encore de parole. — Comme ça vous ne m'aimez plus ?... je m'en doutais.— Vous vous trompez, je ne suis pas un homme à changer d'idée ; de près où de loin, je penserai toujours que vous m'avez juré d'être à moi, et que j'ai fait devant Dieu le serment de ne pas prendre d'autre femme que vous. — C'est bien vrai, pour mon compte, reprit la grande fille ; mais pourquoi me dire que vous penserez à moi de loin ? — N'en demandez pas plus, vous ne saurez rien... Tenez, Geneviève, puisque vous m'avez fait revenir, et qu'aussi bien il faudra que je vous fasse mes adieux.— Vos adieux ! monsieur Jean Leblanc.— Oui, embrassons-nous... Si dans quelque temps vous ne receviez pas de mes nouvelles, vous pourriez alors vous dispenser de m'attendre. Il posa la clé de sa mansarde sur le comptoir, prit un baiser à la jeune fille, lui serra la main en signe d'adieu, et disparut, alors que, stupéfaite d'étonnement, elle le regardait encore de toute la grandeur de ses grands yeux bleus.

V

Scène de Ménage. — Vente publique.

« On dit marier les couleurs, pour dire les as-
sortir. »
Dictionnaire de l'Académie.

— Careless, adjugez le maire et les aldermen.
SHERIDAN. — *L'École de la Médisance.*

Depuis plus d'une heure Henriette et son mari cheminaient silencieusement sur la route longue et uniforme de Paris à Saint-Denis. Les rayons
du soleil, qui venaient se briser obliquement sur les arbres qui la bordent
de chaque côté, projetaient, à des intervalles inégaux, leurs grandes ombres sur toute la largeur de la chaussée. Marcelin, fortement préoccupé,
ne songeait guère à troubler les tristes réflexions que les événemens du
matin inspiraient à sa femme. Celle-ci, le front couvert de sueur, les yeux
humides de larmes, s'était, plus d'une fois, rapprochée de Marcelin pour
lui adresser la parole ; mais, convaincue de l'inutilité de ses prières, elle
avait aussitôt ralenti sa course en se disant : — Quand je lui parlerais, à
quoi cela servirait-il ? Cependant, obsédée par une idée fixe, Henriette,
rassemblant son courage, se décide à interroger son mari ; elle double le
pas, le devance, et, s'arrêtant court devant lui, elle saisit le bras de Marcelin, et lui dit avec un profond sentiment d'indignation : — Aurez-vous
bien le cœur de vous montrer aujourd'hui dans le pays ? — Eh ! pourquoi pas, femme ? — Songez-vous bien à ce que diront de vous les voisins?
— Oh ! c'est à cause de la mère Chenu que vous me dites cela ? — Comment pourrez-vous passer, sans mourir de honte, devant la porte de la
maison d'où les collecteurs l'auront chassée ? — Et pourquoi donc serais-je
honteux ? Est-ce ma faute à moi si, dans le bon temps, elle n'a pas su
mettre quelque chose de côté pour les mauvaises années? Faut-il que je
couche sur la paille, parce qu'on veut faire coucher votre grand'mère
dans la rue?... En vous épousant, croyez-vous donc que j'épousais toute
votre famille ? Si vous aviez mis dans votre marché avec moi que notre
grand'mère serait à la charge de la maison, c'était à vous à veiller plus
tard à l'ouvrage pour lui faire des rentes ; je n'ai pas ce moyen-là, moi.
— Ainsi, vous ne voulez rien faire pour elle ? — Il faudra bien que je
fasse quelque chose ; sans ça, je vous connais, vous seriez capable de faire
du tort à votre ménage, de donner en sous-main mes pauvres économies,
comme s'il y avait quelque chose à vous à la maison. — Marcelin, comme
vous êtes méchant pour moi ! — C'est que, voyez-vous, il est dur de se
savoir grugé quand on a tant de mal à mettre quelques sous de côté, et
grugé surtout par une femme qui n'a rien apporté dans la maison ; mais
ce sont toujours celles-là qui font aller l'argent comme la paille ; elles
ne se moquent pas mal de le jeter par la fenêtre, elles ne perdent rien,
puisqu'il ne leur appartient pas. — Ecoutez, Marcelin, si vous ne voulez
que me faire des reproches, autant vaut ne pas me parler ; j'en ai bien
assez entendu depuis que je suis avec vous. — Ne faudrait-il pas aussi que
je voie d'un bon œil mon bien s'en aller dans la poche des mendians ? —
Et qui donc appelez-vous mendians ? — Pardine ! votre grand'mère ; elle
ne peut être que cela maintenant, si je ne la prends pas à ma charge. Et
comme c'est gai de soutenir une vieille femme qui n'est plus bonne qu'à

rester sur sa chaise et à se faire servir comme une duchesse ! — Cependant vous ne voulez pas qu'elle meure de faim ? — Eh ! vous savez bien que je ne la laisserai pas manquer ; je suis bien obligé de la nourrir à rien faire, et qui sait combien cela durera ? — Ah ! Marcelin, que dites-vous là ? — Dame ! c'est à la connaissance de tout le pays, sa mère a vécu quatre-vingt-onze ans ; ainsi nous avons le temps d'en gagner pour elle. — Mon Dieu ! que vous me rendez malheureuse, quand je vous entends parler comme ça d'une si bonne mère ! — Bonne ! c'est un oui dire pour moi ; qu'est-ce que cela me rapporte, sa bonté ? Avez-vous eu un sou de dot seulement ? Au lieu de vous laisser quelque chose, il faudra que je lui donne du mien jusqu'à son dernier moment... J'aimerais autant avoir un enfant, ajouta-t-il avec colère. Henriette ne dit pas un mot de plus à son mari ; mais elle se contenta de remercier tout bas le ciel de ce qu'il lui avait refusé jusqu'à présent le titre de mère.

Le silence succéda de nouveau à cette conversation sur la grande route ; les époux continuèrent à marcher jusqu'à Bondy sans se dire un seul mot. Henriette, rassurée sur le sort de sa grand'mère, éprouvait cependant un sentiment douloureux d'oppression, en songeant aux humiliations que la pauvre vieille aurait à souffrir chez son petit-fils. — Si la mère Chenu, se disait-elle, ne meurt pas de besoin, il faudra qu'elle meure de honte et de douleur chez nous ; et cette pénible pensée faisait couler abondamment ses larmes. Marcelin s'en aperçut, se retourna vers sa femme, et lui dit : — Eh bien ! qu'est-ce que vous avez encore à gémir ? — Vous n'avez pas besoin de me le demander, j'espère ! — Si fait, parce que je ne veux pas que vous arriviez dans un pareil état à Epinay. — M'empêcherez-vous d'avoir du chagrin, quand vous ne savez que me faire de la peine ? — C'est ça, criez-le dans le pays, faites voir vos yeux rouges pour qu'on dise que je suis un mauvais homme ; ça vous ferait plaisir de me voir jeter la pierre par un chacun ; au lieu de me donner une famille en vous épousant, je n'ai fait qu'ouvrir ma porte à des ennemis, et ma huche à des grugeurs. — Marcelin, est-ce que vous ne pourriez pas faire le bien sans le reprocher si durement ? — C'est que j'en ai aussi du chagrin, quand je pense comment la maison va marcher lorsque je n'y serai plus ! — Vous allez partir encore ? — Oui ; cela vous fait plaisir, n'est-ce pas ? Voilà une bonne nouvelle pour vous, ça vous mettra à votre aise pour en dire sur mon compte ; car, je le sais, vous ne pouvez pas me souffrir. — Il ne tenait qu'à vous de vous faire aimer. — A dire vrai, je vous avoue que cela m'est égal ; cependant, comme je ne veux pas que vous me donniez une mauvaise réputation dans le pays, je vous promets de faire bonne mine à la vieille jusqu'au moment où j'aurai pu la placer dans un hospice... Mais c'est assez causer ; si vous êtes fatiguée, voilà la carriole du curé qui retourne au pays, petit Paul est seul dedans, montez-y, j'arriverai plus vite en marchant sans vous. Henriette accepta la proposition de Marcelin ; sur un signal de celui-ci, le petit bonhomme, en sarrau bleu, qui conduisait l'équipage du curé, s'arrêta et parut joyeux lorsque Henriette lui demanda la permission de monter dans la carriole. — Vraiment oui, je le veux bien, dit l'enfant en souriant à la jeune femme, et que M. le curé-ce ça lui fait donc à lui, pourvu que je retourne à ce soir le chercher chez le desservant de Stains, où il est à dîner pour affaire ? Marcelin aida sa femme à se placer sur la banquette ; petit Paul vint s'asseoir à côté d'Henriette, cria : Hue ! la Blanche ; et la vieille jument, excitée par deux ou trois légers coups d'une branche de peuplier, partit au pas. Marcelin eut bientôt devancé la carriole. Son premier soin, en arrivant à Epinay, fut de se diriger vers la demeure de la mère Chenu ; la porte de la maison était fermée ; il chercha inutilement à soulever la clavette ; en vain il frappa, personne ne répondit. — Diable ! se dit-il, il paraît que c'est déjà fini ; et il glissa un regard curieux à travers les fentes de la porte. La salle basse était complétement dégarnie de ses meubles ; quelques espaces blancs sur ses murs noircis par la fumée et par le temps, marquaient les places occupées la veille encore par le lit, le buffet, la grande armoire de chêne, et par quelques images pieuses. Il ne vit plus que la vierge de plâtre que les agens du fisc avaient oubliée sur la cheminée. La mère du Sauveur tenait encore dans une de ses mains le rameau de buis bénit renouvelé aux dernières Pâques fleuries, afin de préserver la chaumière de tout malheur. Après un coup d'œil rapide jeté dans l'intérieur de la salle, Marcelin reprit sa course vers sa maison, où il croyait trouver la grand'mère de sa femme.

Un homme était assis sur le banc de pierre placé à la porte de Marcelin, quand celui-ci arriva chez lui ; il regarda cet étranger, qui paraissait attendre impatiemment quelqu'un.—Que demandez-vous, monsieur ? lui dit-il en le saluant. — Le maître de cette maison, répondit l'étranger ; depuis une heure j'attends à cette porte. — Pardon, excuse, c'est à moi que vous avez affaire ; si vous voulez entrer ?... Marcelin ouvrit sa porte, l'étranger le suivit, et bien certain qu'il parlait à Marcelin Bontems, il lui remit un billet : le paysan lut plusieurs fois la lettre sans trop comprendre son contenu. — Est-ce que vous n'avez que cela à me donner ? — Non, j'ai là un sac de cent vingt écus. Il posa le sac sur la table et s'éloigna. Marcelin compta l'argent, prit le sac et son chapeau, ferma sa porte et marcha, d'un pas précipité, du côté de la place de l'église.

— A six livres douze sous la paire de draps ! criait, au milieu d'un cercle nombreux de paysans, un petit homme monté sur une table, et les draps passaient de main en main ; les femmes mesuraient la toile à la longueur de leur bras ; les plus riches du pays examinaient la grosseur du grain avec une espèce de mépris ; les plus pauvres regardaient d'un œil d'envie ceux qui calculaient, la main dans la poche, s'ils pouvaient surenchérir ; et, de temps en temps, la voix du commissaire-priseur dominait le bruit des conversations particulières par ce monotone appel aux acheteurs : — Une fois, deux fois, personne ne dit mot ? — Six livres quinze sous, reprit vivement une grosse commère, à qui son mari venait de défendre de couvrir la dernière enchère. — Six livres quinze sous ! répéta le petit homme monté sur la table. Il allait répéter sa formule, et déjà le mari, mécontent, montrait le poing à la grosse commère, qui levait les épaules en signe de pitié, lorsque Marcelin, se glissant au milieu de la foule, parvint près de la table où le commissaire-priseur était assis, lui dit avec sa voix doucereuse : — J'en donne sept livres dix sous. — On a dit sept livres dix sous, reprit le crieur. Cette fois la grosse femme resta muette, et ces paroles solennelles furent prononcées : — Adjugé à M. Marcelin Bontems pour sept livres dix sous. Le nom de Marcelin excita un murmure général dans l'assemblée ; les hommes le regardaient avec un malin sourire, et ceux qui se trouvaient assez près de lui pour lui adresser la parole, disaient : — Ça doit faire mal au cœur de racheter si cher ce qu'on devait avoir pour héritage ? — Certainement que c'est dur, répondait Marcelin. — C'est par amitié pour la mère Chenu, ce qu'il en a fait, reprenait un autre paysan ; il ne veut pas que ses effets sortent de la famille ; Marcelin tournait lentement la tête du côté de celui qui venait de parler, et ajoutait avec ce ton mielleux qu'il cessait d'employer seulement dans les disputes avec sa femme : — Dame ! mes braves gens, il faut bien que quelqu'un achète ; on ne vend que pour cela, et autant que ça soit moi qu'un autre qui fasse un bon marché, s'il y en a un à faire. Les hommes se contentaient de railler le mari d'Henriette ; mais les femmes prenaient bien autrement au sérieux l'action de Marcelin. — Le vilain ! le ladre ! s'écriaient-elles ; voyez-vous, il vient pour profiter du malheur de sa grand'mère, quand il aurait pu l'éviter ; il n'avait pas un sou pour empêcher la saisie chez cette pauvre femme, mais il a bien su trouver de l'argent mignon pour se donner des nippes. Marcelin, sans s'émouvoir, continuait à couvrir toutes les enchères, et, quelle que fût l'estimation du commissaire-priseur, il triplait sa mise à prix ; aussi finissait-il toujours par se faire adjuger chaque objet mis en vente. Les propos des commères allaient *crescendo* à mesure qu'elles voyaient passer dans ses mains ce qu'elles avaient retenu d'avance du mobilier de la bonne vieille ; l'intérêt personnel blessé, ajoutant encore à la noble indignation des voisines de la mère Chenu, un orage d'injures éclata sur Marcelin, lorsque le commissaire-priseur, ayant calculé le montant des achats de celui-ci, on vit le mari d'Henriette compter au vendeur trois cent onze livres, et faire placer dans une charrette la presque totalité des meubles et des effets qui avaient été saisis chez sa grand'mère. Le concert d'imprécations accompagna Marcelin jusque chez lui ; mais, calme au plus fort de la tempête, il fit entrer la charrette dans la cour de sa maison, salua en ricanant les voisines en fureur, et leur ferma la porte au nez. Elles crièrent encore pendant quelques minutes ; enfin peu à peu le tumulte s'apaisa ; quelques commères, de peur d'être battues, se décidèrent à aller faire cuire le souper de leurs maris ; d'autres partirent pour rosser leurs enfans. Quant à celles qui n'avaient ni maris à craindre, ni enfans à faire trembler, elles se rendirent chez la servante du curé qui, ce jour-là, était veuve : Monsieur dînait chez son confrère de Stains.

En moins d'un quart d'heure, une chambre de la maison de Marcelin fut dégarnie de son ancien mobilier, et meublée de nouveau avec le buffet, la grande armoire en chêne et le bois de lit vermoulu de la grand'-mère d'Henriette. Dès que cet emménagement fut terminé, Marcelin congédia les deux commissionnaires qui avaient traîné la charrette, et il se disposait à sortir pour aller à la recherche de sa femme et de la mère Chenu, quand une voiture armoriée s'arrêta devant sa porte. Un domestique, couvert d'une simple redingote de drap bleu et d'un chapeau sans galons, descendit de derrière le carrosse, prit les ordres de la personne qui était dans la voiture, et entra chez Marcelin ; celui-ci reconnut l'étranger qui lui avait remis le billet et le sac d'argent ; il s'inclina devant lui, dit qu'il était aux ordres de monseigneur, qu'il pouvait entrer en toute sûreté, et que personne ne viendrait les troubler. Le domestique rendit la réponse de Marcelin à son maître, qui bientôt fut dans la salle basse de la maisonnette. Marcelin avança un fauteuil, se tint debout et découvert devant le nouveau venu, bien que celui-ci lui eût dit plusieurs fois de s'asseoir.

VI

La Bonne Action.

Mais surtout revêtez-vous de la charité, qui est le lien de la perfection.
SAINT PAUL. — *Epître aux
Colossiens*, chap. III.

Il est doux de faire du bien,
Surtout quand il n'en coûte rien.
Almanach de Liége.

Ce personnage, que les lecteurs ne connaissent point encore, peut avoir trente-cinq ans environ ; sa taille est bien prise ; ses traits réguliers ont de la noblesse et de la douceur ; son œil brun est vif et plein de feu ; il porte un costume noir plus sévère qu'élégant, et qui ne fait qu'ajouter à la pâleur de son visage ; quelques rides sillonnent son front large et légèrement bombé ; parmi ses cheveux noirs et rares on voit briller comme des fils d'argent ; sa physionomie décèle une ardente imagination, des passions violentes et de profonds chagrins ; mais dans son attitude calme, dans ce sourire de bienveillance qui erre continuellement sur ses lèvres, et dans cette voix à la fois sonore et grave, on reconnaît un homme élevé dans une classe où les lois de la politesse défendent de laisser lire ce qu'on renferme au fond du cœur ; enfin on devine en lui un homme habitué à débiter aux hommes assemblés des discours étudiés, à commander aux autres, et à se commander à lui-même. Le peintre qui, sur cette donnée, ne croirait faire qu'un portrait de fantaisie, aurait retracé l'image de M. le comte de Beaumérant, évêque de ***, et cousin-germain de madame la marquise d'Albouy.

— Vous avez exécuté mes ordres, Marcelin ? dit M. de Beaumérant, quand il se vit seul avec le mari d'Henriette. — Oui, monseigneur, et c'est une véritable bénédiction du ciel que votre présence ici ; car je ne suis pas riche, et, malgré ma bonne volonté, je n'aurais pu rendre à la mère Chenu ses pauvres effets. — Vous ne jouissez pas d'une grande réputation de bonté pour e le... — Comment !... qui a pu vous dire ?... — Mon domestique, qui a assisté à la saisie pendant que j'étais allé jusqu'à Dugny, où madame d'Albouy est arrivée ce matin. — C'est donc bien vrai que madame vient d'acheter cette terre. si voisine de nous ? — Vous ne me répondez pas sur le récit qu'on m'a fait de votre conduite avec cette bonne vieille ? interrompit l'évêque. — Monseigneur ne connaît pas le fond de ma bourse pour savoir si je peux... — Non ; mais je sais que vous pouviez vous adresser à moi, et j'aurais fait, il y a huit jours, ce que, sur quelques rapports de mon valet, je fais aujourd'hui pour elle. — Certainement que si j'avais connu les intentions de monseigneur, j'ai assez d'amitié pour la mère Chenu... mais quand on n'aime pas à demander... — Il suffit, Marcelin, le mal est réparé, et c'est à vous que votre grand'mère le doit. — Est-ce que c'est une avance que monsieur le comte me fait sur mes gages ? dit Marcelin en pâlissant. — Non, mon ami ; mais il ne serait pas utile qu'on sût que ce bienfait vient de moi. Il faut aussi que vous évitiez de vous faire des ennemis ; la mission délicate dont ma cousine et moi devons vous charger exige que vous vous attiriez le moins de haines possibles ; si vous vous conduisez bien, on se contentera de vous croire sur parole, quand on vous interrogera sur les voyages que vous faites ; si au contraire vos actions, ici, sont blâmables, alors on cherchera à savoir ce que vous allez faire loin du pays : de suppositions désavantageuses pour vous, on en viendrait à des découvertes dangereuses pour ceux qui vous emploient ; puisez donc dans notre bourse, autant pour vous établir une bonne réputation que pour ne pas compromettre des intérêts qui me sont chers. — Mais, monseigneur, le bien que j'aurai l'air de faire... — Je vous comprends, Marcelin, cela paraîtra plus extraordinaire encore que si l'on vous voyait insensible au malheur qui frappe aujourd'hui votre grand'mère. — Ce n'est pas tout à fait cela que j'ai voulu dire, monsieur le comte ; on sait que je n'ai pas le moyen. — Au contraire, d'après ce que m'a dit mon domestique, on croit qu'il y a plus de mauvaise volonté que d'impossibilité de votre part. Contraignez-vous donc à passer pour généreux, ajouta l'évêque en souriant, et vous ferez taire ceux qui ont intérêt à surveiller votre conduite ; car on s'occupera beaucoup moins de vos bonnes actions que du bien que vous négligeriez de faire : c'est l'usage.

Marcelin consentit sans peine à se donner une réputation de libéralité qu'il n'avait cependant jamais ambitionnée. Sur la demande de l'évêque, il lui remit les cent six livres qui lui restaient ; celui-ci compléta une somme de cinquante écus, et la rendit au mari d'Henriette, voulant, disait-il, payer d'avance le premier quartier de la pension de la grand'-

mère. Lorsque Marcelin eut serré l'argent avec soin, il revint humblement vers monseigneur, qui, cette fois, l'obligea de s'asseoir; l'évêque reprit la parole.

— Madame la marquise d'Albouy, privée depuis long-temps de la présence de son mari, apprend qu'il est sur le point de revenir en France, malgré la sévérité des ordres partis de Versailles, et qui interdisent à mon cousin le droit de rentrer dans le royaume. Comme il ne doit pas encore revoir sa patrie, il nous faut un homme sûr pour entretenir une correspondance avec le proscrit; la manière dont vous avez servi l'un de nos amis, M. le baron d'Ourville, dans une semblable circonstance, m'a fait jeter les yeux sur vous; j'ai su quels regrets vous aviez éprouvés quand, malgré vos soins, la retraite du baron fut découverte par les espions, et avec quel art vous leur aviez souvent donné le change sur vos traces; les parens du baron m'ont fait voir les lettres où vous leur appreniez les ruses que vous inventiez pour tromper la police. — Oh! Il n'a pas tenu qu'à moi, monseigneur, que ce bon M. d'Ourville n'arrivât sain et sauf à Paris. — Le motif de sa proscription était trop grave pour qu'on n'eût pas continuellement les yeux sur lui. — Oui, je sais... un soufflet donné dans un bal à un auguste prince du sang, au moment où celui-ci prenait le menton de la sœur de monsieur le baron. — Mon ami expie à la Bastille le crime de n'avoir pu voir de sang-froid outrager sa sœur. — Ah! monseigneur, j'ai couru bien des dangers, ajouta Marcelin en grimaçant, et, sans un peu de présence d'esprit, j'étais connu et arrêté pour avoir voulu faire le bien. — Heureusement pour vous et pour nous que votre nom n'a pas été prononcé dans cette affaire. — Ma femme même, reprit Marcelin, ne se doute de rien. — Votre discrétion nous répond du succès; et, dans cette nouvelle entreprise, vous aurez peu de dangers à courir, attendu que c'est pour une cause légère que le marquis a encouru la disgrâce du roi... cependant il ne faudrait pas que notre secret fût découvert.—N'ayez pas peur, monseigneur, je servirai M. le marquis d'Albouy comme j'ai servi M. le baron d'Ourville. En achevant ces mots, qu'il croyait nécessaires pour donner à l'évêque une preuve de son zèle, Marcelin se pinça les lèvres, détourna la tête, et chercha à se donner la contenance que sa réponse lui avait fait perdre. L'évêque, sans s'apercevoir de ce mouvement, continua en se levant pour sortir : — Nous vous attendons demain au château de Dugny ; vous viendrez recevoir nos ordres pour votre départ. Monseigneur se dirigea vers la porte, et Marcelin, le reconduisit en protestant de son entier dévoûment ; le domestique ouvrit la portière, abaissa le marchepied, et M. de Beaumérant monta dans sa voiture, que les chevaux entraînèrent au galop.

À sa grande surprise, Marcelin ne vit point les commères du pays assemblées à sa porte, et cependant il comptait en trouver un grand nombre attiré par le bruit du carrosse qui s'était arrêté si long-temps devant sa maison. En effet, le passage de l'évêque eût été, dans tous les temps, un événement extraordinaire pour les habitans du village d'Epinay ; mais la saisie des meubles de la mère Chenu, le prix élevé que Marcelin avait offert pour se les faire adjuger, donnaient lieu à des conversations si animées, qu'on ne fit attention ni à l'arrivée de l'équipage armorié, ni à son départ. Le mari d'Henriette, après avoir salué une dernière fois monseigneur, quand celui-ci même ne pouvait plus l'apercevoir, rentra un moment chez lui pour composer son maintien et se préparer à soutenir le rôle de bienfaiteur, que l'évêque lui faisait jouer à l'improviste. Son discours arrangé, il sortit pour aller de porte en porte demander quelle était l'obligeante voisine qui avait donné asile à sa grand'mère, et pour l'emmener chez lui avec Henriette, qui, depuis long-temps, devait être de retour dans le village.

Marcelin avait vainement frappé à plusieurs portes du voisinage quand il rencontra le petit bonhomme en sarrau bleu. Il l'appela ; petit Paul se retourna et vint doucement à lui en continuant de siffler un air de complainte, et de traîner ses gros sabots à dentelles. — Qu'est-ce que vous me voulez, vous? lui dit l'enfant avec mauvaise humeur. — Je veux savoir où tu as conduit ma femme? — Tiens! où elle a voulu, donc! — Allons, réponds-moi, je suis pressé. — En ce cas, courez devant, je n'ai pas de compte à vous rendre. — Petit Paul, je me plaindrai à M. le curé. — Eh bien! croyez-vous qu'il me donnera des coups, parce que je vous aurai fait languir pour vous dire où est votre femme? elle n'a de bon que le temps qu'elle ne passe pas avec vous; ainsi c'est des pleurs que je lui épargne en vous faisant chercher. — Et comment sais-tu cela, toi, petit? — Tiens, ça ne se voit pas! des yeux rouges, n'est-ce pas? Après cette réponse, petit Paul tourna les talons et se remit à traîner ses sabots et à siffler son air de complainte. Marcelin était furieux; sans l'amitié que le curé portait au petit bonhomme, il lui eût fait payer cher son impertinence; mais il se retint, et, l'appelant de nouveau, il le pria de lui dire dans quelle maison du voisinage il trouverait Henriette. Petit Paul revint à lui avec sa lenteur accoutumée, et, le regardant fixement, il répondit : — Je vais vous le dire, père Marcelin, mais à une condition... c'est que vous me promettrez que ce n'est pas pour lui faire de la peine, parce qu'elle est bonne, et que je ne veux pas qu'elle ait du chagrin, entendez-vous? — Allons, mioche, dis-moi vite, je t'assure qu'elle sera contente. — Oh! ça, je ne le crois pas trop; mais voilà, vous êtes un vilain homme, vous... tout le monde le dit dans le pays; tandis que votre femme, c'est ni plus ni moins qu'une sainte : aussi, lorsque je ne serai plus un mioche, comme vous m'avez appelé tout à l'heure, et que M. le curé m'aura fait prêtre, je me rappellerai que madame Henriette n'était pas la dernière à me donner un morceau de pain et une paire de sabots quand je n'étais qu'un pauvre petit mendiant dans le pays. Elle a bon cœur pour moi; je lui rendrai tout ça un jour... si je peux. — Mais tu ne me dis pas?... — C'est vrai; allez chez la cordonnière, vous trouverez toute la famille... surtout ne manquez pas à votre parole, parce qu'un jour je serai grand et fort comme vous. En terminant son discours, petit Paul montra le poing à Marcelin, mais celui-ci était déjà loin; l'enfant fit une grimace du côté où le mari d'Henriette avait disparu, et continua sa route en sifflant.

Lorsque Marcelin arriva chez la cordonnière, la mère Chenu était assise au fond de la salle entre ses deux petits-enfans, Henriette et Jean Leblanc; chacun d'eux tenait une des mains de la bonne vieille, qui pleurait; mais ce n'était plus de chagrin : la voisine avait sauvé des griffes du garnisaire la croix d'argent que feu le père Chenu lui avait donnée le jour de ses fiançailles. Le jeune bijoutier venait d'apporter un sac de cent écus pour délivrer son aïeule des poursuites du fisc : il était trop tard. La pauvre mère regrettait bien encore sa vieille armoire et ses rideaux de serge rouge; mais enfin elle voyait son existence assurée pour quelque temps, elle le devait à son cher petit-fils; c'était plus qu'il n'en fallait pour la consoler des peines de la journée. A l'aspect de Marcelin, le groupe se dérangea, la cordonnière fit quelques pas au devant de lui pour lui ordonner de sortir; Jean Leblanc la toisa avec mépris, et Henriette eut la force de lui dire : — Que venez-vous chercher ici? — Toi et la mère Chenu, reprit-il avec douceur, vous ne pouvez pas rester toute la journée chez les autres. — Ma mère y serait mieux que chez vous toujours, interrompit Jean Leblanc. Marcelin feignant de ne pas l'avoir aperçu d'abord, dit avec un air d'étonnement : — Tiens, vous voilà ici, frère! est-ce que vous voudriez revenir sur la proposition que je vous ai faite ce matin? — Je vous ai dit ce que j'en pensais, reprit le jeune bijoutier. — En ce cas-là, n'en parlons plus; mais vous voyez que je n'y mets pas de rancune, car je vous invite à venir souper chez nous avec la mère. — Faut donc que j'aille chez ce mauvais enfant, se dit tout bas la bonne vieille, et elle leva ses paupières ridées vers Marcelin. Henriette était près de sa grand'mère, elle entendit son exclamation, se pencha vers elle, et lui dit pour la rassurer : — Il m'a bien promis d'être bon garçon avec vous. —C'est un sournois, mon enfant, et sa main tremblante pressa la main de sa petite-fille en signe de douleur. Jean Leblanc avait répondu à l'offre du souper que Marcelin lui avait faite, par ces mots offensans pour tout autre que pour le mari d'Henriette : — Si je n'avais pas de quoi payer mon écot, je refuserais ; mais comme je suis venu pour passer le reste du jour avec ma mère, j'accepte, attendu que vous n'aurez pas à reprocher à ma sœur ce que je prendrai chez vous. — Frère, les opinions sont libres ; mais je crois que vous ne me connaissez pas bien. — Que trop, méchant enfant ! interrompit la grand'mère ; si t'avais voulu, t'aurais ben empêché tous ces messieurs de la justice de venir me prendre mon pauvre ménage. — Mère Chenu, continua Marcelin, comme il n'y a qu'un Dieu, je ne pouvais rien faire pour vous hier. — Comme il n'y a qu'un Dieu ! reprit la cordonnière, épouvantée de ce blasphème, et vous n'y croyez pas en Dieu ! sans ça vous auriez retenu votre langue : avez-vous oublié que vous, qui ne pouviez pas donner cent écus hier pour sauver les effets de la voisine, vous avez trouvé aujourd'hui trois cent quarante-quatre livres pour les racheter ?— Le diable emporte les bavardes ! s'écria Marcelin ; on ne peut pas faire une surprise. — Une surprise ! répétèrent les autres. —Comment, fieux, dit la vieille en se levant de dessus sa chaise à l'aide de son bâton, est-ce que vraiment le bon Dieu t'aurait inspiré la bonne pensée de me les rendre ? Et après avoir parlé, elle semblait attendre avec anxiété la réponse de son petit-fils. Marcelin saisit cette occasion pour avouer son bienfait : — Eh bien ! oui, mère Chenu, j'étais allé à Paris pour demander de l'argent qu'on me devait ; malheureusement je l'ai eu trop tard pour m'empêcher la saisie, et peu s'en est fallu encore que je n'arrivasse pas assez à temps pour vous rendre une partie de vos meubles. La grand'mère d'Henriette, en poussant un cri de joie, était retombée sur sa chaise ; sa petite-fille regardait Marcelin avec étonnement ; pour Jean Leblanc, non moins surpris que sa sœur, il répondit : — Ce n'est pas là ce que vous me disiez ce matin, ni ce que vous aviez dit à votre femme en l'amenant. — Dame ! je n'étais pas sûr de réussir, frère ; c'est comme par une grâce du Seigneur que j'ai pu faire mon devoir envers notre mère ; je ne devais pas dire mon idée avant d'avoir quelque chose de certain. — Nous partagerons cette dépense, Marcelin, ajouta Jean Leblanc. Le mari d'Henriette voulut s'y refuser, tant il prenait goût au rôle généreux que l'évêque lui avait ordonné de jouer ; mais le naturel revenant malgré lui, il consentit enfin à recevoir de son beau-frère la moitié de la somme qu'il avait payée, réfléchissant avec quelque raison que, pour la vraisemblance de l'histoire, il ne devait pas montrer trop de désintéressement. On convint de régler le compte chez Marcelin ; il prit le sac d'argent et donna le signal du départ.

La grand'mère avait hâte d'arriver chez son gendre pour revoir ce cher mobilier qu'elle croyait avoir perdu. Après des remerciemens à la voisine, elle partit, appuyée sur le bras de son fils, tandis qu'Henriette, pressée d'interroger son mari, marchait à côté de lui. — Marcelin, pourquoi ne m'avez-vous pas dit ?... — Parce que je ne le voulais pas. — Cependant vous m'auriez rendue si heureuse ! — Il fallait attendre avant de crier. —C'est que... d'après votre manière d'agir... je ne pouvais pas croire... — Je n'aime pas à jeter l'argent par la fenêtre ; mais quand il faut absolument le dépenser, je n'y regarde plus, souvenez-vous de cela. On arriva bientôt à la maison de Marcelin : le premier soin de la mère Chenu fut de demander à voir la chambre ; Henriette y entra avec elle, et les deux beaux-frères étant restés seuls dans la salle basse, Jean Leblanc paya les cent soixante-douze livres qu'il croyait devoir à Marcelin. Le compte terminé, le jeune bijoutier noua le sac de toile bise qui renfer-

mait le reste de la somme, et, le présentant à son beau-frère, lui dit :
— Voilà tout ce que je peux donner jusqu'à présent pour soutenir notre
mère... plus tard... je ferai peut-être davantage ; mais vous savez le
malheur que j'ai éprouvé aujourd'hui ?... — Mais comment... avez-vous
pu, frère ? interrompit Marcelin. — Chut ! ne parlez pas de cela devant la
mère Chenu... je n'ai fait que mon devoir... La conversation en resta là.
Henriette avait apprêté le souper tandis que la bonne vieille examinait sa
chambre, ouvrait, refermait son armoire, et s'asseyait, en pleurant d'attendrissement, dans le grand fauteuil que la mère de la marquise d'Albouy
lui avait donné, il y avait plus de vingt ans.

Pendant le souper, la grand'mère ne cessa de faire entendre des paroles
de reconnaissance ; elle adressait à son gendre les plus tendres remerciemens ; plus d'une fois Henriette se leva de table pour aller embrasser son
mari, et Jean Leblanc lui tendait de temps en temps la main, en disant :
— Bien, beau-frère... c'est une belle chose que de cacher son jeu quand
c'est pour faire une bonne action. Marcelin fut accablé de bénédictions ;
il se laissa bénir. A huit heures du soir on sortit de table. Henriette prépara le lit de l'ouvrier, puis on conduisit la mère Chenu dans sa chambre. Le jeune bijoutier embrassa plusieurs fois sa grand'mère et sa sœur,
se mit au lit : — A demain, lui dit Henriette. — A demain, répondit-il.
Mais au point du jour Jean Leblanc était levé, il sortit avec précaution de
la maison de son beau-frère et s'achemina vers la route de Paris.

VII

Vengeance.

Horrible lutte... bonne odeur de sang.
JULES JANIN. — *Barnave.*

Une heure après le départ de Jean Leblanc, Marcelin, qui avait calculé
pendant la nuit les bénéfices que la protection du comte de Beaumérant
pourrait lui valoir, montait à cheval pour se rendre au château de Dugny,
où l'évêque lui avait donné rendez-vous. Il cheminait, pensif, le long de
l'étang de Coquenard ; les premières lueurs du jour commençaient à poindre, le soleil se levait rouge de sang à l'horizon, la route paraissait déserte ; aussi le mari d'Henriette hâtait-il, avec sa baguette d'épine, le pas
de sa monture. Déjà une fois Marcelin avait cru s'entendre appeler ; mais
il s'était gardé de tourner la tête de ce côté. Cependant la voix qui l'avait
frappé d'abord le nomma une seconde fois, un bruit de pas retentit ; Marcelin, tout en pestant contre celui qui voulait ralentir sa marche, arrêta
son cheval ; il se préparait à mal recevoir l'importun ; mais, en roulant
un regard de colère autour de lui, il aperçut une demi-douzaine de paysans
armés de fusils et qui le serraient de près. Il se pinça les lèvres d'un air
qui voulait dire : — Il ne fait pas bon ici pour moi.

— Eh ben ! Marcelin, tu ne reconnais pas les amis ?

— Si fait, répondit-il avec son air calin, c'est que je n'entendais pas ;
mais il fait assez jour pour que je vous défigure tous : où allez-vous donc
si matin ?

— A la chasse d'une bête sauvage, qui fait du tort à tout le pays, reprit
celui qui l'avait interpellé le premier : veux-tu en être ?

— Ça ne m'est pas possible, j'ai affaire... Mais, dites-moi donc, je n'ai pas encore entendu parler de cet animal qui fait du ravage chez nous.

— Bah! tu ne la connais pas... tu es donc le seul ici, car voilà près d'un an que nous la guettons.

— Et vous espérez la rencontrer aujourd'hui?

— Nous en sommes sûrs, elle ne peut pas nous échapper maintenant. En disant ces mots, le paysan fit résonner son fusil d'un air triomphant; les autres fusils résonnèrent aussi dans les mains des chasseurs: Marcelin sentit un frisson parcourir tout son corps, car ceux qui l'entouraient échangèrent des regards d'intelligence en le désignant du doigt; cependant il fit bonne contenance, et reprit: — Si, comme vous le dites, il y a dans le pays une si méchante bête, ce sera une bénédiction du ciel que d'en débarrasser la commune... Mais on m'attend... allons, au revoir, les amis, bonne chasse.

— Un moment! dirent les paysans. Ils arrêtèrent le cheval par la bride; Marcelin pâlit et murmura d'une voix mal assurée: — Eh ben! qu'est-ce que vous me voulez encore?

— Nous voulons, reprit l'un d'eux, savoir si tu nous as bien reconnus tous les six? Marcelin vit bien alors que c'était à lui qu'on en voulait; il crut déjà sentir le plomb des balles pénétrer dans ses chairs; il blasphéma, car il n'y avait près de lui ni curé pour le protéger par la puissance de la parole, ni maréchaussée pour le défendre à la pointe du sabre; il était seul contre six ennemis qui nourrissaient depuis long-temps une terrible rancune contre l'espion des campagnes: c'étaient de pauvres diables qui avaient connu, grâce à lui, la paille humide du cachot, ou le tarif des frais de justice. Le mari d'Henriette regarda sa baguette d'épines en soupirant, et reprit, avec un sourire forcé: — Pourquoi donc me demandez-vous si je vous reconnais?

— C'est que nous pourrions te dire nos noms, si tu ne te les rappelais pas.

— Laissez donc, j'ai bonne mémoire, et s'il ne faut que vous nommer l'un après l'autre pour que vous me laissiez partir, ça sera bientôt fait: voilà d'abord Jacques, de Villetaneuse.

— Oui, ajouta celui-ci, c'est bien moi que tu as dénoncé l'hiver dernier au garde forestier, parce que j'avais pris quelques méchantes bourrées pour dégourdir mes quatre enfans pendant les grandes gelées.

Marcelin tremblait de tous ses membres; il jeta un coup d'œil au loin pour voir si personne ne venait à son secours; il n'aperçut que des plaines désertes, et n'entendit que le chant des oiseaux qui s'éveillaient en secouant leurs ailes humides de rosée.

— Celui qui vous a dit que j'étais capable de dénoncer un ami, en a menti par sa gorge, voyez-vous; que la foudre du bon Dieu tombe sur mon pauvre corps, si j'ai jamais ouvert la bouche là-dessus: qu'est-ce que j'y aurais gagné?

— Un écu de six livres, répliqua Jacques de Villetaneuse, le garde forestier me l'a dit; à telle enseigne que nous buvions ensemble.

— Vous savez bien tous qu'il m'en veut... et à toi aussi, Jacques, puisqu'il t'a fait mettre en prison.

— Le garde forestier faisait son métier, et ce n'était pas le tien de me dénoncer, gredin... aussi voilà pour ta peine. En achevant ces mots, Jacques lança un si vigoureux coup de crosse dans la poitrine de Marcelin, qu'il le renversa aux pieds de son cheval.

— Seigneur, dit-il en tombant, prenez pitié de mon âme, je suis un grand martyr!

— A mon tour, dit un second, me reconnais-tu bien aussi? je suis Géri, de Vert-Galant; c'est moi qui fus puni de quinze jours de corvée pour avoir voulu frauder la dîme: voilà pour t'apprendre à venir espionner dans les granges ; et il asséna sur les jambes du patient un second coup de crosse qui lui brisa les os.

— A l'assassin ! criait Marcelin ; mais sa voix, étouffée par la douleur, ne laissait entendre qu'un son rauque et plaintif, comme le cri d'un bœuf quand il tombe sous la masse du boucher.

— Et moi, dit un autre, tu ne peux pas m'avoir oublié, je suis Bidois, de Villeneuve-la-Garenne, ton ancien compagnon de braconnage, que tu as livré pour dix écus, quand le bois s'est trouvé dépeuplé de gibier : voilà ce que je te dois pour mes six mois de prison ; et un nouveau coup de crosse retentit sur la tête de Marcelin, sa figure devint pourpre, puis violette, puis noire, et le sang lui jaillit par les narines.

— C'est mal ce que vous faites là, dit un quatrième ; nous étions convenus de ne pas le tuer tout de suite ; vous savez bien que mon frère et moi nous avions à lui parler aussi.

Marcelin, après un moment d'évanouissement, rouvrit des yeux sanglans, il joignit les mains, ses lèvres remuèrent, mais on ne pouvait comprendre ses paroles ; enfin il articula distinctement le mot : — Pardon !

— Pardon ! reprit celui qui venait de reprocher à son voisin le coup de crosse donné sur la tête... Pardon ! c'est à nous autres, les deux frères Bertrand, d'Ormesson, que tu demandes pardon ! et notre père envoyé aux galères pour avoir tiré sur les plaisirs du roi qui ravageaient la moisson, qu'est-ce qui l'a dénoncé ? toi, Marcelin, d'Epinay ! Nous nous sommes promis, Julien et moi, que tu ne périrais que de notre main : car la bête sauvage qui désole le pays, c'est toi ! et tous les complices, le corps penché vers leur victime, répétèrent avec un affreux sourire : — C'est toi ! — Et voilà, continua Bertrand, comme nous vengeons notre pauvre père, condamné par ta faute.

Cette fois ce n'était pas un coup de crosse qui punit Marcelin de ses méfaits ; les deux frères, ivres de vengeance, lui mirent sur les yeux les deux canons de leurs fusils ; le patient se tordait de désespoir, sa poitrine râlait, sa bouche était couverte d'écume, il cherchait à écarter de ses yeux les armes des assassins.

— Aidez-nous, dit Bertrand, il faut aveugler la fouine, qui n'a vu que pour faire du mal aux autres... Regarde bien le ciel pour la dernière fois. Les canons de fusil furent replacés sur les paupières de Marcelin ; les deux frères réunirent leurs forces pour peser sur la crosse ; un craquement sourd se mêla à un dernier cri de douleur ; les tubes de fer, en pénétrant dans l'orbite des yeux, avaient brisé la tête de Marcelin. Il fit encore quelques mouvemens convulsifs, puis ne bougea plus. Les complices se séparèrent ; chacun d'eux rentra chez lui par des chemins de traverse. Quelques heures après on retrouva le corps de Marcelin gisant sur la roue, il fut rapporté à Epinay. La police fit quelques recherches pour découvrir les coupables. Les soupçons planèrent sur plusieurs voisins du défunt ; mais cette fois, heureusement, d'honnêtes gens ne payèrent pas de leur vie une erreur de la justice ; et si les meurtriers échappèrent au supplice, au moins le gibet ne fut pas dressé pour des innocens.

VIII

Voyage aux États-Unis.

Comme quoi Buzur Djumher trouva une bourse
en son chemin.
Titre du 5ᵉ chap. d'Adjaïd Mouaser.

La route de la vie est semée de pierres d'achop-
pement.
Pensées d'un Roulier.

Jean Leblanc regagnait tristement Paris, se demandant s'il devait faire
de nouveaux adieux à la dolente Geneviève ; car il allait partir, mais non
pas avec le sac militaire sur le dos, comme il en avait eu le projet d'abord.

C'était vers le cabaret d'un recruteur fameux qu'il s'était dirigé la veille,
aussitôt après le pillage de sa mansarde par les espions du contrôle. L'ouvrier se disait en partant : — Je servirai le roi : le prix de ma belle taille
sera pour ma grand'mère... Je vaux bien cent écus ; et puis l'état de soldat a aussi ses avantages : une bonne garnison, cinq sous par jour, et rien
à faire que l'exercice deux fois par semaine. — Mais voilà qu'en se conso-
lant ainsi, il rencontra sur sa route des recrues qu'un instructeur faisait
manœuvrer ; la foule les entourait : Jean Leblanc se fraya un passage parmi
les curieux ; il était bien aise de prendre un avant-goût du métier qu'il
allait embrasser.

— Gauche ! droite ! — disait le caporal à son peloton ; et, afin d'être
mieux compris, il faisait siffler sa baguette de jonc à gauche et à droite
sur les épaules, les mains et les joues des apprentis-soldats. Quelques uns
murmuraient des menaces entre leurs dents ; et à ceux-là le caporal administrait double dose. Quant à ceux qui se contentaient de laisser voir de
grosses larmes dans leurs yeux, ils en étaient quittes pour une épithète grossière accompagnée d'un gros rire ; d'autres enfin ne soufflaient pas mot,
ne bougeaient pas de place ; les yeux fixes, impassibles sous les coups, ils
gardaient l'attitude commandée : c'étaient les automates... les stupides, les
bons soldats, en un mot.

A chaque coup de baguette qui déchirait l'air en tombant sur les recrues,
Jean Leblanc éprouvait un mouvement de rage, comme s'il eût ressenti
la douleur ; il grinçait des dents, serrait les poings, et, malgré lui, se
voyait au moment de tomber sur l'instructeur, qui distribuait froidement ses coups de baguette sur de beaux et forts gars, capables de soulever d'une main la plus pesante charrue. — Qui donc les empêcherait de
renverser un frêle caporal ?

— La discipline militaire ! — répondit un vieux bourgeois, qui avait
entendu la question que Jean Leblanc s'adressait à mi-voix ; — ne trouvez-vous pas que ce soit une chose admirable que cette obéissance à laquelle on est parvenu à soumettre tant de tempéramens divers ?... Voyez
comme sous cette verge de fer on brise des caractères qui se ressemblent si
peu, et cela pour en faire un caractère uniforme, celui de soldat. C'est une
invention sublime que cette discipline qui vous fait monter le sang au visage, parce que vous n'appréciez pas assez la nécessité de ne confier des
armes qu'à des hommes habitués à s'en servir au commandement de
leurs chefs.

— Ce n'est pas une raison pour frapper le soldat.

— On appelle ça l'essayer ; on voit tout de suite par la manière dont il endure les coups, ce que l'on pourra faire de lui ; par exemple, celui qui se rebiffe est mis au cachot, plusieurs jours de prison ont bientôt adouci l'âcreté de son sang, ou s'il recommence...

— Eh bien, qu'en fait-on ?

— On le condamne à quelques années de fers ; et enfin, s'il est incorrigible, on le fusille, attendu qu'un homme qui n'est pas bon à être soldat...

— Peut être un ouvrier habile... un très bon laboureur.

— Vous avez peut-être raison ; mais puisque c'est un service qu'il faut rendre à l'état.

— Voilà un beau moyen d'obtenir quelque chose, que de l'exiger à coups de bâton !

— Eh ! mon cher monsieur, n'est-ce pas toujours en nous menaçant de nous ruiner, de nous emprisonner, que le gouvernement réclame des aides, des subsides, des dîmes, des redevances, des corvées ? L'administration la plus paternelle ne demande jamais rien au peuple que par cette voie-là... Et tenez, pendant que nous causons, nous n'avons pas vu le gros major, qui est venu pour inspecter l'exercice... Regardez, il parle au caporal !... Diable... il a l'air en colère, le major... c'est au tour de l'instructeur à rester comme une souche... Aïe ! quel coup de canne il a reçu sur le dos !... Quand je vous le disais, il règne dans l'état militaire un ordre admirable : les soldats sont battus par les caporaux, les caporaux reçoivent des coups de canne des grades supérieurs ; on ne rend pas personnellement ce que l'on a reçu, mais chacun finit toujours pas avoir son compte. Vive la discipline ! Voilà l'école terminée, je vous souhaite bien le bonjour.

Le bourgeois poursuivit son chemin, et Jean Leblanc revint sur ses pas. « Non, disait-il, je ne serai pas soldat, je ne prendrai pas un métier dont la première condition est d'oublier qu'on est homme... un métier où le soufflet qu'on reçoit en public ne doit pas être considéré comme un affront qui demande vengeance. Misérable condition, qui nous ravale au dessous de la brute ! car le taureau qu'on maltraite a des cornes meurtrières pour se défendre, le chien des dents pour mordre, et le soldat ne doit pas toucher à ses armes quand la baguette de jonc d'un caporal bleuit sa joue, ou que la canne d'un major meurtrit ses épaules ! » Comme il approchait de la rue des Prêtres, bien résolu à ne jamais revêtir l'uniforme, Jean Leblanc fut accosté par un de ses camarades d'atelier. J'allais chez toi, Jean ; on m'a conté ton malheur. j'ai une bonne affaire à te proposer... Si tu ne tiens pas à rester ici, je t'embauche, et demain nous partons pour l'Amérique.

— Pour l'Amérique ! volontiers, et comment cela ?

— Entrons au cabaret, je t'expliquerai la chose.

Un demi-litre est apporté dans la grande salle ; les deux ouvriers s'attablent, et, après un premier toast à l'abolition des maîtrises, Valentin reprend la parole.

— Nous allons dans un pays libre, mon garçon, chez des gens où le roi n'est pas plus qu'un autre homme ; il est sur le trône pour cinq ans ; après ce temps on lui fait rendre des comptes, et si on est satisfait de sa conduite le peuple lui permet de reprendre son commerce et lui conserve sa pratique, dans le cas où il préfère rentrer dans son magasin, plutôt que de régner une seconde fois... Là les lois sont égales pour tous, et l'ouvrier a de bonnes journées, attendu que le prix du travail est à l'idée de celui qui fait l'ouvrage... Voilà déjà qui est bon... mais comme pour partir il faut avoir du comptant, il y a dans ce moment à Paris un riche particulier qui se met à la tête de l'entreprise ; il prend des hommes de tous les états, leur fait des avances et les embarque à ses frais : une fois là-bas, il établit des ateliers et ne nous demande pour cela qu'un droit sur chaque objet que nous fabriquons, enfin, on nous assure qu'avant dix ans notre fortune sera faite. Tu vois, Jean Leblanc, qu'il n'y a pas à reculer, il faut partir tout de suite ;

si tu consens à être des nôtres, je te conduis à l'instant chez le bourgeois... tu prends ton passeport, et dès demain nous nous mettons en route.

Valentin n'avait pas des données bien exactes sur la forme du gouvernement des États-Unis ; mais les deux cents francs d'avance qu'il avait reçus du spéculateur étaient positifs, il les étala sur la table. A l'aspect de cette somme, Jean Leblanc pensa à la mère Chenu, et s'empressa d'accepter la proposition de son ami. Valentin, qui venait de payer la bouteille, emmena le bijoutier chez le chef d'expédition industrielle. Jean, recommandé par Valentin, fut reçu au nombre des ouvriers qui devaient s'expatrier, pour aller porter le goût du luxe, l'amour des arts inutiles, dans un pays où l'on manquait encore de forgerons et de tailleurs de pierre. Patience, les vices polis de l'ancien continent auront bientôt pris la place des vertus rudes et sévères de ce peuple neuf encore ; voilà qu'on lui prépare des romans nationaux.

— Combien vous faut-il d'avance ? demanda l'entrepreneur à Jean Leblanc.

— Monsieur, répondit-il, si c'était pour moi, je me contenterais de ce que vous voudriez me donner ; mais la position malheureuse de ma mère m'oblige à mettre des conditions à mon engagement ; il me faut cent écus, je ne pars qu'à ce prix-là ?

— C'est beaucoup !... cependant vous allez les avoir ; surtout n'en dites rien aux autres, ils en exigeraient autant. L'argent fut compté. Le cœur du petit-fils de la paysanne battait violemment dans sa poitrine, au moment où il signait le reçu de cette somme nécessaire à la tranquillité de sa grand'mère. Jean Leblanc avait oublié tous ses chagrins de la matinée ; il ne craignait plus qu'une chose, c'était d'arriver trop tard à Epinay. Son engagement fut bientôt paraphé ; il devait se trouver, le lendemain à sept heures du matin, au rendez-vous désigné pour le départ ; aussi hâta-t-il sa marche, en suivant la route que sa sœur avait parcourue si tristement quelques heures auparavant.

On sait son arrivée au pays, la vente publique, et le soi-disant bienfait de Marcelin.

Six heures du matin sonnaient à La Chapelle au moment où Jean Leblanc rentrait dans Paris ; il allait partir pour long-temps, mettre la mer entre lui et la jeune fille de la rue des Prêtres ; un espoir de fortune brillait à ses yeux : pouvait-il quitter la France sans embrasser encore une fois celle qu'il devait un jour nommer sa femme?... Il voulait la rassurer, car elle avait tremblé pour lui après leur brusque séparation de la veille ; enfin il voulait encore lui rappeler la promesse de fidélité qu'elle lui avait faite. Il se décida donc à lui faire ses adieux. Geneviève n'avait pas dormi de toute la nuit ; madame Pingenet elle-même était inquiète sur le sort de son gendre futur : aussi la joie des deux femmes fut-elle grande quand le jeune ouvrier se nomma, après quelques coups frappés à la porte du magasin de la revendeuse. La jeune fille, à demi habillée, s'empressa de lui ouvrir. Madame Pingenet prépara à la hâte le déjeûner du départ.

— Vous penserez toujours à moi. Geneviève ?

— Toujours, monsieur Jean Leblanc, quand même ma mère voudrait m'en empêcher.

— Et vous, madame Pingenet, vous ne forcerez pas l'inclination de votre enfant, vous me le promettez ?

— Certainement... je vais plus loin ; si cette petite sotte s'avisait jamais de rêver un autre mariage que le vôtre, je vous jure de m'y opposer, quel que soit le parti qu'on lui proposerait.

— Maman, vous n'aurez pas cette peine-là, car mon cœur, comme ma main, ne seront jamais qu'à celui que j'aime aujourd'hui ; mais tâchez de revenir bientôt, reprit la jeune fille d'un air suppliant.

— Quand il aura fait fortune.

— Non, quand il aura de quoi acheter une maîtrise à Paris.

— C'est dit ; mais voilà sept heures, encore une fois adieu !

Avec la permission de madame Pingenet, Jean Leblanc embrassa Geneviève, qui, cette fois, lui rendit son baiser avec une si vive effusion de cœur que le jeune homme en perdit un moment la tête ; il alla jusqu'à dire : — Pourquoi ai-je signé ?... je ne me sens plus le courage de la quitter.

— Mais allez donc, reprit la revendeuse, les yeux mouillés de pleurs ; allez, mon ami... mon fils... l'heure se passe, dépêchez-vous de gagner beaucoup d'argent ; alors vous ne vous séparerez plus.

Il partit ; Geneviève se sentit défaillir en lui envoyant un dernier baiser. Comme il revenait encore une fois sur ses pas, l'horloge de Saint-Germain-l'Auxerrois sonna une demie ; le timbre vibra douloureusement au cœur de Jean Leblanc. Il s'éloigna, heureux d'inspirer tant d'amour, mais désespéré de fuir celle qui l'aimait si tendrement.

Une heure après, l'ouvrier bijoutier, le regard sombre, la tête penchée, les bras croisés sur la poitrine, se promenait à grands pas dans le magasin de madame Pingenet ; son voyage au Nouveau-Monde était terminé, ses projets de fortune détruits ; il ne lui restait plus d'autre ressource que d'aller mendier de l'ouvrage chez les maîtres privilégiés.

La police était descendue la veille dans le club des étrangers, au moment où le chef de l'expédition industrielle pérorait chaleureusement contre les abus de la vieille monarchie française. Les plus adroits de l'assemblée échappèrent à l'emprisonnement ; mais l'orateur fut saisi au collet par de vigoureux soldats du guet ; son nom et sa qualité, qu'il déclina, furent inscrits, par le commissaire, sur la lettre de cachet que le chef de la police avait laissée en blanc à son subalterne, pour ne pas entraver l'exécution du service. Le prisonnier fut jeté dans un cachot, et la Bastille referma ses portes sur les espérances d'une douzaine d'artisans qui voulaient aller chercher, loin de la France, les moyens de vivre en exerçant librement leur industrie.

IX

La Coalition des Maîtres.

Ils s'entendent comme larrons en foire.
Vieux proverbe.

Ainsi voilà l'espèce humaine divisée en troupeaux de bétail, dont chacun a son chef, qui le garde pour le dévorer.
J.-J. ROUSSEAU.— *Contrat social.*

Dès que six heures du matin tintèrent à l'église paroissiale de Saint-Germain-l'Auxerrois, Jean Leblanc, que le chagrin avait tenu éveillé toute la nuit, s'habilla tristement au milieu des outils encore épars sur le plancher de sa mansarde ; car le désordre causé par la visite du commissaire n'avait été réparé qu'à demi. Il reprit avec un soupir le tablier de toile verte, le bonnet de laine et la veste de travail ; son cœur était gros d'humiliation en descendant ses six étages ; il songeait aux traits moqueurs que ses camarades n'allaient pas manquer de lancer sur son ambition trompée. Cependant il était bien certain de mettre promptement un terme aux épigrammes des compagnons de sa fabrique ; Jean Leblanc était fort et courageux, et déjà, plus d'une fois, son poing avait suffi pour imprimer le respect aux mauvais plaisans de l'atelier; mais les sarcasmes du fabricant, comment les repoussera-t-il? Il lui faudra souffrir, sans se plaindre, cet air insolent que donne la victoire; et c'en était une pour un maître-juré que la ruine de l'ouvrier qui avait essayé de secouer le joug de la maîtrise. Beaucoup de courage était nécessaire au frère d'Henriette pour supporter les regards de pitié du maître triomphant. Il se décida à tout braver, afin de reprendre sa place à l'établi. Une bonne résolution s'était enfin emparée de son cœur; il se consolait en pensant à ces paroles de madame Pingenet: — Ma fille a causé votre malheur, elle en sera punie; pour ne pas retarder votre mariage, je fournirai la robe.— Eh! que m'importe, se disait Jean Leblanc, que ma Geneviève paraisse plus ou moins belle aux yeux des autres; je l'épouse pour être heureux, et non pas pour être envié; et puis, si l'occasion de faire fortune m'a manqué cette fois, mes bras ne me manqueront pas de parole; j'ai dans l'idée qu'en veillant un peu plus tard à l'atelier, je réparerai tout cela. Il se parlait ainsi en cheminant le long de son étroite allée. Comme il se disposait à sortir de la maison, une toux légère lui fit retourner la tête; il avait reconnu la voix de Geneviève: c'était la jeune fille, en effet, qui l'attendait sur le pas de sa porte.

— Comme vous sortez de bonne heure, monsieur Jean Leblanc!

— Déjà levée, Geneviève!

— Après ce qui vous est arrivé hier, vous croyez donc que j'aurais pu dormir tranquille?

— Ainsi vous avez bien pensé à moi?

— Je n'ai pas fait autre chose; je me disais: S'il était raisonnable, il oublierait tous ses projets d'établissement; on n'a pas besoin d'être son maître pour se croire heureux... Qu'est-ce que ça me fait, à moi, si vous n'êtes qu'un ouvrier? Quand même vous auriez dix compagnons à vos ordres, je ne pourrais pas plus vous aimer que je ne vous aime aujourd'hui... Voyons, monsieur Jean, est-ce que ça n'est pas gentil de trouver chez soi, après sa journée, une petite femme qui vous attend avec impatience, qui vous reçoit avec joie? Ça n'a rien de bien chagrinant, je crois; au contraire, c'est tous les jours un nouveau plaisir. J'ai pensé à tout cela cette nuit, même à vous conduire le matin à l'atelier, à venir le soir à votre rencontre; et puis aux beaux dimanches que nous aurons!... Vous voyez bien que cela vaut mieux que de vous embarquer pour votre vilaine Amérique, où je n'aurais pas pu aller vous rejoindre, et d'où vous ne seriez peut-être jamais revenu.

— C'est pourtant vrai, Geneviève! il y a bien des bâtimens qui périssent. Tenez, vous avez raison, mon malheur n'est pas si grand, pourvu que votre mère soit toujours dans de bonnes dispositions pour moi.

— Ma chère mère, reprit vivement Geneviève, je l'ai forcée de s'expliquer là-dessus; on a beau avoir l'air timide, monsieur Jean, l'air un peu simple même, comme on le dit de moi dans le quartier, ça n'empêche pas de montrer du caractère quand il est nécessaire d'en avoir; aussi, hier soir, j'ai dit tout franchement à maman que je me passerais de robe neuve, de chandeliers d'argent et de coussins de velours, pourvu qu'on fît notre mariage... quand même il devrait avoir lieu à la chapelle de la Vierge, comme celui de la fille du vitrier d'à côté; ça ne me ferait rien du tout... Et à vous? ajouta-t-elle timidement.

— Certainement que ça m'est bien égal aussi; je pense qu'on est bien marié à toutes les chapelles, et que ce n'est pas la richesse des chandeliers qui fait les bons ménages.

— En ce cas-là, reprit à mi-voix la jeune fille en penchant sa tête sur l'épaule de son amant, je peux vous dire que dimanche prochain notre premier ban sera publié... Je l'ai si bien voulu, que ma chère mère n'a pu me refuser.

— Vraiment ! Geneviève ; mais que lui avez-vous dit pour la décider si promptement ?

— Dame ! j'ai dit la vérité... que je mourrais de chagrin, par exemple, si elle n'y consentait pas ; elle a bien vu que ce n'était pas un mensonge, car il y avait dans ce moment-là quelque chose de si extraordinaire dans ma voix, que cela lui a fait peur ; elle m'a regardée en pleurant, je l'ai embrassée, et tout a été convenu entre nous.

— Ce que vous me dites là, Geneviève, me rend tout mon courage d'autrefois ; j'hésitais encore, il n'y a qu'un instant, à retourner à mon atelier ; je craignais les moqueries des camarades, les reproches du maître ; maintenant je ne redoute plus rien ; vous verrez comme je vais travailler pour monter bien vite notre petit ménage... Vous avez raison, il sera heureux... plus heureux peut-être que si j'avais réussi dans mon projet de voyage.

— Je remercie le bon Dieu, ajouta Geneviève, de ce qu'il a permis l'arrestation de cet entrepreneur qui voulait vous emmener si loin... C'est mal ce que je dis là, je le sais bien... mais aussi pourquoi voulait-on nous séparer ?

— Maintenant, ma bonne petite future, cela ne sera plus possible.

— Je l'espère bien, monsieur Jean... Vous savez que j'ai promis à ma mère de mourir si je ne vous épousais pas... Vous avez beau me regarder en riant... cela arriverait comme je le dis ; j'en suis bien sûre, entendez-vous ?... Mais je ne crains plus ce malheur-là ; vous allez commencer votre journée, et ce soir nous nous reverrons.

— Oui, voilà l'heure qui m'appelle... à ce soir, ma Geneviève ; à ce soir. Il ajouta bien bas : — Je penserai à toi toute la journée, pour que le temps me semble moins long.

— Un moment, reprit-elle ; vous vous en allez sans penser à votre dîner ? Tenez, monsieur Jean, voilà du pain, une cuisse de volaille, des fruits ; je me suis levée à cinq heures pour vous apprêter tout cela... Vous voyez comme je m'occupe de vous ; eh bien ! quand nous serons mariés, je ferai plus encore... Regrettez-vous toujours de ne pas être parti ?

— Non ; je te promets de ne plus penser à ce voyage.

Jean Leblanc prit le paquet que la prévenante Geneviève avait préparé pour lui ; il embrassa tendrement la jeune fille, et se mit gaîment en route. La conversation qu'il venait d'avoir avec sa future avait entièrement dissipé son souci du matin.

Il arriva à sept heures devant la porte de son ancienne fabrique. — Allons, se dit-il, un peu de hardiesse : que diable ! je n'ai pas commis un crime. Si le bourgeois me fait quelque reproche, je conviendrai franchement de mon tort ; si les compagnons me plaisantent, je rirai avec eux de ma mésaventure, et tout sera dit. Il tourna le bouton de cuivre qui fermait la porte d'entrée, et se présenta résolument dans l'atelier, où la plus grande activité régnait déjà.

— Tiens ! c'est Jean Leblanc ! dirent les camarades. — Tu n'es donc pas en prison ? tu n'as donc pas été en Amérique ? Pendant que de toutes parts les questions pleuvaient sur lui, Jean portait ses regards sur tout ce qui l'entourait ; il éprouva un serrement de cœur en voyant sa place à l'établi occupée par un inconnu. — Il paraît qu'on ne m'attendait plus ? ou bien, est-ce qu'il y aurait des commandes pressées ?

— Je ne sais pas, dit le chef d'atelier ; mais comme on ne devait guère compter sur toi après deux jours d'absence, j'ai embauché un nouveau compagnon.

— Ainsi, je n'ai plus de place ici ? reprit Jean Leblanc. Je croyais, après quatre ans de bonne conduite, qu'on aurait pu avoir plus de considération pour moi, surtout après le malheur qui m'est arrivé avant-hier.

— Il faut t'adresser au bourgeois, mon garçon ; tu peux aller le trouver, il est occupé dans son magasin.

Jean s'empressa de se rendre près du maître ; celui-ci le reçut avec un sourire moqueur sur les lèvres.

— Comment ! te voilà, Jean Leblanc ! que viens-tu faire ici ?

— Je viens, monsieur, vous redemander ma place.

— Il est trop tard, mon pauvre camarade, elle est donnée ; l'ouvrage pressait ; et comme je n'ai pas mis dans mon marché avec les ouvriers que j'attendrais leurs aises pour livrer les commandes qui me sont faites, je me suis cru en droit de te remplacer dès que j'ai vu que tes affaires t'empêchaient de remplir ton devoir.

Jean, interdit par cette réplique, ne savait que répondre ; il murmurait sourdement : — Mais, monsieur...

— Mais, mon ami, reprit le maître, tu me permettras de te dire que je te trouve bien égoïste ; tu veux donc accaparer toute la besogne ; ce n'est pas assez de faire la tienne, il te faut encore celle des autres... Ça n'est pas bien, Jean Leblanc ; on doit en laisser un peu à ses camarades.

— Vous ne savez donc pas, monsieur, que depuis deux jours...

— Je sais que tu as chez toi une fabrique particulière... C'est très bien, tâche de conserver tes pratiques ; mais je te conseille de ne pas prendre les miennes. Encore un conseil, ne va pas oublier, confrère, qu'il faut que les bijoux soient estampillés au poinçon d'un maître-juré, pour qu'ils aient quelque valeur, et qu'on joue gros jeu lorsqu'on les marque d'un poinçon qui ne nous appartient pas : il y va des galères.

— On ne vous a donc pas dit, monsieur, qu'avant-hier j'ai été ruiné par le contrôle, et que je me trouve aujourd'hui dans l'impossibilité de travailler chez moi ?

— Bah ! ce sont de ces petits malheurs communs dans notre état ; les commencemens d'un établissement sont toujours un peu durs ; mais quand on a, ce qu'on appelle, les reins forts, on finit toujours par surmonter la mauvaise fortune. Au revoir, monsieur le fabricant, ajouta le maître avec ironie ; — je vous souhaite toute sorte de prospérité.

Jean Leblanc, pâle de honte et de colère, sortit pour ne pas s'exposer plus long-temps aux froids sarcasmes de son maître ; il tira violemment la porte du magasin, et c'est seulement quand il fut dehors que sa rage, trop long-temps comprimée, éclata. — S'il n'avait pas été chez lui, disait-il entre ses dents, je lui aurais prouvé qu'il ne fait pas bon à se jouer de la misère de l'ouvrier ; mais il est riche, il est maître, il a tous les droits, et nous autres pauvres diables il nous faut tout endurer de sa part... Cependant un homme ne vaut jamais qu'un homme... Aussi que je ne le rencontre pas dans un mauvais moment... je ne répondrais pas de moi... C'est cela, continua-t-il un peu calmé par la fraîcheur du matin, et puis je ne trouverais plus d'ouvrage nulle part, si je me portais à quelque extrémité... et Geneviève ne pourrait pas être à moi... Voyons, de la patience, Jean Leblanc ; tu sais bien que les malheureux comme toi sont au monde pour souffrir la tyrannie des riches et des puissans. Ces réflexions le conduisirent jusqu'à la porte d'un autre atelier. — Le maître de cette maison, pensa-t-il, est renommé pour sa douceur envers les ouvriers, je ne risque rien de m'adresser à lui ; il me connaît, et pourvu qu'il y ait une place vacante chez lui, je suis bien sûr qu'elle sera pour moi.

— Eh ! bonjour, monsieur Jean Leblanc, qui donc vous amène ici ?

— Je viens vous demander si votre atelier est au complet.

— Vraiment non, il me manque un ou deux compagnons pour le moment ; car je ne peux fournir à toutes mes pratiques.

Cette réponse fit battre d'espoir le cœur du jeune ouvrier ; il reprit vivement :

— Cela se trouve bien, car je suis sans ouvrage.

— La besogne ne va donc plus chez votre bourgeois ? répondit le bijoutier, enchanté d'apprendre qu'un de ses confrères manquait d'occupation, quand lui-même était accablé de commandes.

— Ce n'est pas cela, continua Jean Leblanc; mais comme j'ai eu un différend avec mon maître...

— Ah! oui, je sais. N'est-ce pas parce que, après vos journées, vous vous amusiez à travailler chez vous ?... Mais il n'y a pas de mal à cela... C'est encore un moyen d'amasser de l'argent pour acheter une maîtrise. Je vous verrai avec plaisir former un établissement.

— Je ne demande qu'à devenir votre ouvrier.

— C'est impossible, mon cher monsieur, nous nous sommes promis, entre maîtres, de ne pas soutenir l'ouvrier qui cherchait à nous nuire; et comme c'est nous faire un grand tort que de fabriquer au dessous du cours, je vous conseille de ne pas demander à d'autres l'ouvrage que je vous refuse, vous pourriez être plus mal reçu par eux que je ne vous reçois ici.

— C'est donc un complot contre la vie de l'ouvrier? on veut donc qu'il meure de faim?

— Nous voulons qu'il se contente de sa journée; elle est, Dieu merci, assez raisonnable... Je vous souhaite bon voyage; car je prévois que vous allez faire votre tour de France, attendu que, maintenant, vous auriez de la peine à vous placer à Paris.

Et Jean Leblanc, le cœur ulcéré, les yeux pleins de larmes, fut encore obligé d'aller se présenter dans une troisième maison.— Ce sera le dernier affront que je recevrai aujourd'hui, dit-il en tirant le cordon de la sonnette; si je suis chassé de cet atelier, le misérable qui m'a vendu aux autres le paiera cher. »

— Je suis bien fâché, lui dit le maître, lorsque Jean Leblanc eut exposé le motif de sa visite; mais comme la rébellion commence à se glisser dans les fabriques, et que les ouvriers se permettent de se prononcer tout haut contre des priviléges nécessaires à la conservation des bonnes doctrines du métier, nous avons jugé qu'un exemple était indispensable pour arrêter les progrès de l'insurrection. Des ateliers secrets, en s'ouvrant de toutes parts, trompaient la confiance du public, et faisaient déserter nos magasins; il est temps de mettre un frein à cette rage de liberté d'industrie, qui ne compromet pas moins les intérêts des marchands que ceux des consommateurs; aussi sommes-nous résolus de fermer nos portes à l'artisan qui a travaillé en fraude. Quand les compagnons auront vu quelques uns de leurs camarades, ruinés par la police du contrôle et renvoyés des fabriques, tendre la main au coin des carrefours, ils y regarderont à deux fois avant de s'établir sans maîtrise.

— Il faut cependant que l'on vive.

— Sans doute; mais nous ne voulons pas que ce soit à nos dépens. Ceux qui sont faits pour être ouvriers doivent rester à leur place, et non pas essayer de monter à la nôtre. Les rangs sont établis, il faut les respecter.

— Il est bien décidé que vous me fermez votre atelier?

— J'y suis forcé. Vous trouverez également fermés pour vous tous ceux de nos confrères; aucun d'eux ne s'exposera, je pense, à vous recevoir chez lui; car il serait bientôt condamné à nous payer une amende considérable.

— On le punirait d'avoir accueilli l'ouvrier sans ouvrage, quand cet ouvrier est un honnête homme ?

— C'est une loi que nous avons établie. Dès qu'un compagnon est renvoyé de chez son maître, celui-ci doit instruire tous ses confrères du motif de ce renvoi; et quand il s'agit de travail en fraude, nous devons, sous peine d'un dédit, lui refuser une place dans nos ateliers. Lisez, voici la déclaration qui vous concerne; elle est signée de votre maître, et vous la trouverez dans toutes les fabriques.

— C'est juste, répondit Jean Leblanc après avoir lu ; c'est bien sa signature. Puis, froissant le papier dans ses mains, il reprit d'une voix étouffée : — A quoi condamne-t-on les compagnons qui se coalisent contre les maîtres ?

— Les peines sont sévères ; il y va quelquefois de plusieurs années de prison.

— Et la coalition des maîtres contre les ouvriers, ajouta-t-il en serrant les poings et en faisant claquer ses dents, comment est-elle punie ?

— Vous voulez m'insulter, je crois, dit le fabricant, effrayé par les regards que Jean Leblanc lançait sur lui. — Je vous prie de sortir de chez moi... à l'instant, ou je vous forcerai bien à descendre.

— Ne craignez rien pour vous, répondit le jeune bijoutier en lui jetant un sourire de mépris, ce n'est pas à vous que j'en veux... vous avez le droit d'être dur... cruel... pour moi, je ne vous ai rendu aucun service ; ce n'est pas avec ma sueur que vous vous êtes enrichi depuis quatre ans... Vous êtes bien, à mes yeux, le complice d'une mauvaise action, mais ce n'est pas vous qui m'avez fermé toutes les portes, qui me réduisez à la mendicité... Ceux que vous dénoncerez sauront bien se venger de votre infamie... Mais l'autre !... l'autre !... avant ce soir vous aurez de ses nouvelles. Soyez prudent avec vos ouvriers, car l'exemple que je donnerai ne sera pas perdu.

Jean Leblanc, ivre de fureur et tenant toujours à la main la circulaire qui le proscrivait de tous les ateliers, franchit rapidement le chemin qui le séparait de la demeure de son premier maître : il traversait les rues sans pouvoir être arrêté dans sa course par les voitures qui se croisaient sur sa route, ni par les passans, qu'il heurtait à chaque instant. En quelques minutes il arriva dans la fabrique d'où il avait été chassé le matin avec tant d'ironie. — Monsieur Fulbert est-il ici ? demanda-t-il en entrant dans l'atelier. Et avant qu'on ait eu le temps de répondre à sa question, il aperçoit le proscripteur appuyé sur l'un des coins de l'établi, va droit à lui, le saisit à la gorge. — C'est toi qui as signé cela ? Le maître se débat ; les ouvriers se lèvent en tumulte ; les outils sont jetés de côté ; les tabourets sont renversés. — N'avancez pas ! crie Jean Leblanc. Que celui qui veut acheter une maîtrise prépare son argent, car il y en aura une vacante aujourd'hui. De son bras vigoureux il a renversé le maître, qui recouvre assez de voix pour crier : — A moi ! Les compagnons s'élancent sur Jean Leblanc, en essayant de soustraire le fabricant à la rage du furieux ; ils entourent l'ouvrier, qui en terrasse plusieurs ; sa main est armée d'une lime ; mais bientôt le nombre l'accable. — Maladroits ! leur dit-il, vous ne voyez pas que je voulais vous venger tous... c'est l'ennemi commun que je cherchais à abattre. Je me dévouais pour vous tous, et vous ne m'avez pas laissé faire... lâches que vous êtes ! Il pleure en parlant ainsi ; il pleure, car Fulbert est debout, et donne à ses apprentis l'ordre d'aller chercher la force armée. — Le scélérat, dit Fulbert, il voulait m'assassiner. — Et toi... misérable !... répond Jean Leblanc, tu m'avais bien condamné à une mort plus affreuse, la faim !... Oui, messieurs, la faim, reprend-il en s'adressant aux compagnons ; car ce matin il avait signé ma perte. Je l'ai cette infâme convention, par laquelle les maîtres s'engagent à nous chasser sitôt que nous essaierons de faire servir nos bras à un travail qui ne les enrichira pas... Vous pouvez lire, c'est votre condamnation à tous... Et quand je veux punir ceux qui sucent votre sang, ceux qui vous rongent, vous vous levez tous pour m'arrêter, pour me livrer comme un criminel... Vous n'avez pas d'âme ; vous n'êtes que des esclaves !

Les ouvriers le regardent d'un air stupide. Deux des plus courageux le retiennent dans un coin de l'atelier. Fulbert a ouvert la porte pour entendre plus tôt les soldats du guet monter dans sa maison. Enfin ils arrivent, et Jean Leblanc, remis entre leurs mains, est conduit à la Conciergerie.

— C'est un affreux scélérat que ce Jean Leblanc, dit Fulbert quand les soldats eurent emmené le prisonnier.

— C'est vrai, répétèrent les ouvriers ; c'est un bien grand scélérat.

Le maître sortit de l'atelier pour aller boire un verre d'eau ; car il n'était pas encore bien remis de sa frayeur.

—Mais, dit le chef d'atelier, qui avait commenté tout bas la circulaire, savez-vous bien qu'à la place de ce pauvre Jean Leblanc, nous aussi, nous aurions cru devoir tirer vengeance de la conduite des maîtres?

— Parbleu! répondirent les ouvriers, le bourgeois s'est très mal conduit envers lui ; et, comme vous le dites, à sa place nous en aurions peut-être fait autant.

— Il y avait un bon motif dans le projet de notre camarade, ajouta le premier compagnon : en se révoltant, il nous vengeait tous.

— C'est un bon enfant tout de même, continuèrent les ouvriers.

— Et les misérables, voulez-vous que je vous le dise, ce sont les maîtres !

— Ce sont les maîtres ! répétèrent à voix basse tous les ouvriers.

— Vive Jean Leblanc ! dit encore le premier compagnon.

Et l'on entendit comme un écho sourd et lointain qui redisait : — Vive Jean Leblanc !

X

La Fortune.

> Il faut comparer l'avare au porc; tous deux ne rendent de service qu'après leur mort.
>
> VERO-DODAT.

> La fortune ne viendra-t-elle jamais les deux mains pleines? ne fera-t-elle jamais un don qu'elle ne le fasse acheter par un revers?
>
> SHAKSPEARE.

Marcelin, mutilé près de l'étang de Coquenard, avait donc été rapporté chez lui ; bien qu'il n'eût jamais inspiré une grande tendresse à sa femme, Henriette ne put s'empêcher de donner quelques larmes à la fin misérable de l'espion des campagnes. La vieille mère, en voyant le corps ensanglanté et le visage défiguré de son petit-fils, se laissa tomber à genoux, et marmotta long-temps entre ses lèvres les prières des morts. Quant aux voisins du défunt, on sait que si le plaisir que causait sa perte avait suffi pour établir la complicité du crime, tous les habitans du village d'Epinay auraient passé par la main du bourreau; car il n'y avait pas une famille qui ne se réjouît de la mort de Marcelin. Celui qui faisait surtout éclater sa joie, c'était petit Paul, le protégé du curé ; il examina avec une profonde indifférence les larges blessures du malheureux, mit froidement sa main sur la place où le cœur de Marcelin avait battu, et dit avec sa franchise d'enfant : — C'est bien heureux, au moins madame Henriette ne pleurera plus. Et quand il vit celle-ci les yeux mouillés de larmes, il reprit : — Et pourquoi donc vous faites-vous du chagrin? n'en avez-vous pas eu assez depuis que vous êtes avec lui? — Petit Paul, je n'aime pas ceux qui sont insensibles. — Eh bien ! est-ce que je le suis, moi? Quand

Robin, notre gros chien, est mort, qu'est-ce qui l'a pleuré ! moi...
Qu'est-ce qui voulait l'enterrer? moi... C'est que Robin était bon, il ne
mordait personne ; mais celui-là, il vous a fait trop de mal pour qu'on le
regrette un seul moment : ceux qui l'ont tué ont mal fait pour leur âme,
comme dit M. le curé, mais ils ont bien fait pour vous.

Cependant on se mit en devoir d'inhumer le mari d'Henriette, quoiqu'il
fût mort sans confession ; le curé d'Epinay reçut son corps à l'église ;
c'était un prêtre tolérant qui ne se croyait pas obligé de damner une âme
parce que son enveloppe avait été déchirée par des assassins. Le meurtre
dont Marcelin était tombé victime équivalait, aux yeux du bon curé, à
l'absolution de l'Eglise. Excepté le prêtre et petit Paul, qui avait revêtu,
même à regret, sa robe rouge et son aube d'enfant de chœur, personne
n'accompagna le corps au cimetière du village ; c'est à peine si les plus
curieux se mirent aux fenêtres ou sur leurs portes pour le voir passer. Ce
serait ici le cas de répéter avec le philosophe ancien : « Pour mourir ainsi,
c'était bien la peine de naître ! »

Tandis qu'Henriette, toute à sa douleur, écoutait en frémissant le timbre fêlé de la paroisse, qui disait le glas des morts, des amis de la jeune
femme furetaient partout pour découvrir la cachette qui recélait le trésor
de Marcelin. Tous les meubles avaient été retournés, toutes les poches
fouillées ; les papiers triés dans les tiroirs avaient révélé quelques secrets
du défunt avec la police, et les malédictions des chercheurs d'argent
l'accompagnaient de loin à sa dernière demeure. Enfin, sous le pied de
son lit, on aperçut des carreaux fraîchement remis en place ; on souleva
le carrelage, et un cri de joie annonça à la jeune femme que ses amis
venaient de faire une importante découverte. Malgré l'amertume de ses
regrets, Henriette ne put résister au désir de courir vers ceux qui lui
criaient : — De l'or ! voilà de l'or ! Les pièces, comptées et recomptées
par le savant de l'endroit, le barbier-magister, formaient une somme d'à
peu près huit mille francs. — Huit mille francs ! disait la mère Chenu en
ouvrant ses yeux ternes et éraillés, est-il Dieu possible ! Où ce malheureux enfant a-t-il donc gagné tout ça? Et comme l'amour de l'argent se
fait bien plus vivement sentir au cœur des vieillards, la joie se glissait
dans les rides de son visage, le sang remontait à ses joues ; elle semblait
rajeunir en pressant quelques unes de ces pièces d'or ; Henriette ne les
regardait pas non plus avec indifférence ; mais une pensée généreuse
l'occupait : elle rêvait à son frère, à ce bon Jean Leblanc, qui allait se
trouver assez riche pour acheter une maîtrise. — Il faut lui écrire, dit la
mère Chenu. — C'est ça, reprit petit Paul, qui était revenu de la cérémonie funèbre ; je lui porterai la lettre ; je prendrai le cheval de M. le
curé pour aller plus vite. Ce que disait petit Paul, c'était seulement pour
avoir le plaisir de rendre un service à Henriette ; mais il n'était pas le seul,
ce jour-là, qui voulût l'obliger ; tous les voisins présens à cette scène paraissaient animés du même désir ; c'était à qui ferait le plus d'offres aimables à la veuve ; on l'entourait de soins, de consolations ; elle n'avait
jamais inspiré un si vif intérêt aux bons habitans d'Epinay. L'aspect de
ce diable d'or a quelque chose de magique ; on dirait de la vapeur de ces
vins capiteux qui vous montent au cerveau, et vous rendent le cœur
tendre. Henriette n'accepta pourtant ni les offres de ses voisins, ni la proposition de petit Paul ; elle voulait elle-même aller à Paris pour conter à
son frère et son veuvage et sa fortune. Il fut convenu seulement que
l'enfant garderait la maison et prendrait soin de la grand'mère pendant
le voyage d'Henriette à Paris. Le notaire du lieu fut le dépositaire des
huit mille francs de la famille. Henriette fit, dès le soir même, les préparatifs de son départ pour le lendemain, et se coucha. A six heures du
matin, comme son frère quittait sa mansarde de la rue des Prêtres-Saint-
Germain-l'Auxerrois pour aller demander du travail à son maître, la jeune
veuve se mettait en route afin de lui annoncer sa nouvelle fortune. Ainsi

que Geneviève s'était trouvé sur le pas de son magasin pour dire bonjour
à l'ouvrier et l'encourager dans sa démarche, petit Paul se trouva sur la
porte d'Henriette; le cheval était attelé à la carriole du curé, et l'enfant
tenait sa branche de peuplier pour hâter le pas de sa jument.

— Où vas-tu donc, petit Paul? tu m'avais promis de rester aujourd'hui
près de la mère Chenu?

— Il n'est que six heures, votre mère ne se réveillera pas avant huit;
j'ai le temps de vous conduire pendant une bonne lieue ou une lieue et demie : montez là-dedans et soyez tranquille; ma jument courra bien, elle
a le mot d'ordre.

Henriette monta dans la carriole, l'enfant cria : hue! et traversa au
galop la grande rue d'Epinay.

A huit heures, petit Paul, comme il l'avait promis, était de retour dans
la maison de Marcelin. Quant à la voyageuse, elle avait fait près de deux
lieues en voiture.

— Ah! vous voilà! rassurez-vous, dit Geneviève aussitôt qu'elle aperçut Henriette, il n'est pas parti, il ne partira pas!

— Et qui donc parti? demanda celle-ci.

— Mais votre frère ne voulait-il pas s'embarquer pour l'Amérique?
Heureusement que l'entrepreneur des travaux a été arrêté, et qu'on
l'a mis à la Bastille; ça fait que M. Jean Leblanc a été reprendre sa place
chez son bourgeois.

— Et c'est bien heureux, reprit Henriette; car à présent il n'a plus besoin de maître, il peut être le sien.

— Qu'est-ce que vous dites donc là? interrompit madame Pingenet, qui
se faisait belle pour se rendre chez ses pratiques.

Alors Henriette leur raconta comment elle se trouvait riche de huit
mille francs. Si le meurtre de Marcelin les fit frissonner, la nouvelle de
la fortune déchira comme par enchantement le sombre voile que le récit
de l'assassinat avait étendu sur leur imagination. Le charme opéra une
seconde fois. — Pauvre petite femme, disait madame Pingenet; vous
quitterez votre vilain pays, n'est-ce pas? nous vivrons tous en famille?
vous amènerez ici votre respectable mère; j'aime les personnes d'âge
comme il n'est pas possible de le dire... Vous allez prendre quelque chose,
n'est-ce pas? vous devez avoir besoin de repos... Voilà une bonne sœur!...
Faire tant de chemin à pied, avec ses chagrins, et ne pas se reposer en
route. Allons, Geneviève, remuez-vous donc; quand vous serez là à regarder votre sœur comme une grande cigogne que vous êtes... car vous
êtes sa sœur, vous serez ma fille, ma pauvre petite madame Marcelin...
Mais allez donc, Geneviève, chercher du vin... un bouillon... quelque
chose.

— Eh bien! oui, un bouillon, reprit Henriette, et puis après j'irai à
l'atelier de mon frère.

— Non pas : voilà midi qui sonne; à deux heures mon gendre reviendra; il vaut mieux l'attendre pour lui causer une surprise... Je suis folle
de surprises, moi... Vous resterez toutes deux ici; pendant ce temps-là
j'irai faire mes courses, je passerai chez le curé, et je verrai à marchan-
der... c'est-à-dire à acheter deux dispenses.

— Deux dispenses! ma chère mère, s'écria Geneviève; nous pourrions être mariés dans huit jours?

— Ni plus ni moins, mon enfant.

Malgré tout le respect que lui inspirait le ton sévère de madame Pingenet, Geneviève n'y tint pas; elle se jeta au cou de sa mère en lui disant : — Que vous êtes bonne!... Puis elle reprit d'un air timide : — Ça
va faire tant de plaisir à mon futur...

— Et à toi donc, morveuse! Vous le voyez, ma chère enfant, ajouta-
t-elle en se tournant vers Henriette, je suis une mère bien faible, mais

je ne sais rien refuser à cette pie-grièche-là... Je ne travaille que pour son bonheur.

Mais l'heure appelait madame Pingenet chez ses pratiques. Geneviève ne retint pas cette excellente mère, qui venait de s'engager à racheter les dispenses des bans aujourd'hui même. La revendeuse, en sortant, promit d'être de retour avant deux heures ; elle voulait jouir de la surprise de Jean Leblanc.

Deux heures après, le deuil était aussi dans l'âme de Geneviève quand sa mère rentra: les yeux de la jeune fille étaient mornes ; ses cheveux humides battaient ses tempes ; une pâleur nouvelle était encore répandue sur ses joues, déjà si peu colorées ; son sein se soulevait par bonds inégaux : elle s'était jetée sur une chaise pour reprendre haleine, car elle revenait d'une longue course. Henriette, non moins pâle, abattue comme elle, cachait sa tête dans ses mains avec l'angoisse du désespoir. Sur le comptoir on voyait une lettre dépliée, qui paraissait avoir été froissée dans ses mains. Madame Pingenet s'arrêta, stupéfaite, sur la porte de sa boutique.

— Eh bien ! qu'est-ce que cela veut dire ? demanda-t-elle en regardant ces deux femmes, en proie à la plus vive douleur. — Que s'est-il donc passé en mon absence ?

— On ne peut pas le voir... répondit Geneviève en sanglotant.

— Qui donc voulez-vous voir ?... Expliquez-vous, je ne vous comprends pas.

— Mon frère, ajouta Henriette.

— Il est en prison, reprit Geneviève, en prison ! Tenez, lisez, ma mère. Elle lui tendit d'une main tremblante la lettre qui était sur le comptoir. — En prison! répétait la revendeuse ; — monsieur Jean Leblanc en prison! c'est impossible. Elle lut :

« Madame, et vous, ma bonne Geneviève,

» C'est de la Conciergerie que je vous écris ces lignes ; je suis prisonnier, et, mon plus grand chagrin, c'est de savoir que j'ai mérité mon sort ; cependant ne me condamnez pas avant d'avoir lu jusqu'à la fin ; si j'ai à me reprocher d'avoir cédé à une mauvaise pensée, je ne suis pas coupable d'une bassesse. L'injustice des maîtres qui m'ont repoussé, sous prétexte que l'ouvrier qui travaille hors de chez eux doit être condamné à la mendicité, m'a seule poussé à un acte de violence dont je me repens à cette heure ; mais, que voulez-vous, on est homme, on a du sang dans les veines, et quand on se voit humilié, chassé comme un misérable, et que, la main sur la conscience, on peut se dire : — Je n'ai pourtant rien à me reprocher ; la tête se monte, l'esprit s'égare, on prend son ennemi à la gorge, on le tue ; car il faut bien que la force vous venge quand la justice nous refuse une satisfaction. J'ai éprouvé tout cela, mais je n'ai pas tué M. Fulbert ; il est vrai que cela n'a pas dépendu tout à fait de moi ; sans mes camarades d'atelier, je serais maintenant un assassin. Je remercie ceux qui ont arrêté ma main quand j'allais frapper le malheureux ; mais si j'ai des remords, celui qui m'a porté à cette extrémité ne doit pas non plus se sentir tranquille. Au moment où je le tenais terrassé sous mes pieds, je croyais user du même droit que le voyageur quand il repousse celui qui lui a demandé la bourse ou la vie. Je crains de rester bien long-temps en prison. On va me juger, on me condamnera peut-être ; car un fabricant me l'a dit : un exemple est nécessaire pour arrêter l'insurrection des ouvriers. Si mon procès pouvait servir aussi à mettre un terme à la coalition des maîtres contre les pauvres compagnons ! C'est maintenant mon vœu le plus cher, puisqu'il ne me sera plus permis de penser à ma chère et bien-aimée Geneviève... Et ma pauvre sœur, que dira-t-elle quand elle saura mon malheur ? Si j'osais vous prier de le lui apprendre... mais avec bien des ménagemens ; dites-lui surtout que jusqu'à la fin je resterai honnête homme.

» Votre très humble et très obéissant serviteur,

» L'infortuné,   JEAN LEBLANC. »

— Le malheur est décidément dans votre famille, dit madame Pinge-net après avoir lu ; mais il est impossible que M. Jean Leblanc soit con-damné. J'ai des protections, je le ferai sortir de là.

— Ah ! ma chère mère, tâchez d'abord de le voir, pour lui dire que je veux qu'il pense toujours à moi... Quelque chose qui arrive, j'attendrai sa sortie de prison... et je l'épouserai ; parce qu'enfin, si je ne l'avais pas livré à ce méchant Saint-Hubert, tout cela ne serait pas arrivé... Maman, c'est moi qui suis cause de tout.

— On le sait bien ; mais enfin il n'y a plus à gémir, il faut se mettre en campagne pour le sauver des mains de la justice... Voyez donc, quel malheur !... juste au moment où il pouvait acheter une maîtrise, et se moquer à son tour des maîtres qui le méprisaient ! c'est comme une punition du ciel... Geneviève, vous irez mettre un cierge à la chapelle de saint Germain ; moi, je vais chez mademoiselle Guimard. Sa femme de chambre me connaît ; il n'y a pas à en douter, nous le sauverons.

Madame Pingenet partit une seconde fois ; le cierge fut allumé devant la chapelle du patron de la paroisse ; mais, ou mademoiselle Guimard ou-blia-t-elle d'ordonner la mise en liberté du jeune ouvrier, ou bien le saint se refusa-t-il à intercéder auprès du souverain Maître de tout, le fait est que, le 10 novembre 1787, Jean Leblanc partait avec la chaîne pour le bagne de Rochefort. Il avait été condamné à dix ans de fers ; le crime de meurtre volontaire emportait une peine plus grave encore ; mais, vu les circonstances atténuantes, les dépositions favorables des ouvriers, et peut-être bien encore la belle garniture de dentelle que madame Pingenet avait donnée à la femme de M. le lieutenant-criminel, on n'appliqua à Jean Leblanc que le minimum de la peine, et encore lui fit-on remise de la marque.

A quelques pas de la chaîne, une carriole suivait : c'était petit Paul qui conduisait la voiture où étaient Henriette, Geneviève et la vieille mère Chenu, qui, malgré son âge avancé, n'avait pas craint de s'exposer aux fatigues d'un long voyage.

La veuve de Marcelin, après quelques visites à la prison, était retour-née à Epinay ; elle avait vendu sa maison, réalisé sa fortune, bien déci-dée à suivre son frère partout où le tribunal voudrait l'envoyer expier sa faute. Elle avait fait part de ce projet à sa grand'mère ; celle-ci ne vou-lait pas quitter son Henriette ; petit Paul aussi était résolu à l'accompagner partout. L'enfant avait près de quatorze ans, il aimait la sœur de Jean Leblanc comme une mère, comme une bienfaitrice qui avait chaussé ses pieds nus quand il était petit, abandonné au milieu du village ; c'était à la sollicitation d'Henriette que le curé avait pris l'orphelin à son service ; petit Paul ne manquait pas de mémoire ; aussi, quand il fut question pour la veuve de s'éloigner d'Epinay, l'enfant dit franchement à son pro-tecteur : — Je ne reste plus avec vous ; ma bonne Henriette part, je vais partir... — Voudra-t-elle se charger de ton sort ? — Mon sort, je m'en ferai un ; je suis en âge d'apprendre à travailler ; je peux aussi bien me mettre en apprentissage à Rochefort qu'à Epinay ; il faudra un voiturier pour la conduire là-bas, je sais mener les chevaux, elle ne refusera pas mon service... Aussi bien, monsieur le curé, vous me l'avez dit : « N'a-bandonne jamais ceux qui t'ont fait du bien. » C'est une parole d'Evan-gile que je n'oublierai pas.

L'honnête desservant d'Epinay ne crut pas pouvoir refuser le congé que petit Paul lui demandait ainsi. Dès que l'enfant se vit libre, il courut chez Henriette. — Je viens avec vous ; partout où vous irez, c'est moi qui veux vous conduire. La jeune femme embrassa le petit voiturier et accepta sa proposition. Ils partirent.

Quant à Geneviève, depuis le malheur qui avait privé son amant de la liberté, elle semblait prendre une énergie dont jamais on n'aurait pu la croire capable. Elle connaissait la détermination d'Henriette; aussi, quand le jugement fut prononcé, elle dit avec fermeté à sa mère que rien au monde ne devait plus la séparer de celui dont elle avait causé la perte. C'est en vain que, par des prières et par des menaces, madame Pingenet essaya de la faire revenir sur sa résolution.

— La fiancée de Jean Leblanc, dit-elle, n'aura pas moins de courage que sa sœur; tout est commun entre Henriette et moi. Nous nous établirons à Rochefort; au moins, si le malheureux peut jeter un coup d'œil à travers les grilles du bagne, c'est sur nous que ses regards tomberont, et il sera consolé. Madame Pingenet, redoutant que sa fille ne vînt à échapper par la suite à la surveillance maternelle, finit par se rendre aux prières de Geneviève.

Ce fut un bien doux moment pour le prisonnier lorsque, accouplé à la chaîne d'un misérable voleur, et sortant tristement de Bicêtre, il entendit à quelques pas de lui une voix amie qui lui disait: — Nous te suivrons. Jean tourna la tête du côté où la voix était partie, et reconnut, dans un groupe de femmes, tout ce qu'il aimait au monde: Geneviève, sa sœur et sa vieille mère.

Un mot d'explication sur le comte de Beaumérant, car nous ne devons plus y revenir.

De quelle mission voulait-il charger le mari d'Henriette?

La mort de Marcelin a jeté sur cette visite mystérieuse un voile qu'on ne pourra jamais soulever entièrement. Voici la supposition des nouvellistes de Dugny:

« Le marquis d'Albouy, exilé de France pour quelques opinions mal sonnantes à la cour, vivait à Venise au milieu des prodigalités du luxe et des alternatives de bonne et mauvaise fortune que procurent les caprices du jeu.

» Sa femme, restée en France, jeune, belle, passionnée, trouvait de douces consolations, pendant son veuvage anticipé, dans l'amitié du comte de Beaumérant, comme elle, jeune et beau, mais sans passion. Jeté par sa famille dans un séminaire, il était arrivé à l'épiscopat sans le vouloir, sans y penser, comme on suit une pente rapide qui précipite vos pas dans une carrière; il y a quelquefois au fond un précipice pour vous engloutir: Beaumérant y trouva la mitre.

» Comme il s'était laissé faire évêque, il se laissa aimer de la marquise, répondit à son amour. C'est quand M. d'Albouy menaça de revenir en France, si sa femme ne lui envoyait pas promptement assez d'argent pour réparer ses pertes du jeu, que M. de Beaumérant sentit la nécessité de placer auprès de l'exilé un homme sûr qui instruirait les amans des démarches du mari. Marcelin mourut, comme on le sait déjà. Un autre espion fût-il envoyé à Venise? c'est ce qu'on ignorera toujours. On raconte qu'un soir il y eut grande rumeur au château de Dugny; des domestiques rapportèrent M. de Beaumérant grièvement blessé d'un coup d'épée. La marquise quitta la résidence pour entrer au couvent; l'évêque se rendit dans son diocèse, et le nom du marquis se trouva singulièrement mêlé à tout cela. »

XI

Les Amies du Forçat.

> Tu parles, mon cœur écoute ;
> Je soupire, tu m'entends ;
> Ton œil compte goutte à goutte
> Les larmes que je repands.
>
> **A. DE LAMARTINE. —** *Harmonies.*

> Envoyez à celui que j'aime
> Tout le gain par moi recueilli,
> Rose à sa noce en vain me prie :
> Dieu ! j'entends le ménétrier !
> File, file, pauvre Marie,
> Pour secourir le prisonnier.
>
> **BÉRANGER.**

A chacune des stations de la chaîne, quand ses compagnons d'infortune recevaient avec des injures et des coups, le pain de la prison, il y avait pour Jean Leblanc un regard d'amour, un mot de tendresse, une bénédiction maternelle ; la carriole de petit Paul suivait continuellement la lourde charrette des forçats. Le voyage dura plusieurs jours. La route, qui semblait si longue aux autres condamnés, finit trop tôt pour le jeune bijoutier ; car à la porte du bagne devaient s'arrêter ces doux regards, ces paroles consolantes qui l'accompagnaient depuis sa sortie de prison. Avant de se séparer du reste des hommes, Jean Leblanc demanda à l'officier de la maréchaussée qui conduisait la chaîne, à dire un dernier adieu à ses amis.

— Nous restons ici, lui dit Henriette ; du courage, mon ami, tu nous embrasseras encore.

— Je ne veux pas mourir avant de te revoir une dernière fois, mon enfant, dit à son tour la vieille en détachant avec peine ses bras du cou de son petit-fils.

— Pour moi, dit Geneviève, je vous attends dans dix ans ; ne vous laissez pas abattre, je vous en prie ; vivez pour voir si je sais tenir mes serments.

La séparation fut déchirante ; les trois femmes voulurent se précipiter sur les pas des forçats, qui venaient de franchir le seuil de la première cour ; mais les portes se refermèrent, et la sentinelle les repoussa en disant : — Passez au large !

Il leur fallut chercher un logement dans les environs du bagne ; le jour même elles furent établies dans un petit appartement dont les fenêtres donnaient sur le port. Il n'y avait plus qu'à trouver un moyen pour se rapprocher le plus souvent possible du condamné ; c'est encore petit Paul qui le trouva. — Si le curé d'Épinay, dit-il, écrivait à l'aumônier de la prison, bien sûr qu'avec sa protection nous pourrions voir souvent monsieur Jean Leblanc, et celui-ci ne fit pas attendre sa réponse. L'aumônier du bagne vint lui-même rendre visite aux trois amies du forçat. — Il faut, leur dit-il, avoir un peu de patience ; je recommanderai votre protégé aux égards des chefs de l'administration ; si sa conduite à venir répond aux éloges que vous faites de sa vie passée, je vous promets qu'avant six mois il vous sera possible de le voir de temps en temps, et que dans un an il pourra venir dans la ville travailler chez le bourgeois, comme on le permet aux condamnés qui ont mérité la confiance des supérieurs de la maison.

Un tel espoir était bien fait pour rendre le calme à la famille de Jean Leblanc. Cette séparation de dix ans, grâce au respectable aumônier, ne serait plus qu'une absence de quelques mois. La vieille mère n'avait pas assez de bénédictions pour le digne curé, qui promettait de rendre son petit-fils à ses embrassemens : Geneviève et Henriette mouillaient de larmes les mains du prêtre consolateur : il était vivement touché de leur reconnaissance. — Tenez, leur dit-il. puisque vous avez tant de plaisir à le revoir. je m'engage à vous faire trouver avec lui dimanche prochain à la chapelle ; vous ne lui parlerez p s. mais vous pourrez contempler ses traits ; je l'avertirai. il vous rendra votre coup d'œil. C'est bien peu, mes enfans ; mais, en vérité, je ne saurais faire davantage sans manquer à mon devoir.

Le dimanche suivant. en effet, les trois femmes étaient parvenues dans la chapelle du bagne avec un laissez-pas-er de l'aumônier. On les plaça dans une espèce de tribune grillée. où les amis, où les parens d'un condamné av ient plus d'une fois échangé des regards d'esp rance. Geneviève eut quelque peine à retenir un cri de douleur. en voyant celui qu'elle aimait c uvert de la livrée des forçats. et accouplé par une chaîne de fer avec un autre coupable. Jean Leblanc. qui s'était d'abord pieusement agenouillé. l va la tête, regarda du côté de la tribune, un sourire erra sur ses lèvres. il porta la main à ses yeux humides d'attendrissment, et sa bouche sembla dire : — Merci ! merci ! mes amies ! votre présence me fait du bien.

Le dimanche d'après celui-ci. qui avait été si heureux pour les trois femmes. Geneviève sollicita encore de l'aumônier une place dans la tribune grillée ; mais cette fois il se refusa à la lui donner. — Chacun son tour, mon enfant. dit-il ; ma tribune est bien petite, et il y a beaucoup de malheureux. beaucoup de gens aimés dans le bagne ; je dois être charitable envers tous, car les plus coupables sont encore mes enfans ; je n'ai qu'une bien légère dose de bonheur à donner à chacun d'eux ; mais ils ont également droit à la même part ; je vous ferai prévenir quand votre tour reviendra ; si vous avez quelque chose à faire dire au condamné. confiez-le-moi. je vous rendrai sa réponse ; c'est tout ce que je peux faire.

— Nommez-nous toutes trois à lui. afin qu'il sache que nous ne l'oublions pas. Ce fut toute la réponse de Geneviève.

Petit Paul avait promis de ne pas être à charge à sa bonne Henriette. Dès qu'ils furent établis à Rochefort, son premier soin fut de chercher à se mettre en apprentissage ; il voulait exercer l'état de Jean Leblanc ; ce n'était pas une vocation particulière pour le métier de bijoutier ; mais il croyait plaire davantage à Henriette en demandant celui-là. L'aumônier était devenu décidément le protecteur de la famille et des amis de Jean Leblanc ; ce fut lui qui plaça petit Paul.

Après six mois de travaux dans la prison. Jean Leblanc obtint la permission de voir ses parens deux fois par semaine. Après un an. les supérieurs du bagne cédèrent aux sollicitations de l'estimable curé, et l'ouvrier fut libre d'aller travailler dans la ville. pourvu qu'il revînt tous les soirs coucher dans le dortoir des condamnés. Ainsi se passèrent les trois premières années de son emprisonnement ; il supportait patiemment des nuits pénibles. tous les matins il était rendu à la liberté. Son maître, qui était aussi celui de petit Paul. l'avait pris en amitié ; Geneviève venait travailler auprès de lui. et le soir il était toujours reconduit à sa prison par sa sœur et par son amie.

On était en 1790. les privilèges croulaient de toutes parts : le gouvernement. tantôt follement sévère. tantôt faible jusqu'à la lâcheté. peuplait les prisons de victimes ou brisait les fers des condamnés : c'est par un de ses accès de générosité que Jean Leblanc sortit un jour du bagne pour n'y plus rentrer ; il était temps, l'imprudente Geneviève avait oublié qu'il fallait attendre sept ans encore avant de penser à faire légitimer son amour pour le forçat. La clémence royale jeta un voile sur sa faute. Geneviève se nommait madame Leblanc quand elle donna un neveu à Henriette.

Et petit Paul ?

Il continua son apprentissage sous les yeux de Jean Leblanc, qui était devenu le premier compagnon de son maître, et quand il eut vingt-un ans, il épousa Henriette ; elle avait juste dix ans de plus que lui, et pourtant ils firent bon ménage.

Et la maîtrise ?

Il n'eût tenu qu'à Jean Leblanc d'en acheter une, sa sœur était assez riche pour cela ; mais il voyait les nobles brûler leurs titres, les curés faire la remise des dîmes ; il se dit : — Les maîtres ne seront pas plus entêtés de leurs privilèges que la noblesse et le clergé ; il eut raison de garder son argent : le 13 février 1791, la loi abolit en France les maîtrises, les jurandes et les vœux monastiques.

FIN DE LA MAÎTRISE.

L'ENSEIGNE.

I

La Place du Châtelet.

> Bon Français, Dieu te récompense!
> Un bienfait n'est jamais perdu.
> BOUILLY. — *Les Deux Journées.*
>
> Combien cela rapporte-t-il?
> CASIMIR BONJOUR. — *L'Argent.*

Le soleil dardait à plomb sur les oisifs qui venaient, en longeant nos quais, payer leur tribut de badaudage au courant de la Seine ; ses rayons calcinaient le pavé, plongeaient dans le sillage lumineux que traçait la barque du marinier, et diamantaient de leurs feux les rides légères du fleuve ; les pauvres réchauffaient leurs membres engourdis : midi venait de sonner.

Sur la place du Châtelet on voyait des guenilles éparses çà et là, et de beaux meubles abrités sous les baraques ambulantes des commissaires-priseurs ; la foule des revendeurs, âpres à la curée, attendait avec impatience l'ouverture de la vente : c'était un samedi.

Le lit de l'indigent, saisi par un propriétaire avide, allait acquitter le prix du terme échu, tandis que l'ameublement, en bois de citronnier, du voluptueux, ne devait pas suffire, peut-être, à payer sa débauche de la veille.

Toutes les misères du riche et du pauvre étaient étalées, confondues sur la place publique, et bourgeois et marchands passaient indifféremment au milieu d'elles, jetant, d'un côté, un regard de mépris sur les guenilles, et de l'autre un coup d'œil d'envie sur les velours et les bois précieux; mais sans donner une pensée à ceux que l'usure dépouillait par autorité de justice.

Il y aurait cependant des aventures bien bouffonnes à raconter à propos de l'ottomane où le fastueux a pesé de tout le poids de son inutilité, des tableaux à crisper d'horreur dans l'histoire du matelas où le mendiant a gémi; mais les marchands ne regardaient que pour acheter, les curieux ne voyaient que pour voir; l'intérêt du commerce et la jouissance du *far niente* occupaient seuls l'esprit des spéculateurs.

Enfin la cloche sonna, la voix des crieurs retentit; alors des cafés et des cabarets environnans on vit sortir en tumulte les tapissiers et les marchands d'habits qui devaient soutenir en commun les enchères, et faire payer chèrement aux particuliers l'imprudence qu'il y a toujours à disputer, aux privilégiés des ventes publiques, un seul des articles mis à prix.

De tous les cafés, ai-je dit, les marchands sortaient en foule pour se répandre sur la place; cependant la porte du petit établissement situé au coin de la rue Pierre-à-Poisson ne s'était point ouverte : c'est qu'aux jours de marché, comme aux jours ordinaires, rien ne troublait la solitude du café-estaminet de Thibaut; en vain on avait écrit en lettres d'or; AU RENDEZ-VOUS DES VRAIS AMIS, les vrais amis se rendaient à côté, en face, plus loin, mais jamais là. Ce café-estaminet était un de ces lieux maudits que le démon de la banqueroute a marqué de sa croix rouge. Des trois prédécesseurs de Thibaut, deux s'étaient suicidés pour ne pas survivre à leur ruine, et le dernier pourrissait à Sainte-Pélagie. Thibaut lui-même, qui avait réfléchi depuis quelques jours au moyen d'échapper à ses créanciers, agitait avec sa femme, assise tristement dans son comptoir, un plan de fuite pour l'une des nuits prochaines, pendant que ses heureux confrères, profitant d'un moment de répit, encaissaient joyeusement leur recette du matin.

Mais voilà qu'un bruit de voix domine les répliques monotones des crieurs et le bourdonnement continuel de ceux qui se pressent autour d'eux; les baraques sont désertées, un cercle immense se forme sur la place; on ne vend plus, et pourtant il n'y a pas plus d'un quart d'heure que la vente est commencée. Ce mouvement extraordinaire attire l'attention de Thibaut; il sort de chez lui, se fraie un passage à travers la multitude, grossie encore de tous ces fainéans qui encombraient, il n'y a qu'un instant, les trottoirs des quais, attendant le spectacle curieux de l'agonie d'un chat ou le passage intéressant d'un train de bois sous les arches du Pont-au-Change.

L'objet de cette curiosité générale n'est autre chose qu'une petite fille de trois ou quatre ans qui pleure et demande à tout le monde son cousin Simon. — Où demeure ta maman? lui dit-on. Elle regarde celui qui l'interroge avec surprise, répète avec l'hésitation d'un enfant qui prononce un mot nouveau pour elle : — Ma maman? je ne sais pas... c'est cousin Simon que je veux. De tous côtés on appelle M. Simon, mais la petite fille pleure plus fort; et quand on lui demande pourquoi son chagrin vient-il de redoubler? elle dit : — Cousin Simon ne veut pas qu'on l'appelle; il m'a promis de me tuer si je criais après lui. —Mais où as-tu été perdue, ma petite? — Je ne suis pas perdue, je joue à cache-cache avec cousin; mais voilà bien long-temps que je cherche, et ça m'ennuie de jouer. — Sais-tu où il s'est caché, ton cousin? — Oui, derrière la belle fontaine que voilà. Et elle désigna la fontaine au Palmier. Il n'y a auprès du monument qu'une autre petite fille qui est occupée à puiser de l'eau dans sa cruche de grès ; on lui demande si elle n'a vu personne rôder autour d'elle en cherchant un enfant. La petite fille n'a rien vu.

— Il faut conduire cette enfant chez le commissaire, dit un curieux ; c'est là que ses parens iront la chercher d'abord.

— Mais ne voyez-vous pas que l'innocente créature a été perdue exprès, réplique une marchande qui a pris la petite fille dans ses bras ; et comme elle pleure toujours, la bonne femme essuie avec de gros baisers les larmes qui coulent sur ses jolies pommettes roses.

— Et peut-être que ce cher bijou a bien faim ? reprend une autre femme.

— Un peu faim, dit à voix basse la petite abandonnée.

— Elle a faim ! répète-t-on de toutes parts. — Tends ton tablier, pauvre petite, ajoute quelqu'un, et aussitôt les gâteaux et les sous pleuvent sur elle.

— C'est ça, vous allez l'étouffer, reprend Thibaut, qui vient d'oublier son propre chagrin pour ne s'occuper que du malheur de l'enfant ; un bon bouillon lui vaudrait mieux que tout cela : justement, ma femme a mis le pot au feu ce matin.

— En ce cas-là, donnez-lui un bouillon, répond celle qui tient la petite dans ses bras, je vais vous le payer.

— Je peux bien le lui donner gratis, dit le limonadier. Il enlève l'enfant et la porte en triomphe chez lui.

Thibaut est bientôt suivi de toutes les femmes qui ont applaudi à sa bonne pensée, et pendant que les gamins parcourent les rues et les quais environnans pour appeler le cousin Simon, qui ne répond pas à leurs cris, toutes les tables de l'estaminet se garnissent de curieux ; on veut consoler la petite, on essaie de la faire sourire ; car elle a une mine si éveillée, malgré sa douleur, que tous les cœurs s'intéressent à son sort.

Sur l'ordre de son mari, madame Thibaut a préparé un bouillon pour l'enfant : elle mange avec avidité.

— Tu n'as donc pas déjeûné, ma chère amie ?

— J'ai soupé hier, répond-elle naïvement.

— Pauvre minet ! c'est qu'elle est jolie comme un cœur ! Comment te nommes-tu ?

— Claire, répond-elle. Et regardant son bol vide, elle ajoute : — J'en mangerais bien encore.

Madame Thibaut remplit une seconde fois la tasse, et fait boire l'enfant.

— Voyez donc comme elle a de beaux yeux.

Claire, qui a entendu ces mots, éloigne de ses lèvres le bol qu'elles pressaient, écarte avec les mains ses cheveux blonds et bouclés qui tombaient sur son front, et regarde en riant celle qui a fait l'éloge de ses beaux yeux.

— Si ce n'est pas un meurtre d'égarer un amour pareil... Ah ça ! où demeure ton cousin Simon ?

— Où demeure ?... répète Claire ; et elle fait signe qu'elle ne comprend pas cette question.

— Oui, dans quelle rue ?

— Je ne sais pas.

— Est-ce bien loin ?

— Bien loin, bien loin.

— Dans la campagne, peut-être ?

— Plus loin que ça, on passe tout plein de campagnes.

— Il n'y a pas de doute, c'est quelque grande héritière, on l'aura fait disparaître pour s'emparer de ses biens.

Alors les conjectures se forment, les romans se bâtissent plus invraisemblables les uns que les autres ; chacun des assistans donne carrière à son imagination ; mais, ce qui vaut mieux pour Thibaut, c'est que les bouteilles de bière se vident, les tasses de café se consomment. Les femmes qui l'ont suivi dans son estaminet en appellent d'autres pour leur raconter l'histoire vraie ou fausse, mais toujours supposée, de l'abandon de Claire, et chaque caresse qu'on donne à l'enfant est un bénéfice nouveau pour le limonadier du coin de la rue Pierre-à-Poisson.

La vente publique avait repris son cours, mais l'aventure qui était venue l'interrompre occupait tous les esprits ; ceux même qui ne s'étaient pas dérangés, de peur de laisser surenchérir par d'autres le meuble qu'ils souhaitaient d'emporter, s'empressent, aussitôt qu'il leur est adjugé, de courir au rendez-vous des Vrais Amis. L'intérêt personnel une fois satisfait, le bon naturel reprend le dessus ; on voit l'enfant perdu qui a si vivement excité l'intérêt. L'estaminet ne désemplit pas.

— Quel malheur ! si cette pauvre petite ne retrouve pas sa famille, l'autorité va l'envoyer aux Orphelins. Dieu sait comment on élève les enfans dans les hospices ; elle sera livrée à quelque maître brutal qui la battra ; tandis que si une personne charitable voulait s'en charger, on en ferait un bon sujet, car elle a l'air docile, aimant.

— Si je n'avais pas d'enfant... disait l'un.

— Et moi donc ! répétait le reste des assistans. Et pendant que l'on s'apitoyait sur le sort de Claire, celle-ci pas-ait de l'un à l'autre, sautait sur les genoux d'un marchand, se jetait dans les bras de sa femme. L'enfant ne comprenait pas sans doute toute l'étendue de son malheur, mais elle se voyait aimée, caressée, et cela lui paraissait si étrange, mais si doux, qu'elle ne savait comment exprimer sa joie.

— Il y a tant de gens riches qui désirent des enfans ; s'ils te connaissaient, chère petite, tu ferais leur bonheur.

— Prenez-en bien soin, monsieur Thibaut.

— Nous viendrons demain savoir ce que le commissaire aura décidé.

Comme l'heure avancée appelait les marchands chez eux, ils quittèrent l'estaminet des Vrais Amis, non sans recommander de nouveau la petite Claire à l'intérêt du limonadier et à la protection de la Providence.

Ce n'était que dans les vingt-quatre heures que la police pouvait exiger la déclaration de Thibaut sur la découverte de l'enfant. Aussi remit-il au lendemain à se rendre chez le commissaire de son quartier. L'affluence était encore trop grande dans sa boutique pour qu'il pût laisser à sa femme le soin de répondre à tant de consommateurs. Aux marchands, attirés sur cette place par la vente publique, succédèrent les voisins de Thibaut, qui avaient appris tant bien que mal l'événement du matin ; ils descendirent dans sa boutique après leur journée, et jusqu'à onze heures du soir le limonadier fut obligé de raconter vingt fois la même histoire aux nombreux questionneurs qui se pressaient autour de ses tables de marbre.

Claire reposait sur les genoux de madame Thibaut, et chacun tour à tour venait admirer la jolie figure de l'enfant, qui dormait à l'abri de l'éclat des lumières sous un léger fichu de gaze.

Quand tout le monde se fut retiré, Thibaut, ouvrant avec joie son comptoir, dit à sa femme. — Nous avons fait deux cents francs aujourd'hui, et c'est cette pauvre petite à qui nous devons cela. Est-ce que nous allons l'abandonner comme les autres ?

— Au contraire, je pensais à la garder avec nous.

— C'est cela, nous serons ses parens.

— Pourvu qu'elle ne retrouve pas son autre famille, maintenant !

— C'est le plus cher de mes désirs, ma bonne amie, tout le monde s'intéresse à cette enfant ; bien certainement on reviendra chez nous, rien que pour la revoir.

— Mais crois-tu que ceux qui la caressaient tant aujourd'hui y penseront demain ?

— Je te dis qu'ils en parleront à leurs amis, à leurs connaissances ;

cela fera remarquer notre maison... Un bienfait n'est jamais perdu, comme on dit dans les *Mines de Pologne*; j'ai idée que voilà notre maison tout à fait désenguignonée.

— A la volonté du ciel ! Si cela ne nous rapporte rien, reprit madame Thibaut, en prenant le sac qui contenait la recette du jour, au moins nous aurons fait une bonne action , qui ne pourra pas nous rendre plus malheureux que nous ne l'étions ce matin.

L'orpheline fut montée avec précaution dans la chambre à coucher , et pendant que madame Thibaut déshabillait la petite Claire, en prenant bien garde de ne pas la réveiller. son mari feuilletait le code Napoléon, au chapitre de l'adoption, afin de se familiariser avec l'engagement sacré qu'il allait prendre.

A une heure du matin, Thibaut et sa femme commentaient encore les articles du code ; enfin ils se couchèrent, mais en priant Dieu de rendre vaines toutes les recherches de la police sur la famille de l'enfant qu'ils voulaient adopter.

C'était le vœu de deux bons cœurs ; car tout faisait présumer que la petite Claire avait été abandonnée volontairement par son cousin Simon.

II

La Niche de Velours et le Tableau.

Il aurait volontiers écrit sur son chapeau :
C'est moi qui suis Guillot, berger de ce troupeau.
LA FONTAINE. — *Le Loup devenu Berger*

La foulle estoit à qui premier y saulteroyt après leur compaignon ; comme vous sçauez estre du mouton le naturel, tousjours suyure le premier quelque part que il aille ; aussi le dict Aristoteles, estre le plus sot et inepte animaut du monde.
RABELAIS. — *Pantagruel.*

Thibaut, qui comptait, avec raison, sur de nombreuses visites, s'était levé de bon matin. Depuis plus de deux heures il battait le velours râpé de ses tabourets, fatiguait son bras à faire briller les veines du marbre de ses tables, et semait de sable les dalles de sa boutique ; pour sa femme, elle dormait encore ; la petite Claire aussi reposait à côté d'elle ; mais un rayon de soleil, qui vint à glisser entre l'intervalle des rideaux du lit, frappa sur le front de l'orpheline ; la subite clarté troubla son sommeil, l'enfant ouvrit les yeux.

D'abord Claire eut bien peur en se retrouvant, à son réveil, dans un grand lit où dormait une femme inconnue; elle écarta les rideaux avec précaution, et promena des regards étonnés autour de cette chambre, qu'elle voyait pour la première fois ; puis, les reportant avec crainte sur la dormeuse, elle ne put comprendre comment elle se trouvait là. Des songes d'enfant, en passant sur les événemens de la veille, les avaient entièrement effacés de sa jeune imagination.

Claire aurait bien voulu descendre en bas du lit et se sauver bien loin ; mais ce lit était si élevé et l'enfant se sentait si petite, qu'elle n'osa pas en mesurer deux fois la hauteur. Cependant sa frayeur augmentait à chaque instant; un moyen lui restait pour la calmer : c'était d'appeler à son secours. Le cœur lui battait fort en prononçant à mi-voix le nom de son cousin Simon; elle ne poussa qu'un cri bien doux, bien léger, bien tremblé; il réveilla la limonadière. Au mouvement que fit celle-ci en se retournant pour répondre à la craintive petite fille, Claire se vit perdue, et pour échapper au danger dont elle se croyait menacée, elle cacha vivement sa jolie tête sous la couverture, et ne bougea plus.

— Eh bien! tu as peur, mon enfant? dit madame Thibaut, en soulevant le drap qui recouvrait le visage de Claire; regarde-moi: est-ce que tu ne me reconnais pas? Les joues de la petite fille étaient pourpres de frayeur; elle se décida, après un baiser de la limonadière, à jeter sur elle un regard furtif, puis elle se prit à rire; car elle vit une bouche qui lui souriait et des yeux qui la regardaient avec douceur.

— Comment, petite peureuse, ajouta madame Thibaut, tu ne te rappelles pas que c'est moi qui t'ai donné à dîner hier? tu as oublié aussi monsieur Thibaut, lui qui t'a pris dans ses bras quand tu pleurais sur la place en cherchant ton cousin Simon?

— Oh! oui, reprit Claire; et puis des sous... des gâteaux que tout le monde voulait me donner... et puis encore la grande chambre où il y avait tout plein de tables et du monde... beaucoup... qui m'embrassait... qui m'aimait bien, où j'étais si contente.

— Tu es encore dans cette maison-là; car ici c'est aussi chez nous.

— En ce cas-là je n'ai plus peur du tout. Et Claire sortit à demi-nue du lit.

— Tu vois, ma chère amie, comme on a eu soin de toi hier, eh bien! tous les jours ce sera la même chose: mon mari est bon, moi, j'aime beaucoup les enfans... les petites filles, surtout quand elles sont gentilles avec moi; si tu veux me promettre d'être toujours sage, obéissante, tu seras notre enfant.

— Oh! je le veux bien, pourvu qu'on m'embrasse, qu'on joue avec moi; c'est si gentil de jouer!

— Et d'avoir de belles robes, donc! hein! comme tu seras heureuse; tu ne pleureras plus le cousin Simon?

— Bien sûr, lui il ne me caressait jamais, et cousine Jeannette me battait, ah! mais là, bien fort.

— Ici tu ne seras pas battue.

— Et j'aurai de belles robes roses avec des fleurs de mariée sur ma tête, n'est-ce pas?

— Certainement, tout ce que tu voudras.

— Oh! comme je serai jolie alors... C'est fini, je veux rester avec vous toute la vie: si cousin revient pour me chercher... il faudra que vous me cachiez dans un petit coin bien noir, comme celui où j'allais en pénitence; je ne parlerai pas, de peur qu'il ne m'entende... Cousin ne pourra pas me trouver... et quand où vous demandera Claire... où est-elle? vous direz que vous ne savez pas... Moi, ça me fera rire... Il s'en ira en jurant comme il fait toujours, et peut-être qu'il ne reviendra plus; d'abord je prierai le bon Dieu pour cela.

L'espiègle enfant passa ses bras autour du cou de madame Thibaut et lui donna vingt baisers, en piétinant de joie; la limonadière, attendrie par ses caresses, lui dit, avec une espèce d'enthousiasme maternel: —Oui, tu seras notre fille, notre petite Claire bien-aimée; je veux que tu m'appelles maman, entends-tu?... je suis ta mère à présent.

— Oui... je le veux bien... d'abord, maman... c'est plus gentil à dire que madame; aussi je ne l'oublierai pas.

Claire eut bien quelque chagrin en se levant, lorsqu'elle vit, au lieu de la belle robe rose et des fleurs de mariée qu'elle attendait, qu'on lui remettait son déshabillé brun, son petit fichu rouge et son bonnet garni de vieille dentelle noire; mais sa mère d'adoption calma bientôt sa douleur enfantine, en lui montrant, dans un tiroir de la commode, une jupe rose presque neuve, et qui devait servir à faire une robe telle que l'orpheline voulait en avoir une pour se parer.

La mémoire lui était revenue en s'habillant ; mais ses souvenirs de la veille se représentèrent bien mieux à sa pensée, lorsqu'elle se retrouva dans la boutique du limonadier. Elle reconnut la place du Châtelet ; la fontaine, autour de laquelle elle avait tant cherché, et surtout le bon monsieur Thibaut, qui l'avait emportée dans ses bras aux cris de la foule qui les suivait tous deux.

L'heure étant venue où le limonadier devait conduire l'enfant chez le commissaire du quartier, plus de vingt témoins déposèrent que la petite Claire avait été trouvée appelant son cousin Simon autour du bassin de la fontaine du Palmier. L'officier public, après avoir dressé son procès-verbal, permit à maître Thibaut d'emmener l'enfant chez lui, et de la garder durant le temps nécessaire aux recherches de la police ; mais sous la condition de tenir l'orpheline à la disposition de l'autorité, quand celle-ci la réclamerait.

Ce fut encore un grand jour de vente pour le rendez-vous des Vrais Amis ; les visiteurs de la veille avaient eu soin de répandre dans leurs quartiers respectifs l'histoire de l'enfant trouvé. On se rendit en foule chez le protecteur de la petite Claire ; c'était toujours à qui accablerait l'enfant de caresses, à qui remplirait son tablier de bonbons et de fruits : la petite blonde tendait ses joues aux baisers, et ses mains aux friandises ; les femmes voulaient toutes la porter dans leurs bras. L'orpheline riait en passant de l'une à l'autre ; elle riait aux hommes qui la faisaient sauter sur leurs genoux ; et quand on lui disait : — Cousin Simon est un méchant, — elle riait encore, et répondait : — Oui, mais je n'en ai plus peur. Quant à madame Thibaut, petite, maigre, active, elle allait de la cave à la boutique, donnant un baiser à l'enfant, le mémoire à une pratique, profitant du tumulte pour passer ses monnerons, ses dardennes, ou ses pièces d'argent peu marquées, dans la monnaie qu'elle rendait aux consommateurs. Elle veillait à tout, n'oubliait rien ; pas même d'enlever la bouteille de bière avant qu'elle ne fût entièrement vidée, ou d'escamoter un morceau de sucre sur la portion ordinaire des buveurs de café.

C'est quand les tables furent garnies des pratiques de la veille, que M. Thibaut annonça solennellement son projet d'adopter l'orpheline, si on avait le bonheur de ne pas retrouver ses parens. C'était à qui applaudirait à cette généreuse résolution. On convint alors de remplacer la triste enseigne des Vrais Amis par un tableau où la fille adoptive du limonadier serait représentée avec le costume qu'elle portait lorsqu'on la trouva demandant son cousin à tous les passans. Jérôme-Lambert Huchelet, premier peintre, vitrier-décorateur du vieux quartier de l'Homme-Armé, offrit, gratis, ses pinceaux ; un menuisier de la place du Chevalier-du-Guet promit de fournir la boiserie et de poser le tableau ; chacun voulait participer au bienfait du limonadier. La petite Claire n'avait plus à craindre l'abandon d'une famille ; à défaut de ses premiers protecteurs, elle était certaine de trouver de bons parens dans chacune des maisons du voisinage.

Selon les désirs de Claire et de ses bienfaiteurs, les démarches de la police furent infructueuses ; le cousin Simon était introuvable. En vain on conduisit l'enfant dans tous les quartiers de Paris, et sur toutes les routes qui environnent la capitale, elle ne reconnut rien ; sa mémoire ne fut frappée ni du bruit assourdissant des rues tumultueuses, ni du silence de la campagne. Désespérant de la rendre jamais à sa famille, l'autorité s'empressa d'enregistrer l'acte d'adoption que le limonadier avait bien voulu signer en faveur de l'enfant.

Toutes les journées ont été également heureuses pour le café de Thibaut jusqu'à celle-ci, où l'enseigne doit, en attirant tous les regards, augmenter encore le nombre des consommateurs. Depuis la veille, la boutique est livrée aux ouvriers qui restaurent l'intérieur et repeignent à neuf les panneaux de la devanture. Les confrères du limonadier rue Pierre-à-Poisson ont profité de la fermeture momentanée de l'estaminet des Vrais Amis, pour faire encore une bonne recette ; car, depuis l'arrivée de l'enfant chez leur voisin, naguère si malheureux, ils ont vu déserter leurs établissemens par leurs plus anciens habitués.

Le café de Thibaut a pris un aspect de prospérité ; des lampes antiques remplacent, au plafond reblanchi, le triste quinquet à deux becs qui n'éclairait qu'à demi la boutique enfumée ; le poli des glaces fait ressortir la riche et élégante dorure de leurs cadres ; une draperie rouge règne autour de la corniche suspendue sur des thyrses dorés ; dans le fond du comptoir, une espèce de niche en velours ornée d'une crépine d'or est élevée au dessus de la banquette du limonadier, et domine toutes les tables de l'intérieur. C'est là que désormais Claire ira s'asseoir ; elle a un trône, car c'est la reine du lieu ; on lui prépare une chapelle, car c'est la madone protectrice sur laquelle Thibaut et sa femme fondent maintenant toutes leurs espérances de fortune.

C'est à neuf heures que doit avoir lieu l'intronisation de Claire : il en est sept à peine ; Thibaut attend impatiemment sur la porte de son café l'arrivée du peintre et du menuisier, qui doivent apporter la bienheureuse enseigne. Pendant ce temps, madame Thibaut débarbouille, habille et pare la petite orpheline, et celle-ci s'échappe, joyeuse, des mains de sa mère adoptive, pour aller examiner au grand jour ses petits souliers verts, sa robe tant désirée, et la fraîche couronne de fleurs artificielles qui doit orner sa gracieuse chevelure.

— Il ne s'agit plus de courir, mon enfant, lui dit la limonadière, ni de rire au nez de tous ceux qui entreront dans la boutique : tu dois les saluer comme cela, et répondre avec politesse à tout le monde ; avec une voix bien douce encore, afin qu'on te trouve gentille. Une fois dans ta petite chambre de velours, comme tu l'appelles, tu ne bougeras plus de la journée.

— Mais je m'ennuierai, maman ; et puis quand donc jouerai-je ?

— Le soir, quand il n'y aura plus personne.

— Et s'il y a du monde le soir aussi ?

— Tu auras toujours le temps de te distraire... Et puis ce n'est pas pour jouer que tu es ici, ajouta la limonadière, impatientée des observations de l'enfant.

Oui, maman, reprit Claire avec un petit soupir ; car elle venait d'apercevoir, à travers les rideaux de la fenêtre, de jeunes enfans comme elle qui couraient, en riant de toutes leurs forces, sur la place du Châtelet : elle montra ces enfans à madame Thibaut.

— Ne voilà-t-il pas de jolis sujets ! reprit la limonadière ; voyez comme ils sont mis... c'est à faire peur : aussi personne ne fait attention à eux ; tandis que tous les passans s'arrêteront pour te regarder. Et quand tu entendras, comme les autres jours, dire autour de toi : — Oh ! la jolie petite fille, est-ce que tu ne seras pas bien contente ?

— Si fait, maman Thibaut, je serai bien heureuse, au contraire ; et la joie recommença à briller dans les yeux de l'orpheline. Cependant, un instant après, elle poussa un cri léger et pâlit. Madame Thibaut, inquiète, lui dit : — Eh ! bien, qu'as-tu donc, mon enfant ?

— C'est mon corset, répondit l'orpheline ; il me serre trop ; je ne peux plus respirer.

— Ce n'est rien que ça... il faut souffrir pour être belle. La limonadière fit un nœud au lacet, mais sans desserrer l'étroit corset : il fallait que Claire eût une taille fine pour paraître tout à fait jolie à ses pratiques.

Enfin, l'enseigne avait été apportée ; Thibaut, dans l'ivresse, s'était empressé d'aller près de sa femme pour la prévenir de cette heureuse nouvelle. Au moment où le menuisier, monté sur sa double échelle, essayait de fixer au dessus de la porte du café le tableau, recouvert d'un ample rideau de serge verte qui ne laissait apercevoir que ces mots écrits au bas du cadre ! *A la petite Orpheline du Châtelet*, un passant et une marchande du voisinage s'arrêtèrent devant la boutique de Thibaut.

— Prenons garde, madame, disait le passant, de blâmer ceux qui se montrent généreux ; ce serait un encouragement de plus pour l'égoïsme, vers lequel notre méchante nature incline déjà bien assez.

— Mais, monsieur, vous pensez donc ?...

— Je pense, madame, que c'est une belle et respectable chose que la charité, et je ne sache pas qu'on doive chagriner ceux qui l'exercent, à force de censurer leur action de faire le bien. Dites, à part vous, si vous le voulez, que tel n'est bienfaisant que par ostentation ; mais n'allez pas lui reprocher un grain d'amour-propre qui féconde le champ du pauvre. Pour moi, je comprends bien moins la fierté que donne la naissance, l'insolence qui vient de la fortune, que ce sentiment d'orgueil qu'on éprouve à proclamer hautement ses bonnes œuvres.

— Au moins ne faudrait-il pas les afficher... se servir d'un acte de générosité pour en faire l'enseigne de sa boutique.

— C'est possible ; mais, encore une fois, ce travers ressemble bien plus à une vertu que le travail de certaines personnes.

J'ai dit qu'il y avait deux interlocuteurs devant la porte du café ; mais à Paris, deux personnes qui regardent ou qui ont l'air de regarder quelque chose dans la rue en appellent nécessairement une troisième. Celle-ci commence par essayer de deviner le motif de curiosité qui retient les premiers venus à cette place, et quand elle est fatiguée de chercher en vain des yeux et de la pensée, vous la voyez s'approcher niaisement et hasarder avec timidité cette question : « Que regarde-t-on là ? » Un quatrième individu arrive bientôt pour saisir la réponse au passage ; il est suivi d'un cinquième, d'un sixième, d'une douzaine, de cent, de mille ; en moins de cinq minutes il n'est plus possible de calculer le nombre des curieux ; le groupe est devenu rassemblement, le rassemblement devient foule, et il ne manque que l'apparition de deux ou trois baïonnettes pour la métamorphoser en émeute : soyez sans crainte, l'émeute n'eut pas lieu ; car ceci se passait en 1811, sous un gouvernement habile, qui n'avait pas besoin d'armer chaque jour une moitié de la population contre l'autre pour étouffer des clameurs importunes. Les journaux disaient au peuple : « Tu es heureux. » Et quant aux mécontens, on n'en voyait pas sur les places publiques ; un cachot faisait raison du moindre murmure. L'empire fut une époque de tranquillité pour les classes laborieuses ; le nom d'agitateur n'était pas encore descendu dans le vocabulaire de la populace ; en ce temps-là il n'y avait que des conspirateurs. — Voilà ce que c'est, disait un nouvelliste du quartier, la petite orpheline n'est pas plus orpheline que moi ; mais elle avait une mauvaise mère qui voulait la mettre aux *Enfans-Trouvés*. Monsieur Thibaut, qui a bon cœur, s'est chargé d'élever la petite moyennant une pension qu'on lui paiera plus tard en lui retirant l'enfant. C'est une fort jolie action ; le père est très riche.

— Ce n'est pas cela, disait-on plus loin : figurez-vous que la malheureuse mère de cette pauvre petite appartenait à une grande famille ; elle a eu un malheur ; l'enfant, élevé secrètement, a été découvert par les parens de la jeune personne ; celle-ci, se voyant chassée et sans ressources, s'est *périe* dans la rivière ; mais elle avait eu la précaution, avant de se jeter à l'eau, de laisser son enfant sur le pont avec un papier pour la recommander aux âmes charitables, et voilà pourquoi le maître du café s'est empressé de recueillir chez lui la jeune orpheline.

— Du tout, répondait un confrère de M. Thibaut, c'est tout bonnement une petite fille qu'il a louée moyennant quarante sous par jour, et qu'il fait passer pour une abonnée, afin que ça lui attire du monde.

— Tu en as menti, répliqua une marchande de pommes qui venait d'entendre l'explication du limonadier ; la petite a été trouvée ici après la vente publique. il y aura samedi trois semaines ; elle était toute en pleurs, la pauvre innocente, que je croyais que le cœur allait lui manquer ; c'est moi qui l'ai avisée des yeux entre deux baraques du commissaire-priseur, si bien qu'il m'en a coûté une pomme pour savoir où elle demeurait, et qu'elle n'a jamais pu me dire que ces mots-là : « Je cherche cousin Simon. » Et l'histoire de Claire fut fidèlement rapportée par la bonne femme.

Un concert de bénédictions en faveur du limonadier couronna le récit de la marchande de pommes.

— C'est un bien honnête homme que ce monsieur Thibaut, disait-on par ici.

— Pas déjà si honnête, murmurait à voix basse le confrère jaloux, car s'il fait encore une fois banqueroute ce sera la troisième.

— Et sa femme, donc, reprenait-on d'un autre côté, voilà une excellente créature ; se charger d'un enfant qu'elle ne connaît pas, et l'élever comme si c'était sa fille.

— Elle aurait bien mieux fait, ajoutait un autre, au lieu d'adopter un étranger, de ne pas forcer la vieille mère de son mari à présenter une pétition à l'impératrice pour avoir une place à l'hospice des Vieillards. Je n'aime pas ceux qui vont chercher des inconnus dans les hôpitaux, et qui y laissent leurs parens.

— Voilà un événement qui va bien remonter la maison de ce brave monsieur Thibaut.

— Oui, jusqu'à ce que le jeu lui mange tout.

— Cette petite fille-là a un sort assuré, elle sera leur héritière.

— S'ils la gardent mieux qu'ils ne gardent leurs garçons ; il ne peut pas en rester un seul dans cette maison-là ; après huit jours de service on voudrait en être dehors.

Un murmure qui circula dans la foule interrompit les conversations particulières, toutes les têtes se dressèrent en même temps vers le tableau, et l'œuvre de peinture de maître Jérôme-Lambert Huchelet parut au grand jour. Malgré les ricanemens de quelques barbouilleurs jaloux du vitrier-peintre, ceux qui se rappellent l'enseigne de LA PETITE ORPHELINE DU CHATELET, conviendront avec moi que l'ouvrage était assez propre pour un artiste qui ne s'était guère exercé que dans la représentation sur muraille du bon coing et du jambon de Bayonne. La ressemblance laissait bien quelque chose à désirer ; il y avait dans la pose toute l'hésitation d'un début. Les bras, par exemple, ne tenaient pas parfaitement au corps ; la tête n'était peut-être pas posée assez solidement sur le cou ; mais c'était bien la taille de l'enfant : le peintre l'avait toisée. La couleur de sa robe, surtout, était d'une exactitude admirable.

Alors s'ouvrit la porte du sanctuaire ; ceux qui avaient participé à l'œuvre de charité entrèrent pour prendre place à table ; un déjeûner de remerciement les attendait. Claire, en robe rose avec un collier de jais sur sa poitrine blanche et décolletée, se tenait dans sa niche avec toute la gravité comique d'un enfant à qui l'on a dit : — Te voilà belle, prends garde de te tacher, ou tu auras le fouet. Elle ne bougeait pas ; on aurait pu la prendre pour une figure de cire. si, de temps en temps, elle n'eût tourné le visage vers une glace qui reflétait de côté son sérieux à mourir de rire.

A ce beau jour pour Claire et pour ses nouveaux parens, des jours plus beaux encore succédèrent ; mais les époux Thibaut se réjouirent seuls du résultat de leur adoption. Au bout d'un mois, l'orpheline s'ennuyait sur son trône, les éloges des consommateurs sur sa gentillesse ne flattaient plus son amour-propre d'enfant ; elle eût donné sa niche de velours, sa couronne de fleurs et sa belle robe rose pour une partie de jeu sur la place du Châtelet ; mais il fallait rester là, en butte aux regards des passans, souriant à tous ceux qui entraient, saluant tous ceux qui

sortaient. Et le soir, quand, accablée de sommeil et de tristesse, elle
fermait les paupières, la maîtresse, qui la surveillait sans cesse, venait
lui dire à l'oreille : — Claire, tu dors ! ce n'est pas l'heure de te coucher ;
alors la pauvre enseigne redressait la tête, se frottait les yeux, afin de ne
pas céder au besoin de repos. Une fois, on lui avait cruellement appris
que son sommeil était un vol fait à la recette de ses bienfaiteurs.

Un autre jour aussi, Claire avait été rudement châtiée par madame
Thibaut ; comme l'oiseau prisonnier profite du moment où son maître a
laissé sa cage ouverte pour battre ses ailes à l'air de la liberté, l'enfant
avait guetté une occasion pour sortir de la boutique sans être aperçue.
Ne songeant pas qu'elle pouvait gâter sa parure, elle s'était mise à
courir avec les petites filles du voisinage qui jouaient au soleil. Une main
sèche, en tombant sur sa joue, la rappela bientôt à son devoir ; elle se
mit à pleurer ; puis, toute honteuse, elle retourna se faire admirer dans
sa niche dorée.

Les mois, les années se passèrent sans qu'il y eût d'autre changement
dans la destinée de Claire, qu'un redoublement de rigueur de la part de
madame Thibaut ; les intérêts seuls du commerce occupaient son esprit.
Le matin elle habillait Claire, la faisait monter dans sa niche ; le soir elle
l'en faisait descendre, et calculait la recette sans penser à récompenser
l'enfant par une caresse, par un mot d'amitié ; à lui accorder une heure
de liberté pour étendre ses membres engourdis. L'orpheline, à ses yeux,
n'avait de droits qu'aux soins qu'on accordait à l'enseigne : celle-ci était
époussetée tous les jours, et couverte chaque soir de son voile de serge
verte.

En trois ans les protecteurs de Claire avaient fait une fortune assez
considérable pour se retirer du commerce.

— Si nous retournions vivre au pays? dit un soir madame Thibaut à
son mari, qui feuilletait les *Petites Affiches*, à l'article : Biens ruraux à
vendre.

— Parbleu ! reprit celui-ci, tu as raison, ma femme ; nous avons assez
travaillé, il est bien temps que nous nous reposions.

— Notre fonds de limonadier est en pleine prospérité, nous en aurons
un bon prix.

— C'est décidé ; nous partirons aussitôt que notre établissement sera
vendu.

— Et nous jouirons du fruit de nos peines comme de bons campagnards.

— Et moi, dit tout bas la petite Claire, je pourrai courir avec les enfans
de mon âge.

Ce soir-là l'orpheline s'endormit gaîment : elle dut faire un bon rêve.

III.

La Clause du Marché. — Rumeur publique.

> La reconnaissance est la mémoire du cœur.
> MASSIEU. — *Sourd-Muet.*

> Celui-là reçut une citrouille au lieu d'un cœur ;
> qu'on le dissèque, on verra si j'ai menti.
> STERNE. — *Tristram-Shandy.*

Par un des beaux matins qui suivirent le soir dont il vient d'être
parlé, il y eut grande agitation dans la maison du limonadier Thibaut :

un nouveau maître venait prendre possession de l'établissement du coin
de la rue Pierre-à-Poisson. Le successeur de maître Thibaut était une
espèce de Luxembourgeois de cinq pieds cubes environ, et dont l'accent
était à peu près aussi prononcé que les formes. La petite Claire, âgée d'un
peu plus de six ans alors, regardait, toute joyeuse, la niche de velours
où elle avait tant de fois bâillé d'ennui et de somm. il, et lui faisait gaîment
ses adieux. M. Thibaut donnait au Luxembourgeois des instructions sur
les habitués du café, lui désignant ceux dont la solvabilité était douteuse,
ceux qui aimaient à ce qu'on vint boire avec eux, et qui étaient enchantés
de gagner de temps en temps une partie de billard au maître de la maison.
Madame Thibaut venait de déposer les clés des caves sur le comptoir ;
une voiture attendait à la porte pour conduire à la diligence de Metz les
limonadiers enrichis.

J'ai dit que Claire adressait avec joie ses adieux à sa prison dorée ;
cependant elle s'inquiétait fort, en voyant passer les malles et les paquets
du déménagement ; on ne descendait pas sa petite cassette pour la placer
avec les autres dans la voiture. Elle dit enfin à son père adoptif : —
Maman Thibaut oublie des affaires, est-ce que nous allons les laisser ici ?
A cette question, le limonadier se troubla ; il prit l'enfant dans ses bras,
la baisa sur les deux joues avec une effusion de cœur assez singulière ;
il essuya même une larme ; mais ne put répondre. Madame Thibaut, qui
avait les yeux secs, la tête libre, donna un coup de coude à son mari, et
lui parla bas : celui-ci posa l'orpheline à terre, non sans la regarder encore
avec la plus vive émotion ; mais sur un coup d'œil et à ces mots qu'elle
prononça de façon à ce que l'enfant ne les entendît pas : — Allons, monsieur Thibaut, il faut avoir la force de tenir vos engagemens... vous voyez
que j'ai du courage, moi... Le marché est passé, il n'y a plus à y revenir.
Partez devant si vous ne vous sentez pas capable de dire adieu à cette
petite. A ces mots, dis-je, Thibaut donna une dernière poignée de main
à son successeur, et s'éloigna.

— Attendez-nous donc, papa, reprit Claire qui le voyait partir. Elle
courut après lui, mais Thibaut la repoussa doucement en lui montrant
sa femme.— Va retrouver ta maman, dit-il ; et il disparut.

— Vous n'avez donc pas prévenu cette enfant? demanda le nouveau
propriétaire du café de l'Orpheline du Châtelet, tandis que celle-ci re enait
vers eux bien chagrinée de voir son père partir avant elle. Claire, espérant hâter le départ de madame Thibaut, s'assit sur le pas de la porte en
murmurant : — Mais dépêchons-nous donc.

— Si je ne lui ai encore rien dit, répondit la limonadière, c'est que j'ai
pensé qu'il ne fallait pas l'affliger d'avance.

— C'est cela, et moi j'aurai les larmes ; cela sera bien amusant dans
ma boutique... il y aura de quoi chasser tout le monde.

— Écoutez donc, c'est vous qui l'avez voulu.

— J'ai voulu... j'ai voulu acheter votre fonds avec l'achalandage ; sans
l'enseigne, je n'en aurais pas donné six sous, et je vous le paie six mille
francs.

— Nous ne vous refusions pas le tableau.

— Mais l'enseigne, objecta le Luxembourgeois, ce n'est pas le tableau...
c'est l'enfant. Vous auriez eu beau faire peindre sur votre porte tous les
orphelins des Enfans-Trouvés, que ça ne vous aurait pas fait vendre pour
deux liards de bière... Vous voyez donc bien qu'il me fallait la petite fille
aussi.

— Alors vous devez supporter les pleurs comme nous avons dû les
supporter nous-mêmes quand nous l'avons recueillie pour la première
fois ici... Mais, soyez tranquille, je vais lui parler.

— C'est ça, et tâchez qu'elle ne fasse pas trop de bruit, ou bien je
vous rends tout, la boutique et l'enfant. Je n'aime pas le tapage chez moi.

Le Luxembourgeois, que je nommerai Spiller, mais que les habitans de

la place du Châtelet sauront bien appeler de son véritable nom, si toutefois les habitans de la place du Châtelet ont le loisir de lire *les Contes de
l'Atelier*; Spiller, dis-je, prévoyait que la scène qui allait se passer entre
l'orpheline et sa mère adoptive pourrait bien finir par émouvoir sa sensibilité, et comme il tenait à conserver l'enseigne vivante de son café ,
mais non pas à être ému, il prit le parti de descendre visiter ses caves
pendant les adieux de madame Thibaut à la petite Claire.

La limonadière fit alors quelques pas vers la porte ; l'enfant, en la voyant
se préparer à partir, se leva subitement et se disposait déjà à monter
sur le marchepied du fiacre , dont la portière était entr'ouverte, quand
madame Thibaut la prit par la main et la ramena dans l'intérieur du
café.

— Mais, maman, nous arriverons trop tard, la diligence sera partie...
Papa doit être bien loin... partons, je t'en prie.

Cette erreur de l'orpheline sur les véritables intentions de madame
Thibaut, fit éprouver à celle-ci un tressaillement involontaire; d'abord
elle ne retrouva pas ses paroles, le remords se fit jour un instant dans
son âme ; mais enfin elle réfléchit que leur séparation était indispensable :
c'était la clause principale du marché ; la clause sans laquelle la vente du
fonds se trouvait nulle, et le marché était si avantageux pour elle ! La
limonadière réprima bientô' ce mouvement de sensibilité ; car c'était une
de ces âmes fortement trempées et qui savent toujours conserver de l'empire sur elles-mêmes. Elle parla ainsi à l'enfant :

— Ecoute-moi, Claire, tu es grande fille, tu dois être raisonnable ; j'espère que tu vas te montrer bien obéissante avec moi.

— Oh! oui, maman; vous verrez comme je serai sage dans la voiture... Je suis si contente d'aller à la campagne, de ne plus rester dans
ce vilain café, où je ne pouvais pas bouger de la journée.

— Il ne s'agit pas de cela. Tu connais bien monsieur Spiller ?

— Oui , et je ne l'aime pas du tout; il me fait peur avec sa grosse
voix , sa grosse tète et ses gros bras , reprit vivement la malicieuse petite
fille.

— Vous n'êtes qu'une sotte . Claire ; monsieur Spiller est un excellent
homme, qui a beaucoup d'amitié pour vous...

— Tiens, et depuis quand est-il bon, maman ? demanda Claire.

— Que veux-tu dire par là? je ne comprends rien à cette question, ma
fille.

— Dame ! madame Thibaut. c'est que vous disiez encore hier que c'était
un vilain homme... qu'il vous faisait toutes sortes de chicanes pour votre
marché avec lui ; enfin, vous disiez aussi que vous ne saviez pas comment on pouvait vivre avec un être pareil... Je l'ai bien entendu... être
pareil, continua l'enfant, en appuyant le plus fort qu'elle put sur ces
deux derniers mots.

— Par exemple, voulez-vous bien vous taire, et surtout ne répétez jamais ces choses-là... vous vous êtes trompée, entendez-vous... Il est impossible de dire quelque chose devant les enfans...

— Maman, je t'assure que tu l'as dit.

— C'est possible , mais alors je ne connaissais pas monsieur Spiller...
je ne savais pas combien il était bon... combien il aimait les enfans...
toi , surtout... et je suis sûre que tu serais bienheureuse avec lui.

— Je ne dis pas, maman... mais je serai encore bien mieux avec
mon papa Thibaut à courir les champs, comme il me l'a promis l'autre
jour.

— Eh bien ! mon enfant , monsieur Thibaut a eu tort de te promettre
cela ; car il savait bien que nous ne pouvions pas t'emmener avec nous.
Comme la petite relevait la tète vers sa mère d'adoption avec étonnement
et ouvrait la bouche pour l'interroger, celle-ci reprit : — Oui, cela ne se
peut pas... pour le moment ; dans quinze jours, dans un mois. je revien-

drai te chercher, ma chère petite; mais il faut, avant tout, que nous nous établissions là-bas.

Claire avait pâli, son cœur s'était gonflé; elle voulut parler, mais sa voix ne rendit d'abord que des sons entrecoupés : — Ma... man... ce n'est pas... vrai... ce que vous... dites... là... vous m'em... emmènerez... je vous... vous en prie... ne me laissez pas... ici... je... je mou... ourrai de... chagrin... Oh! ma petite... maman... ne m'a... abandonnez pas. Et l'orpheline, tremblante de douleur, se jeta au cou de madame Thibaut, rassembla toutes ses forces pour s'attacher à son bras. Elle espérait, la pauvre petite Claire, que sa mère ne pourrait pas résister à ses étreintes; mais madame Thibaut s'en débarrassa facilement. — Claire, il faut absolument que vous restiez ici; toutes vos larmes, tous vos cris sont inutiles; je ne peux vous prendre avec moi que le mois prochain, encore si vous me promettez d'être sage. Elle embrassa l'enfant, qui se tordait à terre en criant : — Maman... maman, qu'est-ce que je t'ai donc fait pour que tu ne m'aimes plus?

Claire avait fait la fortune de madame Thibaut; et comme elle était nécessaire à la prospérité du commerce de son successeur, il fallait bien qu'elle restât; autrement l'enseigne n'eût voulu rien dire, et le fonds de limonadier ne se fût pas vendu.

— Claire, ma chère enfant, reprit la limonadière, est-ce que tu ne m'as pas entendu? je t'ai promis de revenir bientôt, je tiendrai ma promesse, tu peux y compter; mais voilà qu'il se fait tard, ton papa Thibaut m'attend, je ne peux pas rester plus long-temps avec toi... Tâche, surtout, de bien contenter M. Spiller.

— Non, maman, non, je ne veux pas le voir, répondait la petite fille les joues inondées de larmes; elle s'accrochait au châle de celle qui l'abandonnait; mais l'adroite madame Thibaut, profitant du moment où l'enfant croyait la retenir par ses vêtemens, laissa tomber son châle, monta rapidement dans la voiture, et avant que Claire eût pu courir après elle, ordonna au cocher de fouetter ses chevaux. Le fiacre roula si rapidement, que les cris de l'orpheline furent confondus avec le bruit des roues qui broyaient le pavé.

Alors commença un accès de désespoir dont le massif Luxembourgeois, qui était remonté de sa cave, ne put triompher, malgré les verres d'eau qu'il voulait entonner à l'enfant, et en dépit de ses consolations en mauvais français, ainsi que de ses jurons en bon allemand : — Voilà de la belle ouvrage... terteiff! grommelait-il en tenant la petite Claire dans ses bras pour apaiser sa douleur; — canaille, qui me vendent une marchandise qui ne veut pas se livrer... Qu'est-ce que je vas faire de cette enfant-là à présent?... Dis donc, petite, si tu ne veux pas rester avec moi, tu n'as qu'à le dire... je leur ferai un procès pour qu'ils te reprennent, toi et toute leur boutique... Voyons, parle, que diable! ça m'embête, moi, je ne sais pas consoler les enfans.

— Je veux m'en aller, répétait Claire... Je veux m'en aller avec maman... menez-moi où elle est... tout de suite.

— C'est juste, et avec ça qu'elle est gentille ta maman! tu ne sais donc pas que je t'ai achetée?... Elle t'a vendue, ta coquine de mère! et moi qui ai donné hier mes six mille francs! bigre d'imbécile que je suis!

Claire ne concevait pas qu'on eût pu la vendre avec les ustensiles nécessaires à l'exploitation de l'établissement; son intelligence de six ans ne saisit le sens des paroles de Spiller que quand celui-ci lui fit la démonstration suivante :

— Qu'est-ce que c'est que cela? une cafetière, n'est-ce pas?... eh! bien, hier, cette cafetière était à ton papa Thibaut.

— Oui, monsieur, répondait la petite fille en sanglotant toujours.

— Toi aussi, tu étais à M. Thibaut... je lui ai donné de l'argent pour avoir sa cafetière, et elle m'appartient pour toujours... Je lui ai aussi

donné de l'argent pour le garder avec moi ; tu vois bien que tu es comme la cafetière.

— Mais moi, au moins. on viendra me rechercher dans quinze jours, tandis que la cafetière, on ne vous la reprendra pas.

— Il ne peut pas te reprendre non plus sans me rendre mon argent, ou bien ce serait un voleur.

L'orpheline comprit alors qu'elle ne devait plus espérer de revoir ses parens d'adoption. et cette pénible certitude fut loin d'adoucir son chagrin ; elle se remit à pleurer de plus belle. L'heure de la vente approchait. Spiller, qui pensait avec raison que les lamentations d'un enfant pourraient bien faire tort à sa recette, et ne trouvant aucun moyen de sécher ses larmes, la prit de nouveau dans ses bras ; mais, cette fois, ce fut pour la monter dans la chambre. — Voilà du pain, des fruits, du sucre... lui dit-il ; bois. mange et console-toi, si tu peux ; mais, surtout. prends garde de te rendre malade, parce que je n'aurais pas le temps de te soigner. Il ferma la porte à double tour, et redescendit dans sa boutique, non sans jurer entre ses dents contre son prédécesseur, qui l'avait trompé. L'enseigne avait seule le pouvoir d'attirer les pratiques , et il fallait, pour son début, que l'enseigne fût dans l'impossibilité de servir ce jour-là !

D'abord que Claire se vit seule, elle se mit à piétiner, à s'arracher les cheveux. à déchirer en lambeaux le châle qui était resté dans ses mains depuis le départ de sa mère adoptive. Mais si le chagrin d'un enfant est bruyant, s'il s'exhale en cris affreux, en sanglots qui l'étouffent, il perd bientôt de sa violence, le moindre objet qui passe devant ses yeux, la moindre pensée de jeu qui se présente à son esprit, suffisent pour arrêter ses larmes, pour faire taire ses soupirs. Les distractions ne pouvaient manquer long-temps à la petite Claire, les hautes croisées de la chambre donnaient sur la place du Châtelet ; des joueurs de gobelet succédaient sur cette place à des sauteurs en habit de théâtre. De sa fenêtre, l'orpheline pouvait voir les bonds périlleux du paillasse, ou entendre les lazzis du Jeannot souffleté par son maître, le grave arracheur de dents. Elle commença par jeter à la dérobée un coup d'œil sur le spectacle en plein vent, ensuite regarda un peu plus long-temps, et enfin mit toute son attention à suivre la marche du drame burlesque qu'on représentait à quelques pas au dessous d'elle. La terrible séparation du matin lui avait fait oublier l'heure du déjeûner ; Claire retrouva avec joie auprès d'elle le pain, les fruits et le sucre que M. Spiller avait eu soin de mettre à sa portée. Elle prit son déjeûner, arrangea une petite table avec des chaises auprès de la croisée, afin de ne rien perdre de la représentation qui avait lieu sur la place, et de temps en temps un éclat de rire interrompait son déjeûner tardif.

C'est au milieu d'un de ses accès de gaîté que Spiller la retrouva quand il revint auprès d'elle, inquiet de ne plus l'entendre pleurer. A sa vue, la petite se ressouvint de la scène du matin, elle sentit encore sa poitrine se gonfler : mais comme le gros Luxembourgeois la regardait en souriant, elle ne put s'empêcher de lui rendre son sourire.

— Il paraît que cela va mieux, petite, et que tu ne regrettes plus tant ceux qui t'ont cédée à moi.

— Je n'y pensais pas, monsieur.

— C'est ce que tu as de mieux à faire, mon enfant ; amuse-toi bien toute la journée, et si tu veux descendre...

— Dans ma maison de velours ? reprit Claire avec une expression de tristesse ; non, je ne veux pas.

— Je te dis que pour aujourd'hui, et même demain, tu pourras jouer tant que tu voudras sur la porte de la boutique... sur la place même, avec es petites camarades.

— Je n'ai pas de petites camarades... Oh! mais j'en trouverai bien vite, si vous le voulez.

— Oui, mon enfant, ça m'est bien égal; pourvu que tu ne te perdes pas, c'est tout ce que je te demande.

— Tiens, vous n'êtes donc pas si terrible que je le croyais?... vous voulez bien que je m'amuse?

— Et pourquoi donc me croyais-tu terrible?

— Parce que vous êtes tout gros, répondit-elle naïvement. Cette réplique fit partir d'un éclat de rire le puissant maître du café de l'Orpheline. À vrai dire, ce n'était pas un méchant homme que M. Spiller; à part sa brusquerie nationale et ses calculs d'intérêt personnel, il avait le meilleur caractère qu'il fût possible de rencontrer; Claire pouvait tomber plus mal en fait de successeur à la parcimonieuse madame Thibaut. L'idée de jouir sans crainte de deux jours de liberté diminua bien la somme des regrets de l'enfant; et ce qui acheva de lui faire oublier complètement son chagrin, c'est que Spiller ajouta: — Tu verras qu'on n'est pas trop malheureux avec moi; et puis, si tu n'es pas contente, je te rendrai dans quinze jours à ta maman, quand elle viendra te chercher.

Spiller ne pensait pas le moins du monde à exécuter cette dernière promesse; mais comme le débit allait bien dans son café, il avait senti la nécessité d'attacher à lui la petite fille, à force de paroles consolantes.

Oui, le jour d'installation du Luxembourgeois fut encore un jour fructueux pour le café de l'Orpheline du Châtelet; mais, le lendemain, le bruit commença à se répandre dans le quartier que l'enfant n'était pour lui qu'un objet de spéculation. Les époux Thibaut avaient su cacher la leur sous le voile d'une bonne action. Dès qu'ils furent partis, et qu'on vit l'adoption se continuer, bien que le nom du père adoptif eût été remplacé sur l'enseigne par celui de Spiller, l'intérêt que le public avait voué à cet établissement se changea en un sentiment d'indignation contre le nouveau propriétaire; peu à peu les habitués désertèrent le café. Spiller, en calculant chaque soir sa recette, qui baissait de jour en jour, se dépitait contre le sort; car il fallait que le diable s'en fût mêlé, puisque sa bière et ses liqueurs étaient toujours de meilleure qualité que celles de son prédécesseur. Rien n'était changé dans la distribution du local, et l'enfant, plus heureuse qu'avec ses parents d'adoption, avait repris volontairement sa place dans la niche de velours.

Le pauvre Luxembourgeois, en moins de six mois, se retrouva à peu près au point où était le limonadier Thibaut, quand il fit avec sa femme le projet de fuir en laissant à ses créanciers le mobilier de leur établissement. Les cafés voisins regagnaient leurs anciennes pratiques, et quand, par hasard, Spiller se plaignait de l'abandon de ses habitués, on lui répondait: — Vos prédécesseurs sont des infâmes, puisqu'ils ont pu vendre leur enfant, leur bienfaitrice; mais vous êtes un misérable, vous, qui l'avez achetée pour tromper la pitié publique!

Une seule pratique restait à Spiller, c'était le vieux souffleur de l'un des théâtres du boulevart: il avait pris la petite Claire en amitié, et tous les jours, à quatre heures, il avait l'habitude, en passant les ponts, de s'arrêter au café de l'Orpheline. Une fois que Spiller, assis dans son comptoir, maudissait le marché que l'heureux Thibaut lui avait fait faire, Briolet, c'était le nom du souffleur, lui dit: — Je vois bien, au train dont vos affaires vont ici, que vous ne pourrez pas tenir longtemps.

— C'est vrai, répondit le Luxembourgeois en poussant un profond soupir; si j'étais seul, j'aurais bientôt fait de me remettre à servir des demi-tasses pour le compte d'un autre.

— Eh bien! mon ami, si vous le voulez, je vous débarrasserai d'une charge qui ne peut convenir à un garçon limonadier.

— Si c'était possible, comme vous le dites, cela m'enlèverait la moitié de mes soucis... Mais, voyez-vous, tout malheureux que je suis, je n'ai pas le cœur de mettre cette pauvre petite aux Orphelins.

— Nous voilà d'accord, mon cher Spiller ; madame Briolet, ma femme, à qui j'ai parlé de l'enfant, ne demande pas mieux que d'en prendre soin ; cela vous convient-il ? Nous sommes d'honnêtes gens, elle sera bien chez nous.

— Veux-tu aller avec monsieur Briolet ? demanda Spiller à l'enfant qui jouait, comme elle en avait l'habitude, sur les genoux du vieux souffleur.

Claire regarda Spiller avec des yeux où brillait la joie la plus vive.

— Ah ! dame, mon enfant, c'est que tu t'amuseras bien avec nous ; ma femme est ouvreuse de loges, tu iras au théâtre tous les soirs.

— Au théâtre ! je le veux bien, reprit alors Claire ; mais comme elle avait répondu sans comprendre, elle ajouta : Et qu'est-ce qu'on fait au théâtre ?

— On y joue, mon enfant. Ces mots suffirent pour la déterminer à suivre Briolet ; elle ne pensait plus du tout à ses parens Thibaut ; eux-mêmes l'avaient peut-être oubliée.

— Alors vous pouvez l'emmener dès ce soir, continua Spiller.

Le vieux souffleur donna son adresse au limonadier, pour que celui-ci pût venir s'assurer si l'enfant était entre bonnes mains. Spiller fit un paquet des hardes de la petite fille, et embrassa l'orpheline. Ce gros, ce brutal Luxembourgeois eut le cœur brisé en se séparant d'elle, et cependant il ne lui devait pas son bonheur. Claire lui dit en le quittant : — Tu viendras me voir, tu me le promets. Et elle partit bien contente : Briolet la menait au théâtre.

Le lendemain, le café de l'Orpheline du Châtelet ne se rouvrit pas ; et quelques jours après, des affiches doublées de serge verte, attachées à la porte de Spiller, annonçaient aux passans une vente après faillite.

Jérôme-Lambert Huchelet, le peintre-vitrier-décorateur, jaloux de ne pas laisser son chef-d'œuvre passer en des mains étrangères, guetta le moment où son tableau serait mis sur table, couvrit seul l'enchère, et remporta chez lui cette enseigne, qui, pendant près de quatre ans, avait eu le privilège d'attirer les regards des passans.

IV

Les Planches.

> Me voilà donc à un nouveau maître.
> LESAGE. — *Gil Blas.*

> Faites-moi la faveur, mon compère, de me lais-
> ser un peu passer devant vous ; votre taille vous
> permet de voir par dessus ma tête.
> EUGÈNE SUE. — *El Gitano.*

— Chargez !... A la cour !... Au jardin !... Changez les portans !... Descendez le rideau de fond !... Aux trapillons !... Enlevez la herse !...

— Mais regardez donc à vos pieds : c'est un banc de gazon qui sort de dessous terre.

— Prenez garde à vos têtes ; c'est un nuage qu'on essaie avec des poids de cinq cents livres, et qui menace de vous écraser en tombant.

— Voulez-vous bien débarrasser l'avant-scène ?

— On ne peut pas rester dans les coulisses !

— Place, s'il vous plaît !

— Eh ! gare donc !

— Brutal !

— Imbécile !

Ce sont des cris d'effroi, des éclats de rire, des blasphèmes, des bruits de voix en haut, en bas, à gauche, à droite, qui volent, se croisent, se heurtent, se brisent en tous sens ; la légère coryphée sautille, l'épais choriste roucoule, le stupide comparse regarde et bâille, tandis que le robuste machiniste, aux bras nus et ployé sous le poids des châssis, coudoie l'une, injurie l'autre, pousse celui-ci, étouffe celle-là, et renverse en passant tous ceux qui se trouvent sur son chemin.

Ah ! que c'est un beau spectacle que celui d'un entr'acte !... alors tout s'anime, tout se confond sur la scène. Avez-vous vu, quand le temps est gros, la manœuvre d'un bâtiment en péril ? eh bien ! voilà ce que je voudrais décrire ; c'est juste cela.

— Moins le danger de mort, direz-vous ?

— Avec le danger de mort, mes amis ; vous voyez que c'est tout aussi amusant : il faut les voir, ces charpentiers courant sur des ponts suspendus par de minces cordages, à trente pieds au dessus de vos têtes, et dont les planches flexibles crient et ploient sous leurs pas ; et le machiniste qui se hisse au cintre et se balance dans l'espace pour décrocher la bande d'air quand il voit un faux pli au ciel ; et le lampiste qui risque de se rompre vingt fois le cou pour éclairer la cime des arbres ou les pics des rochers. Moi, qui sais tout cela par cœur, je suis toujours tenté de dire aux acteurs, quand le drame languit : — Baissez le rideau pour la pièce, et relevez-le pour l'entr'acte.

Tout bruit est joyeux au cœur d'un enfant : Claire, suspendue pour ainsi dire aux pans de l'habit de Briolet, est dans l'ivresse ; elle n'a pas assez d'yeux pour voir comment un élégant salon se change peu à peu en sombre et triste forêt ; elle admire comme de ce ciel de cordes et de planches descendent tour à tour la mer, les montagnes, et enfin les nuages gros de tempêtes. Ce qui fait son bonheur, surtout, c'est de pouvoir toucher du doigt la robe de soie de celle que, tout à l'heure, on nommait la reine ; car l'enfant a vu le spectacle : le vieux souffleur a bien voulu lui faire une petite place dans son trou ; c'est à grand'peine que l'honnête gagiste est parvenu à étouffer les cris de surprise que la représentation du drame arrachait à l'orpheline.

Cette reine, que la petite Claire contemple avec joie et respect, est ce qu'on appelle une bonne enfant ; elle ne peut voir sans intérêt la jolie petite fille qui la suit des yeux, épie ses moindres gestes, et semble frissonner de plaisir à chacune de ses paroles. Célie, c'est le nom de la princesse de théâtre, se penche vers l'enfant pour l'embrasser : oh ! alors, le sang remonte au visage de Claire, le bonheur étincelle dans ses regards, elle est à la fois fière et honteuse ; la reine vient de lui demander son nom.

— Cette jolie enfant est à vous, Briolet ? demande Célie en jouant avec les cheveux bouclés de la petite Claire.

— Oui, madame.

— Je l'aurais parié... elle vous ressemble...

— Oh ! vous voulez plaisanter ?

— Non, il y a quelque chose dans la physionomie... un air de famille.

— Alors, c'est un effet du hasard, car elle n'est à moi que depuis deux heures.

— Bah !... c'est donc une histoire ?... Il faut nous la conter au foyer, toutes ces dames y sont. Veux-tu venir avec moi, petite ?

— Oui, madame la reine, répond Claire, toute confuse de donner la main à une belle dame qui a des diamans sur la tête, une pelisse de velours, une ceinture de perles, et qui traîne après elle de l'or et des fleurs.

— Voyez donc la belle petite fille que Briolet a trouvée, dit-elle en entrant dans le foyer.

— Charmante! quel petit amour! quels beaux yeux! quelle figure spirituelle!... Elle est très bien!... Je donnerais beaucoup pour en avoir une semblable... Comment! vous l'avez trouvée!... dites-nous donc...

Briolet ne demandait pas mieux que de raconter l'histoire de l'orpheline; aussi, dès que les exclamations, les interrogations eurent cessé, il commença.

Vous savez trop bien comment Claire, perdue sur la place du Châtelet, fut recueillie par Thibaut malheureux; vendue, par Thibaut enrichi, au Luxembourgeois Spiller, et cédée par ce dernier au vieux souffleur, pour que je ne vous fasse pas grâce du récit de Briolet, coupé, haché, mêlé de pour lors, de bref et de enfin, comme la femme de ménage du second m'en fait subir quand elle m'arrête sur l'escalier pour me dire son rêve de la nuit dernière ou sa querelle de la veille avec son maître. Défiez-vous des conteurs qui vous disent : Enfin; c'est la preuve la plus certaine qu'ils sont loin d'avoir fini.

Claire, non plus que moi, n'écoutait Briolet; l'attention de l'enfant était bien assez occupée ailleurs; elle marchait de surprise en surprise; la reine avait dit : — Allons près de ces dames. Elle s'attendait à ne voir au foyer que des princesses, et ces dames étaient, pour la plupart, des paysannes en gros jupons rouges. La petite fille se trouvait aussi fort étonnée en voyant celui qu'on avait appelé monseigneur, céder sa chaise à une servante d'auberge. Ce qui la surprenait encore, c'est que le père du chevalier ôtait sa barbe pour avoir moins chaud, et paraissait alors plus jeune que son fils; et la jeune première donc! si pâle et presque mourante à la fin du premier acte: elle chantait, riait et se redonnait des couleurs. Devant tant de merveilles et de métamorphoses, Claire, pour la première fois, osait croire à *Peau d'Ane* et au *Petit Chaperon Rouge*.

Cependant Briolet arriva à la fin de son récit comme la cloche de l'avertisseur appelait les musiciens à l'orchestre; il termina ainsi :

— Bref, M. le directeur, qui connaît l'histoire de ma petite Claire, et qui a été la voir à son café par curiosité, m'a dit que si je pouvais lui procurer l'enfant, il la ferait débuter; pour lors je m'en suis chargé d'accord avec mon *épouse*... Enfin, nous allons voir si la petite a des dispositions; et, dans le cas où elle réussirait, vous voyez que ce serait une bonne affaire pour le théâtre, pour moi et pour l'enfant.

A ces mots, les artistes dramatiques, qui avaient écouté avec intérêt l'histoire de la petite Claire, froncèrent le sourcil, haussèrent les épaules, et se mirent à considérer l'enfant sous un nouveau jour : l'un trouva que ses beaux yeux manquaient de vivacité; l'autre dit que sa bouche était trop grande; celle-ci que son teint n'avait pas d'éclat. La reine même, cette bonne Célie, qui avait amené Claire au milieu de ses camarades pour la faire admirer; Célie, dis-je, jeta un regard de pitié sur l'orpheline quand le souffleur parla du début présumé de sa protégée. —Il est impossible, dit-elle, de faire jouer cette petite... c'est se moquer du public... ça n'a pas de tournure... ça ne saura pas dire deux mots en scène. Briolet, piqué, reprit : — Je la stylerai, et puis on lui fera une pièce. — Une pièce! s'écrièrent les comédiens, ah! c'est trop fort! — On ne m'en fait pas à moi, murmura le garçon de théâtre chargé des utilités. — Pourquoi ne lui donne-t-on pas tout de suite mes rôles? grommela la duègne. — Bien certainement, je ne jouerai pas dans la pièce qu'on fera pour elle; je n'ai pas besoin de servir de compère à un enfant, ajouta le troisième rôle. — Tu ne joueras pas, répliqua son chef d'emploi. — Eh bien! ni moi! ni moi! ni moi! répétèrent tous les comédiens. Il y eut un redoublement de chuchotemens parmi la troupe mélodramatique, car le directeur venait d'entrer dans le foyer.

Comprenez, si vous le pouvez, le déchaînement des artistes contre le

projet de leur directeur ; quant aux critiques de Célie sur la tournure et
l'intelligence de Claire, on peut les expliquer facilement : Célie était, depuis dix ans, chargée de fournir des enfans au théâtre, et, Dieu aidant,
elle n'en laissait pas chômer la troupe. L'admission de Claire était donc
un tort réel qu'on lui faisait ; elle regardait le début de l'orpheline comme
une ingratitude de l'administration envers elle, qui avait tant fait pour
que le théâtre eût un assortiment raisonnable de bambins des deux
sexes.

— Allons donc, messieurs et mesdames, dit le directeur en ouvrant
la porte du foyer, voilà un entr'acte de trois quarts d'heure ; le public
s'impatiente, il siffle, il demande la toile.

— C'est la faute de Briolet, reprit aigrement Célie ; il vient nous faire
des contes sur une petite fille... Je ne sais pas pourquoi il se permet
d'entrer dans notre foyer, ce n'est pas sa place.

— Oui, qu'il aille à son trou ! ajoutèrent les comédiens.

Le pauvre souffleur, brusqué, humilié, poussé, se préparait à retourner
dans sa loge d'avant-scène, au grand contentement de Claire, qui voulait
voir la fin du spectacle ; mais le directeur aperçut l'enfant, il ordonna à
Briolet d'aller où son devoir l'appelait et de lui laisser l'orpheline : il la
prit dans ses bras et l'emmena dans son cabinet.

Le public, fatigué d'attendre qu'il plût à messieurs et mesdames de
la comédie de continuer le mélodrame, se vengea cruellement de la longueur de l'entr'acte sur les longueurs de la pièce : d'abord il lui fallut
des excuses, et, peu satisfait encore des raisons que le régisseur lui donnait, il salua chaque entrée d'une triple salve de sifflets. Les artistes, qui
oubliaient leur débat d'amour-propre, rejetèrent le mécontentement du
public sur le récit de Briolet ; aussi vouèrent-ils, à compter de ce jour,
une haine éternelle au vieux souffleur ainsi qu'à sa petite protégée.

Ils n'avaient pas besoin de se voir en butte aux sifflets des spectateurs
pour haïr cordialement la jeune orpheline : elle allait débuter, disait-on ;
et quand il s'agit du début d'un nouvel acteur, toutes les passions d'une
troupe de comédiens sont en émoi : l'égoïsme, l'envie, la jalousie, se
glissent dans les cœurs, les rongent, les déchirent jusqu'au jour où le
débutant succombe ; alors le bon naturel reprend le dessus, et tel comédien eût voulu le pousser pour hâter sa chute, qui lui tend la main et
lui offre sa bourse... Mais s'il réussit !... il n'y a que l'amour-propre qui
guérisse les plaies que la jalousie, l'égoïsme et l'envie ont pu faire au
cœur du vieux comédien. Ni l'âge, ni le sexe, ni le talent, ne peuvent ga-
rantir le nouveau venu des haines du théâtre ; on dirait d'un soldat qui
se fourvoie dans le camp ennemi ; chacun charge ses armes pour l'effrayer à force de bruit, si l'on ne peut parvenir à l'atteindre mortellement. On m'a dit qu'entre eux les auteurs ne valaient pas mieux : bonne
engeance humaine !

Bien qu'un peu chagrinée de ne pas voir la suite du drame qui l'inté-res-
sait, Claire se laissa conduire sans crainte par le directeur ; elle le connaissait déjà : il l'avait tant caressée quand il était venu au café de la
place du Châtelet, que la petite orpheline ne pouvait l'avoir oublié. Plus
d'une fois même l'enfant avait demandé à sa maman Thibaut pourquoi
le beau monsieur en jabot ne revenait plus à la maison.

— Tu n'as pas peur avec moi, n'est-ce pas, petite ? lui demanda le directeur en la prenant par la main.

— Non, monsieur... je vous connais bien... j'ai bonne mémoire.

— Allons, tant mieux, reprit celui-ci, c'est justement ce qui te sera le
plus nécessaire ; car, pour la gentillesse et l'espièglerie, tu n'en manque-
ras pas.

Il fit encore une fois traverser à Claire ce théâtre, qu'elle ne pouvait se
lasser de regarder. L'orchestre jouait l'ouverture du second acte, accompagné par des sifflets discordans. Les acteurs, réunis en groupe, s'ani-

maient sans doute encore mutuellement contre l'orpheline; mais Claire
n'avait rien entendu de la conversation du foyer; aussi ne comprit-elle
pas pourquoi la reine tournait la tête au lieu de répondre au sourire que
l'enfant lui adressait en passant.

— Faites descendre madame Briolet, l'ouvreuse des troisièmes, dans
mon cabinet, dit le directeur à un garçon de théâtre. Puis il prit l'enfant
sur ses genoux, en lui recommandant d'être bien docile avec la nouvelle
maman qu'il allait lui donner. Madame Briolet arriva.

C'était une grosse et grande femme de quarante ans environ, à la voix
forte, avec de gros yeux noirs et hardis, un nez pourpre, des joues ver-
millonnées, des moustaches et une barbe naissantes, presqu'un phéno-
mène enfin, comme on en montre dans les fêtes foraines, en leur ajou-
lant un léger tatouage, quelques taches sur la peau, et une massue d'o-
sier pour figurer la géante nouvellement arrivée des Grandes-Indes.
L'épouse du souffleur chercha dans le medium de sa voix les cordes les
moins rauques pour offrir un respectueux bonsoir à son supérieur, et demander si c'était là l'enfant en question.

— Oui, madame Briolet, c'est cette jolie petite fille dont, je l'espère,
nous ferons quelque chose de bon... si elle veut être bien obéissante.

— Certainement qu'elle le sera avec moi, reprit l'ouvreuse; n'est-ce
pas, mon petit chou?

— Oh! oui, madame, répondit Claire toute tremblante; car madame Briolet avait cessé d'adoucir son organe vocal un peu trop prononcé.

— Nous n'avons pas grand monde aujourd'hui, continua le directeur.

— Très peu, monsieur; encore ils ne sont pas contens, car ils sifflent
comme des enragés... J'ai essayé d'en faire taire deux... il n'y a pas eu
moyen.

— Je sais que le spectacle n'est pas bon; mais, patience, nous allons
avoir autre chose.

— Ça ne fera pas mal, attendu qu'ils se plaignent d'en avaler de toutes
les couleurs.

— Il dépend de vous, madame Briolet, de nous faire avoir un succès.

— Monsieur veut plaisanter, je ne suis pas chef de cabale.

— Non ; mais vous pouvez instruire cette petite fille, lui faire répéter
le rôle qu'on va lui distribuer dans une pièce nouvelle que je fais faire exprès pour son début.

Ici Claire regarda fixement le directeur, et l'interrompit :

— Comment! vous voulez que je parle devant le monde comme ces
belles dames et ces beaux messieurs?

— Oui, mon enfant ; c'est pour cela que je t'ai fait venir ici.

— Mais je ne saurai pas quoi dire.

— On te l'apprendra... Il suffira de bien retenir tous les mots qui seront sur ton rôle.

— Oh! alors je veux bien, s'il ne faut qu'apprendre par cœur; je sais
déjà tout plein de fables que maman Thibaut m'apprenait le soir pour les
heures où il venait beaucoup de monde à la maison... Tenez, voulez-vous
que je vous en répète une?

Sans attendre la réponse du directeur, Claire dit sa fable avec des inflexions de voix si comiques, des gestes si gracieux et si bouffons, que
madame Briolet, oubliant le respect qu'elle doit à son directeur, se jette
dans un fauteuil pour rire plus à son aise. Le directeur embrasse la petite
comédienne, qui garde le plus grand sang-froid. — Bravo ! lui dit-il,
bravo ! c'est un trésor que cette enfant-là; il y a là-dedans cinquante représentations à mille écus.

— Je vous en réponds, monsieur, c'est une affaire d'or; je la garde, ce
sera ma fille.

Claire aurait préféré entendre ces mots-là sortir de la bouche du directeur; mais madame Briolet semblait disposée à l'aimer, pourvu qu'elle

voulût se montrer docile à ses leçons, et cela n'était pas bien difficile pour Claire; elle avait l'habitude d'obéir, depuis la niche de velours du café de sa maman Thibaut.

— Voilà mes conditions, madame Briolet, reprit le directeur, quand l'accès de gaîté de l'ouvreuse fut totalement calmé; vous prendrez soin de la petite Claire. Je m'engage, pendant un an, à vous donner quatre-vingt-dix francs par mois pour les frais de nourriture et d'éducation; aussitôt qu'elle sera en état de paraître sur le théâtre, vous recevrez dix écus par représentation.

— Et les quatre-vingt-dix francs courront toujours?

— Toujours, madame Briolet; songez à la préparer à jouer le plus tôt possible, j'en ai besoin. Voici un ordre de paiement; vous toucherez demain le premier mois de pension chez mon caissier; maintenant, si la petite veut voir le reste du spectacle, vous pouvez l'emmener avec vous.

— Oui, monsieur, je serais bien contente d'entendre encore la comédie. Le directeur donna quelques caresses à l'enfant, lui mit dans la main une pièce de vingt francs, et congédia l'ouvreuse.

— Il est bien bon le monsieur, disait Claire en sortant du cabinet; regardez donc, ma nouvelle maman, ce qu'il m'a donné? et elle fit briller la pièce d'or aux yeux de madame Briolet.

— Donne-moi ça, ma chère amie, tu pourrais la perdre.

— Oui, mais vous me la serrerez bien, n'est-ce pas?... c r c'est à moi.

— Mais as-tu dit merci seulement?

— Tiens! je l'ai oublié.

— Il ne faut jamais refuser quand on t'offrira quelque chose; mais tu auras soin de remercier, et surtout de me donner ce que tu recevras.

L'ouvreuse mit l'argent dans sa poche, et, comme elle était remontée à sa troisième galerie, elle plaça l'enfant sur ses genoux pour lui faire voir le spectacle. De si haut, Claire ne voyait presque rien et ne pouvait entendre ce qui se passait sur la scène; aussi s'endormit-elle bientôt.

Un bruit de verres qui se heurtaient la réveilla; elle était dans une mansarde de la place du pont Saint-Michel, chez les époux Briolet. Une dinde découpée fumait sur la table; il y avait une bouteille de vin devant chaque convive. Un carafon d'eau-de-vie, posé sur le manteau de la cheminée, souriait aux buveurs: ils étaient six; les voisins du palier avaient été invités à fêter la pièce d'or du directeur de spectacle. Claire ouvrit de grands yeux; madame Briolet pérorait le verre à la main, le vin sur les lèvres, les yeux en feu et la gorge à demi nue. Une explosion de joie accueillit le réveil de l'enfant, surpris de se trouver au milieu de tant de visages inconnus; mais, à six ans, on a bientôt fait connaissance avec ceux qui vous disent: « Mange! bois!... voilà une assiette, volà un verre. » Claire mangea et surtout but beaucoup, parce qu'elle trouvait amusant de choquer son verre contre les verres de ses voisins; sa petite tête s'échauffa; alors la parole fut à elle, car l'enfant s'en empara en dépit des éclats de voix de madame Briolet. Elle récita douze fables de suite aux applaudissemens de l'assemblée, que le vin avait mis dans un état d'extase qui ressemblait fort à l'imbécillité. Claire était l'héroïne de la fête; on se garda bien de l'interrompre; seulement, à chaque pause, elle prenait son verre à deux mains, et les convives retrouvaient la parole pour lui dire: — A ta santé! L'enthousiasme que causait les mines, les poses et la diction de l'enfant, ne tarissait pas; mais il n'en était pas de même du vin, il fallut avoir recours au précieux flacon; la liqueur dorée perla dans les verres; un toast général fut porté aux succès futurs de la jeune actrice; après quoi les têtes assourdies des hommes retombèrent sur la table malgré les efforts des *épouses*, qui assuraient leurs jambes pour traîner en chancelant les maris avinés dans leurs greniers respectifs.

Vive la joie! Claire est à bonne école, demain il y aura fête encore dans la mansarde du souffleur, on doit toucher les quatre-vingt-dix francs du premier mois de pension. Briolet, qui a plus de tête que sa femme, quoique son ivresse soit moins loquace, pense à mettre de côté pour l'avenir; l'avenir, pour lui, commence au deux du mois et finit au trente; malheur à ceux qui ont trente et un jours. Il dit à sa moitié en se couchant : — Tu auras soin de mettre quinze francs de côté pour moi.

— Eh! pourquoi cela?

— Parbleu! pour mon café de tous les jours.

— C'est donc dix sous la demi-tasse à présent?

— Non; mais comme nous avons un enfant de plus à nourrir, il faut bien que j'en profite : je prendrai le petit verre.

— Eh bien, je suis plus économe que toi, reprit avec un sourire gracieux la puissante ouvreuse; c'est trente francs que je veux mettre de côté tous les mois.

—Qu'en feras-tu, ma poule?

— Nous prendrons le café ensemble.

Cette répartie de madame Briolet met la joie au cœur de son mari; il se jeta dans ses bras, moitié par tendresse, moitié par nécessité; il voyait double, et ses jambes fléchissaient. Dieu lui pardonne, je crois qu'il l'embrassa... Pouah! Claire s'est endormie, sortons de la mansarde.

Dès le soir même de la présentation de Claire au théâtre, la pièce de début avait été commandée au fournisseur en titre de la maison; à huit jours de là, il arriva au comité avec son manuscrit sous le bras. Les artistes avaient été appelés pour entendre la pièce et recevoir leurs rôles. Madame Briolet amena la petite Claire, qui fut bien surprise du froid accueil qu'elle reçut de ces dames et de ces messieurs : ils avaient, depuis long-temps, formé le projet de refuser de jouer les personnages qu'on allait leur distribuer dans l'ouvrage nouveau; et pour ne pas éclater avant la fin de la lecture, ils avaient pris soin de se taire. L'auteur et le directeur firent seuls quelques caresses à l'orpheline. — Te trouves-tu bien avec madame Briolet? lui demanda ce dernier. — Oui, je m'amuse beaucoup chez elle.

Il faut bien l'avouer, madame Briolet, malgré sa grosse voix, ses moustaches, et la barbe qui lui pointillait au menton, n'imposait plus à la petite Claire, et souvent la faisait rire avec des contes burlesques mêlés d'expressions énergiques. Les voisins de la mansarde paraissaient avoir beaucoup d'amitié pour l'enfant, qui leur avait valu, depuis une semaine, plus d'un souper pareil à celui qu'ils firent le jour de son installation. Quant à M. Briolet, il était plein de bons procédés pour la petite comme pour son *épouse* : c'était un ivrogne grave et réfléchi; il s'enivrait à froid, et quand le malheur voulait qu'il se laissât choir, après ce qu'il nommait *un extra*, on reconnaissait encore dans sa chute l'homme bien élevé; il tombait avec dignité, et disait : « Merci! » à ceux qui le relevaient.

L'auteur déroula son manuscrit et lut: L'ORPHELINE DU CHATELET.—Tiens, dit la petite Claire, c'est comme l'enseigne de maman Thibaut. On la fit taire, elle rougit. Les artistes pincèrent les lèvres pour dissimuler leur dépit, et la lecture continua. Je ne saurais vous dire combien il avait fallu d'imagination à l'auteur pour trouver trois grands actes, avec combats et ballets, dans l'événement si simple, si naturel de la perte d'un enfant sur une place publique; cependant il était parvenu à tenir éveillée pendant plus de deux heures l'attention de ses auditeurs. Les artistes, d'abord mal disposés pour la pièce, s'étaient peu à peu intéressés à l'héroïne : aucun rôle n'était sacrifié au sien. Celle-ci avait deux bonnes scènes où elle pouvait se livrer à toute la fougue de ses gestes, à toute la force de ses poumons; on lui avait ménagé un effet de cri déchirant qu'elle poussait avec tant de succès, et une situation de poitrine haletante qu'on savait être son triomphe. Le père noble pouvait espérer des applaudissemens; il avait une position si chaleureuse, que son malheureux nasillement devait passer inaperçu; pour les momens plus calmes, l'auteur avait évité

dans son rôle les syllabes nasales. Enfin, le mélé dramaturge avait tiré
parti des défauts mêmes de ses acteurs; il avait su combiner telle situation, de façon à ce que le niais de la troupe fût inintelligible pour les personnages comme pour le public : cet estimable artiste était doué d'un
bredouillement incurable.

Si les comédiens, jaloux de l'honneur qu'on faisait à leur nouvelle camarade, s'étaient attendris aux situations attachantes du mélodrame, que
l'on juge de l'effet que cette lecture produisit sur l'enfant qui en était
l'objet principal. A chaque fois que l'auteur prononçait le nom de Claire,
elle riait, gesticulait sur les genoux de madame Briolet, et puis disait tout
bas quand l'héroïne était bien malheureuse : « C'est pour rire, n'est-ce
pas? » Mais lorsqu'au dénouement une mère, qui regrettait un enfant ravi
à son amour, retrouvait dans la petite mendiante sa fille chérie; quand
cette dame riche, brillante, dit à l'orpheline en la serrant sur son cœur :
« Tu ne mendieras plus désormais; ce château, ces terres, cet éclatant
appareil qui m'entoure, tout cela est à toi. Tu as retrouvé une fortune ; tu
as retrouvé plus encore, le cœur d'une mère ! »

C'est bien, je crois, la phrase du mélodrame, on peut vérifier. Ces mots
emphatiques, ce pathos de boulevard, firent une telle impression sur l'enfant, qu'elle jeta un cri de joie... Ses yeux furent inondés de larmes ; des
sanglots lui coupèrent la voix; il fallut que madame Briolet la laissât descendre de dessus ses genoux : elle courut vers Célie et se précipita dans
ses bras : c'était elle qui devait jouer la mère de l'orpheline.

V

Les Affiches.

> Allons, mademoiselle, une contenance agréable,
> modeste; ne soyez pas honteuse et timide; sachez
> parler à propos.
> PICARD. — *La Petite Ville.*

> J'écoute ;
> Tout passe,
> Tout fuit;
> L'espace
> Emporte le bruit.
> VICTOR HUGO. — *Les Djinns.*

— C'est admirable ! s'écria le directeur.

— Sublime ! répétèrent les comédiens.

— Oui, je crois que ce n'est pas mal, répondit modestement l'auteur en
essuyant les gouttes de sueur qui coulaient sur son front ; il y a quelques
beautés dans l'ouvrage; si la petite a autant d'intelligence que de sensibilité, je réponds du succès.

— On la serinera si bien à la maison, ajouta madame Briolet, que ça
finira par lui entrer dans la tête.

— Nous comptons sur vous, madame Briolet, reprit le directeur.

— Je la ferai répéter, interrompit Célie, et je suis bien sûre qu'avec moi
elle apprendra tout ce que je voudrai.

— Nous nous y prêterons tous, dirent les artistes.

A la haine qu'ils portaient le matin encore à l'orpheline, avait succédé
le plus vif intérêt depuis qu'ils étaient bien certains que le rôle de Claire

ne l'emportait pas sur les leurs : ils avaient craint un moment d'être écrasés par la débutante ; mais, une fois rassurés sur ce point, les artistes ne demandaient pas mieux que de laisser percer la bonté de leurs cœurs ; aucun rôle ne fut donc refusé. Loin de là, s'il y eut encore du mécontentement dans le sénat comique, à propos de la pièce nouvelle, ce ne fut que parmi ceux qui n'y jouaient pas.

L'homme de lettres, pressé, embrassé par le directeur et par les artistes dramatiques, fut proclamé tout d'une voix le sauveur du théâtre. Claire partageait avec lui les félicitations de l'auditoire ; son mouvement d'amour filial au dénouement avait été si naturel, si inattendu, qu'on ne pouvait former que d'heureux présages sur le résultat de la représentation.

Les écouteurs aux portes, qui étaient dans le secret du complot des comédiens, attendaient avec impatience que la lecture fût terminée pour jouir de la confusion de l'auteur, du dépit de leur directeur, et du triomphe des artistes coalisés. L'auteur sortit gonflé de bonheur et d'amour-propre ; le directeur rayonnait de joie ; et, quant aux comédiens, s'ils paraissaient triomphans, c'était parce qu'ils emportaient de bons rôles. — Le public peut nous siffler ce soir, disait Célie ; il peut nous resiffler demain, faire la guerre à notre répertoire pendant un mois, nous nous moquons de lui ; avec une pièce comme celle-là, il faudra bien qu'il vienne nous applaudir.

— Et qu'il y vienne en foule, reprenait le directeur.

Les amateurs de scandale, qui avaient compté sur une bonne discussion bien vive, bien amère, entre le directeur et ses pensionnaires, se regardaient d'un air étonné.

— Oui, mes amis, ajouta Célie, qui les avait ameutés elle-même le matin ; nous avons une pièce parfaite, mon rôle est peut-être ce qu'il y a de plus beau au théâtre ; et, quand ce ne serait que le personnage qu'on fait jouer à notre jeune premier, je dirai que l'ouvrage est appelé au plus brillant succès.

— Certainement, continua le jeune premier, que mon rôle est très bien ; mais il suffirait d'une seule scène comme celle du père noble, pour faire de ce mélodrame un véritable chef-d'œuvre.

— J'en conviens, dit à son tour le père noble, que j'ai de très belles choses à dire ; mais vous savez que le public aime, par dessus tout, les personnages bouffons, et je ne connais rien de plus original que les entrées de notre comique.

— Bien sûr, bien sûr, bredouillait celui-ci ; c'est tout à fait neuf, j'y serai très drôle ; mais l'enfant, ah ! l'enfant ! voilà ce qui surpasse ce qu'on peut imaginer de touchant, de pénible, de naif, de bien senti... C'est mieux que Racine ; c'est plus fort que *la Femme à deux Maris*, et cela doit faire autant d'argent.

— Ah ! oui, l'enfant, répétèrent en chœur les artistes ; voilà le véritable rôle de la pièce.

— Mais pourquoi avez-vous accepté les vôtres ? demanda l'un des envieux désappointés.

— Que voulez-vous ? quand on aime son état, on ne peut pas refuser un rôle où l'on est sûr de se faire de l'honneur.

Comédiens et habitués de coulisses se séparèrent pour aller apprendre à leurs amis et connaissances qu'on venait de mettre en répétition, au théâtre de ***, *l'Orpheline du Châtelet*, mélodrame en trois actes, destiné à rappeler la foule dans une salle de spectacle depuis long-temps abandonnée du public.

Pour madame Briolet, elle ramena sa petite pensionnaire dans la mansarde de la place Saint-Michel, et commença ses leçons de déclamation, sur lesquelles le vieux souffleur faisait d'importantes observations. Le gendarme en jupon (je veux parler de l'ouvreuse) s'efforçait, avec sa voix rauque, de prendre un ton sentimental pour enseigner des inflexions tou-

chantes à l'enfant, tandis que celle-ci grossissait sa voix afin de la mettre
à l'unisson avec celle de son institutrice. Briolet, gravement assis dans son
grand fauteuil, corrigeait un geste, donnait une intention à ces deux
actrices. Il avait bien soin d'humecter d'une gorgée d'eau-de-vie chacune
de ses observations, afin de se tenir éveillé. Depuis long-temps le vieux
souffleur avait pris l'habitude de dormir après les répétitions du matin ;
mais l'éducation de la petite Claire devait le priver de ce supplément de
sommeil ; il y allait pour le ménage d'une pension d'à peu près onze cents
francs par an, et, ce qui valait mieux encore, de dix écus par jour après
le succès de la pièce nouvelle.

Les journées étaient laborieuses dans la mansarde de Briolet, mais aussi
chaque soir amenait un souper fin, où les voisins se faisaient admettre
sous prétexte de juger de l'intelligence de l'enfant ; ils n'étaient pas fâchés
non plus de savoir si le poulet rôti du lendemain était plus tendre que la
dinde de la veille. La pension que le directeur payait à Claire n'aurait pu
suffire à tant de joyeuses soirées ; mais tous les deux ou trois jours, après
une bonne répétition, le directeur avait soin de glisser une pièce de cinq
francs dans la main de l'orpheline ; il savait que c'était le moyen le plus
sûr d'intéresser l'ouvreuse aux progrès de sa jeune élève. L'administration avait fait aussi une nouvelle faveur à madame Briolet : on lui avait
permis de descendre à la première galerie, où le commerce des petits-
pancs était bien autrement productif qu'au troisième amphithéâtre.

Spirituelle, intelligente, Claire profitait de tous les conseils ; en moins
de six semaines elle avait appris son rôle, elle en connaissait toutes les
intentions ; il n'y avait plus qu'à lui faire subir l'épreuve terrible du
public ; une répétition générale fut indiquée pour le soir, et de larges
affiches placardées aux coins de tous les carrefours annoncèrent la première représentation de *Claire, ou l'Orpheline du Châtelet*, drame histo-
rique. De longues et larges lettres apprenaient au public que la jeune
Claire, l'héroïne du drame, âgée de cinq ans et demi, débuterait par le
rôle principal.

La jalousie, qui avait d'abord atteint le cœur des comédiens, s'était
emparée peu à peu des administrations rivales. Le matin même de cette
grande répétition, un théâtre voisin députa près de l'ouvreuse son chargé
d'affaires pour lui faire de brillantes propositions, dans le cas où elle voudrait lui confier l'enfant ; si elle s'y refusait, l'homme de loi devait l'effrayer
sur la possession de cette orpheline, qui appartenait de droit à l'autorité
depuis que ses parens d'adoption l'avaient abandonnée à leur successeur.

Madame Briolet l'écouta parler ; puis, quand il eut fini, comme elle
voyait son mari fléchir, moitié par intérêt personnel, moitié par peur, elle
prit l'ambassadeur au collet, le poussa rudement du côté de l'escalier, en
lui disant :

— Je n'ai pas besoin d'argent, mon directeur m'en donne ; et quant à
vos menaces, je ne les crains pas. Je ne suis qu'une femme, mais je vaux
celui qui m'attaque ; ainsi, pour votre bonheur, filez bien vite.

Le chargé d'affaires du théâtre n'eut garde de se le faire répéter, il alla
rendre compte de sa mission à ceux qui l'avaient envoyé, et ceux-ci, furieux de n'avoir pu séduire l'ouvreuse, crièrent bien haut contre l'immoralité de leur confrère, qui allait prostituer sur les planches un enfant que
son malheur devait rendre sacré. Leur noble indignation trouva des échos
dans les théâtres voisins, tant il est vrai que l'intérêt personnel est le
meilleur juge des bonnes ou des mauvaises actions d'un rival.

Claire avait répété dans la mansarde, aux applaudissemens des bons
voisins du ménage Briolet, qui même avaient bien voulu se charger de
lui donner des répliques des différens personnages, tandis que l'ouvreuse
beuglait le rôle de la mère et que le vieux souffleur ânonnait celui du
père noble. C'était un spectacle à se tordre de joie, à fendre le cœur de
plaisir, que celui de ces braves artisans, le tablier de cuir sur les hanches,

le bonnet de coton sur la tête, agitant leurs bras nus, se gonflant les veines du cou à tomber d'apoplexie, épelant un mot de passion, et ne trouvant qu'une note aiguë ou traînante pour peindre les douceurs de l'amour ou les emportemens de la colère. Au milieu de ce charivari dramatique, Claire, toujours naturelle, toujours attentive à sa réplique, répondait juste, pleurait sans affectation ou riait de bonne foi, non pas qu'elle fût déjà une grande comédienne, mais c'était elle qu'on avait mise en scène ; elle se trouvait sur le théâtre ce qu'elle avait été sur la place du Châtelet ; et quant aux suppositions de l'auteur, elles étaient assez vraisemblables pour que l'enfant pût craindre ou désirer de les voir se réaliser un jour.

L'heure de la répétition approchait; les voisins s'endimanchèrent : Briolet avait obtenu des entrées pour tous ses amis ; on voulait garnir la salle afin de préparer l'enfant à parler devant un public nombreux. Le départ des mansardes de la place Saint-Michel fut bruyant et joyeux : les ouvriers perdaient leur journée, mais la broche tournait au feu chez le rôtisseur voisin pour leur souper; il devait y avoir gala au retour.

On fut bien long-temps avant d'arriver au théâtre : il fallait s'arrêter au coin de chaque rue, quelquefois pour entrer au cabaret, mais le plus souvent encore pour se prêter au désir de la petite actrice, qui voulait à toute force épeler son nom sur toutes les affiches. Madame Briolet cédait facilement aux instances de son élève ; elle n'était pas fâchée de se faire remarquer ; aussi, dès qu'elle apercevait le titre de la pièce nouvelle placardée sur un mur, elle s'approchait de l'affiche et disait bien haut à l'enfant : — Tiens, le voilà, ma petite Claire. Alors les curieux se retournaient, l'ouvreuse provoquait leurs questions par quelques mots qu'elle croyait fort adroits, tels que ceux-ci, par exemple : — Tu te rappelles bien ta grande tirade du second acte, n'est-ce pas, mon enfant ? ou bien : — Je crois qu'on ne t'a pas essayé ton costume hier soir... c'est pour demain cependant.

— Comment, c'est là la petite débutante?... demandait-on à l'ouvreuse.

— Oui, monsieur, c'est mon élève, répondait-elle en se rengorgeant ; un enfant charmant, qui a éprouvé plus de traverses à son âge que je n'en souhaite à mon plus cruel ennemi... Son histoire est dans la pièce, c'est très attendrissant, et le prix des places ne sera pas augmenté.

— Il faudra que je voie cela.

— Je vous y engage, monsieur; d'autant plus qu'on va s'y étouffer... ça sera très couru.

— Et vous dites que cette jolie petite fille n'a que cinq ans et demi ?

— Six ans passés, répond ingénument Claire.

Madame Briolet l'interrompt en disant : — Cinq ans et demi, mademoiselle ; si vous saviez lire, vous le verriez bien, puisque c'est sur l'affiche. Au surplus, si monsieur veut se donner la peine de venir nous voir, je le placerai bien avantageusement.

— Vous êtes du théâtre?... artiste, peut-être ?

— Non, monsieur, ouvreuse des premières; demandez madame Briolet au bureau des cannes, j'y suis très connue, celle qui le tient est mon amie d'enfance.

Briolet, moins discoureur que sa femme, entraînait celle-ci quand la conversation se prolongeait trop ; mais, à un autre groupe arrêté devant les affiches de spectacle, il fallait encore faire une nouvelle station. Enfin, les époux Briolet et leur société arrivèrent au théâtre; le quart d'heure de grâce pour la répétition avait sonné depuis long-temps ; l'ouvreuse mit son retard sur le compte d'une indisposition de l'enfant. La salle était remplie d'amis ; les lustres et les quinquets brillaient d'une éclatante lumière, comme pour une représentation véritable; le chef d'orchestre et les musiciens étaient à leur poste; il ne manquait rien à cette solennité théâtrale, pas même des claqueurs pour applaudir, à moment préfix, des auteurs jaloux pour critiquer dès la première scène l'ensemble d'une pièce qu'ils ne connaissaient pas encore, ni des journalistes pour enregistrer dans leur proch in numéro les sottises échappées aux auteurs, tout en paraissant un moment faire cause commune avec eux.

On commença.

Le tableau animé d'une vente publique ouvrait la pièce ; une mise en scène intelligente, riche d'effets naturels et bien sentis, disposait favorablement les spectateurs ; bientôt Claire parut espiègle, vive et joyeuse ; elle devait courir en jouant au milieu des groupes ; mais à ces premiers pas sur le théâtre, cette salle, attentive et silencieuse, s'anima; un murmure, semblable au bruit d'un orage lointain, monta du parterre au cintre, circula dans les galeries, s'étendit dans les loges. Les mille têtes du public s'avancèrent en même temps vers l'avant-scène, toutes les mains battirent. Claire, interdite à ce bruit, s'arrêta, perdit la voix, pâlit et tomba : il y eut un cri effrayant dans la salle, un tumulte général sur le théâtre. on se précipita sur l'enfant pour la relever ; la petite fille rouvrit les yeux ; enfin, à force de caresses, de tendres questions, d'empressement autour d'elle, le sourire revint sur les lèvres de Claire ; elle avoua que l'éclat des lumières l'avait d'abord frappée de terreur, et qu'à ces applaudissemens inattendus sa tête s'était perdue et que ses jambes avaient fléchi : car elle croyait que le tonnerre allait tomber sur elle.

C'était l'effet prévu par le directeur, l'épreuve importante du début, l'écueil où vinrent se briser plus d'une fois les plus belles espérances de talent ; Claire pouvait bien y succomber. Cependant, remise de son premier effroi, rassurée par la promesse qu'on ne l'applaudirait plus lorsqu'elle paraîtrait, elle consentit à recommencer son entrée. Le rideau, baissé un moment, se releva sur le tableau d'introduction ; Claire reparut : mais cette fois, aguerrie contre le premier effet des lumières et du public, on la vit, rieuse et légère, tourner autour des groupes, chercher son cousin Simon, et jouer enfin comme elle dut jouer le jour où elle fut perdue sur la place du Châtelet. Rien ne pouvait plus la distraire de son rôle. L'espiègle enfant était si sûre d'elle, qu'à sa seconde entrée en scène elle s'avança près de la rampe et dit au public, satisfait de la grâce et de la gentillesse qu'elle venait de déployer : — Vous pouvez applaudir, messieurs et mesdames, je n'ai plus peur du tout. Alors les bravos éclatèrent à faire crouler la salle et se continuèrent jusqu'au dénouement, qui fut un véritable triomphe pour la jeune orpheline.

Le drame et la débutante ne pouvaient manquer de réussir: à la première représentation, leur succès fut prodigieux : les hommes criaient bravo; toutes les femmes pleuraient ; et lorsqu'à la fin de la pièce, Claire, unanimement redemandée, vint adresser un sourire gracieux, une révérence modeste à ses nombreux admirateurs, il y eut des cris d'enthousiasme, des trépignemens de plaisir. Une spectatrice du balcon détacha son bouquet pour le lancer sur la scène ; à ce signal, on vit, de tous les côtés de la salle, tomber des milliers d'œillets et de roses, et le rideau se baissa sur cette pluie de fleurs.

L'attendrissement général avait gagné jusqu'aux ouvreuses ; madame Briolet, le visage collé contre le carreau d'une loge, ne fut pas la dernière à donner des applaudissemens à sa petite pensionnaire, ce qui fit dire par un journal, ennemi de l'administration, que l'ouvrage était si beau, qu'il avait été applaudi par tous ceux qui ne pouvaient ni le voir ni l'entendre.

Claire, embrassée, fêtée par tous les habitués du théâtre, fut enlevée ce soir-là à la tendresse de l'ouvreuse et du souffleur ; le directeur avait, dès le second acte, commandé un souper délicat, où l'auteur, les comédiens et quelques journalistes étaient invités. Les protecteurs de Claire se consolèrent facilement de cette séparation momentanée; la table était aussi dressée pour eux dans la mansarde de la place Saint-Michel, et pendant que les convives du directeur faisaient mousser le champagne en l'honneur de la débutante, Briolet, sa femme et leurs joyeux voisins, buvaient copieusement aux trois mois de succès à trente francs par jour. A la dixième représentation, car il y avait un nouveau toast pour chacune d'elles ; à la dixième, di--je, les moins solides fléchirent ; les plus robustes allèrent jusqu'à la quinzième. Madame Briolet tenait encore sur ses jambes ; mais enfin ses forces trahirent son courage ; son verre resta plein sans qu'elle pût le porter à ses lèvres, tout dormait autour d'elle. L'intrépide vaincue retomba sur sa chaise, souffla la chandelle, sa tête appesantie se pencha vers la table, et bientôt on n'entendit plus dans la mansarde qu'un grognement sourd et continu : la société digérait.

L'orpheline du Châtelet avait enrichi le limonadier Thibaut, elle devait aider à la fortune du directeur de spectacle ; je ne parle pas de celle des époux Briolet, ils n'estimaient l'or qu'à sa juste valeur : en raison de la bonne qualité du vin qu'il permet de boire ; encore ces honnêtes ivrognes ne tenaient-ils qu'accidentellement à la finesse, au bouquet de tel ou tel vin ; ils disaient avec le philosophe, je ne sais plus lequel, Anacréon, peut-être, ou Ramponneau : « Qu'on ait bu du Bordeaux-Laffitte ou du crû d'Argenteuil, qu'importe, une fois qu'on est ivre-mort. » Pensée profonde, maxime presque évangélique qui peint bien le néant des grandeurs et la fin des choses.

Les cent représentations du drame eurent lieu sans interruption : quatre mille francs de recette chaque soir ! En moins de trois mois, le directeur s'était trouvé possesseur de cinquante mille écus, d'une petite maison à l'entrée du bois de Meudon, avec une grille à pommes de pin dorées, des volets verts aux fenêtres, un appartement frais d'où l'on découvrait les riches plaines semées de maisonnettes et le cours sinueux de la Seine où se baignent des îlots couronnés de verdure. Il avait encore économisé sur ses bénéfices un élégant coupé pour sa maîtresse, qui ne pouvait plus décemment aller en voiture de louage depuis que son amant avait une campagne. Ce bon directeur n'était pas ingrat envers la petite orpheline, qui lui valait tout cela ; de temps en temps on lui permettait de venir jouer dans le jardin, et quand elle s'avisait par hasard, de voler des fruits, on ne le lui reprochait pas.

Cependant l'empressement du public commençait à diminuer ; les gendarmes à cheval n'étaient plus nécessaires, aux abords du théâtre, pour comprimer la foule ; les curieux se trouvaient à l'aise dans les barrières de bois qui conduisaient aux bureaux des places : la vogue avait cessé.

Un ouvrage nouveau fut alors indispensable pour retenir le public, prêt à courir à d'autres théâtres ; la pièce nouvelle obtint un succès d'estime, c'est-à-dire qu'on ne vint pas la voir. En vain on espéra, en la flanquant du drame passé de mode, enrichir de nouveau la caisse, l'*Orpheline du Châtelet* ne put rester plus long-temps sur l'affiche : l'enseigne était usée, on mit de côté cette vieillerie. — Et l'enfant ? — L'enfant put à loisir venir jouer le soir dans les coulisses ; on ne fit plus guère attention à elle ; seulement, quand un étranger venait par hasard sur le théâtre, s'il remarquait l'air malin et spirituel de l'orpheline, s'il demandait au directeur : — N'est-ce pas là cette petite Claire ? Celui-ci répondait d'un ton léger : — Oui, c'est ma jeune débutante... on la trouve très gentille ; mais je croyais qu'elle ferait plus d'argent.

Quel crève-cœur pour madame Briolet, lorsqu'au premier jour de paiement, qui suivit le dernier mois de succès de sa pensionnaire, elle trouva un déficit de neuf cents francs dans ses appointemens ! — Je ne veux pas nourrir cette petite pour rien, dit-elle à son mari, tout en comptant les quatre-vingt-dix francs que le directeur devait continuer à l'enfant pendant une année ; il faut absolument utiliser le talent de Claire : on me fait des propositions à un autre théâtre : il ne donne que vingt francs ; mais c'est toujours bon à prendre ; nous avons besoin d'exister honorablement. — Fais comme tu voudras, femme, répliqua le vieux souffleur.

Le jour même l'ouvreuse alla trouver son directeur, lui expliqua comme quoi un ménage, qui avait été habitué à manger trente francs par jour, ne pouvait plus se nourrir avec un écu de trois livres; le directeur prétendit qu'il faisait tout ce qu'il devait pour l'orpheline. Madame Briolet le traita d'avare, d'ingrat, cria bien fort que le coupé dans lequel il promenait sa maîtresse appartenait à l'orpheline; que c'était aussi l'orpheline qui avait gagné son pied-à-terre de Meudon. Le directeur voulut lui imposer silence, elle éleva la voix plus haut encore; il la menaça, elle montra le poing; enfin la scène se termina par ces mots du directeur à un garçon de théâtre : — Jetez madame à la porte, je l'écouterai quand elle sera à jeun. Madame Briolet, exaspérée, furieuse, allongea la main, qui ne tomba qu'à deux lignes du visage de son directeur. Elle sortit désespérée de n'avoir pu, se on son désir, châtier l'insolent qui l'accusait d'être ivre. Quelle calomnie! il n'était que midi, et madame Briolet, on le sait déjà, ne se prenait jamais de boisson qu'après le baissé du rideau!

Le soir même, ouvreuse, souffleur et débutante, étaient consignés à la porte du théâtre; le lendemain ils reçurent leur congé.

— Qu'allons-nous devenir? dit Briolet en rentrant chez lui. — Si Claire travaille, nous n'avons pas besoin de nous gêner pour trouver une place, répliqua sa femme. Et elle travaillera, ajouta-t-elle; tu peux y compter. Le lendemain, l'enfant était engagée par une nouvelle administration, et quelques jours après les affiches de ce théâtre annoncèrent les représentations de l'*Orpheline du Châtelet*. C'était aussi par un rôle nouveau qu'on la faisait débuter; mais si elle avait su saisir avec intelligence toutes les intentions d'un drame qui lui rappelait si bien sa première position dans le monde, elle ne comprit qu'avec peine le personnage imaginaire qu'on voulait lui faire représenter; ce n'était plus la petite Claire perdue en jouant autour de la fontaine du Palmier; il s'agissait de je ne sais quelle héroïne de six ans qui faisait des mariages, découvrait des conspirations, renversait un méchant ministre, et sauvait un innocent au moment où le bourreau levait la hache pour le frapper. On siffla quinze ou vingt fois la pièce; on rit au nez de l'enfant, qui débitait ses répliques comme un perroquet mal instruit. L'administration de ce nouveau théâtre offrit de recevoir gratis la petite Claire dans le corps de ballet; c'était loin de faire le compte de madame Briolet. Mais voilà qu'on vint à lui offrir cinq francs par soirée dans un théâtre de danseurs de corde, où l'on jouait de petits vaudevilles entre le saut périlleux et l'ascension au milieu des flammes du Bengale; elle jeta de nouveau l'orpheline sur les planches. C'était un autre public, point difficile, point rigoureux; il causait avec les acteurs, et se pâmait de plaisir lorsqu'une interpellation grossière lui avait valu une répartie graveleuse. Briolet sentait bien que c'était terriblement déchoir pour sa protégée; mais sa femme avait obtenu un emploi au contrôle des billets, et, le dimanche, on allait au cabaret avec l'administration.

Le nom de Claire sur l'affiche était encore parvenu à faire une espèce de sensation sur les promeneurs du boulevart; chaque soir le nombre des habitués de ce spectacle d'acrobates augmentait sensiblement.

Vous ne le connaissez pas l'intérieur de ce théâtre, où l'agilité s'enseigne à coups de corde, où l'on n'apprend qu'à force de larmes à se tuer pour les plaisirs du public, où le moindre faux pas est puni d'une correction sévère. Le moyen de conserver l'équilibre quand on a toujours à trembler?... Claire tremblait fort aussi; car madame Briolet, peu satisfaite des appointemens de son élève, avait dit un jour : — Ma petite Claire est adroite, si on la faisait monter sur le fil d'archal? Briolet combattit cette résolution; mais l'équilibriste célèbre qui tenait le spectacle, voyant dans ce projet un moyen d'augmenter sa recette, l'accueillit avec transport, et commença l'éducation de l'orpheline. Il fallait bien qu'elle profitât de ses leçons : j'ai dit comment il les donnait. Après six mois, Claire était en état de marcher sur le fil d'archal. Un jour, enfin, on lui mit une robe de gaze étincelante de clinquant, des plumes sur la tête, un balancier à la main, et la semelle de ses souliers de satin fut barbouillée de blanc d'Espagne ; l'affluence était considérable, grâce à de longues affiches ainsi conçues : « *Pour la première fois*, MADEMOISELLE CLAIRE, *dite* L'ORPHE-LINE DE LA PLACE DU CHATELET, *âgée de* 7 *ans, dansera un pas seule* SUR LE FIL D'ARCHAL ; *cette surprenante équilibriste devant partir incessamment pour l'étranger, ne donnera que* SIX *représentations.* »

Claire, couverte des oripeaux de sauteuse, paraît : on l'applaudit. Elle monte sur le fil d'archal ; son professeur, qui la suit, lui dit tout bas de sourire au public... L'enfant ne le peut pas ; elle tremble, elle a des lar-mes dans les yeux. Sa marche est timide ; les spectateurs essaient de l'en-courager, mais plus elle avance sur le fil qui ploie, plus ses jambes flé-chissent ; cependant elle a parcouru deux fois la longueur du fil d'archal sans perdre l'équilibre. Le public, qui veut être émerveillé, qui a payé pour avoir des émotions pénibles, commence à s'impatienter : on entend dans la salle : —Chut !... à bas... rendez l'argent. L'acrobate, effrayé de cette menace, jure tout bas après son élève, qui lui répond : —Mais je ne peux pas... j'ai peur. Les murmures redoublent : la colère s'empare du professeur ; mais il la surmonte, s'avance vers la rampe, et dit aux spec-tateurs : —Messieurs et Mesdames, nous avions cru vous amuser un mo-ment en vous montrant le spectacle des faux pas d'un élève qui prend une première leçon : puisque cet intermède n'a pas pu vous plaire, nous allons passer à d'autres exercices. — (C'était donc pour rire ? lui de-mande-t-on de l'amphithéâtre. — Certainement, vous allez voir la jeune artiste danser à l'instant même. Et se retournant vers l'enfant, qui frémit, il ajoute avec une fureur concentrée : —Tu danseras... ou nous verrons ! Elle obéit, s'élance ; sa tête touche les frises du théâtre ; ses pieds retom-bent, adroits et légers, sur le fil d'archal. Le public est frappé de stupeur, la crainte retient les bravos, on croit au talent immense de Claire : c'est à la peur qu'elle doit son succès. L'impitoyable acrobate lui crie : —Allons, de plus fort en plus fort !... L'enfant perd la tête ; elle ne voit plus qu'une salle qui tourbillonne autour d'elle, et cependant elle continue toujours à s'élancer sur le fil élastique qui la repousse en l'air. — Hardi ! lui crie-t-on aux oreilles. Claire est en proie à un délire ; elle ne sait plus si elle marche, si elle vole, si elle existe. —Assez ! assez ! dit-on dans la salle ; mais le professeur répète toujours : —Hardi !... mieux que cela !... sans ba-lancier. En effet, le balancier échappe des mains de l'enfant, mais elle tombe avec lui et se fracasse la jambe... on la relève à demi morte.

Le lendemain elle était à l'hôpital de la Pitié.

VI

L'Épisode complémentaire.

En vain mon esprit se tourmente
Pour dissiper tes longs ennuis ;
En vain je consume mes nuits,
Sultan, que faut-il que j'invente ?
Moi, l'humble esclave de tes goûts,
Je te le demande à genoux,
Que veux-tu ?
LÉON GOZLAN.

Ce superbe sultan, oublieux du plaisir qu'on lui a procuré, et demandant sans cesse des jouissances nouvelles à des corps fatigués, à des esprits épuisés, pour le rassasier d'émotions : c'est le public ; l'humble esclave agenouillé devant lui, c'est l'artiste, c'est le comédien, c'est l'auteur qui s'est voué au supplice d'amuser un tyran capricieux, dont tous les momens sont estimés par lui à si haut prix, qu'il croit avoir assez payé les souffrances et les veilles de l'homme de talent, quand il adresse à son œuvre une parole obligeante, un sourire de satisfaction, ou, peut-être, un mot de regret pour l'auteur, lorsque le pauvre diable est mort à la peine.

Malheur à qui se dit dans son orgueil : « J'attacherai mon nom à une idée et je la jetterai dans le monde, pour que le monde apprenne mon nom. » S'il parvient à le retenir, ce ne sera que pour vous demander incessamment des idées nouvelles, et vous voilà condamné à avoir de l'imagination tous les jours, à toute heure, à toute volonté enfin, ou à vous faire plagiaire, et alors vous serez bafoué, honni, sifflé : c'était bien la peine de se révéler au monde !

Et, je vous le demande, qu'est-ce qu'un auteur, qui se croit sorti de la foule, ose appeler le monde ? à peu près assez d'individus pour peupler un arrondissement de Paris, et il y en a douze ! et Paris n'est qu'une des divisions d'un département, et la France en compte quatre-vingt-six !... La France, ce n'est pas l'Europe ; l'Europe elle-même n'est-elle pas la plus petite partie du globe ?... qu'est-il lui-même ce globe ? un point imperceptible dans l'immensité... Chien de métier !

La plume tomba des mains du romancier ; car c'en était un qui faisait toutes les belles réflexions que j'ai cru devoir transcrire ici, tant j'aime à répéter religieusement tout ce qui a été dit, à raconter tout ce qui a été fait et pas autre chose de plus ; que d'autres prennent sur eux la responsabilité des actions de leurs héros... ce n'est pas mon fait. Je fais des contes avec ce que j'ai vu ; ce qui vaut mieux, je pense, que de faire de l'histoire avec ce qu'on a imaginé : on ne pourra me reprocher que d'avoir mal choisi... c'est une faute de goût ; mais qui donc est parfait ?

Les coudes appuyés sur la table, la table appuyée dans les mains, les jambes croisées, l'esprit tendu, le regard fixe sur un cahier de papier blanc, M. Arthur Dulauray, le romancier dont j'ai parlé plus haut se mit à rêver au moyen de compléter le volume de 400 pages qu'il avait promis au monde ; ce n'était pas que le monde tînt absolument à lire cinquante pages de plus ou de moins de M. Dulauray ; mais son libraire tenait singulièrement à avoir un compte rond ; et, son traité à la main, il venait de lui réclamer l'exécution pleine et entière des termes de leur marché. Le romancier tournait et retournait les feuillets de son manuscrit ; cinquante

pages manquaient encore, et son sujet était épuisé ; il se disait dans son
dépit : «Mes héros sont heureux, je pourrais bien troubler leur félicité encore une fois ; mais, en vérité , ce serait abuser de la complaisance du
malheur : je l'ai assez fatigué à les suivre pour le laisser reposer ; cependant il me faut encore cinquante pages! Si je pouvais trouver une petite
nouvelle, un épisode complémentaire ! cherchons, »

Il chercha... dans ses vieux papiers ?... rien !... Dans son imagination?... pas davantage ! Dans ses souvenirs ?... c'est peut-être là qu'il
rencontra ce qu'il lui fallait pour compléter son volume ; ce qu'il y a de
certain, c'est que le livre parut augmenté d'un épisode intitulé L'ENFANT
PERDU.

Comment le nom de Claire se trouva-t-il sous sa plume ? C'est ce que je
ne saurais dire. Enfin il s'y trouva, et l'histoire aussi, depuis l'événement
de la place du Châtelet jusqu'au début sur le fil d'archal ; et tout cela, dit-
on, était raconté avec un style pompeux, fleuri, empesé , tel qu'il fallait en avoir un alors, si l'on voulait être lu par la bonne compagnie. Le
livre de M. Dulauray fut dévoré par tout ce qu'il y avait de femmes sensibles, et de désœuvrés : dix éditions furent épuisées en quelques mois ;
on en chercherait vainement aujourd'hui un seul exemplaire. C'est donc
dans l'intérêt seulement de ceux qui ne possèdent pas l'ouvrage de M. Dulauray, que j'ai essayé de recueillir les souvenirs de mes amis du quartier de l'Apport-Paris, sur l'enfance de la petite orpheline.

Il y avait dix-huit mois environ que l'enfant expiait, sur un lit d'hôpital,
l'avarice et les débauches des époux Briolet, quand le roman de M. Dulauray parut. Depuis dix-huit mois Claire était oubliée ; mais à l'apparition du
livre l'intérêt se ranima pour l'orpheline ; on se demandait dans les salons
s'il était vrai que la jolie petite fille qu'on voyait si intelligente sur la
scène d'un théâtre estimable, fût descendue jusque sur les tréteaux d'un
saltimbanque. On pensait que la chute de Claire sur le fil d'archal n'était
qu'une catastrophe inventée pour causer au lecteur une sensation douloureuse ; mais quand on sut positivement que le romancier n'avait fait que
raconter des événemens réels, la commisération générale, excitée en faveur de la pauvre enseigne, lui fit trouver bientôt de nouveaux protecteurs :

— Il serait très beau , se dit un jour mademoiselle Stéphanie Duchemin, directrice d'un pensionnat de jeunes filles, de donner une solide éducation à cette intéressante enfant. Dès qu'une bonne pensée est
tombée sur un cœur généreux, c'est comme si la bonne action était faite.
Mademoiselle Duchemin fit part de son projet à quelques dames de ses
amies : — Faites cela, lui dit-on, et nous vous répondons que votre pensionnat sera bientôt le plus fréquenté de Paris par les mères de famille, qui
n'ont pas moins le désir d'inspirer de nobles sentimens à leurs enfans que
de leur procurer une éducation brillante.

La bonne maîtresse de pension alla le jour même à la Pitié demander
l'orpheline. Claire, en lévite brune et coiffée du serre-tête de toile bise ,
essayait à marcher dans le jardin de l'hospice ; une femme soutenait l'enfant, qui s'appuyait péniblement sur sa béquille : cette femme, c'était
l'ouvreuse , qui croyait s'acquitter avec sa petite pensionnaire, parce
qu'elle venait deux fois par semaine passer une heure à son chevet ou promener la convalescente.

— On demande le numéro 22, cria une infirmière... Claire tourna la
tête du côté où son nom d'hôpital avait été prononcé, et regarda avec étonnement la belle dame en robe de soie et en chapeau garni d'un voile de
tulle qui s'avançait vers elle. — Je ne la connais pas, dit-elle à madame
Briolet, — et toi, maman? — Ni moi, mon enfant ; elle se trompe peut-
être. — Oh ! oui, reprit Claire, il ne vient ici personne que toi pour me
voir ; les autres petites malades, à la bonne heure, elles ont leurs frères ,
leurs sœurs, tous les jeudis et les dimanches ; encore les autres jours, leurs

mamans sont presque toujours là... L'infirmière se trompe, ce n'est pas pour moi.

Cependant mademoiselle Duchemin s'arrêta devant Claire : — Oh ! pauvre enfant, comme elle est changée ! s'écria la maîtresse de pension en regardant le visage amaigri, les joues décolorées, les yeux mornes et caves de la petite orpheline.

— Oh ! elle va beaucoup mieux, reprit madame Briolet ; je l'avais bien dit, ça ne pouvait pas être dangereux.

— Vous me connaissez donc, madame ? demanda Claire en fixant un regard curieux sur la maîtresse de pension ; c'est drôle, je ne crois pas vous avoir jamais vue.

— C'est vrai, ma chère petite, tu ne peux pas m'avoir remarquée ; nous étions tant dans cette grande salle du théâtre de *** ; mais j'y suis venue plus de dix fois pour te voir... tu ne sais pas combien tu m'as fait pleurer alors.

— On m'aimait bien dans ce temps-là, interrompit la convalescente d'une voix faible ; mais ça n'a pas duré long-temps.

— Chez moi, ma chère amie, tu peux compter que cela durera toujours.

— Comment ! chez vous, madame ? objecta l'ouvreuse, vous ne savez donc pas que Claire m'appartient, et que je ne consentirai jamais à m'en séparer ?

— Cependant, répliqua mademoiselle Duchemin, ce n'est pas chez vous que la pauvre petite a pu trouver des soins après son affreux accident.

— C'est possible, madame ; si j'avais eu le moyen de la soigner, elle ne serait pas ici, entendez-vous ? Ce n'est pas, continua-t-elle avec aigreur, quand mon mari et moi nous avons été renvoyés du théâtre à cause d'elle, qu'on a le droit de me faire des reproches sur ma conduite ; on verra, quand elle sera revenue à la maison, si je sais faire mon devoir avec les enfans.

— Madame, je n'ai ni le droit ni la volonté de vous adresser des reproches sur ce que vous avez fait pour ou contre l'intérêt de cette petite ; mais je crois que vous devez au moins m'entendre lorsque je viens vous proposer de me la confier ; je veux lui assurer une existence honorable... lui donner une bonne éducation enfin.

— Pour l'éducation, elle en reçoit chez nous ; quant à l'existence, je ne dis pas que ça lui soit aussi assuré, attendu que nous sommes sans place depuis long-temps...

— C'est donc de la peine, de la dépense que je veux vous épargner... Au surplus, je ne vous l'enlève pas pour toujours... vous pourrez la voir dans mon pensionnat quand cela vous fera plaisir... Loin de moi la pensée d'étouffer un bon sentiment dans le cœur de ma jeune protégée... Si elle croit vous devoir de la reconnaissance... je ne chercherai pas à lui faire perdre le souvenir de vos bienfaits.

Madame Briolet hésita quelques momens, puis s'adressant à Claire :

— Tu ne serais donc pas fâchée d'aller chez madame, mon enfant ?

Claire baissa les yeux, une faible rougeur colora ses joues ; elle répondit presque à voix basse :

— Non, maman Briolet, au contraire.

— Plaît-il ? reprit l'ouvreuse, qui croyait avoir mal entendu. Claire recommença, mais d'une voix plus forte et avec un regard assuré :

— Non, maman Briolet, je ne serais pas fâchée d'aller chez madame.

— Donnez-vous donc de la peine pour les enfans ! murmura madame Briolet, voilà comme ils vous récompensent... Enfin... c'est égal, ajouta-t-elle avec résignation ; puisque la petite le veut bien... vous la prendrez avec vous... vous l'élèverez... vous lui ferez donner un état ; et, quand elle sera en âge de se marier, c'est moi que ça regardera... Au surplus, je viendrai la voir tous les trois jours, ce sera pour moi comme si elle était encore à l'hôpital.

Mademoiselle Duchemin répondait : « Oui » par un signe de tête à toutes les conditions que madame Briolet lui dictait ; mais elle ne l'écoutait pas. Tout entière à sa jeune protégée, elle lui parlait des plaisirs de l'étude, des plaisirs de la récréation, des jours heureux qu'elle allait passer dans le pensionnat avec des jeunes filles de son âge, destinées à jouer, à grandir avec elle, à l'aimer comme une sœur ; car, à dix ans, toutes les amies de pension ne forment qu'une famille. Enfin, mademoiselle Duchemin lui parlait du grand jardin, où les enfans vont courir quand il fait beau ; de la distribution des prix, où les plus sages et les plus savantes sont couronnées ; et Claire, accoudée sur sa béquille, la regardait parler avec des larmes de plaisir dans les yeux et la joie dans le cœur.

— Mais, madame, lui dit-elle dans son impatience, quand tout cela commencera-t-il ?

— Demain, ma chère petite ; tu finiras ta convalescence chez moi ; l'air y est aussi pur qu'ici, les allées du jardin mieux entretenues, et tu y trouveras bien plus de distractions que dans cette triste maison... Ainsi, prends courage, je viendrai te prendre dès le matin.

— Alors, dit madame Briolet, il faudra que je me trouve ici de bonne heure avec les effets de cette enfant, à moins que madame ne veuille me les laisser ?...

— Sans doute, ma chère dame, vous en ferez ce que vous voudrez ; Claire maintenant va porter l'uniforme de la maison, une robe de percale blanche et une ceinture de satin bleu.

— Oh ! que ça sera donc joli ! s'écria la petite orpheline dans son délire ; elle fut prête à sauter au cou de la bonne demoiselle ; mais l'effort qu'elle fit lui rappela sa blessure.

— Soutenez-moi, maman Briolet, dit-elle, je souffre... je vais tomber.

L'ouvreuse et la maîtresse de pension ramenèrent l'enfant jusqu'à son lit ; les deux femmes l'embrassèrent, et partirent en lui disant :

— A demain... bonne nuit !

— Ça va me sembler bien long, répondit Claire avec un soupir. Elle suivit du regard sa nouvelle mère adoptive, jusqu'à ce que celle-ci, tournant l'angle de la grande salle, disparût à ses yeux.

L'ouvreuse n'eût pas mieux demandé que d'entretenir mademoiselle Duchemin de l'état de pauvreté où la maladie de Claire avait réduit son ménage ; mais l'institutrice monta dans une voiture qui l'attendait à la porte de l'hôpital ; elle fit une révérence cérémonieuse à madame Briolet et partit.

— Diable ! dit l'ouvreuse en regardant la voiture, c'est au moins un remise ; alors la maison doit être bonne... Que non, je ne laisserai pas ma petite Claire entre les mains d'une étrangère sans la surveiller... Je me dois à moi-même d'y aller souvent ou d'y envoyer mon mari, quand je ne pourrai pas faire la course... J'ai dans l'idée que l'un ou l'autre nous rapporterons toujours quelque chose de chez elle.

— Voilà une bien vilaine femme, disait de son côté mademoiselle Duchemin, pendant que sa voiture roulait vers la rue de Clichy ; je la recevrai une fois pour ne pas affliger l'enfant, mais après je défendrai à mon portier de la laisser entrer. Si elle se fâche, je lui dirai de faire valoir devant les tribunaux ses droits sur l'orpheline, et cela suffira pour imposer silence à ses cris... Combien elle est intéressante, ma petite protégée ! et que M. Dulauray a donc bien fait d'écrire sur elle un si joli roman ! Elle aurait pu ajouter : « Et que les maîtresses de pension font bien de lire des romans ! »

En sortant de chez elle, mademoiselle Duchemin n'avait pas cru devoir taire le but de sa visite à l'hôpital de la Pitié. Quelques amies et ses sept ou huit élèves attendaient son retour avec impatience. Elle leur apprit le succès de sa démarche : les femmes étaient attendries au récit du misérable état de l'enfant. Les petites pensionnaires promirent d'avoir toutes pour Claire une amitié de sœur ; elles s'engagèrent d'avance à l'aider à marcher pendant sa convalescence, à lui donner les premières leçons ; c'était un spectacle touchant que celui de ces jeunes filles se disputant le plaisir d'instruire et de soulager leur nouvelle compagne. Si la petite Claire avait hâte de voir finir la dernière journée qu'elle devait passer à l'hôpital, les élèves de mademoiselle Duchemin n'attendaient pas le lendemain avec moins d'impatience.

Un nouveau lit fut préparé dans le dortoir ; on choisit parmi le trousseau de la plus jeune des pensionnaires une robe qui pouvait aller à la taille de l'orpheline ; la ceinture de satin fut mise, avec quelques chemises et deux ou trois fichus, dans une cassette qu'on poussa sous la petite couchette, et, tout étant prêt pour recevoir la nouvelle élève, mademoiselle Duchemin se retira dans son cabinet de travail avec le vieux professeur d'écriture, qui rédigea la note suivante pour être adressée à tous les journaux de Paris.

« On ne saurait donner trop de publicité aux belles actions : une jeune fille, connue il y a quelques années à Paris sous le nom de l'Orpheline du Châtelet, et qui languissait depuis quelques mois dans un hôpital, vient d'être recueillie par la directrice de l'un des meilleurs pensionnats de demoiselles de la capitale. La bienfaitrice de cette enfant, qui vient de prendre l'engagement solennel de l'élever gratuitement, et de lui assurer plus tard une honorable existence, espère en vain de ne pas être connue. Si sa modestie lui a ordonné de taire ses bienfaits, il est du devoir de l'amitié de trahir un si honorable secret. Choisir votre estimable journal pour publier un acte de générosité, c'est prendre la voie la plus sûre et l'interprète le plus estimé du public. Recevez, monsieur le rédacteur, l'assurance de ma considération distinguée.

« Madame N*** , amie de Mlle Stéphanie Duchemin , institutrice, rue de Clichy, n° ... »

Le maître d'écriture fit une douzaine de copies de cette circulaire, et le lendemain matin, pendant que mademoiselle Duchemin se rendait à la Pitié, où Claire l'attendait depuis les premiers rayons du jour, il courut dans tous les bureaux de journalistes ; partout on accueillit avec empressement cette intéressante nouvelle, et chacun promit de l'insérer moyennant un centime par lettre.

VII

Le Prospectus.

Si jeune ! et voyez-la !... sa main faible et souffrante
Vous montre en expirant le lieu de la douleur...
Et, quel que soit son mal, il est venu du cœur.
Savez-vous ce que c'est qu'un cœur de jeune fille ?...
Ce qu'il faut pour briser ce flexible roseau
Qui penche et qui se plie au plus léger fardeau ?...
L'amitié .. le repos... celui de sa famille...
La douce confiance... et sa mère... et son Dieu...
Voilà tous ses soutiens... et qu'un lui manque, adieu !
ALFRED DE MUSSET. — Le Saule.

Je n'ai point le dessein de vous dire, jour par jour, heure par heure, ce que faisait mon héroïne dans le pensionnat de la rue de Clichy : la vie d'un enfant en pension se compose de petits bonheurs, de légers chagrins, qui se succèdent avec tant de rapidité, qu'on a peine à suivre ses alternatives de joie et de déplaisir; c'est une folle récréation qui fait oublier le travail sérieux de l'étude ; c'est une querelle de jeunes filles pour un ruban, et qu'une partie de volant apaise aussitôt; ce sont des jalousies de classe qui finissent presque toujours à l'entrée du jardin, et qui ne dépassent jamais la porte du réfectoire ; encore faut-il, pour notre orpheline, retrancher beaucoup de ces tourmens passagers ; Claire n'était ni querelleuse , ni jalouse : et comment aurait-elle pu avoir ces vilains défauts, quand les élèves de mademoiselle Duchmin l'accablaient de prévenances et de soins ? Claire ne pouvait marcher si quelqu'un ne soutenait ses pas chancelans ; les joyeuses courses sous les arbres de la grande allée avaient cessé ; aucune des petites pensionnaires ne voulait de plaisir que leur nouvelle compagne ne pouvait partager. Les jeux étaient plus calmes, les études moins pénibles ; la maîtresse de pension avait permis aux plus instruites de ses élèves de donner des leçons à sa petite protégée ; c'était une faveur, un moyen de récompenser l'application ; on voulait être savante, on retenait sa leçon avec plus d'attention pour enseigner à s n tour ce qu'on venait d'apprendre. Depuis la chute de Claire, son intelligence était un peu plus paresseuse ; mais l'enfant avait toujours beaucoup de bonne volonté ; on savait sa faiblesse , aussi ne la fatiguait-on pas ; une ou deux leçons par jour, et rien de plus. Ses progrès étaient lents, mais sensibles ; au bout de quelques mois, elle avait appris à lire et commençait même à écrire passablement. Comme il lui était défendu de se promener long-temps, après un tour de jardin, les jeunes filles allaient s'asseoir sur la prairie, c'est le nom qu'on avait donné à un tapis de gazon de six pieds carrés environ ; là , Claire racontait les ennuis de l'hôpital, les souffrances dont elle avait été si long-temps le témoin ; elle disait comment on mourait autour d'elle , et combien on devient insensible aux cris de la douleur , au spectacle de la mort, quand on ne voit auprès de soi que des êtres qui souffrent et qui meurent.

Les tristes récits de l'orpheline n'occupaient pas seuls l'heure de la récréation ; ses compagnes avaient aussi quelque chose à raconter : c'était leurs beaux dimanches en famille , les cadeaux du grand-papa , la tendresse de leur mère ; il n'était jamais question que de fêtes et de maison paternelle dans leur histoire. Ces événemens, si communs pour tous les enfans , étaient intéressans et nouveaux pour l'orpheline ; elle n'avait jamais été aimée comme on aimait ses compagnes ; jamais on ne lui avait donné une marque d'intérêt sans qu'elle fût autre chose qu'un calcul de l'égoïsme ; aussi ne se lassait-elle pas d'entendre les petites pensionnaires raconter tour à tour les mêmes incidens ; et quand la conversation était épuisée, Claire la ranimait par ces mots : — Dis-moi encore comment ta maman t'a reçue?... Qu'a-t-elle répondu à cela ?... Ah ! elle t'a embrassée?.. Et que t'a-t-elle dit quand tu l'as quittée?... Elle t'attend dimanche?... Comment, elle vient de t'écrire?... Relis-moi sa lettre... Mon Dieu, que tu es donc heureuse d'avoir une maman! Mais moi aussi j'en ai une à présent, mademoiselle m'a bien dit qu'elle serait absolument comme une mère pour moi... Elle m'aime autant qu'elle vous aime toutes ; ainsi me voilà presque aussi riche que vous.

— Oui, mais maman m'aime encore bien davantage, reprenait une des pensionnaires.

— Davantage ! disait en soupirant la petite Claire; alors, je ne sais pas comment ça peut être, mais je voudrais bien le savoir, ajoutait-elle intérieurement, et elle regardait toutes ses compagnes avec un œil d'envie!... pas de cette envie qui tend à déposséder quelqu'un d'un bien ; mais Claire devait avoir une mère... elle était quelque part... morte sans doute, et voilà ce qui causait sa douleur quand leur entretien roulait sur les caresses maternelles ; l'orpheline souffrait beaucoup alors , et cependant elle prenait plaisir à revenir sur un sujet qui lui causait toujours des regrets et des soupirs.

Finissons-en avec le ménage de la place Saint-Michel. Monsieur et madame Briolet s'étaient trouvés à la porte de l'hospice le jour où Claire fut conduite à la pension de la rue de Clichy ; ils accompagnèrent l'enfant. Mademoiselle Duchemin les fit déjeûner , et quand ils furent honnêtement rassasiés , la maîtresse de pension les congédia poliment avec un gracieux : « Au revoir. » C'était un adieu qu'elle leur adressait, car le lendemain, quand l'ouvreuse se présenta à la porte du pensionnat , le portier lui dit qu'on ne pouvait voir personne pendant les jours d'études. Le dimanche suivant elle revint encore ; on lui dit que Claire était sortie avec les jeunes filles de sa classe. Enfin , à une troisième visite , on la congédia définitivement : — Mademoiselle, dit le portier, m'a défendu de vous laisser entrer, vous auriez bien dû vous en apercevoir ; mais puisqu'il faut tout vous dire , apprenez que j'ai pour consigne de vous fermer la porte toutes fois et quand vous vous présenterez.

Le portier , sévère observateur des ordres qu'il recevait , poussa la porte sur le nez de madame Briolet, sans s'embarrasser des cris de celle-ci , ni des injures qu'elle le chargeait de reporter à sa maîtresse. Quand l'ouvreuse eut bien crié, elle se tut , retourna sur ses pas, entra dans le premier cabaret , elle avait soif... En buvant, elle se consola sans doute ; car depuis ce jour on n'en entendit plus parler au pensionnat. On doit présumer que le chagrin de M. Briolet ne dura pas assez longtemps pour altérer autre chose que son gosier ; il était pour le moins aussi philosophe que son épouse , et ne se faisait pas faute , non plus qu'elle , de consolations. Gloire à Dieu sur cette terre d'épreuves ; s'il nous envoie des chagrins , il mûrit les vendanges.

L'article du journal avait produit l'effet que mademoiselle Duchemin attendait ; l'attention s'était dirigée sur son pensionnat ; on parlait de sa bonne action dans les salons de la Chaussée-d'Antin et dans l'arrière-boutique de la rue Saint-Denis : — C'est à cette excellente institutrice que nous devrions confier l'éducation de notre fille , disait-on chez le boutiquier. — Nous ne saurions remettre en de meilleures mains l'espoir de notre famille , répétait-on chez le banquier ; et jusqu'à la jeune héritière d'un grand nom , que l'on parlait d'envoyer au pensionnat de la rue de Clichy... ne fût-ce que pour lui inspirer de beaux et nobles sentimens. Une semaine ne se passait pas sans qu'on vît descendre à la porte de mademoiselle Duchemin, d'un fiacre ou d'une voiture à panneaux armoriés, une élève nouvelle pour la protectrice de Claire. Ce qui surtout attirait tous les regards sur cette maison d'éducation , c'était quand , le dimanche , on voyait aux Tuileries ou sur les boulevarts cette longue file de jeune pensionnaires, mises uniformément, à la suite l'orpheline du Châtelet. Elle marchait toujours seule ; c'était l'ordre de la maîtresse : prospectus vivant, elle n'avait pas besoin de se nommer pour faire dire autour d'elle : — Voilà le pensionnat de mademoiselle Duchemin qui passe. On le reconnaissait aisément à l'enseigne : Claire boitait.

Quelques mois de bonheur avaient hâté sa convalescence , ranimé son teint, et ramené l'enjouement dans son regard ; elle était , depuis son arrivée chez mademoiselle Duchemin , l'objet de l'affection générale ; mais enfin de belles et riches demoiselles apportèrent leur fierté d'enfant gâté dans le pensionnat ; quand une seule des premières amies de Claire comprit qu'on pouvait impunément dédaigner l'enfant trouvé, et que toutes celles qui lui montraient de l'amitié devaient être enveloppées dans le mépris que l'orpheline inspirait à de nobles élèves ; dès ce moment, dis-je, les jeunes filles pensèrent à l'inégalité qui existait entre leur condition et celle de Claire ; on mit moins d'empressement à causer, à se promener avec la boiteuse ; ensuite on

trouva ridicule de passer son temps à lui donner des leçons : on avait
bien assez de ses propres devoirs; les plus fidèles résistèrent encore
quelques jours à la tentation de l'abandonner tout à fait ; mais il arriva
qu'un dimanche toute la pension fut conviée à un grand goûter d'enfans
dans l'hôtel du vicomte de ***, père de l'une des nouvelles élèves de
mademoiselle Duchemin ; toute la pension, dis-je, excepté Claire ; elle
avait bien l'habitude de rester seule auprès de sa maîtresse quand les
parens appelaient chez eux ses compagnes d'études, mais ce n'était pas
comme au jour du goûter, une exclusion injurieuse qui l'obligeait à
rester seule. Claire avait le cœur bien gros en regardant partir ses jeunes
amies ; quand elles furent toutes sorties de la maison, quand elle entendit
rouler les voitures qui les emmenaient chez la belle et dédaigneuse pensionnaire, l'orpheline alla se cacher au fond du jardin et pleura. Mademoiselle Duchemin elle-même avait été blessée de ce mépris qu'on
affectait pour sa protégée ; mais la fille du vicomte payait une pension considérable, elle avait valu à sa maîtresse de nouvelles élèves, il fallait bien
respecter ses antipathies et flatter ses préférences : au surplus, la vicomtesse sa mère avait dit à mademoiselle Duchemin : — Je vous confie un enfant charmant, qui a les meilleures dispositions et le caractère le plus facile quand on ne la contrarie pas ; j'ai renvoyé plus de
dix domestiques pour elle, parce qu'ils ne cédaient pas à ses volontés : je
vous préviens donc que la nature a tout fait pour que ma fille soit un
sujet très remarquable ; ainsi il n'y a qu'à suivre ses progrès, elle en
fera d'étonnans si vous savez vous faire aimer d'elle. Dans le cas où
l'une serait mécontente de l'autre, je me verrai forcée de vous reprendre
mon enfant ; je n'ai que celle-là... elle aura un jour cent mille livres de
rente, je dois donc tout faire pour la conserver. N'oubliez pas surtout
qu'elle est très nerveuse, et que la moindre contrariété la met dans un
état affreux. Ce n'est pas, après de telles recommandations que l'institutrice se serait avisée de faire observer à sa noble pensionnaire combien
il était cruel d'exclure l'orpheline de ses parties de plaisir.

Claire pleurait donc amèrement dans le jardin lorsque sa bienfaitrice
vint à elle. — Console-toi, mon enfant ; il faut t'attendre dans le monde
à quelques humiliations de ce genre-là... personne n'en est exempt,
puisque chacun peut se trouver froissé par un plus puissant que lui... Il
n'y a qu'une chose qui puisse nous consoler d'un semblable malheur :
c'est l'éducation ; grâce à ses bienfaits, nous possédons en nous l'estime
de notre juste valeur... Qu'importe que tes amies t'abandonnent, je ne
t'abandonnerai pas, moi ; tu resteras ici tant que tu voudras... et sois
sûre que celles qui t'humilient aujourd'hui seront bien humiliées à leur
tour quand elles te verront, à la prochaine distribution des prix, recueillir les couronnes que tu auras méritées.

Le tendre baiser qui accompagna ces mots suffit pour calmer le cuisant
chagrin de l'orpheline. L'assurance qu'elle venait de recevoir d'être couronnée à la distribution des prix doubla son courage ; elle laissa ses compagnes jouer aux jeux que préférait mademoiselle la vicomtesse, suivre
comme de petits courtisans l'héritière des cent mille livres de rente ; il
n'y eut plus pour Claire ni récréations ni dimanches jusqu'au jour désiré
où ses progrès devaient être si bien récompensés, où son amour-propre
blessé allait enfin obtenir une vengeance éclatante.

Claire avait raison d'espérer ; mademoiselle Duchemin ne faisait jamais
une promesse sans la tenir religieusement. Le jour de la distribution
arriva. La classe, métamorphosée en salle de spectacle, pouvait à peine
contenir la foule de parens qui s'intéressaient aux succès des jeunes
élèves. Les mères étaient tremblantes d'anxiété ; on lisait dans leurs yeux
l'espoir et la crainte ; toutes souriaient à leur enfant. Dans tous ces regards d'amour, il n'y en avait pas un seul pour l'orpheline. Claire entendit sans jalousie nommer d'abord mademoiselle Amélie D*** pour le pre-

mier prix de lecture. — C'est juste, dit-elle, on prétend que je lis moins bien qu'elle. Il y eut un murmure de satisfaction ; des bravos retentirent dans la salle. Claire cessa de trouver qu'il était juste de couronner sa rivale. Le nom de la fille du vicomte fut proclamé une seconde fois. Claire, surprise, regarda mademoiselle Duchemin, qui embrassait la noble élève et lui donnait une nouvelle couronne ; au troisième prix, un autre nom fut appelé, mais ce n'était pas encore celui de Claire : un quatrième appel fut doux au cœur de la vicomtesse : on couronnait encore sa fille. — Elle va donc tout emporter? se dit l'enfant, qui craignait à la fin de se voir oubliée. La riche pensionnaire avait son compte de couronnes. On appela successivement toutes les autres : un ou deux accessits tombèrent sur l'orpheline comme par mégarde : il ne restait plus qu'à distribuer le prix de sagesse. L'héritière du vicomte fut encore nommée au bruit des applaudissemens ; alors Claire ne put retenir ses larmes : mais quel enthousiasme éclata dans la salle quand on vit la pensionnaire, tant de fois couronnée, s'avancer vers l'orpheline et lui poser cette dernière couronne sur la tête en disant : — Tu le mérites mieux que moi.

Quel beau trait! c'est sublime ! on se pâmait d'enthousiasme ; le vicomte essuyait une larme d'attendrissement. — Cette enfant-là aura donc toutes les vertus! s'écria-t-il ; et la vicomtesse se trouvait mal, et mademoiselle Amélie était rouge de plaisir : enfin, jusqu'à la maîtresse de pension qui paraissait stupéfaite d'admiration, comme si cette scène touchante n'avait pas été arrangée la veille entre elle, la vicomtesse et sa fille, pour causer une douce surprise au père d'Amélie. — Vous donnerez tant de couronnes à ma fille, avait dit la mère ; j'ai promis à M. le vicomte qu'elle les obtiendrait, il les lui faut absolument ; si vous pouvez faire davantage, je n'en serai pas fâchée ; mais enfin il faut que tous les parens soient contens, et je ne prétends pas faire dire qu'il y a une préférence pour Amélie, quoiqu'elle la mérite bien. Comme il serait adroit de terminer la cérémonie par quelque chose à effet, vous réserverez un prix sans importance pour votre petite protégée ; c'est Amélie qui le lui donnera, en disant : — Tu le mérites mieux que moi... Rappelle-toi bien ces mots-là, mon enfant. Mademoiselle Duchemin, qui ne s'attendait pas à recevoir cet ordre, voulut parler de la promesse qu'elle avait faite à Claire, des efforts inouïs de l'enfant pour mériter les couronnes. — Voulez-vous que je désoblige M. le vicomte, ou que je retire ma fille d'entre vos mains? Cette réponse suffit pour imposer silence à la maîtresse de pension. La comédie fut préparée pour le lendemain, et la vicomtesse sortit en emportant la promesse de mademoiselle Duchemin.

La seule couronne qui fut décernée à Claire, elle ne la dut même pas à la justice de sa maîtresse ; l'orpheline sentait cela : aussi, loin de sauter au cou d'Amélie, comme on avait espéré qu'elle le ferait, Claire arracha brusquement le prix des mains de sa généreuse rivale, et se remit à pleurer. Personne heureusement ne faisait attention à elle ; c'était Amélie, c'était la fille du vicomte qui était l'héroïne de la fête ; on la porta en triomphe à ses parens qui lui tendaient les bras. Chacun remercia mademoiselle Duchemin du drame touchant dont elle l'avait rendu spectateur ; on la félicita sur la bonne éducation, sur les beaux sentimens qu'elle savait donner à ses élèves ; et les jeunes filles partirent avec leurs mères ; les vacances allaient commencer.

Dès que la maîtresse de pension se vit seule avec l'orpheline, elle essaya de la consoler par de douces paroles ; mais l'enfant était blessée au cœur. — J'ai pourtant bien veillé, disait-elle à l'institutrice avec un ton de reproche ; tous les jours, quand les autres allaient jouer, j'étais là, devant ma table, à travailler, à faire mes devoirs ; vous étiez contente, vous me disiez toujours : — Tu seras la première ; et puis rien !... Dites-moi, bien vrai, est-ce que je ne méritais pas autant de prix qu'Amélie?

— Si fait, mon enfant! plus encore ; mais...

— Et on ne me les a pas donnés à moi ! mais pourquoi donc cela ?...
Vous me dites que le seul moyen de ne pas être méprisée, humiliée par
mes compagnes, c'est de faire des progrès, c'est de m'élever au dessus
d'elles à force de travail ?... Je me rends malade pour y parvenir, et puis,
quand j'ai bien passé des nuits... bien souffert... car je n'ai pas dit que je
souffrais... on m'aurait forcée de quitter mes études, et je ne voulais pas
perdre un jour...

— Pauvre enfant ! si j'avais su... tant de courage !

— C'était bien le moins, n'est-ce pas, de me récompenser un peu ?
Mais, pas du tout, il faut que tous les prix soient pour les autres ; on ne
me laisse que celui dont on ne veut pas.

— Sois raisonnable, ma chère amie, cela ne t'empêche pas d'être la
première à mes yeux... Tu ignores qu'il faut quelquefois faire violence à
son cœur ; mais ne prends pas de chagrin, tu n'as pas besoin d'avoir
des couronnes pour me persuader que tu es instruite ; ne le sais-je pas
bien sans cela ?

— Alors les autres n'en ont pas besoin plus que moi.

— Au contraire, il leur en faut à elles.

— Et pourquoi cela ?

— Cela fait tant de plaisir à leur mère !

Claire regarda fixement mademoiselle Duchemin, puis elle reprit d'une
voix étranglée : — C'est juste, et moi je n'ai pas de mère !

Tout son corps frissonna, ses dents claquèrent ; une fièvre violente se
déclara subitement, la maîtresse de pension porta l'enfant dans son lit. A
compter de ce jour, elle ne dit plus un mot ; c'était par un signe de tête
qu'elle répondait au médecin ; et quand il lui demandait où elle se sentait
mal, l'orpheline portait la main à son front. Etait-ce un travail forcé ?
était-ce le désespoir qui éteignait de jour en jour une existence de si peu
d'années, mais déjà si bien remplie ? on ne le sut pas.

Après six semaines, les élèves rentrèrent au pensionnat. Après six semaines, Claire expira sans adresser un mot d'adieu à ses compagnes.

Mademoiselle Duchemin voulut au moins que les derniers devoirs
qu'elle allait rendre à l'orpheline prouvassent toute la sincérité de son attachement pour l'enfant. Le lendemain de la mort de Claire, dès six heures du matin, la maison fut tendue de grands draps blancs à franges
d'argent : la porte-cochère avait été métamorphosée en autel, dont les
parois étaient couvertes de larmes ; un dais couronnait le cénotaphe où
reposait le corps de l'orpheline, et de chaque côté du cercueil six jeunes
filles voilées qu'on relevait d'heure en heure comme des sentinelles, réci-
taient les prières des morts à la lueur tremblante des cierges qui brûlaient dans leurs grands chandeliers d'argent. L'exposition dura jusqu'à
deux heures de l'après-midi ; de tous les quartiers environnans on venait
admirer ce touchant spectacle.

C'était un bel hommage rendu à la mémoire de l'orpheline.

C'était encore une enseigne pour le pensionnat.

FIN DE L'ENSEIGNE.

LE GRAIN DE SABLE.

I.

La Lumière dans la Mansarde.

> Voilà l'honneur d'une femme en bonnes mains.
> ALEXANDRE DUVAL. — *La Jeunesse
> de Richelieu.*

> Messieurs, si vous voulez m'écouter un instant
> (et d'abord je ne mens jamais), je vous conterai
> une aventure qui arriva jadis dans un château ; ce
> château était bâti sur le bord d'une rivière, vis-
> à-vis d'un pont, et dans une ville dont j'ai oublié
> le nom : supposons pour un moment que soit la
> ville de...
> DURAND. — *Les Trois Bossus,* fabliau.

Supposons, dis-je, que ce château soit celui de Maximilien XXIV, le
landgrave d'Ysenbourg ; que cette rivière soit le Mein, fleuve capricieux
dont la source se perd dans la chaîne immense de *Fichtel Gerbige*, et qui
coule vers l'ouest, fertilisant dans sa course de riches pâturages, les vignes savamment étagées qui se dressent au soleil ; le Mein, qui, après
avoir baigné Bamberg l'industrielle, Wurtzbourg la savante. Hanau la
marchande, et Francfort la ville libre, abandonne, en grondant, son nom
à Mayence, et vient se mêler au Rhin, déjà grossi des eaux du Necker.

Supposons encore que la ville, dont le nom fut oublié à dessein, soit
celle d'Offenbach ; on ne pourrait sur ces bords en choisir une plus jolie ; aussi c'est là que je vous conduirai dans mon conte : pour moi, j'y
voudrais rester toujours ; le peuple y est honnête homme, les femmes
y sont chastes, sans pruderie ; là les filles ne se fâchent pas au premier
mot d'amour qu'on leur adresse ; mais elles vont bien vite le rapporter à
leur mère. Allez chercher un ami à Offenbach, mais n'essayez pas d'y
rencontrer une maîtresse ; car il y a une vieille église où il vous faudrait
entrer bon gré mal gré ; un bon ministre auquel vous ne pourriez vous
dispenser d'avoir recours, c'est l'usage à Offenbach, quand on a dit : —
Je t'aime, même à la plus pauvre fille. Heureux pays ! où le mot le plus
doux n'est pas comme chez nous une dérision continuelle, où le mariage
est toujours le but de l'amour. Le plaisant le plus intrépide de la résidence n'oserait se risquer à faire d'un sentiment l'objet de son badinage ;
il paierait trop cher sa raillerie. Les garçons de l'endroit sont élevés à
dire vrai : ils savent combien un aveu d'amour pèse dans la balance de
l'honneur d'une famille ; aussi ne hasardent-ils guère une tendre déclaration avant d'être bien certains qu'ils ont su choisir, entre toutes les
belles, la bonne ménagère qui tiendra le mieux le souper chaud après la
journée de son mari, aura pour lui le plus d'attention quand il sera malade, et élèvera ses enfans avec le plus de soins lorsqu'il l'aura rendue
mère. Justice pour tous, droits égaux. Si la jeune fille, dès le jour d'une
demande en mariage, peut se considérer comme unie à son futur, celui-ci
peut exiger alors de sa promise la soumission et la fidélité qu'il a le droit

d'attendre de sa femme ; la moindre atteinte à sa vertu suffit pour rompre tout projet d'alliance, il n'est plus engagé dès qu'elle est soupçonnée.

Ainsi, vous le voyez, mes amis, l'histoire que je veux dire n'est pas de ce pays, ni du temps où nous vivons ; pour cette fois, je vais quitter la France, reculer de plus d'un siècle et faire revivre, pour vous, le dernier rejeton de l'une des mille branches du grand arbre princier dont les rameaux s'étendent sur toute l'Allemagne.

C'était, pour les amis du plaisir, une belle et joyeuse habitation que le château d'Offenbach, au temps du landgrave Maximilien XXIV. Le prince d'Ysenbourg, héritier, à vingt ans, du titre et des possessions de son père, s'était marié à vingt-deux ans pour échapper aux exigences d'une maîtresse impérieuse. Amoureux de sa femme pendant six mois à peu près, il avait fini par la reléguer dans une terre à deux milles de la résidence, et depuis cette espèce de divorce, qu'il rompait de temps en temps par de courts voyages au château de la belle landgrave, Maximilien vivait gaîment avec de jeunes et brillans compagnons, au grand scandale des bourgeois d'Offenbach, dont j'ai dit plus haut les mœurs sévères et le respect religieux pour les liens du mariage.

Mais de ce scandale, si quelquefois, parmi le peuple, on venait à toucher deux mots, c'était le soir, en famille, quand les portes étaient bien closes et que les petits enfans dormaient dans leurs berceaux. Le trait dirigé contre la conduite du prince ne dépassait jamais le cercle d'amis de la maison. L'étranger le plus habile n'aurait pu surprendre une épigramme, même innocente, sur les lèvres d'un habitant de la résidence ; et s'il eût voulu chercher à sonder l'opinion publique, toutes les voix auraient été d'accord pour dire l'estime qu'on devait au noble caractère ainsi qu'aux bonnes mœurs du landgrave d'Ysenbourg.

Peut-être traitera-t-on de préjugé ridicule ce vieux respect du peuple allemand pour ceux qui le gouvernent ; j'y vois une façon d'entendre la dignité nationale, qui peut aussi trouver des approbateurs.

« Avilir le pouvoir auquel on obéit, et consentir à subir son joug après avoir appelé sur lui le mépris des étrangers, ce n'est pas se venger des fautes de ce pouvoir, c'est déshonorer son pays. »

Voilà sans doute ce que se disent tous les peuples de l'Allemagne, qui n'ont pas moins que nous du sang dans les veines à répandre pour une sainte cause, un cœur qui bat dans la poitrine aux noms de patrie et de liberté, et de puissantes voix à faire entendre pour réclamer de vieilles franchises ; mais ils tiennent au respect de leurs princes par respect pour eux-mêmes : c'est ainsi que pensaient les habitans d'Offenbach. Ainsi, dans leur censure en petit comité, l'injure ne se mêlait-elle jamais au nom de Maximilien ; la critique la plus dure qu'ils osassent se permettre contre lui, c'était de souhaiter à leurs fils toutes les vertus qui manquaient au prince d'Ysenbourg ; à leurs filles, un sort plus heureux que celui de Clémentine, la landgrave délaissée.

Vive le plaisir que rien n'a préparé ! qui vient vous enlever à une réflexion sérieuse, à un travail pénible, à l'ennui, le plus fatigant des travaux pour l'homme qui n'a rien à faire. Vive Maximilien XXIV ! il a, par un mot, ramené la gaîté sur les fronts obscurcis de ses hommes de cour. Ceux-ci se disposaient à le quitter à neuf heures du soir, après une journée sans partie de chasse, et surtout sans partie de jeu dans le salon vert... le salon vert ! lieu chéri des favoris du prince : car c'est là qu'on dépose le fardeau de l'étiquette, que Maximilien a voulu conserver dans les autres appartemens. Le landgrave avait dit : — J'irai seul voir Son Altesse la princesse Clémentine ; et déjà il montait à cheval dans la cour du château, quand ses yeux rencontrèrent ceux de Rodolphe de Hatzfeld, le plus joyeux de ses jeunes amis ; il le regarda un moment en souriant. Rodolphe ne lui rendit pas son sourire : Maximilien lui volait une soirée de plaisir.

— Je fais une réflexion, messieurs, dit le landgrave ; — Son Altesse ne m'attend pas, si nous soupions gaîment ensemble ?... Qu'en pensez-vous ?... Tenez, voilà le front de Rodolphe qui se déride... C'est arrêté, nous souperons.

— A la bonne heure, prince ! voilà la première bonne parole que nous entendions d'aujourd'hui : je me le disais bien, Maximilien pense à quelque chose de fâcheux... c'était à se rendre auprès de la landgrave.

— Rodolphe, vous oubliez que nous ne sommes pas encore dans le salon vert... Allons, tenez la bride de mon cheval, que je descende ; et vous, baron, veillez à ce qu'on prépare promptement le souper.

La plaisanterie un peu hasardée du comte de Hatzfeld avait été sensible au cœur de Maximilien ; elle lui rappelait ses torts envers la princesse ; mais dès qu'il fut arrivé dans le salon vert, l'attrait du plaisir fit taire son remords ; la table fut bientôt servie. Les cris de joie des convives, l'heureuse liberté de la conversation, rendirent au prince sa gaîté accoutumée ; il fut le premier à plaisanter sur sa singulière résolution d'aller trouver la landgrave, quand depuis six mois il avait si bien su se passer d'elle.

— Je voulais faire le mari, lorsqu'il est si doux de faire le garçon ; grondez-moi, mes amis, je vous soutiendrai ; et, pour me punir, je me condamne à vider cette bouteille de vin de Champagne.

— Singulière punition, reprend Rodolphe, — que je demande comme une grâce à partager... A moi la moitié du supplice ! ajouta-t-il en tendant son verre ; et les autres courtisans répétèrent : — A moi !

— Très bien, mes fidèles gentilshommes ; mais si vous êtes seulement deux à demander la moitié de ma condamnation, je ne vois pas trop ce qui me restera.

— Prince, n'est-il pas de notre devoir de nous dévouer pour vous ? Votre Altesse peut mériter une punition, mais c'est à nous de la subir.

Ce joyeux dévoûment augmenta encore la gaîté des propos ; et telle était la force des éclats de rire dans le salon vert, que le maître-d'hôtel fut obligé de répéter jusqu'à trois fois : — Son Altesse est servie !

— A table, messieurs, dit le prince en s'asseyant. Les convives prirent place autour de la vaste table, et c'est alors seulement qu'on s'aperçut qu'il manquait un compagnon habituel de ces sortes de fêtes improvisées ; son couvert était mis, et il n'avait pas paru.

— Otton nous manque, messieurs ; il nous le faut absolument ; qu'on aille à l'instant le chercher chez lui, et qu'on parcoure la ville si on ne le trouve pas à son hôtel.

— Oui, oui, qu'on amène Otton, pieds et poings liés, s'il le faut ; nous ne saurions nous en passer, la fête ne serait pas complète.

Dix valets, expédiés à l'instant même, se mirent en route vers l'hôtel du premier ministre de Maximilien.

Otton, jeune comme son maître, depuis long-temps ami du landgrave, était à la fois le conseiller suprême de la couronne et le compagnon assidu des plaisirs du prince. Ce n'était pas cependant qu'il les partageât, comme Rodolphe de Hatzfeld, avec cette folle ivresse, cet entraînement qui tient du délire. Pendant l'orgie la plus bruyante, on surprenait un nuage sur son front, et c'était souvent avec un sourire mêlé d'amertume qu'il répondait aux joyeuses excitations des jeunes convives de Maximilien. Mais ce sérieux, qui se déridait à peine aux plaisanteries les plus franches de ses amis, amusait le landgrave ; jamais il ne se sentait plus gai que lorsqu'il rencontrait ce visage soucieux, cet air gêné, ce regard sombre, perçant au milieu de ces figures épanouies et de ces regards où brillait la joie la plus vive, et qui ressemblait à un reproche. La présence d'Otton était donc indispensable aux soupers de Maximilien. Sans le jeune ministre, pas d'ombre au tableau, pas d'émotion véritable

pour le prince; et puis quel triomphe pour celui-ci, quand il parvenait à
tromper la sobriété de son ami par une ruse de buveur! l'échange des
carafes d'eau contre des carafes remplies d'un vin clair et limpide. Cependant il ne fallait pas abuser de cette plaisanterie; Otton avait déclaré qu'il
ne se rendait aux soirées du prince que par respect pour la volonté de
son maître; mais que du jour où il se croirait dégagé de ce devoir par
une injure faite à son caractère, on pourrait cesser de le compter au nombre des convives du salon vert. En dépit de cette sévère déclaration, Maximilien avait encore réitéré l'échange des carafes, et Otton ne s'était pas
dispensé, pour cela, de reparaître aux soupers; loin de là, depuis quelque
temps, il était parfois le premier à provoquer de semblables fêtes; on
disait à la cour: — L'ours s'humanise, le Caton se fait Épicure. Mais l'ours
ne s'humanisait pas, son front était toujours aussi soucieux, et son regard n'était pas plus doux. Otton avait donc un motif secret pour ne plus
blâmer ces parties de plaisir, objets, depuis long-temps, de ses continuelles censures.

Les valets, envoyés à l'hôtel du ministre, revinrent en disant qu'on ne
l'avait pas trouvé chez lui; que d'abord son secrétaire leur avait dit que
monseigneur travaillait; mais que, pressé de questions, il s'était vu forcé
d'avouer la vérité.

— Ah! ah! dit Maximilien, voilà mes soupçons qui se confirment:
mon prudent ministre aura donc fini par tomber, comme les autres,
dans les filets de quelqu'une des dames de ma cour; il n'a pas voulu nous
dire son secret, mais nous le lui arracherons bien. Et Maximilien se mit
à dresser la liste des dames qu'il pouvait soupçonner capables d'une telle
conquête.

— Il serait plaisant, dit Rodolphe, de nous partager cette liste, et d'aller nous présenter aux gens de chacune de ces dames, comme les confidens discrets des amours du ministre, qui viennent obligeamment prévenir celui-ci que Son Altesse le fait chercher partout pour une importante
affaire d'état.

— Oui, oui, s'écrièrent les jeunes gens, partons!

Maximilien voulut faire quelques observations, mais Rodolphe reprit:
— Otton a manqué de confiance envers nous: l'indiscrétion est un devoir... Et s'il était chez l'une de nos maîtresses?

— C'est juste, ajouta un autre, nous avons tous intérêt à le découvrir.

Ces recherches, partagées entre une douzaine d'ambassadeurs, ne pouvaient retarder le souper que d'une heure à peu près, et le résultat devait en être si amusant pour le prince, qu'il se résigna sans peine à laisser
partir ses convives.

Les voyez-vous ces jeunes seigneurs parcourant les nobles maisons de
la résidence, priant avec mystère les femmes de chambre de prévenir
Son Excellence le premier ministre, qu'il est attendu au palais? Et quand
on leur répond: — Que monseigneur le comte Otton n'est pas dans l'hôtel, ils sourient malicieusement à la femme de chambre, et essaient de
tenter sa fidélité par l'appât d'une pièce d'or. Les plus hardis chercheurs
pénètrent même un peu plus loin dans les appartemens de telle duchesse, et sortent de son hôtel avec la certitude que ce n'est pas le premier ministre qui est dans la chambre à coucher de la sensible veuve, ou
de la tendre moitié d'un noble voyageur dont le retour est impatiemment
attendu. Les amis de Maximilien recueillent dans leurs courses une foule
d'anecdotes piquantes qui vont encore égayer son souper; mais Otton se
dérobe à toutes les perquisitions; en vain Rodolphe de Hatzfeld a poussé
la curiosité jusqu'à se faire ouvrir le boudoir de la jolie baronne de Rœdelheim; en vain il a manqué de se faire une affaire avec M. le baron,
furieux qu'on se permît de le déranger au milieu d'une partie de whist
qu'il faisait avec sa femme. C'est à grand'peine que Rodolphe est parvenu
à faire entendre au baron que, n'ayant pas trouvé les gens de monsieur

dans l'antichambre, il s'était hasardé à venir jusque-là pour demander si Otton ne serait pas, par hasard, en tiers dans la partie de whist de madame la baronne ; mais le mari avait éconduit fort cavalièrement l'importun, en lui disant : — On doit savoir à la cour que je ne vois pas le premier ministre.

Pendant que les amis du prince parcouraient la résidence, semant partout le soupçon sur la vertu des nobles dames de la cour de Maximilien, l'inquiétude dans l'esprit des maris, provoquant l'indignation des prudes, et peut-être bien aussi leur jalousie pour l'objet mystérieux des amours du ministre, le secrétaire d'Otton, serviteur fidèle et discret, avait sellé un cheval, et prenant un chemin détourné, était arrivé au château de la princesse Clémentine. Il avait remis un papier cacheté à l'une des premières femmes de service de la landgrave, et repris, aussitôt après, le chemin d'Offenbach ; cette fois il cheminait à pied. Il n'avait pas fait cinq cents pas que le galop d'un cheval, qui suivait de loin la même route que lui, vint rassurer l'âme singulièrement émue de ce bon serviteur ; il s'arrêta pour voir passer devant lui le cavalier, et, bien certain d'avoir reconnu son maître dans celui qui courait ainsi vers la résidence, il se mit à le suivre à toutes jambes, dirigeant de temps en temps la course d'Otton par ces mots entrecoupés et dits presque à voix basse, bien que la nuit fût obscure et la route déserte :

— Par ici, monsieur... à droite... à gauche, prenez à travers les broussailles... traversez le ruisseau... qu'on perde la trace des pas du cheval... risquez ce fossé... bien... m'y voilà aussi... Soyez sans crainte... on ne saura pas... on me prendra ma vie plutôt que votre secret... Tenez, tenez, voyez d'ici poindre les premières lumières... c'est la ville, monsieur ; nous y arriverons avant qu'on ait eu le temps de soupçonner la vérité.

Le secrétaire d'Otton courait toujours à ses côtés ; mais quand il se trouvait devant un bouquet de bois, il prenait d'une main le cheval par la bride, et de l'autre écartait les branches d'arbre qui se croisaient sur son chemin, au risque de mettre ses vêtemens en lambeaux et d'ensanglanter son visage. Aucun obstacle ne l'arrêtait pour donner le change sur la route que le cavalier avait prise ; il entrait à mi-jambe dans les ruisseaux, et conduisait le cheval de son maître qui bronchait à chaque pas sur les cailloux. Otton tournait quelquefois les yeux du côté d'où il était venu, et disait entre ses lèvres : — Quel malheur !... elle a failli en mourir !... dans quel état elle doit être encore !... Que dire... quel mensonge inventer ?... Oh ! que c'est affreux de tromper !

Enfin ils arrivèrent aux portes de la ville ; Otton descendit de cheval et le remit à son secrétaire ; il était trop préoccupé pour remercier ce serviteur si dévoué. Il lui donna une poignée de main sans faire entendre un mot de reconnaissance ; mais l'expression de son regard suffisait au bon secrétaire : il avait réussi à sauver son maître, c'était sa plus belle récompense.

Otton, enveloppé dans son manteau, descendait les rues obscures de la résidence, roulant mille projets dans sa tête, sans avoir pu trouver encore une excuse à donner au prince. Cependant il approchait du château ; c'était l'heure où l'ouvrier le plus laborieux d'Offenbach dépose ses outils, quitte le tablier de travail et déserte l'atelier après sa journée de quinze heures. Le ministre voyait, dans sa route, s'éteindre peu à peu le feu des forges, le bruit des marteaux et la lumière des lampes de fer ; les mères appelaient leurs enfans qui jouaient sur le pas des portes ; les portes se fermaient ; et, toujours incertain, Otton cherchait un mensonge vraisemblable. Il n'avait plus à traverser qu'une ruelle étroite et longue de trente pas environ, pour arriver au palais, lorsqu'en levant les yeux vers le ciel, comme pour lui demander une inspiration heureuse, il aperçut, au troisième étage d'une masure de pauvre apparence, une tremblante clarté briller à travers les rideaux blancs de la fenêtre mansardée ; vis-à-vis de cette masure, un petit garçon de sept à huit ans était assis sur une borne. Otton, sans projet arrêté, regarda encore une fois la seule fenêtre qui fût alors éclairée dans toute la longueur de l'étroite ruelle, et s'approcha de l'enfant, qui se réveilla en sursaut.

— Que fais-tu là, mon petit ami? dit-il à l'enfant en le frappant légèrement à l'épaule.

L'enfant eut un mouvement de crainte, se frotta les yeux, et répondit :

— Je dors en attendant maman, qui est sortie pour aller chercher le souper de papa ; si vous avez besoin d'elle, elle va revenir tout de suite.

— Sais-tu, continua Otton en lui montrant la fenêtre éclairée, quel est le monsieur qui demeure là ?

— Oui, que le sais bien ; c'est mademoiselle Hélène, la brodeuse ; elle veille pour attendre son frère, le voisin Hugues, et son promis, Anselme Werner... C'est une jolie fille, allez ; même que je serai de la noce... preuve que je la connais.

— Bien, c'est juste... et moi aussi je la connais, répondit Otton frappé d'une idée subite ; puis il murmura tout bas : Une jeune fille... seule... cet enfant pour témoin... je n'ai pas à choisir. Alors il éleva la voix, et reprit :

— Tu crois donc, petit drôle, que je ne me suis pas aperçu de ta ruse?... tu feignais de dormir... mais c'était pour mieux me guetter.

— Moi, monsieur ?... je vous assure... tenez, voyez plutôt, j'en bâille encore... ainsi je dormais bien.

— Je ne suis pas ta dupe ; mais prends garde à toi si jamais tu t'avises de dire que tu m'as vu sortir de cette maison. L'enfant le regarda d'un air ébahi. Oui, tu m'as vu, je le sais ; mais voilà qui te fera taire si tu avais envie de jaser. Otton tira de sa poche quelques florins ; l'enfant le regardait toujours fixement l'argent, mais sans oser prendre l'argent, bien qu'il eût forte envie de le tenir. Un bruit de pas se fit entendre dans la rue, le petit bonhomme regarda au loin : — Voilà maman ! dit-il. A ces mots, le ministre glissa les florins dans la main de l'enfant, en lui répétant encore une fois : — Surtout ne va pas t'aviser d'apprendre à personne que tu m'as vu sortir de chez mademoiselle Hélène.

Otton reprit sa course vers le château. Rodolphe de Hatzfeld et les autres jeunes courtisans arrivaient en même temps que lui, bien humiliés du mauvais succès de leurs recherches. Du plus loin que Rodolphe reconnut le ministre, il courut à lui en criant aux amis qui le suivaient : — Nous le tenons... à moi ! qu'il ne nous échappe pas. Otton se vit à l'instant entouré par les convives du prince ; accablé de questions, étourdi d'épigrammes, assailli de tous côtés, il répondit aux indiscrets : — Vous saurez d'où je viens quand nous serons devant Son Altesse. — C'est juste, reprit Rodolphe ; allons trouver Son Altesse. Et les jeunes seigneurs entraînèrent Otton en poussant des cris de joie qui retentissaient jusque dans le salon vert, bien avant qu'ils n'y fussent arrivés.

— Eh bien ! dit le landgrave en souriant à ses jeunes compagnons, laquelle de nos grandes dames faut-il complimenter?... quelle duchesse a été assez adroite pour parvenir à apprivoiser le sauvage ?

Ces mots, lancés légèrement par le prince, tombèrent comme un poids affreux sur le cœur d'Otton ; il frissonna et pâlit ; mais, heureusement, son trouble ne fut remarqué d'aucun des convives ; il prit une attitude plus assurée et se prépara à répondre d'une manière satisfaisante aux questions de la joyeuse cour.

— Ma foi, répondit Rodolphe, nous ne saurions dire à Votre Altesse où la beauté qui lui tient au cœur a sa retraite, car toutes nos recherches pour la découvrir ont été infructueuses : ce n'est dans aucun hôtel de la résidence qu'on peut espérer de la rencontrer ; il est vrai que nous ne nous sommes présentés que chez les grandes dames.

— Peut-être, répondit Otton en affectant de sourire, auriez-vous été plus heureux, si vous aviez cherché plus bas.

— Plus bas ou plus haut ? objecta imprudemment Rodolphe. Otton baissa la tête, la parole expira sur ses lèvres.

Le landgrave regarda sévèrement le comte de Hatzfeld. — Messieurs, dit-il, dans nos plaisanteries de garçons ne mêlons jamais des noms respectés ; il n'y a au dessus des dames chez lesquelles vous avez dû chercher Otton, que Son Altesse Sérénissime, ma mère... Rodolphe étouffa un fou rire ; Maximilien continua : — La princesse Jeanne, ma sœur, et la landgrave, ma femme.

L'espèce de leçon que le prince donnait au trop léger Rodolphe fit du bien au ministre ; il releva la tête pour demander excuse au nom de son jeune ami : Maximilien pardonna facilement : on se remit à table. Après le premier service, qui fut dévoré en silence, le landgrave fit un signe aux valets, ils sortirent, et l'on reprit la conversation, que le jeune ministre ne craignait plus de voir entamer une seconde fois.

— Ainsi, maladroits que vous êtes, reprit Maximilien, vous ne pouvez me dire quel est l'objet des amours mystérieuses de notre ami ?

— Non, prince ; mais comme il a promis de ne rien cacher à Votre Altesse... vous pouvez l'interroger. Otton parlera.

— Dispensez-moi de vous dire la vérité, interrompit celui-ci, je ne saurais vous avouer...

— Et pourquoi ? ma cour n'est-elle pas celle de la galanterie ? Tu sais bien, Otton, qu'entre nous il n'y a pas de secrets de ce genre-là... Nous nous sommes engagés à tout nous dire... quand ça ne serait que pour ne pas nous rencontrer dans nos intrigues amoureuses.

— Non, Maximilien, nous ne pouvons pas être rivaux... Je sais que vous n'aimez pas celle qui a su me séduire.

— Expliquons-nous plus clairement : cessons entre nous ce langage réservé... Tu as promis de parler, je t'ordonne de tenir ta promesse.

— En vérité, Votre Altesse s'inquiète donc bien de cet amour ?... Soyez tous certains que si j'aimais une de ces dames qu'on voit à la résidence, essayant le pouvoir de leurs charmes sur chacun de nous, je la nommerais à l'instant, pour que le soupçon ne pût atteindre les autres...

— Ainsi, celle que tu aimes ne vient pas au château ?... Bon ! voilà déjà un renseignement ; poursuis.

— Non, vous me presserez en vain, je ne dirai pas le reste de mon secret.

— Alors c'est qu'elle est laide et disgracieuse, reprit Rodolphe. Je me le disais bien : Otton est un original ; s'il adresse jamais ses hommages à une femme, son amour tombera justement sur celle qu'aucun de nous n'aurait jamais pensé à choisir... Je ne sors pas de là, elle est laide !

— Oui, elle est laide, elle est affreuse ! s'écrièrent à la fois tous les convives ; et ils se mirent à passer en revue tous les degrés de laideur, tous les accidens de la nature dont on pouvait doter la bien-aimée d'Otton.

— Prends garde, chevalier, on insulte aux attraits de ta dame, reprit gaîment le prince. Te voilà forcé de nous la faire connaître, sous peine de passer à ses yeux pour déloyal et félon.

— C'est vraiment une persécution ! balbutia Otton, enchanté intérieurement du tour que prenait la conversation. Que savez-vous si ce n'est pas pour moi bien plus que pour elle que je tiens à cacher cette intrigue ? En pareil cas, vous avez tous, messieurs, de beaux noms à déclarer : aussi, je suis presque honteux d'avouer que je me suis laissé prendre à des charmes qui ne comptent pas un quartier de noblesse.

— C'est une bourgeois...

— Moins que cela, mon prince ; ainsi n'en parlons plus.

— C'est donc une marchande ?

— Plus bas encore.

— A moins que ce ne soit une servante d'auberge, répliqua Rodolphe. Au fait, il y en a peut-être de jolies.

— Rodolphe oublie qu'entre les marchandes et les servantes d'auberge, il y a encore une classe où l'on peut trouver des attraits... de la coquetterie, enfin, tout ce qui fait oublier les égards que l'on doit à son rang.

— Certainement, on prétend que les jeunes ouvrières d'Offenbach sont assez bien, continua Maximilien ; il faudra que je m'assure de cela.

— Mais Votre Altesse, au moins, ne se vantera pas en cour d'une conquête de ce genre-là ?

— Il est vrai que cela présente d'abord une idée ridicule ; mais, comme on dit, l'amour ne se commande pas.

— Eh bien ! c'est pour échapper à ce ridicule que je voulais me taire avec vous ; oui, messieurs, quand vous aviez la hardiesse d'aller me chercher jusque chez les comtesses et les baronnes, j'étais auprès d'une jeune brodeuse ; mais, je vous en prie, que ceci soit entre nous.

— Pauvre garçon ! reprit Rodolphe, où diable va-t-il s'aviser d'aimer ?... Ah ça ! où demeure la belle ?

— Pour cela, vous ne le saurez pas ; j'ai bien assez de vos railleries comme cela. Parlons d'autre chose.

— Non pas, ajouta Maximilien ; il nous faut son nom et son adresse.

— Vous en abuseriez, messieurs, et je ne le souffrirais pas... C'est une idée folle, un caprice qui m'a passé par la tête ; mais j'ai rompu... Elle se marie bientôt ; ainsi, laissez en repos la pauvre fille.

— Otton, crois-tu à ma parole ? dit Maximilien : je te jure, au nom de tous nos amis, que nous te tiendrons quitte dès que nous saurons le nom de ta jolie brodeuse.

— Mais à quoi bon ?

— Parbleu ! à nous rendre *incognito* au temple, le jour du mariage, pour voir seulement comment tu sais les choisir... Oui, messieurs, nous irons tous... mais je vous défends toute plaisanterie sur le compte de la petite... Vous me promettez de respecter le malheur de cette pauvre enfant ? C'est bien assez pour elle de perdre l'amour d'Otton, et surtout de se marier avec quelque vilain.... Mais dis-nous son nom... je l'exige maintenant.

— Apprenez donc, puisque vous voulez tout savoir, qu'elle se nomme Hélène, et qu'elle demeure dans la ruelle du Grand-Aigle-Blanc.

— Du diable si j'aurais jamais été chercher mes maîtresses dans un pareil quartier !... un vrai coupe-gorge !

La dernière partie de l'aveu d'Otton doubla la gaîté des convives ; pour le ministre, il avait long-temps hésité avant de livrer aux sarcasmes de ses amis un nom qu'il se rappelait à peine ; mais, jugeant à la fin qu'il fallait une preuve certaine de sa présence dans la ruelle du Grand-Aigle, il ne recula plus devant l'idée de nommer la jeune brodeuse ; ce n'était pas sacrifier le repos de l'ouvrière, on ne la connaissait pas à la cour, et c'était éviter de compromettre la réputation de la landgrave. Les soupçons, s'il en existait d'abord sur sa véritable démarche de la soirée, devaient être totalement dissipés par cette déclaration, que l'on pouvait croire pleine de franchise.

On but au bonheur de la fiancée de l'ouvrier, à l'aveuglement éternel de son mari, et Rodolphe s'empara de la parole pour raconter à la joyeuse assemblée les diverses remarques qu'il avait faites, dans sa tournée nocturne, chez les grandes dames de la résidence.

II

Le Bruit du Quartier.

> D'abord un bruit léger, rasant le sol comme
> hirondelle avant l'orage, *piani simo* murmure et
> file, et sème en courant le trait empoisonné ; telle
> bouche le recueille, et *piano, piano,* vous le glisse
> en l'oreille adroitement. Le mal est fait, il germe,
> il rampe, il chemine, et *rinforzando* de bouche en
> bouche, il va le diable ; puis tout à coup, ne sais
> comment, vous voyez calomnie se dresser, siffler,
> s'enfler, grandir à vue d'œil. Elle s'élance, étend
> son vol, tourbillonne, enveloppe, arrache, entraîne,
> éclate et tonne, et devient, grâce au ciel, un cri
> général, un *crescendo* public, un *chorus* universel
> de haine et de proscription. Qui diable y résis-
> terait ?
>
> BEAUMARCHAIS. — *Le Barbier
> de Séville.*

L'enfant de la ruelle du Grand-Aigle-Blanc tournait les florins dans ses doigts, examinait, à la lueur voilée de la lune, les nobles effigies dont ils portaient l'empreinte, et se demandait déjà comment il pourrait dépenser tant d'argent à la prochaine foire d'Offenbach, où les plus belles figures de bois ne valent pas au dessus de deux creutzers. Sa mère approchait ; il ne savait, le pauvre riche, comment lui cacher sa fortune ; il n'avait pas de poches ; de bas, pas davantage, et ses sabots étaient une mauvaise cachette. — Il faut monter, Fritz, lui dit sa mère ; voilà Georges, ton père, qui revient, son souper n'est pas prêt, il va gronder... Tiens, prends cette bouteille... prends cette écuelle. Et le petit Fritz n'osait tendre les mains pour débarrasser sa mère, son argent le gênait.
— Allons, prends donc, puisque je te le dis !
— Je ne peux pas, mère... j'ai déjà quelque chose dans les mains.
— Oui, des billes, n'est-ce pas ? mets-les dans ton bonnet, et dépêche-toi de monter devant moi. Fritz ôta son bonnet de laine, posa avec le plus de précautions possible les précieux florins au fond de la doublure ; mais, dans son empressement à remettre le bonnet sur sa tête, il ne s'aperçut pas qu'une des pièces glissait à terre ; elle résonna en tombant sur la première marche de l'escalier. — Saint Dieu ! s'écria la mère, il pleut de l'argent ici ; mais ôte-toi donc de là, mon garçon, que je voie avec la lampe. Elle repoussa si vivement Fritz, pour examiner de plus près le florin qui brillait sur le plancher de l'allée, que le mouvement de tête de l'enfant détermina l'orage : la pluie d'argent s'échappa pièce à pièce de dessous son bonnet ; sa mère compta jusqu'à quinze florins. — Miracle ! miracle ! cria la bonne femme, voilà mon fils qui fond en argent. — A l'exclamation de la mère de Fritz, deux portes du voisinage s'ouvrirent. — Qui appelle ? demanda-t-on du haut de l'escalier. — Hé ! descendez, les voisines, Fritz est ensorcelé ; il lui sort des florins par la bouche et par les yeux. Les voisines ne se le firent pas dire deux fois ; elles descendirent avec leurs chandeliers de bois à la main, et s'arrêtèrent stupéfaites à la vue de tant de richesses répandues aux pieds de l'enfant. Fritz, interrompu par les cris de sa mère à chaque fois qu'il voulait parler, ne savait comment expliquer aux trois femmes que cet argent ne venait pas du diable, mais bien d'un beau monsieur qui le lui avait donné pour l'engager à se taire sur ce qu'il n'avait pas vu. Enfin, comme l'une

des femmes se baissait pour mieux voir la soi-disant monnaie de l'enfer,
et que la mère de Fritz la retenait en disant : — N'y touchez pas, voisine,
ça vous brûlerait les doigts, l'enfant s'empressa de ramasser une pièce.
— Vous voyez bien que ça ne brûle pas, mère... je n'ai pas senti de feu
quand ce riche seigneur m'a mis, il n'y a qu'un moment, tout cet argent-là dans la main. — Comment ! quel seigneur?... dis-nous. Fritz
ayant ramassé tous les florins, que sa mère serra précieusement dans sa
poche de toile, s'assit sur les marches de l'escalier, et se mit à raconter
comme quoi un monsieur, couvert d'un grand manteau, était sorti de
chez mademoiselle Hélène, l'avait aperçu comme il était à bâiller sur la
borne, et s'était approché de lui pour lui recommander, moyennant une
poignée de florins, de ne dire à personne qu'il venait de chez la brodeuse.
L'indiscret se donna bien de garde d'ajouter que le monsieur au manteau l'avait réveillé pour lui faire cette recommandation. Les voisines,
accoudées sur l'appui en bois de l'escalier, écoutaient parler l'enfant avec
joie et surprise; elles ouvraient de grands yeux, de grandes bouches,
comme pour l'interrompre, et Fritz, encouragé par l'intérêt que les bonnes femmes du voisinage d'Hélène prenaient à son récit, ajouta : — Enfin j'ai cru voir aussi notre voisine lui dire adieu... mais ça, je n'en suis
pas si sûr... Au fait, il faut que ça soit quelque chose de bien secret,
pour que le beau monsieur m'ait donné tant d'argent.

— Ainsi, tu l'as bien vu sortir de chez Hélène? lui demanda encore
une fois sa mère.

— Pardine ! si je l'ai vu, puisqu'il m'a payé pour n'en rien dire... Oh !
c'est un seigneur, il n'y a pas de doute ; les ouvriers comme mon père
ne mettent pas des manteaux avec du velours.

— Cet enfant a raison, c'est quelque personne de la cour du landgrave ;
mais voyez donc un peu cette mademoiselle Hélène, comme elle se conduit : qui est-ce qui aurait jamais dit cela?

— Moi, je l'aurais dit ; il y a long-temps que j'ai mauvaise opinion de
cette fille-là...

— A la veille de se marier ! si ce n'est pas affreux !

— Ah ! si sa pauvre mère vivait, elle en verserait des larmes de sang.

— Et son père, donc ! il aurait été capable de la tuer; c'était un si
honnête homme.

— Est-ce que nous laisserons ce pauvre Anselme faire un pareil mariage? D'abord, Anselme est presque mon cousin, et, quand ça ne serait
que pour l'honneur de la famille, je dois le prévenir.

— Mais qui ça peut-il être que ce seigneur? reprit la mère de Fritz ;
on ne voit jamais Hélène sortir sans son frère ou sans son promis.

— Elle n'a pas besoin de courir après ce bel amoureux-là, répondit
l'une des voisines, puisqu'il vient la trouver.

— Tiens, il fait son métier de jeune homme ; c'est aux filles à savoir
se garder, ajouta l'autre.

— Certainement, les hommes n'ont jamais tort de chercher à se pourvoir; comme disait feu défunt le père de mon mari : *Prenez garde à
vos poules, mon coq est lâché.*

Le bavardage des commères aurait duré bien long-temps encore, si
Georges, le père du petit Fritz, ne fût enfin rentré de sa journée. —
Qu'est-ce qu'il y a ici, mes voisines? demanda-t-il : un événement, un
malheur?

— Il y a, reprit sa femme, que notre enfant nous rend riches de quinze
florins ce soir.

— Quinze florins ! répéta Georges en fronçant le sourcil ; et où peut-il
avoir gagné tout cet argent-là?

Fritz n'était pas fâché de raconter une seconde fois l'histoire de sa
conversation avec le beau seigneur au manteau; aussi allait-il recommencer son récit quand Georges lui coupa la parole.— Dis donc, femme,

n'est-ce pas mon souper qui refroidit là au grand air? J'ai faim ; Fritz
nous contera le reste pendant que je mangerai la soupe, et si les florins
ne sont pas bien à lui, je saurai bien les lui faire rendre demain au bourgeois à qui ils appartiennent.

— Les rendre! murmura l'enfant en montant l'escalier avec la bouteille
et l'écuelle à la main ; c'est bien assez que la mère me les prenne ; car,
Dieu merci, je les ai bien gagnés.

Tandis que, dans le salon vert du landgrave, on buvait gaîment à l'a-
mour du ministre pour une fille du peuple, et que, dans le ménage du
tonnelier Georges, les voisines appelaient les malédictions du ciel sur
l'ouvrière séduite par un grand seigneur, Hélène, attentive, comptait les
minutes, se levait pour aller écouter le bruit des pas dans l'escalier, et
venait se rasseoir près de son métier à broder en se disant : — Ah! tant
mieux, ce n'est pas encore lui... mais demain je ne l'attendrai pas : c'est
dimanche... il restera avec moi toute la journée... Et la semaine prochaine
donc !... la semaine prochaine, pas de travail... Nous nous marions lundi...
c'est bien le moins que je le garde pendant huit jours. Elle se remettait à travailler avec plus de courage ; sa main courait sur le tissu, et
son initiale s'enlaçait sous l'aiguille à celle d'Anselme : elle brodait la
cravate de noces de son fiancé. Hélène n'éprouvait pas cette triste mélancolie qui s'empare souvent du cœur de nos jeunes filles à la pensée d'un
mariage prochain ; elle connaissait trop bien l'humeur facile d'Anselme,
son amitié franche et sincère, pour qu'aucun sentiment de crainte vînt
se mêler à ses rêves de bonheur. Depuis cinq ans elle était la ménagère
de son frère et de son amant ; rien, après cette union, ne devait être
changé à l'existence paisible de la jeune brodeuse ; si elle désirait ardemment de voir arriver le jour du mariage, c'est parce qu'on lui avait promis
de la faire danser tant qu'elle le voudrait, et la folle enfant aimait par
dessus tout la danse. Elle devait avoir huit jours de fête, après lesquels
il était bien convenu que tout rentrerait dans l'ordre accoutumé chez les
habitans de la mansarde de la ruelle du Grand-Aigle-Blanc ; on conti-
nuerait à vivre en famille comme par le passé, à l'exception cependant
qu'Anselme quitterait le petit cabinet noir où il couchait depuis si long-
temps, et que son beau-frère Hugues irait occuper sa place. Ce n'était
donc pas une tendre impatience qui lui faisait écouter le bruit des pas.
Elle avait l'habitude d'attendre chaque soir les deux ouvriers, et, ce jour-
là, elle était prévenue qu'ils devaient rentrer tard, c'était le dernier samedi
qui précédait la semaine des noces ; aussi Hélène, loin d'être inquiète de
leur absence, craignait-elle au contraire de les voir revenir avant que sa
broderie ne fût achevée. Il y avait déjà six grands jours qu'elle gardait le
mystère sur ce travail, et c'était beaucoup pour elle que de cacher si long-
temps quelque chose à son Anselme, fût-ce même pour lui ménager une
agréable surprise. Déjà, une fois, elle s'était débarrassée de la moitié de
son secret, en lui disant : — Vous ne savez pas que je travaille pour vous...
mais je ne veux pas vous le dire... et je vous défends de regarder sur mon
métier à broder... Vous serez bien surpris quand vous verrez ce que c'est.
Anselme avait eu beau la presser de questions depuis cette demi-confi-
dence, il n'avait pu obtenir d'elle une parole de plus.

Onze heures du soir sonnaient à l'horloge du château comme Hélène
terminait sa broderie sur la cravate d'Anselme ; à onze heures, Hugues et
son futur beau-frère entraient dans la ruelle du Grand-Aigle ; la jeune
fille reconnut leurs voix : ils revenaient en chantant, selon leur habitude.

— Chante! chante! pauvre Anselme, se dirent les voisines de Georges,
qui s'entretenaient encore avec le tonnelier des visites mystérieuses du
riche seigneur. Hélène, dans sa mansarde, se dit aussi : — Chante! chante!
mon Anselme, bientôt tu seras plus joyeux encore, quand tu verras la
belle cravate que j'ai travaillée pour toi.

Les deux amis arrivèrent dans leur mansarde ; la table était dressée pour le souper, et la cravate brodée, soigneusement enveloppée dans un papier blanc, avait été posée par Hélène dans l'assiette d'étain de son futur : — Vous avez fait une bonne journée, et moi aussi, leur dit-elle ; ouvrez le papier, monsieur Anselme, et voyez un peu la surprise que je vous destinais. Anselme s'empressa de déplier la cravate. La jeune fille, pourpre de plaisir, le regardait en souriant admirer sa broderie. Anselme, dans l'excès de sa joie, s'approcha d'Hélène pour l'embrasser :

— Tu permets, frère? d t-il à Hugues.

— Oui, embrasse-la, reprit celui-ci en allumant sa pipe ; toute peine mérite salaire, et son travail vaut bien un baiser. Hélène tendit sa joue, sur laquelle le jeune fiancé fit résonner un de ces bons gros baisers qui sont si doux à prendre sur les pommettes fraîches et rosées des jolies filles, qu'elles soient d'Offenbach ou d'autres lieux.

Bonne nuit à la jeune famille de la ruelle du Grand-Aigle-Blanc. Hélène a été rieuse jusqu'au moment où son frère Hugues, secouant le foyer de sa pipe pour en jeter la cendre, a pris gravement la parole : — Écoutez-moi, enfans : quand feu mon brave père, dont la mémoire soit bénie, est sorti de ce monde, il m'a dit : « Je te laisse sur les bras un pesant fardeau, le soin de pourvoir à l'existence d'une jeune fille, et de veiller à sa réputation. » Les paroles de celui que j'avais appris à respecter, auquel j'obéissais autant par amour que par devoir, ne tombaient pas dans l'oreille d'un homme oublieux de ses promesses. Je jurai d'être le protecteur d'Hélène, de lui servir de père ; et, je suis glorieux de l'avouer ici, ce fardeau qui devait tant me peser, la bonne conduite de ma sœur a su le rendre bien léger.

Hélène, qui écoutait son frère avec attention, tandis qu'Anselme, non moins attentif qu'elle, faisait avec son couteau des entailles dans la table de chêne ; Hélène, dis-je, interrompit Hugues pour lui demander : — D'où vient que tu m'adresses des complimens? tu as fait ce que tu avais promis à mon père, et moi ce que je me devais à moi-même, à toi... à Anselme... ainsi, disons que nous avons tous rempli notre devoir, et parlons d'autre chose.

— Non pas, sœur, je n'ai pas fini ; mon père me dit encore : « La femme doit une dot à son mari ; l'époux doit à ses enfans le courage et le talent nécessaires pour faire prospérer le bien de leur mère... Tu le sais, Hugues? » Écoute bien, ma sœur, c'est notre père mourant qui parle : « Tu le sais, mon fils, moi aussi, j'avais du courage et quelques talens, non pas de ceux qui demandent la force des bras, mais l'instruction et l'éloquence indispensables pour réussir dans la profession d'avocat ; en défendant la fortune des autres contre les attaques de la mauvaise foi, j'oubliai la mienne ; je ne songeai pas qu'il fallait quelquefois appuyer les droits incertains d'un riche et puissant client, au risque de compromettre la dignité de ma robe. L'avocat a besoin de protecteurs, et l'on commençait à dire dans ce temps-là : *Il n'y a que les causes perdues qui déshonorent au barreau ; celles que l'on gagne honorent toujours.* Ton aïeul ne pensait pas ainsi ; je voulus conserver, dans un plus mauvais temps que le sien, la même sévérité de principes... On s'éloigna de moi ; j'eus d'abord la réputation assez triste de ne gagner que les causes qui ne méritaient pas même d'être discutées ; on oubliait, à chacun de mes succès, que c'était souvent contre un adversaire puissant que je faisais pencher la justice indécise et craintive de mon tribunal. Enfin, les juges reprirent de l'énergie, Dieu le leur pardonne ! six fois de suite le nom seul de ma partie adverse fut d'un plus grand poids dans leur balance que le bon droit que je défendais. Méprisé des riches qui triomphaient de mon éloquence, en butte au courroux de ceux dont j'avais involontairement hâté la ruine, honni par mes collègues, je commençai à comprendre qu'un honnête homme est mieux placé dans un atelier que devant la barre d'un tribunal, quand il tient à conserver l'estime de ses semblables... Je me dis alors, mon fils sera ouvrier, et moi-même je jetai la robe d'avocat pour prendre le tablier de travail. Ta bonne et respectable mère survécut de bien peu à ma tardive résolution ! Je t'élevai... je fis apprendre un métier à ta sœur, et je pars le désespoir dans le cœur, de ne pouvoir lui laisser assez de biens pour enrichir l'honnête et brave ouvrier que tu lui choisiras pour époux ; car, je te le répète, la femme a besoin d'une dot : celle de l'homme, c'est le courage. »

Ici Hugues fit une seconde pause, bourra sa pipe, c'était son habitude lorsqu'il voulait cacher une vive émotion, et jamais il ne parlait de son père sans être profondément ému ; Hélène avait des larmes plein les yeux ; pour Anselme, il tenait toujours son couteau appuyé sur la table, mais depuis quelques instans il ne l'entaillait plus ; le discours de son ami absorbait toute son attention. Quand il vit que son beau-frère avait cessé de parler, il lui prit la main, la serra fortement et dit : — Frère, car je peux te donner ce nom, ne parlons jamais de dot ; entre nous, ne sommes-nous pas convenus depuis long-temps que tous les samedis nous apporterions dans le ménage l'argent de notre semaine ? et quand nous aurons assez d'épargnes pour nous établir, nous ouvririons un atelier de serrurier-mécanicien, sous le nom d'Anselme Werner et compagnie ?

— Eh bien ! interrompit le frère d'Hélène, cet atelier, nous l'ouvrirons la semaine prochaine, si tu veux ?

— Mais ce n'est pas possible, dit la jeune fiancée ; je connais la petite fortune d'Anselme, elle n'est pas lourde, et moi, quand j'aurai acheté mon habillement de noce, il ne me restera rien de mes épargnes.

— Je ne dis pas le contraire, continua Hugues ; mais vous ne comptez pas les miennes, mes amis ; croyez-vous donc que j'aurais voulu penser à marier ma sœur, si je ne m'étais vu dans la possibilité de tenir la parole que j'avais donnée à mon père ? « Hélène aura une dot, » lui ai-je dit quand je l'ai entendu se plaindre de mourir sans t'en laisser une : je devais lui faire cette promesse pour rendre sa fin plus calme, plus heureuse que sa vie, et comme les promesses d'Hugues Istein ne sont pas seulement des paroles en l'air pour rassurer les mourans... j'ai travaillé à la fortune de ma sœur : grâce à Dieu, l'ouvrage ni la bonne volonté ne m'ont manqué... Tenez, mes enfans, ajouta-t-il en tirant de sa poche une bourse de cuir, comptez les thalers et les rixdalles, et dites-moi un peu si cette surprise-là ne vaut pas bien une cravate brodée !

La jeune fille resta un moment ébahie devant les pièces d'or que son frère étalait sur la table, puis elle sauta au cou de ce bon Hugues, qui se défendait en souriant contre ses caresses. — Allons, c'est bon ; tu es contente, c'est tout ce qu'il me faut, et notre père doit l'être aussi, s'il voit cela de là-haut ; j'ai rempli, je crois, le double devoir qu'il m'avait imposé... A présent ce sera à toi, Anselme, de pourvoir à l'existence de ma sœur et de veiller à sa réputation.

— Hugues, reprit Anselme, ce que tu fais pour nous est de trop ; je n'avais pas besoin de cela pour aimer Hélène.

— C'est convenu ; mais comme ça ne peut pas nuire à votre amitié, n'en parlons plus, et fumons une pipe.

— Il est bientôt une heure du matin, reprit Hélène ; vous êtes fatigués, il faut dormir.

— Alors, bonsoir, à demain.

Un quart d'heure après le bruit des voix avait cessé... on ne voyait plus de lumière à travers les rideaux de la fenêtre mansardée... Bonne nuit à la jeune famille de la ruelle du Grand-Aigle-Blanc.

Le lendemain, ai-je dit, était un dimanche ; superbe dimanche, ma foi, avec le beau ciel gris de l'Allemagne, son soleil brumeux, son air épais et tiède des derniers jours d'été ; un dimanche, enfin, comme le désirent les hommes qui vont boire et jouer aux quilles dans le jardin de la Grande-Auberge ; comme les jeunes filles le demandent dans leurs prières pour aller danser sous les grands arbres du Cours, car on danse mal dans l salle de l'auberge, et l'on y joue plus mal encore. La fumée du tabac, la vapeur de la bière blanche, troublent la vue, montent au cerveau; sans le vouloir on balbutie des injures, et souvent on se surprend à donner un coup de poing à son meilleur ami, sans que l'on puisse se dire comment la querelle a commencé. Au grand air, les bouffées de fumée, les vapeurs de la bière, les injures, tout s'évapore. Vive le grand air pour jouer aux quilles! vive aussi le grand air pour danser aux chansons! Quelle chambre serait assez vaste pour former le grand rond? le plus beau salon du château de Maximilien ne tenterait pas les jeunes filles d'Offenbach lorsqu'il s'agit d'une joyeuse ronde; et quand même le prince viendrait en personne leur offrir ce salon, elles répondraient toutes : — Merci, monseigneur, il n'y a pas assez de place ici pour rire.

Ainsi la journée promettait d'être belle; les maris mettaient dans leur gousset la menue monnaie qu'ils voulaient abandonner au jeu; les petits garçons couraient déjà les rues, et les jeunes filles se paraient pour le prêche du matin. Quant aux mères, elles n'assistaient pas, comme de coutume, leurs filles dans la toilette du dimanche; on les voyait par groupes, ces bonnes femmes de la résidence, causant sur le pas des portes, et dans toutes les rues la conversation paraissait également animée; mais c'était surtout dans la ruelle du Grand-Aigle-Blanc que le rassemblement était nombreux et que l'on s'entretenait avec chaleur; madame Georges, la mère du petit Fritz, ne se lassait pas de raconter l'histoire des quinze florins. On accourait en foule pour l'entendre; à chaque nouveau venu elle répétait la conversation du beau seigneur au manteau avec son fils, et son texte s'embellissait de toutes les suppositions qui se formaient autour d'elle; chacun de ses récits était toujours considérablement augmenté et enrichi de remarques nouvelles. Les passans, qui puisaient là de quoi alimenter la curiosité de leur voisinage, allaient reporter dans tous les quartiers ce qu'ils avaient entendu raconter par la femme du tonnelier; et le trésor de scandale et de calomnie, loin de s'épuiser en route, se trouvait singulièrement grossi à mesure que le conteur s'éloignait de la ruelle du Grand-Aigle; le fabuliste a dit :

> Comme le nombre d'œufs, grâce à la Renommée,
> De bouche en bouche allait croissant,
> Avant la fin de la journée
> Ils se montaient à plus d'un cent.

Le nombre des florins donnés à l'enfant croissait dans une proportion égale à celui des œufs de la fable; on disait par là : — Ce n'est pas la première fois que le seigneur a été surpris. Par ici, on disait encore : — La coquette n'en est pas à son premier galant. Et moi, notez-le bien, je traduis par coquette un mot plus énergique, une épithète qui fait monter le sang au front de la pudeur, et qu'on ne prononce jamais en bonne compagnie. Voyez jusqu'où peut aller la méchanceté; on ne s'arrêtait pas à blâmer l'ouvrière; il y avait dans les groupes des voix qui s'élevaient pour condamner la faiblesse du fiancé, pour accuser le frère d'être indifférent sur ce qui pouvait toucher l'honneur de sa sœur... indifférent ou peut-être complice de son désordre!... Oui, complice, ce mot-là fut prononcé; mais il ne trouva pas d'écho parmi les habitans de la résidence... c'était le propos d'un méchant qui cherchait à se glisser à la faveur de l'indignation générale : il y a des méchans partout, même à Offenbach.

Comme l'heure approchait où le ministre devait prêcher le sermon du dimanche, les mères s'empressèrent de recommander sévèrement à leurs filles de ne pas adresser un mot, un geste à la brodeuse de la ruelle du Grand-Aigle quand elle arriverait au temple; de ne pas permettre qu'elle vînt se mêler à leur danse, et de traverser la rue quand elles verraient Hélène venir de leur côté. Les maris firent les mêmes recommandations à leurs femmes; les garçons se promirent bien de déserter la place où le frère et le fiancé de la brodeuse viendraient s'asseoir; et c'est dans ces dispositions, assez peu chrétiennes, qu'on se dirigea vers le prêche. Anselme, Hugues et sa sœur, virent avec quelque surprise un groupe se séparer brusquement pour les laisser entrer dans le temple. Les deux ouvriers tendirent la main à quelques jeunes gens de leur connaissance, et, pour la première fois, elle ne rencontra pas une seule main amie. Anselme fronça le sourcil. Hugues lui dit tout bas : — Du calme, nous sommes à la porte du prêche ; mais en sortant nous saurons ce que cela veut dire. Hélène aussi vit le sourire amical qu'elle adressait à ses compagnes les plus intimes rester sans réponse ; et le regard sévère des femmes, le regard moqueur des hommes, lui fit baisser les yeux sans qu'elle pût comprendre pourquoi on la regardait ainsi.

Le ministre monta en chaire ; il avait pris, pour texte de son sermon, ces paroles de l'Ecriture : « *C'est pourquoi sortez du milieu de ces personnes, et séparez-vous-en,* dit le Seigneur; *ne touchez point à ce qui est impur.* » A la première fois que ces mots frappèrent l'oreille des assistans, il y eut un mouvement de répulsion autour de la jeune brodeuse. Hélène resta seule au milieu du cercle que les fidèles venaient de former en s'éloignant d'elle. — Sortons, dit son frère à voix basse ; ce n'est pas ici que je pourrai avoir l'explication de ce mystère ; mais, dehors, il faudra bien qu'on me le dévoile, ou... Sans achever sa menace, il entraîna Hélène et son fiancé ; tous les regards se tournèrent vers la jeune fille, elle n'y lut que l'expression du mépris.

Hélène s'assit à la porte du temple; ses jambes pouvaient à peine la soutenir ; elle était pâle et tremblante ; Anselme se promenait à grands pas, les bras croisés sur sa poitrine ; pour Hugues, il allait de sa sœur à son beau-frère, les interrogeant tour à tour sans pouvoir obtenir d'eux un mot d'éclaircissement. Le sermon dura deux heures ; c'était un long supplice pour la jeune famille. Enfin plusieurs jeunes filles sortirent du prêche : Hélène les appela par leurs noms, elles ne répondirent pas, et se mirent à courir de toutes leurs forces; Hugues courut après elles, en arrêta une par le bras. — Laissez-moi, monsieur Hugues, dit celle-ci; ma mère m'a défendu de ne jamais répondre à votre sœur quand elle m'adresserait la parole. Le frère d'Hélène se préparait à l'interroger encore, quand il aperçut son beau-frère futur qui parlait vivement à plusieurs garçons du pays; il laissa les jeunes filles reprendre leur course, et revint auprès du groupe qui commençait à se former autour d'Anselme. Comme il arrivait, il entendit ces mots : — Oui, Hélène est une misérable qui vous trompe, qui trompe son frère; tous les soirs elle reçoit un amant. — Un amant ! répéta le frère en fureur; quel est celui d'entre vous qui l'a dit? — Moi ! moi ! s'écrièrent en même temps les hommes et les femmes réunis sur la place. — Et des témoins ! des témoins ! demanda Hugues. — On vous en donnera quand vous le voudrez.

Hélène, abattue sous le coup d'une pareille accusation, ne pouvait pas trouver un seul mot pour se justifier; elle sanglotait... joignait les mains avec désespoir, essayait de parler ; mais sa voix, perdue dans les larmes, n'articulait que des sons inintelligibles. Cependant son frère s'était approché d'elle les yeux flamboyans de rage, la figure pourpre de honte et d'indignation, et lui avait dit jusqu'à trois fois : — Mais justifie-toi donc, malheureuse fille! Elle continuait de sangloter, de joindre les mains, et les paroles expiraient toujours sur ses lèvres. Anselme, qui jusque alors avait chaudement soutenu son beau-frère futur, resta muet quand il entendit les accusateurs de d'Hélène avancer qu'ils pourraient, au besoin, fournir des témoins de l'infamie que sa fiancée avait commise; des soupçons commencèrent à germer dans son cœur : Hélène ne se justifiait pas.

Oh ! que je le comprends bien, ce silence de stupéfaction qui s'empare de l'innocent accusé, et que des juges prévenus ont dû prendre, plus d'une fois, pour l'aveu du crime !

Hugues, incertain lui-même, tenait la main de sa sœur, la pressait avec force en lui répétant : — Parle !... mais parle donc !... il est impossible que tu sois coupable... je ne puis le croire. Voyons... Hélène... c'est ton frère qui t'en prie, confonds tes accusateurs. Puis, comme elle était encore suffoquée par les larmes, il ajouta : — Pleurer, ça n'est pas répondre... Je te le demande encore une fois, dis-moi qu'ils en ont tous menti... que tu es pure, que tu es encore ma sœur, mon Hélène... Tiens, regarde Anselme... il souffre comme moi... il doute déjà. — Il doute !... s'écria la jeune fille, qui avait enfin recouvré la parole. Ah ! je suis bien malheureuse !... car, je te le jure, mon frère... je n'ai rien à me reproche. Ces mots parurent débarrasser le cœur du jeune ouvrier d'un poids qui lui pesait cruellement ; il respira plus facilement, se retourna vers ceux qui l'entouraient, et reprit : — Ah ! je le savais bien, elle est innocente ! — Belle preuve ! murmura-t-on dans l'assemblée ; on entendit même comme un rire étouffé. Anselme rongeait ses lèvres ; Hugues prit le bras de sa sœur : — On m'a promis des témoins, dit-il avec une rage concentrée, il m'en faut dès aujourd'hui ; quand ma sœur sera rentrée... je reviendrai en chercher ici, et malheur à celui qui portera un faux témoignage contre Hélène, il le paiera cher !

Animé par la colère, Hugues marchait d'un pas rapide, Hélène se laissait entraîner ; une pensée pénible la préoccupait, elle n'osait regarder en arrière ; mais quand elle fut rentrée avec son frère dans la mansarde de la ruelle de l'Aigle-Blanc, elle vit bien que son triste pressentiment s'était réalisé. — Nous sommes seuls, mon frère, lui dit-elle avec un accent de désespoir ; Anselme ne nous a pas suivis ! Hugues promena un sombre regard autour de lui... il alla écouter à la porte ; il ouvrit la fenêtre : Anselme ne venait pas. — Il nous fuit déjà, murmura le frère d'Hélène, et moi je n'ose pas encore le soupçonner.

— Oh ! tu as raison, reprit la jeune fille, je suis innocente ; crois-le bien, mon frère !... c'est une calomnie dont le but est inexplicable pour moi... une vengeance dont je ne connais pas le motif... peut-être même n'est-ce qu'une erreur... une erreur bien cruelle ! Mais ne la partage pas, au moins... je t'en prie à genoux... je te le jure par mon père !... sur ma foi, sur mon Dieu !... Non, mon ami... non, mon bon frère ! je n'ai pas mérité le mal qu'on me fait aujourd'hui ! Elle disait cela tantôt à genoux comme une suppliante, tantôt en serrant dans ses bras le pauvre jeune homme, qui balbutiait entre ses lèvres : — Et ils disent tous qu'ils ont des témoins... des preuves !... Mon Dieu, je le crois, Hélène ; cependant, pourquoi t'accusent-ils ?... Nous n'avons jamais été ni mauvais voisins ni mauvais amis... ils devraient nous estimer, et c'est à qui nous humiliera aujourd'hui. La jeune fille se tordait les mains, pressait son front et ne faisait plus entendre que ces mots : — Qu'ai-je donc fait au bon Dieu... pour qu'il m'envoie une pareille affliction ?

Hugues allait quitter sa sœur pour retourner auprès des habitans de la résidence assemblés, sans doute encore, sur la place, quand la porte de la mansarde s'ouvrit. C'était Anselme qui revenait, mais pâle, abattu, les yeux mornes, la voix étouffée. Avant que son beau-frère pût l'interroger, il lui prit la main — C'est mon adieu, frère, que je viens t'adresser ; je quitte la ville, et, ce que tu as de mieux à faire, c'est d'en sortir aussi ; car je le sais tout... Ça n'est que trop prouvé maintenant : ta sœur nous a trompés ! Hélène poussa un cri de douleur ; Anselme fit quelques pas pour s'éloigner, mais Hugues le retint par le bras. — Dis-tu vrai, Anselme ?

— J'ai vu l'argent qu'on a donné au petit Fritz pour l'obliger à se taire.

— Quel rapport peut avoir cet enfant avec le crime supposé d'Hélène ?

— Fritz a surpris hier le misérable qui se glissait ici pendant notre absence...

— Ah! quelle infamie! s'écria Hélène.

— Il n'est que trop vrai, mademoiselle; toute la ville vous accuse, on ne veut plus vous voir, on ne veut plus se trouver avec vous face à face, avant que vous ne vous soyez justifiée. Vous ne savez pas ce qu'il m'en coûte pour vous quitter; car je vous aimais... je vous aimais bien sincèrement... Mais je ne serai jamais le mari d'une femme dont je n'aurai pas été le premier amant.

— Anselme, prends garde à ce que tu dis; songes-tu bien que tu refuses d'épouser Hélène?

— Oui, je sais ce que je fais; j'en ai trop entendu depuis une heure; ma tête se perd, mon cœur est brisé... il faut que je parte... je veux qu'on estime celle à qui je donnerai mon nom...

— Ah! monsieur Anselme! vous aussi on a pu vous persuader que j'étais coupable?

— Il m'est impossible de nier l'évidence, quand tous les honnêtes gens s'accordent pour vous condamner.

— Savez-vous bien, reprit le frère d'Hélène avec un calme étudié; savez-vous bien que j'ai plus de confiance dans les paroles de ma sœur que dans les bavardages de toute la ville?

— Et moi, dit Anselme, je crois que toute la ville n'accuserait pas votre sœur sans preuve... L'argent qu'on a donné à l'enfant en est une... Vous pouvez interroger Fritz sur l'homme au manteau de velours... Entendez-vous, Hélène, un manteau de velours?... Allons, adieu! c'est fini...

— Nous vous retrouverons, Anselme.

— Jamais! ce fut son dernier mot. Hugues voulut encore le retenir; mais le fiancé ferma brusquement la porte sur lui.

— Écoutez-moi, Anselme, ne pars pas, ainsi, s'écria Hugues après avoir rouvert la porte... Mais Anselme était déjà loin.

— J'en mourrai, reprit la jeune fille; car je vois bien... il ne m'aimait pas!

III

L'Épreuve du Regard.

> Si tu crains de parler, au moins regarde-moi;
> ne me dis pas ton secret... je le lirai dans tes
> yeux.
>
> FERDINAND DE VILLENEUVE. — *Le
> Manuscrit du vieux Magister.*

> Venez tous sous la vieille porte
> Voir passer la brillante escorte.
> VICTOR HUGO.

De tous les coups qui avaient frappé au cœur le frère d'Hélène, le départ d'Anselme était le plus sensible. Hugues, pour exhaler sa colère, lui donnait bien tout haut les noms de méchant et d'ingrat; mais, malgré lui, une voix intérieure s'élevait pour justifier la conduite de son ami:

— Anselme, disait cette voix, n'a pas cédé seulement aux suggestions de quelques bavardes du voisinage; il n'a pas saisi le prétexte d'un rapport mensonger pour rompre brutalement avec le compagnon de ses travaux, son ami d'enfance... son frère... C'est quand toute la ville a retenti d'un cri de proscription contre sa fiancée, qu'il s'est proscrit lui-même, comme s'il eût voulu échapper à la honte ; il a donc épousé le déshonneur d'une famille qui n'était pas encore la sienne ! Il s'est donc trouvé méprisable dès que sa promise a été méprisée ! Un méchant aurait mêlé sa voix à celles qui accusaient Hélène ; un ingrat serait resté dans la ville où il était connu, aimé, où il était certain de trouver des consolations et du travail. Ses habitudes, l'intérêt personnel, tout enfin le retenait à la résidence ; et Anselme était parti. Pour s'éloigner ainsi, il fallait qu'il y eût conviction et désespoir dans son âme ; car c'était un honnête homme ; et ses larmes, qu'il avait en vain essayé de dissimuler, témoignaient assez en faveur de sa sensibilité. Le cœur d'Hélène ne raisonnait pas ainsi ; mais son cœur savait seul combien l'accusation qui pesait sur elle était injuste. Hélène ne pouvait que nier le crime, et tous ses voisins offraient de le prouver.

Après un long silence, interrompu seulement par les gémissemens de la jeune brodeuse, assise dans un coin de la mansarde, et auxquels son frère répondait de temps en temps par un profond soupir, Hugues reprit la parole : — Pour la dernière fois, sœur, dit-il avec un regard sévère, il faut que tu m'avoues si tu es ou si tu n'es pas coupable. Hélène allait répondre : — Attends, lui dit son frère. L'ouvrier ouvrit la porte d'une grande armoire, prit, sur un des rayons, un gros volume couvert en parchemin, et le présenta à sa sœur. — Tu connais ce livre... c'est la Bible dans laquelle notre père nous apprit à lire ; tous les sermens prêtés devant un pareil témoin sont inscrits dans le ciel pour nous être comptés au jugement dernier ; te sens-tu la force de jurer sur ce livre ici, à la page qui marque ton jour de naissance, que tu n'as rien à te reprocher ? Hélène essuya ses yeux, et répondit d'une voix ferme : — Oui, je peux le jurer. Hugues, le regard fixe sur les yeux de sa sœur, dicta mot à mot le serment, qu'elle répéta sans pâlir.

— A présent, dit le frère, je n'ai plus besoin du témoignage des autres ; mais il faut qu'Anselme aussi soit convaincu de ton innocence... Je vais sortir, Hélène ; je vais interroger ceux qui prétendent avoir des preuves... Ne crains rien, je les écouterai sans colère... je pèserai toutes leurs raisons ; je remonterai à la source de la calomnie, et je te promets d'être calme jusqu'au moment où j'aurai trouvé l'auteur de cette infamie ! Après avoir plusieurs fois encore rassuré sa sœur, qui n'osait le laisser sortir de peur d'un nouvel éclat, il partit.

Son premier soin fut de chercher partout le petit Fritz ; enfin il le rencontra dans un groupe d'enfans. Hugues le pressa de questions ; mais le petit bonhomme avait tant de fois répété, depuis la veille, qu'il avait parfaitement vu le beau seigneur en manteau de velours sortir de chez Hélène, qu'il ne crut pas, cette fois, devoir rien changer à son thème. — Et, reprit Hugues, le reconnaîtrais-tu, si tu le revoyais pour la seconde fois ?

— Ah ! dame, je ne sais pas, répondit l'enfant, mécontent de ce qu'on venait ainsi le déranger au milieu d'une partie de billes.

— Cependant, tu dis qu'il t'a parlé ?

— Écoutez, s'il venait à me parler encore, peut-être pourrais-je le reconnaître... mais laissez-moi jouer, vous voyez bien que c'est à mon tour... je ne vais plus avoir la main bonne.

— Je te laisse, mais demain matin tu viendras avec moi.

— Où donc, monsieur Hugues ?

— Tu le sauras demain.

Hugues, ne doutant plus de la sincérité de l'enfant, mais n'osant pas non plus conserver un soupçon sur la culpabilité de sa sœur, avait subitement formé un projet qu'il voulait cacher à celle-ci. Il revint chez lui ; sa

figure était calme ; Hélène crut un moment qu'il était parvenu à la justifier auprès de ses accusateurs.

— Eh bien ! mon frère ?

— Eh bien ! Hélène , je l'ai vu ce témoin ; rassure-toi, tout cela finira
bientôt.

— Ah ! tant mieux. car voilà une lettre d'Anselme ; je ne croyais plus
à son amitié, mais j'avais tort. Tiens... lis, tu verras qu'il est aussi à
plaindre que nous.

Hugues prit la lettre décachetée des mains de sa sœur et lut :

« Voilà deux heures que j'ai quitté Offenbach, voilà deux heures que
je vous regrette ; mon frère Hugues me pardonnera si je n'ai pas eu le
courage de rester pour l'aider à éclaircir cette malheureuse affaire ; mais
il ne m'était pas possible de demeurer plus long-temps dans une ville où
je pouvais entendre dire à tout moment autour de moi : « Voilà Anselme,
le fiancé trompé, qui passe ! » Je vais voyager, chercher de l'ouvrage au
loin, dans un endroit où l'on ne pourra pas avoir entendu parler de la
faute de mademoiselle Hélène... de sa faute présumée, veux-je dire , car
maintenant que je ne suis plus étourdi par les cris de mes voisins, maintenant que j'ai bien soulagé mon cœur en pleurant, la mémoire me revient ;
je pense à tous les soins que vous m'avez prodigués. à toute l'amitié que
vous m'avez témoignée depuis cinq ans ; je me rappelle ce qu'hier Hugues
voulait faire pour moi ; je me souviens aussi de la cravate brodée , et je
me dis ce que j'aurais dû me répéter toujours ; — Ma promise , la sœur
de mon cher Hugues, ne peut pas être coupable. Mais, je dois l'avouer,
j'ai cru un moment à son crime , qu'elle me pardonne ! j'étais devant un
témoin qui avait reçu de l'argent pour se taire, et qui parlait !... Dieu
sait d'où peuvent venir ces florins qu'on m'a montrés chez le tonnelier
Georges ! Il aime trop à boire pour amasser une pareille somme, et c'est
un trop honnête homme pour cacher la source de l'argent qu'il reçoit...
Mais voilà que je retombe encore une fois dans ce malheureux doute... je
n'y reviendrai plus, je vous le promets. Mes amis, je veux toujours vous
donner ce nom, aussitôt que je serai fixé quelque part, je vous le ferai savoir ; je présume bien qu'il ne vous sera pas plus possible qu'à moi de
vivre à Offenbach... Eh bien ! vous viendrez me retrouver ; nos projets
pourront aussi bien se réaliser là-bas que dans la résidence ; nous ne reparlerons jamais de ce qui s'est passé ; pour moi, je vais prier tous les jours
le ciel de me le faire oublier. Souhaitez-moi du courage, j'en ai besoin;
mais il vous sera encore plus nécessaire qu'à moi, si vous demeurez long-
temps dans une ville où je ne croyais pas que l'un de nous pourrait jamais avoir à rougir. »

— Nous irons le retrouver, n'est-ce pas? dit Hélène à son frère aussitôt que celui-ci eut fini de lire la lettre d'Anselme.

— Oui, reprit-il ; et tout bas il ajouta : — Quand ma sœur sera
justifiée !

Hugues, dont le plan de conduite était bien arrêté, mais qui ne voulait
pas en dire un mot à sa sœur, prit un livre pour éviter de parler de la scène
pénible du matin ; il lisait à haute voix; Hélène, assise près de la fenêtre ,
mais n'osant regarder dans la rue, l'écoutait avec résignation ; son cœur
était violemment agité, et quelques larmes venaient de temps en temps
mouiller sa paupière ; c'était surtout quand elle entendait passer devant
la maison les jeunes filles qui chantaient en se rendant à la danse, que sa
peine était cruelle. — Cependant, se disait-elle , pas une plus que moi
ne mérite d'être gaie, heureuse ! et il faut que je souffre , que je pleure
quand elles vont rire et danser ! Mon Dieu ! mon Dieu ! que vous ai-je donc
fait ?

Ainsi s'écoula cette triste soirée. Le lendemain matin, Hugues partit
comme s'il devait commencer sa journée ; mais, au lieu de se rendre à
l'atelier, il entra chez les parens de Fritz.

— C'est votre enfant, lui dit-il, qui a causé tout le mal ; c'est lui qui doit m'aider à le réparer. D'après la somme que l'infâme calomniateur d'Hélène a donnée à Fritz, ce ne peut être qu'un homme riche ; d'après le costume qu'on m'a dépeint, j'ai jugé, comme vous, que c'était un grand seigneur de la cour du landgrave ; il faut donc que vous me permettiez d'emmener Fritz ; j'irai avec lui me mettre en sentinelle à la porte du château : j'y retournerai tous les jours, à toutes les heures, pour voir ceux qui entrent et qui sortent de chez le prince. Dieu regardera en pitié ma persévérance, et je suis sûr qu'à la fin je connaîtrai notre ennemi ; et fût-ce notre seigneur Maximilien lui-même, il faudra qu'il rende à ma sœur l'estime publique qu'un si lâche mensonge lui a fait perdre.

— Prenez garde , monsieur Hugues, interrompit la mère de Fritz ; si c'était un trop puissant personnage, il pourrait vous arriver malheur.

— Mal ou mort, répondit froidement le frère d'Hélène , aucune puissance humaine ne m'empêchera de tenir le serment que j'ai fait à mon père. J'ai juré de veiller à la réputation de ma sœur. Il ne m'a pas été possible de la préserver d'une calomnie ; mais il est de mon devoir de rechercher le calomniateur partout où je saurai pouvoir le rencontrer.

— Au moins, dit la bonne femme tremblante, n'allez pas nous mêler làdedans ; ce n'est pas ma faute, si la voisine Hélène fait de si belles connaissances... les affaires des voisins ne sont pas les nôtres ; nous entendons rester étrangers à tout ce qui se passera.

Hugues, en écoutant sa voisine revenir sur l'intrigue de sa sœur avec le seigneur inconnu, avait senti le feu de l'impatience lui monter au visage ; mais il eut assez de force sur lui-même pour maîtriser un mouvement de colère. —Rassurez-vous, mère Georges, votre nom ne sera pas prononcé ; vous auriez dû vous montrer aussi craintive, quand il a été question de répandre une mauvaise nouvelle sur notre compte... Il eût été plus chrétien à vous de venir m'instruire en secret de cette affreuse découverte... mais je vous excuse, on n'est pas toujours maître de sa langue, surtout quand c'est l'indignation qui la fait agir... Aussi, je vous le répète, soyez sans crainte, je ne parlerai pas de vous si l'affaire, comme je l'espère , va jusqu'au tribunal... Mais je mets une condition à mon silence : c'est que vous ne ferez part à personne du projet que j'ai formé de découvrir le coupable... Il y a un mystère dans cette intrigue, dont j'aurai peine à débrouiller le fil... il peut suffire d'un mot indiscret de votre part pour que celui que je poursuis se dérobe tout à fait à mes recherches.

— Je me tairai, mon cher voisin ; mais vous me direz tout , car votre malheur me touche infiniment.. Un si brave jeune homme ! Mon Dieu qui est-ce qui aurait jamais dit cela ?

— J'ai votre parole, mère Georges ?

— Vous pouvez comptez sur moi, comme je compte sur vous pour tout savoir.

—Oui, je m'engage à ne rien vous cacher de ce qui ne pourra pas compromettre le dessein que j'ai formé.

L'heure du lever de Maximilien XXIV approchait. Fritz, à qui on avait fait promettre, sous peine d'une correction maternelle, de se taire sur le motif de sa sortie matinale avec le voisin Hugues, suivit celui-ci jusqu'à la porte de Son Altesse.

Les courtisans arrivaient peu à peu chez le landgrave ; les valets allaient et venaient dans la cour du château ; l'agitation et le bruit annonçaient le lever du maître. Hugues, les yeux fixés sur la porte principale du grand vestibule, appelait de temps en temps l'enfant , qui jouait aux environs , pour lui montrer chacune des nouvelles figures qui passaient devant lui. Le petit bonhomme répondait : — Non, ce n'est pas celui-là, et retournait à son jeu.

Après quatre heures d'attente, ou plutôt quatre heures d'angoisse, car ce qui se passait au fond du cœur de l'ouvrier était un véritable sup-

plice, le landgrave sortit de son palais, accompagné d'une foule de gentilshommes et de piqueurs. Hugues avait retenu l'enfant auprès de lui ;
il lui montra un à un tous ceux qui composaient la suite du landgrave.
Maximilien monta le premier à cheval; Hugues, en tremblant, le désigna au petit garçon, qui dit :

— Non, ce ne doit pas être ce beau seigneur-là.
— Et cet autre ? C'était Rodolphe de Hatzfeld.
— Non, dit l'enfant.
— Et celui-là ? C'était le baron de Walbech.
— Non, répéta l'enfant.
— Et celui-ci ? C'était le comte Otton ; mais il n'avait pas de manteau
de velours, et Fritz répondit non comme pour ceux qui l'avaient précédé,
comme il répondit ensuite pour ceux qui le suivirent. Le cheval du prince
partit au galop, les courtisans donnèrent de l'éperon, et toute la cour
disparut bientôt aux regards du frère d'Hélène. — Allons-nous-en, dit-il
à Fritz ; et il ajouta d'un ton calme : Nous reviendrons demain.

Le lendemain, à l'heure du lever, Hugues et Fritz étaient à leur poste;
mais quand ils arrivèrent devant la grille du château, des voitures armo-
riées remplissaient la cour ; la princesse Clémentine revenait habiter la
résidence ; on s'empressait d'accourir auprès d'elle pour la complimenter. C'était jour de fête au château, et l'on sait qu'aux fêtes de princes le
peuple est un importun qu'on se hâte d'éloigner. La garde était doublée
dans tous les postes; des sentinelles défendaient l'entrée du palais à tout
ce qui ne portait pas la livrée du landgrave ou le costume de cour ; Hugues était en veste de travail, on lui cria vingt fois : — Passez au large !
car vingt fois il essaya de se glisser avec l'enfant entre les deux files d'é-
quipages. Voyant, à la fin, que tous ses efforts étaient inutiles, il répéta
à Fritz ce qu'il lui avait dit la veille : — Allons-nous-en, nous reviendrons demain.

De lendemain en lendemain, huit jours se passèrent sans qu'il pût découvrir celui qu'il cherchait avec tant de persévérance ; déjà même il
commençait à désespérer du succès de son entreprise. Cependant l'indignation soulevée contre sa sœur ne se calmait pas ; l'aventure des quinze
florins était encore le sujet de toutes les conversations des habitans d'Offenbach ; les mères continuaient à recommander à leurs filles de ne plus
parler à Hélène ; les garçons ne cessaient de la regarder d'un air moqueur, quand la pauvre enfant se hasardait à mettre le pied dans la rue ;
on chuchotait tout bas lorsqu'elle entrait dans une boutique, et le marchand lui répondait à peine en la servant. C'était toujours avec des larmes
qu'elle revenait dans sa mansarde. Tous les soirs, elle disait à son frère :
— Nous quitterons bientôt la ville, n'est-ce pas?... je n'y tiens plus, je
suis trop humiliée... je sens bien que je ne pourrais pas souffrir long-
temps ainsi... c'est au dessus de mes forces; et chaque soir son frère lui
répétait : — Encore un jour, ma sœur ; prends courage, tu n'as plus
qu'un jour à pleurer. Il cherchait à la flatter en se flattant lui-même d'un
espoir qui ne se réalisait pas. Le huitième jour cependant il se dit : —
Je découvrirai notre ennemi aujourd'hui, ou bien c'est qu'il n'habite pas
la cour du landgrave. Il revint donc avec Fritz se placer auprès de la
principale porte du château : mais ce jour-là il ne permit pas à l'enfant
de s'éloigner. — Tiens, dit-il à Fritz en lui montrant un thaler, voilà une
pièce d'or que ta mère ne te prendra pas; elle sera à toi, si tu veux dire
à chacun des seigneurs que je te désignerai : — Maman vous remercie
bien des florins de l'autre soir. Les yeux de Fritz brillèrent de joie en
voyant la jolie pièce d'or luire au soleil, il promit de répéter ce que le
frère d'Hélène venait de lui dire ; et, en effet, dès qu'il apercevait de loin
un beau seigneur qui se dirigeait vers le palais, il courait au devant de
lui en disant : — Maman vous remercie des florins de l'autre soir. Les
premiers qui l'entendirent le prirent pour un fou et passèrent leur che-

min ; enfin l'un d'eux s'arrêta, regarda l'enfant avec un sourire, fouilla à
sa poche, lui remit une pièce de monnaie dans la main ; Hugues l'obser-
vait , et , bien que Fritz et le jeune gentilhomme fussent éloignés de quelques pas du frère d'Hélène , celui-ci entendit distinctement ces paroles
sortir de la bouche du noble personnage : — Ah ! petit drôle, tu as jasé...
n'importe, je ne t'en veux pas ; prends encore cela , mais sois plus discret une autre fois. Otton , car c'était lui, entra dans le château ; mais
Hugues l'avait trop bien regardé pour ne pas le reconnaître à l'avenir.
Qu'on juge du combat que l'ouvrier s'était livré à lui-même quand , face
à face avec le calomniateur d'Hélène, il avait senti tout son sang bouillir
dans ses veines, et ses bras se roidir pour étouffer son ennemi. Pourtant
il avait su se rendre maître de son agitation ; ce n'était pas par une lutte
corps à corps qu'il devait essayer de venger la réputation flétrie de sa
sœur ; il sentit qu'un éclat la perdrait sans remédier au mal qui était fait;
il se contint , donna le thaler à l'enfant qui revenait tout joyeux pour lui
dire :

— C'est bien l'homme au manteau de velours.

— Il suffit , répondit Hugues ; tu peux aller jouer maintenant, je n'ai
plus besoin de toi. Fritz ne se fit pas répéter deux fois l'ordre qu'on lui avait
donné de s'éloigner ; il partit en sautant de joie apprendre à sa mère qu'il
avait parlé au beau seigneur qui donnait des poignées de florins aux
enfans.

Il entrait dans le projet du frère d'Hélène d'éloigner l'enfant dès que
celui-ci serait parvenu à lui faire connaître l'homme au manteau de velours. Ce n'était pas devant Fritz qu'il voulait interroger la sentinelle sur
le nom de son ennemi ; ce nom ne devait être connu que de lui d'abord ,
afin qu'il pût mesurer avec calme sa vengeance à l'élévation de son adversaire ; il était bien décidé à le combattre, quel que fût son titre à la
cour du landgrave. Hugues se promena pendant plusieurs heures devant
la porte du château, guettant la sortie du ministre. Enfin il le reconnut
entre plusieurs gentilshommes qui l'accompagnaient ; la sentinelle porta
les armes ; mais quand les gentilshommes furent à quelques pas de là ,
Hugues s'approcha du soldat en faction, et lui demanda quel était ce seigneur qui se séparait du groupe de courtisans et marchait du côté de
l'avenue ? — Celui-là, dit le factionnaire , c'est Son Excellence le comte
Otton , premier ministre du landgrave.

— Le premier ministre ! répéta l'ouvrier avec un sentiment de joie et
de colère: va pour le premier ministre!... Merci , camarade. Et , fier de
sa découverte, il reprit le chemin de sa mansarde.

Hugues avait caché ses démarches à sa sœur ; il garda également le silence sur sa découverte. Il voulait, avant de parler et d'agir, acquérir la
preuve irrécusable que la jeune fille n'était pas la complice du ministre.
L'air d'assurance, le ton de gaîté que celui-ci avait pris en parlant à l'enfant, devaient avoir rouvert dans le cœur de l'ouvrier un passage pour
le doute sur l'innocence d'Hélène. Le serment prêté sur la Bible n'était
pas effacé de sa mémoire : — Mais, se disait-il , peut-être que ma sœur,
effrayée de l'énormité de sa faute, au moment de l'aveu, ne s'est pas senti
le courage de soutenir le regard courroucé de son frère ; peut-être a-t-elle
cru qu'un repentir sincère suffirait pour expier un tel parjure ? Bien déterminé à connaître toute la vérité, Hugues se coucha, mais ne dormit
pas ; cette nuit fut employée à concevoir et repousser mille projets ; enfin
l'idée d'une épreuve bien simple, et dont le résultat ne pouvait être douteux, s'offrit à son esprit ; il l'accueillit comme une pensée venue du ciel,
et se promit d'y soumettre Hélène dès le jour suivant.

— Donnez du cor, lâchez la meute , lancez les chevaux sur ses pas ;
en chasse, mes bons gentilshommes , les dames ont les yeux sur nous.
Ainsi parlait Maximilien XXIV, landgrave d'Ysenbourg et seigneur d'Offenbach, afin d'exciter encore l'ardeur de ses jeunes courtisans, animés

déjà par la présence de toutes les beautés titrées de la résidence. Gracieusement vêtue d'un habit d'amazone. la princesse Clémentine et les dames de
sa suite caracolaient au milieu des nobles cavaliers armés pour la chasse.
Les aboiemens des chiens, le hennissement des chevaux, les cris des piqueurs qui précédaient et suivaient le prince. réveillèrent en sursaut ouvriers et bourgeois qui logeaient aux environs du château ; il était à
peine six heures du matin.

— La cour va chasser aujourd'hui dans la forêt, dirent ceux qui n'avaient rien à faire : il faut nous habiller pour aller voir cela.

— Il faut aller voir la chasse. dit aussi le frère d'Hélène... Voilà longtemps que tu n'as pris aucun plaisir ; je veux au moins te procurer celui-
là. Hélène s'y refusa d'abord ; mais comme cette promenade servait le
projet de son frère. il insista avec fermeté ; Hélène céda par obéissance,
aucune distraction ne touchait plus son cœur, trop sensiblement blessé
depuis le départ d'Anselme.

Hugues n'était pas sans éprouver un sentiment de crainte en commençant une épreuve qui pouvait détruire son espoir de vengeance. S'il était
résolu à courir toutes les chances d'une lutte inégale pour obtenir réparation de l'affront fait à sa sœur innocente, son parti était pris dans le
cas où il la trouverait coupable. — Je ne lui ferai pas un reproche... je
ne lui dirai pas un mot... mais je partirai... j'irai retrouver Anselme et
pleurer avec lui sur notre déshonneur... Hélène ne me reverra jamais.
Quant à mes épargnes, je les lui laisserai toutes ; elles l'aideront à quitter
Offenbach. à vivre honorablement jusqu'à ce qu'elle ait trouvé un pays
assez ignoré pour y cacher sa honte. Voilà quel était le projet du jeune
ouvrier; aussi, malgré la fermeté bien connue de son caractère. tremblait-il en arrivant près du rendez-vous de chasse ; c'est là que sa destinée devait se décider : peut-être était-ce un dernier adieu qu'il allait
adresser à cette sœur. objet de tout son amour. Il frémissait involontairement. et. dans l'agitation dont il ne pouvait se rendre maître, il se
surprenait à presser la main d'Hélène avec un mouvement convulsif.

La jeune fille. triste, mécontente du plaisir qu'on l'obligeait à prendre
quand elle se sentait si mal à l'aise dans les rues de la résidence. s'arrêtait inquiète du trouble de son frère. — Tu ne le sens pas bien. Hugues.
retournons à la maison... Qu'avons-nous besoin d'aller voir passer la
cour... cela ne me séduit pas. je te le jure. A ces mots : — Retournons
à la maison. Hugues était tenté de revenir sur ses pas ; mais l'incertitude qui le tourmentait était affreuse. il voulait en finir avec elle, subir
le supplice jusqu'au bout. quitte. après. à mourir de honte et de désespoir. Il se remettait. balbutiait quelques mots pour donner le change à
Hélène sur le motif de son agitation, et continuait sa route. en disant :
— Si fait, j'ai besoin de me divertir un peu : toi aussi. cela te fera du
bien... Tu verras que nous serons plus gais, plus heureux en revenant.

— Plus heureux ! répétait la jeune fille en soupirant ; — ce n'est pas
là qu'est le bonheur pour moi.

— Peut-être. interrompit son frère ; puis il se reprit. de peur d'en avoir
déjà trop dit. car il ne voulait pas qu'Hélène pût soupçonner le véritable
but de la promenade dans la forêt ; elle ne devait pas être préparée à se
trouver en face du calomniateur ou de son complice, l'épreuve eût été
manquée.

Il y avait déjà long-temps que le landgrave et sa cour chassaient dans
la forêt, quand le frère et la sœur y arrivèrent. Le son du cor, le bruit
des coups de feu qui éclataient au loin, dirigèrent d'abord leur marche ;
mais le bruit s'éteignant dans les profondeurs du bois. ils s'arrêtèrent
devant un embranchement de routes, incertains sur le chemin qu'ils devaient suivre. Enfin quelques gentilshommes de la suite du prince débouchèrent par un taillis; Rodolphe de Hatzfeld dit en piquant des deux
éperons : — Voilà une jolie fille ! et il disparut. Un second chasseur arrêta

son cheval devant Hélène et son frère ; celui-ci sentit un frisson parcourir tout son corps ; c'était le comte Otton qui venait ainsi se placer devant eux. Hélène, qui avait baissé les yeux au compliment de Rodolphe, les releva vers celui qui paraissait vouloir parler à son frère. Hugues ne détachait pas ses regards de dessus le visage d'Hélène ; il n'y lut aucune émotion. — Prenez garde, mes amis, dit le ministre ; Son Altesse va passer par ici, vous pourriez vous faire blesser par les chevaux.

— Merci, monsieur, répondit Hélène avec calme.

Hugues n'eut pas la force de dire un seul mot ; son cœur bondissait de joie. Hélène prit son frère par la main pour l'entraîner un peu plus loin : toute la cour passa devant eux. Mais à peine les chasseurs eurent-ils dépassé le rond-point où l'ouvrier et sa sœur s'étaient arrêtés, que celui-ci leva les mains vers le ciel : — Mon Dieu, dit-il, je te rends grâce ! ma sœur est innocente. Hélène ne concevait pas d'où venait cette exaltation religieuse de son frère ; mais la surprise de la jeune fille fut plus grande encore quand Hugues se précipita dans ses bras, en lui disant : — Pardonne-moi, je te soupçonnais encore.

— Et comment sais-tu maintenant que je ne méritais pas tes soupçons ?

— J'en ai la preuve... Celui que tu as vu, qui t'a parlé, c'est lui, c'est notre ennemi... J'ai épié tes regards, j'ai cherché l'émotion dans ta voix, et je n'ai lu dans tes yeux que la pureté de ton âme ; ta voix était calme comme celle de l'innocence... Encore une fois, pardon, mon Hélène ; j'avais besoin de cette épreuve pour exister, car voilà huit jours que je ne vis pas.

En apprenant qu'elle venait de se trouver si près de l'homme qui avait flétri ta réputation, Hélène se sentit défaillir : c'était l'effet de la réflexion après le péril.

— Nous n'irons pas plus loin, lui dit son frère ; maintenant tu dois te soustraire au supplice de vivre plus long-temps à Offenbach. Comme il ne m'est pas possible de faire passer ma conviction dans l'âme de nos voisins, il est de mon devoir de t'épargner leur mépris. Ce soir je te conduirai à Francfort, chez notre cousin, Furtz ; le bruit de notre malheur n'y est pas encore arrivé, je trouverai un prétexte pour t'y laisser pendant quelques jours... et ces jours-là, sois tranquille, je les emploierai bien... Tu reviendras à la résidence, tu y reviendras bientôt réclamer l'estime que tu n'aurais jamais dû perdre.

Hélène consentit à tout ce que son frère voulut ; le soir même elle était à Francfort, et le ministre recevait une demande d'audience particulière pour le lendemain, signée Hugues Istein, compagnon serrurier.

IV

L'Audience.

— Avancez... que demandez-vous?
— Justice !
Lord Byron. — *Marino Faliero.*

... Et ce frère? *c'est moi;* c'est moi qui viens,
armé du bon droit et de la fermeté, démasquer un
traître, écrire en traits de sang son âme sur son
visage. Et ce traître? *c'est vous.*
Beaumarchais. — *Mémoires.*

Les habitans de la résidence expliquaient diversement le retour de la
landgrave au château d'Offenbach ; on l'attribuait, chez les plus honnêtes gens de la ville, à un accès de tendresse de Maximilien pour la
princesse ; les vieux garçons, toujours prêts à penser à mal, prétendaient
que ce n'était qu'un caprice de femme imaginé pour faire enrager son
mari. Quelques dames, intéressées à ce que la princesse ne revînt pas,
mettaient son arrivée sur le compte d'une ridicule jalousie. Mais bourgeois, ouvriers et marchands, n'étaient pas dans le secret de la cour ; et
la cour, elle-même, avait tort de penser que la landgrave n'était revenue
que pour retenir, par sa présence, de vieux et de sévères gentilshommes
qui voulaient retourner dans leur province, indignés qu'ils étaient de l'affront qu'on avait fait subir à leur maison dans la nuit des visites domi-
ciliaires. On se rappelle que Rodolphe et ses joyeux compagnons avaient
eu l'audace de venir chercher un ministre de vingt-six ans, un parvenu
sans nom, comme l'appelait le baron de Rœdelheim, jusque dans le lit de
pudiques duchesses et de chastes baronnes, qui ne comptaient pas moins
de quinze à vingt quartiers de noblesse.
Je viens de dire que le ministre Otton n'était qu'un parvenu sans nom,
et c'est une erreur : parvenu, oui il l'était ; mais sans nom, il en portait
un célèbre dans la petite ville de Dessau. Ulric Spulgen, son aïeul, avait
su se concilier l'estime des savans, la confiance des nobles et l'affection
du peuple, dans sa double profession de médecin et de ministre de l'E-
vangile. Otton, élevé près de cet homme respectable, avait contracté de
bonne heure des habitudes studieuses ; mais moins modeste dans ses
vœux que ne l'était son aïeul, le but où son ambition tendait d'abord,
s'était élevé à mesure que le cercle de ses connaissances s'élargissait.
Sombre, rêveur, avide d'apprendre, il était en même temps jaloux de
parvenir. Otton ne comprenait pas qu'un médecin comme le vénérable
Ulric Spulgen, qui correspondait avec toutes les académies de l'Europe,
dût se contenter d'une clientèle qui comptait encore plus d'artisans que
de grands seigneurs, quand sa réputation l'avait fait appeler plus d'une
fois à la cour impériale de Vienne. Il s'étonnait aussi qu'un ministre de
l'Evangile, destiné par son éloquence à prêcher les rois, consentît à végéter dans un presbytère où ses admirables sermons n'étaient appréciés
que sous le rapport moral. Il disait quelquefois à son aïeul : — Vous ne
recueillez ici au un fruit de vos longues études, mon père. — Et les vertus que je vois pratiquer autour de moi, n'est-ce pas la plus belle récolte
qu'un prédicateur puisse demander à Dieu ? — Mais le mérite littéraire
de vos sermons, ce style si riche, si abondant en pensées ingénieuses,
en maximes profondes, vous en tient-on le moindre compte ici ? — Mon-

sieur mon petit-fils, répondait le vénérable vieillard, quand on travaille
pour le ciel, il faut faire de son mieux ; et comme on comprend assez
bien ce que je veux dire, ajoutait-il en souriant, avec mon style riche et
abondant, je ne vois pas pourquoi j'écrirais plus mal. Si le docteur Ulric
Spulgen tenait à ce qu'il appelait sa liberté (et il entendait par là des
travaux qui l'occupaient souvent depuis le point du jour jusqu'à une
heure avancée dans la nuit), il ne renonçait pas, pour son petit-fils, à
tout projet d'ambition. Dans le cours d'une maladie assez dangereuse
que le père de Maximilien avait faite, Ulric Spulgen avait eu le bonheur
d'envoyer, du fond de sa retraite, des conseils utiles à son ami le médecin du landgrave d'Ysenbourg. Ce prince, instruit du nom de son sauveur, écrivit au docteur Spulgen pour lui offrir des avantages considérables, s'il voulait venir se fixer à Offenbach. L'aïeul d'Otton répondit au
landgrave :

« Monseigneur,
» Votre Altesse me pardonnera si je refuse son honorable proposition ;
il y a long-temps, j'ai refusé de même notre auguste empereur ; je ne
voudrais pas lui causer le chagrin de penser que je préfère la protection
du landgrave d'Ysenbourg à la sienne ; je les tiens toutes deux pour infiniment précieuses ; mais j'ai à Dessau de pauvres malades d'âme et de
corps, qui réclament mes soins ; ils comptent sur moi, je ne tromperai
pas leur espoir. Mais j'ai mon petit-fils Otton Spulgen, qui ne demande-
rait pas mieux que de se faire une clientèle, soit comme avocat, soit
comme médecin, soit comme professeur de mathématiques ; je vous le
donne pour un peintre assez distingué, et un musicien capable de marcher sur les traces de notre Jean-Sébastien Bach. Si vous pouvez faire
quelque chose pour lui, je tiendrai que vous avez tout fait pour moi.
» Que Votre Altesse me pardonne si je lui demande encore quelque
chose : on prétend qu'il existe dans la bibliothèque d'Offenbach un manuscrit unique et autographe de César Nostradamus, intitulé : *L'Hip-
piade*, ou *Godefroi et les chevaliers*, de Cæsar de Nostredame, gentilhomme provençal... 1622 ; je possède aussi le manuscrit unique et
autographe de l'auteur de ce poème ; mais comme il y manque un feuil-
let, je ne serais pas fâché de le compléter. J'offre à Votre Altesse, en garantie de son volume, mon petit domaine d'Erbach. »

Cette lettre, terminée par la formule accoutumée, fut présentée au
landgrave par le jeune Otton lui-même, que son aïeul avait fait partir
pour Offenbach avec sa réponse. Le vieux landgrave envoya le précieux
manuscrit au docteur de Dessau, et retint à sa cour le jeune homme,
qui devint bientôt l'ami et le précepteur du prince Maximilien : le maître
et l'élève étaient du même âge. Bien que leurs caractères différassent
singulièrement, il s'établit entre eux une telle intimité, que le landgrave,
assez philosophe pour permettre qu'un plébéien fût le compagnon de
plaisirs et d'études de son fils, mais respectant, avant tout, les préjugés
de sa cour, sollicita de l'empereur un titre pour son protégé. Le monarque autrichien, jugeant dans sa haute sagesse qu'il ne pouvait pas récompenser dans le petit-fils les services rendus par l'aïeul, lorsque celui-
ci existait encore, répondit à la demande du landgrave en élevant à la
dignité de comte le vieux docteur Ulric ; mais il rendit ce titre hérédi-
taire dans la famille du célèbre prédicateur. Quelques mois après, les
pauvres de Dessau pleuraient leur médecin et leur pasteur, et son petit-
fils se nommait le comte Otton de Spulgen.

Vers le même temps, Maximilien hérita de la souveraineté de son père ;
Otton devint le conseiller intime du prince : la faveur dont il jouissait fut
fatale au ministre du landgrave défunt. Le baron de Rœdelheim, qui s'é-
tait fait depuis trente ans une douce habitude du ministère, se vit forcé de
céder le portefeuille au jeune favori de son nouveau maître ; on crut que
le ministre destitué s'était consolé de sa disgrâce par son mariage avec

l'une des premières héritières de la principauté. Nous verrons bientôt
que la rancune est vivace dans le cœur d'un baron allemand.

Si le nouveau landgrave tenait compte des conseils de son ministre
quand il s'agissait des affaires de l'état, il ne se montrait pas aussi docile
sur ce qui touchait ses plaisirs ; Maximilien riait des remontrances sévères de son ami. Cependant un jour il ne rit pas, Otton était venu à lui
les larmes aux yeux, et lui avait dit : — Votre Altesse, fatiguée des caprices de la comtesse Frédérique , vient de prendre la résolution de se
marier, je le sais ; ce qui pourrait passer pour un retour vers la sagesse,
n'est qu'une folie de plus que je ne pourrai souffrir... que je ne verrai pas
s'accomplir, je vous le jure... C'est demain qu'en secret vous êtes décidé
à contracter ce mariage... vous voyez que je suis bien instruit ; celle que
vous voulez élever jusqu'à vous... c'est la fille du banquier Wolf... Epou-
sez-la , prince, si vous l'aimez ; mais je vous prédis que votre cour s'é-
loignera de vous, que le peuple lui-même méprisera la souveraine que
vous lui aurez donnée. Je crois aux vertus de mademoiselle Wolf ; mais je
dois, avant tout, veiller au dépôt sacré de votre gloire, que vous-même
m'avez confié... Faites ce mariage , et , dès aujourd'hui , je dépose à vos
pieds les insignes honorables dont vous m'avez revêtu ; je renonce aux
grandeurs... à l'amitié... pour aller pleurer dans une retraite obscure la
honte dont vous aurez couvert votre nom. Maximilien réfléchit un moment , se mordit les lèvres, puis faisant un geste d'impatience , il répondit : — Tu ne sais que me chercher querelle... allons, finissons-en... marie-moi comme tu l'entendras ; mais, pour Dieu, que je sois débarrassé de
cette capricieuse Frédérique. C'est le vieux ministre dont j'ai parlé plus
haut qui se chargea de ce soin. Comme la maîtresse disgraciée possédait
une immense fortune jointe à un nom illustre, le baron, dépossédé de son
ministère, ne demanda pas mieux que d'unir ses propres regrets aux douleurs de la comtesse Frédérique ; c'était tripler ses revenus.

Otton, heureux d'avoir vaincu la résolution de son maître, mais connaissant bien le caractère faible et léger du prince, s'empressa de chercher, dans les maisons régnantes d'Allemagne, une compagne digne du
titre de landgrave d'Ysenbourg. Son choix s'arrêta sur la princesse Clémentine d'Œttingen. Comme il l'avait promis, Maximilien se laissa marier
par son ministre. Clémentine était jolie, jeune, confiante ; il se trouva que,
le lendemain des noces, son mari l'aimait avec passion.

Les grâces, la beauté, l'esprit doux et facile de la princesse, avaient
fait aussi une profonde impression dans l'âme du favori chargé, par le
landgrave , d'aller négocier ce mariage auprès du prince d'Œttingen.
Otton était resté presque muet quand la jeune princesse était venue à lui,
et l'avait interrogé sur le caractère de son futur époux, avec cette naïve
liberté de langage, cette touchante simplicité de manières qui feraient
sourire de pitié la vanité de nos filles de marchand, et que les princes
allemands transmettent de génération en génération à leurs enfans comme
un contre-poids à l'orgueil aristocratique. Dès ce jour, dis-je, Otton cessa
d'être heureux dans le poste élevé où sa fortune l'avait placé ; il maudit
plus d'une fois le moment où Maximilien se rendit à ses remontrances, et
lui dit : — Marie-moi comme tu l'entendras. Si la fille du banquier Wolf
avait, malgré lui, porté le nom de landgrave d'Ysenbourg, il n'aurait eu
qu'à se tenir en garde contre l'inimitié d'une femme ; c'est contre l'amour
le plus ardent, contre un amour coupable qu'il devait lutter à chaque
instant du jour. Et comme si Maximilien eût pris plaisir à déchirer son
cœur, pendant les premiers mois de son mariage, il aimait à dire à Clémentine, et toujours quand le ministre était là : — C'est pourtant lui qui
t'a choisie entre toutes... il a deviné tes vertus, il a su apprécier ta beauté ;
c'est notre bonheur qui est son ouvrage ! Sais-tu, Clémentine, ajoutait-il
en riant, que si j'avais été à sa place, te voyant si jolie et si bonne, j'aurais voulu te garder pour moi... Mais c'est un sage... lui... un sujet dé-

voué ; il n'aimera jamais que par ordre supérieur. La princesse riait
beaucoup des folies de son mari ; Otton, à chaque mot, sentait comme un
coup de poignard qui le blessait au cœur ; sa douleur était bien plus
poignante encore quand la princesse, feignant un air piqué, pour amuser
son mari, disait au ministre : — Comment, monsieur le comte, il vous
faudrait un ordre du landgrave pour aimer... même la fille d'un prince
souverain ? L'éclat d'un grand nom, l'attrait de la beauté, ne suffiraient
pas pour toucher votre cœur ?... Allons !... allons !... je suis bien sûre que
Maximilien se trompe ; avouez-moi que vous aimeriez sans demander son
agrément pour cela. L'embarras d'Otton était au comble, il ne pouvait
que balbutier quelques mots inintelligibles.— Je te dis que c'est un ours,
reprenait à voix basse le landgrave. Une fois Otton entendit la princesse
répondre à son mari : — C'est dommage ! Il ne sut comment interpréter
ces mots ; mais un frémissement de joie passa dans tout son corps ; la
princesse le savait malheureux, elle le plaignait ; c'était déjà beaucoup.

Après six mois, Maximilien avait cessé d'aimer Clémentine ; d'abord
celle-ci s'était confiée, dans son chagrin, au seul homme qui pût voir avec
plaisir le refroidissement du landgrave pour sa femme. Otton plaida auprès
du prince la cause de Clémentine ; Maximilien voulait d'autres plaisirs,
d'autres amours ; il pria son ministre de cesser des remontrances qui
l'importunaient, et fit dire à la landgrave que si le palais de la résidence
n'avait pas le bonheur de lui plaire, elle pouvait disposer du château de
Beauséjour, situé à quelques milles d'Offenbach. Clémentine pleura, per-
sista dans sa résolution à rester quelque temps encore près de son époux,
espérant toujours le ramener à des sentimens plus tendres. Une année
entière s'écoula ainsi ; la princesse affectait un air heureux en public ;
mais, dans la solitude de son appartement, elle se livrait à toute sa douleur... Otton, seul confident des chagrins du ménage, lui disait d'espérer,
il cherchait à la consoler en pleurant avec elle sur l'égarement du prince.
Quand deux malheureux se rapprochent pour confondre leurs larmes,
pour mêler leurs soupirs ; quand des mains se pressent, lorsqu'un cœur
de femme répond à un autre cœur violemment épris, alors le rang, le
devoir, tout s'oublie. Il ne faut qu'un moment pour que l'esprit s'égare,
qu'une tête qui se penche sur votre sein pour que les sens s'allument,
qu'un baiser pour que la passion éclate : ce moment arriva. Clémentine,
un jour, laissa tomber sa tête sur le sein du ministre, le baiser fut pris
rapide, involontaire, mais brûlant ; la princesse pâlit, ses forces l'abandonnèrent, et Otton, en sortant d'un rêve doux et terrible, put dire : —
Elle est à moi !

Ce ne fut donc pas, comme on le disait alors, pour épargner à ses yeux
le spectacle des désordres d'un époux que la landgrave prit la résolution
de quitter sa résidence ; ce n'était pas non plus par caprice, par jalousie,
pour obéir à Maximilien repentant, ou pour retenir la noblesse prête à
quitter la cour, qu'elle revenait au château d'Offenbach après une si longue absence. La sûreté d'Otton avait manqué d'être compromise. L'amour
de la princesse pour le ministre, le soin de sa réputation, le besoin de se
voir tous les jours, à tous les instans, sans que la vie de l'un et l'honneur
de l'autre se trouvassent menacés de nouveau, voilà les véritables motifs
du retour de Clémentine. Le landgrave la vit revenir sans regrets et sans
plaisir ; il en aimait une autre.

A son retour de la chasse, on remit au comte de Spulgen la pétition du
frère d'Hélène. Hugues avait oublié à dessein de faire connaître l'objet
de sa demande ; mais Otton était trop heureux, depuis que la princesse
avait quitté le château de Beauséjour, pour ne pas s'empresser d'accueillir
toutes les plaintes et de satisfaire, autant qu'il le pourrait, à toutes les
ambitions. Il donna l'ordre d'introduire le lendemain matin, dans son
cabinet, l'ouvrier Istein, dès que celui-ci se présenterait à l'hôtel. A huit
heures du matin, Hugues demandait à parler à Son Excellence. — Faites

entrer, dit le ministre à l'huissier chargé d'annoncer les solliciteurs ; et le compagnon serrurier pénétra dans le cabinet d'Otton.

Sa démarche était assurée, son regard calme ; cependant le son tremblé de sa voix trahissait une légère émotion. Otton, se trompant sur la véritable cause de son agitation, l'accueillit avec bonté. — Asseyez-vous, mon ami, et parlez sans crainte ; j'aime et j'estime les braves gens de votre classe, et si votre demande est juste, croyez que je ferai tout mon possible pour que nous nous quittions contens l'un de l'autre.

— Contens l'un de l'autre, je l'espère, monseigneur ; car ce ne sont ni des faveurs ni des grâces qu'il me faut ; c'est justice que je viens demander à Votre Excellence.

— Vous l'obtiendrez, mon ami ; un honnête homme n'a jamais imploré en vain mon appui... Allons, parlez-moi avec confiance, vous n'aurez point à vous en repentir.

— Je remercie Votre Excellence des encouragemens qu'elle me donne, et je vais m'expliquer avec la franchise d'un homme de cœur qui croit s'adresser à un homme comme lui.

Le ministre fit un geste de surprise : — Que voulez-vous dire, monsieur Istein ? il serait question de moi dans cette affaire ?

Hugues répondit avec fermeté : — Oui, monseigneur, de vous, qui, par un mensonge horrible, avez réduit une honnête famille au désespoir... Ne m'interrompez pas, tout à l'heure vous allez me comprendre... Une jeune fille que vous ne connaissez pas... dont vous ignorez même le nom, et contre laquelle vous ne pouvez avoir aucun motif de haine, est en ce moment l'objet du mépris de toute une ville... Et pourquoi ? parce qu'il vous a plu, à vous, puissant seigneur, à vous, que protège l'estime publique, de flétrir d'un mot la réputation de cette malheureuse enfant.

Otton chercha dans ses souvenirs, et dit :

— Vous êtes dans l'erreur, mon ami ; ce n'est pas à moi, le comte Otton de Spulgen, que vous croyez parler. Dieu m'est témoin.

— Ne blasphémez pas, monseigneur... Je vais suppléer à votre manque de mémoire... Je conçois que vous ayez pu oublier un propos léger... une plaisanterie... car ce n'est rien à vos yeux que l'honneur d'une simple ouvrière... comme la jeune brodeuse de la ruelle du Grand-Aigle-Blanc.

Ces mots frappèrent le ministre, et rappelèrent à son souvenir la mansarde éclairée, l'enfant qui dormait sur la borne, et les quinze florins qu'il avait donnés sous prétexte d'acheter le silence du petit Fritz. Hugues remarqua le trouble d'Otton, et reprit :

— Votre Excellence se rappelle maintenant ce qu'elle a dit il y a huit jours sur le compte de ma sœur.

— Ah ! c'est votre sœur... balbutia le comte, et il ajouta avec embarras : — Mais voyons, où voulez-vous en venir... que puis-je faire pour vous ?

— Je veux d'abord vous mettre sous les yeux tout le mal que vous nous avez fait ; ensuite vous me direz si vous voulez le réparer.

— Le réparer ! oui, mon ami, reprit vivement le ministre ; j'avoue que j'ai eu un grand tort... mais, de grâce, que ceci reste entre nous... je me mets à votre discrétion... Parlez, combien exigez-vous de moi ?

— C'est de l'argent que vous m'offrez, monseigneur ! répondit le frère d'Hélène avec dignité ; croyez-vous donc que le trésor du prince suffirait pour payer l'honneur de ma sœur ?... J'ignore ce que vaut celui de vos grandes dames, mais je sais que le nôtre ne se pèse pas à ce poids-là.

Otton, qui se dirigeait vers son bureau, sans doute pour chercher l'or qu'il offrait à l'ouvrier, s'arrêta surpris de cette réponse, et ne put s'empêcher de lui dire :

— Vous êtes un honnête homme, monsieur Istein, et je voudrais pour tout au monde n'avoir jamais prononcé le nom de votre sœur.

— Je vous crois, monseigneur, car on dit aussi que vous avez l'âme grande... que vos sentimens sont généreux... il faut donc qu'un motif

impérieux, et que je ne saurais deviner, vous ait forcé à répandre une
semblable calomnie; mais quand vous avez choisi notre nom pour l'enta-
cher d'une honte que vous seul pouvez effacer, vous ignoriez que mon
père avait sacrifié tout espoir de fortune, était descendu d'une profession
glorieuse à des travaux pénibles qui ne lui valurent que de la misère, et
cela pour conserver pur ce nom que vous avez flétri... Vous ignoriez aussi
que la malheureuse enfant, que votre mensonge a perdue, était l'objet de
la sollicitude la plus tendre d'un frère qui avait juré à son père mourant
d'être le protecteur, l'appui de sa sœur ; de veiller avec soin sur le dépôt
précieux de sa réputation... et c'est quand j'ai travaillé dix ans pour tenir
le serment que je fis à mon père... c'est au moment où je vais recueillir
le fruit de mes peines... c'est quand je suis fier de donner mon Hélène
pour épouse à mon meilleur ami, que vous venez, par un mot, détruire
mon ouvrage !... Mon compagnon d'enfance, le fiancé de ma sœur a fui
désespéré... Hélène est forcée de se dérober au mépris de toute la ville...
et moi-même je serais mort de honte et de chagrin, si je n'avais la volonté ferme de lui faire rendre l'honneur... Oui, monseigneur... j'y suis
bien décidé... Si vous me refusez justice aujourd'hui... je trouverai plus
tard moyen de l'obtenir.

— Monsieur Istein, dit le ministre, qui venait d'écouter attentivement
le discours du frère d'Hélène, vos reproches n'égalent pas encore les
remords que je sens depuis que vous parlez; croyez que, s'il était en mon
pouvoir de vous offrir la réparation que vous méritez, je le ferais, dussé-je
perdre l'estime des hommes, à laquelle je dois aussi attacher quelque
prix... mais si c'est une déclaration publique que vous me demandez, je
dois vous dire que cela m'est impossible. Vous le voyez, ma franchise
égale la vôtre... A votre place, j'agirais comme vous le faites... mais à la
mienne, vous n'agiriez pas autrement que moi.

— C'est-à-dire, monseigneur, que vous vous retranchez derrière l'orgueil de votre rang pour vous accabler impunément ; vous ne songez pas
que, si vous m'y forcez, je saurai bien vous y atteindre... Je vous le demande une dernière fois : voulez-vous déclarer, en présence des témoins
que je désignerai, que vous ne connaissez pas ma sœur? Vous sentez-vous
capable de prouver où vous étiez le 15 septembre, à dix heures du soir?
car il faut qu'on sache que vous ne pouviez pas être chez ma sœur.

Otton, étourdi par ces mots, frémit, se laissa tomber sur son fauteuil,
et dit d'une voix presque éteinte :

— C'est impossible! je ne déclarerai rien... Prenez ma fortune, mais
sortez; vous n'aurez pas d'autre réparation !

— Ah! vous pâlissez... c'est donc un secret bien terrible ?... Eh bien !
je le découvrirai... je le publierai... Vous voulez la guerre entre nous
deux... soit, la guerre... A compter de ce jour, je m'attache à vous...
j'épierai vos regards, vos actions... A tout moment je vous ferai sentir le
poids de ma vengeance, et quelque haut que vous soyez placé, vous ne
m'échapperez pas. La haine me grandira : c'est une lutte qui ne finira que
le jour où mon Hélène sera justifiée... Au revoir.

Hugues sortit. Le ministre porta la main à son front, et dit :

— Il a fait son devoir ; mais moi je ne pouvais pas trahir le mien.

V

L'Auberge du Saint-de-Bois.

S'il est pour me trahir des esprits assez bas,
Ma vertu, pour le moins, ne me trahira pas ;
Vous la verrez brillante au bord des précipices,
Se couronner de gloire en bravant les supplices,
Rendre Auguste jaloux du sang qu'il répandra,
Et le faire trembler alors qu'il me perdra.
                    CORNEILLE. — *Cinna.*

Un mois s'était passé depuis la terrible menace de l'ouvrier, et cependant aucun des coups promis par sa vengeance n'avait encore ébranlé le pouvoir du ministre. Otton commençait à ne plus le craindre, bien que, dans les premiers jours qui suivirent l'audience, il eût vu, non sans trembler, que le frère d'Hélène échappait à toutes les recherches des hommes de police envoyés pour découvrir sa retraite et se saisir de sa personne.

Hugues n'était pas rentré dans sa mansarde de la ruelle de l'Aigle-Blanc ; il n'était pas non plus auprès de sa sœur ; quelques habitans d'Offenbach prétendaient l'avoir rencontré sur le chemin de Francfort ; d'autres assuraient l'avoir vu sur la route d'Obernbourg ; ceux-ci lui avaient parlé dans la forêt ; ceux-là sur le pont : quelquefois le même jour, à la même heure, on le disait sur des points différens, et toujours il mettait les espions en défaut.

Hugues n'avait pas quitté Offenbach ; c'était un enfant de la ville, toutes les habitudes de ses compatriotes lui étaient connues ; il savait à quel moment du jour les rues étaient désertes, dans quel quartier le soir on pouvait marcher sans crainte, par quel moyen il était facile de gagner la campagne et rentrer dans la résidence sans être aperçu par des témoins indiscrets. Caché dans la maison d'un ami dévoué, il allait rêver chaque jour dans le bois au moyen d'accomplir sa vengeance, et ne revenait jamais dans sa retraite sans avoir fait jaser un valet du ministre, sans savoir où le comte Otton avait été ce jour-là... pourquoi il était resté si long-temps au château du landgrave, à quelle heure il devait rentrer à son hôtel ; mais cet espionnage ne servait guère ses projets ; tout ce qu'il apprenait sur la conduite d'Otton était grand, noble, généreux ; s'il était sorti plus tôt qu'à l'ordinaire de chez lui, c'est qu'un acte de bienfaisance l'appelait hors de son hôtel ; s'il restait si long-temps au château, c'est qu'il voulait faire adopter au prince une loi nécessaire au bonheur du peuple. Hugues n'entendait de toutes parts que les bénédictions des pauvres et les acclamations des bourgeois qui accueillaient le nom du ministre.

Cependant la haine pour Otton germait aussi dans d'autres cœurs ; l'ouvrier seul n'avait pas juré sa perte ; il y avait des ambitions trompées, des jalousies de courtisans qui veillaient sur toutes les actions du favori, pour les envenimer par des suppositions calomnieuses, à défaut de preuves certaines du crime dont on le soupçonnait d'être coupable. En vain la princesse Clémentine imposait en public silence à son cœur ; en vain elle étudiait son regard, combinait l'expression de sa voix ; en vain le comte lui-même affectait avec la landgrave le ton de la plus respectueuse froideur ; l'œil de l'envie plongeait dans la pensée des amans, y surprenait l'indice d'un sentiment qu'ils s'efforçaient à cacher. Pas un mot imprudent n'avait été entendu... pas un soupir n'avait révélé le secret de l'adultère, et pourtant on se disait tout bas, dans quelques cercles de la cour, que Maximilien était à la fois prince débauché et mari aveugle... que la princesse avait de fortes raisons pour ne pas pleurer l'abandon de son époux. Le vieux baron de Rœdelheim, qui avait donné son nom à la maîtresse répudiée du landgrave, qui partageait son lit avec cette ex-pro-tituée, éprouvait une vertueuse indignation en songeant que la couche royale pouvait être déshonorée par un homme sans naissance.

A ces nobles, coalisés contre le ministre en faveur, il manquait un homme dévoué, une de ces âmes fortes qui ne reculent devant aucun péril, qui meurent sans dire leur secret, enfin un de ces êtres qu'on n'achète pas, et qui ne se rencontrent guère que vers les temps de révolution. Les meneurs nomment, je crois, ces gens-là des instrumens; les peuples leur donnent le nom de héros et de martyrs : les peuples disent toujours le vrai nom des choses. Il fallait donc un instrument à la conspiration de la noblesse.

Pour le frère d'Hélène, il ne lui fallait que trouver des ennemis du ministre qui voulussent bien employer son dévoûment à leur profit. Les hommes qui se cherchent finissent toujours par se rencontrer; voilà comment Hugues Istein fit la rencontre des conspirateurs.

Le compagnon serrurier, dans ses excursions journalières du côté du château, s'était trouvé plus d'une fois sur le passage de nobles comtes et de hauts et puissans barons qui venaient faire leur cour au landgrave. Durant ses courses dans la forêt, il s'était souvent croisé dans son chemin avec certaines physionomies qui lui rappelaient celles des illustres commensaux du prince d'Yseubourg. Cette singularité ne pouvait échapper à son observation continuelle. Il apprit de quelques serviteurs du palais quel nom il devait mettre sur le visage de chacun de ces individus, qu'il rencontrait deux fois le jour avec des costumes et dans des lieux si différens l'un de l'autre. Hugues, bien certain qu'il ne se trompait pas, dut supposer que c'était un motif secret, et surtout important, qui rassemblait souvent, et quand la nuit était venue, les plus nobles seigneurs de la résidence dans la misérable auberge du Saint-de-Bois, située vers le milieu du sentier le moins battu de la forêt. Il se rappela alors que le baron de Rœdelheim avait été forcé d'abandonner son ministère au favori de Maximilien, lors de l'avénement de ce prince. Il n'y a que les morts qui pardonnent à leurs successeurs, Hugues n'ignorait pas cette vieille maxime des fonctionnaires amovibles; il devina sans peine que le comte Otton était pour quelque chose dans ces réunions mystérieuses. Au risque de se perdre, il résolut de pénétrer le secret des habitués de l'auberge du Saint-de-Bois. Le jour même qu'il prit cette détermination dangereuse, Hugues s'aventura dans la forêt, suivit le sentier qu'il avait vu parcourir par de soi-disant paysans et charretiers en blouse, et se présenta hardiment dans la salle basse de l'auberge. La conversation cessa tout à coup dès qu'il parut; toutes les têtes se courbèrent; les grands chapeaux se rabattirent sur les yeux; il n'y eut plus, entre les quinze ou vingt convives attablés devant des pots de bière, qu'un murmure de voix et le choc des gobelets d'étain. Hugues s'assit, demanda à boire; il cherchait un moyen d'entamer la conversation, mais à plusieurs reprises il avait essayé de provoquer une réponse par quelques mots adressés à l'un des conspirateurs, et la conversation particulière continuait sans que l'on fît attention à ce qu'il disait. Impatienté du mauvais succès de ses avances, il prit le parti de dire, en jetant par terre la bière qu'il venait de verser dans son gobelet : — Pouah ! c'est bon tout au plus à noyer un premier ministre ! On le regarda avec défiance, il continua : — Ce n'est pas l'embarras, s'il fallait seulement en payer une tonne pour un pareil usage, je ne suis pas riche, mais je mettrais tout de même une bonne somme pour ma quote-part. Les paysans attablés chuchotèrent ; l'un d'eux donna le signal du départ, tous se levèrent ; Hugues reprit : — Et je crois que je ne serais pas le seul qui fournirait à la souscription. Ses voisins allaient partir sans lui répondre, il les arrêta tous par ces mots :

— Qu'en pensez-vous, monsieur le comte d'Ursel ?

L'interpellation était trop précise pour qu'on feignît plus long-temps avec lui ; tous les conjurés se retournèrent, et dirent :

— Nous sommes trahis... c'est un espion !

— Eh ! non, monsieur de Stolberg, ajouta-t-il en s'adressant à un autre ; vous ne voyez pas plutôt que c'est un allié que le ciel vous envoie ?

Sur un ordre du baron de Rœdelheim, toutes les portes de l'auberge furent fermées ; il y eut des épées, des pistolets déposés sur la table, et l'un des conspirateurs dit à l'intrépide ouvrier : — Si tu nous trompes, si tu as des espions cachés dans la forêt pour nous surprendre, si nous entendons un signal, songe que nous pouvons encore échapper d'ici sans être aperçus, et que nous te laisserons mort sur la place avant que quelqu'un puisse venir à ton secours.

Hugues répondit sans pâlir : — Ma vie est dévouée à ceux qui veulent perdre le favori du landgrave ; je ne demande qu'à ne pas la sacrifier inutilement : au surplus, vous pouvez me fouiller, je suis venu à vous sans armes, bien certain que j'étais que vous ne refuseriez pas de m'en fournir, non pas pour assassiner quelqu'un, de braves gentilshommes comme vous ne peuvent avoir de pareils projets, mais pour m'aider à me défendre dans le cas où vous me confieriez une mission périlleuse.

Les membres de l'assemblée parurent se consulter ; enfin le vieux baron, qui n'avait pas encore porté la parole, s'adressa au jeune ouvrier :

— Et quelle garantie avons-nous de ce dévoûment ? nous ne te connaissons pas.

— Je ne vous connais pas davantage, interrompit vivement Hugues, j'ignore encore pourquoi vous êtes ici ; je peux m'être trompé sur l'objet de votre réunion ; c'est seulement une supposition qui m'a conduit ici, elle peut être fausse, et pourtant je me livre à vous. Qui me dit que je ne me suis pas perdu par mon imprudence ; malgré cela, vous le voyez, je ne me trouble pas... ma vie vaut cependant quelque chose ; c'est celle d'un honnête homme, qu'un juste désir de vengeance a poussé vers vous... Je vous l'avoue, j'aurais mieux aimé recourir à un autre moyen pour obtenir justice de l'affront qui a été fait à ma famille par notre ennemi commun ; mais je n'ai que celui-là, et j'en veux profiter.

Ces mots, prononcés avec toute la rude franchise qui distingue l'ouvrier allemand, parurent satisfaire les conjurés ; le baron serra la main d'Hugues Istein en signe de fraternité ; le frère d'Hélène répondit : — C'est entre nous à la vie, à la mort. Malgré l'orgueil de la naissance, d'autres mains nobles touchèrent les mains calleuses de l'ouvrier : c'est l'usage entre les conspirateurs de tous les pays, l'inégalité des conditions disparaît pendant les heures du complot, le niveau du danger égalise les rangs ; mais que vienne le moment du triomphe ou celui de la justice, l'instrument est jeté de côté, ou bien livré au bourreau. On a vu tel chef de conjuration se lever de son siège de juré et dire en posant la main sur son cœur : — Sur ma conscience, oui, l'accusé est coupable. L'accusé marchait à l'échafaud sans révéler son secret ; il attendait des vengeurs jusque sous le fer des bourreaux : stupide et sublime dévoûment qui ne sait qu'en politique on ne laisse jamais que des ingrats !

Hugues, interrogé sur le motif de sa haine pour le ministre, raconta l'histoire des quinze florins, le mariage de sa sœur rompu, le départ de son ami Anselme, la fuite d'Hélène à Francfort. On eut l'air de s'intéresser à ses malheurs ; mais quand il vint à parler de sa conversation avec le favori, du refus que celui-ci avait fait de déclarer où il était le 15 septembre à dix heures du soir, une joie maligne brilla dans tous les yeux , et , comme si les conjurés n'avaient eu qu'une voix, ils dirent en même temps :

— Il était chez la landgrave !

— Chez la landgrave ! reprit Hugues frappé d'étonnement ; je le tiens donc ce grand secret ! Maintenant je comprends tout ; mais nous lui prouverons que l'honneur d'une ouvrière vaut celui d'une princesse régnante.

— Certainement ! il faut le forcer d'avouer son crime.

— C'est malheureux pour la princesse, ajouta l'ouvrier. — Je la plains; on la dit bonne... le peuple l'aime, je ne voudrais pas la perdre.

— Tu ne te sens plus le courage de justifier ta sœur ?

— Si fait... mais une femme qui ne m'a jamais fait de mal !... la sacrifier !... c'est trop de deux victimes , je ne voulais que punir le coupable.

— Tu ne songes donc pas, interrompit le baron , que c'est pour sauver la réputation d'une femme adultère qu'on a flétri celle de ta sœur ; et , comme tu le disais tout à l'heure , il est des circonstances où l'honneur d'une ouvrière vaut celui d'une princesse régnante ; d'ailleurs, tu ne peux plus t'en dédire, tu es à nous maintenant , tu appartiens à la conspiration... Je te promets que si je rentre en faveur, si je reprends le portefeuille, ta fortune sera faite.

— Je ne vous demande qu'une grâce, c'est de me jurer que si je succombe en vous servant, vous réhabiliterez Hélène aux yeux de mes voisins... C'est à ce prix que je suis venu mêler mon injure à la vôtre... à ce prix, vous pouvez disposer de ma vie. — Hugues reçut le serment de tous ses complices, et promit en échange que le lendemain, à huit heures du soir, il se trouverait à Offenbach, près de la grille du parc, du côté du fleuve; celui qui viendrait le prendre lui donnerait le mot d'ordre; c'était :

— Trahison. En vain il pressa de questions les conjurés pour savoir ce qu'on exigerait de lui ; il n'obtint que cette réponse : — Demain le ministre sera forcé de réparer l'outrage qu'il a fait à ta famille... c'est tout ce que nous pouvons te dire. C'était tout ce qu'il fallait au frère d'Hélène. On le prévint encore que l'entreprise qu'on lui destinait présentait des dangers, qu'il risquait sa vie en l'acceptant ; mais ce n'était pas une telle considération qui pouvait l'arrêter. — J'ai votre parole qu'après moi mon Hélène aura encore des protecteurs ; je ne veux pas vous demander autre chose : à demain la vengeance ou la mort ! La nuit avançait, les complices se séparèrent.

Tandis que les conspirateurs, rentrés secrètement dans leurs hôtels, quittaient l'habit de paysan et reprenaient leur morgue de gentilhomme, Hugues Istein, marchant avec précaution dans des chemins détournés de la route d'Offenbach, gagnait le bord du fleuve qui roulait paisiblement ses eaux vers Francfort, il suivait le courant, évitant toujours d'être vu. Cependant de temps en temps il entendait derrière lui un bruit de pas ; inquiet, il se perdait dans un bouquet de bois, tournait une maisonnette isolée; celui qui marchait derrière lui répétait tous ses détours, entrait dans le bois et disparaissait également derrière la masure. Hugues implora la protection du ciel, et se décida à laisser passer devant lui l'importun voyageur; il s'arrêta, son compagnon de route s'arrêta aussi. — C'est donc à moi qu'il en veut, se dit l'ouvrier ; il est seul, un homme en vaut un autre ; il faut que je sache pour quelle raison il me suit. — Hugues serra les poings et marcha droit à son espion ; celui-ci l'attendait. — Est-ce à moi que vous en voulez? demanda Hugues, cherchant, à la clarté indécise de la lune, à reconnaître les traits de l'étranger.

— Oui, à toi, répondit celui-ci ; perds-tu si tôt le souvenir de tes amis? le frère d'Hélène le reconnut; c'était l'un des convives de l'auberge du Saint-de-Bois. — Où vas-tu si loin avec notre secret ? reprit le conspirateur.

— Je vais embrasser ma sœur, peut-être pour la dernière fois ; cela ne m'est pas défendu, je pense ?

— Non ; mais tu vas me permettre de t'accompagner ; il est de notre devoir de te surveiller jusqu'au moment où nous aurons assez de preuves de ton zèle pour ne plus suspecter tes démarches.

— Vous ne croyez donc guère aux honnêtes gens ?

— Nous prenons nos sûretés d'abord. quitte à rendre justice à ceux qui le méritent ; et montrant le canon d'un pistolet, il ajouta : — ou à faire justice des traîtres.

— Monsieur le comte d'Ursel, vingt épées nues et autant de pistolets dirigés contre moi n'ont pas eu le pouvoir de m'intimider, il y a une heure ; ainsi, cachez cela, c'est inutile entre nous... Si vous me le montrez trop souvent, je finirai par croire que vous avez peu de confiance en votre courage : entre gens comme nous, c'est une parole d'honneur qu'il faut et non pas une menace.. Je vous jure que je me rends auprès de ma sœur ; après cela, si vos affaires vous permettent de m'accompager, vous êtes libre de le faire ; sinon, au revoir jusqu'à demain.

— J'ai promis à nos amis de vous suivre jusqu'à l'endroit où vous arrêteriez, je ne peux pas vous quitter encore.

— C'est juste, il faut tenir ses promesses ; mais marchons ensemble et parlons sans défiance. Le comte Ursel arriva avec Hugues à Francfort ; mais, persuadé que l'ouvrier ne tromperait pas l'espoir des convives de l'auberge, il le quitta bientôt en lui rappelant que c'était près de la grille du château d'Offenbach, du côté du fleuve, qu'il l'attendrait le soir ; Hugues réitéra sa promesse et s'empressa de se rendre chez son cousin le cordier.

Hélène embrassa tendrement son frère, qui ne lui dit qu'un mot sur son projet du lendemain : — Espère ! — La nuit fut bonne pour tous deux. Le lendemain Hugues, fidèle à sa promesse, quitta sa sœur dès qu'il vit que l'heure où il devait être rendu à Offenbach approchait. Il avait environ une lieue et demie de chemin à faire. Son adieu fut tendre ; à plusieurs reprises il pressa contre son cœur cette jeune fille, pour laquelle il allait jouer imprudemment sa vie. Hélène était effrayée de l'expression de son regard, de l'émotion qui se peignait sur ses traits ; mais il la rassura, et son dernier mot, comme son premier, fut encore : — Espère !

A six heures du soir il attendait près de la grille le comte d'Ursel ou l'un des autres conjurés. Un étranger vint à lui : — Etes-vous Hugues Istein ? demanda celui-ci à voix basse.

— Oui, répondit l'ouvrier un peu décontenancé par cette apparition sur laquelle il ne comptait pas.

— Suivez-moi, ajouta l'inconnu.

—Vous suivre ! répéta Hugues Istein avec hésitation, et le mot d'ordre ?

— Trahison ! reprit l'autre. Le frère d'Hélène se laissa conduire dans le détour obscur où son guide l'entraînait.

VI

La Chambre à Coucher.

Sous ces voûtes, sous ces tourelles,
Pour éviter les feux du jour,
Parfois gentilles pastourelles
Redisent doux propos d'amour.
Vous qui parlez si tendrement,
Jeune fillette, jeune amant,
    Prenez garde!
    Prenez garde!
La Dame Blanche vous regarde,
La Dame Blanche vous entend.

SCRIBE. — *La Dame Blanche.*

C'est sur le sol inégal d'un passage étroit et voûté qu'Hugues Istein et l'étranger marchèrent pendant quelques minutes; ils entendaient de loin bruire des voix, des pas retentissaient au dessus de leurs têtes. L'ouvrier voulut demander à son guide en quel lieu celui-ci le conduisait:

— Silence, dit l'étranger, nous allons passer près des salles basses du service de Son Altesse; si quelqu'un nous interroge, vous me laisserez répondre. Ils traversèrent bientôt une cour où plusieurs portes s'ouvraient sur des cuisines: c'était l'heure du dîner; les valets s'agitaient, criaient, entraient, sortaient. Au milieu du tumulte général, on ne remarqua pas le passage des deux conspirateurs: — Par ici, dit l'inconnu; et les deux hommes montèrent les degrés d'un escalier faiblement éclairé par la lueur rougeâtre d'une lanterne suspendue au plafond de chaque étage. A mesure qu'il montait, Hugues découvrait d'un côté, les grandes fenêtres de l'escalier, le bord du fleuve, l'entrée du parc; et, du côté opposé, son œil plongeait au fond de longs corridors qui aboutissaient à de spacieuses galeries où pendaient des lustres dont la lumière se reflétait sur la surface des parquets. — Voilà, disait le guide toujours à voix basse, les appartemens du landgrave: plus haut c'est la bibliothèque... là-bas, à droite, cette galerie conduit chez la princesse Clémentine... au fond, c'est le fameux salon vert... maintenant, où nous sommes, c'est le logement de Messieurs du service particulier... Montons encore: nous voici dans le corridor des femmes de la landgrave... Allons, suivez-moi toujours. Ils parvinrent dans les combles. Hugues ne savait pas encore ce qu'on voulait de lui, il s'étonnait de se trouver dans le château de Maximilien; mais ce n'était pas le moment d'interroger son guide, encore moins celui de reculer. Il marcha sans répondre à son cicérone jusqu'au moment où celui-ci lui fit signe de s'arrêter: c'était devant une petite porte du dernier corridor. L'étranger pencha la tête à droite et à gauche pour s'assurer qu'aucun indiscret n'était sur ses pas: — Bien, nous sommes seuls, murmura-t-il; puis il s'approcha de la porte, et dit: — Moi! la porte s'ouvrit. — Entrez vite, continua-t-il en poussant Hugues Istein dans une chambre où se trouvait une femme voilée.

— C'est bien la personne que nous attendions? demanda la femme au voile. L'étranger répondit affirmativement, prit un siége, dit à Hugues de s'asseoir et d'écouter attentivement ce que cette dame avait à lui dire; celle-ci commença:

— De graves soupçons, vous le savez, se sont élevés sur l'intimité du premier ministre avec la princesse Clémentine. Depuis le retour de la landgrave au château, jamais on n'a vu le ministre entrer chez elle ; et cependant des personnes qui méritent confiance s'accordent à dire que souvent la voix du comte a été entendue dans l'appartement de Son Altesse, à des heures où elle devait être seule. Plus d'une fois aussi, pour s'assurer de la vérité, on est accouru auprès de la princesse, prétextant qu'on la croyait indisposée : les traits de la landgrave trahissaient une émotion profonde... un sentiment de crainte semblait l'agiter, et cependant le comte était parti sans qu'on pût deviner par quel moyen il échappait ainsi aux recherches les plus actives. Il y a, nous ne pouvons en douter, un passage secret connu seulement du ministre de Son Altesse ; c'est ce passage qu'il faut découvrir cette nuit même... on a compté sur vous, espérant que vous ne tromperiez pas la confiance de ceux qui ne veulent qu'éclairer le landgrave sur la trahison de celui qu'il appelle encore aujourd'hui son compagnon, son ami.

— Mais je ne vois pas ce qu'il résultera de cette découverte pour la réputation de ma sœur, reprit l'ouvrier qui avait écouté avec attention le discours de la femme voilée.

— Comment, répondit-elle, vous ne comprenez pas que nous obligerons monsieur le comte à avouer que dans la nuit du 13 septembre il était au château de Beauséjour... Mon mari, continua-t-elle, m'a conté vos malheurs, et croyez bien, mon ami, que, si vous servez notre cause, nous ne négligerons pas les intérêts de la vôtre.

— L'heure se passe interrompt l'étranger, la princesse peut avoir le désir, d'un moment à l'autre, de rentrer dans son appartement : il faut apprendre à ce brave homme ce que nous attendons de son dévoûment.

— Oui, parlez, dit le frère d'Hélène ; j'ai promis hier d'être à vous tous à la vie, à la mort ; vous verrez bien si je sais tenir mon serment.

La dame voilée reprit : — Il y a aujourd'hui grand dîner à la cour, la landgrave ne se retirera pas dans son appartement avant six heures du soir ; c'est chez elle, dans sa chambre à coucher, que je vais vous conduire... vous y resterez caché dans un endroit que je vous indiquerai ; il vous sera facile de guetter le chemin que prendra le ministre pour entrer et sortir... Vous veillerez toute la nuit ; demain matin, à l'heure de la promenade de Son Altesse, je viendrai vous rechercher ; vous nous direz tout ce que vous aurez vu. Le prince sera instruit de cette intrigue ; l'affront fait à votre sœur sera puni.

— Et nous, ajouta l'étranger d'un air hypocrite, nous jouirons du bonheur d'avoir vengé la dignité du trône, si horriblement compromise par un roturier.

— Et si je suis découvert ? demanda Hugues.

— Par le comte Otton ? interrompit la dame voilée.

— Non pas, avec lui je sais ce que j'aurais à faire ; mais par la princesse elle-même ou quelqu'un de ses gens ?

A cette question, l'étranger pâlit ; la dame fit un mouvement d'effroi, balbutia quelques mots inintelligibles.

— Bien, reprit Hugues, je comprends ; il faudra me taire sur votre compte, n'est-ce pas ?... me laisser prendre... me laisser condamner même.

— Nous vous sauverons ! dit vivement la dame.

— Oui, nous vous sauverons ! répéta l'étranger.

— Si c'est possible... je le veux bien ; mais avant tout vous penserez à ma sœur.

— Nous vous le jurons.

Ici finit la conversation des trois conjurés ; la femme au voile se leva, prit l'ouvrier par la main, le fit redescendre par l'escalier de service jusqu'à la galerie qui conduisait chez la landgrave, pénétra dans le fond des appartemens sans rencontrer aucun des valets ou des femmes de la princesse, leur devoir les avait appelés dans l'autre aile du château. —

Hugues Istein, dit le nouveau guide de l'ouvrier quand ils furent arrivés tous les deux dans la pièce la plus reculée, — voici la chambre à coucher de la landgrave ; prenez cette clé, c'est celle de ce petit cabinet vitré à droite du lit ; on n'ouvre jamais cette porte... Adieu... bon courage... de la prudence, Dieu nous protégera. La dame voilée lui serra la main et partit.

Plus de trois heures se passèrent sans qu'aucun bruit du dehors ne vînt troubler les réflexions de Hugues Istein : elles étaient pénibles. Il se voyait réduit au rôle d'espion, obligé de servir l'ambition de quelques intrigans de cour, pour obtenir réparation de l'outrage fait à sa sœur ; ce n'était plus que par une lâcheté qu'il espérait d'atteindre le plus noble but. Telle n'avait pas été sa pensée quand, face à face avec le calomniateur d'Hélène, il lui avait dit : — Guerre à mort entre nous ! Il ne voulait alors le combattre qu'avec des armes dignes d'un homme de cœur. Sa cause était toujours belle ; mais l'action qu'elle lui faisait commettre répugnait à la délicatesse de ses sentimens ; c'était par la dénonciation qu'il allait se venger de la calomnie ; c'était en arrachant le secret d'une femme, contre laquelle il ne pouvait avoir aucun motif de haine, qu'il voulait faire éclater la vérité. Indigné contre lui-même, Hugues se préparait à quitter la chambre à coucher de la landgrave : — Non, se disait-il, je ne devais pas accepter une semblable mission ; c'est avec une épée contre une épée, du sang pour du sang, qu'il fallait demander réparation à mon ennemi ; et quand je l'aurais tenu vaincu, terrassé à mes pieds, alors j'aurais eu le droit de lui dicter des conditions ; mais me glisser dans l'ombre comme un assassin, frapper du même coup une innocente et le coupable... ce n'est pas obtenir justice, c'est rendre un crime pour un crime.

Hugues, ai-je dit plus haut, voulait s'éloigner du château, abandonner à d'autres le soin de trahir l'amour du comte et de la princesse ; mais les dernières paroles de son père revenaient à sa pensée ; mais le cri de réprobation jeté contre Hélène par toute la ville retentissait encore à son oreille ; il voyait ses amis l'abandonner, Anselme lui-même quitter le pays ; il se rappelait que sa sœur était dans ce moment obligée de se cacher loin de la résidence : il pensait aux outrages qu'elle recevrait encore si elle osait reparaître à Offenbach avant d'être justifiée. Ce n'était pas devant les tribunaux qu'il pouvait porter plainte contre un ennemi aussi puissant que l'était le comte Otten de Spulgen ; ce n'était pas en le provoquant qu'il pouvait espérer de venger sa sœur : les ministres, et surtout les ministres allemands, ne répondent pas aux provocations de l'homme du peuple ; on se saisait de lui, et bientôt un cachot a fait raison de ses cris de colère ou de désespoir. Hugues avait échappé comme par miracle aux espions du ministre ; en servant d'espion contre lui il ne faisait que rendre les armes égales entre eux. Aucun autre moyen ne restait au frère d'Hélène ; il le sentit, fit taire ses remords, et se précipita dans le cabinet vitré, car il entendit des pas retentir dans la galerie.

C'était la princesse Clémentine, suivie de ses femmes, qui rentrait dans ses appartemens ; parmi celles qui l'accompagnaient, Hugues crut reconnaître la voix de la dame voilée ; il mit son œil au trou de la serrure, et vit bien qu'il ne s'était pas trompé ; cette femme avait toujours les regards tournés vers la porte du cabinet, tandis que les autres s'empressaient autour de la landgrave, détachaient son voile, son collier, ses boucles d'oreilles. Clémentine quitta sa robe d'apparat ; un costume plus léger remplaça la toilette de cour. Après quelques mots de la princesse à ses femmes, elle les congédia toutes, écouta long-temps le bruit de leurs pas qui s'éloignait et se perdit enfin au fond des longues galeries, elle ferma avec soin la porte, et se jeta dans un fauteuil avec l'accablement du désespoir. — Mon Dieu ! se dit-elle presque à voix basse, quelle soirée ! que de craintes, que d'angoisses !... Pourquoi les regards malins du vieux baron se tournaient-ils sans cesse vers moi?... Que voulaient dire ces signes d'intelligence que j'ai surpris entre les ennemis du comte?... D'où leur venait leur air de triomphe?... et ce Rodolphe de Hatzfeld qui prenait plaisir à parler d'une ouvrière... d'une brodeuse... que sais-je?... Comme il regardait Otton... et lui, qu'il avait l'air de souffrir!... Je voulais lui parler... entendre un mot rassurant de sa bouche... et puis il n'était plus là... le landgrave l'avait entraîné d'un air soucieux dans son cabinet... Que veut dire tout cela?... Soupçonnerait-on... Ah! c'est affreux... et ne rien savoir... trembler... mourir d'inquiétude... voilà tout. Elle se promena pensive pendant quelques minutes : Il n'y a que ce moyen, reprit-elle avec un air de résolution ; elle tira l'anneau d'or d'un cordon de sonnette qui pendait à l'un des côtés de la cheminée, un moment après on frappait à la porte de la chambre à coucher, plusieurs femmes entrèrent chez la princesse : — Son Altesse est indisposée... elle a l'air souffrant.

— Oui, mesdames, reprit Clémentine, tout à l'heure je ne me sentais pas bien... j'ai sonné... je croyais avoir besoin de secours, mais cela va mieux maintenant... Pour éviter que je ne vous fasse descendre toutes une seconde fois... l'une de vous, Béatrix, restera près de moi cette nuit... si elle ne suffit pas, je vous appellerai... Allez.

Chacune des femmes demandait à partager l'honneur de veiller la princesse ; mais, sur un geste de Clémentine, elles se virent forcées de la laisser avec la demoiselle d'honneur que la princesse avait désignée. Dès qu'elles furent éloignées, Clémentine se précipita dans les bras de Béatrix :

— Ma seule amie, ma confidente, tu me vois bien malheureuse.

— Qu'avez-vous donc, madame?

— On soupçonne la vérité ; toutes mes peines, tous mes soins pour la cacher ont été inutiles, je l'ai bien vu aujourd'hui. Il y a à la cour je ne sais quelle agitation qui me glace d'effroi quand j'y pense... Toi seule as mon secret, toi seule peux m'aider à sortir de l'inquiétude affreuse où je suis... Otton ne viendra pas ce soir.

— Comment ce soir? interrompit Béatrix ; vous l'avez donc revu depuis notre départ de Beauséjour?... Oh! madame, après ce que vous m'aviez promis, vous voulez vous perdre.

— Eh bien! oui, je l'ai revu... je n'ai pas eu la force de céder à tes conseils si sages... si nécessaires à mon repos ; j'ai manqué à la promesse que je t'avais faite... Tu exigerais de moi un nouveau serment, que je te le ferais encore, et puis j'y manquerais... Je n'ai jamais été aimée que par lui... c'est lui seul qui a compris tout ce qu'il pouvait y avoir de dévoûment dans mon cœur pour le cœur qui se donnerait à moi sans partage. Au milieu de cette cour, je n'ai rencontré qu'un regard de tendresse véritable, et c'était le sien ; je n'ai vu qu'une âme vraiment noble, c'était la sienne.. Il m'a sacrifié sa vie, car c'est mourir tous les jours que d'oser aimer la femme de son prince... J'étais si jeune, j'avais tant besoin que l'on m'aimât ; tout me parlait de ses vertus, de la grandeur de son caractère, lorsque j'avais sous les yeux le spectacle des fautes de mon époux... de cet époux qui me méprisait déjà quand j'étais encore innocente... Je ne prétends pas me justifier, Béatrix, mais je me crois moins coupable quand je me dis : — Je ne demandais qu'à être aimée.

— Voyons, madame, reprit Béatrix attendrie, qu'exigez-vous de moi?

— Il est près de minuit, tout le monde repose dans le château, te sens-tu le courage de sortir, d'aller jusqu'à l'hôtel du ministre? tu demanderas à parler à M. Volfrag, son secrétaire, et tu lui remettras cette lettre... Volfrag et toi connaissez seuls notre secret, et ni l'un ni l'autre de vous ne nous trahirez, j'en suis certaine.

— Mais, madame, sortir maintenant...

— Ah! Béatrix, ne me refuse pas! c'est la vie que je te demande... c'est plus encore, car je tremble pour la sienne. Béatrix se tut, la princesse écrivit quelques mots, cacheta sa lettre ; elle se disposait à la confier à Béatrix, quand elle changea subitement d'avis. — Non, r prit-elle, non, c'est inutile, laisse cette lettre, j'ai réfléchi, tu n'iras pas.

— Ah ! madame, vous vous rendez donc enfin à mes prières, vous renoncez...

— Oui, oui, continua vivement la princesse, tu peux remonter chez toi ; va-t'en, bonsoir, à demain. Elle poussa Béatrix vers la porte, malgré les eff rts de la demoiselle d'honneur pour obten r un mot d'explication ; elle se vit forcée d'obéir aux ordres de la princesse qui répétait :— Mais éloigne-toi donc, je le veux. Clémentine se trouva une seconde fois seule dans la chambre à coucher.

Hugues n'avait pas perdu un seul geste, un seul mot de la princesse ; il avait vu la lettre écrite, cachetée, donnée à Béatrix, puis reprise et posée sur le guéridon devant lequel Clémentine s'était assise pour écrire. Il ne comprenait rien à ce changement de résolution de la part de la landgrave ; mais un panneau qu'une glace reco vrait, et qui tourna sur ses gonds, changea soudain la direction de ses pensées : il était maître du secret de so e memi, car c'était lui, le c mte Otton de Spulgen, qui venait de pénétrer mystérieusement dans la chambre de la landgrave. — Quelqu'un était avec vous ? demanda-t-il à Clémentine, après avoir repoussé le panneau qui rentra sans bruit dans la coulisse.

— Oui, répondit-elle, c'é ait Béatrix ; je l'envoyais chez vous... j'étais si inquiète. Ah ! mon ami, quelle soirée !... mon cœur est brisé.

— Rassurez-vous, Clémentine, cette soirée a mis le comble à ma faveur ; hier j'étais sur le bord du précipi e, auj urd'hui je n'ai lus rien à craindre de nos espions de c ur, ils sont tous mes prisonniers ; j'ai contraint M ximilien de signer l'ordre de leur arrestation, et au moment où je vous parle, le baron et la comtesse Frédérique, sa femme ; le comte de Wu ten, Stolbert, et tous les nobles conjurés de l'auberge du Saint-de-Bois, sont en route pour la fort resse d'Ottersheim. Dès ce matin j'avais eu le soin d'expédier des or r s pour qu'ils soient gardés avec la plus grande sévérité : leurs plaintes maintenant ne pourront p us arriver jusqu'au landgrave, et si, contre toute a parence, ils parvenaient à dénoncer leurs soupçons sur notre intellig nce, M ximilien n'y verrait que les cris impuissans du dése poir. A mesure que le mini tre parlait, la joie brillait dans les yeux de Clémentine ; son sein, agité par mille sentimens, repoussait incessamment le fichu de linon qui le recouvrait, et quand le comte de Spulgen eut fini de raconter sa victoire, la princesse se laissa tomber dans ses bras. — O mon ami ! que deviendrez-vous si jamais ils recouvrent leur liberté ?

— Je n'ai pensé qu'à vous, Clémentine, qu'à votre réputation ; ils allaient nous perdre... je le savais, c'était n parti désespéré qu'il fallait prendre.. J'ai déc uvert au landgrave le motif de leurs assemblées mystérieuses dans la forêt... j'ai demandé en grâce qu'ils ne fussent pas jugés ; Maximilien hésitai encore, même en les réunissant aujourd'hui à sa table pour qu'aucun d'eux ne pût échapper à sa colère... J'ai vaincu les irrésolutions du prince ; il a signé ; maintenant soyez sans crainte, ils ne rentreront jamais d ns le château d Offenbach.

Cependant tous les ennemis du ministre n'étaient pas partis pour la forteresse d'Ottersheim ; Hugues surveillait à quelques pas l entretien du comte et de la princesse. A la nouvelle de l'emprisonnement des conjurés, un sentiment de terreur avait glissé sur son âme. Prompt à mesurer l'étendue du péril, le frère d'Hélène se rassura peu à peu ; bientôt l'idée de ne devoir la réparation d'un outrage qu'à lui-même fit battre d'orgueil son cœur d'abord comprimé par la crainte. Il bénissait secrètement le ciel de ce qu'il l'abandonnait à ses propres forces : la honte de l'espionnage disparut à ses yeux ; il ne songea plus qu'au moyen de sortir victorieux à son tour de la position dangereuse où les complices de l'auberge l'avaient placé.

Rassurée par de tendres paroles, Clémentine était loin de penser à congédier le ministre; déjà même il s'était levé pour partir, elle le retenait, voulant lui entendre dire comment le fier baron et sa noble moitié avaient accueilli l'officier qui s'était chargé de les conduire au fort; elle souriait en écoutant son amant qui lui disait l'étonnement de l'ex-ministre, les cris de la comtesse Frédérique, et le bruit des roues, le galop des chevaux qui assourdissaient les clameurs des prisonniers. — Pas un seul de mes ennemis n'a échappé, reprenait le comte de Spulgen; j'ai joué ma tête dans ce coup d'état, mais je le devais à votre amour, je le devais à l'honneur de ma souveraine.

— Et celui de ma sœur! ne lui devez-vous rien, monseigneur? s'écrie l'ouvrier en poussant avec force la porte du cabinet.

— Ah! je suis perdue! exclama la princesse en se laissant tomber sur un fauteuil.

Otton, frappé d'abord de stupeur, recula de deux pas à l'aspect du frère d'Hélène; mais, reprenant bientôt ses sens, il mit la main sur la garde de son épée, et se disposait à la tirer du fourreau pour frapper l'espion, quand celui-ci reprit, en faisant jouer la détente d'un pistolet: — Que Votre Excellence se garde d'attenter à ma vie, le bruit que je pourrais faire en la défendant appellerait trop de témoins de la honte de madame.

— Oui, je vous en prie, Otton, retenez votre colère; ne tuez pas cet homme ici, dans cette chambre... Quels que soient ses projets, je ne veux pas les connaître... qu'il s'éloigne... qu'il se taise, je lui fais grâce. Clémentine, en parlant ainsi, arrêtait le bras du comte toujours dirigé vers Hugues Istein, tandis que celui-ci continuait à coucher en joue le ministre. Otton céda enfin aux instances de la landgrave, posa son épée nue sur un siége; Hugues abaissa le canon de son pistolet.

— Qui t'a conduit ici?

— Ceux que vous avez envoyés à la forteresse d'Ottersheim.

— Que demandes-tu pour prix de ton silence?

— Que l'honneur soit rendu à ma sœur.

— Homme impitoyable, veux-tu donc que je perde ta souveraine?

— Cherchez s'il est un moyen de me satisfaire sans nuire à la princesse... et je l'accepterai; mais j'ai risqué ma vie pour obtenir justice, et je ne sortirai pas d'ici sans l'avoir obtenue.

— Que veut donc cet homme? pour Dieu, que veut-il donc? demanda Clémentine, qui n'était pas encore remise de son saisissement.

— Madame, reprit l'ouvrier, dans la soirée du 15 septembre, le comte était au château de Beauséjour; il fallait un mensonge pour expliquer son absence au prince, qui le faisait chercher; monseigneur n'a rien trouvé de mieux, pour assurer votre repos, que de détruire le nôtre; il m'est possible aujourd'hui de prendre ma revanche. Otton fit un mouvement comme pour reprendre son épée; Hugues continua: — Je n'abuserai pas du bonheur de ma position; que Son Excellence imagine une excuse, mais qu'elle prouve publiquement que ma sœur était innocente, et je m'engage sur l'honneur à taire ce que j'ai vu.

Otton se promenait à grands pas; Clémentine, les mains sur ses yeux, murmurait: — C'est ma mort que demande cet homme... Otton, vous ne pouvez, vous ne devez rien dire; donnez-lui de l'or... Tenez, voulez-vous mes diamans?... prenez, mais partez, et renoncez à votre affreuse vengeance.

— Madame, j'ai déjà refusé de pareilles offres, ce n'est pas l'amour de l'or qui fait braver sans peur de pareils dangers, reprit Hugues, qui s'était approché doucement du guéridon où la princesse avait écrit la lettre au ministre. Je ne prolongerai pas plus long-temps une scène qu'il ne tenait pas à moi de provoquer ; je demande une dernière fois à monsieur le comte s'il veut me jurer que demain, à son hôtel, il me recevra avec quelques amis que je choisirai ; que devant eux il déclarera n'avoir jamais connu ma sœur ; s'il me promet de me donner une preuve, quelle qu'elle soit, qu'il ne pouvait être chez nous le 15 septembre à dix heures du soir, je pars à l'instant.

— Eh bien ! oui, reprit le ministre, tu les auras ces preuves.

— Que ferez-vous, Otton ? demanda Clémentine avec effroi.

— Soyez sans crainte... j'ai mon projet.

— Monseigneur, dit le frère d'Hélène, je vous avais promis que je vous retrouverais partout ; soyez bien sûr que si vous manquez encore une fois à votre promesse, je ne ménagerai plus rien.

— Tu peux compter sur moi pour demain... Allons, pars.

— Comme j'ai tout à craindre ici, monsieur le comte... il faut que vous protégiez mon départ ; montrez-moi le chemin... je vous suivrai.

— Oui, éloignez-vous, Otton, dit la princesse... j'ai besoin d'être seule... je souffre trop en présence de cet étranger.

Le comte reprit son épée... Hugues arma une seconde fois son pistolet.

— Que veut-il faire avec cette arme ? dit Clémentine en proie à la plus grande anxiété.

— Son Excellence n'a-t-elle pas une épée ? répondit l'ouvrier. Rassurez-vous, madame, je n'attenterai pas à la vie de M. le comte tant qu'il respectera la mienne... mais au moindre geste menaçant, je ferai feu, non pas sur vous, monseigneur, mais seulement pour attirer du monde ; je pourrai dire alors qui m'a conduit ici ; vous ne saurez avouer pourquoi vous y êtes venu ; ainsi, pour vous, pour madame, sortons en silence de ce château... si l'on nous y découvrait, ce n'est pas moi qui cours ici le plus de dangers.

Otton remit son épée dans le fourreau, et dit : — Partons. Il poussa le ressort de la glace, le panneau s'ouvrit, une lanterne sourde était cachée dans un coin obscur du corridor, le ministre la prit, et l'ouvrier, tenant toujours son pistolet armé, descendit l'escalier dérobé qu'éclairait la lanterne du comte. Après quelques secondes, les deux adversaires se trouvèrent hors des grilles du parc.

Dès qu'il se vit au delà du château, Hugues s'enfuit en criant au comte : — A demain, à votre hôtel ! et il partit sans que le ministre ait eu le temps de trouver un mot à lui répondre.

A peine la princesse se vit-elle seule que, frappée d'un souvenir, elle jeta les yeux sur le guéridon ; Clémentine pâlit, ses lèvres essayèrent de balbutier quelques mots, elle n'eut que la force de saisir l'anneau d'or du cordon de sonnette : quand on entra chez elle, la princesse était évanouie.

VII

L'Ancre de Salut.

Il faut garder une poire pour la soif.
Proverbe populaire.

Vers sept heures du matin, Hugues Istein traversait la rue la plus déserte de la résidence ; il allait rassembler quelques amis pour les conduire chez le ministre, quand il se vit entouré par une douzaine d'espions : il voulut d'abord résister ; mais, forcé de céder au nombre, il se laissa porter dans une voiture, où quatre individus l'attendaient pendant que leurs camarades étaient à sa poursuite.

— Où me conduit-on? demanda l'ouvrier à ses compagnons de voyage : aucun ne voulut lui répondre. Hugues vit bien à travers les vitres de la voiture que le postillon avait pris la route d'Ottersheim. — Bien, reprit-il, nous allons à la forteresse... je m'y attendais , et sans doute vous avez reçu des ordres sévères sur mon compte ? L'un des espions répondit : — Les plus sévères.

— De mieux en mieux ; cela ne pouvait être autrement. Parbleu! camarades, nous avons un premier ministre qui entend fort bien son affaire... c'était dans l'ordre ; je devais être pris à sept heures du matin, il ne m'avait donné rend z-vous que pour midi. Le ton de gaîté qui régnait dans toutes ses paroles rendit ceux qui l'accompagnaient plus communicatifs; ils changèrent bientôt de rôle ; comme Hugues ne les interrogeait plus , ils l'interrogèrent à leur tour : — Vous avez l'air d'un bon diable, l'ami... par quel hasard êtes-vous notre prisonnier ?

— Je vous le dirais, que vous ne me croiriez pas... et puis ce n'est pas mon secret.

— Oh ! oh ! nous avons des complices.

— Non, c'est par respect pour celui qui me fait arrêter que je me tais.

— C'est bien délicat de votre part.

— Vous sentez bien que pour une heure ou deux qu'il va me priver de ma liberté , je ne voudrais pas le priver pour toujours de la sienne ; ce ne serait pas brave de ma part.

— C'est un fou , se dirent tout bas les espions du ministre ; il y a conscience d'envoyer un malade au cachot ; c'est à l'hôpital qu'il faudrait le mettre.

Hugues continua légèrement : — Vous devez trouver bien peu de prisonniers d'aussi bonne humeur que moi , n'est-ce pas?

— C'est vrai , camarade.

— Oh ! c'est qu'il n'y en a pas beaucoup comme moi non plus qui tiennent dans leurs mains l'honneur et la vie de celui qui les emprisonne. Les espions se regardèrent ; l'un d'eux se frappa le front ; Hugues devina le motif de ce mouvement. — Vous avez oublié de me fouiller, je crois... c'est vous donner une peine inutile ; cependant si vous y tenez, ne vous gênez pas , messieurs, faites votre devoir ; il retourna ses poches et laissa la main des espions plonger dans toutes les ouvertures de ses habits. — Je vous le disais bien , il n'y a rien que quelques florins... vous me ferez plaisir de les boire à ma santé. Ces mots attendrirent les sbires du ministre : le plus sensible dit , en mettant les florins dans sa poche : — Faut-il qu'un si brave jeune homme ait mérité une si terrible punition !

— C'est donc quelque chose de bien effrayant qu'on me prépare là-bas?

— La perpétuité ! camarade , pas davantage ; ça peut même durer très long-temps avec des ministres qui restent une trentaine d'années dans leur place : il n'y a qu'un changement de ministère qui puisse finir la perpétuité ; ainsi vos amis auront le temps de vous oublier , jusqu'à ce que vous sortiez de la forteresse d'Ottersheim.

— Mes amis , dites-vous? mais j'espère bien dîner avec eux aujourd'hui.

— Vous ne savez donc pas que personne ne pourra venir vous voir?

— J'irai les trouver chez eux, reprit vivement le frère d'Hélène ; les espions répétèrent avec un ton de compassion : — Décidément il est fou.

La voiture, qui roulait depuis une demi-heure environ, s'arrêta dans la première cour de la forteresse ; les portes se refermèrent avec fracas; Hugues descendit suivi de ses compagnons de voyage ; quelques hommes de garde se saisirent du prisonnier et le conduisirent devant le gouverneur. Le vieux capitaine qui commandait dans le fort se disposait, après avoir lu attentivement la lettre du ministre, à faire conduire Hugues Istein à la tour, quand celui-ci demanda à rester seul avec le gouverneur, pour lui confier un secret important. Le capitaine le toisa des pieds à la tête : — On a fouillé le prisonnier ? demanda-t-il ; les espions répondirent affirmativement. — C'est bien, ajouta le gouverneur ; alors, qu'on nous laisse, et que deux hommes soient mis en faction à la porte de mon cabinet. L'ordre fut exécuté à l'instant ; Hugues et le gouverneur restèrent seuls.

— Voyons, parle, dit le gouverneur ; voilà une vingtaine de prisonniers que je reçois depuis hier ; ils ont tous les dépositions les plus importantes à me faire, et tous se bornent à me dire qu'ils sont innocens, ou victimes d'une trahison : ce qui ne les avance à rien, puisqu'il n'est pas en mon pouvoir de leur rendre la liberté.

— Mais eur le gouverneur, je n'abuserai pas de vos momens ; ce n'est pas pour moi que je veux vous parler, mais bien en faveur du comte Otton, dans l'intérêt de notre premier ministre, à qui je suis redevable de mon emprisonnement.

— Dans l'intérêt de Son Excellence, dis-tu ? cela fait honneur à ton caractère, reprit le gouverneur en souriant ; je n'ai pas rencontré beaucoup de prisonniers comme toi depuis dix ans que j'exerce. Mais apprends-moi ce que tu veux bien faire pour être utile à Monseigneur ?

— C'est un secret entre nous : l'honneur me défend de le publier avant que le comte se soit décidé positivement à se défaire de moi... mais si vous voulez me permettre de lui faire parvenir une lettre...

Me prend-tu pour ta grâce ?... tu veux demander ta grâce... voilà tout ; les ordres que j'ai reçus sont assez positifs pour que tu prennes ton parti... Je ne te laisserai pas correspondre avec Son Excellence.

— C'est votre dernier mot, monsieur le gouverneur... vous ne voulez pas que j'écrive au ministre ?

— Certainement ; si je le permettais à tous mes prisonniers, Son Excellence aurait la tête rompue à force de pétitions, et je mériterais d'être mis à la retraite... J'en ai assez entendu, on va te conduire à ton domicile.

— Encore un moment, capitaine ; si les paroles d'un honnête homme ont quelque valeur à vos yeux, je vous jure sur l'honneur que la fortune, la vie du comte de Spulgen, et le repos d'une autre personne que je ne veux pas nommer, sont dans le plus grand danger au moment où je vous parle. Si, aujourd'hui même, le ministre n'a pas reçu ma lettre, demain il est perdu.

Le ton de fermeté dont le prisonnier accompagna ses paroles fit une impression profonde sur l'esprit du gouverneur : — Prends garde à toi, si tu me trompes, je répéterai tes propres expressions à Son Excellence.

— Vous me permettrez donc d'écrire ? ajouta vivement Hugues Istein.

— Oui, mais à condition que je verrai ta lettre.

— C'est un secret d'état, monsieur le gouverneur.

— Cependant je dois visiter la correspondance de tous mes prisonniers.

— Alors, je n'écrirai pas... demain vous serez bien forcé de me rendre la liberté, quand le comte de Spulgen viendra prendre ma place dans le cachot qu'il m'avait destiné... Vous aurez travaillé, sans le vouloir, à perdre Son Excellence, et peut-être votre destitution sera-t-elle le prix de ce trop scrupuleux attachement à vos devoirs.

— Ne dirait-on pas, dit le gouverneur, que tu tiens tous les fils de l'état, et que tu les fais mouvoir à ton gré.

— Il faut souvent n'en tenir qu'un, commandant, pour mettre tous les autres en mouvement, et celui-là je l'ai en ma puissance ; du fond de ma prison je peux le faire agir à mon gré, et renverser des hommes placés plus haut que moi; je ne veux que prévenir le ministre du malheur qui le menace ; après cela nous verrons s'il veut l'éviter... Je n'ai plus qu'un mot à vous dire : si, en recevant ma lettre, le comte de Spulgen n'ordonne pas que je sois mis en liberté, vous pourrez me traiter avec toute la rigueur que j'aurai méritée.

— Ecris, interrompit le gouverneur, intéressé de plus en plus par la franchise du prisonnier.

Hugues s'assit à un coin du bureau; le gouverneur prit aussi la plume ; c'était pour s'excuser auprès du ministre de l'indulgence dont il usait envers le détenu; il se croyait de se justifier auprès de Son Excellence en rapportant mot à mot sa conversation avec Hugues Istein. Nous ne dirons rien de plus sur la lettre du gouverneur; voici celle du frère d'Hélène :

« Quand un grand seigneur comme vous a fait une promesse à un pauvre diable comme moi, il se défait du pauvre diable : c'est agir en homme d'esprit. Mais quand un pauvre diable comme moi a reçu la parole d'un grand seigneur comme vous, et qu'il le quitte sans lui demander une garantie de sa promesse, c'est un sot. J'ai le malheur d'avoir peu de confiance en votre parole, et voilà pourquoi je me suis procuré cette garantie, que vous m'auriez sans doute refusée. En vous quittant hier, j'emportai de la chambre à coucher où nous nous sommes rencontrés, une lettre que la dame, dont je tais encore le nom, vous adressait quelques minutes avant votre arrivée: cette lettre et quelques détails sur notre entrevue de la nuit dernière sont entre les mains d'un ami qui doit les faire parvenir directement au prince, si je reste un seul jour sans passer devant la maison de cet ami. Prenez donc garde, monseigneur, de me retenir trop long-temps; votre secret m'appartient encore, car mon ami a reçu de moi le paquet cacheté, c'est Son Altesse seule qui en connaîtra le contenu. Vous voyez que j'agis avec franchise, mettez-en donc aussi un peu de votre côté. Si je n'avais eu le bon esprit de m'emparer de cette lettre, je serais destiné à périr ignoré au fond d'un cachot de cette forteresse ; et ma sœur, que vous avez déshonorée par une calomnie, vous devrait deux fois son malheur, puisque vous la priveriez, par un crime, du seul appui qui lui reste. Le jour de la justice est venu, monseigneur : de sa prison, l'homme du peuple, l'ouvrier, le grain de sable, vous domine, vous écrase ; il faut que vous tombiez, ou que ma sœur soit justifiée. Retenez-moi un jour de plus dans un cachot, et demain le prince saura tout; vos espions ne pourraient découvrir la demeure du dépositaire de la précieuse lettre ; et quant à moi, je sais que les tortures ne m'arracheront pas son nom.

» HUGUES ISTEIN. »

Deux heures ne s'étaient pas passées depuis le départ de la lettre du prisonnier, que le gouverneur de la forteresse d'Ottersheim avait déjà reçu l'ordre de mettre M. Hugues Istein en liberté. Wolfrag, le secrétaire du ministre, était venu en toute hâte présider à la délivrance du détenu.

— Eh bien! monsieur le commandant, que vous disais-je avant d'écrire?

— Son Excellence est donc sauvée?

— Pas encore, cela dépend d'elle maintenant. Wolfrag, qui craignait pour le secret de son maître, interrompit la conversation et sortit du fort avec le frère d'Hélène.

— Monsieur, lui dit le secrétaire, pendant qu'ils cheminaient tous deux sur la route d'Offenbach, écoutez-moi: le comte de Spulgen, mon maître, a pensé que votre menace n'était autre chose qu'une ruse pour obtenir votre liberté; il vous croit, au surplus, trop galant homme pour vous servir d'un écrit qui ne le compromettrait pas seul.

— Je remercie monseigneur de la bonne opinion qu'il a de mon caractère ; mais ce n'est pas quand il vient de manquer si indignement à la

parole qu'il m'avait donnée hier, que je puis encore avoir des ménagemens
pour lui ; ce serait une lâche é de ma part que de reculer quand je touche
au but ; hier je ne lui demandais qu'une simple déclaration, aujourd'hui
j'exige pour ma sœur la réparation la plus complète. Dites bien à votre
maître que ce n'est plus une excuse vraisemblable qu'il me faut ; je veux
qu'il prouve qu'il était caché quelque part dans la soirée où Hélène a été
calomniée par lui... que ce soit au château de Beauséjour ou ailleurs,
pourvu qu'on sache bien que le comte Otton avait le plus grand intérêt à
ne pas avouer le motif de son absence.

— Ce n'est pas là ce que j'attendais de vous, surtout après ce qui s'est
passé aujourd'hui.

— Ce qui s'est passé, monsieur, je puis vous le dire : je me préparais,
non sans défiance, à me rendre à l'hôtel du ministre ; il m'avait promis
justice, et tandis que je rassemblais mes témoins, lui me faisait saisir par
ses espions et me condamnait à finir ma vie au fond d'un cachot.

— Mais il a cédé à votre première démarche auprès de lui.

— Il a cédé à la peur : croit-il avoir rempli son devoir envers moi,
parce que je suis libre par sa volonté? mais demain il pouvait être perdu
par la mienne. Le péril dont je le menaçais ce matin plane encore sur sa
tête ; la lettre peut être mise sous les yeux du prince quand je le voudrai ;
ainsi, je vous le répète, qu'il se hâte de donner une preuve incontestable
qu'il ne pouvait pas être dans la ruelle du Grand-Aigle à l'heure où on
accuse ma sœur de l'avoir reçu. Pensez-y bien, une excuse de sa part qui
ne démontrerait pas clairement que la calomnie lui était indispensable ce
jour-là pour rendre impénétrable le mystère de ses sorties hors de la résidence, ne me satisferait pas, et je me verrais forcé d'employer les armes
qui me restent contre lui.

— Vous voulez donc qu'il risque sa vie?

— J'ai bien risqué la mienne, monsieur ; il a la réputation d'une femme
à sauver, j'ai celle de ma sœur à venger ; nos devoirs sont les mêmes :
pour moi, je suis certain que rien ne pourra m'empêcher de les remplir... Au surplus, votre maître est riche, il est puissant, qu'il achète des
témoins.

— Puissant! répondit le secrétaire, il y a une heure, il l'était encore
assez pour vous rendre la liberté.

— Et pour me l'enlever, ajouta l'ouvrier.

— Maintenant il n'a plus aucun pouvoir. Hugues l'arrêta et vit des
larmes briller dans les yeux de Wolfrag : — Oui, monsieur, continua celui-ci, le plus noble, le plus généreux des ministres a perdu volontairement la faveur du prince... Sans votre cruelle obstination, il tiendrait
encore les rênes de l'état ; vous l'avez contraint à s'en dessaisir.

— Moi! reprit Hugues avec un sentiment de joie, et qu'ai-je donc fait
pour cela?

— Il venait de triompher de tous ses ennemis ; un seul lui restait, et
c'était vous ! Tandis qu'un affreux débat se passait dans la chambre de la
princesse, des espions veillaient à la porte ; on a entendu la voix d'un
homme ; en vain Béatrix a juré qu'elle seule était auprès de la princesse.
Le landgrave, averti heureusement trop tard, a fait chercher le ministre
à son hôtel ; au moment où les gens de Son Altesse sortaient de l'appart-
ment de mon maître, monsieur le comte rentrait ; emmené presque de
force chez le prince, que vouliez-vous qu'il dît?

— Il n'avait, interrompit l'ouvrier en souriant, qu'à continuer sa fable
sur ma sœur.

— Eh bien! ce que vous dites, il l'a fait.

— Le misérable !

— La princesse était entre la vie et la mort ; il fallait tromper Maximilien. Le prince n'a pu croire à un mensonge de la part de son ami ; cependant le soupçon a germé dans le cœur du landgrave ; il ne suffirait

plus que d'un mot pour changer ses dou'es en certitude; aussi, quand votre lettre est venue menacer mon maître d'un affreux éclat, il n'a dû avoir qu'une seule pensée, c'était de renoncer à voir la princesse. Maintenant il s'exile volontairement, il renonce au bonheur, à la puissance, pour satisfaire votre haine; il pense que de tels sacrifices suffiront pour vous désarmer; le prince vient d'accepter sa démission; enfin le comte de S₁ulgen n'est plus rien; l'homme qui s'était élevé au plus haut rang par ses ta'ens, par la noblesse de son caractère, rentre dans l'obscurité, et cela parce que vous l'avez voulu. Êtes-vous content, monsieur Hugues? Vous vous étiez dit: — Le ministre tombera! et il est tombé; vous ne pouvez plus vous refuser à rendre cet écrit; si ce n'est pas pour lui, que ce soit pour cette infortunée princesse. Hugues répondit avec fermeté: — Si je n'avais obéi qu'à un ridicule sentiment d'orgueil; si le désir d'humilier un homme puissant m'avait seul animé contre le ministre, oui, je l'avoue, ma vengeance pourrait être satisfaite... Mais cette réparation que j'exige avec tant de persévérance d'un noble comte, je l'aurais exigée de même d'un bourgeois, d'un marchand, d'un ouvrier comme moi; seulement, avec eux, c'est devant un tribunal que je l'aurais demandée... Hier je ne pouvais espérer justice contre le ministre; aujourd'hui nos armes deviennent égales... Je renonce au projet que j'avais formé de faire usage de cette lettre; mais je ne la lui rendrai qu'après le jugement, quand il sera venu répondre à ma plainte en calomnie.

— Eh quoi! monsieur, sa chute... son exil ne vous suffisent pas encore?

— Mais quand il tomberait de plus haut, quand il partirait pour toujours, ma sœur en serait-elle moins en butte au mépris de toute la ville le jour où elle rentrerait à Offenbach? aurais-je tenu le serment que j'ai fait à mon père?... Que le comte soit heureux! qu'il soit, s'il est possible, plus élevé en faveur, en dignités à la cour du landgrave! je n'éprouverai, je vous l'ai dit, aucun sentiment de jalousie; mais dans quelque position qu'il se trouve, tant que ma sœur n'est pas justifiée, je dois le poursuivre, et je le poursuivrai.

— Vous êtes un méchant homme, dit Wolfrag en le quittant.

— Vous m'approuveriez si le calomniateur n'était qu'un ouvrier comme moi; il s'est trouvé comte et ministre, est-ce ma faute?... Ce n'est pas moi qui l'ai été chercher ainsi; mais, tel qu'il était, je l'ai accepté.

Wolfrag gagna la résidence pour faire part à son maître de la résolution du frère d'Hélène, tandis que celui-ci prit la route de Francfort; il fut bientôt auprès d'Hélène, qui l'attendait avec la plus vive inquiétude; il ne voulut parler ni de la scène dans la chambre à coucher de la landgrave, ni de son emprisonnement de quelques heures; mais, pour la première fois, il avoua à ses cousins de Francfort le motif de sa désertion d'Offenbach, nomma l'auteur du mensonge qui l'avait forcé de fuir avec sa sœur, parla de la destitution du ministre, et du projet qu'il avait conçu de le poursuivre devant le tribunal de la ville. Mais s'il tut à sa famille les circonstances les plus intéressantes de sa lutte avec le comte de Spulgen, il ne cacha rien à Anselme dans la lettre qu'il lui écrivit le jour même. — Ce n'est pas nous, lui mandait-il en finissant cette lettre, qui partirons d'Offenbach pour aller te retrouver au loin; tu reviendras à la résidence, où ta fiancée, entièrement justifiée, va recouvrer l'estime de tous ceux qui s'étaient hâtés de la mépriser sur un bavardage d'enfant. Avouons-le, entre nous, notre esprit s'y est laissé prendre un moment, mais la vérité sera bientôt connue; encore quelques semaines, et nous pourrons croire qu'un mauvais rêve nous a tenus long-temps endormis; nous reparlerons de nos projets d'établissement, si, toutefois le procès ne nous enlève pas une grande partie de nos épargnes. Si tout le trésor est forcé d'y passer, nous pourrons nous consoler en pensant qu'il nous reste de l'honneur, du bonheur. et des bras courageux pour réparer le sacrifice d'une fortune si bien employée.

Hugues Istein devait aller, dès le lendemain, porter plainte au tribunal contre le comte Otton de Spulgen ; déjà il avait choisi son avocat. On était à l'heure du souper, les convi s de Francfort faisaient à l'ouvrier mille objections touchant la terrible affaire dans laquelle il allait s'engager, quand la porte s'ouvrit. Un étranger entra ; Hugues reconnut le secrétaire du ministre. Wolfrag demanda à parler en secret à M. Istein ; ils passèrent dans une chambre voisine : — Monsieur, dit le secrétaire quand il se vit seul avec le frère d'Hélène, depuis ce matin une grande révolution s'est opérée dans la destinée de mon maître ; de haut et puissant seigneur qu'il était, le comte de Spulgen se voit aujourd'hui forcé de fuir et de cacher son nom comme un criminel ; ce dernier malheur est encore votre ouvrage.

— Expliquez-vous mieux, monsieur ; je n'ai voulu que plaider avec lui.

— Oui ; mais il a senti que ce procès amènerait une enquête ; qu'il faudrait prouver un alibi pour cette malheureuse soirée du quinze septembre ; l'aveu qu'on aurait fini par lui arracher conduisait au tombeau la princesse Clémentine ; pour sauver la réputation de sa souveraine, il avait renoncé aux grandeurs, à sa patrie, maintenant il renonce même à son nom. Vous ne plaiderez pas contre le comte Spulgen ; il n'existe plus que pour moi, qui l'accompagnerai partout. qui tâcherai d'adoucir sa misérable situation, et de reconnaître, à force de dévoûment, les bienfaits dont il me comblait aux jours de sa prospérité.

Wolfrag pouvait à peine parler tant son cœur était oppressé ; Hugues se sentait ému malgré lui, et ne pouvait s'empêcher de dire : — Oui, c'était un bon, un digne maître... mais hier encore, calomnier ma sœur ; ce matin, vouloir la priver de son frère... ce sont des crimes cela, monsieur... des crimes qui ne se pardonnent pas.

— Il va les expier, soyez-en bien certain, et les expier cruellement encore... Mais laissez-moi vous dire ce qu'il a fait pour vous rendre cette réputation dont vous êtes si jaloux, et qui lui coûte si cher aujourd'hui.

— Il ne fallait qu'un mot de lui pour nous la rendre, il y a quinze jours, après nous l'avoir ravie par un mot.

— Maintenant il faut plus que sa vie, monsieur, car c'est son honneur qu'il donne pour racheter le vôtre. Ce matin, après qu'il vous eut fait le sacrifice de son titre de ministre, il espérait en votre clémence ; mais, à mon retour, quand il a connu votre nouvelle résolution, quand il a vu que tôt ou tard son secret devait lui échapper, il s'est écrié dans son désespoir : — C'est mon sang qu'il demande, il l'aura. Je vis bien dans ses regards qu'il allait prendre une résolution terrible, mais je n'osais l'interroger : — Suis-moi, Wolfrag, me dit-il. — Oui, monsieur, partout... au bout de la terre s'il le faut... vous me trouverez toujours prêt à vous obéir. Mais il ne m'entendait pas. sa tête était perdue... Nous marchâmes loin... jusqu'à la forteresse d'Ottersheim, le bruit de sa démission n'y était pas encore arrivé. Toutes les portes lui furent ouvertes ; il pénétra jusque dans la prison où le baron de Rœdelheim, la comtesse Frédérique et tous leurs complices étaient réunis. Tous pâlirent à sa vue ; ils ne s'apercevaient pas qu'il y avait de l'égarement dans les regards de mon maître, et que moi j'étais tremblant.— Venez-vous ici pour nous braver? demanda le baron. Des reproches affreux, des injures à faire bouillir le sang d'un homme retentirent aux oreilles du comte ; il laissa parler ses ennemis, et quand leurs clameurs furent apaisées, il dit : — Écoutez-moi ; si vous voulez tous être libres dans une heure et rentrer triomphans à la cour de Maximilien, cela dépend de vous. — Ce n'est qu'une amère raillerie, reprit le baron. — Je le répète, continua mon maître, cela dépend de vous... — Et que faut-il faire, interrompit la comtesse Frédé-

rique, pour mériter notre grâce? — Me perdre! madame, dit vivement le
comte ; et vous êtes trop mes ennemis pour refuser de me sacrifier. Les
prisonniers se regardaient avec surprise ; ils n'osaient croire à ce qu'ils
entendaient ; moi je devinais tout, et, malgré mes efforts, je me sentais
prêt à pleurer. Mais, écoutez, voilà le comte qui parle : — Vous allez
adresser au landgrave une pétition que je rédigerai devant vous, et qui
ne compromettra que moi ; tout ce que je vous demande, c'est de ne
jamais démentir les termes de cet écrit, que vous signerez tous. Puis se
tournant vers moi, il me dit : — Écris, Wolfrag, et vous, veuillez me
prêter un moment d'attention. Je pris la plume en sanglotant ; j'allais
écrire l'arrêt de mon maître ; tous ses ennemis entouraient la table où je
m'étais placé, et semblaient peser chaque mot qui sortait de sa bouche :
c'était une sentence de mort ; il dicta :

« Prince, vos fidèles sujets, victimes de la plus lâche trahison, espérant que le cri de la vérité arrivera jusqu'à vous, s'unissent pour vous
dénoncer un grand coupable. Le comte Otton de Spulgen, connaissant mal
notre dévoûment pour votre personne sacrée, avait essayé de nous entraîner dans un complot qui ne menaçait rien moins que vos précieux
jours. »

— Nous ne signerons pas cela, dit le baron. — Un complot contre le
prince ! répétèrent les autres ; c'est horrible ! nous ne signerons pas. —
Attendez, reprit froidement mon maître ; je ne veux perdre que moi ; et
il continua :

« Nous feignîmes de partager son détestable projet ; ce n'était, monseigneur, que pour nous emparer d'une preuve écrite, et pour la mettre sous
vos yeux ; quand le coupable nous croyait ses complices, nous étions
autant de boucliers prêts à nous jeter au devant de ses coups le jour où
il aurait menacé de vous frapper. Faites interroger le comte de Spulgen,
et si le remords peut entrer dans son cœur, il vous avouera qu'il ne nous
a fait emprisonner dans la forteresse d'Ottersheim que lorsqu'il s'est
aperçu que nous voulions... Oui, prince, nous avons conspiré avec lui,
mais pour être vos sauveurs. »

— Eh bien! dit-il après avoir fini de dicter, signerez-vous maintenant?... me refuserez-vous le cruel service que je vous demande?... J'ai
ma vie à perdre, laissez-la-moi jouer comme je l'entends. La comtesse
Frédérique était presque aussi émue que moi ; elle avait su comprendre
mon maître. — Otton, lui dit-elle, je ne vous en veux plus... ou plutôt
je vous admire ; l'homme qui est capable d'un si beau dévoûment méritait l'amour d'une reine. Pour les vieux courtisans, ils étaient soucieux :
l'un prenait la plume que j'avais laissé tomber en terminant le placet, et
ne se sentait pas le courage de signer. — Vous vous consolerez, reprit le
comte, lorsque je vous offre le moyen de rentrer en faveur, de comman-
mander à la cour : que faut-il pour cela? donner une signature qui
prouve votre dévoûment pour Son Altesse, et me promettre que vous
direz que j'étais le chef de vos réunions nocturnes dans l'auberge de la
forêt. Oh! ne craignez rien, je ne vous démentirai pas. Et il se mit à
écrire lui-même deux lettres, l'une pour le prince, l'autre pour vous,
monsieur Hugues. — Pour moi! reprit vivement le frère d'Hélène, que
le récit de Wolfrag avait touché jusqu'aux larmes. Il lut :

« Je ne veux pas, monsieur, en fuyant de la résidence, emporter le
remords d'avoir causé le déshonneur de votre sœur ; je déclare ici n'avoir
jamais connu cette demoiselle ; et si j'ai pu la calomnier, c'était pour
cacher un autre crime dont vous n'entendrez que trop parler. Vingt témoins, qui gémissent aujourd'hui dans la forteresse d'Ottersheim, pourraient déposer que, le 15 septembre dernier, j'étais avec eux dans une
auberge de la forêt, connue sous le nom du Saint-de-Bois. Puisse celle
qui m'a dû si long-temps sa honte, pardonner au fugitif et coupable
Otton, comte de Spulgen! »

Hugues pouvait à peine achever la lecture de ce billet; un sentiment d'admiration pour l'homme qu'il avait poursuivi de sa vengeance, s'était emparé de lui. — Ah! disait-il, s'il n'a pas d'asile, qu'il vienne chez moi, qu'il demande mon bien, ma vie; maintenant, tout est à lui!

— Il ne vous demande que la lettre de la princesse; quand me la rendrez-vous?

— A l'instant, monsieur. Hugues la tira de son sein : Elle ne m'a jamais quitté; moi aussi je suis homme d'honneur, je prends mes précautions, mais je n'abuse pas d'un secret qui ne m'appartient pas... Maintenant dites-moi, je vous prie, ce placet au prince, que devint-il?

— Il fut expédié à la cour, revêtu de la signature de tous les complices; Maximilien a reçu en même temps la lettre de mon maître, qui confirmait la dénonciation des prisonniers.

— Et monsieur le comte, où est-il maintenant?

— Caché ici près, et je vais le rejoindre. Wolfrag partit; Hugues se précipita sur ses pas.

Le comte, enveloppé dans un large manteau, se promenait à quelques pas de la maison où Wolfrag était entré. Otton attendait avec impatience le retour de son secrétaire; il ne vit pas sans effroi qu'un autre individu suivait Wolfrag.

— Monseigneur, dit l'ouvrier quand il fut près du proscrit, je ne demandais pas à vous voir si malheureux!

— Monsieur, reprit le comte, chacun de nous a fait son devoir, nous en recueillons tous deux le fruit : vous, un remords, et moi, le malheur.

Le jour même du départ du comte, les nobles prisonniers de la forteresse d'Ottersheim furent rendus à la liberté; on leur doit cette justice, qu'ils intercédèrent auprès du prince en faveur du fugitif. Otton ne fut condamné qu'à un exil perpétuel : Clémentine en mourut.

Anselme revint au bout de quelques mois à Offenbach; on avait rendu à Hélène sa place au temple et à la danse. Hugues mit la lettre du comte qui justifiait sa sœur à la page de la Bible où était marqué le jour de naissance de sa sœur; mais il n'ouvrait jamais le livre saint sans qu'une larme vînt mouiller sa paupière, sans qu'un soupir vînt expirer sur ses lèvres. Il répétait souvent : — L'honneur d'une femme coûte cher!

FIN DU GRAIN DE SABLE.

L'INÉVITABLE.

I

Une Colonie industrielle.

> Il faut que l'homme appelle l'industrie, la peine
> et le travail, au secours de ses misères... Là des
> forges, des fourneaux, un appareil d'enclumes, de
> marteaux, de fumée et de feu.
>
> **J.-J. ROUSSEAU.**

> Il cessa de lire, le volume lui tomba des mains;
> on crut que l'émotion lui avait coupé la parole.
> Nunez s'approcha du lecteur, le regarda sous le
> nez. — Peste soit! dit-il avec le ton d'un auteur
> mystifié, il s'est endormi sur ma plus belle page.
>
> **GIL SANDEZ.** Traduction d'ANDRÉ HERPIN.

Vers le milieu du faubourg du Temple, quand la montée de la Courtille devient plus difficile, grâce à la pente raboteuse du terrain et à l'inégalité du pavé, si vous suivez du regard la ligne gauche des maisons, dont presque toutes les fenêtres sont pavoisées de haillons humides, qui attendent un rayon de soleil pour sécher, vous découvrirez aisément, à travers ces lambeaux de mille couleurs, enseignes bariolées de la misère, une large porte cintrée, au dessus de laquelle est écrit, en lettres noires et hautes de quinze pouces environ : COUR DES ETATS-RÉUNIS.

C'est une espèce de cité à part sur la route boueuse de Belleville. A onze heures du soir, deux épais ventaux de chêne, protégés par une grille de fer à barreaux solides, emprisonnent dans une cour étroite et profonde la population industrielle qui s'est partagé, durant le jour, le mince courant d'air suffisant à grand'peine aux poumons altérés des habitans nombreux de cette cité. A onze heures du soir, ai-je dit, quand les portes sont bien closes, tout bruit du dehors cesse aussitôt pour les locataires de la Cour des Etats-Réunis ; bien que des bandes de chanteurs avinés, qui répètent en chœur les odes sans rimes de nos frères en Saint-Simon fassent encore vibrer, par leurs modulations harmoniques, les vitres frémissantes de toutes les croisées du faubourg.

Là, ce n'est pas comme dans l'intérieur de la ville, où parfois le sommeil du riche est soudain troublé par les coups de marteau de l'ouvrier matinal qui, dès le point du jour, ébranle à tour de bras jusqu'au stoc de l'enclume. Un riche ne trouverait pas à se loger dans la Cour des Etats-Réunis : il n'y a de place que pour le travail et la pauvreté. Chaque citoyen de cette république laborieuse a sa tâche de douze heures à remplir, s'il veut avoir du pain pour la journée du lendemain.

A l'air douteux dont le gardien de cette cité regarde le passant inconnu qui se hasarde à traverser, en habit neuf, un jour ouvrable, on croirait qu'au rebours de la sentinelle des Tuileries sa consigne est de dire à ceux qui n'ont pas revêtu l'uniforme de l'artisan : — Halte-là ! mon bourgeois, on n'entre ici qu'en veste.

C'est depuis quelques années seulement qu'un spéculateur habile a fait creuser ce long parallélogramme, et construire cette double avenue d'ateliers, où, des premières lueurs du crépuscule jusqu'à la chute du jour, les mille bruits du ciseau, de la lime, du rabot, de la scie, et des rouages de cent mécaniques diverses, se choquent, se croisent, se mêlent, et forment, en confondant leur son mat, leur sifflement aigu, leur roulement indiscontinu, un concert, assourdissant peut-être pour le fainéant ou l'égoïste renté, mais doux à l'oreille de l'homme laborieux et de l'ami de l'humanité ; car ils peuvent se dire : Il y a là du bonheur, puisqu'il y a du travail.

Depuis le jour où, pour la première fois, la Cour des États-Réunis a été ouverte à tout un peuple d'ouvriers, sans doute que, du rez-dechaussée aux mansardes, bien des familles ont souvent pleuré devant l'établi désert, au temps de la morte-saison ; mais souvent aussi il y eut de bonnes et joyeuses journées pour les habitans de cette cité ignorée. A deux fois j'aurais été tenté de croire qu'elle n'était peuplée que d'amis prêts à se défendre dans le danger, à s'entr'aider dans le besoin, si, après un jour de noce où de toutes les fenêtres les vœux les plus ardens descendaient sur un enfant de la maison ; si, au retour d'un convoi funèbre, composé de tout le voisinage, je n'avais entendu, en repassant devant la porte, ceux-là même qui avaient souhaité un heureux avenir à la jeune mariée, ceux qui semblaient avoir prié le plus sincèrement pour le défunt, médire de celle-ci, calomnier la mémoire de celui-là, et, du fond de la cour, les deux plus proches voisins se renvoyer des injures, se menacer du poing, et terminer la querelle en se jetant un défi de meurtre.

Bernardin de Saint-Pierre a vu tout un monde sur un fraisier. Le plus petit espace suffit aussi au déveoppement de toutes les fureurs, de toutes les misères et de tous les vices de la société.

Que vous ayez plus d'une fois passé devant la Cour des États-Réunis sans remarquer sa porte cintrée, ses longues lettres noires et sa cour profonde, cela se conçoit ; vous n'avez point, comme moi, un vieux souvenir qui vous arrête là au passage, et qui vous fixe pendant un quart d'heure devant cette contruction d'hier. Comme moi, vous n'avez point à chercher, à la place du bâtiment neuf, la vieille maison à trois étages, où l'on entrait par une allée obscure, qui conduisait à un escalier raide, étroit et glissant. Oh ! que j'avais bientôt fait autrefois de franchir ses soixante-onze marches ! Ah dame ! c'est qu'alors j'entrais dans ma dix-septième année ; Adrienne m'attendait, et je ne pouvais la voir qu'une seule fois par semaine. Mais ce n'est ni l'histoire d'Adrienne ni la mienne que je veux vous raconter : toute ma vie, vous la connaissez déjà ; elle est dans la simple notice que mon éditeur a bien voulu placer en tête de ces premiers contes. Quant à mon Adrienne, vous ne saurez rien d'elle, sinon qu'un jour, il y a de cela quarante-trois ans, j'entrai triste et recueilli dans l'église paroissiale de Saint-Laurent. Pour quelques sous que je mis dans la main du pauvre donneur d'eau bénite de la paroisse, il alluma un cierge et le plaça au luminaire qui brûle incessamment devant l'image de la Vierge ; puis, nous nous agenouillâmes tous deux, le pauvre et moi, et nous priâmes pour l'âme de très bonne et très aimée Adrienne Bernard, morte à l'âge de dix-neuf ans.

Au temps donc où la Cour des États-Réunis n'existait pas encore, alors qu'une vieille masure se dressait, noire et crevassée, sur des fondations minées par les ans, qui ont fait place à cette double allée de bâtimens neufs ; en ce temps, dis-je, un jeune ménage habitait, porte à porte avec Adrienne, l'une des chambres mansardées du dernier étage. Le mari (les voisins ne lui savaient pas d'autre nom), le mari était un jeune homme de vingt ans à peu près, pâle, avec des yeux vifs, des cheveux et des sourcils du plus beau noir. Il souriait tristement à ceux qu'il rencontrait dans l'escalier, les saluait avec une politesse affectueuse ; et quelquefois un

mot rare, une réponse timide, balbutiés d'une voix douce et pénétrante,
excitaient encore, mais sans jamais la satisfaire, la curiosité question-
neuse des plus intrépides espions du voisinage. Les bavards en étaient réduits aux conjectures sur ce ménage mystérieux; les indifférens ne s'occupaient pas de lui, et le propriétaire était au nombre de ces derniers ;
on lui avait payé deux termes d'avance; qu'avait-il besoin d'en savoir
davantage?

Tous les matins, à neuf heures, quand les ouvriers ont déjà rempli le
tiers de leur tâche journalière, le mari, vêtu comme nous le sommes aux
jours de fête, quittait sa mansarde pour ne plus revenir qu'à cinq heures
du soir : il était donc ce que nous nommons dans les ateliers homme de
plume. Pendant ses absences quotidiennes, celle qu'on appelait madame
restait appuyée sur la saillie de la fenêtre, comptant les heures sans doute;
et, tantôt rêveuse, tantôt liseuse attentive, elle cessait de temps en temps
de rêver ou de lire, pour plonger ses regards, pendant quelques minutes,
le long du chemin que son mari avait pris en la quittant le matin; elle
espérait à chaque instant le voir revenir près d'elle : c'est, du moins, ce
que pensait la revendeuse, sa voisine, honnête femme, qui ne sut jamais
expliquer les actions douteuses du prochain qu'à l'avantage de celui-ci.

Je me rendais chez Adrienne; j'allais entrer dans son allée obscure,
lorsqu'un jeune homme, qui n'était pas le mari de la dame inconnue,
s'arrêta devant la porte, comme s'il cherchait à s'orienter. Après une
pause de quelques minutes, je le vis entrer de boutique en boutique, demandant peut-être un renseignement qu'on ne put lui donner; puis,
comme il repassait, incertain, devant la porte de la vieille maison, un cri
léger, mais aigu, partit de la fenêtre où la jeune femme était encore
accoudée : son livre lui tomba des mains. L'étranger n'entendit rien, ne
vit pas le volume qui venait de descendre presque à ses pieds. Il s'éloigna,
et fut bientôt hors de vue. J'attribuai le cri de notre voisine à la chute de
son livre : je le ramassai pour le rendre à sa propriétaire; mais d'abord
je voulus connaître le titre de cet ouvrage : c'était *Manon Lescaut!*

Manon Lescaut, bonne et franche créature, qui fait si ingénument le
déshonneur de sa famille, qui ruine ses amans avec un désintéressement
si admirable, qui les trompe avec tant de candeur; c'est bien d elle, et
non pas de la philosophe et sentimentale maîtresse de Saint-Preux, que
l'auteur devait dire : « Celle qui en osera lire une seule page est une fille
perdue. » A toi, Manon, la gloire de corrompre le cœur des femmes! à toi
l'honneur de rendre l'infamie aimable, de faire désirer l'avilissement! car
l'homme vertueux de ton livre est un ennuyeux placé à des ein près de
toi pour te rendre plus séduisante encore. Ah! que c'est de grand cœur
qu'on te pardonne tes fautes! On te plaint dans tes malheurs, on pleure
sur ta misère; et dès que le vice intéresse, on se sent bien près de haïr
la vertu qui le condamne, les lois qui l'exilent, et le châtiment céleste
qui le punit.

Rousseau, dans son orgueil, annonça que la *Nouvelle Héloïse* était
une œuvre de perdition. L'abbé Prévost, sans vanterie de lui-même, sans
penser peut-être à jamais atteindre un si haut but, livra modestement
son livre à la société, et elle y puisa les inspirations vicieuses à pleines
mains, à plein cœur. La fatuité du philosophe dut se courber devant
l'immoralité ingénue du romancier; car personne ne vint se pendre à
l'arbre que le nouveau Timon le Misanthrope avait planté, tandis que
des milliers de Manon Lescaut, des milliers de chevaliers Des Grieux,
coururent se précipiter dans le gouffre de dépravation que le bon abbé
Prévost avait ouvert pour son héroïne.

Au léger coup que je frappai à la porte, il se fit un grand bruit dans la
chambre du jeune ménage. La jeune voisine d'Adrienne avait mis tant de
précipitation à m'ouvrir, qu'une table à ouvrage et deux chaises étaient
renversées quand j'entrai chez cette dame, dont personne ne savait le

nom. Elle paraissait vivement agitée ; ses yeux brillaient de plaisir ; le sourire était sur ses lèvres ; elle fit même entendre une exclamation de joie qui semblait dire : « Vous voilà donc, enfin ! » Mais, à mon aspect, celle qui venait si gaîment vers moi, recula de deux pas : elle parut confuse, changea de couleur, et c'est à grand'peine qu'elle parvint à balbutier quelques mots de remercîment, quand je lui remis le volume qu'elle avait laissé tomber. Je n'avais pas encore une connaissance bien approfondie du cœur des femmes ; mais il ne fallait être ni La Bruyère ni Lovelace, pour deviner que cet accueil poli, mais glacial, qui succédait si brusquement à un empressement si extraordinaire, je le devais sans doute à une espérance trompée. Ce n'était pas moi que la jeune femme attendait ; peut-être pensait-elle au retour de son mari. Elle me dit : — Je vous remercie mille fois de la peine que vous vous êtes donnée ; mais d'un ton qui pouvait se traduire par ces mots : — Que ne gardiez-vous ce livre ? et pourquoi un autre n'est-il pas monté à votre place ? Je n'aurais pas regretté la perte de mon volume.

Durant les quelques secondes que la jeune femme employa à se remettre de la surprise peu agréable que lui causait ma présence inattendue, j'eus le temps de jeter un coup d'œil sur le mobilier de la mansarde ; c'était un singulier mélange de luxe et de misère dans cette chambre, qui semblait meublée avec les riches débris d'un boudoir de petite-maîtres et et les tristes fragmens d'un chétif logement de garçon ; et tout cela était pêle-mêle, dans le désordre ordinaire d'une chambre rangée avec trop de précipitation. Le châle à palmes fleuries, qui servait de couvre-pied à la couchette en bois peint, jeté à la hâte sur deux minces matelas, ne cachait pas entièrement la toile jaunie et mal rapiécée d'où s'échappaient encore quelques flocons de laine bise. De la table à ouvrage, renversée à mon arrivée, étaient sortis quelques volumes de romans et quatre ou cinq papiers sur lesquels je lus : *Loterie de... Engagement chez Germain, commissionnaire au Mont-de-Piété... Copie de jugement...* Signé, PELISSAN, *huissier.* Après une haute psyché qui cherchait en vain à masquer deux chaises de cabaret sous lesquelles on apercevait une pile d'assiettes et le panier à l'argenterie, d'où sortait le long manche d'une grande cuiller d'étain ; après cette psyché, dis-je, le plus beau meuble de l'appartement était une corbeille de fleurs en porcelaine peinte et dorée, qui s'élevait majestueusement sur la cheminée, entre un pot à l'eau de terre brune et une timbale d'argent. Un grand rideau de croisée, de coton orange, dissimulait mal la mesquine couchette, et, au pied du lit, un tapis étroit et long étalait ses couleurs éclatantes sur des carreaux dont la teinte rouge s'accusait d'intervalle en intervalle, séparés par d'autres carreaux encore tout blanchis du plâtre neuf qui les avait cimentés la veille.

Vous connaissez la mansarde et son mobilier. Quant à la jeune femme, elle était belle, trop belle pour ne paraître jolie, à moi qui ai le malheur de ne pas aimer de grands yeux, dont le regard est glaçant, une bouche où le sourire vient errer péniblement, et qui ne semble s'ouvrir que pour dire un mot de protection humiliante. Son teint était éblouissant, sa taille imposante, et cependant je la regardais sans plaisir ; car il n'y avait rien de bon dans cet air de majesté, rien de vrai dans ce sourire de reine.

L'ameublement de cette chambre décelait encore bien moins une infortune récente que le costume élégant et riche de la jeune femme : ce n'était que soie et dentelles, bagues à ses doigts, pierres précieuses à ses oreilles, et sur son cou une longue chaîne d'or fermée par un cadenas enrichi de brillans. La soie de sa robe avait bien un peu perdu de son éclat ; on pouvait remarquer sans peine quelques solutions de continuité dans le réseau de ses dentelles ; l'or de ses bagues semblait peut-être un peu noir, et l'eau de ses diamans imitait sans doute beaucoup trop la liqueur plombée du strass. Mais quand la voisine d'Adrienne ne se serait parée ainsi, dans une mansarde du faubourg du Temple, que pour suppléer par l'illusion à une réalité détruite, on eût aisément deviné qu'elle avait dès long-temps contracté l'habitude de porter de la soie, des dentelles, de l'or et des diamans.

Au moment où j'allais me retirer, après avoir rendu le volume que la dame mystérieuse avait manqué de perdre, le mari, ce jeune homme au regard bon, au doux parler, arriva sur le palier : il revenait chez lui plus tôt qu'à l'ordinaire. Sa femme, qui avait pris avec moi un ton sec, froid, poli et cérémonieux, retrouva pour lui ce cri de joie, cet air de gaîté, cet empressement que j'avais si maladroitement réprimés par ma visite. Lui me parut moins aimable, il demanda d'un air sombre ce que je voulais ; je dis ce que j'étais venu faire, et pour la première fois depuis qu'il habitait la maison, il me ferma brusquement la porte au nez, avant même de me laisser le temps d'entrer chez Adrienne.

Maintenant que vous connaissez comme moi ceux que les romanciers français appellent improprement les héros du roman, bien qu'il n'y ait souvent rien de moins héroïque que les actions des personnages mis en scène par nos modernes faiseurs de livres, vous voudrez bien me permettre, mes amis, de laisser agir et parler ceux-ci, sans qu'il soit question de votre serviteur durant le cours de cette un peu longue histoire. Ainsi que je vous l'ai dit plus haut, je ne suis pour rien dans les aventures de ce jeune ménage. Les autres individus qui viendront se grouper plus tard autour des incidens qui vont naître sous vos yeux, me sont tout aussi inconnus que les époux mystérieux de la vieille maison du faubourg du Temple. Mais que si vous vouliez à toute force savoir comment ces événemens secrets d'une famille m'ont été révélés, je ne pourrais vous répondre autre chose que : — Il faut bien que cela soit arrivé ainsi, puisque je vous le raconte. Mettez, mes enfans, qu'un manuscrit obligeant m'a tout appris, ou, mieux encore, que mon petit doigt me l'a dit.

II

Comme on aime à vingt ans.

> Quand il n'y a plus de foin au râtelier, les chevaux se battent.
> ADOLPHE FRANCONI.

> Lorsque les amans se demandent une sincérité réciproque pour savoir l'un de l'autre quand ils cessent de s'aimer, c'est bien moins pour vouloir être avertis quand on ne les aimera plus, que pour être assurés qu'on les aime, lorsqu'on ne leur dit point le contraire.
> FONTENELLE.

Frédéric, c'était le jeune homme, dès qu'il fut seul avec Augusta, jeta son chapeau sur le lit, et, se débarrassant, avec un geste d'impatience, des deux bras caressans qui enlaçaient son cou, il alla s'asseoir dans un coin de la chambre.

— Pas une ressource ! s'écria-t-il avec désespoir, et six mois de surnumérariat à faire encore ! entends-tu bien, Augusta ? reprit-il après un soupir de rage ; six mois à travailler pour rien !

— Tu devais t'y attendre, mon ami ; c'est l'usage dans toutes les administrations... Il ne fallait pas accepter cette place.

— Et que voulais-tu donc que je fisse ?... nous manquions de tout !

— Était-il donc sage, alors de prendre un emploi sans appointemens?

— J'espérais une mutation... un renvoi... un décès... que sais-je? J'espérais au moins des secours; mais quand je l ur ai dit aujourd'hui : —
Comment voulez-vous que je vive? Sais-tu ce que m'a répondu l'un
d'eux?... — Quand on n'a pas de moyen d'existence, on ne sollicite pas
un emploi honorable; on apprend un métier, ou l'on se fait valet.

— Mais c'est une indignité... Te traiter ainsi! Et c'est pour moi que
tu souffres tout cela! Pauvre Frédéric! je serai donc cause de tous tes
chagrins!

— Tu juges, Augusta, si le sang a bouillonné dans mes veines à cette
réplique insolente... J'ai levé la main; mais heureusement pour cet impertinent répondeur, qu'un chef de division s'est trouvé là : il m'a pris
dans ses bras, a protégé le départ de l'autre, et ce brave homme, après
m'avoir calmé, à es-ayé de me consoler, en me faisant entendre que, si
j'étais zélé au bureau, j'aurais à la fin de l'année une gratification de
vingt-cinq lou's... Déris on cruelle! vingt-cinq louis dans six mois,
quand je suis sans espoir pour demain!... Et celui qui m'a dit cela a dix
mille francs d'appoin emens par an!... Oh! que c'est bien la justice du
monde!... Moi, je suis payé tous les mois, je dîne tous les jours, ma maîtresse n'a rien à souhaiter... Je fais assez pour toi, misérab e, en t'offrant
des espérances pour l'avenir : pleure du sang, toi qui n'as pas de pain à
donner à ta femme, emprunte, déshonore-toi, s'il le faut, mais sois exact...
ou tue-toi... Voilà toute l'alternative. Tiens, Augusta, c'est trop souffrir...
quitte-moi... quitte-moi aujourd'hui même... je ne me sens pas assez fort
pour supporter la misère à deux.

Augusta se rapprocha de Frédéric, dont l'agitation semblait augmenter
à chacune de ses paroles; et, pour mettre un terme à cette pénible exaltation, elle plaça doucement ses mains blanches et douces sur la bouche
de son amant, si bien que les derniers mots prononcés par Frédéric furent
à demi étouffés sous cette tendre pression.

— Enfant, dit-elle avec un sourire, à quoi bon te tourmenter ainsi?
Nous ne sommes pas encore si malheureux que tu veux bien le dire...
toutes nos ressources ne sont pas épuisées : il te res e ta rente viagère
de quinze cents francs, et c'est après-demain l'échéance du premier
semestre...

Augusta appuya sa consolation d'un baiser. Frédéric releva la tête, et
reprit tristement :

— Je t'ai dit que je ne possédais plus rien... plus rien au monde... ma
rente elle-même ne m'app rtient plus.

— Pas même la rente! répéta-t-elle en pâlissant; c'était pourtant bien
peu.

— Oh! oui, ce n'était rien en comparaison de ce que je t'avais promis;
car je t'ai trompée bien cruellement. Je me suis offert à toi sous les
apparences de la richesse... Je t'ai dit que j'avais assez de fortune pour
payer ton amour; et tu l'as cru, et tu m'as aimé... Moi, qui mentais si
effrontément à une femme heureuse, adorée de tous les hommes, enviée
de toutes ses rivales, je t'ai brutalement arrachée à un monde d'enchantement pour te conduire ici, pour te faire partager ma misère!... Oh! mon
Dieu, mon Dieu! que tu dois donc me haïr à présent!

— Et pourquoi? répondit Augusta, qui s'était remise un peu de l'émotion que la perte de la rente lui avait causée! Si tu es à plaindre aujour-
d'hui, n'est-ce donc pas moi qui ai fait ton malheur? C'est pour m'avoir
connue, pour m'avoir aimée que tu as perdu le goût de l'étude; la protection d'un oncle riche et célibataire, les amis qui pouvaient t'être utiles,
un mariage qui devait assurer ta fortune : tu as tout sacrifié à ton
amour... Ce n'était peut-être pas bien raisonnable... je devais te résister
sans doute... Toi, tu aurais dû aussi t'armer de fermeté, renoncer à me

voir... ou bien me quitter quand tu as vu ta petite fortune disparaître peu à peu.

— Et cela n'eût pas été un coup terrible pour toi ? demanda Frédéric, tout surpris de ce langage. Il fixa un regard scrutateur sur Augusta, comme pour chercher dans ses yeux le démenti de la réponse qu'elle allait lui faire. La jeune femme ne laissa paraître qu'une expression toute d'amour, qui semblait attester, mieux encore que ses paroles, la sincérité de sa tendresse pour Frédéric.

— Sans doute, dit-elle, que ton abandon m'aurait rendue bien malheureuse... je serais morte de chagrin peut-être ; mais toi, tu ne souffrirais pas aujourd'hui.

— Quel ange ! s'écria le jeune homme, en couvrant de baisers la main qu'Augusta lui avait abandonnée... pas une plainte, pas un murmure quand je suis si coupable envers elle !

— Voyons, voyons, plus de ces paroles-là, entendez-vous ?... Songez que vous avez une amie auprès de vous, qui se sent assez de courage pour supporter le triste sort que vous avez voulu lui faire.

La voix qui prononçait ce tendre reproche était douce au cœur de Frédéric ; mais le mot cruel n'avait pas été assez dissimulé pour que l'amant pût l'entendre sans frémir. Il releva la tête ; une larme brillait sous sa paupière : — Augusta, répliqua-t-il avec amertume, tu as des regrets... oh ! ne me les cache pas... Je sais bien que tu ne peux plus m'aimer... je suis trop pauvre pour toi.

Manon Lescaut n'eût pas craint de répondre. — Tu dis vrai. Augusta s'arrangea un sourire demi-fâché, demi-moqueur, et dit :

— Monsieur doutait de la force de mon amour ; j'ai bien fait de le punir un peu... Comment ! il me soupçonne de manquer de résignation quand j'ai tout fait pour lui prouver que j'étais capable des plus grands sacrifices!... Parlons raison, mon ami; t'ai-je fait un reproche, quand il nous a fallu quitter notre joli appartement de la rue Caumartin pour venir nous loger ici dans une mansarde, au milieu d'un peuple d'ouvriers, avec le reste en suffisant des meubles qu'on n'avait pas saisis chez nous? au contraire, je t'ai dit gaîment : — Prenons ce que nos créanciers ont bien voulu nous laisser et montons en fiacre pour aller à la découverte d'un pays nouveau ; car dans ce quartier nous sommes des étrangers de passage... Nous n'y resterons pas toujours... il faut l'espérer du moins, ajouta-t-elle avec un soupir. Et comme elle s'aperçut que Frédéric souffrait de cette réflexion incidente, elle continua, en appuyant son beau front sur la tête courbée de son amant. — Allons, répondez, monsieur, avez-vous entendu une seule plainte sortir de ma bouche, quand il m'a fallu pièce à pièce, vendre au joaillier tous les bijoux de mon écrin?... Il est vrai qu'ils ne venaient pas de toi, mon ami... C'est égal, j'y tenais un peu... Dame! je suis jeune... je suis un peu coquette ; mais que veux-tu, quand on a pris l'habitude de briller... comme je craignais de paraître moins bien mise devant les connaissances qui pouvaient nous rencontrer, je t'ai dit : changeons l'or pour le cuivre, les diamans fins contre des pierres fausses, on me croira toujours heureuse... j'éblouirai encore... notre amour-propre sera sauvé ; et je continuerai à jouir de l'humiliation de celles qui se croient moins riches que moi... car il est si doux de se voir la plus belle et la mieux mise au milieu des femmes élégamment parées. Il faut bien que cela soit le bonheur, mon ami. puisque nous avons toutes le même désir de briller et de faire dire de nous : — Que madame telle était donc bien au bal d'hier ! il faut que son amant l'aime beaucoup. car il dépense un argent fou pour elle.

Ainsi, tout en cherchant à consoler Frédéric, la coquette le ramenait vers un passé délicieux, qui lui faisait sentir plus cruellement encore les privations du présent. Bien qu'elle n'eût pas l'air de lui adresser un reproche, en lui rappelant sa résignation dans leurs jours d'infortune, Frédéric ne sentait pas moins douloureusement tomber sur son cœur, ces mots dits sans dessein de l'affliger peut-être, mais qui retentissaient à l'oreille de l'amant, bien long-temps après que sa maîtresse avait cessé de parler. Il les répétait, à part lui, ces paroles poignantes, et c'est en dévorant de nouvelles larmes qu'il redisait tout bas, non sans regarder Augusta avec un sentiment de peine et de tendresse : Il est doux de se voir la plus belle !... on la croit heureuse parce qu'on ne sait pas que ses bijoux sont du cuivre, que ses diamans sont du verre !... et je n'ai plus le moyen de lui en donner d'autres, et il ne m'est plus possible de la conduire à ces bals où les femmes se disent : — Il faut que son amant l'aime beaucoup, car il dépense un argent fou pour elle.

Et Frédéric s'était levé; il se promenait à grands pas dans la mansarde, tandis qu'Augusta, involontairement pensive, murmurait à mi-voix : Il n'a plus même sa rente de quinze cents francs !... Si bas qu'elle eût parlé, Frédéric n'avait cependant pas laissé que de l'entendre. Il s'arrêta devant elle, pâle, les lèvres tremblantes, et la regardant avec des yeux où se lisait un profond désespoir, il lui dit d'une voix mal assurée :

— Pourquoi mentir, Augusta?

— Que veux-tu dire, mon ami ?

— Tout à l'heure, tu parlais de tes justes regrets pour un passé que je ne pourrai jamais te rendre... Je te disais de m'abandonner à mon sort misérable... Tu m'as parlé de courage... d'amour... de dévoûment... J'ai cru à tout cela, et voilà que la pensée de mon infortune te revient à l'esprit; elle combat tes généreuses résolutions... Tu sens qu'il ne sera pas en ton pouvoir de supporter long-temps les privations de plaisirs que notre pauvreté nous impose... Voyons, ne cherche pas à t'abuser sur tes forces... Sois franche envers toi-même... envers moi surtout, qui souffrirais bien moins de ta perte que de ton malheur... Oh ! si tu pouvais me dire... que l'homme qui n'a plus rien cessé de mériter ton amour! si je pouvais apprendre de toi que ta passion n'était qu'un caprice, tes sermens un jeu... tes caresses un mensonge, alors je ne pleurerais plus Augusta... Oh ! non, je ne pleurerais plus, répétait-il en sanglotant ; je te dirais : — Va-t'en... mais, va-t'en bien vite, car tu m'as trompé, il faudra que je meure ; et je veux être bien sûr avant de mourir, que tu ne riras pas de moi dans les bras d'un autre.

Comme il parlait ainsi, des larmes brûlaient ses yeux ; le sang remonté violemment vers sa tête donnait à ses joues pâles et maigres une teinte livide : tout son corps était tremblant. L'émotion étrangla sa voix ; il ne put plus que regarder sa maîtresse d'un regard à faire frissonner une faible femme ; Augusta n'était pas faible, et, loin de frissonner, elle dit à son amant d'une voix assurée :

— Que tu es singulier, mon Frédéric ! Dieu me pardonne, j'ai cru que tu allais me battre, pour me forcer à t'avouer que j'ai cessé de t'aimer. Vois donc comme la pauvreté rend injuste ! parce que nous sommes à la veille de manquer de tout, faut-il donc nous quereller comme dans les ménages du peuple? Rien ne m'oblige à rester ici ; nous ne sommes pas mariés ; j'ai donc le droit de te quitter ; et je le bénis ce droit-là. Frédéric eut un mouvement d'effroi. — Oui, reprit-elle plus tendrement, je bénis cette liberté qui me met à même de te prouver que c'est mon cœur et non pas le devoir qui m'attache à toi. Oui, sans doute, tu pourrais être encore heureux loin de moi, si tu avais la force de me quitter. Ton oncle te rendrait son amitié ; tu épouserais une femme riche qui t'aimerait. Moi, je finirais peut-être par me consoler, surtout si tu me conservais un doux souvenir d'amitié. Sais-tu bien que des amans qui se croyaient inséparables, vivent aujourd'hui loin l'un de l'autre, sans être plus malheureux pour cela?

— Et tu crois que nous pourrions vivre ainsi, Augusta ?

Comme la jeune femme craignait de ramener l'exaltation dans cette tête brûlante, elle s'empressa de reprendre :

— Oh ! je ne le pense pas. Je te répète ce que j'ai entendu dire : on a connu des gens assez maîtres de leur cœur pour passer indifféremment d'un amour à un autre. Pour moi, je n'ai jamais pu rien comprendre à ces passions faciles. Entre nous, c'est pour la vie, Frédéric ; seulement je voulais te dire : que ceux qui peuvent oublier s'épargnent souvent bien des chagrins.

— Dis donc qu'ils sont plus à plaindre que nous.

— Oui, tu as raison. Ne songeons plus au passé ; oublions que pour toi la fortune, un état ; pour moi l'éclat, les plaisirs, dépendent peut-être d'une séparation à l'amiable ; disons-nous bien que le bonheur pour nous, c'est et de vivre et de mourir ensemble ; et pour chasser les sombres pensées, allons au spectacle ce soir.

— Au spectacle ! répéta Frédéric avec surprise, quand nous sommes sans ressource.

— Tu te trompes ; nous allons avoir cent francs dans une heure.

— Et comment cela ?

— J'ai fait estimer notre psyché par un marchand de meubles du voisinage, il doit venir la chercher bientôt. Nous serons bien plus grandement ici, quand on nous aura débarrassés de ce vilain meuble qui dépare notre chambre.

— Mais c'est tout ce qu'il nous reste de notre prospérité passée, balbutia Frédéric avec un soupir.

— Voilà justement pourquoi nous devons nous en défaire : tant que nous la verrons ici, elle nous donnera involontairement des regrets ; une fois partie de chez nous, nous ne penserons plus à ce temps-là.

A peine Augusta finissait de parler, que le marchand arriva. La jeune femme eut cent francs. Malgré la joie que lui causait ce retour de fortune, elle ne put s'empêcher de dire en se regardant pour la dernière fois dans la psyché que le marchand emportait : — C'est dommage, on se voyait tout entière !

Pendant leurs jours de gêne, Frédéric avait conduit quelquefois Augusta aux loges des petits théâtres du boulevart ; mais aujourd'hui qu'elle se voit riche, elle dit à son amant : — Je veux encore une fois aller à l'Opéra. Peut-il lui refuser quelque chose ? elle a souffert tant de privations depuis un an ! et puis ils possèdent cent francs !

Au foyer de l'Opéra, Augusta rencontre une de ses anciennes amies de plaisir.

— Qu'es-tu devenue, ma chère ? lui dit celle-ci ; on ne te voit plus nulle part.

— Nous revenons d'Italie, répondit sans trop d'embarras la maîtresse de Frédéric, tandis que celui-ci sentit la rougeur de la honte lui monter au visage.

— Vraiment ! reprit l'amie ; et depuis quand êtes-vous de retour ?

— D'aujourd'hui seulement ; nous sommes encore en costume de voyage.

— Ah ! fort bien ; je disais aussi : il faut qu'il y ait quelque chose d'extraordinaire pour que notre Augusta porte une robe qui est vraiment de l'autre siècle, pour la coupe et les garnitures.

Cette fois Augusta ne put retenir un mouvement d'humiliation ; elle eût même pleuré de dépit, s'il lui avait été possible de trouver jamais de la sensibilité dans son cœur et des larmes dans ses yeux.

— J'espère, ajouta l'amie d'Augusta, que vous viendrez souper ce soir chez moi, après le spectacle : je reçois aujourd'hui.

Frédéric s'en défendit ; il objecta la fatigue du voyage inventé par Augusta. Mais celle-ci, excitée par le désir bien naturel de retrouver ses joyeuses connaissances du temps passé, se pencha vers l'oreille de son

amant, et lui dit tout bas : — Pour une fois, tu ne peux pas t'y opposer...
il nous reste encore près de cent francs !

Au retour du souper il ne restait plus rien, et Frédéric avait entendu
Augusta dire à son amie, dans un moment d'épanchement : — Ah ! que tu
es heureuse, ma chère Saint-Charles ! le tien ne te laisse rien à désirer.
Pour moi, je serais satisfaite du côté du cœur, si sa fortune répondait à sa
bonne volonté... Je sens que je l'aimerais bien s'il était riche ; mais...

Il comprit assez tout ce qu'il y avait de regrets dans cette phrase inachevée. Frédéric ne dit pas un mot à Augusta du secret qu'il avait surpris involontairement ; mais quand elle fut endormie à ses côtés, il rêva
au moyen d'enrichir cette femme, dont l'amour lui était si nécessaire, et
qui ne demandait que de la fortune pour l'aimer.

III

La Maison dans l'Ile.

> Le roi passa cette nuit-là sans dormir, et il
> commanda qu'on lui apportât les histoires et les
> annales des années précédentes.
> *La Bible.* Esther, chap. **vi.**
>
> Un oncle est un caissier donné par la nature.
> **SCRIBE.**

Frédéric Gilbert entrait dans sa dix-neuvième année quand sa mère
mourut. Depuis dix ans à peu près la pauvre femme subsistait du travail
de ses mains. Cependant le père de Frédéric avait laissé à sa veuve une
pension viagère de quinze cents francs, transmissible à son fils, et qui ne
devait s'éteindre qu'à la mort de ce dernier. Cette pension eût suffi aux
besoins modestes de madame Gilbert, si l'excellente femme avait voulu la
faire servir aux dépenses du ménage. L'amour maternel avait calculé avec
moins d'égoïsme. L'héritage le plus utile que des parens puissent laisser
à leur fils, c'est une bonne et solide éducation, c'est une profession ho no-
rable : ainsi raisonna madame Gilbert. Elle sentit qu'à son âge le travail
n'était pas un malheur, et qu'une mère n'avait pas à rougir de s'appau-
vrir pour son enfant. Alors elle prit de l'ouvrage selon sa force, et dès
que Frédéric eut neuf ans, elle le plaça dans l'un des premiers collèges
de Paris, consacrant aux frais de ses études les quinze cents francs viagers
que son mari lui avait laissés à sa mort. Quand Frédéric eut terminé ses
classes, sa mère lui fit entreprendre l'étude du droit, et les progrès de
l'élève studieux récompensèrent assez madame Gilbert du sacrifice de sa
petite fortune. Elle espérait, la bonne mère, assister, fière et joyeuse, au
premier plaidoyer de son fils ; elle le revêtait déjà de la robe doctorale ;
et, dans son orgueil bien digne de respect, elle se transportait par la pensée
au jour où elle lirait dans les gazettes le nom de maître Gilbert, défenseur
du b n dr it, vengeur des opprimés, sauveur de l'innocence. Combien de
fois, quand l'heure du dîner avait sonné, et en attendant le retour de son
fils elle achevait, assise devant la croisée, l'ouvrage de couture interrompu
pour mettre leur petit couvert. combien de fois, dis-je, madame Gilbert,
tout entière à une douce pensée d'avenir, laissait l'aiguille inactive tomber
sur la mousseline qu'elle brodait, et répondait avec fierté à une question
qu'on ne lui adressait pas : — Oui, monsieur, oui, c'est moi qui suis sa

mère. Rêve, bonne mère, rêve la gloire et les richesses pour ton fils! tu ne verras ni ses succès, ni sa fortune : il te faudra mourir avant que son nom ait eu du retentissement autre part que dans ton cœur ! L'amour-propre le plus louable, le plus noble, tou he toujours en quelque endroit à la faiblesse humaine. Le faible de ma lame Gilbert était le désir d'humilier un frère qu'elle n'avait pas vu depuis vingt ans, et qui lui avait même refusé le secours de ses conseils durant un procès que lui firent quelques parens de son mari défunt. A sa dernière heure, la mère de Fréderic, abjurant toute rancune contre son frère, crut devoir lui recommander celui qu'elle allait laisser orphelin. Elle employa le peu de forces qui lui restaient à écrire une lettre de réconciliation et de prières. Frédéric n'avait jamais entendu prononcer le nom de son oncle Dumoutier. Il ne fut pas peu surpris quand sa mère mourante lui dit de regarder ce parent comme le seul guide qu'il eût à consulter dans le monde. Il promit à sa mère de suivre en tout point ses dernières volontés; et, quand il eut reçu son dernier baiser, quand il eut accompli les pieux devoirs de l'amour filial envers celle qu'il ne devait plus retrouver que là-haut, il s'empressa de faire parvenir la lettre de recommandation à son oncle, riche propriétaire, qui habitait une jolie maison de campagne à Charenton, non loin du confluent de la Seine et de la Marne. Huit jours se passèrent sans qu'il en entendît parler. Enfin, un matin, comme il se disposait à se rendre lui-même auprès de M. Dumoutier pour demander une réponse au billet de sa mère, un vieux domestique entra chez lui, et lui remit la lettre suivante :

« Monsieur mon neveu,

» Il me restait, avant de vous répondre, une précaution à prendre et un devoir à accomplir. La première vous concernait ; l'autre ne regardait que moi et votre très honorée mère, ma chère sœur Henriette. Bien que je n'aie pas l'habitude de me déranger souvent, je me suis fait transporter jusqu'au cimetière, où ma sœur a été convenablement enterrée par vos soins ; mais si l'inhumer d'une manière convenable suffit pour attester les regrets d'un bon fils, cela ne suffit pas pour prouver la douleur d'un frère qui ne lui en voulut si long-temps que parce qu'il avait beaucoup d'amitié pour elle. Je me suis entendu à ce sujet avec un marbrier. Une colonne de douze pieds, surmontée d'une urne funéraire, où le nom de ma sœur se lira en lettres d'or, remplacera la pierre tumulaire que vous aviez commandée. J'ai fait en même temps l'acquisition d'une assez grande portion de terrain, pour que ma place, la vôtre, celle de votre femme et de vos enfans, je vous en accorde quatre, puissent se trouver auprès de la dépouille mortelle de celle que vous pleurez. Je n'ai pas borné là l'hommage que je devais à la mémoire de ma bien-aimée sœur. Un service aura lieu pour le repos de son âme, samedi prochain, à l'église de Charenton. Je l'aurais bien fait dire à votre paroisse; mais vous avez de bonnes jambes et je suis goutteux. Avant de vous inviter à ce service, mon cher neveu, j'ai voulu savoir ce que vous étiez, quelles étaient vos mœurs, vos habitudes, si je pouvais, sans honte, accepter la tutelle toute morale que ma chère sœur a bien voulu m'offrir. J'ai donc fait prendre sur votre compte les plus amples informations : elles m'ont paru satisfaisantes ; et, à moins que vous n'ayez quelques défauts cachés, je crois pouvoir vous considérer comme un assez bon sujet pour le temps où nous vivons. Quand nous aurons le plaisir de nous voir pour la première fois, je vous prie de ne pas me remercier de ce que je fais pour honorer la cendre de votre mère : je dépense six mille livres dans cette affaire-là, avec autant de joie que j'en éprouve à économiser six francs : on ne doit pas de remerciemens à celui qui se procure un plaisir. Vous voudrez bien aussi ne pas me reprocher ma longue rancune contre ma sœur : ce n'est pas sans raison que je lui en ai voulu si long-temps; et, bien que je ne vous accepte pas pour juge dans un procès que ma conscience a déjà décidé à mon avantage, je crois devoir, pour éviter avec vous toute discussion à ce sujet, vous faire connaître le motif de notre querelle de famille. J'ai dix-sept ans de plus que ma très chère sœur. Lorsqu'elle fut en âge de se marier, j'avais acquis assez d'expérience pour la guider dans le choix difficile d'un époux. Celui que je voulais me donner pour beau-frère était né, comme nous, de parens pauvres ; et cependant, malgré mes heureuses spéculations, il avait déjà deux fois plus d'argent que moi, quand votre mère s'avisa de refuser sa main, sous le ridicule prétexte d'un amour subit qu'elle éprouvait pour un mince sous-chef de bureau au ministère de la guerre. Dieu me garde de calomnier la mémoire de défunt monsieur votre père ! C'était un honnête homme, que je ne voulus jamais voir, comme je ne vous aurais jamais vu non plus, monsieur mon neveu, si vous n'aviez eu le malheur de rester orphelin. Feu M. Gilbert a fait le bonheur de votre mère, c'est possible ; mais le mari que je destinais à ma sœur a laissé seize cent mille francs de dot à sa fille ; vous pouviez être cet enfant-là, vous ne l'avez pas été : voilà ce que j'ai de la peine à pardonner à madame Gilbert. Aux termes de sa lettre, vous allez presque devenir mon fils : il faut donc que je montre tel que je suis avec vous, pour que nous sachions bien si nous pourrons nous convenir. Je dîne tous les jours à deux heures ; je n'aime pas qu'on me fasse attendre, et une fois le couvert enlevé, on ne le remet plus. Je me couche de bonne heure, parce que j'aime à voir lever le soleil. Avant de m'endormir, Gabrielle me gagne une partie d'échecs ; je la gronde, et tout est fini chez nous pour jusqu'au lendemain matin. Quand je souffle ma bougie, il faut que chacun éteigne sa lumière dans la maison. Je vous ai parlé de Gabrielle : c'est une enfant de seize ans que j'ai adoptée, et pour laquelle je ne disposerai pas de ma fortune, puisque vous êtes mon héritier naturel, et qu'à moins de mauvaise conduite de votre part, je ne puis, sans crime, vous déposséder de ce qui doit vous appartenir après moi. Vous voudrez bien respecter cette enfant comme si elle était ma fille. Elle est assez jolie : vous aurez la bonté de ne pas vous en apercevoir, ou du moins de ne jamais le lui dire. Elle est fort douce, très aimante ; je ne vous permets que de l'aimer comme une sœur. Comme les répugnances sont involontaires, je ne vous défends pas de ne vous sentir aucune amitié pour elle ; seulement vous aurez la complaisance de ne jamais vous quereller devant moi. Si Gabrielle avait quelque fortune à espérer, et que vous fussiez un bon sujet, je vous dirais : — Voilà la femme qui vous convient... Elle n'aura rien, et celui qui doit hériter de mes biens ne peut épouser qu'une femme richement dotée. Là-dessus vous ne me contrarierez pas : c'est bien le moins que je fasse le mariage de mon neveu, puisque je n'ai pas fait celui de ma sœur. Il est bien convenu entre nous que vous n'aurez jamais de ces folles passions auxquelles je ne crois pas ; que vous ne me demanderez jamais un sou dont je ne pourrais approuver l'emploi ; que vous me prouverez votre obéissance en acceptant, sans murmurer, la femme qu'il me plaira de vous donner. Soyez certain, mon cher neveu, que je n'abuserai pas de mon pouvoir sur vous, pour vous forcer à contracter une union ridicule. Votre femme sera jeune, riche et jolie ; car la vieillesse, la pauvreté et la laideur, formeraient une alliance trop monstrueuse avec vous, qui n'avez pas vingt ans, vous, qui êtes beau garçon, m'a-t-on dit, et qui aurez un jour une honnête fortune.

» Vous comprendrez, à la longueur de cette lettre, pourquoi je vous ai fait attendre si long temps ma réponse. Je vous embrasse, mon cher neveu ; car vous avez mérité la bénédiction d'une bonne mère et d'une honnête femme. J'espère que vous mériterez aussi mon amitié. Le service aura lieu dimanche prochain, à l'issue de la grand'messe ; nous prierons ensemble pour la sœur de votre affectionné oncle,

» CÉSAIRE DUMOUTIER. »

Durant les trois jours qui devaient s'écouler entre la réception de cette longue épître et la rencontre de l'oncle et du neveu à la paroisse de Charenton, Frédéric ne tarit pas en conjectures sur le caractère et la physionomie du parent inconnu auquel sa mère l'avait recommandé. Si, comme on l'a dit, « le style est l'homme, » l'homme qui avait écrit la lettre que je viens de rapporter ne paraissait pas être une de ces individualités qu'il est facile de peindre avec un mot. Était-il bon ou méchant, avare ou prodigue, égoïste ou philanthrope? Le fait est qu'il y avait un peu de tout cela dans le style de M. Dumoutier; et l'on pouvait, toujours d'après sa lettre, le comparer à ces pierres à facettes qui décomposent diversement la lumière, selon qu'on les regarde à droite ou à gauche, dessus ou dessous. Enfin, il paraissait ressembler beaucoup à ces corps chatoyans, sur lesquels l'œil a besoin de s'arrêter long-temps pour dégager l'unité de leur teinte véritable, des mille couleurs qui se superposent, brillent et s'éteignent tour à tour à leur surface, soit que l'éclat du jour les affecte de face ou de biais. Quant à la physionomie de l'homme, Frédéric ne savait trop ce qu'il devait en penser. On aime à se figurer les individus auxquels on va parler pour la première fois ; on arrange ses paroles, on cherche une attitude, on se fait un visage qui ne soit pas trop en désaccord avec les manières, la figure et les discours de son interlocuteur ; et puis, quand on a bâti son individu, on arrive devant lui : il ne ressemble en rien au portrait qu'on avait imaginé. Alors on se déconcerte ; les paroles arrangées à l'avance ne valent rien ; on balbutie ou l'on parle naturellement ; on prend un air gêné, ou bien on se laisse aller à ses habitudes ; on contracte ridiculement les muscles de son visage, ou mieux encore, on donne sa figure pour ce qu'elle est ; et, que vous soyez beau ou laid, c'est à cette dernière résolution que je vous engage à vous arrêter : mieux vaut déplaire étant soi, que d'emprunter, pour séduire, des grâces qu'il vous faudra rendre un jour : vous aurez de moins le regret du désappointement.

Enfin le dimanche indiqué pour la cérémonie funèbre arriva. Dès le matin, Frédéric s'habilla, et se mit en route pour aller à la maison de son oncle. Arrivé près du pont de Charenton, il demanda la demeure de M. Dumoutier : —Voilà, lui dit-on, sa maison d'hiver, à l'angle droit de la route de Melun. Si vous allez frapper à sa porte, vous ne trouverez personne, car il loge tout l'été dans le premier îlot, à gauche. Voyez-vous sur la rivière cette maison blanche, au milieu des peupliers? c'est la sienne. Vous y arriverez par un petit pont de bois, que M. Dumoutier retire le soir, quand il n'attend plus personne... Et tenez, regardez là-bas cette jeune demoiselle en chapeau vert : tâchez de la rejoindre, elle vous dira si M. Dumoutier est chez lui, car elle sait tout ce qui se passe dans la maison : c'est mademoiselle Gabrielle. A ce nom, qui rappelait à Frédéric une personne dont son oncle lui avait beaucoup parlé dans sa lettre, il hâta le pas, et arriva près de Gabrielle au moment où celle-ci mettait le pied sur le pont volant. La petite blonde, dès qu'elle aperçut un joli garçon en costume de deuil, sourit familièrement au nouveau venu, comme si elle le connaissait depuis long-temps, et lui dit d'un petit air dégagé, qui ne mit pas Frédéric fort à l'aise avec elle : — C'est à monsieur Frédéric Gilbert que j'ai le plaisir de parler?... Vous arrivez de bonne heure... C'est bien de votre part ; M. Dumoutier craignait que vous ne le fissiez attendre ; aussi j'ai été deux fois au devant de vous, comme si cela pouvait presser votre arrivée... Oh ! c'est qu'il gronde tant quand on n'est pas juste à l'heure... Voilà où nous demeurons, continua-t-elle en montrant la maison. C'est gentil, n'est-ce pas ?... Un peu triste... Oh ! mais c'est égal, on s'y fait. Maintenant que vous savez le chemin... je peux vous laisser venir tout seul... Je cours devant vous pour vous annoncer. Et la jeune fille quitta brusquement Frédéric... Son châle flottait au vent, retenu seulement par une épingle sur ses épaules ; et les rubans de son

chapeau battaient avec bruit l'un sur l'autre, comme les ailes de la cigale
par un beau soir d'août.

C'était vraiment une charmante habitation que celle de l'oncle Dumoutier.
Vous avez vu sur la Marne ces îlots verdoyans qui teignent la surface de
l'eau ; ces Venises en miniature, où le lion de Saint-Marc est souvent remplacé par deux beaux chiens de faïence bleue ou blanche, avec des yeux
d'émail, une langue d'émail, et des dents prêtes à mordre, d'émail aussi,
comme leurs poils hérissés, comme leurs oreilles pendantes : on avait
placé une couple de ces animaux pacifiques sur le toit, en forme de terrasse, de la maison d'été. Les branches des peupliers montraient leur verdure à toutes les croisés des trois étages de l'habitation, elles entouraient
sa toiture d'une couronne de feuillage. Une langue de terre, qui semblait
remonter le cours de l'eau, simulait un parc bordé d'une double avenue de
saules, dont les cimes recourbées balayaient, des deux côtés du clos, les
rides légères du fleuve. A l'extrémité de la pointe de terre, M. Dumoutier
avait fait construire un pavillon isolé, à un seul étage : c'est là que le vieillard se retirait le soir pour faire sa partie d'échecs avec Gabrielle, ou se
livrer au plaisir innocent de la pêche. Du haut de son balcon, avancé sur
la Marne, il laissait tomber son filet, dormait ou lisait, en attendant que de
compla sans poissons vinssent se prendre dans le piége qu'il leur avait
tendu. C'est là aussi qu'il venait tous les matins, quand le temps était
clair, voir lever le soleil. Ce pavillon n'avait pour meubles qu'une petite
table recouverte d'un cuir noir, un fauteuil à large dossier, une chaise de
paille, quelques vieux volumes de piété, le filet et les lignes du pêcheur,
et la longue vue de l'astronome-amateur. Ce pavillon de M. Dumoutier était
le seul embellissement qu'il se fût permis dans une propriété qui lui appartenait depuis trente ans. Il n'eût pas été assez mauvais calculateur, disait-
il, pour placer son argent sur les brouillards de la Marne ; mais comme il
avait prêté une somme de 1,800 fr. à l'un de ses voisins, la veuve de celui-
ci, qu'il menaçait d'un jugement, ne pouvant acquitter cette dette, lui laissa,
pour solde de compte, sa maison dans l'île. Bien que le cœur de M. Dumoutier eût saigné plus d'une fois, en voyant, au temps des grosses eaux, son
gage au moment d'être entraîné par la débâcle, il avait fini par se fortifier
l'âme contre cette crainte qui devait se renouveler tous les hivers ; et bientôt la maison dans l'île devint son habitation de tous les jours pendant la
belle saison. Si j'ai tenu votre attention éveillée si long-temps sur ce pavillon, c'est que nous y reviendrons bientôt, et qu'il s'y passera des choses
que vous ne soupçonnerez pas plus que Frédéric ne pouvait les prévoir lui-
même, quand il y mit le pied pour la première fois.

Gabrielle, vive et légère, avait dépassé la maison ; après avoir couru
le long de l'avenue de saules, elle disparut sous la petite porte du pavillon :
c'est à peine si Frédéric put suivre du regard la jeune fille, blonde et fami-
lière, qui lui avait débité tant de paroles, sans lui donner le temps de placer un seul mot de réponse. Il allait entrer chez son oncle, quand il aperçut de loin Gabrielle revenir à lui ; elle le montrait du doigt à un homme
haut de taille, sec et grave, dont la marche lente et régulière contrastait
singulièrement avec les pas pressés et les mouvemens inégaux et rapides
de la jeune fille qui l'accompagnait.

Entre une réception trop empressée qui nous embarrasse, et un accueil
glacial qui ne nous gêne pas moins, il y a une douce bonhomie qui fait que
deux personnes se regardent avec plaisir et se parlent sans apprêt dès les
premiers mots. Frédéric, qui se sentait si mal à l'aise à l'aspect de ce monsieur grave et posé, fut agréablement surpris quand les deux personnes
qui s'approchaient de lui se séparèrent pour laisser passer entre elles un
troisième individu, moins grand que l'autre, à figure riante, à visage
fleuri, enfin, ce que nous appelons une mine de prospérité. Des cheveux
blancs et frisés tombaient en boucles sur ses épaules ; sa bouche souriait,
et ses petits yeux bleus exprimaient une joie franche. Il ouvrit ses bras

à Frédéric, qui s'apprêtait à lui faire une salutation toute respectueuse.

— Allons, mauvais sujet, n'allez-vous pas faire le monsieur avec moi !... Je suis votre oncle, entendez-vous ; embrassez-moi sans cérémonie, et la connaissance sera faite comme si nous ne nous étions pas quittés depuis vingt ans. Frédéric l'embrassa de bon cœur ; il aurait même vo ontiers recommencé ; mais l'homme grave tira sa montre de son gousset, et dit en regardant l'heure : — Il est temps de partir, monsieur Dumoutier.

— Un moment, reprit celui-ci ; permettez-moi, avant tout, de vous présenter mon neveu, mon héritier, le fils de cette pauvre Henriette... C'était une bonne femme.

— Et une excellente mère surtout, ajouta Frédéric.

— Vous êtes payé pour dire cela ; mais moi qui aurai toujours à lui reprocher son entêtement...

— Ah ! mon oncle, un jour comme celui-ci, pouvez-vous...

— C'est juste, tout doit être oublié ; mais quand je vois ici mon ami Cervier, le tuteur de mademoiselle Aglaé Grandval, celle qui apporta à son mari seize cent mille francs ; et lorsque je réfléchis qu'il n'a pas tenu à moi que vous ne fussiez cette demoiselle-là... Ici M. Dumoutier s'arrêta, et regarda sévèrement Gabrielle, qui n'avait pu retenir un éclat de rire. Il reprit :

— Pourquoi riez-vous, petite sotte? parce que j'ai dit une bêtise?... Quand il vous arrive d'en faire, ce qui est bien pis, je ne ris pas ; je gronde et je vous plains. Au surplus, vous n'avez pas besoin d'être là à nous écouter ; allez mettre votre robe noire et votre chapeau ; cela vaudra bien mieux que de faire l'impertinente.

Gabrielle ne rit plus ; elle s'en ala rouge de honte, tête baissée et des larmes dans les yeux.— Pauvre enfant, dit Frédéric à part, voilà des paroles bien dures, et qui étaient bien peu méritées. Puis relevant les yeux vers son oncle, il ne vit plus cette physionomie franche et ouverte qui l'avait séduit au premier coup d'œil. Son regard était sombre, sa bouche froncée de colère, et ses dents, fortement serrées, laissaient percer sous ses joues pourprées les os saillans de sa mâchoire. L'homme grave, M. Cervier, avait conservé son flegme. Il dit avec ce ton calme qui paraissait lui être habituel : — Vous serez donc toujours vif, mon ami ; il ne le faut pas ; cela mine le tempérament.

— Oh ! ce n'est pas que j'en veuille à cette enfant, reprit Dumoutier, au fond le mal n'était pas grand ; mais je suis bien aise de la remettre à sa place de temps en temps. Et puis quand on n'a pas de fortune à espérer, il faut apprendre à souffrir de bonne heure, à recevoir des humiliations, cela prépare le caractère... Au surplus, le sien est excellent. Elle revient : vous allez voir qu'elle ne pense plus à rien.

En effet, Gabrielle revenait, non pas vive et rieuse comme elle l'était lors de sa rencontre avec Frédéric ; mais ses larmes étaient effacées, son teint avait repris l'éclat qui lui était naturel. Elle sourit encore en passant devant Frédéric, pour aller donner le bras à son oncle, et tous quatre se mirent en route pour assister au service funèbre de la sœur de Dumoutier.

Le service fut tout aussi beau qu'il pouvait l'être dans une église de village. Les pauvres de Charenton en gardent encore la mémoire. M. Dumoutier, ce jour-là, ne leur laissa pas tendre en vain la main devant sa bourse, ordinairement bien garnie de napoléons, mais dans laquelle il ne pouvait jamais trouver un sou pour l'aumône. On revint dîner à la maison, dans l'île, et Dumoutier dit à son neveu qu'à partir de ce moment il pouvait regarder cette maison comme la sienne. Un jeune homme, ajouta-t-il, doit avoir à Paris des amis et des habitudes qui ne pourraient me convenir. Votre rente viagère de quinze cents francs doit vous suffire ; nous n'avons pas besoin de nous voir trop souvent. Une fois par semaine, votre couvert sera mis ici ; vous savez mon heure , choisissez votre jour. Quand vous viendrez ici, vous me ferez part, le plus véridiquement pos-sible de votre conduite , afin que je puisse approuver ou blâmer ce qui me paraîtra bien ou mal : c'est je crois, ce que ma chère sœur a pelle une tu-telle morale. J'aimerais, comme mon ami Cervier, avoir à administrer des biens considérables pour mon pupille... vous pourriez voir que je m'y entends un peu. . Mais un jour vous apprendrez si j'ai connu l'art de ré-gler des dépenses et de faire des économies. Vous n'avez pas vingt ans ; ce n'est qu'à vingt-quatre ans qu'un homme est mariable : dans quatre ans , donc, nous penserons à vous donner une femme. A ces mots , Gabrielle qui, assise devant un piano, laissait courir légèrement ses doigts sur les touches, s'arrêta et sourit, en jetant à la dérobée un nouveau coup d'œil sur ce Frédéric qu'elle n'avait cessé de regarder pendant les deux grandes heures que le dîner avait duré. Elle levait même si souvent les yeux, et les laissait si long-temps attachés sur lui, que Frédéric n'avait pu s'empêcher de murmurer tous bas en baissant les siens : — Elle est bien, cette p tite, mais je la trouve un peu trop hardie. Une demoiselle bien élevée doit avoir plus de timidité devant un jeune homme qu'elle ne connaît pas.

Pauvre éducation qui ne veut plus de franchise ni d'innocence ! Il nous faut, à toute force, des enfans de quinze ans qui sachent, comme leur mère, à quel moment une jeune fille doit rougir.

A cette proposition de mariage éloigné, Frédéric se hâta de répondre à M. Dumoutier : — Quand vous jugerez convenable de m'établir, mon cher oncle, je me ferai un devoir de suivre en tout votre volonté : quand ce ne serait pas pour obéir à ma mère, je m'y soumettrais encore avec plaisir, tant j'ai de confiance dans vos bontés pour moi !

— C'est pourquoi, monsieur mon neveu, je vous réitère la prière que je vous faisais dans ma lettre : ne vous donnez pas la peine de chercher celle dont vous devez être le mari, cela serait inutile, je l'ai déjà trouvée.

Cette fois Gabrielle ne sourit plus ; elle devint pourpre, son cœur battit à briser sa poitrine ; si quelqu'un lui eût parlé en ce moment, elle n'eût pas trouvé un seul mot à répondre. Une glace était devant le piano , elle vit le désordre de ses traits, la rougeur qui couvrait son front ; et crai-gnant que l'oncle ne vînt à s'apercevoir de son émotion, elle se mit à faire résonner si brusquement la table d'harmonie que deux cordes se bri-sèrent, et c'est à peine si la voix de M. Dumoutier parvint à dominer le son lugubre que rendaient les deux fils de cuivre en se séparant violemment du clavier.

— Encore une sottise ! cria M. Dumoutier. Vous ne saurez donc jamais être une journée sans détruire quelque chose chez moi ! croyez-vous que j'ai des monts d'or pour payer les dégâts que vous faites ici ?... Un piano que j'ai acheté presque neuf il y a dix ans ! voilà la huitième corde que vous cassez ! Est-ce vous qui aiez payer celle-ci à présent ?... Quand vous aurez le visage écarlate, et que vous tremblerez, cela ne la raccommo-dera pas... Il faudra envoyer chercher l'accordeur, pour qu'il me ruine à réparer vos maladresse. Vous ne serez jamais bonne à rien !

S'il est quelque chose d'humiliant pour une jeune fille, c'est sans con-tredit le reproche qu'elle reçoit devant celui qui doit être son mari. Ga-brielle vient d'entendre parler de mariage ; elle s'imagine aisément qu'il ne peut être question que d'elle pour Frédéric ; mais que ses douces con-jectures se trouvent donc cruellement détruites, quand M. Dumoutier ajoute toujours avec colère : — Sotte et maladroite ! savez-vous qu'il faut être une bien riche héritière pour faire passer par-dessus ces défauts-là ?... Mais vous, qui n'avez rien, quel mari voudra de vous ?... S'il n'y a que moi pour se charger de vous en trouver un... vous pourrez bien rester pour coiffer sainte Catherine. La pauvre enfant fut si étourdie de cette prédiction inattendue, qu'elle cessa de trembler, regarda avec étonne-ment M. Dumoutier et Frédéric, puis sortit.

— Qu'a-t-elle donc encore avec son air ébahi? reprit l'oncle; est-ce qu'elle ne m'a pas compris? Coiffer sainte Catherine, cela veut dire mourir fil e. Et, se calmant peu à peu, il continua : — Ce serait p urtant dommage, car elle a assez de qualités pour rendre un honnête homme heureux... mais voilà tout ce qu'elle a.

Frédéric, après une journée passée près de son oncle, prit congé de lui. — A jeudi, mon ami, lui dit M. Dumoutier. en l'accompagnant jusque par delà son pont mouvant. Il rappela à lui l'impatiente Gabrielle, qui avait retrouvé sa gaîté du matin pour dire à Frédéric : — Au revoir ! à jeudi !

IV

La Dot.

> « O mes amis, je sus donc ce que c'était que de verser des larmes pour un mal qui n'était point imaginaire! Mes passions, si long-temps indéterminées, se précipitèrent sur cette première proie avec fureur. »

Tandis que Frédéric cheminait, en se demandant encore, comme après avoir lu la lettre de Dumoutier : — Mon oncle est-il réellem nt bon, ou bien c t un méchant homme qui a des momens de générosité? il rejoignit sur la route de Paris le grave M. Cervier, parti depuis long-temps de la maison dans l'île, et qui, d'un pas mesuré, suivait le bord de la Seine.

— Eh bien ! jeune homme, vous avez quitté votre oncle ; j'espère que vou tes content de lui : il a fait très noblement les choses pour votre mère.

— Aussi lui ai-je voué dès aujourd'hui une reconnaissance éternelle ; car tout ce qu'il pourra faire pour moi ne me semblera jamais valoir l'hommage sincère qu'il vient de rendre avec tant de générosité à la mémoire de celle que j'ai perdue.

— Sincère, je le crois ; mais cela vient un peu tard : il pouvait faire beaucoup moins, et bien plus tôt pour elle... Ce que j'en dis, mon cher monsieur, n'est pas pour diminuer votre reconnaissance envers lui ; c'est une simple réflexion que je faisais en voyant ces riches tentures, ces longs cierges qui brûlaient. Cela a bien son bon côté, commercialement parlant; les fabriques de cire y gagnent, et l'âme de la défunte n'y perd pas... Au surplus, il faut que mon ami Dumoutier ait pensé comme moi, puisqu'il a cherché à réparer aujourd'hui ses torts passés envers sa sœur... C'est un excellent homme, qui sait tôt ou tard se r pentir du mal qu'il a fait a ix autres : c'est pourquoi on ne peut pas lui en vouloir long-tem s. Tenez, moi, je n'ai pas eu tou ours à me louer de lui, témoin quand il a voulu m enlever la tutelle de m demoiselle Agla Grandval. Eh bien ! cela ne m'a pas empêché de continuer à venir dîner chez lui comme autrefois... On ne s sépare pas facilem nt d'un ami de trente ans, mon cher monsieur... le cœur est faible à notre âge.

Ainsi, tout en jetant à travers la conversation quelques mots de tendresse en faveur de Dumoutier: le flegmatique tuteur de la millionnaire poursuivit un petit cours de médisance, que Frédéric fut plus d'une fois tenté d interrompre; mais comme il était bien aisé d'obtenir quelques éclaircissemens sur le véritab'e caractère de son oncle, il laissa poursuivre M. Cervier, qui ne demand it pas mieux que de satisfaire une vieille rancune qu'il n'avouait pas, au sujet de la tutelle disputée. Frédéric, pour l'encourager , mais croyant aussi servir la réputation de son parent, répliqua :

— Au moins, monsieur, s'il ne fut pas le tuteur d'une riche héritière, on ne peut refuser à mon oncle la jus ice de dire de lui qu'il adopta, sans intérêt possible, une enfant dont la bonne éducation est son ouvrage.

— Vous avez bien raison, mon cher monsieur, une telle action suffirait pour effacer bien des torts ; et nous savons tous que si la famille de la jeune Gabrielle fut ruinée par suite des prêts à intérêt légal de mon ami Dumoutier, c'est que , dans ce temps-là, l'argent était fort cher , et que celui qui ne demandait que quarante-cinq pour cent pouvait passer pour un bienfaiteur du commerce, pour un ami de l'humanité. A cette époque, Dumoutier m'a rendu quelques services au même prix... pas pour mon c ompte, mais pour celui de quelques am's, auxquels je faisais passer son argent presque au même taux. La mère de Gabrielle est morte de chagrin en voyant son mari traîné à Sainte Pélagie par l'huissier de Dumoutier. Le père a croupi pendant une année en prison, puis s'est fait sauter la cervelle ; et tout cela pour un millier d'écus qu'il redevait encore à votre oncle, sur plus de soixante mille francs que mon ami lui avait avancés. Eh bien ! vous ne vous figurez pas , monsieur, quel empressement Dumoutier a mis à faire chercher l'orpheline que ses malheureux parens abandonnaient ainsi à la charité publique. La petite ne comptait guère que cinq ans. Il la plaça dans une bonne pension, pas trop chère, mais proprement tenue ; et c'est depuis dix-huit mois seulement que cet estimable ami a fait venir la petite près de lui. Vous voyez comme il la traite : on dirait d'un père avec sa fille ! et quel soin il prend à form r son caractère, comme il la familiarise avec l'idée de la pauvreté qui l'attend, si elle ne sait pas se faire un s rt... C'est admirable, comme il s'entend à élever les jeunes personnes !... Voilà, mon cher monsieur, voilà comme on se fait pardonner un peu de dureté, si toutefois il y eut dureté de sa part à réclamer, par t us les moyens légaux, l'argent qu'il avait prêté au père de Gabrielle. On crie, on clabaude bien contre les usuriers ; mais il suffit de la conduite de mon ami Dumoutier pour les venger de leurs calomniateurs.

— Ah ! interrompit Frédéric, voilà pourquoi mon oncle a pris soin de cette jeune fil'e?

— Oui, monsieur : c'est une espèce de pénitence que ce cher ami s'est imposée ; et vous verrez qu'il ira jusqu'à lui donner en dot quelques bons milliers de francs, comme s'il n'avait pas déjà bien remboursé, en tendresse et en bons procédés envers la fi le, les petits bénéfices que la gêne de ses parens lui a ait permis de faire. Peut-être devrait-il quelquefois commander à sa colère; mais, comme tous les hommes éminemment bons, il est un peu brutal, vous savez : cela s'appelle un bourru bienfaisant.

— Je suis payé pour croire à sa bonté, monsieur, mais je me sentais besoin de savoir qu'il avait l'intention de doter richement cette petite. Si le monde peut regarder ce qu'il fait pour elle comme un bienfait, sa conscience doit lui dire que c'est une dette qu'il acquitte.

— Mon ami Dumoutier, reprit avec chaleur le froid M. Cervier , n'est pas homme à renier celles qu'il a pu contracter envers quelqu'un.

— Dieu me garde d'avoir cette mauvaise pensée !

— Oui, car vous auriez tort, après ce qu'il a le projet de faire pour vous. J'espère qu'en vous laissant son héritage il prouvera assez combien il se repent d'avoir détourné à son profit la fortune d'un cousin fort riche en faisant rayer le nom de votre mère du testament de celui-ci, et cela dans un temps où vos parens étaient très malheureux. Mais me voici à ma porte. Mille complimens, mon cher monsieur ; j'espère que nous nous verrons jeudi à la table de mon vieil ami.

Ils étaient arrivés sur le quai de l'École, quand M. Cervier laissa brusquement Frédéric encore tout étourdi de ce qu'il venait d'apprendre. Dans un premier moment d'indignation, le jeune homme promit de ne pas retourner chez cet oncle, qui, sous les apparences de la pitié et de la bienfaisance, rendait les derniers honneurs à une sœur qu'il n'avait pas craint de livrer à la misère, adoptait une jeune fille qu'il avait rendue orpheline à force de cruauté envers ses parens. Et puis, après ces mauvaises actions et bien d'autres encore dont M. Cervier n'eût pas manqué de lui parler, si le chemin avait été plus long, Dumoutier, sans remords pour des crimes que la loi ne pouvait prévoir, et qui feraient douter de l'existence de Dieu, si le châtiment céleste ne devait pas les faire expier un jour ; Dumoutier, dis-je, après avoir rempli sa caisse avec l'argent arraché à des malheureux qui pleuraient, qui priaient, qui menaçaient de se tuer, et qui finissaient par accomplir leur menace, jouissait tranquillement de sa fortune ; et, de son pavillon sur l'eau, il épanouissait son âme candide au réveil de la nature ; il amusait son imagination fraîche et naïve du spectacle innocent d'un beau lever de soleil. Cette pensée souleva d'indignation le cœur de Frédéric ; il se dit : — Je ne veux rien de lui pendant sa vie ; je refuse après sa mort cet héritage qu'il m'offre comme un bienfait, et qui n'est, à tout prendre, qu'une restitution. Mais, en se parlant ainsi, Frédéric vint à penser aux dernières recommandations de sa mère ; et comme, avant tout, il tenait pour sacrés les sermens qui sont faits au chevet d'un mourant, il fit un effort sur lui-même, et se rendit chez son oncle le jeudi suivant. Ce jour-là, Gabrielle ne fut pas grondée. Frédéric la crut heureuse ; elle l'était en effet : il lui parlait avec amitié, et la pauvre petite ne se doutait guère que les réponses empressées du jeune neveu, les mots aimables qu'il laissait échapper, elle ne les devait qu'au triste et pénible sentiment de la compassion. M. Cervier, homme d'une exactitude sévère en fait d'invitations à dîner, tenait sa place accoutumée à la table de son cher ami. Le jeune homme, peu fait encore aux façons du monde en fait de vieille amitié, évita de parler à ce défenseur officieux de Dumoutier, qui semblait profiter de la moindre circonstance pour placer quelques mots d'éloge injurieux en faveur de son hôte hebdomadaire.

«L'accoutumance, dit quelque part un vieil auteur, nous familiarise avec des objets qui d'abord blessaient nos regards et nous inspiraient du dégoût ou de l'effroi.» Frédéric s'habitua donc peu à peu à voir son oncle ; et s'il ne put jamais éprouver pour lui un sentiment filial, au moins il remplit avec exactitude auprès de Dumoutier, les devoirs d'un enfant respectueux. Il lui contait sa vie, ses plaisirs, ses espérances, et recevait des conseils qui n'étaient pas fort difficiles à suivre. La morale de M. Dumoutier n'avait rien de bien sévère ; par exemple, ce facile Mentor lui disait : — On pourrait se passer de maîtresse ; mais, comme tous les gens en ont au moins une, il faut prendre celle qui ne nous demande rien ; on peut la quitter plus facilement : elle tient moins à l'homme qui ne lui a rien donné, et celui-ci ne se croit pas obligé de la garder long-temps, pour se récupérer des dépenses qu'elle lui a fait faire. Pendant les deux ans, à peu près, que dura la bonne intelligence de l'oncle et du neveu, Gabrielle fut bien souvent en butte à la mauvaise humeur de son père adoptif ; mais à part la douleur de se voir brusquée devant ce Frédéric dont la venue, tous les jeudis, la rendait joyeuse, je ne sais si la patiente enfant n'éprouvait pas une secrète joie quand Dumoutier réservait ses emportemens pour ce jour-là : au moins Frédéric prenait sa défense ; et entendre le bien qu'il disait d'elle, c'était mieux pour elle qu'une consolation, c'était du bonheur.

Il avait menti, l'oncle Dumoutier, en disant à son neveu : —Ne te donne pas la peine de chercher la femme que tu dois épouser, je l'ai trouvée. Mais

à compter de ce jour, il s'occupa du mariage de Frédéric. La condition essentielle de cette alliance, c'était l'accord des fortunes ; il raisonnait ainsi :
— Frédéric sera mon héritier ; mais j'ai bien encore une vingtaine d'années à vivre, vu ma conduite sage et mon tempérament robuste ; il faut donc que je calcule comme si je ne devais jamais mourir. Ma vie durant, je ne dois que des conseils à mon neveu ; il n'aura pas un sou de ma fortune. Voici la sienne : quinze cents livres de rente viagère, que je saurai bien lui enseigner à doubler par le bon placement de chacun de ses semestres. *Primò*, quinze cents, multipliés par deux, font mille écus par an. *Secundò*, il sera avocat habile. Gabrielle, qui ne s'y connaît pas, me l'a dit ; mais M. Pardessus, qui a bien voulu accepter ma soupe, m'a confirmé cette prédiction, et je dois en croire là-dessus l'auteur du *Traité des servitudes.* La clientèle des plus médiocres phrasiers du barreau de Paris est évaluée à sept ou huit mille livres de revenu : c'est donc, avec l'habileté que l'on suppose à mon neveu, des honoraires de quinze à seize mille francs qu'il tire par année de la poche de ses cliens... Seize et trois font dix-neuf. *Tertiò*, je lui donne d'excellens avis qui le mettent à même de faire valoir honorablement les deux tiers des bénéfices que doit lui rapporter la profession d'avocat : c'est bien assez de cinq mille francs par an pour faire vivre son ménage. Dans quatre ou cinq années ses revenus sont doublés : ainsi, avant l'âge de ving-cinq ans Frédéric sera à la tête d'une fortune de près de trente mille livres de rente. Quand je demanderais cent mille écus de dot à sa femme, ce ne serait pas me montrer par trop exigeant.

M. Dumoutier se mit à chercher les trois cent mille francs parmi les fortunes qu'un long exercice dans l'administration des finances l'avait mis à même de connaître à Paris et dans les départemens. Tout se trouve quand on veut se donner la peine d'attendre. Il attendit deux ans, au bout desquels il rencontra mademoiselle Eléonore Lecoudray, petite-fille d'un ex-chasublier, qui avait fait d'immenses affaires, grâce à la protection soutenue de feu monseigneur de Beaumont, prélat doublement recommandé à la postérité, par une lettre sublime de Jean-Jacques Rousseau, et la rédaction, quelque peu welche, du *Catéchisme français*, à l'usage des enfans qui ne savent pas lire.

Une légère difficulté s'était élevée entre M. Dumoutier et le grand-père de mademoiselle Eléonore, à propos de ce mariage. Frédéric n'avait encore que vingt-deux ans ; et l'ex-chasublier, qui sentait approcher sa fin, voulait absolument marier sa petite-fille de son vivant ; il fallait qu'on l'épousât tout de suite : c'était à prendre ou à laisser. Cinquante mille francs que l'aïeul voulut bien ajouter aux trois cents demandés, levèrent tous les obstacles. On prit jour pour la présentation du futur ; et Dumoutier, qui n'aimait point à changer quelque chose à ses habitudes, attendit patiemment au jeudi suivant, pour annoncer cette heureuse nouvelle à son neveu.

Malheureusement, quand M. Dumoutier parla de la petite-fille du chasublier à l'avocat futur, celui-ci rêvait la conquête d'Augusta, d'Augusta qu'il avait vue belle et dédaigneuse avec tant d'autres, qui lui avait dit enfin : — Espérez ! Du moment où cette tant désirée et brûlante parole alluma tout son sang, Frédéric ne songea pas qu'il ne la devait peut-être qu'à ces promesses d'amour et de fortune, si douces au cœur des femmes, et dont il poursuivait depuis un mois la vanité d'Augusta. Il fallait à cette femme une passion qui ressemblât à un culte : Frédéric lui parla d'hommages éternels, d'amours sans cesse renaissans ; enfin, tout ce qu'on se sent la force de promettre, quand on a reçu de la nature une sensibilité exquise, une âme de feu, et que l'on aime pour la première fois. Il aimait avec fureur. Le plaisir était un besoin pour elle : Frédéric lui parla de fêtes, de bals, de voyages. Ses premiers amans lui avaient fait une habitude du luxe, de la profusion, de l'éclat : Frédéric lui parla d'équipages, de châteaux, d'hôtels, d'un monde de valets ; il dit tout ce qu'elle voulut, ceci, cela, et encore bien d'autres paroles dorées, où les plus habiles se laisseront toujours prendre. et qui les feront sans cesse descendre du vice aux regrets, du mépris à la misère : les mieux partagés trouvent dans leur vieillesse un lit à l'hôpital.

En vain M. Dumoutier détailla les avantages d'une alliance avec l'ex-chasublier ; en vain il exalta les charmes de mademoiselle Eléonore Lecoudray, parla le langage de la raison, fulmina des paroles de colère ; Frédéric, tout entier à l'ivresse d'un premier amour, répondit à son oncle :

— Je ne me marie pas... J'aime, je suis aimé... Richesse, établissement, je refuse tout, je dédaigne tout... Elle ne repousse pas mes vœux... elle m'a distingué entre tous les autres... Elle !... rien qu'elle ! et puis mourir après ; j'aurai été le plus heureux des hommes !

— Tu auras été un misérable, chassé de chez moi, et que je ne reverrai de ma vie, répondit Dumoutier, pâle, tremblant et furieux. Ah ! te voilà bien comme ta mère avec tes passions stupides !

— Je peux endurer vos reproches, vos injures même, mon oncle, répondit Frédéric avec calme et dignité ; mais je ne souffre pas qu'on insulte à une mémoire que nous devons tous deux respecter, moi par tendresse, vous par conscience. Les yeux du vieillard étaient flamboyans. Il reprit avec rage :

— Qu'entendez-vous par ces mots ? insolent que vous êtes... est-ce ainsi que ma sœur vous a recommandé de reconnaître mes bontés pour vous ?... Sortez d'ici ! sortez ! A ces mots, il agita la sonnette ; Julien, le vieux domestique, arriva. — Otez le couvert de monsieur, continua Dumoutier, et ne vous avisez pas de le remettre jamais : monsieur ne dîne plus chez moi. Et comme Julien regardait à deux fois Frédéric et son maître, incertain qu'il était encore de savoir s'il fallait réellement exécuter cet ordre sévère, Dumoutier, secouant brusquement le bras du vieux domestique, reprit avec colère : — Ne m'avez-vous pas entendu ?... Je vous dis qu'il n'y a plus de place à ma table pour cet impertinent, qu'il retourne auprès de sa... Frédéric avait pris le chemin de la porte ; mais il revint aussitôt sur ses pas, et interrompant son oncle avec force, il lui dit :

— N'achevez pas, monsieur ! pour Dieu, n'achevez pas !... Vous n'avez pas le droit d'injurier celle-ci : elle n'est pas votre dupe. A cette dernière réplique, l'indignation de Dumoutier fut au comble, et, ne trouvant pas un mot à répondre, l'émotion lui avait perdre la voix : il saisit une bouteille sur la table, et l'aurait infailliblement brisée sur la tête de Frédéric. si le brave M. Cervier, qui assistait à cette discussion de famille, n'eût retenu le bras de son vieil ami, prêt à lancer le projectile meurtrier. Gabrielle aussi était là, et par un mouvement rapide et irréfléchi elle s'était levée et placée devant celui que son père adoptif menaçait. Il n'avait pas moins fallu que ce danger imminent pour tirer la jeune fille de l'espèce d'apathie douloureuse où elle était tombée, en entendant Frédéric faire l'aveu d'un amour que la pauvre enfant était loin de lui soupçonner. Frédéric avait débarrassé son cœur. Il sortit enfin, à la grande satisfaction de M. Cervier, qui craignait que la querelle n'amenât une révélation subite de tout ce qu'il avait appris au neveu touchant la source des richesses de M. Dumoutier. Il se serait vu forcé de faire ses adieux à ce cher ami, auquel il était si tendrement attaché depuis trente ans : M. Cervier en fut quitte pour la peur.

Quand Frédéric eut dépassé le seuil de la porte, Dumoutier reprit son air calme, et dit à Julien : — Servez. Encouragé par l'exemple de son ami Cervier, il mangea de fort bon appétit. Gabrielle n'avait pas faim ; des larmes roulaient dans ses yeux, qu'elle levait supplians vers M. Dumoutier, comme si elle eût voulu intercéder pour Frédéric. L'oncle, qui ne faisait pas attention à elle, acheva de dîner, en murmurant de temps en temps quelques mots terribles contre son neveu... — C'est un scélérat,

disait-il, qui veut vivre avec des filles sans honneur... Il crèvera à l'hôpital comme un gredin. Et Cervier appuyait sa prédiction du geste, afin
d'être toujours à la conversation, sans s'exposer à perdre une bouchée.

Comme on le pense bien, Frédéric ne retourna plus chez son oncle.
Lorsqu'Augusta se fut donnée à lui; quand, pour la meubler, il eut dé-
pensé ses économies; quand, pour satisfaire à ses goûts ruineux, il eut
épuisé la bourse de ses amis, alors il pensa à sa rente viagère. Sept cent
cinquante francs par semestre! cela suffisait à peine à payer le loyer; et
il avait promis à sa maîtresse un hôtel, un équipage, et tout le peuple de
valets d'une grande maison. Excellente fille! elle pouvait exiger tout
cela, et cependant elle ne se plaignait pas de ce que son amant ne lui avait
donné qu'une voiture de louage, et une cuisinière à deux cents francs,
qui remplissait l'office de femme de chambre. Il pensa à sa rente viagère,
ai-je dit, c'était un jour de gêne, de gêne bien terrible, car c'était aussi
la veille d'un bal. Bijoutier, couturière, modiste, coiffeur; tout cela allait
arriver le mémoire à la main, et, suivant l'usage des fournisseurs de ces
dames, ils étaient prêts peut-être, si l'amant ne payait pas, à remporter
tout ce qu'Augusta avait choisi pour attirer les regards, pour accaparer
les hommages. Une idée subite chasse les tristes pensées de Frédéric : il
se rappelle certain homme d'affaires qu'il a rencontré, il n'y a pas encore
huit jours, dans une réunion de plaisir. Il court chez lui, pénètre dans son
cabinet. A l'aspect de Frédéric, l'homme d'affaires se lève en souriant,
vient à lui avec cet air aimable et facile d'un joyeux compagnon de
débauche.

— Eh! mon cher ami, que c'est donc bien à vous de venir me voir!
Tenez, justement je pensais à vous... Nous allons au bal demain, n'est-ce
pas? Ce sera très bien composé : ce qu'il y a de mieux en femmes galantes
à Paris... des maîtresses de princes et d'ambassadeurs... il y aura un
monde fou... Ce serait un meurtre de manquer cela.

— Oui, reprit Frédéric; Augusta ne s'en consolerait pas, et c'est bien
naturel : elle est sûre de briller, même au milieu des plus belles.

— Ah! il faut avouer que vous êtes un heureux mortel, mon cher ami;
vous avez fait bien des jaloux en nous la soufflant... Parole d'honneur,
j'en ai eu du dépit... J'espérais... et je vous avoue que j'aurais fait des
folies, si j'avais su pouvoir l'emporter sur vous; mais ce n'est pas une
maîtresse comme une autre : il lui faut des attachemens de cœur, et cela
devient fort gênant, surtout maintenant que l'argent est si rare, et que
les caprices coûtent si cher... Les femmes sont hors de prix, mon cher :
aussi voilà pourquoi je me suis jeté dans les chevaux; cela fait tout autant
parler de soi; et du moins, quand on veut changer, on ne perd pas tout,
pour peu qu'on s'y connaisse.

— Permettez-moi de vous expliquer le motif de ma visite, interrompit
Frédéric, que ce ton léger de la mauvaise compagnie embarrassait. Je suis
venu chez vous pour vous proposer une affaire qui pourra, je crois, vous
convenir.

Ce mot d'affaire effaça subitement le sourire amical qui errait sur les
lèvres du spéculateur; sa physionomie changea tout à coup de l'expression la plus gaie à l'air le plus grave; il toussa deux ou trois fois, regarda
Frédéric d'un œil sévère, et reprit, en s'asseyant devant son bureau : —
Voyons, mon cher, ce que je puis faire pour vous être agréable... Je dois
vous prévenir d'avance que je suis très chargé d'entreprises pour le
moment; mais comme on a toujours le désir de rendre service à une
personne de connaissance, veuillez m'expliquer l'affaire; j'espère que
nous nous entendrons.

— M'y voici, reprit Frédéric en ouvrant son portefeuille pour montrer
à l'homme d'affaires le titre de sa pension. J'ai quinze cents francs de rente
viagère... Offrez-m'en un prix raisonnable, et je vous les abandonne. A

mon âge... avec un tempérament robuste comme le mien, cela doit faire
un joli capital. Parlez... combien m'estimez-vous?

L'homme à qui cette demande imprévue devait causer quelque surprise
ne parut pas éprouver le moindre étonnement. Il prit le titre de la rente
des mains de Frédéric, l'examina attentivement, sans dire un seul mot, et
quand il eut griffonné quelques chiffres sur un carré de papier, il reprit
avec le plus grand sang-froid du monde : — Jouissez-vous réellement
d'une bonne santé, mon cher monsieur? Pardonnez si je vous fais cette demande : elle est nécessaire pour la sûreté de celui qui achètera votre rente.

— Mais, répondit Frédéric, un peu étourdi de cette question, je ne puis
répondre que du passé : et s'il vous suffit de savoir que je n'ai jamais été
malade, je vous donne ma parole d'honneur que je me suis toujours bien
porté.

— C'est déjà quelque chose ; et puis il faut bien que je m'en rapporte à
vous là-dessus... Cependant je crois que vous devez éprouver souvent du
malaise, des indispositions... C'est bien naturel : on ne peut pas être toujours sobre ; il y a des circonstances où l'on s'abandonne sans le vouloir.
L'exemple pervertit le plus sage.

— En quoi donc, monsieur, ai-je pu mériter ce reproche, et comment
savez-vous que je ne suis pas sobre?

— D'abord, mon cher monsieur, ce n'est point un reproche que je vous
adresse... Parbleu! si vous manquez de sobriété, je n'en ai pas plus que
vous : témoin ce souper, il y a huit jours, chez la Duhamel, où nous étions,
ma foi, fort étourdis tous les deux... C'est une charmante femme, cette
Duhamel ; elle a encore de la fraîcheur... et puis elle reçoit à merveille...
C'est bien dommage qu'on joue si gros jeu chez elle... Vous avez joué
après le souper, je crois... Vous avez joué beaucoup même. Mille pardons
pour cette question nouvelle ; mais voudriez-vous bien me dire si le jeu
est un accident ou une habitude chez vous? Entre nous, ce n'est pas une
raison pour rougir ; je suis peut-être plus joueur que vous... Voyons,
avouez-moi cela sincèrement.

— En vérité, vous me faites faire là un examen de conscience auquel
j'étais loin de m'attendre avec un ami.

— Dans mon cabinet, mon cher monsieur, je ne connais plus mes amis
quand il s'agit d'affaires. Nous ne devons voir ici qu'un vendeur et un
acquéreur qui se parlent avec franchise. Un autre que moi ne vous ferait
aucune question ; mais il vous remettrait à huit jours avant de terminer.

Frédéric sentit un frisson passer par tout son corps à cette remise de
huit jours dont cet homme d'affaires lui laissait entrevoir la terrible
perspective. Dans huit jours, il ne vendrait pas sa rente : c'est pour le
bal de demain qu'il est pressé de conclure le marché. Il répliqua vivement : — Aujourd'hui ou jamais.

— C'est bien mon intention d'en finir sur-le-champ ; mais alors il faut
que votre franchise me tienne lieu des informations qu'un autre que moi
prendrait sur votre compte. Quand j'insiste pour savoir si vous aimez le
jeu et la débauche, c'est que ces deux défauts, que je suis loin de blâmer,
diminueraient singulièrement le capital de votre rente. Avec un joueur,
le viager n'est qu'une fiction ; il n'y a pas de lendemain à espérer... Les
cartes sont si bizarres! et un coup de pistolet a si tôt fait d'envoyer une
cervelle au diable ! Le rentier en seconde main doit toujours trembler de
rencontrer sa caution sur les dalles de la Morgue.

— Eh bien ! non, monsieur, je ne suis pas joueur.

— Fort bien ; mais dites-moi, continua l'homme d'affaires, il me semble que vous avez comme moi le cou un peu court... cela me fait peur
quelquefois... j'éprouve des étourdissemens... j'ai des bruissemens d'o-
reille : ce sont des symptômes d'apoplexie... Etes-vous sujet à ces incon-
véniens... Il faut prendre garde à cela... Les bains de pieds sont un pré-
servatif excellent ; je vous conseille d'en faire usage souvent.

— Grand merci de vos bons avis, répondit Frédéric, qui commençait à ne pas s'impatienter médiocrement de ce fatigant interrogatoire ; mais ne serait-il pas temps de me dire quel prix vous pouvez m'offrir de ma rente ?

— Encore une simple demande, s'il vous plaît, ajouta l'impassible spéculateur ; j'ai ouï dire qu'une demoiselle Gilbert, votre sœur aînée sans doute, était morte pulmonique avant l'âge de trente ans.

— Je n'ai jamais eu de sœur, répliqua l'amant d'Augusta, dont la patience était à bout. Il continua avec colère : Mais puisqu'il vous a plu de me faire subir un interrogatoire, vous voudrez bien me dire à votre tour si je ne suis pas ici l'objet d'une mystification ; dans ce cas-là, monsieur, j'espère que vous seriez assez bon pour ne pas me refuser une réparation honorable.

— Comment, comment, vous êtes querelleur... duelliste ! Oh ! mais voilà une terrible chance contre moi... Il serait fort ridicule de ma part de désapprouver votre vivacité ; ce n'est qu'après avoir reçu une douzaine de coups d'épée que j'ai pu me guérir de la mienne... Quand vous vous sentirez de ces mouvemens-là, faites-vous tirer du sang par le chirurgien : cela fait autant de bien, et l'on ne risque pas d'en mourir.

Oh ! pour cette fois, Frédéric, ne pouvant retenir son impatience, allait rendre la provocation plus directe, quand l'homme d'affaires continua sur-le-champ : — Je vous donne sept mille francs de votre rente : cela vous convient-il ? Le mot insultant s'évanouit dans la bouche de Frédéric. Il répondit : — Allons tout de suite chez le notaire dresser l'acte de transfert.

L'homme d'affaires prit son chapeau et ses gants ; et, comme il l'avait dit à Frédéric : si dans son cabinet il ne connaissait plus d'amis, une fois hors de chez lui il redevenait le compagnon aimable. Sa conversation fut gaie et légère en route. Chez le notaire, il retrouva bientôt son caractère spéculateur ; au moment où Frédéric prenait la plume pour signer le marché, il lui dit avec un grand sérieux : — Vous le voyez, c'est à peu près sept ans de votre existence qu'il me faut avant que j'aie pu réaliser mes avances de fonds. Je vous crois trop honnête homme pour craindre que vous attentiez jamais à vos jours ; mais promettez-moi que si le malheur voulait que vous eussiez une affaire, vous ne choisissiez pas d'autre témoin que moi. Frédéric promit tout ce que l'autre voulut, et partit comme un trait aussitôt qu'il eut ses billets de banque en portefeuille.

La coquetterie d'Augusta engloutit en quelques mois le prix de la rente viagère. Bientôt après il fallut renoncer au luxe des bals, aux représentations brillantes de l'Opéra ; un jour, enfin, des fournisseurs, sans avoir égard aux promesses d'une femme, sans pitié pour le désespoir de Frédéric, vinrent saisir l'élégant mobilier de la rue Caumartin ; et les amans, pour se soustraire aux poursuites des autres créanciers, se virent forcés d'aller cacher leur pauvreté dans la mansarde d'une vieille maison du faubourg du Temple. C'est là que nous les avons connus ; c'est là qu'au retour de cette soirée passée chez madame Saint-Charles, Frédéric roula dans sa tête mille projets pour rendre à Augusta la brillante existence qu'il lui avait fait perdre. La jeune femme, plus que jamais, désirait aussi échapper à la misère : il n'aurait fallu pour cela qu'une séparation à l'amiable, mais elle n'osait plus la proposer à Frédéric ; il semblait que le malheur eût augmenté l'amour qu'il avait pour elle. Augusta aurait bien tenté de fuir ; mais où pourrait-elle échapper dans Paris à la violence de son amant ? Si quelqu'un eût voulu l'emmener bien loin réaliser les projets de voyage que Frédéric lui avait fait entrevoir, oh ! comme elle se serait donnée bien vite à celui-là, pourvu qu'il eût été riche et joli garçon.

Augusta rêva toute la nuit de ce monde où elle avait fait, pour la dernière fois peut-être, une courte et joyeuse apparition. Le jour était venu qu'elle reposait encore. Frédéric, qui n'avait pu dormir, se leva sans bruit, lui donna un léger baiser, et dit en sortant : — Il te faut de l'or pour continuer de m'aimer... Augusta, tu m'aimeras encore !

V

Le Service d'Ami.

> Son mal est incurable ; c'est vous qui l'avez dit, docteur. Ses souffrances sont atroces, et vous ne savez rien qui puisse les adoucir ! Croyez-vous donc alors qu'il n'y aurait pas de l'humanité à le délivrer de la vie, puisque la mort seule peut terminer son martyre ? Le soldat qui, sur le champ de bataille, met fin à l'agonie d'un camarade mortellement blessé, fait une bonne action ; nous appelons cela, entre militaires, un véritable service d'ami.
>
> (*Conversation devant le lit d'un mourant.*)

Frédéric s'éloigna donc à grands pas de sa maison du faubourg du Temple. Où allait-il ? quel espoir pouvait lui sourire encore ? comptait-il sur des ressources long-temps ménagé s ou découvertes depuis peu ? il ne lui en restait aucune ; croyait-il trouver quelques secours chez ses anciens amis ? l'amant d'Augusta avait lassé leur bienveillance. Déjà plus d'une fois ce jeune homme, si noble, si fier, qui repoussait la protection d'un oncle puissamment riche lorsqu'il ne s'agissait que de sa propre fortune, s'était exposé aux refus les plus outrageans. Pour Augusta, il avait bravé le mépris des étrangers, mendié auprès d'eux avec persévérance, et lorsqu'à force d'importunités il en arrachait une faible somme : quand le prêteur, qui cédait en grondant aux prières de Frédéric, lui disait : — Eh bien ! puisqu'il n'y a pas d'autre moyen de me débarrasser de vous, prenez encore ceci, mais n'y revenez plus. La honte qui aurait dû briser le cœur du pauvre diable disparaissait devant la joie qu'il éprouvait à porter chez sa maîtresse le prix de ses humiliations.

— Tiens, lui disait-il en lui montrant cet argent, avec l'orgueil d'un vainqueur qui étale aux yeux de ses rivaux de gloire les dépouilles de l'ennemi. Tiens, mon Augusta, tu ne soupireras plus après un plaisir qui voulait t'échapper. Cette fête, où tu n'espérais pas te voir encore belle et parée, tu pourras y aller... Vois-tu, l'argent nous manquait ; j'en ai su trouver... Ne crains rien, ma bonne amie ; pour toi j'en trouverai toujours.

Et ce qu'il disait, Frédéric le croyait alors. Pour Augusta, elle ne demandait à son amant aucun compte des moyens qu'il employait pour tromper sa misère, et même, au milieu de ses plaisirs qui coûtaient tant à Frédéric, la jeune femme, peu satisfaite encore des sacrifices qu'il s'imposait pour elle, croyait faire seule preuve de dévoûment, et se prenait à dire :
— C'est bien peu pour moi ; j'étais accoutumée à mieux que cela. Et puis son regard s'assombrissait ; elle devenait pensive, répondait à peine aux questions empressées de son amant ; le désir de le quitter, de le laisser seul à son amour, l'assiégeait involontairement ; les premiers mots de cette proposition cruelle erraient sur ses lèvres ; sa bouche s'entr'ouvait pour les laisser échapper, et Frédéric, qui voyait Augusta en proie à une vague inquiétude, qui ne comprenait rien à ses réponses incomplètes, pressait doucement le bras de sa maîtresse, levait sur elle des yeux humides, et lui

disait : — Quel chagrin éprouves-tu, mon Augusta?... Ne me cache rien
de ce qui se passe dans ton âme.. dis-moi bien tous tes désirs, pour que
je puisse les satisfaire... Tu le sais, je ne suis heureux que de ton bonheur ;
et pour que tu sois heureuse, il n'est rien que je ne fasse. Ces paroles d'a-
mour étaient presque toujours accompagnées d'un soupir ; car Frédéric
aussi se disait en comparant leur modeste existence aux plaisirs brillans
d'autrefois : — C'est bien peu pour elle ; on l'avait accoutumée à mieux que
cela.

Du moins, à lui, l'idée d'une séparation ne s'offrait pas : si elle lui était
venue, il l'eût repoussée comme la pensée d'un crime ; son union avec
Augusta était aussi sainte, aussi sacrée à ses yeux, que celles qui se
prononcent au pied des autels, devant le prêtre qui lie, et Dieu qui se
souvient des sermens.

Ainsi, depuis long-temps Frédéric ne pouvait plus compter sur ses amis :
ils avaient tous fini par lui fermer leur bourse et leur porte. Quant aux
simples connaissances : à ces indifférens qui vous appellent, — mon cher
dans un salon, et qui mettent tous leurs efforts à ne pas vous reconnaître
dans la rue quand vous venez à passer près d'eux ; ceux-ci, dis-je, lui
tournaient brusquement le dos, après lui avoir répondu, avec une feinte
surprise, à ses noms qu'il leur déclinait en rougissant : —Vous vous nommez Frédéric Gilbert, dites-vous ?... c'est singulier, je ne me rappelle avoir
entendu ces noms-là nulle part... Au surplus , il n'est pas surprenant
qu'on oublie quelqu'un lorsqu'on est lié avec tout le monde. Frédéric
était donc sans espoir. Cependant il marchait d'un pas rapide, non comme
un homme irrésolu, mais bien comme celui qui va droit à un but calculé
d'avance. Il laissa derrière lui le faubourgs populeux, la longue avenue de
boulevarts plantés alors comme aujourd'hui d'arbres desséchés et poudreux, dont la ligne se continue, droite et monotone, depuis le faubourg
du Temple jusqu'à la place de la Bastille. Il suivit le chemin des fossés ,
tourna vers Bercy : alors , ralentissant le pas, il réfléchit à la démarche
importante, et surtout imprévue, qu'il allait faire auprès de son oncle.

Oui, c'était chez M. Dumoutier que Frédéric se rendait ; c'était à celui
qui l'avait chassé dans sa colère que l'amant d'Augusta allait, au nom de
cet amour, objet de leur terrible rupture, demander aujourd'hui ou la vie
ou la mort. Comment essaiera-t-il de lui faire comprendre tout ce qu'une
passion peut, à l'âge de Frédéric, avoir de puissance et d'énergie? Si
M. Dumoutier n'est point attendri par les prières de son neveu, s'il est sourd
à celui qui lui criera : Pitié ! s'il ne suffit pas au vieillard de voir suppliant
à ses pieds celui qu'il a voulu frapper dans sa colère, pour concevoir enfin
que cet amour n'est point, comme il l'a pensé, un jeu que l'imagination
entretient parce que cela l'amuse ; si les larmes sont impuissantes, si les
angoisses du désespoir ne fléchissent pas le cœur de l'usurier, alors Frédéric sait ce qui lui reste à faire. Il a tout prévu en partant : il armera devant son oncle ce pistolet qu'il presse convulsivement contre sa poitrine,
et dira un dernier adieu à cette vie dans laquelle il n'a plus rien à espérer,
puisque son Augusta ne pourra plus être heureuse par lui.

Plus il approche de la demeure de Dumoutier, et plus sa marche se
ralentit. Cependant il avance toujours. Enfin il se voit en face de la maison
dans l'île ; son pied, incertain, recule à deux fois devant le pont volant
qui conduit à l'habitation d'été. Ce n'est point la colère de son oncle qu'il
redoute : les noms les plus odieux, les reproches les plus humilians,
l'ironie la plus amère, il sait que M. Dumoutier ne lui épargnera rien de
tout cela ; mais il craint un refus ; car un refus pour lui ce serait la mort,
et à vingt-trois ans on se rattache à la vie par toutes les illusions de
l'espérance. On a tant d'espace devant soi ! et quand il ne faut qu'un pas
pour le franchir, qui n'hésiterait avant de se précipiter ! Frédéric ne doit
pas se presser de jouer son existence contre la parole qui doit décider de
son sort : un mot irrévocable, un « Non, tu n'auras rien de moi ! » et tout

sera fini pour Frédéric, et son corps, palpitant sous le coup d'une explosion rapide, roulera aux pieds de son oncle : alors il ne restera plus rien
de l'amant d'Augusta, plus rien qu'un cadavre qu'on s'empressera de
rendre à la terre, et une large tache de sang que les soins de Julien, le
vieux domestique de Dumoutier, auront bientôt fait disparaître.

Bien que la résolution qui conduit Frédéric chez son oncle soit fortement arrêtée, il ne peut cependant se décider à se présenter sur-le-champ
devant lui : l'agitation qu'il éprouve ne lui permettrait pas de s'expliquer
avec calme. Si on lui refuse un bienfait, il a une restitution à exiger. Il se
rappelle la confidence que lui a faite M. Cervier ; il sait que sa mère fut
privée d'une part d'héritage, grâce aux sollicitations de son oncle Dumoutier : celui-ci a profité seul de la succession d'un riche cousin qui
voulait disposer d'un legs considérable en faveur de madame Gilbert :
c'est cette part dont sa mère a été autrefois frustrée qu'il va réclamer
aujourd'hui. Mais d'abord Frédéric implorera la générosité de son oncle,
il lui peindra sa misère, il cherchera à justifier son amour ; et la seule
justification qu'il puisse trouver, c'est : « Je l'aime ! » parole toute-puis-
sante pour qui sait la comprendre, mais insuffisante sans doute auprès
d'un calculateur dont l'intelligence, toute d'arithmétique, ne comprend
facilement que ce que les chiffres peuvent expliquer. Quelques réflexions
lui sont nécessaires encore pour entamer heureusement une conversation
dont l'issue probable le glace d'effroi. En se parlant à lui-même avec feu,
il dépasse de beaucoup l'îlot où Dumoutier fait sa résidence : il revient sur
ses pas, en s'accusant de lâcheté, s'éloigne de nouveau, et revient encore
sans pouvoir se décider à franchir le pont qui le sépare de la maison de
son oncle. Frédéric ne cesse pas pourtant d'attacher ses regards sur cette
place où va se briser peut-être sa dernière espérance. Il voit à plusieurs
fois le vieux Julien aller, venir de la maison au pavillon isolé : ce n'est
pas lui que l'amant d'Augusta voudrait rencontrer ; mais si par hasard
la bonne et gentille Gabrielle venait à sortir, si elle pouvait l'apercevoir,
il apprendrait facilement d'elle quelles sont les dispositions de son oncle à
son égard ; s'il n'a pas, depuis un an, exprimé le désir de revoir son
neveu ; si, en pensant à lui, ses lèvres n'ont pas murmuré le mot de pardon,
et fait entendre que leur séparation était pénible à son cœur ? Mais voilà
près de trois heures que Frédéric passe et repasse incessamment devant
l'îlot, sans que Gabrielle sorte ou revienne chez Dumoutier.

Enfin elle parut. Doucement appuyée sur le bras de son père adoptif,
Gabrielle suivit avec l'oncle de Frédéric la longue avenue qui conduisait
de la maison au kiosque favori de l'usurier. Ce n'était plus la blonde et
rieuse fille dont les cheveux flottaient au vent, et qui laissait échapper,
en courant par l'allée de saules, de folles réparties pleines d'innocence et
de gaîté. Sa marche était pesante et mal assurée, son visage maigre et
pâle ; ses yeux battus par la souffrance avaient, au lieu de leur regard
rapide et joyeux, l'expression douloureuse et suave d'un enfant de dix-
sept ans, qui se meurt d'amour ; ange ! qui n'ose dire, en s'en retournant
au ciel, d'où lui est venu le mal qui le consume. C'était d'amour aussi
que Gabrielle souffrait : ce cœur naïf avait été cruellement froissé le jour
où l'oncle et le neveu rompirent si violemment ensemble.

Une semaine s'était à peine passée depuis cette épouvantable scène de
famille, que Dumoutier ne parlait plus de Frédéric ; un mois après, il
paraissait l'avoir totalement oublié. Mais Gabrielle y pensait, elle ; le jour,
la nuit, et comme un écho qui vibrait sans cesse dans son âme blessée,
elle répétait, avec des larmes aux yeux et de l'émotion dans la voix, ces
mots que Frédéric, sans pitié pour elle, n'avait pas craint de jeter comme
un défi à la face de son oncle : « Oui ! j'aime, oui ! je suis aimé... Elle !
rien qu'elle ! et puis mourir après, j'aurai été le plus heureux des
hommes ! »

— Et qu'est-ce donc que celle-là ? se demandait la jeune fille, à qui

M. Frédéric sacrifie ainsi ses parens, sa fortune, et pour laquelle le méchant sacrifierait jusqu'à sa vie !... Qu'a-t-elle donc fait cette femme pour être si heureuse? Moi aussi j'aime Frédéric! oh! depuis le premier jour où je l'ai vu, je l'ai aimé de toutes les forces de mon âme... Je croyais le lui avoir prouvé par mes paroles, par mes regards, et il n'a rien vu, rien voulu comprendre; il fallait donc le lui dire !... Que ne me le demandait-il? murmurait la pauvre enfant dans son désespoir ingénu ; certes, j'aurais été franche avec lui... Il aurait su combien ses visites me rendaient contente ; comme ma gaîté était vive au souvenir de notre dernière entrevue; comme j'étais folle de joie en pensant à notre réunion nouvelle chez son oncle... A présent, il n'y a plus d'espoir... il ne reviendra plus... Son oncle l'a chassé... Et puis il se trouve si bien avec elle! Une autre fois, pour éloigner de tristes pensées, elle se disait : — Il est impossible que nous ne le revoyions pas bientôt, M. Dumoutier l'a dit : cette passion-là ne peut pas durer. c'est une de ces femmes qui se jouent de la faiblesse des jeunes gens. qui les ruinent, les quittent après pour aller en ruiner d'autres aussi crédules. jusqu'à ce que l'âge fasse d'elles un objet de mépris et de dégoût : alors leurs victimes se repentent, ils reviennent à des sentimens honnêtes... Lui aussi reviendra, et quelle joie j'éprouverai à lui dire : — C'était moi, monsieur, et non pas l'autre, qu'il fallait aimer ainsi; car cet amour éternel qu'elle vous avait promis. je ne vous l'ai pas juré, et cependant je vous suis toujours fidèle; il n'y a que ceux qui aiment faiblement qui ne se trouvent pas heureux de pardonner le mal qu'on leur a fait; jugez des souffrances que j'endurai quand vous avez avoué votre folle passion, par le plaisir que je ressens à vous pardonner. Maintenant que vous savez mon secret, vous devez bien voir que Gabrielle mérite un peu d'amitié; oh! ne craignez pas de l'aimer beaucoup, elle sera toujours indulgente et bonne.

Et voilà comme son active imagination de jeune fille essayait de trouver dans l'avenir des consolations qui devaient l'aider à supporter les chagrins présens. Elle ne se hasardait pas à prononcer le nom de Frédéric devant Dumoutier ; celui-ci avait expressément défendu qu'on se permît de lui parler de son neveu ; mais, d'abord, celui qu'il appelait un scélérat fut une fois nommé tout simplement un sot par son oncle : c'était à la suite d'une conversation de M. Cervier avec son vieil ami. Le tuteur de mademoiselle Grandval parlait de deux malheureux jeunes gens conduits au suicide par l'amour : — Allons, dit Dumoutier, je crois que ce maître sot que nous connaissons tous n'est pas encore assez dénué de sens commun pour faire une folie pareille. Il n'y avait donc plus de colère dans le cœur de l'oncle. Gabrielle se dit : — Peut-être Frédéric n'attend-il que son rappel auprès de M. Dumoutier pour revenir ici ; je lui écrirai en secret ; Julien, qui connaît tout Paris, saura bien découvrir sa demeure; l'autre a déjà dû le tromper, si j'en crois ce que mon bienfaiteur m'a répété pendant plusieurs jours, il est temps qu'il revienne auprès de nous.

Dix feuilles de papier furent livrées au feu de la cheminée avant que Gabrielle pût parvenir à écrire une lettre convenable à Frédéric. C'était la première fois qu'elle écrivait à un jeune homme ; elle ne connaissait pas, comme nos savantes demoiselles, l'art d'envelopper le mystère de leurs secrètes pensées dans le tour si ingénieusement embarrassé de leur style prétentieux ; elle disait naïvement : « J'ai besoin de vous voir, revenez, vous trouverez ici un cœur qui ne vous trahira pas. » Mais, effrayée pour la première fois d'un aveu auquel Frédéric ne devait pas s'attendre, elle déchira la dernière lettre, comme elle avait fait de tous les autres, et se borna à écrire le billet suivant, qui ne devait pas parvenir à son adresse :

« Si M. Frédéric Gilbert veut essayer de fléchir son oncle et de reconquérir son amitié, je crois le moment favorable ; M. Dumoutier ne sera point insensible à une démarche qui doit lui prouver votre repentir. Faites-moi savoir si votre intention est de revenir comme autrefois dans la maison dans l'île; vous aurez peu de reproches à craindre; une personne que je n'ai pas besoin de vous nommer aura déjà plaidé pour vous. Lui refuserez-vous le plaisir de parler en votre faveur?»

Pour en arriver à ces quelques lignes, où l'amour se cachait sous le plus pur sentiment de la bienveillance, Gabrielle avait veillé fort tard. Dumoutier aussi veillait ce jour-là plus tard qu'à l'ordinaire. La soirée était belle, et la lune, dans son plein, argentait de mille paillettes brillantes les flots onduleux de la Marne. Ce calme de la nature, cette brise légère de la nuit étaient pour le vieil usurier un spectacle presque aussi beau que ce lever du soleil qui réjouissait si fort son âme: dix heures sonnaient, qu'il était encore accoudé sur le balcon de son pavillon neuf. Enfin, il songea à se retirer; mais comme il revenait chez lui, l'oncle de Frédéric avisa la lumière qui éclairait encore la chambre de Gabrielle. On sait qu'à une heure donnée toutes les bougies devaient s'éteindre dans la maison. — Oh! oh! se dit-il, la petite folle veille encore; à quoi diable peut-elle passer son temps? Il monta doucement jusqu'à la porte de Gabrielle; puis, jetant un coup d'œil furtif par le trou de la serrure, il vit la jeune fille fermer la lettre qu'elle venait de terminer; alors il frappa brusquement; Gabrielle, qui reconnut la voix de Dumoutier, vint ouvrir en tremblant. Il voulut à toute force voir la lettre que la pauvre enfant avait cachée dans son sein. Gabrielle ne savait pas mentir, elle lui donna le billet avec effroi; Dumoutier le parcourut en silence, et le déchira ensuite avec un mouvement de colère, en disant à Gabrielle: — Vous sortirez de chez moi, mademoiselle, s'il vous arrive jamais d'entretenir une correspondance avec ce misérable; il ne mérite aucune pitié. Rappelez-vous bien que si je vous pardonne cette fois, c'est à la condition qu'il ne sera jamais question de lui dans cette maison. Il dit, souffla la bougie de Gabrielle, et sortit.

À compter de ce moment, la protégée de Dumoutier tomba dans un état de langueur qui semblait présager une maladie cruelle. Enfin la fièvre se déclara, et bientôt après les symptômes d'une violente petite vérole ravagèrent cette belle santé qui donnait tant d'éclat à ces traits frais et animés; un voile s'étendit sur les yeux de la jeune fille; ses regards s'éteignirent pendant la durée de l'horrible lèpre qui devait dévorer ses vives couleurs, et laisser de son passage des traces profondes et ineffaçables. Il faut être juste envers M. Dumoutier: il eut pour Gabrielle tous les soins d'un père: les remèdes les plus actifs lui furent prodigués; on ne ménagea rien pour la rendre à la santé. Les soins du médecin, et plus encore la nature toujours si généreuse envers les malades de l'âge de Gabrielle, la rendirent en peu de mois à la vie. M. Dumoutier avait hâte de la sauver: il lui fallait absolument quelqu'un pour faire sa partie d'échecs; le vieux Julien n'y entendait rien; M. Cervier ne venait pas dîner tous les jours chez son ami; et, quant aux voisins, ceux-ci ne se seraient peut-être pas contentés de jouer l'honneur: c'est ce que Dumoutier appelait ne rien risquer au jeu; et encore où le vieil usurier eût-il trouvé un partenaire aussi docile, aussi patient que la pauvre Gabrielle?

C'était de loin que Frédéric voyait la jeune fille s'acheminer lentement avec Dumoutier le long des bords de l'îlot, et s'arrêter régulièrement de minute en minute, comme si cette promenade d'une centaine de pas fût encore au dessus de ses forces. Il comprit aisément que Gabrielle venait de toucher au terme d'une longue maladie, et que sa convalescence commençait à peine. — Pauvre petite! se prit-il à dire en la voyant si faible, il faut qu'elle ait bien souffert; mais comment donc a-t-elle pu être aussi malade? La rieuse Gabrielle était pourtant si vive, si heureusement organisée!... Je lui croyais une santé de fer... Oh! c'est peut-être que cette jolie enfant a fini par prendre trop à cœur les duretés que mon oncle ne lui ménageait pas; elle ne se sera pas senti, comme moi, la force de se révolter contre la tyrannie de M. Dumoutier, et c'est un chagrin comprimé dans son cœur qui aura causé son mal.

Dans cet instant, Frédéric oublia ses propres douleurs pour plaindre Gabrielle; il la plaignait, sans se douter, non plus que les autres, que c'était pour l'avoir trop aimé que la jeune fille s'était flétrie et penchée vers la tombe, comme la fleur s'incline sur sa tige quand l'eau vient à lui manquer, et que le soleil la brûle.

Les promeneurs disparurent un moment sous la porte du pavillon, et bientôt après ils se montrèrent au balcon de la fenêtre. De là, l'oncle de Frédéric dominait, dans une immense étendue, les deux rives du fleuve. Le jeune homme pensa que Dumoutier pouvait aisément l'apercevoir; il s'éloigna à grands pas, et bien il le fit; car si Frédéric n'eût point été vu par son oncle, il n'aurait pas échappé aux regards de Gabrielle. L'amant d'Augusta sentit qu'il ne devait pas hasarder une entrevue, au moins orageuse, devant la convalescente, dont il connaissait bien l'excessive sensibilité; il n'aurait jamais pu se déterminer devant elle à menacer son oncle de se donner la mort à ses yeux, si le vieillard insensible lui eût refusé obstinément ou des bienfaits ou la restitution de cette part d'héritage qu'autrefois Dumoutier avait enlevée à la mère de Frédéric. Et cependant il était bien décidé à mourir s'il n'obtenait rien de son oncle.

La journée n'était pas encore très avancée, et l'instant ne lui semblait pas favorable pour se présenter chez M. Dumoutier; il voulait lui parler seul à seul, l'attendrir, l'effrayer; il sentait que le vieillard serait bien moins fort contre les émotions quand il n'aurait là devant lui qu'un malheureux à genoux, priant, pressant, et dont la main bien armée dirigerait sur soi-même un pistolet chargé de deux balles de plomb; il fallait enfin qu'il n'y eût pas là une jeune fille dont l'effroi pouvait causer la mort, ou un importun valet qui se serait stupidement jeté sur l'arme meurtrière, au risque de se blesser, pour l'empêcher d'accomplir le suicide qu'il avait médité. — Ce soir, se dit Frédéric, mon oncle sera seul dans son pavillon... Je ne crains pas que ma résolution faiblisse d'ici là : je reviendrai ce soir avec plus de courage encore; car j'aurai puisé dans les baisers de mon Augusta la force de tout braver... et s'il me faut mourir, au moins ce ne sera pas sans qu'elle ait reçu mon dernier adieu.

Aussitôt que la pensée d'une séparation plus tendre eut traversé l'esprit de Frédéric, il reprit rapidement le chemin de Paris; et, haletant de fatigue, couvert de sueur, il parcourut, sans s'arrêter, la distance qui le séparait de sa demeure. Comme il ne voulait pas qu'Augusta pût soupçonner l'importance de la démarche qu'il avait méditée, et le résultat sanglant qu'elle pouvait avoir, l'inquiétude de sa maîtresse eût été trop vive, Frédéric, afin de cacher l'émotion qui l'agitait en revenant chez lui, s'assit pendant quelques secondes sur les premières marches de l'escalier; et c'est quand il eut repris haleine, séché la sueur qui ruisselait sur son front, qu'il se décida à monter. Il frappa doucement à la porte : un cri de femme, un mouvement extraordinaire se firent entendre dans la mansarde, et la belle Augusta, plus émue mille fois que le jour où son livre était tombé dans la rue, vint alors lui ouvrir, essayant en vain de dissimuler le trouble qui l'agitait. Vous avez compris, sans doute, d'où lui venait cette violente agitation; Frédéric était parti le matin sans lui dire : Je reviendrai peut-être un peu plus tard; et plus de six heures s'étaient écoulées avant son retour. Vous qui avez aimé, vous sentez facilement tout ce qui avait dû se passer de pénible dans l'âme d'Augusta durant les éternelles six heures d'attente.

Elle n'eut pas besoin d'employer le secours des sermens pour faire comprendre à Frédéric que cette émotion visible qui l'inquiéta d'abord, elle la devait à la joie que lui causait le retour, trop long-temps attendu, de son amant.

— Ainsi, tu craignais pour moi! lui dit-il, en la regardant avec reconnaissance. Oh! que ton âme est bien réellement liée à la mienne, et que ce pressentiment me rend donc heureux!

— Un pressentiment! reprit Augusta; tu as couru quelque danger, mon ami?

— Rien, presque rien, mon ange; rassure-toi... pour que je ne lise plus l'effroi dans tes regards... Tu le vois... me voilà... de quoi as-tu peur maintenant?... Pourquoi ce tremblement involontaire par tout ton corps?... Oh! mais calme-toi donc, mon Augusta... je ne veux pas te voir souffrir ainsi... Si mon absence doit toujours te faire autant de mal... je ne sortirai plus... je te le promets.

Mais ces douces paroles étaient loin d'apaiser l'agitation de la jeune femme. Ses yeux, qui s'arrêtaient un moment sur Frédéric, se détournaient de lui presque aussitôt, comme si elle eût tremblé de laisser lire dans ses regards ce qui se passait en son âme. Lui l'attira doucement sur ses genoux, croyant ainsi rendre le calme à sa belle maîtresse: mais elle se défendit contre les vives caresses de son amant avec une persistance à laquelle la facile Augusta ne l'avait point accoutumé.

— D'où vient que tu me repousses, Augusta? lui disait le passionné jeune homme. Pourquoi te refuser à laisser ta main dans la mienne... mon cœur contre le tien? Ne suis-je plus ton ami, ton amant?... Ai-je donc cessé enfin d'être quelque chose pour toi, quand toi tu es la vie qui fait circuler le sang dans mes veines, l'air qui soulage ma poitrine, la puissance souveraine qui règle les battemens de mon cœur?... Ange! bonheur! regarde-moi, comme tu le faisais hier encore... Regarde-moi, je t'en supplie...

Le reste de cette amoureuse prière se perdit dans un ardent baiser, auquel Augusta ne répondit que par un faible mouvement des lèvres, quand son amant la couvrait de caresses, lorsque ses mains enlacées sur un cou d'une blancheur éblouissante pressaient cette tête chérie sur sa poitrine haletante d'amour. Le mouvement spontané, indescriptible, qui se saisit de deux âmes aimantes pour les réunir, les confondre, les précipiter ensemble dans un océan de bonheur, ce délire des sens que les cœurs froids appellent libertinage, que, dans les ménages, où l'on ne fait plus que de la vie brutale et positive, on flétrit du nom de devoir, parce qu'il a bien fallu donner un nom honnête à ce qui n'est plus grand, à ce qui n'est plus noble, ai-je dit, s'était emparé de Frédéric, comme au premier jour où la belle Augusta, pâle, échevelée, et fermant les yeux, pour ne pas voir sa défaite, se laissa tomber, frémissante de volupté, dans les bras de son amant. Oh! mais ce jour-là était loin dans le souvenir d'Augusta: c'était au jeune homme riche qui lui promettait tous les plaisirs, qu'elle en accordait un. Aujourd'hui, son agitation ne vient pas de la crainte de le perdre; si elle frissonne encore, ce n'est plus d'amour pour lui; si son retour lui a causé tant d'émotion, c'est peut-être que Frédéric est revenu trop tôt: aussi quand elle voit la raison de son amant s'égarer, ses bras convulsifs chercher à l'enlacer dans les plus ardentes étreintes, elle parvient à se dégager, fuit à l'autre bout de la chambre, en lui répétant: — Laisse-moi... enfant... laisse-moi, te dis-je; sois raisonnable, Frédéric... Tu dois avoir autre chose à me dire. Et comme il la regarde d'un œil suppliant, Augusta répond avec un ton boudeur: — Mon Dieu, que vous êtes donc terribles, vous autres hommes!... dès qu'une femme ne s'abandonne pas à tous vos désirs, voilà que des soupçons d'indifférence roulent tout de suite dans votre tête... Nous sommes pour vous des jouets sans volonté, et non pas des compagnes.

Frédéric était atterré par ces paroles; ses regards, en s'abaissant vers le carreau de la chambre, aperçurent une lettre froissée qu'Augusta avait par mégarde laissé tomber de son corset en s'éloignant de son amant. Celui-ci va ramasser la lettre, quand la jeune femme pousse un cri de frayeur, s'élance sur le papier, et l'arrache des mains de Frédéric avant qu'il ait eu le temps de l'ouvrir.

— Que renferme cette lettre? demande-t-il alors d'une voix sombre.

— Cela ne vous regarde pas, monsieur, répond Augusta; à présent, faites toutes les conjectures que vous voudrez là-dessus... dites que je vous trompe... rompons ensemble, si vous l'exigez... je ne céderai pas à ce que vous me demandez d'un ton de maître.

— Mon Dieu! mais qu'as-tu donc aujourd'hui? tu ne veux te rendre ni à mes prières, ni à mes caresses, enfin à rien de ce qui peut satisfaire mon amour ou ma curiosité. C'est avec aigreur que tu me repousses; c'est par des menaces que tu me réponds... Il se passe quelque chose d'extraordinaire en toi, Augusta. Garde ta lettre, garde-la, je ne veux plus la voir; mais, pour l'amour du ciel, dis-moi si tu as cessé de m'aimer... je saurai bien alors ce qui me restera à faire...

Le ton qui accompagna ces dernières paroles remplit d'effroi le cœur d'Augusta. C'est elle qui, cette fois, se rapprocha de son amant, entoura son front d'un bras caressant; alors, le regardant avec un sourire, elle déplia le papier: — Voyez l'adresse, monsieur, et dites-moi si vous reconnaissez l'écriture.

— C'est à moi que tu écrivais... répondit le jeune homme, débarrassé d'un poids affreux... Oh! permets que je lise.

— Non; puisque te voilà, je puis te dire combien ton absence m'avait chagrinée... Moi aussi j'avais des soupçons... c'est bien naturel; je sais que tu ne dois plus retourner à ton bureau, et tu t'en vas sans me dire adieu... Oh! j'étais fâchée... très fâchée. Je voulais te bouder long-temps, et, tu le vois, je n'en ai pas eu le courage... j'ai résisté autant qu'il était en mon pouvoir... Maintenant je te pardonne cette absence, dont j'ignore la cause, pourvu que tu promettes qu'à l'avenir tu ne sortiras plus sans m'avoir prévenue de l'heure de ton retour.

Augusta n'avait pas besoin d'autre excuse auprès de Frédéric; et si la jeune femme avait tardé si long-temps à lui donner celle-ci, c'est que, sans doute, elle s'était trouvée, à l'arrivée de son amant, dans une de ces positions embarrassantes, où les plus habiles peuvent quelquefois manquer de présence d'esprit.

Comme dans la scène que vous avez bien voulu lire au commencement de cette histoire, comme dans toutes celles qui avaient dû la précéder, Frédéric, vaincu par l'adresse d'Augusta, finit encore par s'accuser d'ingratitude. Sa maîtresse lui avait dit: Je te pardonne, qu'il ne cessait encore d'implorer ce pardon, pour avoir le droit d'étreindre plus amoureusement dans ses bras son Augusta, qui ne résistait plus avec fermeté; elle se laissait aller à la passion de son amant, mais sans y répondre, et à chaque instant elle détournait la tête avec un sentiment de peur, comme si elle avait vu là tout près d'elle les yeux d'un témoin indiscret.

— Que crains-tu, mon âme? disait Frédéric en la retenant avec force; personne ne peut nous voir, personne ne peut t'entendre. C'est lui qui n'entendait pas le soupir à demi étouffé que cette réponse rassurante arrachait à sa maîtresse.

— Oh! reprit-il dans un moment d'extase, si tu le voulais... qu'il serait doux de mourir ensemble!

— Mourir! répéta Augusta, quelle folie me dis-tu là!... Est-ce qu'on meurt à notre âge?

— Eh! ma vie, à moi, elle est complète; si je la compte par mes souvenirs d'amour, continua-t-il avec feu; tout ce que je demandais à Dieu, qui m'a donné des passions, c'était un cœur qui répondît au mien... c'était qu'une femme... qu'un ange... toi, mon Augusta, tu me prisses en pitié... J'avais soif de bonheur, tu m'as abreuvé de tes baisers... Tu voulais de l'or, des plaisirs... j'ai tout sacrifié pour toi... je n'ai plus rien à te donner... Tu vois bien que nous avons assez vécu.

Mourons! te dis-je ; que notre dernier soupir se confonde, que nos âmes unies s'envolent ensemble, et ceux qui s'estiment les plus heureux de la terre auront beaucoup à nous envier.

— Mais, en vérité, sais-tu qu'il y aurait de quoi avoir peur de se trouver seule avec toi... Tu deviens fou, Frédéric, ou ce n'est pas sérieusement que tu me fais une semblable proposition... Et tout en parlant ainsi, la jeune femme recula devant le regard de son amant jusqu'à la porte d'un petit cabinet vitré, dont elle prit le bouton avec force ; et quand elle fut arrivée là, son visage cessa d'exprimer la frayeur ; on eût dit qu'elle se croyait plus forte, ou qu'elle sentait près d'elle un défenseur qui saurait bien la protéger contre les projets de suicide de Frédéric.

— Oh ! ne fuis pas si loin, ajouta-t-il avec calme ; oui, tu as raison, j'étais un fou. Parce que ma vie est pleine, je m'imaginais qu'il ne devait plus y avoir d'avenir pour toi... j'oubliais que tu appartiens encore tout entière aux joies du monde... qu'elles te sont nécessaires, que mon devoir est de te faire l'existence facile, heureuse... Et j'ose faire de l'égoïsme, quand je dois du dévoûment !... Pardonne encore une fois à ton ami, et ce soir, je te le promets, tu n'auras plus de reproches à m'adresser, tu n'auras plus à rougir de ta pauvreté.

— Ce soir, dis-tu, Frédéric, tu vas donc sortir encore ? Un éclair de joie traversa la prunelle d'Augusta, quand le jeune homme répondit : — Oui, je ne reviendrai que bien tard. Puis il reprit à part : « Non, elle ne peut pas mourir ; c'est à moi d'en finir avec la vie, si je ne parviens pas à fléchir mon oncle. » Il reprit son chapeau, fit quelques tours dans la chambre. Augusta suivait avec anxiété tous les mouvemens de Frédéric ; la jeune femme semblait en proie à un frémissement extraordinaire, quand son amant se dirigeait du côté du cabinet. Enfin il ouvrit la porte de l'escalier pour sortir : sa belle maîtresse respira plus à l'aise.

— Encore un baiser, mon ange, lui dit Frédéric, au moment où il allait franchir les premières marches, et ne sois pas inquiète ; ce soir nous serons plus heureux, je te le jure.

— Oui, lui dit-elle, je te crois ; mais laisse-moi te reconduire jusqu'en bas.

Frédéric accueillit avec reconnaissance cette proposition ; il prit le bras d'Augusta, le serra avec force contre son cœur. A chacun des étages que les amans descendirent, il y eut une pause pour l'adieu ; et lorsqu'ils furent en bas, le jeune homme saisit sa maîtresse avec transport ; leurs lèvres se rencontrèrent ; une larme de Frédéric se mêla à une larme d'Augusta, et tous deux s'embrassèrent comme s'ils ne devaient plus se revoir.

Frédéric prit le chemin qu'il avait déjà parcouru deux fois ce jour-là ; Augusta remonta chez elle, mais après qu'elle se fut bien assurée que son amant ne revenait point sur ses pas.

— Pardieu ! dit un beau jeune homme qui se promenait dans la chambre d'Augusta au moment où celle-ci revenait seule, il faut avouer, ma chère, que vous m'avez fait assister à une scène bien ridicule.

— Et moi, reprit-elle à voix basse, et en fermant la porte avec précaution, j'ai tremblé vingt fois qu'il ne vînt à soupçonner quelque chose ; j'avais toujours, malgré moi, les yeux sur ce maudit cabinet. S'il avait ouvert, savez-vous qu'il se serait passé ici des choses affreuses ?

— Ma foi, je le désirais, continua l'étranger, en jouant avec sa badine de jonc ; nous nous serions expliqués, et s'il n'avait pas voulu entendre les raisons de son ancien camarade Edmond Chaigny, eh bien ! vous m'auriez appartenu par droit de conquête ; et cela ne vous aurait pas fait de mal, ma chère, pour votre rentrée dans le monde ; car vous avez besoin de quelque chose comme cela pour faire un peu reparler de vous ; et un homme tué, vous le savez bien, ne nuit jamais à la réputation d'une jolie femme.

— Taisez-vous, mauvais sujet ; ce n'est pas ici qu'il faut me dire de ces folies-là. Songez que cette maison me pèse : je suis sous le coup d'un remords ici. Frédéric est si bon pour moi, si confiant !

— Oh ! oui, c'est un excellent garçon que celui qui propose à ses maî-tresses de les tuer, quand il n'a plus le moyen de les nourrir... Mais c'est assez, Augusta ; l'heure se passe ; tu es convenue avec moi de me suivre en Italie. Je pars ce soir ; nous ne reviendrons pas avant six mois, et je te jure que tu trouveras au retour ton amant tout à fait consolé... Al-lons, partons... Tu n'as pas besoin de chercher quelque chose ici... Un souvenir, dis-tu? Bah! laisse-lui tout cela ; mets la lettre d'adieu sur l'oreiller, ferme les rideaux, et partons.

Pendant qu'Augusta exécute, non sans éprouver une émotion profonde, les ordres du beau jeune homme, je dois vous faire connaître en quelques mots celui qui a si rapidement succédé à Frédéric dans le cœur de sa maîtresse. Vous souvient-il de la chute du roman de l'abbé Prévot, et de l'élégant inconnu qui se promenait à l'aventure dans le faubourg du Temple sans pouvoir parvenir à trouver l'adresse qu'il cherchait? Cet élégant, c'était Edmond Chaigny, jeune condisciple de Frédéric à l'école de Droit ; puis l'un de ses prêteurs les plus obligeans dans le commence-ment du désastre de la petite fortune des amans. Lorsqu'Augusta et Fré-déric allèrent cacher leur pauvreté dans un faubourg, Edmond fit cher-cher son ami, non pas pour réclamer quelques cinquante louis géné-reusement avancés, mais bien pour lui faire de nouvelles offres de ser-vices. Il avait fait dans le même temps un héritage assez considérable. Pendant plusieurs mois, il ignora le retraite des jeunes gens; enfin quelqu'un parla du faubourg du Temple à M. Edmond; il le parcourut à peu près tout entier, mais sans pouvoir trouver son ami, qui n'avait point osé louer cette chétive mansarde sous son véritable nom. Le hasard voulut qu'Edmond Chaigny rencontrât en soirée M. Henri Sauval : c'était le nom de l'homme d'affaires qui avait acheté la rente viagère de Fré-déric. Edmond fut aussitôt sur la véritable trace de son ancien ami ; il vint chez lui. Augusta était seule. Elle savait Edmond Chaigny riche, et surtout prodigue avec les femmes. Comme il lui parlait de la misère de son amant, Augusta rappela à l'obligeant ami la cour assidue qu'au-trefois celui-ci lui avait faite. « Ma foi, pensa Edmond, cette fille est encore belle ; je peux rendre peut-être un double service à Frédéric, en lui avançant encore vint-cinq ou trente louis, et en me chargeant de sa maîtresse. » La coquette ne repoussa pas trop la proposition d'Ed-mond ; mais elle lui parla de la violence de Frédéric, de l'effroi qu'elle éprouverait à le rencontrer, après sa fuite de chez lui.

— Tout peut encore s'arranger, répondit Edmond ; je pars justement ce soir pour l'Italie ; comme j'aime à me mettre à mon aise en voyage, j'ai justement retenu deux places du coupé : vous en occuperez une ; nous serons plus serrés, mais la route me semblera bien plus gaie.

L'hésitation de la jeune femme fut bientôt vaincue ; elle écrivit une tendre lettre d'adieu à son amant; et les nouveaux accordés allaient partir, quand Frédéric rentra. Maintenant vous connaissez le motif de l'agitation d'Augusta au retour de son amant; vous comprenez ce qu'elle dut souffrir de ces élans passionnés dont Chaigny était témoin. Cette lettre, qui s'échappa du sein de la jeune femme, renfermait le dernier adieu d'une coquette à celui qui n'avait pas voulu comprendre depuis long-temps qu'elle manquait d'air dans cette mansarde, et qu'il lui fallait, pour respirer avec facilité, l'atmosphère étouffante d'un bal, les parfums d'un boudoir, ou la poussière que soulève une cavalcade dans les allées du bois de Boulogne. Quant à cette larme qui mouilla la paupière d'Au-gusta au moment de sa séparation avec Frédéric, c'est une faiblesse qu'on peut lui pardonner : avant d'être coquette, elle était femme. Pour Frédéric, il pleura bien aussi : c'est différent, lui ; il allait peut-être mourir pour elle.

Ainsi qu'Edmond l'avait ordonné, la lettre d'adieu fut déposée sur l'oreiller, et, à côté d'elle, le nouvel amant d'Augusta eut soin de placer une bourse honnêtement garnie, et qui contenait les arrhes du marché qui avait été passé le matin dans la mansarde : la généreuse fille voulait que Frédéric profitât de sa bonne fortune. Edmond descendit, fit avancer un fiacre, tandis qu'Augusta promenait un dernier regard dans cette chambre où elle avait été si pauvre et si aimée. Enfin, elle eut bientôt rejoint le riche héritier, qui ne lui demandait que des caprices coûteux, car son portefeuille était garni de façon à les satisfaire tous. La voiture les roula en quelques minutes jusqu'à la diligence. Enfin le fouet du postillon déchira l'air, traça de blancs sillons sur la croupe brune des chevaux, qui hennirent et s'élancèrent sur la route d'Italie.

Ce n'est qu'à dix heures du soir que Frédéric rentra dans sa chambre déserte, au moyen de la seconde clé qu'il avait sur lui. Il ouvrit sans bruit sa porte, chercha à tâtons le briquet, alluma la bougie ; car dans la mansarde on avait conservé le mode d'éclairage du salon de la rue Caumartin. Les regards du jeune homme se tournèrent vers les rideaux fermés.— Elle dort, dit-il, ah ! ne la réveillons pas... j'ai besoin de me reconnaître. Il s'approcha du petit miroir qui pendait à la cheminée par un anneau de cuivre, dans un piton de fer ; il se regarda ; mais bientôt ses yeux se détournèrent avec horreur de cette glace, qui lui renvoyait ses traits livides et presque méconnaissables : un grand orage avait passé dans son cœur et défiguré son visage ; il abaissa son regard sur ses mains, comme s'il eût pensé y trouver des taches de sang. — Non, murmura-t-il, il n'y a rien... pas une trace... mais demain, quel réveil! Il s'assit, prit un livre : c'était le Code : et, pendant une heure environ, ses yeux restèrent fixés sur ce paragraphe terrible :

« L'homicide est puni de mort ; celui qui sera condamné à la peine capitale aura la tête tranchée. » Enfin il sortit de cette espèce d'apathie, ferma convulsivement le livre, et dit : —Ah! je me fais peur !... Il faut que je la réveille, que je lui parle... elle ne saura pas la vérité... non ! mais du moins je ne serai plus seul.

Vous peindre sa surprise en ouvrant ce rideau qui ne protégeait pas le sommeil d'Augusta... vous dire les angoisses de Frédéric à la lecture de cette lettre, dans laquelle sa maîtresse lui apprenait son départ et lui souhaitait des consolations et du bonheur, ce serait impossible ; il n'y a pas d'expression sous la plume pour dire un pareil désespoir : il n'y avait pas de mots dans la mémoire de Frédéric pour rendre ce qu'il ressentait : il parlait ; mais c'était une langue inconnue, de rage, de larmes, de délire ; il dit tous les mots sans suite que l'on hurle dans les tortures, qu'on balbutie en se débattant sous les coups d'un assassin, avec des cris, des pleurs, des rires convulsifs, jusqu'à ce que la nature épuisée vous laisse sans force et sans voix.

Lui aussi tomba d'épuisement pendant quelques minutes : il n'eut plus une pensée, un souvenir, un mouvement ; mais quand la mémoire lui revint, il se releva fièrement : — Le sacrifice de ma vie était fait depuis ce matin, dit-il, eh bien ! nous serons deux aujourd'hui qui aurons cessé de vivre. Alors il tira de dessous son habit le pistolet qui, durant tout le jour, avait répété tous les mouvemens de son âme agitée ; il y avait une trace de sang à la crosse ; il l'essuya, sans éprouver le sentiment d'horreur qui l'avait saisi d'abord en regardant ses mains ; puis, s'appuyant le canon du pistolet sur l'oreille, il dit : — Adieu et miséricorde ! Mais ce dernier mot fut à peine achevé, que deux coups légers frappés à sa porte arrêtèrent son doigt fixé sur la détente et prêt à provoquer l'étincelle. — C'est Augusta! s'écria-t-il; elle n'a pas eu le courage de m'abandonner !...

Oh! viens... viens ! Il courut à la porte, l'ouvrit avec précipitation : c'était M. Henri Sauval, l'acquéreur de la rente viagère.

— Mille pardons si je vous dérange à l'heure qu'il est, lui dit-il, mais comme je vais en soirée dans le Marais, j'ai voulu passer chez vous pour vous rappeler que c'est demain l'échéance du premier semestre de l'année : j'aurai besoin de votre certificat de vie. Je vous attends à déjeûner, nous irons ensemble chez le notaire... Bien le bonsoir.

— Mon certificat de vie ! répéta Frédéric quand l'homme d'affaires eut tiré la porte sur lui ; et il retomba stupéfait sur sa chaise. Il y eut un sourire amer sur les lèvres du désespéré. Comme il cherchait des yeux le pistolet qu'il avait jeté loin de lui ! c'est que sa situation était bien de nature à provoquer cette sinistre expression de gaîté : elle touchait de si près au ridicule !

Mais il est temps de vous faire connaître le second voyage à la maison dans l'île.

Nous allons, pour un instant, retourner sur nos pas.

VI

La Menace.

> L'amour est le plus doux et le meilleur des moralistes.
>
> BACON.

> Otez donc le couteau des mains de ce petit garçon : l'étourdi va faire un malheur !
>
> (*Une mère à sa bonne d'enfans.*)

Tandis que la coquette, désireuse de revenir à son passé d'insouciance, de fortune et de plaisirs, brisait violemment une chaîne que tout l'amour de Frédéric n'avait pu lui rendre légère, un de ces événemens qui laissent dans la vie des hommes une trace profonde et ineffaçable, s'accomplissait pour l'amant d'Augusta. Il était donc sorti une secondefois, emportant, avec l'empreinte des derniers baisers de sa maîtresse, le courage nécessaire pour mourir, s'il ne réussissait pas à fléchir l'insensibilité du vieil usurier. Pour la seconde fois, il était revenu vis-à-vis de l'îlot où demeurait Dumoutier. Alors le soleil ne sillonnait plus de ses rayons dorés les vagues qui murmurent en rejoignant le cours de la Seine, comme la jeune fiancée se laisse conduire en soupirant dans le lit de l'époux qu'elle n'aime pas.

Frédéric n'avait plus d'hésitation ; mais il voulait, avant de se montrer à Dumoutier, s'assurer que celui-ci était bien seul. Il vit une lumière poindre à travers les branches des peupliers, dont le rideau de feuillage interceptait aux curieux de la rive gauche la perspective des fenêtres de Gabrielle. Un instant après, Julien, le vieux domestique, sortit de la maison : il éclairait, au moyen d'une petite lanterne sourde, la marche de son maître, qui se rendait à son pavillon. Le jeune homme suivait, du bord de la Marne, la route que M. Dumoutier et son factotum avaient prise. Bientôt une seconde lumière éclaira la rampe du balcon, et l'ombre de Julien se projeta ensuite du kiosque favori au grand corps de bâtiment : le vieux domestique était rentré chez lui. — Allons, se dit Frédéric, l'instant est venu, il faut prier, il faut exiger, et puis être heureux ou mourir ! Il traversa le pont de bois d'un pas assuré, et continua sa marche ferme et rapide jusqu'à la porte du pavillon ; mais comme il allait mettre le pied sur le premier degré de l'escalier tournant, une pensée terrible le retint pour un instant cloué à cette place : — Où va me conduire, se demanda-t-il, le peu d'espace qui me reste à franchir encore ? Maintenant je me sens là avec une tête qui pense, avec un cœur qui bat, une âme qui se meut d'amour en moi, et dans un instant peut-être rien de tout cela n'existera plus. Ah ! c'est affreux à prévoir !... L'on ne me plaindra pas peut-être, car le monde rit de ceux qui se tuent, et nous traite de lâches, nous qui n'avons pas même d'heureux lendemain à espérer... Lâches, dites-vous ? oh ! qu'il faut au contraire de courage pour se jeter volontairement hors de la vie quand on est aimé ! Ainsi se parla Frédéric, et vraiment je regrette d'avoir à vous répéter toutes ses folies. Si j'avais à peindre ici un imposant tableau d'histoire, j'aimerais à vous présenter mon héros hardi dans ses projets, marchant à son but avec une résolution inébranlable ; enfin, je voudrais vous le montrer accomplissant le plus grand acte de la vie : la mort ! sans se rejeter sans cesse vers le passé qui le fuit ; mon Frédéric serait le type du courage moral. Mais je ne vous fais qu'un conte, mes amis, je n'ai pour moi ni la magie d'un nom illustre, ni l'autorité si puissante d'un fait connu ; il faut donc que je dise les faiblesses de mes personnages, que je dépouille l'homme de son manteau de courage et de vertu ; il faut que je sois simple et vrai, faute de pouvoir rendre le mensonge respectable. Frédéric tremblait en montant l'escalier du pavillon : mais quand il put saisir le bruit léger du souffle de son oncle, quand il fut parvenu assez près de Dumoutier pour apercevoir la silhouette du vieillard, que la bougie diaphane dessinait sur la muraille, alors il sentit le courage revenir à lui. Le danger était trop près pour que l'énergie pût lui manquer. Combien de soldats, qui pâlissaient au bruit du canon lointain, ont osé regarder sans peur l'ennemi qui leur faisait sentir la pointe aiguë du sabre sur la poitrine nue !

Dumoutier, seul, accoudé devant son échiquier, absorbait son intelligence dans un calcul d'échec au roi. Frédéric resta un instant encore sur le seuil de la porte, cherchant dans sa pensée la première parole qu'il adresserait à son oncle. Le vieillard, qui venait sans doute de résoudre le problème qui lui assurait partie gagnée, fit un joyeux bond sur sa chaise, tourna la tête avec un petit air de triomphateur, et ne reconnut pas sans étonnement son neveu, qui se tenait debout, muet et les bras croisés, à quelques pas de lui.

— Frédéric ! dit Dumoutier.

— Moi-même, mon oncle.

— Par ma foi, voilà bien du nouveau ; et que venez-vous faire ici, et depuis quand êtes-vous là ?

— J'arrive à l'instant. Quant au motif de ma visite, j'espère mon oncle, que vous voudrez bien avoir la bonté de me donner le temps nécessaire pour vous l'expliquer.

— Donnez-vous vous-même la peine de descendre, monsieur, reprit Dumoutier, nous serons plus à l'aise dans le jardin pour parler.

— Et pourquoi pas ici, mon cher oncle ? ajouta le jeune homme. De grâce, écoutez-moi ; vous ne savez pas encore tout le prix que j'attache à cet instant d'entretien avec vous.

— C'est possible ; mais moi, j'ai peu de chose à entendre de vous ; ainsi... Et l'oncle fit un mouvement pour sortir.

— Un peu de pitié, monsieur ; ne me repoussez pas ; il y va de ma vie !... Je vous le répète, il y va de ma vie que vous m'entendiez aujourd'hui !

Le ton qui accompagna ces paroles avait quelque chose de si solennel, que Dumoutier n'insista pas. Il s'assit de nouveau, indiqua du geste un siège à Frédéric. Le neveu resta debout.

— A merveille, murmura Dumoutier : s'il ne veut pas s'asseoir, c'est qu'il n'en a pas trop long à me dire. J'aime mieux cela ; nous nous sépa-

rerons plus tôt. Puis il ajouta à haute voix : — Quoique je n'aie pas lieu
d'être enchanté de votre souvenir, monsieur, je veux bien écouter l'importante confidence dont vous me menacez ; libre à moi de penser ensuite ce
qui me plaira de ce repentir dont vous allez me parler sans doute. Mais je
suis bien aise de vous prévenir que vous n'avez point affaire à un sot, et
que vos doléances ne tomberont pas dans l'oreille d'un homme crédule...
À l'altération de vos traits, je vois bien que vous êtes malheureux ; mais
je ne vous crois pas repentant.

— Eh ! de quoi me repentirai-je? demanda Frédéric ; il faudrait pour
cela qu'elle cessât de m'aimer ; et jamais, non, jamais une telle pensée ne
trouvera de place dans ce cœur qui est tout à moi.

— Ah ! ah ! nous en sommes encore là , interrompit en ricanant l'usurier ; il paraît que c'est presque une vertu. Dieu me damne ! je crois qu'on
ferait bien de vous accorder à tous deux le prix de sagesse.

— Mon oncle, ajouta vivement Frédéric, ne nous jugez pas, je vous en
conjure, avec les sévères idées du monde, qui ne sauraient expliquer ce
que le cœur seul peut comprendre. Ne me demandez pas d'où ni comment
elle est venue à moi... Partout elle m'eût appartenu, je vous le jure... Libre
de ses actions, elle s'est abandonnée sans réserve à mon amour... En-
chaînée à un amant, je l'aurais disputée à celui-ci par tous les moyens que
donne le courage... Épouse, je l'eusse arrachée des bras de son mari...
enlevée à ses enfans... j'aurais tout bravé, le scandale, le mépris, la mort
même pour tous deux ; car il fallait qu'elle fût à moi, comme je fus à elle
le jour où je sentis pour la première fois sa main frémissante trembler
dans la mienne.

— Ce n'est pas seulement, j'espère, pour m'entretenir de pareils détails
que vous vous êtes donné la peine de venir chez moi, interrompit Dumoutier, en regardant son neveu d'un œil sévère ; il serait inutile alors
de poursuivre. Vous connaissez, monsieur, mon opinion bien arrêtée sur
ces amours désordonnés qui ne prouvent qu'une faiblesse volontaire de la
part de ceux qui n'y résistent pas.

— Faiblesse volontaire, mon oncle ! mais si cela est ainsi, défendez
donc aux artères de battre plus violemment près de la personne aimée ;
dites donc au sang de ne pas refluer tout entier vers le cœur, quand on
craint un danger pour elle ; interdisez donc à ceux qui souffrent de l'absence les soupirs qui gonflent leur poitrine, les angoisses qui déchirent
leur sein ; essayez de me prouver que l'agitation qui s'empare de moi en
vous parlant d'elle n'est qu'un jeu... que les larmes brûlantes qui roulent
sous mes paupières sont autant de mensonges préparés à l'avance pour
vous attendrir... alors je dirai comme vous : c'est une faiblesse volontaire...
Mais jusque-là, contentez-vous de plaindre ceux qui connaissent un mal
que vous n'avez jamais éprouvé.

— Vous déclamez à merveille, mon neveu ; mais si cela vous est égal,
arrivons un peu plus vite, je vous prie, au motif de votre visite... l'heure
se passe, la soirée est déjà fort avancée, et, vous le savez, je n'aime pas
à me coucher tard. Nous disons donc que vous veniez ici pour...

— Pour implorer votre humanité en faveur de deux infortunés.

— Je ne donne qu'à mes pauvres, répliqua brusquement Dumoutier ;
vous ne l'ignorez pas.

— Mais cet infortuné, c'est moi... votre neveu... Oh ! restez, restez, de
grâce, mon oncle ; ne fermez pas l'oreille à mon cri de désespoir ; car c'est
l'impérieux besoin qui me pousse vers vous ; il me faut des secours... il
m'en faut absolument !

— Et vous avez pu croire que je serais assez stupide pour justifier par
mes bienfaits votre mauvaise conduite !... Allez, monsieur, allez chercher
ailleurs quelqu'un qui se charge de fournir à vos débauches ; je n'ai point
amassé une modeste fortune pour me faire le trésorier du vice.

— Savez-vous bien que vous me tuez par votre refus ?

— Je sais que je fais mon devoir en vous empêchant de continuer une vie qui vous déshonore. Quant au reste, c'est votre affaire... je m'en lave les mains.

— Il est impossible que ce soit là votre dernier mot. Vous me parlez ainsi parce que vous ne savez pas encore à quel degré de misère est descendu le malheureux que vous voyez devant vous... Ah ! mon oncle, si vous pouviez comprendre tout ce que j'ai souffert pour elle avant de venir me jeter à vos pieds !... si vous connaissiez le supplice que c'est de voir une femme qu'on a ravie à la destinée la plus brillante, et qui supporte sans se plaindre le sort le plus pénible !... si vous pouviez lire dans mon cœur, car c'est là que se passe un affreux orage... vous cesseriez d'être insensible. Mes tortures sont horribles... un mot de vous peut les faire cesser ; ne le direz-vous donc pas ? Mon Dieu ! ne direz-vous donc pas : « Je ne veux pas que tu meures ? »

Et ce n'était rien encore que ces paroles de désespoir, que ces prières inachevées, reprises, mêlées de sanglots, tantôt dites à genoux d'une voix suppliante, tantôt prononcées avec fureur, avec des yeux sanglans, des mains qui se tordaient et se séparaient violemment, pour frapper le malheureux au front ou déchirer sa poitrine. Dumoutier ne répondait pas ; il commençait à trembler à l'aspect de Frédéric exalté, hors de lui ; et l'usurier mesurait d'un œil craintif la distance qui le séparait de la porte de l'escalier. Quant au jeune homme, il se tenait devant cette porte, afin de s'opposer à la sortie du vieillard.

— Eh bien ! mon oncle, reprit-il d'une voix plus assurée, ferez-vous quelque chose en faveur de ce neveu que vous aviez nommé votre héritier ?

— Non, mille fois non, vous n'aurez rien, ni avant ni après ma mort. D'autres dispositions testamentaires ont été combinées par moi, et, à compter de demain, il ne vous restera pas d'espoir de ce côté.

— Au moins, ajouta Frédéric, qu'aucun sentiment de reconnaissance n'attachait plus à Dumoutier, au moins, monsieur, dans ces dispositions vous m'avez réservé, je l'espère, la part volée à ma mère dans l'héritage de notre cousin.

— Misérable ! qui t'a dit que j'eusse frustré quelqu'un ? L'héritage du cousin m'appartient tout entier.

— Oui, mais c'est après que le nom de votre sœur a été rayé du testament par vos intrigues. Oh ! ne croyez pas que j'ignore quelque chose là-dessus... je sais tout, monsieur ; je sais qu'il y a dans votre fortune vingt mille francs qui sont le fruit de vos intrigues contre ma famille, vingt mille francs que je réclame de vous au nom de ma mère, et que vous ne pouvez me refuser, si vous n'êtes pas un malhonnête homme.

— Je refuse tout ! interrompit Dumoutier, qui ne tremblait plus ; car il s'agissait de défendre son bien. Attaquez-moi en justice, prouvez qu'il y eut captation de testament, et nous verrons bien si je vous dois quelque chose. Je n'ai à répondre de ma conduite qu'au président du tribunal. Quant à vous, je vous ordonne de sortir d'ici sur-le-champ.

— Et je n'aurai rien de vous ? pas même ce que vous devez à ma mère ?

— Rien !

— Tu l'entends, mon Dieu ! c'est lui qui l'a voulu ! s'écria Frédéric ; et il tira le pistolet qu'il tenait caché sous son habit.

— Scélérat ! dit Dumoutier en s'élançant rapidement sur cette arme, tu viens ici pour m'assassiner... je vais crier au secours pour qu'on t'arrête, qu'on te traîne en prison... à l'échafaud ! Tout en parlant ainsi, les deux mains du vieillard retenaient avec force le pistolet que Frédéric ne voulait diriger que vers lui-même ; mais à ces mots de prison, d'échafaud, le neveu frémit, et, d'un mouvement brusque, il ressaisit l'arme que Dumoutier lui disputait. Celui-ci commençait à faire entendre des cris af-

freux; ils ne pouvaient se prolonger sans éveiller l'attention de Julien ou
de Gabrielle, qui, peut-être, ne dormaient pas encore. Frédéric n'eut plus
qu'une pensée : ce fut d'empêcher que ces cris ne parvinssent au delà du
pavillon ; il se précipita vers son oncle, et, sans songer, sans doute, qu'il
était armé, il appuya avec force la crosse du pistolet sur les dents entr'-
ouvertes du vieillard qui reculait toujours, en continuant ses rugisse-
mens, mais étouffés, mais perdus pour tout autre que Frédéric, à l'o-
reille duquel ce mot terrible d'échafaud retentissait sans cesse. Ce fut une
lutte horrible que celle de ces deux peurs, se heurtant, se débattant
l'une contre l'autre et que chaque pas faisait rétrograder vers le balcon.
Enfin le vieillard fit un violent effort pour se débarrasser de ce bâillon
qui lui ensanglantait la bouche; Frédéric lâcha prise ; mais, en ce moment, tout le corps de Dumoutier pesait sur la rampe du balcon : l'énergie de la secousse dérangea l'équilibre ; un bruit mat retentit à quelques
pieds au dessous de la fenêtre du pavillon, et l'eau frissonnante décrivit
un cercle immense, en se refermant sur le cadavre de l'usurier...

　Frédéric tourna avec stupeur ses regards autour de lui, et s'étonna de
se trouver seul dans le pavillon. La chute de Dumoutier avait été si
prompte, si inattendue, que la raison de son neveu ne la comprenait pas
encore. Dix minutes s'écoulèrent avant qu'il eût retrouvé l'usage de la
pensée ; il s'interrogeait sans pouvoir se répondre, et quand sa conscience
irritée lui renvoya le nom de meurtrier, c'est à peine s'il put concevoir
comment il avait commis un crime : lui, qui ne voulait que vaincre la
dureté de son oncle ou se tuer. Quelques instans se passèrent encore
avant qu'il prît le parti de fuir de cette maison où il pouvait être arrêté
comme un assassin, et justifier l'affreuse menace de Dumoutier. Celui qui
rêvait le suicide en entrant songea pourtant à sa sûreté quand il eût été
bien de mourir; mais c'était à la misère qu'il voulait échapper et il s'a-
gissait maintenant de ne pas laisser peser sur sa mémoire le soupçon d'un
assassinat : il aima mieux garder le remords que d'attacher l'horreur à
son nom... ou plutôt il n'eut aucune idée ; car ce serait folie de chercher toujours un sens aux contradictions humaines : Frédéric vécut ;
voilà tout ce qu'on peut dire.

　Comme il repassait devant la maison pour rejoindre le pont tournant,
il crut apercevoir le vieux Julien immobile sur la porte ; ses yeux se portèrent vers la fenêtre de Gabrielle ; il lui sembla que la persienne s'agitait
pour cacher la jeune fille qui suivait du regard la route que le meurtrier
prenait pour sortir. Sur le pont tournant, il vit un autre témoin de son
crime se dresser devant lui et étendre le bras pour le saisir. Frédéric, résolu à tout braver, porta à son tour la main sur celui qui paraissait le
menacer. Il n'y avait rien sur le pont, rien devant la porte, rien à la fenêtre de Gabrielle ; il n'y avait que l'imagination fantastique d'un coupable qui se crée des accusateurs partout, et la lune qui dessinait des
ombres capricieuses et grotesques en frappant de ses rayons obliques les
hautes branches de peupliers.

VII

La Rencontre.

Qui vive?

HAMLET, scène 1re.

Vous savez, le soir, quand on a marché long-
temps seul dans les rues désertes, et que tout à
coup on se trouve face à face avec un individu,
sans qu'on l'ait vu venir à soi ; le premier mouvement est de se mettre sur la défensive ; la première
pensée est de se dire : « C'est un voleur ! » Ainsi
fait l'espèce humaine ; deux loups peuvent se rencontrer sans éprouver le sentiment de la crainte ;
deux hommes se font peur.

TADICCELLI, traduction d'André HERPIN.

L'amant d'Augusta gagna sans obstacle la rive gauche du fleuve : personne ne l'avait vu sortir de l'habitation dans l'île, et la route était déserte. Il s'acheminait machinalement vers Paris, quand il crut entendre
la voix mourante du vieillard se mêler au bruit du vent qui se jouait à
travers le feuillage des saules, et sillonnait la Marne de légères ondula-
tions. Frédéric prêta une oreille attentive à ces plaintes que la brise du
soir lui renvoyait. Une pensée généreuse, le désir d'un noble dévoûment
s'emparèrent aussitôt de lui. — Si je pouvais le sauver encore ! pensa-
t-il ; et le jeune homme se hâta de retourner sur ses pas. Il suivit le bord
de la rivière, écoutant toujours le faible cri de son oncle qu'il avait entendu bruire à ses oreilles. Bientôt il parvint en face du théâtre de son
crime. Une lumière pâle et tremblante brillait encore au balcon, et la
clarté blafarde de la lune teignait de sa couleur morte le pied du pavillon où les flots venaient se briser ; elle se répandait aussi dans une vaste
étendue sur l'eau qui tremblait au vent, sur les grandes herbes marines
des îlots sans culture et sur la grève aride des deux rives. Une idée affreuse saisit Frédéric à l'aspect de ce pavillon entièrement éclairé : —
D'ici, se dit-il, on aurait pu tout voir ! Il frémit et se pencha vers la
Marne. Là, la tête courbée, les deux mains sur les genoux, les cheveux
humides d'une sueur froide, le cœur sans battement, le regard fixe, il
chercha à saisir le moindre bruit, à distinguer le plus léger mouvement
des flots ; mais les plaintes ne se renouvelaient plus et rien n'annonçait
qu'un malheureux fût là, aux prises avec les douloureuses étreintes de la
mort. — N'importe, murmura Frédéric, je dois essayer de retrouver son
corps. Il voulut s'élancer, fit un pas en arrière et se retourna soudain avec
un sentiment d'horreur ; son pied avait heurté celui d'un homme qui, debout, derrière lui, l'arrêta par ces mots au moment où il allait se précipiter dans la rivière.

— Bourgeois, pourriez-vous m'indiquer le chemin de Paris?

Frédéric leva les yeux sur cet homme : c'était un beau garçon d'une
vingtaine d'années, grand, robuste, avec un regard hardi, un sourire malin sur les lèvres ; son costume se composait d'une veste de velours brun,
d'un large pantalon de même étoffe, il portait sur l'épaule un lourd bâton au bout duquel pendait son sac de voyage.

— Le chemin de Paris! reprit Frédéric, troublé par cette apparition subite. Alors il étendit une main tremblante vers la route, et d'une voix presque inintelligible, il ajouta : — C'est par là.

En ce moment, un nuage qui passait enveloppa dans une obscurité profonde le fleuve, les deux rives et le pavillon ; il n'y eut plus là que deux individus, dont l'un pouvait à peine deviner la présence de l'autre, tant la nuit était noire.

— Pardon, excuse, bourgeois, reprit l'étranger avec un accent auvergnat fortement prononcé ; mais on n'y voit goutte à présent... Si c'était un effet de votre complaisance de me remettre dans mon chemin, ça ne me ferait pas de peine... vu qu'il y a bien assez long-temps que je suis par ici... Vous allez peut-être de mon côté? ça se trouverait bien ; nous pourrions faire route ensemble. Le saisissement de Frédéric était tel, qu'il ne pouvait que balbutier des mots sans suite. L'Auvergnat lui prit le bras avec force, et continua : — Est-ce que je vous fais peur, camarade!... je suis un bon enfant, moi... Né natif de Coupladour-sur-la-Borne, à côté de Saint-Paulien, vous savez, en deçà de la route de Craponne, le pays des vrais Français, quoi ! Je viens à Paris pour gagner honnêtement ma vie, et les camarades m'attendent ce soir à la chambrée... Allons, montrez-moi mon chemin ; ça doit être le vôtre aussi... En avant! quoique j'aie bu un petit coup, ça ne m'empêche pas d'y voir clair quand il fait jour, eh ! eh ! L'enfant du Puy-de-Dôme continuait son bavardage, et Frédéric commençait à se rassurer, en pensant que cette rencontre pouvait bien n'avoir rien de funeste pour lui. Cependant, comme il était bien aise de savoir si l'Auvergnat arrivait seulement, ou s'il s'était arrêté long-temps à cette place, il lui dit : — Et depuis quand, mon ami, êtes-vous là?

— Oh! reprit celui-ci, il n'y a pas beaucoup de temps, bourgeois. Frédéric respira encore plus facilement. Il n'y a guère qu'une petite heure ! reprit-il avec son expression de gaîté niaise et maligne. Les cheveux de Frédéric se hérissèrent de terreur ; un tremblement convulsif s'empara de tous ses membres, sa langue se glaça, et c'est mentalement qu'il répéta, avec le plus vif sentiment d'effroi : — Il y a une heure qu'il est là !... je suis perdu !... cet homme est maître de mon secret : il a tout vu.

— Eh bien! qu'est-ce que vous avez donc, l'ami?... Vous allez vous trouver mal, reprit l'Auvergnat, en soutenant Frédéric prêt à chanceler. Bon, bon ! je conçois ça, après ce qui s'est passé ; vous ne vous attendiez pas à me trouver là... quand vous êtes venu pour faire votre coup... Allons, allons, du courage !... marchons, ça vous fera du bien ; et d'ailleurs, si ça ne va pas mieux en arrivant à Paris, je vous ferai entrer dans un endroit où l'on vous saignera, bourgeois.

Ces derniers mots n'étaient pas de nature à rendre le calme au coupable, et le rire insupportable qui accompagnait chacune des paroles de l'Auvergnat augmentait encore le supplice de Frédéric. Il se disait à part lui : — Je comprends son projet : il a suivi du regard ma fuite du pavillon... il est revenu sur mes pas jusqu'ici ; maintenant il veut me livrer à la justice... que faire ! Comme il se parlait ainsi, il jeta un regard furtif vers la maison dans l'île, et ne vit pas sans effroi deux lumières courir et se croiser dans la double avenue d'arbres qui séparait les deux corps de bâtiment.

— Marchons ! reprit vivement Frédéric ; et il entraîna loin du bord de l'eau l'étranger, qui ne voulait pas à toute force abandonner le bras de son guide. Tandis qu'ils cheminaient tous deux à pas pressés vers Paris, l'amant d'Augusta fatiguait sa pensée à chercher le moyen d'échapper au témoin de son crime ; mais chaque projet de fuite était aussitôt abandonné que conçu. L'homme que Frédéric conduisait pouvait être plus agile que lui à la course ; échapper à un danger pour être repris aussitôt, c'était plus affreux encore que d'avouer ingénument les circonstances du meurtre de Dumoutier ; c'était commettre une lâcheté, et rendre tout à fait méprisable celui qui était encore digne de pitié. — A la grâce de Dieu! murmura Frédéric; attendons : peut-être n'en veut-il pas à mes jours.

Ils regagnèrent enfin Paris. Un frisson mortel parcourut tout le corps du coupable lorsqu'il passa la barrière, gardée avec tant de vigilance par un régiment de commis à l'octroi. Un regard craintif glissa sous sa paupière, comme pour interroger la physionomie de l'Auvergnat, car il se disait : « Il y a là un corps-de-garde, et peut-être une prison pour moi. » L'Auvergnat passa outre en continuant son bavardage, au milieu duquel Frédéric saisissait toujours un mot à double sens, une allusion maligne sur leur mutuelle situation. A quelque pas de là, l'étranger lâcha le bras de son guide, fit deux pas, et se retournant brusquement, mais de façon à bien examiner son visage, que la lueur d'un réverbère éclairait tout entier, il le tint un moment en respect, sans que l'autre pût comprendre quel était le dessein de cet homme.

— Que me voulez-vous, dit enfin l'amant d'Augusta, et pourquoi m'arrêtez-vous ainsi?

— Pour vous dire, bourgeois, que nous voilà à Paris.

— Eh bien! après? demanda le jeune homme, en proie à la plus vive agitation.

— Avouez que je suis un bon enfant, n'est-ce pas? Je pouvais vous laisser faire bien du mal aujourd'hui; mais j'ai deviné tout de suite l'affaire; je me suis dit : — Cet homme-là, c'est un malheureux que je peux laisser périr ou sauver, et ma foi, pour ce qu'il m'en serait revenu de votre perte, je crois que j'aurai bien fait de ne pas m'y prêter... A présent, vous ne recommencerez plus, j'espère, parce que ça ne se passerait pas toujours aussi bien... il pourrait se trouver là un moins bon garçon que moi qui verrait ce que j'ai vu, sans prendre intérêt à vous. Vous voilà sain et sauf ici ; que les mauvaises idées ne vous reviennent plus, et si vous êtes un brave, vous n'oublierez pas dans quelle occasion vous avez rencontré Jérôme Léonard.

Frédéric, plus tremblant que jamais, l'écoutait parler, sans trouver un mot à lui répondre; il se voyait face à face avec un homme qui tenait dans ses mains son honneur et sa vie, qui pouvait le faire condamner au plus infamant supplice. Il se contenta de presser fortement la main de Léonard, et de lever sur lui un regard où se peignait le plus profond sentiment de reconnaissance. Léonard continua : — Les hommes doivent vivre des petits services qu'ils se rendent : c'est ce que m'a dit mon père en me quittant sur le chemin de Paris... Je compte, mon bourgeois, que nous ne nous séparerons pas sans boire ensemble la bouteille que vous allez me payer... Ne parlons plus de ce que j'ai vu : c'est mort.

— Venez, dit Frédéric.

Et ils continuèrent à marcher ensemble jusqu'au faubourg du Temple. Arrivé là, le jeune homme fouilla dans la poche de son gilet; il lui restait une pièce de cinq francs. — Tenez, dit-il, à Léonard; il est près de onze heures, je ne saurais m'attarder plus long-temps ; prenez ceci... Ce n'est pas que je refuse de boire avec vous; mais on m'attend ; ma femme est inquiète sans doute... Nous nous reverrons; buvez à ma santé.

— Comme vous voudrez, mon maître, reprit Léonard, en tournant avec joie la pièce de cinq francs dans ses mains.

Enfin, débarrassé de ce terrible témoin, Frédéric hâta le pas, et arriva bientôt à sa porte. Comme il allait entrer dans l'allée, il se sentit frapper brusquement sur l'épaule : c'était Léonard qui l'avait suivi jusque-là.

— Qu'y a-t-il encore, mon ami? dit-il à l'Auvergnat.

— Presque rien, bourgeois; j'étais bien aise de vous dire que je viens à Paris pour reprendre la place de mon cousin François Guichelet, le commissionnaire au coin de la rue Sainte-Avoie et des Blancs-Manteaux, et que si par hasard vous avez quelque chose à faire porter , vous me trouverez toujours là , quand je ne serai pas en course.

— Je m'en souviendrai.

— J'y compte, ajouta Léonard; d'ailleurs, je connais votre maison; je viendrai savoir si vous avez besoin de mes services.

Il quitta Frédéric, et redescendit le faubourg, en se disant : — Bon, cela me fait déjà une pratique. On m'a bien dit qu'à Paris l'ouvrage se trouve facilement.

— Il n'y a plus de repos à espérer pour moi, murmurait l'amant d'Augusta, en refermant sur lui la porte de l'allée; cet homme sera toujours là pour me rappeler mon crime. J'ai fait aujourd'hui un pacte avec le remords.

Je vous ai dit son retour à la mansarde; vous vous rappelez son heure d'angoisse devant le terrible article du Code, le désespoir affreux qui s'empara de lui à la lecture de la lettre d'Augusta; vous savez enfin son dernier projet de suicide interrompu par l'arrivée de l'homme d'affaires. Il me reste maintenant à vous expliquer pourquoi Frédéric jeta loin de lui le pistolet qu'il tenait encore caché sous son habit, lorsque le spéculateur fut parti.

Une bourse en soie verte , qui renfermait une vingtaine de napoléons, avait été placée sur l'oreiller, à côté de la lettre d'Augusta. En repassant auprès du lit , Frédéric heurta la bourse, elle rendit un son clair en tombant : il comprit ce que voulait dire cette phrase de l'infidèle : « Au moins, en te quittant, je ne te laisse pas sans consolation. » Le pourpre de la honte lui monta au visage; il repoussa du pied ce prix de l'infamie d'Augusta ; mais, en roulant , la bourse découvrit aux yeux de Frédéric deux initiales brodées en pointes d'acier sur son tissu soyeux. Il ramassa vivement la bourse , ne doutant pas que ce chiffre ne fût celui du nouvel amant d'Augusta. Trompé dans son amour , humilié de l'aumône que lui laissait son rival , Frédéric sentit naître en lui un désir de vengeance. — Finir par le suicide, dit-il, ce serait une stupidité , quand je peux si bien mourir... Ma vie à présent ne m'appartient pas ; je ne risque rien en la jouant; tandis qu'eux ils ont l'avenir que je peux leur fermer... Si je suis frappé, je n'aurai fait que prévenir l'arrêt de la justice ; mais s'ils succombent , ma destinée sera complète; je ne laisserai pas après moi une femme qui dira : « Frédéric Gilbert était un lâche, dont on pouvait se jouer sans danger. »

Il interrogea sa mémoire pour deviner le nom de son rival d'après les initiales de la bourse. Sa recherche ne fut ni longue ni difficile. Augusta n'avait pu faire aucune connaissance nouvelle depuis qu'ils habitaient la maison du faubourg du Temple ; c'était donc parmi ses anciens amis qu'il pouvait espérer de rencontrer deux noms qui commençassent par un É et un C. Le souvenir d'Edmond Chaigny lui revint aussitôt, et ce quelque chose qu'on ne saurait expliquer, mais qui ne trompe presque jamais le pressentiment, enfin, l'avertit qu'il avait deviné juste.

Il n'était pas plus calme, et cependant il se sentait soulagé ; sa nouvelle résolution avait donné un autre cours à ses pensées : il éprouvait le besoin de vivre jusqu'au moment de la vengeance.—Edmond Chaigny, murmurait-il, je t'accorde cette nuit pour te réjouir de ta victoire facile, mais demain j'irai te rendre ton or; je te le rendrai plié en balles et cloué dans ta poitrine... Nous verrons si tu as pu me voler impunément la femme qui m'appartenait ; j'ai des droits sur celle-là, j'en ai de sacrés : j'ai tué un homme pour elle. Il me semble pourtant l'entendre d'ici, reprenait-il, avec ses éclats de rire si bruyans qu'ils parvinrent à étouffer le cri de sa conscience. Ah ! que j'éprouverai de joie à mon tour à mettre en lambeaux la robe de soie dont le ravisseur l'a parée ! qu'il me serait doux de briser sous mes pieds les perles de son collier... d'arracher sans pitié les diamans qui brillent à ses oreilles, les bagues qui ornent ses doigts!... Il y aura des cris de douleur, des soupirs d'angoisse ; on me demandera pitié, et je n'en aurai pas ; car il faut qu'elle me paie le meurtre que j'ai commis, qu'elle me dédommage par ses souffrances de tous les baisers dont elle enivra un fat.

Cette dernière idée fut accablante pour Frédéric. Il se transporta en imagination auprès des nouveaux amans ; il crut assister à ce premier transport d'amour, où le monde, la vie, le passé, l'avenir, tout ce qui existe, n'est pas même un songe pour eux. Il se rappela que lui aussi avait tout oublié dans les bras de cette même Augusta, et qu'avec lui elle avait partagé l'oubli de tout, jusqu'à celui de leur misère.

Trop d'événemens s'étaient passés dans cette journée pour que Frédéric ne succombât pas à tant d'agitation : le sommeil appesantit sa main de plomb sur les paupières du malheureux ; sa tête se pencha sur le lit ; il s'endormit enfin, et des mouvemens convulsifs indiquèrent seuls que la souffrance fidèle n'abandonne jamais sa proie, même quand la nature appelle sur l'homme épuisé les bienfaits d'un songe réparateur.

Il faisait grand jour quand Frédéric se réveilla. De tous les souvenirs de la veille, il ne lui restait guère que le désir bien arrêté de se venger d'Augusta et de son nouvel amant. Quant au meurtre de Dumoutier, le coupable ne l'apercevait dans sa mémoire que comme un rêve confus et pénible, dont il ne pouvait se rendre compte. Il se rappela la recommandation que l'homme d'affaires lui avait faite, prit sur lui la bourse d'Edmond Chaigny, et se rendit chez son acquéreur de rentes. Frédéric avait le projet d'aller à l'ancienne demeure de son rival, pour demander sa nouvelle adresse ; mais comme il parlait légèrement d'Edmond à ce spéculateur, qui se trouvait lié d'amitié ou d'intérêt avec tous ses anciens compagnons de plaisir, l'homme d'affaires répondit :

— Je peux vous en parler savamment, je lui ai fait mes adieux hier à la soirée de mon ancien avoué.

— Vos adieux, répéta Frédéric, en pâlissant, et comme s'il eût craint de se tromper. Il reprit : — Vous allez donc quitter Paris ?

— Du tout ; c'est lui, Chaigny, qui a dû partir ce matin pour Genève, par les messageries.

Alors, sans écouter l'homme d'affaires, qui lui criait par dessus la rampe de l'escalier : — Vous oubliez votre portefeuille... arrêtez, que je vous le fasse descendre, Frédéric se hâta de gagner la porte, l'escalier, la rue ; il sauta dans le premier cabriolet.

— Où allons-nous, mon bourgeois ?

— Route de Genève.

— Barrière d'Italie, vous voulez dire. Est-ce à l'heure ?

— A l'heure, à la course, à la journée, au mois, comme tu voudras, jusqu'à ce que nous ayons pu rattraper la diligence.

— Jean Pain, reprit le cocher, en fermant le devant de son cabriolet, tu diras à la bourgeoise qu'elle ne m'attende pas à coucher ce soir.

Il fouetta son cheval, et le cabriolet roula jusqu'à Villejuif. Là, on dit à Frédéric que la diligence avait environ un quart d'heure d'avance sur eux.

— Allons, dit-il à celui-ci, en route.

— Laissez à mon cheval le temps de souffler.

— Qu'il crève, et que j'arrive ! je te le paierai.

— Vous m'en répondez ; en ce cas, aïe, petit ! Et le fouet garni d'une mèche nouvelle déchira la croupe et les flancs du pauvre animal.

De Villejuif ils gagnèrent Froimanteau, puis Ris, et enfin Essonne, où les voyageurs devaient s'arrêter pour déjeûner. Ce fut avec un indescriptible mouvement de joie que Frédéric s'écria :

— La voici donc enfin ! Il venait d'apercevoir la lourde diligence arrêtée à la porte du cabaretier en renom de l'endroit.

— Tiens, dit-il au cocher, en lui mettant la bourse verte dans les

mains, voilà pour te payer, car tu ne dois pas me ramener à Paris. Le
cocher, tout étourdi, ouvrit une grande bouche, de grands yeux, à la vue
de ces cinq cents francs en or, et ne trouva pas un mot à répondre au
jeune homme, qui s'empressa d'entrer dans la salle des voyageurs.

Frédéric regarda d'un œil hardi tous ceux qui se trouvaient attablés
dans cette pièce ; mais il n'aperçut ni Augusta, ni Edmond Chaigny. Il
s'approcha du conducteur :

— N'avez-vous pas d'autres voyageurs ici ?

— Je crois que c'est là tout.

Cette réponse fut un coup terrible pour lui ; il commençait à penser
qu'Augusta et son amant avaient pu prendre une autre route, quand la
femme de service cria au chef de cuisine : — Demi-poulet froid pour les
voyageurs du n° 7 !

— Vous avez donc encore d'autres personnes avec vous ? reprit Frédéric, en s'adressant de nouveau au conducteur.

— C'est possible... Ah ! oui, les bourgeois du coupé ; deux tourtereaux.

— Eh ! vous ne le disiez pas !

— Dame ! est-ce que je sais, moi ! répliqua l'impassible conducteur ; je
ne connais que ma feuille de service.

On se doute bien que Frédéric ne s'amusa pas à écouter cette réponse ;
en une seconde il franchit l'étage qui conduisait au n° 7. La voix bien
connue d'Augusta l'avertit qu'il ne s'était pas trompé : il tourna brusquement la clé dans la serrure, et ne fit qu'un bond de la porte à la fenêtre
du fond, auprès de laquelle les amans se tenaient tendrement enlacés.

Augusta recula frappée de stupeur. Edmond sourit comme un homme
habitué à ces sortes d'affaires, et qui font bon marché de leur vie, parce
qu'elle n'est pour eux qu'un jouet qu'ils se sont empressés d'user. Frédéric, les yeux ardens, les lèvres pâles, se précipita vers Augusta, et,
levant la main sur elle : — A toi d'abord la réponse à ta lettre ! Edmond,
plus maître de lui, abaissa la main de son rival, et lui dit : — C'est
d'homme à homme que ces choses-là se traitent ; si j'avais pensé que
tu voulusses t'arranger de cette façon-là avec moi, je ne t'aurais pas donné
la peine de venir me chercher jusqu'ici... Elle ne t'aime plus, tu le sais
bien... il y a long-temps... Que peux-tu exiger de cette femme ? Qu'elle
n'aime personne après toi ?... C'est trop d'égoïsme... Allons, du calme,
mon ami ; j'ai cru te rendre un double service en te laissant de l'argent,
quand je t'enlevais ta maîtresse : cela ne te convient pas... c'est très bien...
Cherchons des témoins parmi les voyageurs, et finissons-en, car la voiture va partir.

Vous ne savez pas le doux spectacle que c'est pour une femme sans
amour que deux rivaux qui se disputent sa conquête à coups de pistolet.
Un homme blessé est toujours un glorieux trophée pour elle ; son cœur
feint d'être déchiré, quand c'est sa vanité qui jouit ; mais il faut cacher
aux adversaires les mouvemens d'amour-propre qui l'agitent ; il faut avoir
l'air de trembler pour quelqu'un : sans cela, le duel n'aurait rien de dramatique ; au sang-froid des combattans, il faut les cris de désespoir d'une
femme ; il faut des larmes, des évanouissemens, des convulsions même,
pendant lesquelles la coquette entend avec orgueil les lames qui se croisent
ou les balles qui sifflent ; et puis après, elle se relève la fatigue sur les
traits, l'effroi dans les yeux, avec des larmes de regret pour le blessé, de
tendres reproches pour l'heureux du combat, à qui elle ne manque jamais
de dire, quel que soit le vainqueur : — Si tu avais succombé pourtant,
mon ami, sais-tu que j'en serais morte de douleur ?

Augusta fit tout ce qu'une femme qui sait vivre fait en pareil cas : elle
dénoua ses cheveux pour donner plus de physionomie à sa vive douleur ;
elle brisa les cordons de sa robe, se creusa les joues, chercha des larmes,
cria, tomba, perdit connaissance enfin, tandis que Frédéric, qui ne l'avait
jamais vue si belle, pressait Edmond de sortir, rêvant déjà le retour d'Au-

gusta à Paris comme le prix de sa victoire. Ce n'était plus que de son rival qu'il voulait se venger. Quant à son Augusta, elle n'avait plus besoin du repentir pour reprendre tous ses droits sur le cœur de son amant.

Je ne vous dirai pas les détails de ce duel improvisé. Seulement, une heure après l'arrivée de Frédéric à Essonne, le cocher de cabriolet, largement payé, avait repris seul et à petit pas le chemin de Paris; la diligence courait au grand complet sur la route de Fontainebleau, et Frédéric, étendu sur un lit de l'auberge du Cheval-d'Or, était l'objet des soins de tous les valets de la maison. Edmond, en laissant son blessé entre des mains étrangères, avait remis à l'aubergiste une somme assez considérable pour que l'on pourvût à tous ses besoins, en attendant qu'il fût possible de le transporter sans danger à Paris.

VIII

La Garde-Malade.

La Vénus Pudique était nue.

Il souffrait le malheureux, bien plus encore de l'abandon d'Augusta que de sa blessure, qui, pour être grave, n'était cependant pas mortelle. Lorsque, revenu à lui, après le long évanouissement que la perte de son sang avait occasionné, il jeta les yeux autour de la chambre qu'il ne reconnaissait pas, et quand il demanda à ceux qui l'entouraient ce qu'était devenue la dame qui accompagnait son adversaire, ce fut un coup autrement terrible pour lui que la balle qui avait effleuré sa poitrine, de recevoir pour toute réponse ces mots dits avec la plus froide indifférence : « Elle est partie avec son monsieur. » A compter de ce moment Frédéric n'adressa plus une parole aux gens de service qui s'empressaient autour de lui ; il laissa le chirugien faire son métier, les valets gagner leurs gages, l'aubergiste élever le chiffre de sa carte payante en raison des soins qu'il donnait au malade et que celui-ci ne réclamait pas. Un signe de tête presque imperceptible, un cri mal articulé, voilà tout ce qu'il accorda aux questions du docteur, aux consolations fatigantes de l'hôte, à la curiosité des voisins qui, sous le prétexte d'un intérêt, au moins douteux, se croient toujours en droit de troubler le repos d'un moribond par leur cruelle pitié et leur insupportable bavardage.

Après avoir été pendant neuf jours dans l'état le plus dangereux, Frédéric enfin fut sauvé. Il était faible encore ; mais sa convalescence paraissait approcher. Il est vrai que ce jeune homme si ardent, si peu maître de ses mouvemens que nous avons vu en proie au délire des passions, qui n'avait à la bouche que des paroles d'amour ou de colère, était devenu un enfant muet et docile ; il semblait que l'étendue du malheur eût rendu le calme à cette âme naguère si agitée. Sa vie passée était pour lui comme un rêve dont le souvenir lui échappait parfois ; il ressaisissait bien de temps en temps quelques lambeaux de cette misérable existence de volupté, de misère et de crime ; mais il doutait encore que tous ces événemens d'hier lui fussent arrivés. Il se disait : — C'est un récit pénible qu'on m'a fait ; mais je n'ai point été l'acteur de ce drame de sang. Il avait besoin de se nommer Augusta pour retrouver toute sa mémoire: alors un mouvement de fièvre enflammait sa blessure ; il se souvenait, parce qu'il éprouvait une nouvelle douleur ; puis, quand l'accès était passé , Frédéric retombait dans cet état voisin du sommeil et de la veille , qui depuis quelques jours était toute sa vie.

Une nuit, comme tous les domestiques de l'auberge étaient couchés, Frédéric, qui reposait depuis quelques heures, ouvrit les yeux ; il crut voir une ombre passer et repasser incessamment au fond de sa chambre ; il se leva sur le séant. L'ombre s'approcha : son pas était si léger que ses pieds semblaient à peine toucher la terre ; une robe noire dessinait la taille la plus gracieuse ; des boucles de cheveux blonds s'échappaient de dessous la garniture d'une élégante cornette de deuil. il y avait un doux sourire sur les lèvres de l'ombre , des larmes d'attendrissement dans ses beaux yeux bleus. Frédéric, muet de surprise, s'interrogeait, car il croyait rêver encore. L'ombre enfin arriva auprès de son lit ; lui prit la main : — Pauvre Frédéric, dit-elle. il ne me reconnaît pas... Je suis bien changée aussi !... Ah ! c'est que j'ai tant souffert !

— Mais oui, reprit le malade, c'est vous... ma jeune amie... Gabrielle !... Et que venez-vous faire ici ?

— Vous garder pendant votre convalescence, répondit-elle ingénument, mais ne causez pas trop. Laissez-moi, comme depuis avant-hier que je suis ici, passer la nuit sur ce fauteuil pendant que vous reposez... Oh ! que cela ne vous inquiète pas pour ma santé, je dors presque toute la journée, car je sais qu'alors il y a toujours quelqu'un près de vous.

— Comment ! vous êtes ici depuis deux jours , Gabrielle, et je l'ignorais !

— C'est que vous n'avez pas voulu me voir, Frédéric ; car deux fois , la nuit dernière , je vous ai donné de cette potion que le médecin a commandée pour vous : vous avez pris le verre de mes mains sans me regarder. Eh bien ! cela me rendait heureuse ; oui , je craignais que vous ne fissiez attention à moi ; je me disais : Il me forcerait peut-être de m'éloigner, s'il savait que c'est moi qui le sers : il vaut mieux qu'il ignore tout ; je ne crains pas qu'il renvoie sa garde-malade.

— Vous aviez raison, Gabrielle, mon cœur est touché de tant de bontés ; mais je ne souffrirai pas que vous restiez ainsi... je ne mérite pas cet excès d'amitié et de dévoûment.

— Silence, monsieur ! je l'ai mis dans ma tête, je ne vous quitte pas que vous ne soyez rétabli... Allons, retournez-vous, dormez encore... je ne vous dirai pas un mot de plus cette nuit : demain nous aurons le temps de jaser.

Frédéric voulait à toute force continuer ses questions à Gabrielle ; mais celle-ci s'enfonça dans un large fauteuil. se cacha la tête d'un mouchoir , comme si elle eût voulu dormir, et ne répondit plus. Vaincu par la persistance que la jeune fille mettait à ne pas ajouter un mot à leur conversation. il fit semblant d'obéir à l'ordre de sa garde-malade ; mais la vue de ce costume de deuil lui rappelait un trop pénible souvenir pour qu'il pût compter sur du repos.

Gabrielle non plus ne dormait pas ; et lorsqu'une heure après l'échange de ces quelques mots, elle se leva doucement de dessus son fauteuil et qu'elle approcha la tête de celle du convalescent pour s'assurer qu'il était endormi, son regard doux et craintif rencontra les yeux de Frédéric ouverts et baignés de larmes.

—Et pourquoi pleurez-vous, monsieur ? lui demanda-t-elle naïvement. Ah ! je comprends , reprit-elle avec tristesse, c'est une autre qui devrait être là ; mais parce qu'elle oublie son devoir, faut-il donc que je ne remplisse pas le mien ?

— Le vôtre, Gabrielle ! Eh ! mon Dieu ! que me devez-vous donc à moi, qui ne suis rien pour vous ?

— On doit ses soins à tous ceux qui souffrent, monsieur... et surtout à ceux qu'on aime.

— Oui, je me le rappelle, nous avions autrefois beaucoup d'amitié l'un pour l'autre.

— Bien des choses ont pu vous le faire oublier, Frédéric ; mais moi , je n'ai rien éprouvé depuis qui ait eu le pouvoir d'effacer votre souvenir... Ah ! si j'étais jolie comme autrefois, je vous dirais bien tout ; mais à présent il faut que je me taise.

— Mais, ma chère amie, savez-vous que, si j'osais attacher un sens trop favorable à vos paroles, je prendrais cela pour un aveu.

— Entendez-le comme vous aimeriez à l'entendre, reprit la jeune fille en rougissant ; mais, au fait, j'ai bien assez souffert pour être franche avec vous. Maintenant que je suis maîtresse de moi, je ne dois pas craindre de dire toute la vérité... Eh bien ! oui, Frédéric, pendant qu'une ingrate vous trompait, moi, je pleurais sur vous, en attendant votre retour. A chaque instant de la journée je me disais : Le voilà peut-être... Vous ne reveniez pas. Alors je suis tombée malade... je suis devenue laide... j'ai eu tous les chagrins, tous les malheurs qu'une pauvre fille peut endurer... Aujourd'hui que je vous dis cela, je sens que mon cœur souffre bien encore des chagrins que vous m'avez causés sans le vouloir... Oh ! c'est mal sans doute à moi de vous apprendre mon secret... Une jeune fille se rend méprisable, dit-on, lorsqu'elle parle avec trop de franchise... malgré cela, je ne peux pas me taire plus long-temps... Oui, Frédéric, je vous aime de toute mon âme... Voyons, maintenant que vous le savez, regardez-moi pour que je lise dans vos yeux si vous avez le courage de me mépriser.

Il y avait plus de pudeur dans cette franche déclaration d'une jeune fille naïve, qu'il n'y en aura jamais dans ces hauts cris de vertu que jette une prude habile pour faire valoir sa défaite. C'était l'expression toute simple d'un cœur qui disait son amour à l'homme qu'elle aimait , comme elle l'aurait dit à sa mère , comme elle l'avait dit à Dieu dans ses prières du soir. Une demoiselle bien élevée ne se fût pas permis de parler la première ; elle eût même dissimulé long-temps le secret de son âme avant de répondre. Mais une demoiselle bien élevée ment à son amant, comme elle ment à sa mère ; et si elle ne ment plus à Dieu même , c'est que , dans l'éducation nouvelle, on a supprimé la prière comme un des préjugés indignes de notre civilisation modèle.

La surprise de Frédéric fut grande lorsqu'il entendit cet aveu auquel il était si loin de s'attendre. Lui , l'objet d'un amour si pur et si vrai, lorsqu'il ne se croyait plus aimé de personne depuis qu'Augusta lui avait préféré un autre amant ! lui, pleuré par la bonne et gentille Gabrielle, pour laquelle il n'avait jamais eu un mot de tendresse, tandis qu'il avait épuisé son imagination à chercher les moyens de fixer une coquette ! lui, enfin , que la perfide conduisait aux portes du tombeau , et qui peut-être allait devoir son retour à la vie aux soins généreux de celle qu'il avait dédaignée ! C'était une consolation, sans doute , mais une consolation qui n'était pas sans amertume ; car, tout en fixant sur Gabrielle un regard de reconnaissance, il ne put s'empêcher de se dire : — C'est ainsi qu'Augusta aurait dû m'aimer !... oh ! si elle avait eu pour mon amour une seule de ces larmes que la pauvre enfant a versées sur mon indifférence, le sort le plus beau eût été digne de pitié à côté du mien ! Ainsi le touchant abandon de la jeune fille ne faisait qu'augmenter les regrets de Frédéric pour une illusion détruite. Il n'était pas heureux d'apprendre ce qu'elle avait souffert pour lui ; mais il souffrait à son tour, en songeant que c'est avec cette même franchise de cœur qu'il avait aimé l'autre ; et s'il plaignait la naïve Gabrielle, c'est parce qu'il pensait toujours à l'infidèle Augusta.

La jeune fille n'avait demandé à Frédéric qu'un regard où elle pût lire un doux sentiment pour elle ; mais l'expression de ce regard avait quelque chose de si pénible, que Gabrielle ne sut trop comment se l'expliquer. Elle crut comprendre, la pauvre enfant, que son aveu affligeait le

malade, mais ne le touchait pas. — Ah! s'écria-t-elle, je suis bien malheureuse, car, je le vois, vous n'éprouvez pour moi que de la pitié... J'ai
eu tort de vous dire tout cela... mais c'est qu'il y a près de quatre ans
que ce secret-là est dans mon cœur : il ne m'a pas été possible de le garder plus long-temps.

— Pauvre ange! reprit Frédéric, en étendant la main vers elle, ne sois
pas honteuse d'un aveu qui te rend encore plus estimable à mes yeux...
Je n'ai qu'un regret, Gabrielle, c'est de ne pouvoir être digne de tant
d'amour... Mais tu le comprendras, ma petite amie, on n'a point aimé
comme j'aimais, pour tout oublier ensuite. Ah! s'il m'était possible de
ne plus penser qu'à toi, je n'oserais croire même à ton amour; je me dirais : Un jour, elle aussi ne se rappellera plus ses sermens. Et pourrais-
je t'en vouloir quand les miens se seraient effacés si vite de mon souvenir?

— Oui, je conçois cela; il vous faut bien du temps sans doute... Mais
n'importe, vous n'êtes pas fâché contre moi... maintenant j'ai bon espoir... Ne parlons plus de cela, Frédéric, laissez-moi vous servir, vous
soigner, et un jour... dans bien long-temps... ne fixons pas d'époque...
ce n'est pas quelques années de plus ou de moins qui peuvent affaiblir
mon amitié pour vous... Un jour, dis-je... quand vous voudrez, si vous
croyez devoir quelque reconnaissance à celle que vous nommez votre
petite amie... eh bien! vous lui direz : — Gabrielle, c'est fini, je n'aime
plus l'autre. Je n'en demanderai pas davantage pour être tout à fait heureuse; et tout bas elle ajouta : Parce qu'alors je deviendrai sa femme.
Frédéric serra affectueusement la main de Gabrielle; il alla même pour
la porter à ses lèvres; mais celle-ci retira vivement sa main.— Oh! non,
quand une jeune fille a eu la force de dire à un homme tout ce que je
vous ai dit ce soir, elle doit prendre assez d'empire sur elle pour lui refuser la moindre faveur : il n'y a que la sagesse de sa conduite qui puisse
lui faire pardonner l'imprudence de ses paroles... Aussi il est bien convenu entre nous que vous ne me demanderez jamais une preuve de tendresse qu'il ne me serait pas possible de vous accorder sans remords...
Si l'aveu que je vous ai fait ne me rend pas coupable à vos yeux, c'est
que je me sens le courage de vous rappeler toujours le respect que vous
me devez.

Frédéric, étourdi de cette réponse inattendue, atterré par l'air de dignité dont tous les traits de la jeune fille étaient empreints, n'essaya pas
de ressaisir cette main qu'elle lui avait si vivement retirée; il regarda
Gabrielle avec étonnement, et ne put s'empêcher de lui dire : — Etrange
et adorable créature, mais autrefois tu ne me les refusais pas ces baisers
d'amitié que tu repousses aujourd'hui.

— Autrefois, répondit-elle en baissant les yeux, vous ne saviez pas
mon secret. Frédéric comprit toute la délicatesse de cette observation, il
n'insista pas davantage.

Une demi-heure s'écoula encore avant que le malade et sa jeune garde
reprissent cette conversation déjà interrompue par le sommeil simulé de
Frédéric. Gabrielle, s'imaginant qu'il dormait, n'avait plus bougé de son
fauteuil, dans lequel elle s'était assise de nouveau : mais la lampe allait
s'éteindre, il fallait bien ranimer sa clarté; car le jour ne paraissait pas
encore. Comme la jeune fille se levait avec précaution pour renouveler
la mèche qui se mourait, Frédéric tourna la tête de son côté. Cette fois il
n'avait plus de larmes dans les yeux; mais son regard était brillant, son
teint animé, et de profonds soupirs sortaient péniblement de sa poitrine.

— Mon Dieu! qu'avez-vous? dit Gabrielle; faut-il que je demande du
secours?

— Non, reprit-il d'une voix étranglée, j'ai soif... j'ai horriblement
soif.

Elle s'empressa de lui présenter un verre, qu'il prit d'une main tremblante; il fallut même que Gabrielle l'aidât à le porter à ses lèvres, qui s'entre-choquaient à briser le mince cristal.

— Frédéric, vous avez une fièvre affreuse; mon ami, il ne faut pas parler... c'est moi qui suis cause de tout ce mal... par pitié, essayez de reposer... entendez-vous... Oh! mon Dieu, pourquoi donc vous animez-vous ainsi?... Je ne vous dirai plus un mot; je voudrais pour tout au monde que vous ne m'eussiez pas reconnue encore... Dormez, dormez, je vous en supplie... Cette lumière vous gêne peut-être? Et sans attendre la réponse de Frédéric, elle fit descendre la mèche dans le tube de la lampe, et l'obscurité de la nuit ne fut plus interrompue dans la chambre que par le reflet de quelques tisons qui traçaient un rayon lumineux sur le plancher, en se consumant au fond de l'âtre.

Peut-être n'avez-vous pas deviné la cause de ce mouvement fébrile qui s'était emparé de Frédéric, après sa conversation douce et calme avec Gabrielle. D'abord, il avait été étrangement surpris de sa conduite à l'auberge du Cheval-d'Or; puis ce costume de deuil l'avait douloureusement affecté; mais les paroles d'amour de la jeune fille, mais ses offres de soins si généreuses, en absorbant les pensées de Frédéric dans un seul sentiment, celui de la reconnaissance la plus vive pour une tendresse si peu méritée, lui avaient empêché de se demander comment Gabrielle avait pu quitter la maison dans l'île, et pourquoi il lui voyait cette triste robe noire : elle n'avait jamais paru à ses yeux qu'avec un costume dont les couleurs riantes s'harmoniaient si bien avec la gaîté de son caractère, avec la pureté de son âme. C'est quand elle eut cessé de parler que Frédéric se remémora peu à peu toutes les circonstances de la terrible soirée qui avait précédé son duel avec Edmond Chaigny : il se ressouvint de la scène du pavillon, de la chute de son oncle par dessus le balcon, du pistolet qui avait brisé les dents du vieillard; il se reporta en imagination au bord de la Marne, où l'étranger l'avait brusquement accosté; il comprit enfin que Gabrielle n'avait pu venir à Essonne que parce que Dumoutier n'existait plus. Ce deuil qu'elle portait, c'était celui de son père adoptif, de l'homme qu'il avait tué; et son crime était connu de quelqu'un, et d'un instant à l'autre une révélation de Léonard pouvait le faire traîner à l'échafaud. Tous ces souvenirs d'une nuit de meurtre et de désespoir portèrent avec force son sang au cerveau; il se crut un moment entre son accusateur et sa victime, et toutes les tortures du remords, toutes les craintes d'un coupable déchirèrent son cœur. Il voulait parler à Gabrielle, l'interroger sur les conjectures que la mort de Dumoutier avait dû faire naître; mais ses lèvres, desséchées par la fièvre, clouées par la peur, se refusaient à balbutier une question qui pouvait provoquer peut-être réponse accablante. Peut-être Gabrielle allait-elle dire : — Il est mort assassiné, et la justice est sur les traces du coupable. Frédéric sentait qu'à ces mots un trouble involontaire, le cri de sa conscience, le trahiraient aussitôt; et pourtant il se disait : — Je dois ignorer que mon oncle a cessé de vivre : elle s'étonne sans doute de ce que je ne lui demande pas comment elle a recouvré la liberté, de ce que je ne m'informe pas de l'objet de son deuil : ainsi mes paroles ou mon silence me trahiront toujours; il vaut mieux savoir ce que je dois craindre. Ce n'était pas sans éprouver les tourmens d'un affreux combat qu'il prenait cette résolution désespérée. Il allait parler enfin, quand Gabrielle, qui s'était levée pour ranimer la lampe, le vit dans cet état d'agitation qu'elle ne lui soupçonnait pas. Mais elle interpréta bien autrement l'accès de fièvre auquel le malade était en proie; et comme elle craignait qu'une trop vive clarté n'augmentât le mal qu'elle s'accusait d'avoir causé, la jeune fille, comme je vous l'ai dit plus haut, s'empressa d'éteindre la lumière.

Frédéric, loin de vouloir réclamer contre cette attention de sa garde-malade, se sentit plus de force pour parler, dès qu'ils furent tous deux replongés dans une obscurité complète. Si l'émotion de sa voix devait laisser deviner à peu près ce qui se passait dans son âme, au moins Gabrielle ne pouvait plus comprendre à l'altération de ses traits la nature de l'intérêt qu'il attachait à connaître toutes les circonstances qui avaient suivi la mort de Dumoutier; la jeune fille enfin ne pourra pas voir son front rougir de honte, ses lèvres trembler de remords, en prononçant le nom de cet oncle, dont, mieux que personne, il pouvait raconter la misérable fin.

— Gabrielle, lui dit-il. en rassurant sa voix, je ne saurais dormir; si vous le vouliez, nous causerions encore.

— Oui, et puis cela vous fatiguerait. Du tout, monsieur; je suis venue près de vous pour vous rendre la santé, et voilà déjà que, par mon bavardage, je vous ai redonné la fièvre... Dormez, pensez, faites ce qui vous plaira; mais il faut que vous restiez tranquille.

— Et si je vous disais que ce calme que vous exigez de moi, m'est bien plus facile quand j'entends votre voix. Tout à l'heure j'étais bien parce que vous me parliez; et si la fièvre est revenue, c'est que nous ne disions plus rien...

— Frédéric, prenez garde; vous le savez, je suis un peu causeuse, et si j'allais encore augmenter vos douleurs.

— Ne craignez rien; quand je me sentirai fatigué, je vous le dirai; mais à présent j'ai besoin de vous entendre.

— Alors, causons, reprit-elle avec une espèce de résignation facile; et la jeune fille rapprocha son fauteuil du lit de Frédéric.

— Je n'ai pas besoin de vous dire, continua Frédéric, après un moment de silence, combien j'ai été surpris de votre présence ici.

— Oh! mon ami, c'est qu'un grand événement s'est passé chez nous depuis quinze jours; je n'osais vous en parler; mais vous avez dû comprendre à mon deuil que nous avions perdu quelqu'un.

— Quelqu'un? balbutia Frédéric; et, malgré le trouble qui l'agitait, il eut le courage de répondre avec une feinte surprise : Il serait mort!... Ah! mon Dieu! Gabrielle, que m'apprenez-vous?

— Oui; et mort bien malheureusement encore. Oh! mais c'est trop affligeant, je ne veux pas continuer.

— Si fait... si fait, dites-moi tout... je veux tout savoir.

— Apprenez donc qu'un soir, il y a de cela quinze jours, j'étais moi-même bien faible et convalescente, votre oncle, mon bienfaiteur, qui m'avait donné tant de marques de tendresse pendant une longue et douloureuse maladie, était allé, comme de coutume, dans son pavillon favori... Je dormais; Julien veillait pour attendre le retour de son maître... Mais les heures se passaient, et M. Dumoutier ne revenait pas. Enfin, notre vieux domestique se décida à aller au pavillon : votre oncle n'y était plus. Il l'appelle : personne ne répond. Les cris de Julien me réveillent; nous sommes sur pied toute la nuit, cherchant toujours celui qui ne pouvait plus nous entendre. Ce n'est que le lendemain, pendant que vous vous battiez ici, que des pêcheurs de sable retrouvèrent le corps de mon père adoptif. Il était tombé du haut de son balcon dans la rivière : un étourdissement avait sans doute causé sa chute. En tombant, le malheureux s'était brisé les dents contre une pierre. Ce fut une nouvelle bien terrible pour nous, quand on vint nous dire qu'il fallait aller reconnaître le cadavre d'un noyé. Si vous aviez vu ce visage gonflé par le sang, cette bouche ensanglantée aussi... Pour moi, je me trouvai mal, car c'était un affreux spectacle.

A mesure que Gabrielle détaillait ainsi les circonstances du suicide supposé de Dumoutier, Frédéric, haletant de terreur, les regards fixes, les dents fortement serrées, réunissait toutes ses forces pour retenir un cri prêt à lui échapper, pour comprimer un mouvement de délire prêt à s'emparer de lui. La nuit protégeait heureusement l'éloquente manifestation de ses remords, et Gabrielle put croire que ces soupirs à demi étouffés qui parvenaient à son oreille, que ces sanglots qui brisaient la poitrine du coupable, étaient l'expression du regret que nous inspire toujours la perte d'un parent, même injuste envers nous, surtout quand elle a été causée par un événement si malheureux.

— Vous voyez bien, mon ami, que je vous fais du mal en vous racontant cela. Il ne fallait pas exiger que je vous parlasse de lui aujourd'hui ; vous avez tout le temps d'apprendre ce malheur.

— Mais, Gabrielle, reprit Frédéric, sans songer à répondre à ce qu'elle venait de lui dire, est-on bien certain que cette chute ait été causée par un coup de sang ?... n'a-t-on pas soupçonné ?...

— Quoi ? interrompit-elle, que monsieur Dumoutier soit mort assassiné ?... mais on l'a cru d'abord.

— Ah ! murmura Frédéric, il y a eu des soupçons, et sur qui, comment ? Il ne s'apercevait pas, le malheureux, qu'en pressant ainsi de questions la jeune fille, il aurait pu la mettre s ir la voie du coupable. Mais Gabrielle était si loin de se douter de la vérité, qu'elle ne vit, dans cet empresse- ment à tout connaître, que la curiosité qu devait lui inspirer la nouvelle de la mort inopinée de Dumoutier. Elle rassura Frédéric par ces mots :

— Oui, vous dis-je, d'abord on a pensé que quelqu'un s'était introduit dans le pavillon ; mais quand on a retrouvé sur le défunt ses deux mon- tres et sa bourse, quand on a vu que rien n'avait été dérangé dans la chambre, alors on a bien vite abandonné cette idée. D'ailleurs, M. Cer- vier, qui connaissait votre oncle depuis long-temps, a déclaré que souvent son ami avait été atteint d'étourdissemens semblables à celui-ci, et qu'une fois même c'était grâce à ses prompts secours qu M. Dumoutier avait dû de ne pas se précipiter de sa fenêtre dans la rue. Julien, qui se rappelait cet événement, a confirmé la déposition de M. Cervier. Il n'y a plus que quelques voisins qui croient encore à l'assassinat de mon bienfaiteur. Ils s'obstinent à croire qu'il a été jeté à l'eau par cupidité ou par vengeance.

Si quelque chose p auvait rendre le calme à un cœur dont le remords s'est emparé, c'était sans doute la dernière réponse de Gabrielle ; mais le moral de Frédéric avait été trop fortement ébranlé pour qu'il lui fût possi- ble de trouver cette nuit-là le rep ss si nécessaire à son état. Quand le chi- rurgien vint lui faire sa visite accoutumée, il trouva son bl ssé bien plus malade que la veille, et dit, en regardant d'un œil malin la jeune garde qui était encore au chevet de Frédéric : — Il ne faudrait pas beaucoup de potions calmantes données par cette jolie main, pour causer au malade un céphalitis complet. — On voit que le médecin d'Essonne était à la fois observateur et plaisant.

Je passerai rapidement sur les quelques jours qui précédèrent l'entier rétablissement du jeune blessé. Les soins empressés de Gabrielle, son ami- tié active et prudente affaiblirent peu à peu dans l'âme d Frédéric, sinon le souvenir de son crime et de son malheur, au moins ces angoisses ra- pides et douloureuses du remords, ces mouvemens de désespoir qui ve- naient incessamment s saisir de son cœur et le torturer à la pensée de cette Augusta qui l'avait si lâchement abandonné. Le docteur avait re- commandé de n offrir à son malade que des images vives et gaies, de lui épargner les émotions pénibles. L'ingénieuse bonté de Gabrielle veil- lait, attentive, à ce que le nom de Dumoutier ou celui de l'infidèle maî- tresse de Frédéric ne vinssent jamais se mêler à leurs entretiens ; et le jeune homme, à force de rencontrer le sourire sur les lèvres de sa pa- tiente et toute dévouée garde-malade, avait fini par lui sourire à son tour. Il y avait bien de la tristesse encore dans ce signe de joie ; mais la phy- sionomie de Frédéric n'exprimait plus qu'un doux abattement.

Encore un jour, et Frédéric allait retourner à Paris. Gabrielle, assise à table vis-à-vis du convalescent, le regardait plus attentivement que de coutume ; ses mains inactives laissaient la fourchette et le couteau repo- ser sur le bord de son assiette : c'était sans doute involontairement que la jeune fille oubliait de dissimuler deux grosses larmes qui venaient de s'échapper de ses paupières. Frédéric voit cela, se lève aussitôt, court vers elle, et, séchant les pleurs de Gabrielle sous le feu de deux baisers, il lui demande d'où peut venir cette triste pensée qui la préoccupe.

— Je songeais à demain, dit-elle. Oh! sans doute je désirais vivement votre convalescence, Frédéric... mais c'est que j'étais si heureuse de vous prodiguer mes soins assidus! Maintenant vous n'avez plus besoin de moi... maintenant il faudra nous séparer.

— Nous séparer, Gabrielle! et pourquoi? Ne pouvons-nous donc nous voir souvent... tous les jours? N'avez-vous pas eu pour moi l'amitié d'une tendre sœur?... Non, le monde n'est pas si méchant que vous vous l'imaginez... On se dira : C'est une reconnaissance toute fraternelle qui les unit... Ceux qui savent combien j'aimais l'autre ne croiront jamais que j'ai changé si vite... et quand même on pourrait m'accuser de légèreté, ce n'est pas vous que l'on oserait flétrir d'un soupçon... Soyez sans crainte, Gabrielle, nous ne nous séparerons pas... votre réputation n'a rien à craindre, puisque aux yeux de tous comme aux miens, je ne suis, je ne puis être pour vous qu'un frère.

— Et qui croira cela? interrompit Gabrielle en étouffant un soupir; car son cœur avait éprouvé une sensation bien pénible au moment où Frédéric lui rappelait qu'il ne pouvait l'aimer que d'une amitié fraternelle.

— Qui le croira? mais tous ceux qui me connaissent... qui savent ce que mon amour trahi m'a coûté de sacrifices et de larmes... Je vous le répète, Gabrielle, votre réputation n'aura rien à souffrir de mes assiduités auprès de vous... je ne suis que votre frère.

— Pour personne, vous ne pouvez être ce que vous dites... pas même pour moi, Frédéric, ajouta-t-elle avec cette franchise d'amour qui ne l'abandonnait jamais... et quand bien même je me sentirais le courage de braver l'opinion des autres afin de vous conserver près de moi, je devrais encore m'imposer le chagrin de vous perdre de vue pendant quelques mois.

— Je ne vous comprends pas.

— Je vais m'expliquer mieux. Vous avez besoin de distractions : la blessure que vous avez au cœur est loin d'être aussi bien fermée que celle dont vous avez souffert pendant trois semaines... Le médecin me l'a dit, les voyages vous sont nécessaires. Vous voyagerez donc, mon ami... vous céderez à mes prières... vous ne reviendrez demain à Paris que pour vous préparer à un nouveau départ... j'ai tout arrangé pour cela... Julien, à qui j'ai écrit avant-hier, est prêt à vous suivre... que rien ne vous inquiète... les frais indispensables de ce voyage me regardent... Si M. Dumoutier n'a pas eu le temps de réparer son injustice à votre égard... c'est un devoir pour son héritière de mettre à votre disposition toute cette fortune qui aurait dû vous appartenir.

— Gabrielle, reprit vivement Frédéric, au nom du ciel ne me parlez pas de cela... ces biens sont à vous, je n'accepterai rien... je ne peux... je ne dois rien accepter de ce que vous m'offrez... Et tout bas il ajouta : A moi... son argent! il me brûlerait, ce serait le prix du meurtre.

— Eh quoi! Frédéric, quand vous n'avez pas refusé des soins que je pouvais ne pas vous donner, vous repousseriez comme une aumône ce qui vous est si légitimement dû! Ah! mon ami, c'est me rendre bien cruelle cette richesse à laquelle je n'avais aucun droit... Et puis, continua-t-elle avec un gracieux sourire, n'est-il pas convenu entre nous qu'un jour ma fortune sera la vôtre... Vous le voyez, je ne perds pas l'espérance, moi; seulement je me dis : ce sera dans bien long-temps peut-être... mais qu'importe, pourvu que cela vienne... j'attendrai.

Frédéric lui tendit la main; Gabrielle y posa doucement la sienne.

— Vous méritez un amour sans partage, cher ange... et moi je ne suis pas digne de tout le bonheur que le vôtre promet... Non, je n'étais pas né pour être heureux.

— Peut-être, répondit la jeune fille en attachant sur Frédéric un regard consolateur... Mais ne parlons plus de tout cela, pensons à notre voyage... Vous m'écrirez, n'est-ce pas ? vous ne me cacherez rien de ce qui se passera dans votre cœur ?... Si vous êtes malheureux encore, je veux le savoir... Peut-être trouverez-vous quelque soulagement à vos peines dans les réponses que mon amitié pour vous me dictera... Le temps me semblera moins long, si je reçois souvent de vos nouvelles... N'allez pas vous abandonner au chagrin surtout ; car si j'apprenais que votre santé court de nouveaux dangers... je quitterais tout pour aller vous rejoindre, vous soigner encore... Je peux me séparer de vous, quand je vous sais à peu près tranquille et bien portant... l'absence me paraît supportable... je suis seule à souffrir. Mais si vous retombiez malade, rien ne me retiendrait à Paris, et je redeviendrais votre garde, à moins qu'une autre ne vous plût davantage. Frédéric allait répliquer ; Gabrielle reprit aussitôt : — Oh mais c'est impossible, vous ne pouvez pas me refuser au moins un p de reconnaissance.

La folle et tendre fille en était là de ces marques d'affection aussi vives qu'ingénues, quand la porte de la chambre s'ouvrit. La servante d'auberge annonça un commissionnaire qui venait de Paris, et qui désirait parler à M. Frédéric Gilbert. Le commissionnaire entra, il salua le jeune malade avec une espèce de familiarité. Frédéric le reconnut, pâlit, et n'eut que le temps de s'appuyer sur le dossier d'un fauteuil pour ne pas tomber, tant ses jambes flageollaient sous lui. Cet homme, vous l'avez reconnu aussi : c'était Jérôme Léonard !

IX

Le Devoir.

> Maintenant tu es à moi, à moi pour toujours, à moi pour la vie, et peut-être même au delà de la vie ; un serment nous a liés l'un à l'autre. Va, tu as été aussi sage qu'aimante.
>
> Lord BYRON. — *La Fiancée d'Abydos.*

— C'est une lettre, bourgeois, dit l'Auvergnat en présentant à Frédéric un papier qu'il avait soigneusement serré dans son portefeuille usé et crasseux. Le jeune homme tendit une main tremblante pour prendre cette lettre ; il la décacheta lentement, et toujours l'œil fixé sur le commissionnaire, qui continuait son insipide sourire. Léonard, s'apercevant de l'embarras de Frédéric, profite d'un moment où Gabrielle se dirige vers la porte pour la refermer, il s'approche du convalescent, et lui dit à l'oreille ces mots rassurans, mais qui pourtant le glacent d'effroi : — Motus ! c'est convenu ; il n'y a pas de risque que je parle devant le monde. Le coupable et le témoin échangent un regard d'intelligence ; puis Léonard recule d'un pas, et se tient à une distance respectueuse de Frédéric.

— Qui donc peut m'écrire ? se demande tout haut le convalescent en examinant la suscription du billet ; je ne connais personne qui s'intéresse à ma santé, si ce n'est le spéculateur à qui j'ai vendu ma rente viagère.

— Il faut que cela soit pressé, reprend Gabrielle, puisqu'on vous envoie un commissionnaire de Paris.

— Je vas vous dire, interrompt Léonard ; c'est une petite promenade que je me suis procurée parce que nous sommes aujourd'hui dimanche,

et qu'il n'y a pas grand'chose à faire à mon coin ces jours-là. Quand on
m'a envoyé à ce matin porter la lettre dans le faubourg du Temple, j'ai
tout de suite reconnu la maison là où monsieur demeure. Tiens, que je
me suis dit, c'est chez le jeune bourgeois qui m'a promis de l'ouvrage ; et
dame, ça me faisait plaisir de le revoir, attendu que je me doutais bien
qu'il y aurait un bon pour-boire... Et puis voilà que je ne trouve personne, et le propriétaire m'apprend que vous êtes à Essonne... Là-dessus,
je retourne chez la pratique qui m'a donné cette lettre pour vous. Est-ce
pressé, M. Dannebeau ? que je lui dis ; c'est que pour avoir une réponse il
faudrait faire pas mal de chemin.

— M. Dannebeau, dit Gabrielle ; mais c'est le nom du notaire de M. Dumoutier.

— Comme vous dites, ma belle demoiselle ; ça vient d'un notaire, dont
je demeure à la porte. Comme il me charge de mettre la lettre à la poste,
moi je ne fais ni une ni deux : en route, petit ? ce n'est qu'une promenade. Je prends un chiffon de pain tendre avec moi ; je l'arrose de deux
petits verres... ça me donne du courage... j'arpente le terrain, et me
voilà... A présent, si vous voulez me faire donner quelque chose pour
me rafraîchir, j'aurai le plaisir de le boire à votre santé.

Au nom du notaire de son oncle, la surprise de Frédéric augmente.
Comment peut-il se trouver en correspondance avec lui? Il hésite à ouvrir la lettre. C'est que tout est sujet de trouble pour une conscience
inquiète ; et celle du convalescent d'Essonne était loin en ce moment du
calme qu'il affectait. Il réfléchissait à part lui, sans faire attention au
bavardage de Léonard ; mais quand celui-ci eut manifesté le désir de réparer les fatigues de la route aux dépens de son *jeune bourgeois*, Frédéric sortit de sa rêverie et reprit vivement : — Oui, mon ami, descendez
dans la salle des voyageurs ; choisissez ce qui vous plaira le mieux ; ne
craignez pas d'être indiscret. Mais, pour que vous soyez bien traité... je
vais moi-même...

— C'est inutile de vous donner cette peine-là, bourgeois ; puisqu'il ne
s'agit que de demander ce qu'il y a de meilleur, je saurai bien, je ne
serai pas embarrassé pour me faire servir. Et il ajouta, en tirant la porte
sur lui : Je savais bien que vous seriez bon enfant avec moi ; aussi,
n'ayez pas peur, je vais me donner des forces... je ne me refuserai rien.

— Eh bien ! dit Gabrielle, vous ne lisez pas la lettre de M. Dannebeau ?... Peut-être renferme-t-elle une bonne nouvelle pour vous... Qui
sait ? si votre oncle avait disposé d'un legs en votre faveur !

— Ne le sauriez-vous pas déjà, Gabrielle ? reprit Frédéric en frémissant ; car il sentait bien que le plus grand bonheur qu'il pouvait espérer,
c'était de ne rien devoir à celui dont il avait causé la mort.

— Et comment connaîtrais-je les dernières dispositions de M. Dumoutier ? J'ai quitté Paris huit jours avant le terme fixé pour l'ouverture du
testament... Oh ! mais lisez, lisez... je serais si contente d'apprendre que
sa rigueur envers vous n'était qu'un faux semblant de colère.

— Alors, interrompit Frédéric avec une feinte indifférence, lisez vous-
même, Gabrielle ; il est juste que vous soyez instruite du contenu de cette
lettre avant moi, puisque c'est vous qu'il intéresse le plus.

Il lui donna le billet du notaire, qu'il s'estimait heureux de ne pas lire
lui-même, car le tremblement de sa voix eût trahi l'émotion qui s'était
emparée de lui à l'arrivée de Léonard. Gabrielle lut :

« Monsieur,

» Ayant eu l'avantage de jouir pendant quarante ans de la confiance
de mon cher client, feu M. Dumoutier, j'ai souvent été assez heureux
pour combattre victorieusement quelques unes de ses résolutions que je
n'approuvais pas. Depuis deux ans, cet estimable ami m'avait confié le
dépôt de ses dispositions testamentaires en votre faveur. M. Dumoutier,

à tort ou à raison, parut avoir ensuite de violens griefs contre vous. Si j'avais cédé à son premier mouvement de colère, le testament qu'il a laissé vous serait entièrement défavorable... »

— Assez ! interrompit Frédéric. Vous le savez, je ne veux rien accepter de sa fortune : je repousse avec horreur le legs que, dans un moment de pitié, il a cru devoir m'accorder.

— Permettez que je continue... libre à vous d'être généreux après comme vous l'entendrez.

Frédéric se tut. Gabrielle reprit :

« Nous sommes les dépositaires de la fortune des familles ; mais notre ministère n'aurait rien d'honorable si nous ne sentions aussi qu'il y a pour nous une mission toute morale à remplir, avant de légitimer l'injustice par notre signature. Cette noble influence que nous devons exercer dans les transactions de nos cliens, je ne m'en suis pas départi à l'égard de M. Dumoutier : j'ai résisté, autant qu'il a été en mon pouvoir, aux projets de votre oncle, qui souhaitait ardemment d'annuler un testament par lequel il vous instituait son légataire universel. J'ai fait parler la voix du sang... je lui ai fait comprendre que, dans l'intérêt de la réputation d'une jeune fille qu'il garde depuis long-temps chez lui sur un pied assez équivoque, il devait se défendre du désir de lui laisser une fortune qu'on l'accuserait d'avoir acquise par des complaisances auxquelles vous me permettrez de ne pas donner leur véritable nom. »

À son tour Gabrielle pâlit, ses lèvres tremblèrent, et la lettre lui tomba des mains.

— Infamie !... s'écria Frédéric, vous soupçonner !... vous, Gabrielle, qui êtes si pure !... Oh ! mais, je vous vengerai !... on saura pourquoi mon oncle prit soin de vous... on saura qu'il vous devait bien quelques secours... puisque c'est lui... » Ici Frédéric s'arrêta ; l'accusation expira sur ses lèvres ; il sentit que ce n'était pas à lui de flétrir la mémoire de Dumoutier : il ne lui était plus permis de la trouver coupable. La pauvre enfant pleurait comme pleure l'innocent qui ne peut repousser le soupçon que par des larmes. — Mon Dieu ! disait-elle, comment cette affreuse pensée a-t-elle pu venir à quelqu'un ?... quelle imprudence ai-je donc commise qui puisse la justifier ?... Vous ne le croyez pas, Frédéric, n'est-ce pas ?... vous m'estimez assez pour savoir que c'est un indigne mensonge.

— Moi ! reprit le jeune homme ; mais ne voyez-vous donc pas, à l'indignation qui me possède, que je ne suis pas moins irrité que vous de cette infamie... Je vous l'ai dit, je vous vengerai !

— Et comment ? objecta Gabrielle ; je vous le disais bien, le monde empoisonne nos paroles les plus indifférentes, nos actions les plus louables... Ce n'est pas assez que de me croire la maîtresse de l'oncle... la démarche que j'ai faite pour vous prodiguer mes soins, on l'interprétera aussi à mal... On se dira : « L'un n'a pas été plus tôt mort, qu'elle s'est donnée à l'autre... » Pour être respectée, il faut donc n'accepter les bienfaits de personne : il faut donc être toujours en garde contre les mouvemens de son cœur ? Ce n'est plus à vous, Frédéric, mais bien à moi de partir ; car rien au monde ne pourra prouver que je n'ai pas mérité le soupçon qui pèse sur moi, et il faudra que j'aille bien loin cacher ma honte. Cependant je vous jure, Frédéric...

— Et qu'ai-je besoin de vos sermens ? qui connaît mieux que moi votre innocence ?... Oh ! un honnête homme pourra sans crainte vous donner son nom et sa main, car vous êtes digne de tous les respects.

— Oui, vous le croyez, vous ; mais vous ne persuaderez personne, Frédéric.

— Même en vous épousant ?... ce serait pourtant un défi jeté à la calomnie.

— Que dites-vous ?... vous auriez le courage... Oh ! mais, non, ce serait trop d'égoïsme de ma part. Vous n'avez pu encore oublier l'autre...

Il n'y a que le temps... le temps seul qui puisse effacer son souvenir : vous ne vous appartenez pas encore, mon ami... je ne puis être à vous... Tenez, je lis dans vos yeux que vous vous repentez déjà de cette parole imprudente et généreuse... Reprenez-la, Frédéric; je n'accepte pas votre sacrifice... ma réputation ne vaut pas votre bonheur.

— Gabrielle, interrompit-il, vous vous méprenez sur mes véritables sentimens. Oui, je sens que j'aime encore celle qui m'a trompé... je l'aime de toutes les forces de mon âme... je me trouve méprisable de préférer une femme comme elle à un ange de bonté et de vertu comme vous ; mais quoique cet amour soit encore tout-puissant dans mon cœur, je n'hésiterais pas à demander votre main, sans cette fortune qui vous appartient... on prendra ma résolution pour un calcul d'intérêt, et notre mariage ne vous justifiera pas.

— Oh! mais attendez... attendez, reprit Gabrielle, qui écoutait avec anxiété chacune des paroles de Frédéric... Rien ne prouve que je sois l'héritière de M. Dumoutier... je croyais l'être il y a une heure encore ; mais maintenant nous nous sommes peut-être trompés tous deux... Il faut que j'achève la lecture de cette lettre. Mon Dieu ! continua-t-elle avec une vive expression de bonheur, tu me rendrais bien heureuse en me faisant bien pauvre; car je lui devrais tout, ma fortune et mon honneur.

Elle ramassa la lettre qui était tombée aux pieds de Frédéric, et lut les dernières lignes avec une précipitation toute joyeuse, tandis que le convalescent, appuyé sur la tablette de la cheminée, couvrait sa tête de ses mains pour cacher à la jeune fille les émotions qui variaient alternativement l'expression de son visage.

« Enfin, mandait M. Dannebeau, les raisons que j'ai su faire valoir l'ont emporté sur la résolution que mon client avait prise de vous priver de ses biens : il convint avec moi d'attendre encore un an avant de rien changer à ce qui avait été fait à l'époque où il vous reconnut pour son seul héritier légitime. Cette année de répit allait expirer, quand la mort vint le surprendre d'une manière si funeste. L'ouverture du testament a été faite hier en présence de M. Cervier, nommé par lui exécuteur de ses dernières volontés ; et, à l'exception de deux legs de douze cents francs chacun : l'un en faveur de mademoiselle Gabrielle Sauzat ; le second au profit du sieur Julien Letourneur, valet de chambre du défunt, vous serez mis en possession de tous les biens meubles et immeubles de M. Dumoutier, propriétaire, qu'il a laissés libres de toutes dettes et engagemens.

Il se fit un moment de silence dans la chambre. Gabrielle avait achevé la lecture de la lettre, et elle levait vers Frédéric des regards craintifs et supplians. Pour lui, toujours le visage caché dans les mains, il n'avait qu'une pensée : — Pourquoi Augusta m'a-t-elle trompé! murmurait-il tout bas. Comme la jeune fille ne voyait pas sans douleur que Frédéric ne songeait plus à renouer l'entretien, elle hasarda d'une voix timide cette question qui devait provoquer une réponse positive : — Partirai-je, monsieur Frédéric ?

— Oui, avec moi, pour Paris ; et là je vous rendrai devant la loi et le prêtre cette fortune dont vous avez été injustement privée.

— Et ce sacrifice ne sera-t-il pas trop grand pour vous?... Pourrez-vous vous sentir la force de m'aimer, quand le souvenir d'une autre n'est pas encore effacé de votre mémoire ?

— Gabrielle, si mon amitié, mon estime vous suffisent, à compter de ce jour je vous jure dévoûment et fidélité inviolables ; quant à de l'amour...

— Ne m'ôtez pas l'espérance, ajouta-t-elle en pressant affectueusement la main qu'il lui tendait ; il est impossible que celui que j'ai pour vous ne finisse pas par me mériter le vôtre.

Frédéric étouffa le soupir profond qu'un pénible doute avait provoqué.

et tout bas il se dit : C'était le seul moyen de m'acquitter envers elle...
Si mon oncle eût vécu un jour de plus, les biens qu'il me laisse appar-
tiendraient à Gabrielle... C'est bien assez d'une victime... Qu'elle soit
riche... qu'elle soit heureuse... je n'aurai fait que mon devoir. Puis il reprit tout haut et d'un ton solennel : — Oui, Gabrielle, sur l'honneur je
serai votre époux.

Ce fut avec ivresse que la jeune fille entendit ces paroles graves et sa-
crées sortir de la bouche de celui qu'elle aimait. Les mouvemens brusques
de Gabrielle, ses éclats de voix prouvaient son délire ; elle ne craignait
pas de montrer son bonheur, comme font les grandes demoiselles qui se
pincent les lèvres et se cachent pour rougir quand on leur dit qu'elles
vont être mariées. Mais Gabrielle, nous le savons déjà, ne ressemblait en
rien à nos hypocrites de dix-huit ans : elle pleurait, riait en même temps
comme si elle se fût abandonnée à un amour partagé... Et cependant celui qui allait lui donner sa main ne l'aimait que comme une sœur ; mais
la jeune fille l'avait dit : — Cette vive tendresse qu'il m'inspire, il l'éprouvera pour moi un jour. Elle se disait cela, ou plutôt l'égoïste ne pensait
qu'à sa propre félicité ; mais son égoïsme était si franc qu'on ne pouvait
vraiment pas avoir la force de le lui reprocher.

Pendant que cette scène de folle joie à laquelle Frédéric souriait avec
une douce émotion, se passait dans la chambre du premier étage de l'auberge du Soleil-d'Or, Léonard, fidèle à la promesse qu'il avait faite de ne
se rien refuser, achevait le plus substantiel repas qu'il eût pris de sa vie :
il mit à sec la seconde bouteille, et, lesté d'importance, monta chez Frédéric pour chercher la réponse à sa lettre. A son aspect, Frédéric éprouva
de nouveau une commotion douloureuse ; il ne pouvait pas voir en face
cet homme qui savait tout et pouvait se lasser d'une discrétion qui ne lui
profitait pas : aussi, quand Léonard lui tendit la main pour recevoir le
prix de sa commission, Frédéric s'empressa de fouiller dans la bourse que
son rival Edmond lui avait laissée ; il prit une pièce d'or de vingt francs,
et la donna au commissionnaire. Léonard sourit comme il souriait toujours,
tourna la pièce dans ses doigts, et regarda avec un étonnement à la fois
malin et timide Frédéric qui se mourait d'effroi que ce regard ne fût
compris de Gabrielle.

— Eh bien ! mon ami... n'es-tu pas content ? ne t'ai-je pas assez payé ?

— Si fait, bourgeois ; mais... c'est que je pensais...

— Attends... je te dois plus, c'est vrai... Et il tira un autre napoléon,
que Léonard reçut avec sa niaise apathie qui ne l'abandonnait jamais.

— Maintenant, dit Frédéric, tu peux partir, il n'y a pas de réponse.
Demain je serai à Paris.

— Très bien, reprit Léonard, en continuant de retourner ses deux
pièces d'or ; mais c'est que je me disais... monsieur me paie cher ma commission : ça ne m'étonne pas... d'autant plus que nous sommes des connaissances... Mais voilà qu'il se fait tard pour m'en retourner à pied
jusqu'à la chambrée... La voiture de Paris est en bas, et ça me serait un
crève-cœur de changer mes pièces d'or, d'autant plus que c'est pour faire
des économies, et que la grosse monnaie ça prend trop de place dans la
tire-lire : elle ne peut pas en tenir beaucoup.

— J'entends, dit Gabrielle, le commissionnaire désire qu'on lui paie sa
place dans la voiture.

— Juste, répliqua Léonard, en portant tour à tour les yeux sur Frédéric et sur Gabrielle. Celle-ci prit quelque monnaie dans son sac, et
ajouta en riant : — Au fait, il ne faut causer de chagrin à personne aujourd'hui... il est juste que ce brave homme profite de notre bonheur.

— En vous remerciant, ma bonne dame, dit Léonard, ça fera le compte
pour le cocher, avec deux sous pour boire que je mettrai de ma poche.
Il ferma la porte, descendit deux marches, puis rentra aussitôt dans la
chambre pour dire à Frédéric : — Vous n'oublierez pas, mon bourgeois,

je suis toujours au coin de la rue Sainte-Avoye ; si vous ne me trouvez
pas à ma place, vous demanderez *la Grande-Perche* aux camarades :
c'est un nom d'amitié que les pays m'ont donné. Cette fois il partit pour
ne plus revenir, car quelques secondes après la sortie de l'Auvergnat,
Frédéric entendit le cocher de la voiture publique exciter ses trois hari-
delles, qui partirent au galop boiteux de leurs jambes cagneuses.

— Le port des lettres coûte cher à E sonne. dit Gabrielle en souriant,
quand le commissionnaire fut parti. Frédéric tressaillit, car il sentait combien il était nécessaire d'expliquer son étonnante générosité envers Léonard.

— N'est-ce pas, dit-il, que ma conduite avec cet homme doit vous paraître extraordinaire ?

— Non, répliqua-t-elle. j'ai pensé que vous le saviez malheureux, et
je n'ai vu dans votre action qu'un moyen délicat de lui faire accepter quelques secours... Au surplus, il n'y a rien là-dedans que de très naturel ;
car moi-même, pour le récompenser de la nouvelle qu'il vient de vous
apporter, j'aurais voulu lui donner tout ce que j'avais sur moi.

Cette réponse rassura Frédéric. La soirée avançait ; Gabrielle souhaita
une bonne nuit à son malade. et se retira dans sa chambre. Bien des
heures s'écoulèrent avant que la jeune fille pût céder au sommeil ; mais
ses idées étaient si riantes ! l'avenir se présentait à elle sous un si beau
jour, qu'elle trouvait du plaisir à veiller. Elle se croyait encore avec Frédéric ; elle lui parlait de leur joli ménage ; elle se voyait arrivée à l'heureux moment où l'amant d'Augusta, consolé de la trahison d'une coquette, viendrait lui dire enfin : — Ta tendresse et ta patience ont vaincu
la puissance des souvenirs ; ce cœur, qui fut trop long-temps à une autre,
t'appartient tout entier, et cette fidélité que je te gardais par devoir, c'est
par sentiment aujourd'hui que je veux te la conserver. Bercée par ces flatteuses espérances, elle laissa tout doucement ses paupières se fermer, et
passa, sans s'en apercevoir, des rêveries d'une jeune fille aux songes
brûlans d'une future mariée qui s'est endormie en se parlant d'amour.

Le sommeil ne s'empara pas non plus de Frédéric aussitôt qu'il se fut
mis au lit ; en quelques heures sa position avait singulièrement changé.
Tout à l'heure, pauvre, mais libre de ses actions, il pouvait emporter au
loin ses chagrins et ses remords. Maintenant riche, mais enchaîné par une
promesse faite à une femme dont il ne partage pas l'amour, il faut qu'il
accoutume sa bouche au sourire ; il faut qu'il impose silence à ses soupirs,
qu'il s'étudie à donner l'expression de calme à son visage, afin que Gabrielle ne soupçonne rien des combats que lui livre sa conscience, afin
qu'elle ignore l'étendue du sacrifice qu'il fait en l'épousant ; car si elle
pouvait deviner une partie des souffrances qu'il endure, elle serait assez
généreuse pour lui rendre sa parole. Mais pourrait-elle renoncer à lui sans
être malheureuse ! et Frédéric se dit : — Elle n'a pas mérité de souffrir.

Au point du jour, Gabrielle était sur pied, et préparait tout pour le départ. Il affecta pendant le voyage une tranquillité qu'il n'éprouvait pas.
Mais lorsque, arrivés à Paris, Gabrielle lui demanda la permission d'habiter,
comme autrefois, la maison dans l'île, où il viendrait la voir jusqu'à l'expi-
ration de leur deuil, une sueur froide passa par tous les membres de Frédéric, et d'une voix fortement émue, il répondit à la jeune fille : — Non,
de grâce, n'allez plus dans cette maison... Mon oncle en avait une autre
à Paris, dans le Marais : c'est là que vous logerez désormais.

— Comme vous le voudrez, reprit Gabrielle, avec une touchante résignation... Vous avez raison, la maison de l'île nous rappellerait des souvenirs trop affligeans ; disposez de moi : ordonnez, Frédéric ; je ferai tout
ce qui vous plaira.

C'est chez M. Cervier, l'exécuteur testamentaire de Dumoutier, que les
futurs époux se rendirent d'abord. — Eh bien ! mon cher monsieur, dit
celui-ci, dès qu'il se trouva face à face avec Frédéric, quand je vous disais

autrefois que mon ami savait réparer ses torts ; j'espère qu'il en a usé
généreusement avec vous... Vous voilà, grâce à lui, à la tête d'une belle
fortune... Mademoiselle non plus n'a pas été oubliée dans le testament :
douze cents francs de dot : avec cela on peut trouver pour mari un honnête ouvrier. Nous verrons à arranger un bon mariage pour vous, ma
chère amie. Gabrielle regarda Frédéric, car elle n'osait répondre ; mais la
jeune fille désirait que tout le monde connût leur projet d'union. Le neveu
de Dumoutier ne fit pas attendre sa réponse, si vivement désirée par
Gabrielle. Il reprit :

— Ne vous donnez pas la peine, monsieur, de penser à l'établissement
de la protégée de mon oncle, car je vous prierai avant peu de vouloir bien
signer à notre contrat de mariage.

— Ah ! ah ! vous épousez mademoiselle... Allons, c'est bien... c'est très
bien de votre part, mon ami ; mais j'avais rêvé pour vous un autre parti...
fort avantageux... ma pupille. Enfin, n'en parlons plus.

Frédéric ne se souciait guère de retourner dans sa mansarde du faubourg ; l'aspect de ces lieux eût renouvelé des souvenirs qu'il cherchait
à éloigner. Cervier lui offrit un logement dans sa maison. Il devait l'habiter jusqu'à l'époque de son prochain mariage. Quant à Gabrielle, elle
alla, comme nous l'avons dit, se loger dans un petit appartement d'une
maison de la rue Saint-Louis, qui appartenait à l'héritier de son père
adoptif.

Frédéric, quelque temps après son retour de Paris, passa par une de
ces cruelles épreuves auxquelles les coupables sont parfois soumis. Gabrielle et M. Cervier voulurent aller rendre une douloureuse visite à la
tombe de Dumoutier. On se rappelle que depuis long-temps le vieil usurier
avait lui-même marqué sa place au cimetière, afin de reposer auprès de
sa sœur. Frédéric eût en vain cherché à cacher son émotion en présence
de ces deux tombeaux ; cela aurait été au dessus de ses forces : il se laissa
tomber à genoux sur le marbre qui renfermait les restes de sa mère ; la
bouche collée contre la terre, il implora pitié et miséricorde pour son
crime ; et ce n'est qu'après deux instants d'évanouissement qu'il rouvrit
les yeux. Il était alors dans son lit, entouré du médecin, de M. Cervier
et de Gabrielle, qui l'avaient transporté du cimetière à la maison de l'exécuteur testamentaire, sans pouvoir parvenir à le rendre à la vie.

— Sans doute, c'est une imprudence, disait le docteur ; ce jeune homme
relève à peine d'une maladie fort grave. Il paraît doué d'une excessive
sensibilité ; vous deviez prévoir le danger qu'il y avait à le conduire devant la tombe de deux personnes qui lui étaient chères.

— Oh ! j'irai seule maintenant, répondit Gabrielle... Mais voilà qu'il
revient à lui... C'est de repos et de calme qu'il a besoin, je le sais. Laissez-
moi seule avec lui.

— Mademoiselle a raison, reprit le médecin. Allons nous mettre à table,
monsieur Cervier.

Peu à peu Frédéric avait retrouvé tous ses souvenirs : aussi, dès qu'il
se vit seul avec Gabrielle, il lui demanda d'une voix faible et tremblante :

— Est-ce que j'ai parlé pendant mon évanouissement ?

— Oui, répondit-elle ; c'était comme le délire de la fièvre. Vous avez
dit des mots sans suite, inintelligibles : on ne distinguait que le nom de
votre mère... Mais ne pensez plus à cela, car vous pourriez éprouver une
seconde attaque de nerfs ; et il n'en faudrait pas beaucoup comme celle-ci,
mon ami, pour que nous ayons encore une mort à déplorer.

Trois mois après cette dangereuse rechute, on célébrait à la petite église
Saint-Louis du Marais le mariage de Frédéric Gilbert avec Gabrielle. Un
commissionnaire se tenait debout devant la voiture des mariés, quand ils
sortirent du temple. Frédéric reconnut dans celui qui ouvrait la portière
de sa voiture Léonard l'Auvergnat, qui lui dit, toujours avec le même
sourire : — Bien du bonheur, bourgeois ! Hein ! si je n'avais pas été bon

enfant le jour de notre rencontre là-bas, vous ne seriez pas ici aujour-
d'hui. Le marié frémit, et laissa tomber sa bourse dans la main de cet
homme.

— Merci, mon maître, reprit Léonard ; je suis à vos ordres pour toute
la journée.

En effet, à la porte de M. Cervier, chez lequel se donnaient le bal et le
repas de noces, Léonard se retrouva près du carrosse ; et quand le soir
les mariés partirent ensemble pour leur maison de la rue Saint-Louis, ce
fut encore Léonard qui, armé d'une torche de résine, éclaira Frédéric au
moment où il descendait de voiture.

X

Les Bienfaits.

> La bienfaisance est le sommaire de toutes les
> vertus.
>
> SAADI.
>
> Tous les bienfaits ne partent pas de la bien-
> faisance.
>
> DUCLOS.

Cette double apparition du témoin dans un jour de fête avait singulièrement assombri les pensées du jeune époux. Plus d'une fois le doux
et joyeux regard de Gabrielle s'était rencontré avec le regard pensif et
douloureux de son mari. Frédéric alors cherchait à dissimuler sa tristesse ; mais une larme qui venait aussitôt à briller sous la paupière de la
jeune fille inquiète, lui disait assez que c'était en vain qu'il s'imposait le
devoir de paraître heureux. On ne trompe pas facilement la sollicitude
d'une femme qui nous aime ; elle a des yeux au cœur pour voir ce qui se
passe dans le nôtre. Mais comme Gabrielle ne pouvait deviner le véritable
motif de cette contrainte qui perçait à travers la fausse expression de bonheur que Frédéric essayait de donner à son visage, la pauvre enfant in-
terprétait bien cruellement pour elle le sombre abattement de son ami.
Au milieu de la pompe du temple, des rires, des festins et des joies du
bal elle se disait : — Il n'y a peut-être qu'un malheureux ici, et ce malheureux, c'est à moi qu'il doit sa souffrance... à moi, qui aurais voulu
tout sacrifier à son bonheur... à moi, qui l'aime comme aucune femme
n'a jamais aimé, peut-être... Oh ! s'il n'avait pas dit oui avec tant de
force ; si sa voix eût tremblé en prononçant le mot qui vient de nous
unir, j'aurais eu le courage de garder le silence devant le magistrat, devant le prêtre ; je ne serais pas sa femme... et il serait libre encore...
Mais il m'a regardée d'un air si bon, alors que je me suis crue tout à
fait aimée... non pas comme il aimait l'autre, mais aimée de cette amitié
sincère qui devait peu à peu le conduire à l'amour... Maintenant que le
mal est fait... il comprend l'étendue du sacrifice qu'il s'est imposé... sa
chaîne lui pèse... il la déteste... il me hait peut-être aussi... Que ce
doute est affreux !... Si j'osais l'interroger ! Et ces pénibles *à parte* étaient
interrompus par une galanterie de l'un des convives, une invitation à
danser, une réflexion morale du gros monsieur Cervier ; et il fallait répondre à tout cela d'un air facile et gai, comme si on n'avait pas eu le
cœur tourmenté d'inquiétude. Gabrielle préférait à tous ces prévenans

aimables le moment où chacun se groupait autour du poète de la société pour l'entendre débiter avec une émotion étudiée, l'improvisation du cœur, ces vers ridicules de famille qui mendient des éloges, en boitant de leurs pieds inégaux, et auxquels on n'ose pas plus refuser une aumône, qu'on ne la refuse au gueux des rues quand il vous montre ses infirmités pour exciter votre compassion. C'était pour la mariée un instant de répit et d'isolement : elle n'avait qu'à faire comme tout le monde, à ne pas écouter, et à trouver l'épithalame charmant.

Ainsi, quand chacun se livrait, insouciant, aux folies d'une noce, Gabrielle, à qui tous les hommages s'adressaient, que l'on accablait de soins et de propos aimables, était, avec Frédéric, la personne qui jouissait le moins des plaisirs de cette journée. Il n'aurait fallu qu'un sourire de Frédéric pour rendre à la jeune mariée toute la joie qu'elle s'était promise le matin ; mais il aurait fallu aussi de la franchise dans ce sourire. Elle l'épia en vain sur les lèvres de Frédéric ; il sourit toujours avec cette même expression d'amertume que la présence inattendue de Jérôme Léonard avait répandue sur tous ses traits. Gabrielle se confirma dans la pensée qu'elle seule était la cause du chagrin de son mari, et son imagination l'isola de plus en plus de ceux qui l'entouraient.

Enfin minuit sonna ; une sœur de M. Cervier, qui présidait aux soins de la fête, donna aux époux le signal du départ. Le cœur de Gabrielle battait fort quand elle mit sa main dans celle de son mari pour gagner la voiture qui les attendait ; mais ce n'était pas de la craintive et douce émotion qui s'empare de la vierge la plus éprise, quand elle voit avancer le moment où les chastes plaisirs du ménage feront tomber le voile dont s'enveloppait sa pudeur de jeune fille. Ce qui causait le trouble de Gabrielle, c'était l'impatience de ne pouvoir se trouver seule avec Frédéric, pour lui demander enfin le secret de son cœur, et les motifs de ces nombreux soupirs qu'elle avait surpris. La voiture roula jusqu'à la maison de la rue Saint-Louis. Chemin faisant, le calme était rentré peu à peu dans l'âme de Frédéric... Assis vis-à-vis de Gabrielle, ses genoux effleuraient ceux de la jeune femme. Il sentit, à travers ses vêtemens, ce frisson de l'épiderme qui s'irrite sous une sensation de plaisir ; il pressa doucement de l'orteil le pied de la pauvre enfant. Une pression rapide, convulsive, répondit à la sienne : c'en était assez de ce jeu muet de l'amour pour chasser les tristes pensées qui troublaient sa conscience. Tout souvenir pénible se serait effacé de sa mémoire, si la sœur de M. Cervier ne l'eût rappelé à lui au moment où, excité par une tendre provocation de Gabrielle, il rencontra, sans le vouloir, le pied de la vieille demoiselle. — Prenez donc garde, monsieur, dit mademoiselle ; j'ai des cors qui me font horriblement souffrir. Frédéric fronça le sourcil, en demandant pardon à la prude ; Gabrielle se pinça les lèvres et rougit. Les chevaux s'arrêtèrent ; on était arrivé à la maison des époux. Vous savez quel visage Frédéric vit sourire à travers la fumeuse lumière de la torche qui éclairait le marchepied de la voiture : c'était le démon du remords qui lui riait ainsi. — Bonne nuit, mon bourgeois ! dit l'Auvergnat, en cédant à Julien le soin d'éclairer ses nouveaux maîtres. La figure de Frédéric devint livide ; il crut, aux battemens de son cœur, que sa poitrine allait s'ouvrir, et que sa dernière heure était venue.

Mademoiselle Cervier demeura quelques instans dans la chambre à coucher avec Gabrielle ; mais, bientôt après, celle-ci la congédia, et Frédéric put entrer chez sa femme. Il aurait volontiers prié la vieille fille de rester plus long-temps encore, tant il avait de peine à se remettre de sa stupeur ! Pourtant il parvint à vaincre son émotion, et dès qu'il se vit seul avec la jeune mariée, il s'approcha doucement d'elle pour l'aider à détacher le bouquet qui s'était tout le jour balancé sur son sein. Gabrielle prit la main de son mari : — Non, dit-elle, mon ami, ne feignez point un empressement que vous ne pouvez pas éprouver... Tenez, asseyez-vous

près du feu... je vais m'asseoir aussi ; nous avons à causer. Ah! mais
promettez-moi de me répondre bien franchement, car je veux aussi vous
parler avec toute la franchise que vous me connaissez. Ces paroles trou-
blèrent un peu Frédéric. Gabrielle avança deux fauteuils devant la cheminée, et regarda son mari d'un air si suppliant, qu'il ne put se dispenser
de s'asseoir vis-à-vis d'elle. Gabrielle reprit après un court silence :

— Je suis à vous, Frédéric, ou, plutôt, c'est vous qui avez bien voulu
vous donner à moi ; car, entre nous, ce n'est pas comme dans les ménages ordinaires, où la femme pleure et tremble en mettant pour la première fois le pied dans la chambre nuptiale. Ici les rôles sont changés.
Vous vous êtes laissé conduire sans résistance, mais sans volonté non
plus, à cette union ; et, à mesure que l'instant approchait où nous devions nous séparer du monde, pour être entièrement l'un à l'autre, j'ai
vu votre visage s'empreindre de tristesse : on eût dit que des regrets
tardifs, mais bien amers, s'e aient emparés de vous.

— Peux-tu le penser, ma Gabrielle? n'est-ce pas moi qui, le premier,
t'ai parlé de cette union? n'ai-je pas cherché à en rapprocher le terme,
quand une fois elle a été convenue entre nous? Non, tu te trompes, mon
amie ; je n'aurai qu'un regret dans ma vie, ce sera de ne pas te donner
tout le bonheur que tu mérites.

— Oui, vous êtes généreux... bien généreux, Frédéric, je le sais, continua-t-elle en rapprochant son fauteuil de celui de son mari ; et moi, je
n'ai eu envers vous que de l'égoïsme.

— De l'égoïsme !... Mais ces tendres soins que tu m'as prodigués il y
a quelques mois, ces fatigues... ces nuits passées près de mon lit !...

— Oh ! ne m'en remerciez pas, car je ne sais si je n'ai pas rendu grâce
au ciel de votre blessure, qui me procurait le bonheur de rester auprès
vous... Et ce bonheur, j'en jouissais seule, car vous en aimiez... vous en
aimiez une autre... Dans vos rêves, ce n'était pas moi que vous appeliez...
peut-être même ma présence vous était-elle à charge... je me le disais
quelquefois, et je ne m'en allais pas... Vous voyez bien que vous ne me
devez aucune reconnaissance... Et quand je voyais le chagrin que vous
causait a perte... vous parlais-je d'autre chose que du moment où vous
l'oublieriez tout à fait pour ne plus penser qu'à moi ? Si fait, Frédéric, je
ne fus qu'égoïste : mais cet égoïsme m'aura t donné le courage de tout
faire pour vous, enfin, de me rendre digne de votre amour.

— Bonne et charmante fille, reprit Frédéric, en saisissant la main
de Gabrielle, tu te calomnies pour me faire excuser ma froideur envers
toi... Oh ! mais crois-le bien, sans un autre sentiment, que je vaincrai
sans doute, tu ne douterais plus de mon cœur?. Tiens, ce n'est déjà plus
qu'un souvenir, que tes douces paroles effaceront avant peu. Ne me rappelle pas ce qu'un amour méprisable m'a fait souffrir, aide-moi à
l'oublier, Gabrielle ; n'en reparlons jamais, je t'en supplie.

— Si fait, mon ami, il faut que je vous en reparle encore ; il faut que
vous soyez assez confiant avec moi pour me dire si la pensée de notre
mariage n'est pas pour vous un supplice... si vous ne considérerez pas
comme un bonheur l'idée de vous séparer de moi, d'aller vivre au
loin... jusqu'au moment où, guéri d'un souvenir qui vous poursuit
encore, vous pourrez revenir sans répugnance à celle qui vous con-
servera toujours ce qu'elle vous a juré aujourd'hui : obéissance et fidélité... Vous êtes libre, Frédéric... entièrement libre, mon ami. Dès
demain, si vous le voulez, vous pourrez partir : nous prétexterons
un voyage indispensable... je trouverai des excuses à votre absence.
Mais si elle est nécessaire pour vous rendre la vie supportable, ne
craignez pas d'accepter l'offre que je vous fais... Je ne serai pas malheureuse pendant ce temps-là : je penserai à votre retour ; chaque jour
sera un pas de plus qui me rapprochera de l'instant où nous devrons
us réunir... Voyons, parlez, je suis préparée depuis long-temps à votre

réponse ; vous ne verrez pas une larme, vous n'entendrez pas un soupir... Je vous remercierai au contraire, car je me dirai : Au moins il n'a pas voulu me tromper.

Durant cette longue réplique de Gabrielle, Frédéric s'était levé. Accoudé un moment sur la cheminée, il l'écouta parler avec admiration et surprise. Enfin l'attendrissement l'emporta, et comme elle achevait de lui apprendre sa pénible résolution, Frédéric céda aux transports que devait lui causer une proposition si généreuse. Il enlace ses deux bras autour du cou de sa jeune femme, et la tenant ainsi embrassée, il lui dit, cœur contre cœur, lèvre à lèvre : — Non, mon ange, non, je ne te quitterai pas... à toi!... toujours! Et le souvenir d'Augusta disparut pour un moment dans ce baiser, où les deux époux échangèrent leurs âmes. Les larmes inondaient les joues de Gabrielle, quand Frédéric recouvra le sentiment de la vie. — Tu m'avais promis de ne pas pleurer, lui dit-il en souriant.

— Je n'étais préparée qu'au malheur de te perdre, dit-elle. Et ce mot ingénu fut le signal de mille autres baisers.

La tâche du conteur s'arrête devant les mystères du lit nuptial ; n'eût-il qu'un rideau de gaze, le religieux respect qu'il nous inspire doit en faire pour nous un voile impénétrable. Ce n'était qu'avec des pensées chastes que saint Julien, l'apôtre des indigens, bénissait la botte de paille où le pauvre paysan devait conduire le soir sa jeune épousée.

La matinée était déjà fort avancée quand Frédéric et Gabrielle se levèrent. Un rayon de soleil qui glissait à travers les feuilles de la jalousie, descendait en colonne lumineuse sur le parquet de la chambre. La jeune femme, vêtue en élégant et riche déshabillé du matin, ouvrit la croisée, et, tendrement appuyée sur l'épaule de son mari, elle respira au balcon l'air pur de son quartier solitaire. Frédéric, tout à sa femme, lui parlait d'amour, et ne cessait de la regarder avec reconnaissance : il semblait la remercier du bonheur qu'elle lui avait donné. Tout à coup les yeux de Frédéric prennent une expression plus sombre, le sourire s'efface de ses lèvres, son front se plisse ; Frédéric abandonne la main qu'il vient de presser avec une tendre émotion, et paraît ne plus entendre les douces folies de l'heureuse mariée.

— Qu'as-tu donc, mon ami? on dirait que tu trembles. L'air froid te saisit peut-être?... veux-tu rentrer?... Mais écoute-moi donc, je te demande si tu veux rentrer?... Te voilà encore rêveur comme hier, quand j'interprétais si mal ton chagrin... car maintenant je vois combien j'étais injuste envers toi... Frédéric ne répondait pas ; son regard était fixe. Gabrielle reprit : — Mais tu me fais peur quand je te vois comme cela... Allons, viens si tu le veux ; moi je rentre. Cette fois il entendit les paroles de sa femme. — Non, dit-il, je n'ai rien, restons là encore. Et tout bas, il ajouta : — Je ne dois pas avoir l'air de le fuir, car il s'en vengerait peut-être ; mais, mon Dieu! le retrouverai-je donc toujours, et partout! Gabrielle ne pouvait comprendre la cause de ce trouble soudain ; car elle n'avait pas remarqué ce grand commissionnaire qui, assis sur la borne de la maison en face, saluait incessamment les mariés depuis qu'ils étaient venus s'accouder sur le balcon. C'était encore Jérôme Léonard ; oui, c'était lui qui s'offrait aux regards de Frédéric, paraissait les chercher, et tourmentait le jeune mari de son sourire insupportable et de ses grossiers coups de chapeau. Frédéric prit un air de bonté pour lui répondre. Jérôme Léonard ne baissa pas les yeux : il continuait à faire des signes, auxquels Frédéric cherchait en vain un sens. Gabrielle enfin voit cela : — Que te veut donc cet homme? demanda-t-elle à Frédéric.

— Je ne sais.

— N'est-ce pas le commissionnaire qui t'apporta la lettre de M. Dannebeau?

— Oui, c'est le même ; mais je n'ai rien à lui dire... il ne peut rien me vouloir.

— Si fait, car il voit que nous parlons de lui, et voilà qu'il recommence de plus belle à te faire des gestes... Il faut le faire monter, mon ami... tu ne peux pas entreprendre une conversation du haut de notre balcon avec ce commissionnaire. Je vais l'envoyer chercher par Julien : nous saurons ce que cela signifie.

Frédéric n'osait pas se refuser à recevoir Léonard chez lui : il devait craindre à la fois et de manquer d'égards envers celui-ci, et de laisser pénétrer un vague soupçon dans le cœur de sa femme. Julien fut envoyé près du commissionnaire, et les mariés rentrèrent dans leur chambre. Frédéric, qui avait plus que jamais intérêt à ce que son crime ne fût pas connu, car ce n'était plus seulement de son honneur qu'il s'agissait, mais encore de l'honneur et du repos d'une femme qui, depuis un jour, lui était bien chère ; Frédéric, dis-je, s'empressa d'aller au devant de Léonard, et lui jeta à voix basse ces trois mots dans l'oreille : — Silence devant elle ! — C'est dit, répondit le commissionnaire. Et ils arrivèrent ensemble auprès de Gabrielle.

— Vous paraissiez avoir le désir de me parler, mon ami? Voyons, qu'avez-vous à me dire? reprit-il avec une apparence de calme.

— Voilà ce que c'est, monsieur, répondit Léonard en tournant dans ses mains son chapeau à larges bords ; sauf votre respect, le coin de la rue des Blancs-Manteaux n'est pas assez fort pour six commissionnaires que nous sommes ; et puis on travaille en commun : il y a des fainéants qui laissent tout l'ouvrage aux autres, vu qu'ils ont soin de tourner le dos quand on vient vous chercher pour les grosses charges... ça fait le soir des mots à la chambrée... Il y a toujours quelques coups de poing dans le partage ; et moi, ça ne me va pas... Alors je me suis dit : puisque le bourgeois que je connais depuis mon arrivée à Paris a un hôtel du côté du boulevart, peut-être bien qu'il ne me refusera pas de venir poser mes crochets à sa porte. Je sais bien que la besogne ne donne pas beaucoup par ici ; mais s'il y a quelque chose à faire dans la maison de M. Gilbert, c'est moi qu'on prendra de préférence... Je suis un honnête homme : un chacun, dans le quartier, sur la recommandation de monsieur et de madame, cherchera à m'occuper ; et au moins, si je porte de gros meubles, ça ne sera pas pour partager le soir ma journée avec les camarades.

— Sans doute, et je ne vois pas pourquoi vous ne vous établiriez pas en bas de chez nous, reprit Gabrielle... Mon mari n'a aucune raison, je crois, pour vous refuser cela.

— Comme vous dites, monsieur n'a pas de raison : bien du contraire, ajouta Léonard, en faisant clignoter ses yeux gris.

— Certainement, interrompit aussitôt Frédéric, je vous autorise à rester là tant que vous le voudrez.

— Ça n'est pas tout, objecta Léonard : c'est que pour s'établir tout à fait il faut des crochets... Là-bas, nous nous servions des mêmes chacun notre tour, et ici il faudra que j'en achète pour moi.

Le reste de sa demande s'expliqua par un gros rire.

— Mais, dit Gabrielle à son mari, si tu lui donnais le prix de ses crochets, cela ne nous ruinerait pas, et sans doute il serait bien heureux.

— J'y pensais, ma Gabrielle... Oui, Léonard, vous pouvez en commander ; je les paierai.

— J'étais bien sûr de la générosité de monsieur.

— Est-ce tout ce que vous désiriez de moi ?

— Oui, monsieur, puisque vous me promettez de ne pas m'oublier, quand il y aura quelque chose à me faire gagner chez vous... Ah ! c'est que je tiens à vous servir comme il faut, moi... Dame ! vous êtes ma première pratique. J'ai encore chez moi cet écu de cent sous que vous m'avez donné ce jour... Vous savez le jour où je vous ai rencontré.

— C'est très bien, mon ami... Vous êtes économe... On vous emploiera ; et tenez, continua Frédéric, qui avait hâte de se débarrasser de l'Auvergnat, pour commencer, on vous chargera demain de porter les lettres de faire-part de mon mariage... Quand vous n'aurez rien à faire, vous demanderez de l'occupation à Julien : il sera chargé de vous en fournir.

— Très bien, dit Gabrielle ; il faut que la première personne qui nous demande quelque chose n'ait point à se repentir de sa démarche.

— Merci, ma bonne dame, dit Léonard. A présent, si monsieur veut bien me donner un certificat comme quoi il m'autorise à rester à sa porte, j'irai le porter au commissaire, et de là je passerai au coin de la rue des Blancs-Manteaux pour dire aux camarades qu'ils ne sont plus que cinq à manger aux mêmes crochets.

Frédéric écrivit le certificat que Léonard lui avait demandé ; et quand il l'eut donné au commissionnaire, il reconduisit celui-ci jusque sur l'escalier, et dit, en lui glissant un napoléon dans la main : — C'est bien, mon ami : je suis content de ta discrétion.

— Ah ! mon Dieu ! monsieur, vous pouvez compter que je serai toujours muet là-dessus. Qu'est-ce que ça me fait de ne rien dire ; c'était votre affaire, et pas la mienne.

— Eh bien ! dit Gabrielle quand Frédéric fut rentré, voilà un brave homme qui s'en va content de toi ; et que t'en a-t-il coûté pour cela : un oui et quelques lignes. C'est si agréable de voir les gens heureux ! Je ne sais comment peuvent faire ceux qui se refusent le plaisir d'obliger les pauvres gens, surtout quand ils ne sont pas plus exigeans que celui-ci. Au moins, lorsque nous rentrerons et que nous sortirons de chez nous, nous serons sûrs de voir toujours là un homme qui nous devra quelque reconnaissance. Cette idée-là te sourit comme à moi, j'en suis sûre. Il est si doux d'avoir sans cesse les yeux sur quelqu'un qui vous doit son bonheur, son existence.

Ainsi parlait la nouvelle mariée, et ses réflexions rendaient encore plus pénible à Frédéric la pensée du continuel supplice auquel la présence de Jérôme Léonard allait le condamner. En effet, il ne pouvait sortir de son hôtel ou rentrer chez lui, sans que cet homme, toujours assis sur son banc de pierre, n'essayât de lui rappeler le souvenir de son crime, en accueillant son passage d'un sourire, d'un mouvement de tête ou d'un signe d'intelligence. Frédéric, d'abord, s'était dit : — En passant près de lui, je détournerai les yeux ; mais étouffe-t-on comme on le veut la voix de la conscience ? Mais quel coupable a reçu du ciel assez de puissance pour échapper au remords qui le poursuit journellement ? Et le remords pour Frédéric, c'était le commissionnaire, dont il rencontrait sans cesse le regard, dont la chanson montait jusqu'à lui, lorsque, enfermé dans son appartement avec Gabrielle, les douces caresses de celle-ci lui faisaient un moment oublier son malheur. Un projet de fête, de bal, venait-il distraire Frédéric de ses douloureuses pensées, pour se rendre à ces réunions de plaisirs, il fallait passer devant Jérôme ; il fallait lui payer ce tribut d'attention auquel l'Auvergnat avait droit ; il fallait enfin répondre par un sourire ami au ricanement niais et malin de Jérôme Léonard : alors toute la joie que Frédéric s'était promise s'évanouissait ; la soirée la plus gaie pour tous les autres n'était pour lui qu'une suite de tourmens. Et quand le soir, bien tard, il rentrait à son hôtel, et que Jérôme n'était pas assis sur son banc, Frédéric n'en frémissait pas moins ; en regardant cette place où il l'avait vu le matin, il se disait : — Demain il y sera encore... toujours je le verrai là ! car je n'ai pas le droit de lui dire : va-t'en !

Enfin, pour se soustraire à cette torture incessante qui lui faisait sentir les plus poignantes angoisses au milieu des douces étreintes de l'amour

conjugal, Frédéric résolut de voyager. La saison n'était pas favorable.
Gabrielle voulut détourner son mari de ce projet étrange ; mais son obéissance céda aux prières de Frédéric. Julien reçut l'ordre de faire les paquets, et quelques jours après les deux époux prirent la route de l'Italie.
Léonard fut chargé de porter les malles à la diligence. En revenant de
son dernier voyage, il monta chez Frédéric, qui sortait avec sa femme :
le jeune ménage allait faire ses adieux à M. Cervier.

— Mon maître, dit l'Auvergnat en l'abordant d'un air humble et câlin,
je ne m'attendais pas à votre départ de Paris, ça ne m'arrange guère, vu
que voilà l'hiver qui vient : il sera dur, j'aurai besoin de gagner ma vie
pour ne pas geler à mon coin, et vous êtes ma meilleure pratique.

— Vraiment, dit Gabrielle en souriant à son mari, on croirait que ce
pauvre Léonard veut t'empêcher de partir ; il faudrait qu'il fût bien éloquent pour y parvenir, puisque je l'ai vainement essayé. Frédéric reprit
à part lui : — C'est que lui seul a le droit de s'opposer à mon départ ;
s'il l'exigeait, il me faudrait bien rester. Mais comme Gabrielle allait l'interroger sur son silence, et que Léonard le regardait toujours fixement,
Frédéric reprit aussitôt · — Mon ami, ne craignez rien pour le froid de
cet hiver : si le vent de la rue est trop rude pour vous, mon portier vous
recevra dans sa loge ; les jours où vous n'aurez pas d'ouvrage, Julien
vous donnera à dîner dans l'office... vous ne souffrirez ni la faim, ni les
rigueurs de la saison : je suis votre protecteur et je veux toujours l'être,
entendez-vous, Léonard ? Pour tous vos besoins, adressez-vous à Julien ;
je lui ordonnerai de ne vous laisser manquer de rien.

— Je savais bien qu'en m'adressant à monsieur je pouvais être tranquille sur mon sort. Alors, bon voyage, mon bourgeois, que je vous souhaite ; quand vous reviendrez, vous me trouverez sur mon banc, toujours
prêt à vous servir honnêtement et avec zèle.

Frédéric et sa femme s'éloignèrent.

— Ne trouves-tu pas, ma bonne amie, dit le mari de Gabrielle à celle-
ci, que je fais bien de donner chez nous un asile à ce brave garçon pendant l'hiver ?

— Oh ! oui, répondit-elle, quand on a commencé à obliger quelqu'un,
il faut continuer à veiller sur lui ; c'est un engagement de bienfaisance
qu'on a pris envers lui, et auquel on ne saurait manquer sans être taxé
de caprice, de cruauté même. Léonard, comme tu l'as dit, est ton protégé ;
je trouve tout naturel que tu ne l'abandonnes pas dans une saison si pénible pour les malheureux : d'ailleurs, je suis si heureuse de te voir bon,
de te savoir aimé !

Ces mots rassurèrent Frédéric. Il n'avait interrogé sa femme qu'afin de
s'assurer qu'elle ne soupçonnait pas la raison puissante qui le portait à
s'intéresser si vivement au sort du commissionnaire. Enfin, les époux
partirent. Leur voyage dura tout un an. Frédéric éloignait toujours, autant qu'il le pouvait, le terme de son retour à Paris ; mais la saison redevint à la fin triste, froide et pluvieuse. Gabrielle suppliait depuis long-
temps son mari de la ramener à leur maison de la rue Saint-Louis ; et
lui, ne trouvait aucune objection raisonnable pour justifier une plus longue résistance. Il se résigna, et le jeune ménage, après avoir parcouru la
Suisse, Florence, Rome et Naples la joyeuse, s'embarqua sur un brick du
commerce, qui le transporta bientôt à Marseille.

La tendresse de Gabrielle, les sensations indiscontinues que procure le
plaisir du déplacement, avaient, quelques semaines après son départ, déjà
singulièrement affaibli la puissance du remords dans l'âme du coupable.
A force d'amour, Gabrielle lui faisait croire que le bonheur ne serait pas
long-temps impossible pour lui. Un événement toujours désiré dès les
premiers mois de ménage, la naissance d'un premier enfant, vint encore
aider à effacer entièrement la teinte de mélancolie soucieuse qui de temps
en temps assombrissait le visage de Frédéric. Huit mois après le départ

es époux pour l'Italie, Gabrielle mit au monde une jolie petite fille, qui fut baptisée sous le nom de Florentine, afin qu'elle pût rappeler sans cesse ses heureux parens le beau pays où leur fille avait vu le jour. Alors disparut aussi pour toujours de la mémoire de Frédéric le souvenir de la perfide Augusta ; et quant à celui de son crime, il ne se présenta plus à son imagination que sous la forme fantastique d'un rêve pénible ; encore ne revenait-il qu'à de longs intervalles. On eût dit qu'une vie nouvelle avait commencé pour lui avec la vie de Florentine, et que cet ange lui avait été donné pour le réconcilier avec sa conscience. Jamais mère ne fut plus heureuse que Gabrielle, car elle sentait que son enfant allait lui assurer la possession, sans partage, du cœur de son mari. Inquiète jusque-là sur la sincérité des sentimens de celui-ci, elle se disait quelquefois :

— Frédéric m'aime comme une sœur, mais son amour n'est pas ici ; c'est bien à moi qu'il prodigue de douces caresses, mais peut-être dans mes bras il pense encore à l'autre ; qu'il l'appelle tout bas, quand par devoir il n'ose prononcer tout haut que mon nom. Elle se disait cela et souffrait. Mais lorsqu'elle vit des éclairs de joie briller dans les yeux de son mari, à l'aspect de l'enfant qu'elle lui avait donné ; quand la vive effusion de l'amour paternel se manisfesta par ses baisers brûlans, ce délire du cœur que l'on ne contrefait pas, et sur lesquels une tendre mère ne saurait se tromper, oh ! alors Gabrielle fut tout à fait rassurée : le temps était venu où elle devait régner seule dans la pensée de ce Frédéric, qui naguère encore n'avait osé lui promettre qu'une amitié fraternelle.

Ils arrivèrent à Paris. Une lettre avait prévenu le vieux Julien du retour des époux ; il attendait ses maîtres dans la cour des Messageries ; mais il n'était pas seul à les attendre, et la première personne qui s'offrit à la vue de Frédéric, quand il descendit de voiture, ce fut Jérôme Léonard, l'inévitable commissionnaire. Le temps avait triomphé du remords de Frédéric ; mais la présence de l'Auvergnat lui rendit toute son énergie. En vain l'époux de Gabrielle était heureux père ; en vain un autre amour ne combattait plus dans son cœur le tendre sentiment que les vertus de sa femme avaient dû lui inspirer. Tranquillité d'intérieur, fortune, considération, il pouvait jouir de tout cela ; mais un homme était là, qui s'opposait à ce qu'il fût jamais en paix avec lui-même ; cet homme détruisait, par un seul de ses regards, tout ce qu'une absence de douze mois avait apporté de calme et de bonheur dans son âme.

Si Frédéric avait senti la nécessité d'acheter le silence de Léonard à l'époque de son mariage avec Gabrielle, il comprit combien la discrétion de ce témoin lui devenait encore plus précieuse maintenant qu'il avait à léguer un nom à son enfant, objet de sa plus vive sollicitude. Il réfléchit au moyen qu'il emploierait pour forcer l'Auvergnat à se taire sur ce qu'il savait du crime de la maison dans l'île ; et quand il fut rentré dans son hôtel de la rue Saint-Louis, son premier soin fut de mander Léonard, qui avait aidé Julien à transporter les malles du jeune ménage. Afin d'éviter le soupçon qu'une entrevue secrète avec le commissionnaire aurait pu faire naître dans l'esprit de Gabrielle, Frédéric résolut de ne se trouver avec lui qu'en présence de sa femme. Léonard s'empressa de monter chez son bienfaiteur, au moment où celui-ci allait se mettre à table. Frédéric essaya encore une fois de vaincre l'émotion que lui causait la vue de cet homme, et dit, en affectant une tranquillité d'esprit qu'il était loin d'éprouver :

— Eh bien ! Léonard, sommes-nous content de notre sort ? avons-nous de l'ouvrage ?

— Oh ! comme ça, mon maître ; on boulotte : mais ça ne va pas fort ; et puis voilà une nouvelle levée d'hommes qui ne m'est guère favorable. M. notre sous-préfet, qui a tiré pour moi la semaine dernière, n'a pas eu l'esprit de m'amener un bon numéro ; de façon que je serai forcé de quitter le coin pour la caserne, et de m'exercer les bras avec une clarinette de cinq pieds : c'est ce qui ne fait pas du tout mon compte.

— Ah ! vous allez partir ! reprit le coupable avec une expression de joie qu'il aurait cherché en vain à dissimuler, tant cette nouvelle était douce à son cœur.

— Pauvre garçon ! interrompit Gabrielle. Mais vois donc, mon ami, comme il a l'air chagrin en nous apprenant son malheur !... Vous craignez donc bien de partir, Léonard ?

— Oh dame! c'est tout clair, quand on a une femme et un enfant au pays, qui comptent sur vous.

— Vous êtes marié. Léonard ? Et vous ne m'aviez jamais parlé de cela, dit Frédéric avec surprise.

— Si cela est ainsi, ajouta Gabrielle, il a bien raison de se désoler... C'est une chose si terrible que la guerre !... Mais je croyais avoir entendu dire que les conscrits mariés étaient exemptés de droit du service militaire.

— C'est juste, madame, on les exempte ; mais, pour ça, il faut que M. le maire ou son adjoint se soient mêlés du mariage ; et, dame ! le mien avec Marianne Butteau a eu lieu sans tout ça... Nous n'avons demandé la permission à personne... C'était un jour de fête du pays ; je lui ai dit : « Si tu voulais... » Elle m'a répondu : « Je veux bien. » Et ma foi... vous comprenez ; voilà même pourquoi j'ai quitté le pays, où j'étais apprenti chaudronnier chez son père, un richard de notre endroit... Ça lui a valu une volée à la pauvre fille, et à moi mon congé...

Il accompagna son simple récit de ce sourire niais qui faisait tant de mal à Frédéric ; mais celui-ci ne le vit pas ; il était tout entier à cette pensée : — Le sort l'a désigné ; il va partir... Je ne le verrai plus là !... Mon supplice est donc fini !

— Mais, dit Gabrielle, quand Léonard eut terminé le récit de ses amours avec mademoiselle Marianne Butteau, si le père de cette jeune fille est riche comme vous le dites, et s'il tient à l'honneur de sa famille, ne peut-il pas vous faire remplacer ? alors vous retourneriez chez vous pour épouser la mère de votre enfant.

— Ah bien oui! le père Butteau m'acheter un homme! il aimerait mieux, je crois, aller se faire tuer à ma place là-bas plutôt que de dépenser un sou pour Marianne... Et s'il a battu cette bonne créature, ce n'est pas tant pour le déshonneur, qui lui est bien égal, que parce que ses voisins lui ont dit : « Si jamais mon enfant me faisait un tour pareil, je le tuerais sur la place. »

— Eh bien! continua Frédéric, que la même pensée préoccupait encore, vous serez soldat, mon ami ; ce n'est pas un état à dédaigner, maintenant que l'avancement est rapide. Vous êtes fort, courageux : vous ferez votre chemin.

— Grand merci, mon maître, mais, comme je vous l'ai déjà dit, ça ne peut pas me convenir ; et, voyez-vous, plutôt que de partir, plutôt que de laisser Marianne fille, et peut-être bien veuve, avant que son enfant ait passé avec nous sous le poêle de serge de la paroisse, j'aimerais mieux me couper les deux doigts de la main droite... Ah! dame, c'est que je suis un honnête homme, moi ; et que si j'ai un enfant, ce n'est pas pour qu'il manque de père... Avec ça, Marianne m'a fait écrire par le maître d'école que le petit était tout mon portrait. Il s'arrêta pour essuyer une larme.

Il y avait tant de franchise dans le grossier attendrissement de Léonard en parlant de son fils, que Gabrielle en fut tout émue : — Mon ami, dit-elle à Frédéric, n'y aurait-il pas moyen d'empêcher ce pauvre garçon de partir? S'il se mutile, comme il en a le dessein, ce sera affreux ; il ne pourra plus travailler peut-être... Oh! non, il ne faut pas le laisser dans cette cruelle alternative... Voyons, ne pourrais-tu lui trouver quelque protecteur dans nos amis, dans nos connaissances? Mais parle donc, mon ami.

Frédéric n'avait pas eu besoin de se voir sollicité par Gabrielle pour former le projet de sauver Léonard du malheur d'être soldat; mais il voulait que le désir d'obliger l'Auvergnat vint de sa femme; tant il craignait encore les conjectures que sa générosité pour cet homme aurait pu faire naître!

— Il y a bien un moyen, répondit-il à Gabrielle, ce serait de lui acheter un homme.

— C'est aussi à celui-là que je pensais, ajouta Léonard; je me disais : « Monsieur est si bon pour moi qu'il ne me refusera pas cela, d'autant plus que je pourrai le rembourser un jour, quand ma tante Jacquet m'aura laissé son bien. » Aussi j'attendais votre arrivée avec impatience pour vous conter mon malheur.

— Eh bien oui! interrompit la jeune femme ; il faut lui trouver un remplaçant le plus tôt possible ; je t'en prie, Frédéric ; quand ce ne serait que pour cette pauvre fille et ce cher petit enfant.

— Avec ça que j'aurai bien plus de courage à travailler encore, quand je serai sûr que c'est pour ma dot que j'économise... parce qu'une fois un millier de francs devant moi, je repartirai au pays, où je pourrai commencer un petit établissement avec Marianne.

— Et vous repartirez pour ne plus revenir ? demanda Frédéric.

— Bien sûr, puisque le père Butteau ne me demande que ces mille francs-là pour m'avancer de la marchandise et me donner sa fille... Si monsieur voulait, ajouta-t-il d'une voix meilleuse, ça lui serait bien facile de me rendre tout à fait heureux... Ah! mais c'est peut-être trop... Cependant, comme monsieur est mon protecteur, je croirais mal agir avec lui en demandant cela à un autre, d'autant plus qu'il m'a dit que je ne devais m'adresser qu'à lui. Il y avait quelque chose de si expressif dans les yeux de l'Auvergnat, que Frédéric crut voir dans cette prière la résolution de dire le secret du meurtre de Dumoutier, si l'Auvergnat n'obtenait pas ce nouveau prix de son silence.

— Allons, reprit Frédéric, après un moment de silence et en interrogeant sa femme du regard ; je vois qu'il ne faut pas être généreux à demi avec ce brave garçon ; s'il n'a besoin que de mille francs pour partir, pour remplir son devoir envers une fille qu'il a séduite, un enfant qui réclame la protection de son père ; il me semble, ma chère amie, que nous pouvons lui rendre ce nouveau service ; cela ne nous appauvrira pas, et nous aurons fait la bonne action tout entière.

— J'y consens avec joie, dit la bonne Gabrielle... nous allons rendre la pauvre mère si heureuse! Léonard, vous aurez votre remplaçant, les mille francs que vous demandez ; vous vous marierez... vous vous établirez bientôt, entendez-vous. Nous ne vous demandons pour cela qu'une chose, c'est que votre Marianne n'oublie pas de prier Dieu tous les jours pour notre jolie petite Florentine.

— N'y a pas de risque qu'elle y manque jamais, madame... Et puis nous viendrons l'an prochain vous remercier ici en famille, et vous dire comment ça se passe chez nous.

— C'est inutile, interrompit Frédéric ; si vous n'avez pas affaire à Paris, je vous dispense de ce voyage.

— Eh! pourquoi cela? répliqua Gabrielle ; j'aurai grand plaisir à revoir ceux qui vont nous devoir leur bonheur. Au surplus, si vous ne pouvez pas venir ici... c'est nous qui irons dans votre pays. Frédéric ne voulut pas affecter de contrarier sa femme ; mais tout bas il se promit de ne plus revoir Léonard.

Huit jours après cette conversation, un remplaçant était parti pour le commissionnaire, et lui-même avait pris le chemin de son pays. Quand il vint chez Frédéric pour le remercier de toutes ses bontés, le coupable,

qui avait voulu éviter de se trouver une dernière fois face à face avec son
témoin, était sorti. Gabrielle reçut seule les témoignages de la reconnaissance de l'Auvergnat, qui, fidèle à sa promesse, ne parla pas de sa première rencontre avec Frédéric ; seulement, lorsqu'il fut à la porte de Gabrielle, il dit en lui faisant une dernière révérence : — Au fait, je savais
bien que monsieur ne pouvait rien me refuser.

Quand la jeune femme rapporta à son mari ces singulières paroles,
Frédéric éprouva une commotion douloureuse semblable à celle qu'il ressentait toutes les fois qu'il se trouvait en présence de l'Auvergnat.

— Et comment, lui dit-il en tremblant, as-tu interprété cette étrange
manière d'exprimer sa reconnaissance?

— D'une façon bien naturelle ; je me suis dit : « Il a pensé que tu ne
pouvais pas lui refuser un bienfait parce que tu es bon. » N'est-ce pas ainsi
que tu l'entends toi-même?

— Oh ! je n'ai pas été seul l'auteur de son bonheur, car si tu n'avais pas
voulu...

— Oui, chacun de nous y a participé : moi par l'intention, toi par le
fait. Il nous doit une part égale de reconnaissance.

Cette réponse suffit pour rassurer entièrement Frédéric. Rien ne devait
plus troubler son repos : Léonard n'était plus là.

XI

La Mauvaise Pensée.

> Partout nous rendons hommage, par nos trou-
> bles et par nos remords secrets, à la sainteté de
> la vertu que nous violons ; partout un fonds d'ennui
> et de tristesse, inséparable du crime, nous fait
> sentir que l'ordre et l'innocence sont le seul bon-
> heur qui nous était destiné sur la terre. Nous
> avons beau faire montre d'une vaine intrépidité,
> la conscience criminelle se trahit toujours elle-
> même.
>
> MASSILLON.

> Le crime ne marche pas seul, il lui faut au
> moins un compagnon.
>
> ANDRÉ HERPIN.

Dix ans se passèrent sans que l'Auvergnat et Frédéric se rencontrassent
de nouveau. Le premier écrivait bien tous les ans à son bienfaiteur ; mais
le mari de Gabrielle brûlait les lettres de Léonard sans jamais en ouvrir
une seule. Du fond de sa province, le commissionnaire expédiait de temps
en temps à Frédéric quelques paniers qui renfermaient des fruits ou du
fromage de son pays. Frédéric faisait disparaître aussitôt ces témoignages
de la reconnaissance du commissionnaire. Une fois, Léonard, inquiet de
ne pas recevoir de nouvelles de Paris, envoya chez Frédéric un de ses
amis qui venait pour affaires dans la capitale. Il fallut bien que le bienfaiteur prit connaissance de la lettre que lui adressait son protégé. L'ami de
Léonard demandait absolument une réponse, et Gabrielle était là.

« Monsieur, écrivait le commissionnaire, nous ne savons à quoi attri-
buer votre silence, d'autant plus que nous avons fait un bon usage de vos
bienfaits. Mon beau-père, le chaudronnier Butteau, m'a mis de moitié
dans sa fabrique, et le commerce étendu que nous faisons me permettait

déjà d'entrevoir l'époque où je pourrais me retirer. et laisser à mon fils Joseph. qui grandit et mord très bien à l'ouvrage, un des plus beaux établissemens du pays ; mais nous avons changé d'idées. Le père Butteau, qui sait vos bontés pour moi... mais qui ne sait que cela, m'a dit que je pouvais m'adresser à vous pour l'emprunt d'une somme de vingt mille francs dont nous avons besoin, afin de compléter l'argent nécessaire pour nous faire adjuger une usine qui est en vente, et dont l'exploitation nous serait très avantageuse, vu que nous voulons entreprendre le coulage du fer et les fontes d'acier, auxquels je m'entends assez. Je n'oublie pas, monsieur, que vous m'avez dit autrefois : — Je n'ai rien à te refuser ; c'est pourquoi je me rendrai à Paris dans le courant du mois prochain. Joseph et Marianne vous disent bien des choses respectueuses. Pour moi, j'aurai l'honneur de vous voir vers le 15 juin qui vient. Je souhaite à madame Gilbert autant de bonheur qu'elle en mérite.

» Votre respectueux serviteur et obligé,

» Jérôme LÉONARD. »

Frédéric, après avoir lu, froissa la lettre dans ses mains, en s'écriant :
— C'est trop fort ! je n'ai pas de fonds disponibles pour satisfaire l'ambition de M. Léonard. Qu'il ne se donne pas la peine de venir à Paris, je ne peux rien faire pour lui.

— En effet, reprit Gabrielle, qui avait ramassé la lettre de Léonard, mon mari ne pourrait lui rendre ce service, surtout maintenant que nous avons besoin de réaliser le plus d'argent possible. M. Gilbert est chargé par le gouvernement d'une mission importante à l'étranger ; dans six semaines il nous faudra quitter Paris... Puisque Léonard est heureux dans l'établissement de son beau-père, il doit se contenter de son sort.

— Je lui dirai tout cela, reprit l'envoyé de l'Auvergnat... mais ça lui fera bien de la peine. Je ne sais pas ce qu'il serait capable de faire pour se rendre acquéreur de l'usine en question... Enfin, c'est un malheur, il faudra bien qu'il prenne son parti. ou qu'il cherche un autre moyen de se procurer la somme.

Le messager de Léonard partit ; mais par ses dernières paroles il avait glacé d'effroi le cœur de Frédéric ; et tandis que Gabrielle exprimait encore l'étonnement que lui causait la demande indiscrète de l'Auvergnat, le coupable redisait à part lui ces mots qui l'avaient singulièrement ému :
— Il serait capable de tout pour se rendre acquéreur de cette usine... il cherchera un moyen de se procurer la somme que je lui refuse... Plus de doute, c'est une menace indirecte qu'il me fait faire par son ami... Il faudra que je paie, ou bien il parlera ! Et comme Gabrielle lui répétait : — Léonard est un fou qui veut lasser ta bonté !... N'est-ce pas, mon ami, que tu ne feras pas la sottise de le rendre à ses désirs ? lui pensait tout bas déjà à rétracter son refus, tant il lui semblait important que Léonard n'eût pas sujet de plainte à former contre lui !

Grâce à l'héritage de son oncle, Frédéric Gilbert pouvait vivre en repos ; mais, cédant aux sollicitations de quelques amis. il avait fini par demander de l'emploi au gouvernement. Sa fortune lui avait fait trouver des protecteurs haut placés, qui bientôt le lancèrent dans la carrière diplomatique, où il fit en peu d'années un chemin rapide. Enfin, il était sorti d'une belle position au ministère, avec le titre de chargé d'affaires auprès de l'une des mille cours princières de la confédération du Rhin. Dans quelques semaines il devait partir pour cette mission quand il reçut la lettre de Léonard. Plus que jamais, ai-je dit. il avait besoin de réduire au silence le témoin de son crime ; aussi laissa-t-il Gabrielle revenir autant qu'elle le voulut sur la prétention ridicule du commissionnaire : il ne répondit pas. Son parti était pris : Léonard devait recevoir les vingt mille francs pour prix de sa discrétion.

— Ce sera bien assez, j'espère, disait Frédéric, en expédiant la somme pour Coupladour, où Léonard avait son établissement. Quelques jours

après, le commissionnaire eut en sa possession l'argent qui devait le
mettre à même de surenchérir à la vente de l'usine située sur les eaux
de la Borne. Ce ne fut pas sans éprouver une grande surprise, que Gabrielle reçut, en l'absence de son mari, une lettre de remercîmens au
sujet de cet envoi qu'elle ne soupçonnait pas. Frédéric lui répondit avec
embarras qu'il n'avait pas cru devoir se refuser aux vœux de cet homme
qu'il s'était habitué à protéger. Elle le gronda un peu sur sa facilité à
céder aux demandes onéreuses de Léonard ; mais comme ce sacrifice d'argent n'était encore à ses yeux qu'une preuve nouvelle de la bonté de son
mari, elle n'en parla plus que pour exiger au moins que Frédéric se fît
envoyer une reconnaissance de la somme, et qu'il fixât l'époque du rem-
boursement.

On était à la veille du jour où Frédéric devait partir avec sa femme et
son enfant pour la mission que le ministre avait bien voulu confier à ses
soins. L'envoyé extraordinaire avait reçu son audience de congé ; il revenait enfin d'un dîner diplomatique, lorsque, en entrant dans son antichambre, il aperçut ce Léonard qu'il n'avait pas revu depuis près de dix
ans. Le jeune commissionnaire du coin de son hôtel était devenu un
homme robuste ; sa taille voûtée, son front légèrement incliné et sillonné
de quelques rides, dénotaient une longue habitude du travail, et les soucis
inséparables des calculs du commerce. Ce jour si beau pour l'ambition de
Frédéric se changea aussitôt pour lui en un des jours les plus malheureux
de sa vie. La présence inopinée de Léonard le reporta en imagination à
l'époque du meurtre de Dumoutier. Il ne fut plus à ses propres yeux
qu'un misérable assassin, lui qui se voyait, il n'y avait qu'un instant, le
représentant du plus beau pays de l'Europe, l'homme de confiance d'un
gouvernement puissant et respecté, qui ne s'immisçait dans les affaires
des autres cours que pour les forcer à l'obéissance.

Frédéric trembla donc à la vue de Léonard, comme il avait tremblé au
moment où celui-ci lui dit si brusquement :

— Bourgeois, pourriez-vous m'indiquer la route de Paris?

Après les premiers mots sur la longue interruption de leurs relations
mutuelles. Léonard reprit la parole :

— Vous voyez un homme désespéré, dit l'Auvergnat ; l'usine n'est pas
encore adjugée, c'est dimanche prochain que se fait la dernière criée, et
déjà, aux adjudications préparatoires, elle est montée à mille écus au
dessus de la somme dont je pouvais disposer.

— J'en suis désespéré comme vous, Léonard ; mais il ne m'est pas
possible de vous en avancer davantage.

— Cependant, monsieur, ce n'est pas pour un millier d'écus de plus ou
de moins que vous voudriez faire le malheur de toute ma vie. Marianne,
qui m'a encouragé à venir ici, serait capable de mourir à la peine, si elle
voyait notre cousin Froment rester propriétaire de l'usine. D'ailleurs, ce
n'est pas un cadeau que je vous demande... et, sans reproche, monsieur
Frédéric, il me semble que vous qui êtes si bien en position de me rendre
un dernier service, vous ne pouvez pas me le refuser, à moi, qui vous ai
sauvé...

— Silence , malheureux! ma femme est dans la chambre voisine ; si
elle vous entend, tout sera perdu !

— Eh bien! oui ; mais c'est que tout sera perdu pour nous aussi, si je
n'ai pas l'usine ; attendu que j'ai cédé, d'un commun accord avec le père
Butteau, son établissement de chaudronnerie, afin d'avoir assez de fonds
pour entreprendre l'autre commerce.

— Mais quand je vous dis que j'ai fait pour vous plus que je ne pouvais
faire, cela doit pourtant vous suffire.

— Eh bien ! mon bon monsieur, encore un petit effort. Que diable !
ajouta-t-il mystérieusement, ça ne peut se refuser au bon garçon à qui
'on doit la vie... Vous vous rappelez bien le bord de la Marne?

Frédéric était pâle de frayeur ; il voyait bien que Léonard avait résolu de parler, s'il ne se rendait pas à ses prières ; et, en vérité, après le sacrifice qu'il s'était imposé pour lui envoyer une somme considérable, il ne pouvait, sans éprouver une gêne horrible, lui accorder le millier d'écus que l'autre réclamait impitoyablement. Enfin, après avoir cherché dans sa tête le moyen d'échapper à cette persécution, il dit à Léonard d'un ton résolu :

— Demain matin vous aurez votre somme ; mais pour cela il faut que vous partiez à l'instant même d'ici, et que ma femme ignore le motif de votre visite... Voici la clé d'une petite porte qui ouvre sur la rue des Filles-du-Calvaire... Vous allez feindre de sortir, et de retourner à votre pays... D'ici à une demi-heure trouvez-vous à la petite porte ; je vous conduirai dans un pavillon qui est au bout de mon jardin ; vous y passerez la nuit sur un lit que je fais toujours préparer pour recevoir quelqu'un de nos amis ; et de bonne heure, entendez-vous, de bien bonne heure j'irai vous porter ce que vous me demandez.

— Ah ! je comprends : vous craignez que madame ne se fâche. C'est juste, la paix du ménage avant tout. C'est dit : dans une demi-heure, je serai à la petite porte.

Léonard et Frédéric cessèrent de parler avec mystère. L'Auvergnat fit ses adieux à Gabrielle et à son mari. La première crut que Léonard n'était venu à Paris que pour remercier son protecteur de l'envoi des vingt mille francs, et ne s'étonna pas de sa visite. Ils se souhaitèrent mutuellement bon voyage. Une demi-heure après, l'Auvergnat dormait dans le lit du pavillon, où Frédéric l'avait conduit en secret. Comme on devait partir à six heures du matin, le maître ordonna à ses domestiques de se coucher ; lui-même alla se reposer auprès de Gabrielle.

Elle dormait profondément ; mais lui ne pouvait fermer l'œil. Une horrible pensée s'était emparée de son esprit ; il la chassait, elle revenait toujours. Et tandis que bien des ambitieux peut-être, qui avaient en vain sollicité la mission dont le ministre avait disposé en faveur de Frédéric, enviaient le sort de celui-ci, l'envoyé de France, en proie à tous les tourmens du remords, roulait dans sa tête le projet d'un second crime : comme si du sang nouveau pouvait effacer le sang déjà répandu !

Une pensée de meurtre était entrée dans son esprit ; il se battait courageusement contre elle ; mais la peur qui ne se retire du coupable que pour s'en emparer de nouveau avec plus de violence, lui montrait l'insatiable ambition de l'Auvergnat comme l'écueil où devait se briser un jour et sa haute fortune, et sa réputation d'honneur, et l'avenir qu'il avait rêvé pour Florentine, sa fille chérie. — Je ne me lasserai pas de donner, se disait-il ; mais quand cet homme aura épuisé toutes mes ressources, quand pour l'enrichir, j'aurai dissipé l'héritage de mon enfant, réduit ma femme à la misère, et qu'il viendra encore me répéter en me tendant la main : Vous ne pouvez rien me refuser, mon maître, alors il faudra bien que je le tue ; car là parlerait ! et dans ce temps-là peut-être ne pourrais-je me débarrasser de lui sans éveiller les soupçons. Je serai pauvre : on ne craindra pas de m'accuser... Aujourd'hui j'ai du crédit... aujourd'hui je suis l'homme en faveur ; ma position commande l'estime, mes richesses repoussent l'idée d'un lâche assassinat, et Léonard est en mon pouvoir ! On l'a vu sortir publiquement de chez moi. Seul, je sais qu'il repose dans le pavillon de mon jardin... Il m'a menacé de parler... Il faut donc que je fasse droit à sa demande ; mais je lui jetterais aujourd'hui ces mille écus qu'il réclame si impérieusement, que demain il viendrait encore me dire : — Ce n'est point assez... Un secret tel que le vôtre n'a pas de prix ; c'est un abîme qu'il faut combler avec de l'or ; et cet abîme est si profond qu'il engloutirait dix fortunes comme la mienne... Donne, donne, me dirait-il, et tremble toujours, car du moment où tu n'auras plus rien à donner, moi, qui ne te dois de discrétion qu'autant qu'elle me rapportera quelque chose, je dé

barrasserai ma conscience d'un aveu qui te perdra ! Voilà ce que Léonard
me dira un jour... voilà ce qu'il a résolu de faire sans doute. Eh bien! pour
cacher un meurtre involontaire, j'aurai l'affreux courage d'être meurtrier
avec préméditation : l'honneur de ma famille l'exige, le sort de ma fille
en dépend ; c'est la nécessité qui arme ma main... Puisque le crime
était dans ma destinée, j'accomplirai ma destinée cette nuit même.

Ainsi se parlait Frédéric, tandis qu'un bienfaisant sommeil s'appesantis-
sait sur les paupières de Gabrielle. Elle rêvait, la jeune et tendre épouse,
aux joies du voyage qu'elle allait entreprendre le lendemain. Son orgueil
de femme était doucement caressé par un songe heureux qui lui montrait
son mari reçu chez l'étranger avec les honneurs qui sont dus à l'envoyé
d'une grande puissance. C'étaient des fêtes dont Frédéric était le héros : le
nom de celui qu'elle aimait tant était prononcé avec respect ; on se disputait sa faveur, on guettait un de ses regards, les distinctions venaient le
chercher, et Gabrielle elle-même devenait l'objet de tous les hommages.
C'était encore à son mari qu'elle reportait, dans son cœur, toutes ces prévenances flatteuses dont on l'accablait ; car c'est par lui qu'elle était quelque chose : et la bonne Gabrielle se sentait fière de lui devoir tout. Les dé-
licieuses hallucinations du sommeil gonflaient sa poitrine faiblement oppressée de ces doux soupirs qui provoquent la joie de l'âme ; sa bouche
laissait échapper des mots inintelligibles, dans lesquels s'exhalait son bonheur, et le sourire était sur ses lèvres.

Frédéric ne voyant donc plus de refuge contre la dénonciation qui le menaçait, que dans une résolution d'assassinat, se leva doucement d'auprès
de sa femme. Une heure du matin venait de sonner ; tout reposait dans
l'hôtel : Léonard aussi devait dormir. Le coupable, vêtu de sa robe de
chambre, sortit de l'appartement ; il avait caché sous son vêtement l'arme
qui devait lui servir à consommer son crime. Quant au corps de la victime, il savait bien comment il le ferait disparaître : une longue malle qui
se trouvait dans le pavillon pouvait renfermer le cadavre de l'Auvergnat,
et la malle voyagera avec moi, pensait-il, jusqu'à ce que j'aie trouvé le
moyen de l'abandonner quelque part. Éclairé par la faible lueur d'une
lanterne sourde, il traversa le jardin silencieux, écoutant le bruit du vent
qui soulevait les feuilles mortes, et faisait crier les branches sèches des arbres. Le sable était muet sous ses pas, tant il marchait avec précaution,
retenant son haleine, et comprimant avec le poing les battemens de son
cœur, dont le bruit effrayait son imagination !

Il y avait du délire dans sa pensée, malgré l'apparence calme et résolue
qu'il essayait de prendre pour se tromper lui-même. Ah ! c'est qu'on ne
rompt pas avec la vertu sans qu'une révolte ne s'établisse dans notre cœur ;
on ne triomphe de l'honneur qu'après un affreux combat ; et il y a plus de
folie que de perversité dans la plupart des crimes. La raison abandonne le
meurtrier de profession lui-même au moment de l'assassinat. Il n'y a que
le bon soldat qui tue de sang-froid : à celui-là on dresse des arcs de
triomphe ; les jeunes filles se parent de leurs plus beaux ajustemens pour
lui présenter des couronnes ; les poètes ont pour lui des chants de victoire
et l'église a des *Te Deum* !

Le coupable arriva bientôt à la porte du pavillon ; il pencha l'oreille vers
la serrure. Léonard dormait de ce robuste sommeil qui se trahit d'un
bout à l'autre de nos chambrées d'ouvriers. S'il ne voulait pas me dénoncer ! pensa Frédéric ; et cette réflexion l'arrêta. Il pensa à l'odieux de
son action. Les lois de l'hospitalité qu'on respecte chez les peuples les
moins civilisés, il allait les violer. C'était par un meurtre qu'il allait
en finir avec cet homme qu'il avait jusque-là comblé de bienfaits. Frédéric fit deux pas en arrière. Mais ma réputation, mais le repos de
ma femme... mais l'honneur de mon enfant, reprit-il ; tout cela
est en son pouvoir ; lui seul sait tout, il m'a menacé de tout dire.
Reculer devant le crime, c'est une indigne faiblesse ; entrons. Il tourna

doucement la clé dans la serrure, la porte céda. Frédéric alors éleva sa
lanterne afin de promener de la clarté dans l'intérieur du pavillon, pour
s'assurer que l'Auvergnat ne feignait pas de dormir. Quand il eut achevé
cet examen, il posa sa lumière auprès de la porte, tira de dessous sa
robe de chambre le couteau dont il s'était muni, et se dirigea dans
l'intérieur du pavillon. Au moment où il allait dépasser le seuil de la porte,
une main légère s'appuya sur son épaule. Frédéric s'arrêta muet, glacé de
surprise et d'effroi : il tourna la tête vers la personne qui le surprenait
en ce moment terrible. Ses jambes fléchirent, ses genoux plièrent, son
énergie l'abandonna, une sueur froide ruisselait sur son front, et ses lèvres violacées tremblaient sur ses dents qui s'entre-choquaient. Ce témoin
de son nouveau crime, c'était sa femme, c'était Gabrielle !

Quelque précaution qu'il eût prise pour sortir, il n'avait pu s'éloigner
de sa femme sans que le sommeil de celle-ci en eût été aussitôt troublé.
On désapprend à dormir quand on est mère, et que l'on tremble à chaque
instant pour les jours précieux d'un enfant chéri. Dans sa première enfance, Florentine, faible et maladive, avait bien souvent été une cause
d'insomnie pour ses parens : au moindre bruit, la sollicitude de Gabrielle, vivement excitée, arrachait du lit la bonne mère, qui craignait
d'arriver toujours trop tard aux cris de sa toute petite fille; et quand les
craintes furent dissipées, lorsque Florentine, rendue à la santé, grâce aux
soins assidus de sa mère, parvint à reposer tout d'un sommeil pendant la
nuit, Gabrielle qui n'avait plus rien à redouter, conserva cependant cette
habitude de sommeil inquiet et de réveil facile, que l'amour maternel lui
avait long-temps rendu nécessaire. Elle vit Frédéric se lever, prendre sa
lanterne, se diriger vers le jardin; et, sans soupçon pénible, mais guidée
par cet instinct de femme qui fait deviner un malheur alors qu'il n'existe
pas encore, elle passa rapidement une robe, chaussa ses pieds nus d'une
paire de pantoufles, et marcha sans bruit aussi sur les pas de Frédéric.

— Où vas-tu donc? lui dit-elle de sa voix douce et légèrement timbrée.

Il ne répondit pas, mais la regarda d'un œil hagard. Elle vit alors la
lame de couteau qui brillait dans la main tremblante de son mari...

— J'ignore ce qui se passe, se dit-elle : je ne veux pas le savoir, car
tout cela me fait peur; mais par pitié, Frédéric... reviens... reviens chez
toi, mon ami.

— Chut! fit celui-ci, on va t'entendre, je serai perdu... Et comme elle
hésitait, inquiète de savoir qui, en cet endroit et à cette heure, pouvait
venir les surprendre, Frédéric reprit sa lanterne, et projetant de nouveau
sa lumière dans le pavillon, il lui montra l'homme qui dormait profondément. C'est à peine si Gabrielle osait en croire ses yeux, elle qui avait
reçu le soir même les adieux de Léonard.

— Comment se fait-il? dit-elle à Frédéric, Léonard ici! lui que je croyais
si loin déjà! Qui donc l'a ramené ici?

— Moi, reprit le coupable, d'une voix qui fit passer un frisson par tout
le corps de la jeune femme.

— Et pourquoi donc l'introduire mystérieusement dans ce pavillon?
Que te veut-il? Qu'a-t-il de si secret à te demander?

— Il lui faut encore de l'argent, il en voudra toujours, même quand
il nous aura ruinés; et moi, il faut que je le tue!

Gabrielle, à ces mots qui retentirent comme une révélation de l'enfer à
ses oreilles, imposa silence à son mari. C'est elle qui dit alors : — Chut!
si on t'entendait nous serions tous perdus!... Allons, remets-toi... Viens,
oh! viens, je t'en supplie. Elle entraîna Frédéric loin du pavillon. Il était
sans force et sans volonté; il se laissa conduire jusque dans sa chambre à
coucher. Les deux époux étaient pâles et tremblans, ils désiraient qu'une
explication eût lieu au sujet de la scène du jardin. Frédéric voyait les
soupçons errer dans l'esprit de Gabrielle; il ne se sentait plus assez de

courage pour porter seul le poids du crime qui pesaï sur sa conscience ;
il fallait qu'il expliquât à sa femme le motif de ses bienfaits envers le
commissionnaire ; enfin, c'était le cri du remords, l'expression du désespoir qui avait besoin de s'ouvrir un passage. Aussi, quand elle lui dit,
après un instant de silence, qui n'avait été pour elle qu'un long combat : — Frédéric, je ne te demande pas le motif de ton épouvantable projet, bien que ton silence doive pour toujours me rendre malheureuse ;
mais je te jure ici, à la face du ciel qui reçoit mon serment, que quel
qu'il soit, ta confiance ne te fera rien perdre de mon amour ; maintenant, parle ou tais-toi, je souffrirai, mais je ne t'en aimerai pas moins.
Lorsqu'il entendit ces paroles, le coupable pressa Gabrielle dans ses bras
avec la plus vive effusion de tendresse, et reprit avec une voix entrecou-
pée de sanglots : — C'est le baiser d'un meurtrier que tu viens de recevoir... Notre enfant est la fille d'un misérable assassin !

— Oh ! que dis-tu? interrompit Gabrielle, en jetant sur son mari un
regard d'épouvante... Un malheur, que je ne devine pas, a troublé ta raison... Mais tu te trompes, Frédéric ; tu n'es pas coupable, tu ne peux pas
l'être !... Depuis dix ans, j'ai pu apprécier ton cœur, connaître tes vertus...
Tu es bon, bienfaisant ; ton âme est grande, élevée ; tout le bonheur que
tu m'as donné plaide pour toi, et me dit : — Frédéric n'a pas trempé
ses mains dans le sang ; il est malheureux, mais ce n'est pas un criminel.

— Si fait, car si mon oncle est mort, c'est parce que je l'ai tué !...
C'est moi qui l'ai précipité du haut de son balcon. Ses dents brisées que
tu as trouvées affreuses à voir, c'est ma main qui les a brisées ; cette
bouche pleine de sang, c'est encore moi qui l'ai ensanglantée ! Non, Dumoutier n'a pas péri par un accident : il est mort sous les coups d'un assassin ; et je suis le coupable !

Que l'on se figure, si cela est possible, l'horrible situation d'une femme
qui, après dix ans de ménage et de bonheur, apprend qu'elle a pressé dans
ses bras un assassin encore tout couvert du sang de sa victime. L'amour
le plus enraciné dans le cœur se révolte contre la pensée du meurtre. On
ne cesse pas peut-être d'aimer le coupable ; mais on trouve méprisable
la tendresse qu'il nous inspire ; et Gabrielle, il y a quelques heures encore, était si fière de celle qu'elle éprouvait pour Frédéric ! Maintenant,
froide d'une sueur que la terreur a répandue sur tous ses membres, elle
l'écoute parler, sans savoir si c'est bien elle qui reçoit une pareille confidence, si c'est bien lui qu'elle entend. Elle veut répondre, sa bouche est
sans voix ; elle ne sait plus une parole à dire à l'homme qui s'accuse, et
que son cœur voudrait défendre.

— Tu le vois bien, répondit-il ; ton serment de tout à l'heure était au
dessus de tes forces. Quand tu me disais, il n'y a qu'un instant : Ton secret, quel qu'il soit, ne te fera rien perdre de mon amour, c'est que tu ne
pouvais soupçonner de quel poids j'avais chargé ma conscience... Maintenant tu détournes les yeux... Tu ne peux plus m'aimer, Gabrielle... Non,
tu ne le peux plus ; et cependant il faudra que tu vives avec moi... N'est-
ce pas que je t'ai fait un sort bien affreux? n'est-ce pas que ton ménage
va devenir pour toi un supplice ?... Et cependant il fallait bien tout te dire !

— Et pourquoi cela? dit-elle ; enfin, je ne te demandais pas ton secret.
Le doute eût encore été moins pénible !

— Il fallait te dire tout, continua Frédéric, parce que si je n'avais pris
conseil que de moi, ta présence ne m'eût point arrêté pour frapper Léonard ; mais tu es venue là comme mon ange tutélaire ; mais le ciel m'a
inspiré l'affreuse, mais salutaire pensée, de te révéler la vérité, afin que
tu fusses mon guide, mon conseil, que tu trouvasses avec moi le moyen
d'imposer silence à Léonard... Je ne voyais plus que sa mort qui pouvait
me répondre de sa discrétion.

— Cet homme était donc ton complice? demanda-t-elle en frémissant.

— Non, il fut le témoin de mon crime.

— Ah ! dit-elle, maintenant je comprends tout : ce que je prenais pour de généreux mouvemens de cœur...

— Ce n'était que de l'hypocrisie auprès de toi, reprit Frédéric; auprès de lui, c'était le prix d'un secret qu'il pouvait trahir, si je cessais de payer son silence... Je n'ai pas besoin de te dire tout ce que j'ai souffert depuis dix ans, les horribles angoisses que j'endurai quand je vis ton deuil... l'effroi que je ressentis lorsqu'il m'apporta à Essonne la lettre du notaire... Le jour de notre mariage, il m'apparut trois fois... Et puis après, tous les jours, à ma porte, il me souriait, et me tendait la main... Va, Gabrielle, le supplice que la justice des hommes me réservait n'a rien de cruel auprès de celui que Dieu m'envoya par ce témoin. Tu dois me ravir ta tendresse, que je n'ai jamais méritée ; mais tu ne peux me refuser un peu de pitié : j'en suis bien digne ; j'ai subi tant de tortures !

— Et tu voulais ajouter à ton malheur un autre crime! Frédéric, tu ne pensais donc pas à nous?... Tu oubliais donc que ta fille a besoin d'un nom sans tache ? Ah ! c'est affreux.

— Et que faut-il faire ? cet homme réclame de moi un nouvel emprunt: bientôt il lui faudra plus encore... jamais il ne sera content; il nous ruinera ; et quand nous n'aurons plus rien...

— Quand nous n'aurons plus rien, reprit-elle vivement, eh bien! je me jetterai à ses pieds; il est père : je lui parlerai de notre enfant... Il aime sa femme : je lui dirai mon désespoir, il saura que nous avons tout sacrifié pour lui; quelque intéressé qu'il soit, pourra-t-il en vouloir à ta vie ? Elle ne lui rapporterait rien. Non, il est impossible que l'homme que nous aurons enrichi de tout ce que nous possédions soit assez cruel pour chercher à nous ravir l'honneur, quand il ne nous restera plus d'autre richesse que celle-là.

— Je m'abandonne à toi, lui dit-il; maintenant c'est à ta prudence de régler ma destinée ; qu'il vive donc, puisque la pauvreté ne t'effraie pas; mais, au nom du ciel, fais que je ne le revoie plus.

Le jour était venu : l'instant fixé pour le départ de l'envoyé extraordinaire approchait; Gabrielle, qui connaissait le motif de la nouvelle visite de Léonard, mit dans une lettre le double de la somme que l'Auvergnat demandait, et fit porter les billets de banque à l'Auvergnat, qui s'étonnait déjà de ne pas voir arriver Frédéric. Il y avait quelques mots dans l'enveloppe des six mille francs. « Nous partons, disait Gabrielle; mais de loin comme de près nous veillerons sur votre sort. Ne vous lassez pas de nous faire connaître vos nouveaux besoins; ce que nous possédons est à votre discrétion; puisez sans crainte dans notre bourse, elle vous sera toujours ouverte. » La main de Gabrielle tremblait en écrivant ces lignes; elle craignait qu'un mot imprudent ne vînt à se glisser sous sa plume. Aussi bien, pensait-elle, je n'ai pas besoin de lui en dire davantage; il comprendra sans peine notre générosité.

Au moment où Frédéric monta en voiture pour sa mission diplomatique, il fallut encore qu'il souffrît l'adieu, si cruel pour lui, de l'Auvergnat, qui n'avait pas voulu partir sans témoigner sa reconnaissance à son bienfaiteur. La vue de cet homme ne produisit pas un effet moins douloureux sur Gabrielle : elle détourna les yeux avec effroi, et embrassa fortement sa fille qui jouait à la portière, afin de ne pas entendre cette voix qui lui crispait le cœur.

Le postillon fit retentir la rue du cliquetis de son fouet, et le chargé d'affaires du gouvernement français partit avec sa famille, tandis que Léonard reprenait gaîment le chemin de la diligence du Puy-de-Dôme.

Toujours, toujours, je te serai fidèle.
Musique de Romagnesi.

La mission de Frédéric Gilbert le retint pendant quatre ans hors de son pays. Enfin, il revint en France ; mais à son retour ils n'étaient plus que deux : Gabrielle, frappée de la terrible révélation du crime, succomba au bout de dix-huit mois à une maladie de langueur, dont Frédéric et Dieu, seuls, connaissaient la cause. Lui, vécut, parce que les hommes ont plus de force contre les douleurs morales, ou plutôt parce qu'ils les sentent moins vivement. Cependant les nouvelles exigences de Léonard n'avaient point empiré l'état de la malade ; depuis le dernier don des six mille francs, on n'avait reçu qu'une lettre de l'Auvergnat ; encore ne renfermait-elle que l'expression de sa vive reconnaissance : il ne demandait plus rien.

En revenant à Paris, Frédéric trouva le gouvernement changé ; mais comme il avait su se concilier l'estime des étrangers et la confiance de ses concitoyens, le chemin des honneurs lui fut encore ouvert. Ce serait une grande erreur que de croire que les révolutions politiques déplacent toujours les hommes utiles au pays, elles ne font que renverser les créatures d'un pouvoir. Il serait temps d'en finir avec ces éternels reproches de girouettisme qu'on adresse aux administrateurs habiles qui continuent à servir l'état avec dévoûment, sans s'inquiéter si le drapeau national a changé de couleur.

L'ex-ambassadeur obtint bientôt des preuves de la confiance du nouveau gouvernement ; mais l'amour de sa fille, bien plus que les distinctions dont il était l'objet, parvinrent à remplacer, par une douce mélancolie, le chagrin cuisant que lui avait causé la perte de Gabrielle. Un douloureux souvenir venait bien encore de temps en temps troubler son esprit, mais il comptait sur le silence du témoin : ce n'était pas après dix-huit ans de discrétion que cet homme pourrait avoir le désir de trahir son secret. Une nouvelle, qu'il lut dans les papiers publics, acheva de ramener la paix dans son âme : on mandait qu'un affreux incendie avait détruit une partie de la petite ville de Coupladour, et que parmi les victimes, dont le nombre était considérable, on avait trouvé, deux jours après le désastre, le corps mutilé de M. Jérôme Léonard, l'un des plus riches propriétaires du canton.

— Enfin ! dit-il avec une expression de joie que nous ne saurions décrire. A compter de ce moment, il crut au repos de sa conscience. Alors, voulant concentrer toute son existence dans le bonheur de l'enfant qui lui restait, il se démit de ses biens, de ses honneurs, en faveur d'un jeune auditeur au conseil d'état qui recherchait son alliance. Florentine partageait l'amour qu'elle avait inspiré. Le jour du mariage fut bientôt fixé. Le roi signa au contrat.

C'était donc une grande fête chez Frédéric Gilbert. On se préparait à sortir de table, et le signal du bal allait être donné, quand un domestique vint dire à l'oreille de l'heureux père qu'un jeune homme assez pauvrement vêtu désirait lui parler.

Il sortit. Qu'on se figure l'étonnement et l'effroi de Frédéric, à l'aspect du témoin de son crime ; non pas vieilli, ridé, comme il aurait dû l'être alors s'il eût vécu ; mais jeune, fort, et en tout semblable à Jérôme Léonard, le jour où il arrêta le coupable sur le bord de la Marne, après le meurtre de Dumoutier.

Frédéric crut que ce n'était qu'une vision. Le jeune homme parla ; c'était aussi la voix de l'Auvergnat, comme c'était son costume, comme c'é-

tait sa taille ; enfin , comme c'était son sourire à la fois intelligent et sol-
liciteur, qui avait causé tant d'angoisses à Frédéric.

— Que me voulez-vous ? dit-il en reculant d'horreur.

— Mon père, dont vous étiez le bienfaiteur, répondit le jeune homme ,
a péri dans un incendie , et tout ce que nous possédions est réduit en
cendres. J'aurais pu encore travailler au pays ; mais, en cherchant à préserver mon malheureux père de la chute d'une poutre enflammée , ma
main a été écrasée sous les débris qui l'ont tué. Je sais , monsieur, tout
ce que vous avez fait pour nous; je sais aussi pourquoi vous vous êtes
montré si généreux à notre égard : mon père m'a tout conté, et je viens
vous demander, comme lui autrefois, la permission de m'établir à la porte
de votre hôtel pour attendre les commissions dont on voudra bien me
charger. Vous ne pouvez pas me refuser cela ; je n'ai que vous de protecteur dans Paris. et ma mère a besoin de moi pour lui gagner du pain, à
présent que nous sommes ruinés.

— Oui, reprit Frédéric, après un moment de silence, je vous permets
de vous établir en bas de chez moi... Revenez demain, vous recevrez une
preuve du souvenir que je gardais de votre père.

Joseph Léonard revint le lendemain ; mais l'hôtel de la rue Saint-Louis
ne présentait plus cet aspect de fête qu'il avait la veille. Les domestiques
paraissaient frappés de stupeur. On avait trouvé , en entrant dans la
chambre du père de Florentine. le cadavre de Frédéric pendu à l'espagnolette de sa croisée.

Une lettre écrite par le défunt était sur la table, à l'adresse de sa fille.
« Ne pleure pas ma mort. disait-il ; j'échappe à un supplice horrible qui
me torture depuis dix-huit ans. Je souhaite que mon gendre accorde une
pension au jeune commissionnaire qui viendra demain s'établir de mon
aveu à la porte de cet hôtel. Si les derniers vœux d'un mourant sont sacrés , je demande que le fils de Léonard garde à jamais le silence sur ce
qu'il sait ; quant à vous, mes enfans, ne l'interrogez pas. »

Comme l'avait ordonné Frédéric , Joseph Léonard eut une pension de
douze cents francs, qui le mit à même de retourner à son pays, et d'y
vivre heureux auprès de sa mère.

Il ne dit rien aux jeunes époux de ce que lui avait raconté son père ;
mais encore eût-il parlé, qu'il n'aurait pu r en apprendre aux enfans
de Frédéric , sinon, qu'un jour Jérôme Léonard était arrivé assez à
temps auprès de la Marne pour empêcher un jeune homme de se noyer.

C'est là tout ce que Jérôme Léonard croyait avoir fait pour son bienfaiteur ; quant à l'assassinat de Dumoutier, il n'en avait jamais rien soupçonné. Le brave homme s'était laissé faire du bien, sans demander pourquoi le coupable, que sa conscience trahit toujours , essayait d'acheter
le silence du témoin qu'il s'était créé.

FIN DE L'INÉVITABLE.

ANNAH L'HÉBÉTÉE.

I

L'Interrogatoire.

> Pourquoi représente-t-on toujours la Justice
> avec une épée et même une balance? Je voudrais
> qu'on lui mît quelquefois un voile : il est souvent
> de la justice de ne pas faire justice.
>
> Le prince DE LIGNE.

> L'innocence est toujours environnée de son pro-
> pre éclat.
>
> MASSILLON.

Si vous cherchez dans cette historiette un enseignement utile, un but moral, une pensée enfin, arrêtez-vous tout d'abord : ce serait peine perdue que d'aller plus loin ; car je ne veux que raconter un fait simple, vrai, touchant peut-être, mais qui ne vous donnera point à réfléchir, je vous en réponds. Cette anecdote ne prouve rien autre chose que ce que les procès de la Pie voleuse, de Calas, de Lesurques, et tant d'autres inno-cens condamnés par des juges inhabiles ou prévenus, ont déjà prouvé.

C'est la relation exacte d'une cause célèbre à Nuremberg que je vous offre aujourd'hui ; c'est une toute vieille histoire que vous pourriez re-trouver sans peine dans les anciens numéros du *Messager boiteux*, si vous aviez le loisir de feuilleter l'imposante collection de ce colporteur annuel de recettes de bonnes femmes et de préjugés de village.

Ceci dit avec sincérité, je commence sans autre préambule. Que les penseurs ne m'écoutent pas, puisqu'ils ne recueilleront aucun fruit de ce récit sans but ; que ceux qui n'ont pas tout à fait épuisé leur facile atten-drissement sur des malheurs imaginaires prêtent l'oreille et préparent leurs larmes : c'est toute une vie d'angoisses qui va se dérouler devant eux. Je le répète, dans cette rapide succession de misères et de tortures, il n'y a pas un fait inventé à plaisir. Quelle satisfaction n'est-ce pas pour une âme sensible, que de pouvoir se dire au dénouement d'une aventure tra-gique : — Au moins mes yeux n'ont pas pleuré pour rien ; je suis sûre qu'elle a souffert tout cela !

Elle donc, non pas Annah, que nous ne verrons que trop tôt peut-être, mais la jeune Marie Schroning, qui porte depuis douze heures le deuil de son père sur ses traits altérés, dans ses yeux pleins de larmes, mais qui n'a pas, comme les autres orphelines, un tulle noir autour de son bonnet, et cela, parce que la pauvre enfant a quitté la maison mortuaire sans avoir le droit d'emporter un florin d'argent ; Marie, ai-je dit, rencontrée à onze heures du soir par Fritzler, le crieur de nuit, au moment où elle sortait furtivement du cimetière, a été amenée chez le bourguemestre du quar-tier. Tandis que la vieille Nancy va en grommelant réveiller son maître, afin de le prévenir qu'un des nacht-wechter de la ville impériale attend un ordre signé du magistrat pour conduire en prison une coureuse du soir ;

Fritzler ranime quelques tisons éteints dans le poêle de fonte, et invite, avec une grossière politesse, sa prisonnière à s'approcher du foyer. Le vent du nord a marbré les joues, bleui les lèvres de la jeune fille ; ses dents grelottent, et son corps frissonne sous la cape de tartan dont Fritzler s'est dépouillé en route, malgré la bise et la neige, pour couvrir les membres engourdis de sa toute jeune capture. Marie s'est assise auprès du poêle ; elle regarde le crieur d'un œil qui demande pitié, et l'homme de la police, ému en voyant une enfant qui compte seize ans à peine trembler ainsi de froid et de peur devant lui, hausse les épaules en signe de compassion, et dit : — Mordieu ! petite, c'est choisir un bien mauvais temps pour commencer un si vilain métier ! Si Fritzler laisse percer un sentiment d'intérêt en parlant à la vagabonde, ce n'est pas qu'il soit doué d'un grand fonds de sensibilité pour les rôdeurs de nuit. Dans cette ville, où la paresse est un délit prévu par les lois, le crieur Fritzler est depuis dix ans considéré comme le plus impitoyable des pourvoyeurs de la maison d'arrêt. Malheur au fils de famille même, qu'il rencontre cherchant fortune dans les rues quand le couvre-feu a sonné ! Mais depuis deux jours madame Fritzler a donné une fille au terrible garde de nuit ; depuis deux jours l'heureux père se sent un attendrissement nouveau à chaque fois qu'il rencontre une jeune fille sur son passage : il pense à la sienne quand il voit celle-là rieuse et jolie, et se dit : — Voilà comme Thérèse sera un jour ! Et quand c'est une enfant qui pleure et se plaint, Fritzler pense encore à sa fille : —Chère petite ! murmure-t-il tout bas, puisse le ciel t'épargner de semblables chagrins ! Vous comprenez maintenant son émotion à l'aspect de Marie, arrêtée le soir à l'heure et dans le lieu où se montrent seulement ces misérables créatures chassées de Nuremberg par la morale publique, et qui, se jouant de l'active surveillance des magistrats, appellent la débauche aux joies de la prostitution dans la demeure des morts, et vendent le plaisir sur la pierre des tombeaux.

Marie ignore ce qu'on va faire d'elle ; mais elle comprend qu'un grand malheur la menace ; car Fritzler a laissé échapper les mots de pain, de prison et de maison de travail. Ce n'est ni le travail, ni le pain noir que la prisonnière redoute ; mais c'est cet interrogatoire qu'elle va subir ; elle, enfant pudique et religieux, il va lui falloir avouer ce qui s'est passé dans ce cimetière où elle était allée pleurer le père que, depuis bien des années elle soignait avec tant de résignation ; elle ne saura pas de mots pour dire l'outrage qu'elle a souffert. — Oh ! pensa-t-elle, si le crieur avait voulu me laisser précipiter dans les eaux de la Peignitz quand nous avons traversé le pont, c'eût été une générosité de sa part ! Mais Fritzler, en marchant derrière elle, suivait avec une attention soutenue tous les mouvemens de la vagabonde : il vit son projet de suicide, et l'arrêta par ses vêtemens au moment où elle disait un dernier adieu au monde. —Laissez-moi mourir ! s'écria Marie en tombant à deux genoux.

— Mourir ! répéta Fritzler ; si vous étiez ma fille, je ne vous retiendrais pas. Oh ! non, Dieu le sait, je ne vous retiendrais pas ! mais je n'ai pas le droit d'être si généreux avec vous. Je réponds de la vie de vos pareilles, quand le bonheur veut que je débarrasse la ville d'un mauvais sujet. Marchons, mon enfant, et puisse la semonce de M. le bourguemestre vous rendre plus sage à l'avenir !

Cette fois, de peur que sa prisonnière ne vînt à lui échapper, il lui prit le bras, et comme il entendait le timbre de l'horloge du temple résonner dans l'air, il continua sa route en chantant l'heure. Marie marchait avec peine : ce n'était pas seulement le froid qui rendait la route si pénible pour elle ; d'affreuses douleurs avaient brisé ses membres, et à chaque souffrance nouvelle un soupir s'exhalait de son sein, et elle répétait ce qu'elle avait déjà dit en passant sur le pont : — Mon Dieu ! que je voudrais donc mourir !

— Je vous conseille de vous plaindre, reprenait Fritzler dans les intervalles de son chant monotone ; et si la garde bourgeoise vous eût rencontrée, c'aurait été bien autre chose. Moi. je ne ris pas de vous ; je ne me fais pas, comme nos joyeuses patrouilles, un plaisir d'insulter aux malheureuses que la misère a poussées au vice : je vous arrête, parce que c'est mon devoir ; mais nos soldats bourgeois, ils vous auraient accueillie avec de si bonnes vérités à la bouche, que votre front, tout éhonté qu'il soit, se serait couvert de rougeur. Vous êtes ici sous la garde d'un homme qui ne sait pas ce que c'est que d'augmenter la peine des coupables par des avanies inutiles. On vous traitera plus tard selon vos mérites, ma belle ; mais alors ce sera la loi qui vous punira, et non pas moi, que vous n'avez pas offensé. Ne pleurez donc pas ainsi, à moins que ce ne soit de repentir, et hâtons-nous de gagner la maison de M. le bourguemestre ; plus tard il ne voudrait peut-être pas se relever pour si peu : alors il faudrait vous remettre entre les mains du poste le plus voisin, et ce sont toujours de terribles nuits pour les coureuses du soir que les nuits de corps-de-garde. Plus d'une qui avait bien autrement vieilli que vous dans le métier est devenue folle de désespoir, en se voyant en butte aux rires, aux injures que les bourgeois de garde n'épargnent guère à celles qui se font arrêter dans le cimetière de la ville.

La pauvre enfant n'eut pas besoin d'en entendre davantage pour hâter sa marche autant qu'elle pouvait le faire. Enfin ils arrivèrent chez le magistrat. Nancy alla prévenir son maître de cette visite nocturne, après toutefois avoir porté la lumière de sa lampe jusque sous le nez de Marie, qui détourna la tête pour se soustraire à cet examen insultant. — Ah ! ah ! dit la vieille, cela a peur du jour : il faudra bien que cela s'y fasse quand on vous l'attachera en plein midi au pilori de la place du marché.

— Vous vous trompez, demoiselle Nancy, reprit Fritzler d'un ton respectueux ; ce n'est pas une voleuse.

— Il faut dire ce n'est pas encore, interrompit la vieille avec aigreur et sécheresse, car cela me paraît en bon chemin pour le devenir. Mais pourquoi n'avez-vous pas attendu à demain pour nous amener cela? monsieur est couché.

— Excusez, répondit le crieur, toujours le bonnet à la main ; c'est qu'ayant aperçu de la lumière, j'ai cru que le bourguemestre veillait encore dans son cabinet.

— Vraiment ! vous pensez qu'il est debout à onze heures du soir ! vous croyez qu'il attend le bon plaisir de mademoiselle pour l'envoyer coucher chaudement sur la paille de la prison ! Nenni: tout le monde va au lit de bonne heure ici ; et si je n'avais pas eu à repasser ce soir, il y a long-temps que nous serions tous endormis.

— Je vous assure, ajouta Fritzler, que monsieur est dans son cabinet.

Le ton d'assurance du crieur fit pâlir Nancy ; elle murmura tout bas :

— Est-ce que notre maître se serait aperçu de quelque chose? Oh ! alors Paul serait perdu. Au moins il ne pourra pas dire que c'est faute de ne pas l'avoir prévenu. Elle soupira tout bas, puis s'éloigna, comme je l'ai dit, en grommelant entre ses dents quelques paroles de mécontentement contre Fritzler et sa captive.

Après dix minutes d'attente, M. Hartzwald, le bourgmestre, entra dans la chambre où Marie et le garde de nuit étaient assis auprès du poêle. A son arrivée, Fritzler se leva. — Allons, debout! dit-il à la jeune fille. Marie obéit ; et M. Hartzwald, après avoir promené un regard sévère sur l'accusée, et passé la main sur son front soucieux, comme pour chasser une idée importune, alla s'asseoir dans son grand fauteuil de cuir, prit une plume, et commença ainsi :

— Comment vous nommez-vous, jeune fille ?

Elle répondit d'une voix timide, et les yeux baissés :

— Je me nomme Marie Schroning. Hier, nos voisins m'appelaient encore Marie la patiente ; mais, à présent, je ne dois plus avoir d'autre nom que celui de Marie la maudite de Dieu. Ses dernières paroles expirèrent dans un sanglot.

— Ces détails sont inutiles; répondez brièvement à mes questions, dit M. Hartzwald avec gravité.

— Sans doute, M. le bourgmestre ne vous demande pas tout cela, ajouta Fritzler en prenant un ton de brusquerie insensible, que démentait l'expression compatissante de son regard.

— Quel est votre âge? demanda le magistrat.

— Je n'ai pas encore seize ans et demi, monsieur.

— Malheureuse! s'écria Fritzler, toujours préoccupé de l'avenir de sa toute petite fille; mais, pour avoir pris le métier que vous faites, vous n'avez donc pas pensé à votre pauvre père?

— Silence! Fritzler, interrompit M. Hartzwald; oubliez-vous que j'ai seul ici le droit d'interroger l'accusée?

— Pardon, monsieur le bourguemestre, je me tais, reprit le crieur de nuit, tout confus de sa vive réplique.

— Où demeurez-vous? continua le bourgmestre en s'adressant de nouveau à Marie.

— Je n'ai pas d'asile, monsieur le juge, répondit-elle; si vous ne m'envoyez en prison aujourd'hui, demain un autre garde de nuit me prendra encore comme une vagabonde, et me ramènera devant vous; à moins qu'on ne me trouve morte, le soir, dans les fossés de la ville.

— Soyez sans inquiétude, Marie Schroning, dit le magistrat avec une expression d'amertume; grâce au ciel, le nombre des mauvais sujets n'est pas assez grand dans Nuremberg, pour que la maison de travail ne puisse les contenir tous; il y a toujours place pour vos pareilles. Puis il ajouta :

— Vous avez un état sans doute?

— Non, monsieur le bourgmestre; quand je perdis ma mère, j'étais trop jeune pour avoir pu apprendre le sien; et, depuis sa mort, j'eus à soigner deux petites sœurs qui ne lui survécurent pas long-temps. Enfin, je restai seule chez nous pour garder mon père infirme et malade. Oui, monsieur le juge, au lieu de travailler tout le jour, comme font les jeunes filles, voilà huit ans que je passe les nuits auprès d'un lit de douleur. Dieu m'a donné le courage d'accomplir la promesse que je m'étais faite de ne pas abandonner mon père à d'autres soins que les miens tant qu'il vivrait, et hier j'ai fait ma dernière veillée.

Elle s'arrêta après avoir parlé ainsi, et deux grosses larmes voilèrent ses regards.

A cette touchante réponse, Fritzler regarda le bourguemestre avec émotion. En ce moment, M. Hartzwald fixait lui-même un œil surpris sur la coureuse de nuit.

— Ce serait bien beau si c'était vrai, dit-il; car les exemples d'amour filial sont rares aujourd'hui... Oh! oui, bien rares, reprit-il tout bas en soupirant.

Marie était toujours debout, toujours tremblante. La physionomie du magistrat avait quelque chose de si imposant, que la pauvre enfant n'osait lever sur lui qu'un regard craintif; encore l'abaissait-elle aussitôt vers la terre, quand ses yeux venaient à rencontrer les yeux sévères de son juge.

— Vous pouvez vous asseoir, Marie, dit le bourguemestre; et vous, Fritzler, faites votre déposition.

Le crieur s'approcha de la table du juge avec une espèce d'hésitation, et, regardant tour à tour le magistrat et la vagabonde, il balbutia quelques mots inintelligibles; il ne pouvait s'empêcher d'éprouver un sentiment d'admiration pour cette jeune fille qui avait donné tant de preuves d'amour à son père; enfin, l'honnête garde de nuit craignait d'aggraver par son rapport la position fâcheuse d'une enfant qu'il eût voulu défendre, quand son devoir lui disait de l'accuser. C'était la première fois, depuis qu'il exerçait la profession de nacht-wechter, que Fritzler se trouvait dans un si cruel embarras, entre un juge et une accusée.

— Mais parlez donc, Fritzler, reprit le bourguemestre, impatienté de ne rien comprendre aux demi-mots du crieur de nuit.

— Pardonnez-moi, monsieur Hartzwald, balbutia encore Fritzler, c'est que vraiment cette petite a dit quelque chose qui m'a touché le cœur... Je sais bien qu'elle est dans son tort... qu'on ne va pas le soir dans le cimetière sans avoir de vilaines intentions... Vous ferez un acte de justice en l'envoyant en prison... c'est juste... mais si j'étais à votre place... enfin, vous savez mieux que moi ce qu'elle mérite ; je n'ai pas de conseil à vous donner là-dessus... mais c'est pour vous dire que je ne me sens pas le courage de la compromettre... J'ai une fille aussi, et Marie paraît avoir tant aimé son père !... Si ça pouvait s'arranger avec une bonne semonce... elle ne recommencerait pas... N'est-ce pas, petite, qu'on ne t'y reprendra plus ?

Marie allait répondre. M. Hartzwald prit la parole :

— Encore faut-il que je puisse juger de la gravité du délit ; et c'est pour cela, Fritzler, que je vous ordonne, au nom de la loi, de me déclarer à l'instant la vérité tout entière.

— C'est juste, monsieur le bourguemestre ; il faut vous dire que j'ai arrêté cette enfant à la porte du vieux cimetière.

— Elle n'était pas dans l'enceinte du champ de repos quand vous vous êtes emparé d'elle ?

— Non... tout auprès... mais pas dedans, ajouta le crieur de nuit en hésitant.

— Je sortais du cimetière, reprit ingénument la prévenue.

— Mais, malheureuse, vous ne savez donc pas que vous gâtez votre affaire en avouant cela ! murmura Fritzler.

— Au moins elle parle avec franchise ; tandis que vous, Fritzler, vous cherchiez à me tromper.

— Non, monsieur, répliqua le crieur atterré par l'expression du regard de M. Hartzwald ; je vous aurais tout dit, mais pas si brusquement... A un autre que vous je craindrais de laisser voir ce que j'éprouve... mais vous, qui êtes père... et bon père encore, vous comprenez le chagrin que j'éprouve quand je me dis que ma déposition va peut-être perdre une jeune fille qui a si bien agi envers ses parens. Et se tournant vers Marie, il ajouta : — C'est bien vrai, au moins, ce que vous nous avez dit tout à l'heure ? Nous savons que vos pareilles ne sont pas embarrassées pour se forger des histoires intéressantes ; mais la justice découvre bien vite le mensonge, et alors la peine est doublée, voyez-vous !

— Faites de moi ce que vous voudrez, répondit Marie ; mais je jure sur mon Dieu que je ne sais pas mentir.

— En ce cas, répliqua M. Hartzwald, dites-moi, la main sur la conscience, pourquoi et comment vous avez été trouvée par Fritzler au moment où vous sortiez d'un lieu suspect.

—Vous allez tout savoir, reprit Marie en se levant. Peut-être ce que j'ai à vous dire ne le dirai-je pas bien... avec les paroles qu'il faudrait : j'ignore les mots dont on doit se servir devant la justice ; mais du moins vous pouvez être bien certain que si la science me manque pour m'exprimer comme je devrais le faire, je n'avance rien qui soit contre la vérité. Je vous parlerai ici comme je parlerais à Dieu même, s'il m'appelait à lui pour me demander compte de ma vie passée. Puissiez-vous, monsieur le juge, avoir pour moi la commisération que ne me refusera pas celui qu'on ne peut tromper.

Cette simple invocation pénétra l'âme du magistrat d'un vif sentiment de pitié pour la vagabonde : il comprit que c'était un malheur, et non pas un crime, que l'enfant avait à lui révéler. Quant à Fritzler, il était tellement touché des paroles naïves de Marie, qu'oubliant encore une fois que c'était à M. Hartzwald seul qu'il appartenait de donner des ordres à l'accusée, il dit à la jeune fille : — Restez assise, mon enfant; M. le bourguemestre vous entendra tout aussi bien, et vous devez être si fatiguée! Marie hésita un moment; elle regarda M. Hartzwald comme pour lui demander s'il lui permettait de s'asseoir : le bourguemestre confirma par un geste ce que Fritzler venait de dire, et la jeune fille reprit la parole :

— Hier encore, monsieur, à l'heure où je suis là devant vous, coupable involontaire, et surtout bien malheureuse ; hier, dis-je, j'espérais que mes peines allaient finir. Mon père, qui ne voulait pas me dire tout son mal, cherchait cependant à me faire entendre que bientôt je devais cesser de le veiller comme je faisais chaque nuit depuis longtemps. Et moi, qui me sentais un si grand besoin d'espérance, je recueillais ses paroles avec amour, avec ivresse, tant j'étais loin d'en comprendre le véritable sens! je m'imaginais qu'il voulait me parler de sa guérison prochaine, de cette délivrance que je demandais à Dieu depuis huit ans; et cela me rendait si joyeuse, que je ne m'apercevais pas que ses forces diminuaient peu à peu, et que sa voix devenait à chaque instant si faible, qu'il fallait de plus en plus prêter l'oreille pour entendre les mots qu'il ne prononçait plus qu'avec peine. Enfin, monsieur, telle était ma confiance dans la miséricorde du ciel, que j'oubliais comment on peut mourir ; et cependant j'avais déjà vu trois fois la mort chez nous! J'ai fermé les yeux de ma mère quand j'avais à peine sept ans, et quelques mois après j'eus mes deux petites sœurs à ensevelir. Mais hier je ne voyais qu'une assurance de bonheur prochain dans les paroles de mon père; et quand il me disait : « Bientôt, Marie, tu ne te fatigueras plus à me veiller la nuit, » moi je lui répondais : « Je l'espère; » et je lui parlais en souriant de sa première sortie..

Ici Marie s'arrêta pour essuyer ses yeux obscurcis par de nouvelles larmes. Fritzler, attendri au dernier point, lui prit la main, en lui disant : — Courage! Et M. Hartzwald, ému lui-même par le début de ce récit empreint de la plus naïve franchise, se leva de son siége de magistrat, approcha du poêle son grand fauteuil de cuir, et vint s'asseoir entre la vagabonde et le crieur de nuit. A les voir tous trois, ainsi groupés, dans cette vaste chambre qu'éclairait à peine une lampe de fer suspendue au plafond, on eût dit, au lieu de l'interrogatoire d'une coupable, que c'était une de ces intimes veillées de famille où l'enfant de la maison, après une longue absence, raconte à de bons parens vivement intéressés les aventures périlleuses de son lointain voyage.

— Continuez, Marie, dit M. Hartzwald, car mon devoir m'ordonne ou de vous entendre pour vous renvoyer libre, ou de vous faire conduire à la maison d'arrêt; je ne puis ni vous garder près de moi, ni m'opposer à votre emprisonnement, tant que le doute me restera sur votre culpabilité : il faut donc que vous vous expliquiez à l'instant, car je ne me sens pas le courage de vous laisser passer la nuit avec de misérables femmes qui pervertiraient la fille la plus pure. Voyons, ne tremblez plus : c'est devant un père que vous parlez; ne craignez pas de tout avouer : qu'alliez-vous faire ce soir dans le vieux cimetière de la ville ?

— J'allais cherchant la place où les restes de mon père étaient déposés depuis quelques heures; j'allais pleurer sur sa fosse humide, et demander conseil à celui qui ne m'a jamais inspiré que de bonnes pensées; car, voyez-vous, monsieur, j'étais poursuivie en ce moment par une affreuse idée : je ne voulais plus souffrir, je voulais me défaire de la vie. Oh! je vois bien que cela me rend plus coupable à vos yeux : se tuer, c'est un crime; mais, mon Dieu! peut-on demander de la raison à une pauvre fille qui n'a plus de parens... qui n'a plus d'asile, qui n'a pas de pain pour demain ?

— Comment cela? interrompit Fritzler.

— Silence ! dit le magistrat. Marie continua.

— A peine mon père a-t-il fermé les yeux, que voilà les gens de justice qui viennent s'emparer de notre maison ; on me dit que celui que j'ai perdu a menti à la loi, en ne déclarant pas la véritable valeur de notre propriété, que les droits du fisc s'élèvent aujourd'hui à une valeur double de ce que nous possédons ; on réclame enfin vingt ans d'arrérages ; et moi, qui n'entends rien à tout cela, je n'ai pas le pouvoir de m'opposer aux volontés de la justice. D'ailleurs, tout ce qu'on dit est vrai, sans doute : des juges ne voudraient pas dépouiller ainsi une pauvre orpheline, s'ils n'avaient pas le bon droit pour eux. Alors, monsieur le juge, il m'a bien fallu sortir de chez nous. Où aller autre part qu'auprès de son père, quand on ne sait à qui confier ses chagrins ? Il y avait bien dans le voisinage de bonnes gens qui m'offraient un asile chez eux ; mais c'étaient les plus pauvres de nos connaissances, d'honnêtes ouvriers qui ont à peine assez d'ouvrage pour nourrir leur nombreuse famille. Je ne voulais être à charge à personne ; je ne voulais que mourir, et voilà pourquoi je m'étais rendue au cimetière. Là, pensais-je, je dirai à mon père de m'envoyer une bonne inspiration, et quand j'aurai bien prié, j'obéirai au mouvement de mon cœur, soit qu'il m'ordonne de vivre, soit qu'il me dise que ce n'est pas un crime de quitter la vie quand on a épuisé tout ce qu'elle peut donner de malheur.

— Marie a dit vrai, monsieur le bourgmestre ; elle n'était allée au cimetière que pour prier ; il n'y a pas à en douter, dit vivement le crieur de nuit ; c'est une bonne et honnête fille, comme je voudrais que la mienne le fût un jour.

— Oui, je vous crois, mon enfant ; car j'ai vu bien des coupables chercher à expliquer leur vagabondage ; mais jamais on n'a parlé avec ce ton de franchise qui me pénètre l'âme du plus vif intérêt pour vous.

— Ah ! monsieur, vous me plaindrez bien davantage quand vous saurez toute mon infortune, continua Marie, mais c'est à présent que je ne trouve plus d'expressions pour dire ce qui s'est passé d'horrible près de la fosse où j'étais à genoux.

Les siéges des deux auditeurs se rapprochèrent encore de celui de Marie. Fritzler et le bourguemestre prirent chacun une des mains de la jeune fille, comme pour l'encourager à parler. — Un moment, dit-elle, que je cherche, que je me rappelle... Et tout son corps tressaillit, et ses membres tremblèrent comme ils tremblaient lorsque Fritzler détacha sa cape sur le pont pour réchauffer la pauvre enfant glacée par le froid de la nuit.

— Je priais depuis bien long-temps, dit-elle, le vent sifflait avec violence, la neige couvrait mes épaules et mes mains ; mais je ne sentais ni le froid ni la bise, tant mon âme était plongée dans de douloureuses pensées ! Le conseil que je demandais à Dieu, il ne me l'envoyait pas, et je restais agenouillée, attendant qu'un regard de sa bonté divine vînt à tomber sur moi. Tandis que j'étais là, troublant seule le silence de ce séjour de deuil par mes sanglots et ma prière, voilà que j'entendis de loin un bruit de pas et comme des éclats de rire qui se rapprochaient de moi... J'eus peur ; je détournai en frémissant les yeux du côté où j'avais entendu rire et marcher. Des ombres que je distinguais à peine s'avançaient précipitamment : je voulais me lever, je n'en eus pas la force ; je voulais crier, ma voix se refusa à proférer un seul mot. Enfin, je restais comme anéantie, quand ceux qui marchaient si gaîment arrivèrent à l'endroit où j'étais en prières ; ils étaient cinq : trois jeunes gens et deux femmes. Celles-ci parlaient une langue qui me semblait étrangère, tant les mots dont elles se servaient étaient nouveaux pour moi ! et cependant chacune de leurs paroles me causait un frisson d'horreur. Les rires continuaient. L'un des jeunes gens m'aperçut ; il vint à moi : ses yeux s'approchèrent des miens, sa main toucha mon bras, ses lèvres effleurèrent les miennes.

Je fis un mouvement pour le repousser, il m'enlaça avec force ; ma tête touchа le bord de la fosse, et je m'évanouis en entendant ces mots qui me remplirent d'épouvante : « Au moins, ce soir, j'aurai la mienne aussi. »

M. Hartzwald et le crieur de nuit eurent un mouvement d'indignation.

— Les scélérats ! dirent-ils en même temps. Marie reprit :

— Maintenant, monsieur le juge, vous savez si je suis coupable ; vous connaissez toute ma misère. Je suis orpheline, je suis sans asile, je suis flétrie ! condamnez-moi à une peine infamante si vous le voulez, car il ne me manque plus que d'être traitée en criminelle pour n'avoir plus aucun malheur à souffrir !

— Ah ! je vous protégerai, mon enfant, je vous vengerai ! Voyons, pourriez-vous me donner quelques indices sur l'infâme qui abusa si cruellement de vous ?

— Non, monsieur, je ne sais rien de lui ; je le verrais, que je ne le reconnaîtrais pas. Quand il est venu à moi, il faisait nuit ; il faisait nuit encore quand je sortis de mon évanouissement, brisée par la douleur, et me rappelant à peine pourquoi je me trouvais là, et ce qui s'était passé... D'ailleurs, il n'y avait plus personne. Enfin, la mémoire me revint : je me penchai encore une fois sur la terre où l'on avait enfoui le cercueil de mon père, j'écartai la neige avec mes mains, je collai ma bouche sur cette fosse à peine refermée, et je dis : — Au revoir ! à celui qui m'avait fait le cruel présent de l'existence ; puis je sortis du cimetière pour aller me précipiter par dessus le pont : c'est alors que le crieur de nuit m'arrêta.

Comme Marie achevait son récit, M. Hartzwald entendit frapper un léger coup à la porte de la rue ; ce bruit lui fit éprouver une commotion douloureuse : il sonna précipitamment, et Nancy, pâle et tremblante, entr'ouvrit la porte de la salle d'audience.

— Vous direz à mon fils que je veux lui parler, dit M. Hartzwald du ton le plus sévère.

— Comment, monsieur, à l'heure qu'il est ! vous savez bien qu'il se couche tous les jours de bonne heure.

— Alors vous le réveillerez, reprit le bourgmestre ; et tout bas il ajouta à l'oreille de Nancy : Dépêchez-vous d'aller lui ouvrir ; si quelque garde de nuit le rencontrait à ma porte, il serait arrêté comme un vagabond.

Nancy baissa la tête en signe d'obéissance, et sortit.

— Maintenant, mon enfant, dit le magistrat, il est bien temps que vous preniez un peu de repos ; demain je vous reverrai. Comptez sur ma protection, entendez-vous.

Et comme Marie regardait M. Hartzwald et Fritzler pour leur demander : — Où irai-je ce soir ? le garde de nuit prit le bras de la jeune fille, et dit : — Vous serez bien reçue chez nous, Marie ; ma femme est une bonne créature qui ne demandera pas mieux que de partager avec vous le pain de la maison.

Le bourguemestre serra avec affection la main de l'orpheline en lui répétant : — A demain ! Et le crieur partit avec elle.

Le fils du bourguemestre était sur l'escalier comme Friztler et la jeune fille descendaient de la salle d'audience. Paul répondit à voix basse au salut du garde de nuit. Le timbre sourd de cette voix fit vibrer toutes les cordes de l'âme de Marie.

— Qu'avez-vous donc, petite ? on dirait que vous allez tomber, demanda Fritzler.

— Ce n'est rien, répondit-elle en s'appuyant avec force sur le bras de son guide ; puis tout bas elle ajouta : — Oh ! non, je me suis trompée, cela ne peut pas être la même voix.

II

Deux Scènes de Famille.

> L'indulgence pour le vice est une conspiration
> contre la vertu.
> **L'abbé Barthélemy.**
>
> Il n'est passion qui nuise plus au raisonnement
> que la colère. Aucun ne ferait doute de punir de
> mort le juge qui par colère aurait condamné un
> criminel.
> **Montaigne.**

Autant la physionomie de M. Hartzwald était devenue douce et bienveillante à mesure que la jeune Marie détaillait les événemens de cette
journée de deuil, autant le visage du bourguemestre se couvrit d'une teinte
sombre et sévère quand un autre coupable vint occuper le siège que la
soi-disant vagabonde avait laissé vide.

Pâle des fatigues d'une nuit de plaisir, les joues flétries, les yeux à demi
fermés, les cheveux en désordre et dans un débraillé complet, tel Paul
se présenta à son père, qui l'attendait dans la salle d'audience.

Nancy, la nourrice du débauché, annonça d'une voix bien émue la venue de son nourrisson chéri au magistrat. Elle eût bien voulu, la vieille
gouvernante, être admise en tiers dans la scène qui allait se passer entre
le père et le fils; mais M. Hartzwald prit un ton de commandement si
ferme pour intimer à Nancy l'ordre de s'éloigner, que celle-ci fut obligée
de sortir sans avoir osé hasarder un mot d'excuse en faveur de Paul.

Le jeune Hartzwald entrevoyait bien, à travers les nuages qui troublaient sa vue et obscurcissaient son intelligence, qu'une explication assez
vive allait avoir lieu ce soir même. Dans son apathique ivresse, il courba
la tête pour laisser passer l'orage, en se promettant de ne répondre à aucune des brusques interpellations de son père, bien certain qu'il était
que la colère de celui-ci se briserait contre son silence.

A l'aspect de Paul ainsi défait, le bourguemestre éprouva un moment
de fureur : il lui releva violemment la tête; mais le regard stupide de son
fils, mais cette bouche à demi béante, qui n'avait pas même la force de
dire : — Vous me faites mal! changea soudain la colère de M. Hartzwald
en un sentiment de pitié pour le coupable enfant.

— Ta mère est plus heureuse que moi, dit-il, car elle est morte avant
de t'avoir vu dans un pareil état.

— Mon père, c'est la première fois, balbutia Paul.

— Je ne vous demandais pas ce mensonge, reprit le bourguemestre; mais
puisque vous parlez enfin, j'exige que vous me disiez sur-le-champ d'où
vous venez et ce que vous avez fait ce soir.

Un sourire niais répondit à cette question.

— Me direz-vous, continua M. Hartzwald, en secouant avec force le bras
de son fils, l'emploi de votre temps à cette heure? je veux le savoir, monsieur, je veux le savoir à l'instant.

— Si vous vous fâchez, mon père, répliqua Paul en laissant retomber
sa tête appesantie, je ne saurai que vous dire... d'ailleurs, vous avez été
jeune aussi; chacun son tour... Je meurs de sommeil!

— J'ai veillé, moi, monsieur, pour connaître votre conduite; il faut que vous me répondiez : j'ai attendu assez tard pour cela... Vous allez me dire enfin ce qui vous a retenu dehors à l'heure où tous les honnêtes jeunes gens de la ville sont couchés.

— Eh ! mon père, on a des amis à mon âge... une petite gaîté de temps en temps, cela n'est pas un crime. Enfin, que voulez-vous que je vous dise?... Je souffre !... je dors !

— J'ai souffert plus que vous depuis huit jours que je me suis aperçu de vos sorties nocturnes... D'abord, j'ai cru que ce n'était qu'un hasard... un accident pardonnable à votre âge... J'ai pensé que vous viendriez à moi avec confiance me dire comme autrefois : — J'ai eu tort, mon père ; mais ne m'en veuillez pas. Loin de là, vos absences se renouvellent tous les soirs, et aujourd'hui c'est d'une orgie infâme que vous sortez... Mais malheur à vous ! Paul, malheur à vous, si vous déshonorez jamais le nom de votre père !

— Jouer entre amis, cela ne fait de tort à personne.

— Vous êtes joueur !... Ah ! il ne vous manquait plus que ce vice ! s'écria le bourguemestre en frémissant.

Paul, toujours abattu, toujours dans son attitude stupide, répliqua :

— Allons, ne vous emportez pas ; nous avons joué, mais ce n'était pas de l'argent.

— Qu'avez-vous donc pu jouer alors? demanda M. Hartzwald.

Paul, presque assoupi, murmura : — Des femmes !

Ces deux mots furent une affreuse révélation pour le magistrat. Il se rapprocha précipitamment de la chaise où son fils s'endormait en balbutiant quelques mots sans suite, et, pâle à son tour d'une horrible crainte, M. Hartzwald, les lèvres presque collées à l'oreille du dormeur, continua son interrogatoire, auquel celui-ci répondait toujours par des paroles inachevées. C'était un douloureux supplice pour Paul que de se sentir réveillé de moment en moment par la voix pénétrante de son père ; mais que c'était donc aussi une cruelle anxiété pour celui-ci, de ne pouvoir arracher l'aveu de l'épouvantable sacrilége dont il soupçonnait bien que son fils s'était rendu coupable !

— Réveillez-vous, monsieur ! lui criait son père, et dites-moi si vous n'êtes pas allé ce soir du côté du vieux cimetière... Entendez-vous, du côté du vieux cimetière? Paul ouvrit les yeux, et dit : — Ils m'y ont emmené. Puis son menton alla de nouveau frapper sa poitrine.

— Et combien étiez-vous?

— Combien? répéta Paul... je crois que nous étions...

M. Hartzwald attendit en vain la fin de cette réponse : le débauché s'était endormi. Le magistrat impitoyable enleva Paul de dessus la chaise : — Debout ! lui dit-il, vous ne dormirez pas avant que je ne sache toute la vérité. Combien étiez-vous dans le vieux cimetière?

— Trois, mon père : Henri Zahn, Charles Sichler et moi.

— Bien ! reprit M. Hartzwald avec un effrayant sourire. Et ces femmes que vous aviez jouées, vous étiez sûrs de les trouver là !

— Mais Charles et Henri m'avaient dit qu'elles y seraient ; et, en effet, ils en ont trouvé deux.

— Et vous !... vous ! continua le bourguemestre en attachant sur son fils un si terrible regard que Paul sentit s'évanouir son ivresse, et un frisson de stupeur parcourir tout son corps.

— Moi? reprit-il d'une voix tremblante.

— Oui, vous !... vous n'en aviez point de femme, n'est-ce pas?... et il vous en fallait une, misérable ! et vous n'avez pas eu pitié d'une jeune fille qui priait sur la fosse de son père !... vous avez couronné la débauche par un crime ; et je saurai que j'ai, moi ! et il faudra que je vous condamne à la peine des assassins, car vous avez mérité le gibet !

— Grâce ! grâce ! criait Paul, haletant et se traînant aux pieds de son père.

— Grâce ! disait M. Hartzwald ; mais le bourreau ne t'écoutera pas quand tu lui demanderas grâce... Mais cette jeune fille a formé une plainte devant moi contre l'infâme qui l'a flétrie... Et je verrai mon nom placardé sur la potence !... Non, malheureux, non, ce n'est pas de la main de l'exécuteur que tu mourras ; non, tu n'auras pas la joie de déshonorer publiquement ton père !

En disant ces mots, M. Hartzwald, que la fureur dominait, s'empara d'un lourd encrier de plomb, et le lança avec force à la tête de son fils ; le crâne du malheureux alla frapper sur la base de pierre qui supportait le poêle de fonte ; Paul poussa un profond soupir, et le sang coula avec abondance de sa large blessure.

Au cri de Paul Hartzwald, la vieille Nancy se précipita dans la salle d'audience : —Vous avez tué mon enfant ! dit-elle au bourguemestre. Celui-ci ne répondit pas un mot : le sang l'étouffait ; il tourna les yeux vers sa victime ; de pourpre qu'il était, son visage devint pâle, ses jambes fléchirent, et il tomba sans mouvement dans son grand fauteuil de cuir.

Tandis que cette scène affligeante se passait dans la maison du bourguemestre, Fritzler et Marie gagnaient le vieux faubourg où demeurait le crieur de nuit. Au bruit léger de sa crécelle, la porte de sa maison s'ouvrit.

— Bonsoir, belle-mère, dit-il à une femme d'une cinquantaine d'années qui lui prit sa lanterne ; préparez vite un lit pour cette pauvre enfant qui a besoin de repos ; je l'ai amenée ici de la part de M. Hartzwald : ainsi, cela ne doit vous paraître suspect.

— Qu'elle soit la bien-venue, dit madame Lohrmann, mon lit sera le sien pour ce soir, car il faut que je veille auprès de ma fille qui n'en est encore qu'à son deuxième jour de fièvre de lait. Ainsi, ma belle, vous pouvez venir avec moi, je vais vous indiquer ma chambre. Marie, après avoir remercié affectueusement Fritzler, suivit madame Lohrmann dans le grenier lambrissé qui lui servait d'appartement complet.

— Cette petite a l'air d'être bien douce, dit la belle-mère à son gendre quand elle fut de retour dans la salle basse ; il faut aussi qu'elle ait bien du chagrin, car elle pleurait fort en se déshabillant.

— Ah ! dame, c'est qu'elle en a éprouvé des malheurs, celle-là, et de toutes sortes encore !

Ici, Fritzler se mit à raconter tout ce qu'il savait touchant Marie. Madame Lohrmann écoutait son beau-fils avec le plus vif intérêt ; ce n'étaient que des mon Dieu ! des divin Seigneur ! des miséricorde du ciel ! Mais quand le crieur de nuit s'avisa de parler du projet qu'il avait formé de garder Marie chez lui pour aider sa femme dans les soins du ménage, la figure de la belle-mère éprouva la plus étrange métamorphose ; son front se plissa, ses lèvres se crispèrent, et elle répondit :

— C'est-à-dire que nous ne sommes pas déjà assez ici pour manger ce que vous gagnez, ou bien c'est que je ne suis plus bonne à rien faire.

— Ce n'est pas ce que je veux dire, mère ; mais la pauvre petite est sans asile, et, vrai, cela crève le cœur de penser que si je ne la garde pas ici, elle ne saura où aller coucher demain.

— Eh ! que M. le bourguemestre qui s'intéresse si fort à elle la prenne à son service ; il a bien autrement que vous les moyens d'avoir une gouvernante.

— Écoutez, mère, reprit le garde de nuit, nous en parlerons à Marguerite, et si elle ne dit pas oui, eh bien ! je ferai ce qu'elle voudra.

— Marguerite est un agneau du bon Dieu, continua la belle-mère, qui dira comme vous pour ne pas vous contrarier, lorsque au fond votre générosité la rendra bien malheureuse.

— Malheureuse ! allons donc, vous rêvez, mère Lohrmann.

— Pas si bien que vous le dites, mon gendre ; je sais qu'elle est susceptible, cette chère enfant ; elle a toujours été un peu jalouse de tout, et vous croyez qu'elle ne le sera pas d'une jeune fille que vous installez ici sans raison !

— Sans raison ! par exemple, et ses malheurs ?

— Ses malheurs sont grands, je ne dis pas ; mais nous ne sommes pas en position de consoler tous les affligés. D'ailleurs, si vous voulez absolument faire le généreux, comme il n'y a pas de place ici pour une personne de plus, je m'en irai, moi, d'autant plus que je ne pourrai pas voir de sang-froid ma fille se tarabuster la tête de soupçons qu'elle ne manquera pas d'avoir, je vous en réponds.

— Avez-vous fini ? demanda Fritzler avec impatience.

— Bien, voilà que ça commence, reprit la vieille : on m'impose silence ; une autre fois on me dira de m'en aller. Mais, grâce à Dieu, je n'attendrai pas ce moment-là, et si ma fille était rétablie, je partirais à l'instant même pour laisser à votre belle affligée le loisir de se carrer tout à son aise dans la chambre qui m'appartient. Il est juste que les parens cèdent la place aux étrangers. C'est si beau de faire du bien aux jeunes filles ! et une mère, c'est si peu de chose, qu'en vérité je ne sais pas pourquoi vous ne m'avez pas déjà mis à la porte !

Le ton d'aigreur sur lequel la conversation entre la belle-mère et le gendre était montrée menaçait de se changer en querelle un peu plus bruyante, quand Fritzler, réfléchissant que cette discussion pourrait fort bien réveiller sa femme et son enfant, se leva brusquement, reprit sa lanterne, et alla continuer sa ronde nocturne ; car le jour ne paraissait pas encore ; mais en sortant cette fois, au lieu du bon repos et bonne nuit qu'il disait ordinairement à sa belle-mère, le crieur lui laissa pour adieu un impertinent : — Nous verrons qui de nous deux sera le maître ici ! Et il s'éloigna le cœur serré, mais en se promettant de ne pas tenir compte des menaces de la mère Lohrmann.

Comme il allait en criant l'heure dans les rues, peu à peu l'air vif du matin calma sa tête échauffée par les contrariétés que sa belle-mère lui avait fait subir. Il se ressouvint qu'en effet Marguerite inclinait singulièrement vers la jalousie ; et cette triste faiblesse la rendait d'autant plus malheureuse que, timide même avec son mari, elle lui cachait ses larmes et nourrissait en silence les soupçons qui germaient dans son cœur. Plus d'une fois déjà il l'avait surprise à pleurer sans qu'elle voulût lui dire la cause de ses larmes ; et si ce n'eût été la perspicacité ingénieuse de madame Lohrmann à deviner le motif des soucis de sa fille, Fritzler eût toujours ignoré que Marguerite avait souffert tout bas, parce qu'il s'était montré enjoué ou prévenant avec telle ou telle fille du quartier. —Au fait, se dit-il, je me dois pas faire de peine à la mère de mon enfant ; et puisque le bourguemestre prend comme moi intérêt à cette petite, autant vaut que ce soit lui qui la protège. D'ailleurs, elle sera toujours mieux chez M. Hartzwald que chez nous, où ma belle-mère ne lui épargnerait pas les paroles dures et les rebuffades... C'est convenu, à l'heure de midi j'irai trouver le bourguemestre, et je lui dirai que je manque de place à la maison pour loger Marie Schroning.

Ainsi se parla le brave homme. Il pensa même que sa dernière résolution valait encore mieux, dans l'intérêt de Marie, que son projet de la garder chez lui. Il capitula si bien avec cet égoïsme qui nous est naturel à tous, qu'il finit par ne plus trouver sa protégée si à plaindre. —D'ailleurs, disait-il, chacun ses peines ; ce sont les riches que Dieu a mis au monde pour soulager ceux qui n'ont rien.

Le silence de la nuit cessa de régner dans les quartiers déserts depuis plusieurs heures ; les volets des fenêtres s'ouvrirent, les portes crièrent sur leurs gonds, les forges s'allumèrent ; le bruit des métiers commença à se confondre avec le dernier chant des crieurs de nuit qui s'en retournaient chez eux ; la population de Nuremberg se revêtit de ses habits de travail ; les portes de la ville livrèrent passage aux jardiniers qui venaient alimenter le marché ; enfin, il était grand jour quand Fritzler rentra chez lui.

Son premier soin fut d'aller embrasser Marguerite qui ne dormait plus, et tenait dans ses bras la toute petite Thérèse, dont la bouche se jouait sur le sein de sa mère, en cherchant de moment en moment quelques gouttes du lait de sa nourrice.

Madame Lohrmann était auprès de sa fille, et paraissait lui parler avec feu. A l'arrivée du gendre, la belle-mère se tut. Fritzler caressa son enfant, puis regardant sa femme dont le teint était plus animé que de coutume, il lui dit :

— Je vois bien que tu sais déjà que quelqu'un a passé la nuit ici... Eh bien ! femme, ne t'inquiète pas de ce surcroît de charge pour nous ; ta mère m'a fait faire à ce sujet de sages réflexions : ce matin même je reconduirai la jeune fille chez M. le bourguemestre.

Il y avait de la résignation sur le visage de Marguerite lorsque son mari commença à parler ; mais dès qu'il eut fait part de sa résolution nouvelle, la joie la plus vive brilla dans les yeux de la jeune mère. Elle posa tout doucement son enfant à côté d'elle, et étendit les bras vers le brave homme pour le remercier par un tendre baiser de ce qu'il prévenait ainsi son désir. Madame Lohrmann était triomphante, non pas qu'elle eût mauvais cœur : c'était la pensée de voir une étrangère dans la maison, qui lui déchirait l'âme. Elle se fût volontiers privée pour le pauvre qui passait, mais elle ne pouvait supporter l'idée que quelqu'un vînt s'immiscer dans les détails du ménage qu'elle gouvernait despotiquement.

Une demi-heure ne s'était pas écoulée depuis le retour du crieur de nuit, quand Marie parut dans la salle basse. A ses yeux rouges et fatigués, à l'air abattu de son visage, il était facile de s'apercevoir que la pauvre enfant avait bien peu dormi. Elle fut reçue par la famille de Fritzler avec les témoignages du plus touchant intérêt, et tout bas elle se disait :— Que je serai donc bien ici ! Mais la mère de Marguerite ne montrait tant de bontés pour l'orpheline que parce que celle-ci devait quitter la maison dans quelques heures. On mit la table du déjeûner auprès du lit de l'accouchée et pendant ce repas, que les questions affectueuses des deux femmes prolongèrent au delà du temps accoutumé, Marie fut l'objet des prévenances de chacun des convives. — En vérité, se disait-elle encore à part elle, je crois que Dieu m'a enfin regardée en pitié, puisque j'ai trouvé ici des amis véritables.

Enfin le déjeûner finit. — Allons, ma petite, dit madame Lohrmann en se levant de table, nous ne vous retiendrons pas plus long-temps ; M. le bourguemestre doit être levé ; Fritzler va vous reconduire chez lui. J'espère qu'il sera pour vous un bon protecteur. Que je vous embrasse, mon enfant, et venez nous voir quelquefois.

Marie regarda tour à tour avec étonnement Fritzler, Marguerite, et celle qui venait de lui parler ; elle ne comprenait pas pourquoi on lui parlait de départ. Le crieur de nuit avait l'air presque aussi embarrassé qu'elle. Enfin, la jeune fille demanda avec sa naïveté habituelle : —Ce n'est donc pas ici que je dois demeurer ?

— Non, mon enfant, reprit alors Fritzler ; nos moyens ne nous permettent pas de faire pour vous tout ce que nous voudrions ; c'est M. Hartzwald qui se chargera de votre sort.

—C'est dommage, répondit-elle ; car vous auriez été bien bon pour moi, j'en suis sûre... Mais enfin !... Elle soupira, embrassa avec résignation la femme Fritzler, madame Lohrmann, et la petite fille Thérèse qui reposait sur un oreiller, puis se disposa à suivre le crieur de nuit.

Un nouveau malheur attendait Marie dans la maison du magistrat. Une foule considérable d'amis et de voisins allaient, venaient des appartemens à la rue ; des groupes s'étaient formés sous les fenêtres de M. Hartzwald, et ces mots, l'apoplexie, une chute mortelle, circulaient dans toutes les bouches. Fritzler crut d'abord qu'il s'agissait d'un événement tragique arrivé dans le voisinage, et dont le rapport venait d'être fait au bourgue-mestre ; il pensa que tous ceux qu'il voyait monter et descendre étaient autant de témoins appelés pour déposer dans une cause assez grave pour occuper tous les esprits.—Nous attendrons dans l'antichambre que M. Hartz-wald en ait fini avec tous ces gens-là, dit-il ; et quand il sera seul, je lui parlerai pour vous, ma petite. Il monta donc avec Marie, et se disposait à s'asseoir auprès de la salle d'audience ; mais la porte de cette pièce était ou-verte, et les nombreux visiteurs entraient sans se faire annoncer : ils res-sortaient avec la douleur dans les yeux et l'effroi sur le visage. Fritzler, qui voulait savoir à son tour ce qui attirait un si grand concours de cu-rieux, laissa pour un moment Marie dans la première chambre, et entra. Il sut alors qu'on ne venait là que pour dire une dernier adieu au cadavre du magistrat. Le père, frappé de saisissement en voyant tomber Paul sous le coup de l'encrier de plomb, ne s'était plus relevé de son siége de juge ; et ses yeux gonflés de sang, sa bouche contractée, son front taché de bleu, disaient assez à quelle mort violente il avait succombé.

Quand Fritzler revint auprès de Marie pour l'instruire de cette affreuse catastrophe, la jeune fille n'était plus là. Un mot que quelqu'un dit en passant devant elle lui révéla toute son infortune ; et , ne comptant plus sur la protection de personne, elle prit le chemin du pont le plus voisin.

III

Jean Kurse l'Apprenti.

> De ta tige détachée,
> Pauvre feuille desséchée,
> Où vas-tu ? — Je n'en sais rien.
> ARNAULT.

> Si nous n'éprouvions pas la douleur, nous nous blesserions à tout moment sans le sentir ; sans la douleur nous n'aurions aucun plaisir : la douleur était donc aussi nécessaire que la mort.
> VOLTAIRE.

Elle allait, elle allait ; et, dans sa marche rapide, Marie n'entendait pas une voix qui l'appelait depuis quelques secondes. Elle ne se retournait pas vers celui qui courait après elle et suivait tous les détours que pre-nait la jeune fille pour arriver au bord de la Peignitz. Enfin, son pied al-lait toucher les premières planches du pont, quand le jeune homme, doublant le pas pour la rejoindre, l'atteignit à l'épaule, et, lui disant à deux fois son nom, la força bien de s'arrêter. Elle leva les yeux vers lui, et fut toute honteuse en le reconnaissant.

— C'est Jean Kurse ! dit-elle.

— Oui, mademoiselle Marie ; et que je suis bien aise de vous retrouver ! Savez-vous que depuis hier je souffrais rudement de ne pas savoir ce que vous étiez devenue ?... Et où alliez-vous donc si vite ?

Marie rougit, pleura. Jean lui prit la main ; il n'était guère moins ému qu'elle. D'une voix plus faible, il recommença la même question. L'orphe-line lui montra la rivière.

— Oh! dit-il, vous croyez trop en Dieu pour faire cela, mademoiselle Marie.

— Eh! que voulez-vous donc que je devienne, Jean, puisque je n'ai personne ici-bas qui prenne pitié de moi?

— Vous avez quelqu'un que votre mort rendrait bien malheureux au moins.

— Ne parlons pas de cela, mon pauvre ami; n'en parlons plus. D'ailleurs, dans votre position, vous ne pouvez rien pour moi.

— Je peux au moins partager le pain que me donne mon maître; et tant que Jean Kurse en aura, mademoiselle Marie ne se couchera pas sans souper.

— Je connais votre bon cœur; je ne doute pas de votre amitié, vous qui preniez sur votre sommeil pour venir m'aider à veiller mon père malade.

— Eh bien! pour toute récompense des petites peines que je me suis données auprès du défunt, je vous en supplie, mademoiselle Marie, ne mourez pas; vivez pour que le jour où mon maître me dira : — Tu es libre, nous puissions réaliser le projet dont nous parlions tous les soirs.

— Vous ne me diriez pas cela, Jean, si vous pouviez savoir tout mon malheur!

— Comment! si je le sais; et qui est-ce qui s'est jeté sur les gens de justice quand ils sont venus pour vous renvoyer de la maison du voisin Schroning? Qui est-ce qui les a menacés d'un coup de verlope, si bien que, si on ne m'avait retenu, j'en tuais un sur la place? Est-ce que je ne me rongeais pas les poings de rage, quand je vous ai vue sortir de chez vous? Je voulais courir, vous ramener d'autorité dans votre maison; mais mon maître et ses deux compagnons étaient là qui me retenaient. On m'a même enfermé sous clé pendant que vous vous en alliez. Après, j'ai brisé un carreau, j'ai passé par la fenêtre... un petit étage de rien : ça ne compte pas... j'ai été vous chercher chez toutes vos connaissances, partout enfin où vous pouviez être, et personne n'a pu me dire où je vous trouverais. A dix heures du soir, je rôdais encore dans la ville; je tournais autour du vieux cimetière, comme si j'avais pu vous rencontrer là.

— Près du cimetière! s'écria Marie, ah! c'est Dieu qui vous y conduisait sans doute! Mais, Jean Kurse, pourquoi n'êtes-vous pas entré? Je ne serais pas déshonorée aujourd'hui.

— Déshonorée! mademoiselle Marie, répliqua l'apprenti en la regardant fixement. Que voulez-vous dire par là?

Marie hésita un moment; elle regarda autour d'elle. Ils se trouvaient alors dans le quartier le plus reculé de la ville; la rue était déserte.

— Aussi bien, reprit-elle après un court silence, il faudra tôt ou tard que vous sachiez la vérité; autant que ce soit moi qui vous apprenne ma honte : au moins, comme cela mon malheur sera complet. Elle s'assit sur une pierre; Jean se plaça auprès d'elle; et là, Marie détailla, avec la franchise dont elle avait usé auprès du bourguemestre, toutes les angoisses du jour et de la nuit passés. Elle dit aussi à l'apprenti son espérance trompée chez le crieur de nuit et la mort inopinée de M. Hartzwald. Puis, quand elle eut fini, elle regarda tristement Jean Kurse. — Eh bien! reprit-elle, voulez-vous après tout cela que je vive encore? Dites, puis-je être jamais la femme de quelqu'un? Ne suis-je pas destinée à mourir malheureuse, méprisée, et cependant bien innocente, mon Dieu!

On pourrait croire, d'après son surnom d'apprenti, que Jean Kurse était un enfant de quatorze à quinze ans; mais alors on se tromperait étrangement. Jean pouvait avoir vingt-cinq ans : c'était un robuste gaillard, qui avait fini son apprentissage de menuisier-ébéniste depuis huit ans et demi à peu près; et cependant il devait rester encore pendant dix-huit mois chez son maître avant de recevoir, comme les autres ouvriers, le prix de son travail au bout de chaque quinzaine. Vous allez savoir pourquoi Jean Kurse s'appelait l'apprenti, bien qu'il eût déjà plusieurs années de compagnonage.

A une vingtaine d'années en deçà du temps où se passèrent les événemens que je viens de rapporter, Pierre Kurse, le père de l'apprenti, avait fait un emprunt considérable à un riche marchand de meubles nommé Redsburg. Des liens d'amitié unissaient depuis long-temps le père de Jean et l'ébéniste. Ce dernier ne demanda aucun gage de la somme qu'il avait prêtée, tant il était certain de la bonne foi de son ami ; d'ailleurs, Pierre Kurse devait s'acquitter envers Redsburg au moyen de rentrées de fonds qui ne pouvaient manquer d'avoir lieu vers la foire prochaine. L'imprimerie de Kurse était en pleine activité, et l'argent de l'ébéniste n'avait servi qu'à lui donner une vie nouvelle. Cependant l'espoir de l'imprimeur fut déçu : l'époque des rentrées arriva, et, au lieu des bénéfices qu'il attendait, il lui fallut supporter plusieurs banqueroutes qui ruinèrent sa maison. Le chagrin mina sa santé, et il eut le regret de mourir sans pouvoir payer une dette d'autant plus sacrée, que son ami commençait à éprouver aussi quelque gêne dans son commerce, et qu'il n'avait aucun titre contre son débiteur. Jean Kurse était trop jeune alors pour comprendre quelque chose aux regrets que son père laissait échapper en mourant ; mais plus tard il connut l'engagement d'honneur qui avait existé entre le défunt et l'ébéniste : c'était à l'époque où son apprentissage allait finir chez Redsburg ; car le brave homme, non content de la perte qu'il avait faite, s'était encore chargé de nourrir le fils de son ami et de lui donner un métier. Jean, ai-je dit, allait sortir d'apprentissage, quand une conversation de son maître lui rappela tout ce que celui-ci avait autrefois perdu en obligeant l'imprimeur Kurse. Héritier de la bonne foi de son père, le jeune ébéniste offrit de payer cette dette ; M. Redsburg sourit à cette proposition, et lui prouva que c'était impossible.

Au prix des journées que tu peux gagner, lui dit l'ébéniste, il faudrait bien des années de ton travail avant d'en arriver à une pareille somme ; et d'ailleurs ton père ne me doit rien au nom de la loi, puisque je n'ai pas même une signature pour prouver la créance en justice. Ces mots piquèrent l'orgueil de Jean. Il répondit d'un ton ferme : — Qu'il faille vingt ou trente ans même, je m'engage à travailler jusqu'à ce que vous me donniez quittance de la dette de mon père. D'abord, le maître crut que son apprenti ne mettait qu'une obstination d'enfant à persévérer dans son honorable projet ; mais lorsque, le jour où M. Redsburg lui dit : — Maintenant te voilà compagnon, il entendit le jeune Kurse lui répondre : — En ce cas, monsieur, donnez-moi mon congé, afin que je puisse gagner pour vous, chez un autre maître, l'argent que je vous apporterai toutes les semaines. Alors l'ébéniste comprit que c'était vraiment un parti pris chez Jean d'essayer au moins d'acquitter la dette de famille.

— Eh bien ! reprit le maître, puisqu'il en est ainsi, laisse-moi calculer ce qu'il te faudra d'années pour que je te donne ma quittance.

Le soir même, M. Redsburg présenta à Jean Kurse un engagement ainsi conçu :

« Je soussigné, déclare me reconnaître débiteur envers M. Redsburg d'une somme équivalente à dix ans de travail, au prix d'un florin par journée, et je m'engage, à partir de cejourd'hui, à travailler comme doit le faire un bon et loyal compagnon, afin d'obtenir, au bout de ces dix années, quittance de la susdite somme ; à charge pour le maître, pendant la durée de cet engagement, de me nourrir et loger comme au temps de mon apprentissage. »

L'acte fut aussitôt signé par Jean Kurse. Il continua depuis ce temps à se considérer comme apprenti, et voilà pourquoi il portait encore ce nom au temps du décès de M. Schroning.

Quant à sa liaison avec Marie, il est facile de l'expliquer. La maison de l'ébéniste Redsburg touchait à celle du défunt. Jean et la jeune fille se voyaient tous les jours depuis leur enfance. L'apprenti était pour ainsi dire de la famille de Marie, car il n'y avait pas un projet de réunion le

soir, soit chez l'un ou chez l'autre des deux voisins, sans que Jean ne fût
de la partie ; et lorsque le mal du père de Marie empira, quand la petite
garde-malade se vit forcée de garder le moribond, Jean prenait sur son
temps de repos pour faire les courses de sa petite amie dans le quartier, ou
l'aider dans les soins assidus qu'elle donnait à son père. Ainsi cette tendre
inclination n'eut pas de commencement : l'amitié d'enfance ne fit que se
développer davantage avec les années, et prendre un caractère plus tendre
en même temps qu'elle devenait plus respectueuse. Il avait fallu le hasard d'un tel voisinage pour que Marie fût aimée d'amour par quelqu'un ;
car personne ne serait venu la chercher dans cette triste maison ; et,
pour elle, on sait que la pauvre enfant sortait si peu, que ce fut à grand'-
peine qu'elle put trouver le chemin du cimetière quand, proscrite de la
maison paternelle, elle alla demander conseil pour mourir, sur la fosse
nouvellement creusée pour son père.

— Voilà un grand malheur, dit le jeune homme quand Marie eut
cessé de parler ; et si le ciel voulait permettre que je rencontrasse jamais
le scélérat qui a si indignement abusé de sa force pour vous perdre, je
vous jure qu'il ne mourrait que de ma main... Mais ne vous désespérez
pas ainsi, Marie ; vous n'êtes point coupable, et je serais un malheureux
à mon tour, si je vous retirais à présent la parole que je vous ai donnée.
Vous serez toujours à mes yeux Marie la bonne, Marie la patiente ; et
comme on ne cessera pas de vous estimer pour cela, eh bien ! dans dix-
huit mois, je vous promets que vous vous nommerez madame Kurse ;
soyez sûre qu'en changeant de nom vous cesserez tout à fait d'être malheureuse.

Il y avait plus de pitié que de franchise dans les paroles de l'apprenti ;
il ne disait pas à Marie le sentiment de honte et de dégoût que cette révélation avait fait naître dans son cœur ; et la jeune fille, qui ne l'avait jamais surpris à mentir, crut si bien à la sincérité de cette promesse,
qu'un rayon de plaisir, un sourire de bonheur se firent jour à travers la
tristesse dont son visage était empreint.— Jean, répondit-elle, je m'abandonne à vous ; j'irai où vous voudrez me conduire ; je ferai ce que vous
m'ordonnerez de faire ; c'est vous seul qui serez mon guide et mon conseil, puisque vous exigez que je vive encore. L'apprenti, après avoir réfléchi pendant quelques secondes, se leva, prit le bras de Marie, et dit : —
Venez, je vous ai trouvé un asile.

D'abord, Marie crut un instant que Jean Kurse allait la conduire chez
son maître : cette espérance calmait un peu son inquiétude ; elle marchait
ignorant les chemins ; mais elle se vit bientôt désabusée, quand le jeune
ébéniste, après avoir parcouru avec elle deux ou trois rues qu'elle ne connaissait pas, la fit entrer dans une ruelle dont le bout opposé n'avait pas
d'issue : deux murs noirs et percés d'espace en espace de petites portes
en bas ; des jours de souffrance à quelques toises au dessus du sol, donnaient à cette impasse l'aspect d'une cour de prison. Jean s'arrêta devant une
de ces portes, tira à lui la corde noire et poissée qui retenait à l'intérieur
le pêne de la serrure dans sa gâche : la porte s'ouvrit et laissa voir à Marie un escalier d'environ quinze marches, droit et grossièrement maçonné ;
elle le gravit derrière son guide qui, arrivé sur un palier où deux personnes tenaient à peine, frappa rudement à l'unique porte qu'il y eût sur
ce carré. Des cris d'enfant répondirent d'abord, et bientôt après une jeune
femme, dont la mise accusait une extrême misère, vint ouvrir à Jean
Kurse.

Pour vous, qui savez ce que c'est que le chenil du pauvre, vous n'exi-
gerez pas que j'interrompe mon récit par une description qui n'aurait
rien de séduisant pour le conteur ni pour celui qui l'écoute ; quant à
vous, qui vous donnez à votre gré des appartemens bien frais l'été, bien
chauds l'hiver, à quoi bon irai-je attrister votre vue, accoutumée à ne se
reposer que sur des objets agréables, par une peinture qui ne vous cause-

rait qu'un sentiment de déplaisir? encore douteriez-vous de la vérité des images : il faut avoir souffert la misère pour la comprendre.

— Annah, dit Jean Kurse en entrant, je vous amène une ancienne connaissance.

Celle-ci regarda Marie sans laisser lire sur sa physionomie aucune expression de plaisir ou de mécontentement; elle répondit seulement : — Ah ! oui, Marie Schroning !

— Qui va demeurer avec vous, Annah. Vous travaillerez toutes deux ; je lui ferai avoir de l'ouvrage, comme je vous en ai fait avoir pour vous-même.

— Comme vous voudrez, reprit Annah.

— C'est une bonne personne que Marie, elle prendra soin aussi de vos deux petits enfans.

— Mes petits, reprit la jeune femme en attirant ses enfans vers elle, comme pour les cacher sous un lambeau de fichu qui lui pendait au cou; oh! non, je les garde pour moi.

— Allons, Annah, il faut être raisonnable ; vous voyez bien que c'est Marie qui est ici; vous la connaissez bien, la fille du voisin, de votre ancien maître M. Redsburg ; elle va loger avec vous, parce qu'elle n'a plus de maison, parce que son père est mort.

— Et Niel aussi est mort, répondit Annah; et les pauvres enfans d'Annah n'ont plus de père non plus.

Ici, l'hébétée se mit à sangloter.

Marie, pendant tout ce qui s'était passé, avait gardé le silence; elle essayait à démêler dans les traits usés et flétris de la pauvre imbécile la physionomie vive et joyeuse de cette jeune et gentille Annah qui, trois ans auparavant, était connue dans le quartier sous le nom de Blondine-la-Rieuse. Marie avait bien entendu parler des malheurs de l'ancienne servante de M. Redsburg; mais elle était loin de se douter que les peines, même les plus cruelles, pussent apporter un tel changement dans un visage aussi frais, aussi enjoué que l'était celui d'Annah le jour où elle quitta son maître pour épouser Niel le couvreur. C'est presque une consolation pour un infortuné, que de se trouver en présence de plus malheureux que soi; non pas que les chagrins rendent le cœur méchant, mais on se dit : — Au moins, pour celle-là, mes larmes ne seront pas une langue étrangère; elle sait pleurer aussi.

La douleur d'Annah s'arrêta court : elle ne parut pas se rappeler le motif de son violent chagrin ; car, cessant de pleurer aussi subitement qu'elle s'était laissé emporter à la plus vive expression de regrets, elle se mit à fredonner un refrain joyeux pour apaiser les cris du plus jeune de ses deux enfans.

Voilà qui est bien convenu, reprit Jean Kurse, quand il vit Annah redevenir tout à fait calme; vous vivrez ici toutes deux encore dix-huit mois, et après ce temps-là, comme je serai libre d'employer le gain de mes journées comme je l'entendrai, je m'arrangerai pour que vous ne soyez plus à plaindre. Mais il se fait tard, je ne suis pas maître de mon temps; à ce soir, je vous reverrai et peut-être bien vous apporterai-je de l'ouvrage.

Jean Kurse partit, et les deux femmes restèrent seules dans le chenil de la triste ruelle du faubourg.

Pour éviter les interruptions à l'avenir, je dois, avant de poursuivre, expliquer comment, en quelques années, la jeune mère était tombée dans cet état d'imbécillité qui lui avait fait donner le surnom d'Annah l'Hébétée. On sait déjà qu'elle était sortie de chez M. Redsburg pour épouser un couvreur nommé Niel. C'était un de ces bons mariages du peuple, sans trop d'amour ; mais mariage de confiance, où la sagesse de l'épousée et le courage au travail du mari répondent de l'avenir du ménage. Au bout de six mois d'union, les époux étaient devenus amans; et si une petite chambre proprement meublée, une montre d'argent dans le gousset, du couvreur, une chaîne d'or au cou de madame Niel, disaient assez que l'ordre et l'activité régnaient dans la maison, deux enfans nés à dix mois l'un de l'autre prouvaient aussi qu'on ne négligeait aucun devoir dans cet heureux ménage. C'était plaisir que de voir ce jeune couple se promener par un beau dimanche : Niel portant fièrement ses deux enfans dans ses bras, et Annah le suivant par derrière, agaçant d'un sourire les petits marmots qui cachaient avec malice leur visage sur l'épaule du bon père. Bien qu'à Nuremberg il soit de notoriété publique que des maris commandent souvent le respect qu'une femme leur doit par des moyens qui ne réussiraient pas aussi bien à Paris, jamais Niel n'avait essayé d'éprouver la puissance maritale sur sa gentille moitié, et, en vérité, celle-ci ne lui donnait pas lieu de se repentir de sa douceur envers elle. Tout semblait présager l'aisance pour le ménage du laborieux couvreur ; déjà même il entreprenait à son compte de petits travaux et se voyait à la veille de prendre des ouvriers pour le seconder dans les commandes qu'il recevait chaque jour. Que c'était avec joie qu'il était venu faire part à sa femme de l'entreprise d'un bâtiment neuf dont on l'avait chargé de faire la couverture! Il partit un matin pour se rendre à l'ouvrage. A neuf heures, Annah, traînant après elle ses deux petits enfans qui commençaient à marcher, arriva près du bâtiment pour prévenir son mari que l'heure du déjeûner venait de sonner. Niel, du haut du toit, crie à sa femme qu'il va descendre ; le pied du malheureux glisse comme il se dispose à ressaisir l'échelle ; il tombe et se brise sur le pavé. Annah pousse un cri, le regarde avec stupeur ; ses yeux se troublent, sa raison s'égare, et depuis ce jour terrible la même expression de stupeur est restée dans son regard, et sa mémoire incertaine ne lui rappelle plus que d'intervalle en intervalle la perte qu'elle a faite. Insensible au froid, à la faim, à tout ce qu'on peut lui dire, elle n'a qu'un sentiment, celui qui survit à tous : l'amour maternel.

Le ménage d'Annah n'était riche que du travail de son mari ; lui mort, peu à peu la misère a dévoré la montre d'argent, la chaîne d'or et les meubles. De grabat en grabat, la jeune mère est venue jusque dans ce chenil, où l'indulgence du propriétaire souffre sa pauvreté, tandis que quelques personnes charitables l'aident à vivre, en payant au dessus de leur valeur quelques ouvrages de couture qu'elle achève lentement, quand elle peut se rappeler comment on tient une aiguille.

IV

Les Pauvres Femmes.

La pauvreté, contre laquelle nous sommes si
prévenus, n'est pas telle que nous pensons : elle
rend les hommes plus tempérans, plus laborieux,
plus modestes; elle les maintient dans l'innocence, sans laquelle il n'y a ni repos ni bonheur
réel sur la terre.
                                        VAUVENARGUES.

La pauvreté est le plus grand des maux qui
soient sortis de la boîte de Pandore, et l'on hait
autant l'haleine d'un homme qui n'a rien que celle
d'un pestiféré.
                                        SAINT-ÉVREMONT.

Comme il l'avait promis, Jean Kurse revint le soir même rendre visite
aux deux femmes de la mansarde. Le compagnon-apprenti portait au bras
un lourd panier recouvert d'une serviette blanche; il déposa son fardeau
sur une vieille table de chêne. et dit, de l'air le plus gai qu'il put prendre,
car son cœur était singulièrement ému à l'aspect de Marie : — Allons, à
table; j'ai conservé mon appétit du dîner pour mieux souper avec vous.
Nous allons pendre la crémaillère. Tout en parlant ainsi, il étendit la
serviette sur la table, et tira du fond de son panier d'abord quelques fruits
de la saison, un fromage du pays, un morceau de jambon fumé, et deux
grosses miches de pain. Le double cri de joie que poussèrent en même
temps les deux enfans d'Annah à la vue d'un si copieux repas, réveilla
l'hébétée de son apathie habituelle; et tandis que Marie aidait le jeune
ébéniste à mettre le couvert, Annah, tout occupée de ses petits affamés,
remplissait leurs mains, tendues vers la table, de fruits, de fromage et
de jambon, qu'elle hachait avec son vieux couteau rouillé.
— Eh bien ! Marie, demanda Jean Kurse à l'orpheline, comment vous
trouvez-vous ici?
— Mieux que je ne l'espérais d'abord, Jean. J'ai cru un moment
qu'Annah ne voudrait pas me souffrir long-temps chez elle; car à peine
avez-vous été parti qu'elle s'est réfugiée avec ses deux enfans dans le
coin le plus obscur de cette chambre; elle y resta pendant une heure au
moins sans vouloir me parler; et, je vous l'avoue, si ma présence lui
inspirait de l'effroi, moi, j'avais peur de son silence ; enfin je me hasardai
à prononcer le nom de Niel : à ce mot, Annah se retourna vers moi, et
dit, en me montrant l'aîné de ses deux fils : — Niel, le voilà. Je m'approchai alors du petit, je le caressai ; il s'attacha à ma robe, comme s'il
voulait grimper sur mes genoux. Annah, voyant cela, l'aida à monter, et
depuis ce moment-là nous sommes les meilleures amies du monde.
— Oui, ma pauvre Marie, aimez les enfans d'Annah, et la mère vous
aimera. Je sais cela, moi, qui ne viens jamais ici sans apporter quelque
chose aux bambins.
— Enfin, reprit Marie, quand j'ai vu que j'avais trouvé le moyen de
gagner sa confiance, je lui ai dit mes malheurs; elle m'écoutait bien,
mais ne comprenait pas la moitié de mon récit, j'en suis sûre; sans cela
elle n'eût pas chanté, comme elle le faisait de temps en temps, et ne
m'aurait pas répondu : — Eh bien! après? lorsqu'il ne me restait plus
rien à lui apprendre sur ma misère et mon déshonneur.

— Voyons, n'allez-vous pas recommencer à pleurer, Marie, quand je fais tout ce que je peux pour vous rassurer sur l'avenir ?... On sait bien que le diable n'est pas toujours à la porte des pauvres gens ; d'ailleurs, mon engagement de dix ans avance... je ne vous dis que ça. Soyez sage et bonne fille, continua-t-il avec un pénible effort, et, dame ! le malheur qui vous est arrivé ne sera plus rien, quand le mariage aura passé par là-dessus.

Durant le souper, auquel Marie ne fit pas grand honneur, mais qu'Annah dévora en silence, ne discontinuant de manger que pour répondre à ses enfans qui demandaient sans cesse, Jean Kurse apprit à Marie les bruits de ville qui couraient sur la mort de M. Hartzwald, le bourguemestre. On croyait que le magistrat avait été surpris par une attaque d'apoplexie comme il se livrait au travail de sa charge, et que la chute de son fils n'avait été causée que par le saisissement qu'il aurait éprouvé en voyant son père expirant sur un fauteuil. Paul Hartzwald n'avait pu encore démentir cette version du quartier : sa blessure était trop grave pour que le médecin pût lui permettre de parler ; et quand le délire de la fièvre s'empara du malade, ces mots : « Mon père ! mon père ! » qui revenaient toujours au milieu d'autres paroles dont le sens était insaisissable, achevèrent de confirmer la croyance du peuple.

A l'heure où le couvre-feu sonna, Jean Kurse se leva de table. Il laissa à sa protégée quelques raccommodages de toile qu'il avait mendiés pour elle parmi les connaissances de madame Redsburg, et s'engagea à revenir le lendemain soir savoir s'il ne manquait rien aux habitantes de la ruelle du Forgeron : c'est ainsi que se nommait l'impasse obscure où logeait Annah depuis la ruine de son ménage.

Chaque soir, après sa journée de travail, Jean Kurse faisait une visite à Marie. Sous prétexte de souper en société, il entretenait le buffet de ce pauvre ménage avec les épargnes de son dîner : car le modeste produit du travail de l'ouvrière ne suffisait pas à alimenter la maison. Jean ne gagnait rien chez son maître ; mais quand il allait travailler en ville, ou qu'il portait un meuble acheté chez M. Redsburg, le bourgeois laissait rarement partir l'ouvrier sans lui donner un léger pour-boire. Ces petits bénéfices, que l'économe Jean Kurse employait autrefois à son entretien, il les partageait alors entre ses besoins personnels et ceux de Marie. Celle-ci, qui n'était jamais aussi généreusement payée quand elle reportait son ouvrage que lorsque Jean se chargeait de le rendre à la pratique, devina sans peine les sacrifices que l'apprenti s'imposait pour elle. Un jour elle lui dit, le cœur navré de reconnaissance : — Jean, je ne veux pas que vous vous priviez pour moi. Mais celui-ci la fit taire en lui rappelant qu'elle lui avait promis une entière obéissance. Marie, bien heureuse d'inspirer autant d'intérêt, ne put lui prouver autrement que par ces paroles tout ce qu'elle ressentait d'estime et d'amour pour lui : — Oui, je vous obéirai, mon ami ; car je veux au moins, à force de soumission, vous faire oublier ce que je n'oublierai jamais moi-même : c'est-à-dire que, sans le vouloir, j'ai pourtant cessé d'être digne de l'amour d'un honnête homme comme vous. Ainsi, commandez, ordonnez-moi tout ce que vous voudrez, je ne m'appartiens plus, Jean ; je suis à vous depuis le jour où vous m'avez dit : « Marie, je veux que vous viviez. »

Il y avait donc parfois des éclairs de bonheur dans cette triste mansarde. Le jour se passait en travaux d'aiguille pour Marie ; quant à l'hébétée, elle devenait de plus en plus communicative avec sa compagne ; et, bien qu'elle comprît difficilement ce que Marie lui contait, on voyait qu'Annah prenait plaisir à l'entendre parler. Le chenil, soigné par Marie, avait gagné beaucoup du côté de la propreté ; et, à la lueur indécise du jour de souffrance, on n'apercevait plus sur le buffet cette nappe de poussière où les enfans traçaient autrefois des lignes bizarres, en suivant le caprice de leurs doigts ; la table de chêne reluisait sous la brosse, et le lit, toujours fait dès le matin, cachait au moins les trous de ses draps sous un couvre-pied de serge verte toujours propre et sans plis. A la prière de Marie, Annah s'occupait un peu plus de ses habits et de ceux de ses enfans ; elle ne courait plus dans les rues, les cheveux en désordre, les pieds à demi déchaussés, comme elle avait fait au premier temps de son veuvage, si bien qu'alors les petits vauriens du voisinage se ruaient sur elle, et l'entouraient en se moquant de sa misère. Souvent les agaceries mutines de ces écoliers avaient failli changer son imbécillité en folie furieuse. Ce n'était qu'en revenant s'asseoir sur son grabat, où elle retrouvait ses deux enfans, qu'Annah redevenait calme, c'est-à-dire apathique et stupide.

Plus de quatre mois s'étaient écoulés depuis que Marie occupait la mansarde d'Annah, lorsqu'un soir, comme elle était avec celle-ci, les deux enfans et l'ébéniste, la jeune fille, au milieu d'une conversation insignifiante, poussa un cri, pâlit, et tomba sans connaissance. Jean Kurse se précipita vers elle, lui jeta de l'eau au visage, lui frappa dans les mains pour la faire revenir. Annah, dans son attitude indifférente, le regardait faire et ne bougeait pas. — Mon Dieu ! mon Dieu ! qu'a-t-elle donc ? demanda l'ébéniste. Annah passa la main sur son front, comme pour provoquer un souvenir, et dit, après un moment de silence : — Ah ! oui, hier encore, et puis l'autre jour aussi. Après cet effort de mémoire, elle se tut, et déshabilla lentement les petits qui demandaient à dormir. Enfin Marie rouvrit les yeux ; Jean eut une explosion de joie, à laquelle la jeune fille répondit par un torrent de larmes. Enfin, quand la violence de sa douleur fut passée, elle dit au jeune homme, qui ne cessait de l'interroger sur la cause de son évanouissement :

— Oh ! Jean Kurse, que vous avez donc bien fait de ne pas me laisser mourir ! j'aurais commis un crime plus affreux que celui que je soupçonnais ; ce n'était pas à moi seulement que j'allais ôter la vie.

— Que dites-vous, Marie ? se pourrait-il que vous fussiez ?... Il n'acheva pas, mais le regard pénible de l'apprenti compléta sa pensée.

— Non, Dieu ne m'aurait pas pardonné d'avoir tué du même coup la mère et l'enfant, reprit Marie ; car mon infortune est bien entière... tout à l'heure encore j'ai senti remuer !... Vous n'osez plus me regarder, Jean, et cependant plus que jamais je mérite la pitié : je vais être mère !

Jean Kurse, abattu sous le coup qui venait de le frapper, ne levait plus les yeux sur Marie, il ne répondait pas ; mais Annah, dont un mot avait éveillé l'intelligence paresseuse, sembla pour un moment avoir recouvré la raison. Elle déposa brusquement son enfant sur le lit, et, s'approchant de Marie, elle lui dit avec la plus touchante effusion du cœur : — Oh ! celui-là sera à nous deux !... c'est un frère pour mes petits... Patience, patience, pauvre mère ! le bon Dieu ne nous abandonnera pas. Après ces quelques mots, Annah redevint l'hébétée ; car, tournant un regard mort vers le jeune ébéniste, elle lui dit : — Il faudra prévenir le père, il sera bien content. Sa mémoire l'avait abandonnée encore une fois ; le voile qui enveloppait son intelligence, soulevé un instant par la révélation de Marie, était retombé plus épais sur son imagination.

Jean Kurse, faisant un effort sur lui-même, essaya de rassurer Marie, quand celle-ci lui dit après un moment de silence : — Vous ne pourrez jamais aimer mon enfant : ce serait vous demander une chose qui est au dessus du courage d'un homme. La naissance de ce pauvre petit doit m'ôter, je le sens bien, toute votre affection... Jean, vous m'abandonnerez à mon malheureux sort. Il répondit : — Non, je vous jure que non, Marie ! mais d'une voix si faible que la conviction ne put entrer dans le cœur de l'orpheline. Elle vit bien que c'en était fini de l'amour de Jean Kurse.

Cependant il revenait tous les soirs ; mais, à mesure que la grossesse de Marie se dessinait de plus en plus, l'apprenti-compagnon abrégeait le temps ordinaire de ses visites, et durant ses stations quotidiennes, il ne ramenait plus comme autrefois, par une gaîté feinte, l'espérance dans le cœur de la compagne d'Annah. Le front soucieux, la parole embarrassée, quelquefois même une réponse brusque à la bouche, tel se montrait Jean Kurse à la pauvre Marie depuis que celle-ci lui avait fait l'aveu de sa pénible situation. L'innocence de la jeune fille se révoltait en secret contre ce qu'elle nommait l'injustice de son promis : — Mais est-ce donc ma faute? Et puis les paroles expiraient sur ses lèvres; car elle savait bien qu'il pouvait lui répondre : — Ce n'est pas la mienne non plus !

Le terme de sa délivrance approchait, et ces apprêts de layette qui donnent tant de joie aux jeunes mères, ce lien des jeux si doux de l'enfance avec les jouissances plus solides de la maternité, étaient pour Marie un sujet incessant de larmes et de craintes. Encore si elle avait pu consulter Annah, lui demander des renseignemens! mais non, la pauvre hébétée regardait faire l'orpheline, l'écoutait parler, et chantait à ses enfans quelques bribes de vieille complainte dont sa mémoire incertaine lui renvoyait les lambeaux. Ces deux femmes ne s'entendaient que pour pleurer : une larme de Marie provoquait aussitôt celles d'Annah, et l'hébétée sanglotait, sans demander pourquoi, dès qu'elle voyait sa compagne en proie à ce chagrin qui ne la quittait jamais que pour revenir s'emparer d'elle avec plus de violence.

J'ai dit que Jean Kurse abrégeait de beaucoup ses visites du soir. Quelques jours avant l'accouchement de Marie, on ne le vit pas revenir dans le chenil de la ruelle du Forgeron. Annah ne s'inquiéta guère de son absence, car il y avait encore du pain dans le buffet; pour Marie, elle comprit que la dernière apparition de l'ébéniste dans la maison avait été une visite d'adieu. Enfin les premières douleurs se firent sentir. Un tressaillement d'effroi s'empara de la patiente quand elle songea au peu de secours que pouvait lui donner Annah; elle dit bien à celle-ci tout ce qu'elle éprouvait; mais Annah, la regardant toujours avec son œil stupide, lui répondait : — Courage! tandis que tous les muscles de l'hébétée répétaient involontairement les contractions nerveuses du visage de Marie. — Courage! disait-elle, tranquillement assise sur son banc de bois, sans penser seulement que la présence d'une sage-femme devenait indispensable.

— Du courage, oui, j'en aurai pour mon enfant, reprit Marie. Elle se leva avec effort de dessus son siége, jeta un fichu sur ses épaules, et se disposait à aller chercher au dehors les secours qu'elle ne pouvait espérer dans le chenil d'Annah, quand on frappa à la porte. L'hébétée alla ouvrir tout en se dandinant, comme elle faisait toujours. Une femme que Marie ne connaissait pas entra dans la chambre; elle déposa sur le buffet un paquet de linge qu'elle portait sous son tablier, et dit : — Il paraît que j'arrive à temps, ma chère petite; mais, dame! je ne pouvais pas venir plus tôt; nous avons tant de femmes en mal d'enfant dans le quartier! C'est surprenant comme la population donne à présent! Ce n'est pas la faute de ce pauvre Jean Kurse si je ne suis pas ici depuis hier soir. En a-t-il fait des pas et des démarches pour m'avoir! Enfin, il n'y a pas encore grand mal; mais n'importe, j'ai bien fait de me presser.

Marie, dans tout ce bavardage de l'accoucheuse, n'avait fait attention qu'à ce qui concernait le jeune ébéniste. L'idée que celui-ci ne l'abandonnait pas tout à fait calma sa douleur morale, et elle sentit qu'il lui serait facile alors de supporter les souffrances physiques auxquelles son état la condamnait.

— Vous trouverez tout ce qu'il faut pour habiller mon pauvre enfant dans ce coffre, reprit Marie, en désignant un bahut dans le coin le plus obscur de la chambre.

— Oh! c'est inutile, répondit la sage-femme; j'ai mon affaire dans le

paquet, et c'est du bon et du bien chaud encore. Oh! il s'y entend
pour acheter, M. Jean Kurse. Une femme n'aurait pas mieux choisi.

— Comment! c'est ce bon jeune homme qui vous a donné cela
pour moi ?

— Oui... oui, ma petite mère, ne vous inquiétez de rien : le petit sera
habillé comme un seigneur, et moi je suis payée d'avance... Ce n'est
pas que je serais venue tout de même pour rien... Une femme à délivrer! mais c'est le cœur qui vous donne des jambes dans un cas
pareil.

Parlant toujours, mais veillant toujours aussi aux progrès du *travail*, la sage-femme encourageait Marie, qui s'armait d'une volonté
ferme contre le besoin de manifester sa douleur par des cris. Annah,
qui comprenait enfin qu'un enfant allait naître, paraissait reprendre peu
à peu l'énergie qui devait l'abandonner lorsque tout serait fini. Son regard avait de l'intérêt pour la jeune mère : elle lui prenait les bras et
les enlaçait autour de son cou; elle essuyait avec les pointes de son
fichu la sueur qui coulait sur les joues de Marie; et, sans le désordre de ses paroles, sans ses questions insolites, on n'eût pas dit que
celle qui secondait si bien la sage-femme était cette même Annah qui
chaque jour paraissait mériter davantage le surnom de l'hébétée. En
dépit de sa résolution, Marie, succombant à la souffrance, s'écria :
« Priez pour moi, je meurs. »

— Ah! que non, que vous n'en êtes pas morte, dit la sage-femme en
souriant, ni ce petit gaillard-là non plus n'a pas l'air de vouloir s'en
aller si tôt de ce monde. Tenez! voilà qu'il éternue : une... deux... trois
fois... Dieu t'exauce, petit!... C'est signe de bonheur, ma chère amie.

Marie recueillit cette prédiction avec des larmes de reconnaissance.
Annah souriait à l'enfant en l'emmaillotant, et quand il fut bien entouré de son lange blanc et moelleux, elle le mit dans les bras de Marie.

— Baise ton petit, pauvre mère, dit l'hébétée, tu verras que c'est bon.

Durant la convalescence de Marie, le ménage de l'hébétée fut alimenté
par la prévoyance attentive du jeune Kurse. Il ne vint pas visiter l'accouchée; mais tous les soirs la sage-femme venait chercher pour lui des
nouvelles de la jeune mère. Quant à l'enfant, Jean n'en parlait jamais,
et la messagère dont il avait fait choix pour porter le fruit de ses
épargnes au chenil de la ruelle du Forgeron, avait cessé de lui dire que
le bambin lui ressemblait, depuis un jour où, sur pareille réponse, Jean
Kurse s'était laissé emporter à la colère jusqu'à l'appeler vieille folle!
Enfin, Marie put aller au temple remercier Dieu de sa délivrance, tandis
qu'Annah, restée à la maison, soignait le tout petit enfant. C'était un
dimanche; Marie était bien sûre de rencontrer Jean Kurse au prêche,
et à toute force elle voulait savoir s'il n'y avait plus que de la pitié pour
elle dans le cœur de ce jeune homme qui l'avait tant aimée. Elle écouta
avec un religieux respect les paroles du pasteur; puis, quand la cérémonie sainte fut terminée, elle alla se placer près de la porte de la maison
curiale, bien certaine qu'elle était que Jean ne passerait pas sans qu'elle
l'aperçût. Au temple, il n'avait pu la voir; car Marie, honteuse d'une
faute qui n'était pas la sienne, avait eu soin de se cacher dans le coin le
plus reculé du saint lieu. Comme elle l'avait prévu, le jeune ébéniste
sortit du temple avec un groupe de fidèles; bientôt il se sépara de la
foule; Marie hâta le pas, et quand elle se vit seule dans la rue avec
Jean Kurse, qui marchait toujours en avant, elle éleva la voix et l'appela
par son nom : Jean se retourna et revint vivement vers elle.

— Quelle imprudence! Marie, vous sortez trop tôt. Il faut rentrer;
l'air est vif.

— Non, rassurez-vous, Jean; on m'a dit qu'il n'y avait plus de danger... Et puis je n'y tenais pas, mon ami; je voulais absolument vous

voir. Il y a si long-temps que vous m'avez abandonnée !... Sans vos bienfaits , j'aurais cru que vous ne pensiez plus à moi.

— Pouviez-vous bien avoir une pareille idée? Marie , ne suis-je pas
toujours le même pour vous?... Et d'ailleurs ce serait un crime de vous
en vouloir parce que vous êtes malheureuse... je n'ai pas assez mauvais cœur pour cela; n'en doutez pas... Je vous aime comme autrefois.

— Alors, pourquoi donc ne pas venir, Jean Kurse? Pourquoi donc me
laisser seule ?

— Pourquoi? reprit-il en la regardant d'un air qui voulait dire : « Vous
ne devriez pas me demander cela... vous le savez aussi bien que moi. »

Elle devina le regard du jeune homme, et continua : — Mais, mon
Dieu ! ce pauvre innocent n'a pas demandé à naître : c'est aussi une chose
affreuse que de le haïr, lui qui n'a fait de mal à personne.

— Je sais bien tout cela, ma pauvre Marie ; mais que voulez-vous, on
n'est pas maître de son cœur, n'est-ce pas?... Vous, sans lui, et je serai
heureux, oh ! oui, bien heureux, je vous le jure... Mais votre enfant, ne
m'en parlez pas, je vous en prie... je ne le verrai jamais!

— Alors, c'est me dire un éternel adieu, monsieur Jean ; car, je le jure
devant Dieu qui m'a donné la force de survivre à ma honte afin que
j'accomplisse mes devoirs de bonne mère, il n'y a que la mort qui me sé-
parera de mon enfant.

— Marie ! si vous vouliez entendre raison, je vous proposerais un
moyen qui pourrait tout concilier. Il ne faudrait pour cela qu'un peu de
bonne volonté.

— Eh ! que pourriez-vous me proposer, avec votre répugnance pour
mon fils, autre chose qu'un projet de séparation, auquel je ne consentirai
jamais... non, jamais, quand même ce serait pour voir mon fils plus riche
et plus heureux qu'il ne pourra jamais l'être avec moi.

— Puisque c'est comme cela, répondit Jean Kurse, blessé au cœur par
le refus de Marie, mettons qu'il n'y eut jamais rien de dit entre nous, et
permettez-moi seulement de ne pas vous abandonner tout à fait... Marie,
vous me faites bien de la peine, car je vous aimais de toutes mes forces ;
mais pour ce petit, je le répète, il ne me sera jamais de rien.

— Gardez donc vos bienfaits alors, monsieur, reprit Marie tout éplorée ;
l'aumône des étrangers me sera moins amère : elle ne viendra pas de
quelqu'un qui déteste mon enfant, et qui ne veut pas comprendre que
c'est me tuer que de me séparer de lui.

— Adieu, Marie, interrompit Jean Kurse en cherchant à cacher sa vive
émotion ; nous nous reverrons quand vous ne voudrez plus me forcer à
épouser, en même temps que vous, le fils d'un scélérat qui vous a déshonorée.

— Nous ne nous reverrons jamais !

Telle fut la dernière parole de Marie ; et les deux promis s'éloignèrent
chacun d'un côté opposé de la rue. Ce n'était pas un faux sentiment
d'honneur qui faisait parler ainsi le jeune ébéniste. Depuis le jour où
Marie lui fit l'aveu de sa grossesse, il essaya d'interroger son cœur pour
savoir s'il pourrait bien donner le nom de fils au fruit du sacrilège. Il
combattit le mouvement de colère qu'il éprouvait intérieurement, quand
l'idée de voir cet enfant au milieu de son ménage, qu'il avait rêvé si pur
et tout d'amour, tourmentait son esprit. Il pensa que d'autres enfans lui
viendraient aussi, et qu'il y aurait à ses yeux et pour son cœur, entre
ceux-ci et le fils illégitime de Marie, une différence dont la mère aurait
trop à souffrir. C'était un intrus dans sa maison, qui devait faire un supplice de l'union que Jean Kurse désirait encore avec ardeur. L'apprenti-
compagnon se connaissait assez pour savoir qu'il ne pourrait cacher sa
haine, et qu'elle finirait peut-être par éclater si violemment, qu'une séparation deviendrait nécessaire entre lui et sa femme. Il pesa toutes les
raisons, demanda conseil à son maître, s'accusa même devant celui-ci de

lâcheté et de folie. M. Redsburg, qui ne voyait dans ce mariage qu'une mauvaise spéculation de la part de son ouvrier, l'engagea à persévérer dans son projet de rupture, en lui disant que la lâcheté consisterait bien plutôt à reconnaître un bâtard pour satisfaire son caprice d'amoureux ; que la folie serait d'épouser une mendiante flétrie par un mauvais sujet, quand il pouvait espérer, avec son talent d'ouvrier, d'épouser une fille sage et bien dotée. Bien que cette dernière considération ne fût pas la cause déterminante de la scène qui eut lieu plus tard entre lui et Marie, elle ne laissa pas que d'ébranler singulièrement l'amour qui tenait encore au cœur de Jean Kurse.

Marie, après l'avoir quitté, reprit le chemin de la ruelle du Forgeron. Sa tête était brûlante ; toutes ses artères battaient à faire jaillir son sang : elle était enfin en proie à une horrible fièvre. Que se passa-t-il pendant un mois que dura son mal ? Comment Annah parvint-elle à faire vivre le ménage ? C'est le secret de quelques personnes charitables qui jetaient, en passant le soir, une pièce de monnaie dans la main que l'hébétée leur tendait, en disant :

— Pour deux pauvres mères et trois petits enfans !

Les dons de Jean Kurse n'arrivaient plus chez Annah. Ce n'était pas indifférence absolue pour Marie ; mais M. Redsburg, le maître ébéniste, avait mis bon ordre à la générosité et au chagrin de son ouvrier, en l'envoyant travailler à dix lieues de Nuremberg, chez un confrère qui avait besoin d'un compagnon habile. Lorsque Jean, qui ne croyait faire là que quelques journées, fut arrivé chez son nouveau patron, il trouva une lettre de M. Redsburg, dans laquelle celui-ci lui disait : « Je vous fais une remise, pour le moment, des six mois que vous avez encore à me donner ; vous me paierez le reste de la somme que j'ai avancée à votre père, sur la dot de mademoiselle Charlotte Spire, la fille de votre nouveau maître, avec lequel j'ai arrangé un mariage avantageux pour vous. Mon ami Spire voulait pour gendre un ouvrier instruit, qui eût de bons sentiments et du courage ; vous êtes justement ce qu'il lui faut : soyez raisonnable, mon ami ; pensez à votre avenir ; et surtout n'allez pas me faire la sottise de refuser la main de mademoiselle Charlotte qui a dû vous recevoir comme un prétendu ; car elle croit que tout a été convenu entre nous avant votre départ. »

Jean comprit alors la nature de l'accueil favorable qui lui avait été fait par la famille Spire. D'abord il voulut résister aux avances cordiales du maître de la maison ; il cuirassa son cœur contre l'effet des charmes un peu prononcés de mademoiselle Charlotte ; mais la bonne fille se faisait si aimable pour Jean, qu'il finit par être touché de ses marques d'intérêt : peu à peu l'affection arriva. Le père parlait de laisser à son gendre un magasin fort achalandé, et de commencer toujours par l'intéresser dans son commerce. Enfin, après six semaines de pourparlers entre les futurs et le beau-père, M. Redsburg arriva chez son ami : on dressa le contrat ; Jean eut quittance de la dette de son père ; et Charlotte Spire s'appela madame Kurse.

Annah mendia jusqu'à l'entier rétablissement de Marie ; puis, quand la jeune mère put reprendre ses travaux d'aiguille, elle retourna chez les pratiques qui l'occupaient par charité. C'était une faible ressource que celle de son travail ; aussi tous les jours l'hébétée lui disait, en regardant le buffet vide : — Laisse-moi descendre, Marie ; on trouve dans la rue du pain et de l'argent en faisant comme cela. C'est ainsi qu'elle révéla à Marie comment le ménage avait pu subsister si long-temps.

— Non, répondait l'autre, je veillerai, je passerai toutes les nuits, s'il le faut, au travail, mais tu ne mendieras pas.

Ainsi qu'elle l'avait promis, elle redoubla de courage ; mais bientôt ce fut l'ouvrage qui manqua. Enfin, deux ans s'étaient écoulés depuis que Marie demeurait avec Annah, quand les deux mères, réduites au dernier degré du besoin, se virent obligées d'implorer la charité des passans pour faire vivre leurs petits.

Par un des soirs d'hiver, comme Marie rentrait chez elle, après avoir évité la garde bourgeoise, qui faisait en ce temps-là une terrible chasse aux mendians, son pied heurta un corps étendu dans l'escalier. Elle eut peur : elle porta, en tremblant, la lumière vers l'individu gisant sur les marches du chenil. Quel ne fut pas son effroi en reconnaissant Annah tout ensanglantée ! Au cri de désespoir de Marie, l'hébétée rouvrit les yeux, et dit d'une voix faible : — Les méchans soldats... ils m'ont battue, parce que je ne voulais pas marcher en prison... Je n'ai rien fait, Marie... pas de mal à personne... je disais seulement : — Deux pauvres mères ! trois petits enfans !... Et j'ai eu des coups ! Marie aida avec peine sa compagne d'infortune à remonter chez elle. La jeune mère bassina les plaies de l'hébétée ; et puis, quand Annah se sentit soulagée, Marie reprit :

— C'est trop de malheur ! il faut en finir, Annah ; nous ne mendierons plus.

V

L'Infanticide.

Avec notre existence
De la femme, pour nous, le dévoûment commence.
                                        LEGOUVÉ.

On a représenté sous la figure du pélican la tendresse paternelle se déchirant le sein pour nourrir de son sang sa famille languissante.
                                        BUFFON.

Les blessures d'Annah étaient si légères que le lendemain, en s'éveillant, elle fredonnait déjà son air de complainte, et, comme si l'événement de la veille se fût effacé par enchantement de son souvenir, elle demanda à Marie : — Qu'ai-je donc fait hier pour me sentir si lasse ce matin? Sa compagne lui rappela la brutalité des gardes bourgeoises. — Ah ! oui, reprit Annah, ils ont voulu s'amuser de moi, parce qu'ils me croyaient menteuse, quand je disais aux passans que nos petits avaient faim ; mais ce soir j'emmènerai les enfans avec moi : on verra bien qu'Annah dit vrai.

— Eux mendier ! dit Marie ; oh ! non, non ! car nous-mêmes nous ne tendrons plus la main pour ces pauvres petits.

— Jean Kurse est donc revenu? interrompit l'hébétée ; et se tournant vers les trois bambins qui jouaient à demi nus sur le plancher raboteux du chenil, elle leur dit : — Nous allons revoir Jean Kurse... notre ami, qui nous apporte du pain tous les jours... Jouez, jouez, petits, vous souperez ce soir et on ne battra pas la pauvre mère.

Le nom du jeune ébéniste avait réveillé dans l'âme de Marie un souvenir bien pénible ; elle porta son mouchoir à ses yeux, et répliqua : — Il ne faut plus penser à M. Jean, il est mort pour nous !

— Mort aussi ! répéta l'hébétée, comme mon cher Niel ! comme ton père, Marie ! Celle-ci ne répondit pas. Annah courba la tête, joignit les mains, et murmura une courte prière pour l'heureux époux de Charlotte Spire. Marie pensa qu'il était inutile de désabuser Annah ; elle continua, après un instant de silence : — Je te disais donc que nous ne mendierons plus.

— Et qui est-ce qui nous donnera alors?

— Écoute-moi bien, et si tu peux me comprendre, si tu veux me seconder, nos enfans n'iront plus gratter au buffet vide ; ils auront des habits pour se couvrir, du feu pour chauffer leurs corps engourdis ; ils ne respireront plus l'air malsain de ce grenier ; on les élèvera bien, ils apprendront un métier, enfin, ils seront heureux, et nous, nous ne souffrirons plus la misère.

L'hébétée releva lentement la tête, fixa son regard étonné sur Marie.

— Parle, parle, dit-elle, c'est de nos petits qu'il s'agit, tu vois bien que je comprends.

— Il y a à Nuremberg un hôpital où l'on prend soin des petits enfans quand leurs parens ont cessé de vivre ; tu sais, nous les voyons souvent passer, ces orphelins ; comme ils sont proprement tenus! comme ils sont bien portans! et comme ils ont l'air d'être contens de leur sort! plus d'une pauvre famille a envié pour les siens ces soins et cette nourriture qui donnent aux élèves de l'hôpital une si belle santé... J'ai pensé que ce serait un crime que de priver les nôtres de cette existence heureuse, quand il nous est si facile de la leur procurer.

— Oui, oui, tu as raison, Marie ; nous allons les porter à l'hôpital, et puis nous irons les voir tous les jours, n'est-ce pas?

— Mais, Annah, de nos mains on ne les recevrait pas ; il faut, je te le répète, que les parens soient morts pour cela.

— Oh! il faut que nous soyons mortes!... On va donc nous tuer? demanda l'hébétée.

— Oui, si Dieu le veut : car la religion nous défend d'attenter nous-mêmes à notre vie ; mais si ce sont les juges qui nous condamnent, notre mort ne sera plus un péché, Annah ; c'est l'Être-Suprême qui aura disposé de nos jours.

— Des juges! répéta l'autre femme, et pour quoi faire?

— Pour nous faire mourir, Annah, afin que nos petits soient bien élevés, et pour toujours à l'abri du besoin... Oh! mais, reprit Marie en se parlant à elle-même, jamais elle ne pourra comprendre cela ; mon Dieu ! comment donc lui expliquer ce que je veux faire ?

— Mais si, j'entends, répondit Annah, dont l'imagination fortement tendue commençait à entrevoir une partie du projet de Marie : il faut que nous soyons condamnées à mort, et puis les enfans n'auront plus besoin de rien... Est-ce que ce n'est pas cela que tu veux dire?

— Oh! si fait, c'est bien cela, dit à son tour Marie. Un éclair de joie brilla dans ses yeux ; son cœur de mère était compris par un autre cœur maternel : elle crut que la Providence, faisant un miracle pour l'accomplissement du projet qu'elle avait formé, envoyait une lueur de raison dans cette intelligence obscure. Elle continua : — Tu te souviens qu'il y a un an une petite fille, âgée de deux ou trois mois, a été trouvée morte sous un tas de pierres près du rempart. On a cherché partout les auteurs de ce crime sans pouvoir les découvrir... Eh bien! cette petite fille, c'était à moi, entends-tu? Annah eut un mouvement d'effroi. — Oui, reprit Marie, c'était aussi mon enfant, dont j'étais accouchée ici en secret ; toi seule savais sa naissance ; la peur de la misère pour cette pauvre victime nous inspira la pensée de nous en défaire... nous l'avons étouffée, et puis tu m'as aidée à cacher son cadavre sous le tas de pierres où il a été trouvé le lendemain. Depuis ce temps un remords affreux nous ronge le cœur ; la vie nous est devenue insupportable ; enfin, nous sommes forcées de faire l'aveu de notre crime à la justice, afin qu'elle dispose de nos jours. Voilà, ma chère Annah, ce que tu me laisseras dire au juge ; on me croira, si tu ne me démens pas, et nos enfans auront un asile, car nous serons condamnées.

— C'est donc vrai, Marie, que nous avons tué un petit enfant? demanda l'hébétée.

— Oui ; il faut que ce soit vrai pour les autres, au moins, afin que nos petits entrent à l'hospice des orphelins.

— Alors, si c'est vrai, nous devons le dire... Tu parleras ; je tâcherai de me souvenir de tout, et je répondrai : Oui. Ce fut la dernière parole de l'hébétée au sujet de l'aveu qu'elle allait faire au juge. Marie, qui craignait de broncher dans sa résolution, voulut se présenter le même jour chez le magistrat. Après avoir distribué aux enfans ce qui restait de pain dans le buffet, elle dit à Annah : — Tu vois bien qu'il faut mourir ; car demain ils n'auraient plus rien ici, Annah habilla les enfans le mieux qu'elle put, et tandis que la courageuse mère demandait à Dieu pardon pour le premier mensonge qu'elle allait faire, l'hébétée, retombée dans son état habituel, chantait machinalement, en couvrant de ses lambeaux de robes les petits, qui s'agaçaient entre eux.

On fut bientôt prêt à partir. Avant de quitter le chenil où depuis deux ans les deux mères vivaient si malheureuses, la compagne de l'hébétée embrassa tendrement celle-ci : — Tu me pardonneras, n'est-ce pas, si ma déposition te fait mourir?... Je voudrais pouvoir me dévouer seule ; mais que deviendront les tiens si tu me survis?

— Je veux qu'ils soient bien habillés aussi, comme les orphelins de l'hospice, répondit Annah.

C'était tout ce que demandait Marie. Elle jeta un dernier regard sur ce pauvre ménage qu'elle abandonnait ; peut-être eut-elle un mouvement de regret ; mais la généreuse pensée qui la dominait étouffa le soupir qui soulevait sa poitrine : — Partons ! dit-elle, en prenant son fils dans ses bras ; et Annah, traînant après elle ses deux bambins, la suivit jusqu'à la demeure du juge , que leur indiqua un voisin , étonné de s'entendre faire une telle demande par de si pauvres plaideuses.

Le juge chez lequel elles se présentèrent était un de ces hommes, procès criminel incarné, qui prévoient d'avance ce que va leur rendre l'accusé qu'ils interrogent. Son œil exercé suivait sans peine le coupable dans les détours et les faux-fuyans qu'il pouvait prendre pour échapper à une sentence de mort. C'était enfin un rude jouteur avec le crime : il vous le débarrassait de ses ingénieuses enveloppes, le traquait dans ses retraites les mieux choisies et l'enfermait si bien dans un cercle de mais, de comment, de pourtant, que le pauvre crime, à qui la tête tournait, tombait étourdi, haletant, devant ce bon juge, et lui disait : — Pends-moi, je suis vaincu. Ce magistrat, qui croyait savoir par cœur tous les coupables, se trouva tout dérouté quand Marie lui révéla ingénument l'infanticide qu'elle n'avait pas commis ; il fut sur le point de douter, tant il éprouvait de dépit en voyant son expérience ainsi mise en défaut.

— Nous éclaircirons cela, dit-il ; mais, en attendant, on va toujours vous faire conduire en prison.

— Et nos petits ? dit Annah que ce mot de prison venait de faire tressaillir.

— Ces petits misérables-là ? reprit le juge d'un air plus que dédaigneux ; on les mettra provisoirement à l'hospice des orphelins avec les autres.

Marie sentit son cœur battre avec force : tous ses vœux étaient exaucés. Elle saisit la main d'Annah, et lui dit bas : — Entends-tu ? ils seront admis à l'hospice.

L'hébétée ricana et répondit : — Je comprends bien.

Sur un ordre du juge, des gens subalternes du tribunal vinrent s'emparer des deux femmes pour les mener à la maison d'arrêt, tandis qu'un autre valet de la justice se chargea de conduire les enfans à l'hospice. Marie, dans l'exaltation que lui causait son projet, n'avait pas encore songé à cette séparation inévitable. Le cri que fit Annah quand l'homme de la police s'empara de l'aîné de ses enfans, réveilla dans le cœur de Marie toute cette force d'amour maternel dont il était doué ; elle aussi disait comme l'hébétée : — Je ne suis pas coupable, monsieur le juge... je vous ai menti, je vous le jure; laissez-moi partir avec mon enfant. Mais le magistrat, qui commençait à reconnaître le véritable cri du coupable dans cette dénégation violente, ordonna que l'on mît promptement fin aux embrassemens maternels, et qu'on se pressât un peu de le débarrasser des cris de ces deux femmes qui l'étourdissaient depuis assez long-temps. La volonté du juge fut exécutée, bien qu'on eût grand'peine à détacher les enfans des bras de leurs pauvres mères.

Trois mois après cette pénible séparation, le procès des infanticides fut jugé. Marie, instruite du sort des trois orphelins par la femme du geolier, qu'elle avait su intéresser à son malheur, persévéra dans sa première déposition. Annah disait comme elle quand on l'interrogeait en présence de Marie, et lorsque celle-ci n'était pas là, l'hébétée n'avait que ces mots à la bouche : —Veillez bien, monsieur le juge, sur mon pauvre petit Niel et son frère Joseph.

Les preuves manquaient pour condamner les complices ; mais le crime était certain. Marie, à force de l'expliquer, trouva le moyen de convaincre les juges de sa culpabilité ; elle disait : — Voilà comment j'ai fait ; et Annah reprenait après elle : —Oui, nous avons fait ainsi.

La pauvreté des accusées ne les empêcha pas de trouver un défenseur. Le tribunal allait en nommer un d'office, quand un jeune avocat se présenta, non avec l'espoir de soustraire absolument les infanticides à la justice, mais au moins pour les recommander à la clémence des juges.

C'était un jeune homme de la ville, dont la réputation d'honneur et d'humanité égalait au moins le talent : il se nommait Paul Hartzwald, et portait une cicatrice au front.

L'éloquent plaidoyer du jeune avocat enchanta l'oreille des magistrats : il fit sur eux l'effet d'une musique mélodieuse et savante ; mais il glissa sur leur cœur, et l'arrêt de mort ne se fit pas attendre, quand Me Paul Hartzwald eut dit : « Votre haute sagesse découvrira sans doute le motif qui force les accusées à mentir ainsi à la justice ; mais je crois, sur ma conscience, qu'elles ne sont point coupables. »

Les condamnés rentrèrent dans leur prison. Marie, encore une fois, se jeta dans les bras d'Annah, en lui demandant pardon de ce qu'elle disposait ainsi de sa vie ; et comme la journée avait été bien remplie d'émotions pour elle, la courageuse fille se coucha sur la paille du cachot. Annah, qui croyait toujours bercer ses petits, s'endormit à côté d'elle en murmurant son refrain.

VI

Bonheur, Calme et Repos.

> Du Dieu qui nous créa la clémence infinie,
> Pour adoucir les maux de cette courte vie,
> A placé parmi nous deux êtres bienfaisans,
> De la terre à jamais aimables habitans.
> Soutiens dans les travaux, trésors dans l'indigence:
> L'un est le doux Sommeil, et l'autre est l'Espérance.
> L'un, quand l'homme accablé sent de son faible corps
> Les organes vaincus sans force et sans ressorts,
> Vient par un calme heureux secourir la nature,
> Et lui porter l'oubli des peines qu'elle endure;
> L'autre anime nos cœurs, enflamme nos désirs,
> Et même, en nous trompant, donne de vrais plaisirs.
>
> VOLTAIRE.

Les deux condamnées dormaient depuis une heure quand la porte de la prison s'ouvrit. Un jeune homme entra : c'était Paul Hartzwald. Il dit à Marie qu'elle était libre, ainsi que sa compagne, et que toutes deux pouvaient sortir de leur cachot.

— Libres! répéta Marie. Et qui donc nous rend le cruel service de nous enlever à la mort, quand c'était notre seul refuge contre la misère?

Paul sourit avec intérêt, et reprit : — Rassurez-vous, bonnes mères, vous ne souffrirez plus ; car le véritable auteur de l'infanticide a été découvert ; j'ai moi-même été chercher vos enfans à l'hospice ; ils sont chez moi. Et quelqu'un qui a eu des torts affreux envers vous, Marie, se charge de leur avenir. Oui, courageuse fille le père de votre fils veut enfin se faire connaître ; il veut expier son crime, et vous offrir du bonheur et de l'amour en échange du pardon qu'il a mérité de vous par ses remords.

Que l'on se figure, si cela est possible, la surprise de la pauvre Marie à ces paroles du jeune avocat ! Elle le regardait, sans oser croire à ce qu'il venait de lui dire. Elle heureuse ! son enfant légitimé ! son amie à l'abri du besoin ! — Oh! s'écria-t-elle, vous me trompez, monsieur ; vous vous jouez de ma crédulité, ou plutôt je me trompe moi-même, car tout ce que j'entends là ne peut-être qu'un rêve. Et elle passait ses mains sur ses yeux humides de pleurs, mais de pleurs qui lui faisaient du bien, car c'était de joie qu'elle pleurait.

Paul Hartzwald continua, en lui montrant la porte du cachot ouverte :— Vous le voyez, Marie, il n'y a pas de soldats dans ce corridor ; si la sentence devait être exécutée, ce n'est pas moi qui serais là, mais bien le pasteur, pour vous exhorter à mourir en chrétienne. Encore une fois, ange de pureté, Dieu ne veut pas pousser jusqu'au martyre l'épreuve de votre courage ; il vous prend en pitié ; il m'a conduit vers vous pour que vous receviez enfin le prix de votre patience et de vos larmes.

Ces dernières paroles furent dites avec un tel accent de sincérité, que Marie cessa enfin de douter. Elle répétait à l'hébétée tout ce que Paul Hartzwald venait de lui dire; et celle-ci riait et pleurait en même temps, parce qu'elle voyait Marie rire et pleurer tour à tour ; mais elle concevait si peu ce que sa compagne voulait lui dire, qu'elle continuait à répéter à l'avocat : —Oui, monsieur le juge, nous avons tué la petite fille ; n'abandonnez pas nos trois enfans.

—Pauvre Annah ! dit Marie, elle ne peut pas m'entendre ; mais qu'elle embrasse ses deux petits et je suis bien sûre qu'elle finira par comprendre.

Les prisonnières sortirent avec Paul Hartzwald. Tous les habitans de la prison, réveillés par cette visite nocturne, envoyèrent du guichet entr'ouvert de leur cachot des vœux pour ces héroïnes de l'amour maternel. Le geolier, les porte-clés, les gardes bourgeoises se rangèrent sur leur passage avec respect, et leur souhaitèrent tout le bonheur qu'elles avaient acheté par assez de souffrances. Le jeune avocat conduisit Annah et Marie chez lui, où de nombreux amis attendaient leur arrivée.

L'hébétée ne jouissait que vaguement de ce triomphe de la vérité ; mais; elle se voyait entourée de tant de soins, les regards qui tombaient sur elle étaient empreints d'un intérêt si vif, qu'elle dit à Marie : — On ne veut donc pas que nous mourions ? Est-ce que quelqu'un leur a dit que nous n'avions tué personne ?

— Tu le vois bien, Annah, puisqu'on va nous rendre nos enfans. Oh ! oui, que je revoie mon fils ! il y a si long-temps que nous sommes séparés !

Les trois enfans furent amenés aussitôt au milieu de l'assemblée. Ils ne portaient plus ni les haillons de la misère, ni la livrée de la charité publique. Chacune des deux mères ne se lassait pas d'admirer ces chers petits, sous le costume élégant que Paul Hartzwald leur avait fait donner.

Après les douces étreintes de l'amour maternel, Marie raconta aux nombreux témoins de son bonheur pourquoi elle et son amie avaient offert ainsi le sacrifice de leurs jours : il n'y eut qu'un cri d'admiration.

Le jeune avocat prit la parole à son tour : il dit l'infamie dont l'orpheline avait été victime, parla des remords du coupable, qui demandait à ne se faire connaître que le jour même de la réparation.

Ce jour arriva bientôt.

Sur ces places publiques, dans ces rues que le supplice des infanticides devait peupler de curieux qui n'auraient eu que de cruelles paroles pour les soi-disant coupables, Marie, en riches habits de mariée ; Annah, vêtue comme elle ne l'avait jamais été au temps même de sa prospérité, traversèrent une double haie de spectateurs qui se foulaient pour voir passer les deux mères, et battaient des mains à leur aspect.

C'était à la fois un doux et pénible spectacle, que de voir le sourire touchant et modeste des deux amies se mêler aux traces non effacées que le malheur avait profondément imprimées sur leurs traits.

Annah semblait comprendre enfin : il n'y avait plus de stupeur dans son regard, et sa démarche était naturelle et posée. Pour Marie, elle tournait de temps en temps les yeux vers son séducteur, qui la contemplait avec amour. Et le cœur de la jeune mariée palpitait doucement ; car elle sentait qu'il ne lui serait pas impossible d'aimer celui qui réparait si noblement ses torts envers elle. Enfin, heureuse mère, fêtée de toutes parts, comblée des hommages de tout un peuple d'admirateurs, Marie arriva devant le péristyle du temple : les portes roulèrent avec bruit sur leurs gonds.

—Qu'est-ce qu'il y a ? demanda Annah en se réveillant en sursaut. Son exclamation fit ouvrir les yeux à Marie ; et, à la faible lueur de la lanterne du geolier, elle reconnut le lit de paille et les murs humides de la prison. — Ah ! se dit-elle avec résignation, quelque chose me disait bien que rien de cela ne pouvait être vrai.

— C'est M. le pasteur qui vient vous rendre visite, car voilà l'heure qui s'approche, dit le geolier.

Le ministre entra. — Relève-toi, reprit Marie en s'adressant à sa compagne qui s'était retournée vers le mur, car elle avait eu peur.

— Pourquoi ? il fait nuit.

— Tu sais bien qu'il ne fait jamais jour dans notre cachot... Allons, Annah, debout !

— Et qu'allons-nous faire?

— Prier pour nos enfans avec monsieur le pasteur, et puis après mourir.

Marie ne voulait pas mentir au prêtre; aussi le pria-t-elle de ne pas leur parler du crime.

Les deux martyres recommandèrent leurs petits à la protection divine jusqu'au moment où l'on vint leur dire que l'exécuteur les attendait.

Comme dans le songe de Marie, elles traversèrent des places publiques et des rues où la foule affluait et s'ouvrait pour leur laisser passage; mais il n'y avait pas de battemens de mains, pas de regards amis, pas de séducteur repentant qui voulût donner un nom au fils de l'orpheline. L'hébétée courbait la tête, et fermait les yeux afin de ne pas voir cette immense population qui roulait comme une mer dont la tempête soulève les flots. Annah avait peur aussi de ces baïonnettes reluisantes au soleil, qui lui rappelaient comment un jour on l'avait meurtrie parce qu'elle mendiait.

Un dernier baiser de Marie à sa compagne précéda le supplice.

Une heure après, on disait dans les ateliers de la ville : — Elles sont mortes avec courage!

Ainsi, le bonheur pour Marie n'avait été qu'un rêve; le calme, c'était l'état de sa conscience; le repos, ce fut la mort.

FIN D'ANNAH L'HÉBÉTÉE.

LA FABRIQUE.

I

La Dernière Volonté.

> Comme il touchait au terme de son voyage,
> Félibien, le porte-balle, se retourna, et, regardant
> avec un sentiment de plaisir la route qu'il avait
> parcourue, il dit ; — C'est bien marcher.
> FERDINAND DE VILLENEUVE. — *La
> Rose d'Ancinnes.*

> On ne devrait représenter la Mort que comme
> une bonne mère qui endort ses enfans.
> BOISTE.

Le regard fixe et voilé, les lèvres déjà contractées par le sourire pénible des dernières douleurs, Etienne Grandier, le filateur, se mourait, à soixante-huit ans, dans la même chambre et sur le même lit où Jacques Grandier son père, Philippe Grandier son aïeul, étaient morts. Comme eux, Etienne Grandier emportait, en terminant sa laborieuse carrière, l'estime de ses voisins et les regrets du commerce, dont il était l'honneur. Ses ouvriers le pleuraient comme on pleure un père : c'est qu'ils se souvenaient que la prudente sévérité de ce bon maître, dans les temps prospères, et sa générosité bien calculée durant les mauvaises saisons, avaient su les préserver des misères du vice et des horreurs du besoin.

Ainsi, dans cette filature, ouverte pour la première fois en 1734, la troisième génération d'une même famille de fabricans s'éteignait après plus de cent ans d'exploitation.

Durant la longue administration des deux derniers propriétaires, la fabrique avait subi d'immenses changemens ; mais c'était surtout sous la gestion d'Etienne Grandier que ces modifications avaient été sensibles. La haute pensée d'appliquer plus spécialement les sciences exactes à l'industrie occupait à cette époque toutes les intelligences, et devait nécessairement trouver un appui parmi les grands producteurs dont elle flattait l'ambition. Mais en même temps que cette généreuse idée souriait à l'imagination du fabricant, elle semait le trouble, l'inquiétude et la défiance dans la plupart des ateliers. Où le maître voyait un moyen de fortune pour lui et de soulagement pour l'ouvrier, celui-ci n'entrevoyait, à travers les fausses lumières de l'intérêt personnel, qu'une ruine inévitable, et la raison suffisante d'une révolte : aussi la routine, l'ignorance du peuple, l'amour de soi mal entendu, ces trois grands ennemis des progrès, avaient plus d'une fois armé les compagnons contre l'imprudent industriel qui adoptait avec trop de précipitation les inventions utiles à l'étendue de son commerce. Le lieutenant-criminel, du haut de son siège de juge au grand Châtelet, prononçait bien la peine des galères ou l'arrêt de mort contre les fauteurs de ces révoltes ; mais le fabricant n'en était pas moins réduit à la misère ; on n'en voyait pas moins la fumée de l'incendie s'élever de temps en temps au dessus des toits de nos plus importantes fabriques, et

25

les flammes dévorer de leurs dents, qui consument, les métiers, ainsi que les marchandises. Une famille qui, la veille encore, rêvait le repos et la prospérité pour ses derniers jours, assise le lendemain sur les décombres de sa propre maison, témoignait assez par son désespoir contre la terrible et coupable justice de la populace. Car il faut bien le dire à cette populace qui se croit grande et forte, parce qu'elle se promène par les rues, en hurlant des cris sauvages contre le maître qui la nourrit, contre les magistrats qui la protégent ; à cette populace qui s'intitule généreuse quand elle vient déchirer sur les places publiques les membres de quelques malheureux que son aveugle fureur lui désignait comme les seuls auteurs du fléau qui la tue, alors que la peste ne fait, en emportant des milliers de misérables, que se venger des vices qui ont usé leurs corps et décomposé leur sang ; il faut bien lui dire enfin qu'elle n'est forte que pour le mal, à moins qu'une main de fer ne dirige ou ne comprime ses mouvemens ; que sa justice n'est écrite nulle part, attendu que les lois sont des œuvres de la sagesse humaine, et que la populace n'a d'autre instinct que celui de la brute qui obéit à ses violens appétits. Une fois, on la nomma la grande nation ; mais c'est qu'alors un homme, à l'œil d'aigle, au cœur sans pitié pour elle, l'enfermait sans cesse dans un cercle de feu et de fer, en lui disant : — Sors de là, tu auras pour récompense le viol et le pillage. La populace se faisait jour à travers ces obstacles, dont s'amusait l'ambition du maître ; il en mourait quelques cent mille ; aux autres, on livrait les femmes et les propriétés de l'ennemi ; la populace armée était heureuse : elle s'enivrait de vin et de larmes, mêlait les louanges qu'elle se donnait aux cris des enfans qu'elle éventrait, aux grincemens de dents des victimes qui succombaient à sa brutalité ; et elle se disait, en retournant à la caserne, où la canne du commandant, le cachot et la fusillade l'attendaient : — Ah ! que je suis bien la nation la plus civilisée du monde !

Mais c'est assez nous occuper de cette nombreuse et misérable fraction du peuple, écume de la société, qui se croit liqueur pure, et que quelques insensés s'efforcent à faire remonter jusqu'aux bords du vase, quand les lois et la raison se prêtent un mutuel appui pour la refouler à sa véritable place.

Tandis que les novateurs, impatiens de profiter des avantages de chacune des nouvelles découvertes, entretenaient l'irritation chez leurs ouvriers, Etienne Grandier, toujours sage et mesuré dans ses entreprises, suivait pas à pas la marche ascendante de l'industrie, et préparait, à force de soins, l'intelligence de ses compagnons à recevoir l'innovation qu'il voulait introduire dans ses ateliers. La révolution industrielle s'accomplissait chez lui bien plus lentement sans doute que dans les autres manufactures ; mais le procédé nouveau une fois adopté s'enracinait dans la fabrique, et consolidait la fortune de l'habile filateur, pendant que les confrères d'Etienne se voyaient incendiés et ruinés pour avoir essayé seulement d'apporter un léger changement à leur mode de fabrication. Il faut dire aussi que M. Grandier ne se permettait d'user de la découverte qui devait augmenter la masse de ses produits, que lorsqu'il avait trouvé une combinaison assez heureuse pour que l'ouvrier pût profiter des avantages de ce progrès de l'industrie. Ainsi, tantôt il assainissait les vieux ateliers que ses pères avaient fait construire avec parcimonie ; tantôt il augmentait le nombre des travailleurs ; et, sévère observateur des devoirs du maître et des droits du pauvre, à chaque fois qu'il sentait la nécessité d'améliorer le sort de l'ouvrier, il était le premier à provoquer la révision du tarif de la main-d'œuvre, afin que le prix des journées fût toujours dans une proportion égale avec les besoins de la vie. Enfin, maître Etienne Grandier était du nombre, plus grand qu'on ne le croit dans les ateliers, de ces fabricans qui pensent que le travail doit donner l'aisance. Mais si l'artisan laborieux était sûr de trouver chez lui encouragement et protection, le fainéant et l'ivrogne le trouvaient sans pitié. On ne sortait pas trois fois de la fabrique de Grandier. Chassé pour une première faute, le coupable pouvait bien espérer d'obtenir sa grâce ; mais la récidive était le signal d'une séparation éternelle entre le maître et l'ouvrier. Les compagnons des autres filatures savaient cela : aussi avaient-ils donné le nom de *divorcés* à tous ceux qui ne devaient plus rentrer dans les ateliers d'Etienne Grandier.

Le 16 juin 1810, après quarante-trois ans d'exercice dans sa profession de filateur, M. Grandier allait remercier Dieu de la vie honorable et tranquille que le destin lui avait faite. Couché sur son lit de mort, il avait près de lui sa fille Eugénie, jeune personne de dix-sept ans, qui n'osait pas pleurer tout haut, parce que son père lui avait dit que sa mort était calme et belle. De l'autre côté de son chevet était Toussaint Bontems, le teneur de livres de son père. Toussaint, de même âge que le moribond, avait été d'abord son camarade d'enfance, puis son rival en amour. Oh ! mais ce temps était bien loin ; l'objet de leur rivalité avait quitté la vie, après avoir laissé à Etienne deux souvenirs bien doux du plus heureux ménage. Le premier, c'était Charles Grandier, beau garçon de vingt-cinq ans, qui étudiait encore la médecine à l'école impériale de Montpellier ; l'autre fruit de l'hymen du filateur avec Caroline Berthé, vous le connaissez déjà, c'est cette jeune fille qui sanglote tout bas, en baisant avec amour la main froide et décharnée que son père lui abandonne. Toussaint, ai-je dit, fut un moment le rival d'Etienne. Ils avaient dix-huit ans tous deux à cette époque, et Caroline venait une fois par semaine voir son oncle Grandier. Alors la petite cousine d'Etienne était l'objet des soins et des prévenances de nos deux amis. Elle savait bien, l'enfant, que son mariage avec son cousin était arrangé par sa famille depuis plusieurs années. Mais soit contradiction de jeune fille, dont l'esprit se révolte à la pensée de prendre un mari qu'elle n'a pas choisi, soit qu'un mouvement naturel de son cœur la portât à trouver le jeune Bontems plus aimable que son cousin, elle lui accordait une préférence marquée. Le vieux père Bontems, sévère dans ses principes comme dans ses additions, rompit la tendre intelligence des amans en faisant enrégimenter son petit-fils dans un bataillon colonial. Toussaint partit, et ne revit plus la France qu'après vingt ans de fatigues et de misère. Il y avait déjà long-temps que son ami Etienne exploitait pour son propre compte l'héritage des Jacques et des Philippe Grandier. Les deux compagnons d'enfance se reconnurent avec joie. Toussaint, interrogé par Etienne sur le souvenir que Caroline avait pu laisser dans son cœur, répondit qu'il avait sans doute encore beaucoup d'amitié pour elle, mais que ce cœur, endurci par les périls et les privations, n'était plus susceptible d'éprouver de l'amour.

— Alors je peux, sans danger, te présenter à la mère de mon enfant.

Caroline se retrouva face à face avec Toussaint, sans le reconnaître d'abord.

— Embrasse un ancien ami, lui dit Etienne.

Et la surprise de madame Grandier fut extrême quand elle apprit que cet homme basané, avec une balafre sur la joue, des yeux mornes, le dos courbé, et les cheveux déjà grisonnans, n'était autre que ce vif et joli Toussaint Bontems, qu'elle revoyait encore quelquefois dans ses rêves, sous les traits séduisans qui la charmaient autrefois.

— Dieu ! que vous êtes vieilli ! lui dit-elle avec un sourire de compassion. Vous rappelez-vous comme nous étions enfans jadis, quand nous pensions que notre amour serait éternel ? Vous avez dû bien souvent rire aussi de cette folie, dont Etienne et moi nous nous amusons encore quelquefois.

Toussaint n'était plus sous l'empire d'une grande passion : cependant, à l'aspect de Caroline, il avait senti en lui une émotion qu'il ne

se soupçonnait plus capable d'éprouver. La gaîté de Caroline lui fit mal ;
il fut sur le point de refuser la place de caissier que son ami lui offrait
dans la fabrique. Il demanda huit jours pour réfléchir à cette proposition si avantageuse pour lui qui était sans ressource à Paris. Ces huit
jours lui étaient nécessaires pour voir s'il pourrait s'habituer à la tendresse de Caroline pour son mari. Mais quand il la vit caresser son enfant, qui comptait environ dix-huit mois, avec cet amour de mère qui
se fond en baisers sur les joues de son premier né, alors un sentiment
de respect l'emporta sur le ressouvenir. Il se dit : « Je m'y ferai. » Six
mois après, Toussaint, heureux, jouissant de la confiance de son maître,
de l'estime d'une bonne mère de famille, paraissait avoir à peu près
oublié que c'était lui qui avait recueilli le premier aveu d'amour que
Caroline eût encore prononcé. Plusieurs années s'écoulèrent avant que
madame Grandier mît au monde un second enfant. Eugénie vint enfin ;
et le caissier, qui eût redouté pour lui-même les embarras du ménage
et de la paternité, se fit, à ses momens perdus, le promeneur et le
premier instituteur d'Eugénie, comme il avait été celui de Charles jusqu'à l'âge où l'on mit celui-ci en pension. Cette tendresse toute paternelle
pour les enfans de Caroline ferait douter que Toussaint Bontems eût
été réellement guéri de son premier amour. S'il est vrai que le caissier
d'Etienne souffrit encore de cette passion, du moins il sut cacher son
secret à tout le monde. Jamais il ne dit un mot à son ami, qui pût faire
soupçonner la pureté de son attachement pour madame Grandier ; seulement, quand elle mourut, lui, qui l'avait veillée avec Etienne durant
les dernières nuits de sa longue maladie, demanda à son ami la permission de mettre un crêpe à son chapeau. Ce crêpe, il le porta, comme
Etienne, pendant la durée du deuil. Après six mois, le veuf fit disparaître cette livrée du regret. Quant à Toussaint, il oublia peut-être que le
temps de douleur était passé : il continua à garder son crêpe, et il le
porte encore aujourd'hui, qu'il assiste de nouveau au dernier moment
d'une personne qui lui fut bien chère.

Il est donc debout à côté du mourant ; son pupitre de caissier est
devant lui, supportant le grand-livre de commerce où depuis près de
vingt-quatre ans il a enregistré la prospé ité annuelle de la fabrique.
—Voyez-vous, dit-il à son ami, qu'il n'a plus tutoyé depuis qu'Etienne
est devenu son maître, vos comptes sont clairs ; les recettes excèdent de
six mille francs les dépenses du mois dernier ; il n'y a pas une rature
sur ces pages, pas une inexactitude dans ces chiffres ; si ce n'était pas
abuser de ce qui vous reste de forces, monsieur Grandier, je vous prierais d'écrire... là, sur la colonne d'observations : « Je suis content de
Toussaint Bontems, il m'a servi avec fidélité. »

— Et ne sais-tu pas bien que je n'ai que des éloges à donner à ton
zèle, à ta bonne conduite ? Toi qui depuis tant d'années me sers avec le
dévoûment d'un ami véritable... Ne t'ai-je pas fait le confident de mes
plus secrètes pensées ?... N'est-ce pas toi que j'ai toujours consulté dans
toutes mes entreprises ?

— Oui, monsieur ; oui, je sais tout cela ; mais c'est qu'il me semblerait si beau d'avoir sur votre grand-livre un certificat d'honnête
homme !

— Allons, je vais essayer, reprend Etienne, à qui le vieux caissier
présente toujours la plume ; si je ne peux aller seul jusqu'à la fin, tu
conduiras ma main, mon ami.

Le mourant, aidé de sa fille, parvient à se lever sur son séant. D'une
main tremblante il trace des caractères irréguliers, tandis que le vieux
caissier, les yeux mouillés de larmes, lui dicte lettre par lettre la phrase
qu'il a rédigée à l'avance. Enfin, cette rude besogne pour le faible
Etienne s'achève heureusement ; il retrouve dans sa mémoire le trait
distinctif de cette signature qui, depuis quarante ans, remue des mon-

ceaux d'or à payer dix couronnes. Toussaint saupoudre de sciure de bois tamisée ces deux lignes presque inintelligibles. Le fabricant se laisse retomber sur son oreiller. Alors un bruit de voiture se fait entendre dans la grande cour; Eugénie se lève avec précipitation, va regarder à la fenêtre, et revient aussitôt près de son père, en disant : — C'est lui ! c'est Charles !

— Ah ! tant mieux ! répète le mourant ; je ne mourrai pas sans l'avoir embrassé... Dieu fasse que mon fils soit disposé à exaucer mon dernier vœu ! Eugénie ne s'est pas trompée ; c'est Charles, c'est l'unique héritier du nom de Grandier, qui vient fermer les yeux de son père ; le voilà comme était sa sœur il n'y a qu'un instant, sanglotant à l'aspect de ce malade dont la fin est si douce. — Assez, mon fils, assez de larmes, lui dit Etienne ; quand mon père Philippe mourut la, où tu me vois prêt à rendre mon âme à Dieu, j'étais comme toi, bien affligé sans doute ; mais je fis un effort sur moi-même pour ne pas troubler le mourant dans ce qu'il avait à me dire ; tâche donc d'avoir le même courage ; car j'ai beaucoup à parler aussi, et je sens bien qu'à chaque mot ma voix devient plus faible. Les momens me sont chers, à moi qui ne peux plus remettre à demain les prières que je voulais t'adresser. Ainsi qu'Eugénie, Charles essuie ses yeux, retient ses soupirs de douleur, et prête l'oreille. Bontems fait un mouvement comme s'il voulait sortir. Le moribond le rappelle d'une voix presque éteinte : — Reste là, lui dit-il ; nous ne sommes qu'en famille. Le caissier presse avec émotion la main de son ami, et chacun se rapproche du lit, afin de ne perdre aucune des dernières paroles qui vont sortir péniblement de ces lèvres prêtes à se fermer pour toujours.

— Mon existence a été bien remplie, mes enfans ; je crois sans orgueil, car on ne doit plus en avoir au terme où j'arrive, je crois que j'ai dignement porté le nom honorable que mes aïeux m'ont laissé. Ce fut une bien douce consolation pour le fondateur de cet établissement, quand son fils Philippe lui dit à son lit de mort : — L'enseigne de la fabrique ne sera pas changée, et le nom de Grandier se lira sur la porte de cette maison tant que je vivrai. A sa dernière heure, mon père, à son tour, m'appela comme je t'ai appelé aujourd'hui, mon cher Charles ; j'étais à la place que tu occupes en ce moment ; je voyais l'inquiétude se peindre dans les yeux du mourant ; ce bon père n'osait pas me forcer à suivre une carrière pour laquelle j'avais peu de vocation. En ce temps-là, le commerce n'était point honoré comme il l'est aujourd'hui. Le noble, qui avait besoin de demander aux bienfaits de l'industrie les moyens de relever sa fortune ébranlée, déposait ses titres de famille chez un notaire royal, et renonçait aux priviléges de sa naissance jusqu'à ce qu'il eût trouvé dans l'exercice d'une profession méprisée ce qu'il lui fallait d'argent pour vivre noblement, c'est-à-dire à ne rien faire... Je savais tout cela, mon fils... et j'étais ambitieux, et j'avais soif de distinctions; de puissans personnages m'offraient leur protection, Philippe Grandier, mon père, ne me dit que ces mots : — Embrasse le métier qui te conviendra le mieux, mon fils : je suis certain que tu t'y feras une réputation d'honnête homme ; mais ton aïeul était plus heureux que moi en mourant, car il emportait l'espérance que son nom lui survivrait dans le commerce, et que les négocians étrangers sauraient à qui ils allaient s'adresser lorsqu'ils liraient sur la porte de notre fabrique : Philippe Grandier, successeur de son père. Aujourd'hui que nous aussi nous sommes une puissance dans l'Etat, je ne croirai pas t'imposer un trop grand sacrifice, en te conjurant d'abandonner la profession que je t'avais choisie, pour qu'on lise encore sur notre enseigne : « Successeur de son père. » Cette fabrique, c'est ta patrie, c'est la mienne... c'est ici que quatre générations du même nom ont eu leur berceau. A chaque pas que tu feras dans ces vastes ateliers, dans ces cours spacieuses, dans ces appartemens qui ont conservé avec moi leur première simplicité, partout enfin tu trouveras de nouveaux motifs d'estimer, d'honorer davantage ceux qui

t'ont transmis le sang qui coule dans tes veines. Si mon Eugénie était plus
âgée, j'aurais pensé à la marier à un filateur comme moi ; mais alors le
nom du fabriquant eût été changé... Voyons, mon ami, te sens-tu la force
de suivre mon exemple ?... La crainte du mépris pouvait m'arrêter quand je
promis à mon père de lui succéder ; cependant j'ai religieusement tenu ma
promesse : aussi le ciel m'en a récompensé. Ce que je faisais d'abord par
respect filial, plus tard je l'ai fait par goût, enfin par passion. Je trouvais
une satisfaction que tu comprendras plus tard, à perfectionner l'œuvre de
mes ancêtres, à étendre le crédit qu'ils m'avaient ouvert ; enfin je fus ici
le plus heureux des époux, le plus heureux des pères... Dis-moi, Charles,
veux-tu hériter de mon bonheur ?

Charles n'hésite pas ; il répond : — Je vous jure de suivre en tout
l'exemple que vous m'avez donné ; je serais soumis à vos dernières volontés. Rien ne sera changé à l'enseigne de la filature.

Un éclair de joie brille dans les yeux du mourant : il étend les mains
pour bénir son fils ; Eugénie s'agenouille en même temps que Charles ; et
Toussaint, qui voit que les forces vont manquer au fabricant, s'empresse de passer de l'autre côté du lit, afin de maintenir les bras d'Etienne
sur la tête de ses enfans, tandis que celui-ci murmure d'un faible mouvement de lèvres la formule de la dernière bénédiction. Après un court silence, Etienne reprend : — Veille sur ta sœur, mon ami ; elle n'a plus que
toi au monde... Prends soin des vieux jours de Bontems ; quand il ne
voudra plus travailler, sois pour lui un fils respectueux... N'oublie pas
d'avoir recours à ses sages conseils... Si tu veux savoir l'estime que tu lui
dois, relis mon livre de commerce ; tu y trouveras sur cette page le souvenir de l'amitié que je lui avais vouée jusqu'au tombeau. A la place de la
phrase dictée par Bontems, M. Grandier avait écrit : « Je lègue à mes enfans le soin de prouver la reconnaissance que je dois aux services et à l'a-
mitié inaltérable de Toussaint Bontems. » Si le caissier n'avait pas lu ces
mots, c'est que les larmes obscurcissaient sa vue quand il reprit le grand-
livre des mains du fabricant.

Charles et Eugénie se jettent au cou du brave homme, qui les presse
avec effusion sur son cœur. Mais en ce moment un profond soupir s'é-
chappe de la poitrine d'Etienne ; tous trois se précipitent vers le lit du malade, qui tourne sur eux un œil éteint, puis le ferme, puis s'endort pour
toujours.

Alors les sanglots de la jeune fille éclatèrent ; Charles et Toussaint réunirent en vain toutes leurs forces pour l'arracher de cette chambre de deuil ;
elle ne voulut céder ni à leurs prières, ni à la voix qu'ils cherchaient à lui faire entendre. Au bruit des clameurs d'Eugénie, un mot sinistre parcourut les ateliers de la fabrique : — C'est fini ! répétaient toutes
les voix ; et les métiers s'arrêtèrent, et les ouvriers se réunirent dans les
cours pour s'entretenir de ce terrible évènement.

Cependant les cris de l'orpheline continuaient toujours, sans que les
douces représentations de son frère et du caissier pussent apaiser la violence de ses regrets. Eugénie embrassait le cadavre de son père, et collait
ses lèvres brûlantes sur la poitrine glacée du défunt. — Elle va mourir là,
disait Bontems ; qui donc aura assez de pouvoir sur elle pour la forcer à s'é-
loigner de cet affreux spectacle ?

Comme il parlait ainsi, Eusèbe Marceau, le jeune chef d'atelier, ouvrit
la porte. De grosses larmes roulaient dans ses yeux, ses joues étaient pâles,
ses jambes tremblaient. Ah ! c'est que celui-là ressentait bien douloureusement la perte de son maître ! Pauvre enfant trouvé, il devait tout à Etienne
Grandier ! Eusèbe entra, dis-je ; il s'approcha, en frémissant, du lit où reposait le filateur. Lui aussi embrassa le froid cadavre ; et se penchant à
l'oreille d'Eugénie, il lui dit, mais assez bas pour ne pas être entendu par
les autres : — Voulez-vous donc que je meure aussi ? La jeune fille

cessa de pleurer. Elle détacha un à un ses bras qui étreignaient un corps privé de sentiment, et se laissa docilement conduire dans sa chambre.

Deux jours après, cent cinquante ouvriers conduisirent au champ du repos la dépouille mortelle du fabricant.

Et une semaine ne s'était pas écoulée qu'on lisait sur la porte de la fabrique : *Filature de Charles Grandier, successeur de son père.*

II

Le Successeur.

> Ma couronne de diamans, mon trône de velours,
> ma belle capitale et ses cent mille habitans, pour
> un baiser. — Diable! tu n'es pas dégoûte!
>
> ANDRÉ HERPIN.

La fabrique avait repris son activité accoutumée, tous les bras étaient occupés ; les charriots des métiers, dans leur mouvement périodique d'aller et de retour, criaient de nouveau sous les bobines qui tournaient dans leurs tiges de fer ; les hommes de peine roulaient d'un magasin à un autre les pesantes balles de coton ; les chefs d'ateliers excitaient de la voix et de l'exemple le courage de leurs compagnons ; comme autrefois, le refrain des chansons à boire des fileurs, les stridens éclats de voix des ouvriers perçaient les vitres des hautes fenêtres, traversaient les cours spacieuses pour aller rebondir et se briser dans les angles des ateliers d'hommes et des vastes hangars où se tenaient les éplucheuses de coton. Enfin, depuis deux mois la filature revivait de sa joyeuse vie industrielle, que Charles Grandier n'avait pas encore cédé aux vives sollicitations de Toussaint Bontems, qui chaque matin le suppliait de sacrifier une heure à l'examen du personnel de sa fabrique. — Ce sera pour un autre moment, répondait le jeune filateur. Et il montait en cabriolet pour se rendre à quelque partie de plaisir ; car son premier soin avait été, après le décès de son père, de rechercher à Paris les connaissances qu'il y avait laissées lors de son départ pour Montpellier. C'étaient de bons vivans, des camarades de collège, aux yeux desquels le nouveau commerçant était fier d'étaler sa grande fortune. Les fêtes se succédaient aux fêtes ; elles se prolongaient si avant dans la nuit, que le vieil ami d'Etienne Grandier ne trouvait jamais à qui parler quand il venait, le soir, avec ses livres, au bureau de son patron, pour le prier de vérifier l'exactitude de ses calculs. C'était un vrai crève-cœur pour cet honnête caissier que de remonter chez lui sans avoir obtenu le visa du filateur. Privé de cette censure quotidienne, à laquelle il s'était habitué depuis vingt-quatre ans, son sommeil ne pouvait plus être tranquille : aussi, en remontant dans sa petite chambre, où il était bien sûr de rencontrer Eugénie Grandier, ou bien Eusèbe, l'enfant trouvé, et quelquefois tous les deux ensemble, Toussaint leur disait en soupirant : — Je crains bien, mes enfans, que notre nouveau maître ne gâte l'ouvrage de son honorable père... C'est un orgueilleux, peut-être bien aussi un dissipateur. Le bon temps est passé pour la filature des Grandier : comme les empires qui se disaient impérissables, elle a eu ses trois phases, après lesquelles il faut bien qu'elle soit détruite. Fondée par Jacques, maintenue par Philippe, elle a brillé sous Etienne de tout l'éclat qu'elle pouvait avoir ; maintenant elle touche à sa décadence. Je

ne demande plus qu'une grâce au ciel, c'est de mourir avant d'avoir vu
sa chute définitive.

— Peut-être, répondait Eusèbe, ne faut-il qu'une bonne résolution
pour la sauver : d'ailleurs, rien ne prouve qu'elle doive déchoir.

— Je vois clair, mes enfans. Il y a trois mois je savais bien comment
on pouvait empêcher la chute que je prévois aujourd'hui. Il n'est plus
temps d'y songer, et je ne trouvais pas alors d'expression pour faire entendre au maître que le seul moyen de perpétuer son nom sur l'enseigne
de la fabrique, c'était d'écrire au dessus de la porte : « Filature d'Etienne
Grandier, tenue par Eusèbe Marceau, son gendre. » Eugénie et le jeune
chef d'atelier se regardèrent en rougissant. — Certainement, reprit Toussaint, que cela nous sauvait tous !... Mon ami n'eût pas pour cela déshé-
rité son fils ; la part de Charles aurait été estimée par des gens de loi...
Vous lui en auriez tenu compte, et le bonheur de cette chère enfant,
continua-t-il en pressant la main d'Eugénie, eût justifié la préférence
que son père vous accordait.

— Mais songez donc, objecta Eusèbe, un peu remis de son embarras,
que je ne suis rien ici qu'un pauvre enfant trouvé que M. Grandier a bien
voulu tirer de l'hôpital des Orphelins ; je n'avais aucun droit aux bontés
de mon maître.

— Eusèbe, vous vous calomniez, reprit la jeune fille : si mon père fut
toujours généreux envers vous, c'est que, dès les premiers bienfaits, il vit
combien vous étiez susceptible de reconnaissance. Laborieux, zélé, vous
êtes bientôt devenu le plus habile ouvrier de la fabrique.

— Et comme il a profité, ajouta le caissier, des leçons de mathématiques, d'histoire et de géographie, que je vous donnais le soir à tous deux !
M. Charles mariera sans doute un jour sa sœur à quelqu'un de ses brillans amis, qui mènera grand train, et mangera joyeusement la dot de sa
femme. Toi, Eusèbe, tu l'aurais fait fructifier par ton travail... Mais enfin
il n'y avait pas moyen de dire tout cela à un pauvre mourant qui demandait pour dernière consolation que son fils se mît après lui à la tête
de cet établissement... C'est à nous de prendre notre parti, et de retarder, à force de soins, la chute de cette maison. Eusèbe promit d'entretenir dans l'esprit des ouvriers le respect et la confiance qu'ils devaient à
leur nouveau maître. Eugénie soupira, en pensant aux projets de mariage que Toussaint Bontems avait conçus pour elle, soupira tout bas et
se dit : — Quel dommage ! Quant au vieux caissier, il se résigna à censurer lui-même les additions de la journée, et l'ordre habituel régna dans
la filature.

J'ai dit que les courses journalières de Charles Grandier continuaient depuis deux mois : cependant Toussaint Bontems était certain au moins de
retrouver un moment son maître quand il faisait jour dans sa chambre à
coucher, c'est-à-dire vers dix heures du matin. Un jour cependant le
caissier entra chez Charles Grandier à l'heure accoutumée, sans rencontrer celui-ci. — Bien ! dit-il, voilà qu'il s'amende ; nos représentations
n'ont pas été inutiles : je gagerais que monsieur visite ses ateliers. Toussaint parcourut la maison : personne n'avait vu le jeune fabricant. Il s'a-
dressa au portier : le maître n'était pas rentré la veille. L'inquiétude du
brave homme était grande ; il se désolait avec Eugénie, se plaignait à Eusèbe. Quant aux autres ouvriers, il leur disait qu'une affaire de commerce
fort importante retenait au dehors le chef de la filature. Enfin, vers le milieu de la journée, une lettre arriva à l'adresse de Bontems. Elle contenait ces lignes : « Mon cher Toussaint, je pars à l'instant pour la campagne ; pendant mon absence, qui ne durera pas plus de trois mois, vous
voudrez bien héberger et traiter convenablement M. Sébastien Aubri, un
jeune architecte, qui est de mes amis, et que j'ai chargé de diriger les
travaux et embellissemens si nécessaires à l'appartement de mon père.
Je reviendrai à Paris aussitôt que les réparations seront terminées. J'em-

brasse ma sœur et je vous confie mes intérêts. Envoyez-moi une centaine
de napoléons au château de Crécy, Seine-et-Marne, où je serai ce soir. »
— Décidément nous sommes perdus, se dit le caissier après avoir lu
cette lettre : la fabrique ne durera pas deux ans. Ah! pourquoi Eusèbe
Marceau n'en est-il pas le chef? A la réunion du soir, Toussaint fit part aux
deux amans du message de Charles, et des nouvelles craintes que sa légèreté lui faisait concevoir pour la sécurité de la filature. — L'Etat ne pé-
rit pas sous un roi faible, quand il est gouverné par d'habiles ministres,
répliqua Eusèbe. Engageons-nous tous les trois à nous considérer comme
les propriétaires de la fabrique : travaillons avec autant de zèle à sa prospérité que si nous devions en recueillir les bénéfices : c'est une dette que
nous paierons à la mémoire de feu M. Grandier... Il fut votre ami, monsieur Toussaint... c'est votre père, mademoiselle... c'était mon bienfaiteur. Que de titres à notre vénération, à notre reconnaissance! Prouvons
aujourd'hui que nous étions dignes de son amitié, en préservant d'une
ruine complète ce qu'il a légué d'honneur et de fortune à ses enfans. La
noble expression qui brillait dans les yeux d'Eusèbe Marceau, comme il
parlait ainsi, ranima le cœur découragé du vieux caissier. Il sauta au cou
de ce bon jeune homme en s'écriant : — Ah! si mon pauvre ami pouvait
revenir, et qu'il t'entendit, je n'aurais pas besoin de lui demander sa fille
pour toi : il te la donnerait bien vite. Eugénie, qui partageait l'exaltation
générale, ajouta, en pressant la main d'Eusèbe : — Ah! alors mon père
me rendrait bien heureuse!
  Que l'on pardonne à Toussaint Bontems cette pensée de mariage
qu'il ramène toujours dans ses instans de chagrin ou de joie; voilà douze
ans qu'il réunit tous les soirs chez lui Eugénie et le jeune ouvrier de
l'hospice des Orphelins. Un jour, en voyant la docilité et la douceur de
ces deux enfans, il s'était dit : « Cela ferait pourtant un bien joli ménage! » Et depuis ce temps-là le vieux caissier s'obstina à penser que
l'avenir réaliserait un jour le projet de bonheur qu'il avait rêvé pour la
fille d'Etienne Grandier. Qu'on pardonne aussi à ces trois amis l'importance qu'ils attachent à la conservation de la fabrique : il s'agit pour
eux de quelque chose de mieux que d'une fortune : c'est le sol natal
qu'ils défendent ; ce sont leurs plus doux et leurs plus anciens souvenirs
qu'ils veulent protéger contre la destruction qui les menace. Pour vous,
qui ne vous retrouvez jamais sans attendrissement aux lieux où vous
avez passé votre enfance, vous devez comprendre leur enthousiasme et
leur désespoir. Un sens manque à celui qui ne se dit pas, comme le
voyageur d'une comédie moderne, en revoyant embelli, mais changé,
le quartier où il a vécu jadis : « C'est bien mieux qu'autrefois ; mais on
l'a gâté! »
  La résolution une fois bien arrêtée entre eux de s'emparer de l'administration de la fabrique, de suppléer le maître, et de lutter courageusement contre sa mauvaise conduite, on se partagea les fonctions : Eugénie prit pour sa part la correspondance et le travail du comptoir; la
caisse resta entre les mains de Toussaint Bontems, qui se chargea en
même temps de recevoir les commandes, d'expédier aux correspondans
les produits de la manufacture, et de régler le mouvement des marchandises dans le magasin. Pour Eusèbe, il se donna la haute surveillance des ateliers, et s'imposa les devoirs dangereux de faire respecter
les réglemens de la filature. Ainsi arrêtée entre eux, la gestion devait
être heureuse. Quelques ouvriers murmurèrent bien un peu quand Toussaint Bontemps leur annonça que le maître avait donné au jeune chef
d'atelier tous pouvoirs nécessaires pour embaucher ou renvoyer les fileurs, lorsqu'Eusèbe jugerait convenable de le faire ; mais quand on vit
qu'un mauvais sujet de la fabrique, Martial Férou, déjà mis à la porte
par le défunt, et reçu de nouveau à l'atelier après avoir fait une soumission exemplaire; quand on vit, dis-je, Eusèbe prendre tranquille-

ment au collet cet homme dont les regards faisaient taire les plus hardis, et le chasser impitoyablement après une seconde faute, sans paraître effrayé des menaces de mort qu'il proférait contre celui qui le lançait à la porte d'un bras ferme, et avec le calme d'un chef qui ne doute ni de sa force ni de son droit; alors on cessa de murmurer; on comprit qu'il y avait l'étoffe d'un maître dans celui qui se faisait justice sans crainte et sans colère; enfin, par sa fermeté, Eusèbe força au respect ceux dont il avait su depuis long-temps déjà mériter l'estime et la confiance.

Durant les trois mois qui s'écoulèrent entre la lettre de Charles Grandier et son retour à la fabrique, M. Sébastien Aubri, le jeune architecte, fit abattre et reconstruire un pavillon entier de la maison. Assis tous les jours à la table où venaient se réunir la sœur de Charles, le vieux caissier et le substitut du maître, Aubri se montrait galant et empressé pour Eugénie; il cherchait à s'insinuer dans son cœur par de tendres œillades et des demi-mots qui restaient sans réponse; car la jeune fille, fatiguée des assiduités de l'architecte, affectait de regarder Eusèbe quand les yeux d'Aubri se fixaient trop long-temps sur elle; et c'est encore à Eusèbe qu'elle s'empressait de répondre lorsque l'autre lui adressait un mot flatteur. L'architecte, humilié, prit en haine le chef des ateliers, qui ne l'avait pas non plus beaucoup en amitié. Il ne fallait qu'une occasion pour que la colère éclatât, qu'une étincelle pour mettre le feu aux poudres : ce fut Aubri qui la fit jaillir. Sur une question d'histoire, dont Toussaint Bontems avait fait le sujet de sa leçon de la veille, Eugénie fit une erreur de date; Eusèbe rétablit le fait, et la jeune fille allait remercier son ami, quand Aubri se prit à dire :

— Je sais bien que du temps des patriarches on permettait aux valets de s'asseoir à la table des maîtres, mais c'était sous la condition expresse qu'ils écouteraient avec respect, et se garderaient bien de reprendre leurs supérieurs, quand même ceux-ci n'auraient pas parlé juste.

Eugénie regarda M. Aubri avec surprise et indignation; Toussaint, le vieux Toussaint, bondit de colère sur sa chaise. Quant à Eusèbe, il saisit fortement le bras de l'insolent architecte, et répondit :

— Le patriarche, sous sa tente, respectait son hôte, même quand celui-ci l'insultait. Rendez grâce à ce souvenir, monsieur, car sans lui j'aurais déjà puni votre impertinence d'un soufflet.

A peine ces mots étaient-ils achevés, que la main de l'architecte tombait sur la joue d'Eusèbe. La jeune fille poussa un cri de stupeur; le caissier courut se jeter entre les deux adversaires.

— A quoi bon nous séparer? dit Eusèbe; nous nous retrouverons bientôt. Vous savez que maintenant il faut que je tue monsieur, et je le tuerai, ajouta-t-il avec la conscience d'un homme certain que le succès resterait du côté du bon droit.

Malgré les prières d'Eugénie, le rendez-vous fut donné.

— Votre heure? demanda l'architecte.

— Cinq heures du matin, répondit Eusèbe avec un sourire amer; vous n'ignorez pas que le valet doit sa journée à son maître : il faut bien qu'il prenne sur son sommeil le temps nécessaire pour régler ses affaires personnelles.

Le lendemain matin, à cinq heures, le jeune chef d'atelier, accompagné de Bontems et d'un ami du voisinage, était au lieu du rendez-vous. Eugénie aussi était levée; elle attendait avec impatience l'issue du combat. Que l'on juge de sa joie quand, après deux heures d'angoisses mortelles, elle vit revenir Eusèbe et le vieux caissier.

— Dieu soit loué ! dit Eugénie... mais l'autre?... l'autre?

— L'autre est un lâche! reprit Toussaint Bontems, qui, au lieu de venir lui-même en galant homme recevoir la balle qu'il a si bien méritée, a envoyé vers nous des femmes : une mère, une sœur, avec cette lettre d'excuses. A moins d'être un scélérat, on ne pouvait pas résister à ces pauvres affligées, qui s'agenouillaient dans la boue, nous baisaient les mains, nous offraient de mourir à la place de ce fils, de ce frère qu'elles chérissent. Enfin, Eusèbe a cédé à leurs prières.

Pendant que le caissier racontait à la jeune fille, violemment émue, l'événement du matin, Eusèbe pleurait de rage de n'avoir pu se venger de l'affront qu'il avait reçu : — C'est moi qui suis un lâche, disait-il, puisque je peux vivre après un pareil outrage... Mais j'ai juré à présent, et il faudra que je le rencontre et que je me taise quand le feu de la colère me montera au visage, et que je me sentirai le besoin de lui rendre injure pour injure !

— Oh ! reprit Eugénie, soyez tranquille, il n'osera pas reparaître ici.

Il l'osa. A quelques jours de là, Charles Grandier revint enfin à la fabrique. — A la bonne heure, dit-il en entrant dans son pavillon neuf, décoré et meublé suivant la dernière mode, on peut loger ici. Eugénie et Toussaint lui firent les honneurs de sa propre maison. Sa sœur lui montra le livre de correspondance, et dit : — C'est le zèle d'Eusèbe Marceau qui nous a valu toutes ces commandes. Toussaint lui fit lire son livre de recettes, et dit : — Sans l'activité d'Eusèbe Marceau, nous n'aurions pu parvenir à faire entrer ici tant de capitaux. Charles se décida à visiter les ateliers : partout il vit régner l'ordre et le travail. — C'est encore grâce à la fermeté d'Eusèbe Marceau que la discipline s'est conservée dans la fabrique.

— Mais cet Eusèbe est donc un homme universel ? demanda Charles, qui ne savait pas se trouver si près de lui.

— Non, monsieur, répondit le jeune chef d'atelier, avec un air ni trop orgueilleux ni trop modeste, comme doit répondre enfin celui qui sent ce qu'il vaut ; Eusèbe Marceau doit son existence honorable, son état à votre digne père : en travaillant du mieux qu'il peut pour le fils de son bienfaiteur, il essaie de prouver que les bontés de feu M. Etienne Grandier ont su trouver un cœur reconnaissant.

— C'est bien, mon ami ; je vous continuerai la confiance que mon père vous accordait.

En disant ces mots, Charles présenta la main à Eusèbe : celui-ci s'empressa de lui tendre la sienne. Il croyait, l'ouvrier, que son maître voulait l'honorer d'une marque publique d'estime ; mais quelle fut sa honte quand il entendit M. Grandier ajouter : — Prenez ceci pour boire à ma santé. Le jeune fabricant lui avait glissé une pièce de vingt francs dans la main. Eusèbe rougit de confusion ; sa dignité se révolta ; il fut prêt de refuser cette aumône du maître ; mais pensant aussitôt que ce mouvement d'orgueil pourrait diminuer quelque chose du respect que les fileurs devaient au chef de la maison, il dit à haute voix, et de façon à se bien faire comprendre de Charles : — Voici un napoléon que monsieur m'a chargé de vous donner, afin que vous buviez à sa santé et à la prospérité de la fabrique... Allez, mes amis... quant à moi, mon devoir me retient ici ; il faut que j'accompagne M. Grandier dans l'inspection des ateliers, dont il a bien voulu me confier la surveillance. Toussaint, qui avait senti vivement l'affront fait à son jeune élève, jeta sur Eusèbe un coup d'œil de satisfaction, quand il le vit se relever noblement sous le coup qui avait froissé son âme. Charles soupçonna la blessure qu'il avait faite à Eusèbe ; aussi se pressa-t-il de passer en revue le reste de la fabrique ; il se sentait embarrassé auprès de ce jeune homme au cœur fier. Charles, comme bien d'autres jeunes et beaux messieurs élevés en dehors de la vie industrielle, ne concevait pas qu'on pût allier de nobles sentimens aux rudes habitudes d'un travail journalier : il estimait l'homme en raison du rang que celui-ci tenait dans la société, sans faire la part de l'éducation et de l'intelligence, qui sont une aristocratie chez nous aussi bien que la naissance, encore mieux que l'argent.

Quand Charles se retrouva seul avec sa sœur, il lui dit : — Votre Eusèbe

Marceau est peut-être un garçon fort utile à la fabrique ; mais s'il était moins insolent avec moi, cela ne gâterait rien à son mérite, et me conviendrait davantage.

— Et qu'a-t-il donc fait pour te déplaire, Charles? demanda la jeune fille avec inquiétude.

— Il a refusé, avec esprit sans doute, mais enfin il a refusé nettement le pour-boire que je lui offrais.

— Oh ! c'est que M. Eusèbe n'est pas un ouvrier comme un autre ; c'était, avec Toussaint, les deux personnes que notre père aimait le mieux.

— Je n'en disconviens pas : mais, reprit Charles, il me semble aussi que ce petit phénix pourrait se dispenser de parler devant moi avec l'autorité d'un maître aux ouvriers, à qui j'ai seul ici le droit de commander. Vraiment, on eût dit, à nous voir tous les deux ce matin, que j'étais un étranger qui visitait par pure curiosité cette filature, et lui, qu'il était le chef de ma fabrique.

— Du moins il serait digne de ce titre, répliqua Eugénie.

Mais à ces mots Charles lança sur sa sœur un regard sévère, et reprit :

— Fort bien, on ne m'avait pas trompé ; M. Eusèbe a des prétentions que l'on se plaît à encourager ; mais si l'on a compté sur ma faiblesse ou mon aveuglement pour continuer ce petit manège de jeune fille d'un côté, d'ambition d'un homme de rien de l'autre, on s'est trompé grossièrement ; et d'abord, pour rompre toute intelligence entre les deux intéressés, je commencerai par prier M. Eusèbe de se tenir à sa place dans son atelier, et de ne venir chez moi que lorsqu'il aura à me rendre compte des travaux dont je le chargerai.

— Comment, Charles, vous ne lui permettrez plus de se mettre à table avec nous, comme il en a l'habitude depuis que mon père l'a nommé chef d'atelier?

— Mon père ne voyait que des gens de commerce qui n'avaient pas l'habitude du monde ; moi, j'ai à recevoir ici des personnes qui sont *bien,* et je n'ai pas envie de rougir à leurs yeux pour le bon plaisir de ce monsieur, qui n'est, après tout, qu'un ouvrier : pourvu que je lui paie convenablement sa journée, il n'a rien à exiger de plus.

— Eh bien ! je ne crains pas de vous le dire, moi, ce que vous faites là est mal, horriblement mal ; et si Eusèbe, humilié par votre conduite envers lui, quittait la fabrique?

— J'en trouverais facilement un autre, tout aussi habile peut-être, et qui ne se permettrait pas de penser à la sœur de son maître.

Eugénie pâlit. Le grand mot était dit : mais, moins honteuse de savoir son secret découvert qu'indignée de la conduite du dénonciateur, elle répliqua :

— M. Sébastien Aubri, votre ami, est un misérable qui ne méritait pas la pitié qu'Eusèbe a bien voulu avoir pour lui. S'il remet jamais les pieds dans cette maison, je sortirai d'ici.

— Comme il te plaira, ma chère sœur, répondit Charles en ricanant ; mais je ne romprai pas avec le meilleur de mes amis pour être agréable à une folle et à un serviteur insolent.

Ainsi, dès le lendemain du retour de Charles à la fabrique, la bonne intelligence cessa de régner dans cette maison ; les anciennes habitudes furent rompues. Eusèbe, averti par Eugénie, ne se présenta pas à la table de famille quand l'heure du dîner fut venue, Toussaint, que le nouveau maître voulait bien tolérer parce qu'il ne recevait personne ce jour-là, Toussaint demanda pourquoi, selon la coutume de la maison, on n'avertissait pas son jeune ami que le dîner était servi. Eugénie regarda son frère : l'expression pénible d'un reproche était dans ses yeux ; Charles répondit avec légèreté et d'un air dégagé :

— On ne l'avertit pas parce qu'il ne doit plus manger avec nous. Il serait beau, ma foi, de voir ici tous les rangs confondus; il faut qu'Eusèbe ait senti lui-même combien une pareille familiarité était inconvenante, puisqu'il s'est dispensé de venir.

— S'il ne vient pas, répéta Eugénie, c'est que quelqu'un qui sent mieux que vous la reconnaissance que nous lui devons a pris soin de lui faire entendre poliment ce que vous nommez les convenances du monde. Ce bon jeune homme a le cœur trop bien placé pour oser réclamer contre une résolution qui l'afflige; mais moi, en lui faisant connaître vos volontés, j'avais l'âme brisée. On n'a jamais humilié à plaisir un ami plus utile, plus dévoué, un sujet meilleur que celui-là.

— Que n'allez-vous lui faire des excuses pour moi! répondit Charles d'un ton railleur; que n'allez-vous inviter toute la fabrique à venir faire cercle le soir dans mon salon!

— Vous êtes un ingrat, reprit Eugénie. Ce fut la dernière parole qu'elle voulut adresser à son frère ce soir-là.

Durant cette nouvelle altercation du frère et de la sœur, le caissier s'était remis du coup que lui avait porté la première réponse de Charles : il ne croyait pas avoir bien entendu.— Non, se disait-il, il n'est pas possible que le fils de mon ami Etienne Grandier ait voulu priver ce cher Eusèbe de la place à table qui lui avait été donnée par le défunt. Eugénie a sans doute mal compris ce que lui disait son frère, et moi-même je ne me suis trompé. Mais quand il entendit Charles répéter qu'il ne serait pas convenable au maître de la fabrique d'admettre son chef d'atelier au couvert du maître; lorsqu'il fut bien persuadé que la proscription d'Eusèbe était irrévocable, alors Toussaint, les yeux mouillés de larmes, la voix tremblante, se leva de dessus sa chaise, prit son couvert, et dit au jeune fabricant :

— Moi aussi il faut que je quitte cette table, car je n'y suis pas plus à ma place que n'y était hier encore Eusèbe Marceau; mon crime est bien plus grand que celui de ce brave jeune homme : il y a plus de vingt ans que je viens m'y asseoir à titre d'ami de la maison, et ce n'est guère que depuis une dizaine d'années qu'Eusèbe est coupable de zèle et de courage envers le maître de la fabrique. Le même arrêt doit nous frapper, puisque nous sommes complices du même méfait, et, à compter d'aujourd'hui, je m'exile pour toujours de cette table à manger, afin de faire place aux étrangers qui viendront vous aider à consommer la ruine de votre héritage.

— Monsieur! interrompit Charles d'un ton hautain.

— Monsieur, reprit Toussaint avec dignité, j'ai le droit de dire ce que je pense, de blâmer votre manière d'agir, et de vous faire entendre le langage de la vérité : c'est votre père lui-même qui vous a ordonné de subir mon ennuyeuse morale; ferez-vous jeter à la porte de cette chambre celui qui a mérité d'un honnête homme mourant le certificat de sagesse et de dévoûment que vous pouvez lire encore sur votre livre de commerce?

— En vérité, voilà bien du bruit pour un léger changement que j'apporte aux habitudes de cette fabrique : encore n'est-ce que ma vie intérieure que je veux arranger à ma guise; quant au réglement de la filature... soyez tranquille, je n'y toucherai pas.

— Et vous ferez bien, répliqua le caissier; car s'il en était autrement, je prévois qu'avant peu le nom de Grandier ne se lirait plus sur votre enseigne.

— Que voulez-vous dire par là! monsieur?

— Je veux dire, continua Toussaint Bontems, que votre digne homme de père n'a si bien conduit sa barque que parce qu'il suivait en droite ligne le chemin que ses ancêtres lui avaient tracé; mais puisque vous commencez par rompre les liens d'amitié qui unissaient le maître aux serviteurs, je dois vous prévenir que si vous persévérez dans vos idées de bouleversement, il ne restera bientôt plus rien de cette fortune et de cette haute renommée commerciale qui vous ont été léguées : il a fallu cent ans pour vous les amasser, il ne vous faudra pas six mois pour les détruire. Aujourd'hui c'est un sentiment que vous blessez, le mal n'est pas grand sans doute : il n'y a qu'une querelle de famille, un jeune homme humilié, quand il méritait une autre récompense pour son assiduité au travail ; vous avez douloureusement affecté un vieillard qui ne vous a jamais voulu que du bien ; mais, je vous le répète, tout cela n'est rien ; le vieillard et le jeune homme n'en veilleront pas avec moins de zèle à vos intérêts. Mais prenez bien garde, monsieur, de porter atteinte aux autres usages d'ordre de la maison ; car vos biens, ceux de votre sœur, et peut-être, à la fin, votre réputation d'honnête homme, tout cela serait enveloppé dans le même désastre. Ah ! c'est que la prospérité du commerce tient encore plus à l'esprit d'ordre qu'à l'intelligence. Faites profit de cette leçon, c'est la dernière que je vous donnerai, puisqu'à compter de ce jour je ne peux plus me regarder que comme votre caissier, votre serviteur.

Toussaint, satisfait d'avoir soulagé son cœur, se retira à pas lents, en emportant son couvert. Tous les traits de Charles exprimaient une violente impatience. — Enfin, dit-il, quand le caissier eut fermé la porte sur lui, me voilà débarrassé de cet insipide radoteur ! Toussaint n'était pas assez loin pour que cette exclamation fût perdue pour lui : il rentra dans la salle à manger, s'arrêta un moment devant le fils d'Etienne Grandier, et le regardant avec compassion : — Pauvre jeune homme ! lui dit-il, je te pardonne l'injure que tu viens de m'adresser. Malheureusement pour toi, le vieux radoteur ne vivra pas assez peut-être pour te sauver de ta ruine.

Pendant deux jours, Charles, tourmenté de la dernière prédiction de Toussaint Bontems, fit un aimable accueil au caissier ; il se rendit dans l'atelier d'Eusèbe, et lui parla avec cordialité. Eusèbe et Toussaint répondirent avec un froid respect aux avances du maître, qui se dit à la fin : — Ah ! ces messieurs ont de la rancune ! eh bien ! qu'ils en prennent à leur aise : ils travaillent, je les paie, nous sommes quittes. Triste raisonnement d'une âme sèche, qui ne voit que le tarif du prix des journées, et compte pour rien cet intérêt puissant, cette sollicitude du cœur, qui doublent le courage quand on travaille pour le maître qu'on aime.

Eugénie, après cette rupture, n'eut plus d'heureux instans que ceux qu'elle passait le soir dans la chambre de Toussaint Bontems, quand Eusèbe Marceau avait fini sa journée ; encore ces courts momens de bonheur paisible étaient-ils troublés par les tristes réflexions que le vieux caissier laissait échapper malgré lui sur l'avenir probable de la filature.

III

La Fille du Divorcé.

> Sa tournure est agréable et séduisante, sa parure est celle d'une courtisane ; elle sourit constamment, et promet une foule de jouissances, comme si elle conduisait vers la félicité même. Mais elle disparaît au bord d'un abîme, où elle jette ceux qui la suivent.
>
> DION CHRYSOSTOME.

Fidèle à la promesse qu'il avait faite pour lui et pour Eusèbe, le caissier continuait du fond de son bureau à veiller, comme par le passé, aux intérêts de la fabrique, tandis que le jeune chef d'atelier, redoublant d'efforts et de zèle, exerçait une surveillance plus laborieuse encore sur les ouvriers fileurs. On eût dit que ces deux cœurs, également désireux de la prospérité de la maison, également froissés par le nouveau maître, étaient certains de puiser dans le travail des consolations contre l'ingratitude dont on payait leur dévoûment, tant ils mettaient de courage à remplir leur devoir ! Eugénie, toujours en tiers dans les bonnes résolutions de ses deux amis, continuait à tenir la correspondance, et cette part dans les travaux lui devenait chaque jour plus chère ; car elle était, entre la jeune fille et son vieux précepteur, entre les amans et le bon Toussaint, un moyen de rapprochement ; elle justifiait, enfin, le besoin qu'ils avaient tous les trois de se voir sans cesse, et de se parler souvent. C'était un noble et ingénieux prétexte pour se dire leurs craintes, ou se livrer à l'espoir d'un avenir meilleur. Il fallait monter dans la petite chambre de Toussaint, le soir, quand les ateliers étaient fermés, pour voir des figures attristées par une perte que la maison Grandier avait faite, ou bien des visages épanouis à l'annonce d'une commande considérable. C'est chez le vieux caissier seulement qu'on s'intéressait au sort de la manufacture, et que les accidens qui la menaçaient, ou les bénéfices présumés, étaient accueillis avec des sentimens de peine et de joie. Deux étages plus bas, on ne se doutait pas, on ne cherchait pas à s'informer de ce que le commerce de la fabrique pouvait avoir à espérer ou à craindre. Charles livrait sa signature à sa sœur, à son caissier, lorsque ceux-ci la lui demandaient : puis il se rendormait, quand dix heures du matin n'étaient pas sonnées, ou bien il allait cavalcader au bois avec ses jeunes amis, auxquels il prêtait son argent, ses chevaux, ses maîtresses, pourvu que ceux-ci voulussent bien le ramener jusqu'à la fabrique, et prendre leur part d'un grand dîner. Afin de ne pas compromettre sa société, en la faisant traverser par les cours de travail, Charles avait fait faire une seconde entrée à sa maison : entrée élégante et sablée, avec des orangers de chaque côté de l'avenue, et un péristyle couvert au fond. J'ai dit qu'il donnait facilement son argent ; je n'ai pas besoin d'expliquer comment, en aussi peu de temps que celui qui s'était écoulé depuis la mort de son père, il pouvait avoir tant d'amis à sa table et de maîtresses à revendre. On ignorait donc dans la fabrique ce qui se passait au pavillon du maître ; c'était seulement le soir, quand les éclats de rire des convives, le bruit des cristaux brisés dominaient la chanson de l'ouvrier et le cliquetis des métiers, que l'on devinait le retour de M. Charles Grandier. Autant le tumulte

sagement réglé des ateliers était doux aux oreilles du vieux caissier,
autant le fracas du pavillon affectait sensiblement son cœur. Eugénie, on
le pense bien, ne dînait pas non plus à la table de son frère dans ces jours
de gala. Ce n'était pas que celui-ci l'eût forcée d'abandonner sa place habituelle ; mais elle-même avait dit une fois pour toutes qu'elle ne remettrait pas les pieds dans la salle à manger, si Sébastien Aubri y rentrait
jamais ; et Sébastien Aubri était de toutes les orgies de Charles, qui, par
anticipation, l'appelait « mon cher beau-frère. » C'était encore dans la
simple chambre de Bontems que la jeune fille venait prendre ses repas.
Une petite table de trois couverts, modestement servie, mais où la confiance respectueuse pour un vieil ami et l'intimité la plus tendre venaient
s'asseoir tous les jours avec les convives, faisait de l'heure du dîner
l'instant le plus heureux de la journée pour les véritables successeurs
d'Etienne Grandier. Charles ignorait ces réunions à la table du caissier ;
et comment aurait-il pu les soupçonner ? Eusèbe, Gabrielle et Toussaint
dînaient à deux heures, quand la cloche de la fabrique renvoyait les ouvriers à leur auberge ; jamais le nouveau filateur ne se trouvait chez lui
à ce moment-là : c'est celui où le beau monde se fait voir dans les promenades publiques ; et nous savons que Charles était du beau monde. En
rentrant, il disait à sa sœur, qu'il trouvait toujours assidue au travail :

— Allons, quitte cela, et viens te mettre à table.

— J'ai dîné, répondait la jeune fille sans lever les yeux de dessus son
livre de correspondance.

Charles tournait les talons, et ne revenait plus que le lendemain, pour
lui annoncer qu'on avait servi : c'était toujours même réponse de la part
d'Eugénie ; si bien que, au bout de huit jours, le jeune fabricant, impatienté sans doute de ses démarches inutiles, cessa de faire preuve d'une
prévenance qui était toujours sans résultat. A part lui, Charles n'était
pas fâché de ce refus ; la présence de sa sœur eût troublé la joyeuse
liberté de ses dîners d'amis. Aussi, quand il fut bien certain que c'était
un parti pris par elle de ne plus paraître à la table du maître, il ne se
borna plus à inviter quelques joyeux compagnons. Sur la proposition
d'Aubri, il fonda un dîner par semaine, où les maîtresses de ces messieurs devaient être admises. Il y eut même un bal de nuit pour la première réception. Je vous laisse à penser si, tandis que Charles perdait
galamment deux cents napoléons avec la plus jolie, la bruyante harmonie
de l'orchestre qui perçait les plafonds, et montait jusqu'à la chambre de
Toussaint Bontems, put procurer à celui-ci un bien doux sommeil. Aux
premiers accords, le vieux caissier fut près de descendre dans la salle de
danse avec son grand-livre, et d'interrompre la fête par une bonne morale,
suivie de la lecture du certificat qu'Etienne Grandier avait tracé à son lit
de mort. Mais Eugénie et le chef d'atelier le retinrent par ces mots :

— Il est le maître ; et d'ailleurs notre courage réparera tout.

Les trois amis se quittèrent en s'adressant un mutuel coup d'œil, qui
démentait leur sécurité pour l'avenir. Quant à Toussaint, il ne put fermer
l'œil de la nuit ; il pensait à ses chiffres qu'il n'avait pu vérifier ce soir-là,
tant le bruit infernal de l'orgie nocturne avait jeté de trouble dans son
esprit ! Un frisson mortel parcourut ses membres quand, après six heures
d'insomnie, il entendit Charles qui disait à ses convives, en les reconduisant :

— C'est une soirée délicieuse ; nous recommencerons.

— Bon Dieu ! pensa le caissier, que ne met-il tout de suite le feu à la
fabrique, cela sera plus tôt fait ?

Ainsi recommençait tous les jours, chez le fils d'Etienne Grandier, une
espèce de lutte entre le travail et les plaisirs, l'ordre le plus sévère et la
profusion la moins raisonnable. Cependant l'activité des transactions
commerciales n'en souffrait pas encore. Grâce aux longs travaux et à la
sage administration du prédécesseur, la fabrique était assise sur des bases

trop solides pour ne pas résister long-temps aux prodigalités d'un fou ; d'ailleurs, Charles avait promis de ne pas se mêler du commerce que l'on faisait en son nom ; de laisser Eusèbe diriger les ouvriers d'après les usages consacrés par le vieux réglement. Il suffisait, pour qu'à la fin de l'année on pût se retrouver au pair, de travailler un peu plus tard le soir, de se lever beaucoup plus tôt ; et ce n'était pas la fatigue qui épouvantait Toussaint Bontems, ni Eusèbe, le courageux chef d'atelier.

Un jour de réception, comme la turbulente et joyeuse assemblée allait se mettre à table, voilà qu'un convive, que l'on n'avait pas invité, entre dans la salle à manger : c'était une jeune et belle personne, de la mise la plus élégante. Elle se présentait d'un air modeste et fort embarrassé, quand un des amis de Charles, reconnaissant cette dame qui avait relevé son voile, s'écria :

— Mais c'est la petite Elisa ! par quel hasard, mon enfant ? Et, prenant avec familiarité la nouvelle venue par la main, il la présenta à la société en disant :

— Mademoiselle Elisa, premier sujet de la danse aux Jeux-Gymniques, et qui vient d'obtenir un si beau succès avant-hier dans le rôle de la *Reine de Persépolis*, par lequel elle a débuté en l'absence de mademoiselle Dumouchel.

— Eh ! oui, c'est Elisa ! dirent quelques femmes.

— Parbleu ! je connais beaucoup mademoiselle, reprirent deux ou trois autres amis du fabricant.

— Par quel hasard dans ce quartier ?

— Que j'ai donc de plaisir à te voir, ma chère !

— Vous allez dîner avec nous, j'espère ?

— Impossible, ma bonne !

— Ce refus nous serait bien pénible, reprit Charles : et puis n'êtes-vous pas ici avec des gens de connaissance ?

— Je vous rends grâce de votre aimable invitation ; d'ailleurs, j'ai affaire ce soir au théâtre ; et M. Hapdé, notre directeur, me mettrait à l'amende.

— Un premier sujet ! Allons donc, ce serait se montrer trop cruel !

— D'ailleurs, nous la paierons ton amende, répondit celui qui l'avait présentée.

— Voilà comme vous êtes, Edouard, toujours libre chez les autres, comme si c'était chez vous.

— C'est que tous mes amis sont ici chez eux, madame, continua Charles ; et je serais trop heureux si vous vouliez user de la même liberté.

— Ah ! c'est vous qui êtes M. Grandier, dit Elisa en souriant à son dernier interlocuteur ; que je suis donc fâchée de vous déranger dans un tel moment ! Au surplus, veuillez m'accorder une minute d'audience ; ou, si ma demande est indiscrète, soyez assez bon, monsieur, pour m'indiquer un rendez-vous à votre choix.

— Puisque le sort me favorise assez pour que vous me demandiez ce que tant d'autres envieraient, madame, je vous donne rendez-vous ce soir même après le dîner, à condition que vous ne refuserez pas l'invitation que mon ami Edouard vous a faite.

— Mais, vraiment, c'est presque de la tyrannie, messieurs ; je ne dois pas accepter.

Elle se défendait faiblement. Charles n'eut pas de peine à vaincre ses soi-disant scrupules, à triompher de sa fausse honte ; et, vraiment, il était enchanté de la retenir : car c'était une séduisante personne que mademoiselle Elisa, quand on la mettait à son aise. Les yeux baissés, le maintien modeste ne convenaient ni à sa physionomie piquante ni à son caractère enjoué. Aussi, dès qu'elle fut à table, le naturel lui revint ; son amusant babil, ses regards étincelans de gaîté et de malice, montèrent la conversation sur un ton de liberté tel, qu'une demi-honnête femme en

eût été scandalisée ; mais, parmi les connaissances de Charles, il n'y avait
pas de moitié de vertu. Pendant que la danseuse amusait, étourdissait les
convives d'anecdotes, d'œillades et de mines comiques, Charles, penché
vers son ami Aubri, disait en la regardant :

— C'est qu'elle est ravissante ! parole d'honneur, j'en suis amoureux
fou ; toi qui es tout à fait lié d'amitié avec Edouard, dis-lui de m'arranger
cette affaire-là.

Le dîner terminé, on passa au salon pour prendre le café. Elisa fit
encore les frais du cercle : elle était inépuisable ; et puis ce n'était rien
encore que le récit de ces petites perfidies de coulisses, que le tableau de
ces passions factices d'amour fardées comme celles qui les inspirent, et
qui se parent d'oripeaux de sentimens, attendu que sur les planches tout
est or faux, depuis les costumes des actrices jusqu'à l'amitié des auteurs
entre eux, jusqu'aux succès des ouvrages dont les journaux font tant de
bruit, et que le public goûte si peu. Ce qu'il y avait de charmant dans le
bavardage d'Elisa, c'était le choix singulier de ses expressions qui devenaient spirituelles à force de franchise ; cette peinture candide du vice,
qui dédaigne d'emprunter même le voile de la pudeur, parce qu'elle le
considère comme un ornement inutile. Dans les anecdotes licencieuses
d'Elisa, les lits étaient sans rideaux ; les cœurs venaient poser à nu devant
les yeux des convives. Tout cela était bien un peu repoussant, et pouvait
inspirer quelque dégoût à une âme timorée ; mais il n'y avait là que des
philosophes et des esprits-forts, bien au dessus de ces mesquins préjugés
de morale et de décence ; et puis tout cela était si gai, si joliment dit !
vrai, c'aurait été un meurtre que de gâter tant de choses malicieuses par
un mot pudique qui eût rappelé à ces dames qu'il est des images devant
lesquelles une femme n'est pas dispensée de rougir. Charles, de plus en
plus sous le charme, l'écoutait parler avec ravissement. Cependant il
éprouvait une secrète impatience d'apprendre le motif de sa visite, se
promettant bien tout bas d'employer utilement aux intérêts de sa passion
subite le moment d'audience qu'il allait lui accorder. Il se disposait enfin
à lui rappeler qu'elle était venue pour lui adresser une demande, quand
Elisa le prévint.

— C'est assez vous ennuyer avec mes enfantillages, dit-elle ; j'ai quelque chose d'un peu plus sérieux à dire à M. Grandier.

— Je suis à vous, madame, répondit celui-ci avec empressement ; si
vous le voulez, nous allons passer dans mon cabinet.

Elisa prit vivement la main que Charles lui présentait : il pressa tendrement celle de la danseuse, et se retournant vers Aubri, qui souriait en
les suivant des yeux, il lui dit à l'oreille : — Je suis tout à fait pris, mon
cher ; mais je crois qu'Edouard n'aura pas besoin de parler pour moi.

— Voyons, belle dame, quel ordre avez-vous à me donner ? dit Charles,
lorsqu'il eut fait asseoir Elisa sur le canapé de son bureau ; vous ne devez
pas prendre cet air embarrassé avec moi : commandez, et soyez certaine
que je m'empresserai d'obéir.

— En vérité, reprit Elisa, c'est que je ne sais comment vous tourner
cela. En arrivant ici j'avais mes phrases toutes faites ; mais j'ai tant jasé
depuis... D'ailleurs, ce que j'avais à vous dire me paraît à présent si ridicule... Au fait, voilà ce que c'est : j'ai un père... ah ! un terrible père !
Mais non, il ne faut pas que j'en dise du mal, puisque je viens vous parler
en sa faveur.

— En faveur de votre père !... mais je ne crois pas avoir le plaisir de
connaître.

— Ah ! ce n'est pas une grande perte, allez... Mais que je suis donc
folle !... je ne peux pas me retenir quand il s'agit de lui ; j'ai toujours des
démangeaisons de rendre justice à ses mauvaises qualités... Voyons, je
n'irai pas par vingt détours avec vous pour vous dire qu'il faut que vous
me débarrassiez de lui ; car depuis six mois qu'il est sans ouvrage je l'ai

à mes crochets, et cela ne serait pas trop malheureux encore s'il voulait se contenter de ce que je lui envoie pour vivre... Je ne fais que mon devoir, je le sais bien : un enfant doit être le soutien de ses parens dans leurs vieux jours; mais ce n'est pas une raison pour qu'il vienne me relancer jusque chez moi, où je peux recevoir des gens comme il faut. On n'est pas bien aise de montrer son père à tout le monde.

— Oui, surtout quand on joue les reines de Persépolis à la Porte-Saint-Martin, reprit Charles en riant.

— Ah! ce n'est pas à cause du théâtre que je dis cela ; avec huit cents francs que l'administration nous donne, elle doit bien savoir qu'elle n'aura pas que des filles de sénateurs pour figurer les ballets de M. Jacquinet.

— Mais enfin, ma chère petite, demanda le jeune fabricant en caressant la main blanche et potelée d'Elisa, que puis-je faire pour monsieur votre père?

— Le reprendre dans votre fabrique, d'où il s'est déjà fait renvoyer deux fois. La première, ce n'était pas de votre temps; mais la seconde fois, c'est par votre ordre qu'on l'a mis à la porte. Vrai, si cela était possible, vous me rendriez service, foi d'honnête fille.

— Il y a erreur, mon bon petit ange, répondit Charles en passant son bras autour du cou de la danseuse; figurez-vous bien que je n'ai renvoyé personne depuis que j'ai succédé à mon père, et qu'on ne se serait pas permis de chasser un ouvrier sans demander mes ordres à ce sujet ; d'ailleurs, je m'en expliquerai demain avec mon chef d'atelier.

— C'est justement le chef d'atelier, M. Eusèbe Marceau, je crois, qui a pris brutalement mon père au collet, en lui disant qu'il agissait d'après les pleins pouvoirs que vous lui aviez donnés; car il paraît que vous vous êtes démis de tous vos droits en faveur de ce monsieur; cela m'a fait bien du tort depuis six mois... Sans manquer au respect que je lui dois, je peux le dire en toute sincérité de conscience... c'est un gouffre que mon père, il engloutit tout ce que je gagne. Mais vous m'avez promis de parler pour lui à votre chef d'atelier... je compte sur votre parole, puisque cela le regarde plus que vous.

— Oui, interrompit Charles, cela le regardait quand je n'étais pas là : mais à présent c'est moi seul qui suis le maître, ma belle amie : aussi, croyez-le bien, je ferai tout ce qui dépendra de moi pour vous être agréable. Et tout en lui parlant ainsi, le jeune fabricant effleurait du bout des lèvres le cou velouté d'Elisa. Elle n'avait pas l'air de s'apercevoir des faveurs qu'il lui dérobait ; et le silence ou l'inattention de la danseuse à cet égard irritait davantage les sens de Charles, déjà si vivement excités avant son amoureux tête-à-tête.

— De façon, continua légèrement Elisa, qu'en dépit de M. Eusèbe vous m'assurez que Martial Férou, mon père, ne se présentera pas en vain à la fabrique, et que vous voudrez bien vous charger de le réintégrer dans son atelier?

— Sans doute, pour vous plaire que ne ferait-on pas? Cette fois le baiser qu'il donna à la solliciteuse fut si positif qu'elle se vit forcée de ne pas le laisser passer sous silence. — Eh bien! monsieur Grandier, que faites-vous?

— Je signe nos conventions.

— C'est-à-dire que vous vous payez d'un service avant même de me l'avoir rendu ; j'espère que vous attendrez bien que je vous doive quelque chose.

— Comment! je pourrais espérer...

— Peut-être, nous verrons cela plus tard; demain, quand vous viendrez m'apprendre que mon père est définitivement replacé chez vous... Elle se leva rapidement, il tendit les bras pour la retenir, mais la légère fille était bien loin. — A demain donc, répéta-t-il.

— Oui, à demain ; et ces derniers mots d'Elisa furent accompagnés d'un coup d'œil capable d'enflammer un cœur bien moins combustible que celui du jeune fabricant. Quand il rentra au salon, Aubri, à son tour, s'approcha de lui et lui dit : — Je crois qu'il est inutile maintenant d'employer l'intervention d'Edouard.

— N'importe, cela ne me fera pas de mal.

— Mon ami Charles est un imbécile, ou la coquine est bien rusée avec lui, se dit le futur beau-frère.

Le lendemain, M. Martial Férou revint d'un pas ferme dans la fabrique de Charles Grandier. Il se présenta hardiment à son jeune maître : — Monsieur, dit-il, c'est moi, Férou, dit le Divorcé, que votre chef d'atelier a renvoyé dans les temps ; ma fille a dû vous dire que je n'étais pas un mauvais sujet, ni un fainéant. Elle est gentille, ma fille, et bien élevée, un peu bégueule ! Dame, vous me direz, quand on est premier sujet dans la danse ! c'est que je n'ai rien épargné pour la faire ce qu'elle est... Je me serais retiré les morceaux de la bouche plutôt que de la laisser manquer de quelque chose. Enfin, voilà : elle m'a dit que vous ne demandiez qu'à me reprendre, et que, comme je pouvais avoir des difficultés en me présentant à l'atelier, c'était vous qui m'y ramèneriez d'autorité. Alors je viens vous demander si cela vous est égal de ne me laisser commencer que demain, vu que j'ai des courses et des apprêts de toute sorte à faire aujourd'hui, d'autant plus que c'est demain qu'on reprend les veillées, et qu'alors je ne pourrai pas avoir mes soirées pour arranger mes bucoliques. Ainsi, c'est convenu, monsieur, dès sept heures du matin je serai là, d'aplomb, pour me remettre à la besogne. Charles lui promit qu'Eusèbe Marceau serait prévenu le jour même du retour du Divorcé, Martial Férou, et qu'il ordonnerait à son chef d'atelier d'avoir pour lui tous les égards que l'on doit au protégé du maître.

— Eh bien ! vous ne vous en repentirez pas. vrai, comme Lisa est mon honnête fille, je ferai votre affaire mieux que personne ; je ne fais pas d'embarras ; je ne dis pas je sais ci, je sais ça ; mais c'est à l'usé qu'on connaît le drap. Je vous prouverai que je ne suis pas emprunté dans la partie, et qu'il n'y a pas un compagnon qui soit capable de jouter avec moi pour la chose du travail, ni pas un chef d'atelier que je craigne dans ce qui est de conduire des ouvriers au pas de course... Ce n'est pas pour vous dire que je cherche à prendre le pain de personne : ceux qui y sont font l'affaire, tant mieux ; mais, dans le cas où il y aurait des castilles, vous pouvez vous fier à moi pour remplacer celui-ci ou celui-là ; je ne veux nommer personne... mais c'est pour vous tranquilliser en cas de besoin.

— C'est très bien, mon brave homme ; je penserai à tout cela. Mais revenez toujours demain, vous aurez un métier à conduire.

— A présent, si c'était un effet de la vôtre, reprit Férou, vous m'obligeriez beaucoup en m'avançant une quinzaine. C'est ma fille qui m'a dit dit que je pouvais m'adresser à vous pour cette chose-là. J'ai des petites dettes criardes dont je ne veux pas parler à cette enfant ; cela lui saignerait le cœur ; et puis, j'ai autre chose à lui demander : un père qui veut garder l'estime des siens ne peut pas se permettre de les gruger à tout bout de champ. Voilà pourquoi je m'adresse à vous... c'est de la part de Lisa.

Charles sonna. — Qu'on fasse venir M. Bontems. Le caissier arriva bientôt. Sa surprise ne fut pas médiocre en reconnaissant l'ouvrier qu'Eusèbe avait si violemment chassé de la fabrique. Férou lui fit un signe de tête. Toussaint n'y répondit pas, et s'adressant au maître, il dit : — Monsieur désire me parler : que faut-il faire ?

— Envoyer à M. Aubri vingt napoléons qu'il m'a gagnés hier, m'apporter deux billets de mille francs, et payer une quinzaine à M. Férou. Quand vous me regarderez, je vous dis de payer à monsieur une quinzaine.

— Ma fille, ajouta effrontément Férou, m'a dit aussi que vous ne me refuseriez pas dix sous de plus par jour.

— Vous donnerez à ce brave homme dix sous par jour de plus que le prix ordinaire de ses anciennes journées.

Toussaint soupira, et ne répondit que par ces mots : — Monsieur sera obéi. Allons, venez, Férou. Au moment où ils allaient sortir de la chambre à coucher de Charles Grandier, Eusèbe Marceau entra. Lui aussi s'arrêta stupéfait à l'aspect de ce misérable dont il avait fait justice autrefois ; les deux amis échangèrent un coup d'œil de surprise et de tristesse. Quant à Férou, il regarda le chef d'atelier d'un air triomphant, et suivit le caissier qui allait lui compter sa quinzaine.

IV

La Rupture.

Je vois bien que je vous embarrasse, et que
vous vous passeriez fort aisément de ma venue.
A dire vrai, nous nous incommodons étrangement
l'un et l'autre, et si vous êtes las de me voir, je
suis bien las aussi de vos déportemens.
MOLIÈRE. — *Le Festin de Pierre.*

Le jeune fabricant remarqua avec joie la surprise chagrine d'Eusèbe. Il n'était pas fâché d'humilier un peu l'amour-propre de ce chef d'atelier, dont le mérite l'importunait, comme si cette basse vengeance n'était pas encore plus nuisible à ses intérêts que satisfaisante pour son orgueil de maître. Au fond du cœur, Charles Grandier nourrissait une sourde haine pour l'ouvrier favori de son père. Ainsi qu'Eugénie l'avait deviné, M. Aubri, le jeune architecte qui savait si bien donner des soufflets, mais qui se cachait honteusement quant il s'agissait de réparer une offense ; cet emporté et prudent jeune homme, qui acceptait un rendez-vous d'honneur, et qui ne rougissait pas d'envoyer des femmes pleurer auprès de son adversaire justement irrité ; Sébastien, dis-je, avait fait part à son ami de sa querelle avec Eusèbe, mais en le priant de ne point en parler à celui-ci. Charles avait donné sa parole d'honneur qu'il se tairait ; et Aubri, bien certain aussi du silence qu'Eusèbe Marceau et Toussaint avaient juré de garder sur cette affaire, ne s'était pas fait faute d'un beau rôle, aux yeux de son ami, dans la grave dispute de la salle à manger. Jaloux de l'amour que le laborieux élève d'Etienne Grandier inspirait à Eugénie, il cultivait dans l'esprit du maître l'irritation que causait à celui-ci chacun des éloges que méritait son chef d'atelier ; et, profitant à chaque instant de l'antipathie de Charles pour son premier ouvrier, il lançait un trait contre ce dernier, et jetait sans affectation sensible une remarque qui faisait dire à Charles :

— En effet, je ne suis rien à leurs yeux ici... c'est Eusèbe qui commande... c'est lui qui conduit à son gré ma fabrique. Toutes ces discussions que j'ai avec ma sœur, avec mon caissier, me viennent de lui. On le considère comme l'oracle de la fabrique, le seul capable de la diriger ; et moi, je n'ai pas même le droit de contrôler leur conduite, d'agir en maître enfin !... Il faudra que cela change... Si le bonheur voulait que j'eusse à faire ici un acte de volonté ferme, j'en saisirais vivement l'occasion, pour leur prouver enfin que le nom de Charles Grandier n'est pas seule-

ment bon à servir d'enseigne à une manufacture, et qu'il y a aussi
dans celui qui le porte assez de puissance pour réprimer l'orgueil et
inspirer respect. Charles faisait part de ses intentions à son ami Aubri,
qui l'encourageait adroitement dans sa résolution tout en paraissant l'en
détourner. — Il faut prendre garde, répondait le malicieux Aubri, peut-
être cet homme est-il absolument nécessaire à ta fabrique ; du moins il
est persuadé que tu ne saurais te passer de lui ; et puis il connaît parfaitement le fort et le faible de ta maison : de pareils serviteurs sont précieux
quand on sait de temps en temps les remettre à leur place... Eusèbe tient
la sienne de ton père : il se regarde avec raison comme une partie de l'héritage, dont tu ne pourrais te défaire sans danger ; mais il serait dangereux aussi de lui laisser prendre des idées de domination qui pourraient
finir par peser sur toi-même. Tu serais bientôt enchaîné entre ton caissier
et ton chef d'atelier, sans pouvoir agir autrement que par leurs ordres.
M. Etienne Grandier, ton père, était à peu près sous leur tutelle... mais
l'habitude de se soumettre à leurs décisions l'empêchait de s'apercevoir de
l'empire qu'ils exerçaient sur lui... Ils sont des gens de bon conseil, je
n'en disconviens pas ; mais vois ta sœur : n'est-elle pas leur âme damnée?
elle n'a des éloges que pour eux, et pour toi des reproches ; c'est une tyrannie à laquelle tu dois essayer au plus tôt de te soustraire toi-même. A
ta place, j'augmenterais leurs gages, et je diminuerais quelque chose de
cette familiarité au moins ridicule... Je ne te donne pas un avis, de peur
de compromettre tes intérêts ; mais voilà ce que je ferais si j'étais Charles
Grandier, et je crois que tout le monde s'en trouverait bien. C'est à la
suite de ce perfide conseil, qui eut trop dans l'esprit du jeune
fabricant, qu'Eusèbe reçut l'ordre de ne plus venir s'asseoir à la table du
maître. De nouvelles atteintes portées par Aubri à la susceptibilité de
Charles continuèrent d'enfoncer plus avant dans son âme le désir de se
mettre en révolte ouverte contre le soi-disant esprit de domination
d'Eusèbe. Attentif à saisir la première occasion de parler en chef de la
fabrique, il adopta avec transport l'idée de rappeler ce Martial Férou dont
il n'avait jamais entendu parler. Son amour-propre de maître, joint à
l'amour que lui inspirait la danseuse, l'eurent bientôt déterminé à violer
l'article du réglement qui flétrissait les compagnons coupables de récidive
du nom de *divorcés*. Il pensa à l'humiliation qu'Eusèbe allait éprouver
en apprenant que ses arrêts n'étaient plus sans appel ; et voilà pourquoi
il sourit à l'aspect du jeune chef d'atelier. Pauvre Charles ! il pouvait bien
ignorer que l'esprit de taquinerie suffit pour ruiner une fabrique ; les
hommes d'état, malgré l'expérience du passé, sont toujours si près d'oublier qu'il brise même les couronnes !

— Que me voulez-vous? dit négligemment le maître, tandis qu'Eusèbe
suivait encore du regard le Divorcé qui se rendait à la caisse.

— Je venais, monsieur, reprit respectueusement le chef d'atelier, après
avoir donné un moment à l'émotion que lui causait la présence de Martial
Férou, je venais vous rappeler que c'est demain la reprise des veillées ;
comme c'est la première année, depuis la mort de monsieur votre père,
que cet anniversaire revient pour les ouvriers, j'ai cru qu'il était de mon
devoir de vous prévenir des usages de quelques fabriques et de la nôtre
particulièrement, à cette époque.

— Je vous remercie, monsieur Eusèbe, de votre empressement à vouloir bien éclairer mon ignorance, mais je n'avais pas attendu jusqu'à ce
moment pour m'instruire des coutumes de mes ateliers ; je sais que la
première veillée est une ancienne occasion de débauche pour les ouvriers;
ils vont se griser dans les guinguettes à l'occasion de cette fête qu'ils
appellent, je crois, le *pâté de veille*. Vous voyez que cette fois votre
leçon m'est inutile, et j'espère bientôt être en état de me passer de toutes
celles qu'on a l'obligeance de me donner ici. Charles, en disant cela,
sourit avec impertinence à Eusèbe, qui, d'humble qu'il était en entrant,

redressait de plus en plus la tête, et donnait à tous ses traits un air de dignité capable d'en imposer à plus fat que son maître.

— Demain donc, reprit le jeune fabricant, les ouvriers de ma fabrique pourront aller se griser où bon leur semblera. Je connais mon devoir ; vous venez ici pour me demander ce que j'entends leur payer de vin : qu'ils boivent à leur soif, je me charge de tout.

— Vous vous trompez, monsieur ; le maître ne paie pas le vin, mais il daigne ce jour-là s'asseoir au même couvert que ses ouvriers ; et c'était votre heure que je venais vous demander.

— Ah ! par exemple, voilà une bonne plaisanterie : on s'imagine que j'irai dîner au cabaret !

— On ne le met pas en doute dans la fabrique, monsieur, puisque c'était l'usage sous vos prédécesseurs ; et c'est au nom des fileurs que je viens vous faire une invitation, que vous n'êtes pas forcé d'accepter sans doute, mais que personne avant vous n'avait refusée.

— Eh bien ! mon cher ami, je la refuse, j'ai d'autres affaires ; d'ailleurs, il n'est pas dit que parce que nos aïeux agissaient ainsi avec leurs ouvriers, nous devons maintenant nous soumettre à des habitudes ridicules... Je n'irai pas, je ne peux pas, je ne veux pas y aller.

— Cela suffit, monsieur, répondit Eusèbe avec douceur : ils s'étonneront de votre absence ; mais, comme il est inutile d'humilier personne, je chercherai une excuse.

— Et moi je prétends ne pas vous avoir cette obligation-là. Remerciez les fileurs en mon nom ; je ne m'y oppose pas, mais quant à l'excuse que vous voulez vous donner la peine de chercher, ne vous en mettez pas en peine, dites simplement que je n'accepte rien, et que le *pâté de veille* se fera désormais sans le maître de la maison... C'est clair, j'espère ; vous n'avez pas besoin d'ajouter un mot à cela.

— Oui, monsieur, reprit le chef d'atelier, avec fermeté, je leur rapporterai vos paroles ; mais je ne réponds pas de l'effet qu'elles produiront sur les ouvriers. Il n'existait plus que ce moyen de rapprochement entre eux et le maître : c'était le jour où ils semblaient renouveler une alliance de bons procédés. Là, les travailleurs promettaient de s'occuper avec zèle de la fortune du chef, et celui-ci, de la place d'honneur qui lui était réservée, faisait descendre des paroles d'encouragement pour les laborieux, excitait l'ardeur des moins habiles, en s'engageant à les récompenser tous avec une égale justice. Le surcroît des fatigues des artisans pendant les veillées disparaissait, parce que le maître leur avait donné un surcroît de courage en s'unissant à eux dans un jour de fête ; quand ils n'auront plus cet aiguillon qui les piquait d'amour-propre, ils feront leur devoir, attendu qu'on les paie pour cela ; mais ils ne feront que leur devoir, monsieur, et c'était trop peu pour la noble ambition de votre père.

— Vous avez donc fini, répliqua Charles, quand Eusèbe eut achevé sa longue phrase ; parbleu ! on voit bien que vous êtes l'élève de Bontems, prolixe et moraliseur ; mais comme je ne vous dois pas les mêmes marques de respect qu'au vieil ami de mon père, je vous préviens, une fois pour toutes, que vos harangues me déplaisent, que j'entends avoir chez moi un chef d'atelier, et non pas un orateur. Si vous voulez que nous vivions encore long-temps ensemble, vous me ferez grâce de vos sentences que je ne suis pas plus fait pour écouter, que vous n'êtes en droit ni en âge de me les débiter. Eusèbe salua en silence. Il allait se retirer, quand Charles le rappela. Un moment, j'ai des ordres à vous donner. Le chef d'atelier revint sur ses pas.

— Vous veillerez à ce qu'il y ait demain un métier à la disposition de Martial Férou ; je viens de le retenir pour travailler ici.

— C'est impossible, monsieur, objecta froidement Eusèbe ; il ne peut y avoir de métier pour Martial Férou dans la filature de M. Grandier.

— Alors occupez-le comme vous l'entendrez : cela vous regarde, reprit Charles, qui n'avait pas compris le véritable sens des paroles d'Eusèbe.

— Mais j'ai l'honneur de vous répéter, monsieur, que Férou ne sera point occupé chez vous; cela ne se peut pas : je l'ai chassé.

— Et moi je le reprends. Ne suis-je donc pas le maître, à la fin, d'engager ici les ouvriers qui me conviennent? Ce serait par trop abuser de votre soi-disant mérite.

— Il en sera pourtant ainsi, monsieur. Le règlement défend de recevoir une troisième fois le fileur qui a mérité d'être mis à la porte.

— Le règlement ne signifie rien devant ma volonté, murmura Charles, qui commençait à s'impatienter des résistances de son ouvrier. J'ai rappelé Martial Férou : il travaillera chez moi. Je me moque autant de vos dénominations ridicules de *divorcé*, que de vos habitudes de *pâté de veille*. Tout ce qui était bon autrefois ne me convient plus. Vous aurez soin de traiter convenablement le compagnon que je protège.

— Cette fois, monsieur, il ne m'est pas possible de vous obéir. C'est en votre nom que j'ai fait justice d'un mauvais sujet ; la faiblesse dont vous useriez en cette circonstance détruirait le respect que les fileurs doivent au règlement. Je ne pourrais plus en réclamer l'exécution rigoureuse, quand on saurait que vous n'y attachez plus les idées d'ordre nécessaires à la discipline des ateliers. Du moment qu'il ne me serait plus possible d'exiger l'obéissance des compagnons, je me verrais forcé de redescendre au rang de simple fileur ; mais ce ne sera pas ici du moins que je consentirai à n'être plus qu'un ouvrier, après avoir été nommé chef par le digne maître auquel vous avez succédé.

— C'est-à-dire, monsieur Eusèbe, que vous me mettez le marché à la main : il faut que je cède à vos volontés, ou vous me menacez de quitter la fabrique. Comme entre nous il ne peut pas exister de semblables débats, je vous ordonne irrévocablement de recevoir dans mes ateliers Martial Férou ; entendez-vous, monsieur? je vous l'ordonne.

— Alors, c'est vous qui l'installerez ; car, à compter de ce moment, monsieur, je ne fais plus partie de la fabrique.

Eusèbe, en disant ces mots, avait la voix fortement émue ; son cœur était brisé ; mais il eut la force de triompher de sa vive agitation. Il sortit, revint bientôt après, tenant à la main son livret.

— J'espérais, dit-il, qu'il ne me servirait jamais. M. Etienne Grandier m'avait dit : « Tu mourras chez moi, Eusèbe Marceau. » Mais M. Grandier était un maître, lui... Enfin, n'importe, signez-moi mon livret.

Charles allait écrire la formule d'un certificat de bonne conduite et de probité. Eusèbe vit cela.

— C'est inutile, dit-il ; je n'ai besoin que de votre nom. Grâce à Dieu, les maîtres ne manqueront pas ; j'ai pour répondans les dix ans d'estime de mon bienfaiteur.

Le jeune fabricant signa, en fronçant les sourcils, mais sans répondre à Eusèbe ; puis il sonna une seconde fois son caissier. Le vieux Bontems se rendit aux ordres de son maître, qui, toujours nonchalamment couché pendant tout ce qui s'était passé le matin, désigna du doigt Eusèbe, en disant au caissier : —Faites le compte de M. Marceau, si je lui redois quelque chose ; car il sort de chez moi aujourd'hui même.

— Je m'y attendais, reprit douloureusement Toussaint ; voilà le commencement de la destruction que j'avais prédite : la fabrique n'ira pas loin.

— Mais ne dirait-on pas, reprit Charles, que la prospérité de ma maison tient à la présence de monsieur, que c'est l'ange tutélaire de la filature.

— C'en était du moins le plus ferme soutien. Votre père, qui s'y connaissait, l'avait bien dit.

Eusèbe voulait interrompre le caissier ; mais celui-ci, que la conduite de Charles indignait, et qui n'était pas fâché de saisir l'occasion de se débarrasser de la colère qu'il avait amassée, continua :

— Aujourd'hui toi, Eusèbe ; demain ce sera moi peut-être : alors monsieur pourra se réjouir, danser avec ses amis sur les ruines de cette maison, qui a bien assez vécu, à ce qu'il paraît, puisqu'on met tant d'empressement à la faire crouler. La voilà ébranlée dans ses fondemens les plus solides ; encore quelques efforts, et tout sera dit.

— Silence ! cria Charles ; faites le compte de monsieur, et sortez d'ici.

— Vous me chassez, monsieur Charles ? demanda le vieillard d'une voix tremblante. Je croyais que mon tour n'arriverait pas si tôt.

— Je n'ai pas dit cela... Vous pouvez rester ici tant que cela vous plaira ; je respecte les volontés de mon père ; seulement je vous invite à faire votre métier de caissier, et à ne plus me rompre les oreilles de vos doléances qui m'importunent.

— Si ce n'était la tendresse que j'ai pour votre sœur, pour la fille de mon vieil ami, Eusèbe ne partirait pas seul, soyez-en bien certain. Mais enfin elle n'a plus que moi ici, et je ne peux pas laisser la pauvre enfant sans appui, sans consolations.

— Ah ! dit vivement Charles, qui ne demandait qu'à profiter de la bonne volonté du caissier pour se débarrasser de lui, et rester enfin le seul maître dans sa maison, si vous n'êtes attaché qu'à ma sœur, monsieur Toussaint, et si votre persévérance à rester chez moi ne vient que de la crainte de la laisser seule, vous pourrez en agir aussi librement que vous le voudrez ; car demain j'envoie Eugénie dans la famille de son futur mari : il était temps d'en finir avec vos dîners à trois couverts, et vos petits conciliabules du soir dans la chambre de M. Bontems.

Cette réplique, qui renfermait un insolent congé, fit pâlir Toussaint.

— C'est bien, monsieur, dit-il, vous pouvez vous pourvoir d'un autre caissier ; je vais vous apporter vos livres ; vous vérifierez l'état de ma caisse, et je partirai.

— A votre aise, Toussaint ; ce n'est pas moi qui vous renvoie ; mais je ne peux pas cependant vous retenir de force.

— Je resterais ici malgré vous, et ça n'est pas possible ; il est juste que le maître se défasse de ceux qui ne lui conviennent pas ; cependant je suis bien vieux pour quitter la maison que j'ai habitée comme ami pendant vingt-cinq ans. Elle doit durer si peu, que j'espérais finir avec elle ; le ciel ne le veut pas, j'obéis à ma destinée. Dans un moment, monsieur, vous aurez vos registres.

— Mais qui vous oblige à partir ? ce n'est pas moi, j'espère. Vous vous entendez tous pour me mettre de mauvaise humeur aujourd'hui ; et aussitôt que j'ai exprimé mon mécontentement, voilà que vous vous fâchez, vous me parlez de rupture ; ma foi ! il en sera ce que vous voudrez. Je n'irai pas non plus me mettre à vos genoux, et vous demander pardon. Mon père, que vous me citez à tout propos, avait aussi ses momens d'impatience, que vous étiez bien forcés de supporter.

— Votre père, monsieur Charles, se fâchait avec moi comme on se querelle entre camarades ; le moment de brusquerie passé, il me tendait la main, et je savais que je serrais celle d'une personne qui avait pour moi une amitié de frère.

Charles fit un mouvement comme pour saisir la main de Bontems. Celui-ci recula d'un pas.

— Il est inutile de me donner la vôtre ; je sais trop bien qu'il ne peut plus y avoir entre nous que les rapports d'un maître avec un serviteur ; et puisque aussi bien vous mariez Eugénie, c'est moi qui vous prie maintenant de me laisser partir avec mon élève, mon cher Eusèbe.

— Au moins vous ne pouvez pas dire que je vous renvoie, reprit

Charles, qui, au fond du cœur, était enchanté de la persistance de Toussaint.

— Je vais donc faire le compte d'Eusèbe.

— Oui, maintenant plus que jamais je tiens à sortir d'ici, répondit le jeune chef d'atelier, qui était en proie à une préoccupation douloureuse depuis que Charles avait parlé du prochain mariage d'Eugénie. Soyez sans crainte, monsieur Bontems ; j'aurai bientôt trouvé de l'emploi pour vous, et pour moi du travail, si décidément vous partez aussi de la fabrique.

— Il le faut bien, mon enfant, puisque nous ne pouvons plus nous entendre avec M. Charles ; et puis ne mourrais-je pas à la peine, en voyant le train dont vont les choses dans cette maison ? Ne vaut-il pas mieux que j'apprenne sa ruine le plus tard possible ?

— Ma ruine, répéta Charles, à qui cette dernière prédiction venait de rendre toute sa mauvaise humeur ; c'est aussi trop fatiguer ma patience ; je compte, monsieur Toussaint, que vous aurez la complaisance de me dire le plus tôt possible ce que je vous dois.

— Rien ! monsieur, répondit Toussaint.

— Mais vos appointemens de caissier ?

— Il y a dix ans que j'ai forcé monsieur votre père de me les supprimer ; je n'étais plus ici qu'à titre d'ami, et comme un enfant de la maison.

Etienne avait consenti à cet arrangement ; il s'était dit :

— Au fait, Toussaint Bontems n'aura besoin de rien tant que je vivrai ; et après moi, je laisse un fils !

Après avoir parlé ainsi, le caissier sortit de chez Charles Grandier, que les derniers mots du vieil ami de son père avaient singulièrement ému. Mais quand il se vit seul, quand il pensa aux fêtes qu'il avait projetées, au bonheur que c'était pour un jeune homme de rentrer chez lui fatigué de plaisirs, et de ne plus trouver là des yeux où se lisait un reproche continuel, un ouvrier qui ne semblait employer si courageusement ses journées que pour faire la satire du maître, une sœur qui sentait assez peu la dignité de sa position pour remplir l'office d'un commis ; quand il réfléchit, dis-je, que le départ de tous ces censeurs de sa conduite allait lui faire une vie douce et commode, comme il pouvait prétendre d'en avoir une, vu la fortune considérable que son père lui avait laissée, alors il se dit :

— Martial Férou me tiendra lieu d'Eusèbe ; je trouverai facilement à remplacer Toussaint ; et quant à Eugénie, elle ne me gênera pas long-temps, puisque Aubri ne demande pas mieux que de me la prendre avec la dot que je voudrai bien lui donner.

Le compte d'Eusèbe était clair, et facile à régler. Depuis que feu M. Etienne Grandier l'avait élevé au rang de chef des ateliers de la filature, le jeune homme n'avait jamais voulu recevoir que la moitié du prix de ses journées ; l'autre restait dans la caisse de Toussaint, afin, disait Eusèbe, de se ménager des ressources pour l'avenir. Il y avait dix ans que cela durait ; dix ans d'épargnes, à raison de trois francs par jour, ce n'était rien moins que près de onze mille francs qui revenaient à Eusèbe. Cette somme, peu considérable au temps de Grandier père, devait faire une brèche sensible dans la caisse que le successeur d'Etienne appauvrissait chaque jour par ses dépenses folles. Toussaint, en visitant son carnet d'échéances, fut près de demander à Charles s'il devait payer Eusèbe intégralement ; mais cette idée le fit frémir. Depuis vingt-quatre ans qu'il exerçait les fonctions de caissier, il se serait vu la première fois à court devant un ordre de paiement. Il ne voulut pas terminer sa carrière dans la fabrique de son ami par un affront aussi sensible pour son cœur ; mais, en soldant l'arriéré d'Eusèbe, il se réjouissait à part lui de n'avoir rien à toucher pour son propre compte.

— Où en serait monsieur, se disait-il, si tous les ouvriers de la filature avaient été assez mal inspirés pour vouloir faire des économies ?

Eusèbe ne revit pas Charles ; car celui-ci monta en voiture aussitôt que Toussaint lui eut remis ses livres.

— Je ne demande à monsieur, dit-il à Charles, que la permission de prendre le temps nécessaire pour trouver un logement.

— Prenez dix ans si cela vous convient, mon cher Toussaint ; cette maison est à votre disposition.

— Hélas ! je voudrais, pour votre propre bonheur, que cela fût vrai ; mais dans dix ans la manufacture ne vous appartiendra plus. Charles fit un geste d'impatience. — Vous voyez bien, monsieur, qu'il faut que je parte. Je vous répète toujours la même chose, et cela vous déplaît. Peut-être un jour finirais-je par lasser votre patience, et vous finiriez par me chasser : il vaut bien mieux nous quitter ainsi. Il salua Charles, qui monta lestement dans son cabriolet, et partit au galop. Le jeune fabricant était pressé d'arriver : il allait au rendez-vous qu'Elisa lui avait donné la veille.

Le départ d'Eusèbe et de Toussaint fit une profonde sensation dans la fabrique ; mais c'est Eugénie surtout qui sentit vivement la perte qu'elle allait faire. Les trois amis, réunis pour la dernière fois dans la petite chambre du caissier, se livraient là à toute la puissance de leur douleur. Eusèbe, qui avait su se contenir devant Charles, ne craignit plus de laisser couler ses larmes ; c'était pitié aussi de voir pleurer le vieux Toussaint, qui embrassait les deux enfans comme s'il ne devait plus les revoir. Et cependant il partait avec son élève chéri ! Il n'était pas le plus à plaindre des trois : c'est ce que disait Eugénie dans son désespoir.

— Mais du moins vous serez ensemble ; et moi, moi, me voilà seule ! Ah ! mon Dieu ! que c'est donc cruel de laisser comme cela une pauvre fille qui vous aime tous deux !... car je vous aime bien, Eusèbe... Si vous vouliez ne pas partir... si je pouvais vous accompagner ! Que mon frère reste maître de toute la fortune ; mais qu'il me permette de ne plus vous quitter. Hein ! si je lui demandais cela, il ne me refuserait pas peut-être. Bontems essayait de calmer le chagrin de mademoiselle Grandier. Eusèbe se froissait la poitrine avec les poings.

— Nous ne pouvons pas rester ici malgré lui, disait le vieillard ; vous ne pouvez pas venir avec nous : il n'y consentira pas. Il faut supporter notre malheur, et prendre courage.

— Eh ! comment voulez-vous que j'en aie, moi, qu'on abandonne ! moi, qu'on veut sacrifier ! répondai Eugénie... Oh ! mais non, je ne me donnerai pas en esclave au mari qu'on a choisi pour moi sans me consulter... je résisterai. On ne détruira pas ainsi le rêve de ma vie, notre espérance à tous. Ce n'est pas un adieu que nous nous disons, Eusèbe... nous nous reverrons bientôt.

Et pour apaiser la violence de ses regrets, Eusèbe et Toussaint disaient comme elle, bien qu'ils eussent peu d'espoir de se réunir un jour. Enfin, il fallut se séparer. Au moment décisif, le caissier sentit son courage l'abandonner ; si Charles avait été chez lui en ce moment, Toussaint serait allé lui redemander ses livres de compte et la clé de son bureau ; mais le maître était auprès de la danseuse. Au départ des deux plus anciens habitans de la fabrique, tous les métiers s'arrêtèrent ; les ouvriers fileurs, le regard morne, l'émotion dans la voix, formèrent une espèce de cortège aux proscrits. Le chef d'atelier et le caissier, vivement touchés de leurs regrets, pressèrent affectueusement la main de ces bonnes gens, et s'éloignèrent, après avoir jeté un dernier coup d'œil sur l'enseigne de la filature.

Une heure après, on n'entendait pas encore le bruit des métiers, tant l'événement de la journée occupait tous les esprits ! On déplorait la folie du maître dans les ateliers ; dans la chambre d'Eugénie, aucun bruit non plus ne se faisait entendre : la jeune fille, succombant à sa douleur, était tombée évanouie.

V

Les Fileurs.

Le dimanche au matin vous les voyez venir
Demander à l'hôtesse : — N'y a-t-il rien de cuit?
— Il y a-t-une salade, une tranche de jambon,
Voilà le déjeûner des honnêtes compagnons.
Vieille chanson d'atelier.

La plus dangereuse de toutes les faiblesses est
de craindre de paraître faible.
BOSSUET.

Bien que M. Charles en puisse penser, du fond de son salon élégant, où se réunissent tant d'hommes de joyeuse vie, et tant de femmes de mauvaises mœurs, le spectacle d'un *pâté de veille* n'est pas sans charme pour le cœur qui se plaît aux réunions de famille ; pour l'observateur qui sait combien de remarques intéressantes et nouvelles fournit toujours une assemblée d'individus aux mœurs rudes, mais non fardées; au langage grossier, mais original, et dont toutes les expressions ne se trouvent pas dans le dictionnaire de l'Académie, parce que les auteurs de cet ouvrage toujours incomplet n'adoptent que ce qui leur paraît fleuri, coquet et poli, et point ce qui est neuf, juste et pittoresque. Le pâté de veille, dis-je, dernier vertige de ces nombreux anniversaires dont nos aïeux avaient si sagement pensé à échelonner la vie, afin de rendre le voyage moins fatiguant, avait réuni, le 7 septembre 1810, tous les compagnons de la filature Grandier au cabaret des Deux-Moulins, à Belleville. La gaîté qui régnait d'ordinaire dans cette fête d'atelier n'animait pas ce jour-là les visages des convives. Deux places étaient vides : on devine qu'il s'agit de Toussaint Bontems et d'Eusèbe Marceau. On savait qu'ils ne viendraient pas les occuper ; cependant les commissaires du banquet avaient ordonné que l'on mît le couvert des absens. C'était une remontrance muette, une pétition tacite, mais cependant énergique, que les fileurs adressaient au maître, et qui ne pouvait manquer de produire son effet sur M. Grandier. Il allait venir se placer sur le siége que, suivant l'usage, on avait préparé pour lui au milieu de la grande table circulaire qui remplissait dans sa longueur la salle la plus vaste du cabaret. Ouvriers des deux sexes, hommes de peine, apprentis, tous étaient là endimanchés : les femmes avec des bonnets blancs ; leurs maris avec des habits lustrés à coups de fer et de brosses d'orties ; tous étaient bien mis, jusqu'aux enfans qui avaient une cravate de cotonnade peinte autour du cou, et même un mouchoir de poche. C'était une circonstance grave et vivement désirée par les ouvriers : ils allaient enfin se trouver face à face avec ce maître qui ne leur adressait jamais un mot; enfin, comme disait Constant Ursin, le premier compagnon de la filature après Eusèbe, ils allaient savoir au juste ce qu'il avait dans l'âme. Leur attente était vive, car les heures se passaient, et Charles Grandier n'arrivait pas. Tandis que les plus affamés débouchaient le vin et le goûtaient en cassant une croûte, d'autres se dirigeaient en éclaireurs sur tous les chemins qui environnaient l'auberge des Deux-Moulins, et, l'oreille au guet, les doigts recourbés en lunette d'approche, ils cherchaient à distinguer au loin le trot du cheval et la couleur du cabriolet du jeune fabricant. Eusèbe Marceau, en quittant la fabrique, avait oublié d'instruire les compagnons de la résolution du maître au sujet de la réunion annuelle du lendemain. Les convives ne comprenaient rien à ce retard; ils commençaient même à se regarder en murmurant; le souvenir de l'exactitude ponctuelle du père leur revenait à l'esprit, et de cette observation naissaient une foule d'autres remarques non moins désavantageuses pour le successeur d'Etienne Grandier. Tant que l'on n'affecte pas avec lui une hauteur ridicule, l'homme de travail se plaît à reconnaître la supériorité de celui qui le paie; mais du moment que le dédain du maître tend à le refouler au dessous de sa véritable place, son âme indignée se grandit jusqu'à lui faire atteindre une taille assez élevée pour lui permettre de regarder au dessous de lui le fat qui le méprise, et alors il lui dit : « Tu n'es qu'un homme comme moi : n'essayons pas nos forces, car tu succomberais; mais comptons nos vices, et nous verrons qui de nous deux vaut davantage. » Humiliés de cette longue attente, les compagnons fileurs en étaient déjà aux interprétations injurieuses sur la conduite du maître. Celui-ci parlait de ses nombreuses maîtresses; celui-là censurait les dîners fins des *mangeurs* dont Charles s'entourait; on allait même jusqu'à l'accuser de jouer tous les soirs une partie de l'héritage que son père lui avait laissé; le mot de banqueroute présumable courait enfin de bouche en bouche, quand un bruit de pas résonna dans l'escalier. — Allons, nous avions tort, le voilà, se dit-on: c'est un bon enfant comme son père; seulement il n'est pas si exact; mais, au fait, on n'est pas toujours maître de son temps quand on mène une maison comme la sienne. Silence et respect! Les ouvriers se rangèrent sur deux lignes, et les maîtres des cérémonies, portant la serviette sur le bras, et des rubans à la boutonnière de l'habit, ouvrirent les deux battans de la porte du salon de cent couverts, pour laisser entrer M. Grandier. Ce n'était pas lui qui montait: c'était Martial Férou! A son aspect, tous les convives jetèrent un cri de surprise; et Constant Ursin, le prenant par le bras, lui dit :

— Que viens-tu faire ici? nous ne te connaissons pas... Tu n'es pas des nôtres; il n'y a pas de place pour toi à cette table.

— Au contraire, c'est qu'il y en a une, et la meilleure encore! celle du maître, répondit-il, en désignant le couvert préparé pour Charles.

Cette réponse fut accueillie par un houra général, qui ne déconcerta pas le nouveau venu. Il alla s'asseoir, et dit :

— Quand vous aurez fini, je m'expliquerai avec vous; je suis dans mon droit. Il s'agit d'un dîner; aussi je coucherais sur la table plutôt que de sortir d'ici.

— C'est ce que nous verrons, riposta Constant.

— C'est tout vu, puisque je suis venu d'après les ordres de M. Grandier. Ah! ah! ça vous fait bâiller à présent! Un moment, j'en ai bien d'autres à vous conter; mais ce sera pour le dessert.

Quelques compagnons, qui n'étaient pas fâchés de voir d'abord servir le dîner, se mirent à table; mais le plus grand nombre resta debout, et Constant Ursin, l'orateur de l'atelier, dit à ses camarades : — Il faut, avant tout, qu'il nous conte son affaire; nous verrons ensuite.

— D'autant plus que je n'en ai pas long à vous dire, répliqua effrontément Martial; il suffit que vous sachiez que ce soir je suis envoyé par M. Grandier pour le remplacer, et que demain à l'atelier je tiendrai encore la place d'un autre... oui, celle d'Eusèbe Marceau : c'est moi qui suis chef à présent.

Après ces mots, il se fit un tel tumulte dans la salle du cabaret, que les convives ne pouvaient plus s'entendre. Toujours calme au milieu du bruit, le Divorcé prit une bouteille et se mit tranquillement à boire, tandis que les ouvriers criaient, s'agitaient, en jetant des bouffées d'imprécations contre Martial Férou et contre le maître qui les humiliait deux fois en un jour, et par son absence, et par son remplaçant. Enfin, la voix de

Constant Ursin parvint à dominer le tumulte; les compagnons se formèrent en groupe autour de lui : il leur parlait avec chaleur, et tous paraissaient applaudir. Pour Martial, assis dans un coin, il regardait les fileurs d'un air goguenard; mais, impatienté à la fin de leur long conciliabule, il leur cria : — Hé! les autres, aurez-vous bientôt fini vos colloques? J'ai été envoyé pour dîner, et il est temps de servir la soupe.

— Oui, répondit Constant, on servira quand nous t'aurons jeté à la porte.

Le Divorcé n'eut pas le temps de se mettre sur la défensive : vingt bras vigoureux s'emparèrent de ses quatre membres, on l'enleva de dessus sa chaise avant qu'il pût se reconnaître ni faire un mouvement pour s'opposer au dessein des compagnons. Il hurlait en descendant l'escalier, ainsi porté par les fileurs; mais, malgré sa résistance opiniâtre, il lui fallut céder au nombre. Une fois dehors, Martial voulut se venger des convives en lançant des cailloux dans les vitres du cabaret; mais l'aubergiste sortit accompagné d'une demi-douzaine de marmitons qui le menacèrent de le conduire au poste de gendarmerie. Le Divorcé prit alors le parti de s'éloigner, mais non sans appeler toutes les malédictions du ciel et de l'enfer sur les damnés fileurs qui avaient si mal accueilli sa venue. L'estomac vide, mais le cœur gonflé de vengeance, il retourna souper à Paris avec ce qui lui restait de la quinzaine que Charles Grandier avait ordonné qu'on lui avançât la veille; sa dose de consolation fut si forte, que le lendemain matin il dormait encore sur la table du cabaret. A son réveil, quand ses idées furent un peu nettes, il courut raconter au fabricant le succès de sa mission auprès des fileurs.

Revenons aux compagnons que nous avons laissés à l'auberge des Deux-Moulins. A peine Martial Féron fut-il parti, que les ordonnateurs du banquet donnèrent l'ordre de servir. La faim aiguillonnait les convives : aussi le plus religieux silence régna-t-il pendant quelques minutes; on n'entendait que le bruit des fourchettes et des couteaux, dont le mouvement continuel témoignait de l'appétit des fileurs. Mais quand le premier besoin fut apaisé, les langues se délièrent : on parla d'assommer Martial s'il s'avisait d'entrer dans l'atelier; on parla de quitter en masse la fabrique plutôt que d'obéir à un pareil chef. Si l'on n'était pas d'accord sur les moyens d'employer pour ne pas travailler sous les ordres du Divorcé, du moins il y avait unanimité dans la résolution de s'opposer à sa rentrée dans la maison Grandier. L'ouvrier Constant, dont la prudence avait été plusieurs fois mise à l'épreuve dans les différends d'atelier, fut chargé tout d'une voix de trouver le biais conciliateur. Voici ce qu'il proposa à l'adoption de ses camarades :

— Demain les fileurs se rendront tous chez le maître; on se taira sur l'absence de celui-ci au pâté de veille; mais on se plaindra de ce qu'un mauvais sujet, renvoyé deux fois de la fabrique pour cause de paresse et de friponnerie, se soit permis d'emprunter le nom du fabricant pour venir prendre place au banquet où il n'avait pas le droit de s'asseoir; on présentera comme une fable inventée par Martial ce qu'il a dit au sujet du remplacement d'Eusèbe, et l'on suppliera M. Grandier de le démentir. Si le maître n'est pas encore bien décidé à reprendre le Divorcé, il n'en faudra pas davantage pour qu'il renonce à ce projet; s'il persiste à garder Martial, chacun redemandera son livret, et le fabricant sera bien forcé de céder à cette menace respectueuse d'une désertion générale. Surtout il est bien convenu qu'on ne proférera pas un seul cri qui pourrait donner un caractère de culpabilité à cette supplique; c'est le renvoi définitif d'un mauvais ouvrier et d'un méchant homme que l'on a à demander : il ne faut pas avoir l'air de l'exiger comme un droit, mais bien comme une récompense généreuse du maître pour les services journaliers que les fileurs ont rendus et s'engagent à rendre à la fabrique. Après l'adoption de cet arrêté, qui ne trouva pas un seul opposant, bien que la modération ne fût pas le trait distinctif du caractère des compagnons fileurs, quelques voix s'élevèrent en faveur du jeune chef d'atelier renvoyé la veille; mais Constant fit entendre à ceux qui réclamaient pour Eusèbe qu'il ne serait pas sage de tout demander le même jour : — Il vaut mieux, dit-il, que cela vienne de M. Grandier : le retour de celui que nous regrettons tous est la conséquence forcée du départ irrévocable de Martial Férou. Le fileur Constant mit tant d'obstination à parler contre la demande du rappel d'Eusèbe, que quelques compagnons, plus clairvoyans que les autres, se dirent à l'oreille : — Est-ce qu'il voudrait avoir la place de chef d'atelier? — Nous y veillerons, reprit un autre, mais jusque-là marchons d'accord. La conduite du lendemain une fois réglée, on termina gaîment le pâté de veille, et minuit sonnait comme les fileurs descendaient vers Paris en chantant encore les refrains bachiques qui avaient joyeusement couronné la fin du banquet.

Dès sept heures du matin tous les compagnons étaient à la fabrique. Ils voulaient se présenter chez le maître avant de commencer la journée; mais le concierge leur dit que monsieur n'était pas rentré de la soirée.

— C'est au mieux, dit Constant ; nous lui parlerons avant que Martial ait pu lui faire un trop mauvais rapport sur notre conduite d'hier.

À neuf heures, comme ils étaient tous à déjeûner dans la cour, ils entendirent le bruit d'un cabriolet qui entrait dans la nouvelle cour de la maison. Les compagnons s'empressèrent aussitôt de se rendre au devant de Charles. C'était bien lui qui revenait; mais les fileurs ne devaient pas lui parler les premiers, car Martial arrivait avec son maître, tous deux en cabriolet ; et c'était juste. M. Grandier avait passé la nuit avec la fille du Divorcé : il devait bien avoir quelques égards pour le père de sa nouvelle maîtresse ; aussi avait-il permis à Férou de monter derrière. Celui-ci, tout glorieux du poste qu'il occupait, regarda les ouvriers avec dédain du haut de son marchepied. Charles descendit du cabriolet.

— Que me voulez-vous, messieurs? dit-il aux compagnons assemblés ; si ce n'est pas pour me faire des excuses sur la façon peu civile avec laquelle vous avez reçu hier M. Martial que j'avais envoyé vers vous, je n'ai rien à entendre. Retournez à votre ouvrage ; c'est de votre nouveau chef d'atelier que vous recevrez désormais des ordres.

— Mais, monsieur, reprit Constant, un peu embarrassé de cet accueil, pour lequel son discours n'était pas préparé, nous désirions avoir l'honneur de vous faire observer...

— Allons, assez ! continua impérieusement Charles. Pas d'observations: des excuses ou le silence !

— Eh bien ! interrompit un des ouvriers qui ne se piquait pas, comme Constant Ursin, de prouver son talent oratoire , c'est une chose ou l'autre : — que Martial Férou n'entre pas dans l'atelier, sinon je l'assomme !

— Et moi je vous chasse à l'instant, répartit le maître.

— En ce cas-là, vous nous chassez tous, s'écrièrent aussitôt tous les fileurs, à l'exception pourtant de Constant Ursin, qui, stupéfait de voir que l'affaire prenait une tournure tout à fait hostile, n'osait ajouter un mot.

— Nos livrets ! nos livrets ! vociférèrent les fileurs ; et le prudent ouvrier, vers qui des regards menaçans se dirigeaient déjà, se vit contraint de mêler sa voix à celles de ses camarades.

Charles était pâle de frayeur : il cherchait à garder une contenance ferme devant cette troupe mutinée qui ne faisait plus entendre que ce cri : — À bas Férou ! à la porte le Divorcé, ou nos livrets !

— Les clameurs étaient montées jusqu'à la chambre d'Eugénie. La sœur de Charles, non moins surprise qu'effrayée de ce bruit inaccoutumé dans la fabrique, descendit rapidement ses deux étages, et, se jetant à travers la mêlée (ils étaient cent cinquante qui hurlaient leurs cris de rage autour du fabricant), Eugénie, dis-je, parvint jusqu'à son frère.

— Mon Dieu ! qu'y a-t-il donc ? demanda-t-elle à Charles.

— Nous voulons le renvoi de ce coquin, que j'ai promis d'assommer, reprit celui qui avait amené Férou ; et on veut nous le donner à la place d'Eusèbe Marceau. A la porte, le Divorcé !

Et toutes les voix se réunirent pour crier : — A la porte Martial !

— Oh ! cède, Charles... cède, je t'en prie ; tous ces hommes me font peur.

Et elle disait cela, la jeune fille, n'osant pas parler des femmes, peut-être, dont la bouche écumante et les yeux flamboyans n'avaient rien de plus rassurant que la colère des fileurs.

— Céder ! répliqua Férou à l'oreille de son maître ; mais ne voyez-vous pas qu'ils ne cherchent qu'un prétexte pour connaître votre fermeté ? Renvoyez-les tous plutôt. Demain je me charge de vous trouver autant de compagnons qui ne demanderont que de travailler chez vous, et pour dix sous de moins par jour.

Ces paroles décidèrent Charles. Il fit un signe ; et comme on voyait que le maître voulait parler, tout le monde se tut.

— Vous me demandez vos livrets , dit-il d'une voix mal assurée ; je pourrais vous renvoyer sans vous les rendre ; cependant je veux bien user envers vous de plus de modération et d'indulgence que vous n'en méritez. Revenez demain, M. Martial vous remettra vos livrets.

Charles rentra chez lui après leur avoir parlé ainsi. et les grandes portes de la fabrique s'ouvrirent pour laisser sortir les fileurs révoltés.

Charles envoya sa sœur régler le compte des ouvriers, et se jeta sur son lit pour se reposer des douces fatigues de la nuit passée. Après un sommeil de plusieurs heures. il parcourut ses ateliers déserts ; et, à dire vrai, c'était quelque chose d'attristant pour l'âme, que ce silence de mort dans ces longues salles parcourues par tant de pas ; que cette immobilité des métiers, dont les charriots inactifs n'attendaient qu'un bras exercé pour faire rouler l'or dans la caisse épuisée du fabricant. Charles sentit moins qu'un autre ce que ce spectacle avait d'affligeant ; il se trouva même plus à l'aise dans sa fabrique dépeuplée. Au moins il pouvait toucher à tout sans qu'un compagnon vînt insolemment lui expliquer l'emploi des outils qu'il ne connaissait pas ; il se promenait au milieu de la solitude qu'il avait faite, comme un vainqueur sur le champ de bataille qu'il a gagné : seulement la ruine et la désolation n'étaient que pour lui ; et comme elles ne le touchaient pas encore du doigt. il ne se douta pas un instant qu'elles pouvaient l'atteindre. Une chose l'étonna : ce fut de ne pas trouver là Martial Férou ; et en pensant à cet homme, le souvenir d'Elisa lui revint à la mémoire : il l'avait bien dit en la voyant pour la première fois ; elle était ravissante. A son habillage facile, à ses regards excitans, on aurait pu croire qu'Elisa. la reine de Persépolis par intérim, était de ces femmes qui se donnent à qui veut les prendre ; non pas, il fallait la vaincre pour l'obtenir : elle avait résisté tout un jour à l'ardente passion de Charles, qui la poursuivait de ses assiduités, de ses propositions brillantes, depuis vingt-quatre heures. Et même quand, par pure bonté d'âme. elle s'était rendue, la sévère danseuse, même en succombant, semblait se défendre encore. C'était presque la pudeur d'un premier amour, moins les larmes, et peut-être encore parce que ce jour-là elle ne s'était plus souvenue de pleurer. Tant de charmes et de décence avaient suffi pour bouleverser la faible tête de Charles Grandier. Il avait dit à Elisa : — Je veux que tu n'appartiennes qu'à moi ; j'ai plus d'argent qu'il n'en faut pour payer tes caprices, pour te rassasier de folies. Ton appartement n'est pas digne de toi : tu en auras un dans le plus beau quartier de Paris, meublé par Vautrin, le tapissier de la cour. Mon cabriolet te plaît, je t'en ferai faire un tout pareil ; je t'achèterai un cheval de cent louis pour aller à ta répétition. Ton chef d'emploi sera jalouse de toi.

Et comme Elisa savait qu'il pouvait facilement réaliser ses promesses.

elle lui avait répondu : — A toi seul pour la vie, Charles ! mais c'est mon cœur qui se donne, entends-tu bien ? Ce que tu m'offres me touche moins que ton amour, et je ne voudrais rien de toi, si je pouvais croire que tu as cessé de m'aimer.

Cette phrase mal apprise d'un mauvais mélodrame du temps n'avait pas manqué de produire un grand effet sur le passionné Charles ; son cœur battait en l'écoutant, comme les gagistes du théâtre battaient des mains quand mademoiselle Adèle Dupuis la psalmodiait avec sa voix de fantôme.

Ce qu'il y avait de touchant dans cet amour, c'était encore d'entendre Elisa dire à son amant : — Tu veilleras bien à ce que mon père ne manque pas d'argent, n'est-ce pas ? Il serait homme à venir me faire des scènes jusque dans le joli logement que tu vas me donner... Il resterait, comme il reste ici, des heures entières chez le portier, à me guetter au passage, et à faire des histoires sur mon compte qui pourraient me nuire dans le quartier... Tâche qu'il soit bien content de son sort chez toi... C'est mon père, Charles !... et puis je le crains comme la peste !

Cette tendresse filiale, mêlée au soin de sa réputation, la rendait plus intéressante encore : aussi le jeune fabricant était-il entièrement subjugué quand il la quitta le matin. C'est en descendant de chez Elisa qu'il rencontra Martial Férou. Celui-ci, encore tout frissonnant de sa nuit passée au cabaret, s'était mis en faction, la pipe à la bouche, à la porte de l'allée d'Elisa ; il attendait une heure plus convenable pour se présenter chez sa fille. Le Divorcé raconta en peu de mots au maître le résultat de sa démarche à l'auberge des Deux-Moulins ; mais comme Charles n'était pas fort aise de prolonger cette conversation dans la rue, il invita le père de sa maîtresse à monter derrière son cabriolet. En route, Charles pensa que quelques murmures d'ouvriers ne devaient pas l'empêcher de tenir la promesse qu'il avait faite à Elisa ; et voilà pourquoi il entra chez lui décidé à tout braver, plutôt qu'à se rendre aux prières ou aux menaces de ses fileurs.

Sébastien Aubri, averti dès la veille, par une lettre de Charles, du départ de Toussaint et d'Eusèbe, arriva pour le féliciter de ce qu'il s'était si courageusement dérobé à la tutelle de ces deux ennuyeux sermonneurs. L'architecte avait amené avec lui quelques amis, et comme il ne redoutait plus de se rencontrer nez à nez avec le chef d'atelier, il conduisit ces messieurs dans la fabrique : c'est là qu'ils trouvèrent Charles plongé dans ses méditations amoureuses. Celui-ci leur fit un long récit de l'événement du matin : on admira sa fermeté ; on se récria fort contre l'insolence des fileurs qui osaient opposer une volonté à celle du chef de la maison. — A votre place, dit quelqu'un, j'aurais fait jeter pour dix ans tous ces manans dans les cabanons de Bicêtre : c'est de la pâture de prison, et voilà tout. Enfin, d'une voix unanime, on se récria sur les heureuses facultés de M. Grandier, qui lui permettaient d'être à la fois homme du monde et administrateur habile. Ensuite Aubri parla de déjeûner ; et cette visite fut le prétexte d'un joyeux repas, pendant lequel l'architecte parla de son prochain mariage et du départ d'Eugénie, le soir même, avec sa future belle-mère. Tandis que les convives faisaient cercle autour de la cheminée, et s'occupaient à suivre des yeux, en causant, les métamorphoses de la fumée qui s'échappait de leurs bons cigares de contrebande, Charles était allé trouver sa sœur dans le bureau du caissier, où elle travaillait encore au réglement de compte des ouvriers.

— Tu vas te préparer, Eugénie, à partir dès ce soir.

— A partir ! reprit-elle avec étonnement.

— Oui, c'est une affaire arrangée avec madame Aubri, la mère de mon ami, et bientôt la tienne. Tu resteras à sa maison de campagne jusqu'à l'époque de ton mariage.

— Mais, mon frère... •

— Allons, ne vas-tu pas faire comme tous les autres, résister quand je
te parle ! Mais il y a donc ici une contagion de révolte !

— Je ne me révolte pas, Charles ; je voulais seulement te faire une
observation : cela te déplaît, n'en parlons plus.

— C'est très bien, te voilà raisonnable. Vous monterez en voiture à
sept heures.

— Je serai prête pour partir plus tôt que cela.

— Non, il ne te servirait de rien de te presser ; pourvu que tu ne man-
ques pas l'heure convenue, c'est tout ce qu'on te demande.

Charles, satisfait de la docilité d'Eugénie, sur laquelle il ne comptait
pas trop d'abord, mais qu'il attribua à la fermeté qu'il déployait depuis
deux jours, rentrait chez lui en fredonnant, quand il aperçut Martial
Férou dans son antichambre.

— Eh ! qu'avez-vous fait de toute votre journée ? lui demanda-t-il.

— Je n'ai pas perdu mon temps, j'ai embauché plus de quatre-vingts
fileurs qui viendront travailler demain ; et comme je les ai pour cinq sous
de moins chacun que ceux que vous aviez ce matin, vous voyez qu'il y a
du bénéfice à faire maison nette... J'ai eu de la peine à les avoir à ce
prix-là ; mais je leur ai dit que le tarif allait baisser dans toutes les filatures, et qu'il fallait bien mieux avoir l'air d'accepter de la diminution
chez un nouveau maître que de la subir d'un ancien. Ils ont senti la dignité de la chose, au moyen d'un petit verre que je leur ai payé en votre
honneur, et ça n'a plus fait le moindre pli.

— C'est bien, Férou ; demain nous nous entendrons pour les mettre à
la besogne.

A six heures et demie du soir, comme madame Aubri envoyait chercher sa bru future, Eugénie, dont la résolution était bien arrêtée de fuir
un mariage qui soulevait son cœur d'indignation, quittait sans bruit la
fabrique. Elle n'emportait avec elle qu'un léger paquet et quelque argent.
Charles la chercha dans sa chambre, dans ses ateliers, par toute la maison ; il s'informa près des domestiques et du portier si personne ne s'était
aperçu de sa disparition. Aubri courut à la préfecture de police ; des
exempts furent envoyés à la recherche de Toussaint et d'Eusèbe Marceau.
Mais deux heures après il fallut arrêter toutes ces perquisitions
inutiles, attendu que Charles avait reçu de sa sœur un billet ainsi conçu :

« Libre à vous, monsieur, de faire de l'héritage de notre père l'usage
qui convient le mieux à vos goûts : détruisez l'ouvrage de nos bons et
laborieux ancêtres ; engloutissez dans le même abîme votre fortune et la
mienne ; je ne m'en plaindrai pas ; je ne vous demanderai rien, pas même
si je suis riche ou pauvre, heureuse ou à plaindre ; mon sort ne doit avoir
rien d'intéressant pour vous ; mais ce qui est important pour moi, c'est
que vous ne disposiez pas de ma main sans mon aveu. M. Aubri est
peut-être de tous les hommes qui fréquentent votre maison celui que je
hais et que je méprise le plus ; quand je serais libre de donner encore
mon cœur, je repousserais son alliance avec indignation ; voyez si je
peux concevoir la pensée de me soumettre à vos volontés lorsque j'en
aime un autre. Comme je prends plus soin que vous de la réputation
d'honneur que mon père nous légua en mourant, je fuirai également et
celui que j'aime, et celui que je déteste. La retraite honorable que je me
suis choisie ne peut, au surplus, donner lieu à aucun soupçon calomnieux
contre moi : c'est chez madame Verneuil, ma bonne maîtresse de pension,
que je me retire jusqu'au moment où il me sera permis de réaliser le
vœu que mon cœur a formé. Je vous le répète, monsieur, je mets entièrement à votre disposition la part qui peut me revenir dans la fortune
de nos parens ; mais si vous tentiez quelques efforts pour m'arracher de
l'asile où j'ai été reçue avec tant de bienveillance, je ferai parler mes
droits assez haut pour vous contraindre à me laisser vivre en paix.

    » Votre sœur,   EUGÉNIE. »

Charles froissa la lettre avec colère, et dit : — Nous verrons bien ! Mais les événemens qui suivirent cette journée l'empêchèrent d'accomplir sa menace.

VI

A la Tête-Noire.

> A ces mots, un épouvantable houra se fit en-
> tendre, et fit branler le cabaret sur sa base ; mais
> il fut de courte durée cette fois ; car un homme
> lent et silencieux comme un spectre, à face rébar-
> bative et hideuse, venait de s'avancer au milieu
> de la salle, suivi de dix arquebusiers en bon
> ordre.
>
> FRANCIS GOIN.

A quelques pas de la filature de Charles Grandier il y avait, en ce temps-là, un cabaret bien connu des artisans du quartier. Un débit sou-tenu occupait durant la semaine les deux garçons de cave de *la Tête-Noire,* et les murs humides de sa vaste salle abritaient le dimanche une nombreuse et bruyante société, qui commençait la joyeuse séance par des poignées de mains, la continuait avec des danses au son de la musette, mais laissait presque toujours au poste de gendarmerie voisin le soin de la terminer à coups de crosse de fusil. Il faut le dire à sa gloire, le piquet de gendarmes envoyé pour rétablir l'ordre distribuait les rebuffades avec un tel sentiment de justice et d'égalité, que les battus eux-mêmes étaient contraints de l'admirer.

Le lendemain de la sortie en masse des ouvriers de la fabrique n'était pas un dimanche, et cependant toutes les tables du cabaret étaient gar-nies de buveurs ; ce n'était pas jour de fête, et cependant un détache-ment de gendarmes d'environ cinquante hommes se précipitait au pas de charge dans la salle basse de la Tête-Noire. Martial Férou, accompagné du commissaire de police, guidait la force armée. Il fallait qu'un événe-ment extraordinaire fût arrivé ce jour-là, car à chacun des débouchés de la rue stationnaient d'autres piquets de gendarmerie prêts à présenter la pointe de leur baïonnette à tous ceux qui auraient essayé de forcer le passage. Une demi-heure après l'irruption des gendarmes dans le caba-ret, les curieux qui garnissaient toutes les fenêtres du voisinage virent sortir d'abord le commissaire enceinturé de son écharpe tricolore, puis venir deux à deux les cent cinquante compagnons fileurs. Hommes et femmes étaient garrottés ensemble, et placés entre deux fusils qui ne se seraient point fait faute d'atteindre les prisonniers, dans le cas où ceux-ci auraient cherché à s'échapper des mains de leur escorte. D'ailleurs, il n'y avait point d'issue pour la retraite : les rues étaient gardées, et l'œil vigi-lant de quelques hommes de la brigade de sûreté veillait à ce qu'aucune porte d'allée ne servît de refuge à ceux qui auraient pu briser leurs liens. Tous partirent, dis-je, à l'exception de Martial Férou ; il était resté au cabaret, non pour boire, mais bien pour attendre la civière de l'Hôtel-Dieu, tout meurtri qu'il était de l'accueil que les compagnons fileurs lui avaient fait.

Il est temps d'expliquer le motif de cet emprisonnement général.

Martial Férou avait dit à son maître : — J'ai trouvé pour la filature des ouvriers qui travailleront aussi bien que les fileurs que vous venez de renvoyer ; et, ce qui est mieux encore, c'est qu'ils consentent à recevoir

cinq sous de moins que vos anciens compagnons. On sait que Martial
Férou en avait engagé quatre-vingts. Mais quand l'heure du travail fut
venue, quand les nouveaux fileurs se rendirent le matin à la fabrique,
ils rencontrèrent de toutes parts sur leur route, dans les environs de la
filature, à la porte même des ateliers, leurs devanciers qui, sous prétexte
de boire la goutte du matin avec eux, les entraînèrent l'un après l'autre
dans la salle basse du cabaret de la Tête-Noire. Cette salle, située à l'extrémité d'une cour obscure et profonde, permettait aux buveurs de se
livrer aux discussions les plus vives, sans que le bruit des voix pût arriver
jusqu'à la rue. Une fois entré dans le soi-disant salon du cabaret, le nouvel ouvrier de la filature était contraint de s'asseoir à la table des buveurs. Le chef des insurgés, qui occupait un siége plus élevé que celui
de ses camarades, tendait un verre au nouveau venu, et prononçait la
formule d'un serment que l'*embauché* de Férou ne pouvait se refuser à
répéter après lui ; car toutes les portes étaient bien closes, et deux cents
bras vigoureux menaçaient aussitôt celui qui faisait mine de ne pas vouloir entrer dans la conjuration. Ce moyen de recruter des complices ne
pouvait manquer de réussir. Partout, autour de lui, l'invité rencontrait
des yeux où se lisait une terrible résolution ; il voyait des poings fermés,
et qui n'attendaient qu'un signal pour frapper. Placé ainsi dans l'alternative du serment et de la vengeance de ses camarades, son choix n'était
pas douteux : il lui suffisait de compter du regard ce qu'il y avait là
d'hommes décidés à l'assommer, pour sentir ses répugnances s'évanouir,
et la conviction entrer dans son âme ; il répétait donc, après le président :
« Je jure de n'entrer dans les ateliers de Charles Grandier que lorsque la
majorité aura décidé par son vote que le travail n'est pas suspendu pour
un temps dans la filature. » Après ces mots, l'ouvrier fileur heurtait son
verre contre celui du président, et il prenait place entre deux révoltés.

C'était un étrange spectacle vraiment, que celui de cette insurrection
calme, et cependant menaçante, des ouvriers fileurs. Autour des tables,
un sourd murmure de voix, des regards enflammés de colère, d'énergiques
poignées de mains annonçaient la détermination irrévocable de faire
triompher les droits des compagnons, en dépit de la résistance du maître.
Sur le siége du président, la peur était assise dans la personne de Constant Ursin. Il lui avait fallu choisir entre l'honneur de diriger la révolte,
ou le danger de subir la peine que ses camarades réservaient aux faux-
frères. On le savait timide : on l'avait placé haut afin de mieux surveiller
tous ses mouvemens. Ainsi, de sa position élevée, il subissait la volonté
de tous ceux qu'il dominait. Constant Ursin n'avait d'abord qu'en tremblant enseigné aux nouveau-venus la formule du serment qu'on exigeait
d'eux : c'était alors un homme pâle d'effroi qui demandait un acte de
courage à des hommes non moins pâles et non moins effrayés que lui ;
mais, encouragé peu à peu par l'espèce de respect craintif que son titre
imposait, sa voix prit de l'assurance, son regard devint sévère, et d'une
main ferme il put enfin présenter son verre au choc du verre de l'affilié
que les émissaires de la révolte étaient allés chercher jusqu'à la porte de
la fabrique. On avait la liste exacte de tous les hommes embauchés par
Martial Férou. Quand le dernier insurgé arriva en disant : — Il n'y a plus
personne. Nous sommes au complet, dit celui qui tenait la liste. Le président fit un signe, tout le monde se leva ; Constant Ursin prit la parole :
        « Camarades,
» Le réglement auquel nous étions soumis a été violé par celui qui
devait nous donner le premier l'exemple du respect aux lois qui régissent
la fabrique ; un contre-maître que nous estimions tous a été injustement
renvoyé de la filature, et l'on a voulu nous forcer à recevoir des ordres
d'un homme qui nous inspire le plus juste mépris. Plutôt que de subir
un tel affront, nous avons demandé nos livrets ; persistons-nous encore à
ne pas nous soumettre à la volonté du maître? »

Les insurgés répondirent par un oui énergique qui fit trembler toutes les vitres de la fenêtre.

« Nous nous engageons donc mutuellement à ne travailler chez Charles Grandier que lorsqu'il aura chassé Martial Férou, et rétabli Eusèbe Marceau dans les emploi et privilége de chef d'atelier ? »

— Oui ! répondirent-ils encore.

« Mais cent cinquante fileurs que nous sommes se priveront-ils volontairement d'ouvrage et de pain sans tirer une vengeance éclatante de la conduite injuste du maître ? »

— Non ! dirent les cent cinquante voix.

« Verrons-nous dans les ateliers de M. Grandier d'autres compagnons occuper la place que nous venons de laisser vide, parce que nous tenions à ce que le réglement fût exécuté par le maître, comme il l'a été par nous jusqu'à ce jour ? »

— Non ! non ! vociférèrent les ouvriers fileurs. Les nouveaux embauchés se regardèrent ; l'un deux voulut prendre la parole : —Silence ! hurla la révolte. Constant Ursin reprit :

« Permettrons-nous que l'on travaille à plus bas prix que nous et que l'on viole enfin le tarif comme on déjà violé le réglement ? »

On ne travaillera pas... jamais... ni nous... ni les autres.

« L'ouvrier ne doit-il pas rendre au maître qui veut le réduire à la mendicité misère pour misère ? »

— Il le doit !

« De notre propre volonté nous cassons donc tous les engagemens pris par Martial Férou, au nom de Charles Grandier, envers les nouveaux compagnons fileurs ? »

— Nous les cassons !

« Et celui qui mettra le pied dans la filature pour demander de l'ouvrage sera considéré comme traître, et partout en butte à la vengeance de ses camarades ? »

Ici tous les bras se levèrent, des bras nus et robustes qui n'avaient pas besoin d'autre arme que leur poing menaçant pour tenir le serment que les insurgés allaient prononcer.

« En reparation des torts de M. Charles Grandier envers le réglement, envers le tarif, envers les ouvriers humiliés au pâté de veille par la présence de Martial Férou, repoussés indignement quand ils ont demandé le rappel du chef d'atelier qu'ils aimaient, nous déclarons qu'à dater de ce jour les travaux ont cessé pour tout le monde dans la fabrique. »

— Bien... bien... Bravo le président !

« A combien condamnons-nous la filature de Charles Grandier ?

— A deux ans ! — A dix ans ! — A toujours ! reprirent les plus exaspérés. Il y eut un moment de trouble, pendant lequel la voix du président ne put se faire entendre. Des réclamations bruyantes s'élevaient du côté des nouveaux embauchés ; les verres roulaient, les bouteilles allaient voler à la tête des opposans, quand Constant Ursin ajouta d'une voix forte :

« La fabrique est condamnée à cinq ans de fermeture. »

Cet arrêt domina tous les cris, ou plutôt les réunit dans un seul : — A cinq ans ! reprirent ensemble les fileurs révoltés ; et les quatre-vingts autres, entraînés enfin par l'exaltation générale, se regardèrent un instant avec hésitation, puis répétèrent :

— Va comme il est dit, à cinq ans !

L'unanimité des votes venait de décider la ruine du successeur d'Etienne Grandier, quand la porte s'ouvrit. Le président se découvrit, tous les compagnons l'imitèrent ; un silence profond régna : Toussaint Bontems venait d'entrer.

— Asseyez-vous, mes enfans, leur dit-il d'une voix émue, après avoir rempli un verre blanc, et trinqué avec les deux compagnons qui se trouvaient le plus près de lui. Vous devez savoir ce qui m'amène, et surtout quelle est la personne qui m'envoie ici : je ne suis pas porteur de mauvaises nouvelles ; je viens près de vous pour causer en ami.

Constant Ursin chercha sa réponse dans les yeux de ses camarades; il n'y lut que de la défiance, et répartit :

— Monsieur Toussaint, nous ne doutons pas qu'il y ait beaucoup de choses justes et raisonnables dans tout ce que vous allez nous dire ; mais nous avons fait un serment entre nous, et, à moins que le maître ne se rende aux conditions que nous sommes décidés à lui dicter à notre tour, vous nous trouverez inébranlables dans la résolution que nous venons de prendre.

— Non, mes bons amis, répondit Toussaint ; vous ne serez point assez méchans envers vous-mêmes pour vouloir vous priver du travail dont vous avez tous besoin ; vous ne serez point assez ingrats pour ruiner la fabrique qui vous a nourris, qui a nourri vos pères ; car parmi je vois beaucoup d'enfans des ouvriers de votre bon maître Etienne Grandier. Pourriez-vous détruire sans remords votre berceau ? Cette filature, c'est la patrie de la plupart d'entre nous. Voyez ! écoutez la voix de la raison ; rentrez dans le devoir, et je vous promets l'oubli du passé, au nom de notre maître à tous.

— Vous êtes donc réintégré dans votre emploi?

— Oui, répondit encore le vieux caissier ; mais d'une voix bien faible, comme si le mensonge brûlait ses lèvres en passant.

— Mais le contre-maître Eusèbe est-il rentré aussi ?

— Pas encore... Cependant je connais les intentions de M. Charles : son retour ne se fera pas long-temps attendre.

— Qu'il soit rappelé comme vous, que Férou soit chassé, que le maître signe de nouveau le règlement et le tarif : voilà nos conditions. Du reste, nous lui donnons cinq ans pour réfléchir. Jusque-là aucun ouvrier ne travaillera chez lui ; ceux qui sont présens ici l'ont juré : quant à ceux qu'il embauchera à l'avenir, nous saurons bien les forcer à refuser l'ouvrage de la fabrique.

— Mais vous ne songez donc pas, malheureux, qu'il peut vous faire punir rigoureusement !

On mange du pain en prison, reprit l'un des plus animés de la révolte ; et quand nous aurons subi notre peine, le maître n'aura pas seulement un morceau à se mettre sous la dent. Qu'il nous envoie à Bicêtre, nous nous y retrouverons : les ouvriers au moment d'en sortir libres et vengés ; le maître au moment d'y entrer comme mendiant.

— Vous êtes tous des insensés qui cherchez à vous perdre; mais je vais parler à M. Charles : il saura à quel prix vous offrez de vous soumettre. S'il accepte une seule de vos conditions, et que vous ne vous rendiez pas, je me dirai : Toussaint Bontems avait tort de vous regarder comme ses enfans ; pas un seul d'entre vous n'était digne de son amitié.

Il se leva et partit pour aller porter la réponse des insurgés au maître qui ne l'avait pas envoyé vers eux. Toussaint s'était créé messager de paix de son propre mouvement. Il ne venait pas de la part de Charles ; il n'avait pas même vu ce jour-là le fils de son vieil ami ; mais, averti du danger par la sourde rumeur qui courait déjà dans les différens ateliers de Paris, au sujet de la révolte des ouvriers de son ancienne fabrique, le caissier avait pris sur lui de se rendre au milieu des fileurs en conciliabule, et de les ramener au devoir par de doux reproches. Quand il connut leur résolution, il s'empressa d'aller soumettre au jeune fabricant les articles de ce traité de paix, dont l'acceptation pleine et entière pouvait seule sauver la filature du péril qui la menaçait.

Charles n'était pas chez lui. Le caissier, qui sentait la nécessité de terminer au plus tôt cette dangereuse querelle entre le maître et ses compagnons, se fit conduire, par le valet de chambre du filateur, dans la maison où le fils d'Etienne Grandier avait passé la nuit.

Un déjeûner splendide et joyeux réunissait à la même table Charles, Elisa. Aubri et quelques autres couples non moins bien disposés que les premiers à faire raison aux deux paniers de vin de Chablis places à côté de l'amphitryon. Là comme au cabaret de la Tête-Noire, c'étaient bien aussi des visages animés, des voix bruyantes ; mais animés par le plaisir, mais bruyantes à force de gaîté. La danseuse fredonnait :

> Quelle aimable et douce folie !

lorsque le caissier entra brusquement. Au cabaret, les insurgés s'étaient levés respectueusement à son aspect ; chez la reine de Persépolis, son apparition fut accueillie par des regards impertinens, des chuchotemens, et même des rires mal étouffés. C'est qu'en effet la mise plus que modeste de Toussaint, la timidité de ses regards, son front soucieux, que quelques cheveux blancs ombrageaient à peine, formaient un bien singulier contraste avec le costume plein de recherche, les yeux hardis et le teint fortement coloré des charmans convives d Elisa.

— Comment ! c'est vous ! lui dit Charles. Enchanté de vous voir, mon ami : et que diable venez-vous chercher ici ?

— Je viens vous dire, monsieur, reprit Toussaint, après avoir jeté un coup d'œil chagrin sur la rieuse assemblée, que votre fortune court les plus grands dangers, si vous n'arrêtez pas la révolte de vos ouvriers en faisant à ceux-ci quelques concessions raisonnables.

— J'en suis bien fâché, répondit Charles ; mais il n'est plus temps. Comme il n'y avait pas moyen de faire entendre raison aux révoltés, et que ma dignité de maître ne me permettait pas d'aller en suppliant au devant d'eux, j'ai laissé à la police, qui maintenant est prévenue de tout, le soin de régler avec ces misérables ce qui leur est dû pour prix de leur petite équipée.

— Vraiment ! s'écria Toussaint avec effroi ; vous avez dénoncé vos ouvriers ?

— Oui ; c'est une affaire faite, dit Charles en souriant. C'était le seul parti à prendre pour vivre en repos chez moi ; ainsi, laissez-les se perdre, et ne vous mettez plus en peine pour moi.

Sans doute, je vous laisserai aussi, ajouta le caissier avec un profond sentiment de douleur ; maintenant que tout est fini, je n'ai plus rien à faire auprès de vous. Dépêchez-vous de vous réjouir, monsieur, car le temps n'est pas loin où vous pleurerez comme moi des larmes de sang sur la perte de votre héritage.

Il sortit avec le désespoir dans le cœur.

— Laisse-le dire ! reprit Elisa en changeant de verre avec son amant, tu ne vois pas que c'est un vieux fou !

Et les éclats de rire recommencèrent à se mêler au bruit des fourchettes.

VII

La Fin des Choses.

Dans les murs, hors les murs, la désolation,
l'épouvante, le vertige de la terreur se répandent
en un instant.

MARMONTEL.

Quelques mois après l'événement que je viens de rapporter, le tribunal de police correctionnelle fit justice de l'insurrection des fileurs. Cinquante d'entre les plus coupables allèrent expier dans les cabanons de Bicêtre par quatre, cinq, et même dix ans d'emprisonnement, leur crime si punissable : ils avaient fait hurler la voix de la justice et de la raison aux oreilles indociles d'un maître obstiné à sa perte. Malgré ce terrible jugement, les ateliers de Charles étaient toujours déserts. Les compagnons acquittés, se chargeant de la vengeance de leurs malheureux camarades, continuaient à veiller en secret à ce qu'aucun ouvrier ne mît le pied dans la fabrique. Les timides obéissaient par peur ; quant aux forts, ils étaient si jaloux des droits du compagnonnage, qu'ils respectaient aveuglément l'arrêt prononcé par les insurgés du cabaret de la Tête-Noire. Les correspondans de Charles, fatigués de n'adresser que des demandes inutiles au chef de la filature, avaient fini par charger d'autres fabriques des demandes que la maison Grandier ne pouvait plus leur fournir.

Le jeune fabricant prenait sa ruine en patience, ou, pour mieux dire, il ne songeait pas qu'elle pût arriver de si tôt. Elisa lui avait appris à faire de la vie un long jour de fête exempt de soucis. L'amour de Charles pour la danseuse avait cessé au bout de dix-huit mois, et la joyeuse fille, loin de se désespérer de ce changement dans le cœur de Charles, lui avait dit gaîment un jour : « Il faut parler avec franchise, mon bon Charles : tu ne m'aimes plus, et moi, je commence à m'apercevoir que j'ai une espèce d'attachement pour ton ami Aubri. Sa Julie te plaît, je l'ai bien vu : c'est une bonne créature, qui fera tout ce qu'Aubri lui ordonnera de faire ; cède-moi à ton ami, qui ne demandera pas mieux que de te donner son ancienne maîtresse, et nous serons tous heureux. » Cet échange délicieux ne souffrit aucune difficulté ; les deux ménages conservèrent entre eux la plus parfaite harmonie. Comme autrefois, le même motif les réunissait tous les jours ; il n'y avait rien de dérangé dans leur existence, sinon que l'une était à celui-ci au lieu d'être à celui-là ; et bien que la force de l'habitude leur fît commettre de temps en temps une légère erreur quand il s'agissait de reconnaître le véritable objet de leur passion présente, au milieu de ce conflit d'amours faciles, ils prenaient tous la chose si gaîment, qu'il n'y avait jamais de place dans leur tête-à-tête pour l'esprit de discorde, toujours si prompt à se glisser entre des amans.

Tandis que Charles, par ses folies et son inconduite, semblait prendre à tâche d'accomplir religieusement la fatale prédiction du vieux caissier, celui-ci, placé dans la filature où Eusèbe occupait le premier emploi, voyait avec douleur arriver dans cette maison tous les correspondans qui avaient autrefois établi le crédit et la fortune de son ami Etienne Grandier. Un soupir pénible s'échappait de son cœur à chacun des nouveaux noms qu'il inscrivait sur son grand-livre : il les inscrivit tous. Deux fois par jour, Toussaint et son élève se réunissaient à la même table ; là on se rappelait avec des regrets bien amers l'ancienne prospérité de la fabrique. Toute la douleur du caissier était pour la ruine de cette maison ; tout le chagrin du contre-maître se rapportait à Eugénie. Depuis près de trois ans qu'ils étaient séparés, la jeune fille, fidèle à la promesse qu'elle s'était faite, n'avait pas permis à Eusèbe de venir la voir chez madame Verneuil ; mais Toussaint y venait tous les huit jours ; tous les huit jours il lui portait une lettre d'Eusèbe, que la sœur de Charles ne laissait jamais sans réponse. Je n'ai pas besoin de vous dire que ces lettres, toujours respectueuses de la part du jeune homme, toujours franches de la part de la sous-maîtresse de pension, renfermaient la promesse mutuelle de vivre sans cesse l'un pour l'autre, et de se réunir enfin pour toujours lorsqu'Eugénie aurait atteint l'âge de majorité.

On entrait dans l'année qui devait enfin voir cesser une séparation cruelle, que les deux amans avaient voulu s'imposer par respect pour le lien sacré qui devait les unir un jour. Eugénie avait écrit à Eusèbe :

« Encore trois mois, mon ami, et je vous appartiendrai, et je pourrai vous dire tout ce que j'ai souffert loin de vous, et il me sera permis de vous récompenser de tous les sacrifices de l'absence. Toussaint m'a dit votre courage au travail ; je sais qu'en me donnant à vous je serai toujours à l'abri du besoin : car vous avez laborieusement amassé une petite fortune de près de vingt mille francs ; moi je n'ai pas pu mettre beaucoup de côté. Si vous vouliez exercer vos droits contre M. Charles Grandier, ma dot serait peut-être encore assez considérable pour nous mettre à même de fonder un établissement ; mais, je vous en prie, renoncez comme moi à ce qui doit me revenir : le malheureux Charles serait réduit à la misère si je venais à réclamer ma part de l'héritage de mon père ; j'ai trop de confiance dans votre amour pour moi pour croire que vos intentions ne seront pas en tout semblables aux miennes. A partir du mois prochain, madame Verneuil consentira à vous recevoir chez elle. »

Cette lettre devait porter la joie dans l'âme d'Eusèbe, et valoir à Eugénie la plus tendre réponse. Voici ce que le jeune contre-maître écrivit deux jours après à la sous-maîtresse de pension :

« Mademoiselle,

» Un devoir sacré m'oblige à renoncer pour toujours au bonheur que je m'étais promis. » — Eugénie crut qu'elle se trompait ; elle relut deux fois la même phrase, regarda Toussaint qui lui avait apporté cette lettre ; le vieux caissier lui dit : — Du courage, mon enfant ! Eugénie reprit : « Un devoir sacré m'oblige à renoncer pour toujours au bonheur que je m'étais promis. La maison Grandier est entièrement ruinée ; et votre frère, ne pouvant continuer ses paiemens, va déposer son bilan dans huit jours. Ainsi, le nom de votre père, de mon bienfaiteur, sera flétri par un arrêt infamant ; ainsi, cette enseigne qu'il voyait avec orgueil figurer au dessus de la porte de la fabrique, sera brisée violemment ; et la réputation d'honneur qui protégeait sa mémoire disparaîtra dans un procès peut-être criminel, car les créanciers de M. Charles ne parlent rien moins que d'une banqueroute frauduleuse. Je n'y crois pas ; mais la conduite du malheureux fabricant n'a guère disposé les esprits à l'indulgence. Le commerce indigné est dans l'intention de lui faire payer cher ses folies de jeunesse. J'ai appris tout cela, mademoiselle ; je l'ai appris par Toussaint qui pleurait, et j'ai pleuré comme lui sur une fortune détruite, sur un nom qui nous inspire encore le plus touchant respect. Vous rappelez-vous le jour où nous jurâmes de nous unir pour sauver la fabrique de sa chute prochaine ; alors il ne fallait que de l'activité et du zèle. Aujourd'hui l'on peut encore tout réparer ; mais c'est à force de courage moral que nous en viendrons à bout, et j'avoue que le mien se brise

contre le moyen qu'il me reste à vous proposer. Le souvenir de mon bienfaiteur me soutiendra dans cette douloureuse épreuve ; que votre amour
filial vous donne une force égale à la mienne. »

Eugénie , une seconde fois , tourna les yeux vers Toussaint. Le vieil
ami d'Etienne joignit les mains et s'inclina devant la pauvre fille , en
lui disant : — Au nom de votre père , Eugénie, consentez à sauver son
honneur ! Bien qu'Eugénie ne comprît pas encore ce qu'Eusèbe exigeait
d'elle , elle tressaillit à ces paroles du caissier, releva ce front vénérable
qui se courbait devant elle, et répondit en essuyant une larme : —
Laissez-moi au moins le temps de pleurer. Après un instant de silence ,
elle continua :

« M. Delaunay , le manufacturier chez lequel je travaille, instruit
du désastre de la maison Grandier, offre de laisser à votre frère le titre
de chef de la fabrique, s'il veut consentir à lui donner votre main.
M. Delaunay vous connaît depuis long-temps. C'est un honnête homme,
qui fera votre bonheur, comme il fit celui de sa première femme. Depuis un an qu'il a eu l'avantage de vous voir en conduisant sa nièce
à la pension de madame Verneuil , il désire ardemment ce mariage. Il
m'a même chargé de faire des propositions à votre frère : les conditions
de M. Delaunay font l'éloge de son cœur. M. Charles n'aura pas d'autre
dot à vous donner que la maison qu'il habite ; l'enseigne ne sera pas
changée, la raison de commerce restera la même : seulement les ouvriers
seront engagés au nom de votre époux, qui aura la haute surveillance
dans la fabrique , et l'emploi des fonds commerciaux. Il se charge de
reconnaître toutes les dettes de votre frère , et de lui payer une pension
qui le mettra à même de vivre honorablement. Tous ces arrangemens
seront secrets. Je vous le répète, M. Grandier sera toujours considéré
comme le chef de la filature , et la dernière volonté de votre digne père
aura été respectée. Je ne vous dirai pas, mademoiselle, ce qu'il en a coûté
à mon cœur pour me présenter chez M. Charles ; mais j'accomplissais
un trop noble devoir pour ne pas vaincre le sentiment pénible qui m'oppressait en ce moment : j'ai tout dit ; mes propositions ont été accueillies avec joie, et le jour même une entrevue a eu lieu entre monsieur
votre frère et mon patron. Toujours digne dans sa conduite, ce dernier
n'a voulu regarder tout ce qui s'est passé que comme des préliminaires
insignifians, tant que votre libre consentement n'aurait pas ratifié leur
contrat d'union. Aujourd'hui même vous recevrez une lettre de M. Delaunay. C'est à vous de décider maintenant si nous pourrions sacrifier
sans remords à notre propre bonheur la mémoire de celui à qui nous
devons tout. Si je n'écoutais que ma profonde tendresse pour vous, je
vous dirais : Laissons tomber cette maison d'où nous avons été chassés ;
laissez déshonorer un nom que bientôt vous ne porterez plus. Mais cette
action serait celle d'un malhonnête homme , d'un ingrat, et , entre un
repentir ou des regrets éternels, l'homme que vous estimez ne doit pas
balancer. C'est pour vous prouver combien je méritais votre amour que
je vous adresse un éternel adieu.

» Celui qui ne cessera de vous aimer ,

                                                      « EUSÈBE MARCEAU. »

Comme Eugénie achevait de lire cette lettre, Toussaint, qui avait suivi
tous ses mouvemens, s'agenouilla devant elle, et redit ce qu'il lui avait
dit d'abord : — Au nom de votre père, Eugénie, consentez à sauver son
honneur. Le cœur de la jeune fille était en proie à la plus terrible incertitude ; elle se demandait si cette lettre d'Eusèbe n'était pas une preuve
d'indifférence. — Il ne m'aime plus, dit-elle ; car il faut avoir cessé d'aimer pour écrire ainsi. Et le vieux caissier, toujours dans une attitude suppliante, lui répétait — Lui ne plus vous aimer ! quand vous êtes l'objet
de toutes ses pensées ; quand il m'a fallu mot à mot lui dicter sa lettre !

Mais voyez donc comme sa main tremblait en vous écrivant ; et cependant je lui disais : C'est un devoir sacré. Allons. mon enfant, aurez-vous moins de courage que nous deux. C'est de mon ami, c'est de votre bon père qu'il s'agit. Vous seule pouvez faire que son nom reste plein d'honneur sur la porte de sa fabrique ; briserez-vous son écusson ? Voulez-vous que j'aille le retrouver là-haut, et que je lui dise : Ta fille a voulu ta honte, et comme on disait autrefois dans le commerce Grandier l'heureux, on dit, par la faute d'Eugénie, Grandier le banqueroutier ?

Cette chaleureuse supplique du vieillard ébranla la résolution d'Eugénie ; et M. Delaunay reçut le même jour une réponse favorable. L'époque de la noce fut bientôt fixée. Eusèbe et Toussaint décidèrent entre eux qu'ils partiraient de Paris le jour même où le mariage serait prononcé. L'amant d'Eugénie avait besoin de s'éloigner d'une ville où il pouvait rencontrer chaque jour celle qu'il avait tant aimée. Quant à Toussaint Bontems, il ne voulait pas se séparer de son élève. D'ailleurs, il n'avait plus rien à faire à Paris, la réputation des Grandier était sauvée.

Enfin, le jour fatal arriva. On dansait dans la fabrique de Charles Grandier ; les salons étaient peuplés d'invités dont la joie faisait un singulier contraste avec l'abattement de la jeune mariée : Eugénie ne répondait que par un pénible sourire aux soins empressés dont elle était l'objet. Depuis une heure le bal était commencé, et Charles. qui s'était levé de table vers la fin du dîner. ne reparaissait pas dans son appartement. Si quelqu'un eût porté ses pas du côté de la caisse, il l'aurait vu éclairant, au moyen d'une lanterne sourde. Aubri et Martial Férou, introduits furtivement dans la fabrique. qui s'empressaient de dégarnir les coffres que Delaunay était venu remplir la veille de sacs d'argent et de billets de banque qui devaient servir aux paiemens du lendemain. Charles, cédant aux conseils de son ami, avait résolu de se soustraire à la tutelle dont M. Delaunay menaçait sa liberté ; il s'était dit avec ses complices : — Ce n'est pas un vol que je fais, puisque je lui laisse la maison de mon père. Le peu d'argent que j'emporte m'appartient, car j'ai droit à la moitié des bénéfices de l'association. Je prends ma part d'avance ; et d'ailleurs, s'il parvient à me rejoindre avant que j'aie pu gagner une terre étrangère, il ne me fera pas condamner, je suis son beau-frère.

Férou, chargé des dépouilles de la caisse. descendait à bas bruit l'escalier. et se rendait chez sa fille qui demeurait dans le voisinage ; l'argent du vol devait être déposé chez la danseuse. Déjà plusieurs voyages avaient été effectués avec bonheur, quand Martial Férou rencontra dans l'escalier le vieux Toussaint qui venait faire ses adieux à la fille de son ami. Martial, qui se croit surpris par le caissier, remonte vivement auprès des deux coupables.

— Nous sommes perdus, dit-il. j'ai été vu. Si l'on vient ici, on s'apercevra bientôt. au désordre de cette pièce, que quelqu'un y est entré. Peut-être a-t-on déjà des soupçons ; que faire ?

L'anxiété de Charles était affreuse. Aubri, plus maître de lui que les autres, répondit froidement :

— Le moyen est facile : maintenant que tout l'argent est en notre pouvoir. que Charles rentre dans la salle du bal. nous mettrons le feu à ce pavillon ; on croira facilement que les sacs ont été ensevelis sous les décombres, et quant à nous. nous saurons nous suver.

Charles voulut s'opposer à ce projet infernal ; mais Aubri, décidé à tout pour échapper aux soupçons, reprit :

— Je n'ai pas envie d'aller aux galères pour te faire plaisir. Tu n'as pas le droit de commander ici ; c'est moi qui ai conduit l'entreprise. D'ailleurs, pour une vieille masure brûlée, cela ne vaut pas la peine d'avoir des scrupules... Allons ! prends un visage calme ; tu vois, je ne tremble pas.

— Ni moi ! reprit Férou, qui avait déjà commencé à promener la flamme de sa lanterne sur les rideaux de la chambre.

L'exécution du moyen proposé par Aubri commençait déjà. Charles, poussé par les épaules, fut obligé de sortir. Aubri et Férou, restés seuls, allumèrent en dix endroits le feu qui devait consumer le pavillon et ensevelir dans ses tourbillons de flamme la preuve du vol. Les complices pensèrent à se ménager une sortie par la ruelle obscure qui régnait le long des ateliers : il s'agissait de traverser la cour, d'arriver à un hangar, et d'enfoncer le volet d'une fenêtre basse, pour se trouver à quatre pieds de la rue.

Le vent, qui soufflait avec force, eut bientôt enveloppé d'un manteau de feu le pavillon où était située la caisse. Les cris des conviés à la noce n'avaient pu encore parvenir au dehors pour appeler du secours, que les poutres incandescentes roulaient déjà dans la cour de la manufacture. Charles, simulant un effroi qu'il n'éprouvait pas, jetait le désordre dans les salons, en guidant avec une fausse maladresse ceux qui voulaient travailler à éteindre l'incendie. Quant à Delaunay, il était trop occupé à veiller sur sa jeune femme, qui s'était évanouie, pour diriger le zèle des travailleurs.

Cependant la violence du vent poussait les brandons embrasés jusque sur les toits des ateliers, jusque dans les chambres de l'habitation du maître, et des bouffées de fumée, du milieu desquelles se dégageait une flamme rapide, menaçaient la manufacture d'une ruine générale. Aubri et Férou, effrayés du succès de leur crime, longeaient en silence le mur des ateliers, écoutant le bruit des pas qui se rapprochait, et craignant, à chaque instant, qu'un changement dans la route du vent ne vînt à éclairer l'obscur chemin qu'ils avaient pris pour sortir. Enfin, ils parviennent à gagner la salle basse par laquelle ils doivent sortir ; ils prêtent l'oreille : aucun bruit ne se fait entendre dans la rue ; tous les cris partent de l'intérieur des cours. Aubri ouvre le volet avec violence, se précipite dans la rue. Un bras vigoureux le saisit ; c'est celui d'Eusèbe.

— Grâce ! s'écrie le coupable en tombant à genoux.

— Grâce, pourquoi ? reprend Eusèbe, qui ne le reconnaît pas encore, et qui, de la ruelle obscure où il attend le retour de Toussaint Bontems, n'a entendu qu'un murmure de voix lointain et confus, que l'amant d'Eugénie a pris tout d'abord pour l'expression bruyante de la joie des convives. Mais bientôt du volet ouvert il entend des gémissemens, des clameurs sinistres ; il lève les yeux : le ciel est en feu. Alors il commence à comprendre qu'un crime a été commis, et que l'incendiaire est en son pouvoir. Il le regarde. — C'est vous, Aubri ! dit-il ; et d'où vient ce feu ? qui l'a mis ? vous peut-être ? Aubri continue à râler son cri de grâce, en cherchant à s'échapper des mains de son ancien rival. — Ah ! scélérat, reprend celui-ci en le retenant avec force à la gorge, je t'ai bien dit que tu mourrais par moi ; mais ce sera de la main du bourreau !

Des secours arrivèrent, mais il était trop tard ; les courageux pompiers, en s'élançant au milieu des flammes, ne parvinrent qu'à sauver Eusèbe, qui, après avoir remis Aubri entre les mains des soldats accourus sur le théâtre de l'incendie, s'était précipité dans la manufacture embrasée, avec l'espoir de rencontrer Eugénie, de la rendre à la vie ou de mourir avec elle. Quand on le rapporta meurtri, couvert de blessures, madame Delaunay était dans les bras de son mari, et remerciait le vieux Toussaint de ses efforts pour la préserver des flammes.

Deux cadavres furent retrouvés le lendemain dans les décombres de la manufacture. Mademoiselle Elisa apprit sans trop de regrets qu'elle restait orpheline. Quant à Eugénie, elle eut des larmes pour ce malheureux frère, qui paya d'une mort horrible les erreurs de sa jeunesse. Charles Grandier, et son complice Martial Férou n'existaient plus...

Le jour du jugement allait arriver pour Aubri. La reine de Persépolis, qui s'intéressait vivement au sort de l'incendiaire, parvint, avec une partie de l'argent du vol, à séduire le concierge de sa prison. Aubri échappa au supplice, et les deux amans, réunis sur une terre étrangère, jouirent en paix du fruit de leur complicité, jusqu'au jour où l'architecte fut pendu sur la place du marché de Philadelphie.

Les suites de cette journée révélèrent à M. Delaunay le sacrifice auquel Eugénie s'était condamnée en l'épousant. Le fabricant permit à sa femme de se retirer dans la pension de madame Verneuil pendant le procès qu'ils firent d'un commun accord, à l'effet d'obtenir la cassation de leur mariage.

Dix-huit mois après cet événement, on vit s'élever, à la place vide de la filature, une petite maison à deux étages : c'est là qu'Eusèbe Marceau, Eugénie Grandier et le vieux Toussaint passent des jours paisibles, et que la prospérité de leur modeste commerce leur promet enfin un avenir aussi heureux, aussi calme que le passé a été pour eux agité et pénible. On lit sur l'enseigne de ce magasin : « Eusèbe Marceau, gendre d'Etienne Grandier. » C'est un dernier hommage que les amis du vieux fabricant ont voulu rendre à sa mémoire, toujours respectée.

Ainsi finit la fabrique, comme disent les poètes espagnols : ce qui ne prouve rien contre le système de l'hérédité, mais ce qui confirme une vérité banale : c'est que tous les fils ne sont pas nés pour succéder à leurs pères.

FIN DE LA FABRIQUE.

UN NOM A TOUT PRIX.

I

La Commune.

L'hospitalité est une si belle chose qu'on ne
saurait la vendre trop cher.

ANDRÉ HERPIN.

Il y a environ seize ans qu'un jeune Anglais, nommé lord Wolsey, arriva par un soir d'été dans la petite ville de Lagny. Un ressort de la berline du noble voyageur s'était brisé à la descente du pont de la Marne, et
il fallait au moins une nuit pour réparer cet accident. Lord Arthur, remis de la chute qui n'avait fait que l'étourdir un peu, retint un appartement dans la meilleure auberge de la ville. Il ordonna à son valet de
veiller aux apprêts du souper ; et comme la soirée n'était pas encore fort
avancée, il voulut mettre le temps à profit, et visiter les environs de cette
ancienne place de guerre, qui n'avait plus maintenant ni larges fossés à
opposer à l'ennemi, ni château fort à défendre. Arthur sortit de Lagny, et
gagna d'abord le petit sentier qui serpente à travers les terres de labour.
Alors se déroulèrent devant lui d'immenses nappes de végétation qui ta-
pissent la vallée profonde et la colline élevée de toutes les nuances du
vert. Au bout du sentier deux chemins se présentèrent à lui : le premier
descendait vers les bas-fonds de Conches, où s'étagent d'innombrables
plants de vignes, espoir de la piquette du pays ; l'autre route, frayée entre
deux rayons d'ormes et de noyers, montait vers Jossigny. Le jeune lord
prit ce dernier chemin, et, après une heure de marche, il se trouva devant la solide église de Bussy-Saint-Martin. Comme il contemplait attentivement cette masse assez imposante de pierres, autour de laquelle sont
venues se grouper de basses et tristes habitations pétries de boue et couvertes de paille, un nuage lourd et noir étendit ses flancs au dessus du
hameau ; les derniers rayons du jours s'éteignirent, et de larges gouttes de
pluie claquèrent bientôt sur les feuilles des arbres, qui se dressaient immo-
biles en attendant l'orage. Arthur, qui n'avait pas pensé à prendre avec lui
son bon manteau de voyage, se vit contraint de chercher un asile. Les portes
de la maison de Dieu étaient fermées : il entra dans la chaumière la plus
voisine ; c'était aussi celle qui avait la meilleure apparence. S'il ne fut pas
reçu là avec cette franche et joyeuse urbanité que les romanciers accordent si généreusement à nos paysans, fort peu hospitaliers, comme chacun
sait, surtout dans un rayon de huit lieues de la capitale, au moins eut-il
le bonheur de s'adresser à un père de famille qui enseignait à ses enfans
autre chose qu'à faire les cornes ou à montrer la langue aux étrangers
qui ont le malheur de ne porter ni blouse ni sabots.
    Le voyageur était entré chez le savant de l'endroit, le maître d'école
de la commune, ou plutôt le magister, comme celui-ci l'avait écrit lui-
même sur les tables de multiplication et les nombreux alphabets moulés
à la plume, qui ornaient les murs de la classe. On lisait au dessus de cha-

cun des exemples d'écriture et de calculs d'arithmétique : CⱧEVANCE, *ma-gister, fecit.* Comme le loup de la fable, maître Chevance aurait volon-tiers écrit ces trois mots sur son chapeau, et voire même sur le front de son gros joufflu d'enfant, si madame la maîtresse d'école lui avait permis de le faire. En attendant, il ne se faisait pas faute de les placarder dans ses deux chambres et sur les piliers carrés de l'église, dont il était à la fois chantre et sonneur.

A l'aspect des bancs et des tables qui garnissaient la salle basse du ma-gister, Arthur se crut dans un cabaret; il chercha une pièce d'argent parmi la monnaie d'or que renfermait sa bourse, la jeta sur le bureau du maître d'école, qu'il prit pour un comptoir d'aubergiste, et demanda du vin.

— Du vin ! répondit maître Chevance en saluant avec gravité; mon-sieur se trompe, je suis instituteur et non pas cabaretier... C'est à deux portes plus loin qu'il faut vous adresser.

— Pardon, monsieur, dit le jeune lord ; et il se disposait à reprendre son argent, quand la maîtresse d'école, dont les regards rayonnaient vers l'écu de cinq francs, se leva de dessus son banc de bois, et dit, en repous-sant son mari qui allait enseigner au voyageur la demeure du cabaretier voisin : — Eh ! qu'importe, monsieur Chevance, que vous soyez ou non magister ; si monsieur veut boire chez nous, nous pouvons lui vendre une bouteille de vin, tout comme le cousin Péchu, et de l'aussi bon encore, s'il n'est pas meilleur ; d'autant plus que monsieur a l'air de quelqu'un de trop comme il faut pour lui faire courir le pays par le temps qu'il fait.

Arthur remercia madame Chevance. C'est qu'en vérité le temps était noir en diable, et la pluie battait avec tant de force contre le ventail mo-bile de la demi-porte de l'école, que l'étranger n'aurait pu faire deux pas dans le pays sans être transpercé jusqu'aux os. Il s'assit donc à une table de la classe ; maître Chevance alluma sa lampe de terre, et la maîtresse d'école, qui avait pris une bouteille vide, releva le bas de sa grosse jupe de laine jusque par dessus son bonnet à barbes, et sortit en disant : — Quel orage ! c'est à ne pas mettre un chien dehors.

Un accent étranger bien faible, mais cependant sensible, avait fait com-prendre à madame Chevance qu'elle ne parlait pas à un concitoyen : la vue de l'or lui révéla la patrie du voyageur. Tout étranger qui porte une bourse bien garnie est Anglais aux yeux de la populace ; tout ce qui est Anglais ne peut s'appeler autrement que milord ; c'est chose convenue parmi nous, gens sans éducation ni savoir. Cette fois, le préjugé popu-laire avait rencontré juste. Le passage d'un milord était un événement si extraordinaire dans la commune de Bussy-Saint-Martin, que la *magis-tresse* fut un grand quart d'heure avant de rapporter la bouteille qu'elle avait en cave dans le broc du cousin Péchu.

Il fallait bien que la bonne femme allât de porte en porte raconter aux commères de l'endroit comme quoi un milord anglais avait été surpris par l'averse devant le portail de l'église; comme quoi il était venu de-mander, en payant, l'hospitalité chez maître Chevance, qui se promet-tait sans doute de parler latin avec l'étranger ; ce qui ferait une soirée fort agréable pour celles de ces dames qui voudraient venir voir, par cu-riosité, ce que c'est qu'un *Englishman.*

La maîtresse d'école aurait pu rester plus long-temps dehors sans que lord Arthur eût pensé à se plaindre de son absence ; c'est que maître Chevance causait si bien ! ou plutôt c'est qu'un mot du magister avait ré-veillé dans l'âme de l'étranger une foule de souvenirs. La pâle et mélan-colique figure du jeune Anglais s'était illuminée d'un rayon de plaisir, quand le maître d'école avait répondu aux questions qu'il lui adressait :

— Oui, monsieur, vous êtes bien ici dans la commune de Bussy-Saint-Martin... C'est un assez pauvre pays en fait de souvenirs historiques; il ne renferme rien de curieux à visiter, si ce n'est la cave de M. le curé;

mais enfin, c'est un très joli endroit quand il ne pleut pas, parce qu'alors les chemins sont praticables ; mais, à la moindre averse, il n'y a plus moyen de sortir de chez soi sans rencontrer à chaque pas des marres d'eau à y laisser ses bottes.

— Bussy-Saint-Martin ! répétait Arthur ; et il se levait, se promenait à grands pas dans la salle, se penchait au dessus de la demi-porte, essayant de percer du regard l'obscurité de la nuit, pour examiner l'aspect de ce pays, que l'orage et l'heure avancée enveloppaient d'une obscurité complète. A la lueur des éclairs, il devinait une masure, saisissait la forme d'un arbre, entrevoyait un enclos ; et chacune de ses découvertes, faites au vol de la foudre, remplissait son cœur des plus vives émotions.

— Mais, rentrez donc ! disait maître Chevance ; ou du moins mettez votre chapeau, si vous voulez rester à moitié dehors par le temps qu'il fait ; car vous allez être trempé. Et, tenez, voilà la pluie qui fouette jusque dans la salle. Permettez que je ferme la porte, ou nous serons bientôt ici comme au milieu du ruisseau.

En effet, l'eau commençait déjà à détremper le plâtre mal hourdé du plancher. Arthur rentra enfin, et vint se rasseoir devant l'âtre, où maître Chevance alluma quelques brins de sarment pour sécher l'habit de son hôte. L'Anglais sourit en regardant le magister, et lui dit :

— Vous devez trouver que je choisis un singulier moment pour examiner votre pays.

— En effet, monsieur, il faut que vous soyez bien pressé de le connaître.

— Oh ! je le connais... de nom, c'est-à-dire... j'en ai souvent entendu parler à Londres.

— Comment ! on parle de Bussy-Saint-Martin à Londres ! c'est fort étonnant ; car toutes les fois que j'ai été à Paris, et qu'on m'a demandé le nom de mon endroit, je me suis toujours vu forcé de dire à ces badauds de Parisiens que la commune de Bussy-Saint-Martin était située dans le département de Seine-et-Marne.

— Pour vous prouver que j'ai quelques notions assez justes sur ce hameau, je vous demanderai seulement si la *pierre levée*, qu'il y avait autrefois du côté du château, existe toujours.

— Vraiment oui, monsieur. Mais comment savez-vous que nous possédons ce monument des Gaulois, qui ne sert plus aujourd'hui qu'aux enfans du village pour faire la petite guerre ou jouer au roi détrôné ?

— C'est sur cette pierre, reprit Arthur avec une sensibilité marquée, qu'il y a long-temps...

— Oh ! oui, interrompit maître Chevance, tout fier de montrer son savoir touchant le culte des druides ; il y a bien long-temps que ces cruels païens égorgeaient là-dessus leurs victimes humaines. Nous savons cela, monsieur : on n'enseigne pas depuis dix-sept ans la grammaire et le catéchisme dans une paroisse, sans connaître son histoire ancienne.

— Ah ! il n'y a que dix-sept ans que vous êtes dans ce pays ? demanda lord Arthur.

— Oui, monsieur, je vins y établir une institution et un débit de tabac à mon retour de la campagne d'Egypte, que je fis avec la commission de l'Institut... en qualité...

— De savant, maître Chevance ? dit le jeune Anglais avec surprise.

— Non, monsieur, pas tout à fait ; je brossais monsieur Denon, qui m'enseigna le latin et me mit l'éducation en main, pour me récompenser de mes bons services.

— S'il en est ainsi, monsieur le magister, vous n'habitiez pas cette commune quand j'y suis passé pour la première fois... Je suis venu à Bussy avant vous.

— Avant moi ! reprit Chevance... Comment ? il y a plus de dix-sept ans que vous avez voyagé dans ce pays ! vous étiez donc bien jeune alors ?

— Oh! oui, bien jeune; mais nous reparlerons de tout cela plus tard; car voici, je crois, madame Chevance qui remonte de la cave.

C'était elle, en effet, qui revenait de capoter dans le voisinage. Malgré le mauvais temps, il y eut ce soir-là queue chez le magister de Bussy-Saint-Martin. Chacun voulut avoir le bonheur de dire: — J'ai vu un milord anglais dans ma vie. Des gens de Ferrière et de Thory, de Chessy et de Collégien, chez qui la nouvelle du passage de l'Anglais était parvenue par la voie du vaguemestre et celle des charretiers, qui troquaient d'une commune à l'autre les foins et le fumier, se succédèrent, sous divers prétextes, chez l'heureux maître d'école. Malgré la supposition de la magistresse, on ne parla ni latin ni anglais dans la chaumière de maître Chevance; mais l'étranger s'informa d'une manière affable des richesses du pays, des besoins de la commune; ses connaissances en agriculture, en industrie et même en belles-lettres, étonnèrent jusqu'au bon magister, qui n'avait pas l'habitude de rencontrer plus savant que lui, même quand il dînait face à face avec son curé.

Ce fut une belle et fructueuse soirée pour les habitants de la commune, que cette soirée d'orage, qui ne permit pas à l'étranger de regagner l'auberge de Lagny, où l'attendaient un bon souper et un lit bien chaud. Lord Arthur recueillit les bénédictions d'une pauvre mère, en payant un an de pension pour que ses deux enfants pussent continuer leur éducation chez l'érudit maître d'école; il solda les mois de nourrice d'un marmot qu'une paysanne voulait rapporter à des parents dans la misère; il dégagea de chez le charron du hameau la voiture d'un maraîcher qui ne pouvait payer le raccommodage de son essieu; il chargea maître Chevance d'une distribution de sabots, lui remit en outre deux napoléons pour les frais du culte; enfin, il donna de si bons conseils aux assistants sur la culture des terres et la destruction des animaux nuisibles, que tout le monde était dans l'admiration. On se demandait si ce n'était pas le bon Dieu en personne qui était descendu sur terre, comme cela arriva par un jour de pluie, suivant la touchante complainte du charretier embourbé, que Jésus aida à sortir de l'ornière sans cric et sans épieu.

Madame Chevance, qui se piquait de savoir son histoire des peuples et des cultes, mit bientôt fin à des conjectures révoltantes pour sa piété, en disant à l'oreille de ses plus proches voisins, que Dieu ne s'aviserait pas de prendre la figure d'un milord pour se faire reconnaître des siens, attendu que les Anglais étaient tous des païens sans religion, qui adoraient le diable.

Un siècle plus tôt, le généreux Anglais aurait payé cher les connaissances historiques de la maîtresse d'école. On eût peut-être, comme aujourd'hui, accepté ses bienfaits; mais sans aucun doute l'hérétique aurait laissé sa peau avec son or dans la classe du magister. Le nom de païen et de huguenot n'enflamme plus maintenant l'habitant des campagnes d'une sainte colère. Aussi dit-on qu'il y a progrès chez lui; et j'aimerais à le croire, si parfois d'autres fureurs ne venaient nous révéler sa vieille brutalité dort toujours dans son sang, et qu'elle n'attend pour se réveiller que la visite importune d'un commis de l'octroi, ou la surveillance trop active du garde champêtre.

Quelques vieilles murmurèrent. — C'est dommage, en apprenant que lord Arthur adorait Satan; d'autres ne firent nulle attention à ce que madame Chevance venait de leur dire; quant aux obligés du jeune lord, ils continuèrent à le remercier jusqu'à ce qu'ils fussent hors de la maison; car il était tard, et le magister venait de congédier la bruyante assemblée.

Tandis que la femme du maître d'école préparait un lit pour son hôte, qui ne pouvait regagner Lagny faute d'une voiture couverte, M. Chevance proposa une pipe à l'Anglais, qui lui répondit par l'offre d'un excellent cigaretto de tabac de Turc. Quelques moments se passèrent en silence dans la classe. Le magister marchait et se croisait avec son hôte, en faisant tourbillonner l'odorante fumée. Tous deux paraissaient réfléchir profondément. De temps en temps, un éclair d'inspiration perçait à travers l'œil doux et caressant de lord Arthur; son large front se plissait et se déplissait tour à tour; son visage pâle s'animait comme si une grande pensée se fût emparée de lui, et qu'il en suivît laborieusement les diverses combinaisons. Il y avait dans la physionomie régulièrement belle d'Arthur quelque chose des fatigues de l'étude ou du ravage des passions violentes: sa taille était d'une moyenne grandeur, son corps paraissait frêle; mais les muscles prononcés de son visage, mais les angles de son front qui saillissaient brusquement sous une forêt de cheveux noirs, annonçaient dans ce jeune homme du courage, de la force, et surtout une grande puissance d'imagination. Comme il se parlait tout haut de temps en temps, le maître d'école, qui suivait de l'œil tous les mouvemens de son milord, saisit un mot au vol et riposta :

— Vous avez raison, on pourrait faire beaucoup de bien dans ce pays... Un particulier qui serait assez bien inspiré du Seigneur pour dépenser sa fortune ici serait sûr d'avoir un fier article dans le journal du département.

Arthur sourit d'un air de dédain, jeta son cigaretto sur les cendres du sarment, qui ne laissaient plus voir que de rares et fugitives étincelles, et alla de nouveau s'asseoir à la table sur laquelle était encore la bouteille presque pleine.

— Puisque vous m'avez entendu, dit-il au magister, venez vous asseoir ici, et causons un peu de ce que l'on pourrait faire pour le bonheur de cette commune.

— Volontiers, répondit maître Chevance ; d'autant plus que personne, plus que moi, ne peut vous parler savamment des besoins du pays. M. le curé ne les connaît pas mieux que votre serviteur; et quant au sous-préfet, je peux dire cela entre nous, il ne se doute pas de son affaire.

Les deux interlocuteurs se placèrent vis-à-vis l'un de l'autre. Arthur versa de la piquette du pays dans le verre du maître d'école; celui-ci avala tout d'un trait l'aigre liqueur, que le jeune lord ne put goûter qu'avec une assez déplaisante grimace, et la conversation suivante s'engagea entre eux.

II

Plan d'une Petite Ville.

> Quelques pêcheurs commencèrent à construire des cabanes là où l'Amstel se décharge dans le golfe du Zuiderzée; ces habitations s'étendirent le long des bords de l'Amstel, et formèrent le berceau de la populeuse et commerçante Amsterdam.
>
> WITSEN-GEY'BOEK. — *Guide de l'Étranger.*

— Savez-vous, monsieur Chevance, qu'il réaliserait un beau rêve, celui qui, à force de soins, de travaux et d'argent, se réveillerait le protecteur d'un pays! celui qui amènerait l'abondance là où il n'y a que de la misère! le commerce et l'industrie dans un endroit qui ne semble destiné qu'à voir végéter quelques pauvres familles de cultivateurs. J'ai quelquefois éprouvé le désir de me faire le fondateur d'une colonie à laquelle j'attacherais mon nom.

— Eh bien! mon cher monsieur, si vous choisissiez notre petite commune pour exécuter vos grands projets, je suis certain que M. le curé ne se ferait pas scrupule de débaptiser le hameau de Bussy; le grand saint Martin, notre patron, resterait notre protecteur là-haut; et nous, nous appellerions avec bien du plaisir les habitans de Bussy... Bussy chose enfin... Comment vous nommez-vous?

Arthur, à cette question, fronça le sourcil, hésita un moment, et reprit d'une voix timide : — Je me nomme lord Wolsey.

— Va pour Bussy-Wolsey. répliqua le magister... Ou je me trompe bien, monsieur le milord, ajouta Chevance d'un air de satisfaction, ou ce que vous avez tant désiré arrivera incessamment : Wolsey détrônera saint Martin. Il se retourna pour s'assurer qu'il n'avait pas été entendu par sa femme, et sourit à la petite impiété qu'il venait de se permettre ; puis il continua : — Ah! si j'étais riche comme vous, monsieur le milord, mon pays s'appellerait depuis long-temps Bussy-Chevance : car moi aussi je me sens quelquefois le désir de faire parler de moi ; mais j'espère bien que mon nom ne périra pas ici, grâce aux *venite adoremus* que j'ai signés su tous les murs de la paroisse, avec la permission du maire et de M. le curé.

Maître Chevance abondait trop bien dans le sens du jeune lord pour que celui-ci ne se sentît pas de plus en plus à l'aise avec le magister. Il lui prit la main, la serra avec cordialité :

— Vous êtes un homme de bon conseil, lui dit l'Anglais; voyons, parlons comme si nos rêves devaient être accomplis un jour. Que pourrait-on faire pour ce pays?

— Tout, monsieur le milord, attendu qu'il n'y a rien de bien ici que la cave du curé et mon école qui est tenue, j'ose le dire, avec le plus grand soin.

— Encore n'est-ce qu'une chaumière, comme toutes les habitations de la commune, et j'ai trouvé que vos maisonnettes de paille et de planches juraient singulièrement auprès de cette église neuve et solidement bâtie. Ne pourrait-on élever à la place de vos chétives demeures de bonnes maisons en pierres, construites sur un plan uniforme et alignées en deux cordeaux?

— Oui, cela serait fort bien imaginé, d'autant plus que mon beau-frère, qui est maître maçon, se trouve aujourd'hui sans ouvrage. C'est un gaillard qui s'entend assez bien en bâtisse... Je vous le recommande ; vous serez content de lui.

— Et si au milieu de cette rue un ruisseau coulait sur des pavés unis et toujours propres. voyez comme cela changerait l'aspect de votre Bussy.

— Vous avez raison ; il nous faudrait une rue pavée ; c'est toujours ce que me dit mon cousin Giraud. quand il vient me voir de Fontainebleau. où il exploite une carrière de grès... Je me suis même entretenu de cela avec M. le curé ; mais il m'a fait une objection à laquelle je n'ai rien trouvé à répondre.

— Et laquelle? demanda le jeune lord, qui commençait à s'enthousiasmer de son projet.

— Ah! mon Dieu! c'est très simple ; M. le curé m'a dit tout uniment : — Votre idée est bonne, Chevance ; maître Chevance, veux-je dire ; car il ne m'appelle jamais autrement. Certainement qu'un chemin propre serait fort utile ici. surtout quand je suis forcé d'aller porter le bon Dieu ou recevoir une confession chez un malade, et que la pluie me force à relever ma soutane jusque sur mes épaules. Mais où trouverez-vous de l'argent mignon pour faire paver la commune? Vous voyez que c'était sans réplique.

— Fort bien! reprit lord Arthur ; mais ce pays me plaît, et je me crois en position de faire beaucoup pour lui... Savez-vous que ce serait superbe de fonder ici une manufacture, soit de papier, soit de toile, une verrerie même qui ferait vivre les habitans des communes environnantes, et qui répandrait la joie et l'aisance dans notre petite ville?

— Et l'instruction aussi, monsieur le milord; car une manufacture attirerait des habitans pour nos maisons : ces habitans auraient des enfans, et ces enfans viendraient à l'école; comme il n'y a que la mienne ici, je me verrais bien obligé d'élever tous ces mioches-là.

— Le marché de Lagny est fort éloigné d'ici, continua le jeune lord; on en construirait facilement un sur quelque terrain inculte.

— Parbleu! le terrain est tout trouvé, répondit le magister, qui s'animait du noble désir de son hôte; nous avons notre affaire dans la portion d'héritage que me laissa mon grand-oncle Morand.

— J'aimerais à voir aussi une fontaine simple, mais de bon goût, sur la place de l'Eglise, vis-à-vis du portail, ajouta lord Arthur. Il faudra que j'en parle à un ingénieur de mes amis.

— Une fontaine est indispensable à la commune. Ma femme ne serait plus forcée de s'éreinter pour aller jusqu'à Saint-Georges, où l'on se dispute les places autour de la mare.

— Je voudrais aussi qu'une route bien ferrée rendît les communications plus faciles; cela procurerait de grands travaux aux terrassiers.

— A qui dites-vous qu'une route est nécessaire? Moi qui suis obligé d'aller deux fois par semaine à Lagny, et souvent par un temps comme celui d'aujourd'hui!

— Enfin, pour couronner l'œuvre, votre école deviendrait vraiment utile, maître Chevance, si mes plans étaient exécutés.

— Comment, utile! Mais il me semble qu'elle l'est déjà bien assez, quand j'enseigne la grammaire, l'écriture et les quatre règles, pour douze sous par mois, et vingt sous avec le papier à écolier et le latin.

— Je dis utile, parce que j'en ferais un établissement tout philanthropique. Les enfans de la commune seraient admis ici gratis.

— Gratis! répliqua encore une fois le magister ; mais j'aurai l'honneur de vous faire observer, monsieur le milord, qu'il faut avoir plus de moyens que je n'en ai pour instruire mes écoliers *pro Deo*.

— Vous ne m'entendez pas, maître Chevance; les revenus de la commune se trouvant décuplés, que dis-je! centuplés, grâce à mes projets, on pourrait pensionner honorablement celui qui consacrerait son temps et son savoir à l'enseignement public.

— Oh! si vous comprenez la chose comme cela, je suis certainement de votre avis; d'autant plus qu'il me faut toujours attendre jusque après les vendanges pour être payé de mes mois d'école; encore ai-je quelquefois le chagrin de laisser des éducations en suspens, faute de pouvoir tirer un sou des parens de mes écoliers.

— Je ne dis pas, maître Chevance, que tout se réalisera; mais j'y réfléchirai... oui, j'y réfléchirai, répéta lord Arthur; et j'aurai bien du malheur si je ne viens à bout de faire dire : Vous voyez cette colonie qui prospère à la place d'un hameau où il n'y avait rien que de misérables cabanes : eh bien! c'est son ouvrage! c'est à lui qu'on doit tout ce'a!

— Je vous le répète, milord, saint Martin vous cédera son patronage sur la terre. Nous avons eu ce soir trop de bonnes idées, pour que la commune ne s'appelle pas bientôt Bussy-Wolsey.

Si quelqu'un eût posé la main sur la poitrine du jeune lord, au moment où maître Chevance lui parlait de la possibilité de remplacer par un autre nom celui du saint protecteur de la commune, celui-là eût compris, aux battemens précipités du cœur d'Arthur, que le magister venait d'ébranler fortement une corde bien sensible.

La conversation se prolongea encore pendant quelques minutes ; mais le jeune lord, de plus en plus préoccupé, ne répondait plus que par monosyllabes.

— Très bien! très bien! dit le maître d'école; vous réfléchissez sur nos projets... Comme nous pourrions perdre quelque chose de ce que nous avons imaginé tout à l'heure, je vais, si vous le voulez, dresser une petite note de tout cela.

— Oui, faites, répondit lord Arthur.

Et il se leva et se pencha sur le dossier de la chaise du magister, suivant du regard les traits de plume, que celui-ci multipliait pour donner à l'étranger une haute idée de la facilité de sa main.

Chevance se mit donc à rédiger les projets de son hôte. Il traça en regard de cette note à consulter, un plan assez exact de la commune, avec sa rue tirée au cordeau, son marché couvert, sa fontaine à venir, et le commencement de la route qui devait conduire à un pâté d'encre sous lequel il écrivit : Lagny. Lord Arthur, enthousiasmé de ce plan, fut sur le point d'écrire son nom au bas de ce papier; mais le magister, qui était aussi tout fier de son ouvrage, lui fit observer que c'était à peine s'il lui restait assez de place pour ajouter sur la page déjà bien remplie son éternel : Chevance, *magister, fecit.*

Durant tout ce que j'ai rapporté plus haut, madame Chevance, qui avait préparé un lit pour son hôte, s'endormit sur une chaise, auprès des cendres éteintes. Le coucou venant à sonner onze heures, la maîtresse d'école se réveilla, et demanda à son mari s'il avait l'intention de passer la nuit devant son écritoire. Arthur commençait à sentir le besoin du repos; il souhaita le bonsoir aux deux époux, et entra dans un cabinet voisin où son coucher était apprêté. Un quart d'heure après, il voyait en rêve l'accomplissement du bonheur qu'il avait projeté pour les habitans de ce Bussy-Saint-Martin, dont le nom avait fait sur lui l'effet d'un souvenir pénible et doux.

Le magister ne ferma pas l'œil aussi promptement que son hôte; il employa une partie de la nuit à former des conjectures sur le riche et bienfaisant étranger qu'il avait le bonheur de posséder dans son école; et à mesure que de nouvelles idées lui arrivaient, il poussait du coude sa moitié, plongée dans un profond sommeil, pour lui dire :

— C'est quelque duc et pair, madame Chevance; c'est peut-être bien un prince du sang.

La magistresse se retournait vers la ruelle, et rendait coup pour coup à celui qui interrompait si maladroitement ses rêves. Chevance n'en continuait pas moins ses suppositions; il parcourait toute la hiérarchie des titres; car le brave homme ne pouvait attacher qu'une idée de haute noblesse à des pensées si grandes et si généreuses; il ne se doutait pas, le savant magister, qu'il y avait, en ce temps-là, des princes qui trichaient au jeu, et de nobles pairs, des plus nobles qui se pussent trouver, ma foi, qui faisaient fort bien banqueroute à leur tailleur.

Le lendemain matin, comme lord Arthur se disposait à quitter la chaumière de maître Chevance, celui-ci le voyant prêt à partir seul, s'offrit pour l'accompagner : son devoir, disait-il au jeune Anglais, était d'enseigner le chemin à son hôte.

Il y avait bien un peu de curiosité au fond de la politesse du magister: il n'était pas fâché de savoir si le train de voyage de l'étranger répondait à la haute opinion qu'il avait voulu donner de sa fortune. Les habitans du hameau, que le travail n'appelait pas encore aux champs, se mirent sur leurs portes pour saluer le milord anglais, qui leur promit de revenir bientôt.

En arrivant à Lagny, Arthur trouva la voiture raccommodée, et le valet et le cocher fort inquiets de son absence. Il paya libéralement l'aubergiste qui avait tenu le souper chaud une partie de la nuit, et monta en voiture après avoir réitéré à maître Chevance l'engagement de ne pas laisser passer un mois sans reparaître à Bussy-Saint-Martin.

Le maître d'école, tout à fait rassuré à l'aspect de la berline de voyage et des gens de milord, revint, tout gros d'orgueil d'avoir su mériter l'es-

time et la confiance d'un si puissant personnage, raconter aux gens de
Bussy les inquiétudes des valets et répéter la promesse que monseigneur
lui avait faite en le quittant.

Pendant le mois qui devait s'écouler avant le retour de lord Arthur, on
ne s'entretint d'autre chose chez le maire de l'endroit, dans la maison
curiale, et même chez M. le sous-préfet de l'arrondissement, que des
vastes projets de l'étranger ; un nouveau plan des embellissemens de
Bussy, tracé par le magister, passa de main en main, et reçut les diverses
corrections, additions ou retranchemens dont il paraissait susceptible.
Mais au bout du mois lord Arthur ne revint pas ; un autre mois finit encore sans qu'on entendît parler de lui ; puis l'année entière se passa. Il ne
restait plus rien des bienfaits de l'Anglais, sinon l'essieu du maraîcher,
qui durait toujours ; car, pour les sabots, il y avait long-temps qu'ils
étaient usés ; les deux napoléons s'étaient fondus dans un beau crucifix
d'argent plaqué ; la paysanne avait rendu le marmot à ses parens, qui
n'avaient pas trouvé un autre milord anglais pour payer le nouvel arriéré
des mois de nourrice ; enfin, l'année de pension des deux enfans de la
pauvre femme était expirée. Aussi n'était-on plus obligé, par reconnaissance, de garder pour soi sa façon de penser sur le compte du jeune lord :
les plus polis le traitaient de gascon, et les moins ingrats l'appelaient intrigant. Maître Chevance, qui ne voulait pas s'avouer à lui-même que
quelqu'un se fût moqué de lui, soutenait fermement que le milord reviendrait un jour ou l'autre ; sa femme lui répondait : — Vous êtes un imbécile de croire cela. Et le bon maître d'école, avec la tranquillité de
Socrate devant ses juges, ouvrait la Bible au livre de Job, et lisait tout haut
un chapitre de cette histoire, autant pour se consoler des injures de sa
moitié, que pour faire rougir celle-ci de ses emportemens.

Tel était l'état des esprits dans Bussy-Saint-Martin, quand une commère qui revenait un jour du marché de Lagny signala le retour de milord.

Le magister, qui depuis un an courbait la tête avec patience, la releva
fièrement, et dit : — J'en étais sûr. Alors il fit un beau discours sur les
faux jugemens et l'ingratitude des hommes ; mais on ne l'écouta pas jusqu'au bout, tant on était pressé d'aller au devant de celui qu'on n'appelait plus que la Providence du pays !

Lord Arthur n'était pas seul ; il amenait avec lui un ingénieur des
ponts et chaussées, deux architectes, une demi-douzaine de maîtres maçons et d'entrepreneurs de bâtimens.

M. le curé, averti par la clameur publique du retour de l'étranger qui
mettait de si grosses sommes dans l'aumônière de la fabrique, se rendit
aussitôt chez le maire, pour s'entendre avec lui sur le logement qu'on
pouvait offrir à ce grand personnage. L'autorité religieuse et l'autorité
civile convinrent de se réunir pour le traiter plus convenablement. Il fut
arrêté, après de longs débats, que lord Arthur dînerait à la maison curiale
avec les provisions que fournirait la mairie. Ceci réglé, on se rendit au
devant du jeune Anglais, qui débouchait déjà par le petit sentier quand
le maire, le curé et les habitans de la commune arrivèrent à sa rencontre.

Je ne vous dirai pas toutes les démonstrations de joie de ces braves gens,
joie intéressée, bien entendu, comme peut l'être celle des paysans des environs de Paris : ils vous tendent la main, à vous qui avez de beaux habits et
le gousset richement garni ; vous croyez que c'est une marque cordiale
d'affection qu'ils attendent de vous ; erreur : c'est l'aumône qu'ils vous
demandent. Lord Arthur ne trompa pas l'attente de ceux qui l'entouraient. Il promit de visiter tour à tour chacune des chaumières du hameau, et se rendit au presbytère, accompagné du maire, du curé et de
l'inévitable magister, qui s'appropriait intérieurement une bonne partie
des hommages que le jeune Anglais recevait. Madame Chevance, devenue
aussi un personnage considérable, vu l'importance que se donnait son

mari, s'engagea à protéger auprès de milord ceux de ses voisins qui se
rendraient dignes de ses bontés. Comme on pouvait craindre l'effet des
préférences, ceux qui avaient quelques torts à se reprocher envers la magistresse vinrent humblement lui offrir leurs excuses; et tandis que le
bienfaiteur futur du pays dînait à la grande table du curé avec tout ce
que Bussy-Saint-Martin renfermait de puissances spirituelles et adminis-
tratives, la chaumière du maître d'école, visitée comme au premier jour
de l'arrivée du jeune Anglais dans la commune, ne désemplissait pas
d'amis qui venaient féliciter la femme du maître d'école, ou de voisins
brouillés depuis long-temps avec celle-ci, et qui avaient à cœur de faire
oublier la cause de leurs longues querelles. L'éducation des bambins souffrit un peu ce jour-là ; mais les élèves de maître Chevance ne furent ni
les moins bruyans, ni les moins sincères dans l'expression du plaisir que
chacun se flattait d'éprouver plus vivement que son voisin. Les polissons
de la commune ne pensaient cependant pas à l'avenir heureux que la présence de lord Arthur promettait au pays ; mais c'était une classe de moins
dans leur vie d'écolier : ils jouissaient de la perte de leur temps d'étude
comme d'une conquête sur les férules du magister.

III

Visite aux Travailleurs.

Il est pour le village une autre Providence.
DELILLE.

L'engouement est une fièvre d'imagination dont
on guérit avec des réflexions amères.
BOISTE.

Quelques jours après le retour de lord Arthur, le plan de la commune
du nouveau Bussy fut soumis à l'autorité, et renvoyé avec le visa des magistrats chargés de surveiller l'exécution de semblables entreprises. Une
lettre flatteuse du ministre accompagnait la note que le fondateur de la
colonie lui avait adressée. Les renseignemens sur la solvabilité du jeune
Anglais étaient satisfaisans. On se prépara donc à se mettre à l'œuvre.
Plusieurs manufacturiers de Meaux et de la Ferté-sous-Jouarre offrirent
de prendre à loyer la fabrique qui devait être construite dans Bussy-Wolsey. Une société de capitalistes tint à honneur de faire l'acquisition des ter-
rains jugés nécessaires aux projets d'Arthur ; on enrégimenta une armée
d'ouvriers pour activer les grands travaux de terrassement et de bâtisse.
Un livre fut ouvert pour les travailleurs dans le bureau de la mairie.
Maître Chevance, qui faisait une importante figure au milieu de cette population nouvelle, eut la surveillance des écritures du grand-livre. Le
jour fixé pour l'ouverture des travaux, M. le curé sortit processionnelle-
ment de l'église, la châsse de saint Martin en tête ; il fit douze stations
avec prières, pour appeler les bénédictions du ciel sur le pays régénéré.
Tous les habitans endimanchés suivirent la procession, et rentrèrent avec
elle à la paroisse, où il y eut grand'messe et distribution de pain bénit.
Arthur s'assit entre le maire et son adjoint, au banc des marguilliers, et
l'encensoir vint par trois fois le saluer à la place d'honneur. Le magister,
revêtu de la grande chape brochée de fleurs d'or et de soie, montra sa
belle basse-taille ; six de ses principaux écoliers, revêtus de l'aube blanche,

crièrent les réponses latines du service divin de toute la force de leur
aigre filet de voix. Enfin, le ménétrier de la commune remplaça l'orgue
absent, en raclant sur son violon les airs qu'il devait écorcher, après vêpres. dans le jardin du cabaretier Péchu ; et, pour mettre le comble à
l'enthousiasme général, le jeune lord, au retour de la messe, fit défoncer
six pièces de vin sur la place que devait occuper le marché de Bussy.

Quinze jours se passèrent en travaux préparatoires. Arthur, levé en
même temps que les ouvriers, confondu avec eux durant les heures de
travail, maniait la pioche et la brouette, brunissait son teint à l'ardeur du
soleil, et ne se délassait de ses fatigantes journées que dans les entretiens du soir avec les entrepreneurs et les architectes qui venaient lui soumettre leurs nouvelles idées ou combattre les siennes. L'estime des paysans pour le milord s'était considérablement augmentée depuis qu'ils
l'avaient vu remuer vigoureusement la terre avec des mains qui ne paraissaient pas faites pour les ampoules du manouvrier. Comme les compagnons maçons, il portait, au lieu de son costume élégant, une veste
brune, un grossier chapeau de paille à larges bords, le pantalon de toile
et les sabots du pays. Ce n'était guère qu'au choix facile de ses paroles, à
la noble expression de ses regards, qu'un étranger pouvait le distinguer
d'entre ceux qui l'entouraient : encore y avait-il autant de fierté dans les
yeux de maître Chevance, quand celui-ci venait, aux heures de récréation, promener son importance au milieu des ouvriers.

Ce n'était pas seulement à Bussy qu'on s'entretenait des projets du
jeune lord, on en parlait aussi dans les communes environnantes, et surtout au château de Torcy, où le riche propriétaire de cette délicieuse habitation se plaisait à rassembler tous les ans une joyeuse réunion d'amis,
comme en trouveront toujours ceux qui ne demandent qu'un peu de gaîté
en échange d'une hospitalité prodigue de plaisirs.

Les hommes discutaient gravement sur le mérite de l'entreprise du
lord ; quant aux dames, elles se sentaient vraiment de l'admiration pour
celui qui faisait un si bel usage de sa fortune. Depuis quelques jours, on
avait formé le projet d'aller en partie de plaisir jusqu'à Bussy visiter les
travailleurs. Personne au château ne connaissait lord Arthur que par le
portrait que les gens de service de Torcy avaient fait du noble étranger ;
mais on le savait jeune, considérablement riche, et joli homme : aussi l'i-
magination de ces dames attribuait-elle à un tendre sentiment trompé
dans son espoir la générosité du bienfaiteur de Bussy. C'était, suivant
elles, un amour trahi ou la perte d'un objet aimé qui avait inspiré à lord
Wolsey le besoin de la bienfaisance, comme les chagrins d'amour inspirent
à d'autres la haine du monde ou le désir du suicide. Repoussant la pensée d'une spéculation d'argent, qui eût avili à leurs yeux celui qu'elles
nommaient un héros, les admiratrices d'Arthur se bâtissaient mille romans ingénieux, où l'amour avait toujours la plus grande part, afin de
s'expliquer le motif qui lui avait fait choisir la misérable commune de
Bussy-Saint-Martin pour y fonder tant d'établissemens utiles, auxquels le
pays allait devoir l'aisance et le bonheur. Comme tout ce qui est noble et
touchant saisit vivement l'âme des femmes, et leur donne cette éloquence
du cœur et des yeux qui triomphe aisément de notre orgueilleuse nature
d'homme, ces dames entraînaient sans peine à leur opinion favorable pour
Arthur l'esprit le plus impassible et le calculateur le moins facile à émouvoir. Une seule personne à Torcy ne paraissait pas partager l'engouement
général : c'était mademoiselle Constance Van-Helmont, la nièce et l'héritière de l'un des premiers banquiers d'Amsterdam. Elle était venue en
France avec la sœur du banquier, que des affaires de famille appelaient à
Paris, et qu'un lien de parenté unissait au propriétaire du château. La
froide réserve de Constance formait un étrange contraste dans les chaleu-
reuses discussions des enthousiastes du jeune lord. C'est à peine si la jolie
et silencieuse Hollandaise trouvait un geste pour répondre aux interpella-

tions de ces dames. On haussait les épaules de la voir si insensible : — Cela ne comprend rien, disait l'une. — Ce n'est qu'une belle statue, chuchotait l'autre. Enfin on l'avait surnommée en petit comité le Cœur-de-Marbre.

Le jour de la promenade à Bussy arriva ; on devait partir après le déjeûner, et tandis que toutes les dames se paraient de leur mieux, comme si elles eussent voulu séduire le jeune lord par l'éclat de leur toilette, Constance, en habit du matin, restait seule au salon, cherchant dans son esprit le moyen de se soustraire à cette partie de plaisir qui semblait coûter beaucoup à son cœur.

La baronne de Mézerac descendit la première au salon, et fut fort étonnée de voir l'insoucieuse Constance en négligé du matin, et s'occupant de sa broderie comme si elle eût ignoré le projet de promenade dont on s'entretenait depuis trois jours.

— Eh bien ! Constance, vous n'êtes pas des nôtres? dit madame de Mézerac.

— Si on le veut absolument, j'irai, répondit Constance; mais vraiment je ne vois pas pourquoi vous vous faites une fête d'aller au milieu de ces embarras de pavés, de planches et d'ouvriers qui encombrent un pauvre hameau fort peu agréable à visiter ; car ce que j'en ai vu une fois, depuis que je suis à Torcy, ne m'a pas donné le désir d'y retourner.

— Mais ce n'est pas le hameau... c'est lui, lord Arthur, que nous allons voir.

— Peut-être avez-vous tort de faire cette démarche... Si la vue de celui qui vous plaît tant allait diminuer votre admiration pour lui lorsque vous l'aurez envisagé en face ?... Vous le savez, madame, il ne faut quelquefois que se trouver par hasard vis-à-vis d'un héros pour ne plus voir en lui qu'un homme fort ordinaire.

— En vérité, reprit la baronne, je ne conçois rien à votre insensibilité, à votre froideur pour cet intéressant jeune homme. Lord Arthur, un homme ordinaire ! Mais c'est une horrible chose que de raisonner ainsi, quand nous sommes toutes persuadées qu'il a quelque grand chagrin dans le cœur... Ce n'est pas un homme ordinaire, celui qui, à vingt-trois ans, avec de l'éducation et une brillante fortune, consent ainsi à s'enterrer avec des paysans et à se livrer aux plus rudes travaux : il faut que ce soit au contraire une âme ardente, un cœur cruellement froissé, qui cherche des distractions contre un amour malheureux.

Constance sourit d'un air de doute, et madame de Mézerac, de plus en plus indignée, continua : — Il paraît que mademoiselle Van-Helmont en sait plus que nous là-dessus ; alors elle voudra bien nous expliquer les motifs de son antipathie pour lord Arthur.

— De l'antipathie ! de l'aversion ! répondit Constance, je ne sais où vous voyez que j'éprouve tout cela... Vous êtes Française, et par conséquent enthousiaste de tout ce qui vous semble beau ; vous donnez sans réfléchir votre estime à des dehors de générosité. Je suis loin de blâmer cette heureuse disposition de votre esprit, mais ne m'accusez pas, madame, si je ne sais pas comme vous aimer sur des ouï-dire. Dans notre froid pays, les émotions ne sont pas aussi faciles que chez vous. Nous avons le cœur timide et paresseux, j'en conviens ; on nous reproche avec raison de sentir moins vivement que vous, d'attendre plus long-temps pour nous livrer ; mais aussi dit-on avec quelque justice que nos impressions sont presque toujours ineffaçables, et que, lorsque nous nous donnons, au moins c'est pour toujours.

Pour qui savait l'histoire du cœur de la baronne, il y avait dans les paroles froides et mesurées de Constance une épigramme bien sanglante, et le reproche indirect d'une conduite peu régulière. Devant témoins, madame de Mézerac se fût troublée, elle eût pâli de colère. Constance et la baronne étaient seules dans le salon, cette dernière se prit à rire, et répliqua :

— Mon enfant, je ne pourrai jamais croire qu'un cœur comme le vôtre soit susceptible de grandes passions ; mais cela ne prouve rien pour ou contre notre cher Arthur ; et puisque vous ne savez pas aimer sur des oui-dire ou de faux-semblans de générosité, vous ne devriez pas non plus, pour être conséquente avec vous-même, détester celui que vous ne connaissez pas.

— Eh bien ! puisqu'il faut absolument vous le dire, oui, je déteste lord Wolsey autant qu'il est en mon pouvoir de détester quelqu'un ; mais c'est que je le connais, c'est que j'ai été à même de juger tout ce qu'il y a d'impertinence dans son esprit et de hauteur dans ses manières... c'est que je l'ai vu assez souvent pour apprendre qu'il était à la fois le plus fier et le moins généreux des hommes.

Cette réplique de Constance fut faite avec une vivacité et une chaleur qui étonnèrent singulièrement la baronne : c'était la première fois, depuis que Constance habitait Torcy, que la jeune Hollandaise parlait avec une si brusque franchise ; c'était aussi la première fois qu'elle apprenait aux admirateurs du jeune lord qu'Arthur ne lui était pas absolument inconnu. Madame de Mézerac resta tout interdite de l'entendre s'exprimer ainsi sur le compte de son héros ; le premier moment de surprise passé, elle reprit :

— Et pourquoi ne me disiez-vous pas tout cela ? Savez-vous qu'il y avait de la cruauté à vous taire, quand nous cherchions de tous côtés quelqu'un qui pût nous parler de lord Arthur, nous donner des renseignemens exacts sur ses succès dans le monde, sur les traits de son visage, l'expression de son regard, le son de sa voix, enfin sur tout ce qui le concerne.

— Je me taisais, madame, parce qu'il n'eût pas été généreux de détruire des illusions qui vous paraissaient douces à conserver ; mais puisque vous me forcez à me prononcer, je dois vous avouer que le bienfaiteur de Bussy n'a pas laissé à Amsterdam une grande réputation de bonté. Si vous aviez vu comme moi avec quel dédain insolent il traitait toutes les femmes ; comme il se conduisait horriblement avec un habile et spirituel jeune homme qu'il nommait son secrétaire ! M. Wolsey habitait la même maison que mon oncle ; c'est là que j'ai été témoin d'une scène dont le souvenir me transporte encore d'indignation. Ce qui me reste à vous dire nuira beaucoup sans doute à la bonne opinion que vous avez de milord ; mais vous voulez que je justifie ce que vous nommez mon aversion pour lui : je dois vous satisfaire.

Depuis trois mois lord Wolsey logeait chez nous. Il y avait dans le voisinage un négociant ami de ma famille, et père d'une jeune personne dont j'étais la compagne d'enfance. Caroline venait souvent me voir. M. Henri, le secrétaire de lord Arthur, était admis chez mon oncle aussi bien que son maître, et même M. Van-Helmont préférait la société du secrétaire à celle de milord, qui, par sa fatuité, faisait encore ressortir l'esprit droit et la douce affabilité de M. Henri. Caroline n'avait pas été insensible au mérite du jeune secrétaire... M. Henri, touché de l'intérêt qu'il inspirait à mon amie, ne tarda pas à ressentir pour elle un vif sentiment de tendresse. J'étais la confidente de cet amour pur et respectueux ; Caroline ne craignait pas de me dire tous les secrets de son cœur ; et, loin de vouloir les cacher, comme on ferait d'une passion coupable, elle m'engagea à en parler à mon oncle, afin que celui-ci pût sonder les intentions de M. Kinberg au sujet du mariage que nous arrangions déjà en petit comité. Les choses allaient assez bien. Le père de Caroline avait rêvé pour sa fille une alliance plus considérable sous le rapport de la fortune ; mais les bonnes qualités de son gendre futur, son instruction solide, des façons de parler et d'agir qui vous saisissaient le cœur, et auxquelles on ne pouvait résister. finirent par l'emporter sur les anciens projets de M. Kinberg ; il dit un jour à mon oncle : — Si ce jeune homme plaît à Caroline. et que sa famille soit honorable, il sera assez riche avec la dot de ma fille pour figurer dans le monde; d'ailleurs, je lui céderai un jour mon établissement. et, en attendant que je me retire des affaires, mon gendre me servira de premier commis. J'allai faire part de cette réponse à M. Henri. J'étais vraiment heureuse de son bonheur. Lord Wolsey rentra comme je parlais encore au jeune secrétaire. M. Henri annonça cette bonne nouvelle à son maître. Celui-ci fronça le sourcil, parut réfléchir un instant et répondit après : — C'est très bien, Henri ; tu ne te chagrineras plus de n'être qu'un enfant trouvé et sans nom : car tu vas avoir une famille comme tout le monde. A ces mots, je restai tout étourdie. M. Henri nous avait dit se nommer Darntley. Je regardais le jeune homme ; il était pâle et tremblant. Je ne vous dirai pas l'expression impertinente de lord Arthur ; je ne sais pas d'expressions pour la décrire. M. Henri se remit cependant un peu de son trouble, et me dit, en regardant son maître d'un air chagrin : — Milord a raison. je ne dois tromper personne sur ma naissance : je ne suis qu'un misérable orphelin, qui doit tout aux bienfaits du père de milord. Il avait été convenu entre mon protecteur et son fils que je prendrais le nom d'une ferme qu'il possède en Angleterre, et qu'on se tairait sur une origine qui pouvait me fermer toute carrière honorable dans le monde. Celui qui prit soin de moi, qui recueillit l'enfant abandonné, devait me donner le titre de cette ferme de Darntley comme une propriété de famille; mais il est plus noble sans doute de tout dévoiler à M. Kinberg. Ainsi, mademoiselle, vous pourrez dire la vérité au père de Caroline ; j'espère encore qu'il n'y verra point un obstacle à mon bonheur.

Je ne me sentais pas le courage d'affliger davantage ce bon jeune homme. Cependant je n'osai lui donner beaucoup d'espoir; je savais que si M. Kinberg avait passé légèrement sur la question de fortune, il ne serait pas aussi accommodant lorsqu'il s'agirait de celle de famille. L'indulgence du négociant pour l'amour de sa fille était un calcul d'amour-propre; je ne l'ignorais pas; il se plaisait à voir dans M. Henri. dans celui qu'il allait nommer son gendre, un allié de la maison de Wolsey. Malgré la supériorité que s'attribuait lord Arthur sur son secrétaire, il perçait entre eux quelquefois une telle intimité que cela nous faisait dire : — Henri est vraisemblablement un parent pauvre du jeune lord. Et une alliance, tout éloignée qu'elle fût, avec un des membres du parlement d'Angleterre, flattait l'amour-propre du père de Caroline.

Je fis part à mon amie de la révélation que son futur époux m'avait faite. La pauvre enfant se jeta dans mes bras ; elle fondit en larmes, et dit : — Tout est perdu; M. Kinberg a déjà refusé pour moi un parti qui lui convenait mieux que celui-ci, et cela parce qu'il y avait quelque chose de douteux sur la famille de celui qui me recherchait en mariage. Juge, Constance, s'il consentira jamais à donner ma main à un jeune homme qui ne peut nommer ses parens. J'éprouvais une peine affreuse en voyant le désespoir de ma pauvre Caroline; je sentais combien il était cruel de renoncer à l'amour de M. Henri, et je cherchais dans mon esprit les moyens de vaincre cet obstacle.

— C'est à en mourir, me disait Caroline ; mon père ne voudra rien entendre.

— Mais si on lui cachait la vérité? peut-être est-ce possible! En consultant là-dessus lord Arthur, en l'intéressant à votre amour... Si tu te sentais assez de courage pour tromper ton père... C'est un affreux conseil que je te donne là, Caroline ; mais s'il doit t'épargner un chagrin éternel, tu ne peux pas balancer à l'employer.

— Mais, mon Dieu. me répondait-elle, veux-tu donc que je me rende méprisable aux yeux de Henri lui-même, en lui faisant une semblable proposition? et cependant, Constance, si je ne suis pas la femme de Henri. après avoir eu si bon espoir, je sens que je ne survivrai pas à mon malheur.

— Console-toi, lui dis-je, je parlerai à lord Arthur. M. Henri disait que le père de son maître ne demandait pas mieux que de lui donner le titre de sa ferme de Darntley, comme étant celui d'une propriété de famille. Eh bien! je déciderai le jeune lord à solliciter ce titre, à se taire sur la naissance de M. Henri, et le secret restera entre nous.

Caroline m'embrassa avec une effusion de cœur, qui me prouvait sa reconnaissance. Je fus un peu honteuse dans ma démarche auprès d'un jeune homme qui me déplaisait souverainement; mais il y allait du bonheur de ma plus chère amie, et je trouvai la force de parler. Lord Arthur me dit qu'il était fâché d'avoir pu causer un chagrin à mademoiselle Kinberg, et me promit de tout arranger. — L'envoi des pièces nécessaires pour prouver la possession d'état de Henri ne tardera pas, ajouta-t-il; on peut continuer les préparatifs du mariage. Il fut facile de décider M. Henri à se taire sur le secret de sa naissance. Enfin, le jour de la signature du contrat était fixé. Lord Arthur attendait, pour continuer son tour d'Europe, que Caroline et Henri fussent unis. Ce jeune homme si fat, si fier, était devenu plus aimable avec nous depuis que les projets d'union de mon amie lui avaient donné accès chez M. Kinberg. Il allait souvent dans la maison du négociant; souvent il cherchait à se trouver seul avec Caroline, et depuis quelques jours elle mettait tous ses efforts à le fuir. Une fois, la future de M. Henri vint me trouver, et elle me dit avec la plus grande agitation : — Constance, il faut que tu viennes à la maison tous les jours jusqu'à ce que je sois mariée : les soins de mon trousseau justifieront tes longues visites; reste avec moi le jour, la nuit, que lord Wolsey ne puisse me trouver seule un moment, ou je ferai un éclat dont il voudra se venger sur Henri peut-être.

— Un éclat! et pourquoi? lui demandai-je, toute surprise de son trouble extraordinaire.

— Il m'aime! reprit-elle; il m'aime comme il peut aimer : c'est une victime de plus qu'il veut ajouter à sa liste de conquêtes. Ni mes prières, ni l'expression de mon mépris, ni mes menaces, rien n'a pu le toucher; il m'a dit, quand je le suppliais, les mains jointes et presque à genoux, de me respecter, qu'il savait le moyen de vaincre les résistances, et que ce qu'on ne voulait pas accorder à son amour on ne le refusait jamais à la peur... Tu vois mon affreuse position, Constance; ne m'abandonne pas.

Je compris alors le changement qui s'était opéré depuis quelques jours dans les manières de milord, et, pour épargner à ma jeune amie ces dangereux tête-à-tête, j'allai m'établir, avec la permission de mon oncle, dans la maison de M. Kinberg. Lord Arthur ne montra aucune contrariété de ma présence continuelle auprès de Caroline. Il revint pendant quelques jours avec la même assiduité, mais sans dire un mot qui pût faire soupçonner ses mauvais desseins sur la promise de son secrétaire; puis il fit moins de visites à Caroline; enfin, il cessa tout à fait de revenir, et continua de se livrer, comme par le passé, à tous les plaisirs que notre bonne et décente ville peut offrir à un jeune étranger, c'est-à-dire qu'il allait en secret dans les maisons de jeu.

Nous nous réjouissions du succès de l'obstacle que nous avions opposé à son désir coupable, et rien ne semblait devoir troubler le bonheur de Caroline. quand le jour de la signature du contrat arriva. Henri avait reçu la veille les titres de sa ferme de Darntley. Un déjeûner devait réunir les témoins du mariage chez le père de Caroline. Mon oncle, deux autres négocians du voisinage, quelques parens, M. Henri, Caroline et moi, nous étions réunis depuis un quart d'heure dans le salon, quand lord Wolsey entra. Il salua la compagnie d'un air aimable, présenta à M. Kinberg l'acte que le comte de Wolsey avait expédié de Londres à son protégé;

et tandis que ces messieurs examinaient le papier, je vis le jeune lord prendre la main de Caroline et entraîner mon amie dans une embrasure de croisée. La confidence qu'elle m'avait faite quelques jours auparavant me donnait le droit d'être indiscrète : je m'approchai sans affectation de la fenêtre où Arthur venait de conduire Caroline, et j'entendis milord dire à la fiancée de M. Henri : — Je n'ai point été dupe, Caroline, du complot que vous avez machiné contre moi avec mademoiselle Van-Helmont. Caroline trembla ; j'étais fortement émue.

— Persistez-vous, continua lord Arthur, à repousser l'hommage de mon amour ?

Ma jeune amie balbutia quelques mots que je ne pus entendre ; mais je vis bien, à l'expression du regard de milord, que la réponse de Caroline était telle que je l'aurais faite moi-même.

— Encore une fois, ajouta Wolsey, vous êtes bien décidée à me résister. Vous voulez, dites-vous, que je vous respecte ; c'est-à-dire que je m'avoue vaincu, et que je n'emporte d'ici que l'humiliation d'une défaite pour prix de mes soins : il faut que je vous cède à l'amour d'un homme de rien, d'un misérable qui serait mort de faim, si mon père n'avait eu pitié de sa misère. Eh bien soyez contente, mademoiselle ; je ne vous importunerai plus de mes inutiles hommages ; vous n'avez plus rien à craindre de moi : je respecterai la femme de mon valet.

Il se sépara brusquement de Caroline.

Je courus à elle. Ma pauvre amie était prête à s'évanouir. Pour moi, j'éprouvais une profonde indignation contre lord Wolsey. Il s'était rapproché de M. Kinberg ; et comme celui-ci parlait de se rendre chez le notaire, le jeune lord prit la parole :

— Vous m'excuserez, dit-il, si je ne peux vous accompagner : les ordres de mon père me rappellent à Londres sur-le-champ ; j'ai même tout fait préparer pour mon départ ce matin, car il faut que je me rende à Harlem avant de m'embarquer pour l'Angleterre. Je souhaite que votre gendre fasse autant d'honneur à son nouveau nom de Darntley qu'il en fit autrefois à celui de Henri l'enfant trouvé.

— Oh ! quelle indignité ! me dit tout bas Caroline. Ses jambes chancelaient : je n'eus que le temps de la retenir dans mes bras.

— L'enfant trouvé ! répéta M. Kinberg, en nous regardant tous. Chacun restait muet de surprise. M. Henri poussa un profond soupir, et baissa la tête, comme abattu par ce coup, auquel il était loin de s'attendre.

Milord jouit un moment de l'anxiété de son secrétaire, puis il reprit la parole avec l'air d'un homme qui veut réparer un oubli :

— Ah! pardon ! c'est juste ; je ne pensais pas qu'aujourd'hui, grâce à la concession que mon père lui a faite, Henri peut porter le nom de Darntley ; cependant, pour régulariser l'acte de mariage, et dans l'intérêt même de ce jeune homme, car il peut retrouver un jour les parens qui l'abandonnèrent sur une route à la charité des passans , je vous conseille de faire mentionner au contrat ce nom de Henri, suivi de six étoiles, qu'il portait au cou sur un chiffon de papier, quand mon père le ramassa par pitié dans son voyage en France.

— Comment! monsieur ; mais vous aviez donc indignement abusé de moi ! reprit M. Kinberg en s'approchant de Henri ; vous nous aviez donc menti à tous comme un misérable intrigant !... Vous vous disiez l'allié des lords Wolsey, quand vous n'êtes rien qu'un enfant trouvé , que le valet de milord ! Et ma pauvre enfant qui ne savait pas un mot de tout cela !

— Si fait ! mon père, si fait ! je savais tout , s'écria Caroline, croyant par cet aveu calmer l'indignation de son père.

— Vous le saviez , mademoiselle ! et vous étiez d'accord avec ce malheureux pour abuser de ma crédulité , pour me faire contracter une alliance indigne de moi ! Rentrez chez vous ; rentrez à l'instant ; je n'ai

besoin ni de vos larmes, ni de vos supplications. Vous comprenez bien
qu'il ne peut rien exister entre vous et le laquais de milord.

Henri, à qui de si dures paroles avaient rendu le sentiment de sa dignité, se plaça entre le père et la fille, comme pour s'opposer à la colère
du négociant ; mais il fut rudement repoussé par M. Kinberg, qui prit le
bras de sa fille et la conduisit de force jusqu'à son appartement.

— Oh ! monsieur, dis-je tout bas à lord Arthur, il faut que vous soyez
bien cruel pour en agir ainsi avec mon amie ! Il me répondit de manière
à n'être entendu que de moi :

— Vous savez bien que c'est elle qui l'a voulu.

M. Kinberg revint. A l'altération de ses traits, on devinait que Caroline
lui avait fait une horrible menace ; on en fut convaincu, quand il dit à
Henri :

— Misérable séducteur ! imposteur infâme ! votre mensonge va peut-
être lui coûter la vie ; mais j'aime mieux la perdre vertueuse que d'être
obligé de la maudire vivante. Sans le respect que je dois à milord, je vous
aurais déjà fait chasser comme un scélérat par mes gens.

La position de M. Henri était horrible ; il ne répondait pas aux injures
du père de Caroline ; c'était à lord Arthur seulement qu'il s'adressait.

— Pourquoi, disait-il, faut-il que je doive tout à votre père ; sans le
lien de la reconnaissance, milord, je me vengerais cruellement de votre
inexplicable conduite avec moi... Il fallait me tuer, Arthur ; il fallait me
faire souffrir mille morts, plutôt que l'affront que je viens de recevoir...
Vous êtes son assassin, lord Wolsey ; je vous dénonce à la société comme
un meurtrier ; car elle n'y survivra pas.

Lord Arthur gardait une contenance calme devant ce malheureux.

— Vraiment, répondait-il avec une feinte surprise, je ne savais pas
qu'au point où vous en étiez avec M. Kinberg, celui-ci dût encore ignorer
le secret de votre adoption par mon père ; il fallait me dire alors de n'en
pas parler, j'aurais gardé le silence. D'ailleurs, qu'importe que vous vous
nommiez Darntley ou seulement Henri, pourvu qu'on vous accorde la main
de mademoiselle Caroline.

— La main de ma fille ! répliqua M. Kinberg avec indignation. Milord,
je regarde cette proposition d'alliance comme une injure. Que votre valet
sorte d'ici, et qu'il n'essaie pas de revoir Caroline, ou je le ferai traîner
devant la cour de justice comme un faussaire qui s'introduit dans les familles pour tromper les pères et séduire les imprudentes dont il convoite
la dot.

Lord Arthur sortit. J'ignore ce que devint M. Henri ; on ne le revit plus
à Amsterdam. Quant à la pauvre Caroline, elle languit pendant six mois
environ, après lesquels ma jeune compagne d'enfance s'éteignit dans mes
bras, en nommant encore celui qu'elle avait tant aimé. Voilà, madame,
ce que je sais de ce lord Arthur, dont chacun ici se plaît à faire l'éloge ;
jugez s'il m'est possible de croire à ses belles actions, et si je dois partager votre enthousiasme pour lui et désirer de le revoir jamais.

— C'est une histoire fort intéressante, dit la baronne ; mais je ne vois
là-dedans rien de bien criminel de la part de milord : il s'est vengé un peu
cruellement peut-être ; mais l'amour excuse tant de choses, que je ne saurais blâmer sa conduite comme vous le faites.

— Comment ! l'amour peut excuser même une infamie ? demanda
Constance, en fixant un regard étonné sur la baronne.

— Infamie ! voilà bien comme vous êtes, vous autres qui n'entendez rien
à la fougue des passions. Lord Arthur aimait ; il voulait être aimé : c'est
naturel ; et quand il vit que votre amie le sacrifiait à un homme qui n'é-
tait pas né, son orgueil se révolta ; je conçois cela. S'il faut accuser quelqu'un, n'est-ce pas plutôt la malheureuse jeune personne qui n'avait pas
le cœur assez bien placé pour sentir la différence qu'il y avait entre le
lord et son secrétaire ?

— J'avoue que nous ne saurions nous entendre, madame; au surplus, je crois que vous ne parleriez pas ainsi, si vous aviez, comme moi, assisté aux derniers momens de Caroline ; si vous aviez été la confidente des souffrances morales qui la minaient sourdement, et si vous aviez vu le désespoir de son père, qui se reprochait sa sévérité, et demandait pardon à la mourante d'un mouvement d'orgueil qui lui coûtait la vie.

— Et savez-vous si lord Wolsey n'a pas souffert beaucoup aussi? Qui vous dit que ce n'est pas le remords qui l'a décidé à venir s'enterrer dans un village de France ? On n'est pas le fils d'un comte de Wolsey, l'héritier d'un pair d'Angleterre, sans avoir de nobles pensées. Je gagerais que c'est à sa passion pour mademoiselle Kinberg que milord doit ses projets de bienfaisance que nous admirons tous. Nous l'avions bien dit, il y a là-dessous un désespoir d'amour.

Constance aurait laissé la baronne de Mézerac justifier autant qu'elle l'eût voulu la conduite d'Arthur Wolsey ; ce mélange de mépris pour ce que la noble dame appelait les gens de rien, et d'indulgence pour les vices d'un lord, indignait si fort mademoiselle Van-Helmont , qu'elle ne jugea pas nécessaire de discuter avec la baronne sur une question que ces deux caractères absolument opposés ne pouvaient envisager sous le même jour. Constance avait cru, par son récit, détruire l'admiration de madame de Mézerac pour Arthur ; et, loin de là, la baronne, insensible au désespoir du gendre repoussé, sans un regret pour la mort de Caroline, ne voyait de vraiment malheureux dans cette aventure que le maître qui avait cherché en vain à séduire la fiancée de Henri.

La toilette des dames du château était terminée. Elles descendirent toutes au salon, tandis que les hommes pressaient les palefreniers qui sellaient les chevaux, car on devait aller en cavalcade à Bussy-Saint-Martin. Constance, engagée de toutes parts, ne put se défendre de suivre la société dans la visite aux travailleurs. La baronne s'était empressée de dire à ces dames que mademoiselle Van-Helmont connaissait milord ; on la supplia d'être de la partie : sa présence était indispensable pour faciliter aux enthousiastes du jeune lord une intimité plus prompte, et surtout plus naturelle, avec l'objet de leur admiration. Malgré sa répugnance, Constance céda enfin, bien déterminée cependant à ne montrer au bienfaiteur de Bussy qu'un froid mépris ; tandis que les coquettes se préparaient à l'enivrer d'éloges, à mettre au jour toute la puissance de leurs charmes, afin de mériter un regard, et de laisser un doux souvenir dans ce cœur qu'elles s'obstinaient à croire blessé d'un amour malheureux.

On sortit du château, et les chevaux, lancés à la suite du léger coursier qui portait madame de Mézerac, joutèrent de vitesse à travers des chemins à peine frayés. A l'exception de Constance, toutes les dames étaient en élégant costume d'amazones. Mademoiselle Van-Helmont portait seule une légère robe blanche, et un petit chapeau de paille attaché sous le menton avec des rubans couleur rose pâle. Plus calme que les autres, Constance suivait avec précaution la route dangereuse que les habiles écuyères parcouraient en jetant au vent des bouffées d'éclats de rire et des cris de joie, pendant que les deux cavaliers excitaient leur amour-propre , en retenant la bride des chevaux qu'ils montaient ; puis ils les piquaient de l'éperon, dépassaient les dames, disparaissaient dans un tourbillon de poussière, et revenaient vers elles caracoler à leurs côtés. Enfin, Constance, qu'on appelait de loin, en se moquant de sa prudence ou de sa maladresse, sentit à son tour le besoin d'humilier ses orgueilleuses rivales : elle pressa du pied sa jument, serra la bride d'une main ferme, se souleva, légère, sur l'animal qui se cabrait, et partit avec la rapidité de l'éclair. On vit la jolie Hollandaise traverser la campagne, se coucher sur le cou de sa monture pour éviter les branches d'un taillis dont elle perça l'épaisseur ; elle fit siffler sa cravache en passant à côté de celles qui doutaient de son courage, franchit un fossé, où tous les autres cavaliers s'arrêtèrent, et continua son pas de course, que la baronne essayait en vain de suivre sur son haletante cavale. On eût dit, au moment où Constance s'élança avec tant de vélocité, qu'une âme nouvelle venait d'animer son corps mollement flexible, et qui n'avait eu jusque alors que des mouvemens vagues, et pour ainsi dire sans volonté. Constance avait déjà montré dans sa conversation avec madame de Mézerac un cœur susceptile de sentir fortement ; maintenant elle donnait l'exemple à celles qui riaient de sa prudence, d'un joyeux mépris de la mort ; car il n'y allait rien moins que d'une chute mortelle dans cette course périlleuse, dont elle semblait se faire un jeu.

Tous les cavaliers, à l'exception de la baronne, tournèrent le fossé que Constance avait franchi. Pour madame de Mézerac, élancée à la piste de sa rivale de gloire, elle arriva presque en même temps qu'elle à Bussy-Saint-Martin. Un jeune homme qui travaillait au milieu d'un groupe d'ouvriers, voyant la jument de Constance prête à s'embarrasser dans une avenue de pierres où elle devait s'abattre, jeta sa pioche de côté, et vint l'arrêter par la bride. Mademoiselle Van-Helmont lui adressa un gracieux remerciement ; puis, regardant à deux fois l'ouvrier maçon, elle laissa échapper une exclamation de surprise. Lord Arthur, car c'était lui, pâlit, mit le doigt sur la bouche, et dit bas à l'oreille de Constance : —Pas un mot, mademoiselle, ou je serais perdu ! Un sombre nuage couvrit le front de Constance ; elle regarda lord Wolsey, non pas avec cette expression de mépris qu'elle devait avoir pour le meurtrier de son amie d'enfance, mais il y eut dans les yeux de la jeune fille un profond sentiment de chagrin, et tout bas ses lèvres murmurèrent : —Vo là quelque chose de bien étrange ! je ne le savais pas pourtant un malhonnête homme !

A la suite de la baronne arrivèrent bientôt tous les autres visiteurs. A chaque nouvelle figure qui se présentait à lui, lord Wolsey tremblait toujours de rencontrer un visage de connaissance. C'était une crainte qui se renouvelait tous les jours depuis que Bussy-Saint-Martin était devenu le but des promeneurs de tous les châteaux environnans ; mais jamais il n'avait senti cette crainte aussi vivement que depuis l'instant où Constance s'était offerte à lui. Le fondateur de la colonie nouvelle fut peu sensible aux hommages des dames, et aux complimens des hommes sur l'exécution de ses projets d'amélioration ; il ne répondit qu'à demi-voix, et toutes ses paroles étaient embarrassées : ce qui n'empêcha pas les enthousiastes de le trouver fort intéressant. A la prière de madame de Mézerac, qui mettait tous ses efforts à se faire remarquer le lord Arthur, le maître du château invita milord à venir dîner à Torcy. Arthur regarda Constance avant de répondre, et, sur un signe affirmatif de la jeune Hollandaise, il donna sa parole pour le dimanche suivant. Maître Chevance, qui ne manquait jamais de sortir de son école pour faire les honneurs du pays aux visiteurs du voisinage, fut presque jaloux de la préférence qu'on accordait à Arthur ; car le bon magister s'était fatigué à couper la parole au jeune Anglais pour expliquer le nouveau plan de Bussy-Wolsey, afin d'obtenir sa part des éloges que méritait une si belle combinaison.

Son chapeau de paille à la main, le jeune homme précédait les curieux pour leur montrer les emplacemens où devaient s'élever la manufacture, la fontaine et le marché. L'émotion de sa voix suffisait pour confirmer ces dames dans la pensée que le roman d'amour qu'elles avaient bâti pour lui n'était pas seulement un rêve de leur imagination. On ne s'étonnait pas de la réserve que gardait Constance auprès du noble étranger, la baronne de Mézerac avait dit à ses compagnes qu'elle savait maintenant le mot de cette énigme.

Après une promenade de deux heures dans la commune, on remercia lord Arthur de son obligeance avec les visiteurs importuns; on lui fit réitérer la promesse de venir au château, et les cavaliers remontèrent à cheval, emportant l'idée que milord n'était pas seulement un spéculateur habile, mais encore un homme généreux qui mériterait des lettres de naturalisation pour le bonheur que ces travaux allaient donner au pays. Arthur accompagna la société jusqu'au sortir du village. Cette fois encore, Constance resta en arrière, comme au départ de Torcy. Lord Wolsey, qui lui avait fait un dernier adieu de loin, revint vers elle quand il la vit isolée de la compagnie.

— Ne me condamnez pas, mademoiselle, lui dit-il, avant de m'avoir entendu, et surtout, par pitié, ne révélez rien, si vous ne voulez pas ajouter un dernier malheur à tout ce que j'ai souffert déjà.

— Ah! monsieur, lui dit Constance, ce n'est pas vous que je croyais trouver ici; et, s'il faut vous l'avouer, votre présence en ces lieux et le nom que vous portez maintenant me forcent à mal penser de vous...

— Oui, je l'ai bien vu, vous me méprisez, Constance; et cependant si vous vouliez m'écouter un instant, vous ne pourriez plus avoir que de la compassion pour moi... Déjà vous étiez ma confidente à Amsterdam : voulez-vous l'être encore? J'ai besoin de confier à quelqu'un qui sache me comprendre tous les secrets que renferme mon cœur.

— Où et quand pourrez-vous me parler?

— Demain soir, auprès de la pierre levée, du côté du château.

— J'y serai, monsieur Henri, dit-elle. Et elle pressa sa monture pour rattraper les cavaliers qui couraient vers Torcy.

IV

La Chasse à l'Homme.

> Avide, et réclamant son barbare festin,
> Bientôt vole après lui, de sueur dégoûtante,
> Brûlante de fureur et de soif haletante,
> La meute aux cris aigus, aux yeux étincelans;
> L'onde à peine suffit à leurs gosiers brûlans :
> C'est de sang qu'ils ont soif, c'est du sang qu'ils
> [demandent.
> DELILLE.

Malgré le sentiment de gêne que la présence de mademoiselle Van-Helmont a fait éprouver au bienfaiteur de Bussy, toutes les dames sont revenues au château plus enthousiasmées que jamais du noble étranger qui depuis quinze jours occupe leur esprit. La baronne de Mézerac, surtout, ne tarit pas sur la douceur de sa voix, l'expression saisissante de son regard.

— Il y a vraiment de la poésie dans cette tête-là, dit la chaleureuse admiratrice du faux Wolsey; on ne m'aurait pas dit : le voilà, que j'aurais tout de suite reconnu en lui l'homme supérieur, en dépit de cette veste d'ouvrier, sous laquelle un noble maintien ne peut jamais disparaître entièrement.

Madame de Mézerac, interrogée sur le secret de Constance, raconte à la compagnie l'événement d'Amsterdam, et, loin d'imputer à crime la conduite du lord envers la fille du négociant Kinberg, elle trouve le moyen de justifier cette basse vengeance en lui donnant l'excuse d'une violente passion. Comme toutes ces dames comprennent parfaitement ou feignent de comprendre les furieux mouvemens d'une âme ardente, telle que doit l'être celle de milord, on convient généralement qu'il faut être privé du plus précieux des sens pour ne pas se sentir fier d'inspirer un sentiment qui se manifeste par tant d'énergie.

Dans l'exaltation de son cœur si fort impressionnable, la baronne va
jusqu'à dire « qu'une femme serait excusable, lors même qu'elle sacrifierait le devoir le plus sacré à l'amour d'un lord Wolsey. » Elle dit
cela devant M. le baron de Mézerac, qui se contente de rire bêtement
de l'enthousiasme qui s'est emparé de sa moitié.

Pour Constance, elle ne rit pas, elle n'entend rien : elle est toute
aux réflexions que lui inspire cette rencontre inattendue.

— Comment, se dit-elle, l'homme que j'ai connu si probe, si digne
d'estime et d'amour, est-il descendu au rôle d'intrigant et de faussaire?
Que pourra-t-il me dire pour justifier son mensonge? Toutes les vertus
que nous aimions en lui n'étaient-elles qu'une adroite combinaison de
son esprit pour gagner le cœur de Caroline? Ma pauvre amie serait morte
pour un hypocrite!... Oh! c'est affreux à penser! Je n'irai pas au
rendez-vous qu'il m'a donné.

Et puis Constance revenait sur cette première détermination; elle se
rappelait que Henri lui avait dit : « Ne me condamnez pas sans m'entendre; » et en secret l'amie d'enfance de mademoiselle Kinberg sentait
le besoin d'estimer encore celui qu'elle n'aurait peut-être pas vu sans
regret devenir autrefois l'époux de Caroline; car il est temps, je crois,
de vous apprendre que dans les tête-à-tête d'Amsterdam, dans ces entretiens intimes chez l'oncle de Constance, mademoiselle Van-Helmont
avait puisé, pour le jeune secrétaire, un sentiment de tendresse qu'elle
s'obstinait à nommer de l'amitié, et qui se croyait froissé pourtant
toutes les fois que l'image du bonheur futur de Henri et de son amie
se présentait trop vivement à son imagination.

Constance, cependant, loin de marquer de la jalousie, se plaisait à
embellir encore, aux yeux de l'heureuse fiancée, l'avenir que ce mariage lui promettait; mais quand elle se retrouvait seule, mademoiselle
Van-Helmont cessait d'être joyeuse; elle devenait pensive, sentait des
mouvemens d'envie agiter son cœur : alors elle se reprochait de tromper Caroline, et de ne pouvoir se tromper elle-même, en essayant de
partager une joie qu'elle n'éprouvait pas. Tourmentée d'amour, mais
forte du sentiment du devoir, habile à cacher ses souffrances, Constance
se faisait un visage heureux pour assister aux tendres entretiens des
amans; elle protégeait leurs entrevues; elle eût tout fait pour l'accomplissement de cette union; et malgré cela, quand le sentiment d'indignation que lui causa la conduite de milord fut un peu affaibli, elle
ne put se dissimuler que cette rupture soulageait son cœur. Si Caroline
avait pu vivre séparée de Henri, peut-être sa jeune rivale eût-elle remercié intérieurement celui qui avait si méchamment rompu un projet
d'alliance qui était devenu un malheur pour elle.

Maintenant que le secret de Constance est connu, on ne s'étonne plus
sans doute de l'effet pénible que produisit sur elle la présence de Henri
sous un nom et avec des apparences de fortune qu'il ne possédait pas.
C'était l'homme estimable et malheureux qu'elle aimait en lui : la pensée de le croire coupable lui déchirait le cœur. Aussi n'hésitait-elle
pas à lui accorder le rendez-vous qu'il sollicitait. Elle avait hâte de
savoir si Henri était toujours digne de l'affection qu'elle lui portait. La
journée du lendemain lui parut longue; elle eût volontiers avancé la
pendule du salon pour presser la marche des heures. C'est par des
promenades et des rêveries dans le parc, qu'elle essaya de tromper
son impatience : enfin la nuit tomba; les hommes passèrent dans la salle
de billard ; les dames arrangèrent leur soirée, celles-ci à une table de
jeu, celles-là dans la bibliothèque du château; d'autres proposèrent une
partie de batelet sur la pièce d'eau du parc. Constance put sortir sans
être remarquée. Elle connaissait les chemins : en une demi-heure elle
arriva près de la pierre levée, où Henri lui avait promis de se rendre. Il

n'était pas là ; elle l'attendit pendant vingt minutes à peu près sans le voir arriver.

— Il ne peut pas se justifier, pensa-t-elle ; il a reculé devant la confession de sa mauvaise conduite. M. Kinberg avait donc raison quand il disait : « Ce sont les parens honorables qui font les enfans honnêtes : d'une souche illégitime il ne peut sortir que des branches flétries. » Henri ! Henri ! qui m'eût dit qu'un jour je ne verrais en vous qu'un malhonnête homme !

Comme elle se parlait ainsi, des paysans qu'elle avait déjà vus passer, en se rendant à la pierre levée, revinrent sur leurs pas, et se dirigèrent vers l'endroit où elle attendait inutilement Henri. Ces paysans, armés de pelles, de pioches, de bêches et de faux, s'entretenaient avec chaleur.

— Comment, disait l'un, nous ne le trouverons pas, le coquin ! Il sera dit que nous aurons été enjôlés par lui, et qu'il nous aura échappé ! Il faut chercher partout ! Il faut le tuer !

— Oui, il faut le tuer ! répétèrent les autres. Et ils se partagèrent la fouille des taillis.

Constance frémit, sans comprendre cependant le véritable sens de ces sinistres menaces. Qui donc poursuivait-on ainsi ? Quel individu avait été assez coupable pour mériter le supplice que lui promettaient les gens du pays, en brandissant leurs outils de labourage, dont ils voulaient faire des instrumens de meurtre ? La peur s'empara de la jeune fille : elle ne voulut pas attendre plus long-temps, et reprit le chemin du château ; mais, à quelques pas, une troupe d'ouvriers, animés de colère comme les paysans qui avaient déjà passé devant elle, la forcèrent à rebrousser chemin ; ceux-là disaient aussi :

— Il ne peut pas être loin, le brigand ! Mais qu'il se montre donc, pour qu'on l'assomme !

— Je suis bon enfant, disait un autre : mais, avec des gredins comme celui-là, il ne faut pas de pitié. Allons ! flaire. Pataud ! flaire, mon chien !

Et l'ouvrier envoyait un gros dogue à travers les broussailles. L'animal s'approcha de Constance, qui cherchait à se dérober aux regards des passans. Elle poussa un cri d'effroi.

— Le voilà ! dirent les chercheurs.

Et soudain la bande accourut, les yeux enflammés de colère et avec d'horribles menaces à la bouche, comme pour mettre en pièces la jeune fille, qui se sentit prête à s'évanouir en se voyant entourée par des hommes déterminés au crime, et quand il n'y avait là nul moyen d'appeler à son secours : Constance était bien à une demi-lieue de toute habitation. Elle s'efforça cependant de montrer du courage.

— Que me voulez-vous ? dit-elle d'une voix assez ferme, aux ouvriers que la rage aveuglait.

— Tiens, c'est une femme, dit l'un d'eux, en mettant la main sur la manche de sa robe ; passez, ma belle, passez ; et si vous rencontrez celui que nous cherchons, dites-lui bien qu'il ne sortira pas vivant du pays, car tous les chemins sont gardés. Voilà cinq heures que nous lui faisons la chasse ; demain, après-demain, nous recommencerons encore, jusqu'à ce qu'il vienne se livrer, et alors nous verrons à lui bassiner ses blessures d'aujourd'hui à coups de pioches et de truelles.

Ils dirent, et s'enfoncèrent dans l'épaisseur d'un bouquet de bois. Bien que la soirée fût assez froide, de grosses gouttes de sueur mouillaient le front de Constance ; elle marchait toujours, mais incertaine du chemin, car la peur lui avait fait faire mille détours à la lueur trompeuse de la lune, voilée de temps en temps par des nuages qui passaient avec lenteur et confondaient tous les sentiers dans une obscurité impénétrable. Pour la seconde fois elle revenait vers la pierre levée, et cherchait à reconnaître sa route, quand le hurlement de cent voix ébranla l'air, traversa les taillis. Alors, Constance, appuyée d'une main sur la pierre druidique, car ses genoux avaient fléchi, vit au loin poindre et disparaître des lumières qui semblaient courir dans les fourrées du bois ; elle entendit un sourd murmure de voix succéder au cri de rage de cette meute d'hommes ; et comme les nuages se fondaient sous les rayons de l'astre de la nuit, elle aperçut des ombres qui passaient à l'horizon, courant les unes après les autres, comme devaient faire les sorciers dans la fameuse ronde du sabbat. Le bruit des pas ne pouvait arriver jusqu'à elle. Constance ne saisissait de cette agitation lointaine que les clameurs indiscontinues et les mouvemens rapides de ces ombres, dont le nombre grossissait à chaque instant. Elle était là, tremblante de voir revenir de ce côté ceux qui faisaient une si terrible chasse, quand, à quelques pas de la pierre levée, d'épaisses broussailles s'entr'ouvrirent : un homme, avec le visage et les bras ensanglantés, les habits en lambeaux, se précipita vers Constance, et lui dit :

— Sauvez-moi... ils vont revenir m'achever !... De l'eau, et un asile, ou je suis perdu.

Le timbre de cette voix presque éteinte fit passer un frisson par tout le corps de Constance : elle avait reconnu Henri.

— Malheureux ! lui dit-elle, qu'avez-vous donc fait pour être traité ainsi ?

— Ne parlez pas, ils reviennent, ils me tueront, les misérables !... Eh ! qu'importe ! reprit-il d'un air de résolution, pas un être sur la terre ne croit en moi... ma mort ne sera pour personne un sujet de deuil ou de larmes. Il faut en finir... il faut que je périsse là sur cette pierre, comme on aurait dû m'y laisser périr il y a vingt-quatre ans, quand ma mère m'abandonna à la pitié des passans... Allez, fuyez, mademoiselle, continua-t-il, en éloignant du geste Constance, qui ne pouvait encore revenir de sa stupeur ; épargnez-vous le triste spectacle de ma fin ; car vous les entendez comme moi, n'est-ce pas ? Voilà qu'ils approchent : ils n'auront pas de peine à m'assassiner, je suis accablé de fatigues et de blessures, et je n'ai pas envie de leur disputer ma vie.

Il se laissa tomber sur la pierre, attendant avec résignation l'heure de son supplice, et bien résolu à n'opposer aucune résistance. Mademoiselle Van-Helmont, en proie à la plus horrible anxiété, tantôt prêtait l'oreille, tantôt se penchait vers Henri pour l'engager à se lever et à la suivre.

— Mais venez... pour Dieu ! venez avec moi, monsieur Henri, que j'essaie au moins à vous sauver... je ne vous quitte pas. Insensé ! savez-vous bien que si ma présence ne retient pas les bras de ceux qui vous cherchent, je mourrai là aussi de frayeur ! Henri, je vous en conjure, au nom de ce que vous avez de plus cher, suivez-moi ; entendez-vous bien, au nom de ce que vous avez de plus cher ! Mais c'est un crime que de rester là sous les coups de ses assassins, quand on peut les éviter encore.

— Au nom de ce que j'ai de plus cher ! reprenait d'une voix faible le malheureux criblé de blessures ; mais je n'ai rien de cher au monde ; puisque chacun me repousse, puisque je ne suis aimé de personne... Vous avez de la pitié pour moi, mais voilà tout ; de la pitié comme on en a pour tout ce qui souffre : un chien aussi inspire de la pitié... Laissez-moi mourir là, vous dis-je ; c'est un titre au souvenir des hommes que de périr assassiné pour avoir voulu le bonheur de ses semblables.

A force de supplications, Constance, qui ne voulait pas abandonner Henri à la fureur de ses ennemis, le décida enfin à s'éloigner avec elle de cette place, où le danger d'être découvert par ces furieux menaçait à chaque instant le bienfaiteur de la commune.

— Vous le voulez, dit Henri, je vais essayer de me lever. Peut-être ne pourrai-je pas aller bien loin ; mais au moins je n'aurai pas attendu lâchement leurs coups.

Il s'arma de courage, assura son pas, et se laissa emmener par Cons-

tance. Ils marchaient en silence, penchant tour à tour l'oreille vers la
terre pour distinguer les pas d'hommes dans le frémissement des feuilles.
Henri s'appuyait sur le bras de mademoiselle Van-Helmont, qui guidait
vers Torcy sa marche indécise. Après plusieurs détours dans les chemins
les moins fréquentés du pays, ils aperçurent le mur à hauteur d'appui
que surmonte une grille à fer de lance dans toute la longueur du parc de
ce château. Constance s'arrêta là, et, après s'être assurée que personne
ne les avait suivis, ni ne pouvait les entendre, elle dit à Henri : — J'i-
gnore si ce château serait un sûr abri pour vous dans le cas où l'on viendrait à savoir que le propriétaire vous a offert un asile chez lui. Je dois
donc vous sauver d'abord : plus tard, je mettrai le maître de cette maison
dans la confidence de notre secret. Laissez-moi entrer seule, et attendez
que je vienne de l'intérieur du parc vous dire que vous pouvez sans danger escalader la grille... Attendez, Henri, et surtout pas d'imprudence.
Ah! je vous en prie, pour vous... pour moi, pas d'imprudence! Elle lui
serra la main, et disparut par le chemin tournant qui suivait le mur du
parc. Quelques minutes après, mademoiselle Van-Helmont, qui était
rentrée au château sans que son retour fût remarqué par les dames qu'elle
vit de loin revenir de leur promenade sur l'eau, s'acheminait vers la partie du parc où elle avait laissé Henri. Elle craignait, en arrivant à cette
place, de ne plus le trouver là; d'une voix timide, et le cœur serré de
frayeur, elle appela le pauvre blessé, qui lui répondit faiblement : — Je
suis là.

— Maintenant, dit-elle, il faudrait essayer de passer par dessus cette
grille ; mais vous n'en aurez jamais la force, et je ne puis vous aider.

— Je vais encore essayer, reprit Henri : il me semble, depuis que vous
prenez tant d'intérêt à moi, que je crains de mourir.

Il grimpa avec peine sur le mur, roidit ses bras autour des barres de
fer ; mais, élevé à quelques pouces au dessus du mur, il manquait de point
d'appui pour atteindre à l'extrémité de la grille. L'anxiété de Constance
était affreuse. Elle cherchait dans son esprit le moyen de venir au secours
de Henri, qui allait retomber épuisé, après de vains efforts. Soudain une
pensée lui vint qui rendit l'espoir à son cœur : elle ramassa quelques
feuilles d'arbres détachées de leur tige par la violence du vent, les plaça
en lit sur le haut de ses manches de robe, appuya fortement ses mains
sur le mur, son front contre la grille, et dit à Henri : — Posez le pied sur
mes épaules, et ne craignez pas de vous blesser ; je vous soulèverai ; j'ai du
courage. Par un mouvement plutôt machinal que volontaire, Henri obéit
à la prière de Constance. Le jeune homme s'éleva sur la pointe de ses
pieds ; il atteignit le fer de lance, s'y cramponna ; une seconde après
Henri était dans le parc et remerciait, par un serrement de main bien expressif, la bonne et courageuse fille qui venait de le soustraire à la fureur
des paysans. Il fallait encore bien des précautions pour conduire Henri
jusque dans la chambre que Constance lui destinait. Heureusement elle
parvint à lui faire gagner son appartement : — Vous reposerez là, lui
dit-elle ; ne vous inquiétez pas de moi ; songez seulement à vos blessures, et croyez que, quoi qu'il arrive, il y a quelqu'un sur la terre qui
ne vous abandonnera pas tant que vous serez malheureux. Elle lava les
plaies saignantes de Henri, les pansa du mieux qu'elle put, rétablit le
désordre de sa propre toilette, et après avoir ordonné du repos et de la
prudence à son protégé, Constance descendit au salon, où elle trouva la
société réunie. L'un des fermiers du maître de Torcy était là ; il racontait
le scandale de Bussy-Saint-Martin ; voilà ce qu'il avait appris.

Ce matin, un étranger s'était présenté chez le maire ; il avait demandé
à parler devant celui-ci à lord Arthur Wolsey : c'était, disait-il, pour une
affaire concernant les plans de la commune. La servante du maire s'empressa d'aller prévenir milord, qui se trouvait en ce moment dans l'école
de maître Chevance. Le magister, apprenant que l'étranger s'intéressait

aux projets d'embellissement de Bussy-Saint-Martin, dit : — Cela me regarde aussi. Il prit son cahier de dessin, et courut le premier à la mairie.

— Est-ce vous qui êtes lord Wolsey ? demanda l'étranger, en regardant fixement le maître d'école.

— Non, monsieur : mais je le remplace ; et, en fait de bâtisse, lui et moi, nous ne faisons qu'un.

— Ainsi vous le connaissez bien ?

— Pardieu ! reprit maître Chevance, puisque je suis de moitié dans les plans de l'entreprise.

— Alors, continua l'étranger en s'adressant au maire, vous ferez bien de vous assurer de cet homme ; car si ce n'est pas une grande dupe, c'est au moins un fieffé fripon. Le magister se récriait avec force contre cette accusation ; et le maire n'était pas encore revenu de sa surprise, quand lord Arthur entra. L'étranger n'eut aucune question à lui adresser. Le coupable, à sa vue, se troubla, pâlit et s'écria : — Je suis reconnu ! En effet, l'étranger le nomma Henri. Il apprit au maire que, bien loin d'être Wolsey lui-même, celui qui avait pris ce nom n'était que le secrétaire de milord : qu'il usurpait un titre qui n'était pas le sien, afin de tromper la confiance publique, et que le véritable lord Wolsey ne reconnaîtrait jamais aucun des engagemens pris par un intrigant sans fortune et sans consistance dans le monde.

Celui qui était venu si brusquement renverser l'ouvrage du faux lord, c'était sir Acton, le tuteur d'Arthur Wolsey. Il arrivait d'Angleterre pour annoncer à son pupille que le comte de Wolsey, en mourant, l'avait nommé son exécuteur testamentaire. Averti par la voix publique des immenses travaux que le jeune lord faisait exécuter dans une petite commune de Seine-et-Marne, sir Acton avait pris d'amples renseignemens qui l'amenèrent à soupçonner que le nom de Wolsey ne se trouvait mêlé à cette affaire que pour cacher la spéculation d'un intrigant. Peu à peu ses soupçons se changèrent en certitude, et c'est avec l'intention de démasquer le faussaire qu'il était venu ce jour-là à Bussy-Saint-Martin. Henri connaissait sir Acton. Quant il vit son secret trahi par la présence de cet étranger, il voulut parler afin de justifier sa conduite. Il n'en eut pas le temps : déjà, grâce à la servante du maire, le bruit de cette scène était parvenu aux oreilles des ouvriers ; il se répandit en un instant dans les chaumières environnantes.—On nous a trompés, disaient les uns. — Nous sommes volés, disaient les autres. Et aussitôt la population, avec des cris affreux, se porta en foule à la maison-commune. Toutes les issues furent gardées ; on envahit la mairie.

— Qu'on nous livre le scélérat ! criaient les furieux ; il faut que justice soit faite.

Et tout à la fois juges et bourreaux, ils proféraient des menaces de mort contre celui qu'ils appelaient le bienfaiteur de la commune, une heure avant l'arrivée de sir Acton à Bussy-Saint-Martin. Maître Chevance n'était pas le moins animé contre celui qui avait abusé de sa bonne foi, et mis son génie à contribution ; car au fond de son cœur, le maître d'école se croyait l'inventeur des projets imaginés par Henri. — Il est là ! il est là ! disait le magister aux ouvriers qui demandaient à grands cris qu'on leur livrât le coupable. La maison du maire aurait été ensanglantée, si la servante n'eût ouvert à grande hâte une porte de dégagement, par laquelle Henri put s'échapper. Cette porte ne fut pas refermée assez promptement, pour que les ouvriers et les paysans qui se précipitaient dans la mairie ne suivissent les traces du fugitif. Ils s'élancèrent après lui, malgré les représentations du maire et les prières de sir Acton. Ceux-ci parlaient de la vengeance de la loi ; mais les furieux, en montrant leurs outils de travail, répondirent : — La voilà la loi ; et, guidés par maître Chevance, qui oubliait pour un moment la dignité de son caractère de chantre et de maître d'école, pour venger son orgueil offensé, il com-

mencèrent la terrible chasse à l'homme, avec l'ardeur d'une meute qui
suit la piste du sanglier.

Avant de poursuivre, je dois à la mémoire du savant magister, de dire
qu'il ne fit que quelques pas avec les paysans. Il se rappela fort à propos
les excellens préceptes de sagesse et de modération qu'il donnait aux
enfans du village. Un remords traversa sa belle âme ; il rougit de son emportement, et rentra dans son école en disant : — Que le bon Dieu sauve
ce malheureux ! S'il faut qu'il y ait mort d'homme, du moins, en voyant
le corps meurtri de celui qui nous a trompés, on ne pourra pas dire : —
CHEVANCE, magister, fecit.

Coupé dans tous les chemins, traqué dans tous les taillis, frappé d'une
pierre, atteint d'un lourd instrument de maçonnage ou de labour, Henri
fuyait toujours devant ceux qui le poursuivaient sans relâche, et qui
poussaient un horrible cri de joie, quand ils voyaient le projectile lancé
contre lui déchirer ses vêtemens ou l'ensanglanter au visage. La meute,
avec ses yeux flamboyans, la poitrine gonflée de cris rauques et la bouche écumante, oubliant que Henri, même par son imposture avait, en
quelques jours, répandu plus d'aisance dans la commune que les habitans
ne pouvaient en espérer par un travail de plusieurs années ; oubliant
que celui qu'ils pourchassaient avec tant d'acharnement avait occupé
leurs bras inactifs, était le bienfaiteur étranger qui secourut leur misère
et mérita l'honneur d'être porté en triomphe par eux ; enfin ne se rappelant pas même que c'était un homme, et qu'ils étaient des hommes
aussi, ils n'avaient plus qu'une pensée, qu'un désir, c'était de déchirer
leur victime haletante. La meute, altérée de sang, suivait tous les détours où la peur la conduisait Henri. Elle se dispersait dans les sentiers, se
réunissait aux carrefours, formait des cercles, des échelons, et courait
toujours jusqu'à ce qu'elle perdît de vue le malheureux, qui n'osait regarder derrière lui, et qui profitait de l'abri d'un corps d'arbre, ou de
l'asile que lui offraient quelques broussailles, pour étancher le sang d'une
blessure ou pour reprendre haleine. Cette course mortelle dura cinq
heures ; vingt fois, pendant la chasse que les paysans lui faisaient, Henri,
épuisé de fatigues, exprimait par des gestes qu'il n'en pouvait plus, et
qu'il allait se livrer ; mais quand les autres accouraient sur lui avec le
houra de mort et prêts à le frapper, alors le péril lui redonnait des forces :
il courait de nouveau, jusqu'à ce qu'on eût perdu la trace de ses pas. La
nuit est venue, mais sans apporter ni sécurité ni trêve au fugitif que l'on
cherche encore. Les chasseurs, bien décidés à ne pas abandonner leur
proie, viennent de se partager toutes les routes ; des cris de ralliement
ont été convenus entre eux ; ils veilleront jusqu'au lendemain, s'il le faut,
et recommenceront la chasse jusqu'à ce que la gendarmerie délivre Henri
des poursuites dont il est l'objet, ou que le malheureux tombe assassiné
sous les coups des furieux.

Si ce ne sont les termes dont le fermier se servit, du moins est-ce bien
le résumé du long récit qu'il commençait à peine, quand mademoiselle
Van-Helmont entra dans le salon. Elle l'entendit jusqu'au bout avec un
frémissement d'horreur mêlé de larmes ; car, en dépit de son courage,
Constance ne put parvenir à dissimuler sa vive agitation.

V

Le Passé.

Ah! qui peut dire combien est rude à escalader
le haut précipice sur lequel la renommée a placé
son temple? Toutefois, le tourment de l'obscurité
ne se fait pas sentir à tous : celui qui ne poursuit
point la chimère des louanges n'est pas effrayé du
silence de l'oubli.

JAMES BEATTI.— *Le Ménestrel.*

Quand le fermier eut achevé son récit, un cri d'indignation s'éleva
dans l'assemblée ; non pas contre ceux qui pourchassaient Henri avec tant
de fureur, mais bien contre le malheureux qu'on ne savait pas encore à
l'abri de leurs coups. Pas une voix ne parla en faveur du coupable : Constance n'osait dire un mot, et la baronne de Mézerac elle-même, celle qui
avait le plus vivement admiré le bienfaiteur de Bussy, mêlait ses critiques
amères aux récriminations que faisait naître la conduite mieux connue
du faux Wolsey. Ce qui était grand, beau, noble et généreux pour lord
Arthur, devenait criminel et méprisable de la part du secrétaire. Ce n'é-
taient pas seulement ses actions que l'on trouvait blâmables, mais encore
attaquait-on sa personne. Ainsi, cette noblesse de maintien, que les dames
se plaisaient à distinguer en lui, n'était-elle plus à leurs yeux qu'une
étude assez gauche de la tournure d'un homme de bonne compagnie ; la
douceur de sa voix, c'était le sentiment de sa faute qui l'empêchait de
parler haut; dans sa préoccupation intelligente, on ne voulait plus voir
que l'inquiétude incessante qui poursuit l'intrigant toujours tremblant
d'être démasqué; le feu qui brillait dans ses regards, c'était de la convoi-
tise, et non plus du génie. La baronne enfin avoua qu'elle avait été tout
à fait désenchantée en voyant ce jeune homme, et que si elle ne s'était
pas prononcée plus tôt touchant l'effet qu'il avait produit sur elle, c'était
afin de ne pas contrarier les dames qui persistaient dans leur admiration
pour lui. Madame de Mézerac, à chacune de ses sorties contre le secrétaire du lord, regardait avec malice mademoiselle Van-Helmont qui restait neutre ; car elle n'avait pas un mot à dire en faveur de Henri. La baronne ne soupçonnait cependant pas le mal que ses piqûres d'épingle
faisaient à Constance. Si elle avait pu se douter qu'au lieu de l'esprit,
c'était le cœur de la jolie Hollandaise qu'elle attaquait, elle eût peut-être
appuyé davantage.

Enfin, le fermier se retira. Comme la pendule du salon marquait onze
heures, chacun se dit bonsoir, et rentra dans son appartement. Constance,
au moment de monter chez elle, s'approcha du maître du château, lui dit
à l'oreille : — Attendez-moi ici, j'ai à vous parler ce soir. Il la regarda
avec étonnement ; elle lui fit signe de se taire, et lorsque toutes les portes
furent refermées, quand mademoiselle Van-Helmont se fut bien assurée
qu'aucun indiscret ne pourrait les surprendre, elle rentra au salon, où
son parent l'attendait avec une sorte d'inquiétude ; car jamais il n'y avait
eu entre eux l'intimité des confidences.

Le maître de Torcy avait dit comme les autres que la conduite de Henri
méritait toute la sévérité des lois, et qu'il était à souhaiter, non pas que le
coupable tombât entre les mains de ses ennemis, mais du moins qu'il fût
pris par les agens de l'autorité, afin qu'un jugement rigoureux le punît

de la fraude qu'il avait voulu commettre. Constance avait entendu avec effroi ces paroles sortir de la bouche du seul homme qui pût l'aider à sauver son malheureux protégé. Cependant elle reprit confiance, en pensant au caractère de bonté de ce juge sévère ; elle lui dit tout ce qui s'était passé ce soir-là, elle lui révéla l'asile qu'elle avait donné au faux lord Wolsey, et demanda secours et protection pour le blessé. Le parent de Constance, ému par les prières de la jeune fille, promit de la seconder dans son généreux projet. Comme il n'était pas prudent de garder le coupable à Torcy, où l'on n'aurait pu, sans danger pour sa liberté, lui donner tous les soins que son état réclamait, le maître du château fit mettre les chevaux à sa voiture, comme si une affaire pressante le rappelait à Paris. Aidé d'un domestique dont la discrétion lui était bien connue, il monta dans la chambre où reposait Henri : — Soyez sans crainte, lui dit-il ; c'est pour votre bien, et non pour vous perdre, que nous venons ici ; essayez de descendre sans bruit les deux étages : ma voiture est en bas, nous y monterons ensemble ; dans quelques minutes vous serez hors du pays, et avant le jour nous arriverons chez mon médecin.

Le blessé ne trouvait pas assez d'expressions de reconnaissance pour remercier ses sauveurs. Constance l'accompagna jusqu'à la voiture.—Bientôt, lui dit Henri, je pourrai peut-être vous prouver que, si je fus imprudent sans doute, je ne suis pas indigne de votre pitié.

Quelques jours après le départ de Henri pour Paris, un triste événement empêcha Constance d'aller recevoir les aveux qu'il avait promis de lui faire. M. Van-Helmont, atteint d'une maladie grave, rappela sa sœur à Amsterdam : la jeune fille dut partir avec sa tante. Constance ne cessa, dans ses adieux au maître de Torcy, de recommander le blessé à la générosité de son parent. Durant les trois mois qui s'écoulèrent avant le retour de la jeune fille en France, les poursuites de l'autorité contre le faux lord furent actives, mais sans résultat. On abandonna les travaux à peine commencés de la commune ; le tribunal annula la vente de terrain et les engagemens d'ouvriers : les fonds mis en circulation pour cette grande entreprise rentrèrent dans la caisse des prêteurs pour s'écouler plus tard par d'autres débouchés ; le mouvement et la vie qui animaient Bussy-Saint-Martin s'arrêtèrent subitement ; la commune revint à son premier état de misère et de monotonie. La prospérité, en passant un instant sur ce pays, n'y laissa d'autre trace de son mois de séjour qu'une maisonnette à demi bâtie, au lieu et à la place où s'élevait la chétive chaumière de maître Chevance : le magister avait à peu près seul profité de la lune de miel du hameau. On lui devait bien cette préférence, à lui qui avait dressé un si beau plan pour le pays.

Lorsque mademoiselle Van-Helmont revint en France, son premier soin fut de se rendre chez le médecin où Henri achevait sa convalescence.

— Je ne vous attendais plus, lui dit celui-ci d'un ton de reproche, qu'adoucissait cependant l'expression pénible de son regard.

Pour toute réponse, Constance lui fit remarquer l'habit de deuil qu'elle portait.

— Pardon, reprit Henri ; mais je souffre tant de l'isolement où je suis ! il est si cruel de ne pas savoir si le monde parle de vous, ce qu'il en dit !... On me maudit bien, n'est-ce pas ? on m'accuse d'une bassesse peut-être ? quand j'avais un si noble orgueil ! quand mon ambition me semblait si généreuse !... Au moins on n'a pas continué mon ouvrage, et c'est une consolation pour moi... Le plan du projet me reste, on ne me vole pas ma pensée pour en faire une misérable spéculation d'argent...

— Henri, lui dit Constance, vous m'avez promis la confession entière de vos torts ; je ne viens pas la réclamer, quoique j'aie besoin de voir en vous un honnête homme : ne me dévoilez pas le secret de votre âme, si cette confidence peut coûter quelque chose à votre repos ; mais dites-moi bien tous vos besoins : ne craignez pas de me devoir quelque chose... La fin prématurée d'un parent que je regrette me met à même de vous rendre quelques services.

— Puisque vous vous intéressez encore assez à moi pour désirer savoir ce qui m'a conduit à ce que le monde appelle sans doute un crime, une infamie, je ne vous cacherai rien de ma vie passée ; je vous dirai et mes chagrins et mon ambition, que personne peut-être ne saura comprendre, et qui pourtant me brûle le cœur, exalte mon imagination, et m'a donné déjà bien des jours d'angoisses, bien des nuits sans sommeil. Mais avant de commencer l'histoire de ma vie, je dois détruire à vos yeux la plus forte des accusations qui pèsent sur moi : celle d'avoir pris un nom qui ne m'appartenait pas... Non, je n'ai pas volé ce nom de Wolsey : c'est mon bien. C'est la société qui me le dérobe : je devrais me nommer Wolsey tout aussi bien que l'homme qui se disait mon maître : je suis le frère de lord Arthur, son frère aîné encore ; car je suis le premier enfant du comte de Wolsey.

Constance le regardait parler avec surprise, avec un sentiment de plaisir même ; car il y avait une noble fierté dans le regard de Henri ; toute son âme de feu éclata dans ses yeux, quand il ajouta : — Oui , fils du comte de Wolsey ! Eh ! qu'importe si la société ne m'accorde pas une noble origine parce que je suis bâtard ! Qu'on sache bien qu'il faudrait épuiser mes veines jusqu'à la dernière goutte, pour oser dire que le sang des Wolsey ne coule plus en moi !

Mademoiselle Van-Helmont n'était pas assez forte sur l'argumentation pour combattre le paradoxe anti-social de Henri ; d'ailleurs, elle se sentait trop heureuse de le savoir déjà moins coupable, pour se demander jusqu'à quel point nous pouvons user d'un nom que l'acte de l'état civil nous refuse.

Henri continua :

— J'ignore le nom de celle à qui je dois la vie. Tout ce qu'une conversation avec le comte de Wolsey me révéla sur ma naissance, c'est que quelques jours après que ma mère m'eut mis au monde, elle me fit déposer sur la pierre druidique du hameau de Bussy-Saint-Martin : c'était une chose convenue avec mon père, qui désirait alors se fixer en France. Il devait, en parcourant les environs, sous prétexte de louer un château dans ce pays, me trouver sur cette pierre, m'adopter comme un orphelin, et m'élever dans sa famille , sans que la comtesse de Wolsey pût jamais soupçonner la nature de l'intérêt que j'inspirais à son mari. Le projet de mes parens réussit. J'aurais sans doute joui du bonheur d'embrasser ma mère , si la révolution, qui se dessina plus sombre quelques mois après cet événement, n'eût forcé le comte de Wolsey d'abandonner la France, où je ne revins plus qu'après mon départ de la Hollande.

» Arthur vint au monde deux ans après notre arrivée en Angleterre. Je n'ignorais trop pour sentir alors tout le tort que me causait la naissance de ce fils légitime. On m'a dit plus tard que la comtesse de Wolsey, qui jusque-là m'avait porté un véritable amour de mère, m'abandonna tout à fait aux soins des servantes, pour ne plus s'occuper que de son fils.

» Je passerai sous silence tout ce que le sot orgueil de mon jeune frère me fit éprouver de mauvais traitemens dans mon enfance. Le comte de Wolsey ne savait rien de ce qui se passait dans l'intérieur de la maison ; plongé dans des spéculations politiques, il voyait les ministres, la cour, les chambres législatives, et ne rentrait guère à l'hôtel que pour se reposer des affaires publiques ; il abandonnait les soins de sa vie intérieure à la comtesse de Wolsey. Une fois seulement, mon père me vit pleurer d'une injuste punition que la malice d'Arthur m'avait attirée ; il me prit dans ses bras, essuya mes larmes, gronda un peu haut. La comtesse éleva la voix à son tour, et dit « qu'il y avait assez long-temps que j'étais un sujet de querelles pour la famille ; » c'était, je l'ai su plus tard par mon père, leur première discussion à mon sujet. Elle ajouta qu'on me trouvait assez fort et assez âgé pour être mis en apprentissage, qu'il fallait ou me faire ouvrier, ou me donner la livrée pour que je servisse de *groom*. L'idée de la domesticité révolta le comte; il me plaça chez un menuisier. A neuf ans, je paraissais en avoir à peu près sept, tant j'étais frêle et chétif! Après quelques jours d'un travail au dessus de mes forces, on fut obligé de renoncer à me faire apprendre un métier que je ne pouvais exercer sans danger pour ma vie. Je revins à l'hôtel ; mais cette fois je n'eus plus accès dans le salon : les jeunes fils des lords du voisinage qui venaient jouer avec Arthur ne m'admettaient plus dans leurs parties de plaisir, à moins qu'ils n'eussent besoin d'un plastron pour leurs coups. Quant aux autres enfans, comme ils me voyaient en butte aux injures et aux sarcasmes des valets, en ma double qualité de Français et d'enfant trouvé, ils ne m'appelaient que le *chien de mendiant* et se croyaient beaucoup au dessus de moi, parce qu'ils étaient Anglais, et battus par des parens qui ne les reniaient pas. Isolé, méprisé, je cherchai dans l'étude qui valait aux enfans de mon âge tant d'éloges pour prix de leur application, je cherchai, dis-je, des louanges qu'on serait bien forcé de donner à mes succès. Je demandai des leçons aux maîtres d'Arthur. Mes progrès furent rapides ; mais on ne faisait pas semblant de les remarquer, parce qu'ils ne flattaient l'amour-propre de personne. Cependant, à la fin, on ne put se refuser à l'évidence ; et quand il fut question d'envoyer Arthur étudier dans une université, le comte de Wolsey, qui seul avait vu avec intérêt mon assiduité au travail, me donna pour compagnon à son fils légitime, en lui recommandant de voir en moi un émule, un camarade, et non pas l'enfant trouvé dans un village de France.

» Que vous dirai-je aussi de mes succès de collège? Pouvaient-ils satisfaire entièrement mon amour-propre, quand j'entendais mes camarades m'appeler l'enfant sans nom, et les fiers héritiers des grandes maisons d'Angleterre prendre à tâche de me faire sentir que la famille est tout, qu'un titre de naissance est le seul marchepied qui permette d'atteindre aux honneurs, qu'on n'est quelque chose que par son nom, et point par son mérite ? A côté de quelques exemples d'enfans obscurs devenus grands hommes, ils me citaient des milliers de noms de savans et d'hommes supérieurs qui avaient fait de vains efforts pour sortir du néant, où la bassesse de leur origine les replongeait toujours. Ceux qui avaient combattu avec le plus de courage contre leur mauvaise fortune laissaient un nom après leur mort, c'est vrai ; mais comment auraient-ils pu soupçonner la gloire qui les attendait après leur mort? on les méprisait si fort de leur vivant !

» C'est dans cette désolante perspective qu'Arthur et ses amis me mettaient sans cesse sous les yeux, que je puisai le désir d'arriver à une haute réputation. Il me sembla qu'il serait beau de vaincre le sort qui me condamnait à l'obscurité, et de m'élever, par les seules ressources de mon imagination, au dessus de ces nobles héritiers, qui me refusaient leur estime. Je m'aveuglais jusqu'au point de croire que je les forcerais bien à me rendre justice, eux qui montraient si peu d'admiration pour les courageux athlètes qui s'étaient vengés du mépris de leurs contemporains en laissant après eux un nom impérissable. Plein de ces grandes et généreuses idées, je formai donc le projet de me placer plus haut que mes orgueilleux camarades de l'université dans l'estime publique ; une vie nouvelle se révéla à moi, et du moment que j'osai me dire : l'avenir m'appartient, je ne souffris plus ; je croyais en moi ; toutes mes peines passées disparurent devant l'espoir d'une grande renommée. Ah ! c'est qu'on ne soupçonne pas combien la gloire est une chose vraie, une jouissance réelle, un but vivant que l'on voit, qui se forme, s'anime et grandit à nos yeux quand nous avons la volonté ferme de la mériter, et que nous sentons dans notre cœur ces saints et précieux mouvemens d'orgueil qui nous font dire :

« Et moi aussi, je suis une puissance ; car l'intelligence gouverne le monde, et je suis intelligent ! »

Il y avait un tel sentiment de conviction dans les paroles de Henri, que Constance éprouva presque de l'enthousiasme en l'écoutant parler. Elle crut sentir passer dans son âme une partie du feu sacré qui animait le descendant illégitime des Wolsey.

— Continuez, lui dit-elle, car plus que jamais tout ce qui vous touche est intéressant pour moi. Ah ! maintenant je devine ces sombres rêveries que Caroline cherchait en vain à s'expliquer autrefois, et pour lesquelles j'étais forcée de trouver des excuses, afin de rassurer le craintif amour de ma pauvre amie.

— Ce n'était plus qu'un souvenir, répondit Henri, un regret peut-être que je donnais à mes espérances trompées ; car alors j'avais renoncé à l'espoir de m'illustrer ; toutes les carrières m'étaient fermées, et je commençais à croire qu'il ne m'était pas possible de sortir victorieux de ma lutte contre la fortune. Avec la perte de la seule femme qui voulût bien m'aimer, et qui ne m'aima peut-être que parce qu'elle ne connut pas mon ambition ; en la perdant, dis-je, mon refuge ordinaire contre les peines s'ouvrit encore pour moi ; je redemandai à la gloire des consolations contre le malheur. Mais il n'est pas temps encore de vous parler de ce que je fis alors ; sans doute je devrais me taire aussi sur tout cela : un ambitieux ne saurait inspirer beaucoup de compassion.

— Une noble ambition comme la vôtre, monsieur Henri, mérite le respect, et quand même celui qu'elle possède tomberait avant d'avoir atteint le but, il n'en serait pas moins à mes yeux digne de regrets, et même d'admiration ; car le malheur aussi est une gloire.

— Vraiment, vous pensez cela ? reprit vivement Henri en saisissant la main de Constance ; vous me comprenez donc ? Vous n'êtes donc point comme ceux qui riaient quand je leur parlais de mon avenir ? Je ne demandais pour récompense de mes efforts que quelqu'un qui crût en moi, et vous y croyez, vous ! Ah ! mais je ne suis plus malheureux ; mais me voilà ce premier degré de la renommée auquel je n'espérais plus d'arriver ; ma confiance en moi-même a trouvé un écho dans votre cœur : peines, tourmens, fatigues, je pourrai tout braver à présent, puisqu'il y a quelqu'un dans le monde qui me répond de l'avenir.

Constance était fortement émue, car elle voyait des larmes de joie et de reconnaissance voiler les regards brillans d'enthousiasme de l'ambitieux Henri.

— Oui, disait-elle, noble et bon jeune homme, je vous serai en aide dans le monde ; et si l'appui d'une femme peut quelque chose sur votre courage, comptez sur moi... Henri, comptez toujours sur moi.

Après une pause de quelques secondes qui lui était nécessaire pour se remettre de son agitation, Henri continua son récit, que je me contenterai de rapporter succinctement.

Au sortir de l'université il prit ses grades d'avocat. Un premier succès dans cette profession lui promettait une haute réputation ; mais, impatient d'acquérir un nom, il heurta les opinions d'un rival puissant : les intrigues de celui-ci le firent rayer pour un an du tableau des avocats. Indigné d'une telle injustice, il abandonna cette carrière et se lança dans celle des armes. Malgré la protection du comte de Wolsey, il se vit encore en butte aux mépris des jeunes officiers de haute naissance qui refusaient de l'admettre dans leurs réunions. Il fut insulté publiquement pour avoir voulu prendre place à un repas de corps d'où l'esprit aristocratique des chefs de son régiment était parvenu à l'exclure. Un duel suivit cette offense, et il ne dut son salut qu'à sa fuite sur le continent. Il s'embarqua avec lord Arthur, qui allait faire ce que les Anglais appellent *le grand voyage*, et qui est le complément indispensable de l'éducation des gens riches. La comtesse de Wolsey n'existait plus ; mais le jeune

Arthur, héritier de l'orgueil de sa mère, prétendait n'admettre Henri auprès de lui qu'en qualité de valet : mais le comte, qui avait réuni ses deux fils dans un dîner d'adieu, prit la parole : — Puisqu'il faut, dit-il à Arthur, qu'un père, dût-il en rougir, justifie auprès de son héritier sa tendresse pour un étranger, vous saurez, monsieur, que j'entends que Henri soit traité par vous comme un frère, et que ce serait encourir mon indignation que de persister dans votre insupportable vanité. Henri n'est point ce que vous appelez un mendiant ici : c'est un parent, m'entendez-vous? un parent à qui vous devez au moins des égards, si vous ne pouvez lui donner votre amitié. Tant que votre honorable mère vécut, je dus garder ce secret, et souffrir sans me plaindre les rigueurs dont on accablait ce jeune homme; mais à mon fils je peux parler, je pense; et si son cœur est, comme j'aime à le croire, susceptible d'un sentiment généreux, il comprendra tout ce qu'il doit d'affection à celui qui est mon enfant aussi... car Henri est bien mon fils; et si je ne puis avouer sa naissance, au moins mon cœur de père ne l'a jamais méconnu.

La surprise d'Arthur était extrême. Pour Henri, ce n'était pas seulement de la surprise qu'il éprouvait, c'était de la joie, du délire; il était pâle de bonheur; lui, le misérable enfant trouvé, il avait une famille! il était le fils du comte de Wolsey ! Ainsi, cette fierté qu'il sentait dans son âme était donc une lueur incertaine qui perçait les ténèbres de son origine. Le comte ajouta avec la plus vive émotion :—Je ne vous dirai pas, mes amis, tout ce que j'ai souffert de vos querelles, de l'injuste inimitié de la comtesse pour cet enfant que j'aimais, comme je l'aime, Arthur. Vous comprenez sans doute combien je dévorais avec angoisse les outrages dont on accabla Henri, et sous la toge d'avocat et sous l'uniforme militaire. Mon espoir, mon bonheur eût été de vous voir liés d'une amitié fraternelle. Je me disais : — Arthur sera le protecteur de son frère, et Henri, par ses talens, par ses vertus, justifiera l'appui que mon fils légitime lui prêtera ; et je serai fier alors de mes deux enfans ! Le sort ne l'a pas voulu : j'ai compris que les secrets avertissemens du ciel dont on parle, le cri du sang, n'étaient que de vains mots, et qu'il fallait tout dire enfin. Maintenant, mon ami, continue-t-il, en regardant Arthur d'un air presque suppliant, refuseras-tu à celui que j'appelle aussi mon fils cette bienveillante protection que tu n'as pu lui donner par un propre mouvement de ton cœur ?

Arthur, malgré son invincible fatuité, n'était point un méchant homme ; il fut ému, serra la main de Henri avec attendrissement : — Pardonne-moi, mon frère, dit-il, et compte sur mon amitié.

Le comte embrassa ses deux enfans, et leur raconta alors tout ce qui s'était passé à la naissance de Henri. Il dit à Arthur : —Tu ne perdras rien de ton héritage : mon fils légitime aura tout mon bien. Je laisse à la générosité de son âme le soin de l'avenir de son frère Henri. Maintenant, tu n'as plus besoin de chercher ton bonheur dans une supériorité que l'orgueil des hommes ne veut pas t'accorder ; laisse-les te fermer toutes les carrières; tant que le cœur d'Arthur sera ouvert pour toi, tu n'auras rien à souhaiter. Sois toujours pour lui, dit-il à l'un. Que la confession que je vous ai faite ne t'inspire pas une folle vanité, reprit-il en s'adressant à l'autre; tu réclamerais en vain les priviléges de ta naissance ; la société ne te reconnaîtrait pas, en moi-même je me dirais : Il est devenu indigne de ma tendresse, du moment où il n'a plus respecté le secret de son père. Henri promit à M. Wolsey de mériter, par sa soumission aux désirs du comte et par sa déférence pour Arthur, la tendresse et la protection qu'ils lui accordaient. Il fut convenu que Henri prendrait le nom de l'une des propriétés de la famille, et qu'il voyagerait avec le titre de secrétaire d'Arthur Wolsey. Les deux frères partirent. Durant quelques mois, le jeune lord montra beaucoup d'amitié pour son frère ; et celui-ci, heureux de se savoir une famille, n'éprouvait plus ce vif besoin de renommée que le mépris des hommes lui avait inspiré. Le feu sacré couvait toujours dans son cœur ; mais c'était un désir vague et sans objet, dont son portefeuille, rempli de pensées sans suite, et de projets non terminés d'ouvrages de littérature et de science, était le seul confident. Enfin, l'amour vint, et dès lors Henri ne pensa plus qu'à chercher dans le bonheur du ménage cette félicité qu'il n'apercevait autrefois qu'à travers le prisme de la gloire. Malheureusement Arthur fut son rival ; et nous savons comment celui-ci punit son frère de la préférence que lui donnait Caroline. Par respect pour le comte, Henri ne dit pas le secret de sa naissance ; mais la résolution de se faire un nom se réveilla plus forte que jamais dans son cœur. Il se sépara d'Arthur et vint en France avec la dot que le comte de Wolsey lui avait fait passer d'Angleterre. Persuadé que l'apparence de la fortune était nécessaire pour réussir, il se donna un grand train de maison, travailla avec ardeur à l'un de ces ouvrages qu'il avait rêvés autrefois. Le livre parut ; on ne parla pas de lui, ou plutôt ce qu'on en dit fut oublié bientôt par l'apparition de vingt autres écrits que protégeait déjà la réputation de leurs auteurs. En littérature, pour être connu tout de suite, il faudrait débuter par un second succès. La gloire littéraire n'était, d'ailleurs, ni assez solide ni assez éclatante pour son ambition pressée. Henri faisait de fréquentes excursions aux environs de Paris ; c'est dans une de ces promenades qu'il arriva un jour à Lagny. On connaît son projet élaboré dans la chaumière de maître Chevance. Le nom de Bussy-Saint-Martin lui avait rappelé le lieu où il avait été recueilli par le comte de Wolsey. Il crut beau et digne de son cœur, désireux de renommée, de fonder son avenir sur le bonheur de ce pays qui avait vu sa première misère ; et puis, ce n'était pas se montrer plagiaire que de chercher une haute réputation à force de bienfaits : c'était aussi se mettre à l'abri des rivalités : on craint peu la concurrence, en fait de générosité.

Henri avait conçu ce projet, afin de pouvoir revenir auprès du négociant qui avait refusé le gendre sans nom, et qui s'enorgueillirait sans doute de donner sa fille au fondateur d'une colonie. Dans l'année qui s'écoula pendant qu'il intéressait de grandes fortunes à son projet, Caroline mourut. Il apprit ce triste événement, et, loin d'en être abattu, Henri y puisa un nouveau courage ; il y vit une vengeance à exercer contre le malheur qui le poursuivait. L'importance du nom qu'il avait pris lui ouvrit toutes les portes, mit tous les bras à sa disposition ; ce n'était pas une basse spéculation qu'il méditait ; il voulait, comme autrefois Vincent de Paule, élever un monument profitable aux autres, et dont il ne recueillerait aucun fruit que l'impérissable souvenir d'une entreprise heureuse, à force de hardiesse, et à laquelle la reconnaissance publique attacherait son nom.

— Maintenant jugez-moi, dit-il à Constance qui l'avait écouté avec une attention soutenue : dites-moi si j'ai mérité les noms infamans que me donnent ceux qui n'avaient pas assez d'éloges pour mes projets, dont le succès était certain ; si j'ai mérité aussi les tourmens que m'ont fait souffrir ceux que j'ai nourris, à qui je ne voulais donner que du travail et le bonheur... Ils ont beau dire ; non, je ne suis pas un fourbe, un intrigant, un faussaire ; il y a en moi de nobles et grandes idées ; mon cœur est encore plein d'un beau désir de gloire, et celle qu'on me refuse aujourd'hui, eh bien ! je la devrai un jour à d'autres moyens : je ne mourrai pas inconnu. Constance, c'est une guerre avec la société, dont je sortirai triomphant. n'en doutez pas: on se souviendra de moi !

— Oui, dit-elle, j'ai aussi confiance dans votre avenir ; mais cette gloire que vous ambitionnez, il faut la demander à ceux qui consolent de toutes les peines : aux beaux-arts, mon ami, ils n'exigent ni un nom puissant, ni une grande fortune, pour accorder la renommée : c'est l'étude, le travail et du génie qu'il faut pour réussir. Autrefois, dans nos entretiens, vous parliez avec enthousiasme de tableaux et de statues ; déjà même vous ébauchiez quelques esquisses dans lesquelles on remarquait mieux que du goût. Décidez-vous, Henri, et avec votre noble désir de succès, je vous réponds que vous réussirez. J'ai quelque fortune, je la mets à votre disposition ; vous ne serez pas humilié, je l'espère, de mes offres de service ; et moi je serai si fière d'avoir pu contribuer à votre bonheur, à votre réputation.

Henri remercia avec une touchante effusion de cœur la généreuse fille qui lui montrait la véritable route de la célébrité. Son âme impressionnable adopta vivement le projet qu'elle formait pour lui. — Vous le voulez, dit-il ; je serai artiste, et je fonderai une école, ou je mourrai à force de travail... Mais, reprit-il, ne suis-je pas en prison ici ? puis-je sortir, me montrer, quand on me cherche encore ; lorsqu'un arrêt est peut-être déjà prononcé contre moi ?

Constance le rassura : — J'ai vu ceux qui se croyaient compromis par votre entreprise ; ils se sont désistés de leurs plaintes ; les frais des procès intentés contre vous ont été acquittés ; des dédommagemens ont apaisé la colère de vos créanciers : vous êtes libre, Henri. Si je ne vous avais pas trouvé aujourd'hui digne de tout l'intérêt que vous m'aviez inspiré, je serais retournée en Hollande, et jamais vous n'auriez su par quelle main vous aviez été secouru ; mais à présent que j'ai pu comprendre votre ambition, que je sais vos malheurs, je suis heureuse de vous avouer mes démarches ; qu'elles n'humilient pas votre fierté, Henri ; c'est un premier hommage que je rends à la gloire qui doit vous appartenir un jour, et qui sera peut-être aussi mon ouvrage.

C'est par ces mots que Constance révéla à Henri le secret de son cœur. Il la regarda avec surprise et tendresse, n'osant croire au bonheur d'être aimé, d'être si bien compris : — Je ne suis donc pas un malheureux insensé pour vous, Constance ?

— Pouvez-vous me demander cela ? dit la jeune fille en baissant les yeux, comme si elle eût voulu montrer par ce mouvement de pudeur à quel point l'ambitieux Henri lui était cher.

Il couvrit de baisers la main qu'elle lui abandonnait, et jura que ce n'était plus par vengeance contre le monde, mais pour se montrer digne de l'amour de mademoiselle Van-Helmont, qu'il allait chercher un nom illustre dans l'étude des arts.

Un mois après cette conversation chez le médecin, Henri étudiait la statuaire dans l'atelier de l'un des plus célèbres sculpteurs de la capitale.

VI

Après huit ans d'Études.

Voici l'heure fatale où l'arrêt se prononce :
Je sèche, je me meurs. Quel métier ! J'y renonce.
Quelque flatteur que soit l'honneur que je poursuis,
Est-ce un équivalent à l'angoisse où je suis ?
Il n'est force, courage, ardeur qui n'y succombe.

PIRON.

Que ce rêve est brillant, mais, hélas ! c'est un rêve.

LAMARTINE.

Tous les créanciers de Henri, ou pour mieux dire ceux qui se suppo-
saient tels, instruits de la facilité avec laquelle mademoiselle Van-Helmont accueillait les réclamations des intéressés à l'entreprise du nouveau
Bussy, se présentèrent tour à tour chez Constance, et leur exigence diminua considérablement la fortune de cette généreuse amie. Henri ne
savait rien de tout cela. Livré avec ardeur à l'étude de son art, il ignora
et les sacrifices d'argent et d'autres sacrifices plus grands encore que
Constance faisait pour lui. Quelques parens de la jeune Hollandaise, ayant
appris sa liaison avec Henri, lui firent de vives réclamations pour l'engager à retourner à Amsterdam : Constance répondit par un refus formel
d'abandonner celui qui n'avait d'espoir qu'en elle. On lui écrivit que ce
jeune homme la réduirait à la misère : — Sa réputation me tiendra lieu
de fortune, dit-elle. Les parens, indignés, renoncèrent à la revoir jamais.
Elle se dit encore : — Sa tendresse me tiendra lieu de famille.
Cependant Constance allait de temps en temps dans le monde. Un jour,
comme on l'annonçait chez la baronne de Mézerac qui donnait à dîner ;
celle-ci vint au devant de Constance, et après quelques mots d'amitié,
l'ancienne admiratrice du faux Wolsey, la femme à passions vives lui dit :
— Ah ! je suis enchantée de vous voir, ma chère amie. N'a-t-on pas l'infamie de dire dans le monde que vous vous êtes oubliée au point de rompre avec vos parens, pour conserver une liaison avec ce petit secrétaire
que nous avons connu autrefois, par hasard, en allant à Torcy... Je vous
ai défendue, et votre présence chez moi prouvera que ce n'était qu'une
horrible calomnie ; car une femme qui se permettrait une telle faiblesse,
n'oserait certainement plus se montrer dans la société.
Constance, placée entre la nécessité d'abandonner Henri, ou de laisser
flétrir sa réputation, ne voulut pas encore cette fois sacrifier son amour
aux exigences du monde. Elle dit à madame de Mézerac : — Je n'ai pas
le pouvoir de faire passer dans l'esprit des autres la conviction de mon
innocence ; mais puisque madame la baronne a tant de respect aujour-
d'hui pour les jugemens du public, je ne lui ferai pas l'affront de me
présenter une seconde fois chez elle. Elle partit, et comme Henri l'attendait au moment où elle rentra, Constance se dit en le revoyant : — Je
chercherai aussi dans la gloire qui l'attend une consolation contre le
mépris de ceux qui ne veulent pas me comprendre.
À mesure que Henri grandissait en talent dans l'atelier de son maître,
l'heureuse Constance sentait augmenter l'amour qu'elle avait pour le
jeune sculpteur. Quelquefois il revenait près d'elle avec ce sombre décou-
ragement qui s'empare souvent d'une âme trop occupée ; alors elle rame-

naît la sérénité sur le front de son amant, en lui disant : — Henri, vous
vous trompez, vous aviez de l'avenir ; cessez de craindre ainsi, et ne
m'ôtez pas l'espérance ; car je crois en vous, et cette croyance fait toute
ma joie. Elle parlait ainsi : il était consolé. Ou bien il rentrait fier, heureux d'un éloge de son maître ; et alors ces deux âmes qui se comprenaient si bien devançaient le jour où le premier chef-d'œuvre de l'artiste
serait exposé aux applaudissemens de la foule ; ils déliraient ensemble :
— Ce jour sera doublement beau pour nous, se disaient-ils, car il précé-
dera celui de notre mariage. — Je vous donnerai un nom qui fera votre
orgueil, Constance, reprenait Henri ; et celle-ci avait de la reconnaissance
dans le regard ; elle oubliait que Henri lui devait tout, et se trouvait honorée de l'amour de celui qu'elle voulait illustre.

Après trois ans de travail, Henri concourut pour le grand prix de Rome.
Tout en accordant de l'imagination et du talent à son ouvrage, le jury
des beaux-arts ne lui accorda qu'un premier accessit ; il s'attendait à
moins encore. Son ciseau, empêché par les vieilles routines de ce que
l'Académie appelle le vrai beau, n'avait pu s'élever à la hauteur de son
talent original ; il craignait de traduire sur le plâtre tout ce qu'il y avait
de hardiesse dans sa pensée, et de ce mélange de respect pour les modèles passés et de tourment pour son avenir sortit un ouvrage qu'il ju-
geait encore plus sévèrement que ses maîtres et ses rivaux.

Ses études étaient terminées ; il respira ; il se trouva lui enfin quand
il put se dire : — Ce n'est plus à la réputation de mon maître que je travaille, c'est la mienne que je joue contre l'estime de mon siècle ; il s'agit
à présent de gagner la partie. Alors il s'isola tout à fait du monde ; et
pendant deux ans que dura l'exécution de son premier chef-d'œuvre,
Henri ne sortait de chez lui que pour se rendre à son atelier. Seulement,
le soir, il se permettait une petite promenade avec Constance, et, encore,
ces momens de repos n'étaient-ils consacrés qu'à de nouvelles méditations
sur l'ouvrage qui devait fonder sa renommée. Comme autrefois, Constance
dissipait ses craintes, relevait son courage, partageait ses joies ; elle ne le
quittait pas d'un instant. Assise dans l'atelier du sculpteur, elle lisait haut,
ou bien gardait le silence, soit qu'il eût ou non besoin de distraction :
c'était une entière abnégation d'elle-même, ou plutôt ces deux pensées
diverses n'en faisaient qu'une ; la même chaleur de cœur les animait tous
deux : — Qu'il est beau d'être aimé ainsi ! disait Henri. Qu'il est doux d'être
compris par celle que l'on aime ! c'est déjà une noble récompense des travaux de l'artiste que de savoir qu'une autre partage toutes vos émotions,
que son sang bouillonne comme le vôtre à l'idée des éloges qui vous attendent. Oh ! qu'il serait donc cruel de mourir et de laisser inachevée une
œuvre sur laquelle un double bonheur repose !... N'est-ce pas que ma
statue sera belle ?

— Oh ! oui... oui, Henri ; notre avenir est là ; ta célébrité est certaine.

Elle lui disait toi ; lui aussi la tutoyait ; mais qu'on ne les accuse pas
d'avoir manqué à ce qu'ils devaient au monde, le monde les avait repoussés comme indignes de son estime ; et, d'ailleurs, deux êtres qui ne vivent plus de la vie commune, dont l'imagination s'exalte sans cesse, qui
n'ont d'appui qu'en eux-mêmes, mais qui savent y puiser les consolations
sublimes d'une gloire prochaine et impérissable, ceux-là ne doivent point
être jugés avec cette rigoureuse sévérité de principes dont bien des mo-
ralisseurs se font souvent un manteau pour cacher leur propre immoralité.

La statue enfin sortit de l'atelier pour aller prendre place au Musée,
parmi les ouvrages des artistes qui devaient enrichir l'exposition publique.
Le sujet que Henri avait choisi était bien susceptible d'enflammer une
imagination toute poétique.

C'était le Camoens, ses *Lusiades* à la main, sortant, nu jusqu'à la ceinture, des flots qui n'avaient respecté dans leur fureur que le poète et
l'œuvre de son génie. Une vague venait encore battre le pied du rocher

que le Camoens gravissait avec peine. On voyait, par ses muscles qui se
raidissaient avec effort, les longues fatigues de la lutte contre la tempête.
À travers l'expression de douleur qui se peignait sur son visage, perçait
un sentiment d'orgueil ; il regardait son poëme qu'il tenait encore élevé
vers le ciel, comme il l'avait tenu long-temps au dessus des flots, et semblait s'écrier, ainsi que Henri l'avait dit autrefois pour lui-même : — Au
moins mon nom ne périra pas !

L'apparition de cet ouvrage fit une profonde sensation sur les artistes qui parcouraient les salles de l'exposition avant l'ouverture des
portes. Que ces murmures flatteurs furent doux pour le jeune sculpteur
altéré de louanges ! C'était beaucoup déjà d'obtenir l'approbation de ses
rivaux ; mais ce n'était point assez pour lui : il ne voulait rien perdre des
éloges que l'on donnerait à son ouvrage ; aussi quand il entendit les portes
rouler sur leurs gonds, et qu'il vit des flots de curieux s'engouffrer dans
les salles, il se plaça derrière son Camoens, et là, accoudé sur le socle
du chef-d'œuvre qu'il livrait à l'admiration publique, il prépara son cœur
aux plus vives émotions.

C'est d'abord vers les salons de peinture que se dirige la foule : on se
presse, on s'étouffe devant les tableaux, comme si c'était assez que des
yeux aveuglés par l'éclat des couleurs pour juger de la beauté des formes,
de l'énergie des poses, ou de l'expression originale ou bien sentie des passions et des douleurs que nous offre la statuaire. — Aux tableaux, disent
les curieux ; nous aurons toujours le temps de voir les statues. Les galeries consacrées aux ouvrages de sculpture ne sont guère visitées qu'aux
heures où les gardiens du Musée font refluer la foule vers les portes exté-
rieures ; seulement, quelquefois, c'est un étranger égaré dans le Louvre,
un rendez-vous donné , une savante curiosité, qui peuplent de quelques
visiteurs la partie abandonnée de l'exposition. Cet empressement pour les
uns, et l'espèce d'indifférence qu'on montre pour les autres , est, selon
moi justice : à chacun la récompense suivant les œuvres ; l'ouvrage le
plus durable doit attendre la sienne de l'avenir. À la peinture une admiration pressée, car il faut peu de siècles pour effacer les couleurs et déchirer les toiles ; tandis que le temps ne ronge qu'à regret le chef-d'œuvre
du sculpteur. Ce n'est plus que par tradition que nous parlons d'Apelles ;
c'est par conviction que nos petits-fils admireront encore Praxitèle.

Henri se tenait donc derrière sa statue, guettant l'éloge qui devait soulager sa poitrine oppressée ; et déjà il commençait à sentir tous les tourmens de l'humiliation, car on passait rapidement devant son Camoens,
comme on devait passer aussi devant la blanche avenue de groupes rivaux
qui se disputaient l'honneur d'attirer les regards. Personne ne disait : —
Que c'est beau ! et quelques uns demandaient même au pauvre artiste le
chemin des salons de peinture. Il n'y avait là, de fidèle à l'admiration, que
la bonne Constance, entrée la première à l'ouverture des portes. Elle venait pour partager la joie de son ami, et recueillir avec lui les applaudissemens de la foule. C'était cette généreuse fille qui ramenait l'espoir dans le cœur de Henri ; elle allait écouter ceux qui passaient, puis
revenait vers l'artiste, avec un délicat mensonge à la bouche, lui dire : —
L'on a regardé, et quelqu'un a dit : C'est bien ! c'est parfait ! Cependant
l'heure avançait, et la salle des sculpteurs cessait d'être déserte : — Eloi-
gne-toi, dit Henri à sa maîtresse ; ne fais pas semblant de me connaître ;
mêle-toi à tous ces groupes, écoute bien tout ce que l'on dira, car il est
impossible que l'on ne parle pas de moi. Elle fit ce qu'il voulait, et lui reprit sa place à côté de son ouvrage : car il vit de loin la longue suite de
curieux qui venait enfin à lui.

Un groupe passa, leva les yeux vers le Camoens; et puis une voix dit :
— Savez-vous que voilà quelque chose d'horrible !

Henri devint pâle, et sa bouche grimaça ce sourire amer et méprisant de l'amour-propre trompé qui se dit : — Je ne l'accepte pas pour mon juge.

D'autres vinrent après : ils regardèrent aussi le chef-d'œuvre de l'artiste, et se dirent : — Connaissez-vous rien de plus affreux que cela ? Le cœur de Henri battait avec tant de force que le pauvre jeune homme crut qu'il allait défaillir ; son supplice ne faisait pourtant que commencer. Des milliers d'individus passèrent : aucun d'eux ne lui refusa un regard : mais tous répétaient ces mots qui allumaient son sang, l'étranglaient à la gorge, et le faisaient trembler d'indignation et de douleur, au point que le solide piédestal de sa statue en était comme ébranlé :

— C'est de la folie, disait-on ; il n'y a pas d'exemple d'une atrocité semblable : mais celui qui a fait cela a mérité plus que la mort ! Henri, dans l'égarement de son désespoir, fut sur le point de s'élancer au milieu de la foule, et de lui dire :

— C'est moi qui suis l'auteur de cet ouvrage : tuez-moi donc à l'instant : car je ne saurais endurer plus long-temps la torture que vous me faites souffrir. Mais il s'arrêta quand il entendit quelqu'un qui disait :

— Quel spectacle pour une mère que de voir assassiner ses deux enfans !

—Ainsi, il les a poignardés en plein jour ?

— Mon Dieu ! oui, comme les pauvres petits se promenaient dans le bois de Vincennes.

— Et sait-on si ce monstre est arrêté ?

— Oui, il a tout avoué. On sait qu'il ne connaissait pas les victimes.

— C'est donc le besoin de verser du sang qui l'a conduit à ce double maurtre ?

— On le présume... C'est une organisation malheureuse.

— Et comment se nomme le scélérat ?

— Il s'appelle Papavoine !

À ce nom, que Henri se souvenait vaguement d'avoir entendu prononcer le matin, son désespoir d'artiste se changea en une sombre indignation contre ce peuple qui fait les réputations, et qu'un misérable assassinat occupait plus que l'ouvrage d'un artiste qui avait veillé, travaillé, passé huit ans de sa vie à souffrir toutes les angoisses de l'enfantement d'une œuvre de génie.

— Pour remplir le monde de son nom, il faut donc être un monstre ? se disait-il. La société ne tient pas compte de ce qui est beau : elle ne se souvient que de ce qui lui fait peur. La foule s'écoula, la salle redevint déserte. Constance s'approcha de son amant : il était en proie aux plus violentes émotions de la colère.

— Eh bien ! lui dit-il, quand elle fut près de lui ; tu les as entendus, n'est-ce pas ? ils ne parlaient pas de moi : c'est la nouvelle d'un assassinat qui les préoccupait tous.

— Oui, aujourd'hui... mais demain on te rendra justice.

— Demain, reprit-il, un incendie, un suicide, un autre meurtre fixera leur attention, et mon ouvrage restera ignoré, parce que la foule est stupide ; et je me serais épuisé en vain pour obtenir un nom qu'elle va me refuser encore ! C'est un autre moyen qu'il faut chercher pour que le monde s'occupe de moi. Je ne veux plus de son admiration ; c'est en le faisant frémir que je le forcerai bien à ne pas m'oublier. Quant à mon œuvre, elle ne subira pas l'humiliation d'être jugée par ceux qui l'ont méconnue aujourd'hui. J'en déshérite l'avenir, s'écria-t-il. Et, saisissant un marteau qui se trouvait près de lui, et que les ouvriers qui travaillaient aux réparations du Musée avaient oublié là, Henri, malgré les efforts de Constance, s'élança sur le socle de sa statue, et fit voler les éclats de son Camoens mutilé.

Les gardiens accoururent au bruit : — C'est à moi, dit-il, c'est mon ouvrage, j'ai le droit de le détruire !

— Oui, dans votre atelier, reprit le garde, mais ici cela ne se peut pas; vous salissez le parquet, et les morceaux de plâtre qui volent pourraient bien abîmer quelque chose.

On le fit sortir du Musée.

Ni les consolations, ni les tendres soins de Constance ne purent rendre le calme à ce cœur profondément affecté, à cette tête brûlante, et dans laquelle passaient souvent de sinistres pensées. Papavoine fut exécuté. Le jour du supplice, Henri voulut aller voir le cortège de l'assassin qui lui volait sa gloire. Il trouva la foule fidèle à ses émotions de terreur : on s'écrasait mutuellement pour arriver plus près de la charrette, et il y avait du monde à toutes les fenêtres. On voyait les curieux suspendus aux toits, grimpés sur les cheminées, et en bas il n'était plus possible de marcher, tant l'affluence était considérable. Henri envia le sort du patient.

— Celui-là remue des masses, dit-il : on exécrera sa mémoire ; mais c'est beaucoup encore que de ne pas être oublié. Quand il revint chez lui, l'artiste avait formé un horrible projet ; il savait le moyen de l'emporter en scélératesse sur celui qui occupait ce jour-là tous les esprits.

Constance dormait : il contempla pendant quelques minutes cette femme dont l'amour était son seul bien, et qui lui avait fait tant de sacrifices qu'elle n'avait plus que sa vie à lui donner. — Si je la tuais! dit-il, on ne pourrait me refuser le nom d'un monstre; mais enfin ce serait un nom que je laisserais après moi ; et puis, quand j'aurai dit aux juges tout le bien qu'elle m'a fait, quand on sera bien persuadé que je devais tout à son amour, qu'elle m'a sauvé d'une mort affreuse, qu'elle a perdu pour moi sa fortune, l'estime de sa famille et sa réputation dans le monde, c'est alors qu'on viendra en foule pour me voir mourir, que toutes mes paroles seront recueillies ; et le souvenir de mon passage sur la terre ne s'effacera plus.

Une fièvre horrible le dominait en ce moment : il fit un pas vers le lit ; mais, plus fou que criminel, Henri recula devant l'exécution du meurtre.

— Il faut que je la quitte, se dit-il ; car je sens bien que cette pensée me reviendrait toujours, et le crime n'est pas assez vaste, assez éclatant pour moi ; il y a foule pour l'assassinat : il me faut mieux encore.

Il dit, et s'éloigna de la maison où il abandonnait pour toujours cette amie si dévouée.

Le lendemain, Constance reçut une lettre de Henri, dans laquelle il lui disait le motif de son départ, le crime dont il avait conçu la pensée ; il terminait par ces mots :

« Adieu, Constance ; si ta mort eût satisfait mon ambition, je ne l'aurais pas refusée au désir de célébrité qui me poursuit : ainsi, ne regrette pas mon départ, et ne pleure pas sur moi ; il fallait toujours nous quitter ; je te laisse la vie et le chagrin de m'avoir aimé; moi, j'emporte le remords de mon ingratitude et le besoin dévorant d'un nom que j'obtiendrai à tout prix. Tu ne me reverras plus, Constance ; mais avant peu tu entendras parler de moi. »

Cette confession brutale de l'affreux projet de Henri glaça Constance d'effroi, et suffit pour arracher de son cœur cet amour auquel elle avait tout sacrifié. Elle n'eut plus qu'un sentiment de pitié pour ce malheureux qui menaçait la société d'un crime. Elle attendit vainement que la voix publique lui rapportât le nom de l'ambitieux Henri. Constance n'entendit plus parler de son amant.

On dit qu'en 1825 un jeune homme, les yeux hagards, les cheveux en désordre, les habits en lambeaux, courait à travers les débris fumans de Salins incendiée, et qu'il s'écriait avec une horrible joie :

— C'est moi qui ai brûlé la ville !... Prenez-moi ! Prenez-moi ! je suis l'incendiaire !

On le prit en effet, mais pour le mettre à l'hôpital, le seul bâtiment que les flammes eussent épargné.

Quel était cet insensé ? On l'ignora toujours ; personne ne le connaissait dans le pays, et le délire du misérable était si grand qu'il ne put jamais dire son nom.

MICHEL MASSON.

FIN.

TABLE.

LES CONTES DE L'ATELIER.

Imprimé en France
FROC030950151020
25432FR00013B/453